Eduard von Keyserling

Feiertagskinder

Eduard von Keyserling

Schwabinger Ausgabe

Eduard von Keyserling

Feiertagskinder

Späte Romane

Herausgegeben und
kommentiert
von Horst Lauinger

Nachwort
von Daniela Strigl

MANESSE

Wellen

Motto

Vous êtes tous les deux ténébreux et discrets:
Homme, nul n'a sondé le fond de tes abîmes,
Ô mer, nul ne connaît tes richesses intimes,
Tant vous êtes jaloux de garder vos secrets.
Baudelaire.

Erstes Kapitel

Die Generalin von Palikow und Fräulein Malwine Bork, ihre langjährige Gesellschafterin und Freundin, kamen in das Wohnzimmer. Sie wollten sich ein wenig erholen. Die Generalin setzte sich auf das Sofa, das frisch mit einem blanken schwarz und roten Kattun bezogen war. Sie war sehr erhitzt und löste die Haubenbänder unterm Kinn. Das lila Sommerkleid knisterte leicht, die weißen Haarkuchen an den Schläfen waren verschoben, und sie atmete stark. Sie schwieg eine Weile und schaute mit den ein wenig hervorstehenden grellblauen Augen kritisch im Zimmer umher. Das Zimmer war weiß getüncht, wenig schwere Möbel standen an den Wänden umher, und über die Bretter des Fußbodens war Sand gestreut, der in der Abendsonne glitzerte. Es roch hier nach Kalk und Seemoos.

«Hart», sagte die Generalin und legte ihre Hand auf das Sofa.

Fräulein Bork neigte den Kopf mit dem leicht ergrauten Haar auf die linke Schulter, blickte schief durch die Gläser ihres Kneifers auf die Generalin und das bräunliche Gesicht, das aussah wie das Gesicht eines klugen älteren Herrn, lächelte ein nachdenkliches, verzeihendes Lächeln. «Das Sofa», sagte sie, «natürlich, aber man kann es nicht anders verlangen. Für die Verhältnisse ist es doch sehr gut.»

«Liebe Malwine», meinte die Generalin, «Sie haben die Angewohnheit alles gegen mich zu verteidigen. Ich greife das Sofa gar nicht an, ich sage nur, es ist hart, das wird man doch noch dürfen.»

Fräulein Bork erwiderte darauf nichts, sie lächelte ihr verzeihendes Lächeln und schaute schief durch ihren Kneifer jetzt zum Fenster hinaus auf den kleinen Garten, der davor lag. Salat und Kohl wuchsen dort recht kümmerlich, Sonnenblumen standen da mit großen schwarzen Herzen, und über alledem lag ein leichter blonder Staubschleier. Dahinter der Strand grell orange in der Abendsonne, endlich das Meer undeutlich von all dem unruhigen Glanze, der auf ihm schwamm, von den zwei regelmäßigen weißen Strichen der Brandungswellen umsäumt. Und ein Rauschen kam herüber, eintönig, wie von einem schläfrigen Taktstock geleitet.

Die Generalin hatte den Bullenkrug für den Sommer gemietet, um hier an der See ihre Familie um sich zu versammeln. Vor drei Tagen war sie mit Fräulein Bork, Frau Klincke, der Mamsell, und Ernestine, dem kleinen Dienstmädchen, hier angelangt, um alles einzurichten. Es erforderte Arbeit und Nachdenken genug für alle diese Menschen Platz zu schaffen und nicht nur Platz, «denn», pflegte die Generalin zu sagen, «ich kenne meine Kinder, bei allem, was ich gebe, sind sie kritisch wie ein Theaterpublikum». Heute nun war die Tochter der Generalin, die Baronin von Buttlär, mit den Kindern, den beiden eben erwachsenen Mädchen Lolo und Nini und dem fünfzehnjährigen Wedig, angelangt. Der Baron Buttlär sollte nachkommen, sobald die Heuernte beendet war, und Lolos Bräutigam Hilmar von dem Hamm, Leutnant bei den Braunschweiger Husaren, wurde auch erwartet.

«Werden sie auch heute Abend alle satt werden?», begann die Generalin wieder; «die Reise macht hungrig.»

«Ich denke», erwiderte Fräulein Bork, «da sind die Fische, die Kartoffeln, die Erdbeeren, und Wedig hat sein Beefsteak.»

«So, so», meinte die Generalin, «übrigens der Junge wird es im Leben nicht leicht haben, wenn er immer sein Beefsteak haben muss.»

Fräulein Bork zuckte mit den Achseln und sagte entschuldigend: «Er ist so zart.»

Aber das ärgerte die Generalin: «Gewiss, ich gönne ihm sein Beefsteak, Sie brauchen ihn nicht zu verteidigen. Nur finde ich, liebe Malwine, dass Sie keinen rechten Sinn haben für das, was man allgemeine Bemerkungen nennt.» Dann schwiegen die beiden Damen wieder.

Draußen von der Holzveranda tönte Lärm herüber, Tellergeklapper und hohe Stimmen. Ernestine deckte dort den Tisch für das Abendessen und stritt dabei mit Wedig. Auch Lolo und Nini waren erschienen, sie lehnten an der Holzbrüstung der Veranda schmal und schlank in ihren blauen Sommerkleidern. Der Seewind fuhr ihnen in das leichte rote Haar und ließ es hübsch um die Gesichter mit den fast krankhaft feinen Zügen flattern. Die Mädchen zogen ein wenig die Augenbrauen zusammen und schauten mit den blanken braunroten Augen unverwandt auf das Meer und öffneten die Lippen, als wollten sie lächeln, aber das große bewegte Leuchten vor ihnen machte sie schwindelig. Auch Wedig hatte sich nun zu ihnen gesellt und schaute auch schweigend hinaus. Das kränkliche Knabengesicht verzog sich, als täte all dieses Licht ihm weh.

«So», sagte die Generalin drinnen zu Fräulein Bork, «das war ein angenehmer stiller Augenblick. Ich höre, meine Tochter kommt die Treppen herunter, nun kann es wieder losgehen.»

Frau von Buttlär hatte ein wenig geschlafen, trug ihren Morgenrock und hüllte sich fröstelnd in ein wollenes Tuch. Sie mochte früher das hübsche überzarte Gesicht ihrer Töchter gehabt haben, jetzt waren die Wangen eingefallen und die Haut leicht vergilbt. Aufgebraucht von Mutterschaft und Hausfrauentum war sie sich ihres

Rechtes bewusst, kränklich zu sein und nicht mehr viel auf ihr Äußeres zu geben.

Man setzte sich auf der Veranda zur Abendmahlzeit nieder an den Tisch, über den das rote Abendlicht hinflutete und der Seewind an dem Tischtuch und den Servietten zerrte. Das machte die Gesellschaft schweigsam, so das Meer vor sich, war es, als sei man nicht allein, nicht unter sich.

«Ich habe mir das Meer größer gedacht», erklärte Wedig endlich.

«Natürlich, mein Sohn», meinte die Generalin. «Du willst wohl für dich ein Extra-Meer.»

Frau von Buttlär lächelte gerührt und sagte leise: «Er hat so viel Phantasie.»

Fräulein Bork sah Wedig schief durch ihren Kneifer an und meinte: «An die Phantasie des Kindes reicht selbst das Weltmeer nicht hinan.»

Nun begann Frau von Buttlär mit ihrer Mutter ein Gespräch über Repenow, ihr Gut, über Dinge, die sie anzuordnen vergessen hatte, von Gemüsen, die eingemacht werden sollten, und Dienstboten, die unzuverlässig waren, lauter Sachen, die seltsam fremd und unpassend in das Rauschen des Meeres hineinklangen, dachte Lolo. Aber unten am Tisch war ein Streit entstanden zwischen Wedig und Ernestine. «Ernestine», sagte Fräulein Bork streng, «wie oft habe ich es dir nicht gesagt, du darfst beim Servieren nicht sprechen. *Oh! cet enfant!*», setzte sie hinzu und seufzte.

Die Generalin lachte. «Ja, unsere Bork hat es mit Ernestinens Erziehung schwer, denkt euch, heute Mittag entschließt sich das Mädchen zu baden. Sie geht ins Meer nackt wie ein Finger, am hellen Mittag.»

«Aber Mama!», flüsterte Frau von Buttlär, die Mädchen beugten sich auf ihre Teller nieder, während Wedig nachdenklich Ernestine nachschaute, die kichernd verschwand.

Das Abendlicht legte sich jetzt plötzlich ganz grellrot und unwahrscheinlich über den Tisch, und Fräulein Bork schrie auf: «Seht doch!» Alle fuhren mit den Köpfen herum. An dem blassblauen Himmel standen riesige kupferrote Wolken, und auf dem dunkelwerdenden Meer schwamm es wie große Stücke rotglänzenden Metalls, während die am Ufer zergehenden Wellen den Sand wie mit rosa Musselintüchern überdeckten.

Wedig blinzelte mit den roten Wimpern und verzog wieder sein Gesicht, als schmerzte es ihn. «Das ist allerdings rot», meinte er.

Die Generalin jedoch war unzufrieden: «Sie haben mich erschreckt, Malwine, Sie haben eine Art auf Naturschönheiten aufmerksam zu machen, dass man jedes Mal zusammenfährt und glaubt, eine Wespe sitze einem irgendwo im Gesicht.»

Die Mahlzeit war zu Ende, die Mädchen und Wedig stellten sich an die Verandabrüstung, um auf das Meer zu starren. Frau von Buttlär hüllte sich fester in ihr Tuch und sprach mit leiser besorgter Stimme von ihren häuslichen Angelegenheiten.

Die gewaltsamen Farben am Himmel erloschen jäh. Die farblose Durchsichtigkeit der Sommerdämmerung legte sich über das Land, und das Meer, jetzt lichtlos, schien plötzlich unendlich groß und fremd. Auch das Rauschen war nicht mehr so geordnet eintönig und taktmäßig, es war, als ließen sich die einzelnen Wellenstimmen unterscheiden, wie sie einander riefen und sich in das Wort fielen. Klein und dunkel hockten die Fischerhäuser auf den fahlen Dünen, hie und da erwachte in ihnen ein gelbes Lichtpünktchen, das kurzsichtig in die aufsteigende Nacht hineinblinzelte. Auf der Veranda war es still geworden. Das seltsame Gefühl, ganz winzig inmitten einer Unendlichkeit zu stehen, gab einem jeden für einen Augenblick einen leichten Schwindel und ließ ihn stillehalten, wie Menschen, die zu fallen fürchten.

«Wer wohnt denn dort?», begann Frau von Buttlär endlich und wies auf eines der Lichtpünktchen am Strande.

«Das dort», erwiderte die Generalin, «das ist das Haus des Strandwächters. Eine verwachsene Exzellenz hat sich bei ihm eingemietet. Du kennst ihn auch, den Geheimrat Knospelius, er ist bei der Reichsbank etwas, er unterschreibt, glaube ich, das Papiergeld.»

Ja, Frau von Buttlär erinnerte sich seiner: «So ein Kleiner mit einem Buckel. Recht unheimlich.»

«Aber so interessant», meinte Fräulein Bork.

«Und die anderen Häuser?», fragte Frau von Buttlär weiter.

«Das sind Fischerhäuser», erklärte Fräulein Bork, «das größte dort ist das Anwesen des Fischers Wardein, und dort, ja dort wohnt sie doch.»

«Sie?», fragte Frau von Buttlär, beunruhigt davon, dass Fräulein Bork ihre Stimme so geheimnisvoll dämpfte.

«Nun ja», flüsterte Fräulein Bork, «sie, die Gräfin Doralice, Doralice Köhne-Jasky, die wohnt dort mit – nun ja, sagen wir mit ihrem Manne.» Frau von Buttlär verstand noch nicht ganz.

«Doralice Köhne, die Frau des Gesandten, das ist doch die, die mit dem Maler – die wohnt hier, das ist ja aber schrecklich, man kennt sich doch.»

Doch die Generalin ärgerte sich: «Was ist dabei Schreckliches, man hat sich gekannt, man kennt sich nicht mehr. Der Strand ist breit genug, um aneinander vorüberzugehen, eine fremde Frau Grill, nichts weiter. Ihr Maler heißt ja wohl Hans Grill.»

«Sind sie wenigstens verheiratet?», klagte Frau von Buttlär.

«Ja, sie sagen, ich weiß es nicht», meinte die Generalin, «das ist auch gleich. Sie wird das Meer nicht unrein machen, wenn sie darin badet. Es ist kein Grund, liebe Bella, ein Gesicht zu machen, als seiest du und deine Kinder nun verloren.»

«Und er ist ein ganz gewöhnlicher Mensch», jammerte Frau von Buttlär weiter.

«Ja», sagte Fräulein Bork, sie sprach noch immer leise, aber ihre Stimme nahm einen zärtlichen, feierlichen Klang an, als rezitiere sie ein Gedicht: «es ist traurig und doch wieder in seiner Art schön, wie der alte Graf das Talent des armen Schulmeistersohnes entdeckt, er ihn ausbilden lässt, wie er ihn auf das Schloss beruft, damit er die junge Gräfin malt, ja und dort – *müssen* sie sich eben lieben, was können sie dafür. Aber sie wollen nicht die Heimlichkeit und den Betrug. Sie treten zusammen vor den alten Grafen hin und sagen: ‹wir lieben uns, wir können nicht anders, gib uns frei›, und er, der edle Greis – –»

«Der alte Narr», unterbrach sie die Generalin. «Wer sagt Ihnen denn, dass es so gewesen ist, wer ist denn dabei gewesen? Wahrscheinlich sind nicht die beiden zu dem Alten gekommen, sondern der Alte ist zu den beiden hereingekommen, das sieht denn anders aus. Köhne war immer ein Narr. Wenn man dreißig Jahre älter als seine Frau ist, lässt man seine Frau nicht malen und spielt man nicht den Kunstfreund. Und diese Doralice, ich habe ihre Mutter gekannt, eine dumme Gans, die nichts zu tun hatte im Leben, als Migräne zu haben und zu sagen: ‹meine Doralice ist so eigentümlich!› Ja, eigentümlich ist sie geworden, gleichviel, da ist nichts, um die Augen gen Himmel zu schlagen und zu sagen: ‹wie schön!› Lassen Sie die Grill Grill sein, liebe Malwine, wenn Sie sie mit Ihren Phantasien zur Heldin des Strandes machen, verdrehen Sie den Kindern den Kopf. Ernestine läuft ohnehin alle Augenblicke zum Strande hinunter, um die fortgelaufene Gräfin zu sehen, das verbitte ich mir. Seien Sie so gut und halten Sie mit Ihrer Poesie an sich.»

«Schrecklich, schrecklich», seufzte Frau von Buttlär. Fräulein Bork aber schien das Schelten der Generalin nicht zu hören, verträumt schaute sie in die Dämmerung hinein, sah, wie die Dämmerung sich sachte aufhellte, der Mond war aufgegangen, Silber mischte sich in das Dunkel der Wellen, und der Strand lag hell beleuchtet da.

«Da sind sie!», schrie Fräulein Bork auf.

Erschrocken fuhren alle herum. Am Rande der Düne zeichneten sich gegen den hellen Himmel deutlich die Figuren eines großen Mannes und einer Frau ganz nahe beieinander ab. «Dort stehen sie jeden Abend», flüsterte Fräulein Bork geheimnisvoll.

Frau von Buttlär starrte angstvoll zu dem Paare auf der Düne hinüber, dann rief sie erregt: «Kinder, ihr seid noch da, warum geht ihr nicht schlafen? Ihr seid müde, nein, nein, geht, gute Nacht», und beruhigte sich erst, als die Kinder fort waren. Da sah sie sich noch einmal das Paar an da drüben, das jetzt eng aneinandergeschmiegt den Strand entlangging, seufzte tief und sagte kummervoll: «Das ist allerdings unerwartet, unerwartet fatal. Wenn ich mich auf etwas freue, kommt immer so etwas dazwischen. Schon der Kinder wegen ist es mir unangenehm.»

«Ich weiß, ich weiß», meinte die Generalin. «Du musst immer etwas haben, das dich quält, sonst ist dir nicht wohl. Schon als kleines Mädchen, wenn alles sich auf einen Spaziergang freute, sagtest du: ‹Was hilft es, es werden doch Steinchen in die Schuhe kommen.› Unsre Mädchen! Die haben genug Disziplin im Leibe. Sag ihnen, da ist eine Frau Grill, die nicht gekannt wird, und ich sehe es, wie Lolo und Nini die Lippen zusammenkneifen und gerade vor sich hin sehen, wenn sie an Madame Grill vorübergehen.»

«Ja und dann», begann Frau von Buttlär wieder leise, «offen gestanden, es ist auch wegen Rolf. Die Person ist sehr hübsch, solche Personen sind immer hübsch und Rolf, du weißt – –»

Die Generalin schlug mit der flachen Hand auf den Tisch: «Natürlich, das musste kommen, du bist jetzt schon auf Madame Grill eifersüchtig. Aber liebe Bella, so ist dein Mann denn doch nicht. Na ja, immer die eine alte Geschichte mit der Gouvernante, die könntest du auch vergessen. Ab und zu mal im Frühjahr regt sich in ihm noch der Kürassieroffizier, das ist eine Art Heuschnupfen. Aber ihr Frauen bringt durch eure Eifersucht die Männer erst auf unnütze Gedanken. Nein, liebe Bella, wozu ist man, was man ist, wozu hat man seine gesellschaftliche Stellung und seinen alten Namen, wenn man sich vor jeder fortgelaufenen kleinen Frau fürchten sollte. Du bist die Freifrau von Buttlär, nicht wahr, und ich bin die Generalin von Palikow, nun also, das heißt, wir beide sind zwei Festungen, zu denen Leute, die nicht zu uns gehören, keinen Zutritt haben; so, nun wollen wir ruhig schlafen gehen, als gäbe es keine Madame Grill. Wir dekretieren einfach, es gibt keine Madame Grill.»

Alle erhoben sich, um in das Haus zu gehen. Fräulein Bork warf noch einen Blick zum Meer hinab und sagte in ihrem mitleidig singenden Ton: «Die Gräfin Doralice war einst auch einmal solch eine arme kleine Festung.»

Die Generalin wandte sich in der Tür um: «Bitte, Malwine, meine Vergleiche nicht mit Ihrer Poesie zu umspinnen, dazu mache ich sie nicht. Und dann noch eines, ich bitte, ferner Madame Grill nicht zum Gegenstand Ihres Verteidigungstalentes zu machen, Madame Grill wird nicht verteidigt.»

Oben im Giebelzimmer, in dem Lolo und Nini schliefen, standen die beiden Mädchen noch am Fenster und schauten hinaus. Das mondbeglänzte Meer, das Rauschen und Wehen da draußen ließ ihnen keine Ruhe, es erregte sie fast schmerzhaft, und das Paar, das dort unten an den blanken Säulen der brechenden Wellen hinschritt, gehörte mit zu dem Erregenden und Geheimnisvollen da draußen, das den beiden Mädchen ein seltsames Fieber in das Blut legte.

Unten auf der Bank vor der Küche saß Frau Klincke und kühlte im Seewinde ihre heißen Köchinnenhände. Vor ihr stand Ernestine, wies zum Strande hinunter und sagte: «Nee, Frau Klincke, dass die beiden verheiratet sind, das glaube ich nicht.»

Hans Grill und Doralice gingen am Meeresufer entlang. Es ging sich gut auf dem feuchten, von den Wellen glattgestrichenen Sande. Zuweilen blieben sie stehen und schauten auf den breiten, sich sachte wiegenden Lichtweg hinab, den der Mond auf das Wasser warf.

«Nichts, heute nichts», sagte Hans und machte eine Handbewegung, als wollte er das Meer beiseiteschieben. «Es ziert sich heute, es macht sich klein und süß, um zu gefallen.»

«So lass es doch», bat Doralice.

«Ja, ja, ich lasse es ja», erwiderte Hans ungeduldig.

Als sie weiter schritten, hing Doralice sich ganz fest in Hans' Arm. Sie konnte sich ja gehen lassen, dieser Arm war stark, und sie dachte flüchtig an einen anderen zerbrechlichen und zeremoniösen Arm, der ihr feierlich gereicht worden war und auf den sich zu stützen sie nie gewagt hatte.

«Du bist müde?», fragte Hans.

«Ja», erwiderte sie nachdenklich, «diese langen hellen Tage, glaube ich, machen müde.»

«Viel haben wir an diesen langen hellen Tagen nicht getan», bemerkte Hans.

«Getan», fuhr Doralice fort, «nichts. Im Sande gelegen und auf das Meer gesehen. Aber gleichviel, ich konnte doch alles Mögliche tun, Dinge, die ich sonst nie getan, unerhörte Dinge, nichts hindert mich. Auf der Reise war das anders, da tut man die Dinge, die im Reisebuch vorgeschrieben sind, aber hier muss das Neue kommen, und das macht vielleicht müde.»

«Gewiss, gewiss», begann Hans in seiner eifrigen Art, «Möglichkeiten, natürlich Möglichkeiten, das ist es, was der freie Mensch hat, es ist gleich, ob er etwas tut, aber nichts zwingt ihn, nichts schiebt ihn, nichts bindet ihn, was er tut und nicht tut, tut er auf eigene Verantwortung, und das kann müde machen, o ja, das kann müde machen», und Hans lachte ein lautes Ha! Ha! auf das Meer hinaus, «freie Menschen, freie Liebe, denn das ist ja gleich, ob ein alter Engländer aus London uns durch die Nase etwas gesagt hat, was wir nicht verstanden haben, das bindet nicht. Also freie Menschen, freie Liebe, freie –» Er hielt plötzlich inne und fragte: «Warum lachst du?»

Doralice hatte ihren Kopf zurückgebogen, um zu Hans hinaufzusehen, und sie lachte. Die schmalen, sehr roten Linien der Lippen öffneten sich ein wenig, ließen im Mondschein für einen Augenblick das Weiß der kleinen Zähne durchschimmern. So hell beschienen war das Gesicht sehr hübsch mit seinem kindlichen Oval, den graublauen Augen, in die das Mondlicht ein seltsam farbiges Schillern legte, und dem hellblonden Haar, an dem der Wind zauste. Ja, Doralice musste immer lachen, wenn Hans seine großen Worte hersagte, jene Worte, die klangen, als hätten sie in Zeitungen oder langweiligen Büchern gestanden, aber wenn Hans sie aussprach, bekamen sie etwas Junges, etwas Lebendiges, sie klangen, als schmeckten sie ihm gut, wenn er sie so zwischen seinen gesunden weißen Zähnen hervorzischte.

«O nichts», sagte Doralice, «sprich nur weiter von deinen freien Menschen.» Allein Hans war empfindlich geworden: «Meine freien Menschen, da ist doch nichts zu lachen», dann schwieg er.

«Du hast ja ganz recht», meinte Doralice, um ihn zu versöhnen, «vielleicht macht das müde, wenn nichts einen bindet. Bei uns auf dem Lande dort bei der Roggenernte gehen hinter den Mähern Mädchen her, welche die Ähren zu Garben binden. Das ist sehr anstrengend. Um weniger zu ermüden, binden sie sich Tücher ganz fest um die Taille. So war es vielleicht dort, und jetzt, wo mich nichts festbindet –.»

«Unsinn», unterbrach sie Hans, «ich sehe nicht ein, warum du deine Vergleiche von dort hernimmst, von dort sprechen wir doch nicht.»

«Nein, von dort sprechen wir nicht», wiederholte Doralice.

Sie kamen am Strandwächterhäuschen vorüber. Durch das geöffnete Fenster scholl eine laute Männerstimme, und ihr antwortete eine Frauenstimme leidenschaftlich und scheltend. Unten am Strande stand der Geheimrat Knospelius, eine kleine wunderlich verbogene Gestalt, er stand so nah am Wasser, dass sein unförmlicher Schatten sich in den Wellen badete. Als Hans und Doralice sich näherten, grüßte er, zog seinen Panama sehr tief ab, das graue Haar flatterte im Winde, er lächelte, und das regelmäßige bartlose Gesicht sah aus wie ein großes bleiches Knabengesicht.

«Guten Abend», sagte Hans.

Der Geheimrat lachte lautlos in sich hinein und zeigte mit einem merkwürdig langen dünnen Finger zum Hause des Strandwächters hinauf.

«Die streiten wieder», bemerkte Hans.

«Dort ist immer reger Betrieb», erwiderte der Geheimrat geheimnisvoll, «die arbeiten am Leben, bis ihnen die Augen zufallen. So was höre ich gern.»

«Ja, hm!», sagte Hans, «guten Abend», und sie gingen weiter.

«Was sagte er?», fragte Doralice ängstlich.

Hans zuckte die Achseln. «Verrückt wahrscheinlich. Solche kleinen Ungetüme sind gewöhnlich ein wenig verrückt. Kennst du ihn denn?»

Doralice dachte nach. «Gewiss, ich kenne ihn. Ich erinnere mich, auf einer großen Gesellschaft war es, es war spät, alle waren müde und warteten auf die Wagen. Da saß plötzlich dieser kleine Mann neben mir. Seine Füße reichten nicht an den Fußboden, sondern hingen wie bei Kindern frei vom Stuhle herunter. Er sah mir ganz frech in die Augen, wie man das sonst nicht tut, und sagte: ‹Es fällt mir auf, Frau Gräfin, dass jetzt, wo alle schon schläfrig sind, Ihre Augen noch so wach sind, die warten noch.› Ich machte wohl ein sehr dummes Gesicht und fragte: ‹Worauf?› Da lachte er ganz so, wie er jetzt eben lachte, und sagte: ‹Nun darauf, dass was geschieht, dass was kommt. O, die geben nicht nach, die stehen auf ihrem Posten.› – Mir war das unheimlich, ich war froh, als in dem Augenblicke der Wagen gemeldet wurde.»

«Ich weiß nicht, was du noch immer an allen diesen Erinnerungen hast, erquicklich sind sie nicht», versetzte Hans verstimmt.

«Was kann ich dafür», verteidigte sich Doralice, «ich habe doch noch keine anderen Erinnerungen, und dann, sie kriechen einem doch überall nach. Da steht der Geheimrat Knospelius plötzlich am Strande, drüben im Bullenkrug zieht die Generalin von Palikow und die Baronin Buttlär ein, auf Schritt und Tritt das alte Leben. Weißt du, was ich möchte? Dort drüben über dem Meer müsste man eine Hängematte aufhängen können, gerade so hoch, dass die Wellen sie nicht erreichen, aber doch so, dass, wenn ich die Hand herabhängen lasse, ich den Wellen in die weißen Bärte fassen kann, und so, siehst du, könnten, glaube ich, keine Erinnerungen kommen, und keine Knospelius' und Palikows könnten einem begegnen.»

Hans blieb nachdenklich stehen: «Du», sagte er, «das wollen wir machen.» Er ergriff Doralice, legte sie auf seine Arme: «Lieg», rief er, «wie ein Kind auf den Armen des Paten während der Taufe», und nun begann er langsam in das Meer hineinzugehen. Regungslos lag Doralice da und schaute hinauf in den Himmel, der bleich von Mondenschein war. Das Wehen, das vom Meere kam, das Rauschen unter ihr, das goldene Fließen und Flimmern ringsumher, all das schien sie zu wiegen und zu schaukeln, und dann war es ihr, als fiele sie, fiele sie in einen Abgrund von Licht, das sie dennoch trug und hielt.

«So, so, weiter, weiter, jetzt sind wir ganz bei ihnen, mitten unter ihnen, das dumme Land ist fort.» Doralice sprach mit einer Stimme, wie Schlafende es tun, lachte ein leises, ganz helles Lachen wie Kinder, die auf einer Schaukel sitzen. Sie ließ ihre Hand herabhängen, griff in den Schaum der Wellen, schnalzte mit den Fingern, als wollte sie kleine Hunde springen lassen. «Wie sie zu mir heraufwollen», rief sie, «kommt, kommt, nein, das ist zu hoch.»

Hans stand bis über die Knie im Wasser und lächelte, das Gesicht rot vor Anstrengung. Aber allmählich wurde er müde, es war nicht leicht, sicher im Wasser zu stehen, und langsam zog er sich an das Ufer zurück. Mit einem befriedigten: «So, das war eine Leistung» setzte er Doralice auf den Sand zurück.

Sie schwankte ein wenig auf ihren Füßen wie berauscht, sie legte die Hand auf die Augen, alles um sie her schien noch sachte zu schwanken. Sie musste sich an Hans anlehnen. «Du siehst», sagte sie, «ich vertrage dies dumme Land nicht mehr.»

«Das kommt noch», meinte er, «das Land wird uns jetzt sehr gut schmecken. Eine warme Stube und Rotwein, ich bin nass, und mich friert.»

«Ja, gehen wir», sagte Doralice kleinlaut, «wir gehören ja doch nicht zu denen dort. Aber wie stark du bist, dass du mich so halten konntest.»

«Nicht wahr», erwiderte Hans stolz, «und weißt du, wie ich dich so hielt, wenn ich denke, das war eigentlich symbolisch, mitten in den Wellen, und ich halte dich.»

Aber Doralice sagte müde: «Ach nein, lass es lieber nicht symbolisch sein.»

Hans schaute sie verwundert an und murmelte dann ein wenig empfindlich: «Nun dann auch nicht.»

Um den Hof des Wardeinschen Anwesens standen die niedrigen strohgedeckten Häuser, der Schuppen, der Stall, der Speicher, in dem jetzt die Familie des Fischers wohnte, und das Wohnhaus, das Hans Grill gemietet hatte. Hier schien die Hitze des Tages noch eingeschlossen zu sein, die Luft war schwer von den Gerüchen des Strohs, der an Schnüren trocknenden Fische und feuchter Netze. Man hörte durch die kleinen geöffneten Fenster den Atem schlafender Menschen, irgendwo schlug ein Hahn auf seiner Stange mit den Flügeln, und im Schuppen grunzte ein Schwein im Traum. Und hier fiel von Doralice der Rausch der Weite und des Lichtes ab, ganz jäh, es schmerzte fast körperlich, und als sie durch die Türe traten, die so niedrig war, dass Hans sich tief bücken musste, sagte Doralice klagend: «So schlüpfen wir denn auch in unser Loch.»

«Ja, ja», meinte Hans eifrig, «das wird gut tun.» In dem kleinen Wohnzimmer brannte eine Petroleumlampe auf dem Tisch, und es fiel Doralice auf, wie hässlich unrein dieses Licht war, mit welch schläfriger Alltäglichkeit es den weißgetünchten Raum füllte. Hans war ganz geschäftig. «Köstlich, köstlich», sagte er, «setz du dich dort in den Korbstuhl, ich bin gleich wieder da.» Er verschwand, kam dann in weichen Filzschuhen zurück, ging ab und zu, holte Gläser, den Rotwein, schenkte die Gläser voll, setzte sich endlich Doralice gegenüber an den Tisch, rieb sich die Hände und lachte über das ganze Gesicht. Er sah sehr jung aus, das Gesicht von der Luft gerötet und der Bart und das kurzgelockte Haar honiggelb, die braunen Augen blinzelten blank vor Freundlichkeit. «Köstlich», wiederholte er, «das nenne ich eine Lebenslage, man sitzt so beieinander, und die Lampe brennt, man hat seinen Rotwein und dazu sein wunderschönes Weib.»

Doralice lehnte sich in ihren Korbstuhl zurück und schloss die Augen. «Ach», sagte sie müde, «nenne mich, bitte, nicht Weib, das klingt so, ich weiß nicht, nach losen blauen Jacken mit weißen Punkten und Kartoffelsuppe.»

Hans errötete: «Nein, nein», sagte er, «also nicht Weib. Weib ist ein schönes deutsches Wort, aber wie du willst, bitte.»

Sie schwiegen beide eine Weile. Aus dem Nebenzimmer hörte man deutlich das Schnarchen der alten Agnes, einer fernen Verwandten von Hans Grill, die ihm jetzt die Wirtschaft führte. Agnes hatte eine seltsame kummervolle und missmutige Art des Schnarchens. Am Tage versah sie still und pünktlich ihren Dienst, aber das alte Gesicht, in dem die Fältchen wie Sprünge in einem gelben Lack standen, trug stets den Ausdruck einer geduldigen, hochmütigen Ergebenheit. Jetzt schien es Doralice, als käme mit den verschlafenen Lauten alle Bitterkeit heraus, welche die Alte gegen sie hegte. Doralice presste die schmalen zu roten Lippen fest aufeinander, und wie sie dalag in dem dunkelblauen Kleide mit dem großen weißen Matrosenkragen, die Stirn ganz verdeckt von dem feuchtgewordenen blonden Haar, sah sie aus wie ein kleines Mädchen, das gescholten wird. Nein, auf die Dauer war es unerträglich dem Murren dort im Nebenzimmer zuzuhören. Alles, alles wurde traurig, wurde sinnlos, sie wusste nicht mehr, warum sie hier saß, warum – Und Hans, sie öffnete die Augen und schaute ihn an. Er hatte den Kopf auf die Brust sinken lassen, rauchte aus seiner kurzen Pfeife und trank ab und zu in hastigen kleinen Zügen den Wein.

«Bist du noch böse, weil du nicht Weib sagen sollst?», fragte Doralice und versuchte zu lächeln.

Hans hob schnell den Kopf, er begann zu sprechen, aber er musste einige Male dazu ansetzen, denn eine Erregung schnürte ihm die Kehle zusammen. «Weib oder nicht Weib, das ist doch gleich, der Ton ist es, der Ton. Wenn du den hast, dann bist du mir plötzlich ganz weit, ganz fremd, der streicht plötzlich alles aus, was wir miteinander erlebt haben. Ich freue mich darauf, dass es gemütlich sein wird, man wird beieinandersitzen, man wird lachen, man wird glücklich sein, und dann sagst du etwas, und dieser Ton ist da, und es wird sofort kalt und fremd und peinlich, als setzten wir uns drüben im Schloss vor den weißen Serviettenzeltchen mit dem alten Grafen zum Frühstück nieder.»

Doralice hörte ihm gespannt zu, diese erregte Stimme, die sich überstürzenden Worte erwärmten sie. Er sollte weitersprechen. «Wie ist dieser Ton?», fragte sie.

«Wie? wie?», fuhr Hans leidenschaftlich fort. «Wenn dir etwas nicht schmeckt, dann schiebst du den Teller fort und sagst feindselig: das will ich nicht. So, so ist dieser Ton, als ob du mich und unsere ganze gemeinsame Geschichte fortschiebst. Das kannst du ja auch, es ist ja auch dein Recht, sag es doch.»

Doralice lächelte jetzt ihr hübsches, strahlendes Lächeln. Sie hob die Arme in die Höhe und reckte sich: «Ach, Hans, das ist ja Unsinn, ich bin einfach müde. Glaubst du, das strengt nicht an, so zwischen Himmel und Meer zu schweben?»

Hans schaute sie erstaunt an, dann begann auch er zu lachen, sein lautes, ein wenig unerzogenes Lachen. «Also das strengt dich an und ich – glaubst du, es ist leicht, fest im Wasser zu stehen und eine Frau über den Wellen zu halten, die Hängematte zu spielen?»

«Du», meinte Doralice, «du bist ja so stark.»

Befriedigt lehnte Hans sich in seinen Stuhl zurück, goss sich Wein ein, er schüttelte sich vor Gemütlichkeit, als sei eine Gefahr glücklich vorübergegangen.

«Und all das kommt daher», erklärte Hans und stach dozierend mit seiner Pfeife in die Luft hinein, «uns fehlt eine gewisse Enge, eine Gebundenheit, Form, Form, Form, das ist es, das macht reizbar und unsicher. Von Unendlichkeiten kann man nicht leben. Immer kann der eine nicht stehen und den andern zwischen Himmel und Meer in den Mondschein hineinhalten. Also wir müssen unser Leben einteilen, regelmäßige Beschäftigung, Haushalt, eine Alltäglichkeit müssen wir haben, der ewige Feiertag macht uns krank.»

«Du könntest ja wieder malen», warf Doralice hin.

«Das werde ich auch», rief Hans hitzig, «glaubst du, ich werde ruhig dasitzen und von deinem Gelde leben?»

«Ach was, das dumme Geld.»

«Gleichviel, ich werde arbeiten, ich weiß auch, was ich zu malen habe, ich studiere meine Modelle, euch beide.»

«Uns beide?»

«Ja, dich und das Meer. Ihr beide müsst zusammen auf ein Bild und eine Synthese von dir und dem Meer, verstehst du?»

«Ja so», bemerkte Doralice, «ob du nicht versuchst, zuerst das Meer zu malen. Du sagtest doch, dass du mich nicht malen kannst.»

Das ärgerte Hans wieder. «Ja dort, dort konnte ich dich allerdings nicht malen. Ich war berauscht von dir. Man muss doch seinem Modell auch einigermaßen objektiv gegenüberstehen.»

«Stehst du mir jetzt objektiv gegenüber?», fragte Doralice verwundert.

«Ja», meinte Hans, «es kommt wenigstens allmählich, und das haben wir nötig, etwas Nüchternheit, so eine selbstgeschaffene Bürgerlichkeit, in die man sich fest einschließt. Du sprachst da vorhin wegwerfend von Kartoffelsuppe, ich möchte sagen, kein Leben, auch das idealste, ist möglich, in dem es nicht einige Stunden am Tage nach Kartoffelsuppe riecht.» Er lachte und sah Doralice triumphierend an, stolz auf seine Bemerkung.

Doralice seufzte: «Uff, wenn man da nur atmen kann, ganz eng, fest eingesperrt und riecht nach Kartoffelsuppe. Eine Welt, als ob Agnes sie geschaffen hätte.»

«Bitte», sagte Hans empfindlich, «wer da nicht atmen kann, darf hinaus, wir sind freie Menschen, dass wir uns selbst binden, ist unsere Freiheit, aber keiner von uns ist gebunden.»

Doralice zog die Augenbrauen in die Höhe und sagte ziemlich schläfrig: «Ach, lassen wir doch die alte Freiheit. Es ist ja ganz hübsch, wenn eine Tür immer offen steht, aber man braucht doch nicht beständig drauf hinzuweisen. Die Freiheit wird dann fast ebenso langweilig wie das ‹*tenue ma chère*› dort, du weißt.»

Hans schaute Doralice bestürzt an. Er wollte etwas sagen, verschluckte es jedoch. Er erhob sich und begann im Zimmer auf und ab zu gehen, er ging schnell, stapfte stark mit seinen Filzschuhen auf den Boden. Doralice folgte ihm neugierig mit den Blicken. Jetzt war er zornig, jetzt würde er leidenschaftlich losbrechen, sie freute sich darauf, sie liebte es, wenn er die Worte so heiß hervorsprudelte und ein Gesicht machte wie ein zorniger Knabe. Das hatte ihr an ihm gefallen dort in der Welt der beständigen Selbstbeherrschung. Aber es wollte nicht kommen, immer noch ging er schnell und schweigend in dem engen Raum umher. Plötzlich blieb er vor Doralice stehen, kniete nieder mit beiden Knien hart auf den Boden schlagend und legte seinen Kopf auf Doralicens Knie, und so begann er zu sprechen leise und klagend: «Wie kannst du das sagen, ich – ich – ich weise auf die Türe hin. Aber wenn du zu dieser Tür hinausgingst, dann wäre es aus, dann hätte nichts mehr einen Sinn, dann hätte ich keinen Sinn, dann hätte die ganze Welt keinen Sinn.»

Doralice strich mit der Hand ihm leicht über das krause Haar. «Nein, nein», sagte sie, und das klang müde und mitleidig zugleich, «zusammen, wir bleiben zusammen, wir beide sind ja doch miteinander ganz allein.»

Hans richtete sich auf, er lachte wieder, zuversichtlich und triumphierend, indem er Doralicens Arm fasste und ihn schüttelte: «Das will ich meinen, und ich werde auch dafür sorgen, dass niemand an dich herankommt.» Dann nahm er ihre kleine Gestalt auf seine Arme, wie man ein Kind nimmt, und trug sie in das Schlafzimmer hinüber.

Zweites Kapitel

Der Morgen dämmerte, als Doralice erwachte. So war es jetzt immer, wenn sie sich niederlegte, schlief sie schnell und tief ein, aber lange vor Sonnenaufgang erwachte sie, und es war mit dem Schlaf zu Ende. Dann lag sie da, die Arme erhoben, die Hände auf ihrem Scheitel gefaltet, die Augen weit offen, und schaute der graublauen Helligkeit zu, wie sie durch die weiß- und rotgestreiften Gardinen in das Zimmer drang, den Waschtisch, die beiden plumpen Stühle, den großen gelben Holzschrank aus der Dämmerung herausschälte, das Zimmer erhellte, ohne es zu beleben, gleichsam ohne es zu wecken. Und dieses Zimmer, klein wie eine Schiffskabine, erschien Doralice als etwas ganz und gar nicht zu ihr Gehöriges. Sie lag da wohl in dem schmalen Bett unter der hässlichen rosa Kattundecke, aber sie hatte nicht die Empfindung, als sei dieses die Wirklichkeit, wirklich für sie war noch die Welt des Traums, aus der sie eben emportauchte. Jede Nacht führte er sie in ihr früheres Leben zurück, jede Nacht musste sie ihr früheres Leben weiterleben. Am besten war es noch, wenn sie sich in dem alten Heimatshause ihrer frühen Jugend dort in der kleinen Provinzstadt befand. Ihre Mutter lag wieder auf der Couchette, hatte Migräne und eine Kompresse von Kölnischem Wasser auf der Stirn. Sie hörte wieder die klagende Stimme: «Mein Kind, wenn du verheiratet sein wirst und ich nicht mehr sein werde, dann wirst du an das, was ich dir gesagt habe, oft zurückdenken.» Und dieses Wort «wenn du verheiratet sein wirst», das in den Gesprächen ihrer Mutter immer wiederkehrte, gab Doralice wieder das angenehme, geheimnisvolle Erwartungsgefühl. Draußen der schattenlose Garten lag gelb vom Sonnenschein da, die langen Reihen der Johannisbeerbüsche, das Beet mit den Chrysanthemen, die fast keine

Blätter und stark geschwollene bronzefarbene Herzen hatten. Auf der Gartenbank schlummerte Miss Plummers. Das gute alte Gesicht rötete sich in der Mittagshitze. Doralice ging unruhig in Kieswegen auf und ab, das eintönige sommerliche Surren um sie her kam ihr wie die Stimme der Einsamkeit und der Ereignislosigkeit vor. Aber gerade hier in dem alten Garten fühlte sie es stets am deutlichsten, dass dort jenseits des Gartenzaunes eine schöne Welt der Ereignisse auf sie wartete. Sie fühlte es körperlich als seltsame Unruhe in ihrem Blut, sie hörte es fast, wie wir das Stimmengewirre eines Festes hören, vor dessen verschlossenen Türen wir stehen. Nun und dann war diese Welt gekommen, in Gestalt des Grafen Köhne-Jasky, des hübschen älteren Herrn, der so stark nach *new mown hay* roch, Doralice so verblüffende Komplimente machte und so unterhaltende Geschichten erzählte, in denen stets kostbare Sachen und schöne Gegenden vorkamen. Dass Doralice eines Tages ihr weißes Kleid mit der rosa Schärpe anzog, dass ihre Mutter sie weinend umarmte und der kleine kohlschwarze Schnurrbart des Grafen sich in einem Kusse auf ihre Stirn drückte, war etwas, das selbstverständlich notwendig war, etwas, auf das Mutter und Tochter ihr bisheriges Leben über gewartet zu haben schienen.

Am häufigsten aber befand Doralice sich im Traum in dem großen Salon der Dresdner Gesandtschaft. Immer lag dann ein winterliches Nachmittagslicht auf dem blanken Parkett. In den süßen Duft der Hyazinthen, die in den Fenstern standen, mischten die großen Ölbilder an der Wand einen leichten Terpentingeruch. Von der anderen Seite des Saals kam ihr Gemahl ihr entgegen, sehr schlank in seinen schwarzen Rock geknüpft, die Bartkommas auf der Oberlippe hinaufgestrichen. Ein wenig zu zierlich, aber hübsch sah er aus, wie er so auf sie zukam, die glatte weiße Stirn, die regelmäßige Nase, die langen Augenwimpern. Allein der Traum spielte ein seltsames Spiel, je näher der Graf kam, umso älter wurde dies Gesicht, es welkte, es verwitterte zusehends. Er legte den Arm um Doralicens Taille, nahm ihre Hand und küsste sie. «Scharmant, scharmant», sagte er, «wieder eine reizende Aufmerksamkeit. Wir haben unsere Ausfahrt aufgegeben, weil wir wussten, dass der Gemahl heut Nachmittag ein Stündchen frei hat. Da wollen wir ihm Gesellschaft leisten und ihm selbst den Tee machen. Gute Ehefrauen habe ich schon genug gesehen, Gott sei Dank, es gibt noch welche, aber *ma petite comtesse* ist eine raffinierte Künstlerin in Ehedelikatessen.» Doralice schwieg und presste ihre Lippen fest aufeinander und hatte das unangenehm beengende Gefühl, erzogen zu werden. Natürlich hatte sie ausfahren wollen, natürlich hatte sie gar nicht gewusst, dass der Gemahl heute eine Stunde frei hatte, und hatte auch gar nicht die Absicht gehabt, ihm Gesellschaft zu leisten. Allein das war seine Erziehungsmethode, er tat, als sei Doralice so, wie er sie wollte. Er lobte sie beständig für das, was er doch erst in sie hineinlegen wollte, er zwang ihr gleichsam eine Doralice nach seinem Sinne auf, indem er tat, als sei sie schon da. Hatte sich Doralice in einer Gesellschaft mit einem jungen Herrn zu gut und zu lustig unterhalten, dann hieß es: «wir sind ein wenig vielverlangend, ein wenig sensibel, man kann sich die Menschen nicht immer aussuchen; aber du hast ja recht, der junge Mann hat nicht einwandfreie Manieren, aber so viel es geht, wollen wir ihn fernhalten.» Oder Doralice hatte im Theater bei einem Stück, das dem Grafen missfiel, zu viel und zu kindlich gelacht, dann bemerkte er beim Nachhausefahren: «wir sind ein wenig verstimmt: chokiert, wir sind ein wenig zu streng, aber tut nichts, du hast ganz recht, es war ein Fehler von mir, dich in dieses Stück zu bringen. Ich hätte *ma petite comtesse* besser kennen sollen, vergib dieses Mal.» Und so war es in allen Dingen, diese ihr aufgezwungene fremde Doralice tyrannisierte sie, schüchterte sie ein, beengte sie wie ein Kleid, das nicht für sie gemacht war. Was half es, dass das Leben um sie her oft hübsch und bunt war, dass die schöne Gräfin Jasky gefeiert wurde, es war ja nicht sie, die das alles genießen durfte, es war stets diese unangenehme *petite comtesse*, die so sensibel und so reserviert war und ihrem Gemahl gegenüber immer recht hatte. Wie eine unerbittliche Gouvernante begleitete sie sie und verleidete ihr alles.

Als der Graf Köhne seinen Abschied nahm, als er, wie er es nannte, gestürzt wurde, und sich gekränkt und schmollend auf sein einsames Schloss zurückzog, um sich fortan damit zu beschäftigen, die Geschichte der Köhne-Jaskys zu schreiben und melancholisch zu altern, da war es eine neue Doralice, die Doralice dort auf dem alten Schlosse erwartete. «*Ah, ma petite châtelaine* ist hier endlich in ihrem wahren Elemente, stille, ruhige, etwas verträumte Beschäftigungen, der wohltätige Engel des Gemahls und des Gutes, das hat uns gefehlt.» Und der stille wohltätige Engel, der sie nun plötzlich war, drückte auf Doralice wie ein bleiernes Gewand.

Da kam Hans Grill ins Schloss, um Doralice zu malen, Hans mit seinem lauten Lachen und seinen knabenhaft unbesonnenen Bewegungen und seiner unbesonnenen Art, noch alles, was ihm durch den Kopf ging, unvermittelt und eifrig auszusprechen. «Ich empfehle dir meinen Schützling», hatte der Graf zu seiner Frau gesagt, «gewiss, als Gesellschafter kommt er nicht in Betracht, du hast ja ganz recht, ihn sehr *à distance* zu halten, aber dennoch empfehle ich ihn deinem Wohlwollen.» Es begannen nun die langen Sitzungen in dem nach Norden gelegenen Eckzimmer des Schlosses. Hans stand vor seiner Leinwand, malte und kratzte wieder ab. Dabei sprach er stets, erzählte, fragte, ließ große Worte klingen. Doralice hörte ihm anfangs neugierig zu, es war ihr neu, dass jemand so sorglos sein innerstes Wesen heraussprudelte. Er sprach stets von sich, zuweilen mit ganz kindlicher Zufriedenheit und Prahlsucht, dann vertraute er Doralice gutmütig an, was ihm an sich selber bedenklich schien. «An Charakter fehlt es zuweilen», sagte er, «ei, ei!» Was aus diesen Reden aber am stärksten hervorklang, war ein unbändiger Lebensappetit und ein unumschränktes Vertrauen, alles zu erreichen, wonach er greifen würde. «O, ich werde es schon machen, da ist mir nicht bange», hieß es. Doralice tat das wohl, es erregte auch in ihr wieder Lebenshunger, es erweckte in ihr etwas, das sie fast vergessen hatte, ihre Jugend. Von *distance* war eigentlich nicht mehr die Rede, die allzu sensible *châtelaine* fiel ganz von ihr ab, und es ging jetzt dort in dem Eckzimmer oft sehr heiter und kameradschaftlich zu. Aber zuweilen, wenn sie gerade recht laut lachten, hielten sie plötzlich inne, horchten hinaus. «Still», sagte Hans, «ich höre seine Stiefel knarren», und es war, als sei eine geheime Zusammengehörigkeit zwischen ihnen beiden eine selbstverständliche Sache. Hans verliebte sich natürlich in Doralice und war diesem Gefühle gegenüber ganz hilflos. Er zeigte es ihr, er sagte es ihr mit einer naiven, fast schamlosen Offenheit, und Doralice ließ es geschehen, es war ihr, als fasste das Leben sie mit starken gewaltsamen Armen und trug sie mit sich fort. Da begann in diesen Spätherbsttagen Doralices Liebesgeschichte. Helle, kalte Tage und dunkle Abende, auf den Beeten die von dem Nachtfrost gebräunten Georginen und in den Alleen des Parkes welkes Laub, das auch beim vorsichtigsten Schritte raschelte. Wenn Doralice an diese Zeit dachte, empfand sie wieder das seltsame schwüle Brennen ihres Blutes, empfand sie die stete Angst vor etwas Schrecklichem, das kommen sollte, das jeder Liebesstunde auch ihr furchtbar erregendes Fieber beimischte. Wieder empfand sie jenes wunderlich lose, verworrene Gefühl, jenen Fatalismus, der so oft Frauen in ihrem ersten Liebesrausch erfüllt. Dennoch trug Doralice leichter an den Heimlichkeiten und Lügen als Hans. «Ich halte es nicht mehr aus», sagte er, «immer einen so vor mir zu haben, den ich betrüge, wir wollen fortgehen, oder es ihm sagen.»

«Ja, ja», meinte Doralice. Es wunderte sie selbst, wie gering die Gewissensbisse waren über das Unrecht, das sie ihrem Manne antat, ja, es war fast nur so wie damals, wenn sie Miss Plummers hinterging. «Und er ahnt es», sagte Hans, «er bewacht uns, man begegnet ihm überall, hast du es bemerkt? Seine Stiefel knarren nicht mehr, wir müssen ihm zuvorkommen.»

Allein der Graf kam ihnen zuvor. Es war ein grauer Nebeltag, Doralice stand im großen Saal am Fenster und schaute zu, wie der Wind die Krone des alten Birnbaums hin- und herbog und die gelben Blätter von den Zweigen riss und sie in toller Jagd durch die Luft wirbelte. Es sah ordentlich aus, als freuten sich diese hellgelben kleinen Blätter, von dem Baume loszukommen, so ausgelassen schwirrten sie dahin. Doralice hörte ihren Gemahl in das Zimmer kommen. Er machte einige kleine knarrende Schritte, rückte den Sessel am Kamin, setzte sich, nahm ein Schüreisen, um, wie er es liebte, im Kaminfeuer herumzustochern. Als er mit einem «*ma chère*» zu sprechen begann, wandte sie sich um, und es fiel ihr auf, dass er krank aussah, dass seine Nase besonders bleich und spitz war. Er schaute nicht auf, sondern blickte auf das Kaminfeuer, in dem er stocherte. «*Ma chère*», sagte er, «ich habe deine Geduld bewundert, aber lassen wir es genug sein, ich habe mit Herrn Grill eben vereinbart, dass er uns heute verlässt. Mit dem Bilde wird es ja doch nichts, und von dir ist es zu viel verlangt, dich noch der Langeweile dieser Sitzungen und dieser – Gesellschaft zu unterziehen. So werden wir wieder *entre nous* sein. Recht angenehm, was?»

Doralice war bis in die Mitte des Zimmers gekommen, da stand sie in ihrem schieferfarbenen Wollenkleide, die Arme niederhängend, in der ganzen Gestalt eine Gespanntheit, als wollte sie einen Sprung tun, in den Augen das blanke Flackern der Menschen, die vor einem Sprunge von einem leichten Schwindel ergriffen werden.

«Wenn Hans Grill geht, gehe ich auch», sagte sie, und im Bemühen, ruhig zu sein, klang ihre Stimme ihr selbst fremd.

«Wie? was? Ich verstehe nicht, *ma chère*.» Das Schüreisen fiel klirrend aus seiner Hand, und Doralice sah wohl, dass er sie gut verstand, dass er längst verstanden haben musste. Um seine Augen zogen sich viele Fältchen zusammen, und die Bartkommas auf seiner Oberlippe zitterten wunderlich.

«Ich meine», fuhr Doralice fort, «dass ich nicht mehr deine Frau bin, dass ich nicht mehr deine Frau sein darf, dass ich mit Hans Grill gehe, dass, dass –» Sie hielt inne, Schrecken und Verwunderung über den Anblick des Mannes dort im Sessel ließen sie nicht weitersprechen. Er knickte in sich zusammen, und sein Gesicht verzog sich, wurde klein und runzlig. War das Schmerz? War das Zorn? Es hätte auch ein unheimlich scherzhaftes Gesichterschneiden sein können. Mit großen angstvollen Augen starrte Doralice ihn an. Da schüttelte er sich, fuhr sich mit der Hand über das Gesicht, richtete sich stramm auf. «*Allons, allons*», murmelte er. Er erhob sich und ging mit steifen zitternden Beinen an das Fenster und schaute hinaus. Doralice wartete angstvoll, aber auch sehr neugierig, was nun kommen würde.

Endlich wandte sich der Graf zu ihr um, das Gesicht aschfarben, aber ruhig. Er zog seine Uhr aus der Westentasche, wurde etwas ungeduldig, weil die Kapsel nicht gleich aufspringen wollte, schaute dann aufmerksam auf das Zifferblatt und sagte mit seiner diskreten höflichen Stimme: «Fünf Uhr dreißig geht der Zug.» Er sah auch nicht auf, als Doralice jetzt langsam aus dem Zimmer ging.

«Mein Herz schlug dabei sehr stark», hatte später Doralice zu Hans Grill gesagt, «ich hörte es schlagen, es schien mir das Lauteste im Zimmer. Ich weiß nicht, was es war, vielleicht war es plötzlich eine sehr starke Freude.»

«Natürlich, natürlich», meinte Hans Grill, «was sollte es denn anderes gewesen sein.»

Drittes Kapitel

Im Wardeinschen Anwesen erwachte das Leben, eine Stalltüre knarrte, nackte Füße stapften die Holzstufen am Hause auf und ab. Doralice fuhr aus ihrem Sinnen auf, aus dem Weiterleben des nächtlichen Traumes. Das Zimmer war jetzt ganz hell, die Decke mit den großen Streckbalken, die Möbel in ihrer robusten Hässlichkeit ließen sich nicht mehr wegdenken wie vorhin in der wesenlosen Dämmerung, sie riefen Doralice zu ihrer Wirklichkeit zurück, mahnten sie, dass sie zu ihnen gehörte. Die Türe zum Nebenzimmer stand offen, dort schlief Hans. Doralice sah ihn, wie er in seinem Bette auf dem Rücken lag, die Wangen rot, das gelbe Haar wirr in die Stirn fallend, die Lippen halb geöffnet. Er atmete tief und laut, seine breite Brust hob und senkte sich, die Augenbrauen zog er ein wenig zusammen, was dem Gesicht einen Ausdruck verlieh, als sei das Schlafen eine ernste schwere Arbeit, der er sich mit ganzer Anstrengung widmete. «Der wird's schon machen», dachte Doralice, «wer so schlafen kann, wer so dabei ist, der ist seiner Sache sicher.» Das tröstete sie ein wenig in der unklaren Traurigkeit ihrer Morgenstunden. Aber sie wollte nicht wieder schlafen, sie fürchtete sich davor, zu träumen, wieder hinüberzugleiten in ihr früheres Leben. Sie sprang aus dem Bette und kleidete sich an.

Als sie draußen auf die Düne hinaustrat, wehte ein lebhafter kühler Seewind ihr entgegen. Über einen blassblauen Himmel zogen eilige hellgraue Wölkchen, und auf dem Meere hoben sich die Wellen ohne Schaum, groß und grüngrau, ein mächtiges stilles Atmen, erst näher dem Strande wurden sie lebhafter und ließen die weißen Schaumtücher flattern. Dieses Atmen des Meeres erinnerte Doralice an etwas, was war es? Ach ja, an Hans, an seine Brust, die sich dort in dem Zimmer eben ruhig und kraftvoll hob und senkte. Sie begann am Strande entlangzugehen, der Wind fuhr ihr in die Röcke, er trieb sie, sie spürte es deutlich, wie er zu kleinen Stößen ausholte, bald von hinten, bald von der Seite sie anfiel und das war ein köstlich erfrischendes Spiel, so muss es den Wellen zumute sein, sie wiegte sich im Gehen; es war ihr, als wogte sie, jetzt fuhr ihr ein stärkerer Windstoß in die Haare, schüttelte sie. Doralice machte einen Satz, stieß einen lustigen kleinen Schrei aus. «Jetzt brande ich, jetzt brande ich», dachte sie. Über ihr antwortete ein schriller Ruf, eine große weiße Möwe hing über dem Wasser, sie schlug mit den Flügeln, warf sich wie von plötzlicher Lust berauscht auf das Wasser nieder und schwamm dort, ein kleiner weißer Punkt auf dieser wogenden grüngrauen Seide. Vor den Fischerhäusern auf der Düne standen Fischerfrauen, ihre grauen Röcke, ihre roten Tücher flatterten, und sie schützten die Augen mit der Hand und schauten auf das Meer hinaus nach den Männern, die in der Nacht zum Fischfang hinausgefahren waren.

Als Doralice um den Vorsprung einer Düne bog, sah sie den Geheimrat von Knospelius, der vor ihr her den Strand entlangging. Im gelben Leinenanzug, den Panama im Nacken, einen schönen gelben Setter neben sich, holte er mit dem dicken Spazierstock weit aus, machte große Schritte, warf sich in den Schultern hin und her, hatte, wie es Verwachsene lieben, die Bewegungen starker, großer Leute. Als er Schritte hinter sich hörte, wandte er sich um, er grüßte sehr tief, und das große bleiche Knabengesicht lächelte. Da es schien, als wolle er etwas sagen, blieb Doralice stehen. «Guten Morgen, gnädige Frau», begann er und schaute mit seinen stahlblauen Augen scharf und aufmerksam hinauf in Doralicens Gesicht, «schon vor Sonnenaufgang auf dem Posten?»

Doralice errötete und lachte: «Es ist Ihnen wohl entfallen, Exzellenz, dass das letzte Mal, als wir uns sprachen, Sie mir dasselbe sagten, auch so etwas von auf dem Posten stehen.»

«So, so», meinte Knospelius, «möglich, ich interessiere mich für diese Sachen. Sie haben ein gutes Gedächtnis. Darf ich Sie einige Schritte begleiten, gnädige Frau?»

Sie nickte, obgleich es ihr nicht recht war, dieses kleine Ungeheuer neben sich zu haben, das sie von unten auf ansah, unbekümmert, wie man einen Kupferstich, nicht wie man einen Menschen anschaut. Im Gehen sprach er mit tiefer Stimme, deren Metall ihm selbst zu gefallen schien. «Mit dem Schlafen, meine Gnädige, scheint es Ihnen hier auch nicht recht gelingen zu wollen.»

«Doch», meinte Doralice, «nur die andern alle sind so früh auf, die Fischersleute, die Hähne, nun und das Meer schläft ohnehin nicht.»

Knospelius lachte jetzt sein lautloses Lachen: «Ja, ja, hier ist Betrieb, hier kann man was lernen. Denn, sehen Sie», er wurde ernst, sein Gesicht nahm einen bösen, fast hasserfüllten Ausdruck an, «sehen Sie, es gibt nichts Dümmeres, nichts Sinnloseres als die Schlaflosigkeit, als im Bett zu liegen, auf den Schlaf zu warten und nicht schlafen zu können. In solchen Stunden komme ich mir vor wie meiner Menschenrechte beraubt. Ich tue nicht meine Pflicht als Mensch.»

«Pflicht als Mensch», wiederholte Doralice etwas zerstreut.

«Ja, gerade so», fuhr der Geheimrat fort, zänkisch, als hätte jemand ihm widersprochen, «meine Pflicht als Mensch ist, zu schlafen oder mein Handwerk als Mensch zu treiben, zu arbeiten wie da die Fischer oder zu lieben wie Sie und der Herr Maler oder zu streiten wie meine Hausleute, gleichviel, eben Menschengeschäfte zu treiben, und können wir das nicht, so haben wir zu schlafen. Das weiß mein Karo auch, kann er den Aufgaben seines Hundelebens nicht nachgehen, dann schläft er. Aber was wir in einer schlaflosen Nacht denken und fühlen, ist ganz unnütz, gar nicht zu brauchen, weggeworfenes Leben. Sehen Sie, ich habe viel zu rechnen, das ist mein Beruf, aber in schlaflosen Nächten muss ich auch rechnen, Rechnungen, die nie stimmen, die keinen Sinn und kein Resultat haben, das ist doch menschenunwürdig. Wenn Karo mal so daliegt und mit der Nase im Buche der Natur liest, dann wittert er wirkliche Hasen und wirkliche Hühner, nicht sinnlose Tiere, die es gar nicht gibt; nein, nein, ich sage, nicht schlafen können ist ein Skandal und dürfte einem gar nicht passieren.»

Knospelius schwieg und schaute ärgerlich auf das Meer hinaus.

Doralice tat der kleine Mann leid. Es war doch eine Qual, die zu ihr gesprochen hatte, sie wollte ihm etwas Freundliches sagen. Es kam ihr jedoch kühl und flach heraus: «Ich hoffe, die Seeluft wird Ihnen guttun, Exzellenz.» Knospelius begann wieder weiterzugehen und murmelte: «Ich, ach, es ist nicht das, ich sage es so im Allgemeinen. Wenn man wacht, muss man was erleben können, und wenn man schlafen will, muss man schlafen können. Das dürfen wir verlangen.» Plötzlich lächelte er, ein hübsches, fast schüchternes Lächeln. «Na ja, wenn es bei dem einen oder andern so 'ne Bewandtnis hat, wenn da Hindernisse sind, nu so müssen wir uns an die Erlebnisse der andern halten. Ich interessiere mich sehr für die Erlebnisse der andern, ich kümmere mich hier stark um die Angelegenheiten meiner Nebenmenschen. Ja, ja, was Leben betrifft, bin ich Kommunist, ich leugne das Privateigentum, ha, ha!»

«Erleben denn die Leute hier so viel?», fragte Doralice.

«O genug», erwiderte der Geheimrat, «sehen Sie die Fischer, die Kerls haben sich mit dem Meere eingelassen, und das hält in Atem, das können Sie mir glauben. Und dann die Weiber, wie sie dort oben stehen und warten. So zu stehen und auf den Mann oder Sohn zu warten, das spannt an. Haben Sie die Augen dieser Frauen beobachtet? Das sind Blicke, die nicht so planlos an den Dingen herumwischen, das sind Blicke, die ohne Umweg gerade auf den Punkt treffen, der ihnen wichtig ist, wie der Hammer in der Hand eines guten Handwerkers gerade und hart immer auf den richtigen Fleck schlägt.

Und Sie sollten mal diese Augen sehen, wenn so 'n Mann oder Sohn nicht zurückgekehrt ist und die Frau dann tagelang am Strande hin- und herläuft und jeden dunkeln Punkt auf dem Wasser oder auf dem Strande erspäht und mit furchtbarer Aufmerksamkeit beobachtet. Das sind Augen, die ihr Handwerk verstehen. Übrigens hat es mich sehr interessiert, dass Sie hergezogen sind. Sie werden schon Farbe in den Betrieb bringen. Es würde mich freuen, den Herrn Maler kennen zu lernen. Es scheint ein lebensvoller Herr zu sein. Das sehe ich gern. Ha, ha, das sehe ich ebenso gern, wie der Bauernfänger den Herrn mit der dicken Brieftasche gern sieht.» Und er lachte lautlos und andauernd über seinen Witz.

Der Himmel wurde jetzt farbig, die Wolken am Horizont bekamen dicke goldene Säume, und eine Welle von Rot übergoss den Himmel. Auch in das Graugrün des Meeres mischten sich blanke Fäden, und die Höhlungen der brechenden Wellen am Strande füllten sich mit Rosenrot, und plötzlich begann das Meer weiter dem Horizonte zu ganz in Rotgold zu brennen. Knospelius blieb stehen und machte mit seinem langen Arm eine große Bewegung auf das Meer hinaus, als wollte er das Meer vor Doralice ausbreiten.

«Sehen Sie», sagte er, «das ist nun der allmorgendliche Farbenspektakel. Eine hygienische Maßregel. Die Natur wird ganz rücksichtslos da mit all diesem Rot und Gold überschüttet. Das soll anregen wie uns die Morgendusche oder der Morgenkaffee. Wenn Sie noch einige Schritte weitergehen wollen, so können wir einen hübschen, ja ich sage geradezu einen hübschen Anblick haben.»

So gingen sie denn weiter. Sie kamen an eine Stelle des Ufers, wo eine hohe Sanddüne ganz nah bis an das Wasser herantrat, die Wellen unterspülten sie so, dass die Sandwand teilweise eingestürzt war. Bei hohem Seegang waren große Stücke des Erdreichs abgebröckelt und fortgerissen worden, überall klafften Höhlen und Risse, das alles triefte jetzt von rotem Morgenlicht. Hie und da ragte aus dem hellbeschienenen Sande morsches Holzwerk hervor, das metallisch glänzte, und weiße Stücke, die –

«Aber», rief Doralice, «das ist dort eine Hand.»

«Allerdings», erklärte der Geheimrat, «das da ist eine Hand und ein Arm, und dort ist ein Schädel hübsch rosa angeleuchtet und in dem verfallenen Sarge dort ein ganzer Mann. Wie Sie sehen, ist dies ein Friedhof, mit dem das Meer langsam aufräumt. Für Friedhofsromantik und Friedhofschauer habe ich wenig übrig, die sind billig. Dies aber gefällt mir. Ein Friedhof, von dem jede Sturmnacht ein Stück abschneidet wie von einem Kuchen, und aus dem Sande gucken dann all diese Stillen heraus und lassen sich den Seewind um die Knochen wehen. Sehen Sie, wie kokett sie sich im Morgenrot färben, die blühen wie die Rosen. Und dann kommt die Sturmnacht und holt sie ab, dann geht es auf die Reise ins Meer hinaus. Aus dem denkbar Engsten und Stillsten in das Weiteste und Lauteste hinein. Das gefällt mir. Wie auf einer Landungsbrücke stehen die hier und warten auf das Schiff, das sie abholt. Das könnte mich reizen. Da ist doch Betrieb. Dem Tode wird hier das Muffige genommen, mit dem man ihn zu umgeben liebt. Nicht?»

Knospelius schaute zu Doralice auf. Sie war ein wenig bleich geworden, sie presste die Lippen aufeinander und zog die Augenbrauen zusammen. Es sah aus, als sei sie böse. «Nun, es scheint Ihnen nicht zu gefallen», bemerkte der Geheimrat, «fürchten Sie sich vielleicht? Wir werden ja zur Furcht vor diesen Dingen erzogen.»

«Nein», erwiderte Doralice, «ich fürchte mich nicht. Dies hier ist sehr seltsam. Nur, ich weiß nicht, ich hätte es vielleicht heute Morgen lieber nicht gesehen.»

«So, so», meinte der Geheimrat, «dann können wir ja gehen. Sie haben übrigens recht, über den Tod und was mit ihm zusammenhängt nachzudenken ist wohl augenblicklich ganz und gar nicht Ihr Beruf.»

Auf dem Rückweg war Doralice schweigsam. Knospelius plauderte behaglich vor sich hin. Die Generalin Palikow, ja, die kannte er. Eine kluge alte Frau, ein wenig laut, und liebte es die Angelegenheiten anderer Leute fest in ihre Hand zu nehmen. Sie fühlt sich stets verantwortlich für die Angelegenheiten anderer. Der Baron Buttlär, nun – der hat einen wunderschönen blonden Schnurrbart. Wenn er nach Berlin kam, da brauchte er viel Sekt und suchte Abenteuer. Solch ein Schnurrbart verpflichtet eben und macht auch den christlichen Hausvater und Gatten oft unruhig. Die Töchter, übrigens hübsche Mädchen, schmal und biegsam wie Weidenruten. Das ist die moderne Fasson. Junge Mädchen mussten jetzt aussehen wie Arabesken. Er, Knospelius, zog das frühere, das dreidimensionale Format dem heutigen Stile vor.

Doralice hörte ihm mit Abneigung zu. Sie fand jetzt ihren Begleiter unheimlich, und er verdarb ihr den schönen Morgen. Was ging sie die Welt der Buckeligen an, sie sehnte sich nach Menschen mit geradem Rücken. Dazu hatte er eine unangenehme Art so von unten herauf ihr scharf auf die Lippen zu sehen. Doralice verzog die Lippen, als schmeckte sie etwas Bitteres.

Nach Sonnenaufgang hatte sich der Wind gelegt. Das Meer glättete sich und glitzerte weit hinaus. Viele Fischerboote kehrten heim. Von den Dünen liefen die Fischerfrauen zum Strande hinab, schürzten ihre Röcke hoch auf und wateten in das Wasser, um den Männern behilflich zu sein, die Boote auf den Sand zu ziehen. Mitten im Brandungsschaum standen alle diese Menschen blank von Wasser und Sonnenschein. «Ah, unsere Fischer», sagte der Geheimrat. Er trat an eins der Boote heran, begrüßte die Fischer, die er kannte: «Guten Morgen, André, guten Morgen, Wardein, nun, hat es sich gelohnt?»

«Bisschen was ist da», sagte Wardein und wischte sich den Wellenschaum aus dem grauen Bart. Knospelius beugte sich über den Bootsrand, um die Fische zu sehen, die auf dem Boden des Bootes lagen. Er streifte sich den Rockärmel auf und fuhr mit seinen langen Fingern mitten hinein zwischen die Dorsche mit ihren bleichen Silberleibern, die Butten, die aussahen wie bräunliche Bronzescheiben, an denen wunderlich verzerrte Gesichter sitzen, und die Fülle der kleinen Brätlinge, die blank waren wie frischgeprägte Markstücke. Knospelius kniff ein Auge zu und lachte das Lachen eines ausgelassenen Schuljungen. «Betrieb, auch Betrieb», sagte er.

Doralice sah ihm einen Augenblick zu, dann wandte sie sich mit einem kurzen «guten Morgen» ab und ging schnell weiter. Jetzt hatte sie Eile, bei Hans Grill zu sein. Da kam er ihr schon entgegen in seinem weißen Leinenanzug, das Badetuch über der Schulter, das Gesicht rot und über und über lächelnd. «Wie er sich freut, mich zu sehen», dachte Doralice, und sie fühlte diese Freude wie etwas, das sie plötzlich erwärmte. Hans legte seinen Arm um ihre Taille, nahm sie an sich, wie man sein Eigentum an sich nimmt. Er hatte schon gebadet, er roch nach Seewasser. «Kalt war's», berichtete er, «aber das liebe ich, wenn die Wellen einen ins Fleisch zwicken, willst du nicht auch baden?» Nein, Doralice wollte später baden.

«Ich weiß, ich weiß», meinte Hans, «du liebst es, wenn das Meer eine lauwarme Tasse Tee ist. Schön, schön. Aber hungrig sind wir, ich habe Agnes gesagt, dass sie für jeden von uns wenigstens vier Eier bereithalten soll.»

«Was sagte Agnes?», fragte Doralice. Hans lachte. «O die, ihr Gesicht versteinerte sich, und sie meinte, sie habe nicht gewusst, dass adlige Damen so viel essen müssen.»

Viertes Kapitel

Der Tag war sehr heiß. Die Generalin hatte die Strandkörbe auf die Düne stellen lassen. Dort saßen sie und ihre Tochter und machten Handarbeit. Fräulein Bork ruhte vor ihnen im Sande und zeichnete das Meer. Sie zeichnete immer das Meer, lange leichtgewellte Linien, am Horizont ein Segelboot. Wedig saß neben seiner Mutter und musste aus Fénélons «Télémaque» vorlesen. Er las ganz eintönig in einer Art klagender Melodie, die wie das Schlummerlied für diese heiße Stunde klang. Er selbst fühlte sich ganz hoffnungslos, sein Feriengefühl war ihm abhandengekommen. Dieses ewig glitzernde Meer, dieser heiße Sand, der sich an die Finger hing und sie nervös machte, die Ereignislosigkeit, all das schien Wedig gewöhnlicher Alltag und machte ihn weltschmerzlich. Dazu noch dieser Mentor mit seinen endlosen Reden. Wedig wünschte, er hätte ihm die Nase abreißen können. Frau von Buttlär hörte der Vorlesung nur unaufmerksam zu, nur mechanisch warf sie hin und wieder ein zerstreutes *«faites les liaisons, mon enfant»* hin. Oft griff sie nach ihrem Opernglase, um zum Strande hinabzugehen, wo Lolo und Nini auf und ab gingen und sich abkühlten, bevor sie in das Wasser gingen. In den roten Badeanzügen, weiße Stoffkappen auf dem Kopf, sahen sie wie sehr schlanke Knaben aus, und sie gingen ganz aufrecht, die Beine ihrer Freiheit ungewohnt ein wenig befangen und steif bewegend.

«Sagen Sie, Malwine», fragte die Generalin, «sahen wir in unserer Jugend auch so aus, wenn wir badeten?»

Fräulein Bork kniff das eine Auge zu und lächelte gefühlvoll: «Ach, das ist so hübsch», meinte sie, «wie kleine rote Silhouetten auf einem grünen Lampenschirm sehen sie aus.»

«Ja, o ja», versetzte die Generalin, «dass das, was wir in unserer Jugend Hüften nannten, immer mehr abkommt!»

Jetzt gingen die Mädchen in das Wasser, vorsichtig wateten sie durch die Brandungswellen, verschwanden zuweilen ganz im weißen Schaum und warfen sich endlich auf das Wasser, um zu schwimmen, zwei rote Striche, in dem weißlichen Grün, das heute die Farbe des Meeres war. Sie waren gute Schwimmerinnen, aber Lolo überholte Nini weit, wunderbar leicht und schnell schoss sie vorwärts, geradeaus, als habe sie ein Ziel.

«Aber wohin will sie», rief Frau von Buttlär, «warum bleiben sie nicht beisammen? Ich habe ihnen gesagt, sie sollen beisammenbleiben, ich habe ihnen verboten, bis zur zweiten Sandbank zu schwimmen. Lolo! Lolo!» Frau von Buttlär rief und winkte mit ihrem Taschentuche, aber der rote Strich dort drüben fuhr immer weiter ins Meer hinaus. «Ich sage es immer», klagte Frau von Buttlär, «Lolo hat einen schwierigen Charakter, sie kann nicht gehorchen, ihr Mann wird es schwer haben. Lolo! Lolo!»

«Wer geht denn dort ins Meer?», fragte Wedig und zeigte zum Strande hinab.

«Das», sagte die Generalin, «muss die Köhne sein.»

«Wo? was?», rief Frau von Buttlär, «ach, nenne sie doch nicht Köhne, Mama, sie heißt doch nicht so.»

«– Ach was», meinte die Generalin, «wenn die Leute beständig ihren Namen ändern, kann mein alter Kopf es nicht behalten, und Grill, wer kann sich das merken, das ist nichts.»

Einen Augenblick schwiegen alle und schauten gespannt auf das Meer hinab. Wedig hatte den Télémaque fortgeworfen und legte sich platt in den Sand, lag da wie eine Robbe und starrte vor sich hin. Jetzt kam vielleicht doch ein Ereignis.

«Reizend», bemerkte Fräulein Bork, «marineblau und einen kleinen gelben Dreimaster und wie sie schwimmt!»

«Sehr schick», brummte Wedig. Das jedoch erregte aufs Neue Frau von Buttlärs Aufregung. «Schweig», herrschte sie ihren Sohn an, sie stand auf, schwenkte ihr Tuch, rief wieder: «Lolo! Lolo! Aber sie schwimmen ja aufeinander zu, auf der Sandbank müssen sie sich ja treffen. Ach Gott, mein armes Kind!»

«Na setz dich, Bella», beruhigte die Generalin ihre Tochter, «jetzt ist es nicht zu ändern. Sie wird Lolo auch nicht gleich anstecken.»

«Muss man so etwas erleben», seufzte Frau von Buttlär und setzte sich kummervoll in den Stuhl zurück. Gespannt folgten alle mit den Augen dem roten und dem marineblauen Punkte dort auf der lichtüberglitzerten Fläche.

«Die Dame ist doch zuerst da», rief Wedig triumphierend.

«Lolo scheint müde, sie schwimmt langsam», bemerkte Fräulein Bork; «ah, ah, die Gräfin geht ihr entgegen, sie will ihr helfen.»

«Unerhört», stöhnte Frau von Buttlär.

«Jetzt reicht sie Lolo die Hand», meldete Wedig, «ah, jetzt steht Lolo, die Dame legt ihr den Arm um die Taille, und Lolo stützt sich auf ihre Schulter.»

«Dem setzt man sich aus, wenn man so ohneweiters ins Meer hinausschwimmt», klagte Frau von Buttlär. Aber die Generalin ärgerte sich: «Bella, du übertreibst wieder, wenn das Kind müde ist vom Schwimmen, so ist es gut, dass jemand ihr die Hand reicht, und das Kind nimmt die Hand und fragt nicht erst: Sind Sie Ihrem Manne auch treu gewesen!»

Lolo stand drüben auf der Sandbank, sie war bleich geworden und atmete schnell. «O, ich halte Sie schon», sagte Doralice, «legen Sie den

Arm auf meine Schulter, so wie man beim Tanzen den Arm auf die Schulter des Herrn legt – so. Es war doch ein wenig zu weit, Sie sind das nicht gewohnt.»

«Danke, gnädige Frau», sagte Lolo und errötete, «jetzt ist mir besser, ich bin das Meer nicht gewohnt, und ich wollte dort immer im Blanken schwimmen, und das war ein wenig zu weit.»

«Nun erholen wir uns noch», fuhr Doralice fort. «Ja im Blanken schwimme ich auch gern, die Sonnenstrahlen fahren einem dann so über die Haut wie kleine warme Fische, das liebe ich. Aber wie Ihr Herz schlägt. Zurück schwimmen wir geradeaus, da ist es nur eine kleine Strecke bis zur ersten Sandbank.»

Lolo antwortete nicht, sie dachte nur, würde sie doch noch sprechen. Nach der Anstrengung des Schwimmens kam ein köstliches Behagen über sie. Gern wollte sie lange noch so stehen in dem lauen Wasser, sich schwesterlich an diese schöne geheimnisvolle Frau lehnend, diese seltsam schimmernden Augen, diesen Mund mit den schmalen zu roten Lippen ganz nahe haben. Doralice sprach jetzt von gleichgültigen Dingen, von dem heißen Tage und dass es am Bullenkruge wenig Schatten gebe und vom Schwimmen, und Lolo hörte ihr zu wie etwas Erregendem, Verbotenem, dessen Schönheit sie, sie allein jetzt plötzlich erkannt hatte.

«Jetzt, denke ich, schwimmen wir», schlug Doralice vor, und sie warfen sich in das Wasser, schwammen dicht nebeneinander, wandten zuweilen die Gesichter einander zu, um sich anzulächeln. «Geht es?», rief Doralice, «wir sind gleich da.»

«O, es geht, es geht schön», antwortete Lolo.

Es war fast so bequem, dachte Lolo, als lägen sie beide auf einer grünen Atlascouchette und könnten sich unterhalten. Ja, das war es, sie wollte sich unterhalten. Sie fühlte sich nicht mehr so befangen wie dort auf der Sandbank. Sollte sie fragen, ob es bei Wardeins sehr eng sei? Nein, das war zu unpersönlich, so sagte sie denn: «Gnädige Frau, ich sehe Sie jeden Abend von meinem Fenster aus im Mondschein spazieren gehen.»

«So», erwiderte Doralice und legte sich auf die Seite, um Lolo ansehen zu können, ihr Gesicht war über und über mit flimmernden Tropfen übersäet, «das ist dann wohl Ihr Fenster oben im Giebel, in dem ich jeden Abend Licht sehe?»

«Ja», rief Lolo begeistert zurück. Es freute sie, dass Doralice zu ihr hinaufgeschaut hatte. Nun waren sie angekommen und gingen ans Ufer.

«Es ist hübsch», meinte Doralice, «so zu zweien zu schwimmen», und sie reichte Lolo die Hand. Lolo nahm diese kleine feuchte Hand, hielt sie einen Augenblick und führte sie dann schnell an ihre Lippen. «Ich – ich danke Ihnen, gnädige Frau», sagte sie leise.

«Nicht doch», wehrte Doralice, beugte sich vor und küsste Lolo auf den Mund.

Von der Düne her aber bewegte sich ein Zug eilig auf Lolo zu. Voran Frau von Buttlär, die unausgesetzt «Lolo!» rief und mit dem Taschentuch winkte, ihr folgte Fräulein Bork mit dem Badetuche, dann Wedig die Hände in den Hosentaschen und ein ironisches Lächeln auf den Lippen und zuletzt die Generalin erhitzt und ganz außer Atem. Lolo ging dem Zuge ein wenig zögernd entgegen. «Da bist du endlich», rief Frau von Buttlär. «du bringst mich noch um mit deinen Geschichten.» Lolo ließ sich schweigend in das Badetuch hüllen, man sah ihrem eigensinnigen Gesichte sofort an, dass sie nichts zu ihrer Entschuldigung anführen wollte. Während sie jetzt alle wieder zum Badehause zogen, ging Frau von Buttlär hinter ihrer Tochter her und schalt unausgesetzt: «So etwas kann nur dir passieren, gerade dieser Person in die Arme zu laufen, und geküsst hat sie dich. Wie kommt sie darauf, die freche Person? Und du lässt das geschehen. Von wem wirst du dich nicht noch alles küssen lassen.»

Da wandte Lolo ein wenig den Kopf und sagte entschlossen und eigensinnig: «Sie hat mich geküsst, weil ich ihr die Hand geküsst habe.»

«Du hast ihr die Hand geküsst», rief Frau von Buttlär, «hat man so etwas gehört und warum? ich bitte dich. Diese Person, sie ist ja halbnackt, keine Ärmel und die Dekolletage! aber du hast keinen Stolz, du bist verlobt, du sollst eine ehrliche Frau werden; wir ehrliche Frauen müssen doch Front machen gegen diese Damen, und du küsst ihnen die Hände. Dein Bräutigam wird sich freuen. Ach Gott, mir ist ganz übel, so schäme ich mich.»

Da legte sich die Generalin ins Mittel, sie schob Lolo in das Badehaus und sagte: «Für jetzt ist es genug, Bella, das Kind ist angegriffen, geschehen ist geschehen, wir werden ihr mit etwas Baldriantee den Kuss der Jasky wieder wegkurieren.»

Zu Hause schickte Frau von Buttlär Lolo sofort zu Bett, sie selbst legte sich auch hin, und Ernestine lief mit Baldriantee treppauf, treppab.

Lolo lag oben in ihrem Zimmer auf ihrem Bett noch immer bleich und schaute mit ihren erregten Augen nachdenklich zur Decke auf. Nini saß neben ihr, sie sprach nichts, sondern schaute Lolo nur wartend an. Endlich begann Lolo zu sprechen, langsam und versonnen: «Ja, sie war herrlich, aber das wusste ich, und dass ich sie werde lieben müssen, das wusste ich auch, aber ich wusste nicht, dass sie etwas an sich hat, das einen weinen machen könnte. Ich hatte so das Gefühl im Halse wie bei ganz rührenden Stellen in Romanen, das ist natürlich deshalb, weil alle so schlecht von ihr sprechen, weil alle so gegen sie sind. Aber ich bin für sie.» – «Ich auch», sagte Nini.

«Du?», fragte Lolo verwundert, «du kennst sie ja gar nicht.»

«Das tut nichts», meinte Nini, «ich war schon für sie den ersten Abend, als ich sie im Mondschein spazieren gehen sah. Aber was wirst du jetzt tun?»

«Ich weiß, was ich tun werde», sagte Lolo ernst. Sie stand auf, setzte sich an ihren Schreibtisch und begann einen Brief zu schreiben. Nini wartete geduldig und fragte dann: «Hast du an sie geschrieben?»

«O nein», antwortete Lolo überlegen. «Ich habe mir aus der Stadt sehr viele rote Rosen kommen lassen, die werde ich ihr abends durch das Fenster in ihr Zimmer werfen.»

«Und ich», beschloss Nini, «werde mich so lange üben, bis ich auch zur zweiten Sandbank schwimmen kann, und wenn ich dabei auch ertrinke.»

Fünftes Kapitel

Es folgten sich Tage mit unbewölktem Himmel und unerbittlichem Sonnenschein. Überall lag dieses heiße grelle Licht, es schwamm und zitterte auf dem Wasser, es sprühte auf dem Sande, erweckte Funken auf den Kieseln und auf den harten Stängeln des Strandhafers und der Seggen.

«Man kann sich vor Licht nicht mehr retten», sagte Hans Grill. Aber auch die Abende und Nächte brachten weder Kühlung noch Dunkel. Ein leichter Westwind bewegte die Schwüle nur, ohne sie zu mildern. In einem dunstigen violetten Gewölk wetterleuchtete es jeden Abend am Horizonte, und dann kam der Mond fast voll, und das Glitzern und Sprühen begann wieder allerorten.

«Man möchte zu dieser ewigen Helligkeit sagen», bemerkte wieder Hans Grill, «ich will meine Ruhe.»

Allein auch in den Stuben war diese Ruhe nicht zu finden, dort war es zu eng und zu heiß, und die Dunkelheit dort legte sich über den Schläfer wie eine dicke schwarze Decke. Selbst die Fischer, die sonst mit einbrechender Dunkelheit in ihre Hütten zu verschwinden pflegten, saßen vor ihren Häusern und starrten auf das Meer hinaus. So saßen die Wardeins auf der langen Bank vor ihrer Haustüre, alle waren sie da nebeneinander aufgereiht wie Seevögel auf einer Klippe. Die achtzigjährige Großmutter, groß und knochig wie ein Mann, legte ihre seltsam knorrigen Hände flach auf die Kniescheiben, um sie zu kühlen. Wardein rauchte seine Pfeife; seine bleiche Frau hielt das Jüngste an der Brust, und die anderen Kinder saßen da im Hemde und wiegten unruhig die nackten Füßchen. Keiner sprach ein Wort, und alle, auch die Kinder, schauten ernst und geduldig gerade vor sich hin. Wenn das Wetterleuchten drüben eilig den Horizont erhellte, wies Wardein stumm mit der Pfeife zu ihm hinüber. Unten am Strande gingen ganz stille Liebespaare hin, sie gingen mit herabhängenden Armen nebeneinander her, träge die Füße über den Sand ziehend. Was sollten sie sich sagen, hier hatte immer seit Menschengedenken das Meer das Wort, und wozu ihm unnütz dreinreden.

Doralice und Hans wohnten jetzt fast den ganzen Tag in einer Einsenkung der Düne. Hans spannte dort seinen Malschirm aus, breitete eine Decke über den Sand, auf der Doralice liegen konnte, er selbst saß vor seiner Staffelei und malte das Meer. «Das ist das Einzige», behauptete Grill, «wir müssen es machen wie die Hühner, die sich Erdlöcher machen und sich kühlen.»

Doralice schloss die Augen und murmelte, fast zu faul, um die Lippen zu bewegen: «Ganz still liegen, sich nicht bewegen, denn, spürst du das auch? in uns da zittert und flackert es immer so wie der Sonnenschein auf dem Wasser. Das macht müde.»

«Gut, gut, lieg nur still», sagte Hans väterlich und beruhigend. So schwiegen sie eine Weile, bis Hans seinen Pinsel fortwarf und sich auch auf den Sand ausstreckte.

«Es will und will nicht werden», sagte er ärgerlich. Doralice öffnete die Augen und schaute das Bild auf der Staffelei an und meinte: «Warum, es ist ja ganz gut, das ist durchsichtig, das ist grün.»

Hans fuhr auf, erregt und eifrig: «Durchsichtig und grün. Ein Stück Glas ist auch durchsichtig, ein Stück Stoff kann grün sein. Nein, das ist noch kein Meer. Das Meer muss gezeichnet werden, siehst du, nur die Linie hat Bewegung und Leben. Ich kann dein blaues Kleid malen, nichts Leichteres als das, aber es so zu malen, dass jeder sieht, du steckst da drin unter dem Blauen, das ist die Kunst. Im Meer steckt eben auch unter dem Durchsichtigen und Grünen etwas, das lebt und sich bewegt, und das ist eben das Meer.»

«Ah so ist es», sagte Doralice wieder mit geschlossenen Augen, «mach das doch, Lieber.»

«Machen, machen», wiederholte Hans, «das ist es eben. Ich möchte wissen, wo zum Teufel mein Talent hingekommen ist, es war doch da.»

«Bin ich daran schuld?», fragte Doralice ruhig und schläfrig.

Hans antwortete nicht sogleich. Er lag da und starrte zum Himmel auf und dachte nach. Ja, wie war das denn? und er begann langsam zu sprechen, wie zu sich selber: «Schuld, eine Schuld kann da nicht sein, aber das ist es, du nimmst jetzt in mir einen so großen Raum ein, dass das Talent nicht mehr Platz hat. Natürlich, das ist es. Du bist doch in mein Leben hereingekommen wie ein Wunder, und noch bist du jeden Augenblick ein unbegreifliches Wunder. Wie soll da etwas anderes Platz haben. Immerfort ein Wunder zu erleben, strengt an.»

«Und glaubst du», unterbrach ihn Doralice ein wenig gereizt, «es strengt nicht an, immer, den ganzen Tag ein Wunder zu sein?»

Hans lachte gutmütig: «Lass es gut sein, ich gewöhne mich schon an das Wunder.»

«O wirklich, du gewöhnst dich dran», warf Doralice hin.

«Sicher», fuhr Hans fort, «alles, was uns jetzt selbstverständlich scheint, ist einmal ein Wunder gewesen. Du wirst mir auch selbstverständlich werden. Warte nur, bis wir in unserer Ordnung sind.»

Doralice hob ihre Arme hoch über dem Kopf empor und streckte sich: «Ach ja, deine Ordnung, nun also erzähle von deiner Ordnung. Ein Häuschen, nicht wahr, damit fängt es doch an?»

«Allerdings ein Häuschen», begann Hans gereizt, «ein Häuschen irgendwo, sagen wir in einem Vorort von München, ein Häuschen, das deine eigenste Schöpfung ist, der Ausdruck deines Wesens, dort wartest du. Mein Atelier ist natürlich in der Stadt, ich komme zu Mittag heim, und du erwartest mich –»

«Das weiß ich alles schon», unterbrach ihn Doralice, «nur möchte ich wissen, was ich den ganzen Vormittag allein gemacht habe.»

«Du hast eben deinen Wirkungskreis», erklärte Hans, «du hast dein Hauswesen, dem du dein Gepräge gibst.»

Doralice zuckte mit den Achseln: «Ach Gott, ich kann doch nicht den ganzen Vormittag allein dasitzen und dem Hauswesen mein Gepräge geben.»

Hans errötete und machte ein Gesicht, wie jemand, dem es in allen Gliedern ruckt, weil er einen Knoten nicht aufbringen kann: «Allein, warum allein? Da werden doch Menschen sein, wir schaffen uns unseren Kreis, unsere Gesellschaft, wir sind an keine Gesellschaft gebunden, wir sind die Schöpfer unserer Gesellschaft, das ist es.»

Doralice richtete sich ein wenig auf und sah Hans an, und ihre Augen wurden groß und bekamen einen hilflosen, angstvollen Ausdruck: «Menschen», sagte sie leise, «du weißt doch, ich fürchte mich vor den Menschen.»

Hans konnte sich vor dem schmerzhaften Mitleid, das diese Augen in ihm erregten, nur retten, indem er sich in Zorn redete. Er schrie ordentlich: «Fürchten, das sollst du nicht, das darfst du nicht, wenn ich da bin, das ist eine Beleidigung für mich, und wir können nicht immer in einer Einsamkeit leben. Ich will nicht, dass wir Ausnahmen sind. Du sollst nicht für mich das Außerordentliche bleiben, nein, du musst mein Alltag sein, mein tägliches Brot, dann erst besitze ich dich ganz. Und wir müssen leben wie die anderen Menschen und mit den anderen Menschen. Die Welt ist voll guter herrlicher Menschen, du wirst Frauen finden, großzügige, freidenkende, edle Frauen.»

Doralice hatte sich wieder ruhig zurückgelehnt und die Augen geschlossen: «Diese Frauen kenne ich», bemerkte sie, «sie tragen Velveteen-Reformkleider und sprechen von ‹objektiv› und ‹subjektiv›. Zwei frühere Schülerinnen besuchten einmal Miss Plummers, die waren so, und Miss Plummers nannte sie: *very clever indeed*!»

Hans hatte die Hände voll Strandhafer, den er in seinem Zorn ringsumher ausriss: «Das ist immer so», sagte er, «du willst mich nicht verstehen. Weil du deine Gesellschaft verlassen hast, glaubst du, es gäbe keine deiner würdigen Menschen mehr. Das ist Hochmut, oder schämst du dich meiner vor den Menschen? sag, schämst du dich meiner?»

Doralice lächelte mit geschlossenen Augen: «Nein, du bist gut», erwiderte sie, «du bist mir schon recht, nur deine Frau Grill mit dem Gepräge, die ist mir nicht sympathisch, die möchte ich lieber nicht kennen lernen.»

«Aber du musst sie kennen lernen», rief Hans, «wenn du mich willst, musst du auch Frau Grill wollen, ich trete für sie ein, ich werde nicht erlauben, dass du sie hochmütig beiseiteschiebst. Aber so geht es immer, wir reden und reden, als ob der eine auf der ersten Sandbank steht und der andere auf der zweiten. Und keiner versteht, was der andere sagt, und wir rufen uns nur immer: was? was? zu.»

Hans war aufgesprungen, er stand vor Doralice und sah sie an. Wie ruhig sie dalag in ihrem gelben Sommerkleide, das heiße Gesicht ganz umflimmert von dem blonden Haar, wie ein friedlich schlafendes ganz junges Mädchen sah sie aus. Nur das Zucken des Mundes mit den schmalen zu roten Lippen sprach von einer Erregung, die in ihr wach war. «Weiß sie denn nicht, was ich leide?», dachte Hans. Er drückte seinen Strohhut tiefer in die Stirn und lief die Düne hinab an das Meer. Ins Wasser gehen, schwimmen, das war in solchen Augenblicken noch das Einzige, was er tun konnte.

Hans Grill hatte nie erwartet, dass das Leben ihn verwöhne, er hatte sich tapfer genug mit Not und Widerwärtigkeiten herumgeschlagen; aber er hatte ihm vertraut, er hatte es zuweilen hart gefunden, aber nie unverständlich. Alles Unklare in der Welt wurde sofort klar, wenn Hans' zwanzigjähriger Egoismus es zu sich selbst in Beziehung brachte, und alle Rätsel lösten sich, wenn er ihnen die Frage stellte: ‹bist du für oder gegen Hans Grill?› Jetzt aber verstand er nicht mehr. Etwas war in sein Leben gekommen, das es ihm selber fremd machte, als lebte es ein anderer für ihn. Mädchen, und was man so Liebe nennt, waren ihm schon früher begegnet, und so etwas verwirrt zuweilen, man begeht Torheiten, aber verständlich war das und ging schließlich hübsch glatt in das allgemeine Erleben auf. Man musste nur fest und ein wenig rücksichtslos zugreifen. «Stramm halten, dann versitzt es sich nicht», pflegte Hans' Großmutter zu sagen, die für Geld Strümpfe strickte, wenn der kleine Hans vor ihr saß und die Baumwollsträhnen zum Abwickeln hielt. Aber diese Frau hier, warum musste er sie so schmerzhaft begehren, jetzt, wo er sie besaß? Warum hatte er nie das ruhige, glückliche Gefühl des Besitzes, warum musste er, wenn er sie am festesten hielt, stets fürchten, sie zu verlieren? Alles in ihm war voll von dieser Frau, und doch war sie ihm fern. Er verstand nicht, er verstand nicht, und es blieb ihm nichts übrig, als wie ein Raubtier knurrend seine Beute festzuhalten, damit niemand sie ihm entreiße. Hans hatte sich entkleidet und ging langsam durch die Brandung in das Meer hinein. «Ich will es schon erzwingen», dachte er ingrimmig, «ich will sie schon in das Hans Grillsche umrechnen.»

«Ich habe die Ehre», hörte er eine Stimme neben sich. Unter einer brechenden Welle wie unter einer grünen Glaswölbung stand Knospelius in gelbem Badetrikot. Nun ging die Welle über ihn nieder, verbarg ihn hinter einem weißen Schaumvorhang, gleich darauf tauchte er wieder auf, schüttelte sich, nickte und sagte: «Von Knospelius. Ich habe schon die Ehre gehabt, Ihre Frau Gemahlin zu begrüßen.»

Hans verbeugte sich steif.

«Heiße Tage», fuhr der Geheimrat fort, «man kann nicht genug vom Baden haben. Sonst ein hübscher Aufenthalt hier. Nur ein wenig mehr Geselligkeit wäre zu wünschen. Es fängt doch an sich zu beleben hier. Baron Buttlär kommt nächstens mit seinem künftigen Schwiegersohn.»

«Ach, meine Frau und ich sind nicht eben gesellig», erwiderte Hans und schaute neugierig auf das große, bleiche Knabengesicht nieder.

Knospelius lachte. «Ich weiß, ich weiß, Flitterwochen, *les jeunes mariés*. Einer scharmanten Frau dienen, das ist die Beschäftigung der Beschäftigungen. Jeder normale Mensch hat sie oder sucht sie. Alles andere ist daneben nur Nebenbeschäftigung. Aber ein alter Junggeselle wie ich, der nur Nebenbeschäftigungen hat, muss sich an die Geselligkeit halten. So ein winziges Norderney sollten wir hier gründen. Ich erlaube mir, bei Ihnen nächstens meine Aufwartung zu machen.»

«Ich glaube», meinte Hans, «die meisten suchen hier die Einsamkeit.»

Während er sprach, verschwand der Geheimrat unter einer Welle, wie eine Maus in der Ackerfurche. Als er wieder auftauchte, hob er dozierend seinen langen Finger und sagte: «Das sind immer die heitersten Gesellschaften, die aus lauter Leuten bestehen, welche die Einsamkeit suchen. Jetzt muss ich hinaus, mein Klaus erwartet mich bereits.»

Er verbeugte sich förmlich und ging dem Strande zu, wo ein sehr großer ernster Mann mit einem Badetuche seiner harrte.

Hans zuckte die Achseln. «Was will der wieder?», dachte er. «Lauter ganz unwahrscheinliches Zeug hängt sich jetzt an einen.» Er ging weiter, begann dann zu schwimmen, schwamm weit auf das Meer hinaus. Das tat wohl. Da war nichts Unverständliches, man regt kräftig Arme und Beine, durchschneidet das Wasser und bleibt immer oben und kümmert sich um all die dunkelen Tiefen nicht, die unter einem liegen.

Das Bad hatte Hans gutgetan; er fühlte sich seiner selbst sicherer und hatte wieder das Vertrauen, dass er es schon machen würde. Als er zur Düne emporstieg, fand er Knospelius bei Doralice. Er hörte schon von weitem, wie sie lachten. «Wieder der», dachte Hans mit jenem ärgerlichen Gefühl, das wir zu haben pflegen, wenn eine Fliege sich uns immer wieder auf die Nase setzt. Der Geheimrat saß auf Hans' Malstuhl und sprach angeregt. Doralice hatte sich aufgerichtet, stützte sich auf ihren Ellenbogen, das Gesicht über und über rosa, hörte ihm zu mit dem liebenswürdigen, ein wenig befangenen Ausdruck, den junge Frauen haben, die zum ersten Male in ihrem Salon empfangen.

«Sie sehen», rief der Geheimrat Hans entgegen, «ich mache mit der Geselligkeit gleich den Anfang. Ich habe Ihrer Frau Gemahlin eben ein Kompliment über die Lebenslage gemacht. Famos! Für einen Maler geradezu unbezahlbar. Der gelbe Sand, der gelbe Battist des Kleides, das goldene Haar, eine Symphonie in Blond. Nicht?»

«Ja, hm», knurrte Hans.

«Jetzt aber muss ich gehen», fuhr Knospelius fort und kletterte von seinem Stuhl herab. «Ich will noch einen Besuch bei Buttlärs machen. Zum Abschied noch *un mot pour rire*. Die Frau von Lossow mit den sieben Töchtern, Sie kennen sie, sagte mir, als Karoline, die dritte, sich mit dem nationalliberalen Doktor Krapp verlobte: Es tut mir leid, wir Lossows waren immer konservativ, aber wenn man so viele Töchter zu verheiraten hat, kann man sich nicht nur an eine Partei halten. Was? nett? Blockpolitik in der Familie.» Er lachte selbst herzlich über seine Anekdote, und, was Hans wunderte, Doralice lachte auch darüber. Konnte sie das unterhaltend finden?

Als der Geheimrat gegangen war, streckte Hans sich schweigend auf dem Sande aus. Auch Doralice schwieg eine Weile. Sie starrte zum Himmel auf und lächelte noch immer das liebenswürdige Gesellschaftslächeln.

«Lächelt sie noch immer über die Geschichte des Buckligen?», dachte Hans. Endlich sagte sie: «Warum bist du so unfreundlich gegen den Kleinen?»

«Was will er denn von uns?», fragte Hans verdrießlich.

«O nichts, glaube ich», meinte Doralice, «er will sich unterhalten. Bist du eifersüchtig auf ihn? Er ist doch nur eine groteske Nippsfigur.»

Hans fuhr auf: «Ich bin überhaupt nicht eifersüchtig. Das gibt es unter freien Menschen nicht. Für eine Liebe, die ich bewachen muss, danke ich. Nein, aber diese kleine Exzellenz ist für mich ein Stück deiner Vergangenheit, deiner Gesellschaft, die sich wieder an dich herandrängen, sich wieder zwischen dich und mich stellen will, das ist es.»

«Meine Gesellschaft», erwiderte Doralice, etwas Müdes in der Stimme, «die drängt sich gewiss nicht an mich heran. Die kleine Buttlär dort auf der Sandbank, welch ein seltsames Gesicht sie machte, ein Gesicht, als habe sie ein ganz verwegenes, ganz verbotenes Abenteuer zu bestehen.»

«So lass sie doch alle», rief Hans, fasste Doralice bei den Schultern und drückte sie an sich mit einer zornigen Leidenschaftlichkeit, «die gehen uns alle nichts mehr an.»

«O ja», erwiderte Doralice, «ich lasse sie, und sie lassen mich.»

Die Sonne ging unter, das strenge Licht schmolz, wurde zu roten und violetten Dunstschleiern, ehe es erlosch. Dann gab es, ehe der Mond höher stieg, eine kurze Zeit des Zwielichts, das den Augen wohltat. Aber diese bleiche Dämmerung legte über das grauwerdende Meer eine unendliche Einsamkeit, das Meer wurde ernst und traurig.

«Warum sprichst du nicht?», fragte Hans Doralice, während sie wie jeden Abend Arm in Arm den Strand entlanggingen.

«Ich weiß nicht», antwortete Doralice, «um diese Zeit ist die Luft immer so sorgenvoll.»

«Wir haben keine Sorgen», entschied Hans mit Nachdruck.

«Nein, wir haben keine Sorgen», wiederholte Doralice, «ich fürchtete schon, du würdest sagen: Freie Menschen haben keine Sorgen.»

«Und wenn ich das gesagt hätte?»

Doralice lachte: «Du siehst, heute ist kein glücklicher Sprechtag. Sobald wir zu sprechen anfangen, streiten wir uns.»

«O, das tut nichts», erklärte Hans, «was in uns ist, muss heraus, das gibt Vertrauen.»

Doralice wiegte müde ihren Kopf. «Ach, das ist so umständlich. Weißt du, um sich ganz zu verstehen, müssen wir es ganz so machen wie die da vor uns.» Sie wies auf ein stilles Liebespaar hin. Der Bursch und das Mädchen wiegten ihre schweren Körper wohlig hin und her, schwenkten taktmäßig die herabhängenden Arme. Doralice ließ Hans' Arm los: «Ganz so wie die», sagte sie. Und nun gingen sie auch nebeneinander her, wiegten sich in den Hüften, schwenkten die Arme und schwiegen.

Allein, als sie eine Weile so gegangen waren, blieb Hans stehen. «Nein, das geht nicht», sagte Hans, «wenn du so still neben mir gehst, glaube ich, du denkst etwas Unfreundliches von mir oder du hast etwas gegen mich.»

«Schade», meinte Doralice, «es war so schön. Ich fing schon an zu fühlen, dass ich ganz so wurde wie das Mädchen da. Gerade als du zu sprechen anfingst, wollte ich stehen bleiben, den Mund weit aufmachen und auf das Meer hinausgähnen, ho ho ho, ganz wie das Mädchen vorhin. Denken, man denkt ja überhaupt nicht, wenn man so geht, und daher versteht man sich.»

Nein, nein, Hans wollte das nicht. «Tun wir etwas», schlug er vor, «da ist der Mond. Soll ich dich wieder nehmen und über die Wellen halten, oder sollen wir aufs Meer hinausfahren, oder sollen wir heute Nacht Wardein auf den Fischfang begleiten? Tun, tun, siehst du, das fehlt uns.»

Aber Doralice hatte heute zu nichts Lust, und so schlugen sie den Heimweg ein.

Als sie zu Hause in ihr Wohnzimmer traten, fanden sie, dass Agnes die Lampe nicht angezündet hatte. Das Zimmer war voller Mondschein, und ein starker sehr süßer Duft schlug ihnen entgegen. Auf dem hellbeschienenen Fußboden aber lag es wie eine dunkelrote Lache. «Sieh doch, Rosen, lauter Rosen», rief Doralice. Sie kniete vor den Rosen nieder, beugte sich ganz auf sie hinab, griff nach ihnen, hatte beide Arme voll von ihnen, drückte ihr Gesicht in sie hinein, als wollte sie sich in ihnen baden. An einem der Sträuße hing ein Papierstreifen, auf dem «Lolo» stand.

«O, sieh doch», sagte Doralice, «die kleine Lolo hat mir all die Rosen durch das Fenster geworfen, das gute Kind.»

Da fühlte sie, dass Hans sie von hinten um die Taille fasste, sie emporhob, sie heraushob aus allen Rosen, und sie hörte ihn leise und grimmig sagen: «Jetzt kommen sie durch alle Fenster zu uns herein. Lass sie und ihre dicken Rosen, was sollen wir damit.»

Doralice lehnte ihren Kopf gegen seine Schulter: «Ach ja», sagte sie wie mutlos, «nimm mich fort von ihnen», und aus ihren schlaff werdenden Armen fielen die Rosen wie ein dunkelroter Strom schwer auf den Fußboden nieder.

Sechstes Kapitel

Im Bullenkruge waren die Herren angekommen: «Jetzt wird das Leben bei uns ganz freiherrlich», sagte Ernestine. Die große Abendtafel auf der Veranda nahm einen feierlichen Anstrich an. Fräulein Bork hatte sie mit einem Strauß ein wenig sandiger Ziererbsen und Mohnblüten geschmückt. Die Generalin ging aufgeregt ab und zu und fragte immer wieder: «Liebe Malwine, wird mein Schwiegersohn auch Eis für seine Erdbeerbowle haben? Werden die Spargeln auch weich genug sein? Sie kennen doch meinen Schwiegersohn.»

Fräulein Bork lächelte ihr geheimnisvolles zerstreutes Lächeln und erwiderte: «Frau Generalin, die Spargeln sind himmlisch.»

Bei der Mahlzeit saß der Baron Buttlär zwischen seiner Schwiegermutter und seiner Frau, er strich seinen langen blonden Schnurrbart, schüttelte vor Behagen leicht seine breiten Schultern und war sehr liebenswürdig, sehr anregend, erzählte mit lauter klingender Stimme Geschichten, die allgemein interessieren sollten, und Frau von Buttlär interessierte sich sehr angelegentlich für diese Geschichten. Die eingefallenen Wangen leicht gerötet war sie heute nicht mehr nur die besorgte Mutter, die sich selber ganz vergisst, etwas von der Gesellschaftsdame, ja fast etwas Kokettes war heute in ihrem Wesen. Unten am Tisch saß die Jugend, und Leutnant Hilmar erzählte Geschichten, über die Wedig und Nini so laut lachten, dass Frau von Buttlär ein strenges «Aber Kinder!» hinüberrufen musste. Hilmar, schlank und schmalschultrig im hellen Sommeranzug, sah fast wie ein Knabe aus, allerdings wie ein auffallend hübscher Knabe. Durch das sehr dichte schwarze Haar bahnte sich der Leutnantsscheitel nur mühsam seinen Weg. Über der Stirn saß eine dicke schwarze Locke, wie neapolitanische Burschen sie zu tragen pflegen. Die regelmäßigen Züge des bräunlichen Gesichtes hatten das zu Scharfe, ein wenig Gespannte, wie es sich bei sehr alten Rassen zuweilen findet. Die dunkelen Augen waren sehr lebhaft, es ging beständig in ihnen etwas vor, es sprühte zuweilen in ihnen so, dass man deutlich goldene Pünktchen über den schwarzen Sammet der Iris hinfahren sah. «Keine Disziplin in den Augen», hatte der Onkel General von dem Hamm gesagt.

Als die Erdbeerbowle kam, wurde Baron Buttlär ganz der feine Genießer. Er zündete sich seine Havanna an, trank einen Schluck Bowle, warf einen Blick auf das mondbeglänzte Meer, ließ ein jedes verständnisvoll auf sich wirken. Er wurde gefühlvoll: «Mondschein und Meer, Mondschein und Meer», sagte er und wiegte sachte seinen Kopf, «da kann man gefühlvoll werden, ja da muss man gefühlvoll werden. Das Meer macht immer Eindruck. Die Unendlichkeit ist eben die Unendlichkeit, nicht wahr?» Alle schwiegen einen Augenblick und sahen das Meer an. Dann aber lenkte Frau von Buttlär das Gespräch auf ihr Gut zurück. Sie sprach so gern von ihrem Vieh, ihren Milchmädchen, ihren Hühnern und ihrer Butter. Ihre Gedanken kehrten immer wieder zu dieser fetten Wohlhabenheit zurück.

Unten am Tische wurde die Jugend unruhig. Nini und Wedig erklärten auf die Düne gehen zu wollen, und sie taten geheimnisvoll. Sie hatten eine neue Beschäftigung gefunden. Jeden Abend machten sie, wie sie es nannten, Jagd auf die Gräfin. Es kam darauf an, Doralice zu begegnen. Auch das Brautpaar wollte zum Meere hinabgehen: «Ich muss Steine auf dem Meere springen lassen», sagte Hilmar, «erst wenn ich ihm ein Dutzend Steine ins Gesicht geworfen habe, kriege ich ein Verhältnis zu ihm.»

«Der hat keine Ruh, der muss immer etwas vorhaben», sagte Baron Buttlär und schaute dem Brautpaar wohlwollend nach.

Frau von Buttlär jedoch seufzte und meinte: «Das macht mir oft Sorge, er ist so waghalsig. Beim letzten Rennen ist er doch wieder gestürzt.»

«Hitzig ist er», bestätigte der Baron, «er reitet gut und anfangs auch vernünftig, aber dann kriegt er es mit der Leidenschaft, die teilt er dem Pferde mit, das Pferd übernimmt sich, und der Unfall ist da.»

«Ich kann mir wohl denken, dass der Leutnant seine Leidenschaft anderen mitteilen kann», ließ Fräulein Borks verträumte Stimme sich vernehmen, allein die Generalin wies sie zurecht: «Von Pferden ist die Rede, Malwine, bitte.»

Frau von Buttlär machte noch immer ihr besorgtes Gesicht und sagte: «Ich habe Hilmar verboten ein Pferd oder ein Auto mitzubringen, und wenn er segelt, fährt Lolo nicht mit. Solange ich über das Kind zu wachen habe, soll er es nicht umbringen.»

«Umbringen», rief der Baron gutgelaunt, «sag, Mama, als du mir Bella gabst, hattest du auch das Gefühl, dass du sie sozusagen in einen Abgrund hinabstürztest?»

«Abgrund vielleicht nicht», erwiderte die Generalin, «aber dass ich sie auf einen Luftballon setze, von dem man nicht weiß, wohin der Wind ihn wehen wird.»

«Bitte, bitte», rief der Baron Buttlär, «ein sehr lenkbarer Luftballon, das weiß Bella gut», und er lachte über seinen Witz sehr laut und sehr lange, länger vielleicht, als es nötig gewesen wäre. Allein das Gefühl, das geistvolle Haupt der Familie zu sein, das Heiterkeit um sich verbreitet, tat ihm wohl.

Fräulein Bork hatte nicht mitgelacht, sie schaute noch immer nachdenklich dem Brautpaare nach und sprach dann aus ihren Gedanken heraus: «Ich finde den Leutnant herrlich, er sieht aus wie der Page einer spanischen Königin oder wie der Page in dem Lied, der am Brunnen auf die Königstochter wartet: ‹ich bin vom Stamme jener Asra, die da sterben, wenn sie lieben.›»

«Was? Was?», fuhr die Generalin auf «Was ist das, Asra? Wer stirbt, wenn er liebt? Die Hamms nicht. Die kenne ich, die gewiss nicht. Liebe Malwine, reden Sie solches Zeug der Lolo nur nicht vor, das Kind neigt ohnehin zur Überspanntheit.»

«Ach ja», klagte Frau von Buttlär, «auch wieder eine große Sorge. Denke dir, Buttlär», und nun berichtete sie mit bekümmerter Stimme die Geschichte von Doralice, der Sandbank und dem Kuss. «Was sagst du dazu, Buttlär», schloss sie, «ich habe die ganze Nacht nicht schlafen können.»

Der Baron wurde ernst und zog sinnend seinen Schnurrbart durch die Finger. «So, hm! Die Gräfin Köhne hier, eine süperbe Frau übrigens. Das war eine böse Geschichte. Der Graf hat einen Schlaganfall gehabt, und seine Schwester, die Gräfin Benedikte, pflegt ihn. Sehr traurig! Nun, gesellschaftlich kommt diese Dame nicht mehr in Betracht, aber hat sie uns einen Dienst erwiesen, so kann ich ihr gelegentlich dafür danken.»

«Du?», rief Frau von Buttlär, «warum? wozu?»

«Höflich kann man trotz allem gegen sie sein», wandte der Baron ein, aber seine Frau war sehr erregt: «Ich habe es gleich gewusst», sagte sie, «diese Person ist als schwere Prüfung für mich hergesandt.»

Unten am Strande ließ Hilmar unermüdlich Kieselsteine über das Wasser springen. Lolo stand dabei und schaute ihm mit ernsten blanken Augen zu. Als er endlich müde war, nahm er Lolos Arm, und sie schlenderten langsam das Meeresufer entlang.

«So», sagte Hilmar, «jetzt verstehe ich das Meer. Es ist heute übrigens mit seinem Mondschein und allem dem sehr programmmäßig, und du, Schatz, bist erst recht programmmäßig.»

«Schade», meinte Lolo, «ein Programm ist nie was Überraschendes.»

Hilmar lachte: «Willst du mich überraschen? Wozu? Nein, unsere

Bräute sollen nicht Überraschungen sein, sondern hübsche Notwendigkeiten.»

Als sie an den Fischerhäusern vorübergingen, begann auch Lolo von Doralice zu sprechen, erzählte ihr Abenteuer, erzählte von dem Kuss und den roten Rosen. «Ach, die durchgebrannte kleine Gräfin ist hier», sagte Hilmar, «nun, es ist gut, dass sie dich gerettet hat, aber sag, warum sprichst du von ihr mit einer so gerührten Stimme, als sei sie etwas Heiliges? Durchgebrannte Gräfinnen sind doch wohl nichts besonders Heiliges.»

«Weil sie mich rührt», entgegnete Lolo erregt. «Ich weiß selbst nicht, warum. Vielleicht weil sie so schön ist und doch nicht gut ist. Vielleicht aber, wenn jemand so schön ist, muss man ihn lieben, aber sie tut etwas weh, diese Liebe. Ich glaube, wenn einer sich in die Gräfin verliebt, dann muss es schmerzen.»

«Nun, nun», beruhigte Hilmar sie, «wird es denn so arg sein mit dieser Schönheit?»

«So zum Beispiel», fuhr Lolo fort, «mich zu lieben, ist da nichts, gar nichts Schmerzhaftes dabei, sag?»

«Nein, gar nichts», versicherte Hilmar, «im Gegenteil, wenn man dich liebt, fühlt man sich riesig gut, riesig vornehm. Ich merke das jedes Mal, ich werde da fast verlegen vor mir selber. Als Kind wurde mir am Sonntage ein blauer Sammetkittel angezogen, ein weißer Spitzenkragen umgelegt, und das Haar wurde mit einer Pomade glatt gestrichen, die stark nach Orangenblüten duftete. Und wenn ich so angezogen war, fühlte ich mich so fein, so vornehm, dass ich mich vor Andacht vor mir selber kaum zu rühren wagte.»

«Und ich», rief Lolo enttäuscht, «ich bin für dich wie der blaue Sammetkittel und die Orangenblütenpomade.»

«Und der Sonntag», ergänzte Hilmar, «ja, so ähnlich. Aber wer kommt denn dort?»

«Das ist sie», flüsterte Lolo.

Ihnen entgegen kamen Hans und Doralice. Als sie aneinander vorübergingen, nickte Doralice lächelnd Lolo zu, die beiden Herren grüßten förmlich.

«Nun?», fragte Lolo, sobald sie vorüber waren.

«Gewiss, allerdings», sagte Hilmar, «ein schönes Kindergesicht mit einem merkwürdig schicksalsvollen Munde.»

Lolo schwieg eine Weile, dann wiederholte sie sinnend «ein schicksalsvoller Mund, das hast du gut gesagt, ich suche lange schon einen Ausdruck für diesen Mund. Es muss seltsam sein einen schicksalsvollen Mund zu haben, ich kann mir das denken, ja ich fühle das jetzt so deutlich, so stark, dass ich überzeugt bin, ich habe in diesem Augenblicke auch einen schicksalsvollen Mund. Küsse mich jetzt, und du wirst sehen.» Sie blieb stehen und hielt ihr ernstes, vom Monde hellbeschienenes Gesicht hin, und als Hilmar sie geküsst hatte, fragte sie gespannt: «Nun?»

Hilmar schüttelte den Kopf: «Von Schicksal keine Spur. Mehr ein friedlicher Pfingstsonntag auf dem Lande.» Lolo zuckte die Achseln und seufzte. «Nein, warte», fuhr Hilmar fort, «es ist doch anders, dich hier vor dem Meere zu küssen kommt mir wie eine kolossale Frechheit vor. Es ist so, als sähen alle fünf Weltteile uns zu, das ist ein eigentümliches Gefühl.»

«Nein, das will ich nicht», rief Lolo und machte sich von ihm los.

Siebentes Kapitel

Der nächste Tag war ein Sonntag. Die Generalin und Frau von Buttlär saßen in ihren Strandkörben und lasen Andachtsbücher. Zuweilen hob Frau von Buttlär den Blick und schaute auf den hellbeschienenen Strand und auf das Meer hinab, das heute blau und golden und ruhig wie ein Teich war. Plötzlich blieben ihre Augen an zwei bunten Figürchen hängen, die dort an der gelben Dünenwand entlanggingen. Doralice im türkisblauen Sommerkleide, einige von Lolos roten Rosen im Gürtel unter einem roten Sonnenschirm, ging neben dem Baron Buttlär her. Der Baron schien lebhaft zu sprechen, und seine ganze Gestalt, seine Art zu gehen drückten höfliche Liebenswürdigkeiten aus. Frau von Buttlär schlug mit der flachen Hand auf ihr Buch und sagte: «Da haben wir's.» Auch die Generalin hatte aufgesehen und meinte: «Nun, er hat es eilig mit dem Dank.»

«Dank», rief Frau von Buttlär, «der war überhaupt nicht nötig. Ich verstehe Buttlär nicht. Er hat eine Frau, hat erwachsene Töchter und kompromittiert uns so. Was kann diese Person ihm bieten? Was will er von ihr?»

«Nichts, nichts», beruhigte die Generalin, «er kann eben das Kokettieren noch nicht lassen. Es ist immer dieselbe Geschichte, wenn ihr heiratet, wollt ihr hübsche Männer haben, aber ein hübscher Mann konserviert sich länger als unsereins, der bringt keine Kinder zur Welt, er schont sich mehr, und da dauert die Lust am Kokettieren länger als bei uns.»

«Aber Mama», protestierte Frau von Buttlär entrüstet, «die Ehe ist doch zu heilig, als dass solche Dinge in Betracht kämen.»

«Die Ehe, meine Liebe», versetzte die Generalin, «ist vielleicht sehr heilig, aber unsere Männer sind es nicht. Übrigens wird es da unten immer bunter.»

Hilmar und Lolo kamen Arm in Arm von der anderen Seite den Strand entlang, und als sie Doralice und Herrn von Buttlär begegneten, blieben sie stehen, und es fand eine Begrüßung statt. Von einer anderen Seite erschienen Hans Grill und der Geheimrat und gesellten sich zu der Gruppe. Es war hübsch, wie diese Menschen in dem grellen Sonnenschein beisammenstanden, wie die hellen Farben der Kleider, das Rot und das Blond der Haare auf dem Hintergrunde der gelben Düne blühten und leuchteten. Frau von Buttlär fand nicht mehr die Kraft des Zorns, sie war zu bekümmert: «Was soll man da machen? Mama», fragte sie kläglich.

«Liebes Kind», sagte die Generalin, «da gibt es nichts anderes als die Führung behalten. Du musst mit dieser Dame in irgendein Verhältnis kommen. Wenn so was Verbotenes, zum Beispiel eine Dame, von der vor uns nicht gesprochen werden darf, in der Nähe ist, das macht die Männer toll. Kennen wir diese Dame auch so halbwegs, dann verliert sie viel von ihrem Reiz. Also.»

«Ich glaube, ich werde das nie können», klagte Frau von Buttlär, «bin ich nicht eine geplagte Frau? Bisher der Kampf mit den Gouvernanten und jetzt diese.»

Unten löste die Gruppe sich auf, man grüßte und trennte sich. Frau von Buttlär sah ihrem Mann ernst und kummervoll entgegen. Als er jedoch vor ihr stand, schaute sie auf ihr Buch nieder und schwieg. Herr von Buttlär aber fühlte das Bedürfnis schnell und gezwungen heiter zu sprechen. Nun hatte er also das Unglück des Ortes kennen gelernt, Gott, es sah nicht so schlimm aus, aber im Ernst, es war besser so, hier konnte man sich ja doch nicht vermeiden, und das musste auf die Dauer peinlich werden, nun grüßte man sich, sprach miteinander auf neutralem Boden. Hier in dem weltabgeschiedenen Winkel war das ohnehin nicht kompromittierend. Von eigentlichem Verkehr ist ja ohnehin nicht die Rede, nicht wahr?

Frau von Buttlär sah jetzt auf und fragte, als hätte sie das Gesagte nicht gehört: «Lesen wir heute keine Predigt?»

«Gewiss, meine Liebe», rief Herr von Buttlär, «ist es denn schon Zeit? Also gehen wir.» Die Familie begab sich in den Bullenkrug zurück, im Wohnzimmer versammelte man sich, und Herr von Buttlär las eine Predigt vor. Es wurde allgemein bemerkt, dass seine Frau während der Predigt weinte.

Während des darauffolgenden Mittagessens drückte eine düstere Stimmung auf die Anwesenden. Herr von Buttlär musste Anstrengungen machen, um eine Art Unterhaltung in Fluss zu halten. Er wandte sich dabei ausschließlich an Fräulein Bork und sprach über Literatur. Er verurteilte den Realismus in der Literatur. Kunst soll doch erfreuen, nicht wahr. Das Leben war doch gewiss nicht heiter genug, um so einfach abphotographiert zu werden. Da seine Frau bei diesen Worten seufzte, wechselte er schnell das Thema und sprach vom Kaiser.

Der Sonntagnachmittag war sehr heiß, gelber Sonnenschein in den weißgetünchten Zimmern und über dem sandigen Gärtchen. Die Damen zogen sich zurück. Herr von Buttlär saß im Wohnzimmer hinter seiner Zeitung und schlummerte, und das Brautpaar ging auf der Veranda auf und ab.

«Bitte, Schatz», sagte Hilmar, «sieh mich nicht so erwartungsvoll an, das heißt, du hast ein Recht mich so anzusehen, denn du hast ein Recht zu erwarten, dass ich angenehm und unterhaltend bin. Aber ich weiß nicht, dieser Sonntagnachmittag lähmt mich.»

«Armer Hilmar», meinte Lolo ein wenig spöttisch, «den ganzen Tag im blauen Sammetkittel zu stecken.»

«Unsinn, Unsinn», rief Hilmar, «es ist nur eine Stimmung. Ich habe Sonntagnachmittage nie recht vertragen. Komm, setzen wir uns in den Schatten, und ich lehre dich Pikett spielen.»

Erst gegen Abend wurde es im Hause lebhafter. Die Generalin kam in das Wohnzimmer, ließ ihre laute, energische Stimme erschallen und weckte mit ihr das verschlafene Haus. Dann erschien auch Frau von Buttlär, sie hatte Toilette gemacht und einen Hut mit Kornähren und Mohnblumen aufgesetzt. Sie war noch sehr ernst. Sie zog sich ihre Handschuhe an und sagte ihrem Gemahl: «Reich mir deinen Arm, Buttlär, und wollen wir gehen, den Sonnenuntergang bewundern. Wo sind die Kinder? Lolo, Nini, Wedig!»

Sie mussten alle kommen, und die Familie zog paarweise zum Strande hinab.

«Bravo, Bella!», sagte die Generalin, «immer die Führung behalten.»

Wedig jedoch grollte. «Das soll ein Vergnügen sein. Nicht einmal der Gräfin werden wir begegnen, die geht um diese Zeit nicht spazieren.»

Am nächsten Morgen kam Hilmar erhitzt und mit sprühenden Augen zum Frühstück. Er war schon weit herum gewesen, hatte Bekanntschaft mit den Fischern gemacht. Famose Leute! Da war ein André Stibbe, ein blonder Riese mit ganz hellblauen Augen, so hell wie schlechte Milch. Wenn der einen anschaute, war es, als sähe einen ein sehr hochmütiger Dorsch an. Hilmar hatte mit ihm über ein Boot zum Segeln gesprochen, er wollte auch mit ihm auf den Fischfang hinausfahren. Übrigens hatte Stibbe für nächste Zeit einen Sturm versprochen. Auch den Maler hatte Hilmar gesehn, der schien ein braver Bursch zu sein. Seine schöne Frau ging gerade baden in einem sehr bemerkenswerten marineblauen Badekostüm. Endlich hatte er noch mit der Exzellenz Knospelius gesprochen, ein äußerst interessanter Herr. Er interessiert sich sehr für das Gesellschaftsleben hier; er will ein Fest geben, so was wie eine italienische Nacht. Sein Diener, ein unheimlich ernster Wiedertäufer, klebt schon die Papierlaternen dazu.

«Klaus ist», sagt die Exzellenz, «sehr brauchbar für das, was er unsere Sünden nennt.»

Lolo hatte aufmerksam zugehört und sagte ergeben: «Wenn du so viel auf das Meer hinausfährst, werde ich wohl auf der Düne sitzen müssen und dir nachschauen.»

«Wieso, wieso?», rief Hilmar, «das ist doch nur für die Zwischenzeiten, und du weißt, es gibt Zwischenzeiten, Zeiten, in denen ich langweilig bin, in denen du nichts mit mir anfangen kannst. Dann segele ich hinaus. Übrigens steht schon in der Bibel so was davon, dass die Frau zu Hause bleibt und der Mann vor den Toren berühmt ist.»

«Dieses Tor merk dir, mein Kind», meinte die Generalin, «das wird in deiner Ehe noch oft auftauchen.»

«Aber ich fahre mit», meldete sich Wedig unten am Tisch.

Seine Mutter sah ihn mitleidig an. «Du, mein armer Junge, nein, du bleibst zu Hause.»

Da ging eine seltsame Veränderung in dem Knaben vor. Sein bleiches Gesicht mit den kränklichen zu feinen Zügen errötete, seine Augen füllten sich mit Tränen, und mit leidenschaftlich sich überschlagender Stimme begann er zu sprechen: «Ich bleibe immer zu Hause, ich darf nie etwas, ich hocke immer abseits, warum? Was ist mit mir? Bin ich ein Krüppel? Was sollen die Leute davon denken? Ich bin ja lächerlich. Gestern begegnete mir die Gräfin, ich grüße, sie bleibt stehen und fragt: Baden Sie auch? Ich sage ja, aber ich kann ihr nicht sagen, ich darf nicht ins Meer hinein, ich nehme warme Seebäder.»

«Wedig, geh auf dein Zimmer», sagte Frau von Buttlär.

Wedig war wieder sehr bleich geworden, er stand auf und ging, steifbeinig vor Trotz, hinaus. Am Tische entstand ein Schweigen, alle waren über den Zwischenfall betroffen.

Endlich sagte Frau von Buttlär sorgenvoll: «Ich weiß nicht, woher meine Kinder alle das überspannte Wesen herhaben.»

«Meine Liebe», versetzte Herr von Buttlär und legte seine Hand zärtlich auf die Hand seiner Gattin, «die Genialität haben sie jedenfalls von dir.»

Die Generalin lachte. «Nun ja», meinte sie, «es ist das Wetter, das euch alle zu genial macht, aber der Barometer fällt Gott sei Dank.»

Achtes Kapitel

Tun, tun, hatte Hans Grill gesagt, und so fuhren sie denn mit Wardein bei Nacht auf den Fischfang hinaus. Der Mond stand hoch am Himmel, das Meer war ruhig, nur von einem sanften langatmigen Auf- und Abschwellen bewegt, wie über ein gläsernes Hügelland glitt das Boot hin. Wardein saß am Steuer und rauchte. Zwei blonde rundköpfige Burschen, Mathies und Thomas, ruderten; unförmig in ihren dicken Jacken bogen sie sich taktmäßig hin und her. Doralice war auf einem Klappstühlchen eingerichtet worden, fest in Decke und Mantel gehüllt. Hans saß neben ihr auf der Bank. Alle schwiegen, nur ab und zu gab Wardein ein Kommando, das wie ein tiefes Brummen klang. Die Ferne war von einem feinen, silbernen Lichtnebel verhangen, aber Doralice glaubte diese unendliche Weite zu fühlen, wie sie die dunkele Tiefe unter sich zu fühlen meinte, und beide, die Tiefe und die Weite, legten sich bedrückend auf sie, wie etwas, das ihr den Atem benahm, sie ängstigte, das ihr die Empfindung des Verlorenseins und der Einsamkeit gab. Warum sprachen alle diese Männer nicht? Warum saßen sie da still in ihre Mäntel gehüllt, die Hutkrempen auf die Gesichter niedergebogen wie dunkele, fremde Traumgestalten? Da beugte sich Hans zu ihr nieder, drückte ihre Hand und fragte: «Wie geht es?»

«Gut», erwiderte sie und lächelte, es sollte niemand wissen, dass sie sich fürchtete, aber der Händedruck, die ruhige, freundliche Stimme taten ihr gut, gaben ihr ein wenig Sicherheit wieder.

Und Hans, als fühlte er das, sprach weiter, fragte Wardein: «Fahren wir dort zu den Butten hinüber?»

«Ja, ja, zu den Butten», brummte Wardein, «die liegen dort unten im Sande.»

«Aha», meinte Hans, «die wühlen sich dort in den Sand ein und warten auf ihre Beute, die flachen Luder.» Die Burschen auf der Ruderbank begannen laut und rau über die Butten zu lachen, Doralice lachte auch mit. Die Nacht war schwül, Mathies wurde es beim Rudern zu heiß, er wollte sich die Jacke ausziehen. Hans erbot sich für ihn zu rudern, und nun standen sie auf, gingen im Boot hin und her wie in einer Stube, Mathies zog sich die Jacke aus, stand in Hemdsärmeln da, stützte den einen Fuß auf den Bootsrand, spuckte in das Meer und pfiff leise vor sich hin. Und wie sie sich alle um sie her so ruhig und gewohnt bewegten, als seien sie hier mitten auf dem Meer zu Hause, da wich auch von Doralice das bedrückende Angstgefühl, ja, es war köstlich zu spüren, wie sie allmählich in diese Welt als etwas Zugehöriges aufgenommen wurde. Es war ihr, als würde etwas in ihrer Brust sehr weit und sehr stark, als könnte sie ihren Atem auf den Takt des stillen, flimmernden Wogens um sie her einstellen, und ein kindisches Gefühl des Stolzes, des Hochmutes machte sie froh. Zu denen zu gehören, die hier auf dem Meere zu Hause sind, die sich nicht fürchten, erschien ihr als etwas sehr Wichtiges und Großes. Hier und da tauchten jetzt andere Boote auf, sehr groß und schwarz in dem unsicheren Lichte. Wardein rief etwas hinüber, von drüben wurde geantwortet, einer schien sogar einen Witz zu machen, denn Thomas und Mathies lachten. Die Boote waren jetzt einander ganz nahe, es waren drei, die im Halbkreise hinruderten, die Männer machten sich an den Netzen zu schaffen und sprachen miteinander von Boot zu Boot. Plötzlich mischte sich in diese Stimmen, die jedes Wort mit einem tiefen Brummen besser hallen ließen, eine hohe, scharfe Stimme, die hier seltsam fremd klang, als spräche sie eine andere Sprache. «Das ist der Leutnant von Hamm», sagte sich Doralice, und diese Entdeckung war ihr unangenehm, es empörte sie fast, als sei ein Unbefugter dort eingedrungen, wo die Berechtigten beieinander waren.

Im Boot begannen die Männer sich zu regen, das große Netz wurde vorsichtig in das Wasser hinabgelassen, das andere Boot wurde angerufen und ihm ein Seil zugeworfen. Im bewegten Wasser sprühte es wie silberne Flämmchen, im Netze hingen glitzernde Tropfen. Mathies hatte sich die Hemdsärmel aufgestreift, um im Wasser zu arbeiten, wenn er die nackten Arme emporhob, rann es silbern an ihm nieder. Doralice wickelte sich fester in ihren Mantel, alle Angst und Erregung waren fort, sie fühlte sich sicher und behaglich. Eine leichte Müdigkeit machte ihr die Augenlider schwer, und wenn sie die Augen schloss, war es ihr fast wie als Kind, wenn sie in ihrem Bette lag und im Halbschlaf noch die Erwachsenen um sich her hantieren oder sprechen hörte, was dem Kinde stets ein wohliges Gefühl der Geborgenheit gegeben hatte. Schlug sie dann wieder die Augen auf, dann war die Weite voll weißen Lichtes in ihrer großen und kühlen Schönheit immer von neuem wieder eine wohltuende Erschütterung, immer wieder fühlte da Doralice, wie die engen, heißen Schranken des Ich sich verwischten und lösten, wie es auch in ihr weit und kühl wurde. Und es war hübsch, dieses Wechseln der Bilder, einmal im Halbtraum vertraute Gesichter und Räume der Kindheit, dann wieder das mondbeglänzte Meer. Einmal, als sie die Augen öffnete, waren die andern Boote nah herangekommen, die Männer riefen und sprachen, das Netz wurde gezogen. Doralice hörte einmal auch wieder die unpassende Stimme des Leutnants, die Fische schnalzten und klatschten in den großen Körben im Boot. Es wurde dann wieder still, und man fuhr weiter. Nach einiger Zeit fand Doralice, dass es dunkel geworden war, der Mond musste untergegangen sein, Sterne standen am Himmel, und in der Finsternis regte sich das Meer wie eine sacht bewegte schwärzere Finsternis. Doralice wusste nicht, wie lange sie so gefahren waren, aber als sie wieder einmal die Augen öffnete, stand ein weißer Schein am Horizont, und ein graues Dämmern lag über dem Wasser. Ein stärkeres Wehen ließ sie frösteln, alles Behagen war plötzlich hin, das graue Dämmern machte das Meer und den Himmel streng und nüchtern. Mathies und Thomas ruderten angestrengt, die Jacken über die Schultern geworfen, die Brust nackt und stark atmend. Es schien sich um ein Wettrudern mit dem Boot nebenan zu handeln. In den Körben flüsterten und schnalzten fette, blanke Fischleiber. Hans stand im Boot, hielt einen großen Dorsch an den Kiemen, wog ihn und lachte ihn an. Scharen von Möwen kamen geflogen, groß und weiß im unsicheren Lichte, und stießen schrille, gierige Rufe aus. Wie gewaltsam das alles war. Welch ein starkes, rücksichtsloses Leben das alles atmete, zu stark für Doralice, es machte sie plötzlich ganz schwach, es machte sie krank, der Geruch des Seewassers, der Fische, der feuchten Fischerjacken, all dieses Fleisch der Männer und feisten Fische bedrückte sie, sie wurde ganz bleich. Da entstand ein Hin- und Herreden zwischen ihrem und dem Nachbarboot. Die Boote wandten sich einander zu, lagen nah beieinander. Leicht und gewandt über den Bootsrand balancierend sprang Hilmar in das Boot, stand neben Doralice und lachte. «Ein Morgenbesuch», sagte er.

Hans nickte ihm zu und zeigte ihm den Dorsch, den er noch immer an den Kiemen hielt.

«Ja, ja, so etwas ist schön», meinte Hilmar, «das war ein gesegneter Zug.» Dann setzte er sich auf die Bank Doralice gegenüber. «Es hat Sie auch ein wenig angegriffen, gnädige Frau, wie ich sehe.»

Doralice zog die Augenbrauen zusammen, als sie abweisend antwortete: «Das macht wohl die Beleuchtung.»

«Gewiss, gewiss», bestätigte Hilmar höflich, «eine kritische Stunde.» Da es schien, dass Doralice schweigen wollte, schwieg auch er und zündete sich eine Zigarette an. Unter der niedergebogenen Krempe seines Filzhutes sah sein Gesicht mit den scharfen, gespannten Zügen, den schwarzen unruhigen Augen sehr bleich, fast kränklich aus. Es war etwas Überfeinertes, Schwächliches an der ganzen Gestalt, das Doralice in diesem Augenblick gefiel, das ihr das Gefühl gab, einen Kameraden der eigenen Schwäche zu haben, und der süße Duft der ägyptischen Zigarette schien wie ein Stück Luft einer Welt, die ihr befreundet war. «Jetzt soll er weitersprechen», dachte sie, daher lächelte sie und sagte: «Sie sehen übrigens auch ein wenig aus, als hätte es Sie mitgenommen, oder ist es auch die Beleuchtung?»

«Nein, nein, es ist schon was daran», erwiderte Hilmar, «es ist vielleicht traurig, es sollte vielleicht nicht sein, weil es nicht natürlich ist. Stibbe fühlt nichts davon, aber die große Natur macht uns betrunken, und Trunkenheit greift an, was Sie, gnädige Frau, natürlich nicht wissen können.»

Doralice nickte: Ja, ja, so was mochte es wohl sein.

«Und doch», fuhr Hilmar fort, froh darüber, dass er zum Sprechen ermutigt wurde, «es ist nicht nur Trunkenheit, es ist – – es ist – geradezu eine große Verliebtheit, was wir dieser Natur gegenüber empfinden, ganz genau, es ist dieselbe Unruhe, dasselbe quälende Gefühl, ganz eng dazuzugehören, und was die Hauptsache ist, der starke Wunsch zu imponieren, denn, wenn wir verliebt sind, wollen wir imponieren, das ist symptomatisch für den Zustand. Man hat ja seine Erfahrungen.»

«Sie sind ja auch verlobt», schaltete Doralice ein.

«Gewiss, das auch», fuhr Hilmar fort, «aber sehen Sie, gnädige Frau, vorhin im Boot war der Trieb in mir zu imponieren so stark, dem Meere zu imponieren oder den Fischern, gleichviel, denn die sind doch die Repräsentanten des Meeres, dass ich auf die Spitze des Bootes stieg und dort frei balancierte. Ich bin in solchen Künsten ziemlich geübt. Meinen Zweck erreichte ich nun zwar nicht, denn André Stibbe sagte trocken: ‹Wenn der Herr bei den Faxen ins Wasser fällt, wer anders muss ihn herausholen als wir.› Mein Effekt war verfehlt. Aber ich habe das tun müssen.»

«Das ist seltsam», sagte Doralice nachdenklich.

«Nicht so seltsam», meinte Hilmar, «der Spielhahn, wenn er ein Rad schlägt und kollert, will auch dem Walde und der Wiese imponieren, ebenso wie der kleinen grauen Henne, und er ist ebenso in den Wald und die Wiese verliebt wie in die kleine graue Henne.»

Doralice lachte: «Das ist hübsch, ja, ja, man möchte gerne dabei sein, dazugehören.»

Hilmar verbeugte sich ein wenig: «Sie, gnädige Frau, sehen ganz aus, als gehörten Sie hier dazu. Sie sehen in dieser Natur vollständig *reçue* aus.»

Doralice errötete und ärgerte sich, dass sie das tat, Hilmar aber schloss mit einem Seufzer: «Ach ja, wenn alles so schön um uns her ist, fühlen wir ein brennendes Bedürfnis, auch dekorativ zu sein.»

Das Boot fuhr jetzt durch die Brandung über weiße Schaumhügel in graugrüne Wellentäler. Hans kam und setzte sich neben Hilmar auf die Bank. Er rieb sich die Hände und schien sehr vergnügt. «Das war eine Nacht, herrlich, herrlich, was sagst du, Schatz? Du frierst, was? Sie scheinen auch zu frieren, Baron, ja, so ein Morgen auf dem Meere! Zu Hause machen wir uns einen warmen Tee, der wird guttun. Trinken Sie nicht mit uns eine Tasse, Baron? Nicht wahr, Schatz, du machst uns doch Tee?»

Doralice schaute Hans ein wenig verwundert an, sagte aber dann: «O gewiss.» Hilmar verbeugte sich.

Jetzt stieß das Boot auf den Sand, und man begann auszusteigen. Hans nahm Doralice auf den Arm und trug sie ans Land. Von den Dünen aber schossen mit flatternden Tüchern und Rücken wie gierige Möwen die Fischerfrauen auf die Boote zu.

In der Wohnstube eilte Hans zur Lampe, um sie anzustecken. «Nur kein Morgengrauen», sagte er. Dann richtete er den Teekessel her, trug Tassen, trug Rum herbei. «So, so, das wird guttun, warmen Tee, ja, den haben wir verdient, das will ich meinen, den haben wir redlich verdient.» Er sprach eifrig vor sich hin, als wollte er mit der Gemütlichkeit seiner Worte sich und die anderen erwärmen: «Setzen Sie sich, meine Herrschaften, setzen Sie sich.» Sie saßen um den Tisch herum und hörten schweigend dem Summen des Teekessels zu mit den starr vor sich hin sehenden Augen sehr müder Menschen.

Endlich glaubte Hilmar etwas sagen zu müssen und bemerkte: «Es war doch wunderschön.»

«Es war so schön», erwiderte Doralice und zog ihre Augenbrauen empor, «dass man lieber gar nicht davon spricht.» Das klang abweisend, fast feindselig. Sie nahm es Hilmar jetzt übel, dass er ihr dort im Boot so willkommen gewesen war. Hilmar lehnte sich in seinen Stuhl zurück und rauchte.

Aber Hans lachte. «Sehen Sie, so macht es meine Frau immer,

wenn ihr etwas sehr gefällt, dann darf nicht gesprochen werden, das ist dann heilig, und kein anderer darf es berühren. Nun, nun, gib uns Tee.»

Doralice schenkte die Tassen voll. Der heiße Dampf und der starke Duft des Tees schien die Müdigkeit noch schwerer zu machen, alle schwiegen wieder eine Weile. Endlich seufzte Hans und sagte: «Immerhin ist es schade, dass man nach einer solchen Nacht eine Art Katzenjammer hat, den Katzenjammer der Weite. Das Land erscheint einem unerträglich eng. Dann ist es schon besser seine Höhle dunkel zu machen und sich darin zu verkriechen.»

«Naturgesetz dieses Ab und Zu der Gefühle», murmelte Hilmar zerstreut.

«Und doch», fuhr Hans fort, «ich fühle eine seltsame Befriedigung, und warum? Weil wir so viel Fische gefangen haben. Das ist doch ein greifbares Resultat einer Arbeit. Wenn ich einen fetten Dorsch halte, so weiß ich, was ich habe. Wenn ich ein Bild male, weiß ich denn, ob es etwas ist oder nicht?»

«Und erst ich», unterbrach ihn Hilmar, «wenn ich eine Stunde Rekruten gelehrt habe sich wie Holzpuppen zu bewegen, wie soll ich da Befriedigung über ein Resultat fühlen?»

«Ach ja», meinte Hans und gähnte, «es ist schade, dass das Leben so selten bar zahlt.»

Es entstand wieder eine Pause. Doralice war auf ihrem Sessel eingeschlafen, das Gesicht, sehr bleich mitten in den blauen Schatten des Morgens, erhielt von der friedlichen Hilflosigkeit des Schlafes eine wunderbar kindliche Schönheit. Die beiden Männer saßen jetzt ganz stille da und schauten andächtig auf dieses schlafende Gesicht. Endlich erhob sich Hilmar, reichte Hans die Hand und flüsterte: «Ich gehe, die Sonne kommt.» Dann ging er leise hinaus.

Draußen war es schon taghell, über dem Horizonte schossen die ersten goldenen Strahlen empor. Hilmar ging sehr schnell, er wollte zu Hause sein, ehe die Sonne da war. Er wunderte sich über sich selber. Warum fühlte er sich elend? Die kleine Lolo hatte wohl recht, diese Frau war so schön, dass man traurig wurde, oder wie sagte doch der Maler: «Katzenjammer der Weite, in dem das Land und das Tageslicht uns eng scheinen.» Die arme kleine Lolo, Hilmar konnte nichts dafür, aber wenn er jetzt an sie dachte, schien es ihm, als habe sie etwas vom Lande und vom Tageslicht an sich.

Neuntes Kapitel

Der Geheimrat von Knospelius kam zum Fünfuhrkaffee in den Bullenkrug. Behaglich saß er an dem langen Tisch auf der Veranda, über dem die Blätterschatten der rankenden Bohnen flirrten. Es duftete nach den Sträußen von Erbsenblüten und nach frischem Brot. Schmunzelnd schaute Knospelius auf die Reihe der jungen Gesichter am untern Ende des Tisches. «Familienmahlzeit, Familientisch», sagte er zur Generalin, und sein langer Mund sprach diese Worte aus, als schlürfte er eine Auster. «Das ist für mich ein seltener, aber exquisierter Genuss. Bei meiner Schwester in Thüringen habe ich zuweilen diesen Genuss. Eine Familienmahlzeit hat etwas Sakramentales. Sie ist, möchte ich sagen, das Fundament der Familie. Solange es mit der Familienmahlzeit gut steht, kann es mit der Familie nicht schlecht stehen.»

«Nun», meinte die Baronin Buttlär, «wir haben Gott sei Dank noch andere Fundamente.»

«Mein Schwager», fuhr der Geheimrat fort, «sagte zu meiner Schwester: ‹Karoline, sollte ich vormittags sterben, so ist gar kein Grund, dass an dem Tage nicht ebenso pünktlich gegessen wird wie sonst, sonst wird die Verwirrung nur erhöht.› Nicht wahr, ganz wie auf den großen Passagierdampfern, denen was zugestoßen ist und auf denen bis zum äußersten Augenblick das Diner regelrecht serviert wird. Es ist gleichsam das Symbol der moralischen Ordnung.»

Der Baron Buttlär nickte ernst und sagte: Ja, die Familie überhaupt sei doch die Grundlage des Staates, die Familie und der Grundbesitz, und er brachte das Gespräch allmählich auf Steuern und auf Branntwein.

Allein der Geheimrat ging nicht darauf ein, er wollte heute seinen Erfolg am untern Ende des Tisches bei der Jugend haben. Er erzählte Anekdoten und schaute dabei zu den jungen Leuten hinüber, ob sie auch lachten. Später dann kam er mit seinem Anliegen heraus. Er wollte morgen ein kleines ländliches Fest feiern und hoffte, die Herrschaften würden vollzählig dazu erscheinen. «Die Veranlassung dieses Festes», sagte er, «ist mein Geburtstag. Na ja, das Älterwerden mag ja seine guten Seiten haben, aber zum Feiern wäre ja schließlich keine Veranlassung. Diese Welt hier zwar ist recht fragwürdig, allein besondere Eile herauszukommen hat man nicht, denn erstens ist das Programm dessen, was nachher kommt, nicht recht klar, und zweitens bleibt es uns ja ohnehin. Nein, ich feiere das Datum meiner Geburt, denn das Geborenwerden ist doch der merkwürdigste Augenblick unsres Lebens von unübersehbaren Folgen. Sehen Sie, eine Welt ohne Knospelius und eine Welt mit Knospelius, das ist für mich ein gewaltiger Unterschied.»

Zufrieden über seine Auseinandersetzung schaute er Nini an, die darüber errötete.

«Was Sie da sagen, liebe Exzellenz», bemerkte die Generalin, «ist gewiss sehr klug, aber mit der Religion scheint es dabei denn doch auch ein wenig unklar zu stehen.»

Knospelius zuckte mit seinen zu hohen Schultern: «Nun, deshalb hat der Staat mich vielleicht zum Rechnen und nicht zum Predigen eingesetzt. Aber ich komme auf mein Fest zurück, da ist nämlich ein kleiner Umstand zu erwähnen. Da ist das Ehepaar Grill. Ich kann es nicht vermeiden, dieses Ehepaar einzuladen. Ich hoffe, es wird niemanden stören.»

«Allerdings», meinte die Baronin Buttlär und zog die Augenbrauen empor, «dieses Ehepaar scheint für uns unvermeidlich zu sein, unser unvermeidliches Schicksal.»

Knospelius lachte. «Schicksal, sehr gut. Nun, diese kleine Frau ist kein grausames Schicksal. Und dann, wenn wir die Vergangenheit auf sich beruhen lassen, jetzt sind die Verhältnisse ja korrekt. Sie haben sich in London trauen lassen.»

«So? in London», bemerkte die Generalin, «davon hört man jetzt oft, eine neue Erfindung. Es scheint, dass in London die Trauungen schneller gemacht werden, auch so moderne Fabrikware.»

Knospelius zuckte die Achseln. «Hausarbeit, meine Gnädige, wird eben selten. Ich darf also annehmen, dass mir meine Grills zugestanden sind.»

Die Baronin Buttlär lehnte sich in ihren Stuhl zurück und seufzte: «Ich sage nichts. Achtung vor der Londoner Trauung habe ich nicht, und die Vergangenheit kann ich nicht auf sich beruhen lassen. Aber es scheint, dass das altmodische Ansichten sind.»

Der Baron Buttlär ärgerte sich darüber. «Liebe Bella», sagte er gereizt, «du musst zugestehen, dass diese Leute uns bisher nicht belästigt haben, einen Gruß, einmal ein freundliches Wort und dann schließlich so ein Landpartienverkehr –»

«Landpartienverkehr, bravo!», rief der Geheimrat, «das ist das Wort, da haben wir die Formel. Die Hauptsache ist, für jede Lebenslage eine Formel zu finden, das andere findet sich dann schon. Also mein Fest ist gesichert. Ich darf die Herrschaften morgen Nachmittag erwarten. Im Birkenwäldchen, bei der Zibbe Waldhüterei. Das Meer ist ausgeschlossen, denn das Meer ist nicht gemütlich. Sie werden sehen, es wird alles sehr harmonisch verlaufen.» Und vergnügt rieb er sich die langen, bleichen Hände.

Am Nachmittage des folgenden Tages zogen die Einwohner des Bullenkruges zur Zibbe Waldhüterei hinauf. Voran die Generalin im weitläufigen weißen Piquékleide und einem großen Strohhute über dem erhitzten Gesicht. Lolo und Nini trugen weiße Kleider und meergrüne Bänder. Der Sonnenschein vergoldete die weißen Birkenstämmchen, die vom Seewinde alle landeinwärts gebogen dastanden wie Jungfrauen, die nach vorn geneigt ihre grünen Schleier über das Gesicht wallen lassen. Der Geheimrat empfing seine Gäste, für die Generalin und die Baronin waren Korbstühle da, für die anderen lagen Polster auf der Erde, und ein weißes Tischtuch war über das Heidekraut gebreitet worden. «Nehmen Sie Platz», sagte der Geheimrat und rieb sich die Hände, «der Kaffee kommt gleich, die jungen Damen helfen mir ein wenig bei der Bewirtung, meine Colombinen, ha, ha!»

Klaus servierte den Kaffee, sehr korrekt in einen schwarzen Rock geknöpft, ernst und traurig. Die Unterhaltung wollte nicht recht in Gang kommen; man sprach von Birken im Allgemeinen, dann sprach Baron Buttlär von Branntwein und Monopol; Hilmar saß einsilbig und zerstreut neben Lolo und machte Ringe aus dem Rauch seiner Zigarette. Mücken tanzten im roten Sonnenstrahl und der Duft des warmen Heidekrautes und der warmen Birkenblätter machte die Menschen schläfrig.

Wedig gähnte und äußerte zu Nini: «Nun könnten sie auch kommen.»

«Wen erwartest du?», fragte die Baronin Buttlär streng.

Allein es war klar, alle empfanden dies Beisammensitzen nur als Vorspiel. Nun und dann kamen sie den Hügel herauf, Hans voran, gefolgt von Doralice, die bleich und ernst war. Sie hatte nicht kommen wollen, aber Hans war heftig geworden. «Wenn sich die Leute vor uns fürchten, bitte, bitte, wir brauchen uns vor niemandem zu fürchten.» So hatte sie denn ihr blassviolettes Musselinkleid angezogen, das Zeitlosenkleid, wie sie es nannte, hatte die rote Korallenschnur um den Hals gelegt, den großen schwarzen Hut aufgesetzt und war mitgekommen. Der Geheimrat war ein wenig aufgeregt, als er seine neuen Gäste empfing, sie vorstellte, ihnen Plätze anwies, nach Kaffee rief. Doralice saß neben der Generalin noch immer sehr bleich und still wie ein junges Mädchen, das ruhig wartet, bis sie von den älteren Leuten angesprochen wird.

«Schönes Wetter», sagte die Generalin, «es ist gut, dass Sie sich auch herausgemacht haben. Wir sehen Sie immer baden, Sie schwimmen mir ein bisschen zu kühn.» Während die Generalin mit ihrer mütterlichen Stimme unbefangen fortplauderte, schwiegen die andern, die Baronin Buttlär errötete, Fräulein Bork lächelte verzückt, und die beiden Mädchen richteten ihre grellen braunen Augen unverwandt auf Doralice, öffneten die Lippen, man sah es, die Bewunderung für die schöne Frau benahm ihnen ein wenig den Atem. Dann mischte der Baron Buttlär sich plötzlich in die Unterhaltung, munter und galant. Er wandte sich ausschließlich an Doralice und sprach ziemlich unvermittelt von Paris und dem Bois de Boulogne. Auch Hilmar wurde lebhafter, er erzählte Nini und Lolo etwas, machte sie lachen; er legte Wert darauf, dass es an seiner Ecke lustig zuging. Der Geheimrat, der sich mit Hans unterhielt, blickte zufrieden auf die Gesellschaft, in die jetzt Leben zu kommen schien.

Hinter den Birken erscholl eine dünne hüpfende Musik. Der Strandwächter spielte Harmonika und der lahme Schneider des Dorfes die Geige. Der Geheimrat sprang auf und rief: «Ich bitte mit dem Tanz zu beginnen. Baron Buttlär, ich bitte, den Ball, die *fête champêtre*, zu eröffnen. Die Sonne geht unter, also richtige Beleuchtung. Baron Hamm, bitte nicht zu vergessen, dass die Geselligkeit des Deutschen Reichs auf dem Leutnant beruht.» Baron Buttlär führte seine Frau zum Tanz, die sich ein wenig sträubte. «Aber Buttlär, wir, die Alten.» Hilmar tanzte mit Lolo, und Wedig, dunkelrot im Gesicht und so erregt, dass es aussah, als wollte er weinen, bat Doralice um einen Tanz. Die Paare drehten sich dort auf einem freien Platz; rotes, sachte zitterndes Licht drang durch die Bäume und überflutete sie. Hinter den Birken aber schien etwas zu brennen, es war das Meer im Glanze des Sonnenuntergangs.

«Sehr hübsch», sagte Knospelius zur Generalin, während er das Bild vor sich mit einer fast gierigen Aufmerksamkeit betrachtete; «das muss Stimmung in die Gesellschaft bringen. Nichts taugt besser dazu als der Tanz. Man spricht nicht, man denkt nicht, man verständigt sich mit den Füßen, das löst die richtige Elektrizität aus.»

«Was für eine Verständigung, was für Elektrizität?», meinte die Generalin. «Ich freue mich, wenn die Jugend heiter ist, aber Ihre Verständigungen und Elektrizität brauchen wir nicht.»

«Und dann», fuhr der Geheimrat sinnend fort, «ich habe bemerkt, dass, wenn in unsre Gesellschaft mal ein fremdes Element kommt, ein *outsider*, das erregend wirkt wie Zitronensäure auf Soda. Ein jeder sieht im Fremden ein Publikum. Aha! der Baron tanzt mit unsrer Frau Gräfin. Wie siegesgewiss er lächelt. Und unser Maler macht sich an die Frau Baronin, bravo! Das Brausepulver ist komplett.»

«Ihre kleine Köhne», versetzte die Generalin, «ist so weit ein liebes und nettes Ding. Schade um sie.»

«Wieso schade?», fragte Knospelius. «Es wird jetzt vielleicht etwas Wertvolleres aus ihr, als der alte Köhne je gemacht hätte.» Aber die Generalin wollte davon nichts wissen. «Ach, liebe Exzellenz, unsere Frauen, wenn die mal so ganz offen aus Reih und Glied treten, dann finden sie auch keinen Halt mehr. Das ist so wie bei dem Kettenstich auf der Nähmaschine; trennen Sie einen Stich auf, dann geht die ganze Naht los.»

Der Geheimrat lächelte: «Das spricht nicht für den Kettenstich. Aha! es kommt zur Quadrille, sehr gut. Der Walzer hat Stimmung gemacht. Sehen Sie doch, wie ausdrucksvoll, wie vielsagend die Beine der Herren geworden sind.»

Die Quadrille war allerdings sehr lebhaft. Hilmar tanzte mit Doralice, ihnen gegenüber Lolo mit ihrem Vater. Doralicens Gesicht war ganz rosa, und sie lachte, wenn sie mit Hilmar im *carrière*, wie er sagte, über den rotbeschienenen Sand hinliefen. Das Tanzen, diese Menschen, all das gab Doralice das Gefühl, als stünde sie wieder in jener Welt, die sie jetzt ein Jahr schon nur noch aus ihren Träumen kannte. Sie vergaß, dass sie hier fremd war, und genoss es, gedankenlos lustig zu sein wie einst auf den Gesellschaften, wenn sie sich von ihrem Gemahl nicht beaufsichtigt fühlte. Und welch ein handlicher, bequemer Kamerad der Lustigkeit war doch so ein Leutnant, man tanzte mit ihm so selbstverständlich bequem, als hätte man das ganze Leben schon miteinander getanzt. Man sprach und lachte mit ihm so mühelos, als hätte man schon ein ganzes Leben miteinander gesprochen und gelacht.

«*Grand rond, s'il vous plaît*», schnarrte Hilmar. Man fasste sich bei den Händen, in der Abendsonne schien es, als erröteten alle Gesichter, dann kam die Promenade von Hilmar angeführt, eine wilde Promenade zwischen den Birkenstämmen hindurch, über das Heidekraut hin.

«Unser Leutnant steht auf der Höhe seiner Aufgabe», sagte Knospelius, «aber die Stimmung darf nicht verrauchen. Jetzt muss gleich gesungen werden, ein Volkslied, etwas ganz Herzbrechendes natürlich.»

Als die Quadrille zu Ende war und alle wieder auf den Polstern saßen, war die Sonne untergegangen, unter den Bäumen begann es schnell zu dämmern, von der Seeseite kam ein Wehen, fuhr in die Birken und ließ sie erregt flüstern. Unten aber rauschte das Meer jetzt lauter. Knospelius erhob sich, streckte seinen langen Arm aus, schlug den Takt und stimmte mit lauter gefühlvoller Stimme an:

«Mei Mutter mag mi nit,
Und kei Schatz hab' i nit.
Ei, warum sterb' i nit,
Was tu i da.»

Alle sangen mit, selbst die Generalin, die Mädchen falteten die Hände im Schoß, schauten mit den blanken Augen gerade vor sich hin und ließen ihre scharfen Sopranstimmen klagend in die Dämmerung hinausschallen. Doralice tat es auch wohl, sich von der eigenen Stimme in ein weiches gedankenloses Behagen wiegen zu lassen. Ja gedankenlos, denn sie spürte es wohl, da waren so einige kleine widerwärtige Gedanken, die nur darauf lauerten hervorzukriechen. So der Gedanke an die verlegene und herablassende Art, mit der die Baronin Buttlär zu ihr gesprochen hatte, die Art, mit der Familienmütter auf Wohltätigkeitsfesten zu fremden Schauspielerinnen zu sprechen pflegten, oder der Gedanke daran, dass der Baron Buttlär während des Tanzes die Augen rollte, wie Herren sonst nicht die Augen rollen, wenn sie mit fremden Damen tanzen. Nein, daran wollte sie nicht denken, sie wollte singen. Sie schaute zu Hans hinüber. Der saß ruhig da, öffnete den Mund weit, ganz damit beschäftigt, seinen schönen Tenor recht laut erklingen zu lassen. Als das Lied zu Ende war, schwiegen alle eine Weile, träumten in die Dämmerung hinein, als fürchteten sie etwas zu wecken, das sie eben sich in den Schlaf gesungen hatten. Endlich verkündete der Geheimrat, die Uhr in der Hand: «Jetzt bitte zum Feuerwerk, künstliches Feuerwerk habe ich nicht. Mein Feuerwerk ist der Mond, der gerade jetzt aufgeht. Bitte also mit mir dort hinaufzugehen.»

«Meine Tochter und mich lassen Sie hier», meinte die Generalin, «ich bin alt und habe daher häufig gesehen, wie der Mond aufgeht.»

«Wie's beliebt», erwiderte der Geheimrat, «obgleich ich glaube, dass mein Mond etwas Besonderes ist. Also wenn ich bitten darf, meine Herrschaften.» Er übernahm die Führung mit Fräulein Bork. Sie mussten einen Hügel hinansteigen. Der Baron Buttlär ging neben Doralice her, er sprach mit weicher singender Stimme von dem Frieden der abendlichen Natur, von den Mühen und Sorgen der Landwirtschaft. Ach die Landwirtschaft war ja jetzt eine Industrie, und die Poesie hatte in ihr wenig Raum. Aber wenn er, Buttlär, zuweilen abends auf seine Felder hinausging, mit seinen Feldfrüchten allein war, dann fühlte er doch wieder etwas von der Poesie der Natur. Leider sind im heutigen Kampfe des Lebens die Augenblicke so selten, in denen man sein Herz sprechen lassen darf. Oben auf dem Hügel stellten sich alle auf und schauten zu dem schwarzen Waldrande hinüber, über den jetzt der Mond groß und rot emporstieg. «Meine Leuchtkugel», sagte der Geheimrat, und Fräulein Bork meinte, die Natur sei doch schöner als alles Künstliche. Als man dort eine Weile gestanden hatte und über den Mond doch nichts Besonderes zu sagen wusste, trat man den Heimweg an. Hilmar nahm entschlossen Doralice in Beschlag. Der Weg führte an feuchtem Weidenklee vorüber, der süß duftete. Nebelstreifen lagen über dem Felde, Pferde weideten da, große dunkle Gestalten in der Dämmerung, und von allen Seiten lockten die Rebhühner.

Doralice und Hilmar sprachen von gleichgültigen Dingen, sie sprachen von Pferden, vom Reiten, aber ihre Stimmen nahmen einen ruhevollen vertraulichen Klang an, wie es Stimmen an Sommerabenden gern tun. «Und bei dem letzten Rennen sind Sie gestürzt, nicht wahr?», fragte Doralice, «der Baron Buttlär sprach davon.»

«Ja, ach ja», erwiderte Hilmar, «die, welche es verstehen, stürzen nicht, die kennen die Leistungsfähigkeit ihrer Pferde, nehmen vorsichtig die Hindernisse, gehen sicher durchs Ziel. Natürlich war es meine Schuld. Aber ich muss gestehen, der Genuss, das Erhebende an der ganzen Chose ist gerade der Augenblick, in dem ich merke, dass alles Vernünftige von mir abfällt, das Blut singt einem in den Ohren, alles in einem ist kochend heiß und zittert, etwas in uns, das sonst offenbar in einem Käfige eingesperrt zu sein pflegt, kommt dann los. Sehen Sie, in solchen Augenblicken ist mir alles gleich, ich würde jedes Hindernis nehmen, ich würde dem Gaule und mir den Hals brechen. Ich sehe dann nur eines, ich will dann nur eines, das Ziel. Ich will es so stark, ich will es so einzig, ich bin so voll davon bis in jeden Nerv, dass ich mich wundere, dass das Ziel mir nicht entgegenkommt. So nur eins wollen, nur eins sehen und darauf zujagen, das ist eigentlich die einzige Art wirklich zu leben.»

Sie waren stehen geblieben, Doralice schaute vor sich nieder und dachte: «Wovon spricht er denn mit dieser leisen heißen Stimme, ja so, er spricht von Pferden», und plötzlich musste sie an Hans Grill denken, wie er einmal drüben im Schlosse zu ihr so begeistert von seiner Kunst gesprochen hatte, dass sie sich sagte: «Jetzt spricht er nicht mehr von seiner Kunst, jetzt spricht er von mir.» Hinter ihnen lachte jemand, es waren Nini und Wedig, die den Hügel heraufkamen. Doralice wandte sich lebhaft ihnen zu. «Ach», sagte sie, «kommen Sie, wir wollen zusammen den Abhang hinunterlaufen.»

Sie legte den einen Arm auf Wedigs Schultern, den andern auf Ninis, und so liefen alle drei den Hügel hinab. Hilmar schaute ihnen nach, dann blickte er zum Monde auf und verzog seltsam sein Gesicht. Als dann auch die anderen kamen, trat er ein wenig zur Seite, um sie vorüberzulassen, um sich nicht ihnen anzuschließen. Lolo ging zwischen ihrem Vater und Hans Grill einher; sie schienen von Malerei zu sprechen, denn der Baron Buttlär sagte: «Nein, die moderne Malerei lässt mich kalt. Es mag altmodisch sein, aber ich bin für Raffael.»

Ihnen folgten der Geheimrat und Fräulein Bork. Fräulein Borks Stimme klang sehr lyrisch in die Dämmerung hinaus. «Was ich an Ihnen, Exzellenz, am meisten bewundere, ist Ihr Humor, Ihr stets gleichbleibender Humor.»

«Meine Gnädige!», erwiderte Knospelius, «Trübsal blasen wir wohl alle mitunter, aber Konzerte damit zu geben ist nicht empfehlenswert.»

Hilmar blieb zurück, Lolo hatte sich nach ihm umgeschaut, aber hatte nichts gesagt. Er wartete eine Weile, dann ging er ihnen langsam und sinnend nach. Unten im Wäldchen fand er die Birken voll bunter Papierlaternen, viel farbige sich sachte wiegende Lichter. Klaus reichte Sandwichs umher, trug eine Bowle auf und füllte die Gläser. Hilmar sah sich im Kreise um, ging gerade auf Doralice zu und setzte sich neben sie. Sein Gesicht hatte dabei einen düsteren eigensinnigen Ausdruck. Knospelius rief nach seinen Colombinen, dann saß er zwischen den beiden Mädchen, schüttelte behaglich seine Schultern wie ein Frierender, der sich eine warme Decke über die Knie zieht. «Meine lieben Gäste», rief er und erhob sein Glas, «auf Ihr Wohl! Ich danke Ihnen, dass Sie gekommen sind, jetzt bitte ich zu trinken, dann wollen wir noch die Loreley singen und endlich eine Mondscheinquadrille tanzen.»

«Wie wissenschaftlich er uns behandelt», sagte Hilmar zu Doralice. «Er kandiert uns nach allen Regeln.»

Doralice wollte etwas erwidern, aber der gespannte, fast zornige Ausdruck auf seinem Gesichte überraschte sie, und sie schwieg. «Ach», fuhr Hilmar fort, «bei mir hat er es leicht, ich bin gegen die Wirkungen einer Sommernacht wehrlos. Nun, Soldaten sind immer sentimental, aber bei mir war es von jeher so. Ich erinnere mich, dass, wenn ich als Kind aus der Sommernacht hereingeholt wurde, um zu Bett zu gehen, ich wie toll heulte. Wenn meine Mutter mich fragte, warum ich weine, wusste ich es nicht; ich konnte nur sagen, ich weine, weil Müller heute so hässlich ist. Müller war meine Kinderfrau, die ich sonst liebte.»

«Das verstehe ich», meinte Doralice, «so geht es mir jetzt noch, wenn wir abends vom Spaziergange nach Hause kommen und Agnes steht da mit der Lampe, dann ist mir auch zuweilen so, als könnte ich weinen.» Hilmar lachte grimmig: «Ich begreife, dass man in solchen Augenblicken diese Agnes erwürgen könnte.»

«O nein», wehrte Doralice, «Agnes ist eine gute alte Frau, aber in solchen Augenblicken steht deutlich auf ihrem Gesichte zu lesen: was sind Sie denn so glücklich, es wird gleich wieder alles unangenehm und widerwärtig sein.» Hilmar beugte sich vor, um Doralice in das Gesicht zu sehen mit Augen, auf deren pechschwarzem Grunde ganz winzig sich eine rote Laterne spiegelte, ein blutroter Punkt.

«Und diese Agnesen haben recht», sagte er leise, «es wird gleich wieder alles unangenehm und widerwärtig, und daher ist es eine Dummheit, wenn wir wissen, dass da irgendwo ein kleiner glücklicher Augenblick zu haben ist und wir irgendetwas anderes tun, als diesem Augenblicke nachzujagen.»

Doralice lehnte sich in den Schatten zurück, um aus dem Bereich der schwarzen Augen zu kommen, die ihr wehtaten, und fragte, um etwas zu sagen: «Sie waren als Kind allein?»

«Ja», erwiderte Hilmar, «ich bin das einzige Kind meiner Eltern. Es hätte melancholisch sein können. Vor dem Schlosse ging ein Fluss vorüber, der immer sehr voll von einem trüben sehr grünlichen Wasser war; dort schnalzten in der Dämmerung die Fische und sangen die Erdkrebse. Aber an Sommerabenden lief ich in die Dorfstraße hinunter, und dort kamen dann meine Kameraden auf ihren nackten Füßen, mit ihren grauen Leinwandhosen und fliegenden blonden Haaren, kleine lustige Teufel der Sommerdämmerung, und dann war es köstlich.»

«Das muss köstlich gewesen sein», wiederholte Doralice sinnend. «Ich war an Sommerabenden in unserm Garten immer allein.»

«Schade», rief Hilmar, «dass ich damals nicht zu Ihnen kommen konnte, auch so als kleiner Dämmerungsteufel.»

«Das wäre lustig gewesen», meinte Doralice, «ich glaube, ich wartete damals immer auf so etwas.»

Jetzt stimmte Knospelius die Loreley an. Er nahm das Tempo sehr getragen, als wollte er, dass die Seelen seiner Gäste ganz hinschmölzen in den klagenden Tönen. Kaum war das Lied zu Ende, trieb er zur Quadrille; die Harmonika und die Geige begannen zu spielen; Hilmar bot, als verstünde es sich von selbst, Doralice den Arm; der Tanz begann auf dem freien Platz unter den Bäumen. Die hellen Frauengestalten aus dem unsicheren Lichte der bunten Laternen in einem Streifen hellen Mondscheins hinein wurden plötzlich durch einen tiefen Schatten ausgelöscht, um dann wieder aufzutauchen. Knospelius hatte seinen Kneifer aufgesetzt und betrachtete aufmerksam, als säße er in seiner Theaterloge, das Schauspiel.

«Bitte zu beachten», sagte er zu der Generalin, «eine Mondscheinquadrille wird anders getanzt als eine Sonnenuntergangsquadrille. Die Bewegungen der Damen sind weicher; da ist so was von angenehmer Mattigkeit drin, ganz wie die Musselinkleider, die auch abends so eine angenehme Welkheit bekommen.»

«Ach, gehen Sie», entgegnete die Generalin ärgerlich, «Sie sehen unsere Mädchen an, wie man Käfer ansieht, die man sammelt. Oder ist es besonders der eine fremde Käfer, der Sie interessiert?»

«Nein, nein, alle», meinte Knospelius, «ich muss eben die Stimmung meiner Gäste studieren. Auf einem Feste darf nie der Augenblick kommen, in dem die Gäste fühlen: bei allem, was wir hier tun, ist doch nichts dahinter.»

«Was soll denn dahinter sein?», rief die Generalin; «das liebe ich gar nicht, wenn hinter allem etwas stecken soll, wozu? ich hatte eine Tante, die war verrückt. Wenn man gemütlich beisammensaß, pflegte sie zu sagen: ‹Es ist aber doch noch einer im Zimmer, von dem ihr nichts wisst›; das war sehr unheimlich.»

«Nein, es steckt nichts dahinter», sagte der Geheimrat beruhigend, «ich meine nur, es ist nicht sehr unterhaltend, gerade daran zu denken. Aber was ist denn das? Eine Stockung.»

Er sprang auf, um zum Tanzplatz zu eilen; dort drängten sich alle auf einem Flecke zusammen, und am Boden, hell vom Monde beschienen, lag Lolo bleich mit geschlossenen Augen. Man rief nach Wasser, Fräulein Bork brachte Riechsalz. Was war geschehen? Eine Ohnmacht. Lolo hatte mit Hans Grill getanzt und war ganz still umgesunken. Als sie wieder ein wenig schwankend, sehr weiß im Gesichte, dastand auf ihren Vater und Hilmar gestützt, organisierte die Generalin eilig den Rückzug, Lolo, von den beiden Herren geführt, voran, die anderen folgten, man nahm sich kaum Zeit, ein Abschiedswort an den Geheimrat zu richten, und die Baronin Buttlär konnte es nicht lassen, halblaut vor sich hin zu schelten: «Ich habe mir gleich gedacht, dass nichts Gutes dabei herauskommt. Wenn ein alter Herr sich amüsieren will, so lass er doch wo anders hingehen; wozu sind meine Kinder dazu nötig.»

«Fatal», sagte der Geheimrat, als er mit Hans und Doralice allein war, «nun, es wird nichts zu bedeuten haben. Hübsch sah es übrigens aus, wie die Kleine da so weiß im Mondschein lag. Nerven. Eine Familienverlobung ist immer etwas Gewaltsames. Ein streng behütetes Mädchen, das nicht einmal einen Roman lesen darf, wird eines schönen Tages einem Leutnant ausgeliefert. Studiere die Liebe, heißt es. Ja, das richtet aber in der Seele solch einer kleinen Familiencolombine zuweilen merkwürdige Verwirrungen an. Na, gleichviel, *c'est la vie*. Ich danke Ihnen, meine Herrschaften, dass Sie gekommen sind, Sie waren die Königin des Festes, gnädige Frau, natürlich.» Er küsste Doralicens Hand, und man trennte sich.

Auf dem Heimwege sprach Hans heiter und eifrig auf die schweigsame Doralice ein. Er freute sich, dass sie sich unterhalten hatte; denn sie hatte sich unterhalten, das hatte er wohl gesehen. «Schön, schön. Teufel, hatten die Herren um sie her Mondscheinaugen gemacht, alle, vom Familienvater bis zum Gymnasiasten. O bitte, bitte.» Sie blieben einen Augenblick stehen, um auf das mondbeschienene Meer hinauszublicken. Hans öffnete seinen Mund, atmete tief. «Weite einatmen», meinte er, «dort unter den Bäumen war es ein wenig eng, auch die Leute dort ein wenig eng, nicht?»

Zu Hause ging Hans in sein Zimmer. Doralice hörte ihn hin und her gehen, den Kasten aufschließen, Stiefel werfen. Sie saß in ihrem Sessel und starrte in das Licht, lebte in den Gedanken mechanisch das eben Erlebte weiter, die Glieder ein wenig matt von der Bewegung, der Luft und all den Männeraugen, die sie begehrend angesehen hatten. Endlich kam Hans heraus, in seinen Mantel gehüllt, den Filzhut auf dem Kopfe, die hohen Stiefel an den Füßen.

«Ich fahre noch mit Wardein auf den Fischfang hinaus», sagte er, «für dich ist das nichts, du bist zu müde.» Er küsste Doralice auf die Stirn. «Gute Nacht.»

«Gute Nacht, Hans.» Doch als er schon an der Türe war, sagte Doralice: «Du, Hans!»

Er wandte sich um: «Was gibt es?»

«Du, Hans, bist du eigentlich böse?»

«Nein, warum?», erwiderte er. Dann kam er wieder an den Tisch heran. Im Schein der Lampe sah Doralice, dass er errötete. «Nein, ich bin nicht böse. Warum sollte ich böse sein? Vielleicht weil die da sich möglicherweise in dich verlieben? Das ist ihr Recht. Das ist erklärlich. Aber das kann doch an uns nicht heran.» Und er klopfte mit den Knöcheln seiner Hand auf den Tisch. «Nein, das wirst du nicht erleben, dass ich knurrend um dich herumgehe. Mir würde vor mir selber ekeln. Wenn du mein bist, weil ich jedem, der dir nahekommt, die Zähne zeige oder weil ein anderer mir nicht beizeiten die Zähne gezeigt hat, dann bist du überhaupt nicht mein – und ich will eine Frau, die mich liebt, und nicht eine Beute – und – ich denke, wir gehorchen reineren Gesetzen – und – es ist auch gar nichts geschehen, warum sollte ich böse sein?»

Doralice zog die Augenbrauen empor, sie machte, wie Hans Grill es nannte, ihr Damengesicht und sagte leichthin: «O, dann ist es gut, ich wollte nur wissen, gute Nacht also, Hans.»

«Gute Nacht», erwiderte er und ging hinaus, stark mit den schweren Stiefeln auftretend.

Doralice schaute noch immer in das Licht. Also, er war doch böse, dachte sie, sonst wäre er nicht so beredt gewesen. Und es war gut so, es beruhigte sie. Wenn man geliebt wird, will man festgehalten, will man bewacht werden. Diese reinen Gesetze, was ist das? Wahrscheinlich wieder diese ewige Freiheit, von der Hans zu sprechen liebte. Jetzt wollte sie schlafen gehen, wollte in der Dunkelheit noch ein wenig von all dem träumen, was der heutige Abend in ihr aufgeregt hatte. Das war vielleicht etwas wie ein Verrat an Hans, aber warum ließ er sie mit ihren Träumen allein?

Zehntes Kapitel

Knospelius stand im Strandwächterhäuschen am Fenster, ein Opernglas vor den Augen, und schaute auf den Strand hinab. Er liebte es zu beobachten, wie dort auf dem gelben Sande die bunten Figürchen hin- und hergingen, sich suchten, sich trafen, beieinanderstanden, sich wieder trennten. «Wo die Skorpionen gehen und die Feldteufel sich begegnen», zitierte er den Propheten. Der Himmel hing voller Wolken, die das Morgenlicht dämpften und versilberten. Das graue Meer schillerte wie die Brust eines Täuberichs. Mitten in dem farbigen Wasser stand Ninis schmale rote Gestalt und die Baronin Buttlär ging am Strande auf und ab und beobachtete das Bad ihrer Tochter. «Ei, ei!», dachte Knospelius, «da erscheint ja die Generalin im weißen Piquékleide, wie ein Schiff, das alle Segel aufgezogen hat, neben ihr die gute Bork, eine bescheidene, nichtssagende Schaluppe. Wedig, der Schlingel, treibt sich natürlich an der Wardeinschen Tür herum und wartet. Aber auch der Baron steht dort einsam herum und stochert im Sande, sollte er auch warten? Ah, das Brautpaar Arm in Arm. Die kleine Lolo noch etwas bleich, der Bräutigam sehr lebhaft, zu liebenswürdig, hat vielleicht ein schlechtes Gewissen wegen gestern. So, nun begegnen sie der Generalin. Man bleibt stehen, man spricht. Endlich, da ist unsre Doralice, sehr fein im Matrosenkostüm blau und weiß, den englischen Roman in der Hand. Natürlich, der Baron ist schon bei ihr. Wie kühl sie nickt. Wie grade und wohlerzogen sie dasteht, jede Linie höfliche Abweisung. Wie sie langsam weitergeht und ihn stehen lässt. Teufel! aber das ist stark. Der Leutnant lässt den Arm seiner Braut fahren und schießt auf Doralice zu, wie der Hecht auf die Angel. An Hemmungen leidet dieser junge Mann nicht. Wo ist denn der Maler? Dort steht er ja unten bei den Booten und spricht mit Stibbe. Warum ist er nicht auf seinem Posten? Der dumme Kerl will den Grandseigneur in der Liebe spielen.»

Jetzt aber litt es Knospelius nicht mehr an seinem Fenster; er musste hinunter, musste mittun. Hinter ihm stand Klaus und hielt schon Hut und Stock. Als der Geheimrat seinen Hut nahm, schaute er zu Klaus' ernstem Gesicht hinauf und sagte: «Sie denken wohl, die da unten sind alles Sünder.»

«Wir sind alle Sünder, wenn Exzellenz gestatten», erwiderte Klaus, ohne die Miene zu verziehen.

«Aber da sind doch Unterschiede», warf Knospelius ein.

Klaus zuckte kaum merklich mit den Schultern: «Die einen fürchten sich nicht davor, Sünder zu sein, und wir anderen fürchten uns davor.»

«So, so, ich verstehe», versetzte der Geheimrat und ging zum Strande hinab.

Unten machte er sich eifrig an das Begrüßen der Anwesenden, ging zu der Gruppe der Generalin, fragte, wie man geschlafen hatte, nannte Lolo «unsere tragische Colombine», wandte sich dann zu Hilmar und Doralice, die noch beieinanderstanden, rieb sich die Hände, tat, als sei er der Hausherr des Meeres und habe seine Gäste zu begrüßen. Er winkte Hans Grill zu, der langsam heranschlenderte. «Guten Morgen, Meister, was? heute Nacht auf Fischfang und jetzt wieder bei den Booten, das heißt ja im Schweiße seines Angesichts leben.» Ja, Hans Grill wollte hinausrudern, er lachte: «Das Meer hat mich jetzt, wenn ich nicht was mit ihm zu tun habe, werde ich unruhig. So was wie Säuferdurst. Fährst du mit, Doralice?»

Nein, Doralice wollte nicht mitfahren, das Meer war ihr heute zu grau, sie wollte zu den Birken hinaufgehen und im Heidekraut liegen.

«Aha», meinte Knospelius, «ich verstehe, graues Meer ist für Ihre Seele heute sozusagen nicht die richtige Toilette. Nehmen Sie mich mit, Meister, meine Seele passt zu jedem Meer.»

Aus den anderen Gruppen wurde nach Hilmar gerufen, Nini hatte ihr Bad beendet, und man wollte nach Hause gehen. Aber Lolo winkte ihm zu. «Bleibe nur, du willst segeln, auf Wiedersehen.» Etwas unschlüssig blieb Hilmar zurück, schaute der abziehenden Familie nach, sah, wie Doralice die Düne hinaufstieg zu den Birken und wie Hans und der Geheimrat zu den Booten hinabgingen. Nachdenklich nahm er Kieselsteine auf und begann sie über die Wellen springen zu lassen. Sein Gesicht hatte wieder den eigensinnig entschlossenen

Ausdruck, der ihm eine finstere Schönheit gab. Plötzlich wandte er sich um und ging schnell mit leichtem wiegendem Schritt die Düne hinan, mit jenem lustigen unternehmungsvollen Schritt, den wohl der kleine Hilmar gehabt haben mochte, wenn er der Kinderstube entronnen in der Sommerdämmerung zu der Dorfstraße hinabflüchtete. Er schlug den graden Weg zum Birkenwäldchen ein.

Er fand Doralice im Heidekraute sitzend, den Rücken gegen den Stamm einer Birke gelehnt, das Buch lag aufgeschlagen auf ihrem Schoß, sie schaute nicht hinein, sondern bog den Kopf zurück und blinzelte mit halbgeschlossenen Augen zu den Wipfeln der Birken hinauf, das Gesicht ruhig wie das Gesicht eines Menschen, der einem Schlummerliede lauscht und darauf wartet, dass der Schlaf komme. Und rings um sie her klang das unablässige und eifrige Schrillen der Feldgrillen. Hilmar räusperte sich leise. Doralice schaute auf. Sie war nicht besonders überrascht, sie zog nur leicht die Augenbrauen empor und sagte: «O, Sie sind es. Sind Sie mir hierher nachgekommen? Sie wollten ja segeln.»

Hilmar war etwas befangen. «Ja, – hm, ich bin Ihnen hierher nachgekommen. Sie gestatten doch», und er setzte sich auf einen Baumstumpf Doralice gegenüber. «Mit dem Segeln war es nichts. Da Sie nicht auf dem Meere waren, schien das Meer mir so sinnlos.»

«Ah», sagte Doralice, die wieder in ihre ruhevolle Stellung zurückgesunken war. «Mir sagte einmal ein junger Attaché, er halte es für unhöflich, einen Augenblick mit einer jungen Frau allein zu sein, ohne ihr eine Liebeserklärung zu machen.»

Hilmar errötete. «Unsinn», meinte er. «Mir ist gewiss nicht höflich zumute, aber gleichviel, ich kam herauf, weil ich glaubte, dass Sie sich langweilen würden.»

«Ja, warum glaubten Sie, dass ich mich langweilen würde?», fragte Doralice.

«Nun, weil», sagte Hilmar, «weil ich sah, dass Sie nur dieses Buch da mit hatten und ich annahm, dass an diesem schwülen, etwas traurigen Tage das Schicksal der Miss mit den zu rosa Wangen und zu goldenen Haaren, die sich einen ganzen Band darüber kränkt, dass sie sich in einem Park von einem Herrn hat küssen lassen, Sie auch traurig stimmen würde.»

Doralice lächelte matt.

«Sollen wir nicht eine Zigarette rauchen?», schlug Hilmar vor. Ja, Doralice nahm eine Zigarette an, ließ sich Feuer geben, und dann rauchten beide und schwiegen und hörten dem Schrillen der Feldgrillen zu. Endlich bemerkte Doralice: «Sie wollten mich ja unterhalten?»

«Ja, ach ja», erwiderte Hilmar zögernd, als ließe er sich nur ungern im ruhigen Betrachten der hellen Gestalt vor sich stören. «Aber es gibt Lebenslagen, die so wohltuend sind, dass man sie mit Sprechen nur verdirbt. So hätte ich es als Knabe für eine Entweihung gehalten zu sprechen, während ich einen Kirschkuchen aß.»

Doralice lächelte nicht darüber. Eine seltsame Erregung machte plötzlich ihre Augen klar und bog die schmalen roten Linien ihrer Lippen, und ihre Stimme wurde tiefer und zitterte ein wenig, als sie sagte: «Es ist wohl auch, weil es für Sie nicht leicht ist, mit mir zu sprechen. Wovon sollen Sie sprechen? Hinter mir sind alle Fäden abgerissen. Da können Sie nur entweder vom Wetter sprechen, oder mir eine Liebeserklärung machen.»

Hilmar schlug sich mit der flachen Hand auf das Knie: «Ich sagte es gleich, an solch einem verdächtig grauen Tage allein im Heidekraut zu liegen tut nicht gut. Zu sagen? Eine Welt habe ich Ihnen zu sagen, die unerhörtesten Dinge. Da brauchen wir nicht davon zu sprechen, wie es der Baronin Marowitz geht und welche Liaison die Gräfin Patky jetzt hat, aber, wenn Sie wollen, können wir auch davon sprechen.»

Doralice schien ihm nicht recht zuzuhören, sie blickte an ihm vorüber, lauschte ihrem eigenen quälenden Gedanken. «Und», begann sie, «was sagen sie dort von mir – die anderen.»

«Nichts!», rief Hilmar ungeduldig. «Was sollen sie sagen? Sie sprechen nicht mehr davon.»

«Sie sprechen nicht mehr davon», wiederholte Doralice. «Ich bin also wie eine, die gestorben ist und die vergessen wird.»

«Wie man das macht, Sie zu vergessen», höhnte Hilmar.

Doralice sann einen Augenblick vor sich hin, bleich und kummervoll, dann fragte sie leise: «Kennen Sie den Friedhof am Meer?»

Nein, Hilmar kannte ihn nicht, er interessierte sich nicht besonders für Friedhöfe. «Der Geheimrat hat ihn mir gezeigt», fuhr Doralice fort, «ein Friedhof, von dem das Meer große Stücke fortspült. Die Särge und die Toten ragen aus dem Sande heraus. Der Geheimrat sagt, in Sturmnächten holt das Meer die Särge ab. Die stillen Herren gehen auf die Reise, sagte er.»

«Das kleine Ungeheuer», rief Hilmar, «warum zeigte er Ihnen das? Er will, dass Sie sich fürchten.»

«Vor dem Totsein würde ich mich sonst nicht fürchten», meinte Doralice, «man braucht ja vielleicht nicht da zu sein. Nur dass das Totsein so furchtbar nach Alleinsein klingt, und – ich kann nicht allein sein.» Sie saß da, ein wenig aufgerichtet, die eine Hand in das Heidekraut gestützt, ihr Gesicht war ernst, obgleich die Lippen jetzt lächelten; ein unendlich einsames, frierendes Lächeln, und die Augen füllten sich mit Tränen.

«Sie weinen», stieß Hilmar hervor. Eine plötzliche Ergriffenheit würgte ihn wie ein Schmerz: «Sie dürfen nicht allein sein.» Er glitt von seinem Sitz in das Gras nieder, lag ausgestreckt da, wie einer am Bachrande sich ausstreckt um zu trinken, und drückte seine Lippen auf Doralicens Hand, die im Heidekraut ruhte. Einen Augenblick blieb diese Hand unbeweglich, dann wurde sie fortgezogen, eine leichte Röte stieg in Doralicens Gesicht, und ihre Stimme war wieder wach und lebensvoll, als sie sagte: «Was tun Sie da, stehen Sie doch auf. Ich bin ja gar nicht allein.»

Hilmar richtete sich auf, er kniete jetzt im Heidekraut, jede Linie seines Gesichts und seines Körpers schien gespannt von übergroßer Erregung. «Sie und allein sein. Jeder Augenblick, den Sie allein sind, ist eine furchtbare Verschwendung für einen – für einen von uns anderen. Das weiß ich jetzt. Aber das Leben ist ja reich an solch wahnsinniger Verschwendung. Was ist denn unser Leben anders, als ein beständig dummes Versäumen der ganz kostbaren Augenblicke.»

Doralice hörte ihm zu, sie hörte ihm wohlwollend zu, die Leidenschaft seiner Worte erwärmte sie angenehm. Dann sagte sie in einem mütterlichen Tone: «Stehen Sie auf, gehen Sie nach Hause. Ich muss auch gehen; Hans erwartet mich.» Hilmar gehorchte. Er stand einen Augenblick unschlüssig da, etwas arbeitete und kämpfte in ihm, dann wandte er sich kurz um und lief den Abhang hinab. Doralice lächelte, als sie ihm nachschaute. Sie erhob sich, fuhr sich mit der Hand über die Augen und trat den Heimweg an, jetzt wieder ruhig und getröstet.

Hans wartete schon ungeduldig auf Doralice. Mit großen Schritten ging er um den gedeckten Mittagstisch herum und schalt leise vor sich hin … «Ich komme zu spät, bist du böse?», sagte sie, als sie eintrat. Er lächelte gutmütig: «Ja, ich war sehr böse, aber jetzt, wo du da bist, hat das keinen Sinn mehr. Agnes! die Suppe. Ich habe einen Hunger, komm, setzen wir uns.» Agnes brachte die Suppe, sehr ernst, denn sie hatte Doralicens Zuspätkommen nicht verziehen. Sie füllte die Teller und stellte sich dann wie jeden Tag neben dem Tische auf, um aufmerksam zuzusehen, wie Hans aß.

«Nun also», begann Hans gut gelaunt die Unterhaltung, «wie war deine Einsamkeit oben im Heidekraute?»

«Hübsch war es dort», antwortete Doralice, «der Baron Hamm kam vorüber und plauderte einen Augenblick.»

«Ah!» Hans schien ganz von seiner Suppe hingenommen. «Was sagte er denn?»

«O nichts!», meinte Doralice, sie könnte ja erzählen, was sich dort droben zugetragen, dachte sie, aber wozu, Hans würde doch nur sagen, das reiche nicht an sie heran, und würde von reineren Gesetzen und von Freiheit sprechen. Hans lehnte sich in seinen Stuhl zurück und begann: «Ja, das verstehen diese Leute, zu sprechen und nichts zu sagen. Das ist mir auch gestern aufgefallen. Einmal ein guter Witz, eine gute Bemerkung, aber meist nur Füllnis, wie bei jungen Taubenbraten, wenig Fleisch und viel Farce.»

«Ja, belehrend sind sie natürlich nicht», bemerkte Doralice ein wenig gereizt.

«Nein, das verlange ich auch nicht», sagte Hans beruhigend. «Ich greife die Leute übrigens nicht an. In ihrer Art sind sie gewiss nette, kluge Leute, man muss sich vielleicht an ihre Art gewöhnen.»

Doralice erwiderte nichts; es ärgerte sie, dass er plötzlich den Abgeklärten und Gerechten spielte. Warum schalt er nicht drauflos wie früher? Agnes nahm die Teller und ging hinaus, um das Brathuhn zu holen.

«Muss Agnes hier stehen und bewachen, wie du isst?», fragte Doralice.

«Stört dich das?», sagte Hans. «Ich müsste vielleicht sagen, dass sie es lässt, aber ich fürchte, es ist die größte Freude ihres Lebens, mich essen zu sehen.»

«O dann», meinte Doralice, und nachdenklich fügte sie hinzu: «Mich liebt sie nicht, sie sieht nie hin, wie ich esse.»

Hans lachte: «Die arme Agnes braucht eben ihre ganze Liebesfähigkeit für mich auf, aber sie wird doch fest zu dir halten, wie zu allem, was mir gehört. Sie ist wie ein Hund, dem der Stock seines Herrn auch nicht sympathisch ist und der ihn doch bewacht und verteidigt.»

«Es ist nicht besonders angenehm, dein Stock zu sein», bemerkte Doralice. Dann kam Agnes zurück und brachte das Huhn. Die Unterhaltung geriet ins Stocken. Doralice fragte nach der Bootsfahrt und was der Geheimrat gesagt hatte.

«Der Geheimrat sprach von mir», erwiderte Hans. «Er sagte mir, wie ich bin.»

«Wie bist du denn?» Doralice schaute neugierig auf.

«Es scheint, ich bin sehr gut», berichtete Hans, «aber wie alle sehr guten Menschen lebe ich von Missverständnissen.»

«Ach was, der Knirps», meinte Doralice ungeduldig.

Als dann beim Kaffee Hans sich eine Zigarette anzündete, wurde er schläfrig. Er reckte sich, gähnte diskret, die Nacht auf dem Meere lag ihm doch noch in den Knochen. Endlich stand er auf. Es sei doch das Beste, er lege sich noch ein wenig nieder, meinte er.

Doralice rückte ihren Sessel an das geöffnete Fenster. Draußen hatte es zu regnen begonnen, ein feiner, dichter Regen, der einen bleifarbenen Vorhang vor das Fenster zog. Das Zimmer füllte sich mit einem grauen nüchternen Lichte. Agnes räumte das Geschirr ab, stapfte ab und zu, schlug die Türen, dann war auch sie fort. Doralice bewegte ihren Kopf langsam auf der Rücklehne des Stuhles hin und her, wie es ihre Gewohnheit war, wenn sie sich einsam fühlte. Gewiss, dieser Regen, dieses graue Licht im engen Zimmer, dieses Mittagessen bewacht von Agnes' freudlosen Blicken, diese ganze aussichtslose Alltäglichkeit, all das war traurig, und Doralice wusste, dass sie auch gleich traurig werden würde, noch aber fühlte sie sich von alledem seltsam losgelöst. Es war eine Traurigkeit und Alltäglichkeit, die nicht zu ihr gehörten, die an ihr vorübergingen. Sie kam sich vor wie ein Reisender, der auf irgendeiner kleinen verschollenen Station liegen bleibt und nun in dem hässlichen Stationszimmer sitzt und sich für eine Weile von der Melancholie eines Lebens eingefangen sieht, das nicht zu ihm gehört. Denn der Zug würde kommen, und die kleine Station mit ihrer grauen Langeweile würde hinter ihm versinken und vergessen werden. Und doch, was sollte kommen! In Doralice klangen die Worte wieder, die sie heute Morgen gehört: Jeder Augenblick, den Sie allein sind, «ist für einen von uns anderen eine wahnsinnige Verschwendung». Hans fürchtete sich vor dieser Verschwendung nicht, er fürchtete nicht etwas zu versäumen, er ging schlafen. Wie sicher er ihrer war! wie sicher, dass er ein ganzes Leben vor sich hatte, um mit ihr zusammen zu sein, ein ganzes Leben. Ein ganzes Leben! klang es eintönig in ihr wider nach dem Takte des Regens, der da draußen mit seinem flachen Plätschern eifrig in die große, schicksalsvolle Stimme des Meeres hineinplauderte. Wie er dort oben vor ihr gekniet hatte. Wie hatte er doch von seinem Reiten gesagt? «Man denkt nur eins, man will nur eins, so stark, dass man sich wundert, dass das Ziel einem nicht entgegenkommt.» Es war doch ein seltsam starkes Leben, wenn man fühlte, wie ein fremdes Begehren und Wollen wild an einem zog. Das hatte sie auch bei Hans dort auf dem Schlosse empfunden, damals, als er noch nicht abgeklärt war, als er über sie kam wie ein Sturm und wie ein unwahrscheinliches, köstliches Wagnis. Und jetzt war wieder so etwas nahe. Aber nein, das konnte sie nicht wollen, sie würde sich sehr wundern, wenn sie so wäre, dass sie das wollen konnte. Jetzt plötzlich quälte sie das Alleinsein, der graue Tag mit seiner Ereignislosigkeit und die fremden Möglichkeiten, die sie in sich empfand. Etwas tun, dachte sie, und dann sprang sie auf, sie wusste schon, was sie zu tun hatte. Sie ging in ihr Schlafzimmer hinüber, wo die großen Koffer standen, die Graf Köhne ihr nachgesandt hatte. Sie öffnete einen derselben, ein schwüler Jasminduft strömte ihr entgegen, das war das Parfüm gewesen, das der Graf Köhne an ihr geliebt hatte. «Je mehr ich in Jahren vorrücke», pflegte er zu sagen, «umso mehr gehe ich in meiner Vorliebe für Düfte in den Jahreszeiten zurück. Jetzt bin ich beim Frühsommer angelangt.» Da lagen nun all die Kleider, an die Doralice seit einem Jahre nicht mehr gedacht hatte. Sie blätterte nachdenklich in ihnen, strich mit der Hand über den Sammet, den Krepp, die Seide, und diese Berührung erregte so etwas wie ein festliches Gefühl in ihr. Da war das blaue Kleid, das sie so geliebt hatte. Sie nahm es heraus, weiche pfauenblaue Seide, eine alte Stickerei als Brusteinsatz, grünliche und rötliche Goldfäden auf rahmfarbenem Grunde. Doralice breitete es auf einem Stuhle aus, betrachtete es, dann begann sie langsam sich auszukleiden, legte das Kleid, das sie trug, ab und legte das pfauenblaue an. Jetzt war sie fertig, stand da in dem grauen Lichte, und das sanfte Schimmern der Seide, des Goldes an ihr gab ihr eine angenehme Erregung. Sie ging wieder in das Wohnzimmer hinüber, setzte sich auf ihren Sessel und wartete auf Hans. Das musste auch auf ihn wirken, das musste auch ihm etwas von früheren Tagen zurückgeben. Sie wartete lange, Hans nahm es gründlich mit seiner Nachmittagsruhe, und es begann bereits zu dämmern, als Doralice hörte, dass er sich im Schlafzimmer regte. Endlich kam er. Er machte einige Schritte und fragte: «Warum duftet es hier so süß? so schwül nach Schlössern?» Als er sie dann anschaute, meinte er: «Oh! Du hast dich schön gemacht. Dieses Kleid kenne ich.» Das klang ein wenig trocken, und Doralice wurde befangen. Sie entschuldigte sich: «Es war hier so grau und hässlich, da zog ich es an, ich dachte, es würde dir auch gefallen.»

Hans setzte sich auf einen Stuhl, zerrte an seinem Bart und schaute an Doralice vorüber zum Fenster hinaus. «O gewiss, sehr schön, sehr schön», sagte er zerstreut. «Nur, sag mal, willst du die Erinnerungen, von denen dieses Kleid voll ist?»

«Ich will überhaupt keine Erinnerungen», erwiderte Doralice, und das Weinen war ihr nahe.

Hans sann noch vor sich hin: «Ja, ja», murmelte er, «dir war es hier grau und hässlich, und du wolltest etwas Schönes haben, natürlich, ich verstehe. Schön, schön.»

Beide schwiegen nun eine Weile, und Doralice empfand, dass das bisschen Festlichkeit, welche das Kleid ihr gegeben hatte, fort war. Hans erhob sich und ging nervös im Zimmer auf und ab, dann blieb er stehen und fragte: «Wirst du das Kleid anbehalten?»

«Ich kann es ja wieder ausziehen», erwiderte Doralice kleinlaut.

«Ja», fuhr Hans fort, «es ist nämlich hier in diesem Zimmer etwas fremd. Ich habe das Gefühl, als ob ein Modell bei mir wäre.»

«Ein Modell», wiederholte Doralice gekränkt.

«Nein, nein, nicht ein Modell», beruhigte Hans sie, «es war dumm, dass ich das sagte. Höre, ich werde es dir erklären. Es war in München, ich wohnte im vierten Stock, in einem sehr hässlichen Zimmer natürlich. Da verliebe ich mich beim Kunsthändler in eine französische Glasschale, ein hübsches Ding wie aus rosa und grünem Eis, für mich viel zu teuer. Gut. Aber ich bin verliebt, und als ich für ein Bild etwas Geld bekomme, kaufe ich sie und trage sie nach Hause. Ich stelle sie auf meinen Tisch. Der Tisch hat eine scheußlich gelbe Decke mit blauen Blumen. Nein das geht nicht. Ich stelle sie auf den Kasten, einen plump gebeizten, gelben Kasten. Aber das geht noch weniger. Ich stelle sie auf den Waschtisch, auf das Fenster – na, was soll ich dir sagen, wo diese Schale auch steht, überall gibt es einen falschen Ton, quält mich wie Zahnweh. Ich bin glücklich, als das Ding wieder beim Kunsthändler ist. Siehst du, so.»

«Bin ich diese Schale?», fragte Doralice.

«Nicht du, dein Kleid, dein Kleid.» Hans stand vor Doralice und wartete gespannt, was sie sagen würde. Sie jedoch sagte nichts, erhob sich und ging in ihr Schlafzimmer hinüber, um sich umzukleiden. Er aber begann wieder im Zimmer auf und ab zu rennen, er war wütend. Also er hatte sie wieder einmal gekränkt, aber das schien jetzt nicht anders sein zu können. Sah es nicht aus, als sei die Liebe eine Einrichtung, die zwei Menschen aneinander bindet, damit sie einander quälen? Wahrhaftig, so sah es aus. Aber es sollte anders werden, und als Doralice in ihrem dunkelen Kleide zurückkehrte, um sich wieder still in ihren Sessel zu setzen, brach er los: «Du bist gekränkt, ich weiß, ich weiß. Aber du wirst sehen, ich werde dir einen Rahmen schaffen, in dem du dich anziehen kannst wie eine Königin.»

«Ah, das kleine Häuschen», warf Doralice hin.

«Nun, etwas viel Schöneres», fuhr Hans ungeduldig fort. «In München lässt sich jetzt viel machen. Ich werde eine Malschule gründen, und dann werde ich arbeiten, ich bin voller Ideen, ich habe ja so viel in mir aufgespeichert, ich bin geladen wie eine Bombe, und wenn ich da einschlage in diese Welt abgelebter Großstadtleute, die werden Augen machen. Ich freue mich schon drauf. Wir wollen die Lampe anstecken und gleich zusammen einige Briefe nach München schreiben.» Er rieb sich die Hände und lachte, er war ganz Eifer, ganz Tatendurst. Aber Doralice sagte müde: «Ach nein, nur nicht die Lampe.»

Hans stand einen Augenblick da und sann, dann setzte er sich langsam auf einen Stuhl, zündete sich eine Zigarette an und rauchte. Beide schwiegen, es dunkelte immer mehr, die Dämmerung schien mit dem Regen auf das Land niederzufließen, der Wind verfing sich irgendwo im Hause, und es gab einen Ton wie ein trauriges Lachen. Doralice fühlte wohl, dass Hans dort neben ihr in der Dämmerung mit sich kämpfte, das Bewusstsein dieser Erregung, die Erwartung, dass es vielleicht einen leidenschaftlichen Auftritt geben würde, tröstete sie in der Melancholie dieser Stunde. Da begann Hans wieder ruhig, freundlich: «Sieh, das kommt daher.»

«Was denn?», fragte Doralice.

«Dass wir hier so zusammensitzen und nicht zueinander sprechen, als seien wir verfeindet. Wir sind nicht miteinander verfeindet, und wir haben uns sehr viel zu sagen, aber das kommt daher, dass etwas in unserer Liebe zu Ende ist und etwas Neues anfangen muss. Jetzt haben sich die feinsten, empfindlichsten Teile unserer Seelen auseinanderzusetzen, jetzt fängt die ganz komplizierte Rechnung an, so eine Art Ausziehen von Kubikwurzeln, das ist immer so, das muss so sein. Ich kann nicht immer wie damals ein Ereignis sein.»

«Ich habe gar nicht verlangt von dir immer ein Ereignis zu sein», meinte Doralice.

«Ich weiß, ich weiß, und ich weiß auch, was wir zu tun haben, um jetzt dieser jämmerlichen Stunde ein Ende zu machen. Wir müssen hinausgehen ans Meer. Es ist dunkel, und es regnet, das macht nichts, das Meer wird uns kurieren, das Meer kann immer ein Ereignis sein, und da wollen wir uns anschließen, und du wirst sehen, dort werden wir uns wieder einander befreundet fühlen, und dann wirst du auch wieder die Lampe ertragen können.»

Er holte Doralicens Mantel, hüllte sie fest ein, nahm sie und zog sie mit sich hinaus.

Draußen mussten sie gegen einen starken Wind ankämpfen, das Meer rauschte sehr laut, ein Durcheinander großer Stimmen, die sich überschrien und einander ins Wort fielen. Und in der Dämmerung hoben sich die Wellen wie große weiße Gestalten, die sich aufrecken, sich neigen, niederfallen. Zuweilen standen Hans und Doralice plötzlich wie auf einem weißen, kalten Tuche, das war dann eine brandende Welle, die bis zu ihnen heraufgelaufen war. Beide lachten, drückten sich fest aneinander, und Hans fragte laut in das Rauschen hinein: «Fühlst du es, fühlst du es schon, wie wir einander wieder befreundeter werden?»

«Ja, ja», erwiderte Doralice atemlos von all der mächtig bewegten Luft, die sie atmen musste. – – –

Im Bullenkrug drückte der Regennachmittag auch auf die Stimmung. Es lag ohnehin eine Spannung in der Luft, welche die Menschen mit einer gereizten und freudlosen Unruhe in den engen Räumen herumtrieb.

«Meine Schar», sagte die Generalin zu Fräulein Bork, «geht hier heute umher wie die Eisbären im Käfig. Lassen Sie alle Lampen anstecken, nur keine Dämmerung, die ist gefährlich. Und dann viel und gutes Essen. So kommen wir am leichtesten über die Schwierigkeiten hinweg.» Das Haus wurde sehr hell, die Generalin setzte sich mit Fräulein Bork auf das Sofa und legte Patience. Sie sprach mit ihrer lauten, beruhigenden Stimme, lachte über ihre Patience. Das Brautpaar zwang sie miteinander Pikett zu spielen. «Nichts Besseres für nervöse Liebe», meinte sie, «als Karten.» Wedig und Nini spielten Dame und stritten sich, und Herr von Buttlär ging mit kleinen nervösen Schritten im Zimmer auf und ab und sah immer wieder nach dem Barometer. Da erschien seine Frau in der Esszimmertür und sagte: «Bitte, Buttlär, auf ein Wort.»

«Gewiss, meine Liebe», erwiderte er und richtete sich mit einem Ruck strammer auf, «was gibt es denn?» Er folgte seiner Frau ins Esszimmer, und die Tür fiel hinter ihnen ins Schloss.

Die Generalin schüttelte unzufrieden den Kopf und bemerkte: «Bella überschätzt von jeher die Wirkung von Auseinandersetzungen.» Das Gespräch des Ehepaares dauerte ziemlich lange. Man hörte die Stimme des Barons, die pathetisch wurde, und Wedig flüsterte Nini zu: «Hör, eben hat der Papa gesagt: ‹poetisches Bedürfnis›.»

Hilmar und Lolo wurden sehr zerstreut bei ihrem Spiel. Endlich ging die Esszimmertür wieder auf, Frau von Buttlär kam in das Wohnzimmer, setzte sich schweigend an den Tisch und nahm ihre Häkelarbeit auf. Sie war blass, man sah es ihr an, dass sie geweint hatte.

Der Baron aber war in der Tür stehen geblieben und sagte feierlich: «Hilmar, bitte auf ein Wort.»

«Zu Befehl», erwiderte Hilmar und sprang auf. Er zog dabei die Augenbrauen zusammen, und sein Gesicht nahm einen Augenblick einen so zornigen Ausdruck an, dass Lolo ihn erschrocken anschaute. Dann verschwanden die beiden Herren hinter der Esszimmertür. Die Generalin zog die Augenbrauen hinauf und sagte: «Wozu diese Konferenzen gut sind, weiß ich nicht, zur Gemütlichkeit tragen sie nicht bei.»

«Nein, liebe Mutter», erwiderte die Baronin, indem sie eifrig forthäkelte, «ich bin ungemütlich und prosaisch, das habe ich eben gehört. Andere können gemütlich und poetisch sein, ich nicht. Ich bin wie der Gendarm, den jeder braucht und den keiner mag.»

«Aber Bella», wandte die Generalin ein. Fräulein Bork jedoch fand das schön. Sie fand das schön, die Mutterliebe als die Polizei für das Glück der anderen.

«Sie haben gut reden, liebe Bork», meinte die Baronin, und die Generalin wurde ärgerlich: «Ich sage nicht, dass einmal tüchtig dreinfahren nicht ganz nützlich sein kann, aber immer besser kurz und scharf, als lang und sauer.»

«Wer ist denn sauer?», fragte die Baronin, worauf die Generalin nichts erwiderte. Lolo ging währenddessen im Zimmer unruhig auf und ab, blieb an der Glastür stehen und schaute in die Dunkelheit hinein, dann öffnete sie die Tür und trat auf die Veranda hinaus. Der Wind, als hätte er auf sie gewartet, fiel sie sofort an, zerrte an ihrem Kleide, wühlte in ihrem Haar. Lautes Tönen flog durch die Finsternis wie Sausen großer, hastiger Flügel, ein hastiges, ausgelassenes Leben trieb hier in der Nacht sein Wesen, und Lolo stand da und atmete tief und angestrengt. Sie litt, aber da drinnen im Schein der Lampe war ihr Schmerz eine unerträglich nagende Qual gewesen, hier draußen konnte sie ihn als groß, fast als schön empfinden. Als sie dann hörte, dass die Esszimmertür ging und die beiden Herren wieder in das Wohnzimmer gekommen waren, öffnete sie ein wenig die Glastür und rief Hilmar. Hilmar trat zu ihr auf die Veranda hinaus. Sie standen einen Augenblick im Dunkelen still beieinander, Lolo hatte Hilmars Arm genommen und lehnte sich fest an ihn. Endlich sagte sie leise: «Hat er dir meinetwegen Vorwürfe gemacht?»

«Ach, er hat ja recht», erwiderte Hilmar, und seine Stimme klang gepresst und mutlos. «Alle haben sie recht, wenn du um meinetwillen leidest, dann bin ich ein gemeiner Hund. Ich durfte nicht zu dir kommen, du musst sicher und glücklich sein.»

Lolo begann jetzt wieder zu sprechen ganz sanft und tröstend: «Nein, du kannst nichts dafür, wir können beide nichts dafür. Es gibt manches in der Welt, das stärker ist als wir beide. Ich habe das jetzt verstanden. O, ich habe jetzt sehr viel verstanden. Früher glaubte ich, sich lieben ist Hand in Hand sitzen und sich lange Briefe schreiben. Aber jetzt weiß ich, sich lieben ist eine furchtbar große Sache, und da muss man auch die ganz großen Dinge tun können und – warum soll ich nicht auch leiden? Du leidest auch, und so viele, viele leiden. Nein, mein armer Hilmar, wenn ich auch keinen schicksalsvollen Mund habe, mit dem blauen Sonntagskittel ist es doch nichts. Aber sei ruhig, wir werden schon den richtigen Weg finden.» Und sie strich sanft mit der Hand über seinen Ärmel hin.

«Lolo! Lolo!», rief die Baronin, und der Baron klopfte an die Fensterscheiben. «Sie rufen, wir müssen hinein», sagte Lolo.

«Da hinein kann ich jetzt nicht», stöhnte Hilmar, «aber du, du musst sicher und glücklich sein, und ich – ich bin ein gemeiner Hund.» Dann beugte er sich über sie und drückte seine heißen, trockenen Lippen fest auf ihre Augen, schob sie dann von sich und lief in die Dunkelheit hinaus. Lolo stand noch einen Augenblick da, sie legte beide Hände auf ihre Brust und schaute mit heißen fanatischen Augen in die Nacht hinein und berauschte sich an ihrem großen Schmerz.

Aus der Küchentür an der Schmalseite des Hauses schlichen drei in Mäntel gehüllte Gestalten dem Strande zu. Es waren Nini und Wedig, die sich aus dem Wohnzimmer fortgestohlen hatten und nun unter Ernestinens Führung ihrem Lieblingsabenteuer nachgingen, die Gräfin sehen. Dazu mussten sie die Düne hinaufsteigen, um auf der Rückseite des Wardeinschen Anwesens an das rechte Fenster zu gelangen. Es war ein Genuss aus der dumpfen Luft der Wohnstube herauszukommen, die heute ohnehin schwer von Missstimmung und Langeweile war, und sich mit dem Winde herumzuschlagen, die steilen Sandwände hinanzuklettern, mitten durch die nassen Wacholderbüsche hindurch und sich vor allem zu fürchten, was ihnen in der Dunkelheit begegnen könnte. Jetzt sahen sie schon das kleine helle Viereck des Fensters, sie brauchten nur noch vorsichtig die Sandlehne herunterzusteigen, um dann leise heranzuschleichen, als Ernestine Alarm zischte. Sofort duckten alle drei hinter einem Wacholderbusche nieder. Dort vor dem kleinen hellen Viereck stand schon einer, eine kleine, schiefe Gestalt und ein langes, regelmäßiges Profil hob sich scharf von den gelbbeleuchteten Fensterscheiben ab. «Exzellenz», flüsterte Ernestine. Sie wagten sich nicht zu regen. Dieser kleine Mann dort in der Dunkelheit vor dem Fenster stehend erschien ihnen entsetzlich unheimlich. Dann plötzlich war er nicht mehr da, war in die Nacht untergetaucht. Aber die drei Kinder wagten sich noch nicht vor, sondern kauerten still hinter ihrem Wacholderbusch. Und wieder tauchte eine Gestalt aus der Nacht auf und stand vor dem Fenster, eine schmale Gestalt, ein dunkeler Kopf, ein feines Profil, das wie ein Schattenriss gegen die helle Scheibe stand. «Hilmar», erklärte Wedig. Es schien ihnen, dass sie dieses Mal lange warten mussten, bis auch diese Gestalt in der Dunkelheit verschwand. Da erst trauten sie sich aus ihrem Verstecke heraus, an das Fenster heran und sahen Hans Grill am Tische sitzen und einen Brief schreiben, sahen Doralice in ihrem Sessel, den Kopf zurückgelehnt, mit weit offenen Augen verträumt vor sich hin sehend. Als Nini später oben in ihrem Schlafzimmer im Bett Lolo ihre Erlebnisse erzählte, sagte sie: «Weißt du, sie sah aus, als machte es sie furchtbar müde so schön zu sein.»

«Ja, weil es eine furchtbare Verantwortung ist so schön zu sein», klang es feierlich und weise aus Lolos Bett zurück.

Elftes Kapitel

Um Mitternacht war ein Gewitter niedergegangen, und ein plötzlicher Sturm hatte sich erhoben, stoßweise sich um sich selber drehend, als käme er von allen Seiten zugleich, so dass die Wellen sich hoch aufreckten und wie betrunken taumelten. Allein es dauerte nicht lange. So plötzlich, wie er gekommen war, ließ der Sturm nach; von Westen her kam ein sanftes Wehen, das die Wellen streichelte und beruhigte. Ein wolkenloser Tag brach an, die Sonne schien auf ein prächtig grünes Meer nieder, der Strand war von dem ausgeworfenen Seetang überdeckt wie von schwarzer Seide, und die Luft war ganz voll vom scharfen salzigen Dufte des Meeres.

Hans und Doralice waren schon zeitig am Vormittage zu ihrem Platz auf der Düne hinaufgezogen. Doralice lag dort auf ihrer Decke im Sande und sah auf das Meer hinaus. Hans malte, und zwar malte er die Großmutter Wardein, die regungslos auf einem Stuhle dasaß, die Hände im Schoße gefaltet. Die harte, runzelige Haut des Gesichts glänzte in der Sonne, als sei noch eine Spur alter Vergoldung an ihr haften geblieben, und die trüben, gelben Augen schauten in die Weite mit einem Blick, der starr auf eine sehr große gleichgültige Ferne hinaussieht. Hans sprach während des Malens über seine Kunst. Seit gestern sprach er viel und eifrig über seine Kunst und ihre praktischen Aussichten: «Es geht famos. Sie sind ein glänzendes Modell, Mutter Wardein. Einleuchtender kann ein Menschenschicksal nicht in Linien aufgehen, als in ihrem Gesicht. Na ja, natürlich, ein Porträt muss in uns die Vorstellung eines individuellen Lebens hervorbringen. Deshalb muss man auch Menschen malen, die man nicht kennt, sonst will man da zu viel hineinlegen. So zum Beispiel ist es mir deshalb schwer, dich zu malen, weil ich zu gut in dir Bescheid weiß.»

«Du weißt in mir Bescheid?», fragte Doralice.

«Natürlich.»

«Da weißt du mehr als ich», meinte Doralice.

Hans legte seinen Pinsel fort und schaute Doralice verwundert an: «Sag mal, seit einiger Zeit jetzt hast zu zuweilen solche Aussprüche unangenehmer Lebensweisheit wie der Geheimrat.»

Doralice seufzte: «Ach ja, angenehm ist es nicht, wenn man in sich die Ähnlichkeit mit dem Geheimrat wachsen fühlt.»

Hans zuckte mit den Achseln und griff nach dem Pinsel. Jetzt schwiegen sie. Doralice spähte aufmerksam zum Strande hinunter, als könnte dort unten etwas sich ereignen, das sie anginge. Karren standen dort unten und kleine struppige Pferde und Fischer, die den Seetang aufluden, um ihn auf ihre Äcker zu führen. Und eine kleine graue Gestalt mit wehendem Kopftuche ging ruhelos am Meere hin und her, zuweilen stehen bleibend, um auf die See hinauszuschauen. «Unser Steege ist noch nicht zurück?», fragte Hans. «Ich sehe die Frau dort unten noch immer hin und her laufen.»

«Ob der nun auch kommen wird», antwortete die Alte mit einer Stimme, die tief wie eine Männerstimme klang, «ob er nun mit dem Boot kommen wird oder ob er ohne Boot kommen wird, das kann man nicht wissen. Der Matthies, mein Mann, kam am zweiten Tage dort nicht weit vom Friedhofe ohne Boot heraus. Der Ernst, mein Sohn, kam gar nicht heraus. Na ja, so ist der Steege, wenn keiner fahren will, dann fährt er, dann glaubt er, dass er alle Fische allein haben wird. Hässlich blies es schon, als ich um Mitternacht nachsehen ging. Ich gehe immer um Mitternacht nachsehen, das ist noch von der Zeit, als ich auf Meine wartete.» Die tiefe heisere Stimme sprach ruhig vor sich hin, nicht, als spräche sie für die andern, sondern als könnte sie einmal in Schwung gebracht nicht sogleich wieder verstummen. Doralice richtete sich ein wenig auf, um die Fischersfrau am Strande besser sehen zu können, die rastlos an dem Saum der brandenden Wellen entlangirrte und wartete, auf das Schreckliche wartete, und was die Mutter Wardein da erzählte, war es nicht auch ein endlos langes Leben, in dem sie immer wieder auf das Schreckliche gewartet hatte? Doralice zog die Augenbrauen zusammen, sie hätte weinen können, nicht aus Mitleid, sondern weil all dieses Dunkele plötzlich so nah an sie herankam. Der Morgen mit seinem Licht, seinem Duft, seinem Wehen hatte ihr voller Versprechungen geschienen. Das war vielleicht sinnlos, aber es tat wohl. Nun war all das vorüber. Mutlos warf sie sich zurück, sie mochte nicht mehr sehen und hören. Dennoch trieb es sie bald wieder die Augen zu öffnen, um zu sehen, ob die graue Gestalt unten noch da sei. Sie war da. Aber etwas anderes kam noch durch den Sonnenschein, Hilmar, im blauen Flanellanzuge, die rote Krawatte leuchtete von weitem; er ging schnell mit wippendem Schritt, wiegte sich leicht in den Schultern, und jede Linie in der blauen Gestalt, die sich lustig gegen das grüne Meer abhob, war so voll unternehmenden Leichtsinns, dass Doralice lächeln musste. Hilmar ging zu den Booten hinab, wo er den jungen Stibbe fand. Er befahl, ihm das Segelboot herzurichten, heute musste gesegelt werden, solch ein Wetter kommt nicht wieder. Hilmar wollte segeln, aber es war noch ein anderer Wunsch, der heute mit ihm aufgestanden war, einer jener Wünsche, die wie ein Fieber in ihm brannten, er wollte mit Doralice segeln. Ganz gleich, ob das wahrscheinlich, ob das möglich war, er wusste nur das eine, er musste mit Doralice segeln. So ging er denn geradesweges die Düne zum Ehepaar Grill hinauf.

«Er kommt geradesweges zu uns», dachte Doralice, «ein toller Junge.»

Auch Hans sah ihn kommen, und das Blut stieg ihm heiß in die Schläfen. Als jedoch Hilmar vor ihnen stand und grüßte, sagte Hans ruhig und freundlich: «Guten Morgen, Herr Baron, schöner Morgen.»

«Guten Morgen», erwiderte Hilmar, ein wenig atemlos vor Erregung, «die Herrschaften sind schon fleißig. Ah, Mutter Wardein, ja, die würde ich auch malen, wenn ich könnte. Es muss sein, als ob man die Ewigkeit malt.»

«Gutes Segelwetter», bemerkte Hans.

«Glänzend!», beteuerte Hilmar, «das Meer ist heute wie eine Wiege. Ja, und da wollte ich fragen», er wandte sich an Doralice, «ob Sie, gnädige Frau, nicht mitfahren wollen? Für drei ist im Boote Platz, und Stibbe und ich sind sichere Segeler.»

Doralice schaute überrascht zu ihm auf, und dann musste sie über den eigensinnigen, entschlossenen Ausdruck seines Gesichts lächeln. «O, ich», sagte sie, «ich glaube nicht, dass mein Mann das gestattet.»

Hans hatte mit dem Pinsel voll Zinnober einen so kräftigen Hieb gegen das Bild geführt, dass die Wange der Mutter Wardein eine breite rote Schramme erhielt, und es wunderte ihn, als er seine eigene Stimme ruhig und überredend sagen hörte: «Warum nicht? heute ist wohl keine Gefahr dabei. Wenn es dir Vergnügen macht, der Baron ist ja ein sicherer Segeler.»

Es war ein seltsam erstaunter und kalter Blick, mit dem Doralice Hans ansah: «Das ist etwas anderes», sagte sie, «dann also wollen wir fahren. Kommen Sie, Baron.» Sie erhob sich, nickte Hans kurz zu, dann gingen sie die Dünen hinab.

Hans saß noch einige Augenblicke da und kratzte den roten Strich vom Gesicht der Mutter Wardein ab. Plötzlich warf er alles fort, stellte sich auf den Rand der Düne und schaute den beiden nach. Die waren schon bei den Booten, er sah Doralice einsteigen, sah Stibbe und Hilmar das Boot flott machen, nun saßen sie alle drei darin, und wunderbar leicht klomm das Fahrzeug die ersten grünen Wellenberge hinauf. Ohne sich um die Mutter Wardein zu kümmern, stürmte Hans die Düne hinab an das Meer, dort begann er auf und ab zu gehen, zuweilen stehen bleibend dem Segel nachzuschauen, und, wenn er da stand und an seinem Barte zauste, sah er aus wie ein schöner gewalttätiger Bauernbursche. Am liebsten hätte er auf das Meer hinausgebrüllt, und ihn fror hier in der heißen Mittagssonne. Für wen spielte er denn diese dumme Komödie des Vertrauens und der großmütigen Gelassenheit? Vertrauen? was wusste er denn von dieser Frau? Er wusste nur, dass gegen den Gedanken sie zu verlieren sich jeder Tropfen seines Blutes sträubte. Er war ja keine buckelige Exzellenz, um abgeklärt und skeptisch zu sein. Aber das war es, diese Eifersucht schmerzte ihn wie eine Schande, sie demütigte ihn, zerbrach den Stolz und die Selbstständigkeit, ohne die er nicht leben zu können meinte. Nein, das musste anders werden, sonst war es aus mit ihm, sonst war er sein ganzes Leben hindurch nichts weiter mehr, als der Herr, der die Gräfin Köhne entführt hat und sie nun bewacht. «Ich sehe immer noch nichts», hörte er eine klagende Stimme neben sich. Die Frau des Fischers Steege stand neben ihm und schaute mit müden Augen in das Flimmern des Meeres. Weiter fort aber auf der Düne erschienen Frauengestalten, das weiße Piquékleid der Generalin wehte im Winde, Fräulein Bork war dort und die Baronin Buttlär. Sie hielten sich Operngläser vor die Augen und schauten auf das Meer, dem weißen Segel nach, das lustig in das Mittagglitzern der Sonne hinausglitt. Dort aber bei dem weißen Segel saß Hilmar Doralice gegenüber und schaute sie an. Doralice war ernst, sie hatte die unklare Empfindung, als sei sie von Hans gekränkt worden; als sei es treulos von ihm, dass er sie so ruhig fahren ließ. Aber Hilmars Gesicht lachte ein so glückliches, so ausgelassenes Lachen, das Lachen eines Knaben, der der Schule entlaufen ist, um sich einen unerlaubten Feiertag zu machen, so dass sie mitlachen musste und plötzlich auch die ausgelassene Ferienlustigkeit in sich aufsteigen fühlte. Und der junge Stibbe, der an der andern Seite des Bootes saß, um das Segel zu bedienen, verzog auch sein braunes mit weißblondem Flaume bedecktes Gesicht zu einem breiten Lachen. «Sehen Sie», sagte Hilmar, «wenn Sie nicht gefahren wären, wenn Sie nicht hier säßen, ich weiß nicht, was ich getan hätte. Aber ich wusste, es muss geschehen.»

«Gut, gut, ich sitze ja hier», antwortete Doralice, «aber sprechen Sie jetzt nicht solche – – solche heiße Sachen.»

«O nein! gewiss nicht», rief Hilmar begeistert, «es ist auch gar nicht nötig, es ist gar nichts mehr zu sagen. Sie sitzen da, Worte können da nicht mehr heran. Gespräche haben überhaupt für mich in letzter Zeit etwas Fatales. Miteinander sprechen, das kann jeder, miteinander sein, das ist die Kunst. Also, wenn Sie vielleicht müde sind, hier ist eine Decke, hier ist ein Polster, Sie können ein wenig schlafen. Es würde doch die unterhaltendste Stunde meines Lebens sein. Sie wollen nicht? Nun, legen Sie sich dieses Polster in den Rücken und dieses hier unter die Füße, so – nun wäre nichts mehr zu bemerken, außer vielleicht, dass Sie noch ein wenig zufriedener aussehen könnten. Haben Sie bemerkt, wenn ein Kind etwas ganz Süßes isst, dann wird es ernst, und die Augen werden groß und füllen sich etwas mit Tränen. So sollten Sie aussehen.»

«Ach», meinte Doralice ungeduldig, «wollen Sie mir auch sagen, wie ich bin?»

«Nein, nein», versicherte Hilmar, «ich meine nur, in Ihren Augen ist noch ein ganz klein wenig von dem Blick von gestern Abend zurückgeblieben.»

«Was ist das für ein Blick?», fragte Doralice.

«Nun, als Sie gestern Abend bei der Lampe auf Ihrem Sessel saßen und vor sich hin sahen», erklärte Hilmar. «Ja, ich habe durch Ihr

Fenster zu Ihnen hineingeschaut; ich tue das immer, natürlich, was soll ich anders tun? Sie finden das unerhört. Es ist vielleicht unerhört, aber ich würde noch viel unerhörtere Dinge tun. Sind Sie böse?»

«Ach ja», sagte Doralice langsam und träge, «gewiss bin ich böse, aber später, nicht jetzt.»

«Gut, später», schloss Hilmar die Unterhaltung. «Rauchen wir eine Zigarette.» Die Sonne schien heiß auf das Meer nieder, ihr gelber Glanz floss wie Öl an den Wellen herab, Möven flogen ganz niedrig und langsam über das Wasser, und wie leichtes Flügelschlagen klang das Segel in dem schwächer werdenden Winde.

Als die Fahrt zu Ende war, als Doralice und Hilmar am Strande niedergeschlagen einander gegenüberstanden, reichte Doralice Hilmar die Hand und sagte: «Danke.»

Hilmar zog die Augenbrauen zusammen. «Das Land», versetzte er grimmig, «das Land ist eine Gemeinheit.» Dann trennten sie sich. Doralice ging lässig und zögernd nach Hause. Der Gedanke an das Mittagessen, an den Dampf der großen Kartoffeln, an Agnes' strengen, wachsamen Blick, und etwas anderes noch kam unerwartet, um sie zu quälen, ein Gefühl des Mitleids für Hans. Sie war die ganze Zeit über so weit fort von ihm gewesen, mit keinem Gedanken war sie zu ihm zurückgekehrt. Nun, wenn sie ihn jetzt zu Hause traurig oder böse oder unangenehm finden würde, so wollte sie liebenswürdig sein, und diese gute Regung tat ihr wohl.

Zwölftes Kapitel

Hans saß am gedeckten Mittagstisch und las. Als Doralice eintrat, schaute er auf und sagte mit seiner gewöhnlichen, ruhigen Stimme: «Nun, hast du dich gut unterhalten?»

«Ja, sehr gut!», erwiderte sie.

«Das ist ja schön», meinte Hans, «ich werde auch das Segeln lernen, damit du dieses Vergnügen auch ohne fremde Leutnants haben kannst. Aber jetzt wollen wir essen.»

Während der Mahlzeit schien Hans sich behaglich zu fühlen, er sprach wieder viel von seinen Plänen, er hatte einen Brief aus München bekommen, die Aussichten schienen gut. Es war dort der rechte Augenblick, um etwas zu unternehmen. Zuweilen sah er Doralice an und erwartete eine Antwort, und sie gab diese Antwort, allein sie klang abweisend und gereizt. Doralice glitt immer mehr in die Stimmung des Gekränktseins hinein. Hans schien das nicht zu bemerken, er war nur besonders rücksichtsvoll, stimmte ihr eifrig zu und behandelte sie wie jemanden, der geschont werden muss. Der Nachmittag kam dann und füllte das Zimmer mit seinem gelben Sonnenschein. Hans sprach noch immer weiter von all diesen Dingen, die, wie es Doralice schien, nichts mit ihr zu tun hatten. Immer wieder hieß es: «wenn wir in München sein werden», so dass Doralice ungeduldig ihn unterbrach: «In München? aber das wird noch lange nicht sein.» Hans blieb vor ihr stehen: «Nicht? So, hm. Gut also, dann bleiben wir hier.»

Nachdenklich zerrte er an seinem Barte und nahm wieder seinen Gang durch das Zimmer auf. «Das ist nur», begann er endlich, «etwas muss der Mensch zu tun haben. Ich fürchte, wenn wir länger hier bleiben, werde ich noch ganz zum Fischer. Ich träume des Nachts schon von Fischen.»

«Das ist ja gut», meinte Doralice.

«Vielleicht!», fuhr Hans fort. «Fährst du heute Nacht mit uns aufs Meer hinaus?»

Nein, sie mochte nicht. «Dann etwas anderes», schlug Hans vor. «Es würde dich vielleicht unterhalten, bei Agnes ein wenig kochen zu lernen.»

«Bei Agnes?» Nein, dazu hatte Doralice gar keine Lust. Nun ja, das fand er am Ende verständlich, aber da hatte dieses Fräulein Bork ihm von den Fischerkindern vorgesprochen. Sie hatte gemeint, so eine Art Unterricht könnte viel Segen stiften; man könnte sich liebevoll mit diesen Armen beschäftigen.

«Willst du mich beschäftigen?», fragte Doralice.

«Ich suche nach etwas, das dir guttut», erwiderte Hans, aber sie fuhr gereizt fort: «Soll das so etwas wie der Anfang einer Erziehung für mich sein?»

Hans errötete: «Nein, nein, gar nichts soll es sein.» Er wandte Doralice den Rücken und schaute zum Fenster hinaus. Draußen von der Düne her kamen ein Mann und eine Frau herauf, der Fischer Steege, der endlich doch heimgekommen war, und seine Frau. Er ging breitbeinig und gemächlich einher, als sei nichts geschehen, und die kleine Frau trottete hinter ihm her, alle Aufregung war von ihr gewichen, und wie sonst schaute sie mit mürrischer Geduld vor sich nieder auf ihre nackten Füße, um die großen Kieselsteine zu vermeiden. Dieser Anblick gab Hans wieder ein wenig guter Laune zurück. «Der Steege ist doch wieder heimgekommen», meldete er, «und die Frau, wie sie hinter ihm hergeht. Sie macht ein Gesicht wie ein verdrießlicher Gläubiger, dem ein säumiger Schuldner endlich doch seine Schuld bezahlt hat. Sie kassiert ihren Mann ein.» Dann wandte er sich zu Doralice um, lächelte gutmütig und sagte: «Ich denke, wir machen einen Spaziergang. Draußen werden wir vielleicht auch wieder so selbstverständlich nebeneinander hergehen, wie die Steeges da.»

Sie machten den Spaziergang landeinwärts an der Zibbe Waldhüterei vorüber zur Föhrenschonung hinauf. Die jungen Bäume standen dort in gleichen Abständen voneinander da, rosa Stämme und blaugrüne Schöpfe, schnurgrade gelbe Wege durchschnitten den Bestand. Hier war die Luft heiß und schwer von Harzduft. Hans versuchte sich zu begeistern: «Wunderbar! Farbe, Farbe! und was für eine! Daraus kann man hunderttausend Mäntel für venezianische Madonnen schneiden.»

«Ich finde, es sieht hier aus wie in einer Schulstube während der Nachmittagsstunde», sagte Doralice abweisend. Hans lachte darüber sehr laut, denn er hoffte, Doralice würde mitlachen: «Schulstube! sehr gut, aber was für eine. Grünblaue Wände und goldener Fußboden und der Duft. Wenn wir in solchen Schulstuben gesessen hätten, dann wären wir andere Kerle.» Doralice lachte nicht mit. Es fiel sie hier plötzlich ein unerträglich starkes Verlangen nach dem Meere im Mittagsonnenschein, nach dem Segelboot, nach Hilmar, nach dem jungen Stibbe an, wie es ja zuweilen geschieht, dass die Sehnsucht nach einer vergangenen, glücklichen Stunde uns so stark anpackt, dass es schmerzt, und sie musste davon sprechen: «Der Baron Hamm sagt», begann sie, «das Meer sei heute grün, durchsichtig und süß wie russische Marmelade.»

«So, sagte er das?», meinte Hans wegwerfend. «Ja so ein Leutnant hat immer was mit Süßigkeiten zu tun. Und dann isst er sie, und dann schenkt er sie, und dann sagt er sie, und er ist nicht eher zufrieden, als bis er das ganze Meer zu Marmelade gemacht hat.»

Doralice erwiderte nichts, und schweigend gingen sie eine Weile nebeneinander die graden Wege entlang. Als die Sonne rot durch die Birkenstämme schien, schlugen sie den Heimweg ein. Sie begegneten Arbeitern vom Felde zurückkehrend, Männer in weißen Leinwandhosen, hinter ihnen her die Frauen mit dem Grützespann in der Hand. Hie und da blieb ein Paar an einer der kleinen Katen stehen; der Mann öffnete die Tür, bückte sich, um hindurch zu gehen, die Frau folgte ihm; so verschwanden sie in dem schwarzen Loche, und mit einem knarrenden Ton fiel die Türe ins Schloss. Und als Hans und Doralice an ihrer Wohnung angekommen waren und er voran durch die Tür ging, sich ein wenig bückend, seufzte Doralice und dachte: «Das ist so wie bei den kleinen Katen; man verschwindet still in dem schwarzen Loch, die Türe knarrt, die Welt voll schöner, erregender Möglichkeiten bleibt draußen.»

Das Abendessen kam mit seinen Flundern und großen Kartoffeln, Hans aß eilig und viel, er sprach aufgeräumt mit Agnes und schien sich auf das Hinausfahren zum Fischfang zu freuen. Bald stand er vom Tische auf um sich umzukleiden und ging dann fort. «Gute Nacht, schlafe wohl», sagte er und küsste Doralice auf die Stirn. Agnes brummte etwas von «in der Nacht fortrennen» und dass das keine Manier sei.

Die Nacht brach herein, Agnes hatte die Lampe gebracht und sich mit einem mürrischen Gute Nacht entfernt. Doralice rückte den Sessel näher nach dem zum Meere geöffneten Fenster und streckte sich behaglich in ihm aus. Es schien ihr, dass da Bilder und Träume waren, die den ganzen Nachmittag über schon auf sie gewartet hatten, nun konnten sie kommen. Draußen war es sternhell, ein sanfter Landwind brachte von den Kleefeldern und Föhrenwäldern Düfte herüber. Das Meer hatte heute ein seltsam zögerndes, lässiges Rauschen. Zeitweise schien es zu schweigen, dann fuhr eine Welle auf und murmelte etwas, und nach einer Weile erst erwachte eine andere und antwortete verträumt, und auf den Kieseln des Strandes klapperten die schweren Schritte der stillen Liebespaare. Doralice hatte die Augen geschlossen und wollte ihren Gedanken nachhängen, allein aus den Gedanken wurde ein Traum, und sie schlief ein. Sie träumte von dem Garten des Schlosses, sie ging mit Hilmar einen der geraden, endlosen Wege entlang, und zu beiden Seiten auf den Beeten standen Gladiolen, ganz hohe feuerrote Gladiolen. Und plötzlich stand der alte Graf da mitten in einem der Beete, knietief in den Gladiolen. Sein Gesicht war klein, grau und kraus von Fältchen. Er stand da und schaute auf seine Uhr, die er in der Hand hielt. «Nun sieht er uns», sagte Hilmar, «nun ist es gleich», und er beugte sich über sie und küsste sie. Und dann wusste Doralice, dass sie nicht mehr schlief, dass Hilmar da war, dass sie die ganze Zeit über auf ihn gewartet hatte und dass er sie küsste. Sie hielt die Augen noch geschlossen, erst als Hilmar ihre Hände nahm und sagte: «Wie kalt Ihre Hände sind, Sie frieren vor Einsamkeit», da öffnete sie die Augen. Hilmar kniete neben ihr, und seine Augen ruhten wieder auf ihr mit jenem eigensinnigen, gewaltsamen Begehren, das sie schwach machte, sie fast schmerzte. «Warum sind Sie hier?», fragte sie.

«Warum?», erwiderte Hilmar ungeduldig, «wo soll ich denn anders sein? Zu den anderen gehöre ich nicht mehr, das wissen Sie ganz gut, Doralice.»

«Nein, das ist schlecht», erwiderte Doralice.

«Schlecht, vielleicht», erwiderte Hilmar, «aber *unsere* Schlechtigkeit, Ihre und meine. Und wenn die anderen verfluchen und verfemen, dann sind wir erst miteinander allein, so wie heute Mittag auf dem Meer. Dann können wir uns ein Leben erfinden, das ganz unser Leben ist. Es ist ja zu dumm, immer das Leben zu leben, das die anderen sich für uns ausdenken. Nein, hören Sie, Sie können nicht das Leben des Herrn Grill leben, und ich kann nicht der Bräutigam meiner kleinen Heiligen sein, das ist doch verständlich. Also, morgen soll ich zu meinem Regiment zurück, um mich zu bessern. Aber Sie werden sagen, dass ich bleiben soll, und ich bleibe, und das Regiment und die Uniform und alles, alles zählt nicht. Und Sie, Doralice, werden Herrn Grill entlassen.»

«Sprechen Sie nicht so», unterbrach ihn Doralice. «Er ist gut.»

«*Gut! gut!*», rief Hilmar, «natürlich ist er gut, alle sind sie gut, die anderen, nur wir sind nicht gut, wir *können* nicht gut sein, daher sollen sie uns unseren eigenen Weg gehen lassen.»

Doralice seufzte, seufzte ganz tief und sagte dann leise: «Jetzt müssen Sie gehen.»

«Ja, jetzt, jetzt», wiederholte Hilmar. Er schüttelte Doralicens Hände, die er fest in den seinen hielt, und ein ausgelassener Triumph leuchtete aus seinen Augen: «Sie sagen jetzt, aber ich kann kommen und dann – dann –»

Am Fenster, das nach der Düne hinausging, stand einen Augenblick Lolo, und das weiße Gesicht schaute ernst in das Zimmer hinein.

Lolo war, wie jeden Abend, mit Nini in ihre Giebelstube hinaufgestiegen und hatte sich zu Bett gelegt. Dort lag sie wach da und schaute mit weitoffenen Augen in das Dunkel hinein. Sie dachte ihren einen großen, unklaren Gedanken, den sie all diese Tage über mit sich herumgetragen hatte, der in ihr gewachsen und mächtig geworden war. Ein Opfer, ein Opfer wollte sie bringen. Die wirren Qualen und Enttäuschungen ihrer Liebesgeschichte ertrug sie nicht länger, so flüchtete sie sich denn in den Rausch, wie ihn so stark nur der Wille zum Opfer einem Frauenherzen gibt. Das war jetzt ihr Erlebnis, und es erfüllte sie ganz mit Andacht vor der eigenen Seele. Sterben war leicht. Sie wollte in das Meer hinausschwimmen weit, weit über die Sandbank hinaus. Sie wollte schwimmen, bis diese Müdigkeit kam, die sie kannte, in der wir nichts anderes wünschen, als uns willenlos und untätig auf dem Wasser auszustrecken. Ja, und dann würde es sich vollziehen, das dunkele Ruhevolle, und all die furchtbare Spannung des Fühlens und Wollens würde sich lösen. Sobald es im Hause stille war, stand Lolo auf. Sie kleidete sich in ihren Badeanzug, hüllte sich in ihren Mantel und schlich hinaus. Draußen die Nacht schwarz und warm, am Himmel große, sehr helle Sterne. So hatte sie es erwartet, das war in Ordnung. Als sie in Wardeins Anwesen noch Licht im Fenster sah, wollte sie herangehen und hineinschauen aus unklarem Verlangen nach noch mehr Bitterkeit und Schmerz. Sie sah Doralice im Sessel sitzen und Hilmar neben ihr knieen, allein das erschütterte sie nicht stark, sie hatte das erwartet, auch das musste so sein. Ruhig stieg sie zum Meere hinunter. Dort legte sie ihren Regenmantel, ihre Schuhe ab und ging in das Wasser. Kleine laue Wellen sprangen an ihr empor. Sie begann zu schwimmen, ein unendliches Wohlbehagen durchrieselte ihren Körper. Schwarze Wellenhügel, in denen die Sterne sich spiegelten, wie rege goldene Pünktchen, hoben sie sanft empor und ließen sie wieder sanft in schwarze, goldbestirnte Wellentiefen gleiten. All das Heiße, Enge, Drückende fiel von ihr ab, sie wusste nicht mehr, warum sie hier war, sie wusste nur, dass sie glücklich war und dass sie weiter hinaus musste. Zuweilen legte sie sich auf den Rücken und schaute hinauf, und es war ihr dann, als fiele sie in einen schwarzen Abgrund, in dem goldene Sterne durcheinander wirbelten. Und weiter ging es, einmal schien es ihr, als stünde dort schwarz in all dem Schwarzen wie eine Vision ein Boot regungslos auf dem Wasser. Ihr Schwimmen wurde eiliger, angestrengter, als gäbe es ein Ziel für sie, das sie zu erreichen hatte. Und dann plötzlich lähmend überkam sie das Bewusstsein der furchtbaren Weite um sie her, der furchtbaren Tiefe unter sich. Angst benahm ihr den Atem, alles wurde feindlich, alles war gegen sie, und sie musste kämpfen mit diesen Wellenhügeln, die ihr jetzt hart und kalt wie schwarzes Metall erschienen. Sie rief einige Male in die Nacht hinein und arbeitete dann weiter, schlug sich herum mit etwas, das sie niederdrücken und niederziehen wollte, und dann schien alles fort.

«Nu haben wir den kuriosen Nachtfisch», sagte Stibbe und hob Lolo in sein Boot hinein; «dacht's mir, das ist die Marjell vom Bullenkruge. Wasser hat sie schon geschluckt. Nimm du sie, André, du weißt ja mit Marjellen umzugehen.»

André nahm Lolo in Empfang, die wie leblos dalag, hüllte sie in seinen Mantel, redete ihr zu: «Immer nur das Wasser ausspucken, Fräuleinchen, immer nur ausspucken.» Ärgerlich machte Stibbe sich ans Rudern: «Jetzt schnell nach Hause», brummte er, «sonst verfriert sie uns. Das sind so die städtischen Dummheiten, ins Wasser zu gehen! Wen es will, den holt es sich schon selber. Wir wollen die Marjell zu Wardein bringen, dahin ist es näher. Lass die Städter dann ihre Dummheiten miteinander ausmachen.»

Doralice war wieder allein in ihrem Zimmer, als die Männer zu ihr eintraten. Sie verstand nicht gleich. Da stand der Fischer Stibbe und noch einer, und Stibbe trug jemand, er trug Lolo, die ganz bleich war und die Augen geschlossen hielt, ihr Haar schwer und feucht hing lang über den Arm des Fischers herab.

«Die haben wir nun aufgefischt», sagte Stibbe, «da weit draußen, die wollte nicht mehr zurück. Was ist denn das für ein Nachtfisch, sagte ich zu André, und wir sind ihr nachgefahren. Ach, die lebt schon, die lebt ganz gut. Nur Wasser hat sie geschluckt. Wo soll ich sie hinlegen? aha, da drin aufs Bett. André ist zum Bullenkrug hinauf es der Mamsell zu sagen, damit sie sie holt.»

Lolo wurde auf das Bett gelegt, Stibbe wiederholte noch einmal: «die lebt ganz gut», dann gingen die Männer. Der Lärm hatte Agnes herbeigerufen, und sie übersah sofort die Lage, machte sich über Lolo her, entkleidete sie, hüllte sie in Decken, rieb sie, immer schweigsam und mürrisch, nur einmal bemerkte sie: «Sie macht die Augen nicht auf, nicht weil sie nicht kann, sondern weil sie nicht will.» Endlich beschloss sie einen heißen Tee zu kochen, Doralice sollte nur weiter reiben.

Doralice kniete am Bett und rieb die Glieder des regungslos daliegenden Mädchens. Lolo seufzte, schlug die Augen auf und schaute Doralice ernst an. Das schmale Gesicht hatte in seiner Ruhe etwas Strenges, Ältliches.

«Wie – wie ist Ihnen jetzt?», fragte Doralice.

«Gut», sagte Lolo mit einer Stimme, als antworte sie auf eine müßige, gleichgültige Frage. Aber Doralice beugte sich leidenschaftlich über sie, als wollte sie sie erwärmen und beschützen. «Wie konnten Sie das tun?», flüsterte sie.

Lolo zog ein wenig die Augenbrauen empor und sagte in demselben kühlen, überlegenen Tone: «Er kann nichts dafür. Das wusste ich, als ich Sie sah, er wird nicht anders können und Sie – Sie können nichts dafür, dass Sie so schön sind.»

«Nein, das will ich nicht», rief Doralice fast zornig. «Er soll bei Ihnen bleiben, er soll Sie lieben, er soll, soll.»

Lolo wandte den Kopf zur Seite und schloss die Augen, als wollte sie Ruhe haben, und sagte kummervoll und müde: «Ja jetzt, jetzt weiß ich nicht.»

Doralice wagte nicht mehr zu sprechen. Sie kniete dort vor dem Bett, und ein unerträgliches Gefühl der Demütigung machte sie elend. Im Nebenzimmer wurde es wieder lebhaft. Die laute Stimme der Generalin ließ sich vernehmen: «Wo ist sie? wo liegt sie? Heißen Tee haben Sie da, liebe Frau, das ist gut.»

Dann erschien die Generalin in der Schlafzimmertür, sie hatte ihren Strohhut über ihre Nachthaube aufgesetzt und ihren Regenmantel über ihr Nachtkleid angezogen. Sie war rot und atemlos: «Kind! Kind!», rief sie, «was sind das für Geschichten! Hat man je so was gehört! Dass ich so was erleben muss. Wo ist der heiße Tee, liebe Frau?»

Fräulein Bork und Ernestine waren auch da mit Tüchern und Mänteln beladen, und nun begann ein Kommandieren und Hin- und Hergehen, und dazwischen schalt die Generalin immer weiter: «Das ist die Buttlärsche Übertriebenheit, die dummen Buttlärschen Herzen. Von mir habt ihr das nicht. Liebe Köhne, geben Sie ein Handtuch her, wir müssen das Haar noch trocknen. Zu meiner Zeit verlobte man sich auch und verliebte sich auch und war eifersüchtig, denn die Männer taugten damals auch nicht viel, aber gestorben sind wir daran nicht. Aber die heutige Jugend, die ist ja wie betrunken!»

Lolo ließ alles willenlos wie eine Puppe mit sich geschehen. Endlich stand sie in Tücher und Mäntel gehüllt da, von Fräulein Bork und Ernestine gestützt. «Geht jetzt nach Hause», befahl die Generalin, «aber leise, dass meine Tochter nicht aufwacht, es ist genug, wenn morgen das Gerede anfängt. Steckt das Kind ins Bett, eine Wärmflasche und Baldriantee, also vorwärts, ich bleibe noch einen Augenblick hier. Sie erlauben schon, meine Liebe», wandte sie sich an Doralice.

So wurde Lolo fortgeführt.

«Kommen Sie, liebe Köhne», sagte die Generalin, nahm Doralicens Arm und führte sie in das Wohnzimmer; «setzen Sie sich, Sie sind ja weiß wie ein Tuch. Ich will mich auch ein bisschen hersetzen, so was fährt einem in die alten Knochen.» Seufzend nahm sie in einem Sessel Platz und sann eine Weile schweigend vor sich hin. Das große Gesicht war jetzt bleich und sah alt und kummervoll aus.

«Nein!», begann sie dann wieder, «das habe ich nicht vorausgesehen. Ich bin sonst nicht dumm, aber das habe ich nicht erwartet. Mit unserem Aufenthalte hier wird es wohl nun zu Ende sein. Schade. Sie, meine Liebe, habe ich immer verteidigt. Meine Tochter tat so, als seien Sie ein reißendes Tier, aber ich habe Sie verteidigt. Nun ja, Sie sind Ihrem alten Grafen davongelaufen. Das muss man nicht tun, schon wegen der Moral, aber es war eine dumme Heirat, und Sie haben sich von Ihrem Maler entführen lassen, nun gut. Aber jetzt, meine Liebe, ist es doch genug, man kann sich doch nicht immerfort entführen lassen. Vom Sichentführenlassen kann doch keiner leben. Und dann, die Kleine hat nun mal diesen Bräutigam, ich habe ihn ihr nicht ausgesucht, aber er ist ihr gegeben worden, und sie hat sich in ihn verliebt. Die Buttlärs besorgen so etwas immer gründlich. Sie können ihn ihr doch lassen.» Die Generalin hielt einen Augenblick inne, um Atem zu schöpfen, Doralice saß regungslos da, und über ihr bleiches Gesicht rannen unablässig Tränen herab. «Sie sind bildhübsch, meine Liebe», fuhr die Generalin fort, «aber was hilft das? Versuchen Sie doch mit Ihrem Maler ordentlich zu leben, er scheint ja ein ganz guter Mensch zu sein. Sich entführen lassen, das geht schnell. Mich hat zwar nie jemand entführt, ich hatte es auch nicht nötig, ich war mit meinem Palikow immer recht zufrieden, aber ich denke mir das so nach dem, was ich um mich sehe. Aber mit dem Herrn, der einen entführt, leben, das ist die Kunst. Glauben Sie mir, man kann sehr gut leben auch ohne dass ein Mannsbild immer vor einem auf den Knien liegt. Und dann noch eins. Wenn der junge Mensch morgen zu Ihnen herrennt, sagen Sie ihm ein vernünftiges Wort. Sie haben ihn unvernünftig gemacht, machen Sie ihn auch wieder vernünftig. So, und nun will ich gehen. Sie, meine Liebe, müssen schlafen, sonst werden Sie krank, und davon hat auch keiner was.»

Die Generalin erhob sich, streichelte mütterlich Doralicens tränenfeuchte Wangen und ging hinaus. Doralice blieb auf ihrem Platze sitzen und starrte mit angstvollen Augen vor sich hin. Sie zog die Füße auf den Sessel hinauf, umschlang ihre Knie mit den Armen, kroch ganz in sich zusammen. War sie das, von der die alte Frau so gesprochen hatte? Sahen die Leute sie so? Sah sie so aus? Widerwille und Furcht stiegen in ihr auf, es war, als klebe etwas Unreines und Hässliches ihr an, das sie verzerrte und gespenstisch machte.

Agnes kam herein und brachte Tee: «Den müssen Sie jetzt trinken», sagte sie barsch. Doralice gehorchte, Agnes stand dabei, schaute aufmerksam zu und murmelte: «Das kommt davon, Hans ist auch schuld. Ich habe es ihm gesagt, was rennt er immer fort. Man passt doch auf, wenn man eine hat, die schon einmal einem fortgelaufen ist. Na, aber die alte Frau hat hier bei uns auch nichts zu predigen. Sie soll ihre Marjellen und Jungherrn strammer halten. Und jetzt müssen wir schlafen gehen.»

Sie fasste Doralice an beide Arme, um sie aus dem Sessel zu heben, führte sie in das Schlafzimmer, kleidete sie aus, wie man ein Kind auskleidet, half ihr in das Bett hinein und deckte sie fest zu. «Jetzt schlafen», sagte sie, «das kann nie schaden» und löschte das Licht aus.

Dreizehntes Kapitel

Als Doralice erwachte, hörte sie, dass im Nebenzimmer gesprochen wurde. Hans musste von seiner Nachtfahrt zurück sein, und Agnes erzählte ihm etwas flüsternd, so dass es wie ein fortgesetztes Zischen klang. Nur selten warf Hans' tiefe Stimme Worte mit hinein. Das dauerte ziemlich lange, plötzlich brach das Gespräch ab, eine Tür ging, und es wurde ganz still. Draußen war es sonnig, und ein Wind schien zu gehen, denn die Netze, welche vor Doralicens Fenster zum Trocknen aufgehängt waren, wiegten sich hin und her. Auf dem Zaun saßen zwei Kinder, trommelten mit den nackten Füßchen an die Bretter und sangen mit den schrillen Stimmen in den Wind hinein: «Henne, henne, helle, helle, ho, ho!» Doralice drückte sich fest in ihre Kissen. In ihren Gedanken begann die peinvolle Arbeit den vergangenen Tag an den beginnenden zu knüpfen. Die Ereignisse der Nacht kamen, sie meldeten sich wie Gläubiger, die ihre Rechnung präsentieren. Vor allem aber meldete sich jene unheimliche gespenstische Doralice, von der die Leute wie von einem reißenden Tiere sprachen, die davon lebte sich entführen zu lassen und die junge Mädchen in den Tod trieb. Zum ersten Male in ihrem Leben empfand Doralice sich selbst als eine Qual.

Agnes kam herein und brachte den Tee, Doralice sollte ihn heute im Bett trinken. Agnes stand dabei und berichtete, Hans war zurück, sie hatten viele Fische gefangen. Vom Bullenkruge war zum Strandwächter geschickt worden nach den Pferden, sie sollten das Gepäck zur Bahn bringen. Ja, und dann war der junge Herr vom Bullenkruge da gewesen, er wollte die Gnädige sprechen: «Was soll ich ihm sagen, wenn er wiederkommt?», schloss Agnes ihren Bericht, und in den trüben Augen der alten Frau entzündeten sich grünliche Funken wie in den Augen böser Hunde. Doralice errötete unter diesem Blicke, und es klang gequält und zornig, als sie hervorstieß: «Ich will ihn nicht sehen. Sag ihm, er soll abreisen. Ich will ihn nicht sehen, nie.»

«Werd' es ausrichten», brummte Agnes und ging.

Eine Weile später, als Doralice gerade vor dem Spiegel saß, ihr

Haar kämmte und ihr Gesicht im Spiegel aufmerksam betrachtete, als wäre es ihr neu, da wurden im Nebenzimmer Stimmen laut. Agnes sprach mit tiefer Stimme deutlich und langsam, wie sie am Sonntagmorgen sich selbst ihre Bibel vorzulesen pflegte: «Die Gnädige sagt, sie will den Herrn nicht sehen. Der Herr soll nur abreisen. Sie sagt, sie will ihn nicht sehen, nie. So sagte sie.»

Hilmars ein wenig schnarrende Stimme ließ sich vernehmen, und Agnes begann wieder: «Die Gnädige sagt, sie will den Herrn nicht sehen, der Herr soll nur abreisen. Sie sagt, sie will ihn nicht sehen, nie, so sagte sie.»

Einen Augenblick wurde es ganz still, dann klirrten Sporen, eine Tür ward zugeschlagen. Doralice trat an das Fenster, sie sah Hilmar die Düne hinabsteigen. Er war in Uniform. Anfangs ging er langsam und zögernd, den Kopf ein wenig gebeugt. Unten am Strande jedoch kam in seinen Gang wieder das hübsche leichtsinnige Sichwiegen. Die Sonne erweckte in den Sporen, in den Knöpfen und Schnüren der Uniform helle Funken, überstreute die ganze Gestalt mit kleinen, unruhigen Lichtern: «O nein!», dachte Doralice, «es ergreift mich nicht das zu sehen.» Allein eine ferne Kindererinnerung kam, Doralice konnte nichts dafür, die Erinnerung kam, wie Träume ohne unser Zutun kommen und uns rühren. Ein Frühlingsabend im alten Garten zu Hause, die kleine Doralice steht einsam auf dem breiten Kieswege und sieht trübselig in den gelben Abendhimmel hinein. Da kommt eine Schar wandernder Musikanten, Männer mit blanken Hörnern und Trompeten. Sie stellen sich vor der Treppe auf und beginnen zu blasen, und sofort erfüllt sich der ganze stille Garten mit so köstlich lustiger Ausgelassenheit, dass Doralice mitsingen möchte und auf dem Kieswege zu tanzen beginnt. Da erscheint Miss Plummers auf der Treppe und winkt den Musikanten ab, sie sollen nicht spielen, die gnädige Frau hat Migräne. Es wird still, die Männer packen ihre Hörner und Trompeten ein und ziehen ab, ziehen die Landstraße hinunter dem schwefelgelben Abendhimmel entgegen, und die Strahlen der untergehenden Sonne funkeln in den großen Hörnern. Die kleine Doralice steht am Gartengitter und schaut ihnen mit schwerem Herzen nach. Ungeduldig wandte sich Doralice vom Fenster ab und kleidete sich an. Etwas Schweres und Wichtiges musste sich heute noch begeben, sie musste Hans begegnen. Unruhig schritt sie im Wohnzimmer auf und ab, allein es schien ihr, als sei es hier kalt. Sie wollte sich erwärmen. Sie ging hinaus und setzte sich auf die Bank, auf der die Wardeins am Abend zu sitzen pflegten. Jetzt saß nur die alte Mutter Wardein da, sonnte sich und schaute auf das Meer hinaus. Sie rückte ein wenig, um Doralice Platz zu machen, und murmelte nur ein «Warm». So saßen sie nebeneinander, und Doralice wartete. Sie tat nichts als warten, denn es gibt Ereignisse, die erst gekommen sein müssen, damit wir weiterdenken können.

Endlich kam Hans die Landstraße herauf. Er ging langsam und sah müde und angegriffen aus, als hätte er einen weiten Weg gemacht. Als er an der Bank vorüberging, nickte er: «Guten Morgen, Mutter! Guten Morgen, Doralice!» und ging gerade in das Haus. Doralice folgte ihm. Im Wohnzimmer lehnte sie sich mit dem Rücken gegen die Wand, legte auch die Flächen der Hände an die Wand, als ob sie sie kühlen wollte. Hans war zu seinen Malgeräten gegangen und beschäftigte sich mit den Pinseln. Beide schwiegen eine Weile, bis es wie ein Stöhnen aus Doralice hervorbrach: «Mein Gott, so sprich! so sage doch etwas.»

Hans wandte sich ihr zu, er steckte beide Hände in die Rocktaschen, stand ein wenig gebeugt da. Wenn ihn etwas drückte oder stark hinnahm, dann konnte seine schöne Gestalt zuweilen das Schwere, Ungelenke eines Dorfburschen bekommen, der müde von der Feldarbeit ist. «Was kann ich sagen», versetzte er, «was habe ich für ein Recht? Das Recht, das du mir gegeben hast, kannst du mir nehmen und dem anderen geben. Wie du es dem alten Herrn genommen und es mir gegeben hast, anders ist es nicht. Wir Bauern können gut rechnen.»

Doralice hob die Arme empor und legte die ineinander gerungenen Hände auf ihren Scheitel: «Du bist sehr gerecht», stieß sie hervor, und es klang wie Zorn, «aber so ist es nicht. Da ist kein anderer. Er ist fort, ganz fort. Er hat kein Recht. Ich brauche keinen, der vor mir kniet», sie brach ab, und die aufsteigenden Tränen machten ihre Stimme unsicher und leise, als sie hinzufügte: «Was hilft das? Was soll ich jetzt tun?»

Hans wandte sich ab und sah zum Fenster hinaus. Einen Augenblick war es wieder ganz still im Zimmer. Draußen auf dem Zaune sangen noch immer die Kinder ihr: «henne, henne, helle, helle, ho, ho!» in den Wind hinein. Endlich wandte er sich um, ging langsam zu Doralice hin, strich vorsichtig mit der Hand über ihr Haar und sagte: «Was kannst du tun? Jetzt wird es hier wohl einsam werden. Wir können ja eine Weile still nebeneinander hergehen. Hier tut keiner dir was. Und dann vielleicht besinnen wir uns wieder aufeinander.»

Doralice antwortete nicht, stumm und verschüchtert stand sie da. Das «stille Einhergehen» neben diesem starken, sanften Manne erschien ihr jetzt wie Geborgenheit, und in der Angst ihrer Seele, in der Angst vor sich und den anderen glaubte sie, Geborgenheit sei es, was ihr nottat.

Vierzehntes Kapitel

Die Septembertage waren hell, dabei wehte ein frischer Nordost. Die Wolken ballten sich zu großen weißen Inseln zusammen und zogen schnell über den Himmel, und ihre Schatten liefen dunkelgrün über das grüngraue Meer. Am Ufer war alles in beständiger Bewegung, die harten Halme auf den Dünen zitterten, die zum Trocknen aufgehängten Netze und Fische wiegten sich, und die Röcke und Tücher der Fischersfrauen flatterten.

«Ich habe, wie Sie wissen, meinen Abschied genommen», sagte der Geheimrat Knospelius zu Hans, während sie langsam dem Winde entgegen am Meere spazieren gingen, «ich habe genug gerechnet, und ich finde, dass meine Tage vollkommen befriedigend mit dem Kämpfen gegen den Wind ausgefüllt werden.»

«Mich ärgert dieser Wind», meinte Hans. «Sie wissen, ich male das Meer, ich male es den ganzen Tag, wenn ich es nicht gerade studiere.

Nun, bei diesem Winde sitzt das Meer schlecht, es hat alle fünf Minuten ein anderes Gesicht.»

«Das kann ich mir denken», bemerkte Knospelius. «Die Mutter Wardein ist bequemer, die sitzt da wie eine aus Holz geschnittene heilige Anna.»

Hans, von seinen Gedanken hingenommen, fuhr eifrig fort: «Überhaupt eine verteufelte Geschichte mit diesem Meere, es lässt sich nicht fassen, ich kriege die Logik seiner Linien und Bewegungen nicht heraus, sein Durchschnittsgesicht, wissen Sie, denn bei dem Porträt muss ich mir in dem Modell ein Durchschnittsgesicht konstruieren, das die Möglichkeit aller Augenblicksgesichter in sich schließt. Nun, bei dem Meere bringe ich es nicht fertig, und ich studiere es doch in- und auswendig. Ich schwimme Stunden in ihm herum, ich fahre auf ihm bei Tag und bei Nacht, ich beschleiche es zu allen Tageszeiten. Wahrhaftig, es wird für mich zu einer Art Besessenheit.»

«So, so», murmelte Knospelius und sah Hans schlau von der Seite an, «das also ist jetzt Ihre Besessenheit. Na ja, es ist ganz bequem, eine Besessenheit zu haben. Man braucht da nicht nachzudenken, was man tun soll, man muss etwas tun, ob man will oder nicht. Das ist so wie bei einer Staatsanstellung, man muss in das Bureau, ob man will oder nicht. Ich habe meiner Besessenheit jetzt den Abschied gegeben.»

Sie mussten stehen bleiben und nach ihren Hüten greifen, die ein Windstoß ihnen vom Kopfe reißen wollte. Dann wies Knospelius zur Düne hinüber und sagte: «Ihre Frau Gemahlin sitzt dort oben schon neben der Staffelei und näht, glaube ich.»

«Ja, sie näht Hemden für Fischerkinder», erwiderte Hans zerstreut.

Aber Knospelius' großes, bleiches Knabengesicht schaute forschend und aufmerksam zu ihm auf: «So, das ist neu.»

«Ja, das ist neu», bestätigte Hans obenhin. «Übrigens gehe ich auch jetzt arbeiten; auf Wiedersehen», und er stieg die Dünen hinauf.

Knospelius stand noch da, schaute zu Doralice hinüber und murmelte: «Ja, das ist neu.» –

Doralice saß da und nähte. Das tat sie jetzt gern, denn es sah beruhigt aus, sah aus, als sei alles in Ordnung. Nur hielt sie es nicht lange aus, das Säumen der Leinwand machte ihre Finger nervös. Bald warf sie die Arbeit fort und streckte sich auf ihrer Decke aus, um zu den Wolken hinaufzustarren. Sie hörte Hans zuweilen zu seiner Malerei sprechen. «Was ist denn das?», rief er plötzlich, «etwas ganz Neues.»

«Was denn?», fragte Doralice.

«Sehr merkwürdig», sagte Hans, «mit einem Male auf jeder Welle ein kleiner Heiligenschein. Es sieht aus, als ob jeder Wellenkamm mit einem Lichtstifte übergangen worden wäre.»

«Ja, da kommt alles Mögliche vor», bemerkte Doralice, ohne sich aufzurichten.

«Sehr merkwürdig», fuhr Hans fort, «einmal habe ich schon etwas Ähnliches gesehen, als ich als Knabe einmal die Schafe hütete, da hatten all die kleinen Hügel plötzlich diese Heiligenscheine.»

«Ach», dachte Doralice, «jetzt hat er noch die Schafe gehütet.» In letzter Zeit kamen in Hans' Bemerkungen immer wieder das Dorf und das Bauernblut und die Feldarbeit vor. Das klang fast wie ein Vorwurf gegen sie, und als Hans hinzufügte: «Ja, auf der Schafweide lernt man manches», konnte sie sich nicht enthalten, gereizt zu antworten: «Ich kann doch nichts dafür, dass ich nicht die Schafe gehütet habe.»

Hans machte sofort sein förmlich freundliches Gesicht, mit dem er in letzter Zeit ihr zu begegnen pflegte, und sagte höflich: «Gewiss, das verlangt niemand von dir. Du hast auch sicherlich in deinen Verhältnissen manches Wertvolle gelernt, das man auf der Schafweide nicht lernen kann.»

Doralice seufzte, und es entstand wieder eines dieser langen Schweigen, das jetzt häufig zwischen ihnen herrschte. Sie hatte nicht gewusst, dass zwei Menschen so viel miteinander schweigen könnten, wie Hans und sie es taten. Plötzlich warf Hans seinen Pinsel fort und meinte, diese Erscheinung müsse er näher beobachten, er wolle auf das Meer hinausfahren. Dann lief er zum Meere hinab. Doralice blieb ruhig liegen, bei diesem Winde nahm er sie ja doch nicht mit.

Das war also das stille Nebeneinanderhergehen. Anfangs war es Doralice wie Friede und Sicherheit erschienen. Sie war ja ganz verlassen inmitten einer feindlichen, unheimlichen Welt, nun aber wurde es zu einer sehr erregenden Sache. Wenn Hans da schweigend vor seiner Staffelei stand, dann wusste Doralice doch, dass er innerlich mit ihr sprach, dass er ihr Vorwürfe machte, dass seine stolze und verwundete Liebe sich mit der ganzen heißen Beredsamkeit über sie ergoss, die Hans eigen war. Sie war dessen so gewiss, als sähe sie, wie einer zu ihr sprach, nur dass er noch zu fern war, dass sie ihn hörte. Sie sprach ja auch beständig in Gedanken zu Hans, rechtfertigte sich, beschuldigte ihn, demütigte sich. Einmal jedoch musste der Augenblick kommen, dass sie beide zu voll von dem, das sie einander zu sagen hatten, waren, und es heraussagten, dann kam die Stunde der großen Aussprache, der Versöhnung. Das gab es doch, das stand doch in allen Büchern, das sah man auf allen Theatern, das musste kommen. Auf diese Stunde zu warten war Doralices Beschäftigung in den langen ereignislosen Tagen. So viel sie konnte, war sie bei Hans, um den richtigen Augenblick nicht zu versäumen, bei jedem seiner Worte horchte sie auf, ob es nicht der Beginn der Aussprache sei. Genau wusste sie, was sie dann sagen würde, und fühlte schon im Voraus den Schmerz und die Wonne des unendlich starken Empfindens. Aber auch Ungeduld quälte sie dann, warum kam es nicht? Wie lange sollte es noch dauern? Sie konnte nicht mehr ruhig auf der Düne liegen, sie wollte hinuntergehen und vor dem Hause sitzen, auf das Meer hinaussehen und sich vorstellen, was Hans dort in dem Boot zu ihr sprach.

Heiß schien die Sonne auf die Bank. Die Mutter Wardein nickte und rückte zur Seite, als Doralice sich zu ihr setzte. Vor ihnen auf dem Sande trieben sich magere Hennen umher und piepten freudlos und ergeben. Durch das geöffnete Fenster hörte man das Klappern von Löffeln, die Familie Wardein saß dort schweigend bei ihrem Mittagsmahl. Auch aus den Schornsteinen der anderen kleinen Katen stieg der Rauch, und auch dort wurde geschwiegen. Diese Häuschen standen ja meist schwarz und still da, höchstens dass sich einmal bei Steeges eine gellende Frauenstimme vernehmen ließ, wenn Steege betrunken nach Hause kam, oder dass oben beim Strandwächter Lärm entstand, wenn der Strandwächter seine Frau schlug. «Die schlagen sich», hätte der Geheimrat gesagt, «weil sie ineinander verliebt sind.» Nun, dachte Doralice, das mochte ja eine bequeme Art sein, eine Aussprache herbeizuführen, allein Hans und sie verstanden das nicht. Doralice schaute auf das Meer hinaus, um Hans' Boot zu entdecken. Sie liebte das Meer nicht mit seinem stetigen, schläfrigen Glitzern. Immer war es da, von überall her sah man es, überall hörte man es, ein jeder sprach von ihm; die einsilbigen Fischer, wenn sie sprachen, sprachen sie vom Meere, der einsilbige Hans, wenn er sprach, sprach er vom Meere. Für sie aber schien es eine unendliche, erdrückende Einsamkeit auszuatmen. Und unten am Strande ging noch immer in seinem grauen Paletot mit seinem grauen Hut der Geheimrat Knospelius auf und ab wie das kleine Gespenst der Einsamkeit. Das alles war freudlos, schläfrig und alltäglich, und dennoch, wenn Hans jetzt nach Hause käme, konnte es ja geschehen, konnte es plötzlich alles anders werden, und das legte für Doralice in alle Schläfrigkeit und Alltäglichkeit etwas wie das geheime Fieber einer Erwartung.

Zum Mittagessen kehrte Hans nach Hause zurück. Bei Tische sprach er wieder vom Meere, sprach von Zibbe Waldhüter, der von einem Wilddiebe einen Schrotschuss in das Bein bekommen hatte, und vom Bilde der Mutter Wardein, das zu einer Ausstellung geschickt werden sollte. Sobald er mit dem Essen fertig war, stand er auf, er behauptete, viel zu tun zu haben, die Bilderkiste musste zugenagelt werden, und dann wollte er mit einer Anweisung zur Post gehen.

«Hast du Bilder verkauft?», fragte Doralice. Ja, er hatte Bilder verkauft, das Geschäft ging gut. In der Tür wandte er sich noch einmal um und fügte hinzu: «Wenn du etwas nötig hast, brauchst du es nur zu sagen, ich komme schon dafür auf.» Damit ging er.

Er kam dafür auf. Immer gerecht und billig, allein Doralice fand, dass mit dieser Gerechtigkeit und Billigkeit sie noch sehr weit vom großen Gespräche entfernt war, welches sie so sehnsüchtig erwartete. Jetzt hallte das Haus von lauten Hammerschlägen wider. Hans schien den Hammer mit rechter Begeisterung zu führen. Doralice glaubte aus diesen Schlägen etwas wie Zorn und Leidenschaft herauszuhören, sie sprachen mit ihr, sie machten ihr Vorwürfe, sie schienen ihr zu verraten, was in Hans' Seele vorging, und sie war enttäuscht, als es plötzlich stille wurde und Hans fort war. Sie nahm den englischen Roman und eine Zigarette und beschloss zu ruhen, wirklich zu ruhen, wie sie es einst im Schlosse konnte, wenn die Zimmerflucht still wurde, die Düfte des Gartens heiß und süß durchs Fenster hereinströmten und sie sich in dem großen Voltaire-Sessel zusammenkauerte und gedankenlos und wunschlos dort verharrte. Glücklich war sie damals nicht gewesen, aber zu Hause. Warum kam dieses Gefühl nie mehr über sie? Vielleicht wenn alles klar zwischen ihr und Hans sein wird, wenn Hans gesprochen haben wird, vielleicht wird sie dann wieder zu Hause sein. Ungeduldig warf sie das Buch und die Zigarette fort und lief zum Meere hinab. Sie konnte Hans ja entgegengehen, und im Gehen arbeiteten ihre Gedanken wieder an der großen Szene der Rechtfertigung, der Demütigung und der Versöhnung; ohne dass sie es wusste, sprach sie laut, redete die Wellen an, welche weiß und zischend den Strand hinaufliefen bis zu Doralicens Füßen: «Ich dachte, du wirst mir tragen helfen an der Verantwortung, aber du wolltest immer nur gerecht und abgeklärt sein. Ich war allein in meiner Not, und dann diese Freiheit, das mit der Freiheit klingt so schrecklich nach Alleinsein.» Im Sprechen war sie an die Stelle gelangt, wo die Düne in scharfer Spitze nah an das Meer heranrückt, hinter ihr führte der Weg zum Dorf hinauf, und dort, vom Dünenvorsprung verdeckt, hörte Doralice eine Männerstimme, die laut und eifrig etwas sprach. Es war Hans' Stimme. Doralice blieb stehen und lauschte, da bog er schon um die Ecke.

«O, du bist es», sagte Hans.

Doralice errötete: «Ja, ich wollte dir entgegengehen», erwiderte sie, «mit wem sprachst du eben?»

Hans zuckte die Achseln: «Mit niemand; ich rezitierte nur so für mich den Homer.»

Das war natürlich gelogen, dachte Doralice, sie glaubte wohl zu wissen, was und zu wem er da gesprochen hatte. «Machen wir noch einen Spaziergang?», fragte sie. Sie bogen um die Dünenspitze die Dorfstraße hinauf, gingen an den Kartoffelfeldern und Stoppelfeldern entlang und gelangten endlich auf die geraden Wege der Föhrenschonung. Hans sprach wieder von Farben und von Licht, behauptete, dass die jungen Föhren in den rötlichen Sonnenstrahlen violett würden. Das alles war Doralice unendlich gleichgültig, sie wünschte einen Gesprächsstoff, in dem sie vorkam, sie und Hans. Der beste Ausweg waren dann in letzter Zeit gemeinsame Reiseerinnerungen gewesen. «Erinnerst du dich», fragte sie, «der Engländerin in den Uffizien, die zwei Kneifer auf der Nase hatte, einen hinter dem anderen?»

Ja, Hans erinnerte sich ihrer, «und», meinte er, «war es nicht der Tag, an dem wir nach Fiesole hinaufstiegen, und auf den Ziegelsteinstufen saßen, die zu dem antiken Theater hinabführen? Ich glaube, es war der heißeste Sitz, auf dem ich je gesessen habe.»

«O nein», sagte Doralice, «wir haben einmal noch heißer gesessen. Das war in Padua auf dem Rasenplatz vor der Arena-Kirche, wir aßen Kirschen, der Rasen war heiß wie ein Bügeleisen, du fingst einen Zitronenfalter und behauptetest, seine Flügel seien warm wie frische Semmeln.»

Hans lachte, diese Erinnerungen erheiterten ihn stets. «Ach ja, und ich übte mich, ein Gesicht zu machen wie Giottos ‹Verzweiflung› drinnen in der Kirche.»

Mit Sonnenuntergang traten sie den Rückweg an, und an einem geschützten Plätzchen an der Düne erwarteten sie die Dunkelheit. Hans schwieg, und Doralice dachte über Hans' Schweigen nach. Dann tauchte wohl in der Finsternis der rote Punkt einer brennenden Zigarre nicht eben hoch über dem Erdboden auf, und Knospelius' tiefe Stimme sagte: «Guten Abend.» Der Geheimrat setzte sich zu den beiden und sprach in seiner langsamen Weise von fernen beruhigenden Dingen. Er sprach von alten Ministern, die lächerliche Angewohnheiten gehabt hatten, oder von einem stillen Café in Konstantinopel, in dem er mit schweigenden Türken gesessen hatte und geraucht, während sie durch die geöffnete Tür alle die weißen turbangeschmückten Grabsteine eines kleinen türkischen Friedhofes nachdenklich betrachteten. Oder er sprach von einer ganz rosa Wüste und von Arabern, die alle geistvolle, ernste Gesichter hatten und doch Dummköpfe waren. Wenn das Licht des fernen Leuchtturmes deutlich zu sehen war, trennte man sich.

Da der Nordostwind das Hinausfahren zum Fischfang verhinderte, musste Hans zu Hause bleiben, Doralice und er saßen bei der Lampe, sie versuchte zu nähen, er las. «Willst du nicht laut lesen?», fragte Doralice.

«O gewiss, wenn dir das angenehm ist», erwiderte Hans höflich, «aber es ist Homer.»

«Das tut nichts», meinte Doralice.

Hans las die Beschreibung von Alkinoos' Garten:

«Birnen reifen auf Birnen, auf Äpfel röten sich Äpfel,
Trauben auf Trauben erdunkeln, und Feigen schrumpfen auf Feigen.»

Er gab dem Klang der Verse ein eintöniges Rollen, ein wellenhaftes Auf- und Abschwellen, das Doralice in eine köstliche Ruhe wiegte. Sie warf ihre Arbeit fort, lehnte sich in den Sessel zurück und schloss die Augen. Sie erwachte davon, dass Hans ihr leicht über das Haar strich. «Du bist müde, Kind, du musst schlafen», sagte er. Seine Stimme klang seltsam weich und ergriff Doralice so stark, dass ihre Augen sich mit Tränen füllten. Hans bemerkte es nicht, er zündete die Kerzen an, löschte die Lampe aus und sagte gute Nacht.

Doralicens Nächte waren in letzter Zeit unruhig. Sie lag lange wach und horchte auf all die Töne, die durch das Haus liefen, und wenn dann eine Tür knarrte, wenn sie Schritte vernahm, dann wusste sie, dass Hans hinausging an das Meer. Er tat das jetzt öfters des Nachts, er wollte das Meer studieren, allein Doralice wusste es wohl, auch er konnte nicht schlafen, auch er litt, und darin lag etwas, das sie ganz heiß und unruhig vor Freude machte.

Fünfzehntes Kapitel

Am Morgen flaute der Nordostwind ab, und um die Mittagszeit legte er sich ganz. Gegen Abend frischte ein leichter Westwind auf, der große weiße Wolken herantrieb.

Hans und Doralice kehrten von ihrem Abendspaziergange zurück und sahen am Horizonte riesige, kupferfarbene Wolkenberge sich aufbauen. Das Meer war voll roter und violetter Wellen. Hans und Doralice setzten sich auf ihren gewohnten Platz auf der Düne und starrten in das Flackern und Verlöschen der Farben hinein. Die bunten Wolkenberge wurden allmählich grau, über dem Lande dunkelte es, und das Meer glich endlich nur noch einer bewegten Dämmerung. Am Himmel hing ein Stück Mond weiß und strahlenlos. Vor der Hütte des Fischers Stibbe saßen Frauen, reinigten Fische und sangen eine träg sich wiegende Melodie:

«Sonnchen wollt im Meere schlafen,
Schwarze Wasser sind die Decken,
Hecht, du grüner Offizier,
Laufe schnell, es aufzuwecken.
Raderi, raderi, raderidira.»

Der Geheimrat Knospelius erschien auch wie gewöhnlich, klein und grau, die große Zigarre zwischen den Lippen. «Guten Abend», sagte er, «also wir kriegen ein Gewitter.»

Hans protestierte eifrig: «Nicht vor morgen früh. Stibbe weiß das ganz genau, er fährt daher heute Nacht hinaus. Ich fahre mit Steege; weit da draußen soll es eine Stelle geben, an der bei solchem Wetter die Butten so fest liegen, dass man sie im Netz wie Kartoffeln aus dem Sande pflügen kann.»

«So, so», meinte Knospelius, «also Tatendurst, Tatendurst.» Sie schwiegen eine Weile und hörten dem klagenden Gesange der Fischersfrauen zu:

«Hecht, du grüner Offizier,
Laufe schnell, es aufzuwecken.»

«Wie diese Melodie sich Zeit nimmt», bemerkte Doralice.

«Wer nimmt sich hier nicht Zeit?», sagte Knospelius. Er liebte es, langsam und sinnend in die Dunkelheit hineinzusprechen, mit seiner tiefen Stimme die Worte klingen zu lassen; «aber die Zeit ist hier auch sozusagen langsamer, die Tage und die Stunden und die Minuten sind hier länger. Wie fern erscheint es mir, dass ich heute Morgen geweckt wurde von dem Gesangbuchvers, den mein Wiedertäufer jeden Morgen im Nebenzimmer zu singen pflegt.»

«Ach ja», seufzte Doralice, «hier geht alles langsam, langsam.»

«Dafür werden wir gründlich, meine Gnädige», meinte Knospelius. «In der Stadt, da lebte ich von zerhackten Erlebnissen, von zerhackten Geschichten und Gedanken, hier erzählt man jede Geschichte ganz bis zu Ende, denkt jeden Gedanken bis in seine letzten Tiefen.»

«Und wird nie mit ihm fertig», warf Hans ein.

«Das kommt vor», bestätigte Knospelius, «sehen Sie unsere Liebespaare, die da im Dunkeln so still nebeneinander hergehen; sie sprechen am Abend vielleicht drei Worte miteinander; sie haben eben Zeit, sich auszusprechen. Temposachen. Der Inhalt der Liebesgeschichten ist ja immer derselbe, sie verteilen ihn auf einige Jahre, andere müssen in wenig Tagen fertig werden. Temposache, nichts weiter. Da gibt es so ein indisches Märchen von einer seligen Insel; den Leuten dort geht es gut, wie das auf solchen Inseln zu sein pflegt; sie haben alles, was sie wünschen können. Charakteristisch für die Natur dieser schönen Insel ist es, dass die Bäume Mädchen tragen, schöne Mädchen, die am Morgen erblühen und am Abend welken und sterben. Jetzt sage ich mir, pflückt ein Insulaner sich am Morgen solch eine schöne Frucht, so hat er für seine Liebesgeschichte bis zum Abend Zeit, und doch glaube ich, dass diese Liebesgeschichte ebenso reich sein wird, wie zum Beispiel die Liebesgeschichte des Zibbesohnes mit der Stibbetochter, die bereits sieben Jahre jeden Abend am Strande schweigend nebeneinander hergehen. Und dabei wird mein Inselliebespaar kaum das Gefühl haben, als würde es zu besonderer Hast getrieben. Temposache.» Der Geheimrat hielt inne und sog stark an seiner Zigarre.

Da ließ Doralice sich vernehmen, klagend und zugleich gereizt, als stritte sie mit jemand: «Ach ja, die Mädchen, die werden es ja wohl verstehen, ihre ganze Liebe in einen Tag zu legen, aber die Männer verstehen so schrecklich langsam. Wenn da am Morgen etwas vorkommt zwischen ihnen, dann werden diese armen Mädchen sterben müssen, ohne dass die Männer sich ausgesprochen haben.»

Knospelius kicherte, und Hans meinte: «Auf seligen Inseln kommt vielleicht nie etwas zwischen Liebenden vor.»

«Doch, doch», widersprach Knospelius, «das ist unvermeidlich. Ich bin zwar in diesen Sachen keine Autorität, in mich hat sich nie jemand verliebt. Ich meine aber, das muss eine verantwortungsvolle Lebenslage sein. Jemand also verliebt sich in mich, sieht in mir sein Ideal, und ich bin gleichsam das Depot für diesen idealen, herrlichen Knospelius, ich verwalte ihn. Da ist es dann natürlich, dass beständig Missgriffe vorkommen. Ich würde ein Gefühl haben, als hätte mir jemand einen selten kostbaren Prachtband geliehen, und ich müsste in steter Sorge leben, dass dem wertvollen Buche nicht etwas passiert. Aber es ist immerhin möglich, dass die Männer auf der seligen Insel schneller von Begriff sind und die Mädchen weniger durstig nach Aussprachen. Das wäre dann, was man ein abgekürztes Verfahren nennt.»

Das Licht des Leuchtturms war in der Ferne schon deutlich zu sehen, und Hans trieb zum Heimgehen, da er ja noch mit Steege hinausfahren wollte. Zu Hause hatte Agnes schon die Mahlzeit bereitgestellt. Hans nahm sich kaum die Zeit zum Essen und eilte in sein Zimmer, um sich umzukleiden. Doralice stand am Fenster und schaute in das weiße Aufdämmern des Mondes hinaus. Sie hörte, dass Hans wieder in das Zimmer kam; er trat an sie heran, umfasste mit seinen Händen ihre beiden Schultern: «Verstehe ich so langsam?», fragte er. Das klang weich, fast schüchtern.

Doralice bog ihren Kopf zurück, so dass er sich gegen Hans' Brust lehnte. Ihr Herz klopfte sehr stark, und die Augen wurden ihr heiß von Tränen. «Du verstehst nicht», sagte sie kummervoll, «du sprichst nicht, du sagst nicht.»

«Ach Kind», erwiderte Hans, «mit dem Sprechen ist es so eine Sache, man spricht, und es klingt hart und sauer und hässlich und ist ungerecht und rücksichtslos und ist doch nicht das, was man sagen wollte.»

«Es kann hart sein, es kann ungerecht und rücksichtslos sein», rief Doralice leidenschaftlich, «nur nicht so, nur nicht so! An dieser Gerechtigkeit und an dieser Rücksicht stirbt man.»

Hans beugte sich über sie und küsste sie fest auf die Lippen: «Gut, gut», sagte er in seinem gewohnten freundlichen, eifrigen Ton, «so wollen wir uns denn morgen alles sagen, was wir heute dem Meere zugeschrien haben. Für heute gute Nacht.»

Doralice stand noch lange am Fenster, und die Tränen, die warm über ihre Wangen niederrannen, taten ihr wohl wie eine gütige Liebkosung. Endlich beschloss sie schlafen zu gehen; sie freute sich auf den Schlaf, sie war müde, als läge eine schwere, glücklich vollbrachte Arbeit hinter ihr.

Um Mitternacht erwachte Doralice von einem starken Geräusch, das im Zimmer um sie her sich vernehmen ließ. Das Meer rauschte stark, so stark, als stünde das Häuschen mitten in den Wellen. Dazu war es, als ob alle Gegenstände im Zimmer sich bewegten, die Sachen auf der Toilette klirrten, der Waschkrug schnurrte leise vor sich hin, die Tür klapperte. Draußen aber über dem Dache schienen schwere Gegenstände sausend durch die Luft zu fahren, zuweilen kam ein Pfeifen, ein ausgelassenes, höhnisches Pfeifen, als jagte dort irgendwo ein Gassenbube durch die Luft. Oder ein Klagelaut kam schrill und verzweifelt, und plötzlich wurde all das übertönt von dem mächtigen Rollen und Krachen des Donners. Doralice sprang aus dem Bett und lief an das Fenster des Wohnzimmers. Die Nacht war ganz schwarz und schien voll wilden Getümmels, ein Blitz zuckte auf und zeigte für einen Augenblick in einem blauen Lichte das seltsam veränderte Meer. Es erhob sich dort wie große schwarze Mauern, Mauern, die schwankten und stürzten, und überall lag es auf ihnen wie bläulicher Schnee. Doralice hatte Angst, nur das, keinen anderen Gedanken als nur diese Angst, die uns treibt, uns zu verbergen, zu verkriechen, nach Hilfe zu rufen. Das Zimmer wurde hell, Agnes stand da, die Lampe in der Hand, und die gelben Augen der alten Frau sahen Doralice starr und böse an. Da begriff Doralice. «Hans», murmelte sie.

«Ja, bei diesem Wetter auf dem Wasser zu sein», sagte Agnes scheltend, «hat man so was gehört, und mit diesem Saufhaus von Steege, der zu faul ist, um sein Boot ordentlich zu halten.» Agnes wurde dann sehr geschäftig, leise fortscheltend ging sie ab und zu, holte einen Mantel, hüllte Doralice in ihn ein, zwang sie, sich in einen Sessel zu setzen, holte eine Decke, um sie damit zu bedecken, und als das getan war, setzte sie sich selbst auf einen Stuhl, faltete die Hände im Schoß, schaute starr und böse in das Licht der Lampe und wiegte den Oberkörper sachte hin und her. Zuweilen murmelte sie vor sich hin: «Nun muss er gleich kommen, der tolle Junge. Als ob wir nicht Fische genug hätten, und noch mit dem Steege.»

So still zu sitzen und hinauszuhorchen war furchtbar qualvoll, Doralice ertrug das nicht, sie musste etwas tun. «Ich gehe zu Wardeins», sagte sie.

Agnes zuckte die Achseln. «Was können die tun?», meinte sie.

Aber Doralice ging doch hinaus, schlich sich an der Mauer hin, um von dem Sturm nicht umgeworfen zu werden, und trat in die Stube der Wardeins. Die Wardeinin hatte eine kleine Lampe angesteckt und ging nur mit einem kurzen Rocke bekleidet im Zimmer umher, festigte die Fensterläden, löschte die letzte Glut auf dem Herde, rückte an den klappernden und schnurrenden Geräten auf dem Bord. Als Doralice eintrat, schaute die Wardeinin sie ruhig und ernst an und wandte sich wieder schweigend ihrer Hantierung zu. Doralice stand da, atemlos von dem Gang durch den Sturm, und sagte leise: «Ach, Frau Wardein, dieser Wind.»

«Der ist nicht gut», antwortete die Wardeinin, «aber was kann man machen?»

Doralice setzte sich auf einen Stuhl und wartete, dass die Frau noch etwas sagen würde, etwas, das wie Trost klang. Da ließ sich von dem großen Bett her Wardeins tiefe Stimme vernehmen: «Ich hab's gesagt, aber die wollen ja klüger als der Wardein sein. Nun, der Stibbe hat das neue, große Boot, der schlägt sich wohl durch, und der Steege – na ja, dem hat mit seinem alten Kasten von Boot der Teufel schon früher mal herausgeholfen.»

Diese raue Stimme, die grob und vertraulich von dem Furchtbaren da draußen sprach, tat Doralice wohl. Die Kinder begannen im Bett zu weinen, und die Mutter musste sie schelten und schlagen. Die Großmutter hatte sich in ihren Kissen aufgerichtet und starrte auf das Fenster, als könnten ihre Augen sehr weit in die Dunkelheit hineinsehen. «Schlechter Wind, schlechter Wind», murmelte sie. Doralice saß noch immer da, sie konnte sich nicht entschließen zu gehen. Die enge Stube mit ihrem alltäglichen Leben mitten in all dem Furchtbaren da draußen war etwas wie Geborgenheit. Allein die Wardeinin schien mit ihren Geschäften fertig zu sein, sie stand vor ihrem Bett, gähnte und sah Doralice an. Doralice musste gehen, hier wollte man sie nicht mehr. Und sie ging wieder in das Wohnzimmer hinüber, wo Agnes vor der Lampe saß und den Oberkörper sachte hin und her wiegte.

Fröstelnd drückte sich Doralice wieder in den Sessel und hüllte sich in ihre Decken. Es war qualvoll und furchtbar anstrengend, beständig auf die wirren Töne da draußen zu hören, diese Töne, die, je länger sie ihnen lauschte, umso ausdrucksvoller wurden, sich in gespenstische Gestalten wandelten. Wenn das höhnische Gassenjungenpfeifen erscholl, sah sie deutlich ein kleines Ungetüm mit gelbem Gesicht voller Sommersprossen, mit rotem Haar, in grauen, zu weiten Kleidern, das die Hände in den Hosentaschen unendlich frech durch die dunkle Luft hinschlenderte. Die lauten Klagelaute gehörten einer großen Frau mit lang niederhängendem grauen Haar. Die Augen waren hellgelb wie Meersand, den Mund öffnete sie weit – ein großes schwarzes Loch in dem weißen Gesicht. Und mitten in allem diesem Spuk und Schrecken, in dieser Finsternis und diesem Geheul war Hans, dort mussten ihr Denken und ihr

Warten ihn suchen. Doralice fuhr empor, als wollte sie eine unerträgliche Last von sich abschütteln. Auch Agnes wurde unruhig, sie begann auf dem Spirituskocher Tee zu kochen. Das interessierte beide. Und das Teetrinken dann, das Anzünden einer Zigarette gaben einen kleinen flüchtigen Augenblick des Vergessens und sehr durchdringenden Behagens. Aber die schwere Arbeit des Wartens und Bangens musste gleich wieder aufgenommen werden. Wenn Doralicens Gedanken der Spannung müde, kraftlos wurden, waren sofort Bilder da, farbige, belebte Traumbilder. Sie sah den Strand gelb von Sonnenschein, die Generalin im weißen Piquékleide kämpfte mit dem Winde, Lolo stand, ein schmaler roter Strich, in einem grünblauen Meere, und Hans kam langsam durch den Sonnenschein auf Doralice zu. «Schön, schön», sagte er in seiner herzlichen, eifrigen Weise, «du hast auf mich gewartet, schön, schön.» Und Doralice fühlte, dass nun alles wieder gut sei, fühlte das mit einer so starken und heißen Erschütterung der Freude, dass sie mit einem Ruck aus ihrem Sessel auffuhr und das bleiche sich sachte hin und her wiegende Gesicht Agnes' verständnislos anschaute. Nein, diese Traumbilder waren Leben, und dieses Zimmer mit der bleichen Agnes und der heulenden schwarzen Nacht draußen, das waren nur die Schrecken eines unbegreiflichen Traums. Und sie flüchtete wieder zu den Traumbildern, lebte mit ihnen, bis die Freude, die sie brachten, sie wieder weckte.

Der Tag graute, zögernd und schäbig. Ein heftiger Gewitterregen ging nieder; er hüllte das Land und das Haus wie in undurchdringliche staubgraue Spinnweben ein. Da hatte das Licht einen schweren Stand. War das überhaupt ein Tag, dachte Doralice, dieses müde, kummervolle Hindämmern, unterbrochen von dem jähen Aufschrecken, wenn das deutliche Bewusstsein des jammervollen unfassbaren Wartens kam. Sie kleidete sich an wie sonst, Agnes kochte wieder Tee, später machte sie Spiegeleier, denn sie meinte, des Sturmes wegen würde man nicht so leicht Feuer auf dem Herde machen können. Leute kamen, die Wardeins und die Steege; sie standen da im Zimmer und sprachen laut miteinander. Die Steegin mit rotverweinten Augen, ungekämmtem Haar, bleich und übernächtig, weinte ganz laut: «Hu, hu, hu» und redete wie im Fieber. Natürlich, wenn man alles Geld ins Wirtshaus trägt, kann man sich kein neues Boot kaufen, dann kann man kaum das alte instand halten. Aber auf sie hörte er ja nicht. Noch gestern Morgen hatte sie ihm gesagt, dass sie einen schlechten Traum gehabt hatte; ihr hatte geträumt, Steege stünde in seinem Boot und das Boot war ganz voll mit Dorschen gewesen, bis zum Rande voll. Von Dorschen aber zu träumen ist schlecht, von Butten gut. Aber auf sie hörte er ja nicht.

«Von Dorschen zu träumen ist schlecht und von Butten gut», wiederholte die Mutter Wardein ernst, «das ist richtig.»

Als die Frauen gegangen waren, kam der Geheimrat; er war steif und offiziell, dabei hatten seine Züge etwas Gekniffenes und Verzerrtes, als schmerze ihn sein Gesicht. Er sagte, Doralice könne sich auf ihn verlassen, alles Nötige würde geschehen. Sobald es möglich wäre, würden Leute hinausfahren. Einen Mann zu Pferde hatte er den Strand hinab, dem Leuchtturme zu geschickt. Dann saß er da, trommelte mit den Fingern auf sein Knie, suchte nach etwas, das er sagen könnte, etwas, das zu Herzen geht, er fand jedoch nichts. So bemerkte er nur: «Sie sollten sich einen Pelzmantel umnehmen, in solchen Zeiten friert man.» Nachdem er schweigend eine Weile gesessen, ging er.

Gegen Abend verbreitete sich das Gerücht, der Fischer Stibbe sei zurück. Wieder war das Zimmer voller Frauen; die Stibbin erzählte, ihr Mann habe sich bald von Steege getrennt, da ihm das Wetter verdächtig erschienen sei. Unterwegs habe das Gewitter ihn noch erwischt, es sei dunkel geworden, dass er nicht die Hand vor Augen sah, und *der* Sturm! Es war noch gut gewesen, dass er bald in die Bucht hinter den Leuchtturm geraten war und dann – ein gutes Boot war eben ein gutes Boot. Wenn er das neue Boot nicht gehabt hätte, wer weiß, wie es ihm dann ergangen wäre. Von Steege und Hans wusste er nichts. Die Frauen sprachen alle zu gleicher Zeit, die Steegin weinte wieder: «Hu, hu, hu», endlich schickte Agnes sie alle hinaus.

Der Abend brach herein; Doralice und Agnes saßen sich gegenüber; Agnes wiegte sich sachte und jammerte leise; Doralice versuchte es mit ihren Gedanken, sich in irgendwelche ferne, friedliche Erinnerungswinkel zu flüchten, oder sie hörte gedankenlos dem Sturm und dem Meere zu. Die Nacht kam, Agnes brachte Doralice zu Bett, und Doralice versank in einen schweren Schlaf; durch den tiefen Schlaf ging zuweilen etwas, das zu schwer zu tragen war, und das Erwachen wurde dann zur einzigen Zuflucht. Doralice schlug die Augen auf. Das Zimmer war hell; auf dem Stuhl am Fußende des Bettes saß Agnes in Tücher gewickelt; das kleine, gelbe Gesicht schaute seltsam friedlich, fast heiter drein, die weiche Linie des zahnlosen Mundes zuckte in einem verhaltenen Lächeln. Als Agnes sah, dass Doralice wach wurde, fing sie an zu sprechen. Sie sprach so, als fahre sie in einer begonnenen Erzählung fort: «Und damals, als wir die Hochzeit für die Base Anne ausrichteten, nein, dieser Schlingel! Also wir hatten eine schöne, große Gans, die war in das Rohr geschoben und briet dort. Unterdessen war vieles andere zu tun, und als wir nun denken, die Gans muss fertig sein, und nachschauen, da ist die Gans fort. Das war nun ein Geschrei und Suchen, aber fort war fort, wie ein Wunder kam es uns vor. Mir fiel es wohl einen Augenblick auf, dass Hans und die anderen Jungen für eine Weile nicht zu sehen waren, reinzu verschwunden, wie der Jude zu Michaelis. Nun aber ich dachte mir nichts dabei. Erst später, lange hernach, hat der Hans es mir gesagt, hat der verfluchte Schlingel die Gans aus dem Rohr gestohlen und zusammen mit den anderen Jungen oben auf dem Heuboden aufgefressen. Ich habe ihm versprechen müssen, es keinem zu sagen, und bis heute habe ich es keinem gesagt. Aber so was, die Gans aus dem Rohr zu stehlen und aufzufressen!»

Agnes' Lachen klang herzlich und behaglich in das Pfeifen und Stöhnen des Windes hinein. –

In der Nacht hatte sich der Sturm gelegt. Der Regen dauerte noch den ganzen Vormittag des nächsten Tages an, erst am Nachmittage hörte er auf. Doralice ging zum Strande hinab, eilig, als warte dort jemand auf sie, die Wellen hatten den Sand aufgepflügt, ihr Fuß sank tief in Algen und Seetang ein. Unter dem eisengrauen Himmel lag das Meer weiß von Schaum wie kochende Milch. Sehr aufgeregt waren die Möwen, sie schossen hin und her und stritten sich mit ihren schrillen, keifenden Stimmen. Das war wild und grausam, aber man konnte hier wenigstens atmen. Doralice hörte hinter sich eilige Schritte nackter Füße über den Seetang laufen. Die Steegin war es, die sie einholte und sich ihr anschloss. Sie sprach und klagte unausgesetzt: «Nein, die kommen nicht mehr heraus, die Mutter Wardein sagt das auch. Dort weit muss eine Stelle sein, von der sie nicht mehr zurückkommen. Dort unten müssen Spalten und Höhlen sein oder, was kann man wissen, was sie dort hält. Der Wardein Mathis kam auch nicht heraus.» Und während die beiden bleichen Frauen eilig am Strande hingingen, schauten sie mit weitoffenen Augen suchend und angstvoll auf das Meer hinaus. Mit einbrechender Dunkelheit musste die Steegin heim zu ihren Kindern. Doralice entschloss sich nur schwer ins Haus zu gehen, das Gewaltsame hier draußen erdrückte die Gedanken, dort drinnen wartete das Vermissen auf sie, die Enttäuschung jeden Augenblickes, wenn sie immer wieder aufhorchte und meinte, die bekannte Stimme, der bekannte Schritt müssten sich vernehmen lassen. Und immer wieder war es ihr, als griffe sie nach einer vertrauten warmen Hand und musste es mit Entsetzen fühlen, dass diese Hand kalt und fremd geworden war.

Agnes trug das Essen auf, stand dabei und sah zu, wie Doralice aß, und beiden rannen dabei die Tränen über die Wangen. Spät am Abend kam noch der Geheimrat, dem sein Diener Klaus mit einer großen Stalllaterne leuchtete. Knospelius saß Doralice gegenüber, er wusste nicht viel zu sagen. Von alten Ministern und türkischen Cafés durfte er hier nicht sprechen. Aber Doralice konnte dann klagen und weinen, und das tat ihr wohl: «‹Auf morgen also›, sagte er mir, als er fortging, alles wollte er mir dann sagen, alles, was er mir die ganze Zeit über verschwiegen hatte – und nun –»

«Mein Gott», sagte Knospelius und zog die Augenbrauen empor: «was wir auch sagen, wir nehmen unser Geheimnis ja doch mit.»

«Welches Geheimnis?», fragte Doralice, und ihre Augen wurden groß und rund vor Erstaunen.

Knospelius verzog ärgerlich sein Gesicht: «Nichts, nichts, das war nur so ein Ausspruch, und Sie wissen, wenn man nichts Rechtes zu sagen weiß, so tut man einen Ausspruch. Übrigens», fuhr er zögernd fort, er war es nicht gewohnt zu trösten und auch nicht gewohnt so starkes Mitleid zu empfinden, «übrigens», fuhr er fort, «von denen, die uns nahestehen, wollen wir doch nichts Neues erfahren, sie sollen sich immer wieder so bestätigen, wie wir sie kennen. Wir wollen nichts bei ihnen entdecken, was wir nicht schon wissen.»

«Ich wollte wissen, ob er mich noch so liebt wie früher», sagte Doralice einfach.

Darauf fand der Geheimrat keine Antwort. Er bog den Kopf zurück und schloss die Augen, das schöne, tränenüberströmte Gesicht ihm gegenüber ergriff ihn zu stark.

Von der Küche her klang Klaus' laute, predigende Stimme herüber, er las Agnes aus der Bibel vor.

Am vierten Tage nach der Sturmnacht kam die Nachricht, bei dem Fischerdorf hinter dem Leuchtturm sei ein Boot an das Ufer gespült worden. Die Steegin zog ihr Sonntagskleid an und fuhr mit dem Strandwächter hin. Spät am Nachmittag kehrte sie zurück und berichtete, es sei ihr Boot gewesen, übel zugerichtet, sie habe es dort gleich an einen Fischer verkauft. Sie wischte sich mit dem Zeigefinger die Tränen aus den Augenwinkeln, war aber ruhig und sachlich. Da sie nun mal ihr gutes Kleid anhatte, wollte sie zum Schullehrer hinaufgehen, um die Glocke für ihren Mann läuten zu lassen, und weil morgen Sonntag war, konnte der Schullehrer in der Kirche die Totenpredigt lesen, denn der Pastor war für eine Woche in die Stadt verreist. Agnes sagte, sie würde sie begleiten.

Der Sonntagmorgen war sonnig und der sandige Weg, der zur Kirche führte, belebt von Kirchengängern. Als Doralice und Agnes die kleine Kirche betraten, fanden sie alle Bänke dicht besetzt. An den teilnahmsvollen Blicken, die auf sie gerichtet waren, merkten sie, dass auf sie gewartet worden war, und auf der vordersten Bank neben der Steegin und ihren drei Kindern waren für sie Plätze frei gehalten worden. Der weißgetünchte Raum war voller Sonnenschein, und das

Altarbild, Christus Petrus über das Wasser geleitend, mit seinen giftgrünen Wellen, seinen rot und gelben Gewändern schrie ordentlich in die weiße Helligkeit hinein. Ein Choral wurde gesungen von lauten, heiseren Frauenstimmen, dann las der Schullehrer eine Predigt vor, sein bleiches, gedunsenes Gesicht verzog sich zu einer traurigen Miene, sein Tonfall war singend und eintönig. Auf allen Bänken begannen die Frauen zu seufzen, die Steegin und ihre Kinder weinten laut, auch Agnes weinte. Doralice jedoch konnte nicht weinen, und weil sie fühlte, dass die Frauen sie deshalb verwundert und missbilligend ansahen, zog sie sich ihren Schleier vor das Gesicht. Sie hatte nicht die Empfindung, dass diese singenden und seufzenden Frauen, dass die Worte, die dieser hässliche Mann dort auf der Kanzel vorlas, irgendetwas mit ihr und ihrem Schmerze zu tun haben könnten. Der Gottesdienst war zu Ende, die Fischersfrauen standen noch auf dem sonnigen Kirchenplatz beisammen und sprachen. Die Steegin war sehr umringt, man versprach ihr bei der Kartoffelernte zu helfen, doch die Stibbin meinte, sie solle zum Fischreinigen zu ihr herüberkommen, dafür würde sie dann einige Fische kriegen. Der Steegin schien die allgemeine Teilnahme wohlzutun, und sie machte fast ein zufriedenes Gesicht, als sie mit ihren drei Kindern durch die niedrige Tür in ihrer Kate verschwand. Ihr Unglück war von heute ab eine Einrichtung ihres Lebens geworden, mit der sie sich abzufinden hatte. Von nun ab irrte sie auch nicht mehr am Strande umher.

Doralice ging jetzt allein am Strande hin, sie ging täglich stundenlang, das war der Inhalt ihres Lebens. Sie wollte Hans dienen, wollte bei ihm sein, wollte ihm treu sein. Dort auch vermochte sie ihren Schmerz tief zu fühlen, konnte um ihre Liebe trauern, konnte unglücklich sein, denn, wenn sie das nicht konnte, was hatte sie dann, was war sie dann? Und dann war um sie und in ihr alles leer. Etwas anderes noch war es, was sie auf ihren Wanderungen begleitete. Wenn sie so an den Wellen entlangging, die weiß mit leisem Prickeln über den Sand bis zu ihr hinaufliefen, da schien es ihr, als wollte das Meer sie zu etwas überreden, zu etwas, gegen das sie sich sträubte, gegen das sie stritt, zuweilen so heftig stritt, dass sie laut vor sich hin ein «nein, nein» in das Rauschen der Wellen hineinsprach. Allein dieser Streit mit dem Meere hatte für sie eine furchtbar erregende Anziehung. Zuzeiten jedoch entglitt ihr all das, dann versank sie gedankenlos in die Betrachtung der feinen Linien, die das Wasser auf den Sand geschrieben hatte, in den Anblick der zitronengelben, hellblauen und hellrosa Muscheln, welche wie kleine Blumen über das Ufer gestreut waren. Oder sie folgte mit den Blicken den Wellen, die eilig hintereinander herliefen, ohne dass je eine die andere erreichte. Der zu Ende gehende September hatte sommerwarme Tage gebracht, Doralice ging weit weit hinaus dem Leuchtturme zu, sie ging, bis ihr die Füße schwer vor Müdigkeit wurden. Dort weiter fort trat der Hochwald bis dicht an den Dünenrand heran, riesige rote Föhrenstämme mit wirren dunkelen Schöpfen, hier und da stand eine Birke oder eine Espe zwischen ihnen, das Laub, schon herbstlich gelb, stand da wie ein goldenes Geräte in einer großen Säulenhalle. Die Moosdecke des Bodens war bunt von Herbstschwämmen und Preiselbeeren, Sonnenschein und die Schatten der Baumzweige trieben dort ihr stummes Spiel. Das musste gut tun dort auszuruhen, dachte Doralice. Sie stieg hinauf und streckte sich auf einem Mooshügel aus.

Wir können einen sehr großen Schmerz haben, wir können sehr unglücklich sein, und doch hält all das nicht stand vor der Wonne nach einer langen ermüdenden Wanderung wohlig die Beine von sich zu strecken. Sie sah hinauf in die Wipfel der Föhren, hoch oben revierte ein Falke metallblank in all dem Blau. Neben ihr stand eine Espe und flüsterte unablässig. Wie war es hier gut, über alles Wünschen hinaus gut. Doralice fielen die Augen zu, das Letzte, was sie mit halbgeschlossenen Lidern noch sah, war ein Sprung Rehe, der von der Höhe niederstieg. Vorsichtig hoben die Tiere ihre dünnen Läufe über das hohe Farnkraut. Sie gingen bis an den Rand der Düne vor, blieben dort stehen und äugten regungslos auf das Meer hinaus.

Doralice schlief so süß, dass, als der Schlaf vorüber war, sie doch noch da lag ohne sich zu bewegen, in der Hoffnung, noch ein wenig dieses gedankenlose Glück halten zu können. Allein dann war das

Erwachen endlich unwiderruflich da, sie richtete sich auf, saß da und dachte nach. Wie wohl sie sich gefühlt hatte, wie wohl sie sich immer noch fühlte; wie war das? sie hatte doch ihren großen Schmerz, ihr Unglück. Wo waren sie? Hatte sie sie verloren? Nein nein, das nicht. Angstvoll sprang sie auf und eilte zum Meere hinab, dort ihren Schmerz wiederzufinden.

Die Nächte waren wieder mondhell. Knospelius und Doralice saßen an dem gewohnten Platz auf der Düne, ihnen zu Füßen schlief Karo der Hühnerhund. Das Meer war tief beruhigt, sachte wiegte sich der Mondglanz auf dem Wasser, nur an der Brandung schnurrten kleine silberne Wellen behaglich vor sich hin. Vor Stibbes Hütte wurden wieder Fische gereinigt, und die Frauen sangen ihr altes klagendes Lied:

«Sonnchen wollt im Meere schlafen,
Schwarze Wasser sind die Decken,
Hecht, du grüner Offizier,
Laufe schnell es aufzuwecken,
Raderi raderi raderira!

Sonnchen wollt im Meere schlafen,
Wo mein Junge schlafen muss.
Butte, kleines braunes Frauchen,
Bringe beiden meinen Gruß.
Raderi raderi raderira!»

«Karo schläft jetzt viel», sagte der Geheimrat, «er ist verstimmt, das Meer interessiert ihn nicht, daher will er träumen, er jagt im Traum, seine Träume sind grün oder korngelb.»

«Ja», meinte Doralice, «ich habe es bisher auch nicht gewusst, wie wichtig Träume werden können.»

Der Geheimrat zog eine Weile sinnend an seiner Zigarre: «Ich weiß, ich weiß», begann er dann wieder, «hab' auch solche Zeiten gehabt, an der Wirklichkeit liegt einem dann nichts, und die Träume werden einem dann wichtig. In solchen Zeiten muss man den Träumen entgegenkommen; man muss Orte aufsuchen, die den Träumen förderlich sind oder sie nicht stören. Solche Orte gibt es, dort unten in Italien oder auf den griechischen Inseln. Ich habe gedacht, wenn Sie von hier fortgehen.»

«Wohin soll ich gehen?», unterbrach ihn Doralice leidenschaftlich. «Sie wissen doch, der einzige Ort, an dem mein Leben einen Sinn hat, ist hier.»

«Natürlich, natürlich», brummte Knospelius, «ich sage nur, *wenn* Sie fortgehen. Schließlich kommt der Winter, dann ist das Land hier auch nicht mehr dasselbe; dann wäre so eine stille südliche Bucht empfehlenswert, blau, Sonnenschein, die Luft weich wie eine Puderquaste; das Leben so selbstverständlich, dass man nicht darüber nachdenkt, ob man es leben soll oder nicht. Man denkt überhaupt nicht nach, oder wenn man denkt, so komponiert man an seiner Vergangenheit, denn unsre Gegenwart können wir wohl verachten, aber von seiner Vergangenheit will jeder etwas haben. Ich meine also, wenn Sie von hier fortkönnen, so sollten wir an solch eine stille Bucht gehen.»

«Wir?», fragte Doralice.

«Ja, ich sage wir», erwiderte Knospelius, «denn Sie müssen einen haben, der Sie begleitet und beschützt und, sehen Sie, ich bin der geborne Begleiter, der geborne Beschützer, sozusagen der geborne Vormund, ich kompromittiere niemand, mein Wiedertäufer von Diener sagte mir einmal: ‹Exzellenz haben es leichter, der Welt zu entsagen, denn Gott gab Exzellenz ein Extrakreuz.›» Knospelius kicherte leise in sich hinein. «Solch eine Zeit würde Ihnen guttun», fuhr er dann fort, «ruhig abwarten, wie das Leben weitergeht, denn bei Ihnen wird es weitergehen. Sehen Sie die Wellchen dort, jetzt ist die eine oben im Licht, dann geht's herunter in den Schatten – gut gut – ich bin der geborne Kamerad des Wellentals. Wenn es dann wieder aufwärtsgeht, können Sie mich stehen lassen, daraus mache ich mir nichts, das bin ich gewohnt. Man hat mich mein ganzes Leben hindurch stehen lassen. Ein netter interessanter Herr, sagten die Menschen von mir und ließen mich stehen. Aber das ist ganz gleich. Es ist auch ganz gleich, dass das Zusammensein mit Ihnen für mich ein Erlebnis wäre; es hätte auch nicht das Geringste zu bedeuten, wenn ich Ihnen eine Liebeserklärung machte; man kann ein gekrümmtes Rückgrat und doch seine Sentiments haben, aber die gehen einen dann ganz allein etwas an. Ich sage das nur, damit Sie nicht glauben, ich bin ein Opfer, im Gegenteil – aber wie gesagt, das ist egal. Die Hauptsache ist, dass es für Sie das Richtige wäre.»

«Ich danke Ihnen», sagte Doralice leise, «aber ich kann jetzt von hier nicht fort.»

«Freilich, freilich», sagte Knospelius heiter, «wir haben Zeit, wir haben hier gelernt Zeit zu haben, wir warten, wir warten ruhig ab, bis das Meer uns freigibt.» –

So kam es denn, dass, als der Oktoberwind die gelben Birkenblätter von der Zibbelhöhe auf das Meer hinaustrieb und das blassere Gold der Oktobersonne über den Wellen lag, das wunderliche Paar noch immer Tag für Tag am Strande entlangging, die schöne bleiche Frau mit den wehenden Trauerschleiern und der kleine verbogene Herr im langen grauen Paletot, gefolgt von seinem Hühnerhunde, der missmutig und gelangweilt auf das Meer hinausgähnte. Sie warteten alle drei darauf, dass das Meer sie freigäbe.

Abendliche Häuser

Erstes Kapitel

Auf Schloss Paduren war es recht still geworden, seit so viel Unglück dort eingekehrt war. Das große braune Haus mit seinem schweren, wunderlich geschweiften Dache stand schweigsam und ein wenig missmutig zwischen den entlaubten Kastanienbäumen. Wie dicke Falten ein altes Gesicht durchschnitten die großen Halbsäulen die braune Fassade. Auf der Freitreppe lag ein schwarzer Setter, streckte alle vier von sich und versuchte sich in der matten Novembersonne zu wärmen. Zuweilen ging eine Magd oder ein Stallbursche über den Hof langsam und lässig. Hier, schien es, hatte niemand Eile. In der offenen Stalltüre lehnte Mahling, der alte Kutscher mit dem weißen Bart, und gähnte. In der offenen Gartenpforte stand Garbe, der Gärtner, und verzog sein glattrasiertes Sektierergesicht und blinzelte in die Sonne. Dann begannen die beiden Männer aufeinander zuzugehen, mitten zwischen Stall und Garten blieben sie stehen, sprachen einige Worte zueinander, schwiegen, spuckten aus, ließen wieder einige Worte fallen.

Auf der anderen Seite des Hauses wurde eine Glastüre geöffnet, die geradewegs in den Garten führte, und der Schlossherr, der Baron von der Warthe, wurde in seinem Rollstuhl von seinem Diener Christoph hinausgefahren. Dicht in seinen Pelz gehüllt, eine Pelzmütze auf dem Kopfe, schwankte die in sich zusammengebogene Gestalt im Stuhle sachte hin und her. Das Gesicht war sehr bleich und in seiner strengen Regelmäßigkeit von einer müden Ausdruckslosigkeit, nur die hervortretenden Augen waren noch wunderlich klar und blau. Neben dem Rollstuhl schritt die Schwester des Barons, die Baronesse Arabella, hin, groß und hager in ihrem schwarzen Mantel und dem wehenden Trauerschleier, das Gesicht schmal und messerscharf zwischen den gebauschten weißen Scheiteln. So ging es die feuchten Herbstwege des Parks entlang, auf denen die Herbstblätter raschelten. Von den Bäumen fielen Tropfen, und die Wipfel waren voll lärmender Nebelkrähen. Christoph steckte das Kinn tiefer in den aufgeschlagenen Kragen des Livreemantels und schnaufte ein wenig in der Anstrengung des Stoßens. Dann hielt er plötzlich still, sein Herr hatte ein Zeichen mit der Hand gemacht, der Baron sah zu seiner Schwester auf und sagte mit einer Stimme, die ärgerlich und gequält klang: «Sag mal, Arabella, was ist die Dachhausen für eine Geborene?»

«Birkmeier, die Fabrikantentochter», erwiderte die Baronesse ruhig und wie mechanisch. Befriedigt ließ der Baron den Kopf sinken, und Christoph schob den Stuhl weiter.

Und doch vor wenigen Wochen noch war Paduren die Hochburg des adeligen Lebens in dieser Gegend gewesen, und der Baron Siegwart von der Warthe hatte hier eine stille, aber unbestrittene Herrschaft über seine Standesgenossen ausgeübt. Der kleine rundliche Herr mit dem strengen, feierlichen Gesicht, das von dem weißen Haar und weißen Backenbart wie von einem silbernen Heiligenschein umrahmt wurde, war das Gewissen dieses Adelswinkels gewesen. Öffentliche Ämter mochte er nicht bekleiden, in Versammlungen schwieg er. «Ich bin kein Tribünenläufer», pflegte er zu sagen, aber seine Ansicht war dennoch stets die ausschlaggebende, und in jeder wichtigen Sache war es die Hauptfrage: «Was sagt von der Warthe?» In Sachen der Politik und der Landwirtschaft, in Familienangelegenheiten und Ehrenhändeln, überall sprach er das wichtigste Wort mit. Er lieh Geld denen, die es nötig hatten und die er dessen würdig hielt, und wachte streng darüber, dass gute alt-edelmännische Sitte hier nicht in Verfall geriet. Wenn der Baron von der Warthe die greisen Augenbrauen in die Höhe zog, mit der flachen Hand durch die Luft von oben nach unten fuhr, als machte er einen Sargdeckel zu, und leise sagte: «Hm – ja, schade, aber der Mann ist erledigt», dann war der Mann für diese Gegend wirklich erledigt. Der Baron war sich seiner Stellung wohl bewusst, und er genoss sie, und sie war vielleicht die einzige wirkliche Freude seines Lebens. Immer wohlwollend würdig zu sein, geachtet und ein wenig gefürchtet zu werden, mag ein großes Gut sein, es macht jedoch einsam und ist nicht gerade heiter. Das gab dem Baron wohl auch den feierlichen, ein wenig ungemütlichen Ausdruck; er sah aus, als dürfe er sich nie gehen lassen und als sei ihm dieses selbst zuweilen unbequem. Dietz von Egloff, der es liebte, von älteren Herren respektlos zu sprechen, meinte: «Dem Gesicht des alten Warthe würde ich es gönnen, sich einmal eine Stundelang nach Herzenslust verziehen zu dürfen, um sich von der ewigen Würde gründlich erholen zu können.» Der Baron liebte es, wenn es heiter um ihn her war, seine Jagden und sein Rotwein waren berühmt, aber er konnte sich nicht verhehlen, dass die Leute sich gerade dann am besten unterhielten, wenn er zufällig nicht zugegen war. Das mochte ihn zuweilen ein wenig melancholisch machen, aber er gestand sich das selbst nicht ein und war überzeugt, dass er das bessere Teil erwählt habe, die Weisheit, die Würde und die Macht. Die jungen Leute liebten ihn nicht, lachten über ihn, wenn sie unter sich waren, und nannten ihn den «Baron Missbilligung». Allein sie fürchteten ihn, und wenn sie in Schwierigkeit gerieten, wandten sie sich stets an ihn. Die alten Herren bewunderten ihn und lauschten seinen Worten wie einem Evangelium.

Am Kamin bei der Nachmittagszigarre liebte es der Baron, zu seinem alten Freunde, dem Baron Port auf Witzow, von seinen Grundsätzen zu sprechen: «Ansichten, die jungen Leute wollen jetzt allerhand Ansichten haben. Nun ja, ich bestreite ja nicht, es mag allerhand Ansichten und Grundsätze geben, die ganz gut und richtig sind für andere. Man braucht ja schließlich kein Edelmann zu sein, aber für uns gibt es gewisse Ansichten und Grundsätze, die richtig und wahr sind, nicht weil jemand sie uns bewiesen hat, sondern weil wir wollen, dass sie richtig und wahr sind. Mir braucht man nichts zu beweisen und zu erklären. Ich will, dass das und das wahr und richtig ist, weil, wenn das falsch ist, ich nicht mehr der von der Warthe bin, der ich bin, und du nicht von Port bist, der du bist, weil wir sonst beide alte Narren wären. Siehst du, das sage ich.»

Als sein Freund zu sprechen anfing, hatte der Baron Port sich aus der leichten Nachmittagsschläfrigkeit aufgerüttelt. Er beugte den schweren Oberkörper nach vorn, legte die Hand an das Ohr und hörte aufmerksam zu. Als die Rede zu Ende war, schlug er dem Baron von der Warthe mit der flachen Hand auf das Knie und meinte: «Da hast du wieder recht, Bruder.» Dann lehnten die beiden Herren sich in ihre Sessel zurück und sogen befriedigt an ihren Zigarren.

Vorbildlich wie die Ansichten und die Landwirtschaft des Baron von der Warthe für seine Nachbarn waren, so war es auch sein Haus, die hohen Zimmer voll weitläufiger, schwerer Mahagonimöbel, großer Kachelöfen, voller Ahnenbilder und alten Silbers, in denen sich ein Leben geregelter Wohlhabenheit behaglich abspann. «Unsere Vornehmheit ist schlicht», pflegte der Baron zu sagen. Er liebte das Wort «schlicht» und fuhr gern, wenn er es aussprach, mit der flachen Hand waagerecht durch die Luft. Dass die beiden Kinder des Barons in Paduren, Fastrade und Bolko, Vorbilder für alle Kinder der Nachbarschaft waren, das wusste jedes Kind der Gegend. Die Baronin von der Warthe war bei der Geburt ihres zweiten Kindes gestorben, die Baronesse Arabella stand dem Haushalt ihres Bruders vor und erzog die Kinder, und auch diese Erziehung wurde allgemein bewundert. Da war der Hauslehrer, Herr Arno Holst, der Bolko auf die höheren Gymnasialklassen vorbereiten sollte und die eben erwachsene Fastrade noch in Literatur und Kunstgeschichte einführte. Ein schmalschulteriger junger Mann mit kurzsichtigen braunen Augen, blonden Locken und einem hübschen Mädchengesicht. Er war sehr musikalisch, sang mit einer schönen Baritonstimme, las Schillersche Dramen vor und war von einer fast knabenhaft schwärmerischen

Begeisterung für alles Schöne. Der Padurensche Hauslehrer war in der ganzen Nachbarschaft berühmt. «Es ist toll», sagte Baron Port zu seiner Frau, «wenn der Warthe sich was anschafft, so ist es unfehlbar erster Güte. Wie er das nur macht? Hat er einen Hühnerhund, so ist der hasenreiner als alle unsere Hunde, nimmt er sich einen Hauslehrer, so ist das gleich ein ungewöhnlich scharmanter Kerl.»

«Kränklich scheint er mir», sagte die Baronin, die es nicht liebte, die Schattenseiten an Menschen und Sachen zu übersehen. Umso größeres Erstaunen erregte die Nachricht, Herr Holst habe das Schloss plötzlich verlassen. In Paduren tat man so, als sei nichts Besonderes geschehen, es sei eben an der Zeit, Bolko auf das Gymnasium zu schicken. Allein ein Gerücht, niemand wusste, woher es kam, wollte nicht verstummen, es erzählte von wunderlichen Dingen, welche sich in Paduren ereignet haben sollten. Hatte sich Herr Holst in Fastrade verliebt? Hatte Fastrade sich in den hübschen Hauslehrer verliebt? Hatten sie sich verlobt, und hatte es einen bösen Familienauftritt gegeben? Niemand glaubte so recht daran, dennoch wurde auf den benachbarten Gütern eifrig darüber geflüstert, und es war, als sei den meisten der Gedanke nicht unangenehm, dass es auf Paduren auch nicht immer so einwandfrei hergehe, wie es scheinen wollte. Von Warthes war natürlich nichts zu erfahren. Bolko kam auf das Gymnasium, der Baron war würdig und voll Autorität wie immer, die Baronesse Arabella schwieg, und Fastrade sah man wie sonst auf ihrem kleinen Schimmel die Waldwege entlangjagen im blauen Reitkleid. Unter der weißen Knabenmütze flatterte blondes Haar um das runde, über und über rosa Gesicht, auf den Lippen ein stetiges Lächeln, als lächelte sie dem scharfen Luftzuge der tollen Bewegung zu. Auch in Gesellschaft war sie wie sonst das unbefangene heitere Mädchen mit dem hinreißenden Lachen. Sie bog dann den Kopf zurück, öffnete die Lippen ein wenig weit, und die Augen wurden glitzernd und feucht. «Die Augen der kleinen Warthe machen mich durstig», hatte Dietz von Egloff gesagt, «auf der ganzen Welt habe ich nach einem Getränk gesucht, so stark blau und ganz durchsichtig, aber das gibt es nicht.»

Zwei Jahre vergingen, Bolko bezog die Universität, Fastrade feierte ihren einundzwanzigsten Geburtstag, als wiederum eine Nachricht die Gegend in Aufregung versetzte. Fastrade, hieß es, verlasse ihr väterliches Haus, um fern irgendwo, in Hamburg sagte man, im Krankenhause die Krankenpflege zu erlernen. Die Nachricht bestätigte sich und war doch so unglaublich. Wie oft hatten nicht alle es von dem Baron von der Warthe gehört: «Unsere Töchter gehören in unser Haus, bis sie ihr eigenes beziehen. Tochter eines adeligen Hauses zu sein ist ein Beruf, der ebenso wichtig ist, wie jeder andre Beruf.» Und noch letzthin, als die zweite Tochter der Ports nach Dresden ging, um ihre Stimme auszubilden, hatte der Baron das eine Desertion genannt. Und nun desertierte seine einzige Tochter, ließ die beiden alten Leute allein. Was war geschehn? In Paduren schwieg man darüber wie immer. Man glaubte zu bemerken, dass der Baron nach der Abreise seiner Tochter strenger und unnachsichtiger in seinen Urteilen war, dass er ungeduldig wurde, wenn man ihm widersprach, aber sonst war keine Veränderung bemerkbar. Große Jagden wurden in Paduren abgehalten, bei denen er nervös die Jugend zur Heiterkeit aufmunterte. Ja, er selbst bemühte sich heiter zu sein, sprach viel von Bolko, von dem Studentenleben, erzählte aus der eigenen Studentenzeit verschollene Studentenstreiche, über die nur er und der Baron Port lachen konnten.

An einem Novemberabend trat die Baronesse Arabella in das Arbeitszimmer ihres Bruders, sie fand ihn in seinem Sessel sitzend, den Kopf zurückgelehnt, das Gesicht grau und wie zerfallen, die Augen geschlossen, in der Hand hielt er ein Telegramm. «Mein Gott! Siegwart!», rief die Baronesse. Matt reichte er ihr mit der einen Hand das Telegramm, mit der anderen winkte er. Er wollte allein sein. Das Telegramm meldete, Bolko sei im Duell gefallen. Die Baronesse ging, um sich in ihr Zimmer zu verschließen und zu weinen. Im Schlosse wurde es eine Weile ganz still, als die Nacht aber hereingebrochen war, begannen Schritte unablässig durch die lange Zimmerflucht zu irren, und wenn sie an der Türe der Baronesse vorüberkamen, glaubte diese etwas wie ein leises Wimmern zu hören. Den nächsten

Morgen war der Baron bleich und gefasst, traf die Vorbereitungen für die Bestattung seines Sohnes und empfing die Trauerbesuche. Er war feierlich und würdevoll wie immer, nur schien es zuweilen, als gerieten diese Feierlichkeit und diese Würde ins Schwanken, als müsste er sie gewaltsam festhalten wie einen schweren Mantel, der von den Schultern herabzugleiten droht.

Nach dem harten Schlage, der sie getroffen, zeigten die Einwohner von Paduren sich nicht in der Nachbarschaft. Sie blieben zu Hause und gingen recht schweigsam in den großen Räumen nebeneinander her. Einmal sagte die Baronesse Arabella zu ihrem Bruder: «Unsere Fastrade, soll unsere Fastrade nicht kommen?» Er aber winkte ärgerlich ab. Die Nachbarn trauten sich nicht recht in das so still gewordene Schloss, nur der Baron Port besuchte seinen Freund. Dann saßen sie beide wie sonst am Kamin bei der Nachmittagszigarre, und der Baron von der Warthe sprach von seinen Grundsätzen und den falschen Ansichten der jungen Leute, er wollte sich wieder an den eigenen schönen und vernünftigen Worten erfreuen, aber es war, als schmeckten sie ihm nicht mehr, die Stimme begann zu zittern, wurde kleinlaut und mutlos und versiegte endlich ganz. Dann beugte sich der Baron Port vor und klopfte seinem alten Freunde sanft auf das Knie. «Der Warthe ist nicht mehr der alte», berichtete Baron Port seiner Frau, «er hält sich, er hält sich, aber das mit dem Sohn ist für ihn doch zu stark gewesen.»

Ja, es war für ihn zu stark gewesen. Als Christoph eines Nachmittags in das Arbeitszimmer seines Herrn trat, wo dieser auf einem großen Sessel seine Nachmittagsruhe zu halten pflegte, fand er ihn auf dem Fußboden liegend. Der kleine Herr lag da, Hände und Füße hilflos von sich gestreckt, das Gesicht grau und wie von einer Qual verzerrt inmitten des silbernen Heiligenscheines der Haare und des Backenbartes. Ein Schlaganfall hatte ihn getroffen, hatte den armen Baron «Missbilligung» in einem Augenblick all seiner Feierlichkeit und seiner schönen Haltung entkleidet und ihn zu einem hilflosen alten Manne gemacht.

Zweites Kapitel

Die Baronesse Arabella hatte sich entschlossen, am Nachmittage einen Besuch bei der Baronin Port zu machen. Die Krankenstubenstille des Schlosses quälte sie wie eine Krankheit. Sie wollte Menschen sehen und sprechen, vor allem sprechen. So fuhr Mahling sie in der großen Kalesche nach Witzow hinüber. Die Herbstwege waren schlecht, das Wetter feucht und kalt unter einem niedrigen grauen Himmel, der Wind wühlte im feinen Gezweige der Hängebirken wie in feuchtem roten Haar. Zwischen den Schollen der aufgepflügten Äcker lag hier und da schon ein wenig Schnee. Alles sah unreinlich aus und als ob es friere. Aber die alte Dame blickte mit einem liebenswürdigen und angeregten Lächeln auf die Landschaft hinaus. Sie machte schon jetzt ihr Besuchsgesicht, denn sie freute sich wirklich herzlich auf ihren Nachmittag. Das weiße Witzowlandhaus mit der niedrigen Treppe, vor dem sie jetzt hielten, erschien ihr heute besonders anheimelnd, auch der große Flur, der stets nach feuchtem Kalk roch und in dem die Baronesse jedes Mal dachte: «Die gute Karoline kann sagen, was sie will, das Haus ist doch feucht.»

Sylvia, die älteste Tochter des Hauses, ein schlankes, ältliches Mädchen mit einem bleichen Gesicht und einem gefühlvollen, ein wenig mitleidigen Lächeln, empfing die Baronesse. Sylvia hatte eine Art die Leute zu begrüßen, als seien sie krank und bedürften der Teilnahme und der Schonung. Und das tat der alten Dame heute wohl. Im Wohnzimmer auf dem großen Sofa mit der zu steifen Rücklehne saß die Baronin Port, eine sehr starke Dame, das Gesicht stets rot und erhitzt unter der weißen Blondenhaube. «Nun, meine gute Arabella», sagte sie mit einer lauten, tiefen Stimme, «da sind Sie, ich habe an Sie schon wie an eine Verstorbene gedacht.» Die Baronesse lächelte wehmütig: «Ach ja, zuweilen möchte man wirklich schon gestorben sein.»

«Na, na, es kommen wieder bessere Zeiten», beschwichtigte die Baronin, «setzen Sie sich, und erzählen Sie, wie geht es bei Ihnen?»

«Immer das Gleiche», erwiderte die Baronesse, «doch nein, eine gute Nachricht habe ich, unsere Fastrade kommt, ich habe an sie geschrieben, und sie kommt.»

«So.» Die kleinen Augen der Baronin wurden blank vor Neugierde, und sie lüftete die Blondenhaube ein wenig an den Ohren, um besser hören zu können. «So, die kommt also, jetzt erst.»

Die Baronesse zog traurig die greisen Augenbrauen empor und meinte: «Bisher hatte es der Vater nicht gewollt, aber jetzt.»

«Und immer wegen des jungen Menschen?», fragte die Baronin gespannt. Die Baronesse nickte, sie schwieg einen Augenblick, lehnte den Kopf zurück. Sie wusste, jetzt würde sie über alle diese Dinge sprechen, über die sie so lange hatte schweigen müssen. Aber sie konnte nicht anders. Sylvia ging leise ab und zu und servierte den Tee. Die Baronin nahm eine Strickarbeit mit klappernden elfenbeinernen Nadeln, wie beruhigt darüber, dass sie ihren Besuch jetzt dort hatte, wo sie ihn haben wollte.

«Ach ja! was man nicht erlebt», begann die Baronesse, «und denken Sie sich, ich hatte doch von allem nichts gemerkt, ich merke so etwas nie. Erst als eines Tages die beiden sich an der Hand fassten und in das Schreibzimmer meines Bruders gingen, da packte mich der Schrecken, die Knie zitterten mir so, dass ich mich setzen musste.»

«Also einfach eine Verlobung», bemerkte die Baronin sachlich.

«Ja», erwiderte die Baronesse, «die armen Kinder dachten sich wohl so etwas, aber mein Bruder machte dem allen schnell ein Ende.»

«Wie ertrug es Fastrade?», inquirierte die Baronin weiter.

Die Baronesse seufzte, diese langverschwiegenen Dinge herauszusagen ergriff sie so stark. «Fastrade, Sie kennen sie ja, ist ein so starkes und mutiges Mädchen, wenn sie gelitten, hat sie es uns nie gezeigt. Und wie die Zeit verging, glaubte ich, sie hätte ihn vergessen. Da kommt nun dieser Geburtstag, an dem sie dem Vater erklärt, sie muss fort in ein Krankenhaus, sie ist volljährig, sie hat Geld von ihrer Mutter, was gesprochen wurde, weiß ich ja nicht, Sie kennen meine Feigheit; wenn so etwas in der Luft liegt, verkrieche ich mich in mein Zimmer. Da kommt nun das Kind, weiß wie ein Tuch, und sagt: ‹Ich reise.› – ‹Liebes Kind›, sage ich, ‹nur eins möchte ich wissen, ist es seinetwegen?› Sie sieht mich ruhig an und sagt klar und fest: ‹Er ist krank und in Not, da muss ich bei ihm sein.› Was konnte ich da sagen, ich habe ja nie recht was zu ihr sagen können. Als sie noch ein kleines Mädchen war, fühlte ich, dass sie von uns beiden immer die Klügere und Stärkere war. So reiste sie denn. Es war gute Schlittenbahn, ich stand im großen Saal am Fenster und hörte noch den Schellen ihres Schlittens zu, die man bei uns ja so weit von der Landstraße hört, da kam mein Bruder aus seinem Zimmer, setzte sich an den Kamin, stocherte mit der Zange in den Kohlen herum und murmelte so vor sich hin. ‹Auf dem Posten bleiben will keine. Das ist wohl auch schwerer, ein Fräulein von der Warthe zu sein, als so etwas Anderes.›»

«Also sie fuhr direkt zu dem jungen Menschen», sagte die Baronin scharf.

«Nun ja», erwiderte die Baronesse zögernd, «er war krank, lag im Krankenhause, da hat sie ihn wohl gepflegt, und dann, dann starb er.»

Die Baronin ließ die Arbeit sinken und blickte überrascht auf: «Er starb! Gott sei Dank!»

«Wollen wir uns nicht versündigen, liebe Karoline», meinte die Baronesse wehmütig, «der arme junge Mensch! vielleicht war es so besser.»

«Viel besser», bestätigte die Baronin, «überhaupt, die Sache ist dann nicht so schlimm, aber das kommt von der Geheimtuerei, da denkt man gleich wer weiß was.»

«Und dann, liebe Karoline», versetzte die Baronesse und lächelte gerührt, «unserer Fastrade kann man dies alles nicht anrechnen, sie hat ein zu heißes Herz. Als unser kleiner Hund umkam, sie war noch ein kleines Kind, da hat sie doch die ganze Nacht geweint und geradezu gefiebert. Und später, als die alte Wärterin Knaut starb, mein Bruder hatte gewünscht, dass die Kinder bei der Beerdigung mit auf den Friedhof genommen werden, sie sollten sich früh an solche Pflichten gewöhnen, sagte er, nun gut, am Abend, es war im Juni, ist Fastrade fort. Man sucht sie, und wo findet man sie? sie sitzt auf dem Friedhofe in der Abenddämmerung am Grabe der Knaut, sie will die Knaut nicht allein lassen. So war sie immer.»

Von ihrem Sitz aus konnte die Baronesse die dämmerige Zimmerflucht entlangsehen, an deren Ende jetzt die breite Gestalt des Baron Port erschien und langsam herankam. Er war von seinem Nachmittagschlafe aufgestanden und schien verstimmt, er begrüßte die Baronesse kurz und setzte sich an den Tisch. «Wir sprechen von der Fastrade», sagte die Baronin, «sie kommt endlich nach Hause.»

Der Baron machte eine abwehrende Handbewegung und beugte sich über die Teetasse, welche seine Tochter vor ihm hingestellt hatte.

«Und Ihre Gertrud kehrt ja auch wieder zu Ihnen zurück», versetzte die Baronesse.

Da begann der Baron zu sprechen, heiser und undeutlich, als läge ihm nichts daran, dass er verstanden werde: «Ja, zurück kommen sie alle, aber wie? die Nerven kaputt, zerzaust wie die Hühner nach dem Regen, der arme Warthe hatte ganz recht, keine will auf dem Posten bleiben. Früher hatten die adeligen Fräulein nie solche Talente, die ausgebildet werden mussten, das ist auch so die neue Zeit.» Dieses knarrende Schelten schien ihm wohlzutun, er fuhr daher fort, verbiss sich in seinen Ärger: «So bin ich gestern bei Dachhausens zu Mittag. Na, dass es dort nach Finanz riecht, dafür können sie nichts, sie ist ja eine Fabrikantentochter, aber er ist ein braver Junge und einer der Unseren. Gut, es wird also ein Rehbraten serviert, einer unserer ehrlichen, heimatlichen Böcke, aber ringsum auf derselben Schüssel liegen so halbe Orangeschalen voll Orangegefrorenem, so das süße Zeug, das man beim Konditor kriegt.»

«Ist das gut?», fragte die Baronesse teilnehmend.

Der Baron zuckte mit den Schultern: «Gut! In Berlin und Paris versucht man mal so abenteuerliches Zeug, aber hier bei uns – ich kann mir nicht helfen, mir kommt so was pervers vor. Na und unser anderer Nachbar, der Egloff in Sirow, dass er sein Haar gescheitelt trägt wie ein Mennonitenprediger, ist seine Sache, das soll amerikanisch sein. Also vorigen Tag war ich Geschäfte wegen bei ihm, da stellte er mir so einen kleinen Kerl vor, schwarz wie ein Tintenfass, der ist ein portugiesischer Marquis, und einen langen Grauhaarigen mit einer blauen Brille, der ist wieder ein polnischer Graf. Und die Großmutter, die alte Baronin, sieht diese unheimlichen Leute strahlend an und freut sich, dass ihr Dietz so vornehme Bekannte hat. Und wenn sie abends in ihrem Zimmer sitzt und sich von dem Fräulein Dussa die frommen Bücher vorlesen lässt, dann horcht sie hinaus auf das Toben der Herren im Spielzimmer und ist glücklich, dass ihr Dietz sich so gut unterhält dort am grünen Tisch, wo er das Familienvermögen riskiert.»

Der Baron schüttelte sich wie von Widerwillen übermannt und schloss düster: «Eins weiß ich, ich werde diese Komödie nicht mehr lange anzusehen haben, mein Parkettsitz wird bald leer sein.»

Alle schwiegen, die Dämmerung war vollends hereingebrochen. Als ihr Vater zu sprechen begonnen, hatte Sylvia sich erhoben und ging lautlos die Zimmerflucht auf und ab, zuweilen blieb sie an einem Fenster stehen und schaute hinaus auf den schwefelgelben Streifen, der am Abendhimmel über dem schwarzen Walde hing. Eine, die bleich und nachdenklich auf ihrem Posten geblieben war.

Da die Dunkelheit kam, machte die Baronesse sich auf den Heimweg. Als sie im Wagen saß, sagte sie sich, dass es dort bei Ports nicht eben heiter gewesen war, aber sie hatte sprechen können, und das empfand sie wie eine Erleichterung nach allem Schweigen.

Drittes Kapitel

Es war reichlich Schnee gefallen, die Abenddämmerung lag blau über der weißen Decke. Die Baronesse Arabella hatte zwei Lampen im großen Saal anzünden lassen und ging nun unablässig dort auf und ab, die eingefallenen Wangen leicht gerötet. Oft blieb sie stehen und lauschte hinaus auf ein Schellengeläute, das fern von der Landstraße herübertönte. Solchem Schellengeläute zuzuhören, wie es von der Straße herklang, an den Biegungen schwächer wurde, wie es sich entfernte oder näher kam, war ihr stets eine gewohnte Beschäftigung an stillen Winterabenden gewesen, und wie bedeutungsvoll war dieses Geläute zuweilen, an dem Abend, da Fastrade von ihnen fuhr, und wiederum an jenem Abend, da die Glocke der Estafette immer näher kam, welche die Nachricht von des armen Bolko Tode brachte. Seitdem schien es der Baronesse, als könnte sie aus den Stimmen der Schellen etwas von dem heraushören, was dort auf der Landstraße zu ihr herankam. Heute, glaubte sie, heute klängen die Schellen besonders hell und erregend, es war Fastrade, die da kam. Die alte Dame freute sich, aber in dieser Freude lag eine Aufregung, die sie fast schmerzte.

Jetzt war das Geklingel ganz nahe, es machte einen großen Bogen im Hofe und hielt vor der Freitreppe. Geräuschvoll öffnete Christoph die Haustüre. Die alte Dame stand regungslos da und horchte auf die Schritte im Flur. Fastradens Stimme mit ihrem metalligen Schwingen sagte: «Guten Abend, Christoph, wie unverändert Sie sind, nur grau sind Sie geworden.» – «Wir sind hier alle grau geworden, gnädiges Fräulein», erwiderte Christoph. Jetzt öffnete sich die Türe, und Fastrade stand da in ihrer hübschen, aufrechten Haltung. Über dem schwarzen Trauerkleide nahm sich der blonde Kopf, das runde, von der Fahrt leicht gerötete Gesicht wunderbar hell und farbig aus. Sie lächelte ihr Lächeln, das ihr so leicht auf die Lippen stieg, und die Augen, von der Dämmerung verwöhnt, blinzelten in das Licht. Die Baronesse stand noch immer wie hilflos da und weinte. Erst als Fastrade sie in ihrer bekannten schützenden Art in die Arme nahm, den alten zerbrechlichen Körper hielt und leitete, da fühlte die Baronesse wieder die ganze Wärme dieser Gegenwart, nach der ihr alle Jahre hindurch gefroren hatte.

Fastrade führte die Baronesse zum Sofa, ließ sie dort niedersitzen, setzte sich neben sie und hielt die beiden alten Hände in den ihren. Die Baronesse weinte still vor sich hin, Fastrade saß ruhig da und ließ ihre Blicke im Zimmer umherschweifen, suchte die Sachen an ihren gewohnten Plätzen auf. Es stand alles dort, wo es einst gestanden, alles war unverändert, und dennoch schien es ihr, als sei es verblasster, farbloser als das Bild, welches sie die ganze Zeit über in ihrer Erinnerung herumgetragen, das Getäfel schien dunkler, die Seide der Möbel verschossener, die Kristalle des Kronleuchters undurchsichtiger.

All das erschien Fastrade wie eine Sache, die wir sorgsam verschließen, und wenn wir sie endlich wieder hervorholen, wundern wir uns, dass sie in ihrer Verborgenheit alt und blass geworden ist. Und auch die Töne des Hauses waren die altbekannten. Aus dem Zimmer ihres Vaters hörte man die fette, knarrende Stimme des Inspektors Ruhke dringen, aus dem Esszimmer klang das Klirren von Gläsern, das Klappern von Tellern herüber, und endlich im kleinen Kabinett neben dem Saale sang eine ganz dünne, zitternde Stimme eine hüpfende Melodie leise vor sich hin. Das war die uralte Französin Couchon, die schon die Lehrerin der Baronesse gewesen war. Sie saß an der grün verhangenen Lampe in sich zusammengebogen, das Gesicht ganz klein unter der enganliegenden grauen Sammethaube, legte ihre Patience und trällerte leise ihre verschollene französische Melodie. Das ergriff Fastrade so stark, dass sie laut sagen musste: «Ah, Ruhke ist bei Papa, und Christoph deckt im Esszimmer den Tisch, und Couchon sitzt noch bei ihrer Patience und singt.»

«Ja, Kind», sagte die Baronesse, «wir haben nichts anderes zu tun, als zu sitzen und zu warten, bis eines nach dem anderen abbröckelt.»

Fastrade erhob sich schnell von ihrem Sitz, als wollte sie etwas abschütteln: «Ich will Couchon begrüßen», sagte sie und ging in das Kabinett hinüber. Die alte Französin hob ihr kleines Gesicht zu Fastrade auf, lächelte mit dem lippenlosen Munde und sagte: «*Te voilà, ma fillette, à la bonne heure.*» Dann wandte sie sich wieder ihren Karten zu.

Jetzt beschloss Fastrade zu ihrem Vater hineinzugehen. Auch dort erhellte eine Lampe mit grünem Schirm das Zimmer nur matt, der Baron saß auf seinem Sessel sehr gebeugt, der Kopf war ihm auf die Brust gesunken, er schien zu schlafen, das schöne Silberhaar war fort, und das Lampenlicht lag auf der blanken großen Glatze. In der Ecke stand der Inspektor Ruhke unförmlich groß und dick, und eine Atmosphäre von Schnee und Transtiefeln umgab ihn. Fastrade kniete vor ihrem Vater nieder und sagte: «Hier bin ich wieder, Papa.»

Der Baron erhob seinen Kopf und sah sie an, die Augen waren noch immer klar und blau, aber das bleiche Gesicht schien zu müde zu sein, um einen Ausdruck zu haben. «So, so», sagte der Baron und versuchte matt zu lächeln, «deine Tante sagte mir, du würdest kommen.» Dann strich er mit der Hand über Fastradens Wange. «Kalte Wangen», bemerkte er, «so, so, setze dich dort hin, Kind, Ruhke ist noch nicht zu Ende, es ist gut, wenn du das mitanhörst. Nun, Ruhke, also die Ölkuchen.» Der Baron ließ wieder den Kopf auf die Brust sinken, Fastrade setzte sich in einen der großen Sessel, Ruhke räusperte sich verlegen und begann dann wieder mit der fetten, knarrenden Stimme zu sprechen, sprach von Ölkuchen, die von der Station abgeholt werden sollten, von einem Stier, der krank zu sein schien, von Brettern, die gesägt werden sollten, er sprach eintönig und mechanisch wie einer, der weiß, dass niemand ihm zuhört, und endlich schwieg er ganz. Wie vom Stillschweigen geweckt schaute der Baron auf und sagte: «Das ist alles? nun dann guten Abend, Ruhke.»

«Guten Abend», erwiderte der Inspektor und schob sich zur Türe hinaus. Jetzt wurde es ganz still im Zimmer mit seiner grünen Dämmerung, der Baron ließ wieder den Kopf sinken und schlummerte, einmal sah er auf und fragte: «Viel Schnee auf der Landstraße?»

«Ja, Papa», erwiderte Fastrade. Darnach schwiegen sie wieder. Fastrade saß da, die Hände im Schoße gefaltet, die Augen weit offen und auf dem Gesicht ein Ausdruck, als träumte sie einen schweren Traum. Draußen im Saal begann die große Uhr langsam und tief neun zu schlagen, Christoph kam, um seinen Herrn zu Bette zu bringen.

«Ich gehe jetzt schlafen», sagte der Baron, «du kommst dann wieder, Kind, und liest.» Und es kam in das bleiche Gesicht etwas wie Heiterkeit, als er hinzufügte: «es ist gut, wenn man wieder beisammen ist.»

Im Esssaale saßen die Baronesse und Fastrade sich gegenüber, und auch hier kam das vergangene Leben mit jedem Geräte und jeder Speise mächtig über Fastrade. Das Porzellan mit dem schwarzen Monogramm, der silberne Samowar, der Geschmack der Koteletten und der Semmel, alles schien das Leben gerade da wieder anzuknüpfen, wo sie es vor Jahren verlassen hatte, und mechanisch wie früher stand Fastrade von ihrem Stuhle auf, um sich vor den Samowar zu stellen und den Tee zu machen. Die Baronesse erzählte unterdessen, erzählte geläufig und klagend von all dem Traurigen, das sich in den Jahren ereignet hatte. Nach dem Essen musste Fastrade zu ihrem Vater gehen und vorlesen, sonst war es die Baronesse, die dort im Schlafzimmer die Memoiren des Herzogs de Saint Simon vortrug, bis er eingeschlafen war. Fastrade fand ihren Vater im Bette liegend mit geschlossenen Augen, er öffnete die Augen auch nicht, als sie eintrat, und murmelte nur ein leises «so, so». Als sie sich jedoch an den Tisch mit der grünverhangenen Lampe setzte und das Buch zur Hand nahm, hörte sie die Stimme ihres Vaters klar und in dem früher gewohnten, belehrenden Tonfall das Wort «Pflichtenkreis» sagen. Sie las nun, im Hause war es ganz still geworden, vom Bett her klang das schwere und mühsame Atmen des alten Mannes herüber, und all das war so furchtbar bedrückend, dass Fastrade es hörte, wie ihre eigene Stimme zuweilen zitterte und fast versagte, während sie die langwierige Geschichte von dem Streit der französischen Herzöge um den Vortritt vortrug. Endlich öffnete Christoph leise die Türe und machte ein Zeichen, dass es genug sei.

Als die Baronesse Fastrade in ihr Zimmer führte, weinte sie wieder und sagte: «Kind, nach all diesen Jahren werde ich zum ersten Male wieder mich glücklich zu Bett legen.»

Als sie allein war, blieb Fastrade mitten in ihrem Zimmer stehen und ließ die Arme schlaff herabhängen. Eine dunkele Traurigkeit machte sie todmüde. All das still zu Ende gehende Leben um sie her schwächte auch ihr Blut, nahm ihr die Kraft weiterzuleben; «wir sitzen still und warten, bis eines nach dem anderen abbröckelt», klang es wie eine leise Klage in ihr Ohr, und dann bäumte sich etwas in ihr auf, sie hätte die Traurigkeit von sich abreißen mögen wie ein lästiges Kleid. Schnell ging sie zum Fenster, öffnete die schweren Fensterläden, stieß das Fenster auf und schaute in den Garten hinab. Im Scheine großer, unruhig flimmernder Sterne lag die Winternacht da, weiß und schweigend, die Luft schlug ihr feucht und kalt entgegen, Bäume ragten wie große weiße Federn gegen den Nachthimmel auf, und an ihnen vorüber konnte Fastrade in eine Ferne sehen, die von einer weißen Dämmerung verschleiert unendlich schien. Hier war Raum, hier konnte sie atmen, hier in der Kühle schlief das große, starke Leben, zu dem sie gehörte. Und wie sie so hinausschaute in all das Weiße, musste sie an das Krankenhaus denken mit den langen, weißen Korridoren, den weißen Türen, hinter denen das Leiden und die Schmerzen wohnten, aber die Leiden und der Schmerz dort waren etwas wie eine berechtigte Einrichtung, man diente ihnen, man lebte für sie, und auch das Mitleid war eine Einrichtung, man trug es leicht wie an einer Gewohnheit und stand nicht hilflos davor wie hier als vor einer großen Qual. Wenn sie dort aus den Krankenstuben kam, fand sie draußen in den Korridoren geschäftiges Leben, eilige Ärzte in weißen Kitteln rannten an ihr vorüber, man rief sich etwas Heiteres zu, man lachte, und man fühlte sich tapfer und nützlich in diesem frischen, fast munteren Kampfe gegen die Feinde des Lebens. Fastrade fror, aber sie empfand wieder, dass sie warmes junges Blut in ihren Adern hatte, empfand die Kraft ihres Körpers, und sie fühlte ihr Leben wieder als etwas, auf das sie sich trotz allem freuen durfte. Schnell schloss sie das Fenster, jetzt wollte sie schlafen.

Viertes Kapitel

Es war noch ganz finster, als Fastrade erwachte. Es musste Zeit sein, die Nachtwache abzulösen, dachte sie und setzte sich im Bette auf, aber als sie hinaushorchte, herrschte draußen tiefes Schweigen, statt des Ab- und Zugehens leiser Schritte, das im Krankenhause nie verstummte. Da erinnerte sie sich, sie war zu Hause. Sie lehnte sich wieder in die Kissen zurück, hob die Arme empor, faltete die Hände über dem Scheitel und starrte in die Finsternis hinein. Anfangs war es ein Gefühl starken Wohlbehagens, liegen bleiben, schlafen zu dürfen, wie oft hatte sie sich im Krankenhause das gewünscht, allein der Schlaf kam nicht, und die Bilder von gestern Abend stiegen wieder auf, das bleiche Gesicht ihres Vaters, die schmale, schwarze Gestalt der Tante Arabella, wie sie mitten in dem großen Saale stand und hilflos weinte. Sie fuhr auf, nein, diese schmerzhafte Hoffnungslosigkeit, die sie gestern Abend krank gemacht, sollte nicht wieder über sie kommen. Sie zündete die Kerze an und begann sich anzukleiden. Das erfrischte sie; sie dachte an Kinderzeiten, wenn die kleine Fastrade es vergessen hatte, den französischen Aufsatz zu machen, und sich frierend am Wintermorgen bei Kerzenschein ankleidete, während alles um sie her noch schlief.

Draußen in der langen Zimmerflucht herrschte noch Finsternis. Ab und zu ging eine Magd mit lautlosen Schritten, ein Lichtstümpfchen in einem Leuchter in der Hand, und die kleine Flamme ließ große Schatten die Wände entlangirren. Vor den mächtigen Kachelöfen hockten graue Gestalten, schichteten Holz in das Ofenloch, zündeten es an, und die feuchten Scheite begannen laut und ärgerlich zu prasseln. Verwundert und fast ängstlich wie auf ein Gespenst schauten die Mägde Fastrade an, als sie da plötzlich unter ihnen erschien und langsam durch die Zimmer ging. Es war Fastrade, als könnte sie alle diese Gemächer jetzt, da sie in der Finsternis oder im flackernden Ofenschein zu schlafen schienen, leise beschleichen, um in ihnen all das wiederzufinden, was sie einst gekannt und geliebt hatte. Das Kabinett neben dem Saal war hell vom Ofenfeuer erleuchtet, vor dem Ofen saß Merlin, der alte Setter, und schaute ernst in die Flammen; als Fastrade eintrat, wandte er den Kopf nach ihr um und schaute sie ruhig an. «Merlin», sagte Fastrade, da stand er langsam auf, ging zu ihr hin und rieb seinen Kopf sanft gegen ihr Knie; Fastrade musste an die stille, müde Art denken, in der Tante Arabella sie gestern begrüßt hatte. «Komm, Merlin, wir wollen uns wärmen», sagte sie und setzte sich auf einen Sessel am Ofen nieder; Merlin saß neben ihr, und beide starrten jetzt in die Glut, und es war Fastrade, als wäre sie nie fort gewesen, als hätte sie nie aufgehört, zu diesem wunderlichen, alten Hause zu gehören, in dessen dunkelen, verschlafenen Ecken überall eine stumme Klage zu wohnen schien.

Aber das Sitzen in der Wärme machte schlaff, dazu trug Merlins schwarzes Gesicht, trugen seine braunen Augen, die im Ofenschein glashell wurden, einen so hoffnungslos beruhigten Ausdruck zur Schau, als könnte sich im Leben nie mehr etwas ereignen. Ungeduldig stand Fastrade auf, ging wieder durch die Zimmer, die Fensterläden waren geöffnet worden, ein weißer, dunstiger Wintermorgen schaute durch die Fenster. Fastrade blickte in den Hof hinab, die Ställe und das Gesindehaus standen da mit der unfreundlichen Deutlichkeit, die das Licht vor Sonnenaufgang den Gegenständen gibt. Es musste sehr kalt sein; aus der offenen Stalltüre dampfte es, auf die Treppe des Gesindehauses trat Ruhke heraus, unförmlich groß und dick, ganz in einen langen Schafpelz gehüllt, das Gesicht bleich und gedunsen. Missmutig schaute er den Weg zu den Wohnungen der Instleute hinab, und auf diesem Wege kam ein langer Zug grauer Gestalten langsam und widerwillig daher; fahle, missfarbene Flecken in all dem Weiß. Es fror Fastrade; wie entsetzlich freudlos schien dieser graue Zug, musste denn hier alles so freudlos sein, musste denn hier alles, was man anschaute, wehe tun, konnte man denn hier nie von diesem Mitleid loskommen? Sie wandte sich ab, im Saal begegnete sie einem kleinen Dienstmädchen; in seiner rosa Kattunjacke, das rote Tuch auf dem Kopfe, stand es da, die Wangen weinrot vom Frost, die kleinen Augen blank. Als das Mädchen Fastrade sah, lachte es, öffnete den breiten, roten Mund und zeigte die weißen Zähne. Fastrade lachte auch. «Trine, du bist es», sagte sie, «du bist groß geworden und du bist hübsch geworden.»

Trine errötete über das ganze Gesicht, sie straffte ihren Körper unter dem dünnen Kamisol und schüttelte ihn ein wenig, als fühlte sie das Großsein und Hübschsein als etwas Angenehmes und Warmes.

«Es wird heute kalt», fuhr Fastrade fort, nur um das Mädchen noch zu halten, um dieses Junge, Farbige und Lachende noch vor sich zu sehen.

«Ja, Fräulein.»

«Aber es wird heute schön.»

«Ja, Fräulein.»

Jetzt ging die Sonne auf, rosenrotes Licht strömte in den Saal, glitt über das dunkele Getäfel, verfing sich in den Kristallen des Kronleuchters. Trine stand da, ganz rosig übergossen, und lachte ihr breites Lachen. Fastrade fühlte, wie auch das Licht über sie hinfloss, fühlte auch sich jung und hübsch. «Da ist die Sonne», sagte sie.

«Ja, nun kommt sie», meinte Trine, und lief kichernd aus dem Zimmer.

Jetzt begann es sich im Hause zu regen, Christoph kam und deckte den Frühstückstisch, Fräulein Grün, die Mamsell, erschien und trug auf einem Brette die frischen Brötchen herein, sie begrüßte Fastrade mit lauter Stimme: «Unser gnädiges Fräulein wird uns wieder regieren, das ist gut für uns, wir verschimmeln ja hier.»

Ja, Fastrade wollte hier wieder regieren; sie machte sich daran, wie früher den Frühstückstisch zu ordnen, legte die Brötchen in den Brotkorb, stellte sich vor den Samowar, um den Tee zu machen. Es sollte, es musste hier wieder behaglich werden. Als die Baronesse Arabella in das Esszimmer trat, war sie so überrascht, dass sie die Hände faltete und zu weinen begann, aber Fastrade wurde ungeduldig. «Hier gibt es doch nichts zu weinen, Tante, komm, setze dich, der Tee ist fertig.»

Als die alte Dame an ihrem Platz saß, wischte sie sich die Augen und sagte nachdenklich: «Sieh, Kind, ist das nicht seltsam, sonst, wenn ich mich so allein an meinen Platz setzte, fror mich immer so stark, heute friert mich gar nicht.»

Der Wintertag war sehr hell geworden, die Zimmer waren voll gelben Sonnenscheins, der Baron erschien, um an Christophs Arm langsam seine Promenade durch die Zimmerflucht zu machen, er blieb vor Fastrade stehen, sah sie streng an und sagte: «Mein Kind, hast du deinen Pflichtenkreis gefunden?»

«Ich weiß nicht, Papa», erwiderte Fastrade und errötete.

Der Baron dachte ein wenig nach und fragte dann: «Gehst du heute zu den Kühen?»

«Zu den Kühen?» Fastrade wunderte sich; sie war sonst nie zu den Kühen gegangen.

«Gut, lassen wir es zu morgen», fuhr der Baron fort, «aber des

Herrn Auge mästet das Vieh.» Als er weiter ging, fügte er noch hinzu: «Übrigens essen wir um Punkt eins, der Arzt hat es so verordnet.»

Einen Pflichtenkreis hatte Fastrade offenbar noch nicht. Sie trieb sich in den Zimmern umher, rückte an den Möbeln, als wollte sie dieselben wecken und ihnen melden, dass sie da sei. Endlich ging sie in das Kabinett, das ihr als Schreibzimmer diente, und setzte sich dort nieder. Da war ihr Schreibtisch, da standen ihre Sachen und Bücher, aber sie sagten ihr noch nichts, sie hatte noch kein Verhältnis zu ihnen. Sie war es nicht mehr gewohnt, einen Tag vor sich zu haben, über den sie selbst bestimmen konnte. Dort im Krankenhause zwang ja jede Minute zu einer bestimmten Arbeit. «Was tat ich früher um diese Zeit?», fragte sie sich. Da stieg wieder die Erinnerung jener früheren Zeit in ihr auf und mit ihr Arno Holsts hübsche, schmächtige Gestalt. Wie deutlich entsann sie sich jetzt des Abends, an dem sie zuerst gewusst hatte, dass sie Arno Holst liebte, oder sich entschlossen hatte, ihn zu lieben. Sie saß am Klavier und spielte Mendelssohn, Arno Holst stand hinter ihr und hörte zu. Als sie geendet hatte, ließ sie die Hände in den Schoß sinken, er lehnte sich an das Klavier und begann von seiner Mutter zu sprechen; sie hatte auch so schön diese Mendelssohnschen Lieder gespielt. Er erinnerte sich dessen sehr gut, obgleich er noch ein Knabe gewesen war, als sie starb, deshalb wohl waren diese Melodien für ihn der Inbegriff des Heimatlichen und Geborgenen, denn mit dem Tode seiner Mutter war er heimatlos und einsam geworden, und einsam zu sein war wohl sein Schicksal. Das hatte Fastrade ergriffen. Sie war in den Park hinausgegangen; sie erinnerte sich deutlich dieses Vorfrühlingsabends: ein lauer Wind fuhr in die laublosen Bäume, eine ganz silberne Mondsichel hing am Himmel, die Parkwege waren nass, überall rannen und plauderten kleine Wasser, und es roch stark nach feuchter Erde. Dort nun war das Mitleid um Arno Holst ganz stark über sie gekommen, nicht ein Mitleid, das schmerzt, sondern eines, das berauscht. Nein, sie wollte nicht, dass er einsam sei, und dann war ihr eingefallen, dass das wohl Liebe sein könne, und das hatte sie beglückt. Sie hatte es plötzlich empfunden, dass dieses Mädchen, das da auf den feuchten Parkwegen gegen den Frühlingswind ankämpfte, in diesem Augenblicke etwas ganz Bedeutsames geworden war, das Schicksal und das Glück eines anderen. Sie hatte an jenen Abend lange nicht gedacht, denn ein anderes Bild hatte die Erinnerung verwischt, das Bild des armen Arno Holst, wie er im Krankenhause im Bette lag mit eingefallenen Wangen, fieberblanken Augen und todesmatt von den furchtbaren Hustenanfällen, die ihn schüttelten. Er hatte nur wenig zu ihr gesprochen, die kurzsichtigen, braunen Augen hatten sie erregt und hungrig angesehen, und wenn sie etwas für ihn tat, hatte er matt und dankbar gelächelt. Nur in einer der letzten Nächte, als sie an seinem Bette saß, hatte er plötzlich deutlich, und als sei er böse, gesagt: «Du darfst nicht so treu und so mitleidig sein, das bringt zu viel Leid.»

Christoph kam und meldete das Mittagessen. Der Baron saß schon in einem Sessel bei Tisch; er hatte sich von Christoph in seinen schwarzen Rock einknöpfen lassen, anders hätte ihm das Essen nicht geschmeckt. Auch Couchon saß an ihrem Platz und beugte den Kopf mit der grauen Samthaube tief auf ihren Teller nieder. Die Baronesse legte die Suppe vor. Während des Essens wurde von der Nachbarschaft gesprochen. «Bei Ports», meinte die Baronesse, «ist es auch nicht recht gemütlich, die Gertrud muss ihre Singschule aufgeben und nach Hause kommen, und der Vater brummt, weil sie fortgegangen ist, und brummt, weil sie wieder kommt, er wird in letzter Zeit überhaupt recht schwierig. Nun und die Egloffs, die alte Baronin, wird mit jedem Tag vornehmer, sie spricht nur noch von den Zeiten, da sie Palastdame war, und ihr Enkel, der Dietz, wird mit jedem Tage wilder, tobt herum, ladet allerhand fremde Leute ein, gibt Gesellschaften, Jagden, Schlittenpartien, und des Nachts sitzt er am grünen Tisch und spielt und spielt, es ist recht schade um das schöne Gut und das schöne Vermögen. Und dann, ich weiß es ja nicht, aber die Leute erzählen, er soll jetzt viel bei Dachhausens sein und der kleinen Frau ganz den Kopf verdrehen. Das würde mir für den guten Dachhausen leidtun. Nun, von ihr will ich nichts Schlechtes denken, aber bei diesen Damen, die nicht von Familie sind, weiß man ja nie. Ach ja, es ist recht traurig, so ein junger Mensch, der kein Gewissen hat.»

Fastrade lehnte sich in ihren Stuhl zurück, als machte das Essen ihr keine Freude mehr, und sagte: «Also etwas gemütlich und glücklich zu sein, das versteht hier keiner.»

«Liebes Kind», meinte die Baronesse, «es hat eben jeder seine Sorgen.»

Da legte der Baron die Gabel fort, richtete sich auf und sagte streng und ein wenig mühsam. «Es genügt nicht, als Edelmann geboren zu sein, man muss auch Edelmann sein wollen.»

«Du hast sehr recht, lieber Bruder», unterbrach ihn die Baronesse, die fürchtete, dass er sich aufrege.

Couchon beugte ihren Kopf tief auf den Teller nieder und murmelte: *«Un bel homme tout de même!»*

Am Nachmittage, wenn der Baron und die Baronesse sich in ihre Zimmer zurückgezogen hatten, war von jeher eine schläfrige Stille über das Haus gekommen. Fastrade musste an den armen Bolko denken, der als Knabe stets gesagt hatte: «um diese Stunde zieht es einen in allen Gliedern, man muss, muss etwas Unerlaubtes tun.» Sie liebte auch nicht diese Zeit des grellen Nachmittagssonnenscheins und der niedergelassenen Fenstervorhänge. Wenn das Licht rötlich zu werden begann und die Sonne tief über dem Walde stand, dann wich etwas wie ein Druck von dem Hause, und auch Fastrade fühlte neue Unternehmungslust. Sie ging hinaus in den Wald, es war hübsch, so bei Sonnenuntergang durch eine ganz rosa Welt zu gehen, die Wege glänzten wie buntes Glas, die ganze Luft war voll Farbe, alles in ihr bekam eine gefühlvolle Zartheit, selbst die grauen Gestalten der Arbeiter und die grauen Häuschen, zu denen sie langsam und müde heimgingen. Aber in diesem Lichte sah nichts traurig aus, und Fastrade meinte, sie seien in diesem einen farbigen Augenblicke so getröstet, wie sie selbst. Als sie in den Wald gelangte, war die Sonne untergegangen, alles stand wieder still und weiß um sie her, der frische Schnee lag wie Polster unter den Stämmen, auf großen gespreizten Händen wurde er vorsichtig von den Tannenzweigen gehalten, und unheimlich still war es hier, wo die großen ruhigen Baumgestalten einträchtig nebeneinander standen in ihrer schweigenden Schönheit, einschüchternd fast, meinte Fastrade in ihrer Vornehmheit. Ein leiser Ton erwachte, als huschten Schritte über Wolle, und ein Hase setzte über den Weg, tauchte in die weißen Schneepolster unter und wieder auf, es musste guttun, dachte Fastrade. Ja, sie hätte gern auch wie einer dieser Bäume regungslos in der Dämmerung gestanden, eingehüllt in all dies kühle Weiß, und teilgenommen an diesem geheimnisvollen Schweigen und Träumen. Aber wenn sie tiefer zu ihnen hinein wollte, ließen die Tannen ihre Schneelast fallen, im Wipfel einer Föhre erwachte ein Rabe und flog mit lautem Flügelschlage auf. Es kam Unordnung hinein, sie fühlte sofort, dass sie ein Eindringling sei. Sie war eine Waldschneide entlanggegangen, jetzt kam sie an einen Bestand alter Föhren, auf hohen ganz geraden Stämmen hoben die Bäume ihre beschneiten Schöpfe zu den Sternen auf. Hier konnte Fastrade ungehindert zwischen ihnen hingehen, hier war es so feierlich, so heilig, dass ein kleiner Eindringling wie sie nicht stören konnte. Sie lehnte sich an einen der kalten Stämme und schaute empor, in einem der hohen regungslosen Föhrenschöpfe schien die Mondsichel zu hängen. Wie oft hatte Fastrade sie dort hängen gesehen, wie gut kannte sie diese Bäume, in allen Jahreszeiten und Tageszeiten war sie bei ihnen gewesen, im Frühling, wenn der Wind in die alten Schöpfe fuhr, dass sie tief und metallig rauschten, als ob sie plötzlich miteinander stritten, oder an heißen Mittagsstunden, wenn es hier so stark nach den besonnten Nadeln duftete und über den Wipfeln der Falke revierte, ein bewegliches Stück Silber im grellblauen Himmel. Fastrade drückte ihre Wange gegen den Stamm, jetzt erst fühlte sie ganz deutlich, dass sie daheim war.

Vom Hügel, auf dem die Föhren standen, schaute sie auf eine Schonung junger Tannen nieder, das war das Ende des Padurenschen Waldes, dahinter begann der Sirowsche Wald, allein dort war alles verändert, früher hatte da eine geschlossene Wand alter Tannen gestanden, jetzt war es ein wüster, leerer Platz, die großen Balken waren am

Boden hingestreckt, halb von Schnee verhüllt wie Tote in ihren Leichentüchern, die Zweige waren überall verstreut, die Baumstöcke, von Schnee bedeckt, ragten auf wie kleine weiße Grabhügel, und das alles hier mitten in der vornehmen Stille des Waldes sah aus, als sei ein Verbrechen verübt worden, als sei hier etwas Hohes und Stolzes roh besiegt worden. Dieser Anblick verdarb Fastrade die ganze Feierlichkeit ihrer Stimmung, sie ging den Hügel hinab wieder dem Tannendickicht zu. Hier war es schon fast ganz finster geworden, und plötzlich war es ihr, als wohnte in dieser Dunkelheit, in der schweigend die großen weißen Bäume standen, eine Einsamkeit, die ihr fast bange machte. Sie eilte den Waldweg entlang, um auf die Landstraße zu gelangen, hier war es heller, hier konnte sie den Mond wieder sehen, und plötzlich war der Wald voll von einem hellen, munteren Schellengeläute. Eine Reihe von Schlitten fuhr an Fastrade vorüber, voran ein Schlitten mit einem großen schwarzen Pferde, darin saß ein Herr, neben ihm eine Dame, deren weißer Schleier wehte. Fastrade hörte den Herrn lachen, und seine Stimme klang klar in den Winterabend hinein: «Ja, das ist es eben, wir sind zu klug geworden, um uns zu verirren, schade!»

Andere Schlitten folgten, Herren und Damen saßen darin, alle plauderten, der leichte Wind brachte den Duft einer Zigarre bis zu Fastrade, und eine Frauenstimme sagte, als ein Schlitten nah an ihr vorüberfuhr: «Wer steht da so dunkel, wie unheimlich.»

«Die Einsamkeit selbst», antwortete eine Herrenstimme und lachte. Dann waren sie vorüber, nur das Schellengeläute, hell und geschwätzig, war noch lange vernehmbar. Fastrade schlug den Heimweg ein, das klingende Leben, das da an ihr vorübergefahren war mit seinem Lachen, mit dem Wehen von Schleiern, mit dem Zigarrenduft und Schellengeläute, das hatte ihr ganz warm gemacht. Gut, dass alles noch da war, zu Hause hätte sie das fast vergessen können.

Als sie daheim wieder in dem Zimmer ihres Vaters saß und zuhörte, wie Ruhke mit fetter, knarrender Stimme von Ölkuchen und Kälbern sprach und der Baron den Kopf auf die Brust sinken ließ und schlummerte, während der Lampenschein auf die große blanke

Glatze fiel, da klang das helle Lachen der Schlittenschellen mitten im verschneiten Walde ihr in das Ohr und erinnerte sie dran, dass da draußen jenseits der stillen Stuben mit den grün verhangenen Lampen das Leben lustig die Straßen entlangfuhr.

Fünftes Kapitel

Einige Tage später, als Fastrade von ihrem Spaziergange in der Abenddämmerung heimkam, sagte die Baronesse zu ihr: «Liebes Kind, dein Vater hat nach dir gefragt, du weißt, er will jetzt, dass du bei allen Geschäften, die das Gut betreffen, dabei bist.»

«Ja, ja», meinte Fastrade, «wenn ich nur etwas davon verstünde. Bisher bin ich bei diesen Geschäften doch nur eine dekorative Figur. Was gibt es denn?»

«Der junge Egloff ist da», berichtete die Baronesse, «es ist da etwas mit der Waldgrenze nicht in Ordnung, glaube ich.»

Fastrade seufzte: «Ach Gott, an die Waldgrenze habe ich noch nie gedacht. Gut, ich gehe.» Sie strich sich mit den Handflächen über das von den Abendnebeln feuchte Haar, und «wie ich ausschaue!», meinte sie.

Im Zimmer ihres Vater fand sie Dietz von Egloff, sie kannte ihn schon lange, sie waren ja Nachbarskinder und Jugendgespielen gewesen, und auf den ersten Blick schien es ihr, als habe er sich nicht viel verändert. Die Gestalt war noch jugendlich schlank und biegsam, das in der Mitte gescheitelte blonde Haar gab der Stirn, gab dem ganzen schmalen Gesichte den jugendlichen Ausdruck, und die Augen waren noch immer so seltsam dunkel. Als er aufstand und Fastrade die Hand drückte, lächelte der schöne Mund noch das ein wenig schiefgezogene spöttische Lächeln, das sie am Knaben gekannt hatte. Sonst war er sehr förmlich, verbeugte sich tief und sagte im gleichgültigsten Tone der Höflichkeit: «Es freut mich, mein gnädiges Fräulein, dass Sie wieder in unserer Gegend sind.»

«Ja, ach ja, mich auch», erwiderte Fastrade und errötete. Sie fühlte sich befangen und fügte daher etwas hinzu, was ihr missfiel, als sie es aussprach: «Also hier handelt es sich um Geschäfte?»

«Ja», sagte der Baron, «setze dich, mein Kind, Egloff kommt wegen der Waldgrenze. Egloff, erklären Sie es ihr.»

Egloff lächelte wieder, wurde aber dann ernst und berichtete in ruhigem Geschäftston, indem er seine Fingerspitzen vorsichtig aneinanderlegte: «Es handelt sich also um Folgendes. Ich habe einen größeren Waldverkauf gemacht und schlage jetzt an der Padurenschen Grenze.»

«Das habe ich gesehen», entfuhr es Fastrade in einem Tone der Entrüstung.

«Sie haben es gesehen?», fragte Egloff und schaute Fastrade aufmerksam an.

Dabei fiel es ihr auf, dass sein Gesicht doch nicht mehr ganz das lustige Gesicht ihres früheren Spielkameraden war, es war sehr bleich, war schärfer und gespannter, die helle, ungezogene Heiterkeit von früher war fort. «Gewiss, ich habe es gesehen», erwiderte Fastrade, «es sieht aus wie ein Schlachtfeld.»

Egloff zuckte die Achseln: «Ja, schön sieht das nicht aus», meinte er nachdenklich, «und es ist auch keine schöne Sache, ein Schlachtfeld, sagen Sie, also eine Schlacht, in der wir über den Wald gesiegt haben. Aber wenn wir dann endlich so über den ganzen Wald gesiegt haben, dann sind wir doch die Geschlagenen.»

Der Baron schaute auf, sah Egloff unzufrieden an und sagte dozierend: «Die Wälder sind in unseren Familien recht eigentlich das, was die Generationen verbindet, wir genießen, was unsere Vorfahren gehegt und gepflanzt, und wir hegen und pflanzen für die kommenden Generationen.» Der Schluss der Rede klang müde und nicht mehr so eindringlich, der Baron ließ seinen Kopf wieder auf die Brust sinken. Egloff hatte andächtig zugehört, wie es die Gewohnheit aller jungen Leute der Gegend war, wenn der alte Baron sprach, dann sagte er, und Fastrade hörte aus seinen Worten wieder den ungezogenen Ton des Knaben heraus: «Nun, ich bin jetzt eben in der Lage, das genießen zu müssen, was meine Vorfahren pflanzten, aber», wandte er sich an

Fastrade, «Sie haben sich in der kurzen Zeit Ihr Gut schon genau angesehen.»

«Vorigen Abend war ich in den Wald hinausgegangen», antwortete Fastrade, «und als ich auf dem Föhrenhügel stand, fehlte mir gegenüber die schöne Wand alter Tannen.»

«Ja, hm, die ist fort», meinte Egloff, zog die Augenbrauen zusammen und sah auf seine Nägel nieder, als sei ihm das ernstlich unangenehm, dann schaute er auf und lächelte: «Dann waren Sie es wohl, die am Abend so schwarz am Waldrande stand, als wir im Schlitten vorüberfuhren.»

«Ja, das war ich», erwiderte Fastrade, «und ein Herr in einem Schlitten sagte: ‹Da steht die Einsamkeit selbst.›»

«O, das war der Graf Betzow», rief Egloff, «er will immer etwas Poetisches sagen und sagt dann jedes Mal eine Dummheit. Warum sollen Sie die Einsamkeit sein? Wir waren doch sehr gesellig in unserer Jugend. Erinnern Sie sich der Quadrillen, die wir auf der Waldwiese zu reiten versuchten, Sie, Gertrud Port, Dachhausen und ich. Dachhausen war gerade Fähnrich und mir dadurch unendlich überlegen, er machte auch mehr Eindruck auf die Damen, das schmerzte mich, und ich wollte ihn fordern, er sagte aber ganz väterlich: ‹Mach dich nicht lächerlich, lieber Junge.›»

Fastrade lachte: «Ja, ja, und mein Paris hatte gar kein Talent für die Quadrille.»

«Richtig», meinte Egloff, «Paris hieß Ihr kleiner Schimmel, weil er schön und furchtsam war. Was ist aus ihm geworden?»

«Paris steht noch im Stall», erwiderte Fastrade, «aber der Arme ist alt und melancholisch geworden, er hat schlechte Zähne und kann den Hafer und das Heu nicht recht beißen.»

Egloff machte ein ernstes Gesicht, als schmerzte ihn diese Nachricht: «Das ist schlimm», sagte er, «Hafer und Heu nicht mehr beißen zu können ist für ein Pferd die große Lebenskatastrophe und, wie ich die Pferde kenne, würden sie, wenn sie könnten, sich erschießen, statt wie die Menschen, wenn sie Hafer und Heu nicht mehr –»

«Ach, was sprechen Sie», unterbrach ihn Fastrade unwillig, «wer sagt Ihnen denn, ob Paris nicht noch seine guten Stunden hat im Sonnenschein auf dem Kleefelde und seine friedlichen Altersgedanken und manche kleine Lebensfreude.»

«Und Pflicht», ertönte plötzlich die Stimme des Barons.

Fastrade und Egloff schwiegen erschrocken, sie hatten geglaubt, der alte Herr schlummere, und nun hatte er zugehört. Sie sahen einander an und machten angstvolle Gesichter wie früher in der Kindheit, wenn sie sich fürchteten, lachen zu müssen. Eine Pause entstand. Da jedoch der Baron nichts mehr sagte, begann Egloff wieder zu sprechen: «Bei Pflicht fällt mir ein, wir sollten ja von Geschäften reden.»

«Ach ja», versetzte Fastrade, «was war es denn mit Ihrem armen Walde?»

«Nein, um Ihren Wald handelt es sich», verbesserte Egloff sie, «das Unterholz hat die Grenzlinie so verwischt, dass ich fürchte, mit dem Schlagen in Ihren Wald hineinzugeraten. Es wäre daher gut, an Ort und Stelle die Karten zu vergleichen und die Linie neu durchschlagen zu lassen.»

«Das kann ich verstehen», sagte Fastrade, «da wird dann wohl Ruhke mit der Karte hinfahren müssen.»

Jetzt hob der Baron wieder seinen Kopf und sagte laut und kräftig: «Grenzen sind heilige Sachen, ein Besitzer muss seine Grenzen kennen. Daher wäre es besser, mein Kind, du wärest auch dabei.»

«Ist das nötig?», fragte Fastrade erstaunt.

«Ihr Herr Vater hat gewiss recht», meinte Egloff, «nur dadurch bekommt der Akt der Grenzfestlegung seine Feierlichkeit.»

Der Baron nickte: «So wäre also das abgemacht», murmelte er.

Da erhob Egloff sich, um sich zu verabschieden. Als er Fastraden die Hand drückte, lächelte er sein spöttisches Lächeln und sagte: «Also wir sehen uns in Geschäften, sozusagen als Gegner.» Dann ging er.

Fastrade setzte sich in ihren Sessel zurück, ihr Vater schlummerte wieder, und das Schweigen dieses Zimmers mit seiner grünen Lampendämmerung erschien ihr heute besonders tief.

Egloff stieg die Freitreppe herunter zu seinem Schlitten, der dort wartete, hüllte sich in die Pelzdecken und überließ dem Kutscher die Zügel. «Nach Hause», sagte er.

«Nach Hause?», fragte der Kutscher verwundert.

«Zum Teufel ja, nach Hause», schrie Egloff ungeduldig, und der Rappe setzte sich in Trab. Die Nacht war dunkel, es schneite ganz ruhig, die Schneeflocken waren nicht sichtbar in der Finsternis, aber Egloff fühlte dieses stille Fallen um sich her, das ihn langsam in etwas Kaltes einhüllte. Er hatte allerdings nicht nach Hause fahren wollen, er war sehr verstimmt von zu Hause weggefahren, die Zeiten waren schlecht, er hatte stark im Spiel verloren, dann war da dieser Waldverkauf, der ihn anekelte, die Geschäftsfahrt zum alten Padurenschen Baron erschien ihm lästig und langweilig, darum hatte er beschlossen, von Paduren nach Barnewitz zu Dachhausen zu fahren, um sich dort mit der kleinen Frau die Zeit zu vertreiben, Dachhausen war nicht zu Hause, und sie hatte ihm an seinem letzten Besuch die Reise ihres Gatten mitgeteilt und dabei ihre schamlos süßen Augen gemacht. Und nun, als er auf die Padurensche Freitreppe hinausgetreten war, war die Lust zu dieser Fahrt vergangen gewesen, und er fuhr nach Hause. Gott ja, diese Fastrade war doch immer das aufrechte, hübsche Mädel von früher. Sehr warme Augen, schneidig war sie immer gewesen, er erinnerte sich, dass er als Knabe einmal in ihrer Gegenwart seinen Hund schlug, da war sie ganz rot geworden, hatte mit ihrer kleinen Faust ihn kräftig vor die Brust gestoßen und «Pfui!» gesagt, ein Pfui, das wie ein Peitschenhieb klang. Seitdem hatte sie ihn nicht recht leiden mögen. Ja, sie war immer riesig gut gewesen, diese Fastrade, aber diese Art Mädchen verliebt sich gewöhnlich in Hauslehrer, schade! Immerhin hatte sie viel Leben in sich, und es musste hart für sie sein, dort in dem Hause zu wohnen, wo man nicht lebte, sondern nur umging. Er zog seinen Pelz fester um sich, er fror, es war nicht angenehm, so sachte, sachte in dieses kalte, weiße Laken eingehüllt zu werden, auch hauchten die großen weißen Tannenwände, zwischen denen sie jetzt hinfuhren, eine eisige Kälte aus. Gut, dachte Egloff, er würde heute also den Abend zu Hause verbringen, aber was würde er tun? In letzter Zeit war ihm das Alleinsein mit sich selbst qualvoll geworden, seine Großmutter und Fräulein von Dussa heute zu sehen war kein angenehmer Gedanke, also er würde in seinem Zimmer auf dem Sofa liegen, Rotwein trinken und sich vom Diener Klaus Geschichten erzählen lassen. Wenn er nur diese Geschichten von all den Mädchen der Umgegend nicht schon gekannt hätte, auch log der Kerl jetzt, und er log nicht unterhaltend. Trübe Aussicht. Wenn noch jemand da gewesen wäre, mit dem er hätte Karten spielen können, das war noch das beste Mittel gegen graue Stimmungen. Es war eigentlich seltsam und schwer zu erklären, aber dieses Mittel versagte nie, wenn er sich an den grünen Tisch setzte und die Karten zur Hand nahm, dann kam es unfehlbar, dieses erregte Gefühl, das wie eine körperliche Wohltat in das Blut ging und angenehm bis in die Fingerspitzen hinein kitzelte. Das ließ sich nur mit der hübschen Erregung des Moments vergleichen, wenn man eine schöne Frau zum ersten Male so von hinten sachte um die Schultern fasst und nicht weiß, wird sie empört sein oder stille halten.

Der Rappe machte einen großen Seitensprung, der Kutscher rief wütend: «ho! ho! wer ist da, versteht ihr nicht den Weg zu kehren?» Ein kleines Pferd, ein niedriger Schlitten, auf dem verschneite Pakete lagen und eine verschneite Gestalt saß, mühten sich, durch den tiefen Schnee zur Seite auszubiegen.

«Laibe», rief Egloff, «bist du das?»

«Ja, Herr Baron, Laibe», antwortete eine freundliche Stimme.

«Was tust du hier im Walde?», fragte Egloff.

«Mir ist es schlecht gegangen», ertönte leise eine klagende Stimme, «verfahren habe ich mich im Walde, und jetzt fahre ich mit der Deichsel in den Schabbes hinein, ai ai, was kann man machen!»

«Das kommt vom Schmuggeln», meinte Egloff, «aber du kannst zu mir auf den Hof kommen, und deinen Schabbes empfangen. Fahr zu, Kutscher.»

«Danke, danke, Herr Baron», rief Laibe ihm nach.

«Auch ein Leben», dachte Egloff, «so in der Dunkelheit einsam durch den Wald zu kriechen, na, vielleicht ist das aber nicht übel, sich so herumzuschlagen, wenn man nur daran zu denken hat, ob man im Dunkeln den rechten Weg findet und wo ein Feuer sein kann, vielleicht dass man dann an alle möglichen widerwärtigen Dummheiten nicht zu denken braucht.»

Jetzt fuhren sie in den Sirowschen Hof ein, nur wenig Fenster des großen Hauses waren erleuchtet. «Aha, keiner erwartet mich», sagte Egloff. Sie hielten vor der Freitreppe, Egloff stieg zur Haustüre hinan, öffnete sie laut und rief ein schallendes und ärgerliches: «Holla!» Hunde begannen im Flur zu bellen, Lichter liefen die dunkle Fensterreihe entlang, Klaus und Joseph mit Lichtern in der Hand erschienen und stammelten: «Ah, der Herr Baron, wir haben nicht gewusst.»

«Natürlich habt ihr nicht gewusst», sagte Egloff und warf seinen Pelz ab, «du, Klaus, ich gehe gleich in mein Zimmer, der Kamin muss angeheizt werden, und du, Joseph, meldest der Frau Baronin, dass ich nicht zum Essen kommen werde, ich bin müde und gehe schlafen. Außerdem bringst du mir eine Flasche Burgunder aufs Zimmer. So, vorwärts.» Er ging in sein Zimmer hinüber, kleidete sich aus, ließ sich von Klaus den Körper mit kölnischem Wasser abreiben, hüllte sich dann in seinen Schlafrock und streckte sich in seinem Schreibzimmer auf dem Sofa aus. Joseph brachte den Burgunder, im Kamin brannte das Feuer, es wurde behaglich warm. Egloff zündete sich eine Zigarre an, so, nun konnte es gemütlich sein, es gehörte nur noch dazu, dass angenehme Gedanken kamen, Gedanken, die nicht unversehens grob an eine wunde Stelle stießen. Was also? Da war dieser Jude, der durch den dunkelen verschneiten Wald irrte und betete und nach einem fernen Lichte ausspähte, das war etwas, woran hier am Kaminfeuer eine Weile zu denken seinen Reiz hatte. Allein das reichte nicht aus, die Gedanken irrten zu anderem. Was mochte wohl die kleine Frau in Barnewitz jetzt tun? Sie erwartete ihn, er sah es deutlich, wie sie sich für ihn ankleidete. Allzu sehr schmücken durfte sie sich nicht, denn keiner im Hause wusste ja, dass sie ihn erwarte, sie zog wohl das dunkelviolette Wollenkleid an und legte die Perlenschnur um. Dann bestellte sie das Abendessen, zündete im

Saal die Lampen an mit den schrecklichen hellrosa Gazeschirmen, Frauen aus jenen Kreisen glauben immer, dass, wenn sie verliebt sind, sie Lampen haben müssen mit hellrosa Gazeschleiern. Da saß sie im rosa Lampenschein, das hübsche Wachspuppengesicht ganz feierlich, das Haar glänzend schwarz, in ihrem violetten Kleide wie ganz in weiche Veilchen eingehüllt, und wartete auf ihn. Und es wird immer später, und das Wachspuppengesicht wird immer starrer, und endlich weint sie, wie nur die kleine Lydia Dachhausen weinen kann, ganz mühelos einen Strom von Tränen über das Gesicht schüttend, das sich nicht verzieht, das unbewegt bleibt, sie weint, wie Puppen weinen würden, wenn sie weinen könnten. Egloff lächelte, der Gedanke an die einsam unter ihren rosa Lampen um ihn weinende Frau tat ihm wohl, und dann plötzlich musste er an Fastrade denken, an die Fastrade der Kindheit, an das kleine Mädchen, das ihn mit der geballten Faust vor die Brust stößt und «Pfui!» sagt. Unruhig drehte er sich auf die Seite, griff nach dem Glase und trank, endlich drückte er auf den Knopf der elektrischen Klingel. Als Klaus erschien, befahl Egloff: «Der Jude Laibe soll zu mir heraufkommen, wenn er seine Zeremonien beendet hat.»

«Zu Befehl», sagte Klaus.

Egloff legte sich wieder zurück, zog an seiner Zigarre und wartete ungeduldig auf den Juden Laibe.

Nach einer Weile wurde die Türe vorsichtig geöffnet, und der Jude Laibe schob sich in das Zimmer, er war fest in seinen grüngrauen Rock eingeknöpft, das graue Haar und der dichte, graue Bart waren glatt gestrichen, und sein Gesicht verzog sich zu einem unendlich liebenswürdigen, freundlichen Lächeln. Er verbeugte sich mehrere Male, rieb sich die Hände und sagte: «Gut Schabbes, Herr Baron, gut Schabbes.»

«Du kannst dich da an den Kamin stellen und wärmen», bedeutete ihm Egloff, «wenn du willst, kannst du dich auch auf den kleinen Stuhl dort setzen.»

Laibe setzte sich, legte die Handflächen auf die Kniescheiben und fuhr fort, sein süßes Lächeln vor sich hin zu lächeln.

Egloff betrachtete ihn aufmerksam. «Was ist denn geschehen», fragte er dann, «eben noch kriechst du durch den Schnee im dunkelen Walde wie ein klagender Hase, und jetzt kommst du herein, reibst dir die Hände wie ein Ballherr und machst ein Gesicht, als ob du Hochzeit halten solltest.»

«Ein Dach überm Kopfe, Herr», sagte Laibe, «ist was Gutes, und eine warme Stube ist auch was Gutes, warum soll ich mich dann nicht freuen?»

«Ist das alles?», meinte Egloff.

Laibe wurde ernster, strich mit der Hand über seinen Bart und rollte seine blanken, sirupfarbenen Augen. «Das nu versteht der Herr Baron nicht, das ist unsere Religion, heute muss man froh sein, ob man will oder nicht.»

«So, so, nur weil es befohlen ist», sagte Egloff.

«Weil es befohlen ist», bestätigte Laibe, «die ganze Woche schindet man sich und fürchtet sich, und an *einem* Tag erinnert man sich, dass alles einmal ganz gut werden wird. Versprochen ist es, nun und man wartet.»

«Wartet», wiederholte Egloff höhnisch.

«Was kann man anders tun, man wartet», versetzte Laibe mit Bestimmtheit.

Egloff richtete sich ein wenig auf und sagte plötzlich ungewöhnlich heftig: «Und dieses Warten macht uns alle zum Narren, man wartet und wartet, man tut dies und das, um sich die Zeit zu vertreiben, aber das Große, die Hauptsache, die soll noch kommen. Und die Zeit vergeht, und nichts kommt, und wir sind die Narren.»

Ärgerlich ließ Egloff sich in die Kissen zurückfallen, der Jude warf einen schnellen ängstlichen Blick auf den Baron, krümmte den Rücken und sagte leise und demütig: «Das Warten ist nichts für die großen Herren, ein Edelmann hat hitziges Blut, der wartet nicht gern, aber ein armes Judchen hat nichts anderes.»

«Du hast doch dein Geld», warf Egloff ein, «das macht dich doch glücklich. Wenn du einen Bauern betrogen hast, dann bist du glücklich, wenn du was über die Grenze geschmuggelt hast, dann bist du glücklich, wenn du ein Kalbsfell unterm Preise gekauft hast, dann bist du glücklich.»

Laibe wiegte bedächtig seinen Kopf: «Glücklich, Spaß, ein schönes Glück. Dann ist der auch glücklich, der recht hungrig ist, und um ihn herum stehen lauter Braten, und die dampfen und die riechen gut, und er darf sie alle riechen und keinen anrühren. Glücklich, wenn ich immer nur an dem Geld der anderen vorübergehen und vorüberfahren muss. Und da fahre ich durch den Wald, schöne, große Stämme, reines Geld, aber nicht mein Geld. Komme ich an einer Scheune vorüber, die ist ganz voll mit Geld, aber nicht mein Geld. Das ist auch so 'n Glück.» Laibe lachte höhnisch in seinen Bart hinein.

«Sag mal», begann Egloff nachdenklich, «hast du immer an Geld gedacht? Du bist doch auch jung gewesen, und in der Jugend hat man doch auch andere Gedanken im Kopf, da gibt es doch lustige Sachen.»

Aber Laibe lachte wieder sein leises, höhnisches Lachen: «Ei, ei, meine Jugend, lieber Herr, was war das schon für eine Jugend. Ich war ein Bocher von fünfzehn Jahren, als der Vater mir das Bündel auf den Rücken hing und sagte: ‹Geh verdienen.› Nun und ich ging, und auf der Landstraße hatte ich Angst vor den Gendarmen und vor den Grenzreitern und im Walde vor den Waldhütern, und wenn es dunkel wurde im Walde, dann kamen große schwarze Vögel, flogen ganz niedrig und bliesen – die Angst! Und wenn ich dann zum Bauern kam, hatte ich Angst, an die Tür zu klopfen, und wenn ich doch klopfte, der Bauer kam aufmachen, hatte ich wieder Angst. Und ich glaubte, der Kaiser und die Minister und die Herren und die Bauern, alle sind nur dazu da, um dem armen Judenbocher Angst zu machen.»

«Aber dachtest du nicht manchmal», unterbrach ihn Egloff, «dachtest du nicht an Mädchen, an solche Sachen?»

«Mädchen waren schon da», erwiderte Laibe. «Wenn ich sonntags in eine Bauernstube kam, dann saßen sie da am Tisch, die Mädchen in ihren guten Kleidern, reingewaschen, die Gesichter wie die roten Äpfel, und Jungen waren da und spaßten mit ihnen, und ich saß am

Ofen und sah zu, wie einer ein Bild ansieht, er kann nicht in das Bild hinein, und das Bild kann nicht zu ihm herauskommen. Ach Gott, meine Jugend! Auf der einen Seite steht das bisschen Verdienst, und auf der anderen Seite steht die große Angst.»

Beide schwiegen jetzt, Laibe schaute sorgenvoll vor sich hin und strich mit den Händen sanft über seine Knie, als wolle er sich selber trösten. Egloff zog nachdenklich an seiner Zigarre. «Hm», sagte er endlich, «nicht schlecht. Der Judenjunge im dunkelen Walde, ganz klein unter den hohen Bäumen, und die großen schwarzen Vögel, die vor sich hin blasen. Aber mit eurer ewigen Angst habt ihr vielleicht recht. Ihr behaltet die gefährliche Bestie immer im Auge, wir anderen, wir fürchten uns nicht, und uns fällt sie hinterrücks an.»

«Bitte, Herr Baron», fragte Laibe einschmeichelnd, «was ist das wohl für eine Bestie?»

Egloff seufzte: «Ach, mein lieber Laibe, Sinn für das, was man so ein poetisches Bild nennt, hast du nicht. Was soll denn die Bestie sein? das Leben ist diese Bestie.»

«Sehr hübsch», bemerkte Laibe und machte sein liebenswürdigstes Gesicht, «aber ich habe nicht einen feinen Kopf wie der Herr Baron, ich habe nur einen armen Judenkopf voller Sorgen, der kann nicht so feine Gedanken denken.»

«Gut, gut», unterbrach ihn Egloff, «du wirst uninteressant, mein Lieber, es ist Zeit, dass du schlafen gehst, gute Nacht.»

Laibe erhob sich, rieb sich die Hände, verbeugte sich und sagte: «Eine sehr gute Nacht, Herr Baron», dann ging er.

Egloff blieb noch eine Weile liegen, die Wärme des Kaminfeuers hatte ihn ganz schlaff gemacht, und der Burgunder gab ihm einen angenehmen, leichten Schwindel. Man wird schlafen können, dachte er, und dann klang ihm plötzlich Fastradens Stimme im Ohr, «das sieht aus wie ein Schlachtfeld», hatte sie vom Walde gesagt, und das klang so zornig wie das «Pfui!» damals, als er den Hund schlug. Er lächelte vor sich hin. Dieses Mädchen einmal so böse zu machen, dass es ganz heiß und wild wird, das müsste hübsch sein. Dann schellte er nach Klaus, um zu Bette zu gehen.

Sechstes Kapitel

Am Nachmittage zur Teestunde war in Sirow Besuch. Die Baronesse Arabella kam, um der Baronin Egloff Fastrade nach der langen Abwesenheit wieder vorzustellen, und die Baronin Port war da mit ihren beiden Töchtern Sylvia und Gertrud. Die Damen saßen im Wohnzimmer der Baronin, in diesem Zimmer mit dem dicken Smyrnateppich, den schweren, dunkelblauen Vorhängen, in das das bleiche Licht des Winternachmittags nur gedämpft und fast schläfrig eindrang. Die Luft hier war schwer, denn es war stark geheizt worden, und es roch nach Tee und einem sehr süßen Parfüm, das die Baronin liebte. Die Baronin thronte auf ihrem Sessel recht stattlich im schwarzen Seidenkleide und der Mantille nach der Mode der sechziger Jahre, das Gesicht sehr weiß mit regelmäßigen Zügen, an jeder Schläfe drei graue Löckchen und auf dem Kopfe ein Spitzentuch, das mit dicken, goldenen Nadeln befestigt war. Sie strickte an einer pfauenblauen Strickerei und sprach deutlich und ausdrucksvoll, sie liebte es zu sprechen und verlangte, dass man ihr andächtig zuhörte. Sie wandte sich an die beiden alten Damen und erzählte von der Großherzogin, bei der sie früher Palastdame gewesen war. Die Großherzogin war so genau, dass, wenn die Kammerfrau ihr am Morgen ein Hemd präsentierte, das nicht die folgende Nummer des am vorigen Tage getragenen Hemdes zeigte, sie es zurückwies und sehr ungehalten war. Und so war es mit allem, mit den Taschentüchern usw. Eine ganz seltene Frau. «Sehr interessant», bemerkte Baronesse Arabella, «so von den Intimitäten der hohen Herrschaften zu hören.»

«O, da könnte ich viel erzählen», sagte die Baronin. Die anderen nahmen an dem Gespräche nicht teil, Gertruds kleines Figürchen versank ganz in dem großen Sessel, sie stützte den Kopf mit den wirren blonden Löckchen an die Lehne, das weißgepuderte Gesichtchen mit den zu feinen Zügen und dem zu roten Munde drückte eine stille Qual aus. Ja sie lag da im Sessel und sehnte sich krampfhaft nach einer Zigarette. Fastrade und Sylvia schienen mit ihren Gedanken sehr weit fort zu sein, und Fräulein von Dussa hantierte mit dem Teegeschirr leise und vorsichtig, um die Baronin in ihrer Erzählung nicht zu stören. «Haben Sie die Dewitzens in Dresden gekannt?», wandte sich die Baronin plötzlich streng an Gertrud und sah sie dabei missbilligend an.

Gertrud fuhr auf, machte ein erschrockenes Gesicht: «Nein», sagte sie hastig. Dann lehnte sie ihren Kopf wieder zurück und begann müde und fast überlegen zu sprechen: «Ach nein, ich lebte ganz meiner Kunst, ich hatte nur einen kleinen Kreis von Freundinnen und Freunden, meistens Künstlerinnen und Künstlern. Die Kunst nimmt einen ja so hin.»

«So», meinte die Baronin und klapperte mit den elfenbeinernen Nadeln ihrer Strickerei, «diese Kreise kenne ich nicht. In unserer Jugend schien es uns, als seien diese Kreise von uns meilenweit entfernt, sozusagen in einer anderen Welt, man wusste einfach nichts von ihnen.»

Die Baronin Port, die besorgt diesem Gespräche zugehört hatte, bemerkte: «Ja, wie die Zeiten sich ändern, die Kinder lernen und erfahren jetzt Dinge, von denen wir Alten nichts wissen, man kommt sich ganz dumm vor.»

Baronin Egloff schaute von ihrer Strickerei auf und sagte scharf: «Ich weiß nicht, ich komme mir trotz allem noch lange nicht dumm vor. Und auf all die Dinge, welche unsere Jugend jetzt wissen will, bin ich gar nicht neugierig.»

Eine peinliche Pause trat ein, draußen hörte man die Haustür auf- und zugehen, die Baronin und Fräulein von Dussa sahen sich bedeutungsvoll an, und Fräulein von Dussa flüsterte: «Der Baron.»

«Nun ja», berichtete die Baronin, «mein armer Dietz ist jetzt so beschäftigt mit dem Waldverkauf, er muss immer in den Wald reiten bei diesem Wetter. Liebe Dussa, bereden Sie ihn doch, dass er kommt, eine Tasse Tee nehmen, das wird ihn erwärmen.»

Fräulein von Dussa ging hinaus, um ihren Auftrag auszurichten, und die Unterhaltung wurde zerstreut und matt. Die Baronin erzählte von Katarrhen, die ihr Dietz früher gehabt hatte, alle aber warteten. Als dann Fräulein von Dussa mit Dietz zurückkehrte, ging ein allgemeines angeregtes Sichaufrichten durch die Gesellschaft. Dietz war kalt von seiner Fahrt und schien heiter, er begrüßte die Damen, sagte: «Hier ist aber ein warmes Nest», und seine Stimme klang laut und rücksichtslos in diesem Raume, in dem die ganze Zeit über nur gedämpft gesprochen worden war. Er setzte sich zu Gertrud, ließ sich Tee einschenken, erzählte vom Walde und den Holzjuden. Alle hörten ihm zu, das strenge Gesicht der Baronin Egloff wurde ganz milde, während ihre Augen auf ihrem Enkel ruhten. «Du kannst dir ruhig deine Zigarette anzünden», sagte sie, «die Damen haben nichts dagegen.»

«Raucht eine der Damen?», fragte Dietz, indem er sein Zigarettenetui hervorzog.

«Oh, ich bitte», rief Gertrud leidenschaftlich, und als sie die Zigarette zwischen den Lippen hielt und den Rauch vor sich hin blies, versank sie in einen seltsamen Ausdruck unendlichen Behagens.

Dietz lächelte: «Sie waren wie ein Durstiger in der Wüste, Baronesse», bemerkte er.

Die Baronin aber zog die Augenbrauen in die Höhe und meinte: «Ach ja, ich vergesse immer, dass so etwas jetzt Sitte ist.»

Dietz begann sich mit Gertrud über das Theater zu unterhalten, die alten Damen nahmen gedämpft ihr Gespräch wieder auf, und da es finster zu werden begann, wurden die Lampen gebracht. «Ich denke», sagte die Baronin, «wir haben noch ein Stündchen Zeit für unser Besig.»

«Unterdessen wird die Baronesse Gertrud uns vorsingen», schlug Dietz vor, «im Flur sah ich die Noten.»

Die alten Damen und Sylvia Port setzten sich an den Kartentisch, im Musikzimmer wurden Lichter auf das Klavier gestellt, und Fräulein von Dussa schickte sich an, Gertrud zum Gesange zu begleiten. Fastrade und Egloff setzten sich an das andere Ende des Zimmers und warteten.

«Das ist immer das Erste», sagte Dietz leise, «wenn man sich mit der Kunst einlässt, so trägt man keine Kleider mehr, sondern Gewänder.»

Er sah dabei Gertruds schmächtiges Figürchen an, das ein hellgraues Kleid von zeitlosem Schnitte mit lang niederhängenden Ärmeln trug. Fastrade erwiderte nichts, sie wollte nicht mit ihm über die arme Gertrud lachen. Nun begann Gertrud zu singen:

«Rauschender Strom,
Brausender Wald,
Starrender Fels
Mein Aufenthalt.»

Ihr ganzer Körper bebte, sie hob sich auf die Fußspitzen, ihr Gesicht nahm einen schmerzvollen Ausdruck an, als täten ihr diese großen, dunkelen, leidenschaftlichen Töne weh, die sie hinausrief, die da in das stille Haus klangen, als wäre hier plötzlich ein großes tragisches Ereignis erwacht.

«Wie sich die Welle
An Welle reiht,
Fließen die Tränen
Mir ewig erneut.»

Dietz beugte sich zu Fastrade vor und flüsterte: «Das hält sie nicht aus, diese Stimme bringt sie um.»

«Hoch in den Kronen – wogend sich's regt,
So unaufhörlich – mein Herze schlägt.
Und wie des Felsens – uraltes Erz,
Ewig derselbe – bleibet mein Schmerz»,

klagte Gertruds Stimme weiter, und als sie dann schwieg, hatte selbst diese Stille noch eine zitternde Erregung.

Gertrud lehnte müde am Klavier, und Fräulein von Dussa begann ruhig und geläufig auf sie einzureden. Aus dem Nebenzimmer klang das leise Klappern der Spielmarken herüber, und Fastrade konnte von ihrem Sitz aus Sylvias bleiches Gesicht sehen, wie es nachsichtig und resigniert in die Karten schaute.

«Was hilft es?», sagte Egloff leise; «da hat die arme Kleine sich an einem Schmerze und einer Leidenschaft berauscht, und mit dem letzten Akkord ist alles aus, und sie ist wieder nur Gertrud Port, die eine Nervenkrankheit hat, nicht weiter studieren kann und von ihrem Vater angebrummt wird.»

«Aber sie hat doch dieses Erlebnis gehabt», versetzte Fastrade, und ihre Stimme klang so erregt, dass Egloff überrascht aufschaute. Fastradens Gesicht war über und über nass von Tränen.

«Sie weinen?», fragte er.

«Es ist nur die Musik», erwiderte sie und lächelte.

Egloff schaute wieder auf seine Hände. «Nun ja», begann er langsam, «aber fühlen Sie nicht, wie hier in diesem Zimmer alles Leidenschaftliche und Lebensvolle gleich verklingt, totgeschlagen wird vom – wie soll ich sagen – Abendlichen, Großmütterlichen, Sirowschen? Am Besigtisch klappern sie mit den Marken, es riecht nach dem vom Kamin heißgewordenen Teppich, und Fräulein von Dussa hält einen Vortrag, Goethe und Schubert sind ganz weit. Gott, dieses Sirowsche, wie ich es sehe, ich muss es wirklich einmal als Kind gesehen haben, wie es durch die Zimmer geht und alles Leben, das sich regen wollte, zum Schweigen bringt. Es trägt ein fußfreies braunes Kleid, eine lila Haube, hat ein kleines, graues Gesicht und legt eine kleine graue Hand vor den Mund und gähnt», er wartete einen Augenblick, ob Fastrade etwas sagen würde, als sie jedoch schwieg, fuhr er fort: «so ist es bei Ports, so ist es auch bei Ihnen, und das kommt daher, dass unsere alten Herrschaften stärker sind als wir. Sie wollen ruhig und melancholisch ihren Lebensabend feiern, gut, aber wir wurden in diesem Lebensabend erzogen, wir müssen ihm dienen, wir müssen in ihm leben, wir fangen sozusagen mit dem Lebensabend an. Das ist ungerecht.» Er hielt wieder inne und schaute auf. Fastrade saß sehr ernst da und schob ein wenig die Unterlippe vor, wie sie es tat, wenn sie unzufrieden war. «Was ich da sage, missfällt Ihnen?», fragte Egloff.

«Ja», erwiderte Fastrade, «es klingt unangenehm und lieblos.»

«Lieblos?», wiederholte Egloff nachdenklich, «ach nein, dieses Abendleben macht uns im Gegenteil zu reizbar und gefühlvoll. Ich wurde hier einsam ohne Kameraden von meiner Großmutter erzogen, ich wurde ein unerträglich weicher Bengel. Einmal ging ich in den Park hinaus in der Sommerdämmerung. Ich kam an einen Platz, wo auf langen Leinen Wäsche aufgehängt war, eine ganze Reihe großer Männerhemden hing dort, der Abendwind fuhr in sie hinein, schaukelte sie sanft hin und her, und sie hoben ihre Arme langsam in die Höhe und ließen sie wieder müde sinken, was soll ich Ihnen sagen, das rührte mich, ich stand da und heulte, tatsächlich.»

Gertrud sang wieder, sie sang ein Lied von Mendelssohn, hob sich auf die Fußspitzen, rang die Hände ineinander.

«Schon sinket die herbstliche Sonne,
das wird mein Träumen wohl sein.»

Ihr ganzer kleiner Körper wurde wieder von der süßen Melancholie der Töne geschüttelt, und als sie zu Ende war, sank sie auf einen Stuhl nieder und atmete tief. Fräulein von Dussa wandte sich sogleich zu ihr und begann eifrig über Mendelssohn auf sie einzusprechen. Egloff hob einen Finger in die Höhe und sagte leise zu Fastrade: «Jetzt geben Sie acht, Sie werden es spüren, wie jetzt gleich das Sirowsche durch die Zimmer geht, um Mendelssohn hinauszufegen.»

Fastrade zog ihre Augenbrauen empor und meinte fast ungeduldig: «Ich weiß nicht, worüber Sie sich beklagen, Ihr Leben ist doch gewiss nicht abendlich und melancholisch.» Egloff zuckte die Achseln: «Man tut, was man kann, nur das Sirowsche ist stärker. Gewiss, ich locke zuweilen Menschen hierher oder ich gehe auf Reisen oder ich fahre in das Städtchen in den Klub und trinke oder ich spiele Karten, gewiss, gewiss, aber das Sirowsche wohnt bei mir zu Hause und gehört zu mir. Übrigens», und er dachte einen Augenblick nach, «übrigens, man hat Ihnen wohl gesagt, dass ich ein Spieler bin.»

Fastrade zog die Augenbrauen zusammen und machte ihr eigensinniges Gesicht. Warum kommt er mir mit seinen Fragen und Geständnissen so nahe, dachte sie, danach sagte sie fast unwillkürlich: «Warum müssen Sie denn spielen?»

«Warum?», erwiderte Egloff sinnend, «ich weiß nicht, vielleicht weil im Spiel immerfort sich schnell etwas entscheidet, so etwas wie ein ganz eilig laufendes Schicksal. Im Leben entscheidet sich ja sonst alles so langsam. Wenn ich heute auf etwas hoffe, erfüllt es sich erst nach so langer Zeit, dass ich dann keine Freude daran habe, man lebt ja, als ob man eine Ewigkeit Zeit hätte.» Er hielt inne und betrachtete Fastrade. «Sie», sagte er dann, «sollten auch mehr Eile haben.»

«Ich!» Fastrade sah ihn mit blitzenden Augen feindselig an. «Was wissen Sie von mir?»

Egloff verneigte sich leicht. «Entschuldigen Sie, gewiss zu wenig, um einen Rat erteilen zu dürfen.»

«Ich», fuhr Fastrade hastig fort, «ich diene sehr gern der – der – wie sagten Sie doch, der Abendstimmung all derer, die ich liebe und – und – ich werde mir schon meinen Tag zu machen wissen.» Sie war sehr erregt, denn sie fühlte, dass es unwahr war, was sie sagte. Egloff lächelte.

«Sie haben sich wieder über mich geärgert», sagte er, «überhaupt sind Sie heute, wie es mir scheint, gegen mich.»

«Heute?», wiederholte Fastrade erstaunt, «war ich denn schon für Sie?»

Egloff lachte: «Sehr wahr. Für mich zu sein ist hier in der Gegend ja wohl überhaupt nicht Sitte.»

Die Damen am Kartentische brachen auf. Draußen vor der Treppe klingelten die Schlittenschellen. Man fuhr fort. Als es im Hause wieder still und leer war, stand Egloff eine Weile sinnend im Musikzimmer, dann rief er Klaus und befahl: «Mein Schlitten soll angespannt werden, ich fahre noch in die Stadt zum Klub.»

Die Baronin und Fräulein von Dussa saßen wieder friedlich im Wohnzimmer bei der Lampe, die Baronin strickte ihre pfauenblaue Strickerei, Fräulein von Dussa hatte ihren Kneifer aufgesetzt und ein Buch aufgeschlagen, sie lehnte aber ihren Kopf auf die Lehne des

Sessels zurück. Als die Schellen von Egloffs Schlitten von draußen hereinklangen, sagte die Baronin: «Er fährt wieder aus.»

«Ja», sagte Fräulein von Dussa.

«Er ist jetzt wieder sehr unruhig», meinte die Baronin.

«Sehr unruhig», bestätigte Fräulein von Dussa, dann fügte sie klagend hinzu: «Wenn er die rechte Frau fände.»

«Ja, wissen Sie denn eine?», fragte die Baronin gereizt.

Fräulein von Dussa schüttelte den Kopf. «Diese beiden Mädchen da mit ihren Erlebnissen und Erfahrungen sind gewiss nicht die rechten.»

Die Baronin sah von ihrer Strickerei auf und sagte scharf: «Gertrud ist eine Närrin geworden, und Fastrade mag ein gutes Mädchen sein, nur schade –»

«Ja sehr schade», wiederholte Fräulein von Dussa und beugte sich auf ihr Buch nieder.

Siebentes Kapitel

Es war am Morgen beim Frühstück, dass die Baronesse Arabella die greisen Augenbrauen besorgt in die Höhe zog und zu Fastrade sagte: «Ich habe die ganze Nacht nicht schlafen können, der Gedanke, dass du heute Nachmittag in den Wald fahren wirst dieser Grenze wegen, ließ mir keine Ruhe. So geht das nicht. Früher hätte dein Vater das nie gestattet. Ich mit meiner Erkältung kann dich nicht begleiten, Ruhke zählt nicht, und da sollst du nun mit diesem verrufenen jungen Manne zusammentreffen.»

«Verrufen?», fragte Fastrade. «Ist er denn wirklich verrufen?» Und sie lächelte dabei ein wenig verachtungsvoll.

«Nun ja», fuhr die Baronesse erregt fort, «einen guten Ruf hat er nicht, man hört doch allerhand. Jedenfalls ein guter Mensch ist er nicht.»

«So war es hier immer», versetzte Fastrade, «den Menschen wurden die Etiketten ganz schnell aufgeklebt, und dann hieß es: ‹dieser ist ein schlechter Mensch, und er wird ein für alle Mal in den Giftschrank gestellt.›» Fastrade wunderte sich selbst über die Schärfe ihrer Worte, und die eingefallenen Wangen der Baronesse röteten sich leicht.

«Ich, liebes Kind», sagte sie, «habe ihm seinen bösen Ruf nicht gemacht, jedenfalls schickt es sich nicht, dass du allein dort bist, ich schreibe an Gertrud Port und bitte sie, sich auch dort einzufinden, dann seid ihr wenigstens zu zweit.»

«Ach ja», meinte Fastrade, «ich hatte vergessen, dass ich wieder das wohlbehütete Mädchen bin, das verteidigt werden muss und bewacht und beschützt, auf das überall Gefahren lauern.»

«Wie das in der großen Welt ist», erwiderte die Baronesse streng, «weiß ich nicht, hier haben wir unsere Gesetze, und da schickt sich so was nicht. Ich schreibe an Gertrud Port.»

Am Nachmittag kutschte Mahling Fastrade in den Wald, Ruhke fuhr hinterher, den Schlitten voller Karten. Es war ein frostiger heller Wintertag, Mahling vermochte den großen Braunen kaum zu halten, das Hinsausen auf dem glatten Wege machte dem Tiere zu großes Vergnügen. Fastrade, fest in ihre Winterjacke eingeknöpft, die Otterfellmütze in die Stirn gedrückt, empfand das leichte Brennen der Frostluft auf den Wangen, das Blitzen der Nachmittagssonne auf dem Schnee, die schnelle Bewegung der Fahrt wie etwas, das ihr Blut köstlich aufpeitschte. Sie hatte sich kindisch auf diese Ausfahrt gefreut, die Tage zu Hause waren ja so ereignislos, dass man kaum merkte, dass man lebte. Hier mitten in diesem Blitzen und Wehen war es einfach unmöglich, daran zu glauben, dass es so etwas gab wie die Couchon an ihrem Kartentisch. Jetzt bogen sie in einen Waldweg ein, es ging unter schwer verschneiten Tannen hin, lange weiße Korridore entlang, es roch stark nach Schnee und Harz, und überall funkelte und knisterte es, als ginge die Fahrt durch eine Welt von weißem Brokat. Auf der Anhöhe standen die alten Föhren steif und grell gegen einen rein blauen Himmel. Als sie die Anhöhe umfahren hatten, arbeiteten sie sich auf einer kurzen Strecke einen engen Weg durch die junge Tannenschonung hindurch, dann hielten sie. Vor ihnen lag ein Platz, der voll Menschen und Pferden war. Große Balken wurden auf Schlitten gebunden, struppige Pferde mit bereiften Mähnen wurden mit lauten Zurufen angetrieben, überall standen Männer, graue vermummte Gestalten mit großen Pelzmützen und rotgefrorenen Nasen. Und mitten unter ihnen schlenderte Egloff umher, die Pelzmütze im Nacken, die Hände in den Taschen seines kurzen Jagdpelzes, sehr schmächtig unter all den plumpen Gestalten und anscheinend sehr sorglos und müßig hier mitten unter der lauten angestrengten Arbeit. Als er Fastradens Schlitten erblickte, kam er heran, grüßte: «Ah, unsere Geschäftsgenossen», rief er und lachte offenbar nur, weil er sich freute. Er half Fastraden aus dem Schlitten: «Sehen Sie», sagte er, «dies hier nun ist mein Reich. Hässlich? was?»

«Ja», sagte Fastrade, «das ist hässlich.»

«Das fühle ich gewiss am meisten», fuhr Egloff fort, «es ist sogar widerwärtig, schmutzig. Sehen Sie den dort.» Er wies auf einen Herrn im städtischen Pelzpaletot, der mitten unter den Arbeitern stand, ein Notizbuch in der Hand, er schien sehr zu frieren, sein Gesicht war blaurot, der rote Bart bereift, aber die grellbraunen Augen verfolgten mit einer ruhigen, kalten Wachsamkeit, was ringsumher vorging.

«Das ist Herr *Mehrenstein*», sagte Egloff, «soll ich ihn Ihnen vorstellen?»

«O nein», erwiderte Fastrade, «der ist doch der Feind.»

Egloff lachte: «Sehr wohl, Mehrenstein ist der Feind, wo Mehrenstein erscheint, da wird aus einem Wald ein Zahltisch. Wie böses Ungeziefer frisst sein Geld den Wald auf. Ich kann mir denken, dass ein Grauen die Bäume schüttelt, wenn Mehrenstein durch einen Wald geht.»

Unwillkürlich schaute Fastrade zurück auf die Föhren des Padurenschen Waldes. Egloff lachte: «Sie sehen Ihre Föhren an», sagte er.

«O, die fürchten sich nicht», erwiderte Fastrade.

«Ich weiß nicht», meinte Egloff, «wo Mehrenstein erscheint, ist keine Sicherheit. Allerdings die da oben sehen heute verdammt vornehm auf meinen Marktplatz herunter, sie haben sich alle ganz frische Wäsche angezogen und hauchen ordentlich eisig kalt ihre Verachtung auf alle uns dreckige Arbeitsmenschen nieder. Übrigens steht Herr Ruhke dort, wir müssen sehen, ob ich Ihrem Walde nicht zu nahe getreten bin. Für Sie ist der Schnee dort zu tief.»

«Wozu bin ich aber hier?», wandte Fastrade ein.

«Um die Sache zu heiligen», erwiderte Egloff, «und das geschieht ebenso gut, wenn Sie hier auf uns warten.» Damit ging er zu Ruhke hinüber, und beide verschwanden im Dickicht.

Fastrade setzte sich auf einen Baumstamm, vor ihr luden die Leute einen großen Balken auf kleine Schlitten, banden ihn fest, trieben die Pferde mit Geschrei an, Herr Mehrenstein trat hinzu, klopfte mit dem silbernen Bleistift auf den Balken und schrieb etwas in sein Notizbuch. Wie eine magische Formel sah das aus, durch die das, was einst ein Baum gewesen, endgültig tote Sache wurde. Mitten auf dem Platze brannte ein Feuer aus trockenem Reisig, große Rauchwolken erhoben sich dort und breiteten einen rußigen Schleier über den ganzen Platz. Graue bereifte Gestalten standen um das Feuer, streckten ihre frierenden Hände aus, um sich zu wärmen, und sprachen so laut, als wären sie weit voneinander entfernt.

«Ob er es weiß, dass er verrufen ist», dachte Fastrade, «und ob ihn das schmerzt, aber dann würde er nicht dieses leichtsinnige Lächeln haben.»

Auf dem kleinen Wege am Waldrande erschien jetzt ein Schlitten, Gertrud grüßte schon von weitem, dann sprang sie heraus und kam über den glatten Schnee mit unsicheren Schritten auf Fastrade zu. Sie hatte sich schön angezogen, trug ein dunkelrotes Pelzjackett, ein Pelzbarett und lachte über das ganze Gesicht.

«O, wie ist das hier schön, Fastrade», rief sie, «wie habe ich mich gefreut, als der Brief kam. Ich komme etwas spät, du weißt, ich musste warten, bis der Papa zu seinem Mittagschlaf verschwunden war, sonst hätte es natürlich Fragen und Einwendungen gegeben. Ach und der Wald, das reine Ballkleid. Und er, wo ist er?» Sie hielt inne und schöpfte tief Atem wie jemand, der einen zu schnellen Trunk getan hat.

«Die Tante wollte, du sollst kommen, mich beschützen», sagte Fastrade und sah das bunte erregte Figürchen lächelnd und ein wenig mitleidig an.

Gertrud setzte sich auf einen Baumstamm und wurde ernst. «Das ist auch gut», sagte sie, «ist er heute sehr dämonisch?», und da Fastrade nicht antwortete, fuhr sie fort: «Der Papa sagte, er wird noch seinen ganzen Wald verspielen.»

«Das ist doch seine Sache», erwiderte Fastrade ungeduldig.

«Nun ja», versetzte Gertrud, «ich gehöre eigentlich auch zu seiner Partei. Ach, es war aber gerade eine Stimmung zu Hause, so grau, so grau! Ich hatte das Gefühl, als klebten mir Spinnweben an allen Fingern. Da kam der gesegnete Brief, jetzt ist alles gut, gleich wird die Sonne untergehen, es kommt schon rot durch die Padurenschen Bäume gekrochen.» Sie sprang auf, sang eine laute helle Notenfolge vor sich hin und begann auf dem von den Schlitten glattgefahrenen Schnee hin- und herzugleiten.

Auf dem Platze schickten die Leute sich an, ihre Arbeit einzustellen, erregt liefen sie durcheinander, suchten ihre Sachen zusammen, jetzt hörte man den einen oder anderen rau lachen, sie warfen sich auf die kleinen Schlitten, um abzufahren, Herr Mehrenstein steckte das Notizbuch in die Tasche und schlug seinen Pelzkragen auf, der Platz leerte sich allmählich. Dann begann Klaus Pelzdecken heranzuschleppen und in der Nähe des Feuers auszubreiten, er holte einen Teekessel heran und Tassen und fing an Tee zu kochen und Weinflaschen aufzuziehen.

«Tee bekommen wir auch», jubelte Gertrud. «Aber da ist ja noch jemand», rief sie, «das sind ja Dachhausens, die hat sicherlich die Mama uns nachgeschickt.»

Wirklich kam jetzt ein Schlitten mit hellem Schellengeklingel aus dem Waldwege herangefahren und hielt auf dem Platze. «Ja, es sind Dachhausens», ertönte die freundliche Stimme des Baron Dachhausen. Er sprang aus dem Schlitten und schwenkte seine Pelzmütze. Sein schöner, brauner Vollbart war ganz bereift und seine blauen Augen blank vor Lustigkeit. «Meine Frau hat, ich weiß nicht wie, erfahren, dass hier eine Zusammenkunft stattfindet, und wollte durchaus dabei sein. So sind wir hier. Komm, Liddy, ich hebe dich heraus.»

Die Baronin war ganz in weißes Pelzwerk gehüllt, wie in große, weiße Schneeflocken, und ihr Gesicht sah rosa aus all diesem Weiß heraus. Sie ließ sich aus dem Schlitten heben, begrüßte Fastrade und Gertrud, sie schien unsicher und befangen.

«Wo ist Dietz?», fragte Dachhausen, «ah, da kommt er. Guten Abend, Dietz, alter Junge, wir haben uns selbst zu deiner Soiree hier eingeladen.»

Dietz und Ruhke waren eben aus dem Dickicht aufgetaucht.

«So, so», meinte Egloff, «das ist ja gut, deine Gemahlin ist auch da. Schön, schön.» Er sagte das jedoch ziemlich kühl und missmutig. «Nun, ich denke, jetzt wird wohl niemand mehr kommen, so können wir Tee trinken. Bitte Platz zu nehmen. Fritz, du warst immer der Liebenswürdigere von uns beiden, du spielst ein wenig den Gastgeber statt meiner.»

«Ach was, liebenswürdig», meinte Dachhausen, «so ein alter Ehemann – gleichviel, meine Damen, bitte sich zu setzen.»

Man ließ sich auf die Pelzdecken nieder, Klaus reichte Tee herum, Dachhausen goss Portwein ein, sprach beständig begeistert: «Herrlich, meine Damen, herrlich. Hier wird einem das Herz weit, nicht wahr? Was meinen Sie, Baronesse Gertrud, fühlen Sie nicht, wie hier die Großstadtkruste oder, wie soll ich sagen, Großstadtrinde –»

«Ach lassen Sie es, lieber Baron», sagte Gertrud, bog ihren Kopf ein wenig zurück und sah Dachhausen gefühlvoll an, «hier ist die Großstadt vergessen.»

«Nicht wahr», rief Dachhausen, «was sind alle Opern gegen dieses Abendrot. Sehen Sie, meine Herrschaften, die Föhren oben, wie im Feuer stehen sie. Das hat Egloff gut gemacht.»

«Entschuldigung», sagte Egloff, der beiseite stand und nachdenklich eine Zigarette rauchte, «das Abendrot gehört nicht mir, es bleibt im Padurenschen Walde, zu mir kommt es nicht herüber.»

«Ach», sagte Gertrud und starrte in das Abendrot hinein, «die schönsten Farben sind doch die schönste Musik.» Sie seufzte tief, als täte das gewaltsame Aufflammen der Farben ihr wehe.

«Ja, gewissermaßen», bestätigte Dachhausen unsicher.

Egloff hatte sich jetzt auch auf eine der Pelzdecken hingestreckt und trank schweigend ein Glas Portwein. Endlich begann er halblaut mit Fastrade über die Grenze zu sprechen, dem Padurenschen Walde war kein Unrecht geschehen, es war alles in Ordnung. Was er mit diesem Platze anfangen würde? Mein Gott, anpflanzen, aufforsten, aber für wen? für Herrn Mehrensteins Enkel vielleicht.

«Sie sollten nicht so sprechen», unterbrach ihn Fastrade.

Egloff zuckte die Achseln: «Wer weiß, wer nach hundert Jahren die Macht hat. Für die künftigen Generationen, sagt Ihr Herr Vater, aber ich habe keinen historischen Sinn. Mir sagt es nichts, in der Zukunft eine lange Reihe von Dietz Egloffs zu sehen, die Stücke meines Wesens hundert Jahre fortschleppen, so wie sich hässliche Möbel in alten Häusern forterben.»

«Sie können doch Kostbarkeiten vererben», wandte Fastrade ein.

«Ja, wer die hat», erwiderte Egloff, «übrigens ich will mich selbst nicht angreifen, aber das Dietz Egloffsche als hundertjährige Einrichtung, daran habe ich kein Interesse.»

Das Abendrot war erloschen, auf der anderen Seite stieg der Mond am Waldrande auf, groß und rot. «Der Mond», rief die Baronin Lydia, welche die ganze Zeit still dagesessen war. «Baron Egloff, der kommt auf Ihre Seite, der gehört nicht zum Padurenschen Walde.»

«Ja, hm», erwiderte Egloff und sah unzufrieden auf den Mond hin, «er sieht auch recht jahrmarktmäßig aus, eine große, rote chinesische Laterne. Na, wenn er höher steigt, wird er eleganter werden. Man wird immer eleganter, wenn man Karriere macht.»

«Warum er das so unfreundlich sagt», dachte Fastrade, «was hat die arme kleine Puppe ihm getan?»

«Jetzt einen Vorschlag», fuhr Egloff fort und stand auf. «Wir machen einen Besuch im Padurenschen Walde. Wenn wir an der kleinen Waldwiese sind, wird der Mond schon hoch genug sein, das gibt dann einen weihevollen Abschluss.»

Man rief nach den Schlitten, die Damen wurden wieder in die Pelzdecken gehüllt. «Ich fahre Sie, wenn Sie gestatten», sagte Egloff und setzte sich zu Fastrade. Er führte den Zug an und bog in einen engen Waldweg ein. Hier herrschte die bleiche Dämmerung des Schneelichts und unendliche Geborgenheit unter den weißen Bogen der verschneiten Äste. Wie ein kleiner dunkler Schatten huschte ein Hase lautlos über den Weg, ein aufgescheuchtes Reh brach durch das Dickicht, die Schellen der Schlitten klangen fremd und gespenstisch, und aufgeschreckt von ihnen schlug ein Vogel mit den Flügeln im Wipfel einer Tanne. Egloff und Fastrade schwiegen, nur einmal bemerkte Egloff: «So allmählich fühlt man sich hier zugehörig.» Der Waldweg führte auf eine kleine, runde Wiese, die jetzt hell vom Monde beschienen war.

«Halt!», kommandierte Egloff, «hier wird ausgestiegen, hier wird eine Quadrille getanzt.»

«Dietz, du bist ein famoser Kerl», rief Dachhausen, «natürlich wird hier eine Quadrille getanzt, man muss nur darauf kommen. Darf ich bitten, Baronesse Gertrud. Liddy bleibt im Schlitten, der Pelz ist zu schwer.»

Die Paare gingen nun über den hartgefrorenen Schnee der Wiese. «Wie das hübsch leise kracht», sagte Gertrud, «es ist, als ob wir über den Zuckerguss einer Torte gingen.»

«Antreten, antreten!», rief Egloff, und die Paare stellten sich auf, das Mondlicht gab den Bewegungen der Tanzenden etwas seltsam Huschendes und Schattenhaftes, die Gestalten der Mädchen wurden wunderlich schlank, wenn sie über den weißen flimmernden Boden hinglitten und dabei kleine Schreie ausstießen wie in einem kalten Bade und als sei das Mondlicht eine Welle, die über sie hinrieselte. «*Chaîne, s'il vous plaît*», kommandierte Egloff sehr laut, und aus den Tannen, die ernst um den Platz umherstanden, wiederholte ein Echo ein geisterhaftes «*s'il vous plaît*».

«*Grand galop*», kommandierte Egloff.

Die beiden Paare drehten sich, entrüstet begann ein Rehbock am Waldrande zu schmälen, da hielten sie an, standen beieinander ganz atemlos und lachten einander an.

«Das war schön», sagte Gertrud und lehnte sich schwankend an Dachhausens Arm, «was ist ein Ballsaal dagegen.»

«Das wissen die Hasen schon längst», erwiderte Dachhausen

munter. «Aber jetzt müssen die Damen schnell wieder in die Pelzdecken.»

Man ging zu den Schlitten zurück. Die Baronin Lydia saß dort in ihrem Schlitten ganz in ihr weißes Pelzwerk verkrochen.

«Ach, Liddy, es war herrlich», sagte Gertrud, «endlich mal wieder etwas, das zu erleben verlohnt. Aber was hast du? Du weinst ja.» Liddy weinte, weinte, dass ihr ganzer Körper geschüttelt wurde.

Nun kam Dachhausen und schalt und tröstete: «Ich sage es immer, du verträgst die großen Natureindrücke nicht, sie erschüttern dich zu sehr. Machen wir, dass wir heimkommen.»

«Sie ist eifersüchtig auf mich», flüsterte Gertrud Fastrade zu. Egloff, die Hände in den Taschen seines Pelzes, stand ruhig da und lächelte. Als man sich nun trennen musste, wurde auch Gertrud gefühlvoll. Sie umarmte Fastrade. «Wie enge wird es jetzt zu Hause sein», flüsterte sie, «es wird dort nach Zwieback riechen, und der Papa wird unangenehme Bemerkungen machen.»

«Du kannst doch singen», wandte Fastrade ein.

«Ach, der Vater hört das nicht gern», erwiderte Gertrud, «gleichviel, es war schön. Egloff ist dämonisch und Dachhausen, glaube ich, unglücklich in seiner Ehe.»

So fuhr man denn ab auf der blanken Landstraße, der Mondschein machte das Land unendlich weit, und in der schnellen Bewegung schien das Licht an den Fahrenden vorüberzusausen wie etwas Flüssiges und Eiliges. Auf der Ebene am Kreuzwege trennten sie sich: «Gute Nacht, Heil», klang es von Schlitten zu Schlitten, und ein jeder schlug seinen Weg ein. Aus der Ferne leuchteten die Lichter der Gutshäuser, rötliche Pünktchen inmitten des weißen Mondscheins.

Als Fastrade vor der Padurenschen Treppe hielt, sah sie an den Fenstern des Esssaals eine dunkle Gestalt erregt auf und ab gehen. Sie wurde also erwartet, dachte sich Fastrade, und wirklich kam ihr die Baronesse klagend entgegen: «So spät, Kind, Ruhke ist schon längst zu Hause, dein Vater fragt nach dir.» Aber Fastrade nahm die alte Dame in ihre Arme und wiegte den zerbrechlichen Körper vorsichtig hin und her und sagte: «Es war sehr schön. Wir haben Tee getrunken, haben auf der Wiese getanzt, sind gefahren. Sag, Tantchen, hast du nie im Leben gesungen? Ist es dir nie passiert, dass du dich hier mitten im Saale hinstelltest und aus Leibeskräften lossangst, dass die Wände zitterten?»

«Kind, Kind», versetzte die alte Dame, «was sprichst du da für Sachen.»

«Schade», meinte Fastrade, «das würde dich glücklich machen.»

Aber da wurde die Baronesse wieder elegisch und ernst: «Ich brauche keinen Gesang und ich brauche kein Glück mehr. Ich sitze still bei den Meinigen und warte, bis ich abberufen werde. Und dann, Kind, warum sprichst du so laut?»

Fastrade ließ die Arme sinken, ach ja, sie hatte einen Augenblick vergessen, dass man hier gedämpft wie in einer Krankenstube zu sprechen pflegte und dass es hier im Hause die Aufgabe eines jeden war, stillzusitzen, bis man abberufen wurde. So wollte sie denn zu ihrem Vater hinübergehen. Unterwegs blieb sie noch vor einem Fenster stehen und schaute auf die Mondnacht hinaus wie auf etwas Befreundetes und Verbündetes.

Als Gertrud vor der Witzowschen Haustüre hielt, war ihr Lebensmut wieder gänzlich gesunken, und als sie im Hausflur stand und der wohlbekannte feuchte Kalkgeruch ihr entgegenschlug, da fühlte sie sich nur noch als das junge Mädchen, dessen Lebenspläne gescheitert waren und das sich vor ihrem Vater fürchtete. Sylvia kam ihr besorgt entgegen und berichtete flüsternd, der Vater sei recht ungehalten. Gertrud zuckte die Achseln, sie war entschlossen, sich nichts daraus zu machen. Als sie in das Wohnzimmer trat, sagte sie daher möglichst unbefangen «Guten Abend».

Baron Port saß an der Lampe und las die Zeitung, die Baronin saß neben ihm und strickte. Karo, der Hühnerhund, der zu Füßen seines Herrn schlief, erhob ein wenig seinen Kopf, der Duft von Schnee und Wald, den Gertrud in ihren Kleidern mitbrachte, regte ihn auf. «Guten Abend», sagte der Baron und legte die Zeitung fort; er wartete, bis seine Tochter sich gesetzt hatte, dann sah er sie über die Brille hinweg an und begann zu sprechen. Offenbar hatte er sich zurechtgelegt, was er sagen wollte, denn er sprach geläufig und übertrieben ermahnend. «Ich möchte wissen, wer diese neue Art der Geselligkeit hier bei uns importiert hat. Hat die Fastrade sie aus dem Krankenhause mitgebracht oder du aus der Singschule, oder hat der Dietz Egloff sie von seinen Portugiesen und Polacken gelernt? Für Krankenschwestern, Sängerinnen und Portugiesen sind sie vielleicht passend, für unsere Fräuleins passen sie mir nicht. Das wollte ich gesagt haben. Und dann, du bist ja kränklich, du sollst auskuriert werden, wenn es sich um die Gesundheit meiner Angehörigen handelt, spare ich nicht; aber ich verlange, dass nicht unvernünftig auf die Gesundheit losgewirtschaftet wird. Das wollte ich gesagt haben.» Er griff wieder nach seiner Zeitung. Gertrud saß schweigend da; sie hätte gern geweint, sie hätte sich auch verteidigen können, stattdessen machte sie nur ein hochmütiges Gesicht, starrte in die Lampe, als hörte sie nicht zu, sondern dächte an ganz andere Dinge. Im Zimmer war es jetzt still, heiß und beklommen; sie hielt es nicht länger aus, sie erhob sich und ging in die dunkele Zimmerflucht hinüber. Dort schritt sie langsam auf und ab, sie fühlte sich gekränkt und gedemütigt. Also kränklich sein, das war jetzt ihr Beruf, sonst nichts. Wenn sie ging, ließ sie die Arme schlaff niederhängen, bewegte den ganzen Körper lässig hin und her, sie ging so, wie sie es zuweilen drüben in Dresden gesehen hatte an einer kleinen Sängerin, die das Leben rücksichtslos zu genießen verstand. Wenn sie nach durchjubelter Nacht am Morgen in ihren himmelblauen Morgenrock gehüllt in das Wohnzimmer kam, dann hatte sie diese sorglos müden Bewegungen gehabt, die Gertrud stets wie die beredteste Gebärde der Verachtung aller Philistermoral erschienen waren. Allein jetzt so zu gehen brachte Gertrud keine Erleichterung. Wenn sie singen könnte. Aber das durfte sie ja nicht. Das Einzige, was ihr jetzt helfen konnte, war ihr verboten. Und doch, das Bedürfnis zu singen war zu stark, sie ging in den Flur hinaus und stieg dort eine Treppe zum unteren Geschoss des Hauses hinab. Hier befand sich der Raum, in dem die Mägde zu spinnen pflegten; von weitem hörte sie schon das Schnurren der Spinnräder und den schläfrig eintönigen Gesang der Mägde.

Entschlossen öffnete Gertrud die Türe. Der Raum war von einer trüben Petroleumlampe erhellt; es roch nach Wolle und den feuchten Holzscheiten, die im Ofen prasselten. In langer Reihe saßen die Mägde da, breite Gestalten in schweren Wollenkleidern; sie drehten an ihren Rädern und sangen beruhigt und schläfrig vor sich hin. Als Gertrud eintrat, blieben die Räder stehen, und die Köpfe hoben sich.

«Wartet», sagte Gertrud ein wenig atemlos und befangen, «ich singe euch etwas vor.» Und sie begann gleich, etwas ganz Süßes musste es sein.

«Auf Flügeln des Gesanges,
Herzliebchen trag ich dich fort.»

Sie rang wieder die Hände ineinander, hob sich auf die Fußzehen, sang sich alles Witzowsche von der Seele, berauschte sich an diesem Liebesgirren.

«Dort wollen wir niedersinken
Dort unter dem Palmenbaum,
Und Liebe und Wonne trinken
Und träumen manch seligen Traum.»

Die Mägde hörten zu, ihre Lippen verzogen sich zu einem starren Lächeln, die Augen, die anfangs neugierig auf Gertrud gerichtet waren, wurden klar und regungslos, und auf den großen Gesichtern lag es wie süße Schläfrigkeit. Jetzt war Gertrud zu Ende; ein wenig erstaunt schaute sie sich um, als erwachte sie aus einem Traum, dann lachte sie verlegen. Die Mägde lachten auch, und die dicke Liese als die Älteste nahm das Wort und sagte: «Das kann unser Fräulein schön herausschreien.»

«So, ja», meinte Gertrud, «jetzt gute Nacht», und sie verließ schnell das Zimmer. Das hatte ihr wohlgetan, nun würde sie schlafen können; sie wollte ein Schlafpulver nehmen und weiter träumen von schönen, süßen Dingen.

Dachhausen hatte versucht, auf der Heimfahrt beruhigend und heiter zu seiner Frau zu sprechen. Was war denn geschehn? Nichts, nicht wahr? Sie war in letzter Zeit ein wenig nervös, da mochte so eine Mondscheinpartie für sie zu anstrengend sein. Sie würden nächstens bei Tage fahren, das war alles. Lydia aber sagte kein Wort; erst zu Hause, als sie im Wohnzimmer vor dem Spiegel stand und ihr erhitztes Gesicht und ihre verweinten Augen betrachtete, da begann sie zu sprechen mit einer Stimme so böse und klagend, als hätten sie die ganze Zeit über schon miteinander gestritten. Natürlich, er fand in alledem nichts, für ihn war nie etwas geschehen, er tanzt auf der Wiese Quadrille, und sie muss im Schlitten hocken.

«Aber du konntest doch nicht, Kind», wandte Dachhausen hilflos ein; aber Lydia lachte höhnisch, o! sie wusste wohl, sie war immer die Ausgeschlossene, ihr gab man zu verstehen, dass sie nicht dazugehörte. Warum fuhr er nicht allein in den Wald, wenn er mit Gertrud tanzen wollte. Ihretwegen konnte er den ganzen Tag mit Gertrud tanzen, o Gott, wie ihr das gleichgültig war, aber es war seine Pflicht, ihr Demütigungen zu ersparen. Dachhausen war verzweifelt.

«Demütigungen», rief er, «ich möchte den sehen, der dich zu demütigen wagt!»

Allein es machte auf Lydia keinen Eindruck. «So», fuhr sie fort, «und hörtest du nicht, was Egloff vom Monde und der Karriere sagte?»

Nein, Dachhausen erinnerte sich nicht, und was es auch gewesen war, es hatte gewiss nichts mit Lydia zu tun.

Lydia zuckte die Achseln: «Natürlich, du verstehst nichts, du siehst nichts, du hörst nichts», und als er besänftigend ihre Hand fassen wollte, wandte sie ihm den Rücken, sagte, sie wolle allein sein, und ging in ihr Zimmer.

Ratlos blieb Dachhausen im Wohnzimmer zurück; er verstand Lydia immer weniger, sie war in letzter Zeit so gereizt, seine Ehe wurde so kompliziert, dass er sich in ihr nicht mehr zurechtfand. Hatte sie etwas gegen ihn? Aber das war ja nicht möglich, niemand hatte etwas gegen ihn und nun noch seine Frau. Aber da war nichts zu machen: zu ihr zu gehen wagte er nicht, so ging er in sein Arbeitszimmer, streckte sich auf dem Sofa aus und zündete sich seufzend eine Zigarre an.

Unterdessen jagte Egloff auf der mondbeschienenen Landstraße weiter. «Weiterfahren», hatte er dem Kutscher befohlen.

«Zur Stadt?», fragte dieser.

«Ach was, Stadt», sagte Egloff ärgerlich, nahm dem Kutscher die Leinen fort und fuhr selbst. Er bedurfte des weiten Raumes, dieses Lichtes, dieser Bewegung, zu Hause erwarteten ihn doch nur Geldsorgen und widerwärtige Gedanken. Hier brauchte er nicht zu denken und konnte das wärmende, angenehme Gefühl erhalten, das ihm in sich neu und wertvoll war. Also vorwärts, hinein in den Lichtnebel, vorüber an kleinen Katen, die still unter ihren Schneehauben schliefen, die leere Dorfstraße entlang, auf der nur hie und da ein schläfriger Hund anschlug. Vor einem Kruge hielt er an, um das Pferd einen Augenblick verschnaufen zu lassen. Und in der niedrigen Krugstube qualmte eine Lampe über dem Schenktisch; die schwarze Lene, die Krügerstochter, hatte die nackten Arme auf den Tisch und den Kopf auf die Arme gestützt und schlief ganz fest. Auf einer Bank saß ein Bauer im Pelz, die Peitsche in der Hand, vor seinem Schnapsglase und schlief auch. Am Ofen aber kauerten nahe beieinander zwei Juden mit roten Bärten und flüsterten.

«Lene», sagte Egloff und berührte den Arm des Mädchens.

Lene fuhr auf, das Gesicht ganz rot vom Schlaf unter dem wirren, schwarzen Haar. «Der Herr Baron», stammelte sie und lächelte schlaftrunken. «Auf auf! Schwarze», rief Egloff, «gib mir einen Gilka und bringe meinem Kutscher einen hinaus.»

Während das Mädchen die Gläser vollschenkte, sah Egloff sich in der Stube um und verzog sein Gesicht, als ekele ihn. Dass man überhaupt noch in diesen sogenannten Stuben, in diesen Menschenlöchern wohnen kann, ging es ihm durch den Sinn. Er fühlte sich in diesem Augenblick ganz als zugehörig zu der weiten, mondbeschienenen Ebene. Vor den Juden blieb er stehen und sagte: «Juden, warum schlaft ihr nicht? Lässt euch das Geld nicht schlafen? Zwackt euch das Geld so, dass ihr nicht schlafen könnt?»

Die Juden sahen zu Egloff auf mit schnellen, wachsamen Blicken wie sichernde Tiere, dann lächelten sie demütig, und der eine sagte: «Uns lassen unsere Sorgen nicht schlafen, den Herrn Baron lässt nicht schlafen das wilde Blut, so hat jeder, was ihn zwackt.»

«Ach, was wisst ihr vom Blut», meinte Egloff, «ihr habt ja keins.» Er wandte sich ab, trank seinen Gilka und ging hinaus.

Vor der Tür stand Lene, die Arme in die Schürze gewickelt, und starrte zum Monde auf. «Hell, hell», sagte sie.

«Ja, Lene», meinte Egloff, «das ist eine Nacht, ein anderes Mal nehme ich dich mit», und er stieg in seinen Schlitten und jagte weiter. Er lenkte in eine lange Birkenallee ein, die nach Barnewitz führte. Da lag auch das Schloss weiß und schweigend, der Mondschein glitzerte in den Fensterscheiben. Wie? dort in dem Arbeitszimmer war noch Licht. Sollte der gute Fritz noch arbeiten, dachte Egloff, das wäre neu. Aber dort auf dem anderen Flügel in Lydias Schlafzimmer war auch noch Licht, also ein Ehestreit. Und als er am Gartengitter mit seinem Schellengeläute vorüberjagte, öffnete sich dort im Flügel ein Fenster, eine weiße Gestalt beugte sich vor und horchte in die Nacht hinein. «Sie kennt meine Schellen», sagte sich Egloff befriedigt. «Wie sie heute im Walde weinte, die Kleine. Ach was, Puppenschmerzen.» Er bog wieder in die Landstraße ein auf Witzow zu. Dort schlief schon alles, an dem langen Hause mit seinem plumpen Erker, der es wie eine riesige Stumpfnase überragte, waren alle Fenster wohlverschlossen, nichts regte sich, nur der struppige Hofhund stand vor der Haustüre und bellte klagend den Mond an. «Da drin liegt nun», dachte Egloff, «die arme Gertrud und träumt von irgendeiner großen Liebe. Was in diesen stillen Häusern die Mädchenträume wild sein müssen!» – «Allons, vorwärts», trieb er seinen Braunen an, und nun ging es wieder durch eine lange Birkenallee auf Paduren zu. Dunkel stand das Schloss zwischen den weißen Bäumen, nur an einem Fenster stahl sich ein schwacher Lichtschein durch die Vorhänge: das musste die Nachtlampe des alten Barons sein. Ein Haus der Zuendegehenden, fiel es Egloff ein, eine große, finstere Krankenstube, und mittendrin Fastrade mit ihrem jungen Schlaf. «Ich werde mir schon meinen Tag machen», klangen ihre Worte ihm nach. Hm, ja, das mochte ja ein recht heller Tag werden, an dem konnte sich vielleicht auch ein anderer, der gerade friert, wärmen. Ach was – wie die Karten fallen, so ist das Spiel.

Jetzt fror ihn, und er war müde. Der Braune dampfte schon; so war es denn an der Zeit, nach Hause zu fahren.

Achtes Kapitel

Es war viel Schnee gefallen, im Padurenschen Hof und Park musste der Schneeschlitten Wege einfahren, den ganzen Tag über hingen hellgraue Wolken am Himmel und durch die windstille Luft fielen die Schneeflocken ruhig und stetig nieder. Aber gegen Abend erhob sich stets ein Nordostwind, der die Wolken für eine Weile fortfegte, als wollte er Platz schaffen für den Sonnenuntergang, der mit viel Purpur und Gold am Himmel aufflammte. Dieser Augenblick erschien Fastrade als das einzige Ereignis der kurzen Tage, die sonst grau und formlos wie die Schneewolken waren. Sie eilte dann in den Park hinunter und ging die schmalen Wege zwischen den Schneewällen auf und ab. Hier konnte sie sich wieder auf etwas freuen, von dem sie nicht wusste, was es war, hier konnte sie etwas erwarten, das sie nicht kannte, hier fühlte sie ihren Körper und ihr Blut wie eine Wohltat. Woran sollte sie denken? Gleichviel, nur recht weit fortdenken von der stillen Zimmerflucht da drinnen im Hause, und so dachte sie denn an Egloff. Wie ruhelos er war! Der Kutscher Mahling hatte erzählt, der Sirowsche Herr fahre die Nächte hindurch hier in der Gegend herum. Ob er leidet? ob seine Geheimnisse ihn quälen? Sie waren alle gegen ihn, aber ihm schien das gleichgültig zu sein. Wenn man zu zweien auf der einen Seite steht und die anderen stehen alle auf der anderen Seite, das kann sogar lustig sein. Eine kluge Frauenhand könnte in diesem armen, zerfahrenen Leben vielleicht Ordnung schaffen, jedenfalls war er mit seiner Unruhe, seinen Geheimnissen, seinen Sorgen und seiner Heiterkeit das Leben, und was waren die anderen hier?

Vom Walde herüber erklang plötzlich ein Jagdhorn, schmetterte keck und triumphierend in den Winterabend hinein. Fastrade blieb am Gartengitter stehen und horchte. Das war Egloff, der für heute die Jagd schloss und diesen hellen Ruf des Lebens zu ihr herübersandte. Fastrade stand am Gitter, bis das Jagdhorn verstummte und bis das Abendrot verblasst war, dann ging sie wieder in das Haus, um im Zimmer ihres Vaters Ruhkes Bericht anzuhören, die Memoiren des Herzogs von St. Simon zu lesen oder mit der Baronesse am Kamin zu sitzen.

In diesen Wintertagen pflegte die Baronesse Arabella einen besonders lebhaften Umgang mit ihren Erinnerungen. Sobald sie und Fastrade beisammen am Kamin saßen, begann sie zu erzählen mit leise klagender Stimme, erzählte von ihrer Jugend, von längst vergangenen Padurenschen Sommern, von längst gestorbenen Menschen, und Fastrade hörte dem zu, sah diese Menschen und diese Sommer, wie wir alte Bilder sehen, über deren Farben sich ein leichter Staubschleier legt. Ein unendliches Gefühl der Vergänglichkeit, des Vorüber klang aus dieser Erzählung und machte Fastrade traurig. Zuweilen sprach die Baronesse auch von dem kommenden Feste, sprach von Gebäcken und Geschenken mit derselben klagenden Stimme, wie sie von ihrer Jugend sprach. Feste, dachte Fastrade, können wir hier auch Feste feiern?

Aber das Fest kam, ein Tannenbaum mit Lichtern stand auf dem Tisch, der Baron ließ sich seinen schwarzen Rock anziehen und saß im Saal erwartungsvoll auf seinem Sessel. Knechte und Mägde sangen mit ihren schweren, lauten Stimmen langsam und feierlich einen Choral. Und als sie fort waren, saß man beisammen und sah zu, wie die Lichter am Baume niederbrannten. Die Baronesse weinte still, der Baron hatte die Hände gefaltet und starrte vor sich hin. Fastrade ging zu ihm und kniete an seinem Stuhle nieder. Sie wusste nicht, was in dem schweigenden, alten Manne vorging, aber wenn ein Leiden ihn quälte, wollte sie nahe bei ihm knien, als könne sie ihm beistehen.

Als alles vorüber war und Fastrade in ihrem Zimmer stand, fühlte sie sich so wund und hilflos vor Mitleid und Wehmut, dass sie sich sagte: «Wenn ich zu Bette gehe, bleibt mir nichts übrig, als den Kopf in die Kissen zu drücken und zu weinen. Das will ich nicht. Dagegen aber gibt es nur ein Mittel, die Winternacht.» Sie nahm ihre Pelzjacke und ihre Otterfellmütze und ging leise in den Park hinaus. Hier hingen die weißen Baumwipfel voll großer, sehr heller Sterne, hier war es wunderbar geheimnisvoll, hier in der klaren Luft, über der knisternden Schneedecke lag es wie ein festliches Erwarten, man stand still und geschmückt da, und die Freuden konnten kommen. Es machte Fastrade auch wieder getrost, ihre Schmerzen und ihre Wehmut waren doch nur kleine abseits liegende dunkele Winkel, das eigentliche Leben war dieses große Flimmern, diese Weite, dieses geheimnisvolle Versprechen und Erwarten. Sie blieb am Gartengitter stehen und schaute auf das Land, auf die weiße Fläche, die im unsicheren Sternenschein zu einem hellen Nebel zerrann, in den hie und da die Lichtpünktchen ferner Häuser gestreut waren.

Auf der Landstraße, die am Parkgitter vorüberführte, kam Schellengeklingel heran, ein Pferd erschien und ein Schlitten groß und schwarz im unsicheren, weißen Lichte. Jemand sprang aus dem Schlitten und kam auf das Gitter zu. «Ich dachte es mir gleich, dass Sie es sind, die hier steht», sagte Egloff und lachte.

«Ja, ich bin noch ein wenig herausgekommen», erwiderte Fastrade.

«Das will ich glauben», meinte Egloff. «Ich bin auch fortgefahren, um dem Sirowschen Weihnachten zu entgehen.»

«Sie fahren öfters in der Nacht herum, höre ich», fragte Fastrade. Sie wunderte sich nicht über diese Unterhaltung am Gartengitter, sie erschien ihr selbstverständlich, als stünden sie beide in dem Sirowschen Wohnzimmer, nur dass es hier im Sternenschein unterhaltender und kameradschaftlicher war.

«So? haben Sie das gehört?», fragte Egloff, «ja, ich habe mir die Ebene hier als eine Art Schlafsaal eingerichtet. Das ist sehr zuträglich. Überhaupt bin ich der Meinung, dass unsere Entwickelung einen verkehrten Weg eingeschlagen hat. Wir sind eigentlich Nachttiere wie all das andere Raubzeug. Am Tag schläft man im Bau, und wenn es dann draußen still und dunkel wird, dann kriecht man heraus, treibt sich herum, schleicht um die schlafenden Wohnungen und Hühnerställe und lebt dann so sein eigentliches Leben.»

«Meinen Sie?», sagte Fastrade. «Ja, das muss zuweilen hübsch sein.»

«Sie sollten auf solch einer Fahrt mitkommen», schlug Egloff vor.

Fastrade lachte: «Das wäre doch wohl gegen unsere Gesetze hier.»

«Glauben Sie an diese Gesetze?», fragte Egloff.

Fastrade zuckte die Achseln: «Ich glaube nicht an sie, aber ich gehorche ihnen.»

«Da haben Sie unrecht», meinte Egloff, «Sie können sich nicht denken, wie befreundet man sich fühlt, wenn man so zu zweien über die Straßen jagt.»

«Doch, ich kann es mir denken», versetzte Fastrade nachdenklich. Sie hatte ihren Handschuh abgestreift und kühlte ihre Hand in dem Schneestreifen, der sich an das Gitter angesetzt hatte: «Also für diese Freundschaft bin ich zu feige.»

«Feige sind Sie nicht», versicherte Egloff mit Überzeugung. «Sie haben nur noch den Aberglauben an diese kleinen, triefäugigen Gesetzesaugen, die von den Schlössern in die Nacht hineingehen. Das da drüben ist Barnewitz. Wie lächerlich doch solch ein Licht neben den Sternen aussieht. Na, gleichviel, wenn die Freundschaft so nicht zustande kommt, muss es anders gemacht werden. Mein Brauner wird höllisch unruhig, gute Nacht.»

Sie reichten sich durch das Gitter hindurch die Hand, Egloff ging zu seinem Schlitten, und Fastrade lief den Weg dem Hause zu. Sie glaubte, sie würde jetzt schlafen können, ohne weinen zu müssen.

An einem der Feiertage kam Gertrud Port nach Paduren, um Fastrade zu besuchen. Sie war wieder sehr schlank und schmächtig in ihrem Kleide von zeitlosem Schnitt, das Gesichtchen, über und über weiß von Puder, schien kleiner geworden, die Augen waren unnatürlich groß. Sie klagte über ihre Gesundheit – «das Leben vergeht in Müdigkeit und Melancholie», meinte sie. Als die beiden Mädchen jedoch in Fastradens Zimmer am Kamin saßen, begann Gertrud von Dresden zu sprechen, und das belebte sie. «Du weißt», sagte sie, «zu Hause darf ich davon nicht sprechen, und wenn ich Sylvia einmal etwas erzähle, dann sehe ich es ihren Augen an, zuerst, dass es ihr nicht gefällt, und dann, dass sie nicht mehr zuhört.» So erzählte sie denn von der schönen Zeit, da sie tun konnte, was ihr beliebte, ohne saure Bemerkungen hören zu müssen, da jeder Tag ein neues Erlebnis, eine neue Emotion brachte. Sie erzählte, wie man abends mit den Freundinnen und Freunden im Café gesessen und Zigaretten geraucht hatte. «Siehst du, nicht nur das Leben und die Menschen waren interessant, nein, man war selbst interessant. Ein junger Künstler sagte mir: ‹Ich freue mich jeden Morgen, wenn ich aufstehe, darauf, an diesem Tage wieder Ihre Augen zu sehen, wie man sich darauf freut, in einem schönen Buche weiterzulesen.› Bei uns zu Hause denkt doch nie jemand daran, dass ich Augen habe, zu Hause bin ich eine langweilige Fremde.» Von ihren Erinnerungen überwältigt schwieg sie jetzt und starrte verträumt in das Kaminfeuer hinein.

Im unteren Geschoss des Hauses, in den Gesindestuben, wurde getanzt. Gedämpft konnte man die schnarrenden Töne einer Violine hören, auf der eintönig und unermüdlich einige Walzertakte gespielt wurden. «Du erzählst aber nicht von dir», fuhr Gertrud auf, «du hast wohl auch nichts erlebt? Hast du Egloff gesehen? Er soll verreist gewesen sein, erzählte Dachhausen, er soll gespielt haben und viel verloren, auch ein Duell soll er gehabt haben. Ein wilder Mensch. Fräulein von Dussa erzählte, er sei so ruhelos und fahre die Nächte hier in der Gegend herum. Der Papa sagte später: das ist wohl sein schlechtes Gewissen, das ihn nicht schlafen lässt. Der Papa urteilt überhaupt sehr streng über ihn.»

«Ach ja», erwiderte Fastrade scharf, «sie urteilen alle sehr streng über ihn, aber ich finde, jeder Mensch müsste wenigstens einen Menschen haben, der ihn verteidigt, der ihn verteidigt, auch wenn er meinetwegen unrecht hat. Wenn alle über einen herfallen, das ist hässlich.»

«Gewiss, er ist mir auch sympathisch», versetzte Gertrud, und ihre Stimme nahm einen seltsam lyrischen Klang an, «und überhaupt, wenn wir nicht lieben, was bleibt uns dann in diesem Leben?»

«Lieben?», fragte Fastrade erstaunt. «Wer liebt? Liebst du denn?»

Aber Gertrud fuhr zu sprechen fort, als hätte sie Fastradens Frage nicht gehört: «Und wäre es auch nur eine unglückliche Liebe.»

«Ja liebst du denn unglücklich?», fragte Fastrade wieder.

Gertrud antwortete nicht, sie schaute ins Feuer und lächelte still vor sich hin. Sie mochte es nicht sagen, dass sie sich in den letzten Tagen dazu entschlossen hatte, Dachhausen unglücklich zu lieben. Aus dem unteren Geschosse drang wieder deutlich der schnarrende, freudlose Walzer der Violine herauf. Die beiden Mädchen schwiegen eine Weile, da erhob sich Gertrud plötzlich und begann sich auf dem Teppich vor dem Kamine nach dem Takte der Violine zu drehen, ernst und eifrig, und ihr Schatten, lang und schmal, fuhr unruhig an den Wänden entlang. «Mein Gott», dachte Fastrade, «man lebt doch hier, als ob man gleich erwachen müsste, um dann erst mit der Wirklichkeit zu beginnen.»

Gertrud war erschöpft, sie warf sich auf das Sofa und atmete schnell. «So», sagte sie, «das hat mir gutgetan, jetzt will ich nach Hause fahren.»

Neuntes Kapitel

Der Winter neigte sich seinem Ende zu. Fastrade hatte über die schon feucht gewordenen Wege ihren Abendspaziergang gemacht und kam nach Hause, wo der gewöhnliche Padurensche Abend sie erwartete. Couchon saß bei ihren Karten, und es roch dort nach den Bratäpfeln, die sie stets im Ofenrohr hielt. Im Saal waren die Lampen noch nicht angezündet. Fastrade wollte, wie sie es jeden Abend tat, in das Zimmer ihres Vaters gehen, aber sie wurde unterwegs von der Baronesse Arabella aufgehalten, die im Dunkeln nach Fastradens Händen griff und flüsterte: «Der Egloff ist hier gewesen.»

«O, wirklich», sagte Fastrade. Das klang gleichgültig, aber sie wusste sofort, dass sich etwas ereignet hatte, das diesen gewöhnlichen Padurenschen Abend für sie mit einem Schlage zu etwas sehr

Bedeutsamem und Einzigem machte. «Und denke dir», fuhr die Baronesse fort, «er hat bei deinem Vater um deine Hand angehalten.»

«Der tolle Mensch», entfuhr es Fastrade.

«Nicht wahr?», meinte die Baronesse. «Dein Vater hat auch, glaube ich, sehr ernst mit ihm gesprochen, er hat ihm auch wohl gesagt, dass er diese Verbindung nicht wünschen kann. Im Übrigen hat er alles von deiner Entscheidung abhängig gemacht. Du weißt, er entscheidet jetzt so ungern etwas allein. Aber ich freue mich, liebes Kind, dass du auch so denkst.»

«Wie denke ich?», sagte Fastrade schnell, «ich weiß gar nicht, wie ich denke.»

«Aber, liebes Kind», wandte die Baronesse ein, «ein so leichtsinniger, junger Mensch.»

«Nein, nein, nein, ich weiß nicht, wie ich denke», wiederholte Fastrade; sie machte sich von der alten Dame los und setzte schnell ihren Weg zum Zimmer ihres Vaters fort.

Als Fastrade eintrat, richtete der Baron sich aus seiner gebückten Haltung stramm auf. «Komm, setze dich, meine Tochter», sagte er feierlich. «Also der Dietz Egloff hat um deine Hand angehalten, du bist alt genug, um zu entscheiden.» Er hielt inne und machte ein unzufriedenes Gesicht. Er war enttäuscht, dass das, was er sagte, so mühsam und dürftig herauskam. «Nun ja», fuhr er dann fort und gab seiner Stimme einen ernsteren, volleren Klang, «ich habe ihm gesagt, dass ich nicht in der Lage bin, ihn für den geeigneten Gatten meiner Tochter zu halten. Ich habe ihm gesagt, dass ich ihn sozusagen missbillige, aber ich würde dich fragen, und du wirst entscheiden.» Er schwieg dann und hustete, denn die Rede hatte ihn ermüdet.

«Was sagte er?», fragte Fastrade, und die Andeutung eines Lächelns zuckte um ihre Lippen.

«Er sagte nicht viel», erwiderte der Baron, «er sagte, er sehe deiner Entscheidung entgegen, dann stand er auf und ging fort. Nun, ich denke, die Entscheidung kann dir nicht schwerfallen.» Eine Pause entstand. Fastrade hatte den Kopf auf die Lehne des Sessels zurückgebogen und schaute sinnend zur Decke auf, die Lippen noch immer wie bereit zu einem Lächeln. «Nun?», fragte der Baron endlich.

«Ich denke», sprach Fastrade endlich zur Decke hinauf, «ich denke, ich schreibe ihm, dass er kommen kann.»

Der Baron antwortete eine Weile nicht, er hustete, räusperte sich, endlich begann er zu sprechen, unsicher und mit Anstrengung: «Das heißt also so viel, dass du ihn nimmst, ganz ohne zu überlegen, einen Menschen, von dem du weißt, dass ich ihn missbillige, einen leichtsinnigen Menschen, einen Spieler. Aber so warst du immer, auf meinen Rat hörtest du ja nie, du musstest deinen Willen haben. Aber Kind, Kind», die Stimme hob sich und wurde pathetisch, «zu spät einzusehen, dass ich recht habe, das bringt Kummer über alle. Du wirst sehen –» Aber er hatte sich überschätzt, die Stimme brach plötzlich ab, er lehnte sich in seinen Sessel zurück und schloss die Augen. «Tue, was du willst», murmelte er kleinlaut und mutlos, «du willst ja nicht gehorchen.»

Fastrade beugte sich besorgt vor, legte ihre Hand auf die Hand ihres Vaters. «Doch, Papa», sagte sie, «ich will gehorchen, aber wenn ich entscheiden soll, entscheide ich so.»

Der Baron verzog ärgerlich sein Gesicht: «Gut, gut, tue, was du willst, geh jetzt, ich bin müde.»

Fastrade stand auf und ging. Drüben in ihrem Zimmer begegnete sie dem kleinen Stubenmädchen Trine. «Trine», sagte sie, «liebst du noch deinen Hans, deinen Stallburschen?»

Das Mädchen beugte verschämt den Kopf und lachte über das ganze Gesicht: «Ach was, der», murmelte es.

«Ja, liebe ihn nur», fuhr Fastrade fort, «er betrinkt sich zuweilen, nicht?»

«Ja, mit dem Trinken», erwiderte Trine; aber Fastrade unterbrach sie: «Das schadet nichts, liebe ihn nur, die armen Männer, sie stehen so im Leben, sie wissen nicht, wie sie in all diese Sachen hineinkommen, wir können ihnen vielleicht helfen.»

Trine hob ihr errötendes Gesicht zu Fastrade auf und sagte treuherzig: «Ach, Fräulein, der Hans hat auch einen ganz freundlichen Rausch.»

«So, so», meinte Fastrade, «umso besser.»

An Egloff aber schrieb Fastrade: «Sie dürfen kommen. Fastrade.»

Am Nachmittage des nächsten Tages wurde Egloff erwartet. Die Baronesse Arabella hatte ihr schwarzes Seidenkleid angezogen und ihre Scheitel frisch gebauscht. Mit kummervoller Geschäftigkeit ging sie durch die Zimmer und ordnete. Sinnend blieb sie vor Fastrade stehen: «Ich denke, wir machen das so», sagte sie, «ich lasse die Lampen im Saale früher anzünden, du empfängst ihn hier, ihr sagt euch das Nötige, ich bin bei deinem Vater, dann kommt ihr zu uns herein. Lange dürft ihr nicht bleiben, es regt deinen Vater auf und könnte ihm schaden. Ich gebe euch das Zeichen, wann ihr gehen sollt. Gut, ihr geht dann in dein Schreibzimmer, und dort nimmt die Verlobung ihren weiteren Verlauf, bis Christoph zum Abendessen ruft. Dein Vater gibt eine Flasche Château Pape Clément und eine Flasche Roederer. Wir haben einen Fisch, Hühner und eine Charlotte, ich denke, so wird es gehen.»

«Also ein Fest», sagte Fastrade spöttisch.

Die alte Dame zuckte mit den spitzen Schultern: «Dein Vater meint, wie er auch über die Sache denken mag, es soll doch alles geschehen, was bei solchen Gelegenheiten zu geschehen pflegt.»

Aber Fastrade schien das alles nicht zu gefallen, und es klang gereizt, als sie sagte: «Es ist gewiss sehr freundlich von Papa, dass er seinen geliebten Pape Clément opfert, aber ich finde, eine Verlobung ist ohnehin kein angenehmer Augenblick, und wenn nun noch eine Zeremonie daraus gemacht wird –»

«Das ist nicht zu ändern», meinte die Baronesse und wandte sich wieder ihren Beschäftigungen zu, «jedes Ding hat seine Form.»

Es begann schon zu dämmern, als Egloff ankam. Fastrade stand mitten im Saal in ihrem schwarzen Spitzenkleide, eine blasse Monatsrose im Gürtel. Sie machte ein etwas böses Gesicht, wie stets, wenn sie befangen war. Als Egloff eintrat, lächelte er sein spöttisches Lächeln, aber Fastrade sah sofort, dass auch er befangen war, und das gab ihr Mut. Er trat auf sie zu, nahm ihre Hand, küsste sie und behielt sie dann in der seinen. Fastrade bemerkte, dass diese Hand sehr kalt und sehr vorsichtig war, als fürchtete sie, ihr wehe zu tun. «Ich danke Ihnen», sagte Egloff, «ich hatte nicht geglaubt, dass es solch eine Qual sein kann, auf einen Brief zu warten, mit jeder Minute erschien mir mein Unternehmen gewagter, aber ich kann nicht warten, ich spiele gern Vabanque.»

Fastrade zog ein wenig die Augenbrauen zusammen. «Ach nein, nicht das», meinte sie, «ich möchte nicht einer dieser unangenehmen Gewinste sein.»

Egloff lachte: «Nun gut, nennen wir es anders.»

«Aber wie kamen Sie darauf?», fragte Fastrade, «wir kennen uns doch so wenig.»

«Das war eine Chance mehr für mich», erwiderte Egloff, «denn, wenn man sich erst kennt –»

Fastrade jedoch unterbrach ihn: «Sie dürfen heute nicht so – gottlos sprechen.»

«Gottlos», wiederholte Egloff, «nein, ich fühle mich heute so fromm, wie es nur einer kann, an dem ein gutes Werk geschehen ist.» Er küsste wieder Fastradens Hand, und dann schwiegen sie.

Fastraden ging es durch den Sinn, «ich habe es gleich gedacht, dass dabei eine lächerliche Situation herauskommen wird».

Endlich begann Egloff wieder zu sprechen: «Sie sehen, dieses Haus schüchtert mich so ein, ich unterlasse wahrscheinlich wichtige Dinge. Sind da nicht noch Formalitäten zu erfüllen?»

«Wir müssen zu meinem Vater hineingehen», erwiderte Fastrade.

«Natürlich», versetzte Egloff, «der väterliche Segen, natürlich. Muss man dabei knien?»

«Das ist wohl nicht nötig», erwiderte Fastrade und ging voran in das Zimmer ihres Vaters.

Der Baron und Baronesse Arabella saßen ernst und erwartend da. Als Egloff eintrat, streckte der Baron ihm langsam die Hand entgegen und sagte: «Willkommen, meine Tochter hat für Sie entschieden, so haben wir alles andere der Vorsehung anheimzugeben. Setzt euch, Kinder.» Er wartete, bis sie sich gesetzt hatten, und fuhr dann fort: «Meine väterlichen Befürchtungen und Sorgen habe ich euch beiden mitgeteilt. Fastrade ist in dem Alter, selbst über sich zu bestimmen, so sei denn von dem allen nicht mehr die Rede.» Und nach alter Gewohnheit machte er mit der flachen Hand einen Querschnitt durch die Luft. «Es bleibt mir somit nur übrig, des Himmels Segen auf euch herabzuflehen. Eine Bedingung jedoch möchte ich noch machen, ich verlange eine Wartezeit, bis zum nächsten Winter sagen wir. Sie können es mir nicht übel nehmen, wenn ich auf solcher Probezeit bestehe, wenn ich wissen will, ob der künftige Gatte meiner Tochter sich als meiner Tochter würdig bewährt.» Der Baron war fertig, er lehnte sich zurück, er hatte kräftig und geläufig gesprochen, wie einst auf der Kreisversammlung, und das befriedigte ihn.

Egloff dagegen dachte, «dies ist der fatalste Augenblick meines Lebens, man sitzt und muss sich unangenehme Dinge sagen lassen, und was antwortet man nun auf so etwas». Endlich fiel ihm eine gut abgerundete Redensart ein, die er schnell und nachlässig hersagte: «Ich bin mir der großen Verantwortung wohl bewusst, die mir dieses unverdiente Glück auferlegt.»

Bei dem Worte Verantwortung horchte der Baron auf: «Verantwortung», wiederholte er, «ganz richtig. Große Verantwortungen erziehen den Menschen, das ist ganz richtig.» Jetzt gab die Baronesse das Zeichen, und Fastrade und Egloff zogen sich zurück.

In Fastradens Zimmer drückte Egloff sich fest in die Sofaecke, zog Fastrade nahe an sich und sagte: «So, das wäre überstanden. Hier bei dir sitzt es sich gut, wunschlos behaglich.»

«Du Armer», meinte Fastrade, «so streng mit dir zu sein.»

Egloff zuckte die Achseln: «Das ist vorüber, aber die Redensart mit der Verantwortung brachte ich doch gut heraus, die passte so ganz in die Stimmung.»

Vor ihnen lag die stille Zimmerflucht, kein Ton regte sich im Hause, im Kamine prasselte das Feuer, draußen an den Fensterläden rüttelte der Frühlingswind. Egloff hatte eine Weile geschwiegen, jetzt lachte er plötzlich auf: «Immer wenn ich sah», sagte er, «dass zwei Verlobte feierlich und geheimnisvoll in einem Zimmer allein gelassen wurden, alles umher musste still sein, niemand durfte sie stören, da sagte ich mir: was sprechen sie? Sie lernen sich kennen, gut, wie machen sie das! Jetzt weiß ich es. Sie sprechen gar nicht. Man hat gar keine Lust zum Sprechen, man hat gehört, was man hören wollte, dass man angenommen ist, nun ist man so wohltuend satt, dass man vorläufig nichts zu sagen braucht.»

«Und ich dachte», versetzte Fastrade, «wenn zwei Verlobte sich zurückziehen, dann bekommt man viele ganz süße Sachen zu hören.»

«Ach ja, natürlich», meinte Egloff, «diese süßen Sachen sind immer zu haben, aber es sind immer dieselben, wie die Bonbons beim Konditor Kirsch im Städtchen. Die einen sind rosa, die anderen sind gelb, und alle sind in Silberpapier gewickelt.»

«Ach ja, die habe ich sehr geliebt», gestand Fastrade, «die einen schmeckten nach Rosen und die anderen nach Zitronen, und sie waren so süß, dass, wenn man sie aß, einem die Luft verging und die Tränen in die Augen traten. Aber das ist nichts für uns, unsere Verlobung ist viel zu ernst.»

Egloff fuhr auf: «Ernst? Warum soll unsere Verlobung besonders ernst sein? Weil es hier im Hause gespenstisch still und feierlich ist, weil dein Vater streng war und ich mich bewähren muss. Davon wird sich unsere Verlobung nicht anstecken lassen. Ich werde ja natürlich hierherkommen, um zu zeigen, ob ich mich bewähre, aber uns wirklich sehen, uns eigentlich sehen, wollen wir uns draußen. Wenn ich höre, wie es da draußen bläst und an den Fensterläden rüttelt, möchte ich dich gleich nehmen und hinaustragen.»

Fastrade lächelte: «Würde das nicht gegen das Gesetz sein, wie der Baron Port sagt?»

Egloff schlug mit der flachen Hand auf die Sofalehne und lachte laut: «Gegen das Gesetz des Baron Port zu sündigen, wird eine Wohltat mehr sein.»

Während sie sprachen, betrachtete Fastrade genau Egloffs Gesicht. So nahe gesehen, war es ihr fremd, die eigensinnige Knabenstirn unter dem glattgescheitelten Haar war ihr bekannt, aber da waren zwei sichelförmige Fältchen zwischen den Augenbrauen. Auch war die rechte Augenbraue ein wenig höher als die linke, das gab wohl dem Gesichte den hochmütig spöttischen Ausdruck. Die Augen waren sehr dunkel, aber wenn sie in die auflodernde Flamme des Kamins sahen, wurden sie braun wie die Flügel der großen, schwarzen Herbstfalter, wenn die Sonne sie bescheint. Sie sah auf seine Hand nieder, welche die ihre hielt, eine breite, weiße Hand mit langen, schmalen Fingern, die sich seltsam nervös zuspitzten. Fastrade dachte daran, gehört zu haben, dass Egloff sehr stark sei. Von diesen Händen genommen und in den Frühlingswind hinausgetragen zu werden, musste vielleicht guttun.

«Ach Gott, meine Erziehung», sagte Egloff, «meine Erziehung war dumm, ich wurde unmenschlich verwöhnt, und doch war alles wieder verboten. Als ich mich dann später gierig auf meine Freiheit warf, enttäuschte sie mich, ich hatte mehr erwartet. Überhaupt an meiner ganzen Generation hier in der Gegend ist etwas versäumt worden. Unsere Väter waren kolossal gut, sie nahmen alles sehr ernst und andächtig. Es war wohl dein Vater, der gern von dem heiligen Beruf sprach, die Güter seiner Väter zu verwalten und zu erhalten. Na, wir konnten mit dieser Andacht nicht recht mit, nach einer neuen Andacht für uns sah man sich nicht um. Und so kam es denn, dass wir nichts so recht ernst nahmen, ja selbst die Väter nicht, nicht einmal die Großmütter. Da entstand wohl auch die Lust, jedes brave Ideal einmal an die Nase zu fassen.»

Über Fastradens Gesicht ging ein schmerzlicher Ausdruck, plötzlich wie eine Vision sah sie die weißen Korridore des Krankenhauses, die Säle mit den Reihen der Betten, in denen auf weißen Kissen die bleichen Gesichter lagen, diese große Herberge der Leiden, in der sie numeriert und nach Klassen geordnet aufgespeichert waren.

«Und es ist doch eine so furchtbare Sache», sagte sie leise.

«Das Leben? natürlich», meinte Egloff ruhig, «eine Bestie, die nicht zu zähmen ist, da ist nichts zu machen. Früher ließ ich die Bestie Bestie sein, jetzt werde ich achtgeben müssen, dass sie dir nicht zu nahe kommt», und er drückte Fastrade fester an sich.

Sie lächelte wieder. «Aber hier in Paduren», sagte sie, «darfst du niemanden an die Nase fassen.»

«Aber das Portsche Gesetz», rief Egloff lustig, «das fassen wir an die Nase, wir wollen ein Brautpaar sein, über das sie hier in der Gegend auf allen Schlössern die Hände über dem Kopfe zusammenschlagen.»

In der Zimmerflucht begann es jetzt lebendig zu werden, Baronesse Arabella ging hin und her, der Baron ließ sich durchführen, und endlich erschien Christoph und meldete, es sei serviert.

Im Esszimmer saß der Baron bereits am Tische, den Kopf gebeugt, das bleiche Gesicht müde und kummervoll, Baronesse Arabella und Couchon standen wartend hinter ihren Stühlen. Als Fastrade ihren Verlobten Couchon vorstellte, sah die alte Französin mit ihren fast hundertjährigen Augen kokett zu Egloff auf, lächelte mit dem zahnlosen Munde und murmelte: *«Joli garçon.»*

«Hier setzt man sich mit Gespenstern zu Tisch», ging es Egloff durch den Sinn. Dann begann die Mahlzeit. Die Baronesse führte eine fast fieberhaft angeregte Unterhaltung, es war, als fürchte sie, eine Pause könnte entstehen und Unliebsames bringen. Sie sprach von den Egloffs, die sie gekannt hatte, von einer Fürstin Coronat, Dietz Egloffs Großmutter mütterlicherseits, sie machte Verwechslungen in der Verwandtschaft, worüber man dann lachen konnte. Als nun aber doch eine Pause entstand, sah der Baron Egloff streng an und fragte: «Wird noch viel Wald geschlagen werden in Sirow?»

Fastrade blickte zu Egloff hinüber, wirklich, er errötete wie ein Knabe, als er antwortete: «Ach nein, ich denke, das wird genügen.»

«Ja, unsere Wälder», fuhr der Baron mit erhobener Stimme fort, «unsere Wälder –», dann brach er jedoch mutlos ab, wie es ihm jetzt oft geschah, wenn er den Anlauf dazu nahm, wie früher eine bedeutsame Ansicht auszusprechen. Die Baronesse begann wieder schnell zu sprechen, sie sprach von dem Fisch, der eben gegessen worden war, einem großen Schlei, die Schleie aus dem kleinen See dort unten im Park waren ja berühmt ihres reinen Geschmackes wegen, und nun sprach man auch von anderen Fischen. Die Hühner wurden serviert, als der Baron wieder den Kopf erhob und fragte: «Werden durch die Verwüstung die Auerhähne nicht gestört?»

Dieses Mal antwortete Egloff ruhig und mit kaum merklichem Lächeln: «O nein, den Auerhähnen geschieht nichts.»

Der Baron nickte: «Ja, ja, die korrekte Pflege der Jagd ist auch ein Stück adeligen Idealismus.»

Christoph schenkte jetzt den Roederer ein, eine feierliche Pause entstand, mit zitternder Hand erhob der Baron sein Glas und sagte mit bekümmerter Stimme: «Nun Arabella, wir können unserem neuen Verwandten jetzt wohl das Du anbieten, Gottes Segen über euch, meine Kinder.» Die Gläser klangen aneinander, Christoph stand hinter dem Stuhle seines Herrn, faltete die Hände und machte ein Gesicht, als wollte er weinen. Während die Charlotte verzehrt wurde, schleppte die Unterhaltung sich nur mühsam hin, alle waren erleichtert, als Baronesse Arabella die Tafel aufhob. Nach der Mahlzeit hielt man sich noch ein wenig im Saale auf, um eine Zigarette zu rauchen, der Baron sprach vom Nutzen der Drainage, und dann verabschiedete sich Egloff. Fastrade begleitete ihn ins Vorzimmer hinaus, sie beugte den Kopf zurück, um ihm in die Augen zu sehen, und lachte. «Das war ein Prüfungstag», sagte sie, «wenn ich bei euch bin, ist die Reihe an mir.»

«Es gibt eben eine Gerechtigkeit», erwiderte Egloff, fasste Fastrade um die Taille, hob sie empor und küsste sie. Christoph sah das mit maßlosem Erstaunen und wandte sich ab.

Zehntes Kapitel

Egloff lag in der Auerhahnhütte auf dem einfach aus Brettern zusammengeschlagenen Ruhebett. Er hüllte sich in seinen Mantel, denn es war kalt. Neben ihm auf dem Tisch standen eine Flasche Portwein und ein Glas, in einem Messingleuchter brannte eine Kerze, deren Flamme im Winde, der durch die Spalten des kleinen Holzbaues hereinblies, heftig hin und her flackerte. Auf einem Stuhle saß der alte Förster Gebhard, die grüne Mütze tief in die Stirn gezogen, das Gesicht halb in seinem großen Bart wie in einem grauen Schal versteckt, so warteten sie beide, dass es Zeit sein würde, auf die Balz zu gehen. «Sprechen Sie, Gebhard, sprechen Sie, sonst schlafen Sie ein», sagte Egloff.

Gebhard riss seine kleinen Augen auf, die ihm zufallen wollten, und begann gehorsam zu sprechen. «Ja, wenn ich so denke, was wir hier schon alles für Besuch gehabt haben, feine Damen und andere.»

«Nicht davon, Gebhard», unterbrach ihn Egloff, «sprechen Sie von ruhigeren Sachen. Wenn Sie auch in meiner Jugend mein Lehrer in allerhand Sünden gewesen sind, so ist es doch nicht richtig, davon zu sprechen.»

«Ich spreche so nicht davon», murmelte Gebhard.

«Wenn Sie schon von Weibern sprechen müssen», fuhr Egloff fort, «dann sprechen Sie von guten, ruhigen, verheirateten Frauen.»

Gebhard kicherte in seinen Bart hinein. «Ja, da hab ich nun meine drei. Die erste war nun so eine kleine Dicke, dumm war sie, aber eine gute Frau. Schade, dass die mir wegstarb. Die zweite war die Kammerjungfer der Frau Baronin, die wollte Kopfschmerzen haben wie die Frau Baronin und im Bett Kaffee trinken. Als dann das Kind kam, war sie zu schwach und starb. Nun, und meine dritte Frau kennt der Herr Baron.»

Egloff richtete sich ein wenig auf: «Mensch», sagte er, «was sprechen Sie da, was gehen mich Ihre Frauen an? Drei Frauen haben Sie gehabt, und alle drei haben Sie genommen? und warum? Was war denn an Ihnen besonders daran?»

Gebhard zuckte mit den Schultern: «Nun, nichts», meinte er, «die Weiber wollen heiraten, was nun auch daraus wird. Das ist so, wenn einer das Reisen liebt, geht er auf die Reise, was ihm auf der Reise passiert, das ist abzuwarten.»

Egloff ließ sich wieder zurücksinken: «Ach Gebhard», sagte er, «Sie werden weise, dann schweigen Sie lieber.»

Draußen um die Hütte rauschten die großen Tannen ein ununterbrochenes Brausen, das zeitweise anschwoll, dann wieder leise und weich wurde wie ruhiges Atmen. Egloff schloss die Augen, er wollte sich von dieser großen, verträumten Stimme des Waldes einschläfern lassen. «Drei Frauen hat der alte Sünder gehabt», dachte er, «so ganz ohne Weiteres, und ich komme mit dieser einen Verlobung nicht zurecht.» Wie unendlich einfach hatten ihm bisher die Weiber geschienen. Da war er, der ein Weib besitzen musste und da war ein Weib, das sich hingeben wollte, wie einfach und selbstverständlich sich so zwei Sinnlichkeiten auseinandersetzen. Selbst mit Liddy, ihre Zusammenkünfte vorigen Sommer im nächtlichen Park von Sirow, es hatte ihn erregt, er hatte sich stets gefreut, wenn er ihr weißes Kleid zwischen den Bäumen aufschimmern sah oder wenn er sie dann atemlos und zitternd in seinen Armen hielt. Aber niemals hatte ihn der Gedanke beunruhigt, was Liddy von ihm denken könnte oder was in ihrer Seele vorging, und jetzt bei diesem Mädchen kamen da plötzlich solche Unsicherheiten über ihn, die ihn ruhelos machten, so der Gedanke, «warum liebt dich dieses Mädchen? Sie sieht wohl einen Anderen in dir, und das Missverständnis wird sich aufklären, und du wirst sie verlieren.» Und dann die beständige Anstrengung, dieser Andere zu sein, den sie in ihm sah. Ach Gott, wusste man denn mit solch einem Mädchen, woran man war? Einmal war es einem ganz nahe und dann so seltsam fern. Vorigen Abend hier im Walde, als der warme Südwestwind wehte und es so berauschend nach feuchter Erde und Knospen duftete, da war alles so selbstverständlich und klar gewesen, da gingen sie eng aneinandergeschmiegt, und ein jedes fühlte das Fieber im Blut des andern. Da waren keine Gedanken nötig. Und dann gleich am nächsten Tage auf dem Spaziergang war sie ganz wieder das Schlossfräulein, das ihn in Distanz hielt, das von der Welt sprach, als sei sie ein wohl eingerichteter Salon, in dem lauter gut erzogene Menschen unter festen Gesetzen lebten, ja, sie drängte ihm den Edelmut, die feine Erziehung, die Gesetze geradezu auf, legte sie in ihn hinein. Er konnte sie dann fast hassen, er hätte ihr dann gern etwas gesagt, was sie empörte und demütigte, aber er war zu feige. Wenn die weit offen schillernden Augen ihn begierig ansahen, als wollten sie etwas besonders Neues, Schönes aus ihm herauslesen, dann fürchtete er stets, sie würden den uninteressanten Gesellen in ihm entdecken, lauter ungewohnte, abspannende Gedanken. Er seufzte. Ach Gott, und was für unerbittliche Wirklichkeitsmenschen solche Mädchen waren. Jedes Erlebnis bekam feste Konturen, stand so sachlich und deutlich da, als könnte es nie mehr fortgewischt werden. Ein Erlebnis fallen lassen, wie wir eine angerauchte Zigarette fortwerfen, das kannten sie nicht. Ihnen wurde jedes Erlebnis zu einem Besitz, der mitzählte, als müsste es in ein Hauptbuch eingetragen werden für irgendeine künftige Abrechnung. So waren sie alle, von der schwarzen Lene im Krug bis zu Fastrade. Er hatte seine Wirklichkeit nie so recht gefühlt, er war sich stets ein Erlebnis gewesen, das ihm zufällig zuteil geworden war, das ja zuweilen recht vergnüglich war, aber zur Not auch fallen gelassen werden konnte.

Er richtete sich auf, dieses Herumraten an sich und an Fastrade machte ihn müde und unruhig zugleich. Er schenkte sein Glas voll, der alte Portwein hatte zuweilen die Eigenschaft, Dinge, die verworren und schwierig aussahen, plötzlich ganz einfach und klar erscheinen zu lassen. Der Zugwind wehte die Flamme der Kerze hin und her. Gebhard schlummerte, sein Schatten, groß und unförmlich, hüpfte unablässig auf der Wand. Draußen schien der Wind sich gelegt zu haben, nur ein leises, verschlafenes Rauschen ging noch durch den Wald. Deutlich waren jetzt all die kleinen Gewässer ringsum vernehmbar wie ein waches, eigensinniges Lachen, das in die große Ruhe der Nacht hineinspottete. Dann ertönte plötzlich der klagende Ruf eines Kauzes, und ein anderer antwortete ihm noch aus der Ferne. «Die haben es gut», dachte Egloff, «sich so in der kühlen Dunkelheit anzulocken, durch Zweige und Knospen zueinander zu fliegen, um ihre Liebesnacht zu feiern – raffiniert.» Er lehnte sich wieder zurück, er wollte nichts mehr denken, nur Fastrade, Fastrade. Ja da war es leicht, seine Wirklichkeit zu fühlen, wenn man so königliche Arme hatte und mit einem so königlichen Körper sich abends zu Bett legte und morgens wieder aufstand. Eine angenehme Schläfrigkeit machte ihm jetzt die Glieder schwer, die Gedanken wurden undeutlich, begannen zu Träumen zu werden, zu Träumen, in die das Rauschen des Waldes, das Lachen der kleinen Gewässer hineinklangen und das Rufen der Käuzchen, die schon nahe beieinander waren.

Egloff erwachte von einem kalten Windstoß, der in das Zimmer fegte.

Gebhard hatte die Türe geöffnet und schaute hinaus. «Es wird Zeit sein zu gehen», sagte er, «der Himmel hinter den Bäumen scheint mir schon so weiß.»

Egloff sprang auf, der kurze Schlaf hatte ihm gutgetan, und er freute sich jetzt auf die Jagd. Er nahm sein Gewehr und löschte die Kerze aus. «Gehen wir», sagte er.

Draußen war es noch finster, eine gute Strecke gingen sie auf einem bequemen Waldpfade hin, bis sie an ein Sumpfland kamen, das weiß von Nebel war. Die Dunkelheit hellte sich ein wenig auf, sie wurde grauschwarz, und deutlich standen Bäume und Büsche in ihr. Egloff und Gebhard begannen vorsichtig zu gehen, der Boden gab nach, jeder Tritt verursachte ein kleines, plätscherndes Geräusch, dann kamen Strecken, die mit dichtem Moos bewachsen waren, in das der Fuß einsank wie in weiche Polster. Zuweilen blieben die Jäger stehen und horchten hinein in all die kleinen Geräusche des Waldes, das Lispeln und Rauschen, um den einen Ton herauszuhören, auf den sie warteten. Der Boden wurde jetzt fester, vor ihnen standen hohe, alte Föhren, in deren dunkelen Schöpfen ein leichter Wind metallisch knisterte. Gebhard blieb zurück und Egloff schlich behutsam vorwärts. Eine köstliche Spannung regte ihm das Blut auf. Plötzlich kam ein Ton, der ihm wie Schreck durch die Glieder fuhr. Er wartete, der Ton kam noch einmal, und dann begann dort oben in der Dunkelheit dieses seltsame Zischen und Schnalzen, das für Egloff alle anderen Töne des Waldes auslöschte. Er schlich nun und sprang, vorsichtig nach Deckung ausspähend und immer hinhorchend auf die Stimme des Vogels, der dort vor ihm leidenschaftlich und schamlos seine Brunst in die Finsternis hineinrief. Schwieg der Hahn eine Weile, dann stand Egloff wie festgebannt still und hörte sein Herz so laut klopfen, als liefe da mit schweren Schritten jemand hinter ihm her. Endlich war er dem Hahne ganz nahe, er sah ihn dort auf dem Föhrenzweige groß und schwarz in der

Dämmerung mit seinen wunderlichen steifen Bewegungen. Egloff legte an und schoss, etwas fiel zu Boden, man hörte Schlagen von Flügeln, dann wurde es still. Ein köstliches Gefühl des Triumphes machte Egloff ganz heiß, hinter sich hörte er Gebhard heranlaufen. Alle Aufregung war vorüber, sie gingen zur Schussstelle, da lag der schwarze Vogel mit seinen gebrochenen Augen friedlich da, nichts war an ihm mehr vom Erregenden, das Egloff noch eben jeden Nerv angespannt hatte. Egloff setzte sich auf einen Baumstumpf und zündete sich eine Zigarette an. Der Morgen graute, die Bäume und Sträucher, die eben noch so bedeutungsvoll und wichtig erschienen waren, standen nüchtern und gleichgültig da. Jedes Mal nach solcher Jagd hatte Egloff dieses Gefühl der Niedergeschlagenheit und Ernüchterung, wenn das prächtige Raubtiergefühl des Heranschleichens und Horchens vorüber war. «Gehen wir», sagte er zu Gebhard.

Durch den aufdämmernden Morgen gingen sie nach Hause, der Tag versprach schön zu werden, der Himmel war weiß und dunstig, und zahllose Bekassinen sandten von der Höhe ihre schrillen Triller nieder, und die Elstern schwatzten in den Ellernbüschen. Egloff dachte jetzt nur daran, wie wohlig es sein würde, sich in seinem Bette auszustrecken, alles andere war vorläufig gleichgültig. Auf der Landstraße begegneten sie einem mit zwei Pferden bespannten Jagdwagen, Doktor Hansius vom Städtchen saß darin, sein großes Gesicht mit dem gelben Bartgestrüpp verschwand fast ganz in dem hohen Mantelkragen, die Augen hinter den blauen Brillengläsern waren geschlossen, er schlummerte.

«Doktor! Doktor!», rief Egloff.

Der Doktor fuhr auf und ließ den Wagen halten. «Ah, Baron Egloff», sagte er, «guten Morgen. Auf der Jagd gewesen? Na, ich sehe schon, gratuliere.»

«Danke», erwiderte Egloff, und blieb vor dem Wagen stehen, «wo treiben Sie sich so früh umher?»

Der Doktor machte eine müde, abwehrende Handbewegung: «Ich, ich, ach Gott, habe keine Ruhe. Gestern Abend werde ich nach Witzow abgeholt.»

«Wackeln die alten Herrschaften dort?», fragte Egloff.

«O nein», erwiderte der Doktor, «die Alten wackeln nicht, es sind immer die Jungen, die Baronesse Gertrud mit ihren Nerven. Na, und wie ich denn nachts nach Hause komme, finde ich die Nachricht vor, ich soll sofort nach Barnewitz kommen, die Baronin hat eine Nervenattacke. Nerven und Nerven, die sind auch solch eine moderne Erfindung, von der unsere alten Herrschaften nichts wussten.»

«Ja, ja, Doktor», meinte Egloff, «Sie stehen immer aufseiten der Alten. Na, guten Morgen, im Bette will ich an Sie denken.»

Der Doktor fuhr weiter. «Also die kleine Liddy ist krank», ging es Egloff durch den Sinn, während er an den Roggen- und Weizenfeldern, die grau von Tau waren, dem Schlosse zuging, «meinetwegen vielleicht? Das ist jetzt gleichgültig, das muss jetzt aus sein, war wegen des Fritz Dachhausen immer eine fatale Geschichte.»

Zu Hause ging er sofort ins Bett. «Nach der Jagd sich ins Bett zu legen», sagte er sich, «ist ein ganz fragloses und volles Glück.»

Egloff schlief fest und traumlos weit in den Tag hinein, er erwachte davon, dass Klaus vor seinem Bette stand und meldete, es würde bald Zeit zum Mittagessen sein. Egloff blinzelte in den Sonnenschein hinein, der das Zimmer füllte, und streckte sich, in den Gliedern war eine nicht unangenehme Steifigkeit von den Anstrengungen der letzten Nacht zurückgeblieben. «Also gutes Wetter», konstatierte er. Gab es an diesem Tage etwas, worauf er sich freuen konnte? Ja, er wollte am Abend mit Fastrade im Walde zusammentreffen. Nun, dann lohnte es sich also, diesen Tag zu beginnen. «Gibt es was Neues?», fragte er.

«Herr Mehrenstein war da», berichtete Klaus, «als er hörte, dass der Herr Baron noch schlafen, fuhr er ab.»

Egloff verzog sein Gesicht: «Mein Lieber», sagte er, «ein für alle Mal, der Name Mehrenstein wird mir nie gleich beim Erwachen serviert, dazu eignet er sich nicht. So, nun werde ich aufstehen.»

Als Egloff aus seinem Zimmer herauskam, fand er seine Großmutter und Fräulein von Dussa im Wohnzimmer mit Handarbeit beschäftigt. Sie lächelten ihm beide freundlich zu. Jetzt wo er verlobt war, zeigten die beiden Damen womöglich noch mehr Freundlichkeit und Rücksicht gegen ihn als sonst, aber in der Freundlichkeit lag etwas wie Wehmut, etwas wie Schonung, die man einem erweist, dem man einen Fehltritt verziehen hat. Egloff setzte sich zu den Damen, sprach von der Jagd, von dem Auerhahn, von Doktor Hansius und erzählte, dass Gertrud Port und Liddy Dachhausen beide krank seien.

Die Baronin zog die greisen Augenbrauen in die Höhe und meinte: «Die arme Gertrud hat sich da draußen ihr Leben ruiniert, und Liddy Dachhausen, mein Gott, in den Familien, man weiß nie, was da für Krankheiten herrschen.»

Egloff lachte. «Solche fremde Völker, meinst du, bringen fremde Krankheiten ins Land.»

Die Baronin lachte nicht, sondern sagte ernst: «Fastrade, Gott sei Dank, ist wenigstens gesund.»

«Sie ist doch mehr als nur gesund», wandte Egloff ein.

Die beiden Damen beugten erschrocken ihre Köpfe auf die Handarbeiten nieder, und die Baronin murmelte entschuldigend: «Ich meine nur, Gesundheit ist eine wertvolle Gabe Gottes.» Ein ungemütliches Schweigen entstand, bis Fräulein von Dussa wieder den Kopf erhob, nachdenklich zum Fenster hinaussah, wie sie stets tat, wenn sie etwas Geistreiches bemerken wollte, und sagte: «In dieser Baronin Dachhausen ist etwas, das ich nie ganz verstehen kann. Ich will nicht sagen, dass sie ein Buch in fremder Sprache für mich ist, sie ist eher ein Buch, das aus einer fremden Sprache in meine Sprache übersetzt worden ist und in dem doch ein Rest von Unverständlichkeit zurückblieb.»

«Ah, Sie meinen», versetzte Egloff, «vom Birkmeierschen ins Dachhausensche übersetzt. Aber die kleine Liddy ist doch nicht dazu da, damit man sie studiert, sondern damit man sie ansieht.»

«Allerdings dieser Anforderung genügt sie», antwortete Fräulein von Dussa spitz.

Dann ging man zum Essen. Bei Tisch wurde von dem Diner gesprochen, das nächstens stattfinden sollte, in letzter Zeit wurde sehr viel von diesem Diner gesprochen, und die Baronin holte ihre Erinnerungen an all die Hofdiners, die sie mitgemacht hatte, heraus und sprach andächtig von Punch glacé, Chevreuil à la providence und Timbale à la Marie Antoinette. Als dieses Thema erschöpft war, kam die Rede auf Hyazinthen, welche in die Fenster gestellt werden sollten und die Baronin sagte ein wenig feierlich, wie sie das in letzter Zeit öfters tat: «Solange ich hier etwas zu sagen habe, werden hier im Frühjahr immer Hyazinthen in die Fenster gestellt werden. Später, wenn ich meine alten Augen schließe, mögen die anderen tun, was sie wollen.»

Nachmittags beim Kaffee rauchte Egloff still seine Zigarre, der gelbe Nachmittagsonnenschein in den Zimmern, der schwüle Duft des Räucherlämpchens auf dem Kamine hatten von jeher seine Stimmung bedrückt. Die Damen arbeiteten wieder, nur einmal kam es noch zu etwas lebhafterem Gespräch, als die Baronin fragte: «Fährst du nach Paduren?»

«Nein», erwiderte Egloff, «ich soll ja da hinkommen, um zu zeigen, ob ich mich bewähre, und noch habe ich keine Lust.»

Die Baronin errötete vor Ärger. «Diese Warthes», sagte sie, «waren von jeher von einer unbegreiflichen Selbstgerechtigkeit. Sie taten immer so, als sei die Tugend ein Vorwerk von Paduren.»

Egloff zuckte die Achseln und schwieg. Endlich beschlossen die Damen noch ein wenig hinauszugehen, und da es so feucht war, wollte die Baronin in der kleinen Wandelhalle im Garten auf und ab gehen. «Du, mein Junge», sagte sie, «wirst wohl noch ein wenig ruhen. Ich werde dafür sorgen, dass im Hause Stille ist, da kannst du ruhig sein, solange meine alten Augen offen sind, wird immer dafür gesorgt sein, dass während deiner Nachmittagsruhe im Hause Stille herrscht. Schon dein Vater hielt darauf.»

Egloff zog sich in sein Zimmer zurück, legte sich auf sein Sofa, lehnte den Kopf zurück, so, jetzt war nichts mehr übrig, als still zu liegen und sich auf den Abend zu freuen. Durch sein Fenster konnte er die kleine Wandelhalle im Garten sehen, dort gingen die Baronin und Fräulein von Dussa in schwarze Mäntel gehüllt, schwarze Schale auf dem Kopfe mit kleinen gleichmäßigen Schritten auf und ab. Seit seiner Jugend kannte er dieses Bild, die beiden schwarzen Gestalten, die im Nachmittagsonnenschein dort auf und ab gingen, und immer hatte es ihm bis zur Traurigkeit uninteressant geschienen. Gut dass das Leben doch noch andere Dinge als die kleine, sonnige Wandelhalle hatte, dachte er.

Die Sonne war schon untergegangen, als Egloff und Fastrade noch Arm in Arm am Waldrande entlanggingen. Es war windstill, regungslos hoben die Birken und Eichen ihre Zweige mit den geschlossenen Knospen und die Ellern ihre über und über mit Blütentrauben geschmückten Wipfel zum bleichen, glashellen Himmel empor. Unter dem Rasen flüsterten und gurgelten unsichtbare Gewässer, und die Luft war feucht und mild. Fastrade, fest in ihre blaue Frühjahrsjacke geknüpft, den blauen Filzhut auf dem Kopfe, öffnete ein wenig die Lippen, um den Duft der Erde und der Knospen voll einzuatmen. Sie fühlte sich seltsam wohl und zu Hause in dieser Frühjahrswelt. Egloff war heute nervös und gereizt, Fastrade spürte es wohl, aber es machte sie stolz, das Unruhige und Wilde in diesem Manne neben sich so in ihrer Gewalt zu haben.

«Natürlich habe ich an dich gedacht», sagte Egloff, «in der Nacht dort drunten in der Hütte und zu Hause, wenn ich nicht gerade schlief. Angenehm ist das nicht.»

Fastrade lächelte: «O wirklich, ist das nicht angenehm?», fragte sie.

«Wie soll das angenehm sein», erwiderte Egloff ärgerlich, «früher habe ich mir über meine Nebenmenschen nicht viel den Kopf zerbrochen, jetzt muss ich an einem Mädchen herumrechnen, als gälte es einen Monatsabschluss.»

«Du Armer», sagte Fastrade bedauernd, «aber bin ich denn ein so schweres Exempel?»

«Ja, ja, ich weiß», höhnte Egloff, «ihr wollt alle klar wie Kristall sein, eine jede hält sich für den berühmten tiefen See, dessen Wasser so klar ist, dass man bis auf seinen Grund sieht. Dabei weiß man von euch gar nichts. Übrigens ist das eine dumme Männerangewohnheit, alles zu Ende denken zu wollen. Ich wollte dich zu Ende denken. Du wirst mir sagen, du hast auch an mich gedacht, ja, wie ihr Frauen schon denkt. Da sind eine Menge kleiner, lächerlicher Sachen, die da ebenso wichtig sind als unsereiner.»

«Man braucht ja nicht immer aneinander zu denken», meinte Fastrade, «man fühlt einander. Wenn ich bei Papa sitze und die Memoiren lese oder Ruhke zuhöre oder die Ausgaben und Einnahmen anschreibe, oder wenn ich Tante Arabella helfe den Wäscheschrank ordnen, immer weiß ich, dass du da bist und dass meine Gedanken jeden Augenblick zu dir zurückkehren können.»

«Gut, gut», sagte Egloff, «das ist so wie eine Schachtel Pralinee im Schreibtisch, man hat das frohe Bewusstsein jeden Augenblick herangehen zu können, um ein Stück zu nehmen.»

Sie schwiegen eine Weile und hörten einem Star zu, der auf der Spitze einer Tanne saß und mit Flügelschlagen und Pfeifen aufgeregt sein Abendlied beendete. Als Egloff wieder zu sprechen begann, klang es böse und traurig: «Was weiß ich denn von dir!»

Fastrade sah zu ihm empor und lächelte: «Was willst du denn wissen?»

«Nun», erwiderte Egloff, und Fastrade hörte deutlich aus seiner Stimme heraus, dass er grausam sein wollte, «da ist dieser Kandidat, hast du den geliebt?»

Fastrade errötete, sah ihm aber fest in die Augen: «Ja», erwiderte sie, «so wie ich damals lieben konnte. Ich hatte so tiefes Mitleid mit ihm, er war so einsam, so leicht verwundbar und hilflos, ich wollte bei ihm sein und ihm Gutes tun.»

«Ich erinnere mich seiner», sagte Egloff leichthin, «er hatte zu kurz geschnittene Nägel, und das Haar hing ihm hinten über den Rockkragen. Das haben alle Kandidaten.»

«Dann erinnerst du dich seiner nicht», ereiferte sich Fastrade, «er war immer sehr gut angezogen.»

«Wie sich eben Kandidaten anziehen», meinte Egloff, «gleichviel, und du reistest zu ihm.»

«Ich reiste zu ihm», erwiderte Fastrade, und ihre Stimme begann zu zittern, «weil er sterbend war und weil ich versprochen hatte, bei ihm zu sein, wenn er mich braucht. Das kann dich nicht kränken, dass ich ihm mein Versprechen gehalten habe und ihm treu gewesen bin.»

Egloff zuckte die Achseln: «Der Gedanke, dass du einem anderen treu gewesen bist, hat für mich nichts Ansprechendes. Übrigens du sagst Mitleid. Ist Mitleid und Liebe denn dasselbe?»

«Ich glaube, sie gehören eng zusammen», erwiderte Fastrade.

«Also hast du für mich auch Mitleid?», forschte Egloff eigensinnig und gereizt weiter.

«Ja», sagte Fastrade und bemühte sich, ihrer Stimme einen festen und tapferen Klang zu geben. «Wenn ich sehe, dass du unruhig und gequält bist, dass alle gegen dich sind, dann habe ich Mitleid mit dir, und dann möchte ich etwas dazu tun, dass es um dich klar wird und hell.»

«O ich verstehe», meinte Egloff noch immer gereizt und spöttisch, «die ordnungsliebende Dame, die in ein ungeordnetes Zimmer kommt und von der Passion ergriffen wird zu ordnen. Du willst also bessern und erziehen, die Liebe ist bei dir ein pädagogischer Trieb, ein – wie soll ich sagen – ein Gouvernantentrieb. Das ist es, was du willst, nicht wahr?»

Sie waren stehen geblieben, Fastrade hatte Egloffs Arm losgelassen und lehnte sich mit dem Rücken an den Stamm einer Birke. Sie fühlte sich elend und verwundet. «Nichts will ich», sagte sie matt, «nur dass wir zusammengehören.» Ihre Augen wurden feucht, und Tränen rannen an ihren Wangen nieder.

Egloff stand vor ihr und betrachtete ernst und bewundernd das weinende Mädchengesicht. Dann nahm er Fastradens Hände: «Unsinn», sagte er, «da ist nichts zu weinen, man spricht so allerlei, das ist doch nicht wichtig.» Er zog sie an sich, und als er das tränenfeuchte Gesicht küsste, fühlte er, wie der Mädchenkörper in seinen Armen schwer und willenlos wurde.

Über dem Land dämmerte es stark, vom Boden stieg der Nebel auf wie weißer Rauch, und auf der großen Ebene erglommen in den Schlössern schon die Lichtpünktchen. Fastrade wischte sich die Tränen aus den Augen und nahm wieder Egloffs Arm. «Es ist nichts», sagte sie, «dies Frühlingswetter macht einen schwach.»

«Gott sei Dank», meinte Egloff, «vom ewigen Starksein hat man auch nicht viel.»

So schlugen sie wieder beruhigt und ein wenig nachdenklich den Heimweg ein.

Als Fastrade nach Hause kam, lief sie in ihrem Zimmer hin und her, ordnete ihre Sachen und begann hell und laut vor sich hin zu singen. Das war sonst nicht ihre Gewohnheit, aber heute tat es ihr wohl. Baronesse Arabella war bei dem Baron, und Ruhke stand vor ihm und berichtete. Ruhke schwieg plötzlich, und alle drei horchten auf.

«Sie singt», sagte die Baronesse.

«Das ist neu», meinte der Baron.

Auch Couchon, die bei ihren Karten eingeschlummert war, fuhr auf, neigte den Kopf auf die Schulter und lauschte.

Elftes Kapitel

Fritz von Dachhausen saß am Morgen vor seinem Spiegel und seifte sich das Kinn ein. Grünfeld, der alte Diener, stand hinter ihm und sah aufmerksam zu, wie sein Herr sich rasierte. «Also», sagte Dachhausen, «was hört man von der Nacht der Frau Baronin?»

Grünfeld machte ein trauriges Gesicht, denn er merkte es wohl, dass sein Herr ihn im Spiegel anschaute. «Die Amalie sagt», erwiderte er, «die Nacht der Frau Baronin ist nicht gut gewesen. In der Nacht hat die Frau Baronin Licht gemacht und Briefe gelesen. Später ist der Schlaf auch nicht gekommen, vielleicht, meint Amalie, dass die Briefe die Frau Baronin aufgeregt haben.»

«Briefe?», fragte Dachhausen.

«Ja, Briefe», bestätigte Grünfeld, «die Amalie hat sie heute Morgen noch auf dem Tisch neben dem Bette gesehen.»

«Unsinn», meinte Dachhausen ärgerlich, «die Frau Baronin hat gar keine Briefe, die sie aufregen könnten.» Da Grünfeld darauf nichts zu antworten wusste, begann Dachhausen sich zu rasieren; da dieses seine ganze Aufmerksamkeit auf sich nahm, gingen ihm die Gedanken nur stoßweise durch den Kopf. Was für Briefe? Die Briefe, die er Liddy als Bräutigam geschrieben? Aber die waren doch gewiss nicht aufregend. Ob er fragte, wie die Briefe ausgesehen haben? Ob es viele waren? Nein, das ging denn doch nicht. Mit dem Rasieren war er fertig und setzte nun seine Toilette fort. Da begannen die Gedanken eifriger zu arbeiten. Diese Nachricht von den Briefen öffnete plötzlich eine ganze Schleuse unangenehmer Gedanken. Immerfort begegneten ihm jetzt solche geheimnisvoll beunruhigende Dinge. Liddys ganze Krankheit hatte doch etwas Unheimliches und Unerklärliches. Gut, man war nervös, das kam bei Frauen vor, aber ein Hauptsymptom von Liddys Krankheit war, dass sie ihren Mann nicht recht vertragen konnte. Das ging nun schon seit Wochen. Wann fing es denn an? Es war an jenem Abend, als Gertrud Port da war und Liddy den Ohnmachtsanfall bekam. Gertrud hatte die Nachricht von Dietz Egloffs Verlobung mit Fastrade gebracht. Hier hielten die Gedanken an, hier hatten sie in letzter Zeit schon öfters haltgemacht, als fürchteten sie etwas, als wollten sie sich feige um etwas herumdrücken. Dachhausen war jetzt fertig, Grünfeld fuhr ihm noch einmal sanft mit der Bürste über die Kleider, dann gingen sie beide in das Frühstückszimmer hinaus.

Es war ein freundlicher Tag, das Zimmer voller Sonnenschein und Hyazinthenduft. Als Dachhausen sich an den Tisch setzte und sich den Tee servieren ließ, wurde ihm plötzlich ganz unerträglich wehmütig ums Herz. Wie sehr hatte er stets diese Mahlzeit geliebt, wenn Liddy ihm hier gegenübersaß, rosa und fröstelnd vom Morgenbade sich mit dem hübschen vernossenen Gesichtchen über ihre Tasse beugte. Ach Gott, das Leben mit dieser hübschen Frau war bisher so unendlich unterhaltend gewesen, alles an ihr war so raffiniert, so überraschend kapriziös und ergötzlich. Und nun plötzlich war alles gestört. Warum denn? von wem?, er dachte diesen Gedanken, der alle diese Tage in ihm gelegen, in ihm gearbeitet wie ein Maulwurf, warum fiel sie gerade damals in Ohnmacht, als die Nachricht von

Dietz' Verlobung kam? Ist Liddy in Dietz verliebt? Der Tee, den er trank, schmeckte ihm bitter, ihm wurde körperlich elend zumute, war denn das möglich? Er begann in seinen Erinnerungen zurückzugehen, und wirklich, es hatten sich in ihm eine ganze Menge kleiner Erinnerungen aufgespeichert, die jetzt hervorkrochen und eine schmerzliche Bedeutung annahmen. Da war ein Abend gewesen, an dem er Liddy und Dietz allein gelassen hatte, weil jemand ihn zu sprechen wünschte. Als er zurückkam, war Liddy seltsam erregt und rot, und Egloff hatte sein spöttisches Lächeln. Liddy stand auf und verließ schnell das Zimmer und dann hatte jemand einmal einen Brief gebracht. «Ah, von Gertrud», hatte Liddy gesagt. Wenn Dachhausen jetzt an ihr Gesicht und an den Ton ihrer Stimme dachte, dann wusste er, dass sie gelogen hatte. Und anderes noch fiel ihm ein, das er meinte damals nicht beachtet oder vergessen zu haben, aber all das war in ihm da gewesen, er hatte es nur nicht zu Worte kommen lassen. Endlich, warum traf es sich so häufig, dass Dietz Egloff nach Barnewitz kam, wenn er, Dachhausen, nicht zu Hause war? Liddy sagte dann stets: «Er hat sehr bedauert dich verfehlt zu haben, aber ich habe ihn doch zum Abendessen behalten, ich bin so allein.» Dachhausen schlug mit der Faust auf den Tisch, nein, da wollte er nicht weiterdenken, das war ja nicht zu ertragen. Er befahl dem Diener, ihn bei der Frau Baronin zu melden, es kam jedoch die Antwort, die Frau Baronin sei müde und wolle versuchen zu schlafen. Gut, Dachhausen beschloss, wie er es jeden Morgen tat, den Rundgang in seiner Wirtschaft zu machen.

Es war ein hübscher Tag, Sonnenschein und blauer Himmel. Diese letzten Wochen des April waren wunderbar, die Birken begannen auszuschlagen, und die Fliederbüsche hatten dicke Knospen. Jedes Mal wenn Dachhausen am Morgen die Freitreppe hinab in den Hof stieg, hatte er ein angenehmes Herrengefühl, er wusste, sein Erscheinen war hier überall bedeutsam, gefürchtet und entscheidend. Auch heute tat ihm das wohl, ihm wurde leichter ums Herz, schließlich was war denn geschehen? Er ging in die Schmiede hinüber, der Schmied stand am Amboss und hieb auf ein rotglühendes Stück Eisen ein. Sonst wenn

Dachhausen an eine Arbeit herantrat, wusste er sofort, wozu sie war, wohin sie gehörte, ob sie gut oder schlecht war, er fühlte dann ordentlich mit Behagen, wie der praktische Sinn in ihm schnell und genau funktionierte. Heute nun kamen ihm hier ganz ungewohnte, phantastische Gedanken, es war ihm, als fühlte er den Zorn des Hammers, der auf das rote, wunde Eisen niedersauste. War er denn verrückt? Schnell verließ er die Schmiede, er ging in den Kuhstall. Es war Futterzeit, von der Deckluke ward das Heu herabgeworfen, die Mägde standen und ließen lächelnd die grünen, duftenden Heumassen auf sich niederregnen, dann fassten sie sie mit den Armen und trugen sie zu den Krippen. Wenn sie an Dachhausen vorüberkamen, warfen sie scheue Blicke auf ihn, denn sie sahen es gleich, der Herr war heute nicht guter Laune. Dachhausen aber stand da, nagte an seiner Unterlippe und dachte an Dietz Egloffs geheimnisvolle Abenteuer, von denen die Leute erzählten, seinen nächtlichen Ritten, und plötzlich stieg in Dachhausen ein Bedürfnis auf, sich über jemand zu ärgern, laut zu schelten und zu schimpfen, er lief im Stall umher und suchte nach einer Unordnung. Einen Augenblick blieb er vor dem Stier stehen, es gefiel ihm zuzusehen, wie das Tier blies, die Augen rollte und wie der ganze mächtige Körper von Bosheit geschwellt schien. Da er hier keine Unordnung fand, ging er in den Pferdestall hinüber, Jürgen der Stallknecht striegelte gerade den Schimmel, auch er erkannte auf den ersten Blick, dass der Herr heute in gefährlicher Stimmung war. Dachhausen ging nun von Pferd zu Pferd, musterte ein jedes genau, ja, da hatte er es, der Rappe war am Hinterlaufe aufgerieben, warum war er aufgerieben? warum war es nicht gemeldet worden? warum geschah nichts dafür? es war eine unerhörte Unordnung. Dachhausen begann sehr laut zu sprechen, der Zorn fuhr ihm heiß in die Glieder, er fasste Jürgen am Rockaufschlag und schüttelte ihn, der große, blonde Bursche errötete und sah seinen Herrn verwundert an, Dachhausen aber stampfte mit dem Fuß, er tanzte ordentlich vor Wut. Da zuckten die Lippen des Burschen in einem kaum merklichen Lächeln, Dachhausen schwieg plötzlich, «der Bursche lacht mich aus», fuhr es ihm durch den Sinn, er wandte sich kurz um und verließ den Stall. Draußen kam der Inspektor auf ihn zu, aber den mochte er jetzt nicht sprechen, drum schlug er eilig den entgegengesetzten Weg ein. Ziellos irrte er zwischen den Feldern umher, der Roggen war gut eingegrast und der Weizen auch. Wie die Lerchen heute dort oben tobten, er blieb stehen und schaute hinauf, er wollte sie zählen, eins, zwei, drei, vier, aber wozu? das hatte ja keinen Sinn, alles das hatte keinen Sinn. Es war wohl Zeit, zum Frühstück nach Hause zu gehen, vielleicht würde Liddy am Frühstückstische sitzen wie sonst und ihn anlächeln. Eine starke, kindische Hoffnung ließ ihn eilen, aber, als er in das Speisezimmer trat, sah er, dass nur ein Gedeck aufgelegt war. Er seufzte. Wie lange war es denn schon, dass er so einsam wie ein Junggeselle seine Mahlzeiten einnahm. Das Frühstück war gut, der Koch hatte da ein Fischgericht *au gratin* gemacht, das Dachhausen sonst sehr anzuerkennen pflegte. Er verstand es ja so gut, die kleinen Freuden des Lebens zu genießen, aber wenn man mit Sorgen allein bei Tische sitzt, dann wird einem die beste Speise vergällt. Mein Gott, warum wurde denn gerade sein Glück gestört, er verlangte ja vom Leben nichts, als dass es korrekt und heiter sei. Er hatte stets seine Pflicht getan, früher im Regiment und jetzt als Gutsbesitzer. Selbst der Alte von der Warthe hatte seine Landwirtschaft gelobt. Er war kein Spieler wie Dietz und war seiner Frau nicht untreu wie der Graf Bützow, warum musste nun etwas Rätselhaftes kommen und gerade ihm das Liebste, das er hatte, seine Ehe, stören. Er verstand das nicht.

Gleich nach dem Frühstück ging er zu Liddy hinüber. Er trat in das Zimmer ein, ohne anzuklopfen, er wollte sich nicht wieder abweisen lassen. Lydia lag auf der Couchette in ihrem hellrosa Morgenrock, das Haar hing in zwei langen schwarzen Zöpfen über die Schultern hinüber, das Gesicht war sehr weiß, sie regte sich nicht, als Dachhausen eintrat, und schaute mit den blanken Augen unverwandt zur Decke hinauf. «Liddy», rief er im zärtlichsten Ton, den er aufbringen konnte, «wieder eine schlechte Nacht, was tun wir wohl, diese verdammten Nerven!» Er beugte sich über sie und küsste das regungslose Gesicht. «Wie fühlst du dich jetzt?»

«Müde», erwiderte Lydia, ohne ihn anzusehen. Er zog einen Stuhl heran und nahm ihre Hand, die schlaff in der seinen lag.

«Ja, ja», fuhr er fort, «das ist dieses Frühlingswetter, es sieht hübsch aus, aber es ist giftig. Alle spüren das.»

Lydia antwortete nicht, da wurde auch Dachhausen befangen. Was sollte er mit dieser Frau beginnen, die tat, als sei er gar nicht da? Er fing an etwas zu erzählen: «Ich war gestern in Witzow, die arme Gertrud ist auch leidend. Nun und die beiden Alten, die brummen so herum in gewohnter Weise. Die Baronin regte sich darüber auf, dass Dietz und Fastrade jeden Abend lange Spaziergänge im Walde machen, sie meinte, das muss wohl eine amerikanische Sitte sein. Aber der Alte sagte: ob es amerikanisch ist, weiß ich nicht, aber unschicklich ist es.»

Ein wenig Röte stieg in Lydias Wangen, und sie sprach feierlich zur Decke hinauf: «Ich finde es auch unschicklich.»

«Unschicklich, wieso?», entgegnete Dachhausen, «in unseren Zeiten denkt man darüber doch freier.»

Jetzt sah Lydia ihn an, und zwar ziemlich böse: «Du hast mir ja immer gepredigt», sagte sie, «dass man sich den Sitten und Gesetzen der Gesellschaft, in der man lebt, fügen soll, warum können denn die beiden tun, was sie wollen?» Dann zog sie die Augenbrauen hoch und wandte das Gesicht ab: «ach Gott, es ist ja auch so gleichgültig, was diese beiden tun, amüsieren wird sich der gute Egloff auf diesen Spaziergängen mit der langweiligen Fastrade nicht.»

«Wieso, langweilig?», protestierte Dachhausen, «Fastrade ist doch ein edles und interessantes Mädchen.»

«Vielleicht wegen dieser kitschigen Verlobung mit dem Hauslehrer», höhnte Lydia. «Warum hast du denn nicht sie geheiratet, wenn sie edel und interessant ist? Ich bin weder edel noch interessant.»

Da wurde Dachhausen wieder zärtlich, er streichelte die kleine, schlappe Hand, die in der seinen lag, und sagte mit einer Stimme, die vor Erregung bebte: «Weil ich dich geheiratet habe, weil du für mich die Edelste und Interessanteste bist. Sieh, Liddy, es kommt mir vor, als ob in der letzten Zeit wir einander nicht recht nahe gewesen sind, es ist mir so, als ob dich etwas drückt, das du mir verschweigst. Sprich dich aus, erstens dazu ist man ja verheiratet, dass man alles teilt, und dann, es ist auch lächerlich, wie das, was einem Sorge macht, vollständig verschwindet, wenn man es ausspricht.»

Lydia sah wieder zur Decke empor, und es klang müde und schläfrig, als sie antwortete: «Ich verstehe dich nicht, ich habe nichts auszusprechen, nichts zu sagen. Ich glaube, wir beide haben uns in letzter Zeit überhaupt wenig zu sagen.» Sie schloss die Augen. «Ich denke, ich versuche ein wenig zu schlafen», sagte sie.

Dachhausen war blass geworden, er erhob sich schnell und ging, ohne ein Wort zu sagen, aus dem Zimmer.

Drüben in seinem Zimmer setzte er sich auf einen Sessel, lehnte den Kopf zurück und schloss die Augen. Nun war es klar, mit seiner Ehe stand es übel, aber wissen wollte er, was sein Glück zerstörte. Er war es müde, kleine Ereignisse aus seiner Erinnerung hervorzuholen, er wollte etwas haben, er wollte jemanden haben, an den er sich halten konnte. So saß er lange kummervoll sinnend da. Endlich klingelte er und bestellte einzuspannen, die Jagddroschke und die Schimmel, er wollte nach Grobin ins Städtchen fahren, dort wohnten seine Mutter und seine Schwester Adine. Als Dachhausen heiratete, waren die beiden Damen mit den alten Möbeln und den alten Dienstboten in das Städtchen gezogen, um der neuen Schlossherrin, den modernen Möbeln und neuen Dienstboten Platz zu machen. Für Dachhausen war das Haus in der Stadt ein Stück des alten Barnewitz seiner Jugend. Hier wehte die milde, verwöhnende Luft, die ihn von Kindheit auf umgeben hatte, dorthin fuhr er gern, wenn er verstimmt war und sich trösten lassen wollte. Lydia liebte es nicht, ihre Schwiegermutter zu besuchen, «sie sind dort sehr freundlich», sagte sie, «aber es ist eine Freundlichkeit, die einem den Atem bedrückt». Frau von Dachhausen und Adine ihrerseits bewunderten Lydia. «Deine Lydia», wiederholten sie immer wieder, «ist ja so hübsch und so elegant», allein sie blieb ihnen fremd, sie war für sie ein schönes Instrument, auf dem sie nicht zu spielen verstanden.

Die Fahrt durch den Frühlingsnachmittag war hübsch, die Birken standen grellgrün am Waldesrande, weiter unter den Tannen fanden sich große Gesellschaften weißer Anemonen zusammen und zitterten im Winde, der Wegrain war mit kleinen gelben Blumen bedeckt, Kinder trieben Schafe auf die Weide, lagen auf den Abhängen auf dem Bauch und sangen. Dachhausen, der sonst immer gern mit dabei war, wo es fröhlich zuging, konnte heute mit der Heiterkeit, die über dem Lande lag, nicht mit, sie machte ihn traurig und schwach. Ein Vers ging ihm durch den Sinn, den die alte Marri, seine Wärterin, ihm vorgesungen hatte, als er noch ein ganz kleiner Knabe war, und er musste ihn beständig vor sich hin summen:

«Weißt du, was die Blume spricht?
Armes Fritzchen, weine nicht.
Sonnenschein lacht dir ins Gesicht,
Armes Fritzchen, weine nicht.»

Auch im Städtchen sah es frühlingsmäßig aus, die Mädchen trugen helle Blusen, lange Reihen von Gymnasiasten spazierten Arm in Arm durch die Straßen. Kommis standen in den offenen Türen der Läden und ließen die bleichen Gesichter vom Frühlingswinde anwehen. Im Hause seiner Mutter wurde er von einem kleinen listig aussehenden Dienstmädchen empfangen, er kannte das, seine Mutter nahm stets solche Mädchen zu sich, um sie zu erziehen und zu bessern, und die gerieten meist nicht sonderlich. Dann kam Adine, Ende der dreißig, klein und stark, das Gesicht musste früher fein und hübsch gewesen sein, jetzt war es in die Breite gegangen, und die Züge verloren sich in ihm, aber die blauen Dachhausenschen Augen belebten es freundlich. Adine verbreitete um sich eine wohltuende Atmosphäre von Behäbigkeit und Herzlichkeit. In der Sofaecke saß Frau von Dachhausen klein und gebrechlich wie eine Motte, das Gesicht unter den weißen Spitzen der Haube noch immer weiß und rosa war ganz zusammengeschrumpft, aber die Falten standen ihm gut, es waren lauter horizontale Falten der Freundlichkeit.

«Ach Fritzchen, setz dich her», sagte sie, und die Augen wurden ihr feucht; jedes Mal wenn sie ihren Sohn wiedersah, wurden ihr die Augen feucht, und Fritzchen saß nun da in dem altbekannten Lehnsessel, die Sonne schien durch die Goldlackbüsche im Fenster auf das blanke Parkett mit dem roten Läufer. Adine ging ab und zu und richtete den Kaffeetisch her, brachte die großen weichen Bretzeln, die auch von Barnewitz hier in die Stadt übergesiedelt waren. Dachhausen begann es schon wohler zu werden, er fing an sich anzuklagen, sprach von Liddys Krankheit, von seiner Einsamkeit, und die aufmerksame Teilnahme, mit der seine Mutter und seine Schwester ihm zuhörten, machte ihn ganz weich. Hier waren zwei, die unbedingt für ihn Partei nahmen, die von jeher jedes Missgeschick, das ihn traf, als eine Ungerechtigkeit des Schicksals betrachteten, hier brauchte er nicht männlich zu sein, hier konnte er sich nach Herzenslust bedauern lassen. Der Kaffee kam, Adine und Frau von Dachhausen fingen nun an die kleinen Stadtgeschichten zu erzählen, fingen an in ihrer milden und gemütlichen Art zu klatschen, der Abendsonnenschein lag schon ganz rot auf den Wänden, als Dachhausen noch immer dort saß, er wusste, es war Zeit heimzukehren, aber er konnte sich nicht dazu entschließen, zu Hause erwartete ihn die Einsamkeit und all das Feindliche, von dem er sich jetzt umstellt fühlte.

Zwölftes Kapitel

Der Mond stand schon hoch am Himmel, als Egloff und Fastrade noch zusammen die Waldwege entlanggingen. Der Wind trieb kleine Wolken am Monde vorüber und über den Mond hin, auch dem Walde ließ der Wind keine Ruhe, er fuhr in die Bäume, bog sie hin und her, und die Krähen, die in den Wipfeln schlafen wollten, schlugen immer wieder laut mit den Flügeln. Dazu waren die Windstöße ganz voll von betäubendem Duft der jungen Birkenblätter.

«Der Wald ist heute betrunken», sagte Egloff.

«Ach ja», meinte Fastrade, «alles schwankt, als ob wir auf einem Schiffe spazieren gehen und denken, dass das Padurensche Fräulein mit dem wilden Egloff noch um diese Zeit in einem betrunkenen Walde spazieren geht, was werden die Schlösser sagen!»

«Was die Schlösser sagen, ist unwichtig», erwiderte Egloff, «das einzig Wichtige bist du.»

«Warum bin ich so wichtig?», fragte Fastrade.

Egloff schwieg einen Augenblick, um einen lauten Windstoß ausreden zu lassen, dann begann er sinnend: «Ich ging einmal um die Mittagszeit in Venedig durch die kleinen Straßen; du weißt, gerade um diese Zeit gleichen diese Straßen mehr denn je Korridoren eines Armeleutehauses; die Leute sitzen da herum und essen; es riecht nach Zwiebeln und Fischen, Wirte stehen in den Haustüren und rufen: ‹*La minestra è pronta!*› Kleine Jungen hocken in dämmerigen Torwegen und halten goldgelbe Polentaschnitte – nun ja, und da kam ich an einen Platz, ich weiß nicht, wie er heißt, von der einen Seite steht ein einzelner gotischer Turm, ganz mit Schnörkelwerk bedeckt, als hätte er Großmutters Spitzenmantille umgenommen. Ein kleines Wirtshaus ist dort auch, vor das ich mich hinsetzte. Über den ganzen Platz aber waren Leinen gezogen, auf denen Wäsche hing, Betttücher und Hemden, grell weiß in der Mittagssonne und im Winde flatternd. Venezianische Mädchen kamen ganz schlank in ihren schwarzen Tüchern, schöne, bleiche, verhungerte Gesichter mit großen Augen, und sie hoben die Arme auf und bogen die Köpfe mit dem schweren, dunklen Haar zurück, standen da in all dem Weiß und hingen noch mehr Wäsche auf die Leine. Das gefiel mir. An meinem Tisch saß ein kleiner, alter Mann mit einem spitzen, grauen Bart, offenbar ein Deutscher, vielleicht ein Professor, denn er hatte langes, graues Haar, das haben die Germanisten auch oft. Er sah mich böse an und sagte in einem gereizten Tone, als hätten wir uns die ganze Zeit gestritten: ‹Da laufen Sie in Venedig herum und gaffen und bewundern lauter Kitsch. Ich komme hierher, denn dieses hier ist wichtig.› In dem Augenblicke leuchtete mir das ein.»

«Warum war das so wichtig?», fragte Fastrade.

Egloff lachte: «Ja, das weiß ich nicht, ebenso wenig wie ich es weiß, warum du mir so wichtig bist. Aber sieh, eigentlich ist das ein Zeichen von der Unberührtheit meiner Seele. Dir war schon mit vierzehn Jahren jeder Held eines englischen Romans wichtig, ihr alle zehrt ja von Jugend auf von eurer Seele, ich habe meine Seele gar nicht in Gebrauch genommen, ich habe bisher ohne Seele gelebt, und für dich ziehe ich nun diese ungebrauchte, funkelnagelneue Seele heraus, ich schneide sozusagen für dich erst meine Seele an. Das will doch etwas heißen, wenn es auch nicht bequem ist.»

«Ach ja, Lieber, tue das», sagte Fastrade.

Jetzt gingen sie unter großen, alten Tannen hin, in denen das Mondlicht nur hie und da wie silberne Funken sprühte; auf einer kleinen Lichtung aber hell beschienen stand die Auerhahnhütte. «Die wollte ich dir zeigen», sagte Egloff, «hier habe ich meine besten Stunden verbracht.» Er öffnete die Türe, der Raum war voller Mondlicht und großer, schwankender Schatten der Tannenzweige. Er zog Fastrade auf das Ruhebett nieder, «hier habe ich dich immer am deutlichsten gesehen, wenn du nicht da warst, hier habe ich dich am deutlichsten gefühlt, in jedem Nerv habe ich dich gespürt, es ist, als ob du hier wohntest. Scheint es dir nicht, als ob dir hier alles bekannt sei, dass du hier schon oft gewesen bist?»

«Ja», sagte Fastrade sinnend, «im Traume, glaube ich, habe ich dieses kleine Zimmer gesehen, ganz gelb von Mondlicht.»

«Du musst es kennen», meinte Egloff und drückte sie an sich und begann langsam ihre Augen und ihren Mund zu küssen; er beugte sie zurück, seine Hände fassten sie, dass es ihr wehtat, ein Knopf ihrer Jacke sprang klirrend zu Boden.

Fastrade richtete sich auf, erhob sich von ihrem Sitz, machte einige Schritte, dann lehnte sie sich gegen die Türe, breitete die Arme aus und stützte die Handflächen gegen die Bretterwand, als wollte sie jemand den Eintritt verwehren. «O nein», sagte sie schwer aufatmend.

Egloff saß noch auf dem Ruhebette, ganz in den Schatten zurückgebogen. «Nein», wiederholte er leise und zischend, «natürlich, ihr seid die Reinen, die Unnahbaren, die Heiligen, nur dass ihr die Liebe dadurch zu etwas verdammt Lächerlichem und Verlogenem macht.»

«Nein, nein», sagte Fastrade wieder, und das Schwingen in ihrer Stimme zeigte, wie stark ihr Herz schlug. «Ich bin nicht unnahbar, ich bin nicht heilig, aber, wenn ich dir helfen soll, wenn ich neben dir stehen soll, dann – dann darfst du mich nicht behandeln wie die anderen.»

Aber aus der dunkeln Ecke klang es leise und böse zurück: «Ich will nicht, dass du mir hilfst, ich will, dass du mich liebst.»

«Ich will dir helfen», erwiderte Fastrade laut und klar, «gerade das will ich, das ist meine Art zu lieben.»

Beide schwiegen. Egloff schaute zu Fastrade hinüber, wie sie an der Türe lehnte mit ausgebreiteten Armen, hell vom Monde beschienen, das blonde Haar hing ihr ungeordnet in die Stirne, eine flimmernde Haarsträhne fiel über die kindliche Rundung der Wangen, die Augen glitzerten, die Lippen waren ein wenig geöffnet, ja Egloff sah es deutlich, sie lächelten ein seltsam erregtes, triumphierendes Lächeln.

Endlich trat sie von der Türe fort an Egloff heran, legte die Hand auf seine Schulter und sagte freundlich und mitleidig: «Komm, gehen wir, deine Auerhahnhütte gefällt mir nicht mehr. Sitze nicht so da.»

Egloff lachte kurz auf: «O, du brauchst mir nicht zu sagen», meinte er, «wie ich dasitze, das weiß ich wohl, also gehen wir.»

Sie traten wieder hinaus, draußen empfing sie das gewaltsame Wehen und Duften, sie mussten ordentlich gegen den Wind ankämpfen. «Halte mich, halte mich», rief Fastrade und lachte hell in das große Rauschen hinein.

Es war spät geworden, als Fastrade nach Hause kam. Sie beeilte sich zu ihrem Vater hinüberzugehen, der sie schon erwarten musste; aber als sie den dunkeln Saal durchschritt, war es, als versagten ihr plötzlich die Kräfte, eine große Mattigkeit ergriff sie, und ihre Knie zitterten. Sie musste sich auf einen Sessel niederlassen. Vom Zimmer ihres Vaters her hörte sie die Stimme der Tante Arabella, welche St. Simons Memoiren vorlas, auf der anderen Seite sang Couchons zitternde Stimme ihr: «*Ah repondit Collette, osez, osez toujours.*»

Vor den Fenstern jauchzte der Frühlingswind. Fastrade schlug die Hände vor das Gesicht und weinte, nicht aus Schmerz, es war nur ein unendlich wohltuendes Sichlösen der großen Spannung ihrer Seele.

Dreizehntes Kapitel

In Sirow fand das große Souper statt. Die Baronin ging durch die Zimmer, um einen letzten Blick auf die Veranstaltungen zu werfen. Langsam zog sie ihre Atlasschleppe über das Parkett, vor einem Spiegel blieb sie stehen und rückte die Diamantbrosche zurecht, ein Geschenk der hochseligen Großherzogin. Dann setzte sie sich auf ihren Sessel und erwartete die Gäste. Die Kerzen in den Kronleuchtern brannten alle, obgleich draußen der Maiabend noch hell über dem Garten war. Die Glastüren zur Veranda standen offen, und der Duft des Flieders drang herein, der wie eine Mauer aus weißem und hellblauem Gewölke den Garten einhegte.

Die Baronesse Arabella und Fastrade waren die Ersten, die anlangten: «Mein liebes Kind, du siehst gut aus», sagte die Baronin zu Fastrade mit dem milden Ernst, den sie im Umgang mit ihrer künftigen Schwiegertochter anzuwenden liebte, aber heute ruhten ihre Augen doch mit Wohlgefallen auf dem aufrechten, blonden Mädchen, über dessen rundem Gesicht, über dessen Schultern und Armen ein so wundersam warmer Jugendglanz lag. Fastrade trug ein weißes Spitzenkleid und einen Veilchenstrauß an der Brust. «Komm, meine Tochter», fuhr die Baronin fort, «setze dich zu mir, bis die anderen kommen, können wir uns ein wenig genießen», und sie begann genau zu beschreiben, wie sie solche große Gesellschaften zu organisieren pflegte, wie sie alles im Voraus genau bestimmte, so dass das Uhrwerk später tadellos von selbst funktionierte.

«Eine Unterrichtsstunde», dachte Fastrade und schob ein wenig die Unterlippe vor. Nun kamen auch die anderen Gäste, zuerst die von Teschens aus Rollow mit drei Töchtern in Rosa, Blau und Lila. Die Fräulein von Teschen waren immer in Rosa, Blau und Lila, in Rollow hatte man zehn Kinder, musste mit dem Gelde sparen und ging nur wenig in Gesellschaft. Wenn aber die drei Mädchen mit den kleinen braunen Augen in den unregelmäßigen, erwartungsvollen Gesichtern einmal ausgeführt wurden, dann warfen sie sich mit Heißhunger auf alles, was wie Unterhaltung aussah. Die Gräfin Bützow zog ein in rotem Sammet, stattlich und streng, gefolgt von ihrem kleinen, blonden Gemahl, der in einem breiten rosa Gesicht ein großes Monocle trug. Die Ports kamen, die Baronin in stahlblauen Atlas gekleidet wie in eine weitläufige Rüstung. Gertrud trug ein weißes Kleid mit griechischen Ärmeln, sie hatte ihrem hageren, spitzen Gesichtchen ein wenig Rot aufgelegt und ihre fieberblanken Augen vorsichtig mit dem Stifte unterstrichen.

«Sehen Sie doch unsere Gertrud», sagte die Gräfin Bützow zu Frau von Teschen, «wenn die Mädchen auch nur etwas mit dem Theater in Berührung kommen, gleich hängt ihnen etwas Komödiantenhaftes an.»

Frau von Teschen seufzte: «Ach ja, das Theater ist eine ansteckende Krankheit. Ich habe sechs Töchter, aber wenn Gott mir noch sechs Töchter mehr gegeben hätte, keine sollte mir aus dem Hause, ehe sie heiratet.»

Der Saal füllte sich, da waren auch die Herren aus der Stadt, der schöne Leutnant von Klette, der Referendar und Doktor Hansius. Es wurde Tee herumgereicht, man stand beieinander und unterhielt sich ein wenig zerstreut, weil ein jeder nach der Türe sah, um die Neuankommenden zu betrachten. Mit einem Schweigen der Bewunderung wurde Lydia von Dachhausen empfangen, sie trug ein schwarzes Samtkleid, an der Brust einen großen Strauß pfirsichfarbener Rosen, Gloire de Dijon; ihr schönes Gesicht, ihre Schultern, ihre Arme waren alabasterweiß, und die Augen hatten den intensiven Glanz der Edelsteinaugen einer griechischen Marmorgöttin. «Das muss man sagen», flüsterte der Referendar dem Doktor Hansius zu, «diese Baronin von Dachhausen, die ist Großstadt, die ist *grand-monde*.»

«Und schlechte Nerven», brummte der Doktor.

Durch das Gesumme der Stimmen im Saal klang deutlich und klar die Stimme der Baronin Egloff, sie sprach mit der Gräfin Bützow von den Hofsitten einst und jetzt, sie fand, dass die Hofsitten jetzt an Würde, ja geradezu an Würde verloren hätten. Früher, wenn die hochselige Kaiserin von Russland in einen Saal trat, dann ging eine

Hoheit von ihr aus, dass es einem kalt über den Rücken lief. Auf der anderen Seite des Saales aber wurde laut gelacht. Dachhausen hatte sich zu den Fräuleins von Teschen gesetzt und machte sie lachen, indem er selbst beständig lachte. Der Arme zwang sich heute zu einer gewaltsamen Heiterkeit, er wollte nicht, dass die Leute es merkten, wie elend ihm zumute war. Das rosa Fräulein von Teschen jedoch sprang plötzlich auf und rief: «Da steht ja der Leutnant von Klette, ich will gehen mit ihm flirten, ich flirte so furchtbar gern und habe so selten Gelegenheit.» Sie ging zum Leutnant hinüber und stellte sich vor ihm auf. Zuweilen ging eine der Damen auf die Veranda hinaus; der Abend war milde, aber es lief doch ein Schauer über die nackten Schultern. «Wie schön, wie wunderschön», sagte sie dann und ließ die Worte gefühlvoll klingen; die Ruhe der Abenddämmerung, die feierlich über den Tulpen- und Narzissenbeeten lag, ergriff sie.

Ein fremder Herr fiel in der Gesellschaft besonders auf, ein russischer Gardeoberst, der Graf Schutow, der seit einigen Tagen Egloffs Gast war, eine große, schwere Gestalt, Haar und Backenbart leicht ergraut, das regelmäßige Gesicht bleich und schlaff, die schweren Augenlider mit den langen Wimpern, die sich nur selten hoben, verdeckten graue, sentimentale Augen. Der Graf bewegte sich mit einer trägen Sicherheit, begrüßte und ließ sich vorstellen und musterte dabei ruhig und genau die Reihen der Damen. Er liebte es nicht zu stehen, wenn er aber saß, saß er gern neben der schönsten Frau der Gesellschaft. So ging er auch auf Lydia zu und nahm neben ihr Platz. Leicht zur Seite gebogen stützte er sich auf die Armlehne des Stuhles, um dem schönen Arme näher zu sein, und begann mit seiner singenden Stimme die Unterhaltung: «Ich freue mich sehr, hier einmal die Damen der Gegend kennen zu lernen. Damen überhaupt sind ja für jeden wichtig, aber wir Russen, wir wären ohne Damen verloren.»

«Wieso?», fragte Lydia und verschanzte sich hinter ihrem Federfächer vor den grauen Augen, die sie mit unheimlicher Gründlichkeit betrachteten.

«Ja, sehen Sie», fuhr der Graf fort, «Russland ist furchtbar groß, zu viel Raum, ehe man es sich versieht, ist man allein. Man reist Tage und Tage, immer allein. Man ist auf seinem Gut, die anderen Güter sind ganz weit. Man geht auf die Jagd, nur die Steppe und kein Mensch. In der Nacht schläft man auf einem der großen Heuhaufen, um einen alles ganz weit und still, über einem der Himmel – nun ja, da fühlt man sich selbst so weit und leer wie eine große, große Blase. Da sind nun die Damen nötig, die machen es wieder um einen eng und warm.»

«Das muss schön sein bei Nacht auf den Heuhaufen», äußerte Lydia.

«Ach ja», meinte der Graf, «nur zu starker Duft, man wacht am Morgen mit Kopfschmerzen auf, als ob man die ganze Nacht getrunken hätte.»

Gertrud Port flatterte jetzt heran, sie wollte auch teilhaben an dem interessanten Fremden. «Nicht wahr, Herr Graf», fragte sie, «man ist in Russland sehr musikalisch?»

«O ja», erwiderte der Graf und ließ seine Blicke einen Augenblick zerstreut auf Gertruds spitzem Gesichtchen ruhen, «wir singen viel, singen geht langsamer als sprechen, aber wir haben so viel Zeit.» Als aber Lydia sich mit einer Frage an Gertrud wandte, entschuldigte sich der Graf, stand auf und ging zu Egloff und dem Grafen Bützow hinüber, die beieinanderstanden. «Meine Herren», sagte er, «bis zum Souper ist wohl noch Zeit, Ihre Gäste sind versorgt, Baron, wie wäre es mit einem kleinen Preferencechen?»

«Sie haben Eile, Graf», bemerkte Egloff.

«Ach was, Eile», meinte der Graf, «ich habe nur bemerkt, dass es nichts Besseres für den Appetit gibt, als ein paar Runden Preference kurz vor dem Essen.»

Sie gingen in das Spielzimmer hinüber, mit einem wohligen Seufzer setzte der Graf sich an den Kartentisch, breitete mit seiner fetten, beringten Hand die Karten aus, damit die Plätze gezogen würden, und meinte: «Hier ist man zu Hause.» Egloff mischte nervös ein Kartenspiel, er war schlechter Laune. Während der Graf sein Gast war, hatte er seit längerer Zeit wieder viel und hoch gespielt, und es ärgerte ihn zu bemerken, dass das Spiel ihn stärker erregte, ihm mehr auf die Nerven ging als früher. Der Baron Port und Doktor Hansius, die sich in das Spielzimmer zurückgezogen hatten, um zu rauchen, traten heran und schauten gespannt und missbilligend dem Spiele zu.

Endlich war es Zeit, zum Souper zu gehen. Die Baronin Egloff nahm den Arm des Baron Port, und in feierlichem Zuge begab man sich in den Speisesaal. Das rosa Fräulein von Teschen schauerte wohlig in sich zusammen, als es die Serviette auseinanderfaltete. «Sie finden es wahrscheinlich unpoetisch und materiell», sagte sie zu ihrem Nachbar, dem Leutnant von Klette, «wenn ein junges Mädchen sich so stark auf das Essen freut, aber das Essen hier in Sirow ist immer so herrlich.»

«Durchaus nicht», erwiderte der Leutnant, «ich liebe es, wenn ich die Gefühle der Damen verstehen kann, und dieses verstehe ich.»

Am anderen Ende des Tisches klang wieder Dachhausens herzliches Lachen herüber, der mit dem lila Fräulein von Teschen scherzte. «Ihr Gemahl», sagte Graf Schutow zu Lydia, «hat ein so angenehmes Lachen, ich höre so gern lachen.»

«Ja», sagte Lydia und zog die Augenbrauen ein wenig empor, «er ist eine heitere Natur.» Aber Adine von Dachhausen, die gegenübersaß, rief den Grafen mit ihrer lauten, heiteren Stimme an: «Lachen Sie selbst gern, Herr Graf?»

«Ich lache zuweilen ganz gern», erwiderte der Graf zerstreut, «aber ich höre lieber, wenn andere lachen, dann habe ich das Vergnügen und keine Mühe. Wie meinen Sie?», wandte er sich an den Diener, der ihm eine Schüssel reichte. «Ah! Spielhahnpastete», und er wandte seine ganze Aufmerksamkeit der Pastete zu.

Egloff hatte ziemlich einsilbig und missmutig der Gräfin Bützow zugehört, die über das Befreiende, ja geradezu Moralische in Mozarts Musik sprach. In einer Pause flüsterte Fastrade ihm zu: «Bist du unglücklich?»

«Ich bin wütend», erwiderte Egloff leise. «Wozu diese Anhäufung gleichgültiger Menschen und Speisen? Am liebsten würde ich jedem mit einer Grobheit antworten, würde sagen: ‹O ja, gewiss, Esel›, oder: ‹Sie haben ja ganz recht, dumme Pute.›»

«Still», sagte Fastrade und legte den Finger auf die Lippen.

Egloff beugte sich wieder auf seinen Teller nieder. Der eigentliche Grund, dass er sich unglücklich fühlte, war das Bewusstsein, dass er alle diese Menschen und die lange Mahlzeit nur deshalb verfluchte, weil er ungeduldig war, wieder im Spielzimmer zu sitzen und das Spiel fortzusetzen, und das fand er primitiv und gewöhnlich.

Jetzt erhob sich der Baron Port zu einer Rede, er sprach lange und ernst, sprach davon, dass es ein Segen sei, wenn die alteingesessenen Familien sich miteinander verbinden, das sei ein Bollwerk gegen die neuen, zerstörenden Ideen, alte bewährte Traditionen werden auf junge Schultern gelegt, werden gestärkt und zu neuer Blüte gebracht. Die Baronin Egloff weinte, die anderen hörten mit zerstreuter Andacht zu, als säßen sie in der Kirche bei einer zu langen Predigt. Umso lauter wurde «Hoch» gerufen, als die Rede zu Ende war.

Die Mahlzeit ging ihrem Schluss entgegen; erhitzt lehnten sich die Gäste in ihre Stühle zurück, und die Unterhaltung floss nur träge.

«Das ist der Fehler der guten Sirowschen Soupers», sagte der Referendar zu Adine von Dachhausen, «dass es hier zu viel zu essen gibt. Ich habe das Gefühl, als seien die Speisen in der Übermacht.»

«O, ich lasse mich nicht so leicht einschüchtern», erwiderte Adine resolut. Doch war es allen willkommen, dass die Baronin Egloff die Tafel aufhob; die Herren setzten die Damen im Saale ab und eilten in das Rauchzimmer. Die Damen saßen beieinander und fächelten sich mit den großen Federfächern Luft zu.

Egloff ging auf die Veranda hinaus, er lehnte sich über das Eisengitter und schaute in den dunkeln Garten hinein. Stille und Dunkelheit, das war es, was ihm jetzt nottat, und dann hoffte er, Fastrade würde herauskommen und in der Dämmerung der Maiennacht vor ihm stehen, aufrecht und weiß wie die Narzissen unten auf den Beeten. Das Rascheln einer Frauenschleppe ließ ihn auffahren. Es war Lydia. Sie blieb vor ihm stehen, ein Lichtstrahl vom Saal her traf ihre Schultern und ihr Gesicht, in dem die Augen seltsam schwarz schienen. Sie begann leise und klagend zu sprechen: «Und ich, was wird aus mir?» Sie legte dabei die Hand auf die Brust, mitten in die Rosen hinein, eine Rose löste sich ab und fiel zu Boden.

Egloff bückte sich und hob sie auf. «Ich denke», sagte er langsam, indem er die Rose vorsichtig entblätterte, «ich denke, wir kehren zu unserer Pflicht zurück.»

«Pflicht», wiederholte Lydia, «wenn man, wie wir, gelogen und betrogen hat, dann gibt es nur Pflichten, die wir gegeneinander haben. Es gibt doch so etwas wie Treue von Spießgesellen.»

«Sie sind geistreich, gnädige Frau», bemerkte Egloff.

«Du wunderst dich darüber», entgegnete Lydia, und Egloff wusste nicht, war es ein Lachen oder ein Schluchzen, das ihre Stimme zittern ließ, «du wunderst dich darüber, aber wenn wir in großer Not sind, dann werden wir alles, sieh, Dietz, es kann nicht aus sein. Ich habe mein ganzes Leben in dieses eine Erlebnis hineingelegt, ich habe sonst nichts.»

«Ich glaube, gnädige Frau», bemerkte Egloff, «Sie überschätzen dieses Erlebnis.»

«Wie soll ich das?», klagte Lydia, «ich will ja weiter lügen und betrügen, aber aus darf es nicht sein. Ich habe ja nichts, nichts als deine Liebe.»

Egloff schwieg und sah diese Frau an, wie sie vor ihm stand, wie aus dem Dunkel des Samtes und der Dämmerung ihre blasse Nacktheit hervorleuchtete, diese Frau, die mit ihrer leidenschaftlichen Klage sich an ihn klammerte, sich ihm bedingungslos hingab, das ergriff ihn. Aber es klang dennoch sehr kühl und ruhig, als er sagte: «Ich glaube, gnädige Frau, Sie überschätzen auch diese Liebe.»

Lydia beugte den Kopf, beugte ihn auf die Rosen an ihrer Brust nieder, und Egloff sah, wie die kleinen, spitzen Zähne sich in eine Rose eingruben wie in eine Frucht.

Im Saale hatte sich der Baron Port zu Fastrade gesetzt, er wollte von ihr erfahren, ob ihr Vater und Ruhke dieses Jahr mit der Gründüngung Ernst machen würden. Fastrade gab nur zerstreute Auskunft. Durch die offene Verandatür sah sie ein Stück von Lydias Sammetschleppe, und dieses nahm ihre Aufmerksamkeit seltsam stark in Anspruch. Und da war noch einer im Saal, der diese Schleppe nicht aus den Augen ließ: Dachhausen. Er hatte Lydia auf die Veranda folgen wollen, aber die Gräfin Bützow hielt ihn auf, sie wünschte seine Ansicht über die Pferde, die sie sich neulich gekauft hatte, zu hören, und der Arme stand da und sprach über Pferde, er wusste selbst nicht, was, und starrte in großer Erregung die Schleppe dort auf der Veranda an. Endlich gab die Gräfin ihn frei, da eilte er hinaus. «Ihr genießt hier die Abendluft», sagte er in möglichst natürlichem Tone. Lydia erwiderte nichts, wandte sich um und ging in den Saal zurück.

«Ja, ein seltsam warmer Abend», meinte Egloff.

Dann standen die beiden Männer da in der Dunkelheit schweigend beieinander. «Jetzt müsste ich etwas sagen», dachte Dachhausen, «das entscheidet, das Klarheit schafft», und Egloff war es, als spürte er die Aufregung des kleinen Mannes, der unruhig vor ihm auf und ab zu gehen begann. «Will er etwas, weiß er etwas?», fragte sich Egloff.

Da ertönte wieder Dachhausens freundliche Stimme: «Der Flieder duftet so stark.»

«Ja, sehr stark», erwiderte Egloff.

Aus dem geöffneten Fenster des Spielzimmers klang die singende Stimme des Grafen Schutow herüber. «Meinen Rest», sagte sie.

«Ah, die sind schon beim Quinze», bemerkte Egloff, «kommst du auch?»

«Nein, ich spiele nicht», antwortete Dachhausen, «ich bleibe noch ein wenig hier.»

Egloff ging ins Spielzimmer; dort saßen die Herren am Kartentisch, Graf Schutow, bleich und träge wie immer, Graf Bützow sehr rot, denn er war stark im Verlust. Der Leutnant und der Referendar nahmen vorsichtig am Spiele teil. «Wir sind schon an der Arbeit», rief Graf Schutow.

«Gut, gut», sagte Egloff; er ließ sich ein großes Glas Sekt geben, trank es schnell und durstig herunter und setzte sich an den Spieltisch.

Draußen im Saale langweilten sich die Damen, da die Herren fast alle im Spielzimmer waren, nur die älteren Herren gingen ab und zu, Baron Port, Herr von Teschen, Doktor Hansius, sie kamen mit besorgten Mienen aus dem Spielzimmer, flüsterten da etwas von «rasendem Spiel, unglaublich!», und über der Gesellschaft lag das quälende Gefühl, als vollzöge sich drüben im Spielzimmer etwas Unheimliches und Verhängnisvolles. Die Stimmung wurde unerträglich, und die Damen bestellten ihre Wagen. Der Aufbruch war allgemein. Die Herren aus dem Spielzimmer erschienen, um von den Damen Abschied zu nehmen. Egloff stand im Flur und hielt Fastrades Mantel, sein Gesicht war leicht gerötet, eine Haarsträhne fiel ihm in die Stirn, und seine Augen hatten einen seltsam flackernden Glanz. Fastrade verabschiedete sich noch von Lydia.

«Sie erlauben, dass ich Sie küsse», sagte Lydia, «ich möchte so gern, dass wir uns näher kennen lernen.»

Egloff lächelte – «die Lust an der Verstellung an sich», dachte er. Dann hüllte er Fastrade in den Mantel, er beugte sich vor und wollte sie küssen, aber in einer unwillkürlichen Bewegung wandte Fastrade den Kopf, und ein Ausdruck der Angst flog über ihr Gesicht. Sofort richtete Egloff sich auf, er zog ein wenig die Brauen zusammen, lächelte spöttisch, küsste Fastradens Hand und flüsterte: «Ist das der Anfang der Erziehung?»

Fastrade erwiderte nichts, sie ging zur Türe, dort aber wandte sie sich um, lächelte unendlich gütig und mitleidig. «Armer Dietz», sagte sie und bot ihm ihre Stirn zum Kusse hin.

Die Herren gingen in das Spielzimmer zurück, die Baronin Egloff stand im leeren Saale unter dem Kronleuchter, der Ausdruck ehrwürdiger Liebenswürdigkeit war von ihrem Gesicht gewichen, es sah alt und angstvoll aus. Sie fasste Fräulein von Dussas Arm, wies mit dem Kopfe zum Spielzimmer hin und sagte leise: «Das dort ist nicht gut.»

Fräulein von Dussa nickte bekümmert mit dem Kopfe.

«Meine Liebe», fuhr die Baronin fort, «glauben Sie mir, dieser Russe ist der Satan.»

Vierzehntes Kapitel

Egloff hatte sich nicht einmal ausschlafen können, der Graf Schutow fuhr am Morgen fort, und Egloff musste aufstehen, um von ihm Abschied zu nehmen. Dann setzte er sich an seinen Schreibtisch und rechnete. Er hatte gestern wie ein Wahnsinniger gespielt, da ging ja wieder ein großer Teil des Sirowschen Waldes darauf. Jetzt musste er einen Brief an Mehrenstein schreiben, damit dieser Geld besorge. Am Nachmittage wollte Egloff ins Städtchen fahren, um das Geld dem Grafen Schutow zu bringen, der im «Kronprinzen» auf ihn wartete. Widerwärtig all das! Heute war wieder solch ein Tag, wie er in seinem bewegten Leben immer wiederkehrte, ein Tag, da alles um ihn her zu zerbröckeln schien, alles ungeordnet und hässlich war und ein großer Ekel ihn schüttelte. Und unnütz war das alles, er sah nicht ein, warum all solche Erlebnisse gerade zu ihm gehören sollten, aber sie hängten sich an ihn wie ein lästiger Hund, den wir immer wieder forttreiben, und der sich doch immer wieder an unsere Fersen heftet. Nun, darüber nachzudenken machte die Sache nicht erträglicher.

Am Nachmittage fuhr Egloff nach Grobin. Er hatte sich einen bequemen Wagen bestellt, denn er wollte unterwegs schlafen, nichts denken und nichts sehen, sondern schlafen. Er drückte sich in die Wagenecke und schloss die Augen. Es war angenehm, wie in dem Halbschlummer, in den er verfiel, das Rauschen des Waldes, durch den er fuhr, ein Amselschlag, das Bellen eines Hundes, der Gesang eines Hüterjungen hineintönten wie Klänge einer Welt, die sehr fern von ihm war. Das Stoßen des Wagens auf dem Stadtpflaster machte ihn wieder munter. Es war Samstag, unter einem mit hellgrauen Wolken bedeckten Himmel sah das Städtchen alltäglich genug aus, die Fenster der Häuser waren geöffnet, und Mägde standen auf den Fensterbrettern und wuschen die Scheiben. Töchterschülerinnen gingen langsam über die Straße und schwenkten gelangweilt ihre Mappen. Adine von Dachhausen kam aus einem Laden; sie hatte einen Sommerhut auf mit zu viel roten Rosen; sie liebte stets das Auffallende.

Egloff ließ am Klub halten, er wollte den Weg bis zu Mehrensteins Haus zu Fuße zurücklegen.

Alles an dem Mehrensteinschen Hause war ihm zuwider, die hellpolierte Türe, der Kristallknopf der Hausglocke, ihr schriller, aufdringlicher Klang, der dunkle Flur, in dem es nach Gewürzen und Küche roch. Mehrensteins Tochter kam ihm entgegen, ein schönes, schweres Mädchen mit einem Wald schwarzer Haare auf dem Kopfe und mit ganz großen, braunen Augen. «Bitte, treten Sie näher, Herr Baron», sagte sie ernst und traurig und öffnete die Türe zum Wohnzimmer.

Egloff trat in dieses Wohnzimmer, das er so gut kannte. Die Möbel mit dem hellblauen Ripsbezug, all die vielen, ein wenig verstaubten Sachen, sie hatten sich seinem Gedächtnis eingeprägt, wie es eben nur Sachen tun, die den peinlichen Augenblicken unseres Lebens assistieren. Da war die Kommode mit den alten silbernen Kannen und Leuchtern, da war die große Landschaft an der Wand, ein Kastell, Bäume, ein Reiter, alles aus Kork geschnitzt und unter Glas.

«Bitte, nehmen Sie Platz», sagte Fräulein Mehrenstein ernst, sie blieb jedoch stehen, als Egloff sich gesetzt hatte, «mein Vater wird gleich kommen, er ist bei meiner Mutter, unsere Mutter ist sehr krank.»

«O, das tut mir leid», murmelte Egloff und schaute in die großen braunen Augen; da lächelten die vollen Lippen des Mädchens, ein mattes, gewohnheitsmäßiges Lächeln, aber das Gesicht wurde gleich wieder kummervoll. «Wir glaubten diese Nacht, es würde aus sein», fuhr Fräulein Mehrenstein fort, «und jetzt ist es sehr schlimm.» Ihre Augen wurden feucht, und zwei dicke Tränen rannen ihre Wangen entlang. «Nun will ich den Vater holen», schloss sie und verschwand hinter einem grünen Vorhang.

Seltsam, Egloff hatte an dieses Haus immer nur als an den Ort gedacht, an dem man Wechsel und ungünstige Kontrakte unterschrieb, und nun wurde hier auch geweint und gestorben. Der grüne Vorhang raschelte wieder, und Mehrenstein erschien. Er trug einen Hausrock und Pantoffeln, auf denen große rote Rosen gestickt waren. Feierlich und traurig reichte er Egloff eine schlappe, feuchte Hand.

«Sie haben Sorgen», sagte Egloff.

Mehrenstein zuckte ein wenig die Achseln und seufzte. «Eine entsetzliche Nacht», murmelte er. Er ging zu seinem Geldschrank, holte ein Wechselformular herbei, legte Tinte und eine Mappe auf den Tisch, setzte sich und begann zu schreiben. «Das Geld ist da», sagte er, «es war schwer, in so kurzer Zeit eine so große Summe zu beschaffen.» Er seufzte. «Die Bedingungen wie immer?», fragte er.

Egloff machte eine Handbewegung, die bedeuten sollte, ihm sei alles gleichgültig.

Da sah Mehrenstein auf und versetzte in vorwurfsvollem Tone: «Ja, ich muss meine Kinder sicherstellen, kommt der Waldverkauf zustande, so kann vielleicht einiges von den Prozenten abgerechnet werden.» Er schrieb weiter, nahm dann das Sandfass und streute Sand über das Geschriebene. «Diese Nacht», meinte er, «erwarteten wir jeden Augenblick das Ende. Gegen Morgen trat ein wenig Ruhe ein, aber Hoffnung ist keine. Bitte, Herr Baron»; er schob Egloff das Formular hin und reichte ihm die Feder. Während dieser unterschrieb, lehnte Mehrenstein sich in seinen Stuhl zurück, seine Augen wurden feucht, und seine Lippen zitterten. «Nach dreißigjähriger Ehe sich trennen zu müssen», sagte er, «Sie wissen nicht, was das ist, Herr Baron, und ich kann sagen, in diesen dreißig Jahren hat es keine Minute gegeben, in der ich mit der Frau nicht zufrieden war, sie war eine gute Frau.» Er stand auf und ging zum Geldschrank, um ein Paket Banknoten zu holen. «Der liebe Gott weiß, was er tut», fügte er seufzend hinzu. Langsam und aufmerksam zählte er das Geld auf den Tisch, schob es in ein Kuwert und legte es vor Egloff hin. «Ich habe getan, was ich konnte», nahm er mit leiser Stimme, als spräche er in einem Krankenzimmer, die Unterhaltung wieder auf, «ich habe nicht gespart, was habe ich der Apotheke und den Doktoren Geld gezahlt, um das Geld wäre mir nicht leid, wenn es nur etwas geholfen hätte.»

Egloff steckte das Geld zu sich und erhob sich. «Man muss die Hoffnung nie verlieren», sagte er, «guten Abend, Herr Mehrenstein.»

Mehrenstein schüttelte traurig den Kopf und reichte seine

schlappe Hand hin. «Wegen des Waldes, Herr Baron, komme ich zu Ihnen hinaus», bemerkte er noch kummervoll.

Egloff war froh, auf der Straße zu sein, diese Mischung von Tod, Geld und Wechseln hatte ihn wie ein Alp bedrückt. Langsam schlenderte er dem «Kronprinzen» zu. Dort erfuhr er, der Graf Schutow sei zwar im Bette, habe aber den Befehl erteilt, Baron Egloff vorzulassen.

Egloff fand den Grafen im Bett, Tee trinkend.

«Ah, unser Baron», rief er ihm entgegen, «ich hoffe, Sie haben sich nicht meinetwegen inkommodiert.»

«Ich bringe Ihnen hier meine Schuld», sagte Egloff.

«Das hatte ja keine Eile», bemerkte der Graf und warf das Kuwert auf den Tisch neben seinem Bette, «aber wollen Sie Tee? oder einen Kognak? nicht, hier sind Zigaretten, so setzen Sie sich doch.»

Egloff zündete sich eine Zigarette an und setzte sich: «Sind Sie krank?», fragte er.

Der Graf lehnte sich behaglich in seine Kissen zurück. «Durchaus nicht», erwiderte er, «es ist nur meine Gewohnheit, nach einer durchspielten Nacht den folgenden Tag bis zum Abend im Bett zu bleiben. So bin ich denn gleich zu Bett gegangen, als ich hier ankam. Auf diese Weise holt man am besten die ausgegebene Nervenkraft wieder ein.»

«Praktisch!», bemerkte Egloff. «Wer nur stets Zeit hätte, sich so für das Spiel zu trainieren.»

«Der soll auch nicht spielen», entgegnete der Graf etwas feierlich, «mit kranken Nerven zu spielen, ist Dilettantismus, und der ist gefährlich. Sie waren gestern auch viel zu nervös und hitzig.»

Egloff blies nachdenklich den Rauch seiner Zigarette vor sich hin. «Sagen Sie, Graf», begann er, «warum spielen Sie eigentlich, um zu gewinnen?» Dabei klang ihm Fastradens Stimme im Ohr, wie sie an jenem Abend in Sirow dieselbe Frage an ihn richtete.

Der Graf verzog sein Gesicht: «Erbarmen Sie sich, wie Sie fragen, warum? Ich weiß nicht, natürlich um zu gewinnen. Charles Fox sagte: ‹Das Beste im Leben ist im Spiel Gewinnen, das nächstbeste im Spiel Verlieren.›»

«Also dann ist es nicht das Gewinnen», wandte Egloff ein.

Der Graf warf sich unbehaglich im Bette hin und her: «Sie wollen philosophieren», sagte er, «ein Zeichen des schlechten Zustandes Ihrer Nerven. Nun hören Sie, was ein Freund von mir, ein gewisser Klebajew, sagte. Er war ein Narr, zuletzt verrückt und erschoss sich. Er sagte also: Ich spiele jede Nacht, weil es mich jede Nacht wieder interessiert, mich mit dieser geheimnisvollen und unbegreiflichen Kanaille, die wir Glück nennen, herumzuschlagen.»

«Ein wenig pathetisch», bemerkte Egloff, «aber es lässt sich hören. Warum erschoss er sich denn?»

«Weil er verrückt war», entgegnete der Graf. «In letzter Zeit sprach er immer davon, er sei es gar nicht selbst, der jeden Abend spielte, das sei der andere, und der andere spiele absichtlich schlecht, und er, Klebajew, müsse immer die Spielschulden des anderen bezahlen, und er habe es nun satt, die Spielschulden des anderen zu bezahlen. Nun, und da schoss er sich tot. Eben ein Verrückter.»

Egloff schwieg eine Weile und sprach dann nachdenklich vor sich hin: «Ja, darauf kommt es immer heraus, die Schulden des anderen zu bezahlen.»

Der Graf richtete sich ein wenig auf und schaute Egloff verwundert und besorgt an. «Hören Sie, Baron, Sie sollten sich doch noch ein Zimmer nehmen und zu Bett gehen, Sie tun ja so, als ob Sie das verrückte Zeug verstehen.»

Egloff lachte und erhob sich. «Ein Spaziergang wird wohl dieselben Dienste tun», meinte er, «leben Sie wohl, lieber Graf, gute Besserung.»

«Danke, danke», sagte der Graf, «vielleicht kommen Sie heute Abend in den Klub, ich bin jeden Augenblick zur Revanche bereit.»

«Ich weiß nicht», erwiderte Egloff, «ich fürchte, die Kanaille, wie Ihr Freund sagt, ist jetzt nicht auf meiner Seite.»

«Unsinn», protestierte der Graf, «also leben Sie wohl.»

Egloff ging hinaus, draußen nahm er seinen Hut ab, der Kopf schmerzte ihn; er schlug den Weg zu den Stadtanlagen ein. Gewaltsam grün standen die Alleen gegen den lichtgrauen Himmel, die

Amseln lärmten in den Zweigen. Die Anlagen waren um diese Zeit noch leer. Hie und da saß ein Gymnasiast mit einem Buche auf einer Bank, und ein Kindermädchen schob schläfrig einen Kinderwagen vor sich her. Wunderlich abgelöst und wie nicht zu ihm gehörig, erschien Egloff diese Umgebung heute wie eine Traumwelt, die wir über uns ergehen lassen. Aber das kannte er von früheren durchzechten und durchspielten Nächten, ja er selber, der Herr im hellen Frühlingsanzuge, empfand sich als etwas nicht Zugehöriges, als etwas, das er über sich ergehen ließ.

An einer Biegung des Weges blieb er stehen. Das war ja die echte Traumwelt, in der das Unwahrscheinliche vor uns steht, wie selbstverständlich. Da kam Lydia Dachhausen auf ihn zu im hellbraunen Frühjahrskostüm, einen weißen Flügel auf dem grauen Hut, das Gesicht rosig, die Augen blank. Lächelnd blieb sie vor ihm stehen und reichte ihm die Hand. «Da sind Sie», sagte sie.

«Haben Sie mich denn erwartet?», fragte Egloff erstaunt.

«Ja», erwiderte Lydia, «Adine sagte mir, Sie seien in der Stadt, und da dachte ich, Sie würden hier sein. Wollen Sie mich die Allee hier hinunterbegleiten», und sie begann langsam neben ihm herzugehen.

«Wenn Sie darauf Gewicht legen», erwiderte Egloff nicht eben höflich.

«Gewiss lege ich darauf Gewicht», versetzte Lydia. «Ich muss es eben schon früher gewusst haben, dass ich Sie hier treffen werde, denn ich wachte heute Morgen auf mit dem Entschlusse, in die Stadt zu fahren. Ich wusste nicht, warum, aber es stand fest bei mir. Ja, so was gibt es, nicht wahr?» Sie schaute lächelnd zu ihm auf.

«Es freut mich, Sie so heiter zu sehen», bemerkte Egloff trocken.

«Ja, es ist seltsam», plauderte Lydia weiter, «zuweilen wache ich am Morgen auf und bin heiter. Es scheint mir dann, dass alles, was traurig und schwierig war, gut werden wird, das Leben ist plötzlich wieder angenehm, und ich freue mich darauf ganz ohne Grund. Passiert Ihnen das nicht auch zuweilen?» Da Egloff nicht antwortete, fuhr sie fort: «Dieses Licht bekommt mir auch gut, zu viel Sonne vertrage ich nicht, aber heute geht man ja wie unter einem lichtgrau seidenen

Lampenschirm. Ach ja, denken Sie sich, die rosa Lampenschirme, über die Sie einmal gespottet haben, kommen fort, und ich schaffe mir lichtgrau seidene an, die werden mit weißer Seide gefüttert, damit sie recht hell sind, das kann hübsch sein, nicht wahr?»

«Das kann hübsch sein», wiederholte Egloff. Dieses zuversichtliche Geplauder beruhigte ihn, er wollte es weiter hören.

«Gertrud Port», berichtete Lydia, «behauptet, das würde den Teint bleich und grau machen, aber sehen Sie doch, wie heute die Farben rein und deutlich sind. Nun ja, die arme Gertrud ist immer besorgt, dass sie nicht wie eine kleine Leiche ausschaut.»

Am Ende der Allee stand ein Kiosk, in dem sich eine Konditorei befand, Stühle und Tische waren davor aufgereiht. «Ich werde hier ein wenig Gefrorenes essen», sagte Lydia, «und Sie werden mir assistieren.»

«Sollte diese Situation besonders ratsam sein?», versetzte Egloff kühl.

Lydia war erstaunt. «Warum nicht? Dass Sie zusehen, wie ich Gefrorenes esse, dagegen können die Grobiner doch nichts haben.» So setzten sie sich denn.

Das Konditorfräulein trat heran, bleich und blond, einen Kneifer auf der Nase, und sagte mit einer Stimme, die in ihrer gleichgültigen Ruhe es zu unterstreichen schien, dass sie an der Situation nichts Auffallendes fand: «Erdbeeren und Vanille.»

Lydia bestellte Erdbeeren. «Erdbeergefrorenes», erzählte sie, «war von Jugend auf mein Lieblingsgefrorenes. Als kleines Mädchen, wenn es im Jahre wieder zum ersten Male Erdbeergefrorenes gab, dann schloss ich beim ersten Löffel die Augen und dachte, ich hatte ganz vergessen, dass dies das Schönste auf der ganzen Welt ist. Ich glaube, es wäre sehr gut, wenn wir alles, was uns Vergnügen macht, von einem auf das andere Mal vergessen würden, dann wäre es immer neu für uns.»

Das Gefrorene kam; Lydia schob ihren Schleier zurück, um ihre Lippen zu befreien, und begann langsam und mit Genuss zu essen.

Egloff sah ihr zu, das war die Beschäftigung, die seiner trägen, zerfahrenen Stimmung gerade wohltat. «Was sie nur vorhat?», dachte er dabei.

Als Lydia mit dem Essen fertig war, lehnte sie sich befriedigt in ihren Stuhl zurück. Sie warf einen flüchtigen Blick zum Konditorfräulein hinüber; dieses hatte einen Leihbibliothekenband aufgeschlagen und las. Da sagte Lydia leise: «Ich schlafe jetzt auch besser.»

«Das freut mich», erwiderte Egloff und schaute erstaunt auf.

«Ja», fuhr Lydia fort, «ich habe mir ein neues Schlafmittel erdacht. Wenn die Nacht schön ist, gehe ich so um Mitternacht mit meiner Amalie in den Garten hinaus. Ganz wie voriges Jahr schleichen wir leise durch den Wintergarten. Das erinnert mich dann so an voriges Jahr, die Heliotrop- und Oleanderbüsche, an denen wir im Dunkeln vorüberkommen, und im Garten sitzen wir auf derselben Bank, auf der ich voriges Jahr saß. Ich sitze da, als ob ich warte, und wenn ich müde werde und ins Haus gehe, um mich zu Bett zu legen, dann kann ich schlafen.»

Egloff hörte aufmerksam und lächelnd zu. Die naive Schlauheit dieser Frau überraschte ihn. «Fällt das im Hause nicht auf?», fragte er.

«Es fällt auf», erwiderte Lydia ruhig, «man hat mich auch darnach gefragt, nun, ich sagte, ich habe Beängstigungen in der Nacht, und ich muss hinaus. Man ist eine Nacht auch hinausgegangen, Amalie und ich standen hinter einem Busch, als er an uns vorüberging. Aber jetzt hat man sich beruhigt.»

«Der arme Junge», murmelte Egloff. Da sprühten kleine böse Lichter in Lydias Augen auf. «Mich bedauert niemand», sagte sie. Egloff zuckte leicht mit den Schultern, da beruhigte sich Lydia gleich wieder, sie stand auf, legte Geld auf den Tisch, zog ihren Schleier zurecht: «Jetzt muss ich gehen», sagte sie, «ich werde bei meiner Schwiegermutter erwartet.» Sie reichte Egloff die Hand. «Ich danke Ihnen für Ihre Gesellschaft, besonders unterhaltend waren Sie nicht, aber Sie hörten mir aufmerksam zu, das erkenne ich an.» Sie sah ihm dabei mit der unverhohlenen Koketterie, die ihr eigen war, in die Augen.

Als sie gegangen war, setzte Egloff sich wieder. Es tat ihm fast leid, dass sie fort war: diese kleine Frau hatte ihn unterhalten. Wie sie stark wollen konnte! wie unbedenklich und eigensinnig sie festhielt!

Die Anlagen füllten sich jetzt, die Grobiner Bürger mit ihren Frauen und Töchtern machten ihren Abendspaziergang, ließen sich wohlig von der Abendsonne vergolden. Egloff saß noch da und dachte darüber nach, ob er heimfahren oder in den Klub gehen sollte. In den Klub zu gehen war natürlich töricht und widersinnig, dennoch schien es ihm wahrscheinlich, dass er da hingehen würde.

Fünfzehntes Kapitel

Baron Port und Gertrud machten einen Abendbesuch in Paduren. Langsam ging der Baron Port neben dem Rollstuhle des Barons Warthe hin, und die Herren sprachen von Kreiswahlen. Fastrade und Gertrud folgten ihnen. Sie begaben sich zum kleinen See unten im Park, denn es war die Gewohnheit des Barons Warthe, sobald das Wetter es erlaubte, um Sonnenuntergang dort am kleinen See zu sitzen, um zuzusehen, wie die Wildenten einfielen. Gertrud klagte über ihre Gesundheit: «Der Frühling ist mir zu stark, er regt mich auf und macht mich wieder müde, und die Erinnerungen werden um diese Zeit so laut und deutlich, ich freue mich auf den Sommer; ich will mich um Mittagszeit ins Heidekraut legen, dort wird es dann still und heiß sein.»

An einer geschützten Stelle des Seeufers waren Stühle hingestellt, und man nahm dort Platz. Der Abend war windstill, regungslos standen die Inseln von Schachtelhalm und Röhricht im dunklen Wasser, und die Abendsonne vergoldete ihre Spitzen, regungslos umstanden die großen Bäume den See, hie und da blühte schon eine Kastanie in ihrer weißen Feierlichkeit mitten unter den grün verschleierten Birken. Die Amseln sangen ihr Abendlied, die Fische schnalzten im Wasser, und ab und zu begann im Röhricht ein ungeduldiger Frosch zu quarren, der den Sonnenuntergang nicht abwarten mochte. Die alten Herren sprachen jetzt von Rüben, Gertrud war bei ihren Erinnerungen. Sie erzählte von einem jungen Manne in Dresden, dessen ganzes Wesen sozusagen auf den Schmerz gestimmt war und der ein Weib suchte, das ihm nicht Heiterkeit entgegenbrachte, sondern auch Schmerz, aber gesänftigt und verklärt, sozusagen getröstet. Fastrade hörte nicht zu, sie war unruhig. Dieser Besuch hielt sie davon ab, Egloff im Walde zu treffen, und sie wusste, er erwartete sie dort, sie wusste, er hatte sie heute besonders nötig. Seit jenem Abend in Sirow waren sie nicht beisammen gewesen, und sie sah immer wieder sein Gesicht vor sich mit den flackernden Augen und dem fremden Ausdrucke von Erregung und Qual. Sie sehnte sich darnach, bei ihm zu sein, Ordnung in ihm zu schaffen, «die Passion einer ordnungliebenden Dame» hatte er ihre Liebe genannt, ja das wollte sie, und sie glaubte, dass sie das auch konnte. Mit pfeifendem Flügelschlage kamen jetzt die ersten Enten heran und ließen sich klatschend in das Röhricht ein.

Die beiden alten Herren sahen sich lächelnd an, und Baron Port setzte auseinander, dass es früher mehr Enten gegeben habe und dass er nicht wisse, woher das komme.

«Ja, es war merkwürdig», bemerkte der Baron Warthe, und dann saßen sie still da und warteten auf die Enten.

Gertrud sprach weiter mit ihrer dünnen klagenden Stimme: «Und doch, ohne diese Erinnerungen könnte ich nicht leben. Abends, wenn ich im Saal sitze und durch die geöffnete Türe zusehe, wie es im Garten zu dämmern beginnt, dann kommen die Erinnerungen so stark, dass ich ganz vergesse, wo ich bin, und wenn der Diener kommt und die Lampe bringt und Papa ruft, damit wir Treitschke lesen, dann ist es mir, als ob ich plötzlich in einem stillen dunklen Abgrund versinke.»

Die Sonne war untergegangen, sie hatte ein wenig Rot in das dunkle Metall des Wassers gemischt, und es war die klare farblose Dämmerung des Maiabends gekommen. «Du siehst wohl den Dietz Egloff häufig, nicht?», fragte Baron Port.

«Ja», antwortete Baron Warthe, «er kommt zuweilen her, ich sehe ihn dann zum Tee, aber er gehört zu jenen jungen Leuten, die sich nicht verstehen mit alten Leuten zu unterhalten.»

Fastrade hörte das, sie errötete, beugte sich vor und sagte: «Er würde es vielleicht besser verstehen, wenn er mehr ermutigt werden würde.»

Der Baron Warthe machte mit der Hand eine abwehrende Bewegung. «Ich bin gegen alle meine Gäste höflich», erklärte er, «aber meine Freundlichkeit und meine Achtung müssen erworben werden. Du, meine Tochter, hast ja ein gewisses Recht, ihn zu verteidigen. Du hast dich mit ihm verlobt, und so ist, ihn zu verteidigen, sozusagen dein Beruf.»

Der Baron Port lachte laut darüber, denn er hielt es für einen guten Witz seines alten Freundes. Es war bereits so finster geworden, dass die Enten nur noch wie große schwarze Schatten in das Wasser fielen, und die Frösche begannen ihr Abendlied.

Gertrud erzählte langsam und verträumt weiter: «Sylvia hat auch ihre Erinnerungen, und sie sagt, sie ist glücklich. Sie hat ihre Kindererinnerungen, sie weiß, wie das erste Musselinkleid mit einer Schleppe aussah, das sie zu ihrem achtzehnten Geburtstag bekam, aber mir würde das nicht mehr genügen.»

«Hat Sylvia nie geliebt?», fragte Fastrade leise.

«Der älteste Teschen machte ihr eine Zeit lang den Hof», erwiderte Gertrud, «und sie redete sich vielleicht ein, ihn zu lieben, aber es wurde nichts draus, er ist ja auch so furchtbar hässlich.»

«Es wird feucht», sagte der Baron Warthe, und man machte sich auf den Heimweg. Der niederrinnende Tau raschelte in dem Laube, ein starker, kühler Duft stieg vom Grase auf. Der Baron Port ging wieder neben dem Rollstuhl des Barons Warthe hin, und die Stimmen der alten Herren sprachen ruhig und laut in die Abendstille hinein. Sie sprachen vom Tau: «Wenn wir den starken Tau nicht hätten», meinte Baron Port, «so wäre der Mai fast trocken.»

«Ja, Ruhke meint das auch», sagte der Baron Warthe, «aber die Wiesen stehen gut.» Die beiden Mädchen folgten schweigend.

Unterdessen ging Dietz Egloff am Waldrande hin und her, schlug mit seinem Stocke die Blätter von den niederhängenden Zweigen und köpfte die Löwenzahnblüten am Wege, er war wütend, weil Fastrade ausblieb. Die Sonne ging schon unter, und sie war noch nicht da. Aber so war es immer, sie sprach von Helfen und Beistehen, und jetzt, wo er sie nötig hatte wie das tägliche Brot, jetzt kam sie nicht. Im Walde wurde es dunkel, am Himmel standen schon einzelne Sterne. Es blieb ihm nichts übrig als heimzugehen.

Zu Hause verschloss er sich in seinem Zimmer, er mochte keinen sehen. Er setzte sich an seinen Schreibtisch mit dem Gefühl, dass er zu rechnen oder unangenehme Briefe zu schreiben habe. Er tat jedoch nichts, er lehnte sich in seinen Stuhl zurück und fraß seinen Grimm in sich hinein. Diese letzten Tage waren gewiss nicht darnach angetan, einem besonderen Appetit auf das Leben zu machen. Lauter Widerwärtigkeiten. Nun und dazu verlobte man sich doch, damit in solchen Zeiten jemand da sei, der in das Leben wieder etwas Hübsches und Reines bringe. Und gerade jetzt musste sie ausbleiben. Nach Paduren fahren wollte er nicht, er hatte keine Lust, sich mit den Missbilligungsaugen des alten Warthe ansehen zu lassen. So brütete er vor sich hin, bis es im Hause stille wurde und die Uhr elf schlug. Da klingelte er und befahl Klaus, Ali den Rapphengst zu satteln. Klaus wunderte sich nicht, alle im Hause waren an die nächtlichen Fahrten und Ritte des Herrn gewöhnt.

Als Egloff im Sattel saß, wurde ihm wohler, Ali begann munter zu tänzeln, Egloff streichelte den blanken Hals des Tieres. Der war noch ein Kamerad, der stets gut gelaunt bei allem dabei war. Manches Abenteuer hatten sie zusammen unternommen, ja, Ali war die einzige Gesellschaft, die ihm nie Verdruss bereitet hatte. «Nun vorwärts, mein Junge», rief Egloff, und der Hengst setzte sich in Trab.

Die Wiesen, an denen sie vorüberkamen, hauchten eine köstliche Kühle aus voller Duft, auf der Weide standen Pferde, große dunkele Gestalten, die in den weißen Nebelstreifen zu waten schienen, die über dem feuchten Klee lagen. Ali begrüßte sie mit lautem Wiehern. In einem Birkenwäldchen schütteten die Zweige den Tau wie ein Duschebad auf sie nieder, irgendwo in den Erlen sang eine Nachtigall, rief wach und erregt ihre Töne in das schlafende Land hinein. Dann ging es an kleinen Dorfgärten vorüber, aus denen es ganz süß nach blühenden Bohnen herausduftete. Auf den Türschwellen der Katen saßen Burschen und spielten Harmonika, die hellen Nächte ließen sie nicht schlafen. Plötzlich hielt Ali still, es war vor dem Kruge, Egloff lachte. «Alter Verführer», sagte er, «gut, gut, feiern wir Erinnerungen.» Und er stieg ab.

Die schwarze Lene trat aus der Türe, sie lachte Egloff mit ihrem breiten Lachen an: «Herr Baron sind wieder unterwegs», meinte sie.

«Ja, Lene», erwiderte Egloff, «nimm Ali, er will wieder bei dir bleiben. Wer kann in diesen Nächten schlafen, dir lässt das Blut wohl auch keine Ruh?»

Lene hob die Arme empor und streckte sich. «Kurios ist's in so einer Nacht», meinte sie, dann griff sie nach dem Zügel des Pferdes, um es in den Schuppen zu führen.

Egloff ging langsam die Landstraße hinab Barnewitz zu. Er wollte am Gartengitter sehen, ob Lydia wirklich auf der Bank sitzt und wartet, und dann, es war gleich, nach Hause konnte er nicht, und etwas musste in einer solchen Nacht unternommen werden. Die kleine, hintere Pforte des Parkgitters fand er wie voriges Jahr offen. Er trat ein und ging die gewohnten Wege entlang. Da war der kleine Springbrunnen mit seinem dünnen Strahle im Sandsteinbecken, die geschorenen Buchsbaumhecken mit ihrem starken, bitteren Geruch, immer, wenn er den Geruch von Buchsbaum spürte, musste er an Lydia denken. Er bog in die große Allee ein, und wirklich, auf der Bank unter dem Fliederbusche saß sie. Als er vor sie hintrat, sprang sie auf, hing sich an seinen Hals, umschlang ihn, wie Kinder zu umschlingen pflegen, mit dem ganzen Arm, hing an ihm leicht und zitternd: «Da bist du ja», flüsterte sie mit einem tiefen Seufzer der Erleichterung, «schon vom Tore ab hörte ich dich kommen, schon als wir herauskamen, wusste ich, dass du kommen würdest. Ich sagte zu Amalie ‹heute geschieht etwas, der ganze Garten fiebert›.»

Egloff hielt die kleine Gestalt so an sich emporgehoben und trug sie zu der Bank, über die der Flieder seine Blüten niederneigte, wie eine weiße, duftige Gardine. Der Garten war so still, dass man deutlich das Plätschern des kleinen Springbrunnens hörte, wie eine flüsternde, eifrig erzählende Stimme.

«Was auch geschieht», sagte Lydia, als Egloff von ihr Abschied nahm, «ich sitze hier und warte.»

Egloff ging denselben Weg zurück, den er gekommen war, er ging langsam und bemühte sich, dieses traumhafte Fühlen, das ihn die Zeit über beherrscht hatte, festzuhalten. «Nur nicht ganz wach werden», sagte er sich, «nur das nicht.» Als er in den von Buchsbaum eingehegten Weg einbog, kam mit schnellen Schritten Dachhausen ihm entgegen. Die beiden Männer standen sich in der Dämmerung einen Augenblick schweigend gegenüber. Egloff überlegte, dass er etwas sagen müsse, als er hörte, wie Dachhausen ihm deutlich und zischend «Schuft!» zurief. Dann gingen sie aneinander vorüber.

Dachhausen lauschte auf die Schritte, die sich entfernten, bis er wusste, dass sie am Tore angelangt waren. Sein erstes Gefühl war das einer großen Befreiung, jetzt hatte er Klarheit, Klarheit nach allem qualvollen Zweifeln, Wachen und Spionieren. Jetzt hatte das Gespenst Fleisch und Blut angenommen, jetzt hatte er einen, an den er sich halten konnte. Fast angenehm war es, wie der Zorn ihm heiß ins Blut fuhr, es war, als mache es ihn größer und breiter. Er richtete sich gerade auf, und seine Schritte wurden hart und fest. Eilig ging er die Allee hinunter, und als er Lydia auf der Bank sitzen sah, überraschte es ihn nicht und ergriff ihn nicht. Als müsse es so sein, trat er vor sie hin, reichte ihr seinen Arm und sagte: «Komm.»

Lydia erhob sich und nahm den Arm, so gingen sie schweigend dem Hause zu, stiegen die Treppe hinauf und traten durch die Glastüre in den Saal, der nur von einer einzigen Kerze erhellt wurde. Dachhausen führte Lydia zu einem Sessel, auf den sie niedersank, sie lehnte den Kopf zurück, die Arme lagen schlaff auf den Seitenlehnen des Stuhles. Diese Liebesstunde, nach der sie sich so heiß gesehnt, hatte sie gebrochen, sie begann zu weinen in ihrer stillen, unbewegten Art, nicht aus Schmerz oder Furcht, sondern wie Kinder weinen, weil sie müde sind. Dachhausen stand vor ihr und sah sie an. «Wie bleich er ist», dachte Lydia, «und wie es in seinem Gesichte zuckt, ob er mich schlagen wird?»

Er jedoch wandte sich ab und begann im Zimmer auf und ab zu gehen. Lydia bemerkte noch, dass er seine türkischen Pantoffeln mit den aufgebogenen Spitzen an den Füßen hatte, dann schloss sie die Augen. Jetzt sprach er, anfangs leise und mühsam, Lydia verstand ihn nicht, allmählich wurde die Stimme lauter, drohender, die Worte überstürzten sich: «Hast du dich je über mich zu beklagen gehabt? habe ich je einen anderen Gedanken gehabt als dich, dein Glück, deine Stellung, dein Vergnügen, deine Kleider, was weiß ich? Und du bringst Schande über unser ganzes Haus, und mit diesem Buben von Egloff! Das geht wohl schon lange so, jetzt ist mir alles klar, ich sah es nur nicht, weil ich an so viel Gemeinheit nicht glauben konnte.» Lydia öffnete die Augen wieder, Dachhausen ging sehr schnell vor ihr auf und ab, zuweilen fuhr er mit beiden Armen heftig durch die Luft, und neben ihm an der Wand lief sein Schatten hin und her, ein kleiner, breiter Schatten, der die Füße hoch hob, an denen die Pantoffeln mit den aufgebogenen Spitzen seltsam groß erschienen. «Und die anderen», fuhr Dachhausen fort, «die anderen wissen es wohl schon lange, sie weisen wohl mit den Fingern auf uns. Ich habe mein Leben immer rein und einwandfrei gehalten, und nun kommst du und machst daraus eine Lächerlichkeit und eine Schande. Es ekelt mir vor meinem Leben, vor dir, vor mir, vor diesem ganzen Hause.» Er blieb stehen und stampfte mit dem Fuße auf, und hinter ihm blieb der kleine, breite Schatten stehen und stampfte auch mit dem Fuße auf.

«Das ist alles schrecklich und traurig», dachte Lydia, «aber wenn es nur zu Ende wäre! Was auch kommen mag, jetzt nur ein wenig Ruhe.»

Dachhausen hatte eine Weile geschwiegen, nun blieb er vor Lydia stehen und sagte mit einer Stimme, die plötzlich ganz ruhig, tief und würdevoll klang: «Ich gebe dir einen Tag Zeit, um deine Angelegenheiten zu ordnen. Ich fahre morgen aus, ich mag dir nicht mehr begegnen. Wenn ich zurückkomme, wirst du das Haus verlassen haben, du wirst zu deiner Mutter reisen und meine Dispositionen abwarten.» Er wollte gehen, aber er wandte sich noch einmal um, in seinem Gesichte zuckte es, «wird er weinen?», dachte Lydia.

«Lydia», sagte er mit zitternder Stimme, «musste das sein?», aber er schämte sich seiner Schwäche und verließ schnell das Zimmer.

Lydia blieb in ihrem Sessel mit geschlossenen Augen liegen, die Stille tat ihr wohl, schon begannen ihr die Gedanken zu vergehen, da hörte sie Amaliens sanfte Stimme: «Frau Baronin müssen jetzt schlafen gehen.»

«Ja, Amalie, schlafen», sagte Lydia mit einem tiefen Seufzer der Erleichterung.

Sechzehntes Kapitel

Fastrade konnte nicht schlafen, sie lag in ihrem Bette und horchte hinaus auf die Töne, die in der nächtlichen Stille durch das Haus irrten, das leise Knacken der Parkette, das Schlagen der Uhren. In einem Neste am Fenstersims zwitscherten die Schwalben leise im Traume. Und die Gedanken wurden eigensinnig bohrend, wie sie es in schlaflosen Nächten zu werden pflegen. Alles, an das sie sich hängten, bekam ein drohendes und feindseliges Gesicht, das Leben schien sehr gefährlich und tückisch, und mitten in ihm stand Dietz Egloff mit seinem leichtsinnigen und hochmütigen Lächeln, und doch lauerten gerade alle Gefahr und alle Feindseligkeit auf ihn. Eine große Angst ergriff Fastrade, eine Angst, wie sie nur in dunkler Nacht und im Traume uns beschleicht und uns atemlos in unseren Kissen auffahren lässt. Gegen Morgen schlief sie ein, allein bald erwachte sie wieder von einem Ton an ihren Fensterscheiben. Sie lauschte, da war er wieder, es war ihr, als würfe jemand etwas gegen ihr Fenster. Sie sprang aus dem Bette, eilte zum Fenster und öffnete es. Es war noch vor Sonnenaufgang, der Garten jedoch war schon ganz hell, und dort vor einem Beete roter Tulpen stand eine Gestalt im grauen Mantel und grauen Schleier, Lydia Dachhausen. Fastrade verstand nicht, aber da winkte Lydia mit ihrem Sonnenschirm und begann zu sprechen. «Ja, ich bin es, o bitte, kommen Sie zu mir herunter, ich muss Sie sprechen, es ist seinetwegen.»

«Gut, ich komme», rief Fastrade hinunter. Nach den Ängsten der Nacht erschien es ihr wie selbstverständlich, dass sie Dietz Egloff meinte, und dass er in Gefahr sei. Schnell hüllte sie sich in ihren elfenbeinfarbenen Morgenrock, warf einen Schal um, ging leise durch das schlafende Haus auf die Veranda hinaus und stieg in den Garten hinunter.

Lydia hatte sich auf eine Bank gesetzt, die Hände im Schoße gefaltet, den Oberkörper ein wenig vorgebeugt, starrte sie mit den Augen, die wie feuchte Edelsteine glänzten, Fastrade angstvoll entgegen.

Fastrade blieb vor der Bank stehen. «Was ist geschehen?», fragte sie leise. Lydia begann zu weinen. «Ach Gott, es ist so viel Schreckliches geschehen», erwiderte sie, «aber das ist ja gleich, deshalb wäre ich nicht zu Ihnen gekommen, aber ihm soll nichts geschehen. Mein Mann wird ihn sicher töten, und das will ich nicht, nur das nicht! Und Sie können ihn retten, Ihnen gehorcht er, Ihnen glaubt er, Sie kennen ja auch die schrecklichen Gesetze der Herren hier. Ich, was kann ich tun?»

Fastrade war sehr bleich geworden und sie stützte sich mit einer Hand auf die Rücklehne der Bank. «Ihr Mann will Dietz Egloff töten, warum?», fragte sie.

Lydia rang ihre kleinen sorgsam in lichtgraue Handschuhe geknöpften Hände ineinander und sah flehend zu Fastrade auf. «Wie soll ich Ihnen all die entsetzlichen Dinge erzählen», rief sie, «aber Fritz wird ihn sicherlich töten. Ich fahre zu meiner Mutter, mein Wagen steht dort vor dem Tore, Fritz – ja, Fritz hat mich aus dem Hause gewiesen, aber was liegt an mir. Sie werden ihm verzeihen, Sie werden ihn retten, ich will nicht, dass er um meinetwillen stirbt. Mein Gott, verstehen Sie doch!»

Fastrade hatte verstanden; sie errötete, ihre Augen waren weit offen, eine große Qual und zugleich etwas Hartes und Gewaltsames sprach aus ihnen, die Hand auf der Rücklehne der Bank zitterte, am liebsten hätte sie dieses kleine, bleiche Puppengesicht, das zu ihr aufschaute, geschlagen.

«Jetzt sind Sie böse», klagte Lydia, «und auf mich können Sie böse sein, aber ihn müssen Sie retten, ich kann ja nichts tun. Ich glaubte, wenn ich tot wäre, dann brauchte Fritz ihn nicht zu töten. Ich habe auch ein Fläschchen Opium, aber ich kann nicht, ich kann nicht sterben, ich habe so furchtbare Angst.» Sie bedeckte ihr Gesicht mit den Händen, wiegte sich hin und her und jammerte leise vor sich hin.

Fastrade war wieder ruhig geworden, sie schaute auf Lydia mit einer seltsamen Mischung von Mitleid und Ekel nieder wie auf ein kleines, wimmerndes Tier, dann setzte sie sich zu ihr auf die Bank, legte ihre Hand auf Lydias ruhelose Hände und sprach zu ihr wie zu einem Kinde. «Sie brauchen nicht zu sterben, das verlangt keiner von Ihnen, Sie müssen sich jetzt beruhigen, ich kann da nicht helfen, die Männer haben ihre Gesetze, das muss getragen werden. Aber, es muss ja nicht immer das Schrecklichste geschehen, und dann wird er Ihnen ja beistehen, Sie schützen, er hat ja Ihr Leben zerstört, er kann Sie nicht verlassen.» Fastradens Stimme begann zu zittern und dann zu versagen.

«Glauben Sie das?», fragte Lydia und das bleiche Gesicht begann sich zu beleben und es war fast ein Lächeln, das um ihre Lippen zuckte. Fastrade zog ihre Hand von Lydias Hand zurück und rückte auf der Bank ein wenig von ihr ab. Es lag so viel Widerwillen in dieser Bewegung, dass Lydia gleich wieder ein erschrockenes Gesicht machte und zu weinen begann.

«Sie müssen jetzt fahren», sagte Fastrade, «wenn Sie zu Ihrem Zuge zurechtkommen wollen.»

Gehorsam stand Lydia auf, «ja, ich will fahren», meinte sie, «wie gut Sie sind»; und sie beugte sich über Fastradens Hand, um sie zu küssen, Fastrade jedoch entzog sie ihr so heftig, dass Lydia befangen und eingeschüchtert einen Augenblick dastand: «Ja, dann adieu», sagte sie leise und ging mit den kleinen, leichten Rebhuhnschritten an den Blumenbeeten entlang dem Parktore zu.

Fastrade hatte sich auch von der Bank erhoben und machte einige

Schritte, vor dem Tulpenbeete aber blieb sie stehen, ließ die Arme schlaff niederhängen, als fehlte ihr der Mut zu jeder Bewegung. Die Sonne ging auf, der Tau, der grau auf Rasen und Blumen gelegen hatte, sprühte Funken. In der dunklen Fassade des Schlosses leuchteten die Fenster rosenfarben auf, als beginne es hinter ihren Scheiben zu blühen, und rosenfarbenes Licht lag jetzt über dem ganzen Garten; es beschien die weiße Gestalt am roten Tulpenbeete, das bleiche Gesicht, die lang niederhängenden, blonden Zöpfe. Mit weit offenen, tränenlosen Augen sah Fastrade in die aufgehende Sonne; weinen konnte sie nicht, aber sie hätte schreien mögen, einen jener Schreie, wie ihn ein Wild oder ein Vogel in der Waldesstille erhebt und der das ganze Land zum Zeugen seines Schmerzes aufruft.

Dieser Tag erschien Fastrade sehr lang, ein Padurenscher Sommertag mit seinen kleinen Beschäftigungen, dem Sitzen neben dem Lehnsessel des Vaters, den Mahlzeiten, mit gelbem Sonnenschein in der stillen Zimmerflucht, den Gesprächen mit Tante Arabella und den Gängen durch den Garten, von dem sie, die Hände voll weißer Narzissen, heimkehrte, die in die Vasen geordnet werden sollten. Fastrade war bleich und ruhig, ein Entschluss drängte alle Gedanken und Gefühle in den Hintergrund, wo sie still darauf lauerten, dass die Bahn für sie wieder frei werde.

Gegen Abend ließ sie den Braunen satteln und ritt in Begleitung des Stallknechts in den Wald. Es war kurz vor Sonnenuntergang, überall wurde das Vieh heimgetrieben, die Hüter sangen laut, aus den Schornsteinen der Katen stieg der Rauch der Abendsuppe auf und wurde rotgolden im Abendscheine. Eine behagliche Heiterkeit klang durch diese letzte Abendstunde. Fastrade trieb ihr Pferd an, sie hatte Eile, ans Ziel zu kommen. Im Walde vor der Auerhahnhütte stieg sie ab, übergab ihr Pferd dem Stallknecht und ging in die Hütte. Durch das geöffnete Fenster fiel der Abendschein voll in den kleinen Raum und vergoldete ihn über und über. In den letzten Sonnenstrahlen tanzten die Mücken wie blonder Staub, auf die kleine Waldwiese vor der Hütte waren schon Rehe ausgetreten und ästen knietief im rotgoldenen Grase. Es war sehr ruhevoll, allein Fastrade ließ diesen Frieden, ließ auch die Erinnerungen, die hier wohnten, nicht an sich heran. Schmal und aufrecht in ihrem blauen Reitkleide stand sie mitten in dem Zimmer und dachte an ihre Aufgabe. Sie hatte Dietz Egloff hierherbestellt, um ihm zu sagen, dass sie voneinander gehen mussten, und sie wollte, dass er auch verstehe, warum. Jetzt hörte sie draußen Schritte, und gleich darauf trat Egloff ein. «Guten Abend», sagte er.

«Guten Abend», erwiderte Fastrade und reichte ihm ihre Hand, die er höflich küsste. Sie sah sofort, dass er befangen war, und das rührte sie. Sie begann zu sprechen – schnell, atemlos, als fürchtete sie, den Mut zu verlieren, wenn sie zögerte. «Ich habe dich gebeten, herzukommen, ich wollte nicht so still von dir gehen, ich glaubte, es passe für uns beide nicht, uns zu trennen, ohne dass es klar zwischen uns sei, und so – so kam ich.»

Eine leichte Röte stieg in Egloffs Gesicht auf, er wandte sich ab, nahm einen Stuhl und schob ihn Fastrade hin. Als sie sich gesetzt hatte, setzte auch er sich auf die Holzbank. Er sah Fastrade nicht an, sondern schaute auf die Reitgerte nieder, mit der er spielte. «Das ist ja gewiss sehr korrekt», sagte er langsam, «das muss natürlich so sein, und ich hätte es nicht anders erwarten können. Ich habe es ja auch gewusst, dass es so kommen musste. Ein Skandal darf in die Nähe von Fastrade von der Warthe nicht kommen, das ist denn alles ganz ordnungsmäßig. Da sind alle dummen Erinnerungen nicht am Platz. Wenn ich daran denke, wie du hier an der Türe standest und von Helfen und Beistehen sprachest, so gehört das wohl nicht hierher.»

«Doch, es gehört hierher», rief Fastrade leidenschaftlich, «wenn du krank wärest, oder arm, oder von allen verlassen, dann würde ich bei dir stehen, das wäre der einzige Platz auf der Welt, der mir zukäme, aber ich müsste ein Recht darauf haben, du müsstest zu mir gehören. Nun aber gehörst du nicht mehr zu mir.»

Egloff schaute auf, seine Augen wurden dunkel und böse: «Gehöre ich zu Lydia Dachhausen?», fragte er.

«Sie war heute Morgen bei mir», fuhr Fastrade fort, «sie weiß dich in Gefahr, sie glaubte, ich könnte etwas tun, um dich zu retten. Das tut nur eine Frau, die ein Recht auf dich hat.»

Egloff zuckte leicht mit den Schultern: «Ich bin nicht so freigebig damit, das Recht auf mich zu vergeben; diese kleine Frau, die sich an mich hängt, ist ein Abenteuer, eine Gelegenheit, eine Sünde, alles – nur kein Schicksal. Lydia Dachhausen zählt nicht, dass du das nicht verstehst! dass du an der nicht vorüberkannst!»

Fastrade schüttelte den Kopf: «Nein, das werde ich nie verstehen, dass eine Frau, die dir zuliebe ihr ganzes Leben zerbricht, nicht zählt, an der kann ich nie vorüber, es würde mir sein, als ob ich auf etwas Lebendes träte.»

Die Sonne war untergegangen, und in dem kleinen Zimmer dämmerte es, von der Wiese und den großen Tannen wehte Kühlung herein; eine Fledermaus hatte sich durch das Fenster in das Zimmer hinein verirrt und zog unter der niedrigen Decke unablässig ihre Kreise, zuweilen leise mit den Flügeln an die Wände streifend. Egloff hatte eine Weile geschwiegen, nun sprach er, und es klang verhalten und dumpf, als müsste er seine Stimme zur Ruhe zwingen: «So habt ihr es immer hier gemacht auf den Schlössern, Großmut, Mitleid, Stolz, Ehrlichkeit, all solche Dinge mussten in die Liebe hinein, Dinge, die nichts mit der Liebe zu tun haben, an denen sie erstickt. Lydia weiß von diesen Dingen nichts, die kommt an jeder vorüber.»

«Das einzige Recht der armen Lydia ist das Recht auf dich», erwiderte Fastrade ein wenig feierlich, «und wenn ich noch etwas wünschen, wenn mich noch etwas freuen könnte, so wäre es, dass du sie beschützest und sie nicht verlässest.»

«O, ich kenne das», unterbrach Egloff sie heftig, «immer wolltest du mich mit deiner Tugend anputzen, damit deine Liebe sich vor sich selbst entschuldigen konnte, dass sie an einen solchen Gesellen geraten war. Aber es ist umsonst, ich fürchte, sie hatte keine Entschuldigung.»

«Ach, lassen wir sie», sagte Fastrade müde, «sie hat keinem helfen können, sie zählt nicht mehr.»

Leise und als spräche er zu sich selbst, murmelte Egloff: «Zählt nicht – na, sie wäre noch das Einzige gewesen, was in dieser verdammten Welt hätte zählen können.» Es war so finster geworden, dass sie einander nicht mehr deutlich sehen konnten. Über ihnen war noch immer das unermüdliche leise Rauschen der kleinen Flügel hörbar, plötzlich hatte die Fledermaus den Ausgang durch das offene Fenster gefunden, sie stieß einen schrillen Laut aus und flatterte in die Dunkelheit des Waldes hinaus.

«Ich muss jetzt gehen», sagte Fastrade, «lebe wohl, Dietz.» Sie reichte ihm ihre Hand, und er drückte sie schweigend. Fastrade wandte sich dem Tische zu, auf dem ihre Handschuhe und Reitgerte lagen, sie blieb dort einen Augenblick stehen, und der leise, helle Ton fallenden Goldes wurde vernehmbar. Sie hatte den Ring, den Egloff ihr gegeben, vom Finger gestreift und auf den Tisch fallen lassen, dann ging sie hinaus.

Zu Hause erfuhr sie von Christoph, dass der Baron Port eben da gewesen und fortgefahren sei. Während sie sich in ihrem Zimmer umkleidete, dachte sie: «so muss es ja kommen, jetzt ist die Geschichte von Lydia, Dietz und mir zu allen Schlössern unterwegs.»

Fastrade ging zu ihrem Vater hinüber. Der Baron und die Baronesse Arabella saßen nebeneinander auf dem Sofa, und die bleichen Gesichter schauten gespannt zur Türe hin. «Guten Abend», sagte Fastrade, als sie eintrat.

«Guten Abend, mein Kind», erwiderte der Baron feierlich, «setze dich.»

Fastrade setzte sich, faltete die Hände im Schoß, sah vor sich hin in das Licht der Lampe und wartete.

Der Baron schaute seine Schwester an, diese nickte kummervoll, da trocknete er seine Lippen mit dem Taschentuche, räusperte sich und sprach offenbar mit Anstrengung: «Port war hier, er hat mit deiner Tante gesprochen, nun ja, und deine Tante hat mit mir gesprochen. Er hat da Dinge erzählt, die uns viel Kummer bereiten.» Er hielt inne und sah Fastrade erwartungsvoll an. Diese regte sich nicht, sie schaute noch immer wie abwesend in die Lampe, aber sie sagte ruhig und deutlich: «Ich habe eben meine Verlobung mit Dietz Egloff gelöst.» Wieder sahen die beiden alten Leute einander an, die Baronesse lächelte sogar kaum merklich und der Baron nickte. «So, so», meinte er, und das Reden wurde ihm leichter, «nun ja, ich habe von meiner Tochter nichts anderes erwartet. Ich erinnere mich zwar nicht, dass hier in Paduren eine Warthe schon einmal ihre Verlobung aufgelöst hätte, das ist für die Familie auch immer unangenehm, aber unter diesen Umständen bleibt uns wohl nichts anderes übrig. Hättest du beizeiten meine Warnungen gehört, so wäre uns viel Kummer erspart worden. Aber lassen wir das jetzt, dieser junge Mann ist erledigt.» Und er fuhr mit der Hand von oben nach unten durch die Luft, wie er es in solchen Fällen zu tun liebte. Fastrade wollte auffahren, wollte gegen diese bleiche Greisenhand protestieren, die über Dietz Egloff den Sargdeckel zuzuschlagen schien, aber sie schwieg. «Nun und du wirst bald darüber hinwegkommen», fuhr der Baron heiterer fort: «Du hast deine Heimat, deinen Wirkungskreis, wir sind ja hier recht gemütlich beisammen, wer kann uns etwas vorwerfen, wer kann uns etwas tun, nun also.»

Die Baronesse Arabella stand auf, ging zu Fastrade und küsste sie auf die Stirn, der Baron legte seine Hand auf Fastradens Hände, sie aber richtete sich auf, als täten diese Liebkosungen ihr wehe. «Sollen wir nicht lesen?», sagte sie und griff nach St. Simons Memoiren.

«Nun ja», erwiderte der Baron, «dem steht jetzt wohl nichts im Wege.»

«Lest, lest», meinte die Baronesse; ihr tränenfeuchtes Gesicht lächelte; «ich bringe euch Orangen, es ist eben eine neue Sendung angekommen.»

Siebzehntes Kapitel

Spät am Abend kehrte Dietz Egloff von seiner Reise nach Hause zurück. Klaus empfing ihn im Flur, nahm ihm seine Sachen ab, fragte nach seinen Befehlen und tat das mit einer scheuen, traurigen Miene. Egloff entnahm daraus, dass die Nachricht vom Tode des armen Dachhausen ihm vorausgeeilt war. Im Saal kam ihm die Baronin entgegen, sie umarmte ihn, sie hatte geweint, und auch in ihrer Zärtlichkeit lag etwas Befangenes und Unsicheres. «Du wirst hungrig sein, mein Kind», sagte sie, «du wirst gleich essen.»

Egloff dankte, schlafen wollte er, nur das.

«Ja, ja», meinte die Baronin und streichelte seinen Rockärmel, «schlaf nur, mein Kind; niemand wird dich stören. Wein und etwas Kaltes lasse ich dir auf dein Zimmer stellen, vielleicht dass du später etwas nimmst.» Auch Fräulein von Dussa kam, und in ihrem Händedruck lag etwas Pathetisches. Die beiden Damen begleiteten Egloff bis an die Tür seines Zimmers, und als er dieselbe hinter sich schloss, hörte er sie eine Weile noch miteinander flüstern.

Er streckte sich auf sein Sofa aus und schloss die Augen, er war wirklich todmüde, aber was half es, so war es ihm schon auf der Fahrt ergangen, sobald er die Augen schloss, musste er das eben Erlebte wieder erleben. Es war wie eine Besessenheit, gleich sah er wieder das flache, mit Erlengebüsch bestandene Land dort an der polnischen Grenze im Lichte des bewölkten Morgens, mitten darin das Birkenwäldchen, grell weiß und grün wie ein neues Kinderspielzeug. Dort gingen die Herren auf und ab, maßen die Distanz, luden die Pistolen. Da war Bützow und der Leutnant von Klette, der junge von Teschen und Doktor Hansius. Egloff ging etwas abseits auf und ab, er hatte den Kragen seines Paletots aufgeschlagen, denn ihn fror. Auf der andern Seite sah er Dachhausen hin- und hergehen, und er musste lächeln über die breitspurige und würdige Art, in der die kleine Gestalt einherschritt. «Ein guter Junge», dachte Egloff. Von Jugend auf kannten sie sich, und Dachhausen hatte stets mit treuherziger, großer Bewunderung zu Egloff aufgesehen. Welch eine widerwärtige Komödie, dass man sich da hinstellen sollte und aufeinander schießen, und wie wichtig der kleine Dachhausen sich vorkam. Fräulein von Dussa, in ihrer boshaften Weise, hatte einmal gesagt, Dachhausens Augen haben mit den schönen Brauen und den langen Wimpern eine ganz tragische Aufmachung, mittendrin aber sitzen doch nur die harmlosen blauen Dachhausenschen Augen. Das war es, Dachhausen liebte das Pathos und hatte kein Glück damit.

Geschäftig kam Bützow herangelaufen, das große Monokel ganz

beschlagen von der feuchten Luft. «Ich denke, wir fangen an», sagte er, «es ist alles bereit.» So stellten sie sich denn auf. Als die Gegner einander grüßten, als ihre Blicke sich begegneten, war Egloff versucht, dem alten Kameraden so vieler Jugendstreiche zuzulächeln, allein Dachhausens Gesicht blieb starr und ernst. Der Unparteiische begann zu zählen, Egloff schoss, er wusste nicht, hatte er gezielt, aber nach dem Schusse warf Dachhausen beide Arme empor, drehte sich und fiel zu Boden. Doktor Hansius und die anderen Herren liefen auf ihn zu und umgaben ihn. Egloff blieb auf seinem Platze stehen, er war sehr überrascht, das hatte er nicht erwartet. Endlich kam Bützow zu ihm herüber. «Lungenschuss», sagte er leise, «schlimm. Wir werden ihn zum Kruge bringen müssen.»

«Kann ich helfen?», fragte Egloff.

«Nicht nötig», erwiderte Bützow, «es sind Leute da, mein Chauffeur und andere, fatale Geschichte», und er eilte wieder fort.

Egloff sah zu, wie die Leute kamen und Dachhausen forttrugen, und als er allein war, fing er an mit kleinen Schritten auf und ab zu gehen, über ihm im Laube flüsterte es, ein feiner Regen ging nieder. Er zog seinen Paletot an, weil ihn fror. Das erste Gefühl, das ihn überkam, war eine Art Erleichterung, etwas war von ihm genommen. Über den Ausgang solcher Affären denkt man ja nicht viel nach; aber auf dem Grunde seines Bewusstseins hatte die Überzeugung geruht, dass er fallen würde, und nun lebte er. Gleich darauf erfasste ihn ein ungewohntes, quälendes Erbarmen mit dem alten Freunde, der da so hilflos mit beiden Armen in die Luft gegriffen hatte und zur Erde gefallen war. Wozu das? das hatte er doch nicht gewollt. «Pfui Teufel», brummte er und spie aus. Langsam ging er jetzt den andern nach, und seine Gedanken schlugen einen andern Weg ein. «Wäre ich gefallen», sagte er sich, «dann hätte Fastrade um mich geweint, jetzt wird ihr Mitleid Dachhausen gehören, und sie ist mir unerreichbarer denn je.» Er missgönnte Dachhausen dieses Mitleid. Was hatte der dumme, kleine Dachhausen solche Geschichten zu machen? Im Duelle fallen, das passte wirklich nicht zu ihm, das war eine dieser Wichtigtuereien, über die er ihn so oft als Knabe verspottet hatte. Egloff nahm seinen Hut ab und ließ sich das heiße Gesicht vom Regen kühlen. Nun war es ja auch gleich, verspielt war verspielt. Die feuchten Erlenblätter um ihn her dufteten stark, ein Hase setzte über den Weg, und Egloff folgte ihm in gewohnheitsmäßigem Interesse mit den Blicken.

Vor dem Kruge angelangt, ging er in die Krugstube. Der Raum war unreinlich genug, roch nach kaltem Tabak und Fusel, ein graubärtiger Jude stand hinter dem Schenktische, ruhig und beschaulich, als sei nichts geschehen. «Guten Morgen, Herr Baron», sagte er freundlich, «die Herren haben schlechtes Wetter, schade.»

Doktor Hansius kam eilig in das Zimmer, um etwas zu bestellen.

«Wie steht es?», fragte Egloff. Hansius zuckte die Achseln:

«Nicht gut», meinte er und ging wieder.

Auch die Herren von Klette und Teschen kamen eine Zigarette rauchen; sie standen einen Augenblick bei Egloff und berichteten. Es sah schlimm aus, er war nur selten bei Bewusstsein, die Katastrophe konnte bald eintreten. Die Unterhaltung verstummte jedoch, und die Herren fühlten sich behaglicher, als sie sich in die Fensternische zurückzogen und miteinander flüsterten. «Die sympathische Person bin ich hier nicht», ging es Egloff durch den Kopf.

Hansius erschien wieder in der Türe. Dieses Mal winkte er Egloff: «Ich glaube, er will Sie sehen», sagte er.

Egloff folgte dem Doktor in ein kleines, weiß getünchtes Zimmer, in dem ein Bett, ein Tisch und ein Stuhl standen. Dachhausen lag in seinen Kissen mit geschlossenen Augen; sein Gesicht schien in der kurzen Zeit seltsam gealtert, es war spitz und gelb geworden. Der Doktor beugte sich über ihn, da öffnete er die Augen, ließ seinen teilnahmlosen, kalten Blick durch das Zimmer irren, wandte den Kopf zur Seite und machte mit der Hand eine müde, abwehrende Bewegung. Er schien etwas zu murmeln, Doktor Hansius beugte sich näher zu ihm, richtete sich dann auf und flüsterte Egloff zu: «Ich denke, Sie gehen.»

«Was sagt er?», fragte Egloff.

«Er sagt Lydia», erwiderte der Doktor.

Egloff verließ das Zimmer. Draußen stieß Bützow zu ihm. «Hier ist schlechte Luft», meinte er, «draußen wird es besser sein.» Sie gingen hinaus und schritten vor dem Hause in dem leise niederrinnenden Regen auf und ab. Bützow machte anfangs Redensarten über die fatale Affäre, bald ging er auf die vielen Hasen über, die es hier geben musste, und auf die kleinen, struppigen Bauernhunde, die so glänzend auf der Hasenjagd waren. Ab und zu schauten sie zur Krugstüre hinüber, als erwarteten sie eine Nachricht. Plötzlich blieb Bützow stehen. «Hören Sie, Egloff», sagte er, «das ist nun so, wie es ist, aber essen muss der Mensch, ich habe einen Wolfshunger, Sie nicht?»

Egloff hatte an seinen Hunger bisher nicht gedacht.

«Gleichviel», beschloss der Graf, «kommen Sie zu meinem Wagen, dort habe ich was zu essen.» Sie gingen zu Bützows Automobil und stiegen hinein. Bützow packte seine Vorräte aus: «Sehen Sie, da ist Leberpastete, da ist kalte Pute, hier etwas Kaviar, da ist Schnaps und Rotwein», und sie begannen zu essen, Egloff fühlte erst jetzt, dass er hungrig war, und das Essen bereitete ihm ein intensives Vergnügen. Es war auch wirklich gemütlich hier in dem hübschen gepolsterten Raume, der Regen knisterte an den Fensterscheiben, Bützow wurde ordentlich heiter, er sprach von seinem Koch, der eine Perle war, kritisierte das Essen auf den Schlössern. Bei Ports aß man schlecht, aber sie hatten eine Spezialität, kleine Speckpasteten, die waren delikat. Bei Teschens war die Fischsuppe gewöhnlich gut. Egloff berichtete von Speisen, die er auf seinen Reisen gegessen, von einer gefüllten Pute, die in einem griechischen Haushalt serviert worden war, gefüllt mit Reis, Pistazien, Mandeln und trockenen Feigen. Als die Mahlzeit jedoch beendet und Egloff satt war, fiel die gemütliche Stimmung sofort wieder von ihm ab. Der Raum wurde ihm zu enge, und Bützow mit seinem Geschwätz und seinem zu starken englischen Parfüm war ihm unerträglich. «Steigen wir aus», schlug er vor.

Draußen kam ihnen der Leutnant von Klette entgegen, ernst und feierlich. «Es ist aus», murmelte er.

Man stand schweigend beisammen, bis Bützow sagte: «Sehr traurig, sehr traurig, aber dann können wir wohl fahren, ich bringe Sie zur Station, Egloff.»

Allein Egloff wollte den Toten sehen. Dachhausen lag da im kleinen Krugzimmer, das bleiche Gesicht hatte jetzt wieder seinen friedlichen, harmlosen Ausdruck, an den Augen die Linien, welche die freundlichen Falten seines stets bereiten Lachens eingegraben; es war wieder das gute Gesicht, auf dem nichts von Leiden, nichts von einer Geschichte geschrieben stand.

Egloff schaute ihn an mit einer wunderlichen Mischung von Mitleid und Verachtung. Es schien fast widersinnig, dass er so streng und bleich da lag, der arme Junge konnte selbst im Tode nicht ernst genommen werden. Egloff wandte sich ab, verabschiedete sich von den Herren mit einem kühlen Händedruck und ging hinaus, um zu Bützow in das Automobil zu steigen.

Nun kam die Reise mit ihrem traumhaften Wiedererleben des Erlebten; es war Egloff unmöglich, an das zu denken, was kommen würde, immer wieder stand das Vergangene ihm vor Augen, und mitten darin immer wieder Dachhausen, Dachhausen sich breit und wichtig auf die Mensur stellend, Dachhausen, wie er hilflos mit den Armen durch die Luft fuhr und zu Boden fiel, Dachhausen, wie er bleich und still im Bette lag. Und ein Ingrimm erwachte in Egloff, wie einfach und klar wäre die Lösung gewesen, wenn er, Egloff, gefallen wäre. Ja, er wusste es jetzt, er hatte bestimmt darauf gerechnet, und nun kam dieser Mensch und verwirrte alles wieder. Dort in der kleinen weißen Krugstube wie Dachhausen dazuliegen, welche Ruhe!

Ja, welche Ruhe, Egloff streckte sich auf seinem Sofa. Draußen vom Saale her klangen die Töne eines Harmoniums herüber, Egloff entsann sich, es war heute Sonnabend, und da pflegte stets eine Abendandacht mit den Leuten stattzufinden. Er erhob sich und ging hinaus.

Fräulein Dussa saß am Harmonium, die Baronin neben ihr, die Bibel auf den Knien, in der Türe standen die Mägde und die Diener und der Koch. Egloff setzte sich am anderen Ende des Saales in einen

Sessel, dort hatte er schon als Kind während dieser Andachten gesessen, damals waren ihm die Augen vor Schläfrigkeit zugefallen, und die Flammen der Kerzen hatten sich in krause Bündel kleiner goldener Blitze aufgelöst.

«Aus tiefer Not schrei ich zu dir» wurde angestimmt. Starke, ein wenig heisere Stimmen riefen die feierliche Leidenschaftlichkeit der Melodie in den Saal hinein und mischten in die Andacht die Schläfrigkeit des Feierabends. Wie einst als Kind, empfand Egloff diese Töne als große, ruhige Wellen, die ihn nahmen, hoben und wiegten, und die krankhafte Spannung seiner Nerven löste sich. Nach dem Choral las die Baronin den zweiten Psalm in ihrer klagenden, ermahnenden Weise, nur dass die Stimme zuweilen zu zittern begann und in einer aufsteigenden Rührung zu versagen drohte. Den Schluss machte ein gemeinsames Gebet, ein gleichmäßiges Murmeln, das dem kleinen Dietz früher der Inbegriff des Heiligen geschienen hatte. Egloff stand leise auf und ging in sein Zimmer hinüber. Das hatte ihm wohlgetan, es war stiller in ihm geworden. Er aß ein wenig, trank ein Glas Wein und setzte sich in seinen großen Sessel. Das angenehme Gefühl, mit dem wir bemerken, dass ein bohrender Schmerz, der uns quälte, plötzlich nachgelassen hat, erfüllte auch ihn, als er feststellte, dass er nicht mehr an Dachhausen zu denken brauchte. Er schloss die Augen und musste eine Weile geschlafen haben, denn er träumte eine kurze Traumvision, Fastrade kam in die Auerhahnhütte in ihrem blauen Reitkleide, das Gesicht rund und rosig, das Haar unnatürlich golden, und mit ihr kam viel Sonnenschein in das Zimmer, ein Sonnenschein so gelb, wie er ihn nur als Kind gesehen zu haben glaubte, wenn der kleine Dietz morgens im Bette lag und die Wärterin die Fensterläden öffnete und die Morgensonne hereinließ. Das Gefühl der Freude musste für den Traum zu stark sein, denn er erwachte. Still saß er da, um das Traumgefühl festzuhalten, bis die Gegenwart unerbittlich und unentrinnbar alles verlöschte. Da empfand er ein Gefühl des Alleinseins, wie es ihn so stark noch nie ergriffen hatte. Menschen waren ihm stets ein Bedürfnis gewesen, allein er hatte es nie recht verstanden, ihnen nahe zu sein, jetzt jedoch schienen alle Fäden, die ihn mit den anderen verbanden, zerrissen, und die eine, in deren Gegenwart er sich nie allein gefühlt, war ihm unendlich fern. Seltsam war es immerhin, dass er mit diesem Dietz Egloff bis an das Ende gehen sollte. Und vielleicht war es ein Aberglaube, die Welt war doch so groß, konnte er nicht dort irgendwo weit fort auftauchen, als ein Anderer und Neuer? Das Leben Dietz Egloffs war zwar verdorben und verspielt, aber das Leben ohne Dietz Egloff war ganz uninteressant. So sank denn die Einsamkeit auf ihn nieder wie etwas Körperliches, wie etwas Kaltes und Hartes, schnürte ihn ein wie eine Rüstung. Die kleine Uhr auf dem Spiegeltisch schlug elf mit ihrem dünnen, hellen Tone, der einer Kinderstimme glich.

Egloff klingelte Klaus und befahl ihm, Ali zu satteln, ging darauf in sein Ankleidezimmer, sich für den Ritt umzukleiden. Als er fertig war und eben hinausgehen wollte, blieb er einen Augenblick vor seinem Schreibtische stehen, auf dem ein Paket Briefe lag, obenauf ein großer Brief von Mehrenstein. Mit Ekel schob er sie beiseite, die sollten nur uneröffnet bleiben.

Ali war munterer denn je, und da Egloff ihn laufen ließ, jagte er in vollem Galopp die Landstraße entlang. Wieder kamen sie an Wiesen vorüber, über die der Nebel hinspann, wieder schlug die Nachtigall in den Erlen, und Harmonikaklänge irrten durch die Nacht, aber heute kam das Egloff nicht nahe, es zog vorüber wie das Leben, auf das wir aus dem Kupeefenster mit reisemüden Augen herabsehen. Aber Ali war so ausgelassen, dass Egloff auf ihn achtgeben musste, und die Arbeit am Pferde zerstreute ihn ein wenig. So jagten sie die Padurensche Birkenallee hinab, und vor dem Parkgitter hielten sie. Dunkel und schweigend mit seinen geschlossenen Fensterläden stand das alte Haus zwischen den großen Kastanienbäumen, die alle ihre Blüten aufgesteckt hatten mitten in dem schwülen Dufte seines Gartens, und der bleiche Reiter vor dem Parktor starrte lange durch die Dämmerung zu ihm hinüber. Ali jedoch war unruhig und ließ sich endlich nicht mehr halten. «Geh», murmelte Egloff, und in tollem Ritte ging es jetzt über die Landstraße dem Walde zu. Im Walde war es dunkel und so stille, dass die Hufschläge des Pferdes widerhallten wie in verlassenen Kreuzgängen. Vor der Auerhahnhütte blieb Ali von selbst stehen. Egloff stieg ab und führte das Tier, das ganz in Schaum war, beiseite unter die Zweige einer großen Tanne. «Tüchtig ausgelaufen, was, mein Alter», sprach er ihm liebevoll zu, er löste ihm den Sattelgurt und den Kopfriemen, bedeckte leicht mit der linken Hand das Auge des Pferdes, zog mit der rechten seinen Revolver heraus, drückte es gegen Alis Ohr und schoss ab. Ein Zittern ging durch den ganzen Körper des Tieres, dann brach es mit allen vier Läufen zusammen, zuckte ein wenig und lag still da. Egloff beugte sich zu ihm nieder, strich ihm mit der Hand über die Mähne und murmelte: «So, mein Alter, mehr ist nicht daran, man streckt sich ein wenig, und dann ist's aus, mehr ist nicht daran.» Er richtete sich auf und ging langsam zur Hütte hinüber. Vor der Türe blieb er einen Augenblick stehen und schaute in die Nacht hinein. Durch die schwarzen Tannenwipfel blitzten Sterne, auf der kleinen Waldwiese lag Nebel, und ein Nachtvogel flog lautlos nahe der Erde durch die weißen Schleier hin. Egloff öffnete die Türe zur Hütte und zog sie hinter sich zu. – –

Früh morgens wurde Fastrade von ihrem Mädchen geweckt. Der Förster aus Sirow sei da, hieß es, er wolle das gnädige Fräulein sprechen, es sei etwas mit dem jungen Herrn geschehen, vielleicht wolle das gnädige Fräulein mitfahren, der Förster habe seinen Wagen da. «Gut, ich komme», sagte Fastrade, sie sprang aus dem Bette und kleidete sich eilig an. Keine große Erregung machte sie dabei schwach, die letzten Tage hatten so viel Leid gebracht, dass eine Art ruhiger Schmerzbereitschaft in ihre Seele eingekehrt war. Sie erwartete es nicht anders, als dass noch mehr Schmerzvolles kommen würde. Den Förster Gebhard fand sie sehr verstört. «Ja, es war etwas Schlimmes geschehen mit dem jungen Herrn», berichtete er, «drüben in der Auerhahnhütte.» Er wäre zuerst hierhergekommen. Auch nach Doktor Hansius sei geschickt worden. Der Wagen stehe unten. «Also fahren wir», beschloss Fastrade. Mehr war aus dem Alten nicht herauszubringen, und Fastrade mochte nicht fragen, es war ihr, als wüsste sie schon alles. Sie stiegen in den kleinen Wagen, schweigend trieb Gebhard sein Pferd an, und aus seinen kleinen, schlauen Augen rannen beständig Tränen in den grauen Bart. Vor der Auerhahnhütte hatten sich Leute versammelt, Waldhüter und Bauern, die Fastraden scheu und traurig grüßten. Sie stieg aus und ging in die Hütte. Auf der hölzernen Ruhebank lag Egloff ausgestreckt, sie hatten ihm die Satteldecke unter den Kopf geschoben, sein Rock war offen, auf seinem Hemde war ein kleiner Blutfleck wie ein rotes Siegel, die Züge des bleichen Gesichtes hatten eine wunderbare Schärfe und Regelmäßigkeit, und der Ausdruck hochmütiger Verschlossenheit lag auf ihnen.

«Er ist tot», kam es klagend von Fastradens Lippen, sie kniete nieder und streichelte seine kalte Hand. Dann setzte sie sich auf die Bank, nahm seinen Kopf in ihren Schoß, beugte sich nah auf ihn nieder und sprach halblaut zu ihm: «Ganz allein, ganz allein musste er sterben, ich war nicht da, ich habe ihn ja verlassen, ich habe ihm nicht geholfen, so ist er allein gestorben, niemand war bei ihm, als er in Not war.»

Leute kamen in das Zimmer und gingen wieder, Fastrade bemerkte es nicht, sie tat, als sei sie mit ihrem Toten allein. Endlich berührte jemand ihre Schulter, Doktor Hansius war es. «Wir müssen ihn in das Schloss bringen», sagte er.

Fastrade sah ihn mit den weitoffenen, tränenlosen Augen an und sagte wieder klagend: «Er ist hier allein gestorben, denn ich habe ihn ja verlassen.»

Männer kamen mit einer Tragbahre, auf die der Tote gebettet wurde, Gebhard gab leise Befehle, und sie trugen ihn hinaus.

«Kann ich Sie in meinem Wagen mitnehmen?», fragte Hansius Fastrade.

«Ich bleibe bei ihm», erwiderte sie. Sie ging hinaus, und als der Zug sich in Bewegung setzte, schritt sie neben der Bahre her, ihre Hand auf die Hand des Toten gelegt. Der Morgen war wundervoll hell, in den Pappeln der Allee jubelten die Amseln so laut, als feierten sie heute ein besonderes Fest. Am Ende der Allee stand das Schloss blendend weiß in der hellen Morgensonne. Ganz still, mit niedergeschlagenen Vorhängen, schlief es noch mitten in dem bunten Blühen seines Gartens, während der stille Zug sich ihm langsam näherte.

Achtzehntes Kapitel

Die Baronin Port hatte ihren Strickrahmen auf die Veranda hinaustragen lassen, da saß sie mitten unter den Schatten des wilden Weines und arbeitete. Sie stickte an einem jungen Hunde, der nach einer Wespe schnappt auf hellblauem Grunde. Auch Gertrud hatte sich hier in einem Liegestuhl ausgestreckt und sah müßig auf das Land hinaus. Sylvia aber las still für sich einen englischen Roman. Der Baron Port kam auf die Veranda heraus im Reitanzug, denn er war im Begriff, seinen gewohnten Abendritt zu machen. «Ihr sitzt hier ganz gut», meinte er, «ich wollte nur sagen, dass ich in Paduren anreiten will und vielleicht später nach Hause komme.»

«Tue das», erwiderte die Baronin, «sieh etwas nach den armen Padurenschen.»

«Ach was, arm», versetzte der Baron, «ich finde, Warthe ist in letzter Zeit sehr guter Laune. Nun, und Fastrade kommt allmählich auch darüber hinweg, sagt mir die Tante. Vernünftiges Warthesches Blut. Es ist gut, dass auch die dümmsten Geschichten vorübergehen.» Er stand noch einen Augenblick da und schaute auf den Garten hinunter, «ein Wetterchen, ein Wetterchen», murmelte er, «wenn das so weitergeht, kriegen wir ein Heu wie Zucker. Na ja, dann auf Wiedersehen», und er ging.

Sylvia, die, während ihr Vater sprach, ruhig weitergelesen hatte, ließ jetzt das Buch sinken.

«Du weinst ja», sagte Gertrud.

Sylvia lächelte und hatte die Augen voller Tränen. «Ja», erwiderte sie, «die kleine Mary, die den Lord liebt, stirbt an gebrochenem Herzen, das ist sehr rührend.»

Gertrud lehnte sich befriedigt in ihren Stuhl zurück. «Gewiss, das gibt es», meinte sie, «und es ist ein Trost, dass solche schöne, heiße Sachen wirklich in der Welt passieren, wenn sie auch nicht zu uns kommen. Mit dem armen Egloff und Fastrade und Lydia und Dachhausen waren sie uns schon ganz nahe.»

Die Baronin hob den Kopf und sah ihre Tochter unzufrieden über die Brille hin an. «Wie du wieder sprichst», sagte sie, «danke Gott, dass du hier ruhig und glücklich leben kannst und dass wir von deinen dummen, heißen Sachen verschont bleiben.»

Gertrud lächelte überlegen. «Ich sage ja nichts», versetzte sie, «aber ich kann mich doch darüber freuen, dass es da draußen ein Leben gibt, in dem Interessanteres sich ereignet, als dass das Heu gut hereinkommt.»

Die Baronin zuckte die Achseln und suchte in ihrem Wollkorbe nach einem passenden Faden. «Draußen, draußen», murrte sie, «du warst ja draußen und die Fastrade auch, was hat es geholfen? Ihr kommt ja doch zurück, ihr könnt dort ja doch nicht leben.»

«Vielleicht können wir es nicht», erwiderte Gertrud gereizt, «aber ich kann mich doch darüber freuen, dass es Menschen gibt, die das können.»

Unterdessen ritt der Baron Port auf seiner alten Schimmelstute gemächlich zwischen seinen Feldern hin. Der Tag war sehr heiß gewesen, von der Abendsonne angeleuchtet, schwebte der Staub wie ein rötlicher Dunst über der Landstraße, das Korn war schon in Ähren, die Wiesen in ihrem vollen Blühen hatten einen schönen Kupferglanz. Die Arbeiter kamen von ihrer Arbeit und grüßten den Baron, und er nickte wohlwollend, rief dem einen oder anderen etwas zu: «Heiß gewesen heute, was?», und als sie schon vorüber waren, behielt sein Gesicht noch eine Weile das leutselige Lächeln. Er liebte es, auf seinen abendlichen Ritten nicht nur seine eigenen Felder, sondern auch die Felder der Nachbargüter zu besichtigen. So schlug er den Weg nach Barnewitz ein. Als er am Hause vorüberkam, sah er die Baronin Dachhausen und Adine in ihren Trauerkleidern auf der Hofestreppe stehen und zum Stall hinüberschauen, in den gerade das Vieh eingetrieben wurde, eine lange Reihe schöner, schwarz und weiß gefleckter Tiere, die langsam vorüberzogen und eine Atmosphäre von Gemächlichkeit und Sattheit um sich her verbreiteten. Der Baron grüßte hinauf, und die Damen winkten. Von Barnewitz machte er einen Umweg über Sirow. Die Felder standen auch dort gut. Durch das Gartengitter sah er die beiden Frauen mit wehenden Trauerschleiern in der kleinen Wandelhalle auf und ab gehen. Das kannte er, das hatte er oft schon gesehen, wenn er vorüberritt, nur fiel es ihm heute auf, dass die Baronin Fräulein von Dussa den Arm gab und langsam zu gehen schien.

Um Sonnenuntergang langte er in Paduren an.

«Die Herrschaften sind unten im Park», meldete der Diener.

«Ich weiß, ich weiß», sagte der Baron Port und ging zum kleinen See hinunter. Dort fand er den Baron Warthe in seinem Rollstuhle, die Baronesse Arabella und Fastrade. Sie saßen still beisammen und warteten auf den Einfall der Enten. «Kommen sie schon?», fragte Baron Port.

«Die kommen schon», erwiderte Baron Warthe und lachte, «nach dem heißen Tage haben sie es eilig.»

«So, so», meinte Baron Port und setzte sich zu seinem alten Freunde: «Ja, ein Wetterchen, wenn das so fortgeht, so kriegen wir alle Arbeit zugleich auf den Hals», und er erzählte von den Witzowschen Feldern und von den Barnewitzschen und Sirowschen Feldern, und sie sprachen von den früheren Ernten. Wenn eine Schar Enten herangeflogen kam und sich rauschend in das Schilf einließ, dann hielten die alten Herren in ihrem Gespräch inne und lachten.

«Nichts Neues in der Gegend?», fragte der Baron Warthe.

«Nein, nichts», erwiderte der Baron Port, «Gott sei Dank ist hier alles wieder ruhig.»

«Das ist gut», meinte der Baron Warthe in belehrendem Stimmtone, «man hat im Leben ja auch seine Unruhe gehabt, man hat seine Tätigkeit und seinen Wirkungskreis gehabt, nun will man Ruhe im windstillen Winkel.»

«Da hast du ganz recht, Bruder», bestätigte Baron Port.

Fastrade saß schweigend da und schaute auf den See hinaus. Die behaglich plaudernden Stimmen der Alten drangen zu ihr wie etwas, gegen das sie sich wehrte. Alles wieder ruhig. War diese Ruhe nicht etwas Drohendes und Feindliches, sie hatte Angst um ihren Schmerz, der jetzt ihr heiligstes Erlebnis war, würde er in dem windstillen Winkel stille werden, schläfrig werden, untergehen?

Die Dämmerung nahm zu, Enten kamen nicht mehr, der See wurde still, nur zuweilen rauschte ein Flügel im Schilf, eine Ente schnatterte im Traum, oder eine Unke plätscherte leise auf ihrem Wege durch das seichte Wasser am Ufer. Irgendwo im Rasen begann ein Erdkrebs seinen einsamen Liebesgesang.

In der Finsternis still vor sich hin zu weinen tat Fastrade wohl, es tat ihr wohl, in sich hineinzuhorchen auf das Schlagen ihres Herzens und das Fiebern ihres Blutes, sie fühlte sich dann wunderbar eins mit dem verstohlenen Schluchzen, Liebkosen und Seufzen, mit dem ganzen geheimnisvollen Leben, das durch die Junidämmerung atmete.

«Es wird dunkel», sagte der Baron Warthe, und man machte sich auf den Heimweg. Am Parkgitter ließ der Baron halten. «Sieh, Port», meinte er, «drüben bei dir haben sie schon Licht gemacht.»

«Ja», erwiderte der Baron Port, «und dort in Sirow auch. Und das dort ganz weit sind die Lichter von Barnewitz.»

Die goldenen Lichtpünktchen blinzelten friedlich über die Ebene hin, auf deren Felder, fette Wiesen und stille Wege flüsternd die Sommernacht herabsank.

«Aber kühl wird es doch abends», bemerkte Baron Port.

«Ja, kühl», bestätigte Baron Warthe, «da wird ein Glas von meinem Rotwein guttun, du kennst ihn ja.»

«Den kenne ich gut», schmunzelte der Baron Port, und die beiden alten Herren lachten behaglich bei dem Gedanken an den guten Padurenschen Rotwein. –

Fürstinnen

Die verwitwete Fürstin Adelheid von Neustatt-Birkenstein ging um die Mittagstunde eines heißen Sommertages in das Bureau hinüber, um mit dem Major a. D. von Bützow, dem Verwalter ihres Gutes, über ihre Finanzen zu sprechen. Der Fürst Ernst von Birkenstein war im besten Mannesalter gestorben. Eine tückische Lungenkrankheit hatte ihn schnell dahingerafft. Da der Fürst keinen männlichen Nachkommen hinterließ, folgte ihm in der Regierung des Fürstentums sein jüngerer Bruder, Fürst Konrad. Die Fürstin Witwe jedoch zog sich mit ihren drei Töchtern auf die Herrschaft Gutheiden zurück, die sie im Osten des Reiches besaß. Der verstorbene Fürst war ein lustiger Herr gewesen, und das Familienvermögen befand sich bei seinem Tode in ziemlich zerrütteter Verfassung. Die Witwenapanage war mager genug, so beschloss denn die hohe Frau, ihre Töchter in ländlicher Stille zu erziehen. Aber auch so gehörte viel Umsicht dazu, um die Mittel für ein standesmäßiges Leben zu beschaffen.

Diese Besuche im Bureau, die langen Gespräche über Geld machten die Fürstin stets müde und traurig. Sie saß da in dem Korbsessel vor dem großen Schreibtisch, der ganz mit Kontobüchern bedeckt war. Ihr gegenüber saß der Major in seinem grauen Leinenanzuge, sehr erhitzt, das kleine, runde Gesicht war gerötet, selbst die Kopfhaut schimmerte rot durch das dünne, greise Haar, und die Enden des grauen Schnurrbartes hingen schlaff über die Mundwinkel. Leise und schnarrend gab er seinen Bericht ab, zuweilen hielt er inne und richtete die hervorstehenden blauen Augen auf die Fürstin, um zu sehen, welchen Eindruck sein Bericht mache. Die Fürstin jedoch lag regungslos in ihrem Stuhle und schaute durch das geöffnete Fenster auf den Hof hinaus, der jetzt in der Arbeitspause ganz still im Sonnenschein dalag, nur drüben bei den Stallungen regte es sich, ein Stallbursche, die Tressenmütze im Nacken, wusch einen großen, blanken Wagen. «Etwas Hoffnungsloseres», dachte die Fürstin, «als die Stimme des Majors gibt es wohl nicht, und diese Zahlenreihen, diese Debets und Kredits und Saldos, wie feindlich das alles klang.» Eine große Brummfliege hatte sich in das Zimmer verirrt und begann laut und ärgerlich zu summen, als wollte sie das traurige Knarren der Stimme des Majors übertönen. Die Fürstin war noch eine schöne Frau, wie sie in ihrem weißen Pikékleide regungslos dasaß, das Haar sehr dunkel unter dem schwarzen Spitzenschleier. Die bräunliche Blässe des schmalen Gesichtes hatte etwas wie einen matten Bronzeglanz, die Züge waren von wunderbar ruhiger Regelmäßigkeit, und aus den großen braunen Augen schaute das träge Pathos byzantinischer Madonnen. Die kleinen Hände, schwer von Ringen, ruhten müde im Schoß. Jetzt war der Bericht zu Ende. Der Major schwieg, zog die weißen Haarbüschel seiner Augenbrauen in die Höhe und blickte seine Herrin erwartungsvoll an. Die Fürstin schaute noch immer auf den Hof hinab, als sei sie mit ihren Gedanken sehr weit fort, aber sie begann zu sprechen, sprach langsam und ein wenig klagend: «Das ist alles nicht ermutigend, aber an den großen Ausgaben der letzten Zeit und den Ausgaben, die bevorstehen, lässt sich nichts ändern. Ich musste im Winter mit den Prinzessinnen nach Birkenstein reisen, um die Gesellschaften mitzumachen, nun, und dann kam die Verlobung der Prinzessin Roxane. Die Möbel im Saal, im grünen und im blauen Zimmer mussten vor dem Besuche des jungen Großfürsten neu bezogen werden. Und jetzt kommt die Aussteuer, und wenn die Hochzeit auch bei meinem Bruder, dem Großherzog, stattfindet, Ausgaben gibt es dabei genug. An alledem lässt sich nicht das

Geringste ändern. Wenn es vorüber sein wird, kann man ja versuchen, wieder eine Weile krumm zu liegen und zu sparen.»

Es wurde an die Tür geklopft, und sie öffnete sich, ohne dass jemand «Herein!» rief. Der Graf Donalt von Streith trat ins Zimmer, lang und hager, in einem weißen Flanellanzuge. «Sie kommen gerade recht, lieber Graf», sagte die Fürstin, ohne sich umzuschauen, und streckte ihm die Hand hin, «wir sind hier gerade bei unseren Defiziten.»

Der Graf küsste die dargebotene Hand und meinte: «So, so! Unser Major hat wieder alle Taschen voller Sorgen.»

Der Major zuckte die Achseln, und die Fürstin klagte: «Ach ja, es ist wieder diese schreckliche Ziegelfabrik.»

Der Graf setzte sich weit vom Schreibtisch in einen Sessel, streckte die Beine von sich und rieb vorsichtig die Fingerspitzen aneinander. Seinen kleinen, länglichen Kopf bedeckte krauses, leicht ergrautes Haar. Seltsam dicht beieinander saßen im sonnengebräunten Gesicht die graublauen Augen. Was aber das Gesicht ganz beherrschte, war die mächtige, kühn gebogene Nase. Die Bartkommas auf der Oberlippe und am Kinn waren kohlschwarz. Die ganze Erscheinung hatte etwas von einem eleganten Don Quichote. Der Graf war zu Lebzeiten des Fürsten Ernst Hofmarschall in Birkenstein gewesen. Jetzt besaß er ein Waldgut in der Nähe von Gutheiden und lebte dort allein in seinem Jagdschlösschen. Seine Hauptbeschäftigung aber war, die Fürstin in der Verwaltung ihres Gutes zu beraten. Zu jeder Tageszeit konnte man sein kleines Automobil oder seinen Falben im Gutheidener Schlosshofe stehen sehen, und ein jeder auf dem Gute wusste, der eigentliche Herr hier, der zu entscheiden hatte, war doch der Graf Streith.

«Nun», begann der Graf, «wenn die Ziegelei uns im Stiche lässt, so muss der Wald herhalten.»

«Denken Sie?», sagte die Fürstin und sah den Grafen hoffnungsvoll an. «Ich wusste gleich, Sie würden sich etwas ausdenken.»

Der Major hatte seine Bücher geschlossen und erhob sich: «Darf ich jetzt zu den Arbeiten gehen?», murmelte er.

«Gewiss», erwiderte die Fürstin, «ich danke Ihnen, lieber Major», und sie reichte ihm ihre Hand hinüber, die er küsste. «Sie sehen, es findet sich immer ein Ausweg.» Aber das Gesicht des Majors behielt seinen kummervollen Ausdruck, er verbeugte sich vor dem Grafen und verließ das Zimmer.

Die Fürstin schaute wieder nachdenklich zum Fenster hinaus, und der Graf rieb seine Fingerspitzen aneinander. Beide schwiegen eine Weile und lauschten dem leisen Klingen, das durch die heiße Mittagsluft irrte. Endlich begann die Fürstin, als spräche sie zu sich selbst: «Wenn der Major all diese unangenehmen Dinge vorträgt, klingt aus seiner Stimme etwas Vorwurfsvolles. Aber ich kann nichts dafür, dass die Ziegelei nichts trägt, deshalb werde ich doch nicht meine Töchter hier auf dem Lande verstecken. Ich muss mit ihnen die Gesellschaften in Birkenstein und in Karlstadt besuchen, sie sollen doch heiraten. Eine unverheiratete Prinzessin ist nirgends am Platz. Unverheiratete Prinzessinnen kommen mir vor wie diese Perlenarbeiten, die Gouvernanten zum Geburtstage schenken, Lampenuntersätze oder Federwische, man wusste nie, wo man diese Dinge lassen sollte.»

Das sonore Lachen des Grafen schreckte die Fürstin auf, sie schaute ihn einen Augenblick überrascht an, dann begann auch sie zu lachen. Gleich darauf wurde sie wieder ernst und seufzte: «Nein, nein», sagte sie «mir ist nicht nach Lachen zumute.»

«Unsere Prinzessinnen werden heiraten», tröstete der Graf. «Der Anfang ist schon gemacht.»

«Nun ja», sagte die Fürstin zögernd, «mit Roxanens Verlobung kann ich zufrieden sein, der junge Mann ist sympathisch, aber diese Leute von drüben – was weiß man, das ist doch alles so fremd. Und ein Kind in diese unbekannte Ferne zu schicken, das ist schwer. Russland, mein Gott! das ist so dunkel und unbekannt wie – wie das Jenseits. Nun, Roxane ist kühl und vernünftig, die wird sich überall zurechtfinden. Da wird es meine Eleonore schwerer haben, sie ist so weich und leicht verwundbar, sehen Sie, das darf unsereines nicht sein. Und dann meine Jüngste, die ist meine größte Sorge. Mit ihren bald sechzehn Jahren noch so kindisch. Sie hat viel von ihrem Vater, dieses Unruhige, Unberechenbare. Dazu wächst sie hier auf dem Lande auf –»

«Unsere Prinzessin Marie», meinte der Graf, «wird es schon machen, sie hat ihren Kopf für sich und wird ihren eigenen Weg gehen.»

«Aber Streith!», rief die Fürstin und schlug die Hände zusammen, so dass die Ringe leise aneinanderklirrten wie kleine Panzer. «Ihren eigenen Weg gehen? Wie kann eine Prinzessin ihren eigenen Weg gehen? Ihr Weg ist ihr vorgeschrieben, sie läuft wie auf Schienen, und kommt sie von denen ab, dann ist sie verloren.»

«Also kleine Lokomotiven», schlug der Graf vor und lächelte.

«Lokomotiven», wiederholte die Fürstin klagend, «wie wollen Sie, dass ich hier auf dem Lande Lokomotiven erziehe? Wenn ich als Mädchen einmal mit den anderen Mädchen lebhaft und amüsant sein wollte, dann sagte die Gräfin Breckdorff: ‹Lassen Sie das, Prinzessin Adelheid, bei den anderen jungen Damen ist das ja ganz nett, aber bei Ihnen ist das nicht angebracht.› Wie sollen die Mädchen hier auf dem Lande lernen, was alles nicht angebracht ist? Wie soll ich das machen? Wer hilft mir?»

Der Graf beugte sich ein wenig vor und sagte streng: «Und ich?»

«Ja, Sie, Streith», erwiderte die Fürstin, «natürlich Sie. Schon in Birkenstein, wenn es Unannehmlichkeiten gab, sagte ich immer: ‹Streith wird sich etwas ausdenken.› Und diese Gewohnheit habe ich noch immer.» Sie hatte ihn dabei freundlich angesehen, und der Blick ihrer Augen blieb träge und nachdenklich auf ihm ruhen.

Der Graf lehnte sich befriedigt in seinen Stuhl zurück und meinte: «Das will ich hoffen.» Dann erhob er sich. «Ich will in den Wald fahren», sagte er, «und sehen, was zu machen ist.»

«Kommen Sie zum Diner herüber?», fragte die Fürstin.

«Wenn ich darf», sagte der Graf.

«Ja, kommen Sie», erwiderte die Fürstin, «man unterhält sich dann, man braucht nicht an Geld zu denken, vielleicht kann man dann ein wenig zusammen lachen.»

Der Graf küsste die Hand der Fürstin und ging. –

Die Fürstin saß noch einen Augenblick matt und mutlos da, obgleich dieser Raum mit seinem Geruch von Tinte und staubigen Kontobüchern, mit dem verstimmten Summen der großen Brummfliege ihr unendlich zuwider war. Endlich entschloss sie sich das Zimmer zu verlassen. Sie ging die lange Zimmerflucht des Hauses hinab. Alles war still, denn um diese Zeit pflegten die Hausgenossen sich zur Mittagsruhe zurückzuziehen. Nur im großen Saal ging Böttinger, der alte Kammerdiener mit dem weißen Haar und dem weißen, faltigen Gesichte, leise ab und zu, um zu sehen, ob die Vorhänge alle der Mittagsonne wegen herabgelassen waren. Die Fürstin blieb stehen und schaute nachdenklich die bronzefarbenen Atlasbezüge der Stühle an. «Böttinger», sagte sie, «ich denke, den neuen Möbeln lassen wir bis zum Nachmittage die leinenen Überzüge, ich fürchte, die Sonne schadet ihnen doch.»

«Wie Hoheit befehlen», murmelte Böttinger.

Die Fürstin ging weiter bis in ihr Boudoir, hier atmete sie auf, hier in dem kleinen Raume mit den niedergelassenen, gelbseidenen Vorhängen, in dem es süß nach den großen, welkenden Rosen in der Kristallschale duftete, hier wehte die Luft, die sie zu atmen gewohnt war, und die widerwärtigen Eindrücke des Bureaus fielen von ihr ab. Sie streckte sich auf ihre Couchette aus, griff nach dem englischen Roman, schlug ihn jedoch nicht gleich auf, sondern schloss die Augen, um eine Weile das Wohltuende der ruhevollen Lebenslage zu genießen. «Man muss doch», dachte sie, «aus seinem eigentlichen Leben sozusagen herausschlüpfen, um einen guten Augenblick zu genießen.»

* * *

Drüben im Obstgarten saßen die Prinzessinnen beieinander. Sie liebten es um diese Stunde, in der die Erzieherinnen ihre Mittagsruhe hielten, sich dort zusammenzufinden. In einer viereckigen Einsenkung des Bodens standen hier die Stachelbeerbüsche, Johannisbeerbüsche, Himbeerbüsche und einige Obstbäume, prall schien die

Mittagsonne auf sie nieder, es duftete nach heißen Blättern und heißen Früchten, und von dem höher gelegenen Gemüsegarten trug ein Windhauch zuweilen die strengen Gerüche der Sellerie und Porree herüber. Auf dem Abhang unter einem alten Pflaumenbaum hatten die drei Mädchen sich gelagert. Sie trugen alle drei weiß und rot gestreifte Batistkleider und kleine weiße Strohhüte. Roxane saß aufrecht, den Rücken gegen den Stamm des Baumes gelehnt, die Hände im Schoß gefaltet, und schaute gerade vor sich hin in das Flimmern des Mittags hinein. Sie hatte die feierliche Schönheit ihrer Mutter, die großen braunen Augen, doch nahm die strenge Reinheit der Züge in dem jugendlichen Gesichte eine fast ausdruckslose Beruhigtheit an. Eleonore lag im Schatten des Baumes und starrte zum Himmel hinauf. Ein blühendes rundes Gesicht, in dem die Sphinxaugen der Mutter zu freundlichen, braunen Mädchenaugen geworden waren. Ganz im vollen Sonnenschein hatte sich Marie, die Jüngste, ausgestreckt. Sie lag auf dem Bauche, stützte den Kopf in die Hand, hämmerte mit den Spitzen ihrer gelben Schuhe Löcher in den Rasen und aß einige unreife Pflaumen, die vom Baum gefallen waren. Für ihre sechzehn Jahre war die Gestalt seltsam unentwickelt, schmächtig und eckig, und das Gesicht war ein breites Kindergesicht mit roten Backen und weit offenen, blauen Augen. Das krause honiggelbe Haar fiel in die kurze Stirn hinein. Alle drei hatten eine Weile geschwiegen, das grelle Licht, der starke Duft machten die Köpfe schwer und gaben den Gedanken eine müde Stetigkeit, wie wir sie vor dem Einschlafen empfinden, wenn die Gedanken sich anschicken Träume zu werden. Plötzlich schaute Marie zu Roxane auf, spie einen Pflaumenkern weit von sich und fragte: «Denkst du jetzt auch an deinen Großfürsten?»

Roxane zog ein wenig die Augenbrauen hinauf und antwortete ablehnend: «Was du nicht alles fragst.»

«Nun ja», fuhr Marie fort, «ich meine nur, du hast jetzt etwas, an das du denken kannst. Wir nicht.»

Roxane überhörte diese Bemerkung und sagte: «Speie doch die Kerne nicht so unanständig aus.»

«Unanständig?», Marie sah die Schwester erstaunt an, «du hast das doch früher auch immer getan. Wenn ich mit einem Großfürsten verlobt sein werde, dann werde ich es auch nicht mehr tun. Übrigens, wie man es in Russland damit hält, ist noch sehr die Frage.» Da Roxane nicht antwortete, plauderte Marie weiter: «Ich finde ja deinen Dimitri reizend, sehr schöne Augen mit langen Wimpern, sein Schnurrbart ist wie aus bronzefarbener Seide, hübsch ist es, wenn er deutsch spricht, als ob er eigentlich singen wollte. Ein wenig stark parfümiert ist er, aber gutes Parfüm, *Peau d'Espagne* und etwas Süßes, ich glaube Heliotrop.»

«Seine Augen sind schön», ließ Eleonore sich vernehmen. «Auch wenn er lacht, sind sie traurig.»

«Ja, sie sind traurig», sagte Roxane feierlich. «Dimitri ist ja so heiter und amüsant, aber auf dem Grunde seines Wesens liegt etwas Trauriges. Schon seine Stimme. Wenn er von seiner Heimat erzählt, von Steppen, die blühen, und von Tataren mit kleinen schiefen Augen, immer klingt etwas Melancholisches mit.»

«Natürlich», meinte Eleonore, «wenn ich das Wort Russland höre, denke ich an eine große Ebene, auf der es dämmert. Ich kann mir nicht denken, dass die Sonne dort scheint, es ist dort immer Dämmerung, und in der Ferne ist eine große Stadt mit Lichtern in den Fenstern, und irgendwo in der Dämmerung singt einer oder weint einer.»

«Mademoiselle Laure sagt», berichtete Marie, «der Petersburger Hof ist der ausgelassenste Hof in Europa.»

Roxane zuckte verachtungsvoll mit den Schultern: «Ach die.»

Vom Abhang aus konnte Marie das Gartengitter sehen. Die Landstraße führte hier vorüber, dann ging es zur Dorfstraße in die Höhe mit den kleinen Häusern und Gärten, still und sonnig lag sie jetzt da, nur Hunde und Hühner trieben sich dort umher, zuweilen ging eine Frau mit einem Eimer zum Brunnen. Dahinter aber auf einem Hügel stand groß und weiß mit blitzenden Fenstern Tirnow, das Schloss des Grafen Dühnen. Marie ließ die Landstraße nicht aus den Augen, denn jeden Tag um diese Zeit kamen die drei Dühnenschen Jungen vom Flusse her, wo sie gebadet hatten, auf ihrem Heimwege hier vorüber. «Da sind sie!», rief Marie laut. Alle drei in blauen Leinenanzügen, die feuchten Badetücher über der Schulter, die Gesichter so gebräunt, dass die blonden Haare fast weiß erschienen. Da war Felix, der sechzehnjährige Kadett, hoch aufgeschossen und schmal, Bruno mit dem hübschen Mädchengesicht und Coco, ein ungezogener siebenjähriger Gnom. Die beiden älteren Knaben grüßten zu den Damen hinüber. Coco blieb stehen, drückte sein Gesicht gegen das Gitter und zählte: «Drei Kohlköpfe, drei Salatköpfe, drei Prinzessinnen.» Dann lief er davon. Marie folgte den Knaben aufmerksam mit den Augen, wie sie die Dorfstraße hinaufstiegen, immer kleiner wurden und endlich verschwanden. Und immer empfand sie dann etwas, das ihr das Herz schwer machte, als sei dort das freie, lustige Leben an ihr vorübergegangen.

Die Gräfin Dühnen war mit ihren Söhnen zwar einmal im Schlosse gewesen, aber da war Felix in seiner Uniform, steif und geziert, die beiden anderen mit glatt gekämmtem Haar und weißen Kragen waren stumm und verlegen. Und alle drei ganz andere Wesen als die Knaben mit den losen Leinenkitteln, die heiß und noch feucht vom Bade am Gartengitter vorüberzogen. Traurig wandte sie sich wieder zu ihren Pflaumen. Als sie einen Blick auf Roxane warf, rief sie: «Aber, Roxane, wie siehst du aus, du willst ja weinen, du weinst ja schon.»

Wirklich waren Roxanens Wangen feucht von Tränen. Sie lächelte: «Es ist nichts», sagte sie, «mir war es nur plötzlich so seltsam, dass ich in wenig Tagen hier all dieses nicht mehr sehen werde, dass es ganz, ganz weit sein wird, ein kleiner sonniger Fleck, nach dem ich mich sehnen werde.»

Marie zuckte die Achseln. «Diese alten Stachelbeerbüsche», meinte sie, «wären wohl das Letzte, nach dem ich mich sehnen würde.»

Ein kleiner Wagen fuhr jetzt auf der Landstraße am Gitter vorüber, und Marie meldete wieder: «Ach Gott! Da kommt er.» Es war Professor Wirth vom städtischen Gymnasium, der zweimal wöchentlich ins Schloss kam, um den Prinzessinnen einen Geschichtsvortrag zu halten. Marie streckte und dehnte sich im Vorgefühl der kommenden Langeweile. «Das ist auch ein Segen, ein Segen der Verlobung», sagte sie, «dass man vom Elend dieser Geschichtsstunden loskommt. Komm, Lore, Roxane hat es gut, die kann hier bleiben und an ihren Dimitri denken.» Seufzend erhoben sich die beiden Mädchen und gingen träge und langsam dem Schlosse zu.

* * *

Um vier Uhr stand die Kalesche mit dem Viererzug von Rappen vor dem Schlosse. Um diese Stunde pflegte die Fürstin mit ihren Töchtern eine Spazierfahrt zu machen. Marie hielt nicht viel von diesen Fahrten, sie verliefen meist schweigsam, und der Weg war ihr allzu bekannt. Immerhin war es eine Gelegenheit, ein wenig die Luft der Außenwelt zu atmen und einen Blick auf das Leben der anderen Menschen zu werfen. Da war zuerst die Dorfstraße. Wenn der Wagen durchfuhr, steckten die Frauen die Köpfe aus den kleinen Fenstern, Kinder saßen auf Gartenzäunen und sperrten die Mäuler auf, Männer grüßten, Hunde bellten, es gab eine lustig lärmende Erregung. Neben der Kirche lag das Pfarrhaus. Im Garten stand die Pfarrerin mit ihren zwei Töchtern, sie hielten große Schüsseln und pflückten Johannisbeeren. Ihre glatten, braunen Scheitel glänzten in der Sonne. Wenn sie des Wagens ansichtig wurden, fassten sie ihre Schüsseln mit beiden Händen und machten tiefe Knickse. Dann kam Tirnow. Alle Fenster standen offen, drinnen wurde auf dem Klavier ein Walzer gespielt, in den Kirschbäumen an der Gartenmauer saßen die Jungen; blaue Gestalten in all dem Grün und Rot. Coco schwenkte seinen Strohhut und rief dem Wagen etwas nach. Auf die Chaussee brannte die Sonne heiß nieder, eine Staubwolke begleitete den Wagen, die Gegend war nur durch einen trüben, gelben Schleier zu sehen, die großen Klettenblätter am Wegrain waren staubgrau wie Löschpapier, und widerwärtige, große Fliegen umsummten die Nasen der Fahrenden. Marie wurden die Augenlider schwer, und sie begann wieder an dem Vergnügen dieser Spazierfahrten zu zweifeln. Aber noch gab es etwas zu sehen. Sie kamen an Schlochtin, am

Landsitze des Baron Üchtlitz, vorüber. Ja, das war der eigentliche Höhepunkt dieser Fahrten. Kühl lag das rote Haus zwischen seinen mächtigen alten Linden. Im Garten, auf dem Tennisplatze trieben sich junge Mädchen mit bunten Kappen, junge Herren in hellen Anzügen umher, ihre lauten Stimmen klangen bis auf die Landstraße hinaus. Im Grünen hing eine Schaukel, und auf ihr saß ein Mädchen im roten Kleide, unten stand ein Offizier und schaukelte. Die Knöpfe an seinem dunklen Waffenrock blitzten wie kleine Feuer. Und wenn das Mädchen hoch in die Zweige hinaufflog, dann stieß es einen kleinen, schrillen Schrei aus, und der Offizier bog den Kopf zurück und lachte. «Köstlich», dachte Marie und seufzte.

Jetzt bog der Wagen in den Wald ein, und es gab nichts mehr, worauf sie sich freuen konnte. Steif und regungslos stand die endlose Reihe der Kiefern da, ein Wald riesiger Bleistifte, schräg schien die Nachmittagssonne durch die Wipfel. «Wie das duftet», sagte Eleonore, sie sagte das jedes Mal, Marie wusste, dass das kommen würde. Und dann zeigten sich einige Rehe zwischen den Stämmen, und Roxane sagte: «Sieh doch, Rehe!» Das geschah ebenso regelmäßig wie das Erscheinen des Kuckucks auf der alten Kuckucksuhr, die Fräulein von Dachsberg, die Erzieherin, von ihrer Mutter geerbt hatte, die Uhr schnurrt, der Kuckuck erscheint und sagt: «Kuckuck», die Uhr schnurrt, und Eleonore sagt: «Wie es hier duftet», die Uhr schnurrt, und Roxane sagt: «Sieh doch, Rehe.» – Der Wald war nun zu Ende, und die lange Pappelallee begann. Am Ende derselben wurde das Schloss sichtbar, groß und grau mit seinen geschweiften Giebeln, seinen dicken Säulen und seinem grünen Kupferdache. Auf der Freitreppe stand Böttinger, eine kleine blau und silberne Figur, und wartete.

Vor dem Diner versammelte man sich im grünen Zimmer, das war stets ein hübscher Augenblick, der etwas Festliches hatte. Die drei Mädchen erschienen in weißen Kleidern mit Rosen im Gürtel, Mademoiselle Laure de Bouttancourt, die schwarzlockige Französin, liebte es, sich in helle Seide zu kleiden. Sie unterhielt sich mit dem Grafen Streith, sie bog den Kopf zurück und schaute aus den grell schwarzen Augen kokett zu ihm hinauf. Fräulein von Dachsberg, die Erzieherin, mit den blonden Scheiteln und dem bleichen, geduldigen Gesicht, und der Major standen ein wenig beiseite und sprachen halblaut miteinander. Der Baron Fürwit scherzte mit den Prinzessinnen. Er war Hofmarschall beim Vater der Fürstin gewesen und glaubte hier auch so etwas zu sein, war aber wohl nur in das Haus genommen worden, um ihm ein sorgenloses Alter zu bereiten. «Auf Ehre», sagte er, «mir träumte, drei weiße Damen kommen auf mich zu. Ich sage mir, das sind Engel. Sofort denke ich aber auch, wenn die in das Schloss gehen, wie stelle ich sie vor? Wie stellt man Engel vor?» Er lachte, trippelte auf seinen kleinen Füßen und strich seinen schönen, braungefärbten Backenbart. Endlich kam die Fürstin mit der Baronin Dünhof, ihrer Freundin und Gesellschaftsdame, einer kleinen asthmatischen Frau mit einem großen weiß und rosa Gesicht und einer schneeweißen Perücke. Man konnte zu Tisch gehen. Die Fürstin nahm den Arm des Grafen Streith, die drei Prinzessinnen folgten, Baron Fürwit führte die Baronin Dünhof, der Major Fräulein von Dachsberg, Mademoiselle Laure ging allein. «Wenn man zur Tafel geht», hatte Marie einmal zu Mademoiselle Laure gesagt, «sind alle hübsch angezogen, der Tisch, weiß und silbern, sieht aus wie ein Altar, man setzt sich ein wenig fröstelnd hin und wartet auf die guten Sachen, dann freut es einen doch etwas, dass man eine Prinzessin ist.»

«*Ah ma pauvre petite!*», hatte Mademoiselle Laure geantwortet.

Bei Tische führte der Graf die Unterhaltung. Die Fürstin hörte ihm zu, und man sah es ihr an, sie fühlte sich gut geborgen und gut unterhalten, wenn er sprach. Die Baronin Dünhof und der Baron Fürwit äußerten zuweilen etwas, Fräulein von Dachsberg sprach halblaut mit dem Major, die Prinzessinnen saßen gerade auf ihren Stühlen und schwiegen.

«Ja», sagte der Graf, «gestern war der Baron Üchtlitz bei mir. Der alte Herr schien ganz außer sich. ‹Denken Sie sich›, sagte er, ‹unsere Hilda will fort und etwas leisten. Will sie Kranke pflegen, will sie studieren, will sie Postfräulein werden? was weiß ich. Sie kann sich zu

Hause nicht entwickeln, sagt sie. Haben Sie je gehört, dass zu unserer Zeit unsere Damen sich entwickelten? Nein – aber sie muss fort. Sie sagt, sie wird nicht wie eine Prinzessin zu Hause sitzen und auf eine Krone warten.›»

Das erregte Heiterkeit an der ganzen Tafel. «Sie war mir nie sympathisch», bemerkte die Fürstin, und die Baronin Dünhof meinte: «Schließlich, wenn diese Damen sich entwickelt haben, so weiß die Gesellschaft nicht, was sie mit ihnen anfangen soll.»

«Und es endet gewöhnlich mit einer törichten Heirat», warf Baron Fürwit ein. Die Baronin nickte und erklärte mit Bestimmtheit, die Frau gehöre in das Haus.

Marie wurde nachdenklich. War Hilda das rote Mädchen auf der Schaukel gewesen, das sich von dem Offizier schaukeln ließ? Sie hatte Hilda immer bewundert, ihre aufgeregten, grauen Augen, die aschblonden Zöpfe, und dann, Hilda hatte zuweilen eine Art, über Eltern im Allgemeinen, über den lieben Gott oder über Liebe zu sprechen, dass es einem kalt über den Rücken lief, es war schrecklich, aber doch angenehm erregend. Die Fürstin hob die Tafel auf.

Die Gesellschaft begab sich in den Gartensaal. Hier verhüllten grüne Spitzenschirme die Lampen, die Glastüren standen weit offen, und die Sommernacht füllte den Saal mit ihrem kühlen, süßen Duft. Die Fürstin ließ zwei Sessel an die Türen heranrücken, dort saß sie, neben ihr der Graf. Sie unterhielten sich, der Graf dämpfte seine Stimme, gab ihr einen weichen, singenden Klang, zuweilen hörte man sie zusammen lachen, oder sie schwiegen und schauten in die Nacht hinein. Dann legte die Fürstin wohl flüchtig die Hand auf den Ärmel des Grafen und sagte: «Streith, die Sterne.»

«Ja, hm, die Sterne», erwiderte der Graf und suchte nach etwas Besonderem, das er sagen könnte.

«Eigentlich müssten sie uns nervös machen, diese stets erleuchteten Nachbarhäuser, von denen wir nie erfahren, wer in ihnen wohnt.»

Die Baronin Dünhof spielte mit dem Baron Fürwit Halma, und der Major schaute ihnen zu. Die anderen gingen in den Garten hinaus. Eleonore legte den Arm um Roxanens Taille, und beide wanderten den breiten Kiesweg hinab. Jetzt, da die Trennung bevorstand, hatten sie viel miteinander zu besprechen und konnten dabei einen Dritten nicht brauchen. Fräulein von Dachsberg und Mademoiselle Laure folgten den Prinzessinnen in einiger Entfernung. Marie fühlte sich ausgeschlossen und vernachlässigt. Was sollte sie tun? Sie ergriff Mademoiselles Arm und zog sie auf einen Nebenweg.

«Kommen Sie», sagte sie, «erzählen Sie wieder von der Pension und wie Sie aus dem Fenster stiegen, um mit den Studenten spazieren zu gehen.»

«*Ce n'est rien pour les petites princesses*», erwiderte Mademoiselle Laure steif.

Das kannte Marie. Wenn die Französin guter Laune war, dann erzählte sie lauter Geschichten, die nichts für kleine Prinzessinnen waren, war sie jedoch traurig und sehnte sich nach dem Vikomte, mit dem sie heimlich verlobt gewesen war und der sie verlassen hatte, dann war alles unpassend.

Gut, Marie ließ sie einfach stehen und schlug einen anderen Weg ein.

«Prinzessin Marie!», hörte sie es hinter sich her rufen, aber sie kümmerte sich nicht mehr darum, jetzt wollte sie einsam und unglücklich sein. Angenehm war es nicht, allein in der Finsternis umherzuirren, aber sie wollte leiden. Die Nacht um sie her war samtschwarz, schaute sie empor, dann flimmerten die Sterne so unruhig, dass ihr schwindelte. Von der Dorfstraße kam noch ein leises Singen und Lachen herüber, ein Wagen fuhr auf der Landstraße, durch die nächtliche Stille hörte man lange sein Rollen, und es gab Marie das Gefühl einer unendlichen, dunklen Weite. Ja, wenn die anderen einen verlassen, dann ist man allein in einer unendlichen, dunklen Weite.

Drüben aus den schwarzen Massen der Parkbäume scholl ein sachtes Rauschen, es wurde unheimlich. Selbst die Blumen, an denen sie vorüberging, und die sie an ihrem Duft erkannte, die Rosen und Levkojen schienen fremd, und wenn sie sich auf sie niederbeugte und sie anfasste, waren sie kalt und feucht und abweisend.

«Prinzessinnen sitzen zu Hause und warten auf eine Krone», das fiel ihr jetzt ein, und sie sprach es laut in das Dunkel hinaus. Das klang eigentlich tragisch, es klang eigentlich unheimlich, sie wusste nicht, warum, aber es klang unheimlich, und mit großen Schritten ging sie dem Hause zu.

Im Gartensaal rüstete man sich zum Aufbruch. Graf Streith verabschiedete sich, und auch die anderen wollten sich zurückziehen, und man bot sich eine gute Nacht. Nur Mademoiselle Laure fehlte, sie streifte noch durch den finsteren Garten und dachte an ihren Vikomte.

Die Prinzessinnen schliefen alle in einem großen, weißen Zimmer. Alles war hier weiß, die Wände, die Betten, die Toilettentische und die vielen Musselinvorhänge. Marie ließ sich von Alwine, der alten Kammerzofe, schweigend und regungslos wie eine Puppe entkleiden. Sie wollte schlafen, sie sehnte sich danach, diesen freudlosen Tag zu beschließen. Wie sie im Bette lag und die Zofe fortgeschickt worden war, saßen Eleonore und Roxane noch beieinander und flüsterten. Marie hörte es dem Tonfalle der Stimmen an, dass das Gespräch innig und rührend war, das rührte auch sie. Plötzlich begann auch sie mitzusprechen: «Ich kann es immer noch nicht verstehen, warum ich nicht mit zur Hochzeit fahren darf.»

«Weil du zu jung bist», antwortete Roxane sanft.

«Zu jung», erwiderte Marie böse, «das ist es nicht. Hochzeiten kann man auch mitmachen, wenn man nicht erwachsen ist. Es ist der Toilette wegen, und das finde ich so unglaublich kleinlich.» Da keine Antwort kam, schloss sie die Augen, allein die Erbitterung ließ sie nicht schlafen. Im Zimmer wurde es still, Eleonore war zu Bett gegangen, und Roxane saß vor ihrem Spiegel, bürstete ihr schönes, schwarzes Haar und schaute in das Licht der Kerzen. Das tat sie allabendlich, und seitdem sie verlobt war, dauerte es oft bis tief in die Nacht hinein. Heute aber erschien Marie diese Gestalt, die unermüdlich über das lange, schwarze Haar hinstrich und dabei in die Ferne starrte, herzbrechend traurig. Sie begann zu weinen.

«Weinst du, Kleine?», fragte Roxane. Sie erhob sich und trat an Mariens Bett heran: «Warum weinst du?»

«Weil du fortgehst», schluchzte Marie, «und weil alles so traurig ist.»

Roxane küsste die Stirn der Schwester: «Schlafe nur», sagte sie, «so ist es nun zuweilen, und dann wird alles wieder gut und lustig.» Damit ging sie zum Spiegel zurück, und Marie drückte ihr Gesicht in die Kissen und weinte, bis sie einschlief.

* * *

Der Morgen der Abreise nach Karlstadt kam. Für Marie waren die vorhergehenden Tage schon unerfreulich gewesen. Die anderen waren so sehr beschäftigt, man sprach von Toiletten, von Koffern, von der Abfahrtszeit der Züge, nur sie hatte nichts zu tun, sie konnte mit den Erzieherinnen spazieren gehen und allein dem Geschichtsvortrag des Professors Wirth zuhören. Als der Augenblick der Abfahrt kam, hing Marie an Roxanens Halse und weinte leidenschaftlich, aber sie war mit ihrem Schmerze ziemlich allein. Selbst Roxane, von der Erregung der Abfahrt hingenommen, brachte es zu keiner tieferen Rührung. So fuhren sie denn ab. Marie ging in ihr Zimmer, warf sich auf das Bett und schluchzte. Zuweilen kam Alwine nach ihr zu sehen, stand da und versuchte es, ihr zuzureden: «Wozu das Weinen? Wie lange wird es dauern, und Prinzesschen wird selbst Hochzeit halten.»

Allein das konnte Marie nicht trösten. Zum Frühstück erschien sie mit verweinten Augen, saß wortlos da und ärgerte sich darüber, dass Fräulein von Dachsberg, der Major, Mademoiselle Laure, alle, die sonst bei Tisch zu schweigen oder nur halblaut zu sprechen pflegten, heute eine laute Unterhaltung führten. Nach dem Frühstück ging sie in den Garten hinaus und streckte sich unter dem alten Pflaumenbaume platt auf den Rasen hin. Sie lag ganz still da, die tiefen, beruhigenden Stimmen der Hummeln sangen nahe an ihrem Ohr vorüber, Libellen setzten sich auf ihre Brust, aber sie regte sich nicht, sie lag da wie tot. Ja, das hätte sie denen im Schlosse gegönnt, wenn sie wirklich tot gewesen wäre, gestorben an Vereinsamung und Enttäuschung. Plötzlich fuhr sie auf, die Dühnenschen Jungen mussten gleich kommen. Sie beschloss, die Knaben heute am Gitter zu erwarten, es war unschicklich, sie wusste es, aber gerade das wollte sie. Sie erhob sich und ging, sich am Gitter aufzustellen. Da kamen sie schon, gerade bogen sie auf die Landstraße ein, voran Coco, die Hände voller Kieselsteine, mit denen er nach den Stäben des Gartengitters warf. Als er Marie sah, blieb er verwundert stehen.

«Holla!», rief er, «heute nur eine.» Auch die beiden anderen Knaben blieben stehen und grüßten.

«Heute allein?», fragte Felix und errötete.

Auch Marie errötete: «Ja», erwiderte sie, «meine Mutter und meine Schwestern sind verreist.»

Da Felix nichts mehr zu sagen wusste, führte Marie die Unterhaltung weiter: «Haben Sie gebadet?»

Ja, sie hatten gebadet.

«Baden Prinzessinnen nicht?», fragte Coco.

Marie antwortete darauf nicht, sondern wandte sich wieder an Felix: «Ist es weit, dort, wo Sie baden?»

«Nein», erwiderte er, «gleich hier um die Ecke auf der kleinen Wiese am Waldrande.»

«Ist es dort schön?», forschte Marie weiter.

«Kennen Sie das nicht?», fragte Felix erstaunt, «wenn Sie hier über den Weg gehen, sind Sie gleich da», und plötzlich erhellte ein schlaues Knabenlächeln Felix' sonst so ernstes Gesicht, «wir führen Sie hin», schlug er vor.

«Wie kann ich?», stotterte Marie, und das Herz schlug ihr stärker.

«Nun», meinte Felix, «wir laufen ganz schnell über den Weg und die Wiese hinab, im Walde sieht uns keiner.»

Ein leichter Schwindel ergriff Marie, wie er Menschen ergreift, die sich mit einem plötzlichen Entschluss blindlings in eine große Gefahr stürzen. «Warten Sie», sagte sie und lief zu der kleinen Gitterpforte des Gartens, und dann stand sie auf der Landstraße.

«Sie kommt! Sie kommt!», triumphierte Coco.

«Nun los!», kommandierte Felix, und sie begannen zu laufen. Von der Landstraße bogen sie auf eine kleine, gemähte Wiese ab. Der Boden war dort feucht, bei jedem Schritte gab es ein leise glucksendes Geräusch, und ein wenig schwarzes Wasser spritzte über die Schuhe. Da war auch der kleine Fluss blitzend im Mittagscheine, umstanden vom hohem, grünem Schilfe. Hier roch es nach Wasser, nach Schilf und feuchter Erde. «Eine seltsam aufregende Abenteuerluft», dachte Marie. Und endlich waren sie am Waldrande, Marie blieb stehen, legte die Hand auf die Brust und rang nach Atem.

«Tüchtig gelaufen», bemerkte Felix.

Marie versuchte zu lächeln: «Es ist nichts», sagte sie, aber das Weinen war ihr nahe.

«Jetzt können wir langsam gehen», meinte Felix. Bruno und Coco liefen voraus, sammelten Tannenzapfen und warfen damit nach einem Eichkätzchen, das von einem Baume spöttisch auf sie niedersah. Felix ging neben Marie her und machte höflich den Wirt des Waldes. Alte Tannen standen hier mit majestätisch niedergebogenen Zweigen und grauen Moosbärten, weiter fort kam dichtes Unterholz, mächtige Wurzeln schlängelten sich über den Boden, der mit grünem und rotem Moose bedeckt war. Die Sonne sprühte auf den Tannennadeln, und die Luft war schwer von warmem Harzgeruch. «Ja, mit den Wurzeln muss man sich hier in Acht nehmen», sagte Felix, «man sieht sie nicht, und dann fällt man. Das dort ist eine Eidechse, soll ich sie fangen? Sie hat einen gelben Bauch.»

«Ach nein», bat Marie.

«O, sie tut nichts», sagte Felix, «ja, Heidelbeeren gibt es hier auch, aber wir kommen an eine Stelle, da gibt es mehr davon, da können wir uns voll essen.»

Marie blieb stehen und lauschte einem Ton, der durch das Gehölz zu ihr drang. «Was ist das?», fragte sie.

«Das sind die Tauben», berichtete Felix. «Am Morgen, wenn man sich unter einen abgestorbenen Baum stellt und sie lockt, dann kommen sie.» Und Felix begann den Ruf der Waldtauben nachzuahmen.

«Das können Sie gut», sagte Marie bewundernd.

Felix zuckte die Achseln: «Ich kann noch viele Vögel locken», meinte er. Allerdings dieser Wald war anders interessant als der Wald, durch den Marie nachmittags mit der Kalesche fuhr oder in den sie mit Fräulein von Dachsberg, den Lakaien hinter sich, spazieren ging. Und wie zu Hause die Knaben hier waren, Bruno und Coco sprangen umher wie in einer großen Spielstube, und Felix sprach von den Tannen und Eidechsen wie von Kameraden, und es war ihr demütigend, nicht auch zu dem allen zu gehören, sondern hier umherzugehen wie ein fremder Besuch. Jetzt kamen sie an einen kleinen Bach, der sich durch die schwarze Walderde durchwühlte, auch sein Wasser war schwarz, nur hie und da mit einer grünen Pflanzendecke überdeckt. Ein morsches Brett diente hier als Brücke. Coco und Bruno liefen sicher hinüber und ließen das Brett schaukeln.

«Können Sie hinüber?», fragte Felix höflich.

«O ja», antwortete Marie zuversichtlich, aber das Herz klopfte ihr, das Brett war schlüpfrig und schaukelte, sie fürchtete zu fallen und – dann fiel sie auch schon, stand mitten in dem schwarzen, lauwarmen Wasser, und am Ufer erhoben Bruno und Coco ein lautes Gelächter. Hilfesuchend schaute sie zu Felix auf, aber auch dessen höfliches Gesicht war von einem breiten, höhnischen Knabenlachen verzerrt. Auf einem großen Blatte saß eine dicke Kröte und sah sie starr und verdrießlich an, und über ihr in den Baumwipfeln lachten die Waldtauben.

«Das ist ja wie ein ganz, ganz böser Traum», dachte Marie, und sie begann zu weinen.

Endlich sprang Felix herzu, streckte ihr die Hände entgegen und sagte gutmütig: «Kommen Sie.» Mühsam wurde Marie an das Ufer hinaufgezogen, da stand sie dann, das Kleid schwarz und nass, die Füße schwer von Schlamm. Sie weinte noch immer, und Coco lachte noch immer sein wildes Lachen, Felix aber wurde ernst und nachdenklich. «Das ist dumm, was tun wir?», sagte er. Er besann sich und fasste einen Entschluss. «Bitte, Prinzessin Marie, gehen wir hier hinein», wandte er sich jetzt wieder sehr höflich an Marie und führte sie in das Dickicht an einen kleinen mit Moos und Heidekraut bedeckten Platz, der ganz von jungen Tannen umstanden war. «Bitte es sich hier bequem zu machen», fuhr Felix fort, «hier sieht Sie keiner, hier sind unsere Badetücher, bitte. Ich laufe schnell nach Hause und sehe, ob ich etwas Trockenes erwische. Ich bin bald wieder da, Sie können ganz ruhig sein.»

Damit ging er. Marie ließ sich auf das Moos nieder, sank kummervoll in sich zusammen. Ihr war sehr elend zumute, jetzt hatte sie Gewissensbisse, was würden die zu Hause sagen, aller Mut, alle Abenteuerlust waren gewichen, und sie war nur noch das kleine Mädchen, das fürchtete, gescholten zu werden. Mechanisch begann sie sich die Strümpfe und Schuhe auszuziehen, legte die nassen Röcke ab und hüllte sich in die Badetücher. Der Erregung folgte eine große Müdigkeit und eine dunkle Ergebung. Aus der Ferne hörte sie die Stimmen der beiden Knaben, Coco sang: «Ich habe die Beine der Prinzessin gesehen!» Sie streckte sich auf das Moos aus, über ihr in einem lichtblauen Himmel wiegten sich Tannenwipfel langsam hin und her, um sie an den Zweigen schaukelten sich winzige Spinnen an blanken Fäden, und Meisen flogen lautlos hin und her wie kleine, graue Federknäuel, alles war so beruhigt und sorglos, es war fast demütigend hier zu liegen und ein böses Gewissen zu haben. Der Wald sang seine Töne zu ihr herüber, ein Specht arbeitete unermüdlich irgendwo, und der Eichelhäher stieß zuweilen seinen erregten Wacheruf aus. Marie streckte sich, die Sonne schien jetzt warm auf ihre nackten Füße. «Wenn es nicht so schrecklich gewesen wäre, so hätte es gemütlich sein können», dachte sie, griff nach einigen Heidelbeeren, die neben ihr wuchsen, und aß sie. Über ihr auf einem Föhrenzweig ließ sich ein großer, blauer Vogel nieder, ruhig saß er da und äugte auf Marie herunter. Sie aber empfand es wie eine Ehre, dass der schöne Vogel auf sie wie etwas Bekanntes und Hierhergehöriges herabsah. Sie schloss die Augen, sie dachte nicht mehr an das Schloss und an Fräulein von Dachsberg, das alles schien plötzlich unendlich weit, sie dachte an nichts mehr, ein süßes Daseinsbehagen erwärmte ihren Körper, es war ihr, als wiegte sie sich wie die besonnten Tannenwipfel dort oben im Blau sachte hin und her, oder als würde sie wie die kleinen Spinnen an silbernen Fäden sanft geschaukelt.

Sie wurde von etwas aufgeschreckt, das auf sie niederfiel. Sie richtete sich auf, missmutig darüber, dass sie gestört wurde. In ihrem Schoß lag ein Paket in eine Zeitung gewickelt, und als sie es öffnete, fand sie darin ein Paar Knabensocken und eine reingewaschene blaue Leinwandhose. Ratlos blickte sie die Gegenstände an, dann legte sie sich zurück und begann zu lachen, lachte so, dass es ihren ganzen Körper schüttelte und ihr warm dabei wurde. Das gab ihr neuen Mut. Gut, es ging auch so. Sie zog die Socken an, schlüpfte in die Leinwandhose, legte darüber ihre nassen Kleider an und trat so aus dem Dickicht hervor. Die drei Knaben empfingen sie ernst, gewaltsam hielten sie ihre Gesichter und ihre Lippen in Zucht. «Nicht wahr, Prinzessin», sagte Felix zeremoniös, «so geht es auch, etwas anderes war nicht zu haben.»

«O, ich danke», erwiderte Marie, jetzt wieder ganz Prinzessin, «so ist es sehr gut.»

Sorgsam wurde sie über den gefährlichen Steg geleitet, und auf dem Gang durch den Wald gab Felix Anleitungen dazu, wie sie ungesehen an das Haus gelangen könnte. Er tat das mit der Sachkenntnis eines, der in verbotenen Unternehmungen wohl bewandert ist. Auf der Wiese begannen sie wieder zu laufen, jagten über die Landstraße hin und hielten vor der Gittertüre des Schlossgartens.

«Ich danke Ihnen», sagte Marie jetzt wieder befangen, «es war doch sehr schön.»

«Das machen wir jetzt öfters», meinte Felix, dann trennten sie sich.

Vorsichtig schlich Marie durch die Stachel- und Johannisbeerbüsche, den Buchsbaumhecken entlang, dem Schlosse zu, das noch schweigend in seiner Mittagsruhe dalag. Wäre nicht ihr nasses Kleid gewesen und die übel zugerichteten Schuhe, sie hätte das eben Erlebte für einen Traum halten können, so unwahrscheinlich erschien es ihr hier mitten in der altgewohnten feierlichen Stille. Ungesehen gelangte sie an die Hintertüre des Schlosses und in ihr Zimmer. Dort klingelte sie nach Alwine, die würde schelten, aber sie nicht verraten. Vordem jedoch zog sie die leinene Hose aus und verbarg sie.

Alwine kam, und als sie erfahren hatte, was geschehen war,

schalt sie sehr heftig: «Eine Prinzessin, die sich mit fremden Jungen im Walde umhertreibt, hat man je so etwas gesehen! Es war eine Schande! Das wird eine schöne Königin geben. Ich möchte das Volk sehen, das solch eine Königin will.» Marie musste sich zu Bett legen und ruhig liegen bleiben, Alwine wollte draußen sagen, die Prinzessin habe Kopfweh und dürfe nicht gestört werden.

Als die Alte fort war, schloss Marie die Augen, nein, sie bereute nichts, sie war nur sehr müde und schlief lächelnd ein.

Marie erwachte heiter und erquickt. Sie musste sich zuerst darauf besinnen, was denn Besonderes geschehen war, und dann wusste sie es, in ihr einfaches Prinzessinnenleben hatte sich ein Geheimnis, eine lustige Ungeheuerlichkeit, eingeschlichen, die ihr entgegenkicherte, sobald sie daran dachte. Und sie dachte viel daran. Sie dachte daran, wenn der Baron Fürwit sie zum Diner führte, und sie dachte daran während des Essens mitten in der Feierlichkeit des Esssaals, vor dem weiß und silbernen Altar des Esstisches, und dann spürte sie ordentlich wieder den Hauch der Moorerde, des Harzes und der Tannen. Abends ging sie mit Mademoiselle Laure im dunkeln Garten auf und ab, und Mademoiselle erzählte von der Pension und den Studenten. Als sie schlafen ging, bat sie Alwine, ein wenig bei ihr zu bleiben, denn sie fürchtete sich allein in dem großen, weißen Zimmer. Es war behaglich, vom Bette aus Alwines friedliches Gesicht, mit der großen Brille über den Strickstrumpf gebeugt und von der Lampe hell beschienen, vor sich zu haben.

«Alwine», sagte Marie, «warst du hübsch, als du jung warst?»

«Das weiß ich nicht», erwiderte Alwine verdrießlich, «Prinzesschen soll schlafen.»

Aber Marie fragte weiter: «Alwine, liefst du auch zuweilen mit fremden Jungen in den Wald?»

«So was fragen Prinzesschens nicht», antwortete die Alte.

Marie schaute zur Decke empor. Ja, das eigentliche Leben eines jeden sind seine Geheimnisse, das war ihr jetzt klar. Alle hatten sie ihre Geheimnisse, alle, das ganze Schloss war voll davon. Mademoiselle Laure hatte einmal erzählt, wenn sie sich zur Mittagsruhe in ihr

Zimmer zurückzieht und ihre Türe verschließt, dann tanzt sie ganz allein für sich oft eine Stunde lang, denn, sagte sie, das Leben hier im Schlosse war kein Leben, *«on étouffe»*. Ja, das war es, so machten sie es alle, das ganze Schloss mit seinem feierlichen Leben war voll von solchen verschlossenen Türen, hinter denen die Leute heimlich tanzten. Alle taten sie das, der alte Baron Fürwit und das traurige Fräulein von Dachsberg, der Major, die kleine Baronin Dünhof und die Mama – ja, auch die Mama. Und dieser Gedanke erregte Marie so sehr, dass sie mit ihrem ganzen Körper aufschnellte wie eine Forelle im Wasser.

«Heute sind Prinzesschen aber schlimm», brummte Alwine.

Am nächsten Tage um die Mittagszeit saß Marie auf ihrem Platze unter dem Pflaumenbaum, die Leinwandhose in Papier gewickelt neben sich, und wartete.

Zuerst kamen Coco und Bruno. Coco drückte seine Nase an die Stäbe des Gitters und rief: «Er kommt nach.» Dann lief er davon und trällerte: «Er hat sich verliebt in 'ne Prinzessin!»

Marie nahm ihr Paket und stellte sich an der Gittertüre auf.

Da kam auch schon Felix herangeschlendert, das Badetuch über der Schulter. Er blieb stehen und lachte: «Ist es gut bekommen?», fragte er.

«Ja, ich danke», erwiderte Marie, «ich wollte Ihnen dieses hier abgeben.» Sie öffnete die Gittertür und fügte errötend und sehr höflich hinzu: «Wollen Sie nicht ein wenig eintreten?»

«Hier?», fragte Felix erstaunt.

«O, es sieht uns keiner», versicherte Marie, «wir müssen nur in die Johannisbeeren gehen.»

«Das ist etwas anderes», erwiderte Felix verständnisvoll und trat in den Garten.

Marie ging voran, um ihm den Weg zu zeigen, mitten in das Dickicht der Stachel- und Johannisbeersträuche hinein. Vor einem großen Johannisbeerstrauche blieb sie stehen und sagte «Bitte hier.»

Felix musste sich dort ausstrecken, und Marie setzte sich zu ihm. Beide saßen ernst da wie in einem Besuchszimmer. Um sie her und über ihnen hingen die Zweige voll glasheller, roter Trauben, heiß von der Mittagsonne, und die Büsche waren voll eines leisen Surrens und Klingens, als brodelten und kochten hier in der Hitze all die reifen Früchte. Dazu glitzerte die Luft von unzähligen blanken Flügeln und blitzenden Leibern.

«Essen Sie Johannisbeeren?», fragte Marie.

«Ja, die esse ich schon», erwiderte Felix, und seine braune Knabenhand mit den vielen Rissen und Mückenstichen griff in die Trauben.

«War das Bad kalt heute?», führte Marie die Unterhaltung weiter.

Nein, das Bad war nicht kalt gewesen, um diese Zeit war es nie kalt.

«Können Sie schwimmen?», forschte Marie weiter.

Ja, Felix konnte schwimmen, sie mussten das in der Kadettenschule lernen. Und nun fragte Felix seinerseits: «Können Sie schwimmen?»

«Nein», erwiderte Marie, «ich wollte es lernen, aber der Arzt hat es verboten.»

«Sind Sie kränklich?», erkundigte sich Felix höflich.

Marie errötete: «O nein», sagte sie, «nur, weil ich im Winter hustete.»

Felix zuckte die Achseln: «Ärzte sind immer so ängstlich», meinte er verachtungsvoll.

Dann wussten sie eine Weile nichts zu sagen, Felix aß die Johannisbeeren, und Marie betrachtete aufmerksam ihren Gast, diesen Knabenkörper, der sich so bequem und träge unter dem losen Leinwandkittel reckte, das braune Gesicht, in dem die blauen Augen so hell und die Zähne so grell weiß erschienen. Merkwürdig war der Mund mit der kurzen, geschwungenen Oberlippe, er konnte sich fest schließen und sah dann seltsam ernst aus, aber wenn er sich öffnete und lachte, dann lachte das ganze Gesicht mit, ein rücksichtsloses und unendlich leichtsinniges Lachen.

Plötzlich schlug Felix auf Mariens Hand: «Pardon», sagte er, «eine Mücke.»

«Sie können aber stark schlagen», bemerkte Marie.

«Ist es rot?», fragte Felix und griff nach Mariens Hand und hielt sie einen Augenblick in seiner heißen Knabenhand. «Ich sehe nichts», sagte er und ließ sie fallen. Und dann mussten die beiden Kinder sich anlachen, sie wussten nicht, warum.

«Jetzt ist es wohl Zeit, dass ich gehe», sagte Felix, und da Marie nichts einwandte, schlüpfte er gewandt wie ein Wiesel unter den Sträuchern hindurch bis an das Gartengitter. Marie aber saß noch lange unter dem Johannisbeerstrauch, pflückte sich nachdenklich Johannisbeeren und träumte dem seltsamen Fühlen dieser bedeutsamen Stunde nach.

Für Marie hatten die Tage jetzt nur eine Stunde, eine heiße, goldene Stunde. Mit der Verschwendung solch junger Herzen strich sie alle anderen Erlebnisse um dieses einen Erlebnisses willen. So war es denn auch gleich, ob sie dem Geschichtsvortrag des Professors Wirth zuhören oder am Nachmittage mit Fräulein von Dachsberg allein spazieren fahren musste. Das, worauf es ankam, war, dass um die Mittagszeit die lange Knabengestalt unter dem Johannisbeerstrauch lag, heiß vom Gehen, das Haar feucht, in den Kleidern noch etwas von dem Hauche des Wassers und des Schilfes, um sie her der säuerliche Duft der Johannisbeeren und das Brodeln des Mittags. Die Unterhaltung ging auch besser vonstatten.

«Ist es wahr», fragte Marie, «dass Sie wild sind?»

«Wer sagt das?», fragte Felix scharf zurück.

«Der Graf Streith sagte das», erwiderte Marie, «er sagt, es fehlt Ihnen an Subordination.»

Felix lachte befriedigt: «Na ja», meinte er, «immer kann man sich von den Kerls nicht unterdrücken lassen.» Und nun kamen die Geschichten von dem heimlichen Rauchen und Trinken und Aus-den-Fenstern-Steigen, immer wieder von leisem, höhnischem Lachen unterbrochen.

Marie hörte aufmerksam zu und lachte auch das leise, höhnische Lachen. Felix' Lachen war zu ansteckend, sie musste mitlachen, es war, als führe jemand mit einer Feder leise über ihr Gesicht und kitzele es. Gut war es auch, wenn sie sich nichts zu sagen hatten, wenn Felix unablässig die roten Trauben zwischen seinen hübschen Lippen verschwinden ließ und nur ab und zu eine Mücke auf Mariens Hand erschlug.

Dann kam eine süße Beklommenheit über Marie, das Atmen

wurde ein wenig schwer, und die Handflächen brannten. Einmal jedoch war Gefahr ganz nahe. Sie hörten durch die Mittagsstille plötzlich die Stimme des Fräuleins von Dachsberg, die mit ihrem klagenden Diskant «Prinzessin Marie!» rief.

Felix machte sich ganz klein und verkroch sich unter dem Johannisbeerstrauch wie ein Igel. Marie war sehr erschrocken. «Gehen Sie nur, ich bleibe hier», flüsterte Felix.

Da tauchte Marie auf, sehr erhitzt, kleine Blätter im wirren Haar. Drüben bei den Himbeeren standen Damen in hellen Kleidern, und Fräulein von Dachsberg rief und winkte. Marie erkannte die Baronin von Üchtlitz mit ihrer Tochter Hilda.

«Aber Prinzessin», sagte Fräulein von Dachsberg traurig, «um diese Zeit ist man doch nicht draußen.»

Die Baronin aber lächelte und meinte: «Um diese Zeit schmecken die Beeren am besten, das weiß ich. Ich haben Ihnen hier, Prinzess Marie, meine Hilda gebracht, sie soll Ihnen ein wenig Gesellschaft leisten.»

Die Baronin war eine große, schöne Dame, die sich sehr gerade hielt und den Kopf mit dem noch jugendlichen Gesichte vorsichtig bewegte, als sei der Aufbau des blonden Haares eine Krone, die herunterfallen könnte. Neben ihr stand Hilda, auch groß und aufrecht. Der Graf Streith hatte gesagt: «Die Üchtlitzschen Damen haben eine Art sich zu halten, als trügen sie einen Kürass unter dem Kleide.» Hilda hatte prachtvolles, aschblondes Haar, schöne Farben und einen breiten, sehr roten Mund.

Marie war so erregt, dass sie nicht wusste, was sie sagte, nur eines war ihr klar: fort von hier mussten sie. Sie nahm Hildas Arm und sagte: «Wir wollen in die Allee, in den Schatten gehen.» Die beiden Mädchen gingen voran, und die älteren Damen folgten ihnen langsam.

Marie sprach viel und schnell wie im Fieber, sie dankte Hilda stürmisch, dass sie gekommen war. «Ich bin ja so einsam. Zu dieser Hochzeit hat man mich nicht mitgenommen, das ist doch schändlich, nicht wahr?»

Hilda hörte mit ihrem überlegenen Lächeln still zu und sah dabei Marie aufmerksam an. «Sie haben sich verändert, Prinzessin», sagte sie, «Sie sind so lebensvoll und angeregt.»

«Wirklich?», fragte Marie, «vielleicht habe ich mich entwickelt?»

Hilda zuckte leicht mit den Schultern: «Ach nein, Prinzessinnen entwickeln sich nicht.»

Das kränkte Marie, sie wurde ganz rot: «Warum sollen wir uns nicht entwickeln? Natürlich, Krankenpflegerin oder Postfräulein will ich nicht werden, deshalb kann ich mich doch entwickeln.»

Hilda jedoch lachte ihr lautes, gutmütiges Lachen: «Das mit dem Postfräulein hat mein Vater gesagt, das erkenne ich. Nein, Postfräulein will ich nicht werden, es gibt so viel andere Berufe, ja, es gibt eigentlich alle Berufe, wir müssen sie nur erobern. Unsere Brüder bleiben auch nicht zu Hause und werden, was sie wollen. Warum sollen wir immer Töchter bleiben? Tochter ist so ein schreckliches Wort. Tochter ist ein Wesen, das eigentlich nur dazu da ist, um abends ins Haus zurückgeschickt zu werden, damit es der Mama einen Schal holt, weil es anfängt kühl zu werden.»

Marie hörte nicht mehr recht zu, sie dachte daran, ob drüben unter dem Johannisbeerstrauch die blaue Gestalt noch versteckt läge, und da Hilda merkte, dass ihre Zuhörerin zerstreut wurde, schwieg sie. So gingen die beiden Mädchen eine Weile nachdenklich durch das Flirren der Blätterschatten und den Sonnenschein in der großen Lindenallee. Endlich fragte Marie ganz unvermittelt: «Waren Sie das rote Mädchen auf der Schaukel, das sich von dem Offizier schaukeln ließ, als wir vorüberfuhren?»

«Ja», bestätigte Hilda, «der Offizier war mein Vetter Barnitz, er hat sich so in mich verguckt.»

«Wirklich? Erzählen Sie doch», drängte Marie, «haben Sie ihn auch gern?»

«Ach ja, warum nicht», erwiderte Hilda, als handelte es sich um etwas Alltägliches, «er hat eine poetische Liebe. Er schenkt Rosen, drückt heimlich die Hand und macht Liebeserklärungen. Jeden Abend, wenn wir im dunkeln Garten spazieren gehen, macht er eine

Liebeserklärung. Wenn wir an ein bestimmtes Levkojenbeet gekommen sind, fängt er an.»

«Was sagt er?», forschte Marie.

«Ich weiß nicht», erwiderte Hilda, «bei einer Liebeserklärung kommt es hauptsächlich auf den warmen, singenden Ton an, der muss zu Herzen gehen. Gott, solange sie in uns verliebt sind, sind sie alle nett; aber sobald sie merken, dass auch wir schwach werden, dann sind sie lächerlich; dann spielen sie gleich den königlichen Löwen, der seine Mähne schüttelt, und wir sollen die kleinen, nackten Löwinnen sein. Nein, dann erst werden Mann und Weib gleich sein, wenn die Männer uns küssen können, ohne gleich eine dumme Protektormiene aufzusetzen.»

Marie wurde ein wenig verlegen: «Ja, wie wissen Sie ...»

Hilda aber lachte: «Ach diese kleinen Prinzessinnen, was die nicht alles wissen wollen.»

Jetzt waren sie bis an das Schloss gelangt und stiegen die Stufen zum Gartensaale hinauf, wo der Tee genommen werden sollte. Marie drückte fest Hildens Arm und sagte leise: «Wie hübsch und klug Sie sind.» In diesem Augenblick begann sie Hilda stark zu lieben. Hilda lächelte mitleidig.

Am nächsten Tage wurde die Fürstin zurückerwartet. Marie teilte ihrem Gefährten unter dem Johannisbeerstrauche mit, es sei heute das letzte Mal, dass sie sich hier träfen.

Felix zog die Augenbrauen empor und machte ein seltsames Gesicht, ein Gesicht, das gleichgültig aussehen sollte. «So, so», meinte er, «ja, ich muss nun auch bald fort, die verdammte Schule fängt wieder an.»

Marie fragte nach dem Bade, Felix schlug eine Mücke auf Mariens Hand tot, aber sonst war es heute ein einsilbiges und trübseliges Beisammensitzen, alles erschien Marie heute traurig, der Sonnenschein und die Johannisbeeren und das eintönige Summen der Bienen. Einer müsste jetzt etwas Schönes und Süßes sagen, von Felix jedoch ließ sich nichts erwarten, und ihr selbst fiel nichts ein. «Ja, jetzt muss ich gehen», sagte Felix leichthin, reichte Marie ungelenk die Hand und machte sich bereit fortzuschlüpfen. Doch plötzlich wandte er sich um, ergriff Mariens Kopf von hinten, bog ihn zurück und drückte seine heißen Lippen ganz fest auf ihren Mund. Dann war er fort.

Marie saß regungslos und bestürzt da, das hatte sie nicht erwartet. Es verletzte sie, er war wirklich zu wild, und es fehlte ihm an Subordination. Und doch erschütterte es sie tief, Tränen traten in ihre Augen, sie begann zu weinen, Tränen, die von der Sonne auf den Wangen heiß wurden; sie weinte, weil er sie beleidigt hatte und weil ihr Erlebnis heute zu Ende war und weil sie den großen, wilden Jungen hier unter dem Johannisbeerstrauch so schmerzlich vermisste.

* * *

Die Fürstin war zurück, und das Leben ging wieder seinen ordnungsmäßen Gang. Wie gewohnt versammelte man sich nach dem Diner im Gartensaal. Die Baronin Dünhof spielte Halma mit dem Baron Fürwit, und die Fürstin saß an der geöffneten Gartentüre, neben ihr Graf Streith, der sie unterhielt.

«Ach Graf», sagte die Fürstin langsam, als täte es ihr wohl, die Worte träge verklingen zu lassen, «wie gut tut es, wieder zu Hause und in seiner Ruhe zu sein. Ich tauge nicht mehr für das Hofleben, diese Welt der kleinen Wichtigkeiten macht mich müde und interessiert mich nicht.»

«Gewiss», bestätigte der Graf und schlug dabei die Augen nieder, so dass es aussah, als säße er mit geschlossenen Augen da, «dort ist es ein eintöniges Stakkato prestissimo. Wir haben hier doch unsere ruhevollen Orgelpunkte.»

«Das klingt hübsch», meinte die Fürstin, «aber es soll vielleicht nicht sein. Meine Schwägerin, die Herzogin, fragte mich, ob es nicht schwer sei, die für die Erziehung der Mädchen nötige Etikette aufrechtzuerhalten. Du lieber Himmel, die gute Dünhof tut ja, was sie kann, aber ich fürchte, unsere arme Etikette würde vor der Herzogin nicht bestehen. Was wollen Sie, hier auf dem Lande wird man bequem und ein wenig feige.»

Der Graf lachte leise. «Ja, ja, ich habe auch wieder unsere Helden des Hoflebens bewundert, und zu denken, dass man selbst solch ein Held gewesen ist.»

«Sehen Sie», fuhr die Fürstin nachdenklich fort, «mir kamen diese Leute alle vor wie kostbare Dinge, die immer in einem Etui stecken. Ich war auch einmal solch ein Wesen, das nie aus einem Etui herauskam. Nun, jetzt bin ich aus dem Etui herausgenommen worden, das ist vielleicht unrecht, aber es tut wohl.»

Der Graf beugte sich ein wenig vor und sagte mit gedämpfter Stimme: «Es gibt vielleicht doch einen Augenblick, in dem wir ein Recht auf unser eigenes Leben haben.»

Die Fürstin sah ihn ruhig freundlich an. «Jetzt haben wir einige stille Wochen vor uns», meinte sie, «die wollen wir genießen, unseren, wie sagten Sie doch, Orgelpunkt. Später kommt wieder Unruhe, mein Neffe, die Verlobung, die Jagd. Morgen, denke ich, will ich wieder reiten.» Sie lehnte sich in den Sessel zurück, starrte in die schwarze Stille der Nacht und strich sachte mit der einen Hand über die andere, als seien die Hände einander dankbar. «Ach Graf», sagte sie, «wie die Levkojen heute stark duften.»

Marie ging mit Eleonore in den Garten hinunter. Jetzt wollte sie es sein, die mit der Schwester vertrauliche Gespräche hatte, und sie wusste es, Eleonore hatte ihr Wichtiges anzuvertrauen. Mademoiselle Laure, die, weiß es Gott, woher, stets alles zuerst erfuhr, hatte Marie mitgeteilt, Eleonorens Verlobung mit dem Vetter Joachim aus Neustatt-Birkenstein sei eine abgemachte Sache. Im Oktober sollte der Erbprinz nach Gutheiden kommen, und dann würde die Verlobung bekanntgegeben werden. Das war es, was Marie von Eleonore hören wollte. Diese jedoch blieb einsilbig und traurig. Natürlich, Marie war auch traurig, weil Roxane ihnen fehlte, allein das war kein Grund, um sich nicht zu unterhalten. So erzählte sie denn zuerst von sich, von ihrer Einsamkeit und wie wichtig Fräulein von Dachsberg und der Major es bei Tische gehabt hatten, und wie Fräulein von Dachsberg sich bei der Spazierfahrt in den Wagen zurückgelehnt hatte, als sei sie die Fürstin. Als dann jedoch Eleonore noch immer schwieg, ärgerte sich

Marie. «Ich verstehe nicht, Lore», sagte sie, «warum du es mir nicht sagst, dass du mit dem Vetter Joachim verlobt bist.»

«Du erfährst das bald genug, Kleine», erwiderte Eleonore gelassen.

«Also ist es wahr?», versetzte Marie, «jedenfalls ist es verletzend, dass ich alles erst durch Mademoiselle Laure erfahren muss. Und dann, Roxane und du, ihr habt so eine Art zu tun, als sei eine Verlobung etwas Trauriges.»

«Sie ist etwas Ernstes», meinte Eleonore. Marie wurde nachdenklich. Ja, das gab sie zu, vielleicht war eine Verlobung etwas Ernstes.

Ob nun die Verlobung etwas Ernstes war oder nicht, jedenfalls änderte sie vorläufig nichts an der Eintönigkeit des Lebens in diesen Spätsommertagen mit ihrem stetig blauen Himmel und ihrem grellen Sonnenschein. Am Morgen ritt die Fürstin mit Eleonore aus. Marie durfte nicht reiten, der Arzt hatte es verboten. Trübselig stand sie auf der Freitreppe und sah zu, wie hübsch die beiden Gestalten in dunkelblauen Reitkleidern, die kleinen blanken Reithüte auf dem Kopfe, die Schleier im Winde wehend in den sonnigen Morgen hinausritten. Sie folgte ihnen mit den Augen, bis auch die letzte Spur des blau und silbernen Rückens des folgenden Reitknechts hinter den Parkbäumen verschwunden war. Die Fürstin liebte es in scharfem Trabe den Reitweg hinab bis an die Parkpforte zu reiten, dann bog man in die junge Föhrenschonung des Waldes ein. Die Luft hing noch voll glitzernder Feuchtigkeit, die angenehm kühlend in das Gesicht wehte. Zu beiden Seiten des Rasenweges standen die kleinen Bäume wie grünblaue Kandelaber, die Waldwiesen waren noch grau von tauschweren Spinnweben. Die Fürstin wurde auf solchen Morgenritten ganz jugendlich erregt. «Kind», rief sie, «ist das nicht schön? Kann es etwas Schöneres geben! Warum antwortest du nicht?» Leichte Röte stieg in ihre Wangen, und ihre Augen wurden feucht. Eleonore bewunderte die Natur, sie bewunderte vor allem ihre Mutter. In ihrer stillen und ruhigen Gemütsart jedoch begriff sie nicht, dass man sich darüber so aufregen konnte.

An einer Biegung des Weges erwartete sie Graf Streith. Sehr gerade saß er auf seinem großen Falben und grüßte, indem er die schwarzsamtene Jockeikappe bis auf den Sattelknopf herabsenkte. «Ach Graf», rief die Fürstin, «ist dieser Morgen nicht wundervoll? Diese Luft und dieses Licht machen einen betrunken.»

Der Graf schloss sich den Damen an, er hatte eine hübsche zeremoniöse Art neben der Fürstin hinzureiten, und auch der Falbe trabte vorsichtig und aufmerksam. Der Weg wurde hier breiter, und die Fürstin kommandierte Galopp. In kurzem Galopp ging es nun an hohen Tannen hin, aus denen der Morgenwind blanke Tropfen auf die Reiter niederstreute. Die Fürstin gab sich ganz der Bewegung hin, lächelte dem Luftzug und dem Lichte mit einem seltsam verträumten Lächeln zu. Endlich zog sie die Zügel an, und die Pferde fielen in Schritt. «Das war gut», sagte sie und atmete tief auf, «so trinkt man noch am besten die ganze Schönheit in sich hinein.»

«Ja, hm», meinte der Graf, «der Wald als Frühschoppen, sehr gut.» Eine Weile ritten sie schweigend nebeneinander her, dann begann die Fürstin sich mit dem Grafen zu unterhalten: «Sie waren gestern nicht zum Diner. Was haben Sie den Abend über getan?»

«Ich feierte ein Einsamkeitsfest», erwiderte der Graf.

«Wie ist das?», fragte die Fürstin.

«Nun, ich lasse alle Lampen in meinem Salon anzünden», berichtete der Graf, «und gehe in den Garten hinaus. Gestern gab es keine Sterne, und die Nacht war so dunkel, dass ich mich nur nach dem Duft der Blumen in den Wegen zurechtfand. Das ist sehr hübsch, man hört, wie die Frühbirnen auf den Rasen fallen, und ringsherum raschelt es wie Schritte auf weichen Sohlen, das sind meine Igel, die auf die Mäusejagd gehen. Und wenn ich zum Hause hinübersehe, dann glänzen die Fenster, und ich stelle mir vor, dort sitzt jemand und wartet auf mich. Das sind so die Phantasien eines Einsamen.»

Die Fürstin erwiderte nichts, beugte sich ein wenig nieder und klopfte zärtlich den Hals ihres Pferdes. Eleonore hörte dem Gespräch schweigend zu, und sie hatte das Gefühl, dass die beiden sie ganz vergessen hatten.

Marie durfte während dieser Zeit mit Fräulein von Dachsberg einen Spaziergang durch den Wald machen. Der Wald erschien ihr unendlich öde und uninteressant. Die Pilze am Wege hatten keinen Humor, und die Eichhörnchen auf den Zweigen schienen leblos wie die Eichhörnchen auf den Tafeln der Naturgeschichte, die Marie als Kind so oft an langweiligen Sonntagnachmittagen mit schläfrigen Augen betrachtet hatte. Fräulein von Dachsberg führte die Unterhaltung: «Wenn meine Mutter», erzählte sie, «mich einmal morgens in den Wald mitnahm, das war eine Seligkeit, ich fühlte mich so belebt, geradezu ausgelassen war ich, und ich bestürmte meine Mutter mit Fragen, alles wollte ich wissen, über alles wollte ich mich belehren lassen.»

Marie zog die Augenbrauen hoch, nein, sie war entschlossen, nicht eine einzige Frage an Fräulein von Dachsberg zu richten. Sie verstand sich dann schon eher mit dem Lakaien Friedrich, der schläfrig und gleichgültig hinter ihnen hertrottete. Sonst war kein Vergnügen für diese Zeit in Aussicht. Um die Mittagsstunde saßen die Prinzessinnen unter dem Pflaumenbaume, allein die Luft hier mit ihren Düften und Tönen erinnerte Marie schmerzlich an Felix. Sie wartete gespannt darauf, dass die Dühnenschen Jungen draußen am Gitter vorübergingen, und wenn sie kamen und Felix lächelte und grüßte, dann wurde ihr das Herz ganz warm.

Die Fürstin erzählte abends beim Diner, der Wächter habe vorige Nacht aus der großen Linde vor dem Hause einen Ton wie das Girren einer Taube gehört. Als er das näher untersuchte, habe sich herausgestellt, dass oben im Baume einer saß. Der Wächter habe sich den Mann heruntergeholt, und da war es kein anderer als Felix Dühnen. Die Gräfin war heute im Schlosse gewesen, um sich ihres Sohnes wegen zu entschuldigen. Die arme Frau hat viel Sorge mit dem unbändigen jungen Menschen.

«Mit diesem jungen Herrn», meinte der Graf Streith, «wird sie noch so manches erleben, und da hilft die übermäßige Strenge des Vaters auch nichts.»

Marie beugte sich tief auf ihren Teller, sie fühlte, wie das Blut ihr heiß in die Wangen schoss, sie hatte Lust zu lachen, und doch schnürte eine seltsame Rührung ihr die Kehle zu.

* * *

Für den 20. August pflegte jedes Jahr eine Einladung aus Schlochtin zu kommen, an diesem Tage wurde der Geburtstag der Baronin von Üchtlitz gefeiert. Die Fürstin liebte diese Einladung nicht. «Die Baronin», meinte sie, «ist eine kluge und erfrischend lebensvolle Frau, aber das ganze Treiben dort ist mir für meine Töchter zu, wie soll ich sagen, zu weitherzig.» Dieses Mal kam die Einladung ihr besonders ungelegen, denn sie behauptete in letzter Zeit fanatisch verliebt in ihre Ruhe zu sein. Allein die Üchtlitzens durften nicht verletzt werden, so wurde denn beschlossen, dass die beiden Prinzessinnen in Begleitung der Baronin Dünhof und des Barons Fürwit der Einladung Folge leisten würden.

«Endlich geben wir auch ein Lebenszeichen von uns», sagte Marie während des Ankleidens zu Alwine. Der Landauer stand vor der Türe, der Baron Fürwit trippelte unruhig auf der Freitreppe hin und her und schaute immer wieder nach der Uhr. Auch die Prinzessinnen waren zur Abfahrt bereit in ihren blauen Sommerkleidern, Korallenschnüre um den Hals.

«Bitte Exzellenz», sagte Marie, «verträgt es sich eigentlich mit der Etikette, dass man Prinzessinnen warten lässt?»

Baron Fürwit schmunzelte. «Lizenzen des Landlebens», erwiderte er.

«Gut», sagte Marie, «darauf werde ich mich nächstens auch berufen.» Der Baron lachte, so dass sein kleines Gesicht ganz kraus wurde, er fand Prinzessin Marie sehr witzig. Endlich kam die Baronin Dünhof, und man konnte abfahren.

Während der Fahrt besprachen der Baron und die Baronin, welche Maßregeln sie treffen würden, um die Prinzessinnen vor Gefahren zu schützen, die dort ihrer warten mussten. Das klang wie ein fein durchdachter Plan. Marie hörte dem gelangweilt zu. Diese Vorsichtsmaßregeln allein konnten einem die Freude an der Ausfahrt schon verleiden.

Der Wagen fuhr nicht beim Schlosse vor, sondern bog auf eine Wiese ein, in deren Mitte ein Lindenwäldchen stand, dort sollte der Tee genommen werden. Die Wiese und das Wäldchen waren voll Menschen, voll bunter Kleider, bunter Bänder, bunter Hüte, und in dem Grün des Gehölzes, in dem Gold der Nachmittagssonne nahmen all die Farben einen hübschen Edelsteinglanz an. Vor dem Wäldchen hatte sich die Familie Üchtlitz aufgestellt, die Baronin mit ihren drei Töchtern, Henriette, Marga und Hilda, aufrechte, helle Gestalten, blond und rosig, hinter ihnen die Söhne des Hauses, der Assessor, der Referendar und der Leutnant, auch mächtige, breite Gestalten mit großen Schnurrbärten und Backenbärten, und mitten unter dieser kraftvollen Familie erschien der Baron Üchtlitz selbst, grauhaarig und etwas gebeugt, seltsam alt und gebrechlich.

Als der Wagen hielt, erschien auf allen Gesichtern ein freundliches, ein wenig starres Lächeln, und Marie fühlte, dass auch auf ihrem Gesichte dieses freundliche, ein wenig starre Lächeln sich zeigte. Sie war zufrieden damit, denn nun wusste sie, das Prinzessinnensein würde ihr heute mühelos gelingen. Auch bei der Begrüßung fiel ihr zur rechten Zeit etwas ein, das sie sagen konnte, sie bewunderte die Wiese und die Linden und fand, dass all die bunten Farben sich sehr schön im Grün ausnahmen. Nur eines war störend, neben sich hörte sie Eleonorens ruhige, angenehme Stimme, die fast dasselbe sagte wie sie.

«Ich denke, wir machen einen kleinen Rundgang», schlug die Baronin Üchtlitz vor, «die Aussicht ist hier so hübsch.»

Langsam gingen sie über die Wiese um das Wäldchen herum, voran die Baronin Üchtlitz mit Eleonore, Marie folgte mit Henriette Üchtlitz, die Baronin Dünhof ging mit Marga Üchtlitz. Entschlossen sprachen alle vom Wetter. Sie hatten schon gefürchtet, ein Gewitter würde das Fest stören, aber nun war der Himmel ganz klar, das Wetter war ja in diesem Sommer so beständig, man konnte wohl auch auf einen schönen Herbst rechnen, darin waren sie alle einig. Auf der Wiese standen Herren und Damen beisammen, man hörte laute Stimmen, zuweilen ein helles Auflachen. Wenn die Prinzessinnen vorübergingen, schwiegen die Gespräche, es wurden tiefe Verbeugungen gemacht, eine und die andere Dame kam heran, um die Prinzessinnen zu begrüßen. Da war die Gräfin Dühnen, im bleichen, kränklichen Gesichte doch Felixens eigensinnig lustigen Mund, die schöne Frau Staatsanwalt von Böse verneigte sich tief, ein zartes

Figürchen im roten Seidenkleide, das Gesicht durchsichtig weiß, die Augen unnatürlich groß und dunkel, und der hellrote Mund klein und böse. Mademoiselle Laure hatte gesagt, die Frau Staatsanwalt habe einen schlechten Ruf, und Marie sah sie neugierig an. Mitten auf der Wiese standen die Pfarrerstöchter in rosa Musselinkleidern, große Schäferhüte auf dem Kopfe, runde, lachende Gesichter, es war, als beglückte es sie, so schöne Farbenflecke in der Natur zu sein. Zu Marie und Henriette Üchtlitz hatte sich jetzt der Landrat Graf Krüden gesellt, er trug einen goldenen Kneifer, und sein Bart, braunrot wie Kapuzinerkresse, wehte im Winde. Er erzählte von der Hitze in Berlin, er tat das wohl mit viel Humor, denn er lachte beständig dabei, auch Marie und Henriette lachten, und die Vorübergehenden glaubten, dass sie sich sehr gut unterhielten. Am Ende der Wiese wurde haltgemacht, man wollte die Aussicht bewundern. Weit und eben lag das Land da, Stoppelfelder, gemähte Wiesen, hie und da ein Haferfeld, auf kleinen Anhöhen standen Windmühlen ganz im Sonnenschein, graue Ungeheuer mit riesigen Libellenflügeln. Ganz weit aber in goldenem Dunste erblickte man den Kirchturm des Städtchens.

«Wie schön», sagten die Damen, «wie weit man sieht!»

Der Landrat wurde pathetisch: «Ja, meine Damen, es ist doch ein schönes Ländchen, dieses unser Vaterland. Sehen Sie, hier ist kein Fleckchen, das nicht von dem Fleiße der Bewohner spricht.»

«Ein erhabener Anblick», meinte die Baronin Dünhof.

Nun war es jedoch Zeit, zum Wäldchen zurückzukehren, um den Tee zu nehmen. Auf dem Rasen unter den Linden waren Polster ausgelegt und Decken ausgebreitet worden. Für die älteren Damen und die Prinzessinnen standen Stühle und kleine Tische bereit. Unter dem Laubdach war es ein wenig schwül, schräg fielen die Sonnenstrahlen durch die Stämme, und fuhr ein Windhauch in die Bäume, dann regneten weiße Blüten auf die Gesellschaft nieder, hingen sich in die Haare der Damen und Bärte der Herren, und ein schwüler, süßer Duft senkte sich da nieder. Diener reichten Tee und Sandwiches herum, die Gesellschaft auf den Polstern und Decken schien heiter, überall war gedämpftes Lachen vernehmbar, zuweilen wagte eine der Pfarrerstöchter einen schrillen, kleinen Schrei, weil der Leutnant von Üchtlitz gar so tolle Sachen erzählte. Den Prinzessinnen widmeten sich die Töchter des Hauses. Bei Marie war Henriette von Marga abgelöst worden, und diese erzählte von ihren Hunden, und als auch sie sich etwas mit dem Tee zu schaffen machen musste, wollte Henriette Hilda zu der Prinzessin schicken. Hilda jedoch weigerte sich, Marie sah es deutlich, sie schlug es rund ab. «Natürlich», dachte Marie, «wir sind wie langweilige Kranke, bei denen man ungern dejouriert.»

Der Landrat schlug jetzt vor ein wenig zu singen, «denn», sagte er, «eine Landpartie ohne Gesang ist wie eine Frau ohne Seele».

«Ich kenne keine Frau ohne Seele», äußerte der Rechtsanwalt von Bärensprung, der schön und düster wie Hans Heiling aussah.

«Bravo», sagte eine Frauenstimme. Die Frau Staatsanwalt wurde gebeten, zuerst etwas vorzutragen. Sie lehnte sich an einen Buchenstamm, verschränkte die Finger der herabhängenden Hände lose ineinander und schlug die Augen nieder. So stand sie einen Augenblick da wie ein kleines, befangenes Mädchen, dann plötzlich schlug sie die Augen auf, groß und dunkel wie das Schicksal, und begann mit einer schönen Altstimme zu singen: «*Vorrei morir nella stagion' del'anno.*» Sie sang sich in eine so leidenschaftliche Klage hinein, dass die Gesichter der Zuhörer ernst und ein wenig betroffen dreinschauten.

«Was hat sie, dass sie so singt?», dachte Marie. «ist es, weil sie einen schlechten Ruf hat? Jedenfalls ist es unerträglich traurig.» Marie fürchtete weinen zu müssen.

Als das Lied aus war, riefen die Üchtlitzschen Söhne sehr kräftig: «Bravo!»

Die Gräfin Dühnen aber sagte zur Baronin Dünhof: «Bühne.»

«Das war herrlich», rief der Landrat, «aber meine Damen und Herren, nach so viel Wehmut wollen wir uns das Herz mit einem patriotischen Liede stärken», und er stimmte an: «Deutschland, Deutschland über alles.» Kräftig fiel der Chor ein, und das Lied erklang so laut über die Wiese, dass drüben im Schlosse die Hunde zu bellen begannen.

Nach dem Liede zerstreute die Gesellschaft sich im Gehölz. Es schienen dort Spiele gespielt zu werden, denn Lachen und Rufe wurden laut, und die Pfarrerstochter Johanna schlüpfte durch die Büsche, ihr folgte der Leutnant Üchtlitz, um sie zu fangen.

«Die Jugend unterhält sich», sagte die Gräfin Dühnen.

«Ja», erwiderte Marie und versuchte es, auch so nachsichtig zu lächeln wie die Gräfin, ihr war aber recht bitter zumute.

Endlich kam Hilda, die Wangen gerötet, das Haar voller Lindenblüten. Sie setzte sich zu Marie, lachte und sagte: «Nun, Prinzesschen.»

Marie musste auch dieses schöne, lebensvolle Gesicht anlachen, aber dann sagte sie melancholisch: «Sie wollen gewiss lieber zu den anderen gehen, statt hier zu sitzen.»

«Nein», erwiderte Hilda bestimmt, «bisher war es langweilig, das weiß ich, nach dem Souper aber wird es besser werden, da gibt es Feuerwerk, da wollen wir entschlüpfen.»

«Entschlüpfen?», fragte Marie.

«Gewiss», bestätigte Hilda, «wir treiben uns im dunklen Park umher, da erlebt man manches.»

«Wenn es geht», meinte Marie zaghaft.

«Es muss gehen», sagte Hilda fest. «Wir müssen nur nicht daran denken, was die anderen später dazu sagen werden. Wir tun, was wir wollen.»

«Tun, was wir wollen», wiederholte Marie und schaute Hilda bewundernd an.

Die Sonne ging unter, und die Baronin von Üchtlitz bat ihre Gäste, in das Schloss hinüberzugehen. Purpurnes Licht ergoss sich über die Wiese, breitete eine plötzliche Festlichkeit über das Land. Pfarrers Johanna streckte die Arme aus und sprang mit beiden Füßen in die Höhe, sie nannte das ein Sonnenuntergangsbad nehmen. Die Frau Staatsanwalt aber trieb es zu laufen, ein rotes Figürchen im roten Lichte, der Rechtsanwalt schaute ihr begeistert zu. «Du, Üchtlitz», sagte er zum Referendar, «sieht sie nicht aus wie eine kleine Flamme, von der all dies hübsche Licht ausgeht?»

Üchtlitz lächelte spöttisch: «Gefühlvoll, mein Alter, was? Na ja, so was vom Irrwisch hat sie.»

Das Schloss war hell erleuchtet, und das Souper stand bereit. Die Soupers in Schlochtin waren gefürchtet, weil es dabei allzu viel zu essen gab. Der Graf Streith pflegte zu sagen: «Ich bin den Soupers bei Üchtlitzens nicht gewachsen, ich kann es, was essen betrifft, mit diesem Enaksgeschlechte nicht aufnehmen.»

Marie saß bei Tisch neben dem Assessor von Üchtlitz, und dieser erzählte von einem kleinen Automobil, das er besaß. Marie interessierte sich dafür, das war ein Gesprächsstoff, den man nicht so bald fahren lassen durfte. Unterdessen kamen immer wieder große Pasteten und dampfende Braten. Der Landrat hielt eine Rede, und dann sprach auch der Baron Üchtlitz. Marie wurde müde und verstimmt, bisher war der Tag eine Enttäuschung gewesen.

Nach dem Essen strömte alles in den Garten hinaus, die Nacht war warm und sternhell, an Bäumen und Büschen waren bunte Papierlaternen angezündet worden, überall im Dunkel blühten diese matt scheinenden Farben auf, zuweilen stieg knatternd über die Kronen der Bäume eine Rakete auf, ein goldener Riss in all dem Schwarz und dann das ruhevolle bunte Niedersinken der Leuchtkugeln. Marie fühlte sich von einer Hand erfasst und fortgezogen. «Hier findet uns keiner», flüsterte Hilda. Marie ergriff Hildas Arm, ein angenehmes Gefühl ängstlicher Spannung machte ihr Herz schneller schlagen. Sie gingen eine dunkele Allee hinab, das leise Knirschen des Kieses verriet, dass sie nicht allein waren. Irgendwo sagte eine weiche Stimme: «Nein Roth, das dürfen Sie nicht sagen.»

«Pfarrers Johanna mit ihrem Sekretär», flüsterte Hilda.

«Sind sie verlobt?», fragte Marie.

Hilda zuckte die Achseln: «Pfarrerstöchter sind immer verlobt. Aber da kommen zwei, die wollen wir vorüberlassen.» Es musste ein Stockrosenbeet sein, in dem sie jetzt stehen blieben, denn an Mariens Wange streifte es wie große, kühle Seidenquasten. Ein Paar ging an ihnen vorüber, Arm in Arm, eng beieinander, und eine klagende Stimme sagte: «Feste sind immer traurig, Bärensprung, auch wenn Sie so zu mir sprechen, ist es traurig, aber sprechen Sie nur weiter, es ist doch das Beste im Leben.»

«Die Frau Staatsanwalt und ihr Rechtsanwalt», erklärte Hilda leise.

«Warum ist sie so traurig?», fragte Marie.

«Ich weiß nicht», erwiderte Hilda, «sie glaubt es vielleicht ihren tragischen Augen schuldig zu sein. Aber jetzt müssen wir schnell dort in den Seitenweg hinüber, denn ich höre jemand kommen, das wird der Vetter Barnitz sein, der uns sucht.» Sie bogen in einen kleinen Weg ein, der zwischen dichtem Haselnussgesträuch hinführte. Hier war es dunkel und voll von dem lauten Wetzen der Feldgrillen. Allmählich lichtete sich das Gesträuch, es wurde heller, und sie standen an einem kleinen, schwarzen Weiher, in dem sich die Sterne spiegelten. Leises Gurgeln und Plätschern wurde zuweilen im Wasser laut, und eine feuchte Kühlung stieg aus ihm auf. Plötzlich prasselte wieder eine Rakete hoch über die Bäume hinauf, ein goldenes Blitzen lief über das Wasser, und dann spiegelten sich die Leuchtkugeln in ihm, als beginne es tief im dunkeln Grunde zu glühen. Marie drückte Hildas Hand. «Wie schön», sagte sie atemlos, «wie ich Sie liebe, Hilda. Wir wollen Freundinnen sein.»

«Wir wollen Freundinnen sein», erwiderte Hilda ernst.

«Und Du zueinander sagen», fuhr Marie fort.

«Wenn niemand es hört», ergänzte Hilda.

«Wenn niemand es hört», wiederholte Marie, und die beiden Mädchen umarmten und küssten sich. «Wie du zitterst», sagte Hilda, «wie dein Herz schlägt, so ein armes Prinzessinnenherz.» Hand in Hand gingen sie weiter.

«Höre», sagte Hilda in ihrer bestimmten nachdrücklichen Weise, «wenn du dich sehr nach etwas sehnst, nach etwas, das euer dummes Prinzessinnenleben verbietet, dann kannst du auf mich rechnen.»

Marie drückte fest Hildas Hand, sie war sehr gerührt, das, ja das war eigentliches Leben, Hand in Hand durch die laue Dunkelheit irren, auf allen Wegen leise Schritte liebender Paare, in allen Büschen flüsternde Geheimnisse. «Eines wünsche ich mir noch», sagte sie leise.

«Was ist das?», fragte Hilda.

«Einmal zu schaukeln», fuhr Marie fort.

Hilda lachte: «Zu schaukeln? Nur das? Ach, du armes Hühnchen! Aber das wollen wir gleich machen.»

Vom Park waren sie wieder in den Garten zurückgelangt, und als sich Schritte auf dem Wege vernehmen ließen, blieben sie stehen. Hilda horchte und rief dann leise: «Vetter Egon!»

Die Schritte kamen schnell näher, und die freundliche Stimme des Leutnants von Barnitz sagte: «Da sind die Damen, ich suche sie die ganze Zeit.»

«Das wissen wir», erwiderte Hilda, «aber jetzt gibt es etwas zu tun. Die Prinzessin will schaukeln, es ist natürlich geheim.»

«Zu Befehl!», versetzte der Leutnant.

Zwischen großen Bäumen ganz im Dunkel hing die Schaukel, auf ihr wurde Marie mit Sachkenntnis zurechtgesetzt, und nun begann es. Marie flog hoch hinaus bis in die schwarzen, feuchten Zweige der Bäume, unter ihr begann der dunkle Garten mit seinen winzigen farbigen Lichtpünktchen, über ihr der dunkle Himmel mit seinen Sternen mitzuschwingen und mitzuschaukeln, und ein Gefühl des Losgelöstseins von aller Wirklichkeit, ganz traumhaft, machte ihr Herz schneller schlagen, benahm ihr ein wenig den Atem. Und dennoch war es unendlich ruhevoll, sich so von der großen Dunkelheit im freien Raume wiegen zu lassen, und als die Schaukel plötzlich stillhielt, fuhr Marie wie aus dem Schlafe auf: «Der alte Hofmarschall sucht dich», flüsterte Hilda, «er kommt hierher.»

Der Baron Fürwit kam äußerst erregt, er hatte die Prinzessin überall gesucht, die Baronin Dünhof war bereits sehr besorgt, sie hatte eine Herzattacke bekommen, und der Wagen stand vor der Tür. Marie hörte das alles kühl an, sie sei ja nur ein wenig spazieren gegangen, meinte sie. Die Besorgnisse des Barons Fürwit, die Herzattacke der Baronin Dünhof erschienen ihr jetzt sehr geringfügig und gleichgültig.

* * *

Der Erbprinz Joachim von Neustatt-Birkenstein war mit seinem Adjutanten, dem Hauptmann von Keck, zu einem kurzen Besuche nach Gutheiden gekommen. Der lange, schmalschulterige, junge Herr mit dem glattgescheitelten, rotblonden Haar und dem blassen, ein wenig kränklichen Gesicht brachte Leben in das stille Schloss. Die kurzsichtigen, blauen Augen blinzelten nervös mit den blonden Wimpern, und die roten feuchten Lippen waren seltsam beweglich. Den ersten Abend saß der Prinz im Gartensaale, sprach viel in einer hastig überstürzten Art, erzählte von sich, lachte ein prasselndes, helles Lachen, zeigte Kartenkunststücke, spielte auf der Flöte vor, und die übrige Gesellschaft saß schweigend da und hörte ihm zu wie in einer Vorstellung. Als er mit dem Hauptmann Keck allein in seinen Gemächern war, sagte er: «Die Damen scharmant, scharmant, aber die Luft hier im Schlosse ist ein wenig muffig, finden Sie nicht, Keck?»

«Ich habe nichts bemerkt», erwiderte der Hauptmann mit seiner müden Korrektheit.

Am nächsten Tage verlangte der Prinz schon frühmorgens die Wirtschaftseinrichtungen des Schlosses zu besichtigen. Unter der Führung des Majors gingen er, die Prinzessinnen, Fräulein von Dachsberg und der Hauptmann von Keck in die Ställe. Im Kuhstalle interessierte sich der Prinz für die Namen der Kühe, der Milchmädchen; mit dem Pferdestall war er sehr zufrieden. «Famos!», rief er, «ein Sanssouci der Pferde. Und wie fromm sie alle aussehen, wie Hofdamen», flüsterte er Eleonore zu und lachte laut darüber, «gewiss, sie sehen ein wenig müde aus, als hätten sie nicht gut geschlafen, als hätten sie zu lange im Bett gelesen.» Dann wurden die Hunde besehen, und endlich begab man sich an den kleinen Mühlensee, um eine gute Angelstelle in Augenschein zu nehmen. Später ging der Prinz auf dem Gartenwege zwischen den bunten Reihen der Dahlien mit Eleonore auf und ab. Die Baronin Dünhof, die das Paar anfangs begleitet hatte, blieb diskret ein wenig zurück. Der Prinz machte ein ernstes Gesicht, zog die Augenbrauen zusammen, als müsste er scharf denken: «Ich habe dir noch nicht gesagt», begann er, «wie glücklich mich das Arrangement unserer Eltern macht, du warst immer meine Lieblingscousine. Ich sagte schon zur Tante in Karlstadt: ‹Cousine Eleonore ist prachtvoll, sie ist wie – angeln.›» Er lachte auf: «Ja, das klingt dumm, aber angeln ist für mich Ruhe, Frieden. Du musst mich angeln sehen, nur wer mich beim Angeln gesehen hat, kennt mich. Eine Dame, die mich angeln sah, sagte mir: ‹Nun verstehe ich auch, dass Sie einmal gut regieren werden.›»

Eleonore nahm das alles mit ihrem stillen, freundlichen Lächeln hin, aber das Gesicht des Prinzen wurde jetzt sorgenvoll: «Ich weiß nicht», sagte er, «ob ich deiner Mutter gefalle. Sie schaut mich so kühl an, ich bin ihr wohl zu unruhig, das verstehe ich, ich bin mir selbst zu unruhig. Ich denke, es wäre eine Erholung, könnte ich einmal einen Tag der Hauptmann Keck sein. Na, man ist eben, wie man ist. Jetzt wollen wir Tennis spielen», schloss er, ohne Eleonorens Antwort abzuwarten, «und nach dem Frühstück angele ich, und ihr alle schaut zu.»

Nach dem Frühstück begaben sich die Prinzessinnen in Begleitung von Fräulein von Dachsberg und Mademoiselle Laure zum Mühlensee, um zuzuschauen, wie der Prinz angelte. Für die Damen waren Gartenstühle aufgestellt worden, der Prinz saß am Ufer und angelte, von einem Jägerburschen bedient, während der Hauptmann von Keck sich mit seiner Angel in das Erlengebüsch zurückzog.

«Die Stunde ist nicht sehr günstig», sagte der Prinz, «aber versuchen wir es. Jetzt bitte achtzugeben, ich werfe die Angel aus, das ist nämlich auch eine Kunst, bitte immer auf den Korken zu sehen, natürlich muss die größte Ruhe beobachtet werden.»

In schönem Schwunge flog die Angel in das Wasser, die Damen beugten sich ein wenig vor, schauten angestrengt auf den Korken, und es dauerte nicht lange, so begann dieser zu zucken, ging unter Wasser, der Prinz zog an und brachte einen schönen, wie ein Juwel schimmernden Barsch heraus. «Tadellos, tadellos!», rief er und lachte.

«Nein, das mache ich selbst!», wehrte er dem Jägerburschen. Mit weißen, nervösen Fingern umklammerte er den Fisch und zog den Haken heraus, sein Gesicht zuckte dabei, als empfände es einen

Schmerz. Dann aber lachte er wieder und triumphierte: «Ist er nicht schön? *N'est-ce pas, il est beau, mademoiselle?*»

«*Oh, Altesse, superbe*», sagte Mademoiselle Laure andächtig.

«Gut, jetzt werfe ich wieder aus, ich bitte um Ruhe!», kommandierte der Prinz. Die Angel flog in das Wasser, alle schwiegen, allein kein Fisch wollte beißen. Die unbewegte Luft war drückend heiß, harter Glanz zitterte auf dem Wasser und in den Schachtelhalmen, es war sehr still ringsum, nur zuweilen schnatterte eine Stockente im Schilfe, oder ein Blässhuhn stieß einen freudlosen Schrei aus. Eleonore schaute den Prinzen an, das eben noch so bewegliche Gesicht war schlaff, aller Ausdruck schien von ihm fortgelöscht, es war das Gesicht eines müden, kränklichen Knaben. Eleonore mochte es nicht anschauen, sie schloss die Augen. Wie wohl die Ruhe tat, wie wohl es tat zu fühlen, wie die Gedanken allmählich undeutlich wurden und sich vermischten. Fräulein von Dachsberg saß längst mit geschlossenen Augen gerade auf ihrem Stuhl, und Marie blinzelte schläfrig in den Sonnenglanz. Sie hatte sich eine Verlobung anders gedacht, all das sah einem Alltag sehr ähnlich. Wer war denn hier bräutlich, höchstens Mademoiselle Laure, die mit ihren grellen, schwarzen Augen starr den Prinzen ansah. Nein, das Beste war zu schlafen, wie die anderen.

«Wenn es nicht geht, dann geht es nicht!», rief der Prinz plötzlich. Die schlummernden Damen fuhren auf, der Prinz stand am Ufer, hatte die Angel fortgeworfen, und sein Gesicht war rot vor Ärger. Gleich darauf lächelte er aber wieder und meinte: «Die Damen haben geschlafen, nun ja, es ist verständlich. Aber jetzt müssen wir zum Schlosse zurück, Exzellenz Fürwit plante einen Spazierritt. Keck, wo sind Sie?»

Aus dem Erlengebüsche tauchte der Hauptmann von Keck auf, erhitzt und verschlafen.

«Na!», schloss der Prinz, «von einem großen Gefolge kann ich hier nicht sprechen.»

Im Schloss war Baron Fürwit eifrig dabei gewesen, den Ausflug in den Wald zu organisieren. Die Fürstin und Prinzessin Eleonore ritten mit den Herren, die übrigen Damen folgten im Wagen. Vor dem Försterhause sollte der Tee eingenommen werden, Graf Streith hatte hier alles angeordnet und machte den Gastgeber.

«Wunderhübsch, werter Graf», sagte der Prinz, «was sind all unsere Esssäle gegen solch einen Platz im Walde. Diese Dekoration, dieses Parfüm und dieses Oberlicht.»

Während des Tees jedoch war der Prinz unruhig, ein Gang nach einer Waldwiese war geplant, und er fürchtete, es könnte zu spät werden. «Die Rehe gehorchen Exzellenz Fürwit nicht, sie fügen sich nicht ins Programm.»

So brach die Gesellschaft bald auf, die Fürstin blieb mit dem Grafen Streith zurück. Als alle fort waren, lehnte sie sich bequem in ihren Stuhl zurück und schloss halb die Augenlider, so dass die Augen nur wie schmale, blanke Streifen hervorschauten. Der Graf sagte nichts, er sah, dass der Fürstin das Schweigen wohltat. Schräg schien die Sonne durch die Stämme, unter den regungslosen, großen Tannen lag eine wunderbare, grüngoldene Stille. Endlich begann die Fürstin ihre Gedanken vor sich hin zu sprechen: «Er ist so ruhelos, es ist, als fürchte er stets, etwas zu versäumen. Wie ich das kenne! Wie schmerzlich er mir wieder die ganze Vergangenheit zurückruft.»

Der Graf zog ein wenig die Augenbrauen zusammen, und als die Fürstin nicht weitersprach, sagte er leise und zögernd: «Ist es nicht vielleicht Verschwendung, immer wieder zu gestatten, dass die Vergangenheit in eine Gegenwart eindringt, die doch glücklich sein könnte. Ich meine, wir müssen unsere Gegenwart so stark machen, dass sie die Vergangenheit verdrängt. Eine Aufgabe, die ich mir wünsche, wäre, dort, wo ich verehre, die Vergangenheit fortschieben zu dürfen.» Und seine flache Hand fuhr leicht über die Tischplatte, als schöbe sie etwas Unsichtbares fort, «um an ihre Stelle eine wohltuende Gegenwart zu setzen, die ganz über die Vergangenheit herrscht». Und mit spitzen Fingern legte die andere Hand etwas Unsichtbares behutsam auf den Tisch. Die Fürstin schaute sinnend zu, wie die beiden großen, weißen Hände sich auf dem Tische zu schaffen machten: «Ich weiß, Streith, ich weiß, aber mir ist heute, als gäbe ich meine Schmerzen an mein Kind weiter.» Sie lehnte den Kopf in den Stuhl zurück und schloss die Augen. «Wenn meine Eleonore heiratet», fuhr sie fort, «dann ist der größte Teil meiner Aufgabe erfüllt. Meine Jüngste, ach Gott, das arme Kind mit seiner schwankenden Gesundheit, da wird ein stilles, bequemes Leben wohl das Wünschenswerte sein.»

Die Fürstin schwieg eine Weile, und als sie wieder zu sprechen begann, hatten ihre Gedanken einen andern Weg eingeschlagen: «Unsere Erziehung ist wohl daran schuld, unsere Fürstenerziehung, dass wir so schwer den Mut finden, ganz wir selbst zu sein.»

«Eine Pflanze, die nicht den Mut zur Blüte findet», bemerkte der Graf.

Die Fürstin öffnete die Augen und lächelte matt: «Ach, Streith, immer galant.»

Der Graf verneigte sich leicht. Vom Walde her erklangen die Stimmen der zurückkehrenden Gesellschaft, die Unternehmung war sehr gelungen gewesen, «es war», meinte der Prinz, «als seien alle Rehe des Waldes für mich zusammenbestellt worden».

Da die Sonne jetzt unterging, mahnte Baron Fürwit zur Rückkehr in das Schloss.

Das Diner war feierlicher als sonst, die Damen erschienen in großer Toilette, und der Erbprinz hielt eine Ansprache. Er dankte für den schönen Tag, den er hier hatte verbringen dürfen. «In diesem Schlosse», fuhr er fort, «wohnt nicht nur das Glück, auch der Fremde, der hier einkehrt, kann sich hier sein Glück holen.» Die Baronin Dünhof lächelte, und die Augen wurden ihr feucht.

Nach dem Diner verlangte der Prinz nach einem Mondscheinspaziergang, da der Vollmond über dem Garten stand. «Wir haben ein Recht auf unsere Sentimentalitäten», erklärte er. So stieg er mit den jungen Damen in den Garten hinab, und sie gingen langsam die hell beschienenen Wege entlang. «Zu den Frühbirnen wollen wir gehen», schlug der Prinz vor. Der Birnbaum stand mitten auf einem runden Rasenplatze, und seine Zweige bogen sich unter der Last der kleinen, gelben Birnen. «Bitte, meine Damen, sich unter den Baum zu stellen», rief der Prinz, «Fräulein von Dachsberg, Mademoiselle Bouttancourt, wenn ich bitten darf. Eleonore, Marie, bitte hier, Keck, stehen Sie dort.» Der Prinz begann kräftig den Baum zu schütteln, und die Früchte fielen prasselnd und blank im Mondschein nieder. Marie und Mademoiselle Laure stießen kleine Schreie aus, der Prinz lachte schallend und nannte das «eine Birnendusche», Fräulein von Dachsberg aber nahm es übel.

«Ich muss doch bitten, Hoheit», sagte sie, «es ist genug, wenn ich bitten darf.»

«Gut, es soll genug sein», beschloss der Prinz, «jeder isst jetzt eine Birne. Darf ich anbieten?», und er selbst biss herzhaft in eine der taufeuchten Birnen und rief: «Süß, süß, süß wie Cousinen. Und nun kommt der Mondscheinspaziergang.»

Nun zog die Gesellschaft an den Reihen der mondbeglänzten Dahlien und Stockrosen entlang, der Prinz ging neben Eleonore und wurde gefühlvoll. «Wie wohltuend», meinte er, «ist ein Tag, auch nur eine Stunde, in der wir nach Herzenslust gefühlvoll sein dürfen. Wir müssen ja sonst unsere Gefühle verstecken, und da sammelt sich dann so vieles an. Ist hier nicht eine Laube, in der es süß duftet? Nein? Nun dann setzen die Damen sich hier auf die Gartenbank, und ich deklamiere etwas.»

Die Damen mussten sich setzen, der Prinz jedoch blieb stehen und deklamierte:

«Füllest wieder Busch und Tal
Still mit Nebelglanz,
Lösest endlich auch einmal
Meine Seele ganz.»

Er sprach mit viel Ausdruck, ja es war, als übermannte ihn eine tiefe Rührung, denn seine Stimme zitterte. Hell vom Monde beschienen erschien seine Gestalt im Abendanzuge länger und schmäler, sein Gesicht blässer als sonst.

«Was hat er?», dachte Eleonore, «ist das ein wirklicher Schmerz, der in seiner Stimme zittert?», und zum ersten Male fühlte sie etwas wie zärtliches Mitleid mit diesem bleichen jungen Menschen.

Marie aber dachte: «Er sieht aus wie ein Gespenst.»

Das Gedicht war zu Ende, niemand sagte etwas, nur Mademoiselle Laure murmelte leise ein «*sublime*». Der Prinz machte ein wenig befangen einige Schritte, sah zum Monde auf und verzog wie geblendet sein Gesicht. Fräulein von Dachsberg aber mahnte zur Rückkehr in das Schloss.

Als die Prinzessinnen in ihrem Schlafzimmer allein waren und Marie bereits im Bette lag, fühlte sie sich gedrungen, ein Endurteil abzugeben: «Ich finde ihn nett», sagte sie, «und ich glaube, wenn man einen Tag über mit ihm zusammen gewesen ist, dann schläft man gut.»

Eleonore stand am Fenster, sie hatte die Vorhänge zurückgezogen und schaute in den Garten hinab. Plötzlich ließ sie ein leises «Oh» hören. Dieses «Oh» klang so seltsam, dass Marie aufhorchte, eilig aus dem Bette stieg und an das Fenster lief. In dem taghell beschienenen Garten konnte sie anfangs nichts Ungewöhnliches sehen, doch dann bemerkte sie, dass sich zwischen den ruhig und schwarz auf den Wegen liegenden Schatten der hochstämmigen Rosen etwas regte, und nun traten zwei Gestalten in das volle Licht, Mademoiselle Laure und der Prinz. Langsam gingen sie an der Buchsbaumhecke hin und verschwanden im Dunkel der Lindenallee. Eleonore hatte sich auf einen Stuhl gesetzt, sie war blass geworden und schaute gerade vor sich hin. Auch Marie war erschüttert. Was sie da erlebte, erschien ihr unheimlich, und ein Schauer überlief sie. Sie wunderte sich über ihre eigene Stimme, die trocken und belehrend sagte: «Ja, liebe Lore, daran wirst du dich nun gewöhnen müssen.»

«Gewöhnen», wiederholte Eleonore und sah die Schwester verständnislos an.

Marie ging ruhig zu ihrem Bette zurück und legte sich nieder. «Gewiss», bemerkte sie noch, «das lernt man schon aus der Geschichte.»

Im Zimmer wurde es einen Augenblick still, plötzlich stand Eleonore vor Mariens Bett, die sonst so sanften Augen blitzten: «Ich verbiete dir, so zu sprechen», stieß sie leise und leidenschaftlich hervor, «ich verbiete dir, jemandem zu sagen, was du gesehen hast, ich würde mich zu Tode schämen, wenn jemand das wüsste.»

Marie war erschrocken und schwieg, Eleonore aber wandte sich ab und ging zu ihrem Spiegel. «Natürlich wird sie sich jetzt das Haar bürsten wie Roxane», dachte Marie, und das erschien ihr sehr traurig.

Am nächsten Tage verabschiedete sich der Erbprinz. Er war sichtlich bewegt, als er der Fürstin die Hand küsste. «Hier bei euch», sagte er, «wird man nicht nur glücklicher, sondern auch besser.»

* * *

Nach der Abfahrt des Erbprinzen wurde gleich wieder eine Reise nach Karlstadt an den herzoglichen Hof geplant. Von Marie war dabei nicht die Rede, das empörte sie so sehr, dass sie den Mut fand, sich gegen ihre Mutter darüber zu äußern.

«Bei der Reise nach Karlstadt wird auf mich wohl nicht gerechnet?», begann sie.

«Nein, mein Kind», erwiderte die Fürstin und schaute ihre Tochter zerstreut an, «aber deine Zeit wird auch kommen, werde nur recht gesund.»

«Ich bin gesund», sagte Marie und zog ein wenig die Augenbrauen zusammen, «ich meine nur, für mich ist also kein Vergnügen in Aussicht.»

Die Fürstin gab darauf keine Antwort. Sie musste aber darüber nachgedacht haben, denn eines Tages hieß es, die Prinzessinnen würden mit der Baronin Dünhof in die Stadt fahren, um im Theater Schillers «Räuber» zu sehen.

Den Tag über hatte es geregnet, gegen Sonnenuntergang klärte sich der Himmel auf, die Fahrt im großen Automobil war erfrischend. Marie schaute durch das Wagenfenster mit runden, wachsamen Augen auf das vorüberziehende Land, auf diese Außenwelt, in der das Leben so seltsam selbstverständlich erschien. Die Wolken standen jetzt wie zerklüftete, kupferrote Gebirgszüge am Horizont,

Schafe wurden heimgetrieben, ganz rosa im Abendschein zogen sie langsam über die gelben Stoppelfelder, Hüterkinder sangen aus voller Kehle, kleine struppige Dorfhunde riefen sich aufgeregt die Nachricht zu, dass ein Gefährt komme. In den Dorfgärten standen Frauen, die Schürzen voller Salatblätter, schauten auf die Straße hinab und verzogen die Gesichter, als täte die schnelle Bewegung des Wagens ihnen weh. Die Sonne ging unter, die Wälder wurden schwarz und das Land grau. In der Stadt dunkelte es schon, bleich und glasig stand der Schein der Gasflammen in der Dämmerung. Die Straßen waren belebt, langsam gingen die Leute in der Abendkühle auf dem Trottoir dahin, blieben zuweilen stehen und sprachen laut über die Straße hinweg miteinander. Einige Fenster waren schon erleuchtet, und die Vorüberfahrenden sahen in Stuben hinein mit großen Sofas und runden Tischen. Hier saßen Kinder um eine Lampe und machten ihre Schularbeiten, dort wurde zu Abend gegessen, eine Frau mit großer weißer Haube biss in eine Semmel. Aus den kleinen Läden erklang beständig der dünne, schrille Ton der Türglocken. Wie eng die Menschen hier beieinander waren, dachte Marie, und wie eifrig sie lebten. – Das Automobil hielt vor dem kleinen Theater, Menschen hatten sich hier angesammelt, um die Prinzessinnen aussteigen zu sehen. Die Baronin Dünhof und der Baron Fürwit schienen aufgeregt, sie gaben dem Lakaien leise Befehle, flüsterten französisch miteinander und liefen in der Vorhalle neben den Prinzessinnen her, als müssten sie sie vor etwas schützen. Erst als man eine Treppe hinaufgestiegen war und sich in der Loge befand, musste alle Gefahr vorüber sein, denn die Baronin murmelte: «Gott sei Dank.»

Das Theater war schon gefüllt, all die Gesichter, die vom Parkett zur Loge der Prinzessinnen hinaufsahen, die Gläser, die sich aus den anderen Logen auf sie richteten, dazu der Geruch von altem Plüsche, von Kulissen und Gas, all das erschien Marie fremd und spannend. Nun verdunkelte sich das Theater, und der Vorhang ging in die Höhe. Marie folgte aufmerksam den Vorgängen auf der Bühne, allein der alte gebrechliche Graf, der alles glaubte, was man ihm einredete, der kleine rothaarige Franz mit seinen Schurkenstreichen ließen sie kühl, und sie freute sich, als das Theater im Zwischenakt wieder hell wurde und sie sich im Raume umsehen konnte. Es war unterhaltend, in das Stimmengewirr unten im Parkett hineinzulauschen, die Menschen zu sehen, wie sie einander begrüßten, miteinander plauderten, würdig ihre Theatertoiletten trugen. Da war die Konditorsfrau mit einem gelben Vogel auf dem Hut, dort stand Professor Wirth, die Dame neben ihm musste seine Gemahlin sein, schön war sie nicht, sie sah aus, als habe sie Migräne. Gern hätten die Prinzessinnen über die Leute da unten zusammen gelacht, allein sie mussten ihre Haltung bewahren. Unterdessen kam Besuch in die Loge, der Landrat erschien und sprach vom jungen Schiller: «Welch eine Kraft in diesem jungen Menschen, ja geradezu ein Vulkan.» Die Gräfin Dühnen kam und plauderte mit der Baronin Dünhof. In der Loge, gerade den Prinzessinnen gegenüber, saß eine Dame im schwarzen Kleide, die schwarzen Haarscheitel, flach über die Ohren gekämmt, umrahmten ein bleiches, scharfes Gesicht, neben ihr ein sechzehnjähriges Mädchen im schlecht gemachten grünen Kleide, das reiche, schwarze Haar lockte sich ein wenig wild, und das runde Gesicht mit den großen schwarzen Augen, den breiten, roten Lippen hatte einen so wunderbaren Glanz lachenden jugendlichen Lebens, dass Marie es erstaunt ansah und fühlte, wie das Herz ihr heiß wurde von einer Bewunderung, die fast schmerzhaft war.

«Wer ist denn dort unser Vis-à-vis?», hörte sie die Baronin Dünhof fragen.

«Ach, eigentlich niemand», erwiderte die Gräfin Dühnen, «eine Frau von Syrman, sie hat in unserem Walde das alte Forsthaus gemietet für den Sommer und ich glaube auch für den Winter. Sie soll eine geschiedene Frau sein, dunkle Verhältnisse, man verkehrt nicht mit ihr.»

«Das Mädchen scheint hübsch», meinte die Baronin.

«Brutal!», sagte die Gräfin, «von Erziehung wird da wenig die Rede sein. Das wächst auf wie ein Pilz.»

Das Theater verdunkelte sich wieder, und das Spiel nahm seinen Fortgang. Die Studentenszene interessierte Marie nur wenig, auch

Armin Biber als Karl Moor, von dem Hilda Üchtlitz eine Zeit lang so viel gesprochen hatte, enttäuschte sie: Sie dachte lieber an das schwarze Mädchen drüben in der Loge. Die Worte der Gräfin hatten ihr wehgetan, das arme, schöne Mädchen, sie wächst auf wie ein Pilz, und Marie sah deutlich einen der kleinen, feuerroten Pilze, wie sie im Moose stehen, das Köpfchen blank vom Tau, leuchtend wie ein Edelstein. Ja, denen glich das schöne Mädchen, von dem Marie jetzt wusste, dass sie es liebte, und sie konnte den Augenblick kaum erwarten, da sie es wieder würde sehen können. Während des Zwischenaktes wandte Marie die Blicke nicht von der gegenüberliegenden Loge ab. Alles an dem schwarzen Mädchen gefiel ihr und rührte sie, die Art, in der es beide Arme auf die Logenbrüstung stützte, wie ein müdes Schulmädchen sich auf den Schultisch stützt, wie es sorglos den Körper herumwarf und beim Lachen den Mund öffnete und die Zähne sehen ließ, wie es Gefrorenes aß, den Löffel ganz voll nahm und herzhaft zum Munde führte, als äße es Suppe. In dem allen lag etwas, über das Marie gern gelacht und geweint hätte. Auf der Bühne wurde es mittlerweile auch interessanter, Karl Moor war Räuber geworden, er trug einen kleinen schwarzen Schnurrbart, einen breitkrempigen Hut und roten Mantel. Beim Sonnenuntergange lagerte er mit seinen Räubern im Walde, schön und traurig, und seine großen, schmerzvollen Worte erfüllten Marie mit einem unendlich feierlichen Mitleid, alles hätte sie getan, um den armen, schönen Mann zu trösten. Ohne dass sie es wusste, rannen ihr die Tränen über die Wangen. Als sie nach Schluss des Aktes zu der Loge der Frau von Syrman hinübersah, entdeckte sie, dass auch das schwarze Mädchen verweinte Augen und tränenfeuchte Wangen hatte. Die Blicke der beiden Mädchen trafen sich, und unwillkürlich lächelten sie einander an. Das machte Marie glücklich, es war ihr, als hätte sie einen Bund geschlossen mit dem Mädchen drüben und mit dem schönen Armin Biber, er, der seine großen Schmerzen litt, und sie, die über ihn weinten. Von nun an erzitterte ihr ganzes Wesen in einer seltsam schmerzvollen und doch wohltuenden Ekstase, entrüstet wies sie ein Glas Limonade zurück, das ihr angeboten wurde, sie konnte jetzt nicht an Limonade denken.

Während des Spieles weinte sie um Karl Moor, während der Pausen lächelte sie zu Fräulein Syrman hinüber, und als das Stück aus war, als alles sich zum Aufbruch rüstete und die Baronin Dünhof und der Baron Fürwit aufgeregt den Rückzug organisierten, erwachte sie wie aus einem schicksalsschweren Traume.

Marie drückte sich in die Wagenecke, versonnen und verweint träumte sie vor sich hin. Die Straßen des Städtchens waren jetzt stiller, die Vorhänge an den Fenstern niedergelassen. In einem Fenster, das offen stand, lehnte ein Mädchen und sprach mit einem Herrn unten auf der Straße, ein kleiner Biergarten war hell erleuchtet, und Musik scholl aus ihm herüber. «Das Leben geht hier weiter», dachte Marie, das Leben, zu dem auch Armin Biber und das schöne Mädchen gehörten, sie aber fuhr hinaus in das nächtliche, schweigende Land. Doch sie hatte jetzt mitzutragen an Karl Moors Schmerzen, hatte zu tragen an dem Mitleid für das schöne Mädchen, von dem die anderen schlecht sprachen und das sie verachteten, sie gehörten jetzt zu ihr, sie nahm sie mit in ihre Einsamkeit.

* * *

Mariens Leben war jetzt um einen erregenden Traum reicher, einen Traum, vor dem die Ereignisse des Tages verblassten. Die Fürstin fuhr mit Eleonore nach Karlstadt, um Eleonorens Verlobung zu feiern. Marie ertrug es ohne allzu große Empörung, dass sie zurückbleiben musste. Auf den Spaziergängen mit Fräulein von Dachsberg oder Mademoiselle Laure war sie schweigsam, in den Unterrichtsstunden des Professors Wirth schweiften ihre Gedanken weit ab. Sie fühlte ein großes Bedürfnis, allein zu sein. Der Arzt hatte gemeint, die Herbstluft würde ihr guttun, so irrte sie denn unablässig im Garten umher und wies schroff jede Begleitung ab. «Wenn Sie mich kontrollieren wollen», sagte sie zu Fräulein von Dachsberg, «so können Sie das vom Fenster aus tun, ich gehe ohnehin nur vor dem Hause auf und ab.»

Fräulein von Dachsberg zog ergeben die Augenbrauen hinauf und sagte zum Baron Fürwit: «Prinzessin Marie wird immer schwieriger.»

Der Baron nickte: «Ja», meinte er, «ihr fehlt die Hofluft, es ist schwer, Kamelien in Spargelbeeten zu ziehen.»

Die Herbsttage waren hell und kühl. Nachtfröste versengten die Köpfe der Dahlien, das Laub der Parkbäume wurde gelb und rot, und auf den Wegen der Allee raschelten schon welke Blätter. Drüben im Obstgarten hörte man das beständige Fallen der Äpfel, und ihr säuerlicher Duft erfüllte den Garten. Die Johannisbeeren in der Grube am alten Pflaumenbaum verloren ihre Blätter, die Trauben schrumpften ein und schmeckten ganz süß. Hier nun ging Marie, fest in den langen Herbstpaletot geknüpft, die Hände im Muff verborgen, mit kleinen, eiligen Schritten auf und ab. Ihr Gesicht hatte einen seltsam gespannten Ausdruck, ihre Augen schauten drein, als müssten sie sehr scharf in die Ferne sehen. Marie dachte an Armin Biber, ja, sie sah ihn, er kam durch die Allee auf sie zu mit seinem breitkrempigen Hute, das schöne Gesicht ganz bleich, Marie blieb vor ihm stehen, das Herz brannte ihr, sie wollte etwas sagen, das sie mit einem Schlage ihm ganz nahe brachte.

Da lächelte er sein schwermütiges Lächeln und sagte: «Kleine Prinzessin, kleine Prinzessin, Sie verstehen mich, Sie haben um mich geweint.»

Auch an das schöne, schwarze Mädchen dachte Marie, sie nannte es «Armelia», weil das mit Armin verwandt war. Sie legte den Arm um Armelias Taille und war ihre Freundin.

Die Gräfin Dühnen beleidigte Armelia, Marie aber trat für sie ein, fand prachtvolle entrüstete Worte, dann führte sie die Freundin fort an einen stillen Platz des Waldes. Dort saßen sie festumschlungen, bis die Zweige sich auseinanderbogen und Armin Bibers schönes Gesicht auf sie niederschaute, er lächelte und sagte: «Meine treuen Kameradinnen.»

Zuweilen wollten die Traumbilder nicht kommen, dann war es nur ein köstlich starkes Fühlen, das Mariens Herz schneller schlagen ließ, sie hätte weinen können vor Sehnsucht nach Armin Biber, nach Armelia, nach Liebe, nach großen Worten und großen Schmerzen. Dieses Gefühl machte sie stolz, hob sie hoch über die anderen empor. Wie verachtete sie die Teestunde am Nachmittage, während der der Baron Fürwit von früheren Verlobungen früherer Prinzessinnen erzählte. Oder die Abende im Gartensaal, der Baron Fürwit las langsam und deutlich die «Kreuzzeitung» vor, Fräulein von Dachsberg und Mademoiselle Laure häkelten, der Major saß gerade auf seinem Stuhle und hörte aufmerksam zu.

Wenn eine Pause eintrat, wandte er sich mit einer höflichen Bemerkung an Marie. «Ich glaube, mit den Balkanvölkern werden wir noch manches erleben.»

«O wirklich, glauben Sie, Herr Major?», erwiderte Marie, die jäh aus ihren Gedanken auffuhr.

An einem Nachmittage kam Hilda von Üchtlitz. Sie war hübsch und lebensvoll, mit kühlen, rosa Wangen und blanken, scharf aufmerkenden Augen.

Marie ließ den Tee in ihrem Schreibzimmer servieren, sie hatte Hilda so viel zu sagen. Sie begann damit, von Armelia zu sprechen, allein das interessierte Hilda nur wenig.

«Die kenne ich», meinte sie, «ich kümmere mich natürlich nicht um das Gerede, dass man mit diesen Leuten nicht umgehen kann, gerade deshalb bin ich zum Forsthause gegangen, nun, vielleicht wird einmal etwas aus dem Mädchen, Rasse hat es, aber bisher ist es noch ein wildes, kleines Tier. Sie heißt übrigens nicht Armelia, sondern Britta.»

Marie war verletzt, auch verstimmte es sie, dass Armelia Britta heißen sollte. Sie ließ daher dieses Thema fallen und sprach von Armin Biber.

Hilda hörte sehr aufmerksam zu. «Ja, das kenne ich», sagte sie dann ernst, «das habe ich auch durchgemacht, das kommt so über uns, und da hilft nichts anderes, du musst ihn sehen und sprechen.»

«Ihn sehen und sprechen», rief Marie und wurde ganz rot vor Schrecken, «das ist doch nicht möglich!»

Hilda blieb ruhig und dachte ein wenig nach: «Es ist möglich», erklärte sie dann. «Du bist eine Prinzessin, wenn du ihm schreibst, dann kommt er.»

«Das werde ich nie tun», versicherte Marie mit zitternder Stimme.

«Doch, das musst du tun», fuhr Hilda fort, «du schreibst ihm, du willst ihm für seine große Kunst danken und so weiter, er soll um ein Uhr mittags auf der Landstraße an eurem Gartengitter vorübergehen, du erwartest ihn bei eurem alten Pflaumenbaume, nun und dann sprecht ihr miteinander durch das Gitter, mehr ist für den Augenblick nicht zu erreichen.»

Marie fühlte, wie ihre Hände kalt wurden vor Aufregung, und sie hatte Lust zu weinen. «Ich würde sterben, wenn er käme», sagte sie leise.

Hilda lachte: «Davon stirbt man nicht, und dann, du bist zwar eine Prinzessin, aber du könntest dich doch bemühen, ein modernes Mädchen zu sein. Dieses Anschmachten aus der Ferne tut kein modernes Mädchen mehr. Wenn wir uns in einen Mann verlieben, und das lässt sich nicht vermeiden, dann handeln wir auch. Nur keine unnütze Gefühlsverschwendung mehr.»

«Ich werde es nie können», stöhnte Marie.

Hilda zuckte die Achseln: «Setze dich nur an deinen Schreibtisch», befahl sie, «ich nehme den Brief mit und besorge ihn, das wird gemacht, und du wirst sehen, es beruhigt.»

Und es wurde gemacht. Hilda fuhr mit Mariens Brief in der Tasche nach Hause.

Nun verbrachte Marie täglich eine qualvolle Stunde drüben bei dem alten Pflaumenbaume. Blass, mit erregten Augen ging sie zwischen den entblätterten Johannisbeerbüschen hin und her und warf zuweilen einen angstvollen Blick auf das Gartengitter. Oft war sie nahe daran fortzulaufen, sich im Park zu verstecken, Armin Biber mochte nun kommen oder nicht, allein sie fürchtete sich vor Hildas Verachtung, sie wollte ja auch ein modernes Mädchen sein, und endlich zog dieses Erlebnis, das sie so angstvoll erwartete, sie dennoch unwiderstehlich an. Es war am dritten Tage nach Hildas Besuch, dass Marie am Gartengitter einen Herrn sah, der von seinem Rade sprang, das Rad gegen das Gitter lehnte und zu ihr hinübergrüßte. Er trug einen braunen Radfahreranzug und einen kleinen, schwarzen Filzhut. Regungslos blieb Marie stehen und starrte den Fremden an, dann ging sie langsam und wie mechanisch auf das Gitter zu. Der Fremde zog wiederum seinen Hut tief ab und verbeugte sich. War das Armin Biber, dieser kleine Herr mit dem geröteten Gesicht, dem glattrasierten bläulichen Kinn und dem langen bleichen Munde? Jetzt trat er nah an das Gitter heran, lächelte und zeigte dabei eine Reihe weißer Zähne, in denen eine Goldplombe blank hervorglänzte. Marie sah das alles ganz genau. Nun begann er zu sprechen, ja, das war Bibers schöne, tiefe Stimme.

«Durchlaucht haben befohlen», sagte er, «hier bin ich.»

«Das ist sehr freundlich», hörte sie sich sagen, und sie sah, wie ihre Hand zwischen den Gitterstäben hindurch sich Armin Biber reichte. Er ergriff sie und küsste sie.

«Ich wollte Ihnen so gern danken», fuhr Marie fort, «für den großen Genuss damals im Theater.»

Armin Biber wurde ernst, und Marie fand in seinen Augen etwas von Karl Moor wieder. Er nahm den Hut ab und fuhr sich mit der Hand über die Stirne. «Ach, Durchlaucht», versetzte er, «das ist ja der eigentliche Lohn unseres oft dornenvollen Berufes, dass unsere Kunst zuweilen in einem vornehmen und edlen Herzen widerklingt.»

«Was soll ich jetzt sagen», dachte Marie, aber da sagte sie schon: «Es muss sehr schwer sein, solche Rollen zu spielen.»

«Nun ja», erwiderte Armin Biber, «die Hauptsache ist, dass man die Rolle fühlt, und da muss man schon einiges an Nervenkraft und Herzblut zusetzen.»

«Das kann ich mir denken», bemerkte Marie. Eine Pause entstand, und Marie dachte: «Wie wird das enden?»

Aber Armin Biber begann wieder zu sprechen: «Ich hätte gern als Erinnerung an diese bedeutungsvolle Stunde Euer Durchlaucht mein Bild mitgebracht, allein ich wagte es nicht.»

«Wie schade», meinte Marie, «aber vielleicht geben Sie mir als Andenken die kleine, gelbe Blume dort am Wege.»

«Die dort?», fragte Armin Biber und kniff seine Augen zusammen, «*bon*, ich fliege.» Er sprang zu der gelben Blume hin, pflückte sie und reichte sie lächelnd durch das Gitter.

Marie versuchte auch zu lächeln, als sie die Blume entgegennahm. «Ich danke Ihnen», sagte sie, «jetzt aber glaube ich, muss ich gehen.»

Wieder streckte sie die Hand durch das Gitter, und wieder erfasste Armin Biber sie und küsste sie. «Es wird mir eine unvergessliche Erinnerung sein», versetzte er leise und innig. «Adieu, Durchlaucht, adieu.» Er schwenkte seinen Hut, sprang auf sein Rad und fuhr schnell und elegant die Landstraße entlang.

Marie schaute ihm nach, und ein angenehmes Gefühl unendlicher Erleichterung erfüllte sie. Eilig schritt sie dem Schlosse zu, sie war froh, dass es vorüber war, und stolz, dass sie das erlebt hatte. Als sie in ihrem Zimmer ankam, bemerkte sie, dass die kleine gelbe Blume ihr unterwegs entfallen war.

* * *

Der Winter setzte dieses Jahr früh mit starkem Schneefall ein. Nur selten drang die Sonne durch die niedrig hängenden hellgrauen Wolken. Immer wieder schneite es, jeden Morgen war der Park mit seinen Bäumen, der Garten, das Schloss wie in große Wellen weißen Musselins gehüllt. Der Baron Fürwit trippelte mit kleinen Schritten durch die Zimmer und regulierte ihre Temperatur. Graf Streith kam im Schlitten mit hellem Schellengeläute angefahren. Marie hustete viel, und nach Weihnachten wurde sie ernstlich krank. Mit hohem Fieber lag sie in ihrem Bette, und die kärglichen Erlebnisse ihres Lebens umschwebten sie in ihren Fieberphantasien, Armin Biber kam, aber er schwebte eine Spanne hoch über dem Boden, und seine Beine schwangen hin und her wie der Pendel einer Uhr. Britta stand neben ihm, lachte und sagte: «Tick tack, tick tack.» Auch Felix Dühnen erschien, er verzog seinen Mund zum höhnischen Knabenlachen und schlug Marie auf die Hand. Aber sie hatten alle etwas Gespenstisches und Feindseliges, Marie flüchtete angstvoll vor ihnen, flüchtete aus dem Traum in das Erwachen. Sie schlug die Augen auf, an ihrem Bette saß ihre Mutter und lächelte ihr zu.

«Geschlafen, mein Kind?», sagte sie.

«Ja», erwiderte Marie. Die klaren, braunen Augen ihrer Mutter taten ihr wohl, es war, als wehte etwas angenehm Kühlendes aus ihnen herüber, als läge in ihnen etwas, das den Durst löschte.

«Schlafe nur, meine Tochter», fuhr die Fürstin fort, «und wenn wir kräftiger sind, dann reisen wir dorthin, wo die Sonne ganz warm ist, an ein warmes, blaues Meer, dort werden wir ganz gesund.»

Marie versuchte zu lächeln, seufzte tief und schloss wieder die Augen. Jetzt war ihr wohl, sie sah diese gelbe, warme Sonne und das warme, blaue Meer, eine große blau und goldene Stille. Dann kamen wieder Bilder, aber dieses Mal friedliche, halb Erinnerung, halb Träume, ein Zimmer im Schlosse Birkenstein, Marie musste noch sehr klein sein, denn das Zimmer erschien ihr unendlich hoch und die Möbel sehr groß. Sie saß auf dem Schoße ihrer Mutter, saß da ganz in veilchenblauer Seide und spielte mit einem kleinen, goldenen Herzen, das an einer Kette auf der Brust ihrer Mutter hing. Vor ihnen aber im Zimmer ging ein Herr hin und her und sprach laut und schnell. Marie wunderte sich, dass auf das goldene Herz, mit dem sie spielte, zuweilen warme Tropfen fielen. Und dann wieder lag sie in ihrem kleinen Bette, es war Nacht um sie her, aber das Zimmer nebenan, wo die Schwestern schliefen, war hell von Mondenschein. Und plötzlich erschienen da in der bleichen Helligkeit zwei kleine Gestalten in langen, weißen Hemden, und sie fassten einander und tanzten. Marie sah deutlich auf dem hellbeschienenen Fußboden die rastlos tanzenden Füßchen. Allmählich verblassten die Bilder, und Marie sank in tiefen Schlaf.

Die Fürstin schaute sinnend den blonden Kopf ihres Kindes an, das Gesicht, über dessen weichen Zügen eine mutlose Erschöpfung lag, ein Ausdruck, wie Menschen ihn haben, die bei einer zu schweren Arbeit matt niedersinken. «Wie dieses arme kleine Leben kämpft», dachte die Fürstin. In ihren Ohren klang Mariens Stimme: «Soviel ich sehe, ist jetzt für mich kein Vergnügen in Aussicht», das rührte sie so stark, dass es wehe tat. Sie wandte den Blick ab und schaute zum Fenster hinaus. Trotz der bleichen Wintersonne irrten doch einige große Schneeflocken langsam durch die Luft. Aus der Ferne klang das Schellengeläute eines Schlittens herüber. Die Gedanken der Fürstin suchten nach etwas, das nicht weh tat, das tröstete, sie dachte an das Jagdschlösschen, an Streith, wie er in den dunklen Garten hinausgeht und zu dem erleuchteten Gartensaale hinuntersieht. Sie kannte diesen Gartensaal, die Wände mit den vielen Ölbildern, die ihren Firnisgeruch in den Duft der ägyptischen Zigaretten mischten, die Möbel mit ihren seltsamen himbeerrot- und grüngestreiften seidenen Überzügen und den vergoldeten Zierraten auf der Lehne, den schwarzen Marmortisch mit den geschweiften, vergoldeten Füßen und das Tigerfell vor dem Kamin. Gut musste es tun, dort abends zu sitzen ohne Gedanken, ohne Sorgen, denn draußen im dunklen Garten geht einer umher, der alle Härten des Lebens, ja auch das Schmerzvolle der Vergangenheit von ihr nimmt. Und sie steht dann auf, tritt in die offene Türe, schaut in die Nacht hinein, die ihr süß nach Rosen und Nachtviolen entgegenduftet. Er kann sie jetzt im Türrahmen stehen sehen, und sie will rufen. Ein leises Stöhnen ließ die Fürstin aufschrecken, sie schaute wieder auf das Bett, Marie schlief, aber über ihr Gesicht zuckte es wie eine Qual, und die Hand, die auf der Decke lag, wurde unruhig. Die Fürstin beugte sich vor und schaute ihr Kind angstvoll an. Sie war mit ihren Gedanken so weit von ihm fort gewesen, und es schien ihr, als hätte sie ihm ein Unrecht, eine Grausamkeit angetan. Sie neigte sich auf die ruhelose, fieberheiße Hand der Kranken nieder und küsste sie. Dann erhob sie sich und verließ leise das Gemach.

Draußen ging sie langsam und bekümmert durch die stille Zimmerflucht, in ihrem Boudoir setzte sie sich nieder, lehnte den Kopf zurück und schloss die Augen. Sie war krank vor Mitleid, Mitleid mit ihrem Kinde, Mitleid mit sich selbst. Irgendwo im Hause ging eine Türe, und das Parkett knarrte unter einem bekannten Schritte: Die Fürstin richtete sich auf und lächelte. «Ach ja, Streith ist da», ging es ihr durch den Sinn.

* * *

Zwei Jahre waren verflossen, und an einem schönen Maientage saßen die drei Schwestern wieder unter dem alten Pflaumenbaume, der jetzt ganz in Blüten stand. Die Großfürstin Dimitri und die Erbprinzessin von Neustatt-Birkenstein waren nach Gutheiden gekommen, um in der alten Heimat einige Tage beisammen zu sein, ganz wie einst in ihren Mädchentagen. Nun gingen sie ihren Erinnerungen nach. Auf dem besonnten Rasen waren Decken gebreitet worden, auf welche die Damen sich niedergelassen hatten. Roxane saß wie früher aufrecht da unter ihrem roten Sonnenschirme, sie war sehr stattlich geworden, die regelmäßigen Züge hatten sich ein wenig verschärft, die Augen mit dem ruhigen Edelsteinglanz schauten gerade vor sich hin, so saß sie da wie eine sinnende Göttin unter ihrem roten Baldachin. Eleonore hatte sich bequem hingestreckt, sie war etwas stark geworden. Das Gesicht, wenn es lachte, war noch das freundliche Mädchengesicht von früher, es war jedoch blass und, wenn es ernst dreinschaute, lag es über ihm wie verdrossene Müdigkeit. Marie lag platt auf dem Rücken und schaute zum Himmel hinauf. Die Jahre hatten ihre Gestalt schlanker und mädchenhafter gemacht. Das blonde Haar lockte sich noch ebenso eigensinnig über der kurzen Stirn, und die runden Augen schauten noch ebenso erwartungsvoll und kritisch in die Welt hinaus. Die Schwestern hatten lange geschwiegen, jetzt begann Marie zu sprechen: «Nun, erinnert ihr euch?»

«Dazu sind wir ja da, Kleine», erwiderte Roxane.

«Es ist nur merkwürdig», fuhr Marie fort, «dass es nichts zu erinnern gibt. Es geschah damals nichts.»

«Das ist ja das Schöne», meinte Eleonore, «eine Zeit, in der nichts geschah. Nur so das bekannte Licht, die bekannten Gerüche.»

«Sehr gut», plauderte Marie weiter, «aber man kann auch davon zu viel haben. Wenn wir von San Remo nach Hause reisen, freue ich mich auch. Ich denke, zu Hause wird es besser sein. Es ist nämlich sehr langweilig, in San Remo die kranke Prinzessin zu sein, rechts Mama, links die Baronin Dünhof, und es ist nur davon die Rede, ob ich mich erhitzt oder erkältet habe. Gut, wir kommen nach Hause, und dann liegt zu denselben Stunden, in denselben Ecken derselbe Sonnenschein. Wenn wir spazieren fahren, stehen im Dorfe dieselben Frauen an den Fenstern, und dieselben Hunde bellen, und der Baron Fürwit macht dieselben Späße, und der Graf Streith spricht bei Tisch wieder von der Psyche der Franzosen und der Engländer. Das ist dann auch nicht heiter. Übrigens hat sich manches verändert. Mademoiselle Laure ist nicht da, die Dühnenschen Jungen gehen nicht mehr vorüber, sie haben eine andere Badestelle. Felix ist jetzt Leutnant. Er war gestern hier, er sieht lächerlich aus mit seinem Scheitel über den ganzen Kopf. Heute kommt er mit Üchtlitzens zum Tennis, denn Doktor Ruck hat mir Tennis verordnet. Nun ja, und die alte Malwine bekommt das Gnadenbrot, und die kleine Emilie bedient mich, und Professor Wirth kommt nicht mehr.»

«Ach, der arme Wirth», meinte Eleonore.

Marie lachte: «Ja, der arme Wirth, es hat wohl nie ein Professor drei unaufmerksamere Schülerinnen gehabt als er. Und wie höflich er immer war, besonders mit Roxane. ‹*Darf* ich vielleicht fragen, wie der Volkstribun hieß, von dem wir in voriger Stunde sprachen?› Und Roxane war dann auch sehr liebenswürdig: ‹Gewiss, Herr Professor, sehr gern, ich glaube, der Name fing mit einem R an.› Und Lore war immer so mitleidig, wenn sie nichts wusste. ‹Es tut mir schrecklich leid, Herr Professor, aber ich habe es vergessen.›»

Sie lachten ein wenig, dann brach die Unterhaltung ab, und sie hörten still dem Läuten der Bienen in den Pflaumenblüten zu.

Einmal äußerte Marie noch feierlich: «Nur wer etwas erleben will, erlebt was, sagt Hilda.»

«Ach die», warf Eleonore hin, aber das ärgerte Marie. «Bitte», sagte sie, «Hilda ist meine Freundin.»

Vom Hause klangen jetzt Stimmen herüber, und Marie richtete sich auf. «Da kommen sie schon zum Tennis», meinte sie, «ihr bleibt wohl noch?»

«Ja, wir bleiben noch ein wenig», erwiderte Roxane.

Marie erhob sich langsam und widerwillig, sie warf noch einen letzten Blick auf ihre Schwestern und sagte: «Roxane ist prachtvoll, wie ein russisches Heiligenbild. Lore ist noch nicht so weit.» Dann ging sie.

Auf dem Tennisplatze fand sie eine größere Gesellschaft, Hilda, ihr Bruder, der Referendar, und Felix waren gekommen, auch die Damen und Herren des Gefolges waren da, die üppige Fürstin Kusmin mit den schönen Augen, dem unreinen Teint und dem großen weichen Munde, das Fräulein von Dietheim, blond und zierlich und so bleich, dass selbst ihre Lippen weiß waren, der Hauptmann von Keck und endlich der prachtvolle Graf Minsky mit seinem klassischen Profil und einer hohen, dünnen Stimme. Marie begrüßte die Angekommenen, küsste Hilda und sagte: «Ich denke, wir fangen an.»

«Du bist verstimmt», flüsterte Hilda ihr zu.

Marie zuckte die Achseln, und das Spiel begann. Marie spielte heute nachlässig und schlecht.

«Wenn Graf Dühnen die Bälle so perfide serviert», sagte sie ärgerlich, «dann kann ich keinen Ball machen.»

«Galant, Graf Dühnen serviert nicht galant», rief Graf Minsky mit seiner hohen, singenden Stimme.

Felix lachte. «Wie kenne ich dieses Lachen», dachte Marie. Das Spiel machte ihr heute keine Freude, so gab sie denn vor, es mache sie müde, und man brach ab. Die Gesellschaft stand noch auf dem sonnigen Platze umher und unterhielt sich. Marie nahm Hildas Arm und sprach mit Felix vom Tirnowschen Parke und dem Frühling in Berlin. Dabei begannen sie langsam den Gartenweg hinabzugehen.

Die Fürstin Kusmin schaute den Fortgehenden mit zusammengekniffenen Augen nach und meinte: «Die Prinzessin macht einen kleinen Spaziergang.»

«Ja», erwiderte Fräulein von Dachsberg leise, «die Prinzessin tut, was ihr gerade einfällt. Es heißt immer: ‹Das arme Kind, lassen Sie es doch›, und wir Hofdamen sind eigentlich nur dazu da, um vermieden zu werden.»

«Ja, so auf dem Lande», sagte die Fürstin gerührt.

Hilda hatte dem Gespräch zwischen Marie und Felix schweigend zugehört, jetzt sagte sie: «Sind Sie denn noch böse wegen des Servierens der Bälle?»

Marie lachte: «Ach nein, das habe ich verziehen.»

Felix entschuldigte sich, er war es nicht mehr gewöhnt, bei Hof zu servieren.

Marie beugte sich vor und schaute lustig zu ihm auf. «Wie geht es jetzt mit der Subordination?»

«Ich danke», erwiderte Felix, «es muss wohl.»

«Schwer wird es dir fallen», bemerkte Hilda; sie und Felix sagten als Nachbarskinder zueinander Du.

«Es kommen einem zuweilen Gedanken», berichtete Felix, «wenn ich vor dem Kommandierenden stramm stehe und er schnauzt mich an, dann denke ich zuweilen: Was würde geschehen, wenn ich statt ‹zu Befehl› nur ‹Kikeriki› sagen würde, nichts weiter als ‹Kikeriki›? Das gäbe doch eine Aufregung in der ganzen Armee, es würde in allen deutschen und ausländischen Zeitungen stehen, es wäre ein Weltereignis.»

«Das werden Sie doch nicht tun», rief Marie erschrocken.

Felix beruhigte sie: «Nein, das tue ich nicht, ich bin jetzt ein Normalmensch, ein Leutnant. Ein Leutnant tut, was alle anderen Leutnants tun, im Dienste tun sie alle dasselbe, und im Kasino und wenn sie mit Damen sprechen, sagen sie alle dasselbe, und wenn sie Zivil anziehen, haben sie alle blaue Anzüge und gelbe Stiefel. Und wenn ich mich nachts zu Bett lege, weiß ich, dass tausend ganz solcher Herren wie ich sich zu Bett legen. Das ist so wie mit dem Zinnsoldaten, der weiß auch, wenn er in die Schachtel gelegt wird, dass zwei Dutzend ganz solcher Kerlchen wie er in der Schachtel liegen.»

«Meine Brüder hatten Zinnsoldaten, mit denen ich gern spielte», erzählte Hilda, «da war einer, bei dem hatte das Zinn nicht gereicht, er hatte ein zu kurzes Bein, den liebte ich besonders, weil er anders war als die anderen.»

Felix seufzte: «Ach, ich glaube, bei mir hat das Zinn auch nicht gereicht, jedenfalls ist mein Vater dieser Ansicht.»

«Und hier zu Hause?», fragte Marie.

«Hier zu Hause versuche ich zu tun, was nur ich tue. Gestern stand ich auf dem großen Rasenplatze im Hofe auf dem Kopfe. Mein Vater fand das unwürdig.»

«Das war es wohl auch.»

Felix zuckte die Achseln: «Nun ja, aber man will doch etwas für seine Persönlichkeit tun.»

«Du kannst ja wieder auf einen Baum steigen und wie eine Taube girren», schlug Hilda vor.

Felix lachte: «Wozu? Es hört es ja doch nur der alte Gartenwächter.»

Jetzt gingen sie an den Johannisbeerbüschen vorüber. Felix und Mariens Augen trafen sich in einem schnellen Blick des Einverständnisses, und ihre Lippen zuckten.

Dann sagte Felix: «Ich glaube mich zu erinnern, dass hier im Gitter eine Tür ist. Ich würde sie benutzen, um mich hier von den Damen zu empfehlen.»

«Ja, die Tür ist noch da», sagte Marie und errötete.

Felix nahm Abschied und ging. Die beiden Mädchen schauten ihm nach, wie er die Dorfstraße hinabeilte, schmal und knabenhaft im hellen Tennisanzuge.

«Der geht nicht wie ein Leutnant», bemerkte Hilda. Dann schlugen sie den Rückweg ein. Nach einer Pause sagte Hilda: «Es ist wahrscheinlich, dass er sich in dich verlieben wird, was wirst du dann tun?»

«Was soll ich tun?», erwiderte Marie ärgerlich.

Aber Hilda fuhr fort: «Männer sind solche Kinder, sie glauben, eine Prinzessin –»

«Sprich doch nicht so», unterbrach Marie.

Da schwiegen sie beide, Marie aber dachte an den schnellen Blick des Einverständnisses, den sie mit Felix getauscht. Sie hatte noch nie so in fremde Augen hineingesehen, und es machte sie froh.

Zum Diner war Graf Streith gekommen. Er sprach bei Tisch mit Roxane über die hellen Nächte in Russland, er war einmal in St. Petersburg gewesen.

Roxane liebte die hellen Nächte nicht. «Ich fürchte mich vor ihnen, meine Fenster können nicht dicht genug verhängt sein, ich habe dann eine solche Sehnsucht nach Dunkelheit.»

«Dunkelheit», bemerkte die Fürstin, «ist oft so wohltuend, wenn sie alles um uns fortnimmt.»

«Unsere Nächte», sagte Graf Minsky, «sind nicht zum Schlafen da, sie sind da zum Singen, zum Träumen, zum Flirten.»

«Nun ja», bemerkte Graf Streith, «man muss in ihnen gesellig sein, sonst machen sie einen zu melancholisch.»

«Sie machen nervös», flüsterte die Fürstin Kusmin und zog die Augenbrauen zusammen, als gebe schon der Gedanke an diese Nächte ihr Migräne.

Das Fräulein von Dietheim wünschte sich vom Hauptmann von Keck darüber belehren zu lassen, warum die Nächte in Russland so hell seien. Sie liebte es, sich vom Hauptmann von Keck belehren zu lassen.

«Es wird wohl mit der Sonne zusammenhängen», murmelte dieser missmutig.

Da unternahm es Baron Fürwit, die Dame darüber aufzuklären.

Am anderen Ende des Tisches hatte das Gesprächsthema gewechselt, man sprach jetzt von der Gesundheit des Großherzogs von Mecklenburg, die zu Befürchtungen Anlass gab.

Nach dem Diner wurde nach Mänteln gerufen, die Fürstinnen wünschten in den Garten hinunterzugehen, sie wollten alles tun, was sie einst als Mädchen getan hatten. So wandelten denn die drei Schwestern Arm in Arm den breiten Kiesweg hinab, die Hofdamen folgten ihnen zu zweien.

Die Fürstin trat mit dem Grafen Streith auf die Gartentreppe hinaus. Der Halbmond hing am Himmel, ein lauer Wind raschelte in den Buchsbaumhecken.

«Wie warm es ist», sagte die Fürstin.

Streith bog den Kopf zurück und atmete den Duft der Nacht ein. «Seltsam warm», erwiderte er, «am Horizonte wetterleuchtet es.»

Vom Garten her scholl helles Lachen herüber.

«Wie sie lachen, die lieben Kinder», sagte die Fürstin und legte ihre Hand leicht auf Streiths Arm, «Roxane ist ganz, wie ich es erwartet habe, sie geht ruhig und würdig ihren Weg, ein wenig starr ist sie geworden, aber das werden wir ja, wenn wir innerlich wund sind, und der Tod ihres Kindes hat viel Kühle in ihr Leben gebracht. Meine arme Eleonore aber, so liebevoll und liebebedürftig und – was hat sie jetzt?»

Die Stimme der Fürstin wurde klagend und versiegte dann. Streith erwiderte nichts, er stand regungslos da, um die Hand, die auf seinem Arme lag, nicht zu verscheuchen.

«Ich bin froh, Sie bei mir zu haben», hub die Fürstin wieder an, «aber sehen Sie, zuweilen kommen mir Gedanken, deren ich mich schäme. Ich ertappe mich darauf, froh zu sein, dass ich nicht mehr in jener Welt dort lebe. Das ist unrecht; der Welt, in der meine Kinder leben, darf ich nicht ferne sein, ich muss ihnen doch helfen.»

Als die Fürstin jetzt schwieg und eine Antwort erwartete, sagte Streith langsam, indem er die Worte suchte: «Gewiss, ich meine nur, wenn wir helfen wollen, müssen wir stark sein, und wir sind am stärksten, wenn wir ein wenig glücklich sind.»

«Ich weiß, Streith, ich weiß», versetzte die Fürstin, ihre Stimme wurde ganz weich, und sie strich mit der Hand sachte über Streiths Rockärmel.

Streith schwieg, diese leichte Liebkosung ergriff ihn zu sehr. Es wurde nichts mehr gesprochen, beide schauten in die Nacht hinaus, ein stärkerer Wind fuhr in die Bäume und ließ sie aufrauschen, am Horizonte wetterleuchtete es, als würden immer wieder Türen zu hellen Sälen auf- und zugemacht. Da entschloss sich Streith, er ergriff die Hand, die auf seinem Arme ruhte, und führte sie an die Lippen. Die kleine, kühle Hand folgte willenlos der seinen.

Die Spaziergänger kamen zurück, denn sie fürchteten das aufziehende Gewitter. Streith war bleich, und die Fürstin hatte feuchte, schimmernde Augen. Einen Augenblick ruhten Roxanens Blicke wie fragend auf den beiden, und die Fürstin wandte sich vor ihnen ab. Jetzt kamen auch die Herren aus dem Rauchzimmer, und die Fürstin

Kusmin wurde gebeten ein wenig zu musizieren. Sie setzte sich an den Flügel und spielte mit großer Bravour und glänzender Technik Liszts zweite Rhapsodie. Alle lauschten andächtig. Die Kaskaden von Tönen, die auf die Zuhörer niederrauschten, machten diese seltsam regungslos, als hielten sie stille unter einer Dusche. Fräulein von Dachsberg saß gerade da, ein starres Lächeln auf den Lippen. Graf Minsky verzog das Gesicht, als hätte er etwas Süßes im Munde. Die Fürstin hatte den Kopf zurückgelehnt, sie hielt die Augen halb geschlossen, und auf ihrem Gesichte lag noch der Ausdruck einer sanften Erregung. Eleonore war einfach schläfrig, sie zog die Stirn kraus, als täte die Musik ihr weh, während Roxane, die Augen weit offen, vor sich hin blickte, wie man in eine Ferne sieht. Marie lag bequem in ihrem Sessel, die Frühlingstage machten ihr die Glieder schwer, sie dachte an Felix, sie dachte an Hildas Worte: «Wahrscheinlich wird er sich in dich verlieben», sie dachte sie immer wieder, sie versuchte es, sie dem Rhythmus der Musik anzupassen, und sie entzündeten in ihrem Blute ein leichtes Fieber, das angenehm müde machte. Halb hinter dem Vorhang aber, in der Fensternische, stand Graf Streith, er schaute zu, wie draußen das Frühlingsgewitter aufzog, und sein scharfes Profil, seine mächtige Nase hoben sich dunkel von der mondbeschienenen Fensterscheibe ab.

Nun schlug die Fürstin Kusmin die letzten Akkorde an, stand auf und zog klirrend ihre Armbänder über, die sie vor dem Spiel abgelegt hatte. Eine leichte Bewegung entstand unter den Zuhörern, als erwachten sie. Die Fürstin erhob sich, um der Fürstin Kusmin zu danken, auch die anderen traten hinzu, man stand beisammen und sprach über Musik, bis die Fürstin das Zeichen zum Aufbruch gab.

Die Fürstinnen hatten gewünscht, wieder in dem großen, gemeinsamen Schlafzimmer zu schlafen. Marie ließ sich von Emilie schnell zu Bette bringen, sie wollte wieder wie früher im Halbschlummer daliegen und hören, wie ihre Schwestern sprachen. Die Kammerzofen wurden fortgeschickt, die Fürstinnen in ihren langen Nachtgewändern saßen vor dem großen Toilettenspiegel und unterhielten sich halblaut. Marie konnte auf der Wand ihre Schatten sehen, wie sie sich zueinander neigten und wieder auseinanderfuhren. Roxanens tiefe Stimme erzählte langsam und eintönig: «Es war jene schreckliche Nacht, in der mein Kleiner starb. Draußen lag ein dichter, weißer Nebel, die Stadt war totenstill, man hörte nur die Schritte der Soldaten, die vor dem Palais auf und ab gingen. Aber wenn man das Fenster öffnete, schien es, als hörte man dort, irgendwo, ganz weit etwas rufen oder schreien. Ich weiß nicht, was es war, aber es klang, als geschähe dort etwas Entsetzliches. Mein Kleiner lag in hohem Fieber, und ich hatte mich auf sein Bett gesetzt und hielt ihn in den Armen. Alle, die in das Zimmer kamen, hatten seltsam bleiche Gesichter und angstvolle Augen, und wenn sie an den Fenstern vorübergingen, blieben sie stehen und horchten hinaus. Eudoxia, die alte Wärterin, und die Amme warfen sich immer wieder vor dem Heiligenbild auf den Boden und beteten leise. Die Ärzte kamen und, ich glaube, ein Geistlicher. Dimitri war nicht da. Ich hielt meinen Kleinen im Arm und hörte auf seinen Atem, er ging so schnell, als müsse das arme Kind laufen, immer laufen, und in seiner Brust gab es ein leises Geräusch wie von einer kleinen Uhr, in der etwas gesprungen ist. Und mir war es, als müsste auch ich so schnell atmen, als müsste auch ich laufen mit ihm zusammen, laufen, laufen, und wir beide waren so müde. Und plötzlich wurde es in meinen Armen ganz still, und mir selbst war, als wäre ich irgendwo hingefallen, und es kam eine große, dunkle Ruhe.» Roxane schwieg.

«Das ist zu traurig», dachte Marie und drehte sich auf die andere Seite.

Nach einer Weile sagte Eleonore etwas, und Roxane antwortete: «Ja, ein großes, schönes Land, und die Menschen sind freundlich und liebenswürdig. Wenn nur nicht die Angst wäre, die zuweilen über mich kommt. Weißt du, solch eine Angst wie in Birkenstein, wenn man des Nachts erwachte und an den Turm im Park dachte mit seinem Verlies, von dem der alte Gärtner erzählte, dass man dort ein Gerippe gefunden habe.»

«Ja, ich weiß», sagte Eleonore.

Marie wusste das auch, an den alten Turm in Birkenstein jedoch wollte sie nicht denken. Dann musste sie etwas geschlafen haben, denn als sie wieder die Stimmen ihrer Schwestern hörte, war von anderem die Rede.

Eleonore lachte leise, und Roxane sagte: «Was geht da vor? Eine Mutter bräutlich, eine Mutter verliebt, das ist unmöglich.»

Marie war zu müde, um zu verstehen, sie dachte noch einmal: «Wahrscheinlich wird er sich in dich verlieben», und schlief dann ein.

* * *

Der Graf Streith hatte schlecht geschlafen, nun saß er am Frühstückstisch, trank seinen Tee und starrte sinnend auf einen Kastanienzweig voll grellgrüner Blätter, der sich vor dem Fenster in der Maiensonne wiegte. Roller, der rotbraune Setter, hatte sich eine sonnige Stelle auf dem Parkett ausgesucht und schlief dort. Oskar Pose, der alte Diener, mit dem Gesicht eines Heldenvaters, ging leise ab und zu und bediente seinen Herrn.

Das Fatale an solch schlimmen Nächten war, dass Gedanken dann herandrängten und sich breitmachten, die Streith sonst im Zaume zu halten verstand. Als er den Hofdienst aufgegeben und sich hierher zurückgezogen hatte, war ihm das wie eine Erlösung erschienen. Der Hofdienst war ein Missgriff gewesen, wie denn manches in seinem Leben ein Missgriff gewesen war. Jetzt, obgleich er die vierzig überschritten hatte, jetzt sollte das eigentliche Leben beginnen. Erfahrungen hatte er genug gesammelt, das Handwerk des Lebens hatte er genügend gelernt, da musste es mit dem Teufel zugehen, wenn nicht etwas seiner Würdiges dabei herauskam. So begann er denn sich einzurichten, er baute sein Schlösschen aus, kaufte schöne Sachen, legte seinen Garten an, ließ seinen Wald vermessen. Einige Jahre waren vergangen, und er richtete sich noch immer ein, immer noch war alles Vorbereitung, und das Leben, auf das er sich freute, hatte noch nicht begonnen. Dazu verrann die Zeit, nach einer solch schlaflosen Nacht hörte er sie ordentlich an sich vorübersausen wie ein durchgehendes Gespann, und er hatte das Gefühl eines Schülers, dessen Ferienzeit zum größten Teil vorüber ist und der noch immer auf die eigentliche Ferienlust wartet.

Die Türe öffnete sich, und Frau Buche, die Mamsell, erschien. Sie war ältlich und recht stark, und aus ihrem großen, bleichen Gesichte schauten zwei sehr friedliche, mausegraue Augen heraus. Sie verbeugte sich, und Streith erwiderte sehr höflich den Gruß. Dann lehnte Frau Buche an der Türe und begann, wie sie das jeden Tag tat: «Ich komme wegen des Essens, Herr Graf. Zum Frühstück habe ich Hechtkoteletts mit Morchelsoße, dann dachte ich –»

Allein Streith winkte ab: «Genug, geben Sie eine Tasse Bouillon und eine Omelette, das genügt. Übrigens wird das Diner sich heute ein wenig verspäten, denn ich will noch einmal nach den Schnepfen sehen.»

Frau Buche neigte den Kopf und fuhr dann fort: «Für das Diner habe ich eine Krebssuppe vorbereitet, dann haben wir das Haselhuhn, dann dachte ich …»

Aber Streith unterbrach sie wieder: «Es ist gut, Frau Buche, Sie werden es schon machen.»

Die alte Frau zog ihre Mundwinkel herab, was ein verhaltenes Lächeln bedeutete, und meinte: «Der Herr Graf muss heute wichtige Dinge im Kopfe haben, dass er nicht an unser Essen denken mag.»

Streith lehnte sich in seinen Stuhl zurück, blies den Rauch seiner Zigarette vor sich hin und betrachtete aufmerksam das Gesicht der Mamsell und sagte: «An Essen denken ist eine gute Sache, aber zu jeder guten Sache gehört auch die rechte Stimmung. Sind Sie immer in der Stimmung, an Essen zu denken?»

Frau Buche wurde ernst: «Bei mir, Herr Graf, ist es Pflicht, wollte ich nicht an das Essen denken, so wäre das Sünde.»

Streith zuckte die Achseln. «Sünde, Frau Buche, ist ein großes Wort, aber sagen Sie, waren Sie immer so still befriedigt, oder gab es in Ihrem Leben auch Leidenschaften?»

Die alte Frau errötete: «Von Leidenschaften weiß ich nichts», erwiderte sie abweisend.

«Da war doch Herr Buche», warf Streith ein …

«Buche war ein starker Mann», berichtete die Mamsell, «und ein jähzorniger Mann, ich war jung und dumm, das ist nun vorüber, ich habe jetzt meine Arbeit und keine Sorgen, bis auf die Sorge um das ewige Seelenheil.»

«Beste Frau Buche», rief Streith, «wenn Sie sich auch für die Ewigkeit einrichten wollen, dann werden Sie nie fertig.»

Die alte Frau kniff die Lippen zusammen, darüber wollte sie nicht sprechen. Sie wartete noch einen Augenblick, fragte dann, ob der Herr Graf noch etwas befehle, und als Streith verneinte, verließ sie das Zimmer.

Streith stand auch auf und ging in sein Arbeitszimmer hinüber. Dort lagen neuangekommene Bücher bereit, die er durchsehen wollte. Als er jedoch in seinem Sessel saß, das Falzbein in der Hand, verfiel er wieder in Sinnen. Der Abend gestern drüben auf dem Schlosse hatte ihn beunruhigt. Eine Verbindung mit der fürstlichen Frau betrachtete er als die Krönung seines Lebens. Sie sollte es zu jener kostbaren Ausnahme machen, die Donalt von Streiths Leben sein musste. Seit er die Fürstin kannte, schon am Birkensteiner Hof, als sie die unglückliche Gattin eines allzu lebenslustigen Fürsten gewesen war, hatte er in ihr das auserlesenste Wesen der Schöpfung verehrt. Sie wusste, dass er sie liebte, dass er auf sie wartete, sie ließ das nicht nur geschehen, nein, sie wollte es. Nun waren gestern wieder mütterliche Gefühle und Skrupel in ihr aufgestiegen, die seine Hoffnungen bedrohten. Ein leiser Ton machte ihn aus seinen Gedanken aufschrecken, das Schildkrötfalzbein in seinen Händen war mitten entzweigebrochen. Ungeduldig warf er es fort, erhob sich und ging schnell in den Flügel des Schlosses hinüber. Dort befanden sich drei Zimmer, deren Einrichtung noch unvollständig war. Die Wände des ersten Zimmers bedeckte eine hübsche japanische Seidentapete, auf mattblauem Grunde blühende Kirschzweige und ein Zug silbergrauer Kraniche. Ein Chippendale-Schreibtisch stand da noch, eine Vitrine mit Porzellanfigürchen und kleine mattblaue Möbel. Die anderen Zimmer waren fast leer, nur ein Spiegel in silbernem Rahmen, eine fliederfarbene Couchette und ein weißes Bärenfell befanden sich dort. Streith ging hin und her, rückte an den Möbeln, dachte nach. An diesen Räumen dichtete er schon manches Jahr, jetzt aber musste das mit mehr Eifer betrieben werden. Roller war seinem Herrn gefolgt, stand da, sah ihn mit geduldigen Hundeaugen an und war freudig überrascht, als Streith ihn anredete: «Roller, mein Alter», sagte er, «eile, wir haben Eile.» Damit verließ er das Gemach, nahm seinen Hut und ging in den Hof hinaus.

An der einen Seite des Schlösschens wurde ein Wintergarten angebaut, die Mauern standen schon, und die Arbeiter waren eben dabei, die Tragbalken hinaufzuwinden. Streith blieb stehen, um der Arbeit zuzuschauen.

Der Baumeister trat an ihn heran, ein grämlicher Alter mit grauem Ziegenbart, und begann Bericht zu erstatten.

Streith hörte ihm nicht zu, er interessierte sich für die großen, blonden Burschen, die sich da mit den großen, gelben Balken zu schaffen machten. Die Sonne setzte ihnen hart zu, sie hatten die Mützen in den Nacken geschoben, die Gesichter waren gerötet, und auf den Rücken der Kittel zeigten sich nasse Flecken. Es war jedoch hübsch, wie sie die schweren, heißen Glieder als Werkzeuge benutzten, mit ihnen hoben, stützten und stemmten, wie die Muskeln sich spannten und die jugendliche Kraft die Körper schwellte. Streith wurde es ganz warm bei diesem Anblicke, doch plötzlich wandte er sich ab, ließ den Baumeister mitten in seinem Berichte stehen und ging in seinen Garten hinüber. Dort schritt er langsam an den Rosenbüschen entlang, allein er beachtete sie nicht, er war verstimmt, denn er fühlte sich heute als ältlichen Herrn, der langsam auf und ab geht, um sich in der Sonne zu erwärmen.

Nach dem Frühstück ritt Streith aus. In den Waldschneisen zwischen den dichten Wänden der jungen Tannen war die Luft warm und feucht, sie machten den Reiter und das Pferd schlaff. Streith ließ den Falben gehen, wie er wollte, er selbst gab sich seinen Gedanken hin, aber auch diese hatten heute nicht den rechten Fluss. Immer wieder hakten sie sich an kleine Widerwärtigkeiten und kamen nicht davon los. Als er wieder um sich schaute, befand er sich am Rande seines Waldes, drüben begann der Tirnowsche Wald, dort lag auch der graue

Holzbau des alten Forsthauses. In dem kleinen Gemüsegarten vor dem Hause ging eine schlanke Dame in dunklem Kleide, die Gießkanne in der Hand, langsam die Beete entlang und begoss die Kohlpflänzchen. Als sie den Hufschlag des Pferdes hörte, wandte sie ein wenig den Kopf, kehrte ihn jedoch gleich wieder ab, als gäbe es da nichts zu sehen, und fuhr in ihrer Beschäftigung wieder fort. «Ah, die kompromittierte Dame», dachte Streith, «die Bankiersfrau mit dem Roman, die sich in die Einsamkeit zurückgezogen hat.» Auf der anderen Seite des Hauses lag eine kleine, eingezäunte Wiese, auf der zwei braune Kälber weideten, ein Kind hütete sie, ein kleines, verkümmertes Wesen mit einem roten Tuche auf dem Kopfe. Neben dem Kinde auf dem Boden saß ein junges Mädchen in blauem Leinwandkleide, der Wind ließ das krause, schwarze Haar um das runde, rosige Gesicht flattern. Beide, das Kind und das Mädchen, sangen aus vollem Halse. Als Streith vorüberritt, sprang das Mädchen auf, lief zum Zaune, stützte die Arme in den zu kurzen Ärmeln auf die Zaunlatten und betrachtete den Reiter. Streith waren diese großen, dunkeln Augen peinlich, die ihn mit ruhiger Neugierde anstarrten, als sei er eine Sache. Er trieb sein Pferd an, vom Hause rief eine Stimme: «Britta! Britta!»

«Wie das mit Leben protzt», ging es Streith durch den Sinn. In scharfem Trabe ritt er der Landstraße zu und dann an Gutheiden vorüber. Durch das Gartengitter sah er die Fürstin und Roxane langsam den breiten Kiesweg entlanggehen, zuweilen blieben die Damen vor einem Beete stehen und beugten sich auf die Frühlingsblumen nieder. Es schien Streith, als wehe ihm aus diesem Garten wieder die feine, milde Luft entgegen, die zu atmen er gewohnt war, und er wurde wieder heiter.

Die gute Stimmung hielt auch an, als er sich zu Hause in seinem Arbeitszimmer auf den Diwan ausstreckte, um ein wenig zu ruhen. Im Halbtraum sah er noch die edle Gestalt der Fürstin, die leichte Bewegung der dunkelvioletten Schleppe auf dem gelben Kies, das gütige Sichniederbeugen zu den Hyazinthen und Krokussen des Gartenbeetes.

Um Sonnenuntergang ging Streith auf den Schnepfenstand. Nicht weit vom Hause lag eine kleine, feuchte Wiese mitten im Walde. Dort stellte er sich auf. Die Sonne war im Untergehen, goldene und rosige Wolkenflocken hingen am blassblauen Himmel, die Vögel lärmten aufgeregt im Unterholze, Züge von Krähen flogen eilig über die Wipfel hin und riefen einander ihre heiseren Nachrichten zu, und unten in den Wasserlachen quarrten die Frösche. Streith war diese Lebhaftigkeit peinlich, er war froh, als die Sonne vollends unterging, er freute sich auf die Abendstille. Nun hörte er eine Schnepfe kommen, es war, als flöge sie direkt aus dem Gold des westlichen Abendhimmels heraus, langsam näherte sie sich, es schien, als schwimme sie wohlig in der Luft, die schwer von Düften und bunt von Farben war. Als sie nahe genug war, schoss Streith, sie fiel, und Roller eilte sie seinem Herrn zu bringen. «Fatal», dachte Streith, als er den toten Vogel in der Hand hielt, «aus einer so hübschen Situation so herausgerissen zu werden.» Dann lud er sein Gewehr und wartete wieder. Die Farben am Himmel verblassten, die Vögel wurden stiller, und das Quarren der Frösche klang jetzt beruhigt und eintönig. Streith hörte neben sich auf dem feuchten Boden Schritte, und als er hinschaute, gewahrte er zwischen den Erlenbüschen ein Mädchen. «Das ist die Tochter vom Forsthause», sagte er sich, «diese Britta.» Er erkannte sie an den großen schwarzen Augen. Britta grüßte, indem sie die Hand an den kleinen, grünen Filzhut legte.

«Darf ich hier stehen?», fragte sie.

«Bitte», erwiderte Streith kühl und wandte sich ab. Britta stand nun da, die Hände in die Taschen der grauen Lodenjacke gesteckt, den Kopf zurückgebogen, gespannt lauschend. Ihr Gesicht war vom Gange heiß, die Lippen halb geöffnet, atmete sie schnell. Als sich jetzt in der Ferne eine Schnepfe hören ließ, wandten Roller und Britta die Köpfe der Richtung des Tones zu, und Britta sagte: «Jetzt kommt sie.» Hoch und schnell flog die Schnepfe heran, Streith schoss, die Schnepfe machte eine Zickzackbewegung und flog weiter. Streith hörte Britta leise lachen. «Zu hoch», murmelte er und ärgerte sich darüber, dass er sich vor dem Mädchen wegen des Fehlschusses entschuldigte. Aber das kam von solch ungebetenen Zuschauern. Eine Weile stand er noch da, durchsichtig und farblos wurde der Himmel, leichte Nebel stiegen von der Wiese auf, und die Tannenwipfel wurden schwarz. «Sie kommen nicht mehr», sagte Streith endlich und warf sein Gewehr über die Schulter

«Sie kommen nicht mehr», wiederholte Britta. Erstaunt schaute Streith zu ihr hinüber, da griff sie wieder an den Rand ihres Filzhutes, sagte: «Guten Abend, danke» und wandte sich zum Gehen.

«Mein Fräulein», rief Streith ihr nach, «der Weg dort ist sumpfig. Sie tun besser, hier die Schneise hinabzugehen.»

Gehorsam kehrte Britta um, sie blieb neben Streith stehen und schaute ihn an, als erwartete sie von ihm weitere Befehle.

«Ja», sagte Streith, «das ist auch mein Weg.» So gingen sie denn nebeneinander über die Wiese, Britta, die Hände noch immer in den Taschen ihrer Jacke, trat kräftig in die Wasserlachen, und es schien ihr Freude zu machen, wenn es tüchtig um sie her aufspritzte.

«Sie interessieren sich für die Jagd», begann Streith die Unterhaltung.

«Ja, sonst gibt es hier nichts zu sehen», erwiderte Britta, ihre Stimme hatte einen gedämpften, warmen Klang, gemischt mit ein wenig Herbigkeit, wie sie Mädchen aus dem Volke haben, die ihre Kehlen in der freien Luft nicht schonen.

«Im Forsthaus ist es wohl einsam?», fragte Streith weiter.

«Im Winter», berichtete Britta, «wenn es früh dunkel wird, und wenn Schritte am Hause vorübergehen und vor den Fenstern stehen bleiben und wieder weitergehen, dann fürchten wir uns wohl.»

«Sind die Damen ganz allein?»

Nein, der rote André wohnte bei ihnen, er pflegte den Schimmel. Er war aber des Nachts oft nicht zu Hause. Streith lachte: «Weil er wildert.»

«Ja, aber er ist noch nie erwischt worden», verteidigte ihn Britta. «Ich wollte, er soll mich einmal mitnehmen, aber er tut es nicht.»

«Das würde sich für eine junge Dame auch nicht schicken», bemerkte Streith zurechtweisend.

«Für eine junge Dame», bemerkte Britta nachdenklich, «nein, das würde sich nicht schicken, aber wer kümmert sich um uns? Übrigens fahre ich jede Woche einmal in die Stadt, um Musikstunden zu nehmen. Ich habe dort auch Freundinnen, die Tochter des Bahninspektors Müller und die Töchter des Postmeisters. Die wollen eine Gesellschaft geben, aber ich tanze so schlecht, Mama tanzt mich ein, dann ist aber niemand da, der Klavier spielt.»

«Hm, ja, das ist schlimm», bemerkte Streith.

Die Unterhaltung verstummte für eine Weile, schweigend gingen beide nebeneinander her. Unter den großen Tannen dunkelte es bereits, in den Wasserlöchern begannen die Unken ihr dünnes Liebeslied vor sich hin zu singen, drüben im Walde riefen zwei Käuzchen leidenschaftlich einander zu, über das Moos huschten leise Schritte, und es war, als würde ein keuchender Atem hörbar, das mochte wohl ein Dachs auf der Nachtwanderung sein. Streith wurde wunderlich zumute, als er in dieses heimliche Locken, Schleichen und Werben hineinhorchte, dazu neben ihm dieses Kind, dem die Mainacht wie starker Wein in das Blut gehen musste.

Britta blieb stehen: «Hören Sie, da ist es wieder.» Aus der Ferne kam der Ton eines kollernden Birkhahns herüber. «Er kommt immer noch heraus», fuhr Britta leise fort, «gestern habe ich ihn ganz nahe gesehen, ich musste über ihn lachen. Warum springt er da ganz allein herum? Die Hennen kommen ja doch nicht mehr.»

«Vielleicht gerade, weil er so allein ist», sagte Streith, um etwas zu sagen, und begann weiterzugehen.

«Das ist wahr», bestätigte Britta eifrig, «wenn man ganz allein ist, will man sich zuweilen drehen, drehen, bis man umfällt.» Dann lachte sie plötzlich.

«Warum lachen Sie?», fragte Streith.

«Ich dachte», antwortete Britta zögernd, «wie das aussehen würde, wenn Sie sich auf der Wiese ganz allein drehen würden. Aber verzeihen Sie, das war dumm.»

Streith lachte gezwungen. «Das wäre allerdings merkwürdig», meinte er.

Nun waren sie an die Stelle gekommen, wo der Weg sich teilte. «Sie müssen dort hinabgehen», sagte Streith. «Fürchten Sie sich nicht, allein zu gehen?»

«Ich fürchte mich nicht», erwiderte Britta zuversichtlich. «Gute Nacht.»

Sie bog in den Weg ein, tauchte unter in die flüsternde Nacht, als gehörte sie zu ihr. Streith hörte noch eine Weile ihren Schritt auf dem feuchten Grunde. Während er langsam nach Hause ging, war es ihm zuweilen, als hörte er noch in der Finsternis des Waldesdickichts den leisen Atem des Mädchens.

Zu Hause zog Streith sich um. Er liebte es, auch wenn er bei sich allein war, zum Mittagessen feierlich angezogen zu sein. Im Esssaal erwartete ihn der hübsche Mittagstisch, übersäet mit den kleinen Feuern, welche die Kerzen im Kristall und Silber entzündeten. Oskar stand da im Glanze seiner weißen Hemdbrust. Streith war hungrig, es konnte also behaglich werden. Während des Essens jedoch bemerkte er, dass es ihm nicht so viel Vergnügen gewährte, als er geglaubt hatte. Ja er war froh, als es zu Ende war. Er blieb am Tische sitzen, zündete sich eine Zigarre an und goss mehr Burgunder in sein Glas. Sonst, wenn er von der Jagd kam, liebte er es, sich in einem Sessel auszustrecken, die wohltuende Müdigkeit zu genießen und den grünen Waldbildern nachzuträumen, bis der Schlaf kam. Heute fand er diese angenehme Ruhe nicht. Da war etwas, das mit Burgunder hinuntergespült werden musste, eine unbegreifliche Melancholie, ja, ganz unbegreiflich.

* * *

In Gutheiden war es Sitte, im Mai eine Nachtigallenpartie nach der Webbra zu machen, einem dicht mit Erlen bestandenen Hügel auf einem der Vorwerke. Die Fürstinnen hatten gewünscht, auch dieses wieder zu erleben, so wurden die Diener mit Feldstühlen und Decken, mit der Waldmeisterbowle und Kuchen vorausgeschickt. Die Gräfin Dühnen mit Felix, die Üchtlitzschen Damen und die Pfarrerstöchter waren eingeladen worden.

Als Streith zur Gesellschaft stieß, ging die Sonne rot und strahlenlos unter.

«Der Sonnenuntergang ist heute nicht prima», meinte Graf Minsky. Aber Fräulein von Dietheim sagte: «Ich finde ihn dramatisch.»

Die Damen saßen auf den Feldstühlen, die Herren hatten sich auf die Decken gelagert. Marie saß ein wenig abseits unter den jungen Mädchen, bei denen die klaren, lauten Stimmen der Pfarrerstöchter die Unterhaltung beherrschten. Pfarrers Johanna neckte Felix Dühnen, der schweigsam und verstimmt seine Bowle trank.

«Es ist sehr schade, dass Graf Dühnen heute wieder ganz *le beau ténébreux* ist, und ich hatte so viel von der Liebenswürdigkeit der Berliner Leutnants gehört.»

«Es ist ja Urlaub», warf Felix hin.

Die Pfarrerstöchter lachten zu gleicher Zeit hell auf, und Pfarrers Wilhelmine rief: «Natürlich, für uns arme Mädchen vom Lande ist diese Liebenswürdigkeit nicht, die wird für die Damen der Hauptstadt aufgespart.»

«So war er schon gestern auf der Krebspartie», berichtete Henriette von Üchtlitz, «er trank Bowle, sprach kein Wort, und als es dunkel wurde, verschwand er.»

«Wie geheimnisvoll», meinte Johanna.

In der Gesellschaft der älteren Leute sprach man von Nachtigallen. «Warum singt die Nachtigall bei Nacht?», fragte Fräulein von Dietheim den Hauptmann von Keck.

«Wohl, weil sie bei Tage keine Zeit hat», erwiderte dieser mürrisch.

Aber das Fräulein war damit nicht zufrieden. «Ach, Keck, was Sie einem immer für Antworten geben», sagte sie gereizt.

Da ergriff die Baronin Dünhof das Wort, man hörte ihrer Stimme an, dass der Abend sie bereits gefühlvoll machte: «Herr von Keck hat ganz recht, der Tag mit seinem Lärm zerstreut, erst wenn es dunkel und still ist, kann die Nachtigall ihren einen schönen Lieblingsgedanken immer wieder denken.»

«Ja, es ist merkwürdig», begann Fräulein von Dachsberg, «wenn alles um uns still und ruhig ist, dann kommt oft *ein* Gedanke, den wir immer wieder und wieder denken können.»

«Zum Beispiel an unsere Schulden», flüsterte Graf Minsky dem Baron Fürwit zu. Das Fräulein von Dietheim jedoch hatte es gehört und sagte: «Schämen Sie sich, Graf.»

«Die Nachtigall hat ganz recht», begann jetzt die Fürstin, «wenn wir ein Gefühl haben, das uns glücklich macht, oder einen schönen Gedanken, warum sollen wir dieses Gefühl nicht immer fühlen und diesen Gedanken nicht immer wieder denken?»

Eifrig stimmten alle zu, und Baron Fürwit murmelte: «Sehr schön.»

«Mein Onkel, der General Bagration», berichtete Graf Minsky, «hasst die Nachtigallen. Wenn sich eine in seinen Park verirrt, lässt er sie abschießen. Er sagt: der Gesang der Nachtigall klinge nach bösem Gewissen.»

«Dann hat der Herr wohl selbst kein gutes Gewissen», bemerkte die Fürstin Kusmin.

«Sehr möglich», bestätigte der Graf, «wenn man lange General im Kaukasus gewesen ist, da hat man manches erlebt.»

«Jetzt fängt sie an», sagte die Fürstin.

«Ja, bitte um Ruhe», flüsterte Baron Fürwit, und er wandte sich auch an die jüngere Gesellschaft, um Ruhe für die Nachtigall zu erlangen.

Aus dem Erlendickicht, das in der niedersinkenden Dämmerung schwarz und regungslos dastand, klangen die ersten Töne von der Nachtigall herüber, zuerst zögernd und wie suchend, dann wurde die kleine, erregte Stimme sicherer und lauter, bis sie endlich leidenschaftlich und hastig ihr Lied in den Abend hinausrief. Die Zuhörer nahmen weiche, nachdenkliche Stellungen an, die Augen schauten verträumt vor sich hin, die Fürstin Kusmin bedeckte die Augen mit der Hand, Fräulein von Dachsberg hatte ein mitleidiges Lächeln auf den Lippen, und der Graf Minsky saß da, den Kopf zur Schulter geneigt. Eine zweite Nachtigall setzte jetzt ein, es war, als wollte sie ihre Gefährtin übertönen, und auf der anderen Seite erwachte ein ganzer Chor, aus allen Büschen erklang das Flöten und Rollen, und jede dieser vielen Stimmen behielt doch ihre Einsamkeit, erzählte für sich ihre kleine leidenschaftliche Geschichte. In der Gesellschaft entstand einen Augenblick eine Bewegung, der Baron Fürwit flüsterte der Fürstin Kusmin zu: «Die Erbprinzessin weint.» Die Fürstin gab die Nachricht an Fräulein von Dietheim weiter, und diese erhob sich leise, ging zur Erbprinzessin hinüber, um ihr Kölnisches Wasser anzubieten. Auch drüben bei den jungen Mädchen wurde es unruhig, die Pfarrerstöchter konnten nicht mehr stille sitzen, sie mussten ein wenig gehen, und Henriette von Üchtlitz schloss sich ihnen an. Hilda berührte Mariens Schulter und flüsterte: «Gehen wir auch?»

«Gewiss», erwiderte Marie erfreut und nahm Hildas Arm. Felix sprang auf, um die Freundinnen zu begleiten. Seit den Tennispartien im Schlosse hielt er das für sein Recht.

Schmale Wege führten durch das Erlengebüsch hindurch. Hier war es dämmerig und duftete stark nach jungem Laub, am Rande des Hügels aber sah man auf das Land herab, das flach und farblos dalag, nur die Nebel, die vom Bache aufstiegen, zeichneten ein leuchtend weißes Band hinein. Unten im Vorwerk erglommen in den Fenstern trübe, rote Lichter, und vor den Häusern schlangen Kinder einen Reigen, sie waren im Hemde, kleine, weiße Gestalten, hielten sich an den Händen und sangen ein Lied vom «blauen, blauen Fingerhut», und die dünnen, heiseren Stimmchen mischten sich in das Schlagen der Nachtigall.

«Ich weiß sehr gut, warum du heute wieder die Flügel hängen lässest», sagte Hilda zu Felix, und ihre Stimme klang gereizt, «du hast wohl die Auseinandersetzung mit deinem Vater gehabt.»

«Nun ja», erwiderte Felix, «so etwas erhöht nicht gerade die Stimmung, aber sollen wir jetzt davon sprechen?»

«Ja, ja, gerade davon will ich sprechen», fuhr Hilda fort, «ich finde es unmännlich, sich so niederdrücken zu lassen. Als du deine Schulden machtest, wusstest du, dass die Szene mit deinem Vater kommen musste, kann man so etwas nicht ertragen, nun so macht man keine Schulden. Macht man die Dummheiten aber doch, so erträgt man die Folgen und macht nicht ein Gesicht wie ein Bube, der in den Winkel gestellt worden ist.»

«Du hast gut predigen», entgegnete Felix, die Stimme heiser vor Erregung, «lass dich einmal so behandeln, als wärest du der Auswurf der Menschheit, als wärest du unwürdig, noch zur Familie zu gehören und was weiß ich, nur um einiger hundert Mark willen. Gut, man ist abhängig, aber es ist nicht angenehm, wenn an dem Stricke, der einen bindet, immer wieder gezerrt wird.»

«Gut, ist das zu demütigend», meinte Hilda, «dann mache keine Schulden, aber ich finde es lächerlich, wenn ein Mann nicht den Mut seiner Dummheiten hat.»

«Ach, ich kann das so verstehen», mischte sich nun Marie in das Gespräch, «ich würde in solchen Augenblicken sterben.»

«Nicht wahr», rief Felix, froh über den unerwarteten Beistand, «aber Hilda versteht das nicht, sie hat so ein Heldenideal, und wenn man nicht ganz so ist, wie ihre Romanhelden, dann verachtet sie einen.»

«Von Helden ist hier nicht die Rede», höhnte Hilda, ihre Stimme zitterte, und das Weinen war ihr nah, «mir ist nur diese Weichlichkeit zuwider. Übrigens, wenn ihr euch so gut versteht, bin ich ja unnütz, bitte.»

Sie ließ Mariens Arm los, trat zurück und verschwand hinter den Büschen. Betroffen blieben die beiden stehen, Felix zuckte die Achseln und meinte: «So ist sie immer, ein gutes Mädchen, aber zu leidenschaftlich. Man soll immer so sein, wie sie es verlangt, aber ich habe nun mal nicht diese edle Männlichkeit, von der sie träumt, wo soll ich sie hernehmen?»

«Das muss schrecklich sein, Schulden zu haben», sagte Marie.

Felix lachte: «O, das ist nicht so schlimm.» Beide schwiegen dann, Marie schaute befangen zu Boden. Endlich sagte Felix leise: «Es ist wohl etwas Unerhörtes, dass Hilda uns hier so allein lässt?»

Marie lachte: «Ja, aber ich habe schon zuweilen etwas Unerhörtes getan.»

«So, nun dann können wir noch ein wenig weitergehen.» Sie schritten langsam zwischen den Büschen hin.

«Gestern um die Mittagszeit», erzählte Felix, «war ich in Gutheiden im Parke.»

«Bei uns?», fragte Marie.

«Ja, es ist natürlich unschicklich, ohne Erlaubnis in einen fremden Park zu gehen, aber was angenehm ist, ist gewöhnlich unschicklich.

Dort ist ein kleiner, schwarzer Teich und Fliederbüsche und eine Steinbank, dort saß ich. Durch die langen Alleen hindurch konnte ich bis zum Schlosse sehen, gerade ein Stück der Gartentreppe sah ich und kleine, blaue und rosa Gestalten, die dort ab und zu gingen.»

Marie blieb stehen und sagte besorgt: «Ich glaube, wir müssen zu den anderen zurückgehen. Ich fürchte, Fräulein von Dachsberg fängt schon an mich zu suchen.»

«Gut», erwiderte Felix, «aber bitte, wollen wir noch einen Augenblick hier stehen, nur so einen Augenblick still beieinanderstehen.»

Sie waren dicht vom Erlengestrüpp umgeben, der Nachttau raschelte im Laub, ganz nah bei ihnen schlug eine Nachtigall. Marie sah Felix an, sein Gesicht hatte einen hübschen, andächtigen Ausdruck, er schaute an ihr vorüber. «Wenn ich nicht eine Prinzessin wäre», dachte Marie, «würde er mich jetzt küssen», und dann wurde ihr seltsam weich um das Herz, denn sie fühlte, dass ihre Augen sich mit Tränen füllten. Sie fuhr mit der Hand nach den Augen.

«Weinen?», fragte Felix.

«Nein, nein», sagte Marie angstvoll, «gehen wir schnell zu den anderen zurück.»

Eilig und schweigend schlugen sie den Rückweg ein.

Nur einmal sagte Felix: «Wenn wir hier gehen, kommen wir unbemerkt zu den anderen.»

Ihr Wiedererscheinen in der Gesellschaft fiel nicht auf, denn es war dort eben eine kleine Aufregung entstanden, Fräulein von Dietheim war ohnmächtig geworden und wurde von den besorgten Damen umringt.

«Sie verträgt die Nachtigallen nicht», sagte Streith zu Roxane.

«So nervös zu sein», erwiderte diese.

Streith hatte den ganzen Abend versucht, eine Unterhaltung mit Roxane anzuknüpfen, hatte jedoch stets kühle und abweisende Antworten erhalten.

Da es stark zu dunkeln begann und der Abend feucht wurde, gab die Fürstin das Zeichen zum Aufbruch. Streith führte sie den Hügel hinab.

«Es war sehr schön», sagte die Fürstin, «wir in unserm stillen Winkel werden eben zu einfachen Menschen. Die Armen, die aus der großen Welt mit ihren komplizierten Herzen kommen, die greift ein Nachtigallenabend an.»

«Einfach, ja, hm», meinte Streith, «stark werden wir.»

Unten standen die Wagen bereit. Die Pfarrerstöchter wollten zu Fuß gehen, und die Fahrenden hörten noch vom Feldwege her die klaren Stimmen der beiden Mädchen in die Mainacht hinaussingen:

«In einem kühlen Grunde,
Da rauscht ein Mühlenrad,
Mein Liebchen ist verschwunden,
Das dort gewohnet hat.»

* * *

Graf Dühnen hatte bei Streith gefrühstückt, jetzt saßen sie im Gartensaale und nahmen den Kaffee. Streith liebte diesen alten Herrn mit dem gelben Gesicht des Leberkranken, den bleichen, bösen Augen und dem zu blanken Gebisse nicht. Graf Dühnen war mit allem unzufrieden, mit dem Reich, mit der Regierung, die nichts für die Landwirtschaft tat, selbst mit Seiner Majestät, und er behandelte diese Dinge mit einer säuerlichen Beredsamkeit, die ermüdete. Nun saß er schon eine ganze Weile im Gartensaale und hatte ein neues Thema aufgenommen, das ausgiebig zu werden versprach, den Leichtsinn seines Sohnes Felix.

«Den heutigen jungen Leuten fehlt es an Würde», sagte er und schlug mit dem Zeigefinger hart auf die Tischplatte. «Ich bin auch jung gewesen, ich habe als Kürassierleutnant den siebziger Krieg mitgemacht. Wir waren damals auch heiter, ja ausgelassen, machten tolle Streiche, aber wir vergaßen nie, was das heißt, des Königs Rock zu tragen. Schulden, nun ja, kleine Ausstände gab es auch damals, aber dass ich zu meinem Vater gekommen wäre, so ganz leger wie zu einem Bankier, und gesagt hätte, ich habe ein paar tausend

Mark Schulden, ich habe gejeut, das gab es nicht, lieber eine Kugel vor den Kopf. Also ich habe zu meinem Felix gesagt: Bon! ich bezahle dieses Mal deine Schulden, und weil ich ein guter Vater bin, erhöhe ich deine Zulage. Aber es ist zwischen uns beiden nie mehr von Schulden, die du gemacht hast, die Rede. Hast du Schulden, so werde mit ihnen fertig, wie du kannst, auf mich rechne nicht. Ich werde nicht des einen wegen meine anderen Söhne benachteiligen, die vielleicht die Wertvolleren sind. So, und nun weißt du, wie wir miteinander stehen.»

«Sie sind streng», warf Streith zerstreut ein.

«Ich bin sehr streng», fuhr der Graf fort, «ich habe drei Söhne, ich bin ein guter Vater, ich liebe meine Kinder, aber ich will wertvolle Menschen, gute Edelleute und würdige Dühnens erziehen. Will einer das nicht, nun dann, so schmerzhaft das ist, ziehe ich meine Hand von ihm ab. Nur so, mein Lieber, können wir in diesen schweren demokratischen Zeiten den Adel hochhalten. Strengste Auslese ohne Gefühlsduselei. Leichtsinn, ich weiß überhaupt gar nicht, wie der Leichtsinn in meine Familie kommt.»

«Vererbung bei den vielen Ahnen», bemerkte Streith und unterdrückte ein Gähnen, «die Dühnens sind sehr alt, sie haben schon die Kreuzzüge mitgemacht. Dort in Palästina mag das Leben ein wenig wild gewesen sein. Diese ganzen Kreuzzüge waren ja eigentlich ein Leichtsinn, so was vererbt sich.»

«Das ist nichts, mein Lieber», sagte Graf Dühnen ärgerlich und machte mit der Hand eine Bewegung, als verscheuche er eine Fliege, «auf Vererbung berufen sich nur Leute, die schlecht erzogen sind. Ich werde meinen Söhnen die Vererbung schon forterziehen.»

«Sehr verdienstvoll», stimmte Streith zu. Dann schien das Thema erschöpft, und der Graf stand auf, um sich zu verabschieden.

Streith atmete auf, als sein Gast fort war. «Solch ein Besuch», dachte er, «hinterlässt einen bitteren Geschmack im Munde.» Er pfiff Roller und eilte in den Wald hinaus. Der Tag war kühl, weiße Wolkenballen wurden schnell über den hellblauen Himmel getrieben, ein lebhafter Ostwind fuhr in die Tannen, ließ sie mit den großen

Zweigen leidenschaftlich um sich greifen und mächtig aufrauschen. Die tiefe, ereignisvolle Stimme des Waldes tat Streith wohl. Er nahm den Hut ab und ging gegen den Wind an, es war ihm, als fühle er so angenehm die Elastizität seiner Glieder. Er ging schnell, als hätte er ein Ziel. Bald war er an der Grenze seines Waldes angelangt und stand vor dem alten Forsthause. Wieder weideten die braunen Kälber, wieder saßen Britta und das Kind mit dem roten Tuche auf dem Rasen und sangen. Sie sangen sehr laut, um die Begleitung des Waldesrauschens zu übertönen. Streith grüßte.

Als Britta ihn sah, sprang sie auf, lief zum Zaune und streckte Streith ihre Hand entgegen. Sie lachte über das ganze Gesicht, legte die andere Hand auf ihr Haar und sagte: «Der Wind zerzaust einen heute so.»

«Ja, hm», meinte Streith und lehnte sich an den Zaun. «Der Wind ist allerdings lebhaft. Sie haben da hübsche Kälber.»

«Es sind Kuhkälber», erklärte Britta, «wir wollen sie aufziehen, sie sind aber zuweilen sehr wild.»

«Es muss ihnen deshalb vorgesungen werden?», fragte Streith.

«Das ist es nicht», erwiderte Britta, «wir singen, was soll man anders tun!»

Am Fenster des Hauses erschien Frau von Syrman: «Margusch!», rief sie, «treibe die Kälber nach Hause.» Als sie Britta im Gespräch mit Streith sah, grüßte sie und trat zurück.

«Jetzt werden Sie etwas sehen», rief Britta und öffnete die Pforte des Zaunes. Mit einem wilden «ho! ho!» trieb Margusch die Kälber vor sich her, diese sprangen und galoppierten, und als sie endlich die Pforte passiert hatten, erschreckten sie sich vor Roller und jagten dem Walde zu, Margusch und Britta folgten ihnen. «Laufen Sie dort vor, Herr Graf», rief Britta, und Streith lief und wehrte mit seinem Stock den Kälbern den Durchgang. Aus dem Hause stürzte eine alte Frau, groß wie ein Mann, mit flatternden, grauen Haarsträhnen und beteiligte sich mit einem wilden «hü, hü» an dem Treiben. Endlich waren die Kälber eingekreist und glücklich in den Stall gebracht.

Streith stand an der Stalltüre, ein wenig atemlos, das Herz klopfte ihm stark.

Da trat Frau von Syrman aus dem Hause, sie hatte sich eine Federboa umgelegt und ging mit kleinen Schritten über den unreinlichen Hof, wie eine Dame auf der Promenade. Sie lächelte. «Aber Kind», sagte sie, «wie kannst du den Herrn Grafen so bemühen.»

«O, es war sehr interessant», versicherte Streith, «Ihre Kälber sind in der Tat recht temperamentvoll.»

«Das ist so die Aufregung des Abends», meinte Frau von Syrman.

«Der Abendsport», sagte Streith.

Frau von Syrman zuckte leicht mit den Schultern: «Ich fürchte, hier in unserer Wildnis werden wir alle ein wenig wild. Aber wollen Sie sich nicht setzen, Herr Graf, hier haben wir eine sogenannte Veranda, alles sehr primitiv, natürlich.» Frau von Syrman ging auf die Haustüre zu, vor der unter einem kleinen Vordach zwei Bänke standen.

Streith folgte zögernd, diese Einladung kam ihm nicht gelegen.

«Bitte Platz zu nehmen», sagte Frau von Syrman, «Britta, Kind, komm, setze dich her. Wie erhitzt du bist.»

Streith setzte sich, Frau von Syrman lehnte in der Türe, immer noch ihr melancholisch nachsichtiges Lächeln auf den Lippen. «Ein beschauliches Plätzchen», meinte sie, «auch im Sommer ist es hier kühl. Hier verbringen wir unsere langen, stillen Sommerabende.»

«Eine sehr hübsche Aussicht», bemerkte Streith.

«Sie entschuldigen einen Augenblick», sagte Frau von Syrman dann und zog sich in das Haus zurück.

Britta saß Streith gegenüber, die Sonne schien ihr gerade in das Gesicht, das Schwarz der großen Augen bekam einen rötlichen Schein, und kleine, goldene Punkte entzündeten sich in ihnen.

Streith lächelte, er wusste nicht, warum, wohl nur, weil dies Gesicht ihm gegenüber so jung und hübsch war. «Ob die Kälber schon schlafen?», sagte er, um etwas zu sagen.

Britta blieb ernst. «Die armen Kälber», erwiderte sie. «Wenn das mit den Kälbern vorüber ist, dann wird es hier ganz still, dann geschieht hier nichts mehr.» Sie hielt die Hände im Schoße gefaltet, breite Hände von noch kindlicher Form, sie waren rot und schienen rau.

Streith schaute diese Hände an, sie rührten ihn.

Britta war seinem Blick gefolgt, sah auch auf ihre Hände nieder und sagte: «Ja, sie sind rot. Im Winter springt die Haut, aber ich mag keine Handschuhe tragen.»

«In der warmen Jahreszeit gibt sich das», tröstete Streith.

Aber Britta schüttelte den Kopf: «Ach nein. Fräulein Wolwer, meine Klavierlehrerin in der Stadt, will, dass ich mir eine Salbe des Nachts auf die Hände streiche und Handschuhe anziehe, aber mit Handschuhen könnte ich nicht schlafen.»

«Allerdings, das müsste peinlich sein», bestätigte Streith.

«Mama hat immer weiße Hände», fuhr Britta fort, «was sie auch tut, kleine, weiße Hände. Die Prinzessinnen drüben haben wohl auch sehr weiße Hände?»

«Hm, ja», erwiderte Streith, «ich denke, die haben recht weiße Hände.»

«Natürlich, Prinzessinnen», äußerte kurz Britta.

Frau von Syrman erschien wieder in der Türe: «Ich bitte, Herr Graf, nehmen Sie nicht ein Tässchen Kaffee? Der Kaffee ist ganz frisch gemacht.»

Erschrocken sprang Streith auf: «Ich danke, gnädige Frau», rief er, «aber ich darf Ihre Güte nicht weiter in Anspruch nehmen, ich bin schon zu lange geblieben.»

«Das hilft jetzt nichts», meinte Frau von Syrman kokett und einschmeichelnd, «jetzt müssen Sie auch bei uns eine Tasse Kaffee einnehmen.» Sie ging in den Flur voraus, und Streith folgte ihr mit finsterem Gesicht.

Das Wohnzimmer war ein breiter, etwas niedriger Raum, grellblaue Tapeten an den Wänden, viele Möbel befanden sich hier, die nicht zueinander zu gehören schienen, ein großes mit Rosshaar bezogenes Sofa, Stühle, ein runder, gelber Tisch, daneben ein kleiner, elfenbeineingelegter Nähtisch, ein Klavier, eine zierliche, metallbeschlagene Kommode, auf ihr eine goldbronzene Uhr, Tasso, vor ihm auf einem antiken Säulenstumpf ein aufgeschlagenes Buch. An den

Wänden hingen Photographien und ein Pastellbild der Herrin des Hauses, ein hübsches Köpfchen mit Botticelli-Frisur, verträumten Augen und einem feinen, klugen Munde.

«Bitte Platz zu nehmen», sagte Frau von Syrman. Sie selbst setzte sich auf das Sofa, schenkte den Kaffee aus einer blauen Kanne in eine große, blaue Tasse, schob den Zucker, den Teller mit gelbem Kuchen näher. «Zucker gefällig? Bitte, sich mit Cake zu versorgen.» Dabei begann sie gleich die Unterhaltung mit der lässigen Sicherheit einer geübten Wirtin eleganter *five o'clocks.* «Ein merkwürdig schönes Frühjahr haben wir. Aus Cannes schreibt man mir, es sei dort so heiß, dass alles flieht.»

Ja, Streith glaubte das wohl.

«Planten die Hoheiten nicht auch eine Reise?»

Streith hatte davon nichts gehört.

Britta hatte sich auch an den Tisch gesetzt, sie trank Milch aus einem großen Glase, tauchte ihre breiten, roten Lippen in all das Weiß, blinzelte mit den Wimpern und schaute Streith über den Rand des Glases ruhig und nachdenklich an.

Frau von Syrman lehnte sich in die Sofaecke zurück, zog die Federboa fester um die Schultern und zündete sich eine Zigarette an. «An unsere Wildnis hier», sagte sie, «gewöhnt man sich ja mit der Zeit. Wenn das Schicksal einen in diese Einsamkeit verschlägt, so gewinnt man die Einsamkeit auch lieb.»

«Die Stadt ist nicht weit», wandte Streith ein.

Frau von Syrman zuckte mit den Schultern: «Ach diese kleinstädtische Gesellschaft bietet nicht viel. Nein, ich habe immer die Natur geliebt, unsere nordische Natur, und doch – Sehen Sie, Herr Graf, es ist merkwürdig, ich bin in Deutschland geboren, schon mein Vater war Deutscher, aber unsere Familie stammt aus Italien, Arci war mein Mädchenname, nun und da gab es von Jugend auf Momente in mir, in denen ich meine Umgebung, meine nordische Umgebung als mir fremd, als etwas nicht zu mir Gehöriges empfand. In Italien, in Nizza, in Mentone, da ging mir das Herz auf. Seltsam, das muss doch der Rest des fremden Blutes sein.»

«Hm, ja», murmelte Streith.

«Und dieser Zwiespalt im Blute», fuhr Frau von Syrman sinnend fort, «der erklärt, glaube ich, manches. Auch in dieser», und Frau Syrman wies mit dem Kopf nach Britta, «ist viel fremdländisches Blut, und auch bei ihr erklärt sich daraus manches, das vielleicht nicht sein sollte.»

Britta machte ein böses Gesicht, stand auf und ging an das Fenster.

Ihre Mutter lachte gerührt. «Sie liebt es nicht, dass man von ihr spricht», sagte sie, dann seufzte sie: «Sie hat aber auch viel Germanisches, viel von ihrem Vater.»

Schräg fiel die Abendsonne in das Zimmer, streifte den goldenen Tasso, beschien den Tisch, den gelben Kuchen, die große, blaue Tasse mit dem dünnen Kaffee und verfing sich in die Rauchwölkchen der Zigarette. Frau von Syrman sprach weiter mit klagender Stimme, Britta stand am Fenster und schaute düster hinaus.

«Das ist ja traurig», ging es Streith durch den Sinn, «unerträglich traurig. Warum sitze ich hier?»

«Mein Mann war ein echter Germane», fuhr Frau von Syrman fort, «groß, blond, blaue Augen, sehr musikalisch, ein guter Geschäftsmann und –» sie seufzte, «und ein naiver Egoist. War jemand ihm nicht recht, so hatte er eine Art ihn beiseitezuschieben, wie ein Satter seinen Teller beiseiteschiebt, und, Sie verstehen, das kränkt, das empört.»

Streith beugte sich tiefer auf seine Tasse nieder, es ärgerte ihn, so in die Verhältnisse der Syrmanschen Familie eingeweiht zu werden, er fürchtete, nun würde auch der Roman mit dem amerikanischen Versicherungsbeamten kommen, von dem er gerüchtweise gehört hatte. Um abzubrechen sagte er daher: «Solche Blutmischungen, meine Gnädige, sind oft sehr wertvoll. Aber ich halte die Damen schon zu lange auf.»

Frau von Syrman lächelte melancholisch: «Aufhalten, Herr Graf, wir haben nie etwas vor.»

Streith erhob sich, um sich zu verabschieden.

Frau von Syrman reichte ihm mit lässiger Kameradschaftlichkeit die Hand und sagte: «Ich hoffe, Herr Graf, Ihr Spaziergang führt Sie recht bald wieder an unserer Hütte vorüber.»

Streith wandte sich Britta zu, diese hielt ihren Filzhut in der Hand wie bereit zum Gehen und meldete ernst: «Ich begleite den Herrn Grafen.»

Frau von Syrman schüttelte unzufrieden den Kopf. «Wenn er es gestattet, Närrchen», meinte sie.

«Sehr angenehm», murmelte Streith. So gingen sie miteinander fort.

Britta schwieg. Auf ihrem Gesicht lag noch immer der ernste, missmutige Ausdruck, im Vorübergehen streifte sie die jungen Sprossen von den Tannenzweigen und zerbiss sie.

Streith dachte über einen Gesprächsstoff nach, er wollte etwas sagen, das dem jungen Mädchen wohltat, es erheiterte. Da ihm jedoch nichts Besseres einfiel, fragte er: «Warum sehen Sie so böse aus?»

«Es ärgert mich», erwiderte Britta, und ihre Stimme wurde tief vor Erregung, «es ärgert mich, dass jedem, der zu uns kommt, die alten Geschichten von Schicksal und Blut und Einsamkeit erzählt werden müssen. Es ist so, als wollten wir uns entschuldigen, als müssten wir erklärt werden wie Wundertiere. Wir sind nun einmal, wie wir sind.»

«Gewiss, gewiss», bestätigte Streith und schaute erstaunt in das hübsche Gesicht, das jetzt so leidenschaftlich und zornig aussah. «Nur würde ich mir durch solchen Ärger nicht den schönen Abend verderben lassen.»

Britta lächelte wieder, zuckte mit den Schultern und meinte: «Ach ja, das sind Dummheiten. Wissen Sie, dass ich gestern Morgen, als Sie ausgegangen waren, bei Ihrem Hause war? Ich sah mir durch das Gitter den Garten an, dann stieg ich auf die Bank vor dem Hause und sah durch das Fenster hinein. Ich weiß wohl, dass man das nicht tun darf, dass das unanständig ist, aber ich war so neugierig. Ich sah ein wunderschönes Zimmer, viele Bilder in goldenen Rahmen und ein wunderschönes Tigerfell. Ein alter, böse aussehender Mann kam dann in das Zimmer, und da bin ich fortgelaufen.»

Streith lachte wohlwollend: «So, so, Sie sollten sich das Zimmer von innen ansehen.»

Britta erwiderte nichts, und Streith bedauerte sofort seine Worte. Warum lud er dieses Mädchen ein? Was gingen ihn diese Leute an? Er hatte sich heute einfangen lassen. Zugleich fühlte er ein quälendes Mitleid mit diesem Kinde, er hätte etwas für Britta tun mögen, er wünschte, er wäre jung wie sie, um ihr ein heiterer Kamerad zu sein, und alles das passte nicht zu ihm, gehörte nicht in sein Leben hinein. Britta blieb stehen: «Jetzt gehe ich nach Hause», sagte sie.

Streith reichte ihr die Hand. «Ich danke Ihnen für Ihre Begleitung.»

«Ich war so froh, dass ich mitgehen durfte», erwiderte Britta, «ich hätte jetzt unmöglich zu Hause bleiben können.» Dann ging sie mit ihren ein wenig langen, gleitenden Schritten den Waldpfad zurück und verschwand im Dickicht.

* * *

Roxane und Eleonore saßen auf der Gartenveranda und schauten in den Garten hinab, der friedlich im Nachmittagsonnenscheine dalag. Endlich sagte Eleonore: «Wo sind sie? Mama ist schon eine ganze Weile verschwunden, und die Kleine geht auch ihre eigenen Wege. Beide haben ein merkwürdiges Bedürfnis nach Alleinsein. Was geht denn hier vor?»

«Nach uns ist das Bedürfnis nicht groß», meinte Roxane.

Eleonore seufzte: «Wie habe ich mich hierher nach Hause gesehnt.»

«Und nun?», fragte Roxane.

«Nun», fuhr Eleonore nachdenklich fort, «ist es doch nicht, wie ich glaubte. Es ist sich ja alles so lächerlich gleich geblieben, und doch ist es anders. Ich bin nur ein fremder Besuch, selbst die Hunde gehen an mir vorüber, als ob ich eine Fremde wäre.»

«Das erste Jahr drüben in Petersburg», sagte Roxane, «als ich die Nächte vor Heimweh nicht schlafen konnte, da ging ich in Gedanken durch das Haus, hörte das Knarren des Parketts, den bekannten

Ton der Türen und Türklinken, erinnerte mich an den Geruch jedes Zimmers, ich dachte an die Runzeln der alten Exzellenz und an die Augenbrauen von Fräulein von Dachsberg, wie sie sie hinaufzieht, wenn sie pikiert ist. Das tröstete mich, war mir heimatlich und lieb, und jetzt, das ist alles noch da, aber ich weiß nicht, es ist kleiner und verblasster. Die alte Exzellenz und Fräulein von Dachsberg sind wie zusammengeschrumpft und altmodisch, in meinen Träumen lebte das alles stärker. Und dann, es ist seltsam, ich komme mir trotzdem so viel älter vor als sie alle, älter als die Exzellenz und die Dachsberg und die Dünhof mit ihren angemalten Bäckchen, älter als die Mama und hundert Jahre älter als die Kleine.»

«Ja ja, so ist es», stimmte Eleonore zu, «denke dir, gestern ging ich an die alte Kommode im Schlafzimmer und nahm die Puppe Eva heraus, die ich so sehr geliebt habe, die mit den blonden Locken, den hellblauen Augen und dem kleinen, roten Munde, aber die Locken waren hart und verstaubt, der Mund blass, das Gesicht dumm und tot, und ich verstehe nicht mehr, was ich an ihr geliebt habe. Ein wenig so ist es mit allem hier. Aber schließlich, wir haben unsere Geschichte weitergelebt, *die hier* leben ihre Geschichte auch weiter.»

Roxane zuckte die Achseln. «Die Geschichte, die sie hier weiterleben, scheint mir recht unnütz», sagte sie scharf.

Eleonore lachte: «Ja, das mit dem Grafen», und nach einer Pause fügte sie hinzu: «Nur der alte Garten ist noch, wie er war, obgleich auch er traurig ist. Wenn ich in Birkenstein von ihm träumte, dann lag immer so ein stilles, bleiches Licht über ihm, das ihn einsam erscheinen ließ, und jetzt, siehst du, schaut er gerade so aus.»

«Es ist Zeit abzureisen», meinte Roxane, und dann schauten sie wieder schweigend den gelben Gartenweg hinab.

Unterdessen ging die Fürstin die Alleen des Parkes entlang, sie hielt ein Körbchen in der Hand und sammelte Veilchen. Die Wohltat dieses Frühlingstages empfand sie so stark, dass sie allein sein wollte, damit niemand ihre Freude störe. Im hellgrauen Frühlingskostüm, den grauen Filzhut auf dem Kopfe fühlte sie sich hübsch und jugendlich, Wangen und Lippen waren heiß vom lauen Frühlingswinde.

Durch das hintere Parktor kam Streith ihr entgegen, er wollte zum Major in die Kanzlei gehen und hatte seinen Weg durch den Park genommen. «Ah, Streith», rief die Fürstin, «sieht man Sie auch wieder. Sie waren in letzter Zeit ja ganz verschwunden.» Sie streckte ihm die Hand entgegen, Streith sah, dass sie sich freute.

«Ich wollte nicht stören», erwiderte er und küsste die dargebotene Hand. Das Gesicht der Fürstin wurde einen Augenblick ernst.

«Ach ja, der Kinder wegen», meinte sie. Gleich aber lächelte sie wieder: «Ist das wieder ein Tag! Ich glaube, kein Frühling noch hat mich so glücklich gemacht wie dieser.»

«Der Frühling ist dieses Jahr allerdings ziemlich gewaltsam», erwiderte Streith. Sie gingen langsam nebeneinander die Allee hinab.

«Was haben Sie getan?», fragte die Fürstin.

«Ich habe meinen Wald revidiert», berichtete Streith, «habe gearbeitet, habe mich eingerichtet.»

Die Fürstin lachte: «Eingerichtet? Streith, Streith. Sie werden nie fertig.»

«Doch, einmal werde ich fertig», murmelte Streith.

«Hat Frau Buche Ihnen gut gekocht?», fragte die Fürstin weiter.

«O, die Buche ist jetzt großartig in Morchelsoßen und Krebssuppen», erwiderte Streith.

Dann erkundigte sich die Fürstin, warum Roller nicht mitgekommen sei. Roller hatte heute Morgen einen Hasen aufgenommen und musste zur Strafe zu Hause bleiben.

Am Ende der Allee stand eine Bank. «Setzen wir uns», sagte die Fürstin. Nun saßen sie, ganz überwölbt von dem grellen Grün der jungen Ahornblätter. Zu ihren Füßen auf dem Rasen zitterten die Blätterschatten, und ihnen gegenüber kam die Sonne die Allee hinab, eine Flut rotgoldenen Glanzes, und die vielen lautlosen, kleinen Flügel, welche die Luft erfüllten, schwammen alle in Gold.

«An einem solchen Tage», sagte die Fürstin und atmete tief auf, «an einem solchen Tage vergisst man es wirklich, dass man eine alte Frau ist.»

Streith wusste, dass er jetzt widersprechen musste, es dauerte jedoch einige Augenblicke, bis er das Rechte fand, und dann kam es umständlich und lehrhaft heraus: «Mit dem Begriff der Jugend», begann er, «wird eigentlich Unfug getrieben. Jugend, gewiss, gewiss, sie hat ihr Gutes, aber sie wird gewissermaßen überschätzt. Wenn ich so unsere Jugend ansehe, oder an die eigene Jugend denke, so finde ich, wir gleichen in den Jahren unglücklichen Klavierschülern, die ein schweres Stück üben, sie legen all ihre Begeisterung und ihr Feuer hinein, aber in jedem Augenblick kommt ein falscher Ton oder ein unreiner Akkord.»

«Jugend ist Jugend», sagte die Fürstin zärtlich.

«Ich sage nichts gegen die Jugend», fuhr Streith fort, «ich meine nur, diese sogenannte Jugendzeit ist es nicht, auf die es ankommt, für die das Leben eigentlich da ist, sondern eine Zeit, in der wir das Leben verstehen, uns mit ihm befreundet haben, da lässt sich was daraus machen. Das Leben ist ein zu schwieriges Instrument, um in die Schulstuben zu gehören.»

Die Fürstin sah Streith freundlich an: «Ja, Sie können das vielleicht, Streith», sagte sie, dann blickte sie in ihr Körbchen nieder und spielte mit den Veilchen. Während des Schweigens, das nun entstand, fühlte Streith deutlich, dass der Augenblick gekommen war, etwas Wichtiges zu sagen, etwas, das ihn und die Fürstin anging, die Fürstin wartete darauf. Es ging ihm manches durch den Kopf, er verwarf es jedoch, es schien ihm alles gemacht und lächerlich. Die Fürstin blickte wieder auf, etwas wie Erstaunen lag in ihren Augen. «Sie haben mir noch nichts von Ihren Rosen erzählt», sagte sie, um die Unterhaltung wieder aufzunehmen.

«Die Rosen», wiederholte Streith, er war befangen, was ihm selten geschah. «Nun, die Rosen haben gut überwintert, ich habe mir zwei neue angeschafft, eine große rote mit violettem Schimmer, sie heißt Miss Vanderbilt.»

«So demokratisch», warf die Fürstin ein.

Streith zuckte die Achseln: «Auch die Rosen werden demokratisch. Die andere ist eine kleine schwefelgelbe Rose, die sehr süß duftet, sie heißt, ich weiß nicht, warum, ‹*Diane vaincue*›.»

«Wie hübsch», rief die Fürstin, «das muss ich alles sehen, Sie sollten mir und der Baronin Dünhof wieder einmal einen Tee arrangieren.»

Streith verbeugte sich. «Wenn ich darf», sagte er.

Die Fürstin sah nach der Uhr und erhob sich. «Es ist Zeit nach Hause zu gehen», meinte sie, «heute ist Donnerstag, also Gesellschaftstee, kommen Sie auch?»

Nein, Streith wollte nach Hause gehen und arbeiten.

«Dann auf Wiedersehen», schloss die Fürstin. «Lassen Sie den armen Roller frei.» Und als sie sich zum Gehen anschickte, wandte sie sich noch einmal um und sagte mit einem koketten Lächeln: «Wollen Sie auch Veilchen?» Streith streckte seine Hand aus wie zu einem Almosen, und die Fürstin füllte diese Hand mit Veilchen.

Während Streith durch den Park zurückging, steckte er seine Nase in die Veilchen, welche er in der Hand hielt. Er war empört über sich selbst. Sonst, wenn er mit einer schönen Frau zusammen gewesen war, hatte er mit untrüglicher Sicherheit den Augenblick erkannt, in dem die schöne Frau erwartete, dass er etwas sage, das sie einander ganz nahe brachte, den Augenblick, in dem sie erobert und besiegt sein wollte. Und heute – er hatte sich benommen wie ein Lehramtskandidat. Dazu noch das steife Gerede über die Jugend. Unbegreiflich. Und plötzlich dachte er an Britta, dachte an sie, als sei sie die Jugend selbst, die er geschmäht hatte.

* * *

Die Fürstinnen sollten Gutheiden mit dem Morgenzuge verlassen. Alle waren früh aufgestanden, die Abreise brachte eine plötzliche Aufregung in das Haus, Zofen und Lakaien liefen hin und her, Koffer wurden getragen, und die Damen und Herren des Gefolges standen noch ein wenig verschlafen beieinander und unterhielten sich zerstreut. Die Familie saß im Boudoir der Fürstin, Eleonore und die Fürstin weinten, auch über Roxanens ruhiges Gesicht rannen Tränen herab, Marie war sehr betrübt, die Trennung von den Schwestern schmerzte sie, aber sie konnte nicht weinen, und das war fatal.

Man unterhielt sich mit traurigen Stimmen über gleichgültige Dinge, über Abfahrts- und Ankunftszeit, über Stationen und über das Wetter. Der Baron Fürwit, der seines Podagras wegen ein guter Wetterprophet war, hatte für heute ein Gewitter vorausgesagt. Endlich war der Augenblick des Abschieds da, und als die Wagen davonrollten, kam eine große Ruhe über das Haus, und um die Mittagszeit war das Haus so still wie bei Nacht. Alle hatten sich zurückgezogen, um den versäumten Morgenschlaf nachzuholen.

Auch Marie sollte schlafen, allein sie fand keine Ruhe. Sie hatte dieses Frühjahr das Gefühl, als müsste sie stets auf dem Posten stehen, um nicht ein Erlebnis zu versäumen. Sie ging hinaus in die leere Zimmerflucht, hinter den zugezogenen Vorhängen hielten die gelben Atlasmöbel ihre Mittagsruhe, in die anstoßende Galerie hatte sich durch das offene Fenster eine Biene hereinverirrt und summte unzufrieden an den Nasen der großen Ahnenbilder vorüber. Im Rauchzimmer endlich lag der Baron Fürwit in einem Sessel, den Kopf zurückgebogen, und schlief, aus seinem geöffneten Munde kam ein heiser verschlafener Ton wie das Ticken einer alten, rostigen Uhr. Leise ging Marie wieder zurück. Schon als Kind, wenn sie sich um diese Zeit in den leeren, sonnigen Zimmern befand, hatte sie eine seltsame Unternehmungslust gespürt, es musste etwas getan werden, die Bahn war frei. Heute war diese Empfindung, dass etwas auf sie warte, besonders stark in ihr, sie hatte etwas zu tun, auf das sie sich freute und das sie mit schlechtem Gewissen tun würde, und dann wusste sie auch, was es war, sie hatte in den Park hinauszugehen.

Der Garten war still und sonnig wie das Haus, regungslos standen Tulpen und Narzissen auf den Beeten, und als Marie zwei Narzissen pflückte, waren die Blüten warm wie Menschenlippen. Sie eilte dem Park zu, sie erinnerte sich nicht, um diese Zeit hier gewesen zu sein, und alles hatte ein ungewohntes Aussehen. Da war der Teich, schwarz und unbewegt, kleine Karauschen lagen scharenweise an der Oberfläche und sonnten sich, Enten hatten sich an das Ufer in den Schatten der Weiden geflüchtet und schnatterten leise vor sich hin, selbst der Geruch des sonnenwarmen Wassers, der sonnenwarmen Blätter schien Marie neu. Weiter fort unter einer großen Ulme lagen zwei Gartenburschen auf dem Rasen und schliefen, sie streckten Arme und Füße von sich, die Mützen hatten sie über die Augen gezogen, und sie schnarchten beide, dass es wie ein raues Zwiegespräch klang. Marie blieb einen Augenblick stehen, diese großen Männerkörper, von dem tiefen Schlafe so hilflos und schlaff niedergeworfen, erschienen ihr merkwürdig. Als sie weiterging, erblickte sie vor sich am Ende der Allee ein rot- und weißgestreiftes Figürchen, das eilig, eilig vorwärtshastete, die niederhängenden Arme schwangen in regelmäßiger Bewegung hin und her. «Das ist ja die kleine Zofe Emilie», dachte Marie, «wohin die laufen mag. Jetzt biegt sie vom großen Wege ab und verschwindet hinter den Fliederbüschen, dort bleibt sie stehen, ihr weiß- und rotgestreiftes Kleid schimmert ein wenig durch, ein grüner Hut taucht auf, das musste der junge Gärtner sein. Was sich hier nicht alles ereignet in dieser stillen, seltsamen Mittagstunde.» Marie stieg eine sanfte Anhöhe hinan, dort lag der kleine Teich, ein großes, rundes Loch mit tintenschwarzem Wasser. An seinem Ufer stand die Faulbaumlaube mit dem Steintisch und der Steinbank. Auf der Bank saß Felix, den Hut hatte er abgenommen und schlief, den Kopf auf die Brust gesenkt. Marie blieb stehen und betrachtete ihn. Das durch das Laub fallende Licht machte sein Gesicht bleich, und der Schlaf gab ihm einen kindlichen Ausdruck, und doch lag etwas Bekümmertes in seinen Zügen. «Der Arme», dachte Marie, «das machen wohl die entsetzlichen Schulden.»

Jetzt schlug er die Augen auf, einen Augenblick starrte er Marie schlaftrunken an, dann sprang er auf. «Ich bitte um Vergebung», sagte er, «ich glaube, ich habe geschlafen.»

«Wie fest Sie schliefen», erwiderte Marie. «Ich ging hier zufällig vorüber, und da sah ich Sie.»

Felix' Lippen zuckten, Marie kannte das, wenn seine Lippen so zuckten, wenn seine Augen dunkel wurden, dann war er zornig, dann sah er grausam aus, und sie fragte sich, was ihn jetzt wohl ärgern mochte.

«Natürlich», begann er, «ich glaube ohnehin nicht, dass es um meinetwillen geschah. Prinzessinnen gehen immer nur zufällig vorüber.»

Mariens Augen wurden rund vor Schrecken. «Warum sagen Sie das?», fragte sie. «Warum sprechen Sie so mit mir?»

Felix zog die Augenbrauen zusammen und nagte an seiner Unterlippe. «Ich bitte um Vergebung», sagte er förmlich, «ich vergesse mich, ich weiß, ich benehme mich schlecht, ich bitte um Vergebung. Ich hoffe, Durchlaucht werden deshalb nicht gleich fortgehen. Ich verspreche tadellos korrekt zu sein, tadellos korrekt.»

Jetzt aber wurde Marie heftig, sie schlug mit den Narzissen auf die Steinplatte des Tisches, und ihre Stimme klang, als seien die Tränen ihr nahe: «Ich will gar nicht, dass man mit mir immer tadellos und korrekt spricht, aber ich weiß, es ist Hilda, die Ihnen das eingeredet hat, dass man mit Prinzessinnen nur steif und langweilig sprechen kann. Hilda verachtet Prinzessinnen, weil sie sich nicht entwickeln, weil sie nicht moderne Mädchen sind.»

Nun lächelte Felix wieder gutmütig, das erregte, blonde Mädchen mit den runden, feuchten Augen gefiel ihm so gut, und er spürte es angenehm, dass er Macht über dieses hübsche Mädchen hatte. «Wollen Durchlaucht sich nicht setzen?», sagte er.

Marie ging zur Bank und setzte sich, die Knie zitterten ihr, und das Stehen fiel ihr ohnehin schwer. «Von der ewigen Prinzessin», fuhr sie klagend fort, «höre ich schon genug von Fräulein von Dachsberg. Prinzessin, das ist so wie ein Riegel, der vor alle Türen vorgeschoben wird, hinter denen es lustig zugeht. Sprechen Sie doch, wie Sie zu anderen Mädchen sprechen, wie Sie zu Hilda sprechen, sagen Sie, was Sie wollen, Sie brauchen auch nicht immer ‹Durchlaucht› zu sagen, das hält nur auf.»

«Wie soll ich sagen?», fragte Felix.

«Wie Sie wollen», erwiderte Marie ärgerlich, «das müssen Sie doch besser wissen.»

Felix schaute Marie mit einem Blick nachdenklicher Überlegenheit an. «Eine Prinzessin», meinte er, «ist ja etwas Hübsches, sie ist wie diese kleinen Madonnen, die haben rosa Gesichter und Goldtressen auf den Kleidern, sie stehen in kleinen Schilderhäuschen, und wer an ihnen vorübergeht, der verbeugt sich.»

«Ich will aber nicht allein im Schilderhäuschen stehen», rief Marie, «was muss man denn tun, was tun die anderen Mädchen? Was tut ein modernes Mädchen?»

Felix wiegte bedächtig seinen Kopf hin und her. «Ein modernes Mädchen», meinte er, «wenn es in den Park geht, um jemanden zu treffen, dann sagt es nicht, es sei zufällig vorübergegangen.»

Marie wurde dunkelrot. «Ach, die lügen auch zuweilen», sagte sie, «nun gut, ich bin hergekommen, weil ich wusste, dass Sie hier sitzen werden.»

Felix lachte über das ganze Gesicht und schlug sich mit der flachen Hand auf das Knie: «Dann ist alles in Ordnung», rief er, «dann ist alles gut. Wie ich Sie anbete! Und sagen darf ich auch, was ich will.»

Marie nickte: «Also sagen Sie.»

«Damals dort unter den Johannisbeeren», begann Felix, «da fing es an, und seitdem hat es mich nicht losgelassen. Als Sie vorigen Sommer verreist und als Sie im Winter in Italien waren, da war der Urlaub für mich wie verloren, traurig wie die Kaserne. Hilda war wütend, sie sagte, es sei dumm, sich in eine Prinzessin zu verlieben, dabei komme nichts heraus. Nein, vielleicht kommt dabei nichts heraus, ein Avancement gibt es dabei Gott sei Dank nicht, für das man sich schinden muss. Bei den schönsten Dingen kommt nie etwas heraus, die haben keine Zukunft. Und wenn Sie heute hierhergekommen sind und wenn wir hier beieinandersitzen und ich Ihnen alles sagen darf, ist das nicht schon viel? Ist das nicht kolossal viel?»

Marie hielt die Hände im Schoße gefaltet, ihr Gesicht war ernst, als hörte sie einer Andacht zu, einer seltsam erregenden Andacht.

«Eines könnten wir noch tun», sagte Felix nachdenklich.

Marie lächelte matt, ließ die Arme schlaff an sich niedergleiten und fragte: «Was muss ich noch tun?»

Diese Willenlosigkeit, die sie schwach machte, tat ihr wohl. «Ich denke, wir gehen dort durch das Tor hinaus», schlug Felix vor, «drüben ist ein Stück Heideland und eine kleine Kiesgrube, und dort in der Kiesgrube, da muss es jetzt wundervoll sein.»

Marie schüttelte den Kopf, nein, das war zu gefährlich.

«Es ist gefährlich», gab Felix zu, «aber zusammen in einer Gefahr sein, das befreundet.»

Allein, Marie wollte das nicht wagen, nein, das ging nicht.

«So, so, das geht nicht», wiederholte Felix kleinlaut. Einen Augenblick schwiegen beide. Drüben in der Allee tauchte wieder das rot- und weißgestreifte Figürchen der Zofe auf und rannte, die Arme hin und her schwingend, dem Schlosse zu. «Diese kleine Zofe», sagte Felix, «sehe ich jedes Mal, wenn ich hier sitze. Sie läuft in die Fliederbüsche zu ihrem Burschen.»

Marie erhob sich von der Bank. «Gehen wir also in Ihre Kiesgrube», sagte sie entschlossen.

Vorsichtig schlichen sie unter den Flieder- und Faulbaumbüschen bis an das Parktor. Dort führte die Landstraße vorüber, und jenseits derselben lag das Heideland und die kleine Kiesgrube. Es ging steil in sie hinab, und Marie musste sich fest auf Felix stützen. Unten war es voller Sonnenschein, vorjähriges Heidekraut bedeckte die Wände, hier und da das große Blatt einer Klettenstaude und die goldene Puschel einer Löwenzahnblüte, es roch nach warmem Sand.

«Bitte, sich zu setzen», sagte Felix und rieb sich vergnügt die Hände, «hier auf das Heidekraut, das knistert wie Seide, nicht wahr? Ein famoses Chambre à part. Wir sind hier sozusagen aus der Welt fort, nichts ist mehr da, fühlen Sie nicht, wie die Prinzessin hier von Ihnen abfällt?»

«Ja», meinte Marie, «ich glaube, ich fühle so etwas.»

Da schob Felix seinen Arm um ihre Taille, sie wunderte sich ein wenig darüber, sie dachte jedoch, das muss wohl so sein. Dann beugte er sich über sie und küsste sie.

Marie fühlte seine heißen Lippen, seinen kleinen Schnurrbart auf ihren Lippen. Es ging ihr durch den Sinn: «Also das ist das, wovon Hilda spricht, und habe ich dabei auch etwas zu tun, vielleicht muss ich meine Arme um seinen Hals schlingen», und sie schlang ihre Arme um seinen Hals. Es musste wohl das Rechte sein, denn ihr wurde dabei warm um das Herz.

Befriedigt lehnte Felix sich in das Heidekraut zurück und schloss die Augen. «Ach, süße Durchlaucht», sagte er, «schön, schön ist es hier, wenn ich die Augen schließe, höre ich etwas klingen, das ist mein Blut, es zirpt wie die Feldgrillen.»

«Ich kann die Augen nicht schließen», erklärte Marie kleinlaut, «wenn ich die Augen schließe, dann fürchte ich mich; ich fürchte mich davor, dass ich hier bin und dass Sie hier sind, und ich sehe das Schloss und Fräulein von Dachsberg, die mich sucht.»

«Nur keine Gewissensbisse», fuhr Felix auf, «Gewissensbisse sind gewöhnlich, Gewissensbisse verderben alles. Wir werden uns so lange nicht wiedersehen», fuhr er gefühlvoll fort, «heute Nachmittag fahre ich mit meinem Vater zu einem langweiligen, alten Onkel, dort bleiben wir zwei Tage und kommen dann abends spät nach Hause und morgens früh geht es dann wieder fort in den Dienst. Also nur eine Nacht bin ich noch hier, aber diese eine ganze Nacht werde ich dort im Parke auf der Bank sitzen.»

«Im Park?», fragte Marie erstaunt. «Ich kann doch bei Nacht nicht in den Park kommen.»

«Nein, das können Sie vielleicht nicht», fuhr Felix fort, «gleichviel, ich werde die ganze Nacht auf der Bank sitzen und an Sie denken und auf etwas Unmögliches warten, auf ein Wunder.»

«Ich kann ja nicht einmal aus meinem Zimmer heraus», stöhnte Marie gequält, «ohne dass Emilie es merkt.»

«Nun, die kleine Zofe Emilie», meinte Felix, «die würde die richtigen Wege wohl wissen. Aber ich sage nicht, dass es möglich ist, ich sage nur, ich werde auf der Bank sitzen.»

Unruhig wandte Marie sich im Heidekraut hin und her. «Nie werde ich das tun!», wimmerte sie. Sie empfand jetzt diesen fremden Willen, der Macht über sie hatte, wie etwas Schmerzhaftes. Felix antwortete nicht.

Lautlos schwirrten kleine blaue und goldbraune Schmetterlinge über sie hin, leise vor sich hin scheltend kamen Hummeln zu den

Löwenzahnblüten, hoch oben aber über den hellblauen Himmel flogen Schwalben pfeilschnell dahin und stießen schrille, kleine Jauchzer aus, die Marie unendlich sorglos schienen.

«Jetzt müssen wir wohl gehen», sagte Felix.

Sie standen auf und kletterten die steile Wand der Kiesgrube hinan. Sie sprachen nicht miteinander, Marie hatte das Gefühl, schuldig zu sein, und das machte sie elend. Als sie glücklich am Parktor angelangt waren, küsste Felix ernst Marien die Hand und sagte: «Leben Sie wohl, hier auf der Bank werde ich an Sie denken.» Marie wusste nichts darauf zu erwidern, und so trennten sie sich.

Jetzt hatte Marie Eile, nach Hause zu kommen, sie lief fast, und unwillkürlich schwenkte sie die Arme, wie sie es bei der Zofe Emilie gesehen. Im Schlosse ging Fräulein von Dachsberg schon durch die Zimmer und suchte die Prinzessin; sie war sehr ungehalten, dass Marie so erhitzt war, der Doktor hatte jede stärkere Erhitzung verboten. Das Sitzen um die Mittagszeit im Garten war unzuträglich, jetzt konnte an einen Spaziergang nicht gedacht werden, die Prinzessin sollte ruhig im Boudoir sitzen, und Fräulein von Dachsberg wollte ihr vorlesen. Sie nahm Vilmars Literaturgeschichte und las von den Meistersängern in Nürnberg. In ihrer Stimme zitterte die Unzufriedenheit nach. Marie lag im Sessel und hörte nicht zu. Sie hatte Herzklopfen und war todmüde. An das eben Erlebte dachte sie wie an etwas, das schon sehr fern schien, es war so unwahrscheinlich. Was hatte die kränkliche Prinzessin hier, der Fräulein von Dachsberg Vilmar vorlas, zu tun mit dem Mädchen dort in der Kiesgrube, das sich von Felix küssen ließ? Von diesem Mädchen ließ sich auch das Unmögliche erwarten, es würde ruhig bei Nacht in den Park gehen. Mit der kleinen Emilie ließ sich reden, sie konnte ihr Geld geben, sie konnte ihr damit drohen, dass sie gesehen hatte, wie sie in die Fliederbüsche zum jungen Gärtner ging. Das wäre natürlich unedel, aber so war das Leben.

* * *

Die Fürstin und die Baronin Dünhof fuhren am Nachmittage in das Waldschlösschen, der Graf Streith hatte sie zum Tee eingeladen. Die Fürstin trug ein leichtes himbeerfarbenes Kleid und einen Hut, der über und über mit Maiblumen bedeckt war. Sie war sehr heiter, lachte über kleine, unbedeutende Dinge und neckte die Baronin Dünhof mit dem Grafen Minsky. «Wenn er sich zu Ihnen setzte, machte er ganz süße Augen.» Die Baronin übertrieb ihre Entrüstung darüber, um die Fürstin zu unterhalten. «Dieser schreckliche Mensch, er kommt mir vor wie eine Tasse Kaffee, in die man zu viel Zucker getan.»

Im Schlösschen empfing der Graf die Damen am Fuße seiner Treppe und führte die Fürstin in den Gartensaal. «Ich denke, wir gehen zuerst in den Garten», schlug die Fürstin vor.

Die Gartenwege waren frisch mit einem hübschen, rötlichen Sande bestreut und von Reihen kleiner, feuerfarbener Tulpen eingefasst, dahinter standen die Rosenstöcke, ein jeder trug an einem weißen Täfelchen seinen Namen. Auf dem Rasenplatz befanden sich runde Inseln voll weißer und roter Tulpen und voll Hyazinthen. Das kleine Wasserbecken aber, in dessen Mitte ein Triton aus seiner Muschel einen dünnen Wasserstrahl in die Luft blies, umgab ein dichter Kranz weißer Narzissen. In der hellen Frühlingssonne leuchteten die Farben lustig auf, als sei alles frisch gewaschen und beginge hier in dem stillen Garten einen Festtag.

«Ach, Streith, schön, schön», sagte die Fürstin, und die Baronin Dünhof rief begeistert aus: «Wie gemalt!»

Streith erklärte seine Rosen: dieses war der Sultan von Zanzibar, diese die Baronin Rothschild, hier Madame de Récamier. Streith hoffte, sie würden dieses Jahr zu gleicher Zeit blühen, und dann wollte er sie Ihrer Hoheit vorführen. «Ja, dann komme ich», sagte die Fürstin, «ich weiß nicht, ich habe doch auch Tulpen und Narzissen und Rosen, aber bei uns sind sie fern und fremd, der Gärtner stellt sie in die Vasen, aber wir gehen vorüber und riechen einmal an ihnen, das ist alles. Hier bei Ihnen sind sie so wesenhaft, sie stehen beieinander wie eine vornehme Gesellschaft, in der man gern *‹reçu›* sein möchte.»

«Das ist nicht leicht», meinte Streith, «Blumen sind sehr exklusive Wesen, es ist nicht möglich, ihnen nahezukommen, sie halten uns immer in Distanz. Zuweilen beschleiche ich die Tulpen abends, fasse sie an, aber wie abweisend sind dann die geschlossenen, feuchten Kelche. Ich kann sie wohl brechen, aber das ist dann rohe Gewalt, sie dulden still und vornehm wie die Aristokratinnen, die zur Guillotine geführt wurden.»

«Nein, nein», versetzte die Fürstin, «Sie sind mit Ihren Blumen befreundet.»

Der kleine Blumengarten, flach wie ein buntes Schachbrett, wurde von einer Wand blühender Fliedersträucher abgeschlossen, hinter denen der Obst- und Gemüsegarten lag.

«Natürlich will ich den Gemüsegarten sehen», sagte die Fürstin, «alles will ich sehen. Wo sind Ihre Igel?»

«Die schlafen bei Tage», erwiderte Streith, «die Nachtschwärmer.»

Die Obstbäume standen in Blüte, und die windstille Luft war voll langsam und lautlos zur Erde niederflatternden, weißen Blütenblättern.

Streith stellte seine Bäume vor: «Dies sind die Reinetten, dies die Gravensteiner, hier die Kaneelbirnen, die einen eigentümlichen Rokokogeschmack haben, hier die Spalierbirne.»

«Wie wohlerzogen das alles aussieht», meinte die Fürstin, «sehen Sie, Dünhof, die Gemüsebeete, wie mit dem Lineal gezogen. Es war mir nie aufgefallen, dass Gemüsebeete so hübsch sein können.» Die Fürstin ließ Streiths Arm los, um zwischen den Gemüsebeeten entlangzugehen. «Da sind ja Kohlpflänzchen und Erbsen. Dieses sind wohl Karotten – essen Sie Karotten? Ich esse sie nicht.»

«Doch», erwiderte Streith, «sehr weich gekocht und ganz jung haben sie einen leichten Aprikosengeschmack.»

Die Fürstin legte ihr Lorgnon vor die Augen und beugte sich tief auf das Beet hinab: «O, wirklich», meinte sie, «aber das sind vielleicht nur Ihre Karotten.»

«Hier ist eine neue Sorte weißer Erdbeeren», erklärte Streith, «und dort die Spargel, denen der Gärtner und ich eine besonders liebevolle Aufmerksamkeit widmen.»

«Und dort sind die Treibbeete», rief die Fürstin, «die muss ich auch sehen. Wie hübsch glatt die kleinen Wege zwischen den Beeten sind, wie zum Tanzen.» Die Fürstin machte einige gleitende Tanzschritte und lachte. Die Treibbeete lagen auf einem Hügel, die Glasfenster waren geöffnet, und dort sonnten sich die Radieschen, die Gurken- und Melonenpflanzen. Die Fürstin setzte sich auf den Holzrand eines Treibbeetes und atmete wohlig den scharfen Duft ein, der ringsumher von den Kräutern aufstieg. «Wie warm es hier ist und wie gemütlich», sagt sie, «wenn ich Sorgen habe, möchte ich hier sitzen, es ist hier so friedlich, man sitzt hier wie unter guten Menschen. Geben Sie mir doch auch eines Ihrer Radieschen zu kosten.»

Vorsichtig zog Streith einige Radieschen aus dem Beete, ging zum Brunnen, um sie abzuspülen, und bot sie den Damen an.

«Köstlich, köstlich», rief die Fürstin, «ich glaube, das schmeckt auch ein wenig nach Aprikosen, nicht wahr, liebe Dünhof?»

Nun war es Zeit, wieder in das Haus zu gehen. Im Gartensaal wurde der Tee serviert. Die Fürstin lehnte sich in die Sofaecke zurück, die Sonne hatte sie erhitzt, ihre Augen glitzerten, und ihr Gesicht trug einen angeregt jugendlichen Ausdruck, der es verschönte. «Vorigen Tag sprachen Sie, lieber Graf, davon», begann sie sinnend, «dass wir uns mit dem Leben befreunden, ja, Sie können das, Sie wohl. Als ich jung war, stand ich mit dem Leben wie mit einer Gouvernante und später wie mit einer Oberhofmeisterin.»

Streith lachte. «Nun, bei aller Freundschaft», versetzte er, «behalten wir doch einiges Misstrauen. Ich war als Knabe sehr misstrauisch. Wenn meinem Bruder und mir etwas Angenehmes bevorstand, ein Spaziergang oder ein festliches Essen, dann freute sich mein Bruder aufrichtig, in mir aber stiegen dunkle Ahnungen auf: wahrscheinlich wird es regnen, wahrscheinlich werden die Erwachsenen unfreundlich sein, oder die Stiefel werden drücken, wahrscheinlich wird der Kuchen so schwer sein, dass wir ganz wenig davon bekommen werden. Ich weiß, dass dieses meinen Bruder zur Verzweiflung brachte, er klagte meiner Mutter, ich verdürbe ihm die Freude. Ich wurde bestraft, durfte nicht mit auf den Spaziergang oder bekam keinen Kuchen.»

«Der arme kleine Donalt», sagte die Fürstin mitleidig.

Streith jedoch fand das ganz richtig, Kinder müssen lernen sich zu freuen.

«Es gibt aber doch nichts Traurigeres», meinte die Baronin, «als ein enttäuschtes Kind.»

«Und Kinder sind immer enttäuscht», versetzte die Fürstin lebhaft, «seltsam, jeder von uns ist ein Kind gewesen, und doch verstehen wir Kinder so wenig wie Blumen. Jeder von uns erinnert sich doch, dass er als Kind von den Erwachsenen missverstanden wurde.»

«Ja, merkwürdig», bestätigte Streith und griff nach einem Teller mit Sandwiches und bot sie der Fürstin an. «Wollen Hoheit nicht diese Sandwiches versuchen, sie sind eine eigene Erfindung meiner Frau Buche.»

Die Fürstin nahm eins der Brötchen und sah es aufmerksam an. «Enttäuscht Frau Buche Sie nie?», fragte sie, «ich meine so mit Hechtkoteletts und Sandwiches.»

«Nie», antwortete Streith. «Mit den Jahren finden wir denn doch dieses und jenes im Leben, auf das wir uns verlassen können, so einige treue Bundesgenossen.»

«Ein Bundesgenosse ist gut», sagte die Fürstin und ließ die Worte gefühlvoll klingen. «Drüben in Birkenstein, da hatte ich auch einen treuen Bundesgenossen.»

Die Baronin schlug die Augen nieder und drückte sich tiefer in den Sessel hinein, als wollte sie ihre Gegenwart vergessen machen.

Streith lächelte feierlich und blickte auf den Mund der Fürstin, auf die schmalen, sehr roten Lippen und auf die feinen Striche, die sich von den Mundwinkeln abwärts zogen und diesem Munde etwas Rührendes und Pathetisches gaben. Keiner sprach eine Weile, es war, als sollte die Bedeutsamkeit der letzten Worte nicht verwischt werden. Die Fürstin begann langsam den Sandwich zu essen, den sie in der Hand hielt. Endlich sagte sie: «Jetzt, Graf, müssen Sie uns etwas vorspielen, das gehört noch dazu.»

Gehorsam stand Streith auf und ging an das Klavier. Er begann zu spielen. Schumanns «Glückes genug». Er spielte ganz leise und zart, und in den verhaltenen Jubel dieser Melodie mischte sich das leidenschaftliche Pfeifen eines Stares, der auf der Kastanie vor dem Fenster saß.

Ein leises Geräusch am offenen Fenster ließ Streith von den Tasten aufsehen.

Britta stand da vor dem Fenster, den Filzhut im Nacken, das dunkle Haar in die Stirn hängend. Sie lachte, Streith sah deutlich den weißen Glanz ihrer Zähne. Dann warf sie etwas in das Zimmer und verschwand.

«Wer ist das?», riefen die beiden Damen und fuhren mit den Lorgnons an die Augen.

Streith ging an das Fenster, er fühlte, dass er errötete wie ein Knabe.

«Vorübergehende Kinder», sagte er, «ein Unfug, ich muss die Bank vor dem Fenster fortnehmen lassen.»

«Das sind ja Veilchen, die Ihnen hereingeworfen werden», rief die Fürstin, «also eine Ovation.»

Streith hatte sich gefasst und wandte sich wieder den Damen zu: «Dieses Mal sind es Veilchen», meinte er, «ein anderes Mal weniger willkommene Dinge.»

«War das nicht die Tochter dieser Walddame?», fragte die Baronin, «dieser Frau von Syrman?»

«Ich kenne diese Leute nicht», antwortete Streith trocken und bestimmt. Er setzte sich wieder an seinen Platz, tat, als sei der Vorfall nicht der Beachtung wert, obgleich er ihn so stark erregte, dass ihn fröstelte. Man sprach von gleichgültigen Dingen, vom Klavierspiel der Fürstin Kusmin, vom russischen Hofe, und dann brachen die Damen auf.

«Ich danke Ihnen, Streith», sagte die Fürstin, «ich komme bald wieder.»

Auf der Fahrt schwieg die Fürstin und versank in tiefe Gedanken. Nur kurz vor dem Schloss legte sie ihre Hand auf die Hand der Baronin und sagte: «Gertrud», in innigen Augenblicken nannte sie die Baronin Gertrud, «ich glaube, ich bin mit mir einig.»

«Gott sei Dank», flüsterte die Baronin.

Streith ging unterdessen in seinem Gartensaale auf und nieder und ließ seinem Ärger freien Lauf. Nein, das war nicht möglich, diese Leute, die sich an ihn gehängt hatten, wurden ja zu einer Gefahr. Das konnte so nicht weitergehen. Er wollte gleich mit dem Mädchen ein ernstes Wort reden. Er rief Oskar, befahl ihm, Hut und Stock zu bringen, und auf die Veilchen, die am Boden lagen, weisend, sagte er: «Nehmen Sie das da fort.»

Er schlug den kürzesten Weg zum Forsthause ein. Während er schnell vorwärtsging, begann er im Geiste schon Britta zu schelten, sie hatte ihm einen argen Streich gespielt. Gerade als die Stimmung harmonisch und weihevoll wurde, musste sie mit ihren verdammten Veilchen kommen. Aus einem Tannendickicht in der Nähe des Forsthauses leuchtete etwas Blaues hervor, es war Brittas Kleid. Zur Erde niedergebeugt sammelte sie dort etwas in ihre Schürze hinein. Streith ging auf sie zu. «Guten Abend», schnarrte er.

Britta richtete sich jäh auf, sie errötete, und auf ihrem Gesichte malten sich Schrecken und Angst so deutlich wie auf dem Gesichte eines Kindes. Regungslos blieb sie stehen und schaute Streith an.

Dieser lehnte sich gegen einen Baumstamm, er war schnell gegangen, und das Herz schlug etwas zu stark. «Gut, dass ich Sie hier finde, mein Fräulein», begann er, «ich wollte Sie bitten, mir ähnliche Überraschungen nächstens zu ersparen, ich bin überhaupt kein Freund von Überraschungen, und nun gar so durch das Fenster. Was sollen die Leute, die bei mir sind, davon denken? Entweder kommt man zu mir durch die Haustüre, oder man kommt nicht zu mir. So geht das nicht, dieser Verkehr durch die Fenster ist bei uns nicht Sitte. Das wollte ich gesagt haben.»

Britta stand noch immer regungslos da und schaute Streith an, ihre Augen füllten sich langsam mit Tränen, und Tränen überströmten ihre Wangen. Die Zipfel der Schürze, die sie gehalten, ließ sie fahren, um die Arme schlaff niederhängen zu lassen, und die Frühjahrsmorcheln, die sie gesammelt, fielen zu Boden.

«Auch für Sie, mein Fräulein», fuhr Streith fort, jetzt milder und väterlicher, «auch für Sie, mein Fräulein, dürfte solch ein Verhalten nicht empfehlenswert sein. Wohlerzogene junge Damen steigen nicht an die Fenster fremder Häuser, um Herren Veilchen zuzuwerfen. Davon ist durchaus abzuraten, und Ihre Frau Mutter dürfte das kaum billigen. Also das wollte ich gesagt haben.»

Seltsam war es, wie aller Ärger plötzlich fort war und Streith nicht mehr wusste, was zu sagen, er empfand nur einen starken Widerwillen dagegen, hier der scheltende alte Herr zu sein, der dieses weinende junge Wesen quälte.

Britta wartete einen Augenblick, ob Streith weitersprechen würde, und als er schwieg, sagte sie: «Dann ist also jetzt alles aus.»

«Was ist aus?», fuhr Streith auf, «was soll denn aus sein?»

«Ich habe gleich gewusst, dass alles aus sein würde», wiederholte Britta.

«Was sprechen Sie, Kind», unterbrach sie Streith, «warum soll es aus sein? Ich habe mich ein wenig alteriert, entschuldigen Sie, es hat mich so überrascht, wäre ich allein gewesen, so hätten wir darüber gelacht, ha, ha. Sprechen wir nicht darüber, und vor allem weinen Sie nicht. Sehen Sie, die schönen Schwämme haben Sie jetzt zur Erde fallen lassen.»

«Ach die», sagte Britta und stieß mit dem Fuß nach den Schwämmen.

«Jedenfalls», fuhr Streith fort, «wischen Sie sich die Tränen vom Gesicht, und dann wollen wir ein wenig gehen. So können Sie nicht nach Hause, Ihre Frau Mutter würde sich erschrecken.»

Gehorsam wischte sich Britta die Tränen vom Gesicht, und sie gingen langsam einen schmalen Weg zwischen den Tannen hin. Eine Weile stand der Wald auf sehr blankem Goldgrunde, dann wurde es dämmrig und kühl, ein ganz weißer Mond hing am Himmel.

«Haben Sie sich vor mir gefürchtet?», fragte Streith weich.

«Als Sie kamen», erwiderte Britta, «habe ich mich sehr gefürchtet. Wie böse Sie sein können, Ihre Augen wurden ganz gelb, und ich glaubte, Sie würden mich schlagen.»

«Das muss hässlich gewesen sein.»

«Ach nein, das war schön», meinte Britta, «Sie sahen aus wie ein

Ritter, und es tat mir fast leid, dass Sie mich nicht schlugen, da ich meinte, dass nun doch alles aus sei.»

«Schmerzte es Sie, dass alles aus sein sollte?», fragte Streith.

«Ja», antwortete Britta, «seit Sie bei uns waren, seit ich mit Ihnen gehen und sprechen darf, ist doch etwas am Tage, auf das ich warten, auf das ich mich freuen kann. Sie sind so hübsch angezogen, und es riecht um Sie nach kölnischem Wasser, und Ihre Ringe blitzen so schön, und wenn Sie etwas sagen, klingt es wie aus einer anderen, feinen Welt. Wenn ich bei Ihnen bin, habe ich so ein Gefühl, als ob ich mein Sonntagskleid anhätte.»

«So, so», meinte Streith. «Aber ich denke, Sie sollten sich beim Erwachen auf jeden Tag freuen.»

«Warum?»

«Nun, weil Sie da sind, weil Sie jung sind.»

Britta zuckte die Achseln: «Das kenne ich schon.»

«Sie sollten», fuhr Streith fort, «ganz still im Sonnenscheine sitzen und fühlen, wie das Leben und die Jugend in Ihnen brennt.»

Britta schüttelte den Kopf: «Das ist langweilig, ja, wenn alles hübsch und vornehm um mich wäre, dann könnte ich auch so dasitzen wie die Prinzessinnen im Garten und so vor mich hinsehen, oder bei Ihnen in Ihrem Zimmer mit den vielen Bildern. Dort muss es sein wie in der Kirche, man geht in kleinen, langsamen Schritten, es fährt einem so kühl über den Rücken, und es riecht nach Sonntag.»

«Können Sie das nicht hier auch im Walde?», fragte Streith, und er wünschte, dass Britta weiterplaudere.

«Nein», erwiderte Britta, «dazu muss man eine wohlerzogene, junge Dame sein, wie Sie sagen, und das bin ich nicht. Mama ist eine Dame von Welt, wenn sie in den Stall zu den Schweinen geht, sieht es aus, als machte sie eine Visite, aber ich – vielleicht kommt das von der Blutmischung, von der Mama immer spricht.»

«Nun, nun», tröstete Streith, «das kommt mit der Zeit. Um eine Weltdame zu sein, muss man die Welt kennen.»

Britta sann eine Weile still vor sich hin, dann lachte sie hell auf. «Die Damen bei Ihnen», sagte sie, «müssen sich aber erschreckt haben, plötzlich erscheint so eine Schwarze am Fenster und wirft Veilchen in das Zimmer.»

Streith versuchte auch zu lachen: «Ja, hm, überraschend war es.»

Allmählich waren sie bis zum Forsthause gekommen, durch das geöffnete Fenster sahen sie die brennende Lampe auf dem großen Tische stehen und Frau von Syrman mit einem Buche auf dem Sofa sitzen.

«Gute Nacht», sagte Streith, «Sie sind mir also nicht mehr böse?»

«Sie waren ja böse», erwiderte Britta.

Streith lachte: «Ja so, nun gleichviel, gute Nacht.»

«Kommen Sie nicht zu uns herein?», fragte Britta.

Streith lehnte ab, Frau Buche wartete zu Hause mit dem Diner.

«Ah, das Diner», sagte Britta ehrfürchtig, darauf fügte sie hinzu: «Wenn ich nicht müsste, würde ich auch nicht um eine Welt in das alte, blaue Zimmer da hineingehen. Gute Nacht.»

Auf dem Heimwege fühlte Streith, dass der Abend kalt und feucht war, er schlug seinen Rockkragen auf, denn er war in der Eile ohne Paletot fortgegangen: «Das kann eine Erkältung geben», dachte er, das eine Bein schmerzte ihn schon ein wenig. Zu Hause ließ er sich von Oskar entkleiden und mit kölnischem Wasser abreiben, dann zog er weiche, warme Hauskleider an und setzte sich zu seinem Essen. Er war hungrig, und das Essen schmeckte ihm.

Frau Buche hatte ein kleines Sauté aus frischen Gemüsen gemacht, das aller Beachtung wert war. Gleich nach dem Essen legte er sich zu Bett, Frau Buche hatte heißen Tee gemacht und brachte eine Wärmflasche. Sie war sehr ungehalten. Wenn der Herr sich ohne Paletot im Nebel herumtreibe, dann sei es kein Wunder, wenn der Rheumatismus sich melde.

Wohlig streckte sich Streith im Bette aus und zündete eine Zigarette an. Oskar berichtete vom Tierarzt, der da gewesen sei, und sprach von den Pferden, bis er entlassen wurde. Streith schloss die Augen. Lesen wollte er nicht, er wollte denken, an die Fürstin denken; allein immer wieder drängte sich Brittas Gestalt vor, Britta am Fenster, Britta unter den Tannen, das Gesicht von Tränen überströmt, und in dieser Vorstellung lag etwas, das ihn quälte. Sein Zimmer, sein Bett, der Tee, die Wärmflasche, die ganze Alteherrenbehaglichkeit, sie schienen ihn unendlich weit von Britta zu entfernen, und das tat ihm weh. Um dem ein Ende zu machen, rief er Oskar und ließ sich ein Schlafpulver geben.

* * *

Die Fürstin faltete den Brief, den sie gelesen hatte, zusammen, lehnte sich in den Stuhl zurück und schaute die Baronin Dünhof mit einem verhaltenen Lächeln an: «Meine Schwägerin, die Prinzessin Agnes, kommt», sagte sie; «es scheint, die Familie beunruhigt sich über etwas, und meine Schwägerin soll nach dem Rechten sehen.» Dann zuckte sie leicht mit den Schultern, als schüttle sie etwas von sich ab: «Es ist doch gut, dass wir nicht unser ganzes Leben hindurch unter der Herrschaft der anderen stehen.»

«Wie wahr», sagte die Baronin Dünhof.

Am Nachmittage langte die Prinzessin Agnes mit ihrer Kammerjungfer und ihrer jungen Hofdame Fräulein von Reckhausen an. Die Prinzessin hatte immer ganz junge Hofdamen. «Ich will Jugend um mich», pflegte sie zu sagen. Der Dienst jedoch war so aufregend, dass die Damen bald nervös wurden und oft gewechselt werden mussten. Prinzessin Agnes war eine kleine, runde, alte Dame mit einem blanken, bräunlichen Gesicht und grauen Haartrompeten unter der weißen Blondenhaube, trug gern fußfreie, graue Seidenkleider und knarrende Schuhe.

«Hier bin ich», sagte sie, als sie auf dem Sofa im grünen Zimmer saß, «ich musste doch wieder einmal nach euch sehen. Du, liebe Adelheid, ziehst dich ja so zurück, dass du fast verschollen bist.»

«Wenn wir einen schönen, ruhigen Winkel gefunden haben», erwiderte die Fürstin, «dann verlassen wir ihn ungern.»

«Es mag ja ganz schön sein», meinte die Prinzessin, «auf dem Lande die Schäferin zu spielen, aber die Familie hat auch ihre Ansprüche. Ah, da bist du ja, Kleine», wandte sie sich an Marie, die in das Zimmer trat, «du bist ja groß geworden und recht hübsch. Aber dieses Weiß und Rosa wie eine Porzellantasse nützt auch nicht viel, ordentlich gesunde Backen solltest du haben. Na, setze dich zu mir, meine Tochter. Fräulein von Reckhausen, bitte bringen Sie mir meinen Sack.»

Das Fräulein brachte einen großen Sack aus lavendelfarbener Seide, der ganz mit kleinen Seidenflecken gefüllt war, diese zu zerzupfen war die stete Beschäftigung der Prinzessin. «Da hast du auch einen schönen, roten Flecken», sagte sie zu Marie, «das ist eine gute Beschäftigung. Ich lasse die Fäden dann mit Wolle mischen und einen dauerhaften Stoff daraus weben, den bekommen dann arme Mädchen. Das unsolide, putzige Zeug, mit dem diese Mädchen sich jetzt kleiden, ist ein Skandal.»

Die Prinzessin zupfte nun eifrig an ihren Seidenflecken und erzählte von der Großherzogin von Oldenburg, die kränklich, aber sehr geduldig, von der Fürstin von Schwarzburg-Sondershausen, die eine ganz prächtige Frau war. Die Nachmittagsonne schien in das Zimmer und machte die Luft heiß und beklemmend. Marie mit ihrem unruhigen Herzen und dem seltsamen Fieber ihrer Gedanken, das in den letzten Tagen sie nicht verließ, fühlte sich sehr unglücklich; die Seidenfäden hängten sich an ihre Nägel und machten sie nervös, die behäbig forterzählende Stimme der Prinzessin Agnes, die Geschichten von den prächtigen Fürstinnen erschienen ihr wie ein Protest gegen alles, was im Leben schön und heiter ist. Sie hätte weinen mögen.

Am nächsten Morgen stand die Prinzessin Agnes sehr früh auf und ging mit dem Fräulein von Reckhausen durch das Haus, durch den Hof und die Ställe, sie ging auch ein Stück die Landstraße entlang, um die Felder zu sehen, sie sprach mit den Leuten und streichelte die Hunde. Als sie zum zweiten Frühstück erschien, war sie über alles gut unterrichtet. Nach dem Frühstück saß sie mit der Fürstin im Boudoir und zupfte an ihren Seidenflecken. «Es ist hier bei dir recht hübsch», sagte sie, «der Major scheint ein tüchtiger Mann zu sein. Von großem Fleiß allerdings habe ich nicht viel gesehen. Der Kutscher und der Chauffeur saßen in der Futterkammer und plauderten, der Inspektor stand vor dem Hause und unterhielt sich mit der Kammerjungfer, die zum Fenster hinauslehnte. Aber so scheint es hier zu sein: ihr geht alle ein wenig umher wie im Traum. Die Kleine finde ich auf der Veranda, sie hält ein Buch in der Hand und starrt vor sich hin. Im Saal steht die Dachsberg am Fenster und schaut hinaus. Auf der Hoftreppe steht der alte Fürwit und tritt von einem Bein auf das andere.»

Die Fürstin lachte: «Ja, hier auf dem Lande ist das Leben beschaulich.»

«Beschaulichkeit mag ganz gut sein», meinte die Prinzessin, «wenn dabei nur nicht dumme Gedanken kommen. Für die Kleine sollte man sich nach einer Beschäftigung umsehen.»

«Sie ist so zart», erwiderte die Fürstin, «ich bin froh, wenn sie einigermaßen gesund ist.»

«Gerade weil sie kränklich ist», versetzte die Prinzessin. «Nun, davon sprechen wir später. Ich wollte dich etwas fragen, liebe Adelheid. In Birkenstein und auch in Karlstadt tauchten Gerüchte auf von gewissen Absichten, die du haben solltest, von gewissen Entschlüssen.»

«In Birkenstein tauchen immer Gerüchte auf», sagte die Fürstin.

«Das ist richtig», gab die Prinzessin zu, «allein dieses Mal scheinen sie nicht grundlos.»

Die Fürstin blieb ganz ruhig, nur die Hände, die müßig im Schoß lagen, begannen nervös eine die andere zu streicheln. «Ich weiß nicht, welche Absichten und Entschlüsse du meinst», sagte sie.

Die Prinzessin zupfte eifrig an ihren Seidenflecken: «So, so», meinte sie. «Nun, in unserer heutigen Zeit geschieht in unseren Kreisen so viel Seltsames, dass man nie weiß, all diese Ehen. Zu meiner Zeit fiel es uns doch nicht ein, dass wir irgendeinen Leutnant heiraten könnten, weil er gut tanzte. Oder irgendeinen Kammerherrn, weil er gut gewachsen war. Gab es keinen Prinzen, so blieb man unverheiratet wie ich. Was kommt auch bei solchen Heiraten heraus? Bei Hof geht die Frau durch die eine Tür herein, und der Mann muss durch eine andere Türe. Was denkt sich solch ein Mann dabei?»

«Er denkt sich», erwiderte die Fürstin und zog die Augenbrauen empor, «er denkt sich wohl, eine Türe ist wie die andere.»

Die Prinzessin schaute die Fürstin über ihre Brillengläser hinweg scharf an, und ein wenig Rot stieg in die braunen Wangen: «Eine Türe ist nicht wie die andere, sonst wäre auch ein Mensch wie der andere. Gut, vor Gott sind wir alle gleich, aber Gott hat gewollt, dass es Fürsten gibt, und wenn es Fürsten gibt, dann müssen diese sich danach halten, dann ist eben eine Türe nicht wie die andere und ein Mensch nicht wie der andere, sonst glaubt man uns die ganze Geschichte nicht. Wenn heute eine Frau Schulze oder eine Frau Müller eine geborene Prinzessin Soundso oder eine Fürstin Soundso sein können, dann wird nächstens auch eine Fürstin Soundso eine geborene Schulze oder Müller sein können. Die Männer neigen sowieso zu Unregelmäßigkeiten, wir Frauen müssen daher streng auf Ordnung halten, es muss ja nicht immer geheiratet werden.»

«Ich weiß nicht, liebe Agnes, worüber du dich aufregst», antwortete die Fürstin, und ein schärferes Glitzern kam in ihre Augen, «es liegt ja nichts vor. Aber du kannst sicher sein, wenn ich Entschlüsse fasse, dann wird die Familie sie von mir zuerst hören. Und ebenso gewiss ist es, dass ich mich dieser Entschlüsse nicht zu schämen haben werde. Ich habe der Familie lange genug gedient, und als ich Witwe wurde, brauchte ich, Gott sei Dank, mein Leben nicht, so wie die Kronjuwelen, der Familie zurückzuerstatten.»

«Gut, gut, ich weiß Bescheid», sagte die Prinzessin Agnes und zupfte so stark an ihrem Seidenflecken, dass dieser sich arg verzog, «keiner will jetzt die Lasten des Standes tragen, in den ihn Gott gesetzt hat. Glaubst du, es sei ein großes Glück, die alte Prinzessin Agnes zu sein, die mit ihrem Fräulein im Gartenpavillon wohnt? Es ist aber nun einmal so, und ich klage nicht. Heutzutage spricht eine jede von der Stimme ihres Herzens. Wir hatten auch Herzen, als wir jung waren, aber es war von ihnen nicht die Rede. Heute spricht eine jede von ihrem Herzen, als sei es ein Generalleutnant, dem gehorcht werden muss.»

Da die Fürstin darauf nicht antwortete, so entstand eine Pause, bis die Prinzessin eilig ihren Sack beiseitewarf und erklärte, sie müsse in den Garten hinausgehen, sie habe sich zu sehr erhitzt.

Auf der Veranda fand sie Fräulein von Dachsberg und Fräulein von Reckhausen, die miteinander flüsterten. Fräulein von Reckhausen erzählte von den Eigenheiten der Prinzessin.

«Wo ist die Prinzessin Marie?», fragte die Prinzessin Agnes.

«Die Prinzessin ist wohl in der Fliederlaube», berichtete Fräulein von Dachsberg; «um diese Zeit wünscht die Prinzessin allein zu sein.»

«Warum allein?», forschte die Prinzessin Agnes streng weiter.

Fräulein von Dachsberg zuckte leicht mit den Schultern. «Es ist befohlen, die Prinzessin in ihren Neigungen nicht zu stören.»

«Dummes Zeug», brummte Prinzessin Agnes und ging weiter.

Marie saß in der Fliederlaube, ein Buch lag auf ihren Knien, den Kopf hatte sie zurückgebogen und schaute durch die blauvioletten Blüten wie durch ein Gitter in den blauen Himmel. Sie erlebte jetzt eine bedeutsame Zeit. Zum ersten Male fühlte sie sich leben, fühlte ihren Körper und ihr Blut, sie fühlte sich als etwas, das wundersam blüht; zum ersten Male sah sie sich leben und wartete gespannt, was ihre Liebe und ihr Schmerz sie zu tun und zu denken heißen würden. Ob sie nun hier in der Fliederlaube saß und an Felix dachte oder in den Park ging und auf der Steinbank saß, auf der er diese Nacht sitzen würde, ob sie des Abends zum Monde aufschaute oder des Nachts aufwachte und weinen musste oder sich von den heißen Schauern ihres Blutes schütteln ließ, alles war neu und erregend.

«Da bist du, Kleine», weckte die Stimme der Prinzessin Agnes Marie aus ihren Träumen, «hier bei dir ist es schön kühl, ich will mich mal zu dir setzen.» Sie setzte sich auf die Bank, erhitzt und atemlos von ihrem Gange schwieg sie einige Augenblicke, und ihre kleinen, von den fetten Lidern beengten Augen sahen Marie scharf an. «Nun, meine Tochter», begann sie endlich, «wie lebst du? Was tust du?»

«Nichts, Tante», erwiderte Marie ziemlich verdrossen.

«Das sehe ich», fuhr die alte Dame fort, «hier bei euch wird nicht viel getan, aber für dich ist das nicht gut. Du musst eine Beschäftigung haben, eine Einteilung.»

«Warum gerade ich?», fragte Marie.

«Weil du es mit der Gesundheit zu tun hast», erwiderte die Prinzessin, «und ein stilles Leben führen musst, und da ist es gut, etwas zu haben, wofür man lebt. Da ist die Wohltätigkeit, du könntest eine Kochschule gründen für die Mädchen des Dorfes oder eine Nähschule und ihnen zu Weihnachten bescheren.»

«Ich verstehe nicht zu kochen und nähe sehr schlecht», sagte Marie, und ihr Gesicht nahm einen immer eigensinnigeren Ausdruck an.

«Das macht nichts», meinte die Prinzessin, «man ist Protektrize, man geht hin, fragt, schmeckt, lässt sich die Arbeiten zeigen, das genügt.»

Marie schüttelte den Kopf und zog die Augenbrauen zusammen: «Ich will aber gar nicht eine Kochschule oder eine Nähschule gründen.»

«So, du willst nicht?», versetzte die Prinzessin, und ihre Stimme wurde streng und scheltend, «was willst du denn? Stille sitzen und warten, bis das Glück um die Ecke biegt? Es biegt aber nicht um die Ecke. So hat schon manche gesessen und gewartet, bis sie alt und sauer wurde. Sieh, mein Kind, ich bin mein Lebtag gesund gewesen, habe gesunde Lungen und ein gesundes Herz gehabt, und doch habe ich nicht geheiratet. Das ist mit Prinzessinnen jetzt so eine Sache, da ist es denn gut, wir sehen uns nach etwas um, was unserem Leben einen Inhalt gibt, um nicht einsam und lächerlich zu werden. Die Wohltätigkeit ist da noch das Beste, nicht so dieses sogenannte Gehen in die Hütten der Armen, dort kriegt man nur Krankheiten und Flöhe, aber eine Kochschule, eine Nähschule, so was. Mit der Wohltätigkeit ist zwar auch nicht viel los, kein Mensch ist uns dankbar dafür, aber es bleibt uns nicht viel anderes übrig.»

Jetzt lächelte die Prinzessin und schaute Marie in das zornige Gesicht. «Ja, das hörst du nicht gern, aber die alte Tante Agnes hat doch recht. Mit dem Heiraten kriegt auch nicht jede eine Anweisung auf das Glück. Sieh nur deine Schwester Lore an. Nein, das Leben ist eben kein Tanzsaal. Jetzt will ich noch einen Spaziergang machen.» Sie strich mit zwei Fingern über Mariens heiße Wange, erhob sich und ging. Marie schaute ihr nach, die kurze runde Gestalt im grauen Seidenkleide, den großen Sommerhut auf dem Kopf, wie sie mit kleinen, festen Schritten den Weg entlangging, erschien ihr als die Verkörperung der Einsamkeit und Freudlosigkeit. Wie glücklich war Marie eben gewesen. Über ihr selbst und über der Welt hatte ein geheimnisvoller und heiliger Schimmer gelegen, und nun war diese alte Frau gekommen und hatte alles wie mit Spinnweben verhängt, und das Leben sah grau und traurig aus. Nein, lieber wollte Marie sterben, als das Leben der Tante Agnes leben, als die einsame, kränkliche Prinzessin sein, die für die Dorfkinder wollene Hauben strickt. Sie wollte heute Nacht in den Park gehen, um Felix zu treffen, so unmöglich ihr das auch erschien, sie wollte alles tun, was Tante Agnes missbilligte. Sie wollte sich an das Süße, Wilde, Verbotene des Lebens klammern.

Zum Diner kam Streith. Die Prinzessin Agnes begrüßte ihn wie einen alten Bekannten. «Freut mich, lieber Graf, Sie zu sehen; Sie sehen gut aus. Älter geworden, natürlich; wir alle werden alt, davor kann man sich auch hier in der Einsamkeit nicht verstecken.»

Der Graf lachte. «Gewiss, nur dass hier in der Einsamkeit nicht so viele da sind, die es einem sagen.»

«Das mag sein», meinte die Prinzessin, «aber so alt sind Sie doch eigentlich nicht, dass Sie nicht noch dem Lande nützen könnten, statt hier Ihren Kohl zu bauen.»

«Ich denke», erwiderte der Graf, «das Land braucht auch Kohl.»

«Ach was, Kohl gibt es genug in der Welt», versetzte die Prinzessin ärgerlich, «aber das ist so eine Art Hochmut. Man hält sich zu gut für die Welt und zieht sich daher in die Einsamkeit zurück. Na, und in der Einsamkeit, da kommen unnütze Gedanken.»

Der Graf verneigte sich. «Ich freue mich, dass Durchlaucht wieder einmal geruhen, mich auszuzanken.»

Die Prinzessin nickte: «Ja, ja, mit der alten Prinzessin Agnes lässt sich nicht spaßen.»

Während des Essens wurde von Birkenstein, von Karlstadt und anderen Höfen gesprochen. Marie hörte nicht zu; nur als der Name Dühnen an ihr Ohr schlug, horchte sie auf. «Mit dem ältesten Sohne haben sie Sorgen», sagte der Graf, «er macht Schulden, jeut und scheint undiszipliniert. Dühnen war bei mir und sprach sich recht pessimistisch über den jungen Mann aus.»

Die Baronin Dünhof seufzte: «Sehr schade. Ein hübscher junger Mensch, aber es wird kein gutes Ende mit ihm nehmen.»

«Dühnen ist nicht gefühlvoll», berichtete der Graf weiter, «er meint, er habe drei Söhne, gelingt es mit dem einen nicht, so sind die beiden anderen als Reserve da.»

«Ganz richtig», sagte die Prinzessin, «wenn einer nichts taugt, dann fort mit ihm.»

Marie sah die Sprechenden bitterböse an. Was wussten die alten grausamen Leute von Felix? Die Tränen waren ihr nahe.

Nach dem Diner spielten die Prinzessin und die Fürstin mit Fürwit und Streith Whist, die Baronin Dünhof spielte mit dem Major Halma, während Fräulein von Dachsberg und Fräulein von Reckhausen zusammensaßen und miteinander flüsterten. Fräulein von Reckhausen erzählte von den Schwierigkeiten ihrer Stellung. Marie hatte sich zu den Halmaspielern gesetzt, als wollte sie ihnen zuschauen, sie schaute aber unverwandt auf die dunkeln Scheiben der Glastüre und dachte nur das eine: «In diese schwarze Nacht muss ich heute noch hinaus.»

Als das Schloss still und dunkel war, schlichen zwei Gestalten durch die Hintertür in den Garten und eilten dem Parke zu, Marie und die Zofe Emilie. Der Himmel war bewölkt und die Nacht finster. Scheu drängten die beiden Mädchen sich aneinander, alles ängstigte sie, das Aufrauschen der Bäume, das Knarren eines Zweiges, der Flügelschlag eines Vogels in einem Wipfel. Verschüchtert und atemlos stiegen sie die Anhöhe zum kleinen Teiche hinan und blieben am Steintische stehen. Es war so dunkel, dass sie nichts zu sehen vermochten.

«Felix!», flüsterte Marie, da fühlte sie sich von zwei Armen umfangen und auf die Bank niedergezogen. Felix kicherte leise, sie schmiegte sich an ihn, zum ersten Male fühlte sie die wunderbare Geborgenheit vor einer dunkeln, drohenden Welt und vor der Unruhe des eigenen Herzens in zwei sie fest umschließenden Armen und in dem Rausche des eigenen fiebernden Blutes. «Fräulein», sagte Felix zu Emilie, «dort am Teiche ist ein Baumstumpf, dort könnten Sie ein wenig sitzen.» Emilie verschwand. Marie weinte, die Spannung ihres ganzen Wesens war zu groß gewesen.

«Warum weinen Sie?», fragte Felix.

«Ach, sage nicht Sie zu mir», sagte Marie, «du bist das Einzige, was ich habe. Ich habe mich so sehr gefürchtet, alles ist schrecklich und traurig, wenn du nicht da bist, wenn du mich vergissest, wenn du mich nicht liebst, dann werde ich eine alte Prinzessin, die wollene Hauben strickt und Kochschulen einrichtet. Du musst mir schwören, dass du mich nie verlässest.»

«Nun ja, natürlich», erwiderte Felix, und aus seiner Stimme klang etwas wie Ungeduld, «was ist da viel zu sprechen, wir sind doch nicht hierhergekommen, um zu weinen und zu klagen.»

«Herr Graf», ertönte Emiliens Stimme plötzlich, und die Zofe stand wieder am Steintisch, «ich kann dort nicht bleiben, es hebt sich etwas Schwarzes aus dem Wasser und macht: ‹Bu! bu!›»

«Unsinn», meinte Felix ärgerlich, «das ist ja Einbildung. Sitzen Sie nur ganz ruhig noch ein wenig auf Ihrem Baumstumpf, wir sind ja ganz nahe.»

«Ich werde es versuchen, Herr Graf», erwiderte Emilie und verschwand.

«Von dir sprechen sie auch alle so schlecht», begann Marie wieder mit klagender Stimme, «warum kannst du nicht gut sein? Um meinetwillen gut sein.»

«Gut?», fuhr Felix auf, «was heißt das? Sind das Vorwürfe? Bin ich dazu in der Nacht hierhergekommen, um auch hier Vorwürfe zu hören? Danke, von denen habe ich bei Tage genug.»

«Ach nein, ich mache dir keine Vorwürfe», schluchzte Marie, «aber wenn du nicht gut bist, was soll dann aus mir werden? Ich habe doch nur dich. Und da sind deine – deine Verlegenheiten, ich würde dir so gern helfen, Geld habe ich nicht viel, aber ich habe Schmucksachen.»

«Schweig!», herrschte Felix sie an, «ich verbiete dir, von diesen widerwärtigen Sachen zu sprechen, das fehlte mir noch. Ich denke, ich komme hierher, um noch einmal so ein recht süßes Stündchen zu haben, und nun wird von so etwas gesprochen.»

«Jetzt bist du böse», jammerte Marie, «aber was kann ich tun, du bist ja mein Einziges, und wenn du nicht gut bist, was habe ich dann? Lieber will ich dann sterben, als immer die kränkliche Prinzessin sein.»

«Auch das noch», murmelte Felix.

Sie schwiegen eine Weile, Marie starrte in die Dunkelheit hinein, drüben bei den Weiden am Teich rief ein Wasservogel einen hellen Laut eigensinnig und klagend in die Nacht hinaus. Marie schien alles sehr traurig.

«Das kommt davon», begann Felix wieder, «ihr sitzt in den Schlössern und wisst nicht, was Leben heißt. Wenn wir immer daran denken sollen, was kommen wird, dann können wir überhaupt nicht leben. Nein, nichts denken, all die Widerwärtigkeiten vergessen, die ja doch immer um uns herumstehen und auf uns warten, nur so können wir leben. Sieh, das ist Leben.» Er beugte sich auf Marie nieder und drückte seinen Mund fest auf ihre Lippen. Sie seufzte tief auf. «Ja, das ist Leben», flüsterte sie.

«Herr Graf», tönte Emiliens Stimme aus dem Dunkel, sie stand wieder am Steintisch, «Herr Graf, ich halte es nicht mehr aus, es kommt wieder schwarz aus dem Wasser und macht ‹Bu! bu!›. Wenn Durchlaucht nicht nach Hause gehen, so gehe ich allein. Man kann hier ja vor Angst sterben.»

«Nein, Emilie, ich komme», rief Marie erschrocken.

«Ach, diese Weiber», seufzte Felix.

Marie drückte noch einmal ihr tränenfeuchtes Gesicht an Felix' Wange. «Vergiß mich nicht!», flüsterte sie, dann trennten sie sich.

Felix blieb auf der Bank sitzen und hörte, wie die eiligen Schritte der Mädchen sich entfernten. Er streckte sich und gähnte. Nein, das war keine Liebesstunde nach seinem Sinn gewesen. Wie hübsch hatte er es sich gedacht, von einer Prinzessin geliebt zu werden, aber diese Tränen und Klagen, diese Vorwürfe und Traurigkeit, die waren nichts für ihn. Es wurde ihm ordentlich bedrückend und bange hier in dem dunkeln Park im schwülen Dufte des Flieders, dazu noch dieser verfluchte Vogel mit seinem einen, jammervollen Klagelaut, das war ja zum Heulen. Felix sprang auf und eilte aus dem Park hinaus.

Hier draußen wehte eine freiere Luft. Felix atmete auf und begann leise einen Marsch vor sich hin zu pfeifen, während er langsam die Dorfstraße hinaufschlenderte, an den stillen, schlafenden Katen vorüber. Er bog in eine kleine Seitengasse ein, in der ein Haus mitten in einem Garten lag. Aus einem der Fenster schimmerte noch ein Licht. Felix blieb vor dem Gartenzaune stehen, der ganz mit Bohnenranken überwuchert war, und fuhr fort, leise seinen Marsch vor sich hin zu pfeifen. Von der hinteren Seite des Hauses her wurden Schritte vernehmbar; es war, als sprängen nackte Füße leicht über den Kies und dann über die Gemüsebeete hin, ein Mädchen, in ein dunkles Tuch gehüllt, trat an den Gartenzaun und stützte seine Arme in die Bohnenranken.

«Nun?», sagte Felix und legte seine Hand auf einen Arm, der feucht vom Nachttau war.

«Gleich löscht er das Licht aus und geht zu Bett», flüsterte das Mädchen, «dann komme ich, warte.»

Damit wandte es sich um und sprang wieder in die Dunkelheit hinein. Felix wartete, er steckte die Hände, um sie zu fühlen, in die Bohnenranken hinein. Von den Gemüsebeeten stieg ein kühler, würziger Duft auf, in den Salatblättern raschelten Kröten, irgendwo in einem Hause weinte ein Kind, und draußen im jungen Korn schnarrten die Wachteln. So war es gut, in der Frühlingsnacht zu stehen und auf ein Mädchen zu warten, da war Leben, da konnte man wohl die Prinzessinschmerzen vergessen, dachte Felix.

* * *

Es regnete den ganzen Tag über. Streith beschäftigte sich am Morgen mit seinen Wirtschafts- und Rechnungsbüchern, später hatte er eine Unterredung mit dem Inspektor, dann mit dem Baumeister und der Großmagd. Er vertiefte sich mit Eifer in die Gespräche über Düngung, Kühe und Kälber. Das dauerte bis zum Frühstück.

Nach dem Frühstück setzte Streith sich zu seinen Büchern, da lagen auf seinem Tisch ein dicker Band über Forstkultur und eine Broschüre über die Regeneration der konservativen Partei. Er griff zuerst nach dem dicken Bande, las darin, legte ihn wieder beiseite, nahm die Broschüre, schaute hinein und warf auch sie fort. Es schien ihm heute, als stünde auf diesen Blättern nichts, was ihn anging. Er bog den Kopf auf die Stuhllehne zurück; ganz unvermittelt kam ihm eine sehr ferne Knabenerinnerung. Er war Gymnasiast in dem kleinen Städtchen und liebte Emma, die blonde Tochter des Oberlehrers Müller. Er dachte den ganzen Tag an Emma, er ging an ihrem Hause vorüber, um sie am Fenster zu sehen, ging die Straße entlang, um ihr zu begegnen. In dieser Zeit war es auch, dass er seine Schulbücher bitter hasste. In Cäsars «Kommentaren», in Xenophons «Anabasis» stand nichts von Emma; sie waren nur dazu da, um Emma weiter von ihm fortzurücken und zu verhindern, dass er an sie dachte. Seltsam, wenn wir so und so viel Jahre gelebt haben, so sind wir alt, das ist die Ordnung. Allein unser Wesen macht diese Rechnung nicht mit. Was das Leben auch an Erfahrung und Weisheit hinzutut, in uns bleibt doch alles, was wir einst gewesen. In uns versteckt sich immer noch der Knabe mit seinen Torheiten, und taucht er in späteren Jahren wieder auf, dann gibt es die großen Überraschungen des Lebens. Es war doch widersinnig, dass er, Streith, der Abgeklärte, der Lebenskünstler, heute keine Ruhe fand, nur weil es regnete und er nicht die Möglichkeit haben würde, ein achtzehnjähriges Mädchen zu sehen, das ihn nichts anging und das nicht zu ihm gehörte. In letzter Zeit hatte er sich daran gewöhnt, täglich auf seinem Spaziergange Britta zu treffen, sie zu sehen, sie sprechen zu hören, sich als ihren Kameraden zu fühlen, sie wirkte auf ihn wie ein Jugendelixier, und heute, da er sie nicht sehen durfte, hungerte er nach ihr wie der Morphiumsüchtige nach der Morphiumspritze. Es war absurd. Sein Ordnungsgefühl litt unter der Verwirrung, die all das in sein Leben brachte, er schämte sich, denn der überlegene, ironische Kritiker war auch noch in ihm wach, er schämte sich vor sich selbst, vor seinen Räumen, seinen Möbeln und Bildern, die ihn feierlich umstanden, als seien sie sich der Pflicht wohl bewusst, die Umgebung eines weisen, auserlesenen Mannes zu bilden. Er schämte sich vor manchem anderen noch, und es machte ihn oft todmüde, die Gedanken immer wieder von Bahnen abzulenken, auf denen Schmerzhaftes sie erwartete. Aber an alledem war nichts zu ändern, er wusste, dieses Erlebnis musste durchlebt werden. Es gibt eben Zeiten, in denen unser Leben neben uns herzulaufen scheint wie etwas Fremdes, etwas Selbstständiges, über das wir keine Macht haben. Nervös erhob Streith sich von seinem Sessel, schritt einige Male im Zimmer auf und ab, stellte sich an das Fenster und trommelte mit den Fingern auf die Fensterscheibe. Der Regen hatte aufgehört; ein wenig Sonne stach durch die Wolken, große Tropfen fielen vom Dachfirst, und aus der Traufe ergoss sich ein Wasserfall.

Ein jähes Freudengefühl durchzuckte ihn plötzlich so stark, dass er errötete. Dem Fenster gegenüber auf dem Wege erschien Britta, sie trug einen grauen Wettermantel, die Kapuze hatte sie über den Kopf gezogen, sie nickte und lachte über das ganze Gesicht. Streith öffnete das Fenster. «Warum stehen Sie da im Regen?», rief er, «kommen Sie herein.»

Britta schüttelte den Kopf: «Nein, es regnet nicht mehr, kommen Sie heraus.»

«Gut, ich komme.»

Streith nahm sich nicht die Zeit, Oskar zu rufen; hastig holte er seinen Mantel, seinen Hut und Stock und eilte hinaus.

«So, jetzt wird es schön», meinte Britta.

Streith atmete tief die feuchte Luft ein, alle Grämlichkeit war fort.

Britta sah ihn verständnisvoll an und fragte: «Gut, nicht wahr?»

«Ja, hm, angenehm», erwiderte Streith, «gehen wir.»

Sie gingen einen schmalen Waldpfad entlang. Die Tannen hingen voller Tropfen, in denen die durchbrechende Sonne kleine, strahlende Lichter entzündete, und überall auf dem Moose, auf dem Kraut der Heidelbeeren und auf den Farnen lag weißer Glanz. Und mitten darin dieses Mädchen im grauen Wettermantel, die Kapuze auf dem Kopf feucht vom Regen; es erschien Streith so nahe dem Walde verwandt, wie aus ihm hervorgegangen und zu ihm gehörig. «Sie konnten es zu Hause nicht aushalten», begann er die Unterhaltung, «Sie mussten natürlich in den Wald hinaus.»

«Nein, ich hielt es in unserer Stube nicht aus», erwiderte Britta, «eine Stube kann schrecklich sein, vielleicht weil sie so viel von uns weiß.»

«Sehr möglich», bestätigte Streith ernst, «der Wald ist diskreter.»

«Ach im Walde», meinte Britta, «da weiß einer vom anderen nichts, und dann ist es doch immer am gemütlichsten, wenn einer vom anderen nichts weiß.»

«So, hm, das ist neu», versetzte Streith, «aber was haben Sie den Tag über getan?»

«Am Morgen habe ich Klavier geübt», berichtete Britta, «so stark und so falsch, dass Mama, die heute natürlich nervös ist, wimmerte. Aber ich war boshaft und spielte nur noch stärker und falscher. Später hielt Mama mir meine Fehler vor.»

«Haben Sie viele Fehler?», fragte Streith.

Britta zuckte die Achseln: «Ja, ich habe viele Fehler. Ich denke zuweilen, wenn die anderen wüssten, wie es in mir ausschaut, dann würden sie Augen machen. Aber die Fehler, die Mama mir vorwirft, habe ich gewöhnlich nicht. Nun, das schadet nichts, sie ist die Mutter und glaubt, sie muss erziehen.»

Streith lachte: «Die armen Mütter, es wird von ihnen erwartet, dass sie erziehen, und so müssen sie denn tun, als verstünden sie diese kleinen Rätsel, die ihre Kinder sind.»

Britta schaute Streith aufmerksam an, sie verstand ihn nicht ganz, plötzlich hob sie ihren Arm, griff nach einem der Zweige, unter denen sie hingingen, und schüttelte ihn. Ein Tropfenregen prasselte auf beide nieder, Britta lachte und blinzelte mit den Wimpern, an denen Tropfen hingen. «Das tut gut», sagte sie, «das hilft gegen die stärkste Traurigkeit.»

«Allerdings erfrischend», meinte Streith und wischte sich die Tropfen aus dem Bart.

Der Weg führte jetzt aus den Tannen heraus an einer kleinen Wiese hin, die blass-lila von Schwalbenaugen war.

«Hübsch», bemerkte Streith.

Allein Britta zog die Nase kraus, sie mochte diese Blumen nicht. «Die sehen aus wie das Sonntagskleid der alten Trine. Aber die dort mag ich», und sie wies auf den höher gelegenen Teil der Wiese, der gelb von Trollblumen war, «die wollen wir pflücken.» Sie bog vom Wege in die Wiese ab, ungeachtet des hohen, nassen Grases.

Streith folgte ihr, vorsichtig die Beine hochhebend.

Britta machte sich eifrig an das Pflücken. «So pflücken Sie doch, Herr Graf», rief sie, «wir wollen einen Kranz flechten.»

Streith gehorchte, die Beschäftigung war ihm ungewohnt, das viele Sich-nieder-Beugen, das Pflücken der harten, feuchten Stängel schienen ihm beschwerlich. «Wie sie mich beherrscht», dachte er.

Britta hatte bald die Arme voller Blumen und erklärte, es sei genug, sie verließen die Wiese, Britta setzte sich auf einen Baumstumpf und begann ihren Kranz zu flechten.

Streith saß ihr gegenüber auf einem anderen Baumstumpfe und rauchte eine Zigarette. Es war hier sehr ruhevoll unter dem leisen Klingen der von den Zweigen niederfallenden Tropfen.

«Sie waren wohl ein schönes, kleines Kind», begann Streith.

«Ja», erwiderte Britta, «ich war ein schönes Kind. Wir wohnten damals in der Stadt, und ich ging jeden Tag mit meinem Kinderfräulein in den Anlagen spazieren. Dort blieben die Leute stehen und sagten: ‹O, das schöne Kind!› Ich muss damals sehr artig gewesen sein, denn dieses Spazierengehen in den Anlagen war doch gewiss kein Vergnügen. Wären wir in der Stadt geblieben, würde ich vielleicht eine Weltdame geworden sein wie Mama.»

«Wozu?», bemerkte Streith.

Britta schaute erstaunt auf: «Sie lieben doch Weltdamen? Alle die vielen Damen, die Sie geliebt haben, waren doch Weltdamen.»

Streith lächelte: «Es ist nun nicht so gewiss», sagte er, «dass ich so viele Damen geliebt habe, und dann, wenn einer eine Weltdame liebt, so liebt er nicht die Weltdame in ihr, sondern das, was sie noch neben der Weltdame ist.»

«Ach ja», meinte Britta überlegen, «das gute Herz, natürlich.»

Streith antwortete darauf nicht, er schaute eine Weile schweigend zu, wie sie in dem blassen Gold der Blumen wühlte und ihren Kranz band.

Jetzt war sie fertig, sie streifte die Kapuze vom Kopfe, nahm den Hut ab und setzte den Kranz auf. Die feuchten Blumen streuten Tropfen in das Haar und auf die Stirn, Britta sah Streith an und lächelte befangen.

«Schön», sagte Streith. Und wirklich, die Bewunderung für dieses goldbekränzte Mädchen vor ihm ging ihm heiß ins Blut, wie südlicher Wein, er hätte niederknien mögen vor diesen Farben, diesem Lächeln, dieser Jugend, er hätte sie an sich nehmen wollen, damit keiner sie ihm raube. Allein er tat nichts von alledem. Donalt von Streith konnte all das nicht tun, es hätte sich für ihn nicht geschickt. Daher sagte er nur: «Melusine.»

«Wer war Melusine», fragte Britta.

«Das erzähle ich Ihnen ein andermal», erwiderte Streith.

Britta saß ruhig da, sie wurde ernst und feierlich, wie es Mädchen werden, die sich schön fühlen.

Die Sonne versteckte sich hinter Wolken, über dem Rasen und in den Zweigen begann es zu flüstern, ein Regenschauer ging über das Land.

«Wir müssen nach Hause», rief Britta, sprang auf und zog die Kapuze über den Kranz. Auf dem Heimwege sprachen sie wenig, dieser Augenblick der Schönheit und der Bewunderung hatte sie ergriffen und einsilbig gemacht. Nur am Kreuzwege, als sie sich trennten, sagte Britta: «Eines wünsche ich mir noch.»

«Was ist es denn?», fragte Streith.

«Einmal auf dem großen, falben Pferde sitzen zu dürfen.»

Streith lachte: «Wenn es nur das ist, das machen wir.»

* * *

Die Prinzessin Agnes war abgereist, und die Einwohner des Schlosses fühlten sich seitdem freier und jünger. Die Fürstin ritt am Nachmittage aus. Sie trabte durch den Park in den Wald, der Tag war sonnig, die Luft leicht bewegt, die großen Föhren rauschten leise und gleichmäßig, als erzählte eine tiefe Stimme eine lange, ruhige Geschichte. Die Fürstin freute sich, dass trotz der Schwägerin Agnes doch der Frühling allenthalben blühte, doch das Leben voller Versprechungen und nicht nur würdige Entsagung war.

Dort am Ende der Schneise lag die kleine Waldlichtung, und dort würde Streith auf seinem Falben sie erwarten. Sie trieb ihr Pferd an und bog scharf um die Ecke. Da lag die Waldlichtung vor ihr, gelb von Sonnenschein; mitten auf ihr stand der Falbe, und auf ihm saß ein Mädchen mit dunkelm Haar, rundem, rosigem Gesichte und großen, schwarzen Augen. Vor ihm stand Streith, die eine Hand am Zügel, die andere auf dem Sattel. Er sah zu den schwarzen Augen auf und lachte ein so jugendlich heiteres Lachen, wie es die Fürstin an ihm noch nie gesehen hatte. Sie wandte den Kopf ab und jagte vorüber. Sie mäßigte auch den Schritt ihres Pferdes nicht, als die Lichtung schon weit hinter ihr lag. Es war ihr, als müsste sie dem Bilde entfliehen, das sie doch mit grausamer Deutlichkeit vor sich sah, das große, blanke Pferd, auf ihm das dunkle Mädchen, und davor der lachende Streith und all das grell übergossen vom gelben Sonnenschein.

Als sie am Schlosse anlangte, war das Pferd in Schaum. Die Fürstin ging schnell auf ihr Zimmer und schellte nach ihrer Zofe, sie wollte sich umkleiden. Heute war Donnerstag und der Gesellschaftstee für die Nachbarn, so musste größere Toilette gemacht werden. Vor allem aber wollte sie nicht allein sein, sie kleidete sich langsam und sorgsam an und sprach dabei mit der Zofe. Es handelte sich um eine Schneiderin, die aus dem Städtchen in das Schloss kommen sollte, und die Fürstin wünschte einiges über das Vorleben dieser Schneiderin zu erfahren.

Endlich jedoch war die Toilette beendet, die Zofe hatte nichts mehr zu tun und musste entlassen werden. Die Fürstin ging an das Fenster und schaute in den Garten hinaus. Während sie dort stand, stieg der Zorn in ihr auf; ganz heiß, es tat ihr wohl, seine Flamme in sich zu spüren. Der elende Mensch, wie sie ihn verachtete, wie ihr vor ihm ekelte! Nie mehr sollte er dieses Haus betreten, sie wollte sich an ihm rächen, ihn demütigen, das Gespött der ganzen Gegend sollte er sein. Und sie sann auf Lebenslagen, in denen sie Streith vernichten könnte. Allein der Zorn mit seiner aufrechterhaltenden Kraft hielt nicht stand. Die Fürstin fühlte sich wieder schwach und mutlos. Sie setzte sich auf einen Sessel, schlug die Hände ineinander, und die schönen, strengen Züge nahmen einen hilflosen Ausdruck an, wie ihn Kindergesichter haben, wenn sie weinen wollen. So war denn alles vorüber. Streith war die Poesie in ihrem Leben gewesen. Schon in der traurigen Birkensteiner Zeit, als sie für alle die arme, engelsgute Fürstin gewesen war, die man bemitleidete, schon damals hatte es sie getröstet, zuweilen an den jungen Kammerherrn zu denken, an seine etwas umständliche Ritterlichkeit, an die bewundernden Blicke, die er auf ihr ruhen ließ. Da war einer, dem sie mehr war als die arme, engelsgute Fürstin. Und später, als sie Witwe wurde und er in ihre Nähe zog, da wusste sie, er wartet. Sie brauchte nur ein Wort zu sagen, und ein stilles, seltsames Glück wurde ihr geschenkt. Oft hatte sie in stillen Stunden davon geträumt, sie brauchte noch nicht zu entsagen. Solange Streith da war, konnte sie an das Leben denken, wie ein Schulkind an die Woche denkt, in der es einen Feiertag gibt. Und nun, sie war genarrt und betrogen worden wie ein Dorfmädchen, sie war nichts als eine lächerliche, alte Frau, die sich eingebildet hatte, noch geliebt zu werden. Andere Frauen konnten weinen und klagen, sie konnten sich rächen oder sterben, sie musste schweigen. Der Gedanke, irgendjemand könnte ahnen, was ihr angetan worden war, erschien ihr unerträglich. Sie war wieder die unnahbare, engelsgute Fürstin. Das Leben ging an ihr vorüber, und ihr blieb nur ihre Würde.

Sie hörte draußen Wagen rollen, das waren ihre Gäste. Sie erhob sich, trat vor den Spiegel, fuhr sich mit der Puderquaste leicht über die Augenlider, richtete sich gerade auf und ging hinaus.

Im grünen Salon waren die Gäste schon versammelt, die Fürstin begrüßte sie mit ihrem huldvollen Lächeln, der Landrat sagte etwas, über das die Fürstin lachte, die Fürstin sagte etwas, und alle lachten.

Der Tee wurde serviert, die Fürstin saß neben der Gräfin Dühnen, die von Franzensbad sprach, der Landrat erzählte von Seiner Majestät. Der Kaiser war hier durchgefahren, und der Landrat hatte ihn auf der Station begrüßt. Seine Majestät sah prächtig aus, dieser Blick, der wahre Herrscherblick!

«Wo ist denn Graf Streith?», fragte die Gräfin Dühnen, «man sieht ihn jetzt selten.»

«Er vergräbt sich wohl in seine Landwirtschaft», erwiderte die Fürstin ruhig.

«Es scheint», fuhr die Gräfin Dühnen fort, «dass er in letzter Zeit unsere Mietbewohner vom alten Forsthause protegiert, diese Frau von Syrman und Tochter. Er ist dort gesehen worden.»

Die Fürstin legte die Tasse, die sie in der Hand hielt, auf den Tisch zurück; sie fürchtete, die Hand könnte zittern. Dann lächelte sie ein nachsichtiges Lächeln und meinte: «Ja, ältere Herren müssen immer etwas zu protegieren haben.»

Am nächsten Morgen fand Streith auf seinem Frühstückstische einen Brief von Frau von Syrman. Sie bat den werten Grafen, auf seinem Spaziergang bei ihr vorzusprechen, nur auf ein Wort, Britta wäre in die Stadt gefahren, um ihre Musik- und Tanzstunde zu nehmen. «Natürlich», dachte Streith, während er den Brief langsam wieder in den Umschlag zurücksteckte, «das musste kommen.»

Also der heutige Vormittag war den unangenehmen Angelegenheiten gewidmet, denn er hatte auch vor, in die Kanzlei des Schlosses zu gehen, um Papiere zurückzugeben und dem Major mitzuteilen, dass er zu verreisen beabsichtige. Das war jetzt nötig geworden. Gut, er war auch in der rechten Stimmung, eine grimmige Entschlossenheit erfüllte ihn. Dazu kam etwas wie höhnische Grausamkeit gegen sich selbst. Während er sich anschickte, das zu zerstören, was er so lange für den wertvollsten und heiligsten Inhalt seines Lebens gehalten hatte, sah er mit Ironie auf sich selbst, auf den Weisen und Lebenskünstler herab. Jetzt stand er ganz auf der Seite seiner Torheit und war entschlossen, mit ihr bis an das Ende zu gehen. So machte er sich denn auf den Weg. Im Gehen dachte er nicht an sich und seine Angelegenheiten, kritisch betrachtete er die Roggenfelder, an denen er vorüberkam, prüfte mit dem Spazierstock die Gräben, ob sie gut ausgegraben seien. Am Gitter des Schlossgartens warf er keinen Blick in den Garten; seinen Weg in die Kanzlei nahm er durch den Hof.

Der Major saß am Schreibtisch über seinen Kontobüchern.

«Guten Morgen, Major», sagte Streith, als er eintrat, und gab seiner Stimme einen heiteren Klang.

Der Major blickte auf, streckte dem Grafen die Hand hin und sagte auch seinerseits: «Guten Morgen.»

Am Ausdruck des Gesichtes aber, an der Art, wie er ihm die Hand entgegenstreckte, erkannte Streith, dass der Major befangen war. Er wusste also etwas. Der Stallmeister, der die Fürstin auf den Spazierritten zu begleiten pflegte, hatte wohl dem ganzen Schlosse schon sein gestriges Erlebnis erzählt. «Ich bringe Ihnen hier Papiere zurück», versetzte Streith, «bitte, sie durchzusehen, mehr habe ich nicht. Ich beabsichtige nämlich eine Reise zu machen.»

«O, wirklich», murmelte der Major, «längere Reise?»

«Eine Sommerreise», erwiderte Streith und setzte sich auf den Stuhl, auf dem er hier zu sitzen pflegte, «Luftveränderung ist für die Gesundheit nötig, das stete Sitzen auf einem Fleck bringt uns herunter. Von Zeit zu Zeit müssen wir uns vergewissern, ob wir nicht an unserer Scholle angewachsen sind. Sie sollten sich auch einmal herausrühren, Major.»

«Ich fühle mich ganz wohl», antwortete der Major, ohne von seinen Papieren aufzusehen, «ich verlasse meine Arbeit nicht gern.»

«Eine Erneuerung hat der Mensch von Zeit zu Zeit nötig», meinte Streith. «Selbst die Schlange schlüpft ab und zu aus ihrer alten Haut heraus, und kann sie das nicht mehr, dann ist sie krank.»

«Ich danke», erwiderte der Major gereizt, «ich bin mit meiner Haut ganz zufrieden. Sie hat mir lange genug gute Dienste geleistet.»

Streith lachte: «O, ich sage nichts gegen sie, aber nicht jeder ist immer so zufrieden in seiner Haut.»

Der Major antwortete nicht.

Streith zündete sich eine Zigarette an und streckte die Beine von sich. Dieser ihm so lange vertraute Raum mit seinem Tinten- und Papiergeruch, den Schälchen voller Getreideproben und den großen Brummfliegen, die durch das offene Fenster aus und ein flogen, er teilte ihm diese Trägheit mit, die von altgewohnten Dingen auszugehen pflegt. So wie der Major still und zufrieden auf einem Fleck zu sitzen musste ruhevoll und gemütlich sein.

Ein leiser Ton wurde vor der Tür vernehmbar, die Tür öffnete sich, und die Fürstin stand auf der Schwelle. Die beiden Herren erhoben sich von ihren Sitzen und verbeugten sich. Die Fürstin stand regungslos da in ihrem weißen Morgenkleide, die Arme schlaff niederhängend, und die Augen schauten in das Zimmer hinein, als blickten sie in eine gleichgültige Ferne hinaus. Dann wandte sie sich um und schloss leise hinter sich die Türe.

Der Major warf Streith einen scheuen Blick zu.

Streith war blass geworden, langsam setzte er sich wieder auf seinen Stuhl und fuhr fort zu rauchen. In seinen Ohren klang der leise, trockene Ton der sich schließenden Türe nach, der hatte Eindruck auf ihn gemacht. Dieser Ton schien etwas zu sagen, das ihm noch nie in seinem Leben gesagt worden war.

Endlich erhob er sich, um Abschied zu nehmen. «Leben Sie wohl, Major», sagte er. Der Major drückte fest Streiths Hand, und die hervortretenden, blauen Augen wurden feucht. Im Hinausgehen wandte Streith sich noch einmal um und bemerkte: «Wenn wir uns entschließen, aus unserer alten Haut hinauszuschlüpfen, so sollten wir nie mehr in sie zurückkehren, auch nicht für einen Augenblick.»

Zufrieden mit diesem Abgang verließ er das Zimmer.

Es war Mittagszeit und der Hof menschenleer. Auch das Schloss und der Garten lagen schweigend und wie verlassen im grellen Sonnenschein da. «Wie gestorben», ging es Streith durch den Sinn, «für mich gestorben.» Und wirklich, das Schloss schien ihm jetzt jenen Häusern zu gleichen, die wir einst gekannt haben und die wir im Traume oder in unserer Erinnerung wiedersehen, auch über ihnen liegt diese schwermütige Stille; es ist, als trauerten sie darüber, dass sie in der Vergangenheit wohnen müssen. «Recht der Augenblick, um gefühlvoll zu werden», dachte Streith, allein er stellte mit Befriedigung fest, dass er nicht gefühlvoll war. Er trat fest auf, er bog den Kopf zurück, um einer Lerche zuzuschauen, die trillernd über ihm im Blauen hing. Er spitzte die Lippen und versuchte den Triller nachzupfeifen.

Im Forsthause empfing Frau von Syrman ihn vor der Haustüre. Sie trug ein hellgelbes Morgenkleid und ein weißes Häubchen auf dem Kopfe. «Wie liebenswürdig, Graf, so pünktlich zu sein», rief sie ihm entgegen, «ich hoffe, ich habe Sie nicht inkommodiert.»

«Ich stehe ganz zu Ihrer Verfügung, gnädige Frau», antwortete Streith förmlich.

«Nun, dann, denke ich, setzen wir uns hier draußen hinaus», schlug Frau von Syrman vor, «es weht hier ein angenehmes Lüftchen.» Sie setzten sich einander gegenüber auf die Bänke vor die Haustüre; Streith stützte beide Hände auf die Krücke seines Spazierstockes und wartete. Sein Gesicht nahm dabei einen strengen und starren Ausdruck an. Frau von Syrman sann einen Augenblick vor sich hin, und als sie zu sprechen begann, zitterte ihre Stimme: «Was ich zu sagen habe, werter Graf, ist nicht leicht zu sagen, aber Sie sind ein so feiner Welt- und Menschenkenner, dass Sie mich verstehen werden. Es handelt sich um Britta, und, nicht wahr, das entschuldigt alles. Ich bin Ihnen sehr dankbar dafür, dass Sie sich des Kindes annehmen, Ihr Umgang wirkt veredelnd und erzieherisch, ja, geradezu erzieherisch, und das Kind ist dabei so glücklich. Aber Sie und ich, wir kennen die Welt, wir wissen, dass die Menschen nichts Schönes und Edles sehen können, ohne es zu entstellen und zu verleumden. Gestern in der Stadt wurden mir Gerüchte zugetragen, aus denen ich ersehe, dass die Leute nichts Besseres zu tun haben, als die Köpfe zusammenzustecken und über uns zu reden. Natürlich darf dadurch der uns so werte Umgang mit Ihnen nicht gestört werden, anderseits, da es sich um mein Kind handelt, darf ich die Sache nicht ganz unbeachtet lassen. Da sagte ich mir, du nimmst dir ein Herz und sprichst mit dem Grafen, er wird Rat wissen.»

Sie neigte den Kopf auf die eine Schulter und sah Streith besorgt an. Dieser hatte aufmerksam zugehört, nun richtete er sich auf und fragte langsam, als läse er ein wichtiges Dokument vor: «Ich erlaube mit hiermit, gnädige Frau, Sie um die Hand Ihrer Tochter, Fräulein Britta, zu bitten.»

Frau von Syrman errötete. Die Überraschung ließ sie nicht gleich Worte finden, sie streckte dem Grafen beide Hände hin: «Ach, Graf», rief sie, «Sie sind edel und hochherzig, wem könnte ich mein Kind mit größerem Vertrauen in die Arme legen als Ihnen, unter wessen Schutz könnte ich mein Kind sicherer wissen, als unter Ihrem Schutze? Meinen Segen haben Sie, und Britta, sie denkt ja nur an Sie, sie spricht ja nur von Ihnen, Sie sind ihr Ideal. Natürlich an so etwas hat sie nicht gedacht, sie ist ja noch ein Kind, ein unbeschriebenes Blatt. Aber wenn etwas auf diesem Blatte steht, so ist es Ihr Name, lieber Graf.»

Streith verneigte sich: «Ich danke Ihnen, gnädige Frau, für Ihr Vertrauen, das mich ehrt. Fräulein Brittas Zustimmung, auf die Sie mir so gütig Aussicht machen, vorausgesetzt, hätte ich noch eine Bitte vorzutragen. Mein Wunsch ist, dass die Sache geheim bleibe. Wir könnten in das Ausland reisen, wo die Angelegenheit dann ihren regelrechten Abschluss finden würde.»

«Wie Sie es einrichten, lieber Graf», meinte Frau von Syrman, «so wird es am besten sein».

«Was das Gerede der Leute anbetrifft», fuhr Streith in seinem trockenen, sachlichen Tone fort. Frau von Syrman aber unterbrach ihn lebhaft: «Die Leute sollen reden, was sie wollen, ich kenne das. Früher war ich verwundbar und litt darunter, aber mit der Zeit habe ich gelernt, das boshafte Gerede der Leute zu verachten. Beunruhigen Sie sich darüber nicht, aber nicht wahr, Sie kommen dann heute Abend zu uns, um sich von dem Kinde selbst das Jawort zu holen?»

Streith verneigte sich wieder: «Ich danke Ihnen, gnädige Frau», sagte er, «für all Ihre Güte, jetzt darf ich Sie nicht länger aufhalten.» Er erhob sich, küsste Frau von Syrmans Hand und ging.

Frau von Syrman blieb in der Türe stehen, sie hielt ihr Taschentuch in der Hand, sie wollte damit winken, wenn Streith noch einmal zurückschauen würde, er schaute jedoch nicht zurück.

Abends nach Sonnenuntergang ging Streith wieder in das Forsthaus hinüber. Er hatte daran gedacht, einen Blumenstrauß mitzubringen, gab jedoch die Absicht auf; der Gedanke, sich als regelrechter Freiwerber, einen Strauß in der Hand, bei Syrmans einzustellen, widerstand ihm.

Im Forsthause war das Wohnzimmer hell erleuchtet. Als Streith eintrat, kam Frau von Syrman ihm entgegen sehr hübsch in einem roten Seidenkleide, in der Hand hielt sie einen großen, roten Federfächer. «Willkommen, Graf, willkommen», rief sie. Hinter ihr stand Britta in einem weißen Kleide mit weinroten Schleifen. Frau von Syrman fasste ihre Tochter an die Schultern und schob sie Streith zu. «Nehmen Sie sie, Graf, nehmen Sie sie», sagte sie.

Streith küsste Brittas Hand, Frau von Syrman aber legte die eine ihrer Hände auf den Kopf ihrer Tochter, die andere auf Streiths Schulter und sprach gerührt: «Gott segne euch, meine Kinder. Jetzt aber muss ich nach meinem Braten sehen, ihr werdet euch wohl manches zu sagen haben.» Damit raffte sie ihre Schleppe auf und lief mit kleinen Schritten in die Küche hinaus.

«Sollen wir uns nicht setzen?», schlug Streith vor und legte seinen Arm um Brittas Taille, die sich gerade aufrichtete. Sie setzten sich auf das Sofa. Vor ihnen, mitten im Zimmer, stand der feierlich gedeckte Tisch, den ein Strauß Trollblumen schmückte. Streith war verlegen, was ihn wunderte. Es klang, seiner Ansicht nach, zu feierlich, als er zu sprechen begann: «Ich habe es noch nicht aus Ihrem Munde gehört, dass Sie, hm – dass Sie die Meine werden wollen.»

«Ja, wenn Sie das wollen», erwiderte Britta ernst, «ich bin so gern bei Ihnen. Bei Ihnen ist es behaglich und sonntäglich.»

«Behaglich und sonntäglich», wiederholte Streith lebhaft, «so muss es auch bleiben. Sollen wir nicht Du zueinander sagen?»

Aber Britta schüttelte den Kopf, sie glaubte nicht, dass das heute schon gehen würde, es war so ungewohnt.

«Gut, das kommt noch», beruhigte sie Streith.

«Ich habe nie daran gedacht», sagte Britta nachdenklich, «dass Sie mich heiraten wollen. Die Leute sagten, Sie würden die Fürstin heiraten.»

«Ach was, die Leute», murmelte Streith ärgerlich.

«Ich habe auch nie daran gedacht», fuhr Britta fort, «dass ich eine Gräfin werden könnte, Mama hat mir den ganzen Nachmittag die Gräfin vorgehalten, so dass ich gar nicht mehr an sie denken mag.»

«Nun, wir brauchen auch nicht an sie zu denken», meinte Streith heiter.

Britta seufzte: «Gemütlicher war es vorher.»

«Vorher?», fragte Streith.

«Ja, vor der Verlobung.»

Streith lachte: «Wir wollen es schon so einrichten, dass die Verlobung uns nicht stört.»

Frau von Syrman kehrte in das Zimmer zurück, gefolgt von Trine, die eine Schüssel trug. Trine hatte ihr mattlila Sonntagskleid angezogen und versuchte es, ihr Gesicht, das dem Gesicht eines bösen, alten Mannes glich, freundlich zu verziehen.

«Ich bitte zum Souper», lud Frau von Syrman ein, «das Brautpaar sitzt zusammen mir gegenüber.» Trine setzte die Schüssel auf den Tisch, es waren Eierschnitte in Remouladensauce mit frischem Salat. «Eine kleine Vorspeise», sagte Frau von Syrman, «bitte sich zu versorgen. Unser Souper ist ländlich und einfach, wie sollte es anders sein.»

«Das sind die besten Soupers», bemerkte Streith höflich.

«Das behauptete auch immer die Gräfin Erdödi», erzählte Frau von Syrman. «Früher traf ich die Gräfin fast jedes Jahr entweder in Kissingen oder in Franzensbad. Ich kann wohl sagen, ich war mit der Gräfin befreundet. Die Gräfin erzählte gern davon, wie sie sich einmal in Ungarn auf dem Spazierritte verirrte, sie kam an ein kleines Bauernhaus, sie stieg vom Pferde, und da sie hungrig war, ließ sie sich etwas zu essen geben. Sie setzte sich an den groben Holztisch, und ihr wurde auf einem blauen Fayenceteller ein Stück Schwarzbrot und ein Käse vorgesetzt, dazu ein Glas trüben Weines; diese Mahlzeit, sagte sie, sei die beste gewesen, die sie in ihrem Leben genossen. Sie erinnerte sich ihrer auch, als sie im nächsten Winter elend und appetitlos war; ein blauer Fayenceteller musste in der Stadt aufgetrieben werden, sie ging in die Küche, setzte sich an den Küchentisch, ließ sich auf dem Fayenceteller Schwarzbrot und Käse servieren, dazu ein Glas Wein, ‹aber›, pflegte sie zu sagen, ‹es war doch nicht dasselbe›.»

«Wir erleben eben niemals zweimal dasselbe», bemerkte Streith.

«Sehr wahr», sagte Frau von Syrman.

Trine erschien wieder und trug eine Kalbskeule mit jungem Gemüse auf.

«Die Früchte des Landes», erklärte Frau von Syrman, und als alle versorgt waren, nahm sie die Unterhaltung wieder auf: «Die Gräfin erzählte mir auch viel vom Wiener Hof, die strenge Etikette muss doch lästig sein.»

«Wer sie kennt, dem ist sie angenehm wie jede Ordnung», erwiderte Streith ein wenig scharf.

«Das ist gewiss richtig», beeilte sich Frau von Syrman zuzugeben. «Sie kennen ja das Hofleben so gut. Das Hofleben muss doch interessant sein.»

Das schien Streith aber auch nicht recht zu sein, es klang ärgerlich, als er antwortete: «Bei Hof geschieht vielerlei, aber interessant ist wohl nicht das rechte Wort dafür.»

«Natürlich», meinte Frau von Syrman, «Ihren geistigen Bedürfnissen genügt das nicht.»

Streith schwieg darauf, und es entstand im Gespräche eine Pause. Trine kam, trug die Kalbskeule ab und servierte eine kleine Torte, einem Sektkühler entnahm sie eine Flasche Sekt, ließ den Korken springen und goss den Wein in die hohen, spitzen Gläser.

«Frappiert ist er nicht», entschuldigte Frau von Syrman, «er wird wohl auch zu süß sein. Früher trank ich gern Champagner, aber er musste sehr *sec* sein. Nun, *à la guerre comme à la guerre,* wollen wir anstoßen. Auf euer Glück, meine geliebten Kinder.»

Die Gläser klangen aneinander, Frau von Syrman wurde gerührt, sie lehnte sich in ihren Stuhl zurück, fächelte sich mit dem Fächer

Luft zu und sagte klagend: «Ich hätte nicht geglaubt, dass mir in meinem Leben noch eine so glückliche Stunde geschenkt werden würde.»

Britta nippte an ihrem Glase und lachte, sie behauptete, der Wein kitzele sie in der Kehle. «Unser Kind ist heute auch schweigsam», fuhr Frau von Syrman fort, «viel Glück macht stille.»

«Aber geschmeckt hat es?», fragte Streith und legte seine Hand auf Brittas Hand. Er bedauerte jedoch sofort diese Frage, denn sie klang wie die wohlwollende Frage, die ein Onkel an seine Nichte richtet. Frau von Syrman antwortete für ihre Tochter: «Sie hat wenig gegessen, Glück macht auch satt. Erzähle uns doch, mein Kind, was du in der Stadt erlebt hast.»

«In der Stadt habe ich zuerst schlecht Klavier gespielt», berichtete Britta, «später in der Tanzstunde fand Herr Hilte, dass ich keine Grazie habe.»

«Was Herr Hilte ‹Grazie› nennt», bemerkte Streith, «ist vielleicht nicht leicht zu erraten.»

«Nein, ich tanze wirklich schlecht, es geht eben nicht. Aber Sie, Herr Graf, Sie müssen schön tanzen.»

«Tanzen gehörte früher zu meinem Berufe», erwiderte Streith. «jetzt habe ich diese Kunst längere Zeit nicht geübt.»

«Nein, nein», rief Britta, «Sie müssen herrlich tanzen, mit Ihnen könnte ich tanzen.» Und sie sprang auf, rief nach Trine, der Tisch musste beiseitegestellt werden, denn sie wollte mit Streith tanzen.

«Solch ein Kind», sagte Frau von Syrman lächelnd und zog die Schleifen an Brittas Kleide zurecht: «So, jetzt geh, kleine Gräfin.» Sie selbst setzte sich an das Klavier und spielte einen Walzer. Streith und Britta tanzten. Durch die geöffneten Fenster klang das Rauschen der Tannen in die Walzermelodie hinein wie der Ton einer großen Bassgeige. Vor den Fenstern standen Trine, André, Annelise, Andrés Mutter und Margusch, Andrés Tochter, und schauten dem Tanze zu. Britta konnte nicht genug haben, allein Streith wurde schwindelig, und er musste sich setzen. Britta saß neben ihm, stark atmend, die Lippen halb geöffnet, die Augen blank. «Das war schön», sagte sie und lehnte ihr heißes Gesicht an Streiths Schulter, «ich glaube, so tanzt man im Himmel.»

Frau von Syrman spielte jetzt eine leise, süße Melodie. Streith beugte sich zu Britta herab. «Du weinst?», fragte er erstaunt.

«Ja, es ist dumm», erwiderte sie und wischte sich die Tränen aus den Augen, «ich weiß nicht, warum, aber plötzlich wurde alles so traurig.»

Besorgt eilte Frau von Syrman herbei. «Das Kind ist nervös», sagte sie, «zu viel Glück an einem Tage macht nervös. Wir wollen tüchtig ausschlafen und morgen unserem Freunde ein heiteres Gesicht zeigen.»

Streith verabschiedete sich und ging. Von draußen schaute er noch einmal zurück, am Fenster sah er Brittas Gestalt dunkel gegen das helle Zimmer, der Wind fuhr ihr in die Haare und ließ die krausen Haarsträhnen wie kleine, rege Schatten um ihren Kopf flattern.

* * *

Britta verlangte von Streith, er solle abends mit ihr an den Bach gehen, um Krebse zu fangen. «Gut», sagte Streith, «Oskar kann einen Imbiss in den Korb tun und ihn uns nachtragen.»

«Nein», bat Britta, «nicht der strenge, ältliche Herr, dann können wir nicht lustig sein, Margusch soll den Korb tragen.»

So trug Margusch den Korb mit dem Imbiss, und André trug die kleinen, runden, an langen Stöcken befestigten Netze. Als sie auf die Wiese kamen, herrschte noch die ruhige Helligkeit, die an Sommerabenden gleich nach Sonnenuntergang über dem Lande zu liegen pflegt. Britta half André und Margusch die Köder auf die Netze binden und die Netze in das Wasser stecken. Streith hatte sich auf einen Rasenhümpel gesetzt, die Luft war schwül und drückend, nur der Bach atmete eine feuchte Kühlung aus. Vor Streith lag weites, offenes Land, Äcker, Landstraßen, Pappelalleen, hier und da ein Gehöft, in dem schon ein blasses Licht aufglomm, alles ein wenig farblos und wesenlos in der niedersinkenden Dämmerung. Am Horizonte stand eine violette Wolkenwand, die zuweilen von einem Wetterleuchten vergoldet wurde. «Unwirklich, unglaubhaft», dachte Streith. Das war das Gefühl, das ihn jetzt immer wieder ergriff, was er erlebte, war hübsch und so, wie er es wollte, und dennoch unwirklich, unglaubhaft. Es schien ihm zuweilen, als lebe er das Leben eines andern, wie uns das wohl im Traume zu geschehen pflegt.

Britta kam und setzte sich zu ihm. «André sagt», berichtete sie, «es wird Gewitter geben. Es ist hier auch so unheimlich still, es ist so, als ob sie alle auf etwas warteten.»

«Sie warten darauf, aufzuwachen», erwiderte Streith zerstreut.

«Wie?», fragte Britta verwundert.

«O nichts», meinte Streith, «gehen wir nicht jetzt, die Netze nachzusehen?»

Während Britta dicht an den Bachrand trat, um sich vorzubeugen und das Netz herauszuziehen, stand Streith hinter ihr und hielt sie an ihrem Gürtel fest. Margusch mit einem Korbe stand neben ihnen, um die Krebse in Empfang zu nehmen, André schmunzelte: «Bei einem so stillen Wetterchen», meinte er, «steigen die Luder wie toll.»

Allerdings waren die Netze ganz voll. Wenn Britta die Tiere vorsichtig mit zwei Fingern aus dem Netze hob, um sie in den Korb zu werfen, dann lachte sie und stieß kleine Schreie aus. Im Korbe rieben die Krebse leise ihre Schalen aneinander, dass es wie Flüstern klang. Aus dem Wasser stieg ein leichter Sumpfgeruch auf, gemischt mit dem Dufte des Schilfes und des Blütenstaubes der Froschlöffel.

«Hübsch», dachte Streith wieder, «aber unwahrscheinlich.»

Als alle Netze nachgesehen waren, fühlte Britta sich erschöpft; die Luft machte die Glieder schwer. «Jetzt essen wir», schlug Britta vor. Sie setzten sich auf den Rasen, Margusch trug den Imbiss heran. Britta aß langsam und mit Behagen, trank dazu einen hellen, süßen Wein, und als sie fertig war, lehnte sie sich befriedigt zurück und sagte: «So, nun zünde deine Zigarette an, die riecht so vornehm.»

Die Dämmerung war auf die Wiese herabgesunken, und die Wolkenwand des Horizontes mit ihrem Wetterleuchten war höher gestiegen.

«Eigentlich ist es ein Wetter zum Fürchten», versetzte Britta, «wenn du nicht da wärest.»

«Und jetzt?», frage Streith.

«Jetzt ist es gut», fuhr Britta fort. «Das ist immer so, ein Mensch kann alles gut machen. Wenn ich als Kind in der Sommerdämmerung allein im Bette lag, dann fürchtete ich mich, in jeder Ecke stand etwas, vor dem ich mich fürchtete; aber wenn die Kinderfrau hereinkam, dann war alles fort, und das Kinderzimmer war wieder das alte, gute Kinderzimmer. Ja, so ist es. Hast du dich auch als Kind gefürchtet, erzähle doch von der Zeit, als du noch nicht ein feiner, vornehmer Herr warst, sondern ein kleines Kind. Warst du glücklich?»

«Ich hatte keinen Grund, nicht glücklich zu sein», erwiderte Streith sinnend, «ich hatte gütige Eltern, ein älterer Bruder war da, mit dem ich zuweilen raufte, das hat mir aber das Leben nicht weiter verbittert. In der Stadt wohnten wir in einem schönen Hause mit einem großen Garten, nein, ich war nicht unglücklich, aber ich war, glaube ich, ein einsames Kind, was wohl an mir lag. Kinder haben ja stets ihre eigene Welt, von der sie mit den Erwachsenen nicht sprechen, weil sie ja doch nicht verstanden werden. Meine Welt muss besonders kraus gewesen sein, denn ich war besonders schweigsam. Ich war gern allein und spielte so für mich hin. Das Haupterlebnis aber dieser Kinderjahre war Deborah.»

«Deborah?», fragte Britta und richtete sich auf, «erzähle doch.»

«Mein Kinderzimmer lag an der Schmalseite des Hauses», fuhr Streith fort. «Ihm gegenüber durch eine enge Straße getrennt lag die Schmalseite eines anderen, schönen Hauses, das reichen Juden gehörte. Diese Leute hatten eine einzige Tochter, Deborah, die in meinem Alter war. Das Fenster von Deborahs Kinderzimmer lag dem Fenster unseres Kinderzimmers gegenüber, und sie liebte es, stundenlang auf dem Fensterbrette zu sitzen und zu mir herüberzuschauen, während ich an unserem Fenster stand und zu ihr hinübersah. Deborah zu bewundern war für mich ein großer, erregender Genuss, und ihr schien es Vergnügen zu machen, sich von mir bewundern zu lassen. Ich fand sie sehr schön; sie hatte schwarze, blanke Locken, ein kleines, gelbes Gesicht und große, dunkle Augen. Sie war auch meiner Ansicht nach immer prachtvoll gekleidet, ich erinnere mich eines roten Kleides mit einer Goldspitze und eines gelben Kleides mit weißen Spitzen. Zuweilen, wahrscheinlich, wenn die Mutter nicht zu Hause war, holt Deborah eine goldene Kette mit einem grünen Edelstein hervor und wand sie sich um den Kopf. Dann saß sie regungslos da wie ein kleines Götzenbild und ließ sich von mir anstaunen. Auch sonst beschäftigte Deborah stark meine Phantasie.»

«Du warst verliebt in sie», schaltete Britta ein.

«Vielleicht», meinte Streith, «obgleich die Liebe in den Jahren doch anders aussieht als unsere Liebe späterer Jahre. Ich erinnere mich nicht, mich danach gesehnt zu haben, Deborah näher zu treten, mit ihr zu sprechen oder sie zu umarmen und zu küssen. Was ich wünschte, war, Deborah selbst zu sein, so schön wie sie zu sein, solche langen Locken und großen Augen wie sie zu haben, solche schönen Kleider zu tragen und eine goldene Kette mir um den Kopf zu winden. Das war es, was ich wollte. Ich erträumte mir Lebenslagen, in denen ich Deborah war; ich selbst kam mir dabei sehr gering vor, und ich litt unter dem bitteren Gefühl, nur ein hässlicher kleiner Junge zu sein.»

«Seltsam», sagte Britta. «Und was wurde aus ihr?»

«Eine Zeit lang erschien Deborah nicht mehr an ihrem Fenster», erzählte Streith weiter, «ich hörte, sie sei krank, und dann sagte man mir, sie sei gestorben. Das erregte mich sehr, ich lief in den Garten hinaus, warf mich auf den Rasen hin und dachte an Deborah. Ich entsinne mich noch gut dieses Spätsommernachmittags mit seinen vielen bunten Dahlien und Astern und den Spinnweben, die durch die Luft flogen. Ich kann nicht sagen, dass ich um Deborah trauerte, der Tod erschien mir als eine große Ehre, wie sie nur einem so hübschen, kleinen Mädchen widerfahren konnte, er erhöhte sie in meinen Augen, hob sie hoch über mich empor, denn solche hässlichen kleinen Jungen wie ich sterben nicht. Jetzt wünschte ich nur noch eins: Deborah zu sehen. Ich ging auf die Straße hinaus, trieb mich vor der Tür des Judenhauses umher und wagte mich endlich bis in den Flur vor. Dort stand ein alter Mann mit langem, weißem Bart. ‹Du willst wohl unsere Kleine sehen?›, sagte er freundlich, nahm mich bei der Hand und führte mich in einen Saal. Dort waren viele Menschen, Damen in schwarzen Kleidern und schwarzen Schleiern, Herren in schwarzen Röcken. Auf großen silbernen Kandelabern brannten Kerzen, und sehr viel Blumen machten die Luft des Zimmers schwer und süß. Mitten aber zwischen den Kerzen und Blumen lag Deborah in einem weißen Sarge, ihre Augen waren geschlossen, ihr Gesicht erschien mir schmäler und gelber noch als sonst, umrahmt von den langen, schwarzen Locken. Sie trug ein weißes Seidenkleid, und in die kleinen, gelben Hände hatte man ihr eine Lilie gelegt. Was mich aber besonders entzückte, waren die kleinen, steifen Füße, die in Goldschuhen steckten. Atemlos vor Bewunderung sah ich Deborah an, ich glaubte nie etwas Schöneres gesehen zu haben. Nach einer Weile führte der alte Herr mich wieder hinaus. Ich ging in den Garten, warf mich platt auf den Rasen hin, und jetzt weinte ich, ich weinte, weil ich nicht auch so daliegen konnte zwischen Kerzen und Blumen im weißen Seidenkleide mit Goldschuhen, um mich her weinende Damen und feierliche alte Herren.»

«Die arme Deborah», sagte Britta und stützte ihren Kopf an Streiths Schulter. «Aber sage, wünschest du jetzt auch zuweilen, du wärest ich?»

Streith lächelte: «Jetzt ist es anders; aber es ist möglich, dass in der Liebe zu dir manchmal etwas von dem alten Knabengefühle auftaucht.»

«Und sag», fragte Britta weiter, «wenn du ich wärest, wie wäre es dann?»

«Gut», erwiderte Streith, «ich glaube, es müsste köstlich warm in den Adern brennen.»

«Ach, du Armer, dich friert», rief Britta, und sie umschlang ihn mit ihren Armen, schmiegte sich eng an ihn, freigiebig mit ihrem jungen Körper, stolz darauf, dem anderen wohlzutun.

Der Himmel bewölkte sich, die steigende Wolkenwand verschlang einen Stern nach dem andern, häufige Blitze fuhren durch sie hin, und in der Ferne grollte der Donner. «Wir müssen machen, dass wir nach Hause kommen», mahnte André, «es ist schneller heraufgekommen, als ich dachte.»

«Gehen wir», sagte Streith und legte Brittas Arm in den seinen.

Große, lauwarme Tropfen begannen niederzufallen. Im Walde war es sehr finster, der Regen raschelte und raunte in den Zweigen, zuweilen erhellte ein Blitz das Land, groß und schwarz standen die Tannen in dem blauen Licht. Dann schaute Streith in Brittas Gesicht, blaue Funken sprühten aus ihren Augen, sie warf den Kopf zurück und lächelte zu dem Blitz hinauf.

* * *

«Ich denke», sagte die Fürstin zu der Baronin Dünhof und schaute dabei sinnend ihre Tochter an, «ich denke, wir müssen für die Kleine so etwas wie ein Feld der Tätigkeit finden. Sie könnte in die Sonntagsschule der Pfarrerstöchter gehen, vielleicht fasst sie dafür ein Interesse. Auch plane ich monatliche Zusammenkünfte der Damen der Nachbarschaft bei mir. Wir würden Handarbeiten machen, die zugunsten der Mission verkauft werden, und der Pastor könnte uns einen Missionsbericht vorlesen.»

«Wie hübsch», sagte die Baronin.

Marie zog die Augenbrauen zusammen und machte ihr verstocktes Gesicht; sie sah die Notwendigkeit dieser Pläne nicht ein. Schon die täglichen Beschäftigungen, das Lesen und Spazierengehen mit Fräulein von Dachsberg, die Spazierfahrten mit ihrer Mutter empfand sie als Störungen, ihr gab ihre Liebe genug zu tun. Oft wunderte sie sich selbst darüber, dass Liebe das Leben so ausfüllen konnte. Zuweilen war es nur ein Stilleliegen im Sonnenschein, ein Hinaufstarren in den Himmel, während das Fühlen des großen Erlebnisses wohlig das Blut erwärmte. Allein auch das schon hielt Marie für viel wichtiger als alle Sonntagsschulen und Missionskränzchen. Die Hauptsache jedoch waren die Briefe an Felix. Bis tief in die Nacht hinein saß sie auf, um diese langen Briefe zu schreiben, in die sie ihre ganze Seele legte. Wenn sie solch einen Brief wieder durchlas, erstaunte sie über den Reichtum an Gefühlen, die sie in sich entdeckte. Abgesandt wurden diese Briefe allerdings nicht, sondern sorgsam im Schreibtisch verschlossen, dennoch gaben sie ihr ein erregendes Glück. Bald jedoch genügte Marie das nicht mehr, sie wollte Antwort haben, und so schrieb sie denn in Felix' Namen auch die Antwort, Briefe voll zärtlicher Leidenschaft, und das war noch ergreifender, als die eigenen Briefe zu schreiben. War solch ein Brief fertig, dann steckte sie ihn zu sich, ging in den Park, setzte sich auf die Bank, auf der sie mit Felix gesessen, und las den Brief. Oder sie schlich zur Kiesgrube hinaus, lag dort, wo sie mit Felix gelegen hatte, die Wangen gerötet, die Augen schimmernd und weit offen, und in der fiebernden Mädchenphantasie bekamen Felix, sie selbst, ihre Liebe, ein seltsam unwirkliches, mythisches Leben, das weit ablag von dem stillen Getriebe des Gutheidener Alltags.

Eines Abends saßen die Herrschaften zur gewohnten Zeit bei dem Diner. Jetzt, da Streith nicht mehr erschien, waren die Diners uninteressant. Die Fürstin sprach wenig, und der Baron Fürwit versuchte es zwar, die Unterhaltung zu leiten, es fiel ihm jedoch nicht viel ein. Heute machte er ein angeregtes Gesicht; das war ein Zeichen, dass er eine Neuigkeit mitzuteilen hatte, und sobald man bei Tische saß, begann er: «Die armen Dühnens!»

«Warum?», fragte die Baronin Dünhof, «macht Felix ihnen wieder Sorge?»

«Ja», berichtete der Baron, und sein Gesicht nahm einen betrübten Ausdruck an, «der junge Mann ist wieder zu Hause, und dieses Mal ist es mit dem Dienste vorbei. Schlichter Abschied: eine böse Spielaffäre, eine ganz böse Geschichte.»

«Die arme Mutter!», meinte die Fürstin.

«Und der Vater», fuhr der Baron Fürwit fort, «wir kennen ja Dühnen, der redet sich in einen Fanatismus der Härte hinein, der Junge taugt nichts, sagt er, also fort mit ihm nach Amerika, ich habe noch zwei Jungen, vielleicht geraten die besser.»

«Wie schrecklich», sagte Fräulein von Dachsberg, und der Major sagte düster: «Jetzt kostet so etwas nur eine Reise nach Amerika, zu meiner Zeit überlebte ein Offizier nicht leicht eine solche Affäre.»

Niemand antwortete darauf, Baron Fürwit sah den Major missbilligend an; er fand es taktlos, vor den Damen so etwas zu sagen.

Mariens Herz begann stark zu schlagen, aber sie richtete sich gerade auf, schaute auf ihren Teller nieder und faltete ihre kalten Hände krampfhaft über der Serviette. «Jetzt nur nicht weinen», dachte sie, «jetzt nur nichts merken lassen.»

Die Unterhaltung nahm eine andere Wendung; die Fürstin sprach von einem Missionar, der im Dorfe predigen sollte.

«Ja», sagte Baron Fürwit, «er kommt aus Bir-kir-kra.»

Das Wort gefiel ihm, er wiederholte: «Bir-kir-kra.»

Fräulein von Dachsberg lachte und behauptete, so etwas gäbe es nicht. Lautlos gingen die Diener um den Tisch, schenkten Wein ein und reichten den Nachtisch herum.

Marie konnte ruhig sein; sie alle merkten nichts davon, dass das junge Mädchen, das so wohlerzogen gerade unter ihnen saß, zitternd auf dem Posten stand vor der Not ihrer Seele, damit sie sich niemandem verrate.

Nach dem Diner blieb die Gesellschaft im Gartensaale. Die Baronin Dünhof und Baron Fürwit spielten Halma, Fräulein von Dachsberg las aus der «Revue des deux Mondes» vor, während die Fürstin sich mit einer Stickerei beschäftigte.

Marie setzte sich abseits von den anderen in eine dunkle Ecke; sie zog die Knie an sich, kauerte sich fröstelnd in den großen Sessel hinein und saß dort ganz stille. In ihr aber klagte es: «Was soll ich tun? Was soll ich tun? Felix ist in Not, Felix ist von allen verlassen und verstoßen, Felix muss für immer fort, was soll ich tun? Und während dieses Grausame geschieht, können sie hier sitzen, als wüssten sie von nichts. Fräulein von Dachsberg liest mit ihrer tiefen, belehrenden Stimme, Baron Fürwit meckert sein leises Lachen, das er stets hören lässt, wenn er eine Partie gewonnen hat.»

Wie Marie all diese herzlosen, tiefberuhigten Menschen hasste.

Während der schlaflosen Nacht fasste Marie ihren Beschluss. Sie musste Hilda sprechen, und sie musste Felix sehen.

Am nächsten Morgen äußerte Marie den Wunsch, nach Schlochtin zu fahren.

Die Fürstin war nicht zufrieden damit. «Was willst du bei dieser unruhigen Familie?», fragte sie. Als sie jedoch das angstvolle Gesicht ihrer Tochter sah, fügte sie hinzu: «Gut, gut, fahre; die Baronin Dünhof wird dich begleiten.»

Am Nachmittage fuhren Marie und die Baronin Dünhof nach Schlochtin. Dort schien der Besuch nicht gelegen zu kommen. Die Baronin Üchtlitz selbst war nicht sichtbar, die Töchter empfingen die Gäste mit bleichen, verstörten Gesichtern, und als die Gesellschaft auf der Gartenveranda beisammensaß, kostete es ersichtliche Anstrengung, eine unbefangene Unterhaltung zu führen. Hilda saß abseits und schwieg.

Marie musste sie bewundernd anschauen, denn ein Ausdruck hochmütiger Entschlossenheit verschönte seltsam das blasse Gesicht.

Endlich erschien die Baronin Üchtlitz, sie setzte sich zu ihren Gästen, nahm zerstreut am Gespräche teil und bat dann die Baronin Dünhof, mit ihr in das Wohnzimmer zu kommen.

«Und wir gehen in den Garten», sagte Marie zu Hilda.

Diese stand schweigend auf und bot Marie den Arm.

Sobald die beiden Mädchen allein im Garten waren, begann Marie: «Was ist es mit Felix?»

«Felix», erwiderte Hilda ruhig, «Felix hat eine große Dummheit begangen. Ich wusste, dass es so kommen würde. Er hat sein Leben hier verdorben, aber was will das heißen? Die Welt und das Leben sind ja weit.»

«Muss er fort?», fragte Marie weiter.

Hilda schaute zu den Kastanienzweigen auf, unter denen sie hingingen, und sagte feierlich: «Felix geht fort, und ich gehe mit ihm.»

«Du?» Mariens Augen wurden groß und klar vor Erstaunen.

«Ja, ich gehe mit ihm», fuhr Hilda fort, «denn sonst ist er verloren. Er ist so schwach und leichtsinnig; ich werde ihm helfen, ein neues Leben zu beginnen und ein Mann zu werden. Wir haben uns verlobt.»

«Und deine Eltern?», forschte Marie.

Hilda zuckte die Achseln: «Es tut mir sehr leid, dass meine Eltern nicht damit einverstanden sind, aber ich bin in dem Alter, selbst über mich zu bestimmen. Ich gehöre ja nicht meinen Eltern, sondern mir und Felix.»

Marie schwieg einen Augenblick, und dann brach es erregt aus ihr hervor: «Liebst du ihn denn?»

Hilda lächelte: «Wie du fragst, Kleine. Natürlich liebe ich ihn.»

«Und er?», fragte Marie. «Liebt *er* dich?»

«Ach ja», erwiderte Hilda nachdenklich, «gewiss liebt er mich, aber wie die Männer schon lieben, das ist unsicher und flackernd, bis wir Ordnung schaffen.»

«Das verstehe ich nicht», rief Marie mit blitzenden Augen, «das ist doch nicht möglich!»

«Warum soll das nicht möglich sein?», meinte Hilda. «Ah so, du meinst dieses Frühjahrs wegen. Mein Gott, so etwas ist doch vorüber, wenn das Leben ernst wird. Gut, ihr habt zusammen in der Fliederlaube gesessen. Das ist so eine Urlaubsunterhaltung, eine Spielerei, wie die Männer sie nötig haben. Kannst du ihm denn helfen, kannst du ihn denn retten? Kannst du ihm etwas sein? Du weißt ja in deinem Schlosse nicht einmal, was das Leben ist. Wenn du einmal ohne Erlaubnis in den Park gehst, glaubst du, du hast viel für ihn getan. Aber jetzt ist es nicht die Zeit, an solche Kindereien zu denken, jetzt geht es ums Leben.»

Marie wurde ganz rot, und das Weinen war ihr nahe. «Ich weiß, du hast immer so gesprochen», sagte sie, «du hast immer so getan, als sei es lächerlich, dass einer mich liebt, als sei es eine Kinderei und Spielerei und Dummheit. Nur wenn einer dich liebt, dann ist es Ernst. Du warst immer eifersüchtig und wolltest ihn für dich haben.»

Hilda lächelte mitleidig: «Armes Hühnchen, rege dich nicht auf. Es war unrecht von Felix, aber die Männer sind nun einmal so. Es tut vielleicht ein bisschen weh, aber du wirst es bald vergessen. Du wirst einen anderen finden, der mit dir in der Fliederlaube sitzt.»

Unter dieser Beleidigung beugte Marie den Kopf und schwieg. Diesem selbstbewussten, stolzen Mädchen gegenüber fühlte sie sich ganz schwach und hilflos, und als sie zu sprechen begann, klang es wie ein Wimmern: «Ich will Felix sehen.»

«Wozu?», meinte Hilda, «was könnt ihr euch noch zu sagen haben?»

Sie waren die Kastanienallee hinabgegangen und gelangten an einen Teich. Dort stand Felix im hellen Sommeranzug, den Strohhut auf dem Kopf, und ließ flache Kiesel über das Wasser springen.

«Da ist er!», rief Marie.

Felix hatte die Kommenden gesehen und schlenderte ihnen langsam entgegen. Er grüßte und lächelte ein verlegenes Lächeln.

«Ich habe die Ehre, meine Damen.»

«Warum bist du hier?», fragte Hilda streng.

Felix lachte. «Warum soll ich nicht hier sein? – Sie sehen, Prinzessin», wandte er sich an Marie, «wie ich hier empfangen werde. Darf ich mich nach dem Befinden erkundigen?», fügte er höflich zu.

«Ich danke», antwortete Marie und wurde blass bis in die Lippen.

«Es ist heute wieder sehr schwül», fuhr Felix fort. «Ein merkwürdiges Jahr; schon im Mai beginnen die Hundstage.»

«Ja, es ist sehr heiß», stimmte Marie zu. Eine große Schwäche machte ihr das Stehen schwer. Vor ihren Augen begannen die Blätter der Bäume und die Sonnenstrahlen zu schwingen und sich zu drehen, dann wurde es dunkel, und sie sank lautlos auf den Rasen nieder.

Als sie wieder zu sich kam, fühlte sie, dass ein feuchtes Tuch ihr auf die Stirn gedrückt wurde. Sie war noch zu matt, um die Augen zu öffnen oder sich zu regen, sie hörte jedoch, wie Hilda und Felix leise miteinander sprachen.

«Sie kommt schon zu sich», sagte Hilda.

«Die arme Kleine», erklang Felix' mitleidige Stimme.

«Jetzt ist Mitleid billig», bemerkte Hilda scharf. «Warum machst du solche Sachen?»

«Ich wusste nicht, dass sie das so schwer nimmt», meinte Felix. «Wenn sie es nur übersteht.»

Hilda lachte leise: «Das ist so eure Eitelkeit, du verlangst wohl noch, dass sie deinetwegen an gebrochenem Herzen stirbt? Du kannst ruhig sein, sie wird ohne dich ganz friedlich ihr Prinzessinnenleben abhaspeln.»

Marie öffnete die Augen, Hilda beugte sich über sie und fragte: «Ist dir besser, Kleine?»

Ja, es war vorüber, und sie versuchte sich aufzurichten. Felix und Hilda halfen ihr. «Gehen wir nach Hause», sagte sie und stützte sich auf Hildas Arm.

«Es ist die große Hitze», meinte Felix, «ich wünsche gute Besserung.»

Marie neigte ein wenig den Kopf, dann gingen die beiden Mädchen schweigend dem Hause zu.

Dort erwartete sie die Baronin Dünhof, und der Wagen stand zur Abfahrt bereit.

Die Sonne ging sehr festlich unter, rote Wolken loderten wie große Flammen am Himmel hinan, die Dorfstraße war voll Kinder, die berauscht von dem roten Lichte lärmten und wilde Tänze aufführten. Marie schaute gleichgültig auf das Getriebe, in ihr war es leer und tot. Was sollte sie denken, was sollte sie fühlen?

Im Schloss ging die Baronin Dünhof sogleich zur Fürstin, um dieser mitzuteilen, was sich in Schlochtin ereignet hatte, und als Marie in das Zimmer trat, rief die Fürstin ihr klagend entgegen: «Mein armes Kind, hast du all diese Dinge anhören müssen, du bist ganz blass.» Sie nahm Mariens Hände. «Ich glaube, sie fiebert», sagte sie. «Es ist wohl am besten, sie geht zu Bett.»

Marie war auch das recht, sie wurde zu Bette gebracht, sie lag still da in der Sommerdämmerung, später kam die Lampe, Malwine kam, saß bei der Lampe und strickte, und ihr Schatten fiel groß und grau auf die Wand, und wenn Marie ihn mit halbgeschlossenen Augen ansah, dann schien er zu wachsen, immer zu wachsen. Sonst war ja nichts da, nur der große, graue Schatten, der alles verschlang.

* * *

«Also bin ich krank», sagte sich Streith, als er nach einer Nacht voll qualvoller Schmerzen am Morgen todesmatt in seinem Bette lag. Das war nicht vorausgesehen. Immer diese unnützen Überraschungen. Jetzt wartete er ungeduldig auf den Arzt. Endlich ließ sich im Vorzimmer Doktor Rucks frische, laute Stimme vernehmen: «Was? Der Herr Graf hat Schmerzen? Was habt ihr denn angefangen? So etwas!» Dann kam er zu Streith, die Backen rot, der runde Schädel voll kurzgeschnittener, blonder Haare, die kurzsichtigen, braunen Augen blank hinter den großen Brillengläsern.

«Was, Graf, Schmerzen?», rief er schon an der Türe, «wo haben Sie die her?»

«Das weiß ich nicht», erwiderte Streith grimmig, «das ist für die Behandlung auch unwesentlich.»

«So, so, unsere Laune nicht die beste», stellte der Doktor fest.

«Wenn Sie, lieber Doktor», sagte Streith, «das Gefühl hätten, als ob Hunde Sie zerfleischen und dabei so matt wären, dass Ihre eigene Haut Sie drückte wie ein schlecht gemachter, zu schwerer Wintermantel, dann würde Ihre Laune auch nicht die beste sein.»

«Sehr möglich», gab der Doktor zu, «nun, wir wollen nachsehen.»

Er beugte sich über den Kranken, um ihn zu untersuchen. «Eine dumme Geschichte», brummte er, «ein rheumatisches Fieber, dass das schmerzt, glaube ich. Und unser Herz mischt sich auch da hinein, das muss bei allem dabei sein. Ich will mal etwas aufschreiben.»

Er ging seine Rezepte schreiben, besprach mit Oskar die Verordnungen, mit Frau Buche die Diät, und als er wieder händereibend vor Streiths Bette stand, sah er diesen verheißungsvoll an: «Wir werden es schon machen, die Pulver werden den Schmerz benehmen, und unser Herz werden wir zur Ordnung rufen.»

«Sagen Sie, Doktor», begann Streith nachdenklich, «es wird allgemein geklagt, die Leute hätten heutzutage kein Herz, und das, was sich am schnellsten abbraucht, ist doch immer das Herz.»

«Freilich», meinte der Doktor, «nur, fürchte ich, ist es nicht die Nächstenliebe, die es abbraucht.»

«So, meinen Sie?», fragte Streith. «Möglich. Setzen Sie sich noch ein wenig her, Doktor. Sie haben so etwas Belebendes.»

Der Doktor setzte sich und lächelte geschmeichelt. «Belebend?», wiederholte er, «nun ja, das ist auch mein Beruf.»

«Ein schöner Beruf», meinte Streith. «Was gibt es denn Neues?»

Der Doktor dachte nach: «Ich wüsste nicht, doch ja: die alte Exzellenz im Schlosse ist auch krank, eine Lungenaffektion. Bei seinem hohen Alter bedenklich.»

«Also der Alte auch», murmelte Streith. «Sehen Sie, Doktor, wenn man so bedenkt, wer alles stirbt, so kann man den Respekt vor dem Tode verlieren.»

«Ein Privilegium ist der Tod nicht», erwiderte der Doktor ein wenig gereizt.

Streith seufzte: «Ach, Doktor, Sie sind ein Demokrat.»

Der Doktor lachte: «Gut, gut, mit dem Philosophieren geht es noch. Ich schaue heute Abend wieder nach. Guten Morgen.» Damit ging er.

Streith schloss die Augen und begann wieder aufmerksam der stillen Arbeit der Krankheit in seinem Körper zu folgen. Als die Pulver kamen und er eins genommen hatte, schlief er ein wenig.

Er erwachte von einem leichten Geräusch an seinem Bette. Er schlug die Augen auf, da saß Britta auf einem Stuhle an seinem Bette, sehr gerade, und die dunklen, strahlenden Augen waren angstvoll und gespannt auf ihn gerichtet. «Wie muss ich ausschauen», dachte Streith, «dass sie mich so ansieht.» Er versuchte zu lächeln: «Du bist es, Kind?»

«Doktor Ruck sagt, du seiest krank», begann Britta, «da sind wir gekommen. Wie geht es dir jetzt?»

«Nicht gut», erwiderte Streith.

Brittas Augen wurden größer und angstvoller: «Das tut mir sehr leid.»

«Nichts zu machen», meinte Streith. «Was hast du denn getrieben?»

«Ich? O nichts. Ich weiß nicht.» Sie errötete, sie fühlte, jetzt müsse sie etwas erzählen, um den Kranken zu unterhalten, sie fand jedoch nichts. Vorsichtig wurde die Türe geöffnet, und Frau von Syrman trat in das Zimmer. Mit ihren kleinen Schritten und unter dem leisen Klingeln ihrer Armbänder kam sie bis an das Bett, blieb stehen und drohte mit dem Finger: «Schwiegersohn, Schwiegersohn, was

Sie uns für Sorgen machen. Als wir hörten, dass Sie krank seien, war meine Kleine nicht mehr zu halten. Sie müssen ihr schon erlauben, bei Ihnen zu sein. Kann ich nicht etwas tun? Soll ich nicht Ihre Kissen richten? Kranke haben mir gesagt, ich hätte eine besonders glückliche Hand darin.»

«Ich danke», erwiderte Streith abweisend. «Oskar macht das sehr gut.»

«Das ist ja schön», versetzte Frau von Syrman und schaute sich im Zimmer um, «aber soll ich nicht das Fenster schließen, es geht draußen ein kleiner Wind.»

«Ich bitte, das Fenster offen zu lassen», entgegnete Streith nachdrücklich.

«So, so.» Frau von Syrman wurde unsicher. «Du bleibst wohl noch hier, Kind? Ich glaube, zwei sind zu viel für das Krankenzimmer. Auf baldige gute Besserung, lieber Schwiegersohn.» Damit ging sie.

Streith und Britta schwiegen eine Weile. Streith verzog schmerzhaft sein Gesicht, und endlich sagte er: «Im Garten soll eine Rose aufgeblüht sein, die Baronin Rothschild. Willst du nicht hinausgehen und sie dir ansehen?»

«Ja», erwiderte Britta gehorsam, stand auf und ging hinaus.

Nun lauschte Streith auf die Stimmen und Schritte im Nebenzimmer, er hörte Frau von Syrmans spitze Absätze auf und ab klappen. «Jetzt geht sie und fasst meine Sachen an», dachte er ingrimmig. Im Garten begann Roller laut zu bellen. Streith klingelte. Als Oskar kam, fragte er ungeduldig: «Warum bellt Roller?»

«Das gnädige Fräulein läuft mit ihm um den Rasenplatz», berichtete Oskar.

«Roller soll hereingerufen werden», befahl Streith, «und zu mir wird niemand mehr hereingelassen, ich schlafe.» Damit kehrte er sich der Wand zu.

Streith hatte eine schlimme Nacht. Am Tage lag er in leichtem Schlummer oder wachte über seine Schmerzen. Er beobachtete, wie sie kamen, zunahmen, nachließen, wieder mit neuer Kraft einsetzten; diesen Feind zu studieren war ihm eine peinvolle und ermüdende Aufgabe. Für die Phantasie des Fiebernden nahmen die Schmerzen Gestalt an, er sah das graue Hundegesicht mit den bleichen Augen und den gelben Zähnen, das sich wütend in seine Glieder verbiss.

Am Nachmittage, während Streith im Halbschlafe dalag, fühlte er, dass jemand neben seinem Bette saß. Er wusste, es war Britta; er wusste, jetzt sah sie ihn mit ihren großen, angstvollen Augen an, der Stuhl, auf dem sie saß, knarrte leise. Eine Weile konnte er sich nicht entschließen die Augen zu öffnen, er war zu müde, um zu lächeln, zu sprechen. Endlich schlug er doch die Augen auf, Britta saß an seinem Bett, sie trug ihr rotes Sonntagskleid. Sie musste schnell gegangen sein, denn das Gesicht war ganz rosig unter dem Gewirre schwarzer Haare; auf ihren Knien lag ein großer Strauß gelber Trollblumen, der einen leichten Geruch von Honig und feuchten Blättern um sich verbreitete.

«Guten Tag, Kind», sagte Streith leise.

«Guten Tag», erwiderte Britta, «wie geht es dir?»

«Nicht gut», meinte Streith. « Schöne Blumen.»

«Ja, ich habe dir einige Trollblumen gebracht.»

«So, blühen die noch?»

«Ja, die blühen noch.»

Streith wurde unruhig, die Gewaltsamkeit der Farben an dem Mädchen, der Glanz der Augen, das starke Blühen dieser Jugend, dieses Leben bedrückten ihn und taten ihm weh. Er sah zur Decke auf, sein hageres Gesicht mit der kühn geschwungenen, bleichen Nase sah streng und unzufrieden aus. «Liebes Kind, ich wollte dir etwas sagen», begann er.

«Ach ja», rief Britta und beugte sich vor, bereit, etwas für ihn zu tun.

«Es ist sehr liebenswürdig von dir und deiner Mutter, zu mir zu kommen», fuhr er fort, «sehr liebenswürdig, und ich bin äußerst dankbar dafür. Aber siehst du, der Mensch, wenn er krank ist, ist eben ein anderer; er ist eigentlich nur ein halber Mensch und ein uninteressantes, unliebenswürdiges Wesen. Auch bin ich gewohnt, allein zu sein, wenn ich krank bin. Krankheit ist nun einmal eine einsame Sache, Ruhe brauche ich, sonst nichts. Und du, was sollst du in einem Krankenzimmer? Du gehörst in den Wald und in den Sonnenschein. Wenn es besser geht, schicke ich nach dir, aber bis dahin –»

Britta schlug beide Hände vor das Gesicht und begann zu schluchzen.

Ungeduldig zog Streith die Augenbrauen zusammen: «Warum weinst du?», fragte er. «Da ist ja nichts zu weinen.»

Sie aber glitt von ihrem Stuhl herab, kniete vor dem Bett, beugte sich auf seine Hand nieder und stöhnte: «Du magst mich nicht mehr.»

«Ach, Kind», sagte Streith müde, «wie habe ich deine Jugend, deine Schönheit angebetet. Jetzt möchte ich, dass es ein wenig stille um mich ist. Später vielleicht gehen wir wieder zusammen in den Wald, oder wir tanzen zusammen in der blauen Stube. Vielleicht, wer kann das wissen.»

Britta erhob den Kopf, ihr Gesicht war von Tränen überströmt, und mit einer Stimme, die heiser vom Weinen war, sagte sie böse: «Warum musst du krank sein!»

«Das weiß ich nicht», erwiderte Streith, «geh jetzt, Kind.»

Britta stand auf und verließ das Zimmer, den Kopf gesenkt, wie ein gescholtenes Kind.

Sie ging hinaus in den Wald, gerade vor sich hin und, während sie ging, flossen die Tränen über ihr Gesicht, sie weinte über Streith, über sein bleiches, kummervolles Gesicht, das sie so fremd und alt angesehen hatte, aber sie weinte auch aus Zorn, am liebsten hätte sie laut in den Wald hineingescholten: «Warum das, warum das? Krank sein, Sterben, das verdirbt alles, das zerstört alles. Warum?» Sie ging, bis sie müde wurde, dann warf sie sich auf das Moos nieder, lag regungslos da und horchte in sich hinein, auf die ungewohnte Klage ihres ganzen Wesens.

Sie mochte lange dort gelegen haben, denn ihre Haare und ihre Kleider wurden feucht vom Nachttau, sie sprang auf, tiefe Dämmerung herrschte unter den Bäumen, der Wald war ganz still, und Nebel schlichen über den Sumpf. Britta fürchtete sich, zum ersten Mal fürchtete sie sich im Walde und begann schnell zu gehen, sie wusste nicht, wohin, nur nach Hause wollte sie nicht. Jetzt in der blauen Stube bei der Lampe sitzen und ihre Mutter sprechen hören, das konnte sie nicht. Auf einer kleinen Lichtung sah sie sich um, grau in der grauen Dämmerung stand hier das Häuschen der alten Annlise, dahin wollte sie. Britta kannte Annlise gut, sie war Andrés Mutter und Marguschs Großmutter. Früher, wenn Frau von Syrman verreiste, musste Annlise kommen, auf die kleine Britta achtgeben.

Britta trat in das Häuschen. Die niedrige Stube war finster, nur die glimmenden Kohlen des Herdes warfen ihren roten Schein in die Dämmerung. Es roch hier nach Rauch und den Kräutern, die Annlise zu sammeln pflegte. Aus einer Ecke tönte leises Schnarchen, Margusch war es, die dort schlief, Annlise saß müßig vor ihrem Herde. «Was ist das, mein Fräulein kommt so spät?», fragte sie.

«Ja, Annlise», erwiderte Britta, «ich komme zu dir, nach Hause will ich nicht, ich bleibe bei dir.»

«So, so», brummte die Alte, «komm nur her.»

Britta setzte sich auf einen Schemel zu Annlise; jetzt in der sanften Wärme des Herdes fühlte sie, dass sie müde war und gefroren hatte.

«Mein Fräulein ist ja nass», sagte Annlise und strich mit der Hand über Brittas Haar, «was ist denn geschehen? Dein Herr ist krank, ich habe es gehört, ist es denn so schlecht? Jung ist er ja auch nicht mehr.»

Da fuhr Britta auf: «Warum sprichst du so, Annlise? Ich glaubte, bei dir wird es ruhig und gemütlich sein, und nun sprichst du solche Dinge.»

«Ich sag' ja nichts, sei nur ruhig», meinte die Alte.

Britta schwieg einen Augenblick und schaute in die Kohlen, dann fragte sie: «Fürchtest du dich vor dem Tode?»

«Was soll ich mich fürchten?», brummte die Alte. «Ich habe mich genug geplagt im Leben, was kann der Tod mir tun?»

Das klang so beruhigend, fast gemütlich. «Ich bin hungrig», sagte Britta.

«Brot haben wir heute gebacken», erwiderte Annlise, stand auf, holte eine Tasse Milch und ein Stück Brot: «Iss, Kind, iss,» sagte sie.

Britta trank und aß, jetzt fühlte sie sich hier sicher und geborgen, und als sie satt war, wurde sie heiterer. «Jetzt, Annlise», sagte sie, «musst du erzählen, aber nichts Trauriges. Erzähl so was von Liebe. Wie war es, als Andrés Vater dich liebte?»

«Da ist nicht viel Gutes zu erzählen», antwortete Annlise, aber Britta drängte sie: «Erzähle, erzähle.»

«Nun, er war hier beim Grafen bei den Pferden, der Peter», begann die Alte, «ich war bei der Wäsche. Damals wurden die Arbeitspferde im Sommer bei Nacht auf den Klee getrieben, um zu weiden. Er hatte eine kleine Holzhütte auf Rädern, so wie ein Hundehaus, die schob er sich auf das Feld, und da konnte er hineinkriechen, wenn es regnete. Nun, wie Marjellen schon sind, ich ging damals oft des Nachts zu dem Peter hinaus auf das Feld.»

«Das war hübsch», schaltete Britta ein.

«In den hellen Nächten war es ganz gut», fuhr die Alte fort, «aber später, wenn die Nächte dunkel wurden, da hatten wir unsere liebe Not. Immerfort musste der Peter nach den Pferden sehen, viel Zigeunervolk trieb sich damals hier herum, leicht konnte einer ein Pferd fortführen, ohne dass der Peter und der Hund es merkten. Wenn nun der Peter fort war, um nach den Pferden zu sehen, dann saß ich allein vor der Hütte, und da fürchtete ich mich zuweilen, besonders auf dem einen Felde, bei dem das Wasser ganz nahe ist, in dem der lange Jakob ertrank. Besoffen ist er da bei Nacht hineingegangen, nur seinen Hut und Stock fand man, ihn selbst hat man nicht gefunden, so tief ist das schwarze Wasser dort. So sitze ich einmal vor der Hütte, die Nacht ist ganz schwarz und mir so eigen zumute. Da merke ich, dass einer vor mir steht, ich denke, es ist der Peter. ‹Bist du es, Peter?›, fragte ich. Er antwortet nicht, ich fühle aber, wie es ganz kalt zu mir herüberkommt, als ob ein Windchen den Nebel vom Wasser heranbläst, und ich rieche auch einen ganz starken Geruch nach Schlamm und Sumpf. Da weiß ich, es ist der lange Jakob. Vor Furcht kann ich nicht sprechen, und ich zittere nur so am ganzen Leibe. Da höre ich, wie er einmal ganz tief aufseufzt, dann höre ich nichts mehr. Als der Peter kommt, frage ich ihn: ‹Warst du eben hier?› – ‹Nein›, sagt er.

‹Dann war's der lange Jakob›, sage ich. ‹Dummheiten›, sagt er, ‹komm, kriechen wir in die Hütte›, und da krochen wir in die Hütte.»

«Da war es sicher», bemerkte Britta; «wenn man nah beieinander ist, dann ist es sicher, wenn auch draußen die Gespenster herumlaufen.»

«Freilich», meinte Annlise, «ich bin damals auch nicht früher nach Hause gegangen, als bis es hell war. Ja, das waren so Zeiten. Was half es? Der Peter ging zum Militär, und ich saß da.»

«Nein, nicht das», fuhr Britta heftig auf, «nicht das! Warum muss alles traurig enden?»

Die Alte seufzte: «Da ist nichts zu machen, Kindchen, zum Lachen sind wir nicht auf der Welt».

Beide schwiegen nun, Britta stützte die Ellbogen auf die Knie und das Gesicht in die Hände und starrte in die Kohlen, die flüsternd verglommen.

* * *

Es gab Stunden, in denen Streith das Glück des Kranken genoss, das müde Glück, wenn die Schmerzen für eine Weile ihn verließen, er erschöpft wie von schwerer Arbeit dalag und dachte: «Wie leicht ist doch das Leben ohne Schmerzen.» Dann ließ er die Tür seines Zimmers öffnen, um in die Zimmerflucht hinabschauen zu können, er wollte sehen, wie das Licht und die Blätterschatten auf dem blanken Parkette lagen, wie Roller auf seinem sonnigen Plätzchen schlief, wie die Möbel feierlich an den Wänden standen und die Goldrahmen der Bilder blitzten. Die Fenster waren geöffnet, vom Garten strömten warme Düfte herein, zuweilen verirrte eine Biene sich in das Zimmer und erzählte mit ihrem Summen von den sonnenbeschienenen Rosen draußen. Übermannte der Schlummer ihn in solchen Stunden, so kamen angenehme Traumbilder, Bilder früherer Reisen. Er saß in einer Gondel, greller Sonnenschein fiel auf den Kanal, und der Widerschein des Lichtes zitterte wie kleine, rege Goldwellen an den roten Mauern der Paläste hinauf. Oder er stand unter Hollands grünlichem Himmel vor einem blauen Hyazinthenfelde, tiefes, sattes

Blau, wohin er auch sah. Ab und zu kam Frau Buche mit ihrer weißen Schürze und ihren friedlichen, grauen Augen und reichte ihm eine Tasse Fleischbrühe. «Ganz frische Hühnerbouillon», sagte sie, «einige Spargelköpfe habe ich hineingetan, von den kleinen, dunklen. Die großen sind wohl süßer, aber die kleinen, bitteren haben noch so die Kraft der Erde.»

«Sie mögen recht haben», meinte Streith, schob ein Spargelköpfchen in den Mund und sah Frau Buche mit dem hilflosen Blick des Kranken an. «Sie mögen recht haben, das schmeckt allerdings nach Kraft.» Und dann fragte er, wie er das in letzter Zeit öfter getan: «Ist niemand gekommen?»

«Niemand, Herr Graf», war die Antwort.

«Wen erwartet er denn», sagte Frau Buche zu Oskar. «Sind es wieder die vom Forsthause?»

«Nein, die sind es nicht», antwortete Oskar geheimnisvoll.

Das Rollen eines Wagens vor dem Hause ließ Streith gespannt aufhorchen. Der Wagen hielt, eine Türe ging, Stimmen wurden laut, Oskar kam eilig in Streiths Zimmer und meldete: «Ihre Hoheit, die Frau Fürstin sind da und lassen fragen, ob sie den Herrn Grafen sehen dürfen.»

«Ich lasse bitten», erwiderte Streith und fuhr mit der Hand ordnend über Bart und Haar.

Die Fürstin trat in das Zimmer, sie blieb vor dem Bette stehen und sagte: «Ich wollte doch nach Ihnen sehen, lieber Graf.»

«Sehr gnädig», antwortete Streith und versuchte es, in das Nicken seines Kopfes etwas Zeremonielles zu legen.

«Dann setze ich mich zu Ihnen», fuhr die Fürstin fort und setzte sich auf den Stuhl, der an Streiths Bette stand. Als sie jedoch dort saß, fand sie nicht sogleich etwas zu sagen. Sie schaute Streith an mit ihren klaren, ruhevollen Augen; die Wangen waren von der Luft leicht gerötet, die Lippen lächelten ein befangenes Lächeln.

Den kleinen, hellen Sommermantel kannte Streith, die leichte Seide des Kleides hatte eine milde Heliotropfarbe, und am gelben Strohhut steckte ein weißer Möwenflügel. Vor der milden Feierlichkeit dieser Gestalt fühlte Streith wieder die andächtige Zärtlichkeit, die ihm einst so wohlgetan hatte.

«Freuen Sie sich ein wenig?», fragte die Fürstin, und eine leichte Aufregung bebte in ihrer Stimme.

«Ja, ich freue mich», erwiderte Streith ernst, «nur wünschte ich mehr Kraft zu haben, um mich zu freuen.»

«Das kommt noch», tröstete die Fürstin, «Sie werden sehen, bald geht es wieder aufwärts.»

«Bald», wiederholte Streith, «bald muss es sein, denn sonst kommt der Mut zum Aufwärtsgehen abhanden. Oft denke ich schon, vielleicht ist es genug, obgleich», seine Stimme wurde schwach und leise, «hat man da so viel Zeit verschwendet, eine gute Figur zu machen.»

«Wie meinen Sie?», fragte die Fürstin und beugte sich ein wenig vor.

«Ich meine», versetzte Streith lauter, «wir können aus unserem Leben doch nicht das machen, was wir daraus machen wollen, es tut immer, was es selbst will.»

«Ach, Streith, so geht es uns allen», meinte die Fürstin, und die Erregung ließ ihre Augen glitzern, «wir alle glauben, würde unser Leben uns gegeben, damit wir es noch einmal leben, wir würden es besser machen. Wenn es so Korrekturbogen – nicht wahr, so nennt man das? – Korrekturbogen des Lebens gäbe.»

Streith lächelte: «Korrekturbogen, ganz richtig, in denen wir alles, was uns missfällt, mit dicken, schwarzen Strichen ausstreichen könnten.»

«Und doch», sagte die Fürstin sinnend, «in guten Stunden, wenn wir geneigt sind zu verzeihen, dann verzeihen wir auch unserem Leben.»

«Es bleibt uns wohl nichts anderes übrig», antwortete Streith, «besonders da mir jetzt der Verdacht gekommen ist, dass es gar nicht für uns ist, dass wir leben. Meine Großmutter erzählte uns Kindern das Märchen von der hochmütigen Rosine, die glaubte, der Kuchen wäre nur deshalb gebacken, damit sie ein weiches und warmes Bett habe.» Streith lachte, und auch die Fürstin lachte; es tat ihr wohl, wieder einmal wie früher mit Streith lachen zu können. Aber eine plötzliche Schwäche machte Streiths Gesicht ganz bleich, und er schloss die Augen.

«Das Sprechen greift Sie an», rief die Fürstin besorgt, «Sie müssen still liegen, Sie müssen versuchen zu schlafen. Ich sitze noch ein wenig hier, wenn es Ihnen guttut.»

«Ja, das tut gut», sagte Streith leise.

Nun saß die Fürstin schweigend da, die Hände im Schoß gefaltet, sie schaute zum Fenster hinaus, und der Blick ihrer Augen wurde stetig, wie er es in Augen wird, die nicht auf ihre Umgebung, sondern träumend auf ein fernes Erinnerungsbild schauen. Da Streith wirklich ruhig zu schlafen schien, erhob sich die Fürstin und verließ leise das Gemach.

Rote Abendlichter glitten schon über die Wand, als Streith erwachte. Doktor Ruck stand vor dem Bette und rieb sich die Hände. «Geschlafen, das sehe ich gern», sagte er und griff nach dem Puls des Patienten. «Unser Puls gefällt mir zwar nicht recht. Nun, wir wollen eine kleine Spritze geben.» Er ging zum Tische, um seine Spritze vorzubereiten. Streith richtete sich ein wenig in den Kissen auf; das abends zunehmende Fieber regte ihn an, es verlangte ihn danach zu sprechen und sprechen zu hören. «Wie geht es Ihren Kindern, Doktor?», fragte er.

«Danke, gut», antwortete der Doktor, «lauter Musterbuben.»

«Wie viele?», fragte Streith weiter.

«Bis jetzt vier.»

«Bis jetzt?», wiederholte Streith, «rechnen Sie auf mehr?»

«Das will ich meinen», erwiderte der Doktor, «Kinder sind doch das Beste, das wir der Welt geben können, sie sind doch sozusagen unsere Unsterblichkeit.»

«So, so, Ihre Unsterblichkeit», meinte Streith, «ich weiß nicht, ob diese Unsterblichkeit mich besonders locken würde; aber das sind doch so die eigentlichen Lebensgeschäfte, und ich bin gegenwärtig nicht recht in der Lage, kompetent darüber mitzureden.»

Der Doktor trat an Streiths Bett: «Ach was», sagte er, «wenn Sie die

Spritze im Leibe haben, dann sind Sie wieder in der Lage, über alles mitzureden.» Er beugte sich über den Kranken, um die Einspritzung zu machen, und als er fertig war, setzte er sich auf Streiths Bett und sagte befriedigt: «So. Nun fühlen wir uns gleich frischer.»

«Ja, vielleicht», gab Streith zögernd zu. «Aber, sagen Sie, Doktor, Sie sprechen von Ihrer Unsterblichkeit. Sie glauben also, dass mit diesem Leben alles zu Ende sei.»

«Ich weiß nicht», erwiderte der Doktor und schaute ein wenig betroffen drein, «es sieht fast so aus.»

«Gut, gut», fuhr Streith fort, «es kommt nur darauf an, ob das Wort ‹zu Ende› über unser Leben hinaus noch einen Sinn hat, oder ob das nicht nur eine irdische Einrichtung ist, dass etwas zu Ende geht.»

«Wie gesagt...» stotterte der Doktor.

«Sie wissen es nicht», unterbrach ihn Streith, «woher sollten Sie auch. Ich meine nur, wenn nach unserem Leben hier doch etwas anderes kommt, müssten wir nicht etwas davon spüren, wenn wir ihm nahe sind? Wenn hier alles anfängt zu verblassen, müssten wir dann nicht ganz in der Ferne so etwas wie Farben sehen? Na, gleichviel, hören Sie, Doktor, sind Sie einmal so vom Binnenlande her dem Meere zugefahren?»

«Nein, ich erinnere mich nicht», antwortete der Doktor.

«Ich bin einmal in Pommern», fuhr Streith fort, «durch den Wald dem Meere zugefahren. Es war der heißeste Tag, dessen ich mich erinnern kann. Die Föhrenstämme, an denen ich hinfuhr, glühten wie überheizte Öfen, die Luft lag auf mir wie eine wollene Decke. Das Atmen war unter diesen Umständen kein Vergnügen, so ließ ich mich stumm und gedankenlos durch den heißen Sand vorwärtsschleppen. Da plötzlich fühlte ich, als würde der Druck, der auf mir lag, leichter, das Atmen wurde bequemer, ein Windchen kam und spielte mir um die Lippen und schmeckte so gut, wie mir lange nichts geschmeckt hatte, und je weiter wir fuhren, umso angenehmer wurde das Atmen, und der kleine Wind kam immer häufiger und verstärkte sich. Er fing schon an in den Föhrennadeln zu flüstern und wurde zu einem leisen Rauschen, und ich sperrte den Mund auf und die Nasenflügel und trank diesen Wind in mich hinein, denn er schmeckte nach Weite; er roch köstlich nach unendlicher Weite. Und dann hörte ich einen Ton, ganz weit, ganz leise, und doch lag in ihm etwas ganz Großes, etwas Befreiendes, Kühlendes, es lag in diesem leisen, fernen Ton etwas wie das Donnern der Stimme der Unendlichkeit. Sehen Sie, Doktor, das war das Meer.»

Streith schwieg und schloss die Augen, auch der Doktor schwieg eine Weile, und als er zu sprechen begann, musste er sich räuspern, er fürchtete, seine Stimme würde unsicher klingen. «Jetzt werden Sie schlafen, lieber Graf», sagte er, «und angenehm träumen, vielleicht von der großen Stimme.»

«Ja, vielleicht von der großen Stimme», antwortete Streith schlaftrunken, «gute Nacht, Doktor.»

* * *

Graf Donalt Streith war gestorben. Im Schlosse hörte man, der Bruder des Grafen sei gekommen, um die Leiche auf das Stammgut der Streiths überführen zu lassen, am Vormittage sollte der Wagen mit dem Sarge unten auf der Landstraße am Schlosse vorüberfahren. Um dieses zu sehen, ließ Baron Fürwit, Rekonvaleszent und noch schwach, einen Sessel auf die Hoftreppe stellen, dort saß er und wartete. Neben ihm stand der Major, die hervortretenden, blauen Augen starrten traurig vor sich hin. «Ein edler, ein nobler Mensch war unser Streith, es ist schade um ihn», sagte er.

«Natürlich war er edel und nobel», meinte der Baron, und seine Stimme nahm etwas Zänkisches an, «ich bin gewiss der Letzte, der von einem verstorbenen, guten Bekannten etwas Schlechtes sagt, aber er wusste nicht, was er wollte. Bald wollte er dies, bald wieder etwas ganz anderes. Er hatte ein unruhiges Herz, und, sehen Sie, Major, ein unruhiges Herz taugt nicht, ist nicht gesund, unruhige Herzen dauern nicht.»

«Das mag sein», erwiderte der Major, «wir alle irren. Ich habe unseren Streith verehrt.»

Das schien den Baron zu ärgern: «Ja, ja, wer sagt denn etwas anderes? Nun, das ist nicht zu leugnen. Sehen Sie, Major, es gibt eben Menschen, die sich einzurichten verstehen, und Menschen, die sich nicht einzurichten verstehen. Streith war einer von denen, die sich *nicht* einzurichten verstehen.»

Auf der anderen Seite des Schlosses auf der Gartenveranda lag Prinzessin Marie in einem Korbsessel, und die runden, blauen Augen sahen in den Mittagsonnenschein hinein, ruhig und ein wenig traurig, Augen, die nicht mehr erwarten, dass dort vor ihnen in dem flimmernden Lichte etwas Schönes und Erregendes auftauchen könnte. Neben der Prinzessin saß Fräulein von Dachsberg und warf eine weißwollene Haube auf, welche die Prinzessin für eine arme Frau im Dorfe stricken sollte.

Die Fürstin aber war in den Garten hinabgestiegen, sie ging bis zum Gartengitter, blieb dort stehen, schützte die Augen mit der Hand und spähte auf die Landstraße hinaus. Auf der anderen Seite der Straße, am Waldrande, standen zwei Frauen in schwarzen Trauerkleidern, Frau von Syrman und ihre Tochter. Britta hielt einen großen Feldblumenkranz, flammend von den Farben der Trollblumen, Lichtnelken, Sumpforchideen und Skabiosen. Nun hörte man den Hufschlag von Pferden, und der Leichenwagen kam, mit einem Viererzuge bespannt. Der Sarg war mit einer schwarz und silbernen Decke überdeckt, und auf ihr lagen Palmenzweige und große Kränze aus weißen Rosen. Als der Wagen langsam am Waldrande hinfuhr, traten die beiden Frauen vor, und Britta legte ihren Kranz auf den Sarg. Dann setzte Britta sich am Wegrain nieder, schlug die Hände vor das Gesicht und weinte. Die Fürstin stand noch immer regungslos da und schaute dem Wagen nach, wie er die Allee hinabfuhr, umgeben von dem blonden Flimmern einer leichten Staubwolke, immer kleiner wurde mit seinem schwarzbedeckten Sarge, seinen weißen Kränzen, in deren Mitte Brittas Kranz lag, heiter in seiner Farbenpracht, wie ein helles Jugendlachen.

Feiertagskinder

Baronin Marie v. d. Osten-Sacken
geb. Baronesse Behr gewidmet

In dem Buchowschen Landhause Lalaiken standen an diesem Novemberabend die Schatten besonders groß und schwarz an den weißen Wänden des Kinderzimmers. Eine einzige Kerze brannte auf dem niedrigen Kindertisch, und die Wärterin, Frau Müller, hatte sie nahe zu sich herangezogen; dann, die Hornbrille auf der Nase, nähte sie. Die beiden Kinder saßen auf den Kinderstühlchen. Der siebenjährige Uli war schläfrig, er legte seinen Arm auf den Tisch, stützte den Kopf, der mit den ungeordneten blonden Locken ganz groß erschien, auf den Arm und blinzelte missmutig in das Licht. Die zwei Jahre ältere Isa spielte mit Holzpüppchen. Die grauen Augen schauten wach und aufmerksam vor sich hin, und die schmalen Lippen bewegten sich tonlos.

«Jetzt ist Schlafenszeit», sagte Frau Müller und ließ ihre Arbeit sinken. «Geht jetzt euern Eltern gute Nacht wünschen.»

Uli jedoch verzog weinerlich sein Gesicht. «Heute geh' ich nicht», sagte er, «heute geh' ich nicht durch die dunklen Zimmer. Heute stehen sie alle in den dunklen Ecken, und es ruft an den Fenstern.»

Frau Müller zuckte die Achsel. «Du weißt, was dein Vater sagt, wenn du dich fürchtest.»

Jetzt weinte Uli. «Nein, heute geh' ich nicht», wiederholte er.

Erschrocken sah Isa auf, sie zog die Augenbrauen zusammen, als fühlte sie einen Schmerz, und die Mundwinkel bogen sich nach unten, was ihr einen ältlichen kummervollen Ausdruck verlieh. Sie konnte es nicht ertragen, dass Uli weinte. Sie stand auf; «gut, dann gehe ich allein», meinte sie. Auf der Türschwelle zögerte sie einen Augenblick, dann lief sie in die dunkle Zimmerflucht hinein. Auch sie fürchtete sich. Aber sie ertrug es mit der Resignation des Kindes, dessen Leben nun einmal ganz von Unheimlichkeiten umstellt ist. Am Ende der Zimmerflucht schimmerte ein Licht, dort waren die Eltern.

Ulrich von Buchow hatte vorgelesen, jetzt lehnte er sich im Sessel zurück und rauchte. Ihm gegenüber in der Sofaecke saß seine Frau. Wie frierend drückte die schmale Gestalt sich wie in sich selbst zusammen; den blonden Kopf hatte sie zurückgelehnt, und das junge Gesicht schien vor Müdigkeit wie erloschen. Als jedoch Isa auf der Schwelle erschien, ging ein Lächeln über das Gesicht der jungen Frau, das es wunderbar erhellte.

«Meine Tochter», sagte sie.

«Wo ist Uli?», fragte Buchow streng.

«Uli kommt heute nicht», beichtete Isa, «er fürchtet sich.»

«Ach ja», sagte Irma von Buchow, «heute ist es auch zum Fürchten, ich gehe zu ihm.»

Buchow zog unwillig die Augenbrauen zusammen, schwieg jedoch.

Isa ging jetzt zu ihrem Vater und bot ihm ihre Kinderstirn dar, dann zu ihrer Mutter, und endlich ging sie in die Ecke des Zimmers, wo im großen Lehnsessel der Großvater, der Graf Pax, saß und schlief. Vorsichtig küsste sie ihn auf die weiße Perücke, dann ballte sie in einem festen Entschluss ihre Hände und lief wieder in das Dunkel hinein.

«Wenn wir dem Jungen das durchlassen», versetzte Buchow, «dann werden wir keinen Helden erziehen.»

«Ach Gott», meinte Irma und zog die Augenbrauen empor, «wozu

Helden? Heute ist auch ein Tag zum Fürchten. Uli kam schon heute Nachmittag zu mir und sagte: ‹Ich weiß heute nicht, was ich spielen soll›, und wirklich, ich hätte auch sagen können: ‹Ich weiß auch nicht, was ich spielen soll.›»

«Ja spielen!», bemerkte Buchow.

Eine leichte Röte stieg in Irmas schmales Gesicht. «Ja, spielen; ich weiß, du denkst, das Leben ist ernst, und man hat seinen Pflichtenkreis. Ach ja, natürlich, aber man will doch auch seine kleinen Freuden haben, denn die großen kommen ja doch nicht. So, und jetzt gehe ich zu meinem Sohn.» Sie stand auf, reckte einen Augenblick die Arme in die Höhe, wie um der schwankenden Gestalt Haltung zu geben, und verschwand dann in der Dunkelheit.

Buchow lehnte seinen Kopf in den Sessel zurück. Das Gesicht mit der vorgewölbten Stirn, den tiefliegenden grauen Augen, dem starken Kinn, schien wie von einer inneren Energie zusammengedrückt, der Mund schloss sich so fest, dass die schmalen Lippen weiß wurden.

«Die großen Freuden», dachte er – «sie wartet auf die großen Freuden, woher sollten die kommen?» Er hatte das Leben stets als etwas betrachtet, das bezwungen werden musste, damit es uns nicht in den Rücken fällt. Diese Novembertage mit ihrem Nebel und ihrem Sturm, sie spannten etwas in ihm an, sie erhöhten seine Lust am Tun und Schaffen. Er war nun einmal solch eine Nebelkrähe, und von ihm erwartete dieses lichte und kostbare Geschöpf die großen Freuden. Woher sollte er sie nehmen?

Der Großvater war in seinem Lehnsessel erwacht; er richtete sich auf und schaute noch ein wenig traumverloren um sich, dann lächelte er, und das kleine Gesicht unter der weißen Perücke wurde ganz kraus von Falten. «Ich habe geschlafen», sagte er.

«Ja, du hast geschlafen, Vater», bestätigte Buchow.

«Ich habe aber auch geträumt», fuhr der Großvater fort. «Mir träumte, ich ging, ich weiß nicht, mit wem, die Hauptallee des Bois de Boulogne entlang, da waren Menschen und Wagen und Pferde, sehr lustig. Eine Equipage sah ich mit gelben Pferden, eine Dame saß darin, na, lassen wir das. Die Hauptsache war das Gehen. Ich sag' dir, meine Beine waren so gelenkig, so leicht, es war ein Genuss das Gehen, das Gehen, wie ich's in jungen Jahren konnte. Ja, das war famos, nun will ich schlafen gehen – vielleicht kann ich weiterträumen.» Er erhob sich und ging mit tänzelnden Schritten, welche die Schwäche seiner Beine verdecken sollten, hinaus.

* * *

Es war schon spät am Nachmittage, als Buchow hinausging, seine Äcker zu übersehn. Der Wind wühlte in den Hängebirken, warf ihre dünnen Zweige durcheinander wie Peitschenschnüre, er riss Löcher in den dichten Nebel, so dass dieser wie große, graue Fetzen über dem Erdboden hing. «Die Natur macht uns heute nichts vor», sagte sich Buchow und steckte die Hände tiefer in die Taschen seines Überziehers. Am Rande eines Feldes blieb Buchow stehn. Dort pflügte ein Mann. Der lange Mensch ging langsam und verdrossen hinter dem Pfluge her. Der Wind zerrte an seinem Kittel und dem roten Bart, er warf die Mähnen des vor Feuchtigkeit struppigen Pferdes bald nach vorn, bald zurück. Die aufgeworfenen Schollen hatten einen matten Metallglanz, und nasse, aufgeblasene Krähen gingen auf ihnen hin und her. Der Mann blieb stehen, sah zum westlichen Horizont hinüber, wo ein welker, rosenfarbiger Streif die grauen Wolken säumte, dann stellte er die Pflugschar hoch und fuhr auf dem Weg hinauf. Er grüßte seinen Herrn.

«Andre», sagte Buchow, «du weißt, deine Frau ist bei mir gewesen, um über dich zu klagen, weil du sie schlägst.»

«Ich weiß», erwiderte Andre verdrossen, «würde sie Ruhe geben, so würde ich sie nicht schlagen.»

«Sie will nicht, dass du das Geld in den Krug trägst», meinte Buchow.

Andre zuckte die Achsel. «Wenn man am Sonnabend nicht in den Krug gehen soll, was hat man dann, das ist doch noch das Einzige.» Damit trieb er sein Pferd an, ging auf der nassen Straße ein wenig steifbeinig weiter, verschwand, eine graue Gestalt im grauen Nebel.

«Die kleinen Freuden», klang Irmas Stimme Buchow in den Ohren. Wenn dieser Knecht in seine dunkle Häuslichkeit zurückkehrte, waren die Kleider nass, die Glieder steif, die Frau weinte, die Kinder schrien, nun, dann ging er zu den kleinen Freuden.

Buchow war auf der Landstraße weitergeschritten, bis er an eine Brücke gelangte, auf der er haltmachte. Die Brücke führte über eine sumpfige Schlucht zu dem Marktflecken Drixen. Im Sommer standen hier grellgrüne Tümpel beieinander, Kiebitze liefen zwischen ihnen auf und ab, einzelne Kühe weideten hier, die Füße tief im Sumpfboden eingesunken. Jetzt waren die Tümpel schwarz, und dunkle Wasserlachen breiteten sich zwischen ihnen aus. Buchow stand auf der Brücke und schaute hinab. Wie er diesen Sumpf hasste! Oh, er würde ihm schon beikommen; wenn man den kleinen See über dem Ort niedriger legen könnte, dann würde auch dieses unnütze, giftige Sumpfland verschwinden. Nächsten Sommer wollte er ihm zuleibe gehn. In Drixen wurden die Lichter in den Häusern bereits angesteckt, zitternde, gelbe Flecken im Nebel. Buchow fror. Er ging durch die Dunkelheit nach Hause, und die nasse Landstraße hatte noch einen matten, blinden Glanz.

Vor seinem Hause angekommen, bemerkte er, dass die Fenster des großen Saales erleuchtet waren. Im Flur hörte er, dass auf dem Klavier ein Walzer gespielt wurde. «So, so», sagte er und lächelte. Im Saal fand er den Großvater am Klavier, einen Walzer spielend. Irma tanzte mit Uli, Isa stand, die Hände in den Seiten, still da.

«Tanz doch», rief Irma ihr zu, dann begann sie sich langsam zu drehen. Als Irma an Buchow vorüberkam, nickte sie ihm zu und sagte: «Wir tanzen, es war sonst zu traurig.»

«Gut, gut», meinte Buchow und ging in das Wohnzimmer. Er setzte sich an den Kamin; er war müde, die Wärme tat ihm gut, es war angenehm, die Beine vor sich hin zu strecken; aus dem Saal kamen die durch den schwachen Anschlag des Großvaters matten Töne des Walzers und das leise Geräusch der tanzenden Füße. Buchow schloss die Augen, ein tiefes Behagen erwärmte ihn. «Ja», dachte er, «solche Augenblicke gibt es eben auch.»

* * *

Der Wind hatte sich gelegt; es fror, und ein wenig Schnee war gefallen. Er lag auf den Dächern, in den Ackerfurchen und legte grellweiße Flecken in die fahle Landschaft. Es dämmerte bereits, als Buchow nach Drixen hinüberging, um seinen Anwalt, Dr. Viervogel, zu sprechen.

Viervogel war Buchows Schulkamerad gewesen, hatte sich dann als Anwalt im Flecken niedergelassen, und da er jede Gelegenheit versäumte weiterzukommen, saß er noch heute dort. Mit seinem Schimmel und Jagdwagen fuhr er in die Stadt, um seine Injurien- und Hausmieteprozesse zu führen, wohnte bei der Witwe Weidemann, von der er sich beköstigen ließ. Er saß oft stundenlang in der reinlichen Wohnung und sah der stattlichen Frau mit den schönen Armen, wie sie eifrig schaffend hin und her ging, zu. Die wenigen Laternen im Marktflecken wurden schon angesteckt, im ersten Hause war Licht in den Fenstern, es war das Anwesen des Gärtners Kappelmeier, und dort war immer Bewegung und Lärm, denn die großen, blonden Töchter schafften unermüdlich. Die eine wusch den Flur, die andere sah Buchow durch das Fenster am Backtrog stehen; sie riefen einander zu mit hellen Stimmen und lachten. Der alte Kappelmeier aber, der Wiedertäufer, ein großer Greis, ging im dämmerigen Garten zwischen den mit Tannenreisig bedeckten Beeten hin und her. Buchow kannte sie alle. Da war jetzt der Kramladen, vor dem es nach Fellen und Pfeffergurken roch, und durch die Glastüre konnte man die Krämerin sehen, mit ihrem großen, blassen Gesicht, geduldig und böse; endlich die Apotheke, hell und sauber. Der Apotheker mit dem langen, grauen Bart, stand wie ein Priester zwischen den weißen Büchsen und bauchigen Flaschen. Der schöne Provisor Glaiksner war nicht zu Hause. Ihn fand Buchow an der Hausecke mit dem Postfräulein zusammenstehen, das ihn liebte. Sie stritten miteinander. «Aber Glaiksner», sagte das Mädchen, «das ist doch keine Mühe, zum Fenster hinaufzusehen, wenn du vorübergehst; ich habe so darauf gewartet.»

«Immer diese Dummheiten», erwiderte Glaiksner, «ich habe auch an anderes zu denken; ob ich nun da hinaufsehe oder nicht.»

«Aber Glaiksner», erklang die weinerliche Stimme des Mädchens, «ich warte den ganzen Vormittag darauf.»

Jetzt kam Fräulein Christa Hassel, die Lehrerin an der Volksschule, Buchow entgegen. Sie ging mit kleinen, harten Schritten über das knisternde Pflaster, drehte dabei ihre untersetzte, flache Gestalt hin und her; das runde Gesicht mit dem breiten Munde und den guten, braunen Hundeaugen war von der Kälte gerötet. «Ah, Herr von Buchow», sagte sie.

«Guten Abend», erwiderte Buchow, «ich mache noch einen Geschäftsgang.»

«So», meinte Fräulein Christa, «und wie geht's bei Ihnen zu Hause?»

«Ich danke, gut», berichtete Buchow, «man feiert bei uns ein Fest, Sie wissen, man feiert bei uns immer Feste. Es ist, glaube ich, des ersten Schnees wegen. Man sitzt am Kamin, isst Bratäpfel und erzählt sich Märchen.»

«Das ist hübsch», sagte Fräulein Christa und bog den Kopf zurück, um Buchow anzuschauen.

«Gehen Sie doch hin, Fräulein Christa», schlug dieser vor.

«Hingehen», versetzte das Fräulein nachdenklich, «das ist eine Versuchung. Denn ich habe zu Hause einen ganzen Stoß Hefte liegen, die ich korrigieren muss. Aber Gott, wozu ist die Nacht da, also ich gehe hin, auf Wiedersehen.» Damit ging sie weiter mit ihren kleinen, harten Schritten.

Jetzt war Buchow am Hause der Witwe Weidemann und stieg die dunkle Treppe hinauf. Auf sein Klopfen erscholl ein heiseres «Herein». Er fand den Doktor am Schreibtisch über Akten gebeugt.

«Guten Abend», sagte Buchow.

Die kurzsichtigen Augen des Doktors erkannten ihn nicht sogleich, als jedoch Buchow näher kam, sprang der Anwalt auf. «Ah, du bist es», rief er, «eine unerwartete Freude.» Die beiden waren stets sehr höflich miteinander. Viervogel half Buchow aus seinem Überzieher, stellte ihm einen Sessel zurecht, bot eine Zigarre an, holte eine Flasche Portwein hervor und Gläser, die er vollschenkte. «So», sagte er, «bei dieser Kälte wird das guttun; der Winter kommt.» Und als er Buchow gegenübersaß, sah er ihn erwartungsvoll an.

«Ich komme zu dir», begann Buchow, «um dich zu bitten, mir wieder einen Kontrakt zu einem Holzverkauf zu machen. Du weißt, mein Bruder hat mich voriges Jahr ein wenig stark in Anspruch genommen, und so muss wieder verkauft werden. Die Bedingungen sind dieselben, nur bitte ich, den Kontrakt ein wenig schärfer zu fassen, denn Aronsohn erlaubte sich voriges Jahr allerhand Freiheiten. Besonders wollen wir ihn, was die Lagerplätze und die Zeit des Abführens betrifft, fester binden.»

«Wird gemacht», erwiderte Viervogel, «wir wollen dem Knaben ordentlich die Hände binden; morgen schon mache ich den Entwurf und lege ihn dir dann vor.»

«Danke», sagte Buchow und nippte vorsichtig am Portweinglase. «Guter Wein, wie geht es sonst?»

«Gott», erwiderte Viervogel «bei mir ist es immer das Gleiche. Das ist das Charakteristische in meinem Leben, und so ist's mir recht. Siehst du, in diesen dunklen Tagen ist es seltsam, dass ich es fast körperlich fühle, wie die Zeit verrinnt; sie verrinnt ganz langsam und stetig und trägt mich mit. Ich fühle das.»

«Sie trägt dich?», fragte Buchow, «wohin?»

«Ans Ende», erwiderte Viervogel, «einmal muss es ja doch zu Ende sein, und dann kommt vielleicht etwas anderes, und das ist es, was mich zuweilen beunruhigt. Es gibt Augenblicke, in denen ich mich vor dem Tode fürchte und nur aus Trägheit, weißt du. Es kommen vielleicht andere, ganz andere Verhältnisse, und ich bin an mein Hinstumpfen so gewöhnt, dass mir das unbequem erscheint. Das kommt davon, wenn man sich an solch ein zweckloses Leben gewöhnt hat; du natürlich wirst auch das jenseitige Leben frisch in die Hand nehmen. Du hattest schon als Knabe immer Ziele und Zwecke.»

«Nun ja», versetzte Buchow nachdenklich, «es ist ein fatales Gefühl, wenn es uns plötzlich klar wird, dass, was wir treiben, keinen Zweck hat. Schon als Kind überkam es mich zuweilen, man spielte, man stand auf einem Brett, das auf einer Wiese lag, und das Brett war ein Schiff und die Wiese ein Meer. Doch plötzlich wurde man sich bewusst: es ist nur ein Brett, auf dem du stehst, und kein Schiff, und ringsum ist nur eine Wiese und kein Meer, und dann musste man gewaltsam weiterspielen, um nicht jede Lust am Spiel zu verlieren. Solche Augenblicke habe ich auch heute noch.»

Viervogel lachte. «Nun, ich weiß immer, dass ich auf einem Brett stehe, das auf einer Wiese liegt. Was ich tue, hat vielleicht keinen Zweck, aber ich bin zufrieden; ich wollte da einmal etwas Farbe in mein Leben bringen und fing an, der Agnes Kappelmeier nachzustellen, ich dachte mir, es würde so etwas wie eine Liebschaft herauskommen. Aber die Kappelmeierschen Mädchen sind ja hübsch, aber für mich zu laut, zu intensiv – so gehe ich denn lieber zu meiner Witwe Weidemann hinunter und sehe zu, wie sie Brot bäckt.»

«Aber du arbeitest doch?», wandte Buchow ein.

«Man muss eben leben», versetzte Viervogel, «nun ja, zu etwas wird mein Leben vielleicht gut sein, und ich habe meine Stelle in der großen Welteinrichtung; aber eine Stelle wie das ‹und› in einem Manuskript, es ist nicht zu entbehren, die Rolle aber, die es spielt, ist nicht sehr bedeutend.»

Sie schwiegen beide eine Weile. Buchow betrachtete nachdenklich das Gesicht seines Freundes, dieses ein wenig fette Gesicht mit der großen Adlernase, den blauen Augen, die hinter den blanken, runden Brillengläsern hervorschauten, und dem hübschen, weichlichen Munde. «Es ist eigentlich schade um dich», sprach er vor sich hin.

Viervogel lächelte. «Meinst du – ja, vielleicht ist es schade um mich, aber mein Fall ist hoffnungslos, denn ich bin zufrieden. Ich hatte Zeiten der Unruhe, aber das ist vorüber. Ich schlafe jetzt sehr gut, das ist doch ein Zeichen inneren ‹Friedens›.»

«Ja, Schlaf ist eine gute Sache», meinte Buchow und stand auf, «ich will dich aber nicht länger von deinem Stammtisch fernhalten.»

«Gott, der Stammtisch», erwiderte Viervogel, «es ist wohl gleichgültig, ob ich früher oder später höre, wie der Doktor von der Camorra erzählt, er spricht am liebsten von der Camorra, oder was der Apotheker von den Streichen seines Provisors berichtet», er half Buchow in den Überzieher. «Also auf morgen», sagte er und leuchtete die dunkle Stiege hinab.

Buchow trat wieder in die Frostnacht hinaus, das Gespräch mit Viervogel hatte ihm die Brust eng gemacht, drum tat ihm die scharfe, kalte Luft wohl.

* * *

Es war in den Weihnachtsfeiertagen, als Achaz, Ulrichs Bruder, nach Lalaiken kam. Er war jünger als Ulrich und diente im Auswärtigen Amt. Mit klingenden Schellen fuhr sein Schlitten vor das Haus. Schon im Flur hörte man seine helle Stimme zu dem Diener Klaus sagen: «Guten Tag, Klaus, hier riecht es ja nach Familienweihnacht.»

Als er in das Zimmer trat, erwartete ihn die ganze Familie und lachte ihm entgegen, lachte, nur weil sein Erscheinen so jugendlich und heiter war. «Ah, die ganze Familie», rief er, «wie hübsch ihr alle seid. Sie nicht am wenigsten, lieber Graf», sagte er zum Großvater, «und Uli hat sich entwickelt, er zeigt Anlagen zum *bel homme*, und wie hell es hier ist und wie gut es nach Tannen und Lebkuchen riecht! Ich bin froh, bei euch zu sein. Irma ist noch immer schön wie die ewige Seligkeit.»

Irma lachte. «Wie er die Komplimente ausstreut, wie Weihnachtszuckerwerk.»

Dann saß man im Wohnzimmer, die Kinder standen neben Achaz und schauten ihn erwartungsvoll an, ob er etwas Lustiges sagen würde.

Der alte Graf hatte seinen Stuhl nahe zu Achaz herangezogen, legte die Hand ans Ohr, hörte mit Behagen die schönen Titel, die in Achaz' Erzählungen vorkamen, die Namen der Theater und großen Restaurants, sog begierig die Großstadtluft ein, die von dem jungen Mann auszugehen schien. Auch Irma hatte sich vorgebeugt, ihre graublauen Augen glitzerten, und ihr Gesicht nahm den hübschen, strahlenden Ausdruck an, den es zu zeigen pflegte, wenn's um sie her hell und heiter war. Buchow in seiner Sofaecke sprach wenig, allein auch er lächelte zufrieden. Er bewunderte diesen Bruder, dessen bloßes Erscheinen die Menschen glücklich und fröhlich zu machen schien. Achaz war größer und schmäler als Ulrich, er glich ihm, aber sein Gesicht war klarer, die Augen weit auf, und der Mund lächelte ein ausgelassenes Knabenlächeln. Als Buchow aufstand und in sein Arbeitszimmer ging, flog ein Schatten über Achaz' Züge, er zog schmerzlich die Augenbrauen zusammen, und ein hilfloser Ausdruck zeigte sich auf seinem eben noch so heitern Gesicht. «Ich muss mit Ulrich sprechen», sagte er, stand auf und folgte dem Bruder.

Im Arbeitszimmer schloss er sorgfältig die Türe, und als er sich Ulrich zuwandte, war sein Gesicht bleich und trug noch immer den knabenhaft hilflosen Ausdruck. «Ulrich, ich muss mit dir sprechen», sagte er, «es ist besser, es geschieht gleich, sonst verdirbt es mir die schöne Zeit hier.»

«Was gibt es denn?», fragte Ulrich und wandte sich ab und sah zum Fenster hinaus.

Achaz ging nervös im Zimmer hin und her. «Da ist wieder so eine dumme Geschichte», begann er, «ich weiß selbst, wie unverantwortlich das ist, aber es ist nun einmal geschehen. Ich habe mich da in einem Kasino wieder zum Spiel verleiten lassen; ich weiß nicht, was diese Nacht über mich gekommen war, aber ich spielte wie ein Wahnsinniger. Natürlich verlor ich.» Er schwieg einen Augenblick.

«Wie viel?», fragte Ulrich vom Fenster her.

«Fünfzehntausend!», erwiderte Achaz. Eine Pause entstand.

Endlich wandte sich Ulrich wieder dem Bruder zu. «Und du willst», sagte er seltsam deutlich, die Worte vor sich hin zischend, «du willst, ich soll sie dir geben?»

«Natürlich war das meine Hoffnung!», erwiderte Achaz und errötete, «eine andere Hoffnung habe ich doch nicht.»

«Du überschätzt meinen Etat», fuhr Ulrich fort, «ich habe eine Familie, ich kann mich nicht deiner Spielschulden wegen ruinieren. Voriges Jahr ging das ganze Geld für den Holzverkauf auf deine Schulden drauf und jetzt wieder.»

«Du hast ganz recht», unterbrach ihn Achaz, «und ich wundere mich nicht, wenn du ungehalten bist, es ist unverantwortlich von mir, ich könnte mich schlagen; wie eine Verrücktheit ist es über mich gekommen; ich sage dir offen, ich verachte mich, verachte mich tief, aber nun es einmal geschehen ist … Der Ertrinkende greift nach allem, was ihn retten kann, und du weißt es ja, bezahle ich die Schuld nicht, dann ist es aus mit mir, ganz aus, dann bleibt mir nur die Kugel. Das ist nicht eine geschmacklose Drohung, sondern eine Selbstverständlichkeit. Aber komme ich diesmal noch durch, dann spiele ich nie mehr, dann beginnt ein neues Leben.»

Ulrich hatte unbeweglich zugehört. Sein Gesicht schien kleiner geworden, wie zusammengedrückt, und seine Lippen waren wieder ganz fest geschlossen. Als er jetzt zu sprechen begann, war seine Stimme leise und ein wenig heiser.

«Es ist erst dann Aussicht, dass du deine guten Vorsätze verwirklichst, wenn du dir bewusst wirst, dass du allein für dein Leben verantwortlich bist, dass du, bei allem, was du tust, dich und nur dich einsetzest. Jetzt hast du das Gefühl, ich stünde hinter dir und müsste für dich aufkommen, aber, mein Lieber, der Augenblick kommt, in dem ich das nicht mehr kann und nicht mehr will. Solange ein Mensch die Verantwortung für sich selbst nicht trägt, ist er ein Gespenst.»

«Du hast ja tausendmal recht», rief Achaz, «ich sage mir das alles selbst, aber jetzt soll es anders werden, du wirst sehen. Natürlich ist das Geld, das du mir gibst, nur geliehen, ich erstatte es dir zurück, sobald ich kann. Meine Aussichten sind gut, ich stehe mich mit meinen Vorgesetzten ausgezeichnet, und ich habe Talent zum Diplomaten, ich fühle es, ich bin der geborene Diplomat. Ich denke, ich lasse mich nach Rom versetzen; von den Italienern kann man viel lernen, und du wirst sehen, ich gehe wie ein Licht in die Höhe. Oh, darum ist mir nicht bange, und an jenem Morgen nach der Spielnacht fühlte ich, dass es wie eine Krankheit von mir abfiel, mein ganzes, dummes Leben. Ich bin kein Spieler, aber es kommt zuweilen wie ein Rausch über mich, aber das ist vorbei.»

«Gut», sagte Ulrich, trat an den Tisch und klopfte mit dem Finger hart auf die Tischplatte, «wie dem auch sei, du wirst dich künftig daran gewöhnen müssen, deinen Rausch selbst zu bezahlen. Wenn ich dir diesmal noch helfe, so bin ich damit an die Grenze der Möglichkeit, dir zu helfen, gekommen.»

«Ich danke dir, mein Alter, du bist mein Retter. Du bist wie ein Vater für mich, aber du wirst sehen, mit dem unsoliden Leben ist es jetzt aus, ich werde ein ernster Mensch, das Buchowsche in mir kommt heraus, du wirst noch Freude an mir erleben. Und weißt du, was du mit den wenigen Worten: ‹Ich werde dir diesmal helfen!› tust? Du rettest einen Menschen vor dem Tode, ganz einfach, du rettest einen Menschen vor dem Tode.»

Ulrich erwiderte nichts. Er setzte sich müde auf das Sofa und schaute mit den tiefliegenden, grauen Augen sinnend vor sich hin.

«Du sagst, sich selbst einsetzen», fuhr Achaz fort, «das ist gut gesagt, aber das ist es eben. Wenn ich etwas Verwegenes tue, eine Dummheit meinetwegen, etwas, wobei es sich um die Existenz handelt, eine Summe setze oder so etwas, dann ergreift mich ein angenehmer Schwindel, ich spüre deutlich, dass ich mich selbst einsetze, und es ist eine köstliche Spannung in mir, ob ich gewinne oder verliere. Ich muss da an unsre Knabenjahre denken. Erinnerst du dich noch, wie wir uns auf der Wippschaukel schaukelten: du saßest auf dem einen Ende, ich stand auf dem anderen. Es war nicht leicht, dort zu stehn, aber es gab eine angenehme Spannung: werde ich fallen oder werde ich nicht fallen. Aber das ist jetzt vorüber, *tempi passati*, ich bin ein anderer Mensch geworden, wirklich, ich fühle die Exzellenz schon in mir keimen», und er lachte ein offenes, frohes Lachen.

Drüben vom Saal her tönten Ulis kleine, schrille Freudenschreie, auf dem Klavier wurde ein Walzer gespielt. «Was tun sie dort?», fragte Achaz. Er öffnete die Tür und schaute zum Saal hinüber, dann war auch er hinausgeschlüpft, und Buchow hörte bald, wie Achaz' Lachen sich in Ulis Freudenschreie mischte.

Buchow stand auf, schloss die Türe und setzte sich wieder auf seinen Platz zurück. «Ja, sprechen kann er», dachte er, «sprechen können sie alle», aber der Zorn in ihm war verraucht, ein mitleidiges Bangen ergriff ihn um diesen jüngeren Bruder, von dem er, der Schwerblütige, so viel Heiterkeit und Sonnenschein empfangen hatte. Einmal musste der Augenblick kommen, in dem er nicht mehr helfen konnte, was wurde dann aus Achaz! – «Dann wäre es aus, ganz aus», hatte Achaz gesagt, und an diese Worte zu denken, schmerzte Buchow. Das Leben schien solche sorglose und glänzende Wesen nur zu schaffen, um sich eine Weile damit zu schmücken, und um sie dann als unnütz beiseitezuwerfen.

Drüben vom Saal her hörte er Irmas und Achaz' Lachen, Ulis Jubeln, der Großvater spielte seinen Walzer. Ein bitteres Gefühl der Einsamkeit ergriff Buchow. Ja die konnten heiter sein, die Sorgen waren auf ihn abgeladen, und er hatte sich mit ihnen zurechtzufinden. Es wurde an die Tür geklopft, und der Inspektor trat ein, um über die Arbeit des Tages zu sprechen.

* * *

Es war ein Feiertag. Die Wintersonne beschien hell das dicht mit Schnee bedeckte Land. Auch die Zimmer waren voll goldnen Lichtes. Irma saß in ihrem Esszimmer am Frühstückstisch, ganz in der Sonne, und kniff behaglich die Augen zusammen. «Ja, so ist es dir recht», sagte Achaz, der im Zimmer auf und ab ging, «sich so ganz in der Sonne zu baden, wie eine Libelle, die in der Luft mitten in einem Sonnenstrahl in ihrem Fluge innehält.»

«Ja», sagte Irma, «wenn die Sonne scheint, dann weiß man doch, wozu man da ist.»

«So, das weißt du», meinte Achaz, «da weißt du viel. Aber das ist richtig, dieses Licht gehört zum Feiertage. Die Natur sieht aus wie ein Zimmer, das für den Feiertag aufgeräumt worden ist, und wenn ich an die Sonntage meiner Jugend denke, so sehe ich die Zimmer immer gelb von Sonnenschein.»

«Ohne Sonnenschein», versetzte Irma nachdenklich, «geht man doch nur wie ein Gespenst herum.»

«Gut», begann Achaz wieder und blieb vor Irma stehn, «die richtige Umwelt wäre da, nun kommt es darauf an, ein Programm zu entwerfen, was wir in dieser Umwelt tun.»

«Ach ja», sagte Irma und lächelte erwartungsvoll zu Achaz auf.

«Zuerst natürlich die Kirche», fing Achaz seine Aufzählung an, «ich liebe diese Landkirchen, die Leute haben ihre Sonntagskleider an, setzen andächtige Gesichter auf, und das Klappern der Sonntagsschuhe hallt in dem hohen Raum wider; man friert ein wenig, das ist der Anfang der Andacht; dann kommt die Orgel und der Gesang; die Leute singen und machen den Mund weit auf und sehen mit ein wenig leeren, tiefberuhigten Augen vor sich hin; sie ruhen aus in dem Unbegreiflichen, das sie anbeten. Nun und nach der Kirche kommt das sonntägliche Mittagessen; hoffentlich gibt es eine Bouillon mit Fleischpiroggen, das war so gewohnte Sonntagssuppe. Haben wir diese?»

«Christa kommt», erwiderte Irma.

«O Fräulein Christa», rief Achaz, «die passt hier herein, sie sieht selbst aus wie ein Lebkuchenweibchen und sagt einem unterhaltend taktlose Dinge. Ich glaube, Fräulein Christa war eine Zeit lang in mich verliebt.»

«O nein», widersprach Irma, «die hat immer nur ihren Viervogel geliebt.»

«So», meinte Achaz, «es wäre eine Verschönerung ihres Lebens gewesen, in ihrem einsamen Gouvernantenstübchen zu sitzen und sich nach mir zu sehnen. Aber, mein Gott, alle können einen ja nicht lieben.»

«Ja, willst du das denn?», fragte Irma.

«Nein, nicht gerade», erwiderte Achaz, «aber es ist immerhin ein angenehmes Gefühl, auf ein weibliches Wesen zu wirken wie ein elektrischer Funke. Gleichviel, nachmittags fahren wir spazieren, ich fahre mit dir, und wir nehmen Uli mit, Ulrich fährt mit Fräulein Christa und Isa, wir fahren durch den Flecken, sehen die hübschen Gärtnerstöchter vor der Türe stehn, dann geht es weiter in den Wald, der heute wunderbar geheimnisvoll sein wird.»

Buchow trat ins Zimmer. «Ah, Ulrich», begrüßte ihn Achaz, «du machst heute auch dein Sonntagsgesicht, das ist recht, heute denken wir nicht an Geschäfte, das Programm für den Tag ist schon fertig.»

* * *

Am Nachmittage fuhren die beiden Schlitten mit hellem Schellengeläute von Lalaiken über die Brücke durch den Marktflecken. Die Drixner Mädchen gingen in langer Reihe auf der Hauptstraße nebeneinander her mit kleinen, vorsichtigen Schritten; sie trugen neue Kleider und neue Pelzkappen. Vor ihrer Haustüre standen die hübschen Gärtnerstöchter und lachten, als Achaz sie grüßte. In der Türe des Lehmannschen Gasthauses lehnte Viervogel und blinzelte gelangweilt zur Sonne auf. Auf dem Bürgersteig aber ging der schöne Provisor neben dem Postfräulein einher; er machte ein missmutiges Gesicht und hob nur langsam seine langen Beine. Jeder Schritt schien eine Gnade zu sein.

«Ein hübscher, festtägiger Ameisenhaufen», sagte Achaz.

«Wenn die Sonne scheint», meinte Irma, «und die Mädchen neue Kleider anhaben, dann ist es hübsch, aber wenn ich in grauen Herbsttagen durch den Ort gehe, an den Dächern hängen Tropfen, hinter den kleinen, trüben Scheiben stehen die Menschen mit bleichen, traurigen Gesichtern, und die Hunde, mein Gott, die Hunde, struppig und nass gehen sie gelangweilt durch die Pfützen, das ist dann so alltäglich, so herzbrechend alltäglich, dass ich weinen könnte.»

«Ach», versetzte Achaz, «ich glaube, die Leute hier sind ebenso glücklich wie anderswo. Sie lieben und hassen, sie verdienen Geld, sie haben ihre Schicksale. Sieh doch den Provisor, sieht er nicht aus wie ein leibhaftiges Schicksal? Die Hunde, nun ja, Kleinstadthunde können die alltäglichsten Geschöpfe der Welt sein. Sie haben ja eine so überlegene Art, ihre Langeweile zu zeigen.»

Hinter dem Marktflecken begann der Lalaikensche Forst, und große verschneite Tannen säumten den Weg ein, sie hielten ihre Schneelast wie auf gespreizten Riesenhänden. An ihnen vorüber sah man in das Innere des Waldes. Überall erglänzte das grelle Weiß, weiße Plätze, weiße Ecken, weiße Brautstuben, weiße Klosterzellen, und all das ganz still, ganz regungslos. Ein Hase setzte über den Weg in den Wald hinein. Der tiefe Schnee machte ihm Mühe, er versank bei jedem Satz fast bis zu den Löffeln.

«Der geht jetzt in seine weiße Welt», sagte Irma nachdenklich, «das muss gut sein, solch eine Welt, ganz weiß, ganz hell, ganz rein.»

«Nun, ich denke», warf Achaz ein, «wir würden uns bald in solch einer Welt nach etwas Dunkelheit sehnen.»

«Ich habe immer gefunden», fuhr Irma fort, «dass in solch einem glänzenden Weiß etwas wie ein unhörbares Lachen steckt. Mein Vater hat mir einen Morgenrock aus weißem Samt geschenkt. Wenn ich den anziehe, ist es mir, als kleide ich mich in Schnee, und das unhörbare Lachen geht in mich über, ich muss lächeln, und selbst meine Kammerjungfer Minna lächelt dann.»

«Das muss hübsch sein», meinte Achaz.

«Ich will nicht, dass alles weiß ist», ließ sich plötzlich Ulis Stimme vernehmen, «es soll so sein wie Schnee, aber schön rot.»

«Du siehst», meinte Achaz, «mein Junge, der Wald gehorcht dir.»

Die Sonne ging unter. Ein purpurnes Licht floss an den weißen Baumgestalten nieder, es lag auf der Schneedecke wie Blutlachen, ein plötzliches wunderbares Erglühen des Waldes. Ein Vogel flog aus einer Tanne auf, ein schwarzes Flattern in all dem Rot. Uli jubelte. «Bravo», sagte Achaz, «auf solche Überraschungen versteht sich die Natur.»

«Ja», versetzte Irma, «ihr fällt immer etwas Hübsches ein, aber Ulrich sagt, er liebt das Graue; an grauen Tagen fühlt er sich tatkräftig und frisch, dann ist er auch besonders heiter. Nun ja, er hat seine Arbeit, seine Gedanken, seinen ‹Pflichtenkreis›, wie er sagt.»

«Pflichtenkreis», wiederholte Achaz, «das Wort riecht schön nach Schulstuben, schimmliger Tinte und feuchten Kleidern.»

«Nein, Ulrich ist gut», sagte Irma verträumt. «Ulrich ist sehr gut, ich wollte, ich wäre so gut wie er.»

«Warum willst du denn so gut sein?», fragte Achaz leise.

Das Abendrot war verglommen, sie bogen jetzt vom Waldwege auf die Landstraße ab, an dem kleinen See entlang. Auf der weißen Fläche dämmerte es bereits, und der Schnee wurde bläulich. Auf der andern Seite aber lag der Marktflecken, in dem bleiche Lichter erglommen; oben im dunkel werdenden Himmel erwachten einige unruhig blitzende Sterne. «Jetzt ist es wieder traurig», erklang Ulis Stimme.

«Nein, mein Junge», sagte Achaz, «es ist schön, aber du bist noch nicht reif für die Dämmerung, das musst du erst lernen.»

«Ich finde es traurig», sagte der Knabe, schmiegte sich eng an seine Mutter und schloss die Augen.

«Ich könnte ewig so fortfahren», versetzte Achaz, «in dieses Dämmern hinein, Sterne über dem Kopfe, und man ist beieinander, ganz nah beieinander.»

Irma schwieg und sah träumend in die Dämmerung hinein.

Ulrichs Schlitten, der hinter ihnen her fuhr, kam ihnen jetzt ganz nahe, und sie hörten durch das Schellengeläute hindurch Fräulein Christas laute Stimme, die Ulrich etwas sagte. Achaz trieb sein Pferd an. «Nein, das wollen wir nicht», sagte er, «wir wollen das Gefühl haben, dass wir in dieser weichen Dunkelheit ganz allein sind.»

* * *

Zu Hause war es hell und warm; der Großvater ging unruhig durch die erleuchteten Zimmer, denn seine Einsamkeit drückte ihn schon. Im Kamin brannte das Feuer, Irma lehnte sich in einem großen Sessel zurück und schloss halb die Augen. Die Luft hatte sie müde gemacht. Fräulein Christa saß ihr gegenüber und erzählte aus dem Marktflecken, erzählte von der Witwe Weidemann und von den Gärtnerstöchtern, von der Schule, ruhige Geschichten, von denen Irmas Gedanken oft abschweiften, um wieder an den verschneiten Wald und die dämmerige Welt zu denken.

«Ich habe auf Sie gewartet, lieber Achaz», sagte der Graf Pax, «denn wir wollen Piquet spielen.»

So setzten sich die Herren an den Spieltisch. Ulrich ging ab und zu, sah dem Spiele zu, sprach mit Fräulein Christa, ging dann wieder, saß still in seinem Zimmer. Er liebte es, wie alle guten Arbeiter, die Ruhe des Feiertags auszukosten. Auch Irma fühlte sich wohl. Vom Kartentisch schallte bisweilen Achaz' helles Lachen, oder der süß duftende Hauch der türkischen Zigarette wehte herüber.

So war es gut, und morgen war alles vorüber.

«Heute muss ja Abschied gefeiert werden», rief Graf Pax.

«Klaus, bringen Sie von meinem Wein, und eine Ananas ist noch da, natürlich eine Bowle muss getrunken werden; dass ich das vergessen konnte», und der alte Herr war ganz Geschäftigkeit im Bereiten seiner Bowle.

Als man dann um den Tisch herum saß, jedes ein Glas vor sich, da wurde der Graf ganz Weltmann, sprach vom Herzog von Urach und dem Duc de Brollie, von Diners bei ‹Véfour›, von Bällen und schönen Damen. «Ach Gott, meine Jugend», sagte er; «damals war noch Würde in der Jugend; schon das Tanzen, nicht das regellose Herumstürmen wie jetzt.» Er stand auf. «Bitte, Fräulein Christa, einen Augenblick», sagte er, ergriff Fräulein Christas Hand und tanzte mit unendlicher Würde einige Figuren der Française, küsste Fräulein Christa dann die Hand und führte sie an ihren Platz zurück. «Seht», sagte er, «das war *élégance*.»

«Ja, das können wir nicht mehr», versetzte Achaz, «in jenen Zeiten mischte sich etwas Heiliges in das gesellschaftliche Leben.»

«Das ist es, das ist es», bestätigte der Graf, und in diesem Zimmer beim Duft der Ananasbowle und der türkischen Zigaretten, in der Wärme des Kaminfeuers und dem lässigen, heiteren Gespräch erschien allen das Leben freundlich und warm.

* * *

Achaz reiste ab. Er küsste Ulrich und sagte: «Ich danke dir, mein Alter, du bist wie ein Vater für mich; nein, du bist mehr als ein Vater, du hast mich zweimal gerettet, wie man einen Ertrinkenden rettet, ich werde dir das nie vergessen.»

Ulrich machte ein sehr ernstes Gesicht. «Wenn ich dir helfen kann», versetzte er, «so werde ich es immer tun, aber du weißt, so geht es nicht weiter, und es kommt der Augenblick ...»

«Du brauchst mir nichts zu sagen», unterbrach ihn Achaz, «denn ich habe mir selbst all das viel schärfer gesagt. O, ich habe mich nicht geschont, ich bin ein anderer Mensch geworden, das wirst du sehen, also leb wohl, mein Alter, noch einmal vielen vielen Dank, du hast mir sozusagen das Leben gerettet.»

Leichtfüßig ging er hinaus. Er fand Irma in ihrem Schreibzimmer am Fenster stehen, neben ihr Uli, der weinte. Es war ihr recht, dass Uli weinte, denn sie konnte und wollte nicht weinen, und doch war ihr kläglich zumute. «Also lebe wohl, Irma», sagte Achaz, «es war hübsch bei euch, es ist verdammt, dass ich fortfahren muss; nun wirst du dich wieder in dein weißes Winterleben einspinnen, am Fenster bei den Hyazinthen sitzen und auf den Schnee hinausschauen. Ja, hübsch ist das, aber es ist zu viel Schatten in deinem Leben.»

«Ich lebe mich in den Schatten schon hinein», erwiderte Irma matt lächelnd.

«Nein», entgegnete Achaz, «manche Blumen sind für die Sonne da und andere für den Schatten. Ich möchte dich aus dem Schatten herausheben, hoch in die Sonne hinein, dort, wo das Leben blank und lachend ist.»

«Lass mich nur in meinem Schatten», meinte Irma trübselig.

«Nun, Uli, mein Junge», rief Achaz, «du weinst um mich? Das ist hübsch von dir. Ein Abschied ohne Tränen ist wie die Suppe ohne Salz; mit den Lerchen komme auch ich wieder; lebt alle recht wohl, ihr guten und schönen Menschen.» – Damit ging er.

Als Uli am Fenster stand und weinend dem davonfahrenden Schlitten nachschaute, sagte er kläglich: «Jetzt fahren die Festtage fort!»

«Ja, die Festtage fahren fort», wiederholte Irma.

* * *

Uli wurde in die Kinderstube geschickt und Isa befohlen, ihn zu erheitern; der Großvater saß auf seinem gewohnten Platze am Fenster, schaute auf die Vorübergehnden und auf die Hunde oder blickte die Landstraße hinauf, ob nicht Besuch käme, Ulrich stand auf dem Hof und sprach mit dem Inspektor. Die Zimmermädchen trugen die Tannenbäume hinaus und fegten den Goldschaum vom Fußboden. «Der Alltag», dachte Irma, «nimmt unerbittlich vom Hause wieder Besitz.» Sie musste wohl auch in ihren Pflichtenkreis, wie Ulrich sagte, zurück, aber was war doch ihr Pflichtenkreis? Der Haushalt? – O, den besorgte die Mamsell besser als sie. Sie setzte sich, wie Achaz es gesagt hatte, an das Fenster und schaute auf den Schnee hinaus, unschlüssig, was sie tun sollte.

* * *

Am Nachmittag kam Fräulein Christa, um den Kindern Unterricht zu erteilen. Irma hörte vom Nebenzimmer aus das eintönige und stockende Lesen der Kinderstimmen, sonst war das Haus ganz still, nur ab und zu prasselte das Feuer in einem Ofen. Die Stuben waren voll weißen Schneelichtes, und draußen begann es ganz leise zu schneien.

«Das ist doch hübsch», sagte sich Irma, «das ist doch gemütlich», und dennoch ergriff sie eine unbändige Sehnsucht, Achaz' helles und leichtsinniges Lachen zu hören, eine Sehnsucht nach dem süßen Duft seiner türkischen Zigarette, und sie ärgerte sich darüber, es war unrecht und lächerlich für eine Frau, jemanden so stark zu vermissen. «Es muss etwas unternommen werden», entschloss sie sich, und nach dem Unterricht sagte sie zu Fräulein Christa: «Wir gehen nach Drixen hinein, du sagst, Lehmann hat eine neue, weiße Stube eingerichtet, mit Marmortischen, wo man Schokolade trinken und Apfelkuchen essen kann, da gehen wir hin.»

«Muss das heute sein?», fragte Fräulein Christa und sah mit ihren guten Hundeaugen Irma besorgt an.

«Ja, es muss sein», erwiderte Irma.

So machten sie sich denn auf. Es war erfrischend, durch den niederfallenden Schnee zu gehen, an den verschneiten Häuschen vorüber; ein blasses Abendrot hing am Himmel, und Krähen flogen schwarz und eilig durch das lautlose, weiße Niederrinnen. Bei Lehmann war es warm und behaglich; sie saßen vor ihren Schokoladentassen, und Fräulein Christa sprach von Viervogel. Als dieser Gegenstand erschöpft zu sein schien, begannen sie von Achaz zu sprechen.

* * *

Der Winter war in diesem Jahre hart, klares Frostwetter, der Schnee blieb bis in den März hinein liegen, unverändert dehnte sich die weiße, weite Fläche vor den Lalaikenschen Fenstern aus unter dem bleichen Winterhimmel. Die Bauernschlitten mit den struppigen Pferden, die sich mühsam durch den Schnee arbeiteten, sahen aus wie abgegriffene Spielzeuge. Ulrich war viel draußen bei seiner Landwirtschaft, ab und zu kam er angeregt herein und verlangte einen Schnaps. Der Graf Pax ging mit kleinen Schritten durch die Zimmer, schaute in die brennenden Öfen, oder stand an den Fenstern und wartete auf Besuch. Irma suchte ihren Pflichtenkreis; sie ging zu der Mamsell und wunderte sich über die vielen Würste und Schinken. Sie schaute nach den Kindern, allein Uli war in diesen Tagen schwierig; wenn er auch seine alte Frau Müller mit einem bunten Tuch und roten Plaid verkleidet hatte und Isa an einer Leine kutschte, so wurde er des Spieles doch bald überdrüssig, ging dann mit schlaff niederhängenden Händen durch die Zimmerflucht und fragte seine Mutter weinerlich: «Was gibt es zu Mittag? Es ist jetzt nichts, worauf man sich freuen kann.»

«Man freut sich auf jeden Tag», belehrte die Mutter, aber sie empfand es tief, wie recht der Kleine hatte. Nein, es war nichts da, worauf man sich freuen konnte. Selbst wenn ihr Vater herangetrippelt kam und angeregt verkündete: «Ein Schlitten hält vor der Tür!», so erhoffte sie sich davon nichts. Es war die Baronin Brünner, die dann in weitläufigem Seidenkleide hereinrauschte, behangen mit klingenden Goldsachen, sie saß am Teetisch, strickte mit klappernden Elfenbeinnadeln, erzählte aus der Nachbarschaft von zweifelhaften Ehen und von hohen Partien im Klub des Städtchens, von Dienstboten und Gouvernanten, oder es waren Herren, dann roch es nach guten Zigarren im Zimmer, und die Herren sprachen von Gründüngung und von Leuten, die ihre Güter schlecht bewirtschaften. Nein, das waren keine Ereignisse, dachte Irma. Achaz hatte gesagt, nur wenn das Leben uns wie die Welle im Seebade hochhebt, dann ist es des Lebens wert. Mein Gott, sie war nun einmal dazu bestimmt, die Hyazinthe im Fenster des adligen Hauses zu sein.

Abends kam Ulrich nach Hause, wärmte sich am Kamin und

fühlte sich sehr behaglich. Er erzählte viel von seiner Arbeit und von den Leuten. Irma lag in ihrem Sessel und hörte ihm mit halbgeschlossenen Augen zu.

«Dich interessiert das alles wohl nicht ?», fragte er schroff.

«Doch», erwiderte Irma, «erzähle nur deine grauen Geschichten.»

«Grau?», wiederholte Ulrich verwundert.

«Ja», erwiderte Irma, «diese Männer sind grau, und die Frauen sind grau, und die Stuben und die Kinder, alles ist grau.»

Ulrich schwieg eine Weile und dachte nach. Endlich sagte er: «Ich meine, du solltest dich mehr mit den Leuten abgeben; da sind kranke Frauen, kranke Kinder; eine Gutsfrau sollte so etwas wie eine wohltätige Göttin sein, das würde dir auch wohltun –»

«Das kann ich nicht», unterbrach ihn Irma, «ich kann keine Wunden sehn, ich verstehe nicht Kranke zu behandeln, dazu ist ja Doktor Bulster da, und der Geruch in diesen Bauernzimmern macht mich krank. Das ist alles sehr unsympathisch und wenig tugendhaft – aber ich kann nichts dafür.»

«Nun, wenn du nicht kannst», sagte Ulrich, schwieg dann und schloss seinen Mund so fest, dass die Lippen weiß wurden.

Einen festlichen Augenblick gab's an jedem dieser stillen Wintertage: das war der Sonnenuntergang. Die Sonne hing als rote Kugel am Rande des weiten Horizontes, purpurne und goldene Wolken lohten wie Flammen in den blassen Himmel hinauf, die Ebene wurde rosenrot, das Haus war voll roten Lichtes. Der Graf Pax trippelte von Fenster zu Fenster, rieb sich lächelnd die Hände und flüsterte befriedigt vor sich hin: «*Grand spectacle*.»

Irma stieg in den Garten hinab, ging durch die verschneiten Alleen, wie durch weiße Korridore, immer der Sonne entgegen. Sich von diesem roten Lichte bescheinen zu lassen, erregte sie, es war wie ein Versprechen, wie eine Anzahlung des Lebens auf große und schöne Dinge. Eine Welt, die sich so prächtig schmückt, musste auch ihr etwas bringen. Die Kinder liefen Schlittschuh auf einem kleinen, schmalen Gewässer des Parkes unter der Aufsicht der Frau Müller. Der Abendschein färbte das Eis.

«Wir laufen auf einem rosa Bonbon», sagte Uli. Er breitete seine Arme aus, lief lächelnd der Sonne entgegen.

«Gib acht», warnte Frau Müller.

Er aber meinte: «Ich muss zur großen Roten hin!» und stieß schrille Vogellaute aus. Plötzlich aber fiel er, fiel rücklings, lag still da und wimmerte.

Man trug ihn in das Haus; er hatte sich Schaden getan am Rücken und am Bein, und Doktor Bulster wurde geholt; klein, mit kurzgeschorenem roten Haar, stand er breitbeinig am Bett des Knaben, machte ein bedenkliches Gesicht und stopfte sich Tabak in die Nase. Uli litt Schmerzen und fieberte, und eine furchtbare Angst und Niedergeschlagenheit breitete sich von diesem Kinderbette aus über das ganze Haus, es schien leer, weil die kleine blonde Gestalt fehlte. Trübselig saß der Großvater auf seinem Platz am Fenster und sah in den Hof hinab. Selbst die Hunde schienen traurig. Ulrich kam häufig in das Krankenzimmer, schaute sein bleiches Kind ernst an. «Ich weiß wohl», dachte Irma dann, «auch dich verfolgt diese Angst überallhin», diese Angst, die sie den ganzen Tag nicht verließ, als lauere etwas Entsetzliches auf sie, wo sie ging und stand. Irma wachte die Nacht über bei Uli; sie saß bei der Nachtlampe, ein Buch vor sich aufgeschlagen, aber sie las nicht, sie starrte in die Ecken, in denen die schwarzen Schatten zitterten; Uli flüsterte leise und geschäftig im Fieber, sein Gesicht war bleich, umgeben von der Aureole der blonden Locken. Es kamen Irma Gedanken, seltsam wie schreckende Träume; wie konnte etwas so Kleines und Hilfloses mit dem furchtbaren, unbekannten Tod ringen; und dann dort drüben – gut – es waren dort Engel, Licht – allein, jetzt sah sie dieses Jenseits ganz deutlich – eine große, dämmrige Ebene von einer erschreckenden Fremdheit, und dort sollte Uli umherirren? Allein, hilflos, klein – und eine so unbeschreibliche Angst zitterte in ihr, dass sie nicht weinen konnte. Und dennoch, als Frau Müller um vier Uhr kam, um sie abzulösen, und sie sich todesmatt auf das Bett warf, da war es ein köstliches Gefühl, den Kopf in die Kissen zu drücken und die Augen zu schließen.

* * *

Ulis Zustand besserte sich: sein Rücken schmerzte ihn. Aber es gab Augenblicke, in denen er lächelte. Isa saß treu am Ende des Bettes und sah ihn aufmerksam mit ihren grauen Augen an. Der stete Gefährte aber des Knaben war der Großvater. Der alte Mann hätte alles getan, um ein Lächeln auf das bleiche Kindergesicht zu bringen. Er machte vier Knoten in ein Taschentuch und war dann ein Clown, ruhte nicht eher, bis Uli bei seinen Sprüngen und Künsten hell auflachte; er schleppte alle Schätze seines Zimmers herbei, Schweizer Holztiere und Häuschen, Krawattennadeln und Bilder. Er wurde der kindliche Kamerad des Kranken, und wenn Uli nicht lachte, sondern sich wimmernd in seinem Bette wand, wurde auch der alte Herr ganz niedergeschlagen und machte ein Gesicht, als hätte er Podagra. Endlich kam die Zeit, da Uli ein wenig aufstehen durfte, aber er musste sich auf eine Krücke stützen, das Gehen fiel ihm schwer, und Doktor Bulster machte noch immer ein bedenkliches Gesicht und sagte zu Ulrich: «Wir müssen zusehn, dass uns der Knabe nicht verwächst.»

* * *

Draußen war währenddessen das Frühjahr gekommen, warmer Sonnenschein, über die Bäume breitete es sich wie grüne Schleier, und das junge Gras duftete aus der feuchten Erde. Die Amseln schlugen wie berauscht; Uli durfte in einem kleinen Rollstuhl, von Frau Müller geschoben, die Parkwege entlangfahren, der Großvater ging nebenher, versuchte es, aus dem Frühling alles hervorzusuchen, was den Knaben erheitern konnte. «Jetzt fahren wir zum Drosselnest», sagte er, «jetzt zu den Veilchen», «jetzt schaun wir uns an, wie das Vieh hinausgetrieben wird». Er sprach unermüdlich. «Eine Livree müssten wir Frau Müller machen», meinte er, «rot mit goldenen Tressen, dann würde jeder, an dem du vorüberfährst, sagen: ‹Da fährt der Baron Buchow.›» Das bleiche Kindergesicht lächelte und schaute erwartungsvoll zum Großvater auf, ob dieser nicht etwas Neues, Vergnügliches sagen würde.

* * *

Die Abende waren noch kalt, so brannte das Feuer im Kamin; der Großvater schlief in seinem Stuhl, Irma und Ulrich saßen am Feuer und schwiegen. Ja, Ulrich schwieg, denn er war es gewohnt, die Zähne über einem Schmerz zusammenzubeißen, ihn stumm in sich bohren zu lassen. Irma weinte zuweilen still vor sich hin.

«Weine doch nicht», sagte Ulrich weich.

«Ich muss weinen», erwiderte Irma, «wenn ich an den armen Rücken des Kleinen denke, wenn ich denke, dass sein Leben Schmerzen und Entsagung sein wird.»

«Wir müssen tapfer sein, Kind», sagte Ulrich.

«Tapfer», wiederholte Irma, und ein wenig Rot stieg in ihre Wangen, «für wen soll ich tapfer sein, für wen soll ich die Heldenmutter spielen, wenn das Leben meines Kindes zerstört wird?»

Ulrich schwieg darauf, sann nach und sagte dann vor sich hin: «Viervogel sagt, wenn man auch noch so vorsichtig durchs Leben geht, sich gleichsam vor dem Leben versteckt – es hilft nichts, irgendwo an einer Ecke lauert es einem auf und trifft uns, wo wir am verwundbarsten sind.»

«Ach was, der törichte Viervogel», sagte Irma, «der liebt nichts, der hat nichts, der sieht zu, wie die Witwe Weidemann bäckt, und wenn sie nicht bäckt, bäckt eine andere, was kann dem geschehn?»

Das Gespräch verstummte wieder, Ulrich lehnte den Kopf in den Sessel zurück und rauchte, der Großvater schnarchte leise in seinem Stuhl. Plötzlich sagte Ulrich mit einer wunderlich veränderten, ein wenig heiseren Stimme, als würde das Sprechen ihm schwer: «Siehst du, Kind, ich bin nun einmal solch ein steifer, verschlossener Gesell, der, was er fühlt, herunterschluckt, aber glaube mir, ich fühle sehr wohl, was in dir vorgeht, und ich würde so gern dir helfen, lass unsere beiden Schmerzen Kameraden sein, sprich dich aus, wir wollen näher zueinander rücken; wenn ich's auch nicht zeigen kann – es klingt doch alles in mir wider, was in dir vorgeht» – und er streckte seine Hand ihr entgegen.

Sie legte matt die ihre hinein und sagte leise: «Du bist sehr gut, Ulrich, aber, wer kann mir helfen?» Dann schwiegen sie wieder und lauschten dem Prasseln der Holzscheite im Kamin.

Plötzlich erwachte der Ton schnelllaufender, kleiner Füßchen in der dunklen Zimmerflucht, und Isa erschien in der Tür. Ihre grauen Augen musterten aufmerksam die Eltern.

«Nun, meine Tochter», sagte Ulrich freundlich. Da trat sie vor und bot ihre Stirn den Eltern zum Gutenachtkuss hin. Irma küsste flüchtig die Kinderstirn, Ulrich strich dem Mädchen freundlich über das Haar. Isa küsste noch die weiße Perücke des Großvaters und verschwand dann wieder in der Dunkelheit. –

* * *

Diese Abende am Kaminfeuer waren kummervoll; das Ehepaar schwieg viel, zuweilen aber sprach es leise und sprach beständig von Uli. «So viel Glück als wir können, müssen wir in sein Leben bringen», sagte Ulrich.

«Ach ja», meinte Irma, «er, der weinte und böse war, wenn die Sonne nicht schien.»

«Nun», sprach Ulrich nachdenklich vor sich hin, «das Leben nimmt ihn in eine harte Schule.»

«Das will ich nicht», fuhr Irma auf. «Das Leben soll mein Kind in Frieden lassen, ich will es beschützen und bewachen vor dieser Schule, und vielleicht, vielleicht –», sie beendete ihren Satz nicht, ihre Stimme zitterte zu stark.

Ulrich lehnte seinen Kopf in den Sessel zurück und sagte nach einer Weile: «Ja, vielleicht …» Dann schwiegen sie wieder beide.

Der Frühlingswind rüttelte an den Fensterläden, weckte schrille Töne an den Glastüren des großen Saales, aber es war nicht die Stimme des Winterwindes, die stets klingt, als sei etwas in Not, als klagte etwas. Es lag wie Jubel im Brausen des Windes, als wühlte er mit Wollust in den grünen Wipfeln und schüttelte lustvoll an den Knospen. Irma hörte aus ihm etwas wie ein Versprechen heraus, wie eine Wonne, die doch noch, trotz allen Kummers, in der Welt wohnte. Dieser Wind ließ in ihr das Gefühl des Jungseins und des Hoffens plötzlich erwachen.

Der Ton eines dumpfen Falles machte beide aufschrecken. Der

Großvater war von seinem Stuhl vornüber auf die Erde gefallen, lag regungslos da, ein hilfloses Bündel. Man hörte ihn nur flüstern: «*En été, en été.*»

Den Armen hatte ein Schlaganfall getroffen, er wurde in sein Zimmer geschafft. Doktor Bulster konstatierte die Lähmung der rechten Seite, und der lustige alte Herr lag klein und bleich in seinem Bette, schwieg meistens; nur einmal schien er Ulrich zu erkennen und sagte leise: «*Fini.*»

Während der Krankheit des Grafen fuhr Uli allein in den Park hinaus; zuweilen ging Isa neben seinem Rollstuhl einher, allein das befriedigte ihn nicht, er war verstimmt und weinerlich. Sein alter Spielkamerad fehlte ihm, und die Dinge um ihn her hatten, ohne die lustige Auslegung des Großvaters, für ihn keinen Sinn.

* * *

Aber der alte Graf erholte sich, er konnte das Bett verlassen und am Arme seines alten Dieners Lukas sich langsam fortbewegen. Das Gesicht unter der weißen Lockenperücke war kleiner und faltiger geworden, der Mund ein wenig schief, wie gezogen von einem ironischen Lächeln. «Siehst du, mein Lieber», sagte der Graf zu Ulrich, «das sind so Winke, die ich zwar für unnütz halte, denn was geschieht, soll geschehn, wozu die Winke und Andeutungen; aber gleichviel, ich bin nicht dumm genug, um nicht zu verstehn. Aber den Gefallen will ich dem Herrn oben doch nicht lassen, und das Stückchen Leben, das mir bleibt, damit verbringen, Trübsal zu blasen. Ich habe nach einem Rollstuhl geschrieben, Lukas kriegt eine blausilberne Livree; es kann alles noch ein anständiges Ansehn haben.»

Uli lachte über das ganze Gesicht, als er den Großvater sah, streckte ihm die Arme entgegen und rief: «Du bist's, Großvater, nun ist alles gut, sie sagten schon, du …» Der Knabe hielt ein wenig erschrocken inne.

«Ich sterbe», ergänzte der Großvater. «Nein, mein Junge, das ist eine Klatscherei, man stirbt nicht so mir nichts, dir nichts im schönsten Frühling. Ich habe jetzt auch einen Rollstuhl, den sollst du sehen, ein wahrer Thron, Lukas bekommt seine blaue und silberne Livree, Frau Müller schenke ich einen grünen Helgoländer, und so fahren wir zusammen aus.»

Und sie fuhren zusammen aus, hinein in die Pracht des Frühlings, der kleine und der große Rollstuhl, Lukas in der blauen Livree, Frau Müller im grünen Hut.

«Sieh, mein Junge», sagte der Großvater, «wir können es ja so ansehen: jeder vornehme Mensch fährt im Rollstuhl. Das sind so mehr die kleinen Leute, die auf zwei Beinen herumlaufen. Sieht das nicht famos aus, wie wir so dahinfahren, Graf Pax und Baron Buchow; wie das klingt! So, jetzt kommen wir in die Pappelallee, wie die gerade dastehen. Wir können uns denken, sie sind Soldaten und salutieren, und wir grüßen wieder, nein nicht so, nur so leicht an den Hut gefasst, so grüßte der König von Belgien, wenn er durch Brüssel fuhr. Und jetzt fahren wir zu den Tulpen; wir wollen doch sehen, was die in dieser Zeit gemacht haben.»

Die Tulpen waren wunderschön aufgegangen, sie standen da, wie feuerfarbene und rote Becher; einige hatten ihre Spitze noch geschlossen und sahen aus wie wunderliche, bunte Früchte. «Brav, brav», sagte der Großvater, «die tun ihre Pflicht; nun fahren wir zum Teich, nach den Fröschen; schau, die wunderlichen, nackten grünen Kerle! I, wie der dort über das Blatt steigt; sie tun so, als müsste man so aussehen!»

Uli lachte, dass ihm die Augen feucht wurden. Zuletzt fuhren sie noch an den Zaun, um nachzuschauen, ob nicht Besuch käme, allein es wurde abendlich, und Frau Müller mahnte zur Heimfahrt. «Wir wollen noch die Sonne untergehen sehen», sagte Uli weinerlich.

«Das wollen wir», sagte der Großvater, «aber dort von der offenen Holzhalle im Garten aus.»

So standen der kleine und der große Rollstuhl in der offenen Holzhalle, das helle Gesicht des Knaben und das kleine, verschrumpfte Gesicht des Greises wurden von der untergehenden Sonne mit purpurnem Licht übergossen, und in den blauen Kinderaugen und in den grünlichen Augen des alten Mannes spiegelte sich die Sonne wie kleine, rote Pünktchen. Zuweilen gesellte sich Irma zu ihnen und sagte: «Ich komme zu euch, ihr scheint mir so glücklich.»

* * *

In den Ecken des Hauses saßen wohl noch die Sorgen und lauerten den Menschen auf, um sie jählings zu überfallen, aber draußen feierte der Frühling sein Fest üppiger denn je. Die Zeit der durchsichtig grünen Wipfel, der flatternden, grünen Schleier war vorüber, die Bäume gaben schon Schatten, die Alleen waren voll gedämpften, grünlichen Lichtes, alles blühte jetzt und schmückte sich. Auf den Gartenbeeten leuchtete und duftete es, und in den Zweigen saßen Stare und Amseln und schlugen aus Leibeskräften, als sei etwas Großes in diesen kleinen Wesen erwacht und müsste herausgerufen werden, wenn es auch die Brust zersprengte.

Auch Irma fühlte in sich die Lebensunruhe erwachen, ein unklares Hoffen und Warten, das die Sorgen zuweilen ablöste. Wenn sie abends im Kaminzimmer neben dem schweigenden Ulrich saß, dann kreuzten ihre Füße sich unruhig immer wieder einer über den anderen, oder sie ging am Tage ohne Zweck durch die lange Zimmerflucht und ließ das Parkett unter ihren rastlosen Füßen knarren. Es war ihr zuweilen, als würde sie gerufen, als gäbe es etwas, wo sie dabei sein musste, etwas, das sie versäumte.

Sie ging mit Fräulein Christa spazieren; der Sumpf, über den die große Brücke führte, war schon voll giftgrüner Hümpel. Im Flecken herrschte reges Leben, beim Gärtner wurde gearbeitet, die großen blonden Mädchen, Gießkannen in der Hand, riefen sich laut und lachend zu; der alte Mann mit dem schwarzen Käppchen gab Befehle; das Postfräulein wartete an der Ecke auf den Provisor, und die Witwe Weidemann hatte zwei rote Rosen an ihrem Strohhut. Selbst Viervogel ging spazieren, langsam und gelangweilt. «Ja», sagte Fräulein Christa, «in dieser Zeit ist der Flecken wie ein Bienenstock, der sich zum Schwärmen rüstet, ich merke es selbst an den Mädchen meiner ersten Klasse, sie haben feuchte, blanke Augen und denken an ganz anderes, als an das, was ich ihnen vortrage. Aber das muss wohl so sein», schloss sie und seufzte.

Sie hatten den Flecken hinter sich gelassen und waren zum kleinen See hinaufgegangen, der blau und voll goldenen Nachmittagslichtes vor ihnen lag. Überall Lichtflecken, die sich bewegten und doch nicht von der Stelle kamen; Schachtelhalme steckten ihre grünen Spitzen aus dem Wasser, und wohlig schwammen Bläshühner wie kleine schwarze Kähne durch all das Blau und Gold. «Das ist doch schön», sagte Irma und breitete ihre Arme aus.

«Ja, schön», wiederholte Fräulein Christa und machte ein strenges Gesicht, «aber gehört man dazu? Ja, das Postfräulein, das auf den Provisor wartet, die tollen Gärtnersmädchen, alle meine Schülerinnen, denen ich es ansehe, dass etwas ihnen im Blute brennt, die gehören dazu, aber ich, ich komme mir ausgeschlossen vor.»

«Nein», rief Irma und stampfte mit dem Fuß, «ich will dazugehören, niemand hat ein Recht, mich davon auszuschließen.»

«Ja, vielleicht», sagte Christa, «gehörst du dazu, aber ich bin einsam und hässlich, was kümmert sich der Frühling um mich.»

«Nehmen müssen wir ihn uns», rief Irma, «trotz aller Sorgen und trotz aller Qualen, wir wollen uns unser Recht nicht verkümmern lassen. Was heißt das, alles freut sich und schmückt sich, und ich werde sauer in der Ecke sitzen und Trübsal blasen, das will ich nicht. Wenn es einen Frühling gibt, dann gehöre ich dazu, und du auch, Christa. Was macht denn dein alter Viervogel, warum liebt er dich nicht?»

Christa machte ein tragisches Gesicht. «O der», sagte sie, «der leidet an seinem zerstörten Leben, was soll dieser kluge Mensch hier bei uns? Es muss ihn schmerzen, dass er all seine Gaben hier verstecken muss.»

«Ach was», sagte Irma, «er soll dich nur heiraten, statt bei der Witwe Weidemann zu sitzen, wenn sie auch zwei Rosen auf ihren Strohhut gesteckt hat. Es kommt mir vor, als sei überall Glück ausgestreut, als rufe es nach uns in den Lüften und in den Zweigen, aber wir verstehn es nicht zu fassen.»

«Nein», sagte Christa, noch immer mit ihrem tragischen Gesicht, «unter all diesen Frühlingsschönheiten verstecken sich doch die Schmerzen und Tränen, und wollen wir den Frühling fassen, so fassen wir doch nur diese Schmerzen und Tränen.»

«Nein, das will ich nicht», rief Irma, «warum bist du heute so traurig, ich glaubte, wir würden zusammen fröhlich sein, und nun sprichst du solche Dinge.»

«Verzeih», meinte Christa und schaute nachdenklich in das Flimmern des Wassers hinaus, «der Frühling macht mich immer traurig.»

«Auch das noch», versetzte Irma zurück und zuckte die Achseln, «nun, dann gehen wir nach Hause.»

Auf dem Wasser erloschen die Lichter. Die untergehende Sonne warf über den See für wenige Augenblicke ihr purpurnes Licht, so dass der See aussah wie eine große Schale voll roten Weines dort mitten in all dem Grün. Unten im Flecken dämmerte es schon, die durchsichtige Dämmerung des Frühlingsabends. Beim Gärtner wurde noch gearbeitet, das Rufen und Lachen der Gärtnerstöchter klang hell auf die Straße hinaus. In allen Häusern standen die Fenster geöffnet, Mädchen lehnten in ihnen und schauten nachdenklich und wartend in die Dämmerung hinein. Katzen schlichen die Dachfirste entlang, und in dem kleinen Gärtchen des Lehmannschen Gasthauses stand die dicke Kellnerin und ließ sich von einem Burschen mitten auf den Mund küssen. «Die wollen dazugehören», dachte Irma, «und sie gehören dazu.» Auf der großen Brücke trennte sie sich von Fräulein Christa, und während sie das Stück bis zum Hause allein zurücklegte, fühlte sie das heimliche Leben der Frühlingsnacht.

Zu Hause kam ihr Ulrich entgegen, ernst und bleich; er sagte, Uli hätte stark gehustet, Dr. Bulster hatte die Bronchien angegriffen gefunden, ein wenig Fieber sei da und die größte Vorsicht geboten. Einen Augenblick sah Irma ihn mit großen Augen an; in einem Augenblick war alles wieder fort, der Frühling und die Lebensunruhe und die Hoffnung auf schöne Dinge. Die Angst um ihr Kind war wieder da; sie saß wieder am Bette des Kindes, starrte auf die schwarzen Schatten in der Ecke, die von der flackernden Nachtlampe leise bewegt wurden, und ihre Gedanken gingen so freudlose, angstvolle Wege, und alles, alles Schöne schien fort zu sein.

Jetzt begann für Irma ein seltsames Leben, dessen einzig Wirkliches das Kinderbett mit dem bleichen, hustenden Knaben war. Was sonst der Tag brachte, die Mahlzeiten mit dem ernsten Ulrich und der scheuen Isa, deren Augen angstvoll auf der Mutter ruhten, die Gespräche mit Fräulein Christa, all das war schattenhaft. Zuweilen blickte Irma zum Fenster hinaus, ja, die Bäume grünten und blühten, die Wipfel wiegten sich im Frühlingswinde, aber das sagte Irma nichts.

Der alte Graf Pax ließ sich schläfrig und missmutig durch die Gartenalleen fahren. Ihre eigentliche Welt war das Krankenzimmer, in dem die Fenster offen standen und die Vorhänge zugezogen waren. Das einzig Wirkliche war der schwere Atem des Kindes und die furchtbare Angst, die ihr das Herz zusammenschnürte. Zuweilen wimmerte Uli und verlangte, es sollte heller sein; Irma zog dann ein wenig die Vorhänge zurück, und die Sonne warf einige Goldflitter auf die Decke des Knaben, dessen schwache Hände danach griffen, als könnten sie in ihnen wühlen, während die Andeutung eines matten Lächelns sich auf dem blassen Kindergesichte zeigte. «Warum spielt Isa nicht?», flüsterte er zuweilen, aber wenn sie mit ihren Püppchen kam und ernst vor ihm zu spielen begann, schloss er müde die Augen. Auch der Großvater kam, aber er war still und in sich versunken. Uli lächelte ihm zu, und dann versuchte es der alte Herr, heiter zu sprechen, zu scherzen; aber Uli hörte nicht mehr, schloss die Augen und rang nach Atem. An einem Abend, nach einem sehr schlimmen Tage, flüsterte Uli: «Die Sonne geht unter, lasst sie herein.» Als Irma die Vorhänge zurückbog, kam rotes Licht in das Zimmer, legte sich einen Augenblick auf die Decke des Kranken: es war, als erblühte etwas Prächtiges rings um das Krankenlager. Uli griff unsicher nach den bunten Strahlen, als wollte er sie pflücken, dann lösten sich aus seiner Brust tiefe, rasselnde Atemzüge, es wurde dann still, ganz still … Uli lag tot da, überglitzert von den goldenen, purpurnen Lichtern der untergehenden Sonne.

* * *

Wenn Irma in ihrem Schreibzimmer saß, still vor sich hin weinte oder vor sich hin schaute, hatte sie noch das Gefühl, Uli ist da. Sie wusste, er lag im Nebenzimmer auf seinem Bette, in seinen Sonntagskleidern, mit einem weißen Schleier bedeckt, das Gesicht bleich und streng. Er war ganz umgeben von Blumen, deren Düfte die Luft schwer und schwül machten. Irma wagte nur selten hineinzugehen, über dem strengen, bleichen Knabengesichte lag etwas Fremdes, das sie schmerzte. Dann am der Tag der Bestattung, traumhaft und unwirklich, viele Menschen: Damen in Trauer, die weinend Irma umschlangen, der Gang zum Friedhof, auf dem das Familiengewölbe stand. Sie hörte die Stimme des Predigers, sie sah einen Augenblick den kleinen Sarg, jemand führte sie fort. Sie fand sich wieder in ihrem Zimmer, die vielen Menschen waren fort, Ulrich stand bei ihr und strich ihr über das Haar; Christa saß neben ihr und machte ein trauriges Gesicht. Irma fühlte sich unendlich müde, und sie war hungrig; sie wunderte sich darüber, aber sie freute sich, als der Diener den Tee brachte. Sie aß und trank mit Heißhunger, hörte, wie Ulrich und Fräulein Christa miteinander sprachen, und es war, als sprächen Menschen in weiter Ferne von ihr, Dinge, die sie nichts angingen, sie wollte schlafen – nur das. Und sie schlief einen langen, traumlosen Schlaf.

* * *

Als sie erwachte, dämmerte es bereits; Ulrich stand neben ihr und schaute sie ernst an. «Ich warte hier», sagte er, «denn ich weiß, das Erwachen ist bitter.»

Irma schaute eine Weile wie gedankenlos vor sich hin, bis die Erinnerung wieder über sie kam, da sagte sie leise: «Ja, das Erwachen ist bitter.» Ulrich schlang seinen Arm um sie, und sie begannen langsam in der Zimmerflucht auf und ab zu gehen. Durch die geöffneten Fenster tönte das Abendlied der Drosseln, an der Türe des Saales erschien Isa, eine kleine schwarze Gestalt. Sie sah forschend ihre Eltern an und ging dann schweigend hinter ihnen her.

* * *

Nun kamen Tage, die Irma leer, ganz leer dünkten. Der Sonnenschein lag in den Zimmern, die Luft, die durch die Fenster eindrang, wurde immer schwerer von Düften, der Großvater ließ sich durch die Alleen fahren, bleich und gebrechlich, Isa spielte mit ihren Püppchen, indem sie lautlos die Lippen bewegte, Ulrich war draußen bei seiner Arbeit, und Irma, für Irma war der Tag ganz leer. Eine zwecklose Unruhe trieb sie von Zimmer zu Zimmer, ließ das Parkett unter ihren rastlosen Füßen knarren; wenn sie an einem Fenster stehen blieb, sah sie, wie die Bäume grünten, wie die Kastanien und der Flieder blühten – aber das sagte ihr nichts. Nicht einmal an Uli konnte sie denken, nur eine unendliche Müdigkeit lastete auf dieser bleichen Frau im langen Trauerkleide. Zuweilen kam Fräulein Christa und sprach in ihrer resoluten Weise von Uli, vom Himmel und von Gott, aber Irma winkte ab: «Lass das», sagte sie müde, «erzähle lieber von Viervogel.» Abends kam Ulrich; sie saßen im Kaminzimmer beieinander in der hellen Dämmerung, die Fenster standen weit offen, Fledermäuse flogen vorüber, ihren dünnen, schrillen Jauchzer ausstoßend, ein Nachtschwärmer verirrte sich zuweilen in das Zimmer, und man hörte in der Dunkelheit nur das surrende Geräusch seiner Flügel wie den Ton winziger Propeller. Irma und Ulrich hatten lange geschwiegen, jetzt nahm Ulrich Irmas Hand und sagte mit einer leisen, erregten Stimme: «Ach, Irma, wollen wir unsere Schmerzen zusammenlegen, sprich, das wird dir guttun.»

«Sprechen», sagte Irma, «was soll ich sprechen – es ist aus, ich wusste nicht, dass ein großer Schmerz eine große Leere ist. Uli war ein Festtag, jetzt, wo er fort ist, kommen die Werktage, die alle einander gleichen und nichts bringen.»

«Die Werktage richten uns auf», versetzte Ulrich, «wie könnten wir ohne sie leben; sie helfen uns unseren Schmerz als eine heilige, ernste Melodie in das Leben aufzunehmen, wir gehören nicht ihm, sondern er gehört in unser Leben.»

«Ja, du hast Arbeit», meinte Irma, «aber ich?»

«Für dich muss das Leben auch wieder beginnen», meinte Ulrich.

«Ja», sagte Irma klagend, «vielleicht wird es wieder beginnen, dieses

Leben, ich kann es nicht hindern, aber wird es je wieder einen Inhalt haben?»

«Wir müssen ihm einen Inhalt geben», bemerkte Ulrich, dann schwiegen sie wieder und horchten hinaus auf das Flüstern der Mainacht. –

* * *

Der Mai war vorüber, die Tage wurden heiß. Die Vorhänge in den Zimmern waren vor der Sonne geschlossen, im Garten begannen die Lilien und Rosen zu blühen. Graf Pax und sein Diener verkrochen sich in die schattigsten Winkel des Gartens, und dort schlummerten dann beide. Auch auf dem stillgewordenen Hofe suchten die Hunde kleine Schattenflecken, um dort zu schlafen. Erst am Abend erwachte das Leben, wenn vor dem Gesindehause die Harmonika gespielt wurde und die Mägde in langen Reihen die Landstraße entlanggingen und sangen. Irma empfand die heißen Nachmittage, an denen Sonnenstrahlen durch die Vorhänge die goldenen Dolche in das Zimmer stachen, als eine Zeit, die sie doppelt traurig und müde machte. Sie legte sich dann auf ihre Ottomane, sie liebte jetzt zu schlafen, traumlos zu schlafen, denn die unwahrscheinliche und leere Welt um sie war dann fort, ganz frei.

* * *

So lag sie eines Nachmittags da, das bleiche Gesicht beruhigt, fast glücklich; sie hatte schon längere Zeit geschlafen, als das Erwachen begann, das mühsame, hoffnungsarme Erwachen. Sie spürte es deutlich, dass jemand sie anschaute. Es war wohl wieder Ulrich, der ihr diesen Augenblick erleichtern wollte. Aber sie schlug die Augen nicht auf, sie wollte das ernste, traurige Gesicht ihres Mannes nicht sehen. Ein leises Hin- und Hergehen jedoch ließ sie aufsehen; mitten im Zimmer stand Achaz und lächelte. «Du bist es?», sagte sie.

Achaz wurde gleich ernst, er machte ein trauriges und elend befangenes Gesicht. Er eilte zu ihr, küsste ihre Hand, sprach leise etwas, von tiefem Schmerz, den er mitempfinde, von dem lieben Jungen, der auch ihm fehlen würde.

«Ja», sagte Irma langsam, «es ist seltsam, wie das Fortgehen dieses kleinen Kerls mit dem großen Lockenkopf das Haus und das ganze Leben so leer macht.»

Achaz hatte feuchte Augen, aber er wusste nicht viel zu sagen; eine ihm sonst ungewohnte Befangenheit ließ ihn nach Worten suchen. Da ertönte unter dem Fenster das Knarren der Räder eines Rollstuhls. Ein wenig erleichtert sprang Achaz auf. «Das ist der Großvater», sagte er, damit eilte er hinaus.

Irma hörte, wie sie unter dem Fenster miteinander sprachen, anfangs leise und gemessen, dann plötzlich lachte der Großvater, und dann prasselte auch Achaz' jugendliches Lachen auf. Irma horchte auf, dieser Ton war ihr so ungewohnt seit langer Zeit, gab es das noch? Da war es wieder, dieses helle, sorglose Lachen. Von dem ungewohnten Tone aufgeschreckt, war Isa an die Tür geschlichen, eine kleine, schwarze Gestalt, die mit runden Augen verwundert auf dieses Lachen da draußen horchte. «Würde er noch einmal lachen?», dachte Irma, dieser Ton brachte ihr eine Botschaft vom Leben, die sie noch nicht verstehen wollte, aber die sie fühlte. Der Rollstuhl setzte sich wieder in Bewegung, Achaz' Schritte knarrten auf dem Kies, die Stimmen entfernten sich, das Zimmer war wieder still in der goldenen Schläfrigkeit der Mittagsstunde.

Graf Pax ließ abends seinen Rollstuhl in das Kaminzimmer rollen, er wollte hören, was Achaz erzählte. Durch die geöffneten Fenster drang die weiche Luft der Sommernacht, schwer von den Düften der Lilien und der Nachtviolen. Die Unterhaltung war anfangs stockend und kleinlaut, allmählich jedoch kam Achaz in das Erzählen, seine Stimme wurde lebhaft und sein Lachen sorglos und heiter. Der alte Graf legte die Hand an sein Ohr, aus Achaz' Geschichten wehte es ihm entgegen wie der Asphaltgeruch der Großstadtstraße, er hörte wieder die Namen vornehmer Menschen und guter Restaurants, er richtete sich in seinem Stuhl auf, kicherte und erzählte seinerseits die längst bekannten Geschichten aus Paris. Irma hörte nur zerstreut zu, aber diese Stimme, diese Geschichten, dieses Lachen – es zeigte ihr, dass das Leben wartete, und unbewusst fühlte sie, es wartete auf sie. Aber gleich empfand sie dann, dass sie etwas verriet, etwas verließ, und sie wollte zurückkehren zu ihren traurigen Gedanken, wollte es unterdrücken, dieses leichte Zittern einer neu erwachenden Lebenslust. Achaz hatte langen Urlaub genommen, denn Ulrich hatte ihm geschrieben, er sei hier erwünscht. Nun meinte er, man ist doch so selten erwünscht, da muss man die Gelegenheit erfassen. Übrigens wollte er sich ganz dem Landleben widmen, wollte in der Morgenfrühe in dem See baden, morgen schon, und mit Fräulein Christa im Freien von Religion sprechen. Gerade in seinem Berufe war es wichtig, einmal wieder ganz zur Natur zurückzukehren, denn Diplomatie sei das Gegenteil von Natur. Als man sich trennte und gute Nacht bot, rieb der alte Graf sich die Hände und meinte schmunzelnd: «Wieder einmal ein anständiger Abend!»

Es war ganz früh am Morgen, als Irma erwachte. Die Sonne schien noch tief zu stehen und sandte schräge Strahlen unter den Vorhängen hindurch in das Zimmer. Erfrischende Morgenluft drang durch die Fenster. Irma wollte aufstehen, bevor die heißen Stunden kamen, sich mit Morgenkühle volltrinken. Ja, es war etwas, das sie heute den Tag mutvoller beginnen ließ, als verspräche er etwas. Was war es? Worauf konnte sie sich freuen? Achaz fiel ihr ein, aber sogleich widersprach das Gewissen ihres Schmerzes, was konnte Achaz ihr sein? Und dennoch, eine wunderliche Ungeduld, den Tag zu beginnen, trieb sie heute aus dem Bette. Sie ging in den Garten hinaus. Ein grauer, mattschimmernder Tauschleier lag auf den Blättern und Blumen, eine wohltuende feuchte Kühle mischte sich in alles Duften. Irma stand eine Weile da, die Lippen halb geöffnet, und trank diese Morgenluft ein wie einen köstlichen Trank, der sie für eine Weile ihre Jugend und ihr Leben fühlen ließ, so dass ihre Augen blank wurden. Aber dann mahnte wieder etwas in ihr zum Schmerz wie zu einer Pflicht, und sie begann ernst die Lindenallee auf und ab zu streifen. Zuweilen blieb sie stehen und sah zwischen den Bäumen hindurch auf das Land. Die Luft war noch voll eines leichten Glitzerns, vom

Sumpfe stiegen weiße Nebelschleier auf, jenseits der roten Häuschen des Fleckens glänzte der See. Da kam auch Achaz die Landstraße herab, im hellen Sommeranzug, den Strohhut auf dem Kopf, wiegte er sich beim Gehen lässig in den Hüften und köpfte mit seinem Spazierrohr die Blüten des Löwenzahns am Wegrain. Plötzlich hatte er Irma erspäht, er lachte über das ganze Gesicht, grüßte, winkte mit der Hand, sie sollte ihm entgegenkommen. Gut, sie wollte ihm entgegengehen, ihm, der da lächelnd im Sonnenschein stand wie das leibhaftige Leben. Sie öffnete das Gartenpförtchen.

* * *

Auf der langen Brücke trafen sie sich. Achaz' Gesicht war von dem Bade leicht gerötet, seine Augen glitzerten, die Morgenluft berauschte ihn; er musste unaufhörlich sprechen, große Gesten machen, mit dem Stock auf das Brückengeländer schlagen. «Da bist du ja», rief er Irma entgegen und küsste ihre Hand, «zufällig sehe ich zum Garten hinüber und bemerke dich zwischen deinen Bäumen, wie du mit dem Morgentau und Morgenduft eine Orgie feierst.»

«Ja», meinte Irma, «diese Stunde gibt uns ein wenig Kraft für den langen, heißen Tag.»

«Ja, eine Orgie», wiederholte Achaz, «während wir im Bett liegen, bereitet jeden Morgen die Natur solch ein raffiniertes Fest mit Gold und Purpur und Düften und Geschmäcken, ganz raffiniert; was sind unsere großstädtischen Diners dagegen mit ihren hohen Weinen und Sorbets; der Natur ist es ganz gleich, ob wir kommen oder nicht; sie feiert eben ihre Feste. Und dieses Bad im See! So viel Goldflitter lagen auf dem Wasser, dass es mir vorkam, als schwimme ich auf lauter Generalsuniformen, und wenn man emporschaute, war es, als ob man dieses kühle, durchsichtige Blau des Himmels trinken könnte; ich sage dir, großartig. Früher gingst du doch auch mit deiner Minna im See baden.»

Irma lächelte matt. «Ja früher», sagte sie, «ich tat manches, was ich nicht mehr tue.»

«Und warum?», rief Achaz und schlug mit der Faust auf das Brückengeländer, «ich weiß, unser Junge fehlt uns, aber ich glaube, du trauerst um ihn nicht, wie er es wünschen würde. Er wurde ungezogen, wenn er ein trauriges Gesicht sah, wenn keine Freude in Aussicht stand. Um diesen sonnigen Jungen müssen wir trauern, indem wir ihm Sonnenschein und Duft und Freude und Lachen als Totenopfer darbringen. Lebe wieder, Irma, und du wirst es dann fühlen, dass er bei uns ist, dass er sich mitfreut, dass er mitlacht, dass er ein Teil von allem ist, das uns wohltut. Siehst du, er war ein Festkind, und um ihn müssen wir weinen, indem wir lächeln.»

Irma lächelte wieder ihr mattes Lächeln, aber Tränen standen in ihren Augen, gaben ihnen einen durchsichtigen Saphirglanz und verschönten sie seltsam. «Wenn ich das könnte», sagte sie leise – dann schwiegen sie eine Weile; Irma schaute auf die grünen Hümpel des Moores hinab mit ihren Wollblumen und Sumpfhyazinthen.

Achaz ging unruhig auf der Brücke hin und her; er musste jetzt von etwas anderem sprechen, sagte er sich, von etwas Heiterem. «Es war seltsam», begann er, «wie ich so auf dem See schwimme, sehe ich plötzlich im Schilf eine große Gestalt stehen, ein nackter Mensch, ganz blank von Wasser und Sonnenschein. Ich trau' meinen Augen nicht, aber es ist Viervogel. ‹Herr Rechtsanwalt›, sage ich, ‹ich finde Sie da in einer Lebenslage, die nicht zu Ihnen passt.› – ‹So, so›, sagte er, ‹das ist möglich, aber täte man nie etwas, das nicht zu einem passt, so müsste man sich aufhängen.› Er ist ein trauriger Mensch, dieser Viervogel, mitten in dieser glänzenden Morgenstunde vom Aufhängen zu sprechen. Wir gingen später ein Stück Weges zusammen nach Hause, der dicke, melancholische Kerl philosophierte über die Freuden des Lebens: ein Bad, wenn es heiß ist, ein Butterbrot, wenn man hungert, das sind die nie versagenden Freuden des Lebens, ‹und Frau Weidemann›, sagte ich, ‹ja, die auch›, meinte er. Im Ort war schon alles lebendig; die Gärtnerstöchter steckten Stangen in die Erbsenbeete, Frau Weidemann klopfte ihren Teppich, und die kleinen Mädchen gingen zur Schule. Sie rochen schon von weitem nach Seife, und ihre hart geflochtenen Zöpfe hingen ihnen über den Rücken nieder. Fräulein Christa aber stand in der Schule am offenen Fenster und sah ernst ihre Schülerinnen kommen. Nun ja», fuhr Achaz fort und schlug mit dem Stock auf das Brückengeländer, «und wir sitzen da in den Ministerien und Gesandtschaften, treiben hohe Politik, schließen Verträge und Bündnisse, eigentlich nur, damit solche friedliche Menschen friedlich ihr Leben betreiben können, damit die kleinen Mädchen ungestört zur Schule gehen, damit Frau Weidemann ihren Teppich klopfen kann und die Gärtnerstöchter ihre Erbsenstangen stecken. Das ist die Hauptsache, darauf kommt es an, wenn das nicht mehr geht, dann ist es faul mit einem Staat.» Achaz wusste nicht, ob Irma ihn hörte, er schwieg daher und begann wieder unruhig hin und her zu gehen. Plötzlich blieb er stehen und fragte: «Reitest du noch deinen Goldfuchs?»

«Reiten?», wiederholte Irma aus tiefen Gedanken heraus, «ach nein, ich tue nichts mehr von dem, was ich früher tat.»

«Das sollst du aber», rief Achaz lebhaft, «wir reiten heute noch, nicht wahr? Wir reiten in den Wald, den wir im Winter zusammen mit Uli sahen; der Kleine ist immer bei uns, und wir wollen den Wald jetzt im Sommerschmucke sehen. Abgemacht; jetzt bin ich aber hungrig; Viervogel hat recht: ein Frühstück, wenn man hungrig ist, ein Stuhl, wenn man müde ist, das sind ganz wichtige Dinge.» Sie gingen langsam auf der Landstraße nebeneinander her, Achaz schwieg jetzt, und Irma rollten große Tränen über die Wangen.

* * *

«Ich bin dir dankbar, dass du gekommen ist», sagte Ulrich zu Achaz, als sie nach dem Frühstück sich in Ulrichs Zimmer die Zigarren anzündeten. «In Irma schien das Leben zu versiegen, müde und gleichgültig brachte sie die Tage hin, und ich, mein Gott, ich bin so ein steifer Geselle, ich stand ganz hilflos vor ihr. Über meinen eigenen Schmerz komme ich ja auch nur hinweg, indem ich mich in die Arbeit stürze. Es war ein recht elendes Leben hier; selbst der Großvater schrumpfte zusammen, jetzt aber, scheint mir, beginnt sich manches wieder aufzurichten, und das verdanke ich dir.»

«Mach dir keine Sorgen, mein Alter», meinte Achaz, «das Leben will sein Recht, wir bringen die Sache schon wieder in Gang; heute reite ich mit Irma aus.»

Es war die Zeit des schweren, goldenen Nachmittagslichtes, als Achaz und Irma ausritten; kleine, gelbe Staubwolken erhoben sich unter den Hufen der Pferde, und die Wärme lag wie etwas Drückendes auf den Schultern der Reiter. Am Flecken war es ganz leer und still, die Leute hatten sich in ihre Häuser verkrochen, und beim Hufschlag der Pferde traten sie an die Fenster und schauten den Reitern aufmerksam und lange nach.

«Hier sieht es müde und nachmittäglich aus», bemerkte Irma, «das hätte Uli nicht gewollt.»

«Nun, wir kommen gleich in den Wald», sagte Achaz, «dort wird es festlich sein.»

Und da war er dann, der Wald, stark duftend, blank von Sonnenschein. Sie bogen von der Landstraße in die Waldschneise ein, setzten ihre Pferde auf dem harten Boden, der blank und braun von Tannennadeln war, in Trab; immer schneller ging es dahin.

«Ist es so gut?», fragte Achaz.

«So ist es gut», erwiderte Irma, und ihre Wangen röteten sich leicht in der schnellen Bewegung; ihre halbgeöffneten Lippen waren wieder leuchtend rot, und ihre Augen glitzerten.

«Immer vorwärts», rief Achaz, «nur nicht denken!»

Die Tannen griffen mit großen, grünen Händen nach den Reitern, der Eichelhäher flog laut schreiend auf, ein Reh setzte über den Weg; die ganze Sommerstille des Waldes schien von dem wilden Ritt in Aufruhr gebracht. An einer kleinen Waldwiese hielten sie stille; Pferde und Reiter atemlos.

«Hier steigen wir ab», sagte Achaz und winkte den Reitknecht heran, «die Tiere müssen sich erholen.»

Irma und Achaz gingen die Waldwiese entlang, die bunt von Trollblumen und Schwalbenaugen war. «Wie Frau Weidemanns Schürze», bemerkte Achaz. Auf der anderen Seite begann ein Bestand alter Tannen und Föhren, mächtige Bäume. Die Tannen ließen ihre großen Zweige bis auf die Erde niederhängen, wie grüne Schleppen; an ihren Ästen trugen sie lange graue Moosbärte, die Föhren hoben auf glatten rötlichen Stämmen ihre wirren Schöpfe hoch in den Sonnenschein hinauf, rauschten leise, und über ihren Wipfeln revierten die Falken.

«Hier wollen wir uns niedersetzen», sagte Achaz und zeigte auf einen Mooshügel, «hier ist es still und feierlich.» Sie setzten sich mitten zwischen die Bäume. «Hier ist es gut», sagte Achaz, «wir wollen stille sein wie die Bäume, nur zuweilen ein wenig rauschen. So ein Baum sein, ist das nicht die schönste Existenz? Man steht still, wartet auf Sonnenschein, auf Regen, auf Wind, man wartet darauf, dass man blüht; muss das nicht köstlich sein, darauf zu warten, dass man blüht? Man fühlt etwas in sich, das schön ist, das leuchtet und schmückt und das herauswill, und plötzlich steht man da wie der schönste Traum, den man geträumt hat.»

«Warten, dass man blüht –», wiederholte Irma nachdenklich, «das muss schön sein.»

«Nicht wahr», fuhr Achaz fort, «wollen wir ganz still sitzen, uns dahinein denken, vielleicht spüren wir etwas.» Und sie saßen ganz stille da und schauten zu den Falken empor, die wie kleine silberne Scheiben im Blauen schwebten. Endlich schüttelte Irma den Kopf und lächelte. «Nein, es ist nichts», sagte sie, «ich fühle nichts.»

«Ich glaube», sagte Achaz, «es wäre so etwas über mich gekommen, aber dann war es wieder fort.»

In die Bäume fuhr ein plötzlicher Wind, ließ die Tannen aufrauschen und die Schöpfe der Föhren wirr durcheinander fahren, dann wurde es wieder still, und die Bäume standen regungslos da.

«Das kann ich nachfühlen, so plötzlich vom Winde ergriffen zu werden, sich zu neigen und zu rauschen und dann wieder dazustehn.»

«Ach ja», sagte Irma nachdenklich, «dieses plötzliche Neigen und Rauschen, das kenne ich gut. Als ich Kind war, las meine Mutter sonntags im blauen Zimmer eine Predigt vor. Diese Predigt erschien mir sehr lang. Um mich zu zerstreuen, schaute ich zum Fenster hinaus, da standen die hohen Birken ganz still im Sonnenschein, und plötzlich kam ein Wind, und alle Blätter regten sich, und die großen Birken wiegten sich und bogen sich zueinander, als wollten sie sich etwas sagen, und fuhren dann wieder zurück, als lachten sie über das, was sie gehört, und dann plötzlich wurde es stille, und sie standen regungslos da, als müssten sie auch einer Predigt zuhören. Dieses Schwanken und Wiegen der großen Wipfel erschien mir damals als etwas Köstliches, und ich hätte viel darum gegeben, als Birke meine Wipfel im Sonnenschein zu wiegen, statt der Predigt zuzuhören.»

«Ja», erwiderte Achaz, «das muss auch etwas Köstliches sein, köstlicher als alle unsere Feste. Still, hörst du, jetzt kommt der Wind, wir wollen uns biegen lassen, wie die Birken.» Sie saßen still da, und als der Wind in die Tannen fuhr und die Föhren metallisch zu rauschen begannen, da fingen auch Achaz und Irma an sich zu wiegen, sich zueinander zu neigen und sich voneinander fortzubiegen. «So ist es gut, so ist es gut», rief Achaz, «ich fühle die ganze Baumwonne!»

Irma lachte. «Ja», sagte sie, «ich fühle etwas von den Birken in mir.» –

Dann war der Wind vorüber, die Bäume standen still, und auch Irma und Achaz saßen ruhig da, schwiegen und lächelten sich an. –

Es wurde abendlich; die roten Strahlen der untergehenden Sonne spannen sich zwischen den Föhrenstämmen hin. Von der Waldwiese stieg Nebel auf wie feiner, weißer Rauch, am Rande standen Rehe knietief in den Blumen und ästen. «Es wird feucht, lass uns heimreiten», sagte Achaz.

«Heimreiten», wiederholte Irma, «heim, dort wo das Grämen und Vermissen wohnt.»

«Ach was», meinte Achaz, «wir nehmen das Leben aus dem Walde mit, da kann uns nichts etwas anhaben, und unser Junge sieht uns lächelnd zu.» Er reichte Irma die Hand zum Aufstehn, und dann gingen sie durch das feuchtwerdende Preiselbeerkraut zu den Pferden. Sie ritten heim über ein Land, das von der untergehenden Sonne rot überstrahlt war; überall zogen Viehherden langsam nach Hause. In Drixen saßen die Leute vor ihren Türen und sprachen miteinander, und ihre ruhig erzählenden Stimmen klangen die stille Straße entlang. Die Fenster in Fräulein Christas Wohnung waren weit geöffnet, Fräulein Christa saß am Klavier und sang laut und andächtig einen Choral. An der Ecke stand das Postfräulein und wartete auf den Provisor. «Die alle», sagte Irma, «sind einverstanden mit dem Leben.»

«Das will ich meinen», erwiderte Achaz und lachte.

Zu Hause empfing sie Ulrich; er legte freundlich den Arm um die Taille seiner Frau und fragte: «Hat es dich erfrischt?»

«Es war schön», erwiderte Irma, deren Wangen leicht gerötet und deren Augen ganz blank waren. «Endlich wieder etwas Schönes.»

In der Türe erschien Isa in ihrem schwarzen Kleide, das Gesicht bleich und spitz und schaute mit den grauen Augen forschend ihre Eltern an. Als Irma freundlich sagte: «Nun, mein Kind», kam sie heran und schlang ihre Arme um die Taille ihrer Mutter.

«Bist du draußen gewesen?», fragte Irma zerstreut, dann wandte sie sich von ihrem Gatten ab, machte sich ein wenig ungeduldig aus den Armen des Kindes frei, sagte: «Geh spielen, mein Kind», und ging langsam der Gartentüre zu.

Ulrich schaute Isa ernst nach, als sie aus dem Zimmer ging und sagte: «Sie trägt schwer an ihrer Einsamkeit; wir müssen ihr tragen helfen.»

Irma wandte sich schnell um, sie errötete, als sie ein wenig heftig erwiderte: «Wer trägt nicht schwer an seiner Einsamkeit? Ich weiß, ich müsste mich dem Kinde mehr widmen, aber ich kann nicht, noch nicht, wenn sie so allein in der Türe steht, ich kann das nicht sehen.»

«Und doch», meinte Ulrich, «dürfen wir das Kind nicht mit unserem Schmerze belasten.» Irma zuckte die Achseln und schritt weiter der Gartentüre zu. Auf der Gartentreppe saß der Großvater, und bei ihm stand Achaz und lachte; er lachte, weil der Großvater so böse war. «Den ganzen Nachmittag sich da draußen herumzutreiben!», rief er, «das ist sinnlos, ich fahre hier wie ein Eremit die Alleen auf und ab und warte! ‹Die Natur genießen› – mein Gott, das ist *vieux jeu*, ebenso gut könnt ihr ‹Paul et Virginie› lesen oder Chateaubriand.

Wie soll ich euch denn halten? Ich gebe euch nächstens ein Frühstück, ich habe mir Delikatessen holen lassen, Hahnenkammpastete, Kaviar und so was, ich gebe euch von meinem alten Yquem zu trinken, das wird hübscher sein, als euer Naturgenuss.»

* * *

Das Frühstück des Grafen wurde unter der Hausgalerie eingenommen. Der Tisch war mit Chrysanthemen und Schwertlilien geschmückt. «Nur keine duftenden Blumen», befahl der Graf, «das ist ein Fehler.» An jedem Platze lag ein kleiner Papierfächer; Lukas hatte seine neue Livree an, und der Graf saß oben am Tisch im schwarzen Rocke, die neue Perücke auf dem Kopf, sehr feierlich und weltmännisch. «Bitte, hier zu meiner Rechten», sagte er zu Irma, «Ulrich zu meiner Linken, Achaz sitzt dort, Fräulein Christa gegenüber, unsere kleine Isa kommt an die Ecke des Tisches; so, eine sehr distinguierte Gesellschaft. Bei den *frères provenceaux* kann es nicht besser sein; für dich, Irma, wird die Hahnenkammpastete zu fett sein, nimm du davon, Ulrich, du trinkst einen Aquavit drauf. Für Irma ist hier *foie gras truffée*, wir trinken dazu etwas St. Peray, bitte nur zuzugreifen, meine Herrschaften, später essen wir noch etwas kalten Lachs, und zum Yquem sind Krebsbrötchen und Kaviarbrötchen da und schließlich *de petits fours*. Lukas, die Weine nur nicht zu gleicher Zeit eingießen, da machen die Herrschaften Fehler, trinken zum Lachs St. Peray oder zur Pastete Hochheimer. Ja, ich erinnere mich, bei den *frères provenceaux* in einem hübschen, weißen, kleinen Saal, die Fürstin du Chateau Loux und die Gräfin Fiz James waren da; ich war ganz in meinem Element, und die Damen kamen aus dem Lachen nicht heraus. Gut, wir haben soupiert und gehen; da kommen wir in einen kleinen Saal Rokoko, blau mit Rosengirlanden. Die Fürstin ist entzückt. ‹*C'est charmant, c'est adorable*›; ‹schön, meine Damen›, sage ich, ‹soupieren wir hier noch einmal›, und wir setzten uns soupieren, und es wird womöglich noch heiterer als vordem. Als wir fertig sind und aufbrechen, kommen wir in einen dritten kleinen Saal, chinesisch, eine wahre Puppenstube, die Gräfin ist entzückt, und ich schlage vor, zum dritten Mal zu soupieren; so haben wir dreimal soupiert, ein köstlicher Abend! – Ja, meine Jugend, ich war ein *causeur* ersten Ranges; es ist merkwürdig, der Mensch wird eben ein anderer! Wenn ich so im Herbst hier durch die Alleen fahre, an den nackten Bohnenstangen vorüber, so denke ich: Ist das derselbe Mensch, der in den Pariser Salons Aufsehn machte? Der Graf Pax wurde oft im ‹Figaro› genannt.»

«Man hat eben sein Milieu nötig», meinte Achaz.

«Das ist es, das ist es», meinte nachdenklich der alte Graf. Die anderen waren ziemlich schweigsam, nur Achaz lachte, erzählte, nannte große Namen, die dem alten Herrn wie Musik klangen. Die Mahlzeit ging ihrem Ende entgegen, das kleine, faltige Gesicht des Grafen war leicht gerötet, und seine Augen blitzten. «Kaffee, Kaffee!», rief er ungeduldig, «mein Evangelist bedient langsam und laut; wie anders war's im ‹Café anglais› oder bei ‹Véfour›, man wurde dort bedient von Zephiren mit weißen Schürzen.» Plötzlich ließ sich Fräulein Christas tiefes Organ vernehmen: «Wenn ich all die seltenen und teuren Dinge esse, kommt es mir vor, als äße ich die Sünde.»

Der Graf kicherte. «Mein liebes Fräulein», sagte er, «Sünde gut frappiert ist nicht zu verachten.»

Der Kaffee war getrunken, Irma stand auf, küsste ihren Vater auf die Perücke und sagte: «Achaz, gehen wir durch den Garten? Christa, kommst du mit?»

Der Graf schaute den Davongehenden ärgerlich nach. «Natürlich wieder Natur genießen», murmelte er.

Achaz sagte etwas zu den Damen, und diese lachten.

«Was hat er gesagt?», rief der Graf, «dieser Schwerenöter; Lukas, fahre mich den Herrschaften nach.» Und Lukas eilte schnell mit dem Rollstuhl den Davongehenden nach.

Auch Ulrich schaute zu ihnen hinüber, sehr ernst, die Lippen fest zusammengekniffen; «so war's doch», dachte er, «so hatte er's gewollt und doch –» Schnell wandte er sich ab und ging auf seine Felder hinaus. Isa blieb allein zurück. Niemand hatte sich um sie gekümmert, sie stand da, eine kleine, schwarze Gestalt, mitten unter den großen, roten Feuerlilien.

Ulrich ging langsam die Landstraße entlang an seinen Feldern hin. Der Roggen war schon in die Halme geschossen, jetzt wogten die grünen Halme ganz sachte, ganz wohlig, und es war, als flössen beständig dunkelgrüne und hellgrüne Schatten über sie hin. «Ihnen muss wohl sein,» dachte Ulrich. Es waren seine Geschöpfe, er hatte ihnen das Land bereitet, damit sie es gut haben, jetzt wogten sie lustvoll und freuten sich des Lebens, und das Reifen und Sterben war in dieses Leben eingeschaltet, eine stille, ernste Sache, von der ein jedes weiß, dass sie zu ihnen gehörte. Dieses Wogen gefiel Ulrich so sehr, dass er sich an den Wegrain setzte, um zuzuschauen. Dieses Wiegen der grünen Halme tat ihm wohl, nahm von ihm das menschliche Zerren, die menschliche Qual. Etwas schien in ihm einzuschlummern, einem Wiegenliede gehorchend, das die Halme da vor ihm unhörbar sangen. Er legte sich auf den Rasen zurück; die Schafgarben sandten ihren strengen Geruch zu ihm herüber, aus den weißen Dolden des Kälberkopfs und der Kümmelstauden kam ein süßer Honiggeruch. Eine Hummel läutete schläfrig vorüber und verkroch sich endlich mit einem ärgerlichen Surren in die Glocke eines Benediktenkrautes. Schaute Ulrich aber empor, so hing der blassblaue Himmel voll singender Lerchen. Eine süße Trägheit kam über ihn: dieses stille Leben um ihn her schläferte ihn ein, es vergingen ihm die Gedanken, und eine Weile lag er regungslos da. Das Wetzen der Feldgrillen klang in seinen Schlaf hinein; Libellen und Kohlweißlinge setzten sich zutraulich auf seine Hände.

Ein leichter Wind raschelte im Grase, machte die Blumenköpfe nicken und fuhr wie eine sanfte, kühle Hand über Ulrichs Gesicht. Er schlug die Augen auf, wirklich, er hatte geschlafen. Er musste darüber lächeln, aber dieser Schlaf hatte ihm gutgetan; etwas, das ihn vordem quälte und beunruhigte, war jetzt ganz ruhig geworden, und er fühlte das Leben so selbstverständlich, wie die Halme und Blumen um ihn her es fühlen mochten. Er stand auf, die Beine waren ihm vom Liegen steif geworden, so ging er denn eine Strecke die Landstraße hinab. An einer Biegung des Weges standen die Knechtswohnungen, Holzhäuser mit großen Dächern und kleinen, trüben Fenstern; Kinder saßen auf den Schwellen, die Haare hingen ihnen in das Gesicht, und sie starrten wie scheue kleine Tiere den vorübergehenden Herrn an. Vor der Tür des einen Hauses stand Andre, die Mütze in der Hand, und erwartete seinen Herrn. Der Wind wühlte in seinem blonden Haar, und sein Gesicht sah rot und böse aus. Als Ulrich näher kam, trat auch Andre vor und begann gleich im scheltenden, klagenden Ton seine Sachen vorzubringen. Nein, er hielt es nicht länger aus; seitdem das kleine, vor zwei Wochen geborene Kind gestorben war, konnte er mit der Trine nicht mehr auskommen, sie war wie verrückt, sie weinte und klagte und lästerte und versündigte sich wider Gott, nein, solch ein Leben konnte er nicht weiterleben. Ulrich sah den Mann nachdenklich an, was sollte er ihm sagen, er wusste keinen Trost.

«Das geht wohl vorüber, mein guter Andre», meinte er, aber Andre schüttelte den Kopf.

«Ich dachte», sagte er, «wenn der Herr einige Worte mit ihr sprechen würde, vielleicht, dass sie das vernünftiger macht.»

«Das kann ich tun», erwiderte Ulrich und ging durch die niedrige Tür des Hauses in die Wohnung des Knechtes. Eine große Stube, die voller Gerät stand, Betten und eine Wiege und ein Schrank, und all das übergossen vom Golde der Nachmittagssonne, die jetzt voll durch die kleinen, irisierenden Scheiben der Fenster drang.

«Hier ist ein Stuhl, Herr», sagte Andre und wischte mit einem Tuch einen Holzstuhl ab.

«Danke», sagte Ulrich, «wo ist denn die Trine?»

«Die kommt gleich, Herr, sie gibt nur den Schweinen das Futter.»

«Sie gibt den Schweinen das Futter», wiederholte Ulrich, «ja dann …», er wollte etwas hinzufügen, schwieg aber vor dem gespannten Blick der blauen Augen des Knechtes.

Eine Türe ward geöffnet, und Trine kam in das Zimmer, eine große, blonde Frau. Sie hatte ihr braunes Kopftuch in die Stirne gezogen, blonde Haarsträhnen fielen ihr in das rot verweinte Gesicht; die helle

Kattunjacke war unreinlich, der graue Rock kurz und die Füße nackt. Sobald sie den Herrn erblickte, eilte sie auf ihn zu, hockte vor ihm nieder, umschlang seine Knie mit ihren Armen und begann laut zu weinen und zu klagen.

«Es war ein so kräftiges Kind, ein hübsches Kind, und nun ist es mir genommen worden; andere haben sieben und acht Kinder, und alle leben sie, und ich habe doch nur die Mariele und den Jungen, der geboren wurde, und gerade mir muss man den Jungen nehmen; wie kann man da weiterleben? Man arbeitet und plagt sich, und wenn man eine Freude hat, so wird sie einem genommen; was hilft es, dass man nichts Unrechtes tut, schont Gott einen deshalb? Nein, er haut drauf los, so viel er kann.» Sie legte die Hände vor das Gesicht und ihre lauten, fast tierischen Klagen erfüllten das Zimmer.

Ulrich wusste anfangs nicht, was er sagen sollte, endlich begann er zu trösten, strich sachte mit der Hand über den Arm der Frau und sagte: «Beruhige dich, Trine, du weißt, auch mir hat Gott meinen Sohn genommen; wir müssen es tragen und weiterleben. Gott bürdet uns nichts auf, das wir nicht tragen können; wir müssen es nur recht anfassen. Es ist wie ein Sack voll Getreide, du denkst, den bringst du nie auf den Rücken, aber wenn du ihn nur richtig zu fassen verstehst, dann geht es. Und vielleicht schenkt dir Gott ein anderes Kind, und dann ist es gut, dass du jetzt geschmeckt hast, wie groß das Glück ist, ein Kind zu haben.»

«Nein, nein», schluchzte Trine zwischen ihren Händen hindurch, «ich habe immer Unglück gehabt; schon voriges Jahr mit dem Kalbe! Solch ein schönes Bullkalb.» Plötzlich richtete sie sich höher auf, schaute zum Fenster hinaus mit einem bösen Gesichte und sagte scheltend vor sich hin: «Ist er verrückt, der Junge, wohin treibt er denn das Vieh?» Sie sprang auf, murmelte noch einige Scheltworte vor sich hin und stapfte zur Tür hinaus.

Ulrich schaute ihr sinnend nach, dann erhob er sich und sagte: «Ja, mein guter Andre, sie wird sich beruhigen, sie hat ihre Arbeit, ihre Schweine und ihr Vieh; wenn wir weiterleben, wie wir's gewohnt sind, dann heilen die Wunden schon. Sei du nur gut zu ihr.»

«Ich tue ihr nichts», sagte Andre, «ich schimpf' sie nicht, ich schlag' sie nicht, ich tue ihr nichts.»

«So, so!», meinte Ulrich, «dann wird es schon gut werden, guten Abend», und er ging hinaus, sich wieder tief unter der zu niedrigen Tür beugend.

Draußen stand die kleine Tür des Kuhstalls offen, Trine kam heraus, den Melkkübel in der Hand; sie nickte Ulrich ernst zu und ging mit ihren nackten Füßen eilig durch die großen Pfützen.

«Sie hat ihren Schmerz eingereiht», sagte Ulrich, «zuerst die Schweine füttern, dann klagen und weinen, dann die Kuh melken, so überwindet es sich.» Er ging wieder die Landstraße entlang. Greller, goldener Sonnenschein lag auf den Wiesen und ließ sie wie Bronze erglänzen; Hütekinder lagen mitten unter ihren Schafen auf dem Bauche und sangen laut und eintönig vor sich hin; auf den Weiden hielten die Kühe im Grasen inne und schauten mit großen, leeren Augen vor sich hin in das Flimmern des Nachmittagslichtes. An seinem Garten spähte er durch das Gitter, um zu sehen, ob Irma und Achaz da seien, aber er sah nur den alten Grafen, der sich durch die Alleen fahren ließ. Noch immer stramm aufgerichtet, ein feines Lächeln um die Lippen, als unterhielte er sich liebenswürdig mit einer Marquise. Als Ulrich vom Garten fort in die Landschaft schaute, bemerkte er zwei dunkle Figürchen, die dem See zuschritten; das waren sie, das waren Irma und Achaz, und sofort begann es in Ulrich wieder zu bohren und zu nagen, er wollte dem Gefühl keinen Namen geben, aber in ihm saß da etwas, das da höhnte und lachte, über ihn höhnte und lachte und ihn verwundete, wenn er nicht mit Gewalt davon fortdachte; nein, er wollte das nicht fühlen, das nicht.

* * *

Die Dämmerung sank herab, breitete über das Land graue Schatten, hüllte die Gegenstände in eine unsichere Finsternis, nur das Weiß der blühenden Holundersträuche und der Schlehdornhecken legte eine gespenstische Helligkeit in dieses Dunkel. Achaz stand auf der

Brücke, die über den Sumpf führte, und wunderte sich über das tolle Duften, das in dieser Finsternis begann; die großen Fliederbüsche, der Holunder, die Gärten, die Wiesen, selbst der Sumpf mit seinen Orchideen und Wasseriris, alles strömte seine süßen und bitteren Düfte in die laue Abendluft hinaus. Achaz stand auf der Brücke und ließ sich von den Düften anhauchen, bis ihn der Kopf schmerzte, dann ging er auf den Flecken zu und schlug einen kleinen Pfad ein, der hinten an den Gärten herumführte. Er konnte kaum mehr etwas sehen, die kleinen Häuser waren dunkel, drüben von der großen Straße hörte er die Stimmen der Leute, die vor den Haustüren saßen und sprachen, ab und zu einmal ein helles Kinderlachen. Aus den kleinen Gärten, an denen er vorüberging, stieg der Geruch von Würzkraut, Porree und Sellerie auf. Endlich gelangte er an den Garten Kappelmeiers; es roch hier nach Nesseln und Kletterblättern, die am Zaun wucherten; eine Katze, die hier still auf die Jagd gegangen war, floh erschrocken aus dem Dickicht vor Achaz' Tritten; endlich gelangte er an einen Fliederbusch, der ganz weiß von Blüten war. Hier blieb er stehen; vorsichtig bog er die Blüten und Zweige auseinander, bis er zum Zaun gelangte, und so ganz in Düfte und weißes Blühen eingehüllt stand er da und ließ ein leises Pfeifen hören. Drüben im Garten regte sich etwas zwischen den Rosenbüschen. Vorsichtig näherten sich Schritte, und jenseits des Zaunes stand Agnes, die Gärtnertochter, vor Achaz. Er sah in der tiefen Dämmerung den Umriss ihres runden Kopfes, um den die blonden Zöpfe etwas wie Helligkeit legten.

«Bist du es?», fragte sie leise.

Achaz lachte. «Wer soll es sonst sein?», sagte er.

Da streckte das Mädchen die Arme aus, umschlang Achaz' Hals und zog ihn an sich; schwer lagen die runden Arme des Mädchens auf Achaz' Schultern, er hörte den kurzen, schnellen Atem, er fühlte das Wogen der Brust, und die breiten Lippen des Mädchens brannten auf den seinen. Die kühlen weißen Blütendolden überdeckten sie beide, schütteten ein wenig Tau auf sie nieder und umgaben sie mit einer Wolke eines bitteren Duftes.

«Warum kamst du gestern nicht?», sagte Agnes, «und vorgestern und vorvorgestern auch nicht? Ich stand dort jeden Abend und wartete, dass du pfeifst.»

«Das musst du nicht», meinte Achaz.

«Doch, ich muss es», versicherte Agnes, «ich kann nicht anders; wenn der Abend kommt, muss ich dort stehen und warten. Die Lene hat, glaube ich, etwas gemerkt, aber es ist mir gleich, alle mögen sie es wissen, auch der Vater; die mögen mich totschlagen oder mit Fingern auf mich weisen, aber ich muss und muss auf dich warten.»

«Gutes Mädchen», meinte Achaz und strich ihr mit der Hand über den Rücken.

«Ja», fuhr Agnes fort, «musst du denn nicht auch zu mir kommen, wenn die Stunde da ist? Du musst, was auch geschieht, du musst hier im Fliederbaum stehen. Sag, ist es dir so?»

«Ach Kind», erwiderte Achaz ein wenig gelangweilt, «warum musst du so heiß sein?»

Aber da begann Agnes zu weinen, er spürte die warmen Tropfen auf seinem Gesichte. «Ja du», klagte sie, «du kannst kalt sein, aber was soll ich tun, wenn du nicht mehr kommst?» –

Und Achaz hörte im Dunkeln den leidenschaftlichen Ton ihres Schluchzens. «Beruhige dich doch», meinte Achaz ein wenig ungeduldig, «ich höre Schritte im Garten; ich komme doch nicht her, um dich weinen zu hören – jetzt muss ich gehen.»

«Bleib noch», bat das Mädchen, aber er nahm die schweren, runden Arme von seinem Nacken, küsste flüchtig das tränenfeuchte Gesicht und ging dann wieder den Zaun entlang bis auf die Straße. Dort saßen noch die Leute vor ihren Haustüren und sprachen mit schläfrig beruhigten Stimmen miteinander; zuweilen stand einer auf, um in das Haus zu gehen, und lautes «Gute Nacht, gute Nacht» scholl über die Straße. Vor dem Gasthause brannte eine Laterne, und unter der Laterne stand jemand und wartete.

Es war Fräulein Christa; sie rief Achaz an, als er vorüberging. «Ach, Herr von Buchow, einen Augenblick.»

Achaz blieb stehen.

Christa kam zu ihm heran, beugte den Kopf zurück, um ihm ins Gesicht sehen zu können, und fragte: «Darf ich Sie, Herr von Buchow, die Straße herunterbegleiten bis zur Brücke?»

«Es wird mir ein Vergnügen sein», meinte Achaz.

«Immer höflich», versetzte Fräulein Christa, «gut, so gehen wir.»

Sie ging neben Achaz her in ihrem sommerlich hellen Kattunkleide, einen schwarzen Strohhut auf dem Kopfe; sie trat fest auf, klapperte mit ihren Stöckeln auf dem Straßenpflaster und warf beim Gehen ihre flache Gestalt hin und her.

«Liegt etwas vor?», fragte Achaz.

«Ja, es liegt vielleicht etwas vor», erwiderte Christa, «ich wollte mit Ihnen sprechen, aber Sie werden mir böse werden.»

«Das werde ich nicht», versicherte Achaz. «Sie, Fräulein Christa, sind ein kluger und ein guter Mensch, wenn Sie etwas sagen, dann hat es einen Zweck, und man kann Ihnen nicht böse sein.»

«Umso besser», meinte Christa, «also Sie wissen, Herr von Buchow, dass ich sozusagen der Wachthund der jungen Mädchen hier am Ort bin. Sie sind alle meine Schülerinnen gewesen, und ich verfolge auch später ihr Schicksal, wache darüber, dass da keine Irrungen und Störungen entstehen. Es gibt manche Enttäuschung, aber im Ganzen bin ich mit meiner Tätigkeit zufrieden.»

«Das glaube ich», sagte Achaz, «Sie lesen in diesen Mädchenseelen, wie in guten, etwas langweiligen Büchern und werden weise dabei, denn es macht immer weise, die Hand an ein Menschenschicksal zu legen.»

«Meinen Sie?», versetzte Christa nachdenklich. «Ja, vielleicht gibt das eine Art untergeordneter Weisheit. Geradlinige, einfache, friedliche Schicksale, das ist es, was diese Mädchen brauchen. Und nun komme ich zu einer Frage, die mir vielleicht nicht zusteht, die mir aber in meiner Rolle als Wachthund Pflicht ist, auf die Gefahr hin, Sie zu erzürnen.»

«Ich sagte Ihnen schon», erwiderte Achaz, und seine Stimme hatte einen leisen, seltsam unsicheren Klang, «ich sagte Ihnen schon, dass ich Ihnen nicht zürnen kann.»

«Gut», sagte Christa, «dann frage ich Sie also, Herr von Buchow, warum wollen Sie der armen Agnes Kappelmeier ihren Frieden nehmen? In diesem hübschen Köpfchen war nie viel Verstand, aber sie hat ein gutes und sehr heißes Herz. Denken Sie, welch eine Unordnung in dieser einfachen Seele entsteht, wenn Sie, aus der großen Welt, und mit allem Verführerischen, allem Falschen und ihr doch Unverständlichen an das Mädchen herantreten? Sie weiß nicht, dass es auch eine Liebe gibt auf wenig Wochen, so zur Unterhaltung; wenn die liebt, glaubt sie für das Leben zu lieben, und wären Sie nicht gekommen, so hätte sie ruhig ihre Rosenstöcke weiter aufgebunden und ihre Erbsenstangen in die Beete gesteckt und ihren Gärtnerburschen geheiratet. Aber jetzt, wie unklar muss sie sich selbst vorkommen, welch unverständliche und bittere Schmerzen muss sie erleiden! Sie sind doch kein grausamer Mensch, nur um ein wenig Vergnügen zu haben. Sehen Sie, darum wollte ich Sie bitten, nicht mehr zur armen Agnes Kappelmeier zu gehen; sie wird darunter einige Tage leiden, aber dann wird sie wieder zu ihren Rosenstöcken und Erbsen zurückkehren, und ihr Leben wird wieder einfach und klar werden. Ich wollte Sie bitten, Herr von Buchow, und ich weiß, dass es vorlaut ist, aber ich wollte Sie bitten, mir zu versprechen, nicht mehr zu Agnes Kappelmeier zu gehen.»

Sie hatten den Ort jetzt hinter sich gelassen und schritten auf die große Brücke zu; weiße Nebel stiegen vom Sumpf auf, und der Tau verschwebte in den Erlenbüschen. Achaz hatte eine Weile geschwiegen; er hatte seinen Hut abgenommen und fuhr sich mit der Hand über die Stirn. Endlich sagte er: «Ja, Fräulein Christa, das will ich Ihnen versprechen, was liegt mir an diesem blonden Mädchen, aber ich will nicht, dass Sie mich für einen Vergnügungsjäger halten, der um einige Stunden Vergnügens willen ein armes Mädchen kränkt. Sehen Sie, Fräulein Christa, Sie verstehen, Ihnen kann ich alles sagen: ich glaubte, die arme Agnes Kappelmeier könnte mich vor einer anderen Liebe retten, einer Liebe, die kommt; ich kann es nicht ändern, so furchtbar es ist. Aber das kann die gute Agnes Kappelmeier nicht, lass sie ihren Gärtnerburschen heiraten, ich muss mein Schicksal tragen, denen wehzutun, denen ich dankbar sein soll und die ich liebe. Verstehen Sie, Fräulein Christa?»

«Ja», erwiderte Christa ganz leise, «ich glaube zu verstehen, mein Gott, das ist entsetzlich. Und mich nennen Sie weise? Aber ich stehe vor unentwirrbaren Rätseln vor diesen Dingen, wie ist das? – Agnes Kappelmeier sollte für Irma geopfert werden? Aber Irma, mein Gott, Irma ist in Gefahr! Sie müssen fort, Sie müssen abreisen; seien Sie großmütig, seien Sie edel, Sie können das ja.»

«Ich muss», wiederholte Achaz, «aber kann ich denn?»

Sie waren bis zur Brücke gekommen und stehen geblieben; sie schwiegen eine Weile. Im Sumpf begannen einige Frösche zu quarren, und irgendwo in der Dunkelheit schlug ein Vogel in die Nacht hinein. «Guten Abend, Fräulein Christa», sagte Achaz mit niedergeschlagener Stimme, «über diese Dinge soll man nicht sprechen, sie werden dadurch nur dunkler und verworrener, und wir entgehen unserem Schicksal nicht.»

«Mein Gott, mein Gott», stöhnte Christa, und Tränen machten ihre Stimme zittern. «Könnte ich meine Irma nehmen und emporheben in die lichten und stillen Höhen, in die sie gehört.»

«Ja, in die sie gehört», wiederholte Achaz, «aber hier kann auch Ihre Hand, die gewohnt ist, Menschenschicksale zu ordnen, nicht helfen.»

«Nein, nicht helfen», erwiderte Christa, und sie ließ ihre Arme schlaff niederhängen in einer Bewegung tiefster Mutlosigkeit; dann trennten sie sich.

Achaz ging durch die duftende Sommernacht nach Lalaiken heim; in den Büschen, auf dem Rasen raschelten vorsichtig leise Tritte; das waren wohl die Igel und Wiesel, die da vorsichtig auf ihren Jagdwegen dahinschlichen. Am Waldrande rief ein Kauz sein gespenstisches Liebeslied herüber, und weiter im Walde drinnen antwortete ihm ein anderer. Achaz ging mit gesenktem Kopfe vorwärts, die Augenbrauen in schwerer Sorge zusammengezogen; das Leben war ein unberechenbares, gefährliches Ding, und doch, hinter all der Sorge leuchtete etwas wie eine große Freude, etwas wie ein Erwarten beglückender Dinge. Durch die Sorgen muss er hindurch und dann – er wagte es kaum zu denken. Er nahm seinen Hut ab, ließ den Abendwind in seinen Haaren wühlen und pfiff laut und fröhlich in die Nacht hinein.

* * *

Die Sonne sengte unbarmherzig auf die Rasenplätze des Gartens nieder und gab ihnen einen herbstlich-gelben Schimmer; die Blumen ließen die Köpfe hängen, und die ganze Natur schien ein großes Dürsten nach Kühlung und Wasser. Der Graf Pax hatte sich in die dunkelste Laube zurückgezogen und ließ sich von seinem Diener mit einem Fächer Luft zufächeln; Achaz irrte durch die Alleen des Gartens; in einem hellen Sommeranzug, den Strohhut im Nacken, das Gesicht gerötet, schien er von der Hitze ganz aufgelöst. In einer der Alleen begegnete er Irma, sie lächelte, als sie ihn in diesem Zustande sah. «Du leidest wohl?», fragte sie.

«Natürlich leide ich», erwiderte Achaz, «vielen anderen Leiden kann man entfliehen, aber wo sollen wir der Luft entfliehen, die wir atmen? Wir sind eben zum Leiden geboren.»

Irma lachte. «O Gott, wie tragisch», sagte sie, «komm nur, gehen wir zu den Wesen, denen es in dieser Hitze ganz wohl wird, die sich in ihr erst ganz entwickeln.»

«Wer sind diese Wesen?»

«Komm nur», sagte Irma, und sie gingen miteinander durch den Garten bis zu der Stelle, wo die Gemüsebeete in langen Reihen lagen und die Treibbeete mit ihren Glasfenstern. Hier glühte die Sonne ungeschwächt, und all diese Blätter und Früchte schienen sich behaglich in dieser Hitze zu dehnen und zu erschließen.

«Wie sie hier sitzen», sagte Achaz, «und die Hitze eintrinken und feist und rund werden; das ist ihr Geschäft, das ist ihre Pflicht, feist und rund zu werden.»

«Wie friedlich das sein muss», meinte Irma.

«Sehnst du dich nach diesem Frieden?», fragte Achaz erstaunt.

«Jetzt zuweilen», erwiderte Irma.

«So jetzt?», wiederholte Achaz und lächelte.

Die Zwiebelstauden standen nebeneinander wie schlanke Kandelaber, das Spargelkraut wie ein Wald grüner Federn, Porree stand da, die Blätter lang wie grüne Klingen, und endlich die krausen, fetten Blätter des Salates; und wie alles das roch, streng und würzig! Die ganze Luft war wie vom Dufte einer heißen Suppe erfüllt. «Und sieh hier die Treibbeete», sagte Achaz, «diese Gurken, wie sie sich strecken, ganz mit Warzen besät.»

«Ja», sagte Irma, «und diese grünen Nasen, die sie ansetzen.»

«Ja», meinte Achaz, «die kümmern sich nicht um Ästhetik, die wollen nur wuchern und wachsen. Sieh hier die kleinen Pfeffergurken, hocken sie nicht da, wie die kleinen Kröten? Oder diese hier krümmen sich wie die Blutegel, und alles wächst und blüht unbekümmert um seine Hässlichkeit. Sieh hier die Melonen, wie die in der Wärme schwellen und duften, und erst dort, der große Kürbis! Keiner will ihn so groß, keiner weiß etwas mit ihm anzufangen, aber er wächst und wächst ins Ungeheure. Dass er so dick ist, ist sein Vergnügen, sein Glück; er will ein Monstrum sein; er ist stolz darauf.» Von der Allee her ertönten Stimmen: Ulrich war es, der mit dem Gärtner sprach. «O Gott, sie kommen hierher», sagte Achaz, «noch haben sie uns nicht gesehn.»

«Komm hier herein», schlug Irma vor und öffnete die Türe eines aus Brettern zusammengeschlagenen Hauses, in dem die Gartenwerkzeuge aufbewahrt wurden.

Sie traten ein, und Irma schloss die Tür. Von draußen hörten sie deutlich jetzt Ulrichs und des Gärtners Stimme: es wurde über neue Treibbeete beratschlagt. In dem Hause war es kühl und dämmerig, es roch nach Erde und Sämereien. Eggen standen da und Rechen und Schaufeln, und in das ganz enge Fenster, das in die Wand gesägt worden war, drang ein dicker, goldener Lichtstrahl in die Dämmerung. Irma und Achaz standen einander gegenüber, lächelten und schauten sich in die Augen, schauten so scharf, dass ihnen vor der blauen Durchsichtigkeit schwindelte. Draußen entfernten sich die Stimmen, es wurde wieder still rings umher. Achaz nahm eine von Irmas Händen und begann langsam einen Finger nach dem andern zu küssen. Aber sie entzog ihm die Hand; ein wenig Rot stieg ihr in die Wangen, und in dem Blau ihrer Augen erwachte ein seltsam scharfes Blitzen. «Das will ich nicht», sagte sie, «wenn du mich liebst, so sag es mir, sag's mir täglich, sag's mir stündlich, das will ich hören, danach dürste ich, aber diese Backfischheimlichkeiten, die mag ich nicht. Unsere Liebe, wenn sie da ist, soll tapfer und aufrecht sein.»

«Tapfer», wiederholte Achaz, «ich könnte dich einer ganzen Welt abtrotzen.»

«Könntest du es?», fragte Irma und lächelte.

«Das könnte ich», wiederholte Achaz, «und es wäre mir gleich, was ich zerschlage und verwunde und zerbreche.»

«Mein Gott», sagte Irma, und alles Glück schwand aus ihrem Gesichte, «dass es ohne Verwunden nicht geht.»

«Das ist gleich», meinte Achaz, «werde nicht traurig, das dürfen wir nicht; komm, gehn wir in den Sonnenschein hinaus.»

Achaz öffnete die Türe, und sie gingen hinaus in diese heiße Luft, die schwer von dem Duft der Suppenkräuter war.

«Ein heißes Suppenbad», sagte Achaz.

Irma lachte. «Ja», erwiderte sie, «aber heute Abend reiten wir zu unseren Bäumen, lassen uns vom Winde wiegen und zueinander biegen.»

«Das wollen wir», sagte Achaz, «und wenn der Wind mich zu dir hinwiegt, dann sage ich immer dasselbe.»

«Und ich will immer dasselbe hören», versetzte Irma. Dann ging sie in das Haus. Auf der Treppe stand Isa, das spitze, bleiche Gesichtchen mit dem sorgenvollen Munde und den ernsten Augen; es schaute nachdenklich in den sonnigen Garten hinab. Irma blieb einen Augenblick stehen; ein Ausdruck des Schmerzes, aber auch der Ungeduld, flog über ihr Gesicht. «Isa, Kind, geh in dein Zimmer und spiele etwas.» Gehorsam ging Isa in das Haus.

* * *

Achaz trieb sich müßig auf den Rasenplätzen des Gartens umher; es fehlte ihm der Entschluss, etwas zu tun, er hätte in sein Zimmer gehn können und lesen, er hätte dem Großvater Gesellschaft leisten können oder hätte zum See gehn können und baden, aber er konnte sich zu nichts entschließen; er kühlte seine Hände an den Blütenblättern der Feuerlilien und Malven; er belauschte die Grillen im Rasen; das war alles, was er tun konnte, und noch eins konnte er: im tiefsten Innersten seines Herzens eine große Freude verspüren. Plötzlich trat Ulrich zu ihm. Sein Gesicht war bleich und hatte den Anschein, als sei es zusammengedrückt, was Achaz gut aus seiner Kindheit kannte; die Lippen, wenn sie nicht sprachen, waren wieder so fest geschlossen, dass sie weiß wurden.

«Was tust du hier?», fragte Ulrich.

«Ich tue nichts», erwiderte Achaz. «Die Hitze löst mich auf.»

«Ja, die Hitze», meinte Ulrich, «lass uns in die Ulmenallee gehn, dort wird es kühl sein, dort können wir miteinander plaudern, wir haben so lange nicht miteinander geplaudert.»

«Gut, wie du willst», erwiderte Achaz und warf seinem Bruder einen schnellen, beobachtenden Blick zu. Sie gingen in die Allee; Ulrich senkte den Kopf und schien nachzudenken.

«Ja, diese Hitze», sagte Achaz, «sie erweicht alles in mir. Wir haben eben noch nicht die Kultur der Hitze.»

«Wer hat die?», fragte Ulrich.

«Nun, die tropischen Völker», erwiderte Achaz, «und die Gurken und Melonen.»

«Meinst du?», versetzte Ulrich, «ich leide nicht unter der Hitze; es ist mir auch angenehm zu fühlen, dass alles in mir warm ist, denn sonst ist immer etwas in mir, das friert.»

«So?», sagte Achaz interessiert, «es ist immer etwas in dir, das friert?»

«Ja», antwortete Ulrich, «ich bin ein Mensch, der schwer auftaut.» – Dann schwiegen sie eine Weile. Um sie her in der Allee zitterten die Blätterschatten auf dem Sande, und in den Wipfeln der Ulmen schlugen die Stare. Ulrich zeichnete nachdenklich mit seinem Spazierstock Linien in den Sand.

«Er will etwas sagen», dachte Achaz, «und bringt es nicht heraus – was mag das sein?»

Plötzlich blieb Ulrich stehen, stemmte den Stock fest auf die Erde und sagte: «Ich denke, dein Urlaub geht jetzt bald zu Ende?»

«Ja, in diesen Tagen», erwiderte Achaz mit ein wenig unsicherer Stimme und sah dabei seinen Bruder forschend an, «in diesen Tagen, aber ich habe einen Brief geschrieben, den ich heute abschicken will, in dem ich um Verlängerung des Urlaubs bitte; es kann keine Schwierigkeiten haben.»

«So, so!», meinte Ulrich und begann langsam weiterzugehen, indem er mit gesenktem Kopfe auf die zitternden Blätterschatten zu seinen Füßen herabsah.

«Du wirst es mir nicht übel nehmen, was ich sage», fuhr er fort, «Brüder, die ihre Jugend zusammen verbracht haben, verstehen sich ja so ganz, auch in den verborgensten seelischen Empfindungen, und es ist gut, wenn zwischen Brüdern Klarheit herrscht.»

«Oh, sprich nur», sagte Achaz, und es klang fast herausfordernd.

«Ich meinte», versetzte Ulrich, «es ist vielleicht besser für uns, für uns alle, wenn du deinen Urlaub nicht verlängerst.»

Achaz lächelte. «Gut, ich kann ja morgen fahren.»

«Es ist nicht Eifersucht», sprach Ulrich weiter, «ich habe dich gebeten zu kommen; du hast mir den großen Dienst geleistet, Irma wieder in das Leben einzuführen, du hast sie gelehrt, das Leben wieder zu lieben, und ich bin dir dankbar dafür; denn ich, siehst du, ich bin ein so schwerfälliger, melancholischer Mensch, bei mir verkümmerte sie in ihrem Schmerze. Also ich bin dir sehr dankbar, aber ich fühle, dass Irma sich von mir entfernt, mir entschwindet, und das soll bei einem Ehepaar nicht sein. Daher bat ich dich, uns zu verlassen. Ein Ehepaar muss sich nahe sein, und solange du da bist, wird sie mich stets vergessen. Ich sagte schon, dass es nicht Eifersucht ist; du erinnerst dich, als wir beide zusammen Kinder waren, da warst du stets freigiebig mit deinem Besitz, während ich eifersüchtig über das wachte, was mir gehörte. Wehe dem, der es mir nehmen wollte.» Und Ulrich schlug mit dem Spazierstock einem Löwenzahnstängel seine Tüllhaube ab. «Es ist nur, dass ich mit dir nicht konkurrieren kann, und ich denke, Irma wird so weit erstarkt sein, um mit mir leben zu können. Dich wird sie vermissen, aber es wird ein Vermissen sein, wie es uns im Leben so oft begegnet, wenn Menschen, mit denen wir zusammen froh waren, uns verlassen. Das vergeht.»

«Gut, also morgen!», versetzte Achaz.

«Ich danke dir noch einmal», sagte Ulrich und reichte dem Bruder die Hand. «Du hast mich und meine Not verstanden, ich vergesse dir das nicht.»

Damit ging er dem Hause zu, wo der Inspektor schon wartend stand.

Achaz aber ging in der Allee auf und ab. Auf seinem Gesicht lag ein seltsam erregter Ausdruck, seine Augen blitzten, nein, er wollte heute Irma nichts sagen, aber morgen, was würde morgen geschehen? Diese Ehemänner waren doch alle einander gleich, sie hielten sich alle für das unentrinnbare Schicksal ihrer Frauen.

* * *

Achaz war früh aufgestanden; eine freudige Unruhe, das Gefühl, er müsse tun, er müsse kämpfen für das Glück, das auf ihn zukam, ließ ihn nicht schlafen.

Er ging in den Garten hinunter; auf den Blumen und Blättern lag noch der Tau; manche Blüten waren so schwer von Tropfen, dass sie ihre Köpfe hängen ließen. Die Luft war voll kühlen, feuchten Duftens. «So ist es gut», dachte Achaz, «so muss der Morgen meines Glückes aussehen.»

Er ging vor Irmas Fenstern auf und ab und wartete, dass sie am Fenster erschiene. Endlich öffnete sie das Fenster und beugte sich hinaus. Ihr Gesicht war ganz rosig; ihr Haar flimmerte in der Sonne, und sie lächelte ihm zu.

«Schon auf?», sagte sie.

«Ja», sagte Achaz, «komm herunter zu mir, ich habe dir etwas zu sagen.»

Sie verschwand am Fenster, und bald erschien sie auf der Treppe; wunderbar blühend und farbig nahm sich dieser blonde Kopf über dem schwarzen Trauerkleide aus.

«Ist das schön!», rief sie. «Mein Uli sagte immer: ‹Mama, warum weinen die Blumen immer am Morgen?›; ja – sie weinen aus Glück über ihr Blumenleben.»

Achaz ging ihr entgegen, nahm ihre Hand, um sie zu küssen, und sagte leise: «Ich fahre heute fort, er will es so; er sagt: wenn ich hier bin, entschwindest du ihm.»

Irma war blass geworden, dann aber lachte sie und sagte: «Der Arme, ja, ich entschwinde ihm, und ich werde ihm noch viel mehr entschwinden, denn, wenn du heute fährst, fahre ich auch. Fahre nur, ich komme dir nach, und ich kämpfe meine Schlachten allein.»

«Ich würde sie gerne für dich schlagen», sagte Achaz.

«Nein, das kannst du nicht», wehrte Irma, «ich komme dir nach. Ich wohne bei Papas Schwester, Gräfin Krothow, bis, ja bis –»

«Ja bis –», wiederholte Achaz, und beide lachten.

«Bei Ulrich kann ich nicht mehr leben», fuhr Irma fort, «hier sterbe ich: wo Ulrich ist, da zieht das Leben nur ganz fern mit seinen flatternden Fahnen vorüber.»

«Wir aber wollen mit im Zuge sein», rief Achaz, und ausgelassen ergriff er Irmas Hände und drehte sie auf dem Rasenplatze hin und her, dass der Tau, von der schwarzen Schleppe aufgepeitscht, wie kleine Funken um sie her aufsprühte.

«Das wird ein Leben werden», rief Achaz, «ein Musterleben; noch nach Jahrhunderten werden sie in den Schulen davon wie von einem klassischen Beispiel des Glückes reden.»

An einem der Fenster des Hauses erschien Ulrich und schaute ernst zu, wie Achaz und Irma sich auf dem tauigen Rasen drehten. –

Um zehn Uhr war der Wagen vor der Türe, der Achaz zur Station bringen sollte. Er küsste Irma die Hand, sah ihr in die Augen und sagte leise: «Auf Wiedersehen.»

Irma lächelte und sagte ebenso leise: «Auf Wiedersehen.»

Sehr elegisch war der alte Graf: «Also du fährst ab?», sagte er.

Achaz zuckte die Achseln und meinte: «Man will mich hier nicht mehr.»

«So, man will dich nicht?», versetzte der Graf, «*jalousie* vielleicht?

Das kommt vor; nichts zu machen; wärst du geblieben, so hätte ich dir noch ein Frühstück gegeben, aber so ist nichts mehr los; ich werde allein durch die Alleen fahren und an das Ende denken; nein, nein, sag nichts; so, das ist mein Schicksal. Du hast Leben hierher gebracht, mit dir geht das Leben wieder fort; wir versinken wie in ein Grab; na, nichts zu machen. Lass es dir gut gehen.»

«Kommen Sie nicht auch nach Berlin oder Rom?», fragte Achaz.

«Bis auf eine», erwiderte der alte Herr, «ist es wohl mit meinen Reisen aus.»

Ulrich war sehr herzlich beim Abschied, er küsste seinen Bruder und dankte ihm für die Hilfe, die er ihm geleistet. «Ich danke dir auch», sagte er, «dass du mich verstanden hast und mir nicht zürnst.»

Dann fuhr Achaz davon; auf der Treppe stand Isa und schaute ihm nach; in der Allee winkte der alte Graf mit dem Taschentuch. Achaz lehnte sich zurück und schaute befriedigt auf das schöne Stück Land, in dem sich sein Schicksal erfüllt hatte. Als er durch den Marktflecken fuhr, stand Agnes, die Gärtnertochter, am Gartenzaun und weinte. Fräulein Christa aber winkte Achaz aus dem Fenster ihrer Schule ein Lebewohl zu.

Ulrich blieb auf dem Sofa seines Zimmers sitzen; er hörte draußen das Hin und Her der Schritte; die Stimme des Grafen Pax rief laut etwas aus, Achaz lachte, dann fuhr der Wagen davon, und Ulrich lehnte den Kopf zurück und schloss die Augen. Es war, als wäre eine Last von ihm genommen, warum sollte er jetzt nicht glücklich sein, warum sollte er jetzt nicht still und glücklich leben, mit allem, was sein war? Draußen hatten sich das Hin- und Hergehen und die Stimmen beruhigt, in der großen Esche vor seinem Fenster schlug eine Amsel, schlug so leidenschaftlich, als sollte ihr die Brust zerspringen. Ulrich fühlte sich heute so leicht und ruhig wie seit langem nicht. «Wir müssen das Leben zwingen, dass es uns gehorche», dachte er, «dann lässt es sich leben», und die wohlige Ruhe genießend, saß er mit geschlossenen Augen da.

Er hörte, wie seine Türe leise geöffnet wurde, der Estrich knackte unter leichten Schritten, die bis zum Schreibtisch vorgingen und dort stillstanden. «Das ist Irmas Schritt», dachte Ulrich, und es war ihm unendlich wohltuend so dazusitzen mit geschlossenen Augen und diese segensreiche Gegenwart zu fühlen, erquickend wie ein Sommerwind, der über blühende Bohnenfelder streift. Aber da es ganz still im Zimmer geworden war, so öffnete er die Augen: Irma stand am Schreibtisch und stützte beide Hände auf die Tischplatte. Sie hatte die Gewohnheit, wenn sie erregt war, ihre schlanke Gestalt an etwas zu stürzen, mit den Armen etwas zu umfangen, eine Säule oder einen Pfeiler, gleichsam um sich an etwas zu ranken, wie die Zweige der kleinen, weißen Rosen draußen im Garten. Es fiel Ulrich auf, dass sie bleich war, aber das Gesicht war dennoch so wunderbar jung unter dem Gewirr der blonden Haare. Die Augen sahen grellblau zu ihm hinüber, und der Mund mit der kurzen Oberlippe mit den leicht hinaufgebogenen Spitzen hatte etwas Herbes, wie er zuweilen annehmen konnte. Ulrich lächelte und sagte freundlich: «Irma, Kind, kommst du zu mir? Das ist gut, komm, setz dich her, jetzt sind wir ja wieder ungestört beisammen, und wir wollen immer fester zueinander gehören.»

«Ich wollte mit dir sprechen», sagte Irma, und ihre Stimme klang ein wenig heiser.

«Ja, Kind, sprich», versetzte Ulrich, «jetzt können wir uns alles sagen, jetzt stört uns keiner mehr.»

«Achaz ist fortgefahren», brachte Irma ein wenig mühsam heraus, mit dieser heiseren Stimme, die in ihrer Erregung einer Knabenstimme glich.

«Ja», erwiderte Ulrich, «es ist wohl besser für uns und für ihn.»

«Ich wollte nur sagen», versetzte Irma mit einer wunderlich zitternden und doch scharfen Stimme, einer Stimme, in der eine Saite zu springen schien, «ich wollte sagen, dass ich auch fortfahre, dass ich Achaz nachfahre, dass ich ohne Achaz nicht leben kann, dass ich hier bei dir nicht leben kann.» Sie schwieg, niemand sprach im Zimmer mehr, nur die Drossel auf der Esche erfüllte den Raum mit ihren schmelzenden Tönen.

Ulrich saß noch auf seinem Platz, aber in seinem ganzen Körper war etwas Gespanntes, etwas, wie zum Sprung bereit. Irma sah wartend zu ihm hinüber, und das Blau ihrer Augen bekam ein stechendes Licht. Endlich erhob sich Ulrich, langsam und als ob es ihn Mühe kostete; er machte einige Schritte bis zum Schreibtische und blieb Irma gegenüber stehen. Er schaute sie an, aber vor dem Blick dieser blauen Augen senkte er die seinen, und er ergriff ein Stück schwarzen Marmors, das dort als Briefbeschwerer lag, und wog es in den Händen. Es war, als wollte er etwas sagen, aber als hätten die fest geschlossenen Lippen Mühe sich aufzutun; endlich kam es leise aus ihm heraus: «Du vergisst wohl, dass du meine Frau bist.»

«Nein», erwiderte Irma, und ihre Stimme nahm etwas seltsam Metalliges an, «ich vergesse nicht, dass ich deine Frau war; du hast zu Achaz gesagt: ‹in dieser Zeit sei ich dir ferngerückt›, aber ich bin dir immer ganz fern gewesen, und du warst mir immer ganz fern. Ich habe von deinen Schmerzen und von deinen Freuden nichts gewusst, und wenn wir beisammen waren, wenn wir still beisammensaßen, wie du es liebst, dann war es, als warteten wir auf ein gemeinsames Unglück; o nein, dieses Leben kann ich nicht mehr leben.»

«Wir hatten einen großen, gemeinsamen Schmerz», sagte Ulrich leise, «und das verbindet doch.»

«Du meinst unseren Jungen», versetzte Irma, «ach nein, dein Schmerz und mein Schmerz verstanden sich nicht. Du hast ein anderes Kind verloren als ich, du kanntest mein Sonnenkind nicht, das den Alltag hasste und das Traurigsein; und jetzt ist er noch bei mir, ich fühle es, er ist bei mir, und ich nehme ihn mit aus diesem traurigen Hause.»

«Du vergisst», begann Ulrich wieder mit dieser zischenden, leisen Stimme, «dass du mein bist, mein Eigentum, dass wir zusammengehören, unlöslich verbunden.»

«O nein», unterbrach ihn Irma, «ich war deine Frau, aber nicht deine Sklavin; nichts, nichts in mir gehört dir. Unsere Ehe war ein Versuch, ob ich dir gehören könnte, aber ich sehe, ich kann's nicht.»

«Und das Kind?», fragte Ulrich, «ist das nicht ein Band, das uns verbindet?»

Irmas Augen wurden feucht. «Meine arme kleine Isa! Nein, sie soll bei dir bleiben, sie wird dich verstehen, sie ist dir so ähnlich; mich wird sie vergessen.»

«Glaubst du», sagte Ulrich, «der Mensch habe das Recht oder auch nur die Möglichkeit solche Bande zu lösen?»

«Du kannst mich nicht halten», rief Irma, und es klang aus ihren Worten wie Herausforderung und Triumph, «ich gehe meine hellen Wege und will deine dunklen Wege nicht teilen. Halten kannst du mich nicht, du kannst mich totschlagen mit diesem Stein, den du in der Hand wiegst; o ich fürchte mich nicht, aber bei dir bleibe ich nicht.»

Es war ein seltsam scheuer, trauriger Blick, den Ulrich jetzt auf Irma ruhen ließ, dann legte er das Marmorstück auf den Tisch. «Nein, ich tue dir nichts», sagte er und ging langsam wieder zum Sofa zurück, setzte sich nieder und dann –

Es war Irma, als erlebte sie das Seltsamste und Furchtbarste in ihrem Leben – dann schlug er die Hände vor das Gesicht und weinte. –

Irma sah den weinenden Mann regungslos an; in ihren Zügen zuckte es, als wollte auch sie weinen, aber es war nicht Mitleid, es war etwas, wie ein schmerzhaftes Erstaunen, etwas wie Furcht; dabei hatte sie das Gefühl, als müsste sie etwas tun, etwas sagen, und unwillkürlich sprach sie es aus: «Ulrich, du weinst?»

«Ja, ich weine», erwiderte Ulrich und wandte sein tränenüberströmtes Gesicht ihr zu, «aber das kümmert dich nicht, geh doch, geh – wie du sagst, deine hellen Wege; ob ich weine oder nicht weine, ist meine Sache.»

Irma machte einige Schritte auf ihn zu und sagte leise: «Ulrich, ich habe nicht gewusst –»

«Nein, du hast nicht gewusst», unterbrach sie Ulrich, und seine Stimme klang hart und laut, «von mir hast du nichts gewusst, so geh doch, geh; ich gebe dich frei, dein Anblick schmerzt mich, er verwundet mich und kränkt mich, geh!», und er schrie fast das letzte Wort.

Irma beugte den Kopf, ging zur Türe, öffnete sie leise und schloss sie dann wieder leise hinter sich. Wie betäubt blieb sie stehen, und sie fühlte, wie die Tränen aus den Augen zu rinnen begannen.

In dem Zimmer befanden sich Fräulein Christa und Isa. Fräulein Christa eilte auf Irma zu, nahm sie in ihre Arme und sagte: «Wie siehst du aus, Kind? Komm zu uns!», und sie führte sie zum Sofa. Dort saßen sie alle drei und weinten. Durch das Fenster kam der Duft der Hochsommerblumen, der Gesang der Vögel, die ganze Wonne der Natur; von weitem hörte man das Rollen des Wagens des alten Grafen, dann stand Irma auf, wischte sich die Augen und sagte: «Ich muss zu meinem Vater.»

Der Graf Pax saß in seiner Laube, rauchte eine Zigarette und ließ sich von dem Diener mit einem trockenen Palmenblatt Luft zuwehen; als Irma sich zu ihm setzte und dem Diener winkte, sie zu verlassen, beugte der Graf sich vor und sagte freundlich: «Irma, meine Tochter, kommt auch zu ihrem alten Vater. Ja, ja, mir tut vor Einsamkeit der Kopf weh; du vermisst wohl auch unseren Achaz; der Junge bringt Leben mit, wo er hinkommt, und leider nimmt er es wieder fort, wenn er wegfährt; es ist bei uns jetzt wie in einer Kirche.»

«Ja, Papa», begann Irma, «ich kam, um dir zu sagen, dass ich auch fortfahre.»

Der Graf beugte sich vor: «Was, was?», fragte er.

«Ich fahre», fuhr Irma fort, «ich fahre nach Berlin. Ich fahre zur Tante Krothow und wohne dort, bis – ja bis alles in Ordnung ist. Ich fahre Achaz nach.»

«Aber Kind», sagte der Graf und machte ein ernstes, mürrisches Gesicht. «Du, als verheiratete Frau, fährst einem jungen Menschen nach, das ist ja unmöglich, was werden die Leute sagen?»

«Nein, ich kann bei Ulrich nicht bleiben», versetzte Irma, «ich habe mit Ulrich gesprochen, er hat mich freigegeben; hier sterbe ich, und ohne Achaz kann ich nicht leben.»

«Aber Kind», sagte der Graf, «das ist doch ein Skandal, und in unserer Familie gab es nie einen Skandal. Ulrich ist ja nicht heiter, aber er ist doch ein edler Mensch.»

«Es nützt nichts», unterbrach Irma ihren Vater, «es ist alles bestimmt, ich fahre heute.»

Der Graf schüttelte seinen Kopf. «Kind, Kind, dass du deinem alten Vater diesen Schmerz bereiten kannst, nein, das überlebe ich nicht; und ich bleibe allein hier zurück! Aber vergesst nicht, wenn ihr euch eine Wohnung nehmt, dass ihr zwei Zimmer für mich bereithaltet. Wir gehen ins Theater, soupieren dann im ‹Kaiserhof› oder bei ‹Borchardt›, oder zieht ihr am Ende nach Rom? Nun, ich kann mich ja auf dem Pincio mit dem Stuhl herumschieben lassen; und dann die Gesellschaft! Ich kenne gut die Fürstin Paterno, die Odescalchis und die Borgheses; das kann hübsch werden! Ach, aber der Schmerz, den du mir antust!»

«Sei nicht traurig», tröstete Irma; «du kommst zu uns, und das Leben wird noch hübsch.»

«Ja, ich weiß», erwiderte der Graf, «wenn ich wieder in die Großstadt komme, lebe ich auf wie ein Fisch im Wasser. Ich kann mir denken, dass du hier nicht leben kannst, und du weißt, Geld, Geld werdet ihr genug haben; aber, mein Kind, *la morale*! Es ist ein großer Schmerz, aber er muss überwunden werden; komm her, mein Kind, dass ich dich segne.» Und er legte seine zitternde Hand auf Irmas Kopf. «Gott behüte dich», sprach er weinerlich, und dann fügte er hinzu: «Vergesst die beiden Zimmer für mich nicht.»

* * *

Ulrich saß noch immer in seinem Zimmer; er weinte nicht mehr; sein bleiches Gesicht hatte einen seltsamen, gewaltsamen Ausdruck: gespannt hörte er auf die Töne, die von außen in das Zimmer drangen. Wieder kamen und gingen die Schritte; es wurde etwas getragen, das waren wohl die Koffer. Er hörte Christas Stimme, dann Irmas, und beide hatten dieses wunderlich gläserne Schwingen, das verhaltene Tränen den Frauenstimmen geben. Jemand weinte ganz laut: das musste Isa sein. Ein Wagen fuhr vor, die laute Stimme des Grafen Pax rief scherzend: «Nun, die ungetreue Frau verlässt uns.»

Jemand lachte, ein Wagen fuhr vor, die Stimmen entfernten sich, man ging wohl auf die Treppe hinaus, nur Isas lautes, kindliches Schluchzen war deutlich zu hören. Dann fuhr der Wagen wieder fort; Ulrich schaute durch das Fenster: er sah die Kalesche an den Spiräenhecken entlangfahren, er sah das Wehen eines grauen Schleiers. Müde setzte er sich auf seinen Platz zurück: also dieses Stück Leben war aus, jetzt musste er um ein neues Stück Leben kämpfen. O wie er sie alle hasste, die da draußen lachten und weinten und mit diesem grausamen, unergründlichen Dinge Leben wie die Kinder spielten. «Ihre hellen Wege gehen», hatte Irma gesagt, o, er kannte diese hellen Wege, auf die legten sich nur allzu bald die tiefsten Schatten. Nein, er wollte das neue Leben kräftig anfassen, mit der Kandare wollte er es reiten, er wollte der Herr sein.

* * *

Der Sommer verging; im Lalaikenschen Garten blühten auf den Beeten, die die Wege einfassten, die Dahlien in langen Reihen; weinrote, weiße und gelbe Sammetbälle; große Herbstfalter, Admiräle und Trauermäntel, flogen langsam über die welkenden Levkojen hin, als machten die Farben ihnen die Flügel schwer. Im Garten roch es nach Äpfeln und Pflaumen und welkenden Blättern; zuweilen ließ sich der dumpfe Ton eines auf den Kiesweg fallenden Apfels hören, und ganz hoch im blassblauen Himmel zogen eifrig plaudernd die Wildgänse dahin. Der Graf Pax ließ sich stumm und mürrisch durch die Alleen rollen; nur wenn er Fräulein Christa begegnete, wurde er lebhaft.

«Ich habe einen Brief von Irma bekommen, die Scheidung ist im Gange. Sie schreibt von Einsamkeit, von Melancholie, von Buße; aber das vergeht.» Fräulein Christa nickte und schaute ernst vor sich hin; ihre guten braunen Augen wurden blank von Tränen, und sie sagte: «Ja, unsere arme Irma irrt jetzt einsam auf fremden Wegen.»

Der Graf schüttelte unwillig die Locken seiner Perücke und meinte: «Ach was, warum einsam.»

Ulrich stand mit Isa an der Landstraße und schaute nachdenklich auf das Wogen eines Weizenfeldes.

«Nächste Woche werden sie geschnitten», sagte Ulrich, und Isa schaute ernst zu ihm auf. «Ja», fuhr Ulrich fort, «die Ernte beginnt und damit die Arbeit, und das ist gut. Liebst du auch die Arbeit, meine Tochter?»

Isa dachte eine Weile nach und versetzte dann: «Ja, die Arbeit bei Fräulein Christa; wenn der Sonntag kommt, dann ist der Morgen schön; es ist, als wären die Bäume und die Blumen auch feierlich, aber der Sonntagnachmittag ist so traurig, und Sonntag abends, wenn ich im Bett liege, muss ich zuweilen weinen, und ich freue mich, wenn es wieder Montag ist.»

Ulrich lächelte und strich Isa sanft über den Rücken. «Du bist meine Tochter», sagte er, «du verstehst den Werktag.» Dann kehrten sie in den Garten zurück und gingen lange in der Eschenallee auf und ab; zu ihren Füßen raschelten die welken Blätter, und durch die spärlich belaubten Wipfel der hohen Bäume sank allmählich die Dämmerung nieder.

Kommentar

Üblicherweise gibt der Anhang einer textkritischen Edition umfassend Auskunft über die Werkgenese, über Entwürfe und Vorstufen, über Wirkungsgeschichte, Textvarianten etc. Das meiste davon muss der Herausgeber dieser Keyserling-Ausgabe schuldig bleiben, da der vom Autor qua Testament angeordneten Vernichtung des Nachlasses im Jahre 1918 alle Skizzen, Manuskripte, Korrekturbogen und seine gesamte Korrespondenz zum Opfer gefallen sind.

So beschränkt sich der vorliegende Apparat auf Angaben zum Erstdruck, zu Buchausgaben, falls dokumentiert, zu Nachdrucken, ergänzt um eine für diese Ausgabe zusammengestellte Auflistung von Übersetzungen und – fallweise – Dramatisierungen oder Verfilmungen. Weiters folgen Literaturhinweise sowie Ausführungen zur vermuteten oder nachgewiesenen räumlichen und zeitlichen Verortung der jeweiligen Romanhandlung bzw. zu dem dargestellten Adelsmilieu. Bei «Wellen» und «Abendliche Häuser» sind ausgewählte Rezensionen von Felix Salten, Herman Bang, Felix Poppenberg und Kurt Pinthus vollumfänglich wiedergegeben, weil sie einerseits die hohe Wertschätzung dokumentieren, die Keyserlings unter zeitgenössischen Schriftstellerkollegen genoss, andererseits frühe Interpretationsmuster erkennen lassen, die sich in der Rezeptionsgeschichte des Autors vielfach bis heute fortschreiben.

Den größten Raum nimmt der Stellenkommentar ein. Für dessen Erstellung leistete die Konsultation einschlägiger Sekundärliteratur wertvolle Dienste. Aber vor allem der jüngeren Adelsforschung verdankt der Herausgeber wesentliche Einsichten, darunter primär die, dass Untergangsahnungen und -erfahrungen im deutschen Adel des 19. Jahrhunderts keineswegs bestimmend und universell waren. Hocharistokratische und standesherrliche Häuser etwa (bei Keyserling vertreten durch Großherzog, Herzog, Fürst und Fürstin, Erbprinz, Prinz, Prinzessin – gereiht in absteigender Rangfolge) konnten ihre politisch-wirtschaftliche Machtbasis verteidigen, nicht selten sogar erweitern. Dies entfremdete sie zusehends den ins Hintertreffen geratenen peripheren Adelsmilieus (Reichsgraf, Graf und Gräfin, Baron, Baronin). Nicht innerhalb einer einzelnen Erzählung zeigt Keyserling nun deren erzwungene Abkehr vom habituellen, auf gutsherrliche Autonomie gegründeten Kulturmodell, das Abhandenkommen von Herrensinn und Herrenart, sondern im adeligen Typenwandel. In Kommentar und Editorischer Notiz zu «Landpartie. Gesammelte Erzählungen» (München 2018) konnte gezeigt werden, dass Keyserling eine Vielzahl an Adelsprotagonisten und Adelskreisen porträtiert, vom selbstwirtschaftenden Landedelmann bis zum «After-Herren» (Sybill Gräfin Schönfeld), von der luxuriösen Magnatenwelt bis zum eher glanzlosen städtischen Beamtenadel. Damit ist ein Mythos der Keyserling-Rezeption wiederlegt, dass nämlich in seiner Prosa immer dieselben Schauplätze und Protagonisten widerkehren. Der zweite Mythos betrifft die geografische Lokalisierung. Hier konnte gezeigt werden, dass Keyserlings Schlossgeschichten ausnahmslos in Ostpreußen (zuweilen auch weiter westlich), in jedem Fall aber innerhalb der Grenzen des Deutschen Reichs und nicht im Baltikum spielen. In Keyserlings Heimat führen nur die Dorfgeschichten des Frühwerks.

Dieser topografische Befund trifft auch auf die hier edierten Romane zu. In der Mehrzahl seiner Prosawerke verzichtet Keyserling darauf, deren Handlungszeit und -ort näher zu bestimmen. Die Vagheit in Faktum und Datum korrespondiert mit der krähwinkelhaften

Abgeschiedenheit vieler Schauplätze, hinter denen die reale Welt als ein fernes, beinahe unwirkliches Erinnerungsbild aufscheint. Dennoch spielen Keyserlings Geschichten nicht im ahistorischen Niemandsland. Peter Härtling hat bereits vor vielen Jahren angeregt, man solle sie «auf ihre Geschichtlichkeit prüfen». Gerade weil in der Mehrzahl der Erzählungen auf den ersten Blick keine klare topografische und historische Verortung erkennbar ist, richtete sich der Ehrgeiz des Kommentators darauf, das wenige an Anhaltspunkten zu entschlüsseln und, wo möglich, Ort und Zeit der Handlung einzugrenzen. Grundsätzliche Ausführungen dazu finden sich in der Editorischen Notiz dieses Bandes.

Eine Besonderheit stellen Keyserlings florale Arrangements dar. Die vom Erzähler eindrucksvoll ins Bild gesetzten Lilien, Tuberosen, Zentifolien und Narzissen könnte man vordergründig für gefälligen Zierrat in sinnlich-impressionistischen Stillleben halten. Doch verbirgt sich dahinter ein beziehungsreiches Spiel. So wie Keyserling sich der Symbolkraft der Farben bedient («weiße Frauen» vs. «rote Frauen»), so setzt er nachweislich auch auf die Symbolkraft der Blumen. In «Abendliche Häuser» geht dem Baron Dachhausen ein Lied durch den Kopf, das mit der Zeile anhebt: «Weißt du, was die Blume spricht?» (S. 232) – Nein, wir Heutigen hören nicht, was die Blume spricht. Um 1900 hingegen wussten Menschen sehr wohl um deren «Ruf» und «Standesreputation» in der botanischen Hierarchie. Keyserling nutzt die Blumensymbolik in einmal expliziter, einmal diskreter Weise als Gefühlschiffren und allegorische Bedeutungsträger, lässt Sinnliches und Sinnbildliches ineinanderfließen. Der Stellenkommentar gibt auch dazu einige Fingerzeige.

Die Kommentarteile zu «Wellen» und «Fürstinnen» basieren im Kern auf den Texterläuterungen in den jeweiligen Manesse-Einzelausgaben, erschienen 2011 bzw. 2017. Selbstverständlich hätten einige knifflige Fragen nicht ohne die Auskunftsfreude kundiger Personen geklärt werden können. Sachdienliche Beiträge und Informationen lieferten dankenswerterweise Luisa Banki, Stephanie Catani, Laura Christoph, Jens Malte Fischer, Christoph Jürgensen,

Ursula Keller, Gerhard Meier, Michael Schischkin, Jens Ole Schneider, Martin Stern und Irma Wehrli.

Gegenwärtig liegen die Zentren der Keyserling-Forschung in Oberfranken und in Brandenburg, und sie sind nicht-akademisch. Dem Spürsinn und Kenntnisreichtum von Klaus Gräbner, Bamberg, verdanken Keyserling-Leser nicht nur eine Unzahl fabelhafter Textfunde, sondern obendrein unverzichtbare Aufschlüsse über Leben und Werk des Dichters. Und Reinhard Oestreich aus Groß-Quassow hat die aktuellen Wissensbestände zu Keyserling nochmals erweitert. Der Herausgeber stattet beiden Herren deshalb seinen pflichtschuldigsten Dank ab. Ihr ehrenamtliches Engagement ist umso verdienstvoller, als sich die eigentlich in der Pflicht stehende germanistische Lehre und Forschung mit wenigen Ausnahmen nach wie vor schwer tut mit diesem Autor, ihn trotz widerkehrender Feuilleton-Renaissancen mehrheitlich als Randerscheinung der deutschen Literatur abtut und nicht selten auf der Grundlage ungesicherter und längst überholter Annahmen operiert.

Dass der Anmerkungsapparat des vorliegenden Bandes von so mancher Unzulänglichkeit befreit werden konnte und auch sonst den letzten Schliff bekam, ist das Verdienst zweier besonders aufmerksamer Leser: Fritz Jensch aus München und Jochen Reichel aus Köln. Auch ihnen sei hiermit ganz herzlich gedankt.

Teilausgaben der Werke Eduard von Keyserlings samt den im Kommentar verwendeten Siglen

BR Baltische Romane, hg. u. eingel. v. Ernst Heilborn: *Beate und Mareile, Seine Liebeserfahrung, Schwüle Tage, Dumala, Wellen*, S. Fischer Verlag, Berlin 1921; ebd. 1933.

GE Gesammelte Erzählungen in vier Bänden, hg. u. eingel. v. Ernst Heilborn. Band 1: *Beate und Mareile. Eine Schlossgeschichte, Seine Liebeserfahrung, Schwüle Tage.* Band 2: *Dumala, Wellen.* Band 3:

Fürstinnen, Am Südhang. Band 4: *Abendliche Häuser, Im stillen Winkel*, S. Fischer Verlag, Berlin 1922.

RD Romane der Dämmerung, hg. v. Ernst Heilborn: *Fürstinnen, Am Südhang, Abendliche Häuser, Im stillen Winkel*, S. Fischer Verlag, Berlin 1933; ebd. 1934.

AH Abendliche Häuser. Ausgewählte Erzählungen, hg. v. Wulf Kirsten: *Die Soldaten-Kersta, Der Beruf, Schwüle Tage, Dumala, Wellen, Abendliche Häuser*, Rütten & Löning Verlag, Berlin (Ost) 1970; ebd. 1986.

WE Werke, hg. v. Rainer Gruenter: *Fürstinnen, Am Südhang, Harmonie, Beate und Mareile, Abendliche Häuser, Bunte Herzen, Zur Psychologie des Komforts*, S. Fischer Verlag, Frankfurt am Main 1973.

FK Feiertagskinder. Ein Roman und sechs Studien: *Grüß Gott, Sonne!, Grüne Chartreuse, Die Soldaten-Kersta, Der Beruf, Nachbarn, Landpartie, Feiertagskinder*, S. Fischer Verlag, Frankfurt am Main 1987.

DR Drei Romane, hg. v. Peter von Matt: *Beate und Mareile, Wellen, Abendliche Häuser* samt Beiheft (Bibliothek des 20. Jahrhunderts, hg. v. Walter Jens und Marcel Reich-Ranicki), Deutscher Bücherbund, Stuttgart 1992.

HM Harmonie, Romane und Erzählungen, hg. v. Reinhard Bröker: *Grüß Gott, Sonne!, Grüne Chartreuse, Die Soldaten-Kersta, Beate und Mareile, Der Beruf, Harmonie, Schwüle Tage, Seine Liebeserfahrung, Dumala, Bunte Herzen, Wellen, Nachbarn, Abendliche Häuser, Am Südhang, Im stillen Winkel, Nicky, Fürstinnen, Landpartie, Feiertagskinder*, Droemersche Verlagsanstalt Th. Knaur Nachf., München 1998.

Wellen

Erstveröffentlichung: *Die neue Rundschau. XXIIter Jahrgang der freien Bühne.* Nr. 5, S. 601–617 (Kapitel 1 und 2), Nr. 6, S. 745–772 (Kapitel 3–8), Nr. 7, S. 905–930 (Kapitel 9–11), und Nr. 8, S. 1051–1077 (Kapitel 12–15), Berlin: S. Fischer, 1911; wieder in: *Rigasche Zeitung,* 12./25. Juli und 11./24. August 1911; Einzelausgabe: Berlin, S. Fischer 1911; 2. u. 3. Aufl., ebd. 1912; 4. Aufl., ebd. 1913; 5. Aufl., ebd. 1917; 6. u. 7. Aufl., ebd. 1918; 8.–10. Aufl., ebd. 1920; wieder in BR, GE, AH, DR, HM.

Die Textgestalt der vorliegenden Ausgabe orientiert sich an der Buchausgabe bei S. Fischer; gegenüber dem Erstdruck in *Die neue Rundschau* wurden kleinere Korrekturen formaler Natur ausgeführt – Berichtigung von Druckfehlern, Vereinheitlichungen der Namensschreibung und der Groß- und Kleinschreibung von Wörtern –, sowie Kapitelüberschriften ergänzt.

Übersetzungen:

- ins Lettische u. d. T. *Viļņi* (Ü: unbekannt), Talinn 1911; wieder in: Latvija, Verlag Paul Neldner, Riga 1913, S. 120–155.
- ins Schwedische u. d. T. *Vågor* (Ü: Runar Schildt), Albert Bonniers Förlag, Stockholm 1913/20 ??.
- ins Englische u. d. T. *Tides* (Ü: Arthur Jacob Ashton), Macaulay, New York 1929; u. d. T. *Waves* (Ü: Gary Miller), Dedalus Books Limited (European Classics), Sawtry 2019.
- ins Französische u. d. T. *Le murmure des vagues* (Ü: Peter Krauss), Les Édition Actes Sud, Arles 1986; wieder in: EvK, *Œuvres Choisies. Histoires de château,* Les Édition Actes Sud (Thesaurus), Arles 2012.
- ins Litauische u. d. T. *Vilnys* (Ü: Adomas Pranas Druktenis), in: EvK, *Vakarėjantys namai,* Vaga, Vilnius 1989.
- ins Spanische u. d. T. *Olas* (Ü: Eugeni d' Bou), Editorial Minúscula, S. L. U. (Paisajes narrados, vol. 14), Barcelona 2004.
- ins Italienische u. d. T. *Onde* (Ü: Eva Banchelli), Marcos y Marcos, Milano 2005.
- ins Ukrainische u. d. T. Хвилі [Khvylya] (Ü: Іван Герасим [Ivan Gerasim]), Всесвіт [Vsesvit], Kyiv 2015.
- ins Bosnische u. d. T. *Valovi* (Ü: Vahidin Preljević), Vrijeme, Zenica 2016.

Dramatisierung:

- *Le murmure des vagues*, Peter Krauss, Adaption pour le théâtre du roman de Eduard von Keyserling (9 Szenen). In: Pascal Lainé (Hg.), Théâtre 1993–1999, Librairie Arthème Fayard, Paris 2000.

Verfilmung:

- *Wellen*, Vivian Naefe (Regie), Günter Schütter (Drehbuch), mit Marie Bäumer, Matthias Habich, Florian Stetter, Monika Bleibtreu, Katharina Eyssen, Sebastian Blomberg, Sunnyi Melles, Christian Grashoff, Christine Urspruch, Melina Hennen, Frederik Abrahams, Sven Pippig, Peter Fitz, Katharina Tüschen, Eimutis Kvosciauskas, Heribert Sasse, Deutschland 2003. (Erstausstrahlung: Fipa Film Festival Cannes 1/2005; Arte 5.5. 2005)

Hörspielbearbeitung:

- *Wellen*, Regie: Claudia Johanna Leist, mit Hans Kremer (Erzähler), Effi Rabsilber (Doralice), Peter Davor (Hans Grill), Ingrid Andree (Generalin von Palikow), Therese Dürrenberger (Malwine Bork), Julia Jäger (Baronin von Buttlär), Helmut Zierl (Baron von Buttlär), Kathleen Morgeneyer (Lolo), Johanna Bergmann (Nini), Daniel Rothaug (Wedig), Trystan Pütter (Hilmar von Hamm), Ernst Jacobi (Geheimrat von Knospelius); Bearbeitung (Wort): Peter Steinbach, Dramaturgie: Georg Bühren, Komposition: Henrik Albrecht, Musiker: Henrik Albrecht, Constanze Sannemüller, Nils Imhorst, Eduard Bayer, Aglaja Camphausen, Ton und technische Realisierung: Gertrud Melcher und Sebastian Nohl, Regieassistenz: Oliver Metz. 113 min. 53 sek. Westdeutscher Rundfunk 2013 (Erstsendung: 26.12.2013).

Sekundärliteratur (s. auch Literaturverzeichnis ab S. 685):

Herman Bang, Graf Eduard Keyserling. In: Die neue Rundschau, Jg. 23, Bd. 1, Berlin 1912, S. 427–430.

Oskar Baum, Neue Literatur. In: Prager Tagblatt Nr. 137, 19.5.1912, S. 5.

Sigrid Belzer-Kielhorn, Die alte Frau in der Literatur – weibliche Alterskonzepte in der deutschsprachigen und russischen Prosa des späten 19. Jahrhunderts, Bielefeld 2017, zu EvK: Vier alte Frauenfiguren aus Eduard von Keyserlings «Wellen», S. 53–84.

Burkhard Bittrich, Eduard Graf Keyserling und seine preußischblau kolorierte deutsch-baltische Adelswelt. In: Von Goethe zu Krolow. Analysen und Interpretationen zu deutscher Literatur – In memoriam Karl Konrad Polheim, hg. v. Heinz-Peter Niewerth, Frankfurt am Main [u. a.] 2008, S. 149–162, S. 156 f.

Charlotte Lady Blennerhassett, Wellen. In: Das literarische Echo. Halbmonatsschrift für Literaturfreunde, hg. v. Josef Ettlinger, 14. Jg. (Oktober 1911 – Oktober 1912), Heft 10, 15. Februar 1912, Sp. 726.

Carl Busse, Neues vom Büchertisch. In: Velhagen & Klasings Monatshefte, XXVI. Jg. 1911/1912, Heft 4, Dezember 1911, S. 635–636.

Marc Caduff, Ästhetik der Evidenz. Eduard von Keyserlings «Wellen». In: Kannitverstan. Bausteine zu einer nachbabylonischen Herme(neu)tik, hg. v. André Schnyder, München 2013, S. 331–340.

Dirk-Gerd Erpenbeck, Keyserlings «Geheimrat von Knospelius». Genealogische Anmerkungen zur Figur des «Gnoms» im Roman «Wellen». In: Genealogie. Deutsche Zeitschrift für Familienkunde. Sonderheft 2003/2004, S. 24–27.

Robert Faesi, Neue Bücher. In: Wissen und Leben. Schweizerische Halbmonatsschrift, XIV. Bd. (1. April – 15. September 1914), Zürich, S. 124 f.

Geraldine Gutiérrez de Wienken, Der Künstler und seine Welle. Eduard von Keyserlings «Wellen» und Octavio Paz' «Mein Leben mit der Welle». In: Die Welle. Das Symposium, hg. v. Hans-Günther Schwarz, München 2010, S. 120–129.

Peter Härtling, Nachwort. In: Eduard von Keyserling, Wellen, Frankfurt am Main 1982, S. 205–211.

Eberhard Hiltl, Die Sonderstellung des Romans «Wellen» (1911) im Erzählwerk Eduard von Keyserlings seit 1903, München o. J.

Thomas Homscheid, «… das mit der Freiheit klingt so schrecklich nach Alleinsein» – desillusionistische Dekonstruktion von Sozialmigration und Willensfreiheit in «Wellen». In: ders.,

Eduard von Keyserling – Leben und Werk, Norderstedt 2009, S. 326–354.
Kristy Husz, «Heimweh nach der See». Die Bedeutung des Meeres beim frühen Thomas Mann und bei Eduard von Keyserling, Marburg an der Lahn 2013.
Florian Illies, Nachwort. In: Eduard von Keyserling, Wellen, München 2011., S. 241–254.
Gerhard Kaiser, Erzählstrategien in Keyserlings «Wellen», Eduard von Keyserling und die Klassische Moderne. Tagung zum 100. Todestag, Bergische Universität Wuppertal, Vortrag vom 28.9.2018; Druckfassung in Vorbereitung: Eduard von Keyserling und die Klassische Moderne, hg. v. Christoph Jürgensen, Stuttgart 2019.
Eugen Kalkschmidt, Neue deutsche Unterhaltungsliteratur. In: Frankfurter Zeitung, 28.11.1911, S. 3.
Ursula Kluwick/Virginia Richter (Ed.), The Beach in Anglophone Literatures and Cultures: Reading Littoral Space, Abingdon 2016.
Tilman Krause, Dieses müde Dahindämmern! Eduard von Keyserlings «Wellen»: eine Wiederentdeckung für den Literatur-Gourmet. In: Literaturspiegel, 7.3.1998.
Michael Maar, Der ist ja besser als Fontane! Eduard von Keyserling ist viel mehr als ein Autor, der impressionistisch hintupft. In: Die Zeit, 16.6.2011.
Peter von Matt, Glanz und Farben und Verzweiflung. Eduard Graf von Keyserling: «Wellen». In: Frankfurter Allgemeine Zeitung, 8.11.1988.
Peter von Matt, Eduard von Keyserling – Drei Romane (Beiheft), Stuttgart 1992, S. 7–11.
Peter von Matt, Nachwort. In: Eduard von Keyserling, Wellen, München 1998, S. 151–157.
Marta Morazzoni, Keyserling, una scandalosa estate. In: La Stampa, 1.1.2005.
Martin Mosebach, Bienen am Strand. Eduard von Keyserlings Roman «Wellen». In: Frankfurter Allgemeine Zeitung, 25.4.1998.

Fred Ottow, Kameraden des Wellentals. Zum 100. Geburtstag des Dichters Eduard von Keyserling. In: Baltische Hefte, Bd. 1, Nr. 4, 1954/55, S. 1–4.

Rolf Parr, Soziale und naturale Grenzziehungen in Eduard von Keyserlings Roman «Wellen» (1911). In: The text and its context. Studies in modern German literature and society, presented to Ronald Speirs on the occasion of his 65th birthday, Nigel Harris u. a. (eds.), Oxford u. a. 2008, S. 205–220.

Rolf Parr, Topographien von Grenzen und Räume der Liminalität. Eduard von Keyserlings Roman «Wellen». In: Grenzräume der Schrift, hg. v. Achim Geisenhanslüke, Bielefeld 2008, S. 143–165.

Niels Penke, Welle und Wille. Schopenhauer bei Herman Bang und Eduard von Keyserling. In: Influx. Der deutsch-skandinavische Kulturaustausch um 1900, hg. v. Søren R. Fauth/Gísli Magnússon, Würzburg 2014, S. 291–304.

Stéphane Pesnel, «Les flots de l'amour et de la mer» dans Le Murmure des vagues de Keyserling, Goethe-Institut Paris, Vortrag vom 13.12.2013.

Ulrike Peter, Das Frauenbild im Erzählwerk Eduard von Keyserlings. Darstellung an ausgewählten Erzählungen und Romanen, Essen 1999, S. 121–149.

Gabriele Radecke, Anmerkungen und Nachwort. In: Eduard von Keyserling, Wellen. Roman, Stuttgart 2018, S. 165–172, 175–185.

Marcel Reich-Ranicki, Nachwort. In: Eduard von Keyserling, Wellen, Frankfurt am Main/Leipzig 2004, S. 175–180.

Isabelle Ruiz, Le rôle de la mer dans «Wellen» de Eduard von Keyserling, http://www.academia.edu

Felix Salten, Der Erbe Fontanes. In: Pester Lloyd, Morgenblatt vom Sonntag, 19.11.1911, Budapest, 58. Jg., Nr. 275, Feuilleton, S. 1–3.

Rüdiger Steinlein, Baltische Sommergäste: Die Provinz als Entscheidungsort. Zu Eduard von Keyserlings Roman «Wellen» (1911) und seiner gleichnamigen Verfilmung (ZDF, 2005). In: Provinz

als Zentrum. Regionalität in Literatur und Sprache. Ein polnisch-deutsch-nordisches Symposion, hg. v. Dietmar Albrecht u.a., Aachen 2007, S. 19–36.
Ludwig Ullmann, Wellen. In: Die Zeit, 15.10.1911, S. 33–34.
Jürgen Viering, Landschaftswahrnehmung und Dekadenzerfahrung in den Romanen Eduard von Keyserlings. In: Baltisches Welterlebnis. Die kulturgeschichtliche Bedeutung von Alexander, Eduard und Hermann Graf Keyserling, hg. v. Michael Schwidtal/Jaan Undusk, Heidelberg 2007, S. 297–308, 300 ff.
Stephan Wackwitz, Der letzte Sommer im Kurland. In: Süddeutsche Zeitung vom 9.10.2004.

Eduard von Keyserlings wohl populärster und nach «Dumala» erfolgreichster Roman entstand um 1910. Dass dessen Handlung in der unmittelbaren Vergangenheit spielt, also in der ersten Dekade des 20. Jahrhunderts, erschließt sich aus einigen relativ genau datierbaren Hinweisen («Auto», «Spirituskocher», «Reformkleider»). Ungleich schwieriger als die zeitliche Einordnung ist die räumliche. Fest steht: Beim Schauplatz des Geschehens handelt es sich um einen Ostseestrand – die Frage, ob im Baltikum oder im Deutschen Reich, wo alle anderen Adelserzählungen und -romane des Autors angesiedelt sind (s. Editorische Notiz), gibt seit jeher Anlass zu Spekulationen. Ernst Heilborn nahm 1921 «Wellen» gemeinsam mit «Beate und Mareile», «Seine Liebeserfahrung», «Schwüle Tage» und «Dumala» in den Keyserling-Sammelband «Baltische Romane» auf, als wollte er damit nachträglich Thomas Manns diffuses «Heimatmilieu»-Diktum bestätigen. Fred Ottow hat im Jahr 1955, ausgehend von der Knospelius-Figur, die uralte Hansestadt Narva im Osten Estlands und das Mündungsgebiet des gleichnamigen Flusses als Schauplatz ins Spiel gebracht: «Nicht weit von der Landungsbrücke an der Flussmündung öffnete sich der Blick auf die weite Meeresbucht. Man stand zu Füßen des Leuchtturms auf dem in breit ausladenden Schwung weithin sichtbaren Uferstreifen. Man folgte mit den Blicken den Wellen, die ‹eilig hintereinander herlaufen, ohne dass je eine die andre erreicht›.

Man sah bis dicht an den gelben Dünensand den Hochwald herantreten mit seinen ‹roten Föhrenstämmen und ihren wirren roten Schöpfen›. Zwischen ihnen hie und da die herbstlich belaubten Birken, ‹wie ein goldenes Gerät in einer großen Säulenhalle›. Und nun wusste man es plötzlich: hier auf den gelb-weißen Landstreifen gehörte sie her, die kleine verwachsene Gestalt im grauen Mantel. Kein Zweifel: hier war sie recht eigentlich zu Hause, die Keyserling'sche Romanfigur …» Doch Ottow kassiert den eigenen Befund gleich wieder, wenn er resümiert: «Im Grunde kein Unterschied», ob «der alte wunderliche Geheimrat seine melancholischen Selbstgespräche über das ‹Extrakreuz› an der estländischen Küste führte, oder ob er in Ostpreußen am Strande der Kurischen Nehrung einen Sommer lang auf und nieder gegangen ist» (S. 3 f.). Jahrzehnte später versieht Peter Krauss seine Dramatisierung des Romans mit der nicht näher begründeten Ortsangabe: *«une plage sur la mer Baltique»,* und Gero von Wilpert tippt in seiner «Deutschbaltischen Literaturgeschichte» auf ein «Fischerdorf am kurischen Strand». Ein biografischer Rückschluss: Keyserling war in Kindertagen mit seiner Familie zur Sommerfrische oft nach Liebau gereist. Dagegen haben (ost)preußische Textsignale Burkhard Bittrich zu der Vermutung veranlasst, «dass wir uns nicht nördlich der Memel, sondern eher in dem ostpreußischen Seebad Cranz befinden» (S. 156). Von einem mondänen Seebad freilich, mit Luxushotels und Uferpromenaden, geschäftigem Kultur- und Gesellschaftsleben, Bällen, Segelregatten und Pferderennen, wie es in Cranz gang und gäbe war, findet sich bei Keyserling keine Spur; vielmehr siedelt er das Geschehen an einem touristisch unberührten Strand an. (Nur zu verständlich, dass das ins gesellschaftliche Abseits geratene Skandalpaar Doralice und Hans auch das geografische Abseits sucht. Und selbst die Generalin von Palikow hat ihre Gründe, den maßgeblichen Kreisen der Gesellschaft aus dem Weg zu gehen und im windstillen Winkel zu urlauben.) Somit spräche einiges für den Fund Gabriele Radeckes, die auf der Suche nach dem «faktualen Vorbild für den im Roman nicht genannten fiktionalen Ostseebadeort» ein Wirtshaus mit dem Namen «Bullenkrug» in einem lettischen Fischerdorf namens Kaugerzeem nahe der Feste Dünamünde ausfindig gemacht hat. Dünamünde, lettisch Daugavgrīva, heute ein Stadtteil von Riga, der Kapitale Lettlands, war einst Sitz des Generalgouverneurs für Liv-, Est- und Kurland, also der Oberverwaltungsinstanz der russischen Ostseeprovinzen, gelegen «am Einfluss der Düna in den Rigaischen Meerbusen und an der sich hier mit der Düna vereinigenden breiten und schiffbaren Kurischen Aa (an ihrer Mündung Buller- oder Bolder-Aa genannt)» (Baedeker Russland, S. 59). Doch abgesehen von dieser versteckten Koinzidenz fehlt bei Keyserling jeder augenfällige Hinweis, dass er seinen Roman am Rigaschen Meerbusen ansiedeln wollte. Nicht nur, dass er uns landestypische baltische Charakteristika vorenthält, was verwundert, sollte er im Roman ein Abbild der Küste bei Dünamünde hätte liefern wollen. Er verfremdet den Handlungsort auch ganz bewusst, wenn er etwa von einer «Föhrenschonung» (S. 104) spricht und davon, dass «der Hochwald bis dicht an den Dünenrand» heranreicht (S. 136). Ortskundige mögen sich da an die westpreußische Nehrung mit ihren breiten Sandstränden, hohen Dünen und ausgedehnten Wäldern erinnert fühlen, kaum aber an das Mündungsgebiet der Düna, das «nicht, wie das der übrigen baltischen grossen Flüsse, üppiges Fruchtland, sondern ganz uncultiviertes Dünenland» war, geprägt von «Sand, Sumpf, Heide, unterbrochen von den ‹Höfchen› der reichen Rigaer Kaufleute» (Baedeker Russland, S. 48 u. 60).

Ein noch viel schlagenderes Ausschlusskriterium für eine Verortung von «Wellen» an der lettischen, kurischen oder estländischen Ostseeküste als die aufgeführten landschaftlich-vegetativen Unterschiede ist das Fehlen des «undeutschen» Landvolks bei Keyserling, das im Baltikum nicht nur durch seinen Stand, sondern auch durch Sprache und Kultur von der deutschen Herrenschicht getrennt war. Der Unterlauf der Düna und die benachbarten Küstenregionen waren über Jahrhunderte hinweg Siedlungsgebiet der ostseefinnischen Lieven, die vornehmlich vom Fischfang lebten. Deutsche Bauern und Fischer hatten dort wie auch in anderen Territorien der Ostseeprovinzen keinen Anteil an der Kolonisation. In «Wellen» tragen der

Strandwächter Wardein, der Zibbe Waldhüter, die Steegin und die Stibbin nicht nur preußisch klingende Namen, sie sprechen auch dieselbe Muttersprache wie die adeligen Damen und Herren.

Bräuchte es noch ein weiteres Argument gegen die Festlegung des Romanschauplatzes auf Kaugerzeem bei Dünamünde, auf das kurische Libau oder die Meeresbucht unweit von Narva, so wäre es die soziale und politische Instabilität jener Epoche, die sich ganz massiv auf die Attraktivität des Baltikums für Reisende aus dem Ausland auswirkte. Schon vor 1900 war der Badetourismus in Estland, Liv- und Kurland überwiegend Inlandstourismus. «Nur selten reisten Deutsche aus dem Deutschen Reich zur Erholung ins Baltikum» (Olga Kurilo, «Baltische Ostseebäder», S. 53), wo die Sommer wegen der Nordlage deutlich kühler und kürzer waren (s. Inga Sarma, S. 171) als an den Ostseestränden Vor- oder Hinterpommerns, West- oder Ostpreußens. Und: Alles jenseits der Memel war politisch unsicheres Terrain. Umso beliebter waren die Ostseeprovinzen bei Russen aus dem Inneren des Reichs. Besonders Petersburger bevorzugten die nahe gelegenen Seebäder Estlands und den Rigaschen Strand (nordwestlich von Riga), wo schon Iwan Gontscharow und Nikolai Leskow Erholung gefunden hatten und einfache Küstenstädtchen wie Jūrmala oder Dubulti zu Zentren des baltischen Badetourismus geworden waren. Die Verunsicherung im Deutschen Reich nahm in dem Maße zu, als nationalistische, offen germanophobe Strömungen in St. Petersburg an Einfluss gewannen und sich selbst die Deutschbalten in jenem Land fremd zu fühlen begannen, das sie jahrhundertelang beherrscht, verwaltet und kulturell geprägt hatten. Die Russifizierung ihrer Heimat war zur Jahrhundertwende bereits weit fortgeschritten, in vielen Küstenregionen dominierten mittlerweile russische Urlauber. Im Zuge dieser Entwicklung benannte die Reichsregierung 1893 etwa das Küstenfort Dünamünde, das der zaristischen Armee als Stützpunkt diente, in Ust-Dvinsk um. Obendrein nahmen die sozialen und ethnischen Spannungen zwischen Deutschen hier, Letten und Esten dort stetig zu und entluden sich in sporadischen Ausschreitungen. Ende 1904 brach dann im Großraum Riga und im Gouvernement Kurland die Revolution los und sprang rasch auf die übrigen Landesstaaten über. Im Januar 1905 forderten Zusammenstöße zwischen Demonstranten und Ordnungskräften in Riga 73 Todesopfer, was den Hass radikaler Jungletten und Jungesten auf die deutsche Oberschicht weiter anfachte. 563 Rittergüter wurden daraufhin im Baltikum zerstört, etliche Gutsbesitzer vertrieben und 82 Deutsche ermordet. Vergeltungsmaßnahmen der deutschen Schutzwehr, tatkräftig unterstützt von russischen Truppen, entsandt, um die Ruhe im Land wiederherzustellen, forderten ihrerseits bis 1907 einen hohen Blutzoll unter den Aufständischen. Nicht wenige Landadelige suchten Zuflucht in Dünaburg oder Riga, wo man vor Übergriffen noch vergleichsweise sicher war, wenn sie nicht gleich ins Deutsche Reich emigrierten. (So ließ etwa Otto Graf Keyserling auf Zennhof, ein Mitauer Vetter des Autors, seine beiden Söhne Heinrich und Hilka 1905 expatriieren und brachte sie im Potsdamer Kadettenkorps unter.) Um zur entscheidenden Frage, der des Handlungsorts, zurückzukehren: Wie wahrscheinlich ist es, dass sich deutsche Sommerfrischler in ein derart ungastliches Reiseland vorwagen (und kein Wort über diese Tatsache verlieren)? Anders formuliert: Welchen Sinn hätte es für Keyserling, dem Romancier privater, nicht welthistorischer Dramen, die Handlung der einzigen Adelserzählung, die nicht in der Guts- und Schlosswelt spielt, ausgerechnet auf jenem Territorium anzusiedeln, das die Leserschaft des Jahres 1911 ff. mit schweren politischen Unruhen und gewaltsamen Ausschreitungen identifizierte?

Woran der Erzähler keinen Zweifel lässt, ist, dass die Protagonisten in «Wellen» aus dem Deutschen Reich stammen. Die Figuren und ihre Gesprächsthemen tragen eindeutig reichsdeutsches Gepräge: Da gibt es Anspielungen auf die Braunschweiger Husaren (S. 6) und den preußischen Kürassieroffizier (S. 12), auf das pommersche Gut Repenow (S. 8) und das ostfriesische Norderney (S. 46). Der Berliner Reichsbankdirektor Knospelius hat eine Schwester in Thüringen (S. 67), preist «die Geselligkeit des Deutschen Reichs» (S. 71) und stimmt ein schwäbisches Volkslied an (S. 73). Doralice erinnert sich an ihre Dresdner Zeit als Diplomatengattin am sächsischen Königshof (S. 23), Hans Grill erträumt sich eine glänzende Zukunft als Betreiber einer Münchner Malschule (S. 91); Baron Buttlär schließlich lenkt die Unterhaltung mit Vorliebe auf den Kaiser (S. 57), «auf Steuern und auf Branntwein» (S. 67) – auf genuine Realien des Deutschen Reichs also.

Auch wenn sich der Schauplatz von «Wellen» nicht mit letzter Gewissheit bestimmen lässt und im Vagen bleibt, so als habe der Autor verschiedene Ostsee-Impressionen in einer durch Erblindung nochmals intensivierten Erinnerung zu einer idealtypischen Strandszenerie zusammengesetzt – über die Herkunft der handelnden Personen, ihre staatliche und kulturelle Zugehörigkeit lässt Keyserling die Leserschaft nie im Zweifel. Ihre Hauptstadt ist Berlin, ihr Kaiser Wilhelm II., ihre Heimat Deutschland. Folglich kann man «Wellen» ebenso wenig als «baltisch» bezeichnen wie «Beate und Mareile», «Dumala» oder die in diesem Band versammelten Schlossgeschichten.

Rezensionen (in Auswahl)

Eine der ersten und wohl auch umfassendsten Rezensionen von «Wellen» veröffentlichte der «Pester Lloyd» Mitte November 1911, verfasst von Felix Salten (1869–1945):

Vor zehn Jahren hab' ich ihn zufällig einmal in München getroffen; bei Bekannten. Seither sind mir natürlich viele Menschen über den Weg gelaufen, viele kamen mir da und dort vor die Augen. Aber wie das so geht: von manchen weiß ich nur noch den Namen, während der Mensch, der dazu gehört, mir entschwunden ist. Von manchen wieder hab' ich nur ein körperliches Bild, ein Antlitz, eine Gestalt, eine Gebärde und kann mich nicht mehr besinnen, wie sie angeredet und genannt werden. Weil der Eindruck, den sie zurückließen, kein ganzer war und nicht haften blieb, sind sie mir im Gedächtnis auseinandergefallen, die Menschen und die Namen, sind entzweigegangen, wie schlecht geleimtes Spielzeug. Und viele hab' ich auch ganz vergessen. Dieses einen jedoch erinnere ich mich ganz genau, ob ich ihn gleich niemals wieder zu sehen bekam. Aus dem Zwielicht jener nun schon ziemlich entfernten Zeit schaut sein Angesicht, bestreut von einer merkwürdigen Helligkeit, nah und deutlich zu mir her.

Er kam, als wir eben bei Tisch waren, setzte sich, zu uns, und war auf eine stille, wohltuend anschmiegsame Art gleich mitten in unseren Gesprächen, als sei er von Anfang an mit dabei gewesen. Ich hatte bei der Vorstellung den Namen nicht verstanden, hörte nur, wie die anderen ihn «Herr Graf» nannten, und erfuhr erst nach einer Weile, dass es Eduard Keyserling sei. Er sah grotesk aus, in der ersten Sekunde. Aber Zutrauen erweckend in der zweiten. Seine hohe, klapperdürre Gestalt mit den schmalen Schultern schien vor Kränklichkeit zu schlottern, vor Schwäche zu taumeln. Man fühlte sich versucht, ihm beizuspringen, fühlte sich gerührt; aber ein edler Gleichmut schien einem zu sagen: es ist nichts, … ein tief und ruhig in sich selbst verschlossenes Wesen hielt jedes banale Mitleiden von dieser zarten Menschlichkeit fern. Sein bleiches Antlitz, gehöhlt und verfallen, mit hervortretenden Backenknochen, mit dem, wie von einer Anschwellung, vorgeschobenen Mund, mit dem kümmerlich blassen Bärtchen, war nicht schön. Zerknittert, entfärbt, abgemagert, sprach es von Schmerzen und Qualen. Dieser Mann sah aus, als sei er ein Greis von siebzig Jahren. Doch es gab Augenblicke, in denen eine solche Kraft des Lebens in seine Züge kam, dass man ihn kaum für Vierzig schätzte, und Augenblicke, in denen dieses Antlitz von einem Schimmer der Jugend überbreitet war. In diesem Antlitz war ein feines, stilles Lauschen, von jener sanften Intensität, der man Vertrauen und Zuneigung schenkt. Beinahe ohne Urteil war dies Lauschen, ohne Kritik, ohne Spott, ohne Parteinahme. Nur ein Anhören, nur ein Aufhorchen, ein Wahrnehmen, ein Empfangen, ein Bereitsein und eine beständige, angespannte Teilnahme. Er sprach wenig. Allein in seinen Worten war eine fast zärtliche Sauberkeit des Gedankens. Sie schienen ganz durchsichtig in ihrer klaren, einfachen Ruhe. Und ein Klang von Güte war in ihnen, der von einem stilleren Ufer, von einem Jenseits aller Kämpfe herüber zu kommen schien.

Nun habe ich in diesen zehn Jahren von ihm gehört, dass er krank und kränker geworden, und dass seinen hellen blauen Augen das Licht erloschen ist. Und in diesen zehn Jahren habe ich Bücher von ihm gelesen, in denen immer mehr und mehr Schönheit und andächtige Freude des Lebens war, und in denen die Sonne dieser Welt heller und immer heller aufzugehen schien. Was für ein wundervoller Mensch erschloss sich in diesen Erzählungen und Romanen, welch ein tiefer, gütiger und im Herzen reiner Mensch verstand in diesen Büchern die Jugend schöner, aufblühender und vom Drang des eigenen Blütenfrühlings geängstigter Mädchen, die gebändigte und in allen Fesseln der Erziehung, der Sitte, der Kultur sich bäumende Sehnsucht junger Männer; verstand das morgenfrische Aufwachen von Kindern, die nur aus ihrem Unterbewusstsein noch denken, lieben und hassen, verstand den rätselhaften Inhalt des Spontanen, löste die Zweifel verirrter und zweifelhafter Regungen der Seele, nahm das Gewicht differenzierter, unwägbarer Empfindungen. Mit welchem durchdringenden Wissen und mit welcher Güte ward hier der Kampf angeschaut, den die Kreatur mit sich selber kämpft. Dieses Chaos von Fäden, die sich knüpfen, von Fasern, die sich ineinander verwirren, von Beziehungen zwischen Menschen, Konflikten, Schmerzen, Neigung und Feindseligkeit, welche Ordnung kam in all dies. Und aus einem Gemüt, das aus seinem letzten Grunde musisch, aus einem Geist, der in seinem Wesen, wie in seinem langsamen Rhythmus musikalisch ist, trat ein unwillkürlicher, prachtvoll klarer Trieb zum Harmonischen, der sich an Menschen, an Menschentun und Treiben nur bemüht, nur das eine letzte Ziel immer wieder, formend, schaffend, zu erreichen: Harmonie. Beständig war mir beim Lesen seiner Bücher der Mensch Keyserling gegenwärtig. Krank, gebrechlich, duldend, vom Siechtum eingeschlossen, der Welt und dem Leben entzogen, langsam erblindet und blind zuletzt. Wie er sich mit dieser Welt und ihrem reichen Leben abfindet, wie er sich über jede Klage, über Resignation sogar hinaushebt, wie er aus seinem Denken und aus seinem Empfinden jeden Tropfen Bitterkeit, der sich etwa beimengen möchte, behutsam entfernt. Wie er auf dem Weltbild, das er in sich trägt, auf dieser Landschaft des

Lebens in seinem Innern keinen Wolkenschatten, kein trübes Licht duldet. Wie er dies unerbittliche Nein, dies harte Verweigern, das ihm vom Schicksal wurde, mit einem unendlich milden Ja, einem gütigen Gewähren beantwortet. Dieses schöne, still gefasste, von keiner Schmerzlichkeit umrandete oder verzogene Lächeln, dies bedingungslose Lächeln seiner Seele, zu dem er sich befreit hat.

«Wellen» heißt sein neuer Roman, der zugleich auch sein bester ist. (S. Fischer, Verlag.) Seine Menschen sind auch diesmal, wie in seinen früheren Büchern, die Menschen Theodor Fontanes. Norddeutscher Adel, märkischer, preußischer Adel, höher geadelt gleichsam durch den Geist des Dichters. In allgemein menschliches Licht, in eine Nähe gerückt, in der es eine Kluft der Gesinnung nicht mehr gibt, aufgeschlossen in ihrer herben, spröden Art, in ihrer besonderen, komplizierten Einfachheit. Es ist die Kraft Fontanes, dass auch der Bodenfremde, auch der aus südlicheren Bezirken Kommende in Norddeutschland keine Fremdheit, sich von dem kühleren Hauch, den diese Menschheit atmet, nicht beklemmend angeweht fühlt. Wenn man diese hochgewachsenen, blonden Mädchen mit den herb verschlossenen Mienen, diese blonden Junker mit dem blanken Übermut in den Augen, mit dem straffen, immer ein wenig ins Brutale sich reckenden Stolz in der Haltung sieht, ist einem Theodor Fontane zur Seite, helfend, aufklärend und mildernd. Durch ihn erkennt man Zusammenhänge, erkennt dies Menschenklima, seine Rauheit und seine Wärme, erkennt den Charakter der Stadt, den Reiz des märkischen Landes, der sich verbirgt, wie das Gemüt und die Sentimentalität der Menschen, die da wohnen, unter einer brüsken Herbheit sich bergen möchte. Niemand, der in diesen Büchern gelebt hat wie in einer starken Wirklichkeit, kann dann noch unheimisch und beziehungslos durch diese Straßen gehen, kann um die traulichen Häuser der Museumsinsel streichen, durch die Gassen an der alten Münze oder ein stilles, altes Spreeufer hinwandeln, ohne an Theodor Fontane zu denken, ohne seines gütigen Mittlertums sich zu freuen. Nach ihm aber ist Keyserling, ist echt und kräftig, mild und würzig wie Fontane. Nur dass er für mein Empfinden der stärkere Künstler ist. Vielfältiger und reicher in allen letzten Verborgenheiten, feiner noch ins Differenzierte verästelt, knapper oft und zwingender in der stillen Gewalt des Ausdrucks, geschliffener noch in den schlanken Kristallen dieser harten, durchscheinenden, funkelnden Form. Wie ein jüngerer Verwandter Fontanes wirkt Keyserling. In diesem neuen Werk aber wie Fontanes eingeborener Sohn und Erbe; von derselben Art, aber tiefer gefärbt, von denselben Umrissen, aber prägsamer noch profiliert. Und die schöne Doralice, die Heldin dieses Buches, die in all ihren Sinnen so süß frauliche, in all ihrem Wissen so hilflos mädchenhafte Doralice, die an ihrem Ehebruch, an ihrer Liebe und an ihrer Deklassiertheit kaputt geht, ist uns wie eine Schwester der Effi Briest.

Sie ist ihrem alten gräflichen Gemahl mit dem jungen Maler, der sie porträtierte, durchgegangen. Lebt nun am Meeresstrand, in der Einsamkeit eines kleinen Seebades, mit dem Geliebten. Das Abenteuerliche ihres Abenteuers ist zu Ende, und nun wird es schwer für Doralice, sich in den Alltag ihres Genossen zu schicken; sie, die kleine, holde Komtesse in den Alltag eines Menschen, der nicht zu ihrer Klasse gehört, mit dem sie der Rausch einer Liebe, aber nicht die gleiche Atmosphäre einer Gesellschaft vereint; sie, die Aristokratin, mit diesem jungen Maler, der, von der Bauernstube herkommend, zur Künstlerboheme gelangte und auf einem zufälligen Seitenpfad mit ihr zusammen traf. Eine aristokratische Familie weilt von ungefähr auch in dem Seebad, und das Ausweichen, das Übereinanderhinwegsehen macht Doralicens Deklassiertheit noch deutlicher. Ihre Existenz, von den ursprünglichen Wurzeln gelöst, in den neuen Verhältnissen noch nicht wurzelnd, hat etwas frei Schwebendes, etwas Flatterndes, gleich einem Tüchlein, das der Wind dahinträgt; schaukelt auf den Wellen des Daseins, ohne Anker. Und eine Lockung, wie von vielen Möglichkeiten, geht von ihr aus. Die jungen Mädchen schwärmen für den romanhaften Schimmer, für den Zauber des Verbotenen, der Doralicens Schönheit umgibt. Die Männer werden von dem Zauber des Verbotenen und dem Glanz des Möglichen zu ihr hingezogen. Und in all dem geht die stolze

Geradlinigkeit ihres Empfindens, die innere Klarheit ihres Herzens kaputt. Unvergesslich schön, wie das junge, liebe Mädchen, das für Doralice begeistert ist, das durch Doralice den Bräutigam verliert, sich im Meer ertränken will, damit Doralice glücklich werde. Dann wie dieser Bräutigam, ein junger, tadelloser Gardeoffizier, für Doralice aufflammt, wie sie im Sturm seiner Werbung das Vertraute, ihr Nahe und Verwandte seines Wesens empfindet: den eigensinnigen, zugreifenden Herrenwillen des Aristokraten. Dann wie dieser junge Offizier nach dem Eklat davongeht, von Doralice abgewiesen. In Uniform schreitet er die Düne entlang, ist mit dem bunten Rock wieder fest eingefügt in die Ordnung seiner Gesellschaft, hat nach einer Strecke Weges das leichtsinnige Hüftenwiegen seines Ganges wieder. Er scheint gleichsam aus dem Buch herauszuschreiten, ins Leben hinein; so voll Perspektive ist das, so zwingend schön in seiner einfachen Wirklichkeit. Dann, wie der Maler von Doralicens Seite genommen wird, in einer Gewitternacht auf dem Meere untergeht. Sein Dasein ist erfüllt, in der Zufälligkeit seines Todes waltet ein tiefes dichterisches Gesetz. Er tritt ab, ehe er noch mit Doralice zu Ende gesprochen hat, verschwindet, da nun diese Liebe, dieses einander Verstehen ohne Worte vorbei ist, und eine Liebe anheben soll, deren Wunden mit Worten, mit Aussprachen, mit Reden verbunden werden müssen. Er versinkt, ehe die Enttäuschung kommt, und es bleibt für Doralice die schöne Wehmut, er habe die süßesten Liebesworte mit sich hinübergenommen. Er wird in dem großen Meer da draußen spurlos aufgelöst, und Doralice verarmt durch sein Sterben, ehe sie durch sein Leben verarmen konnte.

In all seiner Keyserlingschen Echtheit dennoch an Fontane erinnernd ist der Ton, den diese Menschen unter einander haben. Diese knappe, gegenständliche Art, zu sprechen, diese Art, Gefühle und Sentimentalitäten mit einer leichten Salzschichte von Ironie zu decken. Diese komödienhaft vortreffliche Schlagkraft der Polemik, in der so viel Humor, so viel Behagen, so viel gehaltene Würde und so sehr viel Charakteristik sich entwickeln. Die alte Generalin, die Großmutter des jungen Mädchens, das sich ertränken wollte, sagt zu Doralice: «Nun ja, Sie sind Ihrem alten Grafen davongelaufen. Das muss man nicht tun, schon wegen der Moral, aber es war eine dumme Heirat und Sie haben sich von Ihrem Maler entführen lassen, nun gut. Aber jetzt, meine Liebe, ist es doch genug, man kann sich doch nicht immerfort entführen lassen. Vom Sichentführenlassen kann doch keiner leben.» So könnte die alte Generalin auch reden, wenn sie von Theodor Fontane wäre. Und wenn sie dann sagt: «Sich entführen lassen, geht schnell. Aber mit dem Herrn, der einen entführt, leben, das ist die Kunst», fühlt man sich wieder an Fontanes kernhafte Art erinnert. So knapp und so nebenher da der Sinn des Romans zusammengefasst, gleichsam mit einer Hand umschlossen ist, so sprechen auch Fontanesche Gestalten den Sinn eines ganzen Werkes aus. Leicht, einfach, und mit leiser Ironie überdeckt: «Glauben Sie mir, man kann sehr gut leben, auch ohne dass ein Mannsbild vor einem auf den Knien liegt.»

Es gibt Bücher, die augenblicklich von allen gekannt, von allen gelesen werden, sowie sie nur erscheinen. Wenn aber die Hitze des Tages, von der sie ihre zündende Wirkung nahmen, verdampft ist, hat man sie vergessen und niemand möchte sie ein zweites Mal lesen. Dann wieder gibt es Bücher, die berühmt sind, die geliebt und immer wieder gelesen werden, noch ehe die breiten Massen nach ihnen fragen. Aber sie bleiben, sie werden nicht vergessen, sie führen ein stilleres, aber unvergängliches Leben, und eines Tages sind sie dann doch irgendwie in aller Hände. Nur so lässt sich's vielleicht begreifen, dass Keyserling bis jetzt noch nicht den lauten Erfolg hatte, den großen, weithin vernehmlichen Erfolg, obwohl er ein halbes Dutzend Meisterwerke geschrieben hat. Lässt sich nur begreifen, wenn man sich besinnt, dass es ja Meisterwerken wie «L'Adultera», «Irrungen Wirrungen» ähnlich erging. So ist Eduard v. Keyserling auch in dem langsamen, aber stetigen Durchgreifen Theodor Fontanes Erbe.

Redaktioneller Fußnoten-Vermerk in «Die neue Rundschau» im Jahr 1912: «Als Keyserlings ‹Wellen› bei uns erschien, fragte Herman Bang: ‹Darf ich in der Rundschau über ‹Wellen› schreiben? Ist das ein schönes und echtes Ding.› Es wurde eine seiner letzten Arbeiten, die wir hier veröffentlichen.» *Hier die Würdigung des kurz darauf, am 29. Januar 1912, verstorbenen dänischen Erzählers:*

Als ich zum erstenmal Graf Eduard Keyserlings Bücher gelesen hatte, und zwar in einem Atemzug, eins nach dem andern – fragte ich auf einer Abendgesellschaft in Berlin: Ist Graf Keyserling aus Reval? Nein, war die Antwort. Ich glaube, er ist aus Westpreußen.

Also doch wenigstens von der russischen Grenze. Ich hätte darauf wetten können. Graf Eduard Keyserling ist ein Iwan Turgenieff, der noch lebt. Es ist hier nicht von Nachahmungen die Rede. In aller Kunst wird überhaupt viel zu oft von Nachahmung geredet. Künstler ahmen einander nicht nach; aber sie sind verwandt – wie Iwan Turgenieff und Eduard Keyserling es sind.

Beider Stil hat dieselbe Farbe, ein melancholisches Silbergrau, in dem ihre Erscheinung sich schwermütig spiegelt. Ihre Sprache hat denselben Rhythmus, das gleitende leise Singen eines Flusses, wenn es dämmert. Ihre Worte haben dieselben Töne, wie ein wehmütiges Erzählen von Wanderern, die über Felder ziehen, weiße Felder an dunklen Abenden. Stille schildern sie vor allem. Turgenieff lässt die ewigen Ebenen atmen, Keyserling kennt auch das Meer. Vor seinem schauenden Blick ruht seine Fläche unendlich, stumm wie das endlose Leid. Ich habe eine deutsche Ausgabe von Turgenieff neben Keyserlings Werke gelegt, und selbst bis auf die Wahl ihrer Worte sind sie einander ganz überraschend ähnlich. Seltsam ist es nicht.

Denn beide sind, jeder auf seiner Seite einer geographischen Grenze, aus derselben Gesellschaft hervorgegangen. Sie stammen aus Schlössern. In Schlössern haben sie gelebt, und ihre Heimat verlassen sie nicht. Ihre Heimat ist eng, aber gerade darum kennen sie sie, wie Kinder den Garten vor ihres Vaters Hause kennen. Sie kennen Alleen und Rasenplätze, die Teiche und den Küchengarten mit seinen Gewächsen, die Saat auf den Feldern und die Tiere in ihrem Stall und die Wiesen, die grün sind in der Sonne. Sie kennen die Stuben und Gastkammern und die langen halbschläfrigen Mahlzeiten und Kaffeestunden auf der Veranda unter dem herabgelassenen Zeltdach. Sie sind zu Hause hier, und sie bewegen sich wie Menschen, die zu Hause sind.

Just dies ist die Stärke ihrer Kunst. Ihr Zuhause-Sein macht sie unendlich sehend. Sie haben ihre Welt von Kindheit an gesehen, und alles Treiben dieser Welt hatte Zeit, sich bis in die Tiefe ihres Seins zu senken. Sie *beobachteten* nicht ihre Gesellschaft, sie lebten mit ihr und in ihr.

Die Leser empfinden das als eine stille Sicherheit. Wir fühlen uns zu Hause, weil Graf Keyserling es so ganz ist. Und doch ist die Welt, die er schildert, uns so fern und so fremd, dass Graf Keyserling in der deutschen Literatur der einzige ist, der die Pforte zu ihr auftut. Aber er öffnet die Tür so vollständig, dass wir im «Haus der Junker» so frei und so sicher atmen, als wären wir selbst darin geboren. Wir empfangen unwillkürlich das Heimatgefühl, das der tiefe Quell und das Eigengepräge jeder Kunst ist.

Graf Keyserling kann seine Figur mit zehn Worten hinritzen, weil er jeden seiner Menschen so genau kennt, wie man *die* kennt, mit denen man sein ganzes Leben gelebt hat. Ein Strich ist ihm genug, denn er kennt *den* Strich, der jedes einzelne Gesicht zeichnet und gestaltet.

Wie eng die Welt und wie mannigfaltig die in diesem kleinen Gesellschaftskreis enthaltene Menschengalerie! Ein Gebiet, in das wir zum erstenmal eindringen. Denn keine Gesellschaft ist bis heute so streng abgeschlossen, wie diese. Die Pforte ist jahrhundertelang verriegelt gewesen, und der wilde Wein der Legende rankt sich um die Angeln.

Aber Graf Keyserling hat die Tür eingeschlagen und viele Legenden welken.

Unsere demokratische Zeit hat ein Großkapital von Dummheiten auf Thronen und ihren Stufen angelegt. Man hat es noch nicht so weit gebracht, den Adel abzuschaffen, aber man hat sich an ihm gerächt, indem man ihn lächerlich machte. In der Literatur und auf dem Theater war der Adel durch eine unzählige Schar von Narren,

Schwachköpfen und fast Idioten vertreten. Die Älteren sind verknöcherte Gliederpuppen, die Jüngeren aufgeblasene Laffen. Die ganze Gesellschaft ist ein Karikaturenkabinett, in dem die menschlichen Torheiten, überdeckt mit Staub, zur Schau gestellt sind. Man denkt nicht einmal an Affen: dies sind Skelette von Affen.

In dieser Darstellung der adeligen Kreise (die eine stärkere Waffe in der Hand der Demagogen war als man glaubt!) sind alle Literaturen überraschend einig. Eigentlich bildet eine Ausnahme nur die Literatur des republikanischen Frankreich.

In Deutschland dürfte Graf Keyserling allen Hohlspiegelbildern der sogenannten Junkerwelt ein für allemal ein Ende gemacht haben. Denn Graf Keyserling zeigt sie uns, wie sie ist – nicht besser, aber auch nichts weniger als schlechter als alle andern Gesellschaftswelten.

Diese Menschen sind nicht dumm, aber sie sind beschränkt. Sie besitzen häufig Tüchtigkeit und selbst Tatkraft. Sie sind loyal und treu; aber ihre Loyalität und ihre Treue gehören ihrem «Kreis». Sie haben Ideen, die ihre Götter sind. Aber sie haben auch Vorurteile, die zuweilen diese Götter zu Abgöttern machen. Sie haben eine aufrichtige Vaterlandsliebe, aber ihr Vaterland heißt der König, was zuweilen den Begriff einengt. Sie haben wahre Gefühle, aber die Konvention wird bisweilen stärker als ihr Gefühl. Sie haben einen sehr hohen Begriff von Verantwortung. Aber in erster Linie von Verantwortung ihrer Familie und ihren Standesgenossen gegenüber.

Inmitten einer demagogischen Zeit, die allerhand neue Ideen wie Räuber auf die Landstraßen ausschickt, lebt diese Welt – geistig gesprochen – in ihren Burgen, die sie, nicht ohne ein gewisses Recht gegen die Umwelt, befestigt.

Eduard Keyserling schildert uns das Leben in diesen Burgen. Vielleicht hat er das nie so meisterhaft getan wie in «Wellen».

Es ist in erster Linie die Erzählung davon, dass die «Burg» bindet. Doralice ist an einen Diplomaten verheiratet worden. Als Gemahlin des Gesandten hat sie am Hofe von Dresden getanzt und die bunte Langeweile empfunden wie einen feuchtkalten Nebel. Später dämmerte sie im Halbdunkel eines komfortabeln Landschlosses dahin. Dann, eines Tags, bricht sie aus. Sie verliebt sich in die Stärke und den Kulturmangel eines Bauernmalers. Aber die Burg rächt sich; denn die Burg ist ein Netz von Gewohnheiten, Anschauungen, Lebensforderungen, von Arten zu sehen und zu hören, ein Netz von Tausenden von kleinen Maschen, das uns unrettbar festhält. Die außerhalb der Burg denken, reden, fühlen, wünschen anders als die in der Burg, mehr als das: sie essen anders, putzen ihre Nase anders, schlafen anders. Und Hans ist außerhalb der Burg geboren. Das ist das Geheimnis der Burg, dass ihre geringfügigsten Dinge uns am stärksten binden. Just die kleinen Dinge, die nur in der Burg zu finden sind, und die uns draußen am heimatlosesten machen. So heimatlos, wie Doralice ist in der Hütte, wo die Suppenterrine, die nach Zwiebeln stinkt, die unübersteigbare Mauer wird zwischen ihr und dem Geliebten, der die Suppe zu tief über seinen Teller gebeugt und ohne Kragen hinunterschlingt. Heimatlos wird sie unwiderstehlich zur Heimat, zur Burg zurückgezogen. Hilmar begegnete ihr. Hr. Hilmar ist Leutnant. Aber welch eine Wiederauferstehung für alle Leutnants! Nie hat Graf Keyserling eine Gestalt mit solch sprühendem Leben, so überzeugendem Reichtum geschildert wie diesen jungen Revoltanten, den eine Gardeuniform deckt. Man sieht und hört ihn, und Hilmars kochendes Blut siedet vor unseren Ohren.

Überall ist es bei Keyserling die Sehnsucht eines gebrochenen Mannes, die seine Jugendgestalten so reich macht an rinnendem Blut. Aber nirgends ist der junge Mann so ganz, in seinen tausend Zügen gegeben, wie in Hilmar, diesen verkörperten zwanzig Jahren, die unruhig durch die Reiche der Liebe eilen, ohne zu rasten, ohne satt zu werden. Die letzte Geduld unter des Lebens bittern Umständen hat uns diese schöne Leinwand von der hastenden Ungeduld gemalt.

Geduld ist die Seele der Keyserlingschen Dichtung. Eine erkämpfte und milde Geduld schuf diesen Blick auf Menschen und Leben. Graf Keyserling urteilt über niemand; auch nicht über das Leben. Seine Umstände müssen getragen werden. Allerdings – diese Umstände sind geringfügig, so geringfügig, dass jede einzige [sic!] Seite in Keyserlings Büchern eine milde Traurigkeit ausstrahlt, die wirkt wie ein eigenes Leuchten. Seiner Dichtung Grundakkord ist die weiche Trauer, die abgeschlossen hat. Und die des Lebens Ziffern wiegt mit einer wehmütigen Skepsis, der wehmütigen Skepsis, die viele Ahnen dem Spätgeborenen als schmerzliche Wiegengabe schenken. Diese Skepsis durchdringt alles und verdammt doch keinen: sie sieht den Zug des Lebens als den bunten Leichenzug, der er ist.

Dieser Ausblick auf alles und alle verleiht der Darstellung Keyserlings einen ganz eigenen und persönlichen Ton, der wie der Klang einer menschlichen Stimme wirkt. Dieser Klang ist das Wesen von Keyserlings Stil, der seine intensivste Kraft erlangt, wenn er Sonnenuntergänge oder Dämmerstunden – oder die Nacht schildert.

Dabei fallen mir ein paar merkwürdige Worte ein, die ich einmal gehört habe. Ein junges Mädchen sagte sie, das, der Tiefe des Volks entsprungen, als Adoptivtochter in ein uraltes Geschlecht aufgenommen worden war. Wenn Mutter redet, sagte sie, so verstehe ich sie nie; ja – vielleicht versteh ich die Worte, aber nie den Klang in ihren Worten.

Dieser Klang war die durch Jahrhunderte erworbene Resignation. Und dieser Klang ist der Keyserlingschen Dichtung innerste Seele.

5 *«Vous êtes tous les deux ténébreux et discrets / …»*: dritte Strophe von Charles Baudelaires (1821–1867) Gedicht «Der Mensch und das Meer», enthalten im Gedichtzyklus «Les Fleurs du Mal» (1857; «Die Blumen des Bösen»): «Ihr beide seid von heimlich finstrer Art. / Wer taucht, o Mensch, in deine letzten Tiefen, / Wer kennt die Perlen, die verborgen schliefen, / Die Schätze, die das neidische Meer bewahrt?» (Übersetzung von Therese Robinson). – *Generalin*: vom mutmaßlich realen Vorbild der Figur berichtet Henriette von Keyserling in ihren Erinnerungen an Libau, das kurische Sommerdomizil der Familie: «Manchmal begleiten wir die Generalin Trousson mit ihren Töchtern an den Strand und wohnen ihrem Nachmittagsbade bei» (S. 123); s. Thomas Homscheid, S. 353 f. – *Haarkuchen*: elastische Unterkissen aus Wollkrepp oder Rosshaar, die von Strähnen umhüllt und durch Nadeln fixiert wurden. «Die Frisuren um die Jahrhundertwende wirkten aufgrund ihrer Hochtürmung oder durch

das Einsetzen falscher Haarteile ausladend» (Anna-Katharina Ganzenbacher, S. 12) und verliehen der Dame etwas Imposant-Matronenhaftes.

6 *Bullenkrug*: Name eines Wirtshauses in Kaugerzeem/Kaugurciems nordwestlich von Riga, getreu dessen wirklicher Lage und strategischer Bedeutung der Autor «den ‹Bullenkrug› im Roman auf einer Anhöhe angesiedelt» hat (Gabriele Radecke, S. 183). – *Mamsell*: Wirtschafterin. – *Wedig*: Vorname skandinavischen Ursprungs. – *Braunschweiger Husaren*: traditionsreicher Kavallerieverband, nach dem Beitritt des Herzogtums Braunschweig zum Norddeutschen Bund 1867 in Herzoglich Braunschweigisches Husaren-Regiment Nr. 17 umbenannt und nach der Militärkonvention mit Preußen 1886 in die Preußische Armee eingegliedert.

8 *Repenow*: poln. Rzepnowo im Kreis Pyritz, poln. Pyrzyce, in Pommern gelegen. – *Oh! cet* [im Erstdruck *cette*] *enfant!*: frz. «O! dieses Kind!».

9 *Strandwächters*: einfacher Gehilfe des beamteten (in Altpreußen: Königlich-Preußischen) Strandvogts, zu dessen Aufgaben neben dem Vollzug des Strandrechts, der Rettung Schiffbrüchiger und der Sicherstellung von angeschwemmtem Treibgut auch die Bergung, Identifizierung und Bestattung Ertrunkener zählten. – *Exzellenz*: ursprünglich dem Fürstenstand vorbehaltenes Ehrenprädikat, vom lat. «excellentia» für «Vortrefflichkeit», im Deutschen Reich neben Ministern, Oberpräsidenten, Gesandten und obersten Militär- und Hofwürden wenigen hochrangigen Staatsdienern vorbehalten. Laut Meyers Großem Konversationslexikon von 1907 wurde «der Titel: Wirklicher Geheimer Rat als Auszeichnung an höchste Beamte verliehen» und war «in der Regel mit dem Beiwort Exzellenz verbunden» (S. 462). – *Knospelius*: laut Marc Carduff eine «Wiedergängerfigur von Hoffmanns Coppelius aus dem ‹Sandmann›» (S. 334), der 1817 im Erstdruck erschienenen Erzählung; E. T. A. Hoffmanns «fürchterliche[r] Sandmann» Coppelius (lat. «Becher», «Schmelztiegel») ist ein Advokat und Hobby-Alchemist, der seine Umgebung sowohl mit seiner hässlichen, widerwärtigen Gestalt als auch mit seiner charakterlichen Verruchtheit in Angst und Schrecken versetzt, «ein böses feindliches Prinzip», «eine teuflische Macht» (Nathanael an Lothar, Kapitel 4). Martin Mosebach zieht deshalb einen weiteren Bezugsrahmen: «Der hoffmanneske Dämon, der frauenlose Damenverehrer und Tröster im Unglück, ist eine Lieblingsfigur der Erzählungen des neunzehnten Jahrhunderts»; einen anderen, ebenso aufschlussreichen Figurenvergleich stellt Michael Maar mit Verweis auf eine 1896 erschienene Kurznovelle Thomas Manns an, wenn er schreibt: «die geheime Hauptfigur, der knorrige Zwerg Knospelius, ist ein zweiter Herr Friedemann, aber viel abgründiger»; Fred Ottow brachte schon früh außerliterarische historische Vorbilder für den

«Kameraden des Wellentals» ins Spiel, und zwar «Nachfahren baltische[r] Edelleute und Grundherren» (S. 3) aus der estländischen Hansestadt Narva; unter Bezugnahme auf Ottow identifiziert Dirk-Gerd Erpenbeck in seiner genealogischen Studie einige dieser Nachfahren, nämlich Jacob Gottlieb Theodor Gnospelius (1803–1863), Platzmajor der Festung Narva, dessen Vater Christian (1767–1806), Rat am kurländischen Kameralhof in Mitau, und den missgestalteten Onkel, Georg («Jurka») Gnospelius (1759–1828); damit leistet Erpenbeck die «räumliche Zuordnung der Familie Gnospelius nicht nur nach Narva, sondern auch nach Mitau, der Residenzstadt Kurlands, also in den gesellschaftlichen Erfahrungskreis des kurländischen Keyserling», und folgert: «Der Name ‹Gnospelius› ist damit bis weit in die Mitte des 19. Jahrhunderts im nördlichen und südlichen baltischen Raum belegbar; danach stirbt er aus, fällt somit in die potentielle ‹Verfügungsmasse› auch von Romanciers» (S. 26 f.). – *er ist bei der Reichsbank etwas, er unterschreibt, glaube ich, das Papiergeld*: auf den deutschen Reichsbanknoten waren neben dem Bild von Wilhelm I. und kaiserlichen Siegeln die Unterschriften des mehrköpfigen Reichsbankdirektoriums zu sehen, dem «die Exzellenz» offenkundig angehört.

10 *Wardein*: von lat. «guardianus» für «Wächter», «Hüter». – *Doralice*: Vorname, erstmals belegt in Matteo Boiardos Epos «L'Orlando innamorato» (1483/1495) und in Ariosts «Orlando furioso» (1516), dort Name der Sarazenenprinzessin. – *Köhne-Jasky*: das Adelsgeschlecht Köhne-Jasky findet sich im Stammbaum Eduard von Keyserlings unter den Vorfahren mütterlicherseits: Sophie Louise Köhne von Jasky (1684–1753), Tochter von Carl Friedrich Köhne von Jasky (1649–1692) ehelichte Friedrich Heinrich Baron Korff; aus dieser Verbindung ging Freiherr Wilhelm Nicolaus Wilhelm von Korff hervor, der Urgroßvater jenes Barons Korff, der Eduard von Keyserlings Mutter Wilhelmine Ulrike Theophile von Rummel (1816–1894) als Pflegetochter aufnahm.

12 *Kürassieroffizier*: «die Kavallerie-Regimenter, die Kürassiere, Ulanen, Dragoner und Husaren, vorzugsweise die Regimenter der Garde in Berlin» galten «für die vornehmsten Einheiten der Armee» (Walter Görlitz, S. 276). – *Freifrau*: Gattin eines Freiherrn, dem Rang einer Baronin entsprechend. – *dekretieren*: «verordnen», «erlassen».

15 *Panama*: von Hand geflochtener Strohhut aus Ecuador.

18 *losen blauen Jacken mit weißen Punkten*: Hinweis auf den Maler-Kittel.

20 *der ewige Feiertag macht uns krank*: der «Feiertag» als Chiffre für typische Existenzform des von der Mühsal des Werktags befreiten Adelsstandes findet sich durchgehend bei Keyserling (vgl. «Feiertagskinder» u. a.). Otto von Petersen: «Feiertagsmenschen und Werktagsmenschen stellt Keyser-

ling einander gegenüber. Er sieht die Schönheit der Menschen, die ihr Dasein als ein großes Fest feiern. Er sieht die schlichte Welt der Menschen, die ihr Dasein als einen Werktag durchschaffen» (S. 25).

21 *tenue ma chère*: frz. «Haltung, meine Liebe».

22 *Couchette*: kleines liegenartiges Möbelstück, für kurze Ruhepausen gedacht. – *Johannisbeerbüsche*: «Mädchen, die unter Johannisbeeren das Leben erwarten, gehören zum festen Personal Keyserlings.» (Horst Thomé, «Autonomes Ich», S. 530 f.); im Volksglauben galt ein Stelldichein unter einem Johannisbeerstrauch als gutes Omen für beständige Liebe. – *Chrysanthemen*: aus Japan stammend und erst um die Mitte des 19. Jahrhunderts in Europa heimisch geworden, galten sie als repräsentative Edelgewächse und standen für Heiterkeit, ehe sie zu Herbst- und Friedhofsblumen wurden.

23 *Miss Plummers*: als Gouvernanten wurden in deutschen Herrenhäusern bevorzugt Engländerinnen oder Französinnen eingestellt. – *new mown hay*: nach «frisch gemähtem Heu» duftendes, exklusives Herrenparfüm aus dem Hause Solon Palmer, New York, kreiert im Jahre 1879. – *Salon der Dresdner Gesandtschaft*: nach der Deutschen Reichsgründung waren innerdeutsche diplomatische Vertretungen bedeutungslos geworden, dennoch lösten die Bundesstaaten sie in der Regel nicht auf; unterbrochen von kürzeren Vakanzen, waren in der Residenz des Königtums Sachsen noch bis Mitte der 1920er-Jahre preußische, württembergische, bayerische etc. Gesandte in Amt und Würden, und auch die meisten ausländischen Vertretungen abseits der Reichshauptstadt Berlin blieben erhalten; die österreich-ungarische Gesandtschaft in Dresden, über Jahrzehnte hinweg ohne politische Mission und bloß für protokollarische Angelegenheiten im Verkehr der beiden Herrscherhäuser zuständig, schloss 1918, die britische, die französische (seit 1871 mit einem «chargé d'affaires» besetzt) und die russische bereits im Zuge der Julikrise 1914. – *Hyazinthen*: haben «als Wasserblume[n] etwas Überirdisches und hoch Poetisches» an sich (Minna von Strantz, S. 303) und symbolisieren rasches Werden und Vergehen.

24 *ma petite comtesse*: frz. «meine kleine Komtesse» – unverheiratete Adelstochter. – *chokiert*: gebräuchliches frz. Lehnwort vor dessen Eindeutschung zu «schockiert».

25 *Ah, ma petite châtelaine …*: frz. «Ah, meine kleine Schlossherrin». – *à distance*: frz. «auf Abstand». – *es war ihr neu, dass jemand so sorglos sein innerstes Wesen heraussprudelte*: die adeligen Tugenden der Affektkontrolle und Diskretion unterdrückten Herzensergießungen in der Schlosswelt, folgerichtig ist beim Nicht-Adeligen Hans Grill von einer «schamlosen Offenheit» die Rede.

26 *Georginen*: norddt. Bezeichnung für Dahlien, symbolisieren Erneuerung und Stärke; über die königlichen Gärten des Escorial und den Jardin de Plantes nach Deutschland gekommen, wurden sie «zur vorherrschenden Zierpflanze in den Gärten der Vornehmen wie des Landmanns» (Minna von Strantz, S. 368).

27 *Ma chère*: frz. «meine Liebe». – *entre nous*: frz. «unter uns». – *Allons, allons*: frz. «Gehen wir, gehen wir».

33 *ein Friedhof, mit dem das Meer langsam aufräumt*: das geologische Phänomen der marinen Abrasion, also der Abtragung der Küste mittels Meeresbrandung, ist an der Ostsee aus der Kurischen Nehrung bekannt, besonders vom Uferstreifen zwischen Cranz-Sarkau und dem Memeler Höhenzug; der Wellenschlag setzt dem dort vorhandenen Geschiebemergel bzw. Geschiebelehm zu und bewirkt die Unterspülung ganzer Küstenstriche; bei Brandungskehlen bröckelt der Kliff-Fuß stückweise ab, bis schließlich auch die oberen Partien in die Fluten rutschen; ob der Kunsthistoriker Keyserling Robert Hopkins (1832–1909) Ölgemälde «Graveyard by the Sea» (um 1875) gekannt hat und sich womöglich sogar davon inspirieren ließ, ist nicht mehr zu eruieren; Paul Valérys (1871–1945) themenverwandtes Gedicht «Le Cimetière marin», von Rilke ins Deutsche übersetzt, erschien erst 1922 im Lyrikband «Charmes; ou poèmes».

34 *schmal und biegsam wie Weidenruten. Das ist die moderne Fasson. Junge Mädchen mussten jetzt aussehen wie Arabesken*: ab der Jahrhundertwende kam es durch die Jugendbewegung zu einer Infragestellung des überkommenen weiblichen Schönheitsideals. Stattlichkeit, Üppigkeit war mit einem Male démodé – als reizvoll galt nicht mehr die «Sanduhrform», hervorgerufen durch extreme Korsettschnürung, sondern immer mehr der Typus der graziösen, ätherischen, androgynen Kindfrau. Der jugendliche, durch Sport gestählte und Diäten verschlankte weibliche Körper, bereits in der extremen Magerkeit der Kaiserin Sissi präfiguriert, wurde zum Leitbild der Reformbewegung. In der darstellenden Kunst des Fin de Siècle wird die figürlich-ornamentale Arabeske zum Symbol dekadenter Überfeinerung (s. unten). – *André*: lett. Namensform von «Andreas». – *Brätlinge*: preuß. auch «Breitlinge», Sprotten.

35 *Strandkörbe*: «fanden an der Ostsee seit den 1880er-Jahren vor allem als Wind- und Sonnenschutz Verbreitung. Ihre Funktion wandelte sich im Laufe der Jahre zu Badestationen, Ausgangspunkten und Zentren für familiäres Strand- und Badeleben» (Anja Wilhelmini, S. 156). – *Fénelons «Télémaque»*: François de Salignac de La Mothe-Fénelon (1651–1715), französischer Erzbischof und Schriftsteller. Für seine fürstlichen Zöglinge verfasste er einige unterhaltsame literarische Werke mit belehrendem

Charakter. Am berühmtesten wurde sein Erziehungsroman «Aventures de Télémaque, fils d'Ulysse» (1694–1696; «Die seltsamen Begebenheiten des Telemach»).

36 *faites les liaisons, mon enfant:* frz. «Verbinden Sie die Wörter, mein Kind». – *Badeanzügen*: Damen um 1910 trugen ganzteilige Badekostüme vom Hals bis über die Knie reichend. «Während die Bademode für Frauen im zeitlichen Verlauf zunächst aufwändiger, dann aber vereinfacht und funktionaler wurde, wurde die Männermode ab 1900 verhüllender. [...] Eine Entwicklung, die sowohl die Männer- als auch die Frauenmode in Misskredit brachte, da mit ihr Unterschiede den Geschlechter nivelliert und überdies eine gesellschaftliche Einordnung der Badenden verhindert wurde» (Anja Wilhelmini, S. 164 f.). – *dass das, was wir in unserer Jugend Hüften nannten, immer mehr abkommt*: gleichfalls Hinweis auf ein verändertes androgynes Körperbild (s. oben). – *die Mädchen ... waren gute Schwimmerinnen*: wie körperliche Ertüchtigung im Allgemeinen war auch das Schwimmen ein Vorrecht der Männer, ehe sich dies zur Jahrhundertwende änderte. – *bis zur zweiten Sandbank*: dass im Winter durch Tide oder Strömung Sand vom Strand gespült wird und sich vor dem Ufer ablagert, ist ein geläufiges geomaritimes Phänomen; die Bildung mehrerer Sandbänke hintereinander, durch Brandungspriele getrennt, lässt allerdings auf Sturmflutbrandung schließen.

37 *ohne weiters:* österr. Adverb.

39 *Dekolletage*: eingedeutschte Form von frz. «décolletage»; in der traditionellen Adels- und Hofgesellschaft Privileg der Dame von Stand, wohingegen die bürgerliche Frau zur Verhüllung ihrer Brustpartie verpflichtet war, zugleich aber bindende Kleidervorschrift, da bei einer Einladung zu Hofe galt: «Alle Damen haben dekolletiert zu erscheinen, und selbst diejenigen, welchen ein ausgeschnittenes Kleid nicht gut steht, die keinen schönen Hals haben, dürfen trotzdem nicht aus eigener Initiative in geschlossener Toilette erscheinen» (Graf Baudissin, S. 1124).

40 *rote Rosen*: Sinnbild für leidenschaftliche Liebe.

41 *Seggen*: niederdt. Begriff für Riedgras.

43 *München*: war bereits vor der Jahrhundertwende zur maßgeblichen deutschen Künstlermetropole geworden. – *du hast dein Hauswesen, dem du dein Gepräge gibst*: Kernspruch der bürgerlichen Heim- und Herdideologie, die den Wirkungskreis der Ehegattin auf einen hermetisch abgeschlossenen privaten Bezirk beschränkte und damit im Widerspruch zum aristokratischen Verständnis der Gesellschaftsdame stand, die nicht bloß Hausfrau, sondern in ihren Repräsentationspflichten dem Gatten ebenbürtig sein sollte.

44 *Velveteen-Reformkleider*: bequeme Kleider aus weichem, die Körperformen sanft umspielenden Samt, die die Figur der Trägerin nicht wie bei der vorherrschenden Korsettmode einschnürten, sondern ihr Bewegungsfreiheit ließen; Reformkleider bedeuteten unter gesundheitlichen, ästhetischen wie geschlechteremanzipatorischen Gesichtspunkten einen Paradigmenwechsel in der weiblichen Toilette, war doch die traditionelle Ansicht, dass eine Frau sich mit Schnürungen, Tournüren, Puffungen und Schleppen «schön» zu machen und «aufzutakeln» habe, durch die dahinterstehende Weltanschauung motiviert. Die Ideale der Reformbewegung, Zweckmäßigkeit, Bequemlichkeit und Natürlichkeit, diskreditierten das vorherrschende Modediktat, also die Gezwungenheit, Stilisierung und Kasteiung der «Kulturkleidung», weil diese bei Frauen nicht nur zu organischen Leiden, sondern zudem zu Nervosität, Atemnot und Schwindsucht führte, über die körperliche Einengung zu seelischer Zurichtung. «Die Mode Anfang des 20. Jahrhunderts bis zum Ausbruch des Ersten Weltkriegs war durch unterschiedliche Tendenzen bestimmt. Adel und Großbürgertum folgten weiterhin den strengen Regeln der diktierten und körperbetonten Mode. Ihnen standen die Wortführer der neuen, verbesserten Kleidung entgegen, die die bisherigen Gestaltungsprinzipien ablehnten. [...] Die Künstler der Jahrhundertwende griffen die kleidreformerischen Aspekte der Lebensreformer, der Ärzte und der Frauenbewegung auf und betteten diese in den Kontext des Erneuerungsprozesses des Kunsthandwerks ein» (Anna-Katharina Ganzenbacher, S. 10 u. 56); inspiriert vom englischen «Aesthetic Movement», das sich bei seiner «dress-reform» («hygienic, intelligible, progressive») auf die Präraffaeliten William Morris und John Ruskin berief, erschienen 1903 auf dem Höhepunkt der deutschen Reformbewegung zwei Publikationen, die einen breiten gesellschaftlichen Diskurs anstießen: Heinrich Pudor, «Die Frauenreformkleidung. Ein Beitrag zur Philosophie, Hygiene und Ästhetik des Kleides», und Otto Neustätter, «Die Reform der Frauenkleidung auf gesundheitlicher Grundlage». – *sprechen von ‹objektiv› und ‹subjektiv›*: Gegensatzpaar aus der Lebensreformer-Bewegung, mit denen der objektive Gültigkeits- und Wahrheitsanspruch des Überkommenen infrage gestellt und an seiner statt eine subjektive Weltanschauungs- und Empfindungsethik proklamiert wurde, mit dem Ziel, mittels Aufwertung des Subjektiven ein tieferes, wahreres Verhältnis zu den Dingen zu gewinnen; auch Symbolismus und Impressionismus betonten den Wert eines emotionalen, vitalen, subjektivistischen Weltzugangs. – *very clever indeed:* engl. «in der Tat sehr schlau».

46 *les jeunes mariés*: frz. «die Jungvermählten». – *Norderney*: das traditions-

reichste deutsche Seebad, an der ostfriesischen Küste gelegen, wurde am 1. Mai 1800 eröffnet, 1869 bezog die preußische Königsfamilie hier ihre Sommerresidenz; Anfang des 20. Jahrhunderts besuchten jährlich 40 000 Badegäste den Kurort der mondänen Welt.

47 *un mot pour rire:* frz. «etwas zum Lachen». – *mit dem nationalliberalen Doktor Krapp ... konservativ*: die nationalliberale Bewegung war fest im bürgerlichen Literaten- und Akademikertum verankert, während der ostelbische Adel mehrheitlich konservativ dachte und wählte. – *Blockpolitik*: ideologisches Lagerdenken prägte das gesellschaftliche und politische Leben im Deutschen Kaiserreich; hier wohl Anspielung auf den sogenannten Bülow-Block, ein Wahlbündnis der Reichstagswahl von 1907, in dem sich die Konservativen mit den Links- und Nationalliberalen gegen das katholische Zentrum einerseits, gegen die Sozialdemokratie andererseits zusammengeschlossen hatten; Bülows Regierungskoalition, schon davor zu permanentem Lavieren zwischen nationalliberalen und konservativen Positionen gezwungen, zerbrach 1909 schließlich an der Frage der Reichsfinanzreform – eine Domäne des hier referierenden Reichsbankdirektors.

51 *Sammet*: altertümlich für «Samt».

52 *Auto*: um 1900 gab es im Deutschen Reich etwa 800 Automobile.

53 *«Ich bin vom Stamme jener Asra, die da sterben, wenn sie lieben.»*: der französische Schriftsteller Stendhal (eigentlich Marie-Henri Beyle, 1783–1842) zitiert in seiner Essaysammlung «De L'Amour» (1822; «Über die Liebe») aus dem Werk «Der Diwan der Liebe» des arabischen Dichters Ibn Abî Haǵala (1325–1375): «Sahid, Agbas Sohn, fragte eines Tages einen Araber: ‹Von welchem Stamme bist du?› – ‹Ich bin vom Stamme derer, welche sterben, wenn sie lieben›, antwortete der Araber. ‹So bist du vom Stamme der Asra›, sagte Sahid. ‹Ja, beim Herrn der Kaaba!›, versetzte der Araber.» Davon inspiriert, verfasste Heinrich Heine (1797–1856) das Gedicht «Der Asra» mit den Schlussversen: «Und der Sklave sprach: Ich heiße / Mohamet, ich bin aus Yemmen, / und mein Stamm sind jene Asra, / welche sterben, wenn sie lieben.»

58 *Pikett*: eingedeutscht von frz. «Piquet», gehobenes französisches Kartenspiel, das wohl aus dem frühen 16. Jahrhundert stammt. – *Kornähren und Mohnblumen*: symbolisieren Versuchung und Fruchtbarkeit.

59 *italienische Nacht*: ein vor der Jahrhundertwende in Mode gekommenes Lichterfest mit illuminierten Häusern und lampiongeschmückten Wegen, Tanzvorführungen im Fackelschein und krönendem Feuerwerk. – *Wiedertäufer*: um 1525 in Zürich entstandene christliche Reformationsbewegung, die Weltabgeschiedenheit, das Recht auf persönliche Re-

ligionsfreiheit, strikte Trennung von Thron und Altar sowie – daher der Name – Taufaufschub von Gläubigen bis zur Mündigkeit proklamierte. Durch niederländische Glaubensflüchtlinge gelangten die Täuferlehren bis nach Ostpreußen. Die Bewegung lehnte die Fremdbezeichnung «Wiedertäufer» allerdings ab und nannte sich stattdessen «Gemeinde Gottes» und «Brüder in Christo». – *sehr brauchbar für das, was er unsere Sünden nennt*: dem evangelischen Radikalismus der Wiedertäufer und ihrer spirituellen Absonderung von der Welt galt das prunkvolle Treiben der Gesellschaft als sündhaft. – *der Mann vor den Toren berühmt ist*: Sprüche 31,23: «Ihr Mann ist berühmt in den Toren, wenn er sitzt bei den Ältesten des Landes» (nach Luther).

64 *Spielhahn*: waidmännisch für «Birkhahn». – *kollert*: Balzlaut des Birkhahns. – *reçue*: frz. «aufgenommen».

67 *Fünfuhrkaffee*: Adaption des traditionellen britischen Five o'Clock Tea gemäß deutschen Trinkgewohnheiten. – *exquisierter*: österr. für «exquisiter». – *auf den großen Passagierdampfern, denen was zugestoßen ist*: auch schon vor der Jahrhundertkatastrophe der Seeschifffahrt schlechthin, dem Untergang der «Titanic» im Jahre 1912, beschäftigten Schiffsunglücke die Weltöffentlichkeit, in der ersten Jahreshälfte 1910 etwa die der britischen «Loodiana» mit 175 verschollenen Passagieren oder die aufsehenerregende Havarie des französischen Hochseedampfers «Général Chanzy» mit 155 Todesopfern. – *auf Steuern und auf Branntwein*: der Einstieg des Gutsadels in die gewerbliche Weiterverarbeitung seiner land- und forstwirtschaftlichen Rohstoffe war Teil des agrarkapitalistischen Umformungsprozesses und diente primär «der Arrondierung der im Landbesitz begründeten Basis aristokratischer Lebensformen, nicht aber der rastlosen Wachstumsdynamik kapitalistischer Marktwirtschaften» (Hartmut Berghoff, S. 270). Angesichts massiver Absatzkrisen für Feldfrüchte im letzten Drittel des 19. Jahrhunderts stellten Sägewerke, Zuckerraffinerien, Getreidemühlen, Brauereien und Brennereien eine wichtige subsidiäre Erlösquelle für Rittergutsbesitzer dar, die gegenüber den nichtadeligen (bürgerlichen oder bäuerlichen) Agrariern von alters her das Privileg der Steuerfreiheit genossen. Mit den auf eigenem Grund und Boden gelegenen Schänken («Krügen») hatten sie verlässliche Absatzmärkte für ihre Bier- und Spirituosenproduktion, häufig abgesichert durch lokalen Konsumations- und Kaufzwang. Die Besteuerung des Branntweins hätte für viele Landadelige empfindliche wirtschaftliche Einbußen bedeutet. Nachdem Bismarck 1886 einen ersten Gesetzesentwurf vorgelegt hatte, wurde im Jahr darauf gegen die Stimmen der konservativen Agrarier das Reichsbranntweinsteuergesetz verabschiedet, in

dem auch die Kontingentierung der gutsherrlichen Spirituosenproduktion festgelegt war.

68 *Sie haben sich in London trauen lassen*: im Unterschied zu restriktiven Scheidungsrechtsregelungen im Rest Europas war das «Preußische Allgemeine Landrecht» von 1794, das leicht reformiert das gesamte 19. Jahrhundert über in Kraft blieb, äußerst liberal. Es räumte auch Frauen ein Antragsrecht ein und knüpfte die Trennung der Ehe nicht an das Erfordernis, vor dem Gericht einen Ehebruch zu beweisen, sondern akzeptierte auch die Scheidung aufgrund gegenseitigem Einverständnisses, unüberwindlicher Abneigung oder «böslicher Verlassung». (Erst das «Bürgerliche Gesetzbuch» von 1900 schrieb im Zuge der reichsweiten Vereinheitlichung des deutschen Scheidungsrechts dann zwingend das Schuldprinzip vor.) Im Falle erwiesener ehelicher Untreue allerdings waren einer Wiederverheiratung enge Grenzen gesetzt: «§. 25. Personen, welche wegen Ehebruchs geschieden wurden, dürfen diejenigen, mit welchen sie den Ehebruch getrieben haben, nicht heiraten. – §. 26. Auch diejenigen, welche durch verdächtigen Umgang, oder sonst gestiftete Mißhelligkeiten, Anlass zu Trennung einer Ehe gegeben haben, sollen die geschiedene Person nicht ehelichen.» Doralice und Hans, von diesem Wiederverheiratungsverbot offenkundig betroffen, blieb nur, ins Ausland – nach London – auszuweichen. Im British Empire galt das Domizilprinzip, wonach sich auch Ausländer, die sich nur vorübergehend hier aufhielten, nach britischem Recht trauen lassen konnten.

70 *Colombinen*: Figur der Commedia dell'Arte, eine listige, kokette Zofe und Partnerin des Arlecchino. – *man sprach von Birken im Allgemeinen*: im germanischen und slawischen Volksglauben galt die Birke als Sinnbild der Jugend, der Fruchtbarkeit, der Vitalität, als heiliger «Baum des Schutzes» mit magischer Wirkung auf beseelte Geschöpfe. – *von Branntwein und Monopol*: die Brennerei hochprozentiger Getränke war ein verbürgtes Standesvorrecht des generell steuerbefreiten Adels (s. oben). «Die Gewinne, die ein Landgut abwarf, hingen ab von effizienter Verwaltung, der Qualität des Bodens, Marktzugang und dem Umfang, in welchem dem Gut Anlagen zur industriellen Weiterverarbeitung wie zum Beispiel eine Brennerei, eine Mühle oder eine Zuckerfabrik angegliedert waren» (Dominic Lieven, S. 74). Deshalb wurde im Berliner Reichstag um eine Monopolisierung seitens des Staates jahrzehntelang erbittert gerungen. Mit Verabschiedung des Reichsbranntweinsteuergesetzes im Jahr 1887 hatten die adeligen Agrarier zwar ihre Abgabenfreiheit eingebüßt und eine Deckelung der Kontingente hinnehmen müssen, bis zur Einführung eines staatlichen Branntweinmonopols vergingen aber noch Jahr-

zehnte, in denen das Reizthema immer von Neuem auf die politische Tagesordnung kam. Erst im Juli 1918, kurz vor Kriegsende, sollte der Kaiser ein entsprechendes Gesetz unterzeichnen, das am 1. Oktober 1919 in Kraft trat. – *Heidekrautes*: symbolisiert Einsamkeit und Verlassenheit. – *die rote Korallenschnur*: ein Amulett zur Abwehr von Unheil. – *Sie schwimmen mir ein bisschen zu kühn*: bis zur Jahrhundertwende war das Schwimmen im Meer nicht üblich, weder unter Feriengästen noch unter Fischern; in den Seebädern verstand man unter Schwimmen Planschen und Baden in seichtem Wasser oder mittels Badehäuschen.

71 *Bois de Boulogne*: Wald und Park im Westen von Paris, mit 8,5 Quadratkilometern eine der größten städtischen Parkanlagen der Welt. – *fête champêtre*: eine im Ancien Régime beliebte Gartenlustbarkeit, eine antikisierende pastorale Inszenierung mit in Bäumen verborgenen Orchestern, bacchantischen Polonaisen und Maskeraden. – *dass die Geselligkeit des Deutschen Reichs auf dem Leutnant beruht*: abermals eindeutige Anspielung auf die Herkunft des Romanpersonals sowie – nicht ohne Süffisanz – auf die Amüsierlust der Truppe. – *«outsider»*: engl. «Außenseiter».

72 *Quadrille*: ein aus der Epoche Napoleons I. stammender Kontratanz, bei dem vier Paare im Quadrat Aufstellung nehmen. – *carrière:* frz. «Laufbahn», hier wohl gemeint: die Tanzordnung im Karree. – *Grand rond, s'il vous plaît:* frz. «Großer Kreis, bitte». – *Promenade*: Aufstellung zweier Tanzpartner Schulter an Schulter.

73 *«Mei Mutter mag mi nit / …»*: 1824 niedergeschriebene Volksweise aus Schwaben, die durch Vermittlung Friedrich Silchers (1789–1860) bald zum Repertoire deutscher Gesangvereine gehörte und in Liederbücher Eingang fand, etwa ins Wandervogel-Brevier «Der Zupfgeigenhansl» von 1909.

74 *die Landwirtschaft war ja jetzt eine Industrie*: durch veränderte Herrschafts- und Produktionsformen und den Druck sich öffnender Märkte waren Technisierung und Rationalisierung der Landwirtschaft um 1900 weit fortgeschritten. Maschinenwesen und Profitdenken hielten landauf, landab Einzug in den ländlichen Alltag. Agrarier, ob adelig oder nicht, hatten ihre Güter nach betriebswirtschaftlichen Kriterien zu führen, um zu bestehen. Die vorindustrielle feudale oder semifeudale Güterbewirtschaftung, auf Fronen und Abgaben basierend, von Baron Buttlär jedoch zum verlorenen Refugium der «Poesie» verklärt, war längst der agrarkapitalistischen Logik zum Opfer gefallen.

75 *Chose*: frz. «Sache». – *ich bin für Raffael*: die Parteinahme für Raffaello Sanzio (1483–1520) ist laut Jürgen Viering ein vom Erzähler bewusst gesetztes «Verdikt des nicht mehr Zeitgemäßen», ein Indiz dafür, dass der Ba-

ron «mit seinem Empfinden hinter der ‹modernen› Gegenwart, auf die er sich beruflich durchaus eingelassen hat (die industriell arbeitende Landwirtschaft), hoffnungslos zurück» sei (S. 300).

76 *die «Loreley»*: «Lied von der Loreley», durch Friedrich Silcher vertontes sechsstrophiges Gedicht von Heinrich Heine (1797–1856) aus dem Jahre 1824, das anhand der romantischen Kunstsage von der Lore Lay die Motive der Verführbarkeit durch Schönheit und Gesang (Kunst) sowie deren tödliche Folgen ausführt. – *kandiert*: «durch Süße konserviert».

77 *Erdkrebse*: Maulwurfsgrillen.

79 *Nerven*: schillernder Universalbegriff aus der Sinnesphysiologie, dessen Konjunktur sich seelenkundlichen und ästhetischen Introspektionen um 1900 verdankt und der zur Chiffre für individuelle wie überindividuelle Befindlichkeiten zur Jahrhundertwende wurde; so liest man bei Georg Simmel: «Die psychologische Grundlage, auf der der Typus großstädtischer Individualitäten sich erhebt, ist die Steigerung des Nervenlebens, die aus dem raschen und ununterbrochenen Wechsel äußerer und innerer Eindrücke hervorgeht.» («Die Großstädte und das Geistesleben», S. 116); analog dazu der zeitgleiche Keyserling-Befund: «Unsere Nerven sind empfindlicher geworden» («Eindrücke von der Frühjahrsausstellung der Münchner Secession», S. 269), sowie seine Anmerkung über «Martin Buber, Jüdische Künstler», wo es heißt: «... das moderne Leben hat eifrig an der Verfeinerung der Nerven der heutigen Generationen gearbeitet» (S. 935 f.). – *c'est la vie*: frz. «So ist das Leben eben.».

81 *«Wo die Skorpionen gehen und die Feldteufel sich begegnen», zitierte er den Propheten*: sehr freie Wiedergabe von Jes 34,14: «Da werden untereinander laufen Wüstentiere und wilde Hunde, und ein Feldteufel wird dem andern begegnen.» – *englischen Roman*: erbauliche Unterhaltungsliteratur, die, ausgehend von Samuel Richardsons (1689–1761) «Pamela; or, Virtue Rewarded» (1740–1761), europaweit Verbreitung fand und zum kulturellen Exportschlager Großbritanniens wurde. Richardsons Bestseller, von dem Abbé Prévost ins Französische übersetzt und von Carlo Goldoni für die italienische Bühne adaptiert, veranlasste Denis Diderot 1760 zu einer «Éloge de Richardson». In Deutschland war es Friedrich Schiller, der sich in seiner Erzählung «Eine großmütige Handlung» explizit auf «Pamela oder die belohnte Tugend» und «Sir Charles Grandison», einen anderen Bestseller Richardsons, bezog. Bis weit ins 19. Jahrhundert hinein verteidigte England sein Quasi-Monopol für empfindsame Tugendromane, für die sich deshalb die synonyme Bezeichnung «englischer Roman» einbürgerte. – *Grandseigneur*: frz. «großer (= unabhängiger) Herr»; «Seigneur» wurde ursprünglich ein Ritter genannt, der ein Lehen der Krone samt

hoher Gerichtsbarkeit besaß; nach Aufhebung des feudalen Lehnswesens blieb der Titel souveränen Fürsten und Prinzen vorbehalten.

82 *im Schweiße deines Angesichts*: 1 Mose 3,19.

83 *Attaché*: Mitarbeiter einer diplomatischen Vertretung.

86 *Farce*: Füllung aus gehacktem Fleisch.

89 *schwüler Jasminduft*: das für die Parfümherstellung benötigte Jasminöl war die teuerste und damit exklusivste Duftingredienz überhaupt; um 1 Gramm zu gewinnen, benötigt man viele Tausend von Hand gepflückte Blütenblätter des arabischen Jasminum sambac oder des Jasminum grandiflorum aus Persien oder der Kaschmirregion.

93 *Patience*: frz. «Geduld», Sammelbegriff für dem Zeitvertreib dienende Kartenspiele, bei denen von einem Talon gezogene Karten beim Auslegen in eine vorgegebene Reihenfolge gebracht werden müssen, je nach Variante aufsteigend, absteigend, nach Farbsequenzen oder anderen Ordnungsprinzipien. Ungeachtet dessen, dass die Patience bereits in der 1783 erschienenen Kartenspielanthologie «Das neue Königliche L'Hombre-Spiel» erwähnt wird, erfreute sich im 19. Jahrhundert ein Gerücht großer Beliebtheit, wonach sie während der Französischen Revolution durch einen in der Bastille inhaftierten Pariser Adligen erfunden worden sei, der sich die Zeit bis zum Besteigen des Schafotts totschlagen wollte.

95 *Wacholderbüsche*: sinnbildlich für physische Stärke und Manneskraft (weil drei Generationen von Zapfen am Baum hängen), eine vom Autor hintersinnig inszenierte Staffage für die erotische Stippvisite der Voyeure.

97 *Seetang*: vom Meersalz befreit ein preiswerter Dünger.

98 *Matthies*: dän. für «Matthias».

104 *Föhrenschonung*: Föhren symbolisieren Selbstzucht, Beständigkeit und Langlebigkeit. – *venezianische Madonnen*: die venezianische Schule wurde im 13. und frühen 14. Jahrhundert u.a. für ihre Sakralbilder bekannt; unter den berühmtesten, von der byzantinischen Ikonen-Malerei beeinflussten Darstellungen der Muttergottes befinden sich Antonello da Messinas (um 1430–1479) «Madonna mit Heiligen», um 1475, sowie zahlreiche Madonnenbildnisse Giovanni Bellinis (1430–1516), darunter die «Madonna mit Kind», um 1485.

105 *russische Marmelade*: «Warenje» («Варенье»), ein ohne Geliermittel eingekochter Obstseim mit ganzen Früchten oder Fruchtstücken, der zum Tee gereicht wird. – *Grützespann*: von lit. «spañns» für «Eimer», «‹putrs spañns› - der Grützspann, ein Behältnis, wo saure Grütze aufbewahrt wird» («Stendes izloksnes vārdu krājums», S. 271).

106 *ganz hohe feuerrote Gladiolen*: die langstängeligen Schwertblumen symbolisieren Charakterstärke und Stolz, aber auch männliche Wollust.

108 *Nachtfisch*: Fisch, der bei Einbruch der Dunkelheit auf Nahrungssuche geht. – *Marjell*: lautliche Notation des [marˈjɛl] ausgesprochenen niederdt. «Margell», von altpreußisch «mērgā» und lit. «mergelė» für «Mädchen».

113 *«Henne, henne, helle, helle, ho, ho!»*: unbekannte Volksweise.

117 *heilige Anna*: die Mutter Marias, somit die Großmutter des Heilands, erwähnt nur in den Apokryphen und nicht in den Evangelien, gilt u.a. als Schutzpatronin der Mütter, Hausfrauen, Dienstbotinnen, Witwen, Mägde und Knechte.

120 *Paletot*: frz. «Obergewand», ein modischer Mantel, leicht tailliert, mit Samtkragen.

121 *Voltaire-Sessel*: großer Sessel mit samtgepolsterten Armlehnen und hoher Rückenlehne, charakteristisch für die Epoche Louis-Philippes (1773–1850); Namensgeber ist der französische Philosoph, Polemiker und Aufklärer Voltaire (1694–1778), der in einem solchen Sessel sitzend dargestellt wurde. – *Homer*: antiker Dichter, dessen von Johann Heinrich Voß (1751–1826) ins Deutsche übersetzte Hexameter (s. unten) Allgemeingut waren und in humanistischen Bildungsanstalten laut vorgetragen wurden.

122 *Uffizien*: die florentinische Kunstsammlung Galleria degli Uffizi, mit Meisterwerken der bildenden Kunst von der Antike bis zum Spätbarock. – *Fiesole … antiken Theater*: herrschaftlicher Villenvorort von Florenz, bekannt für seine architektonischen Sehenswürdigkeiten und sein reiches historisches Kunsterbe. Das antike Theater in der von den Etruskern gegründeten Stadt stammt aus der Regierungszeit des Augustus (27 v. Chr.–14 n. Chr.). – *Arena-Kirche … Giottos ‹Verzweiflung›*: als bedeutende Werke von Giotto di Bondone (1266–1337), Wegbereiter der italienischen Renaissancekunst, gelten seine Fresken in der Cappella degli Scrovegni in Padua, im Deutschen üblicherweise Arenakapelle genannt, da sie auf dem Gelände des ehemaligen Amphitheaters errichtet wurde; auch das Fresko mit dem Titel «Die Verzweiflung» (um 1305) als Teil des Zyklus «Die Sieben Laster» befindet sich hier. – *von alten Ministern*: einen Minister-Titel trug im Deutschen Reich pro forma nur der Reichskanzler; die leitenden Beamten der obersten Administrationen (Reichskanzlei, Reichsjustizamt, Reichsschatzamt, Auswärtiges Amt etc.) wurden hingegen als «Staatssekretäre» bezeichnet, waren dem Reichskanzler unterstellt und diesem weisungsgebunden. – *In Konstantinopel*: ein Cousin des Autors, Heinrich Graf Keyserling-Rautenburg (1831–1874), war von 1869 bis 1872 außerordentlicher Gesandter und bevollmächtigter Minister des Norddeutschen Bundes bzw. des Deutschen Reiches bei der Ottomanischen Pforte in Konstantinopel.

123 *die weißen turbangeschmückten Grabsteine eines kleinen türkischen Friedhofes*: Erkennungszeichen für die letzte Ruhestätte eines Angehörigen der Herrenkaste. Der Grabstein – eine «menschendarstellende Stele, bei der zwischen Rumpf und Kopfbedeckung lediglich das Gesicht ausgelassen wird» (Hans-Peter Laqueur, S. 89) – wurde bei einem Bey, also einem Ehrenmann, vom kunstvoll herausgemeißelten Kavuk (der osmanischen Turbanvariante) gekrönt. Auf vorislamische Traditionen der Turkvölker zurückgehend, waren solche anthropomorphen Grabsteine bis zum Ende des Osmanischen Reichs weit verbreitet. Allerdings wurde der traditionelle Kavuk, dessen Form, Größe und Farbe Ansehen und Amt seines Trägers versinnbildlicht hatten, durch eine Kleidungsreform Sultan Mahmuds II. (1785–1839) «1828 vom angeblich ‹modernen›, weitgehend vereinheitlichenden Fez abgelöst – bis dahin die Kopfbedeckung von nicht-muslimischen Minderheiten» (ebd.); damit waren Turbane auch in der Sepulkralkunst zu einem Relikt längst vergangener Zeiten geworden. – *Alkinoos' Garten*: Szene aus dem 7. Gesang, Vers 120–121, der «Odyssee». Hans liest die 1781 erschienene, kanonische Homer-Übersetzung von Johann Heinrich Voß (1751–1826).

124 *«Sonnchen wollt im Meere schlafen»*: niederdt. Volkslied.

125 *ein indisches Märchen von einer seligen Insel*: seit Eduard von Keyserling 1903 für «Die neue Rundschau» Rudolf Kassners (1873–1959) Buch «Der indische Idealismus» rezensiert hatte, beschäftigte er sich angelegentlich mit indischer Kultur und Dichtung. Der hier von ihm raffiniert eingewobene Märchenstoff findet sich jedoch weder in der mehrbändigen «Pantschatantra»-Ausgabe von Theodor Bensey noch in der Sammlung Friedrich von der Leyens.

128 *Saufhaus*: landschaftlich für «Trunkenbold».

130 *Spirituskocher*: um 1910 noch eine relativ junge technische Erfindung; Ferdinand Britzkow aus Dresden ließ sich 1901 ein technisch ausgereiftes Gerät für den Hausgebrauch mit Zuflussregler am Spiritusbehälter patentieren.

132 *wie der Jude zu Michaelis*: bezieht sich möglicherweise auf die Tatsache, dass Juden ab Beginn der Neuzeit in Städten wie z. B. Augsburg neben den üblichen Einlass- und Geleitgeldern zusätzlich eine eigene Gebühr an Neujahr und den drei Kirchweihtagen Georgi, Ulrich und Michaeli für den Zutritt zur Stadt und den Jahrmärkten entrichten mussten, weshalb man an diesen Tagen nur wenige Juden innerhalb der Stadtmauern antraf. Eine andere mögliche Erklärung ließe sich aus dem Umstand herleiten, dass das Michaelifest im Mittelalter ein verbindlicher Feiertag und ein beliebter Termin für laufende Miet-, Pacht- oder Zinszahlungen

war – der diskriminierende Hintergrund dieser Aussage wäre daher, dass Juden sich um diese Zahlungen gern drückten und daher «an Michaelis verschwunden» waren.

135 *Altarbild, Christus Petrus über das Wasser geleitend*: Mt 14, 22-32: «[22] Und alsbald trieb Jesus seine Jünger, dass sie in das Schiff traten und vor ihm herüberfuhren, bis er das Volk von sich ließe. [23] Und da er das Volk von sich gelassen hatte, stieg er auf einen Berg allein, dass er betete. Und am Abend war er allein daselbst. [24] Und das Schiff war schon mitten auf dem Meer und litt Not von den Wellen; denn der Wind war ihnen zuwider. [25] Aber in der vierten Nachtwache kam Jesus zu ihnen und ging auf dem Meer.[26] Und da ihn die Jünger sahen auf dem Meer gehen, erschraken sie und sprachen: Es ist ein Gespenst! und schrieen vor Furcht. [27] Aber alsbald redete Jesus mit ihnen und sprach: Seid getrost, Ich bin's; fürchtet euch nicht! [28] Petrus aber antwortete ihm und sprach: HERR, bist du es, so heiß mich zu dir kommen auf dem Wasser. [29] Und er sprach: Komm her! Und Petrus trat aus dem Schiff und ging auf dem Wasser, dass er zu Jesu käme. [30] Er sah aber einen starken Wind; da erschrak er und hob an zu sinken, schrie und sprach: HERR, hilf mir! [31] Jesus reckte alsbald die Hand aus und ergriff ihn und sprach zu ihm: O du Kleingläubiger, warum zweifeltest du? [32] Und sie traten in das Schiff, und der Wind legte sich. [33] Die aber im Schiff waren, kamen und fielen vor ihm nieder und sprachen: Du bist wahrlich Gottes Sohn!» (in der Luther-Übersetzung, Ausgabe von 1912).

136 *revierte*: waidmännisch für «Gelände absuchte». – *Sprung*: waidmännisch für «Verbände» einer Sippe aus bis zu zwanzig Tieren, beim Rehwild im Herbst nach Ende der Brunftzeit gebildet und meist von einer Ricke angeführt.

Abendliche Häuser

Erstveröffentlichung: *Die neue Rundschau. XXVter Jahrgang der freien Bühne.* Nr. 2, S. 178–196 (Kapitel 1–4), Nr. 3, S. 317–336 (Kapitel 5–7 Mitte, Absatzende bei «… etwas Befreundetes und Verbündetes.»), Nr. 4, S. 459–477 (Kapitel 7 Mitte, Absatzbeginn bei «Als Gertrud vor der Witzowschen Haustüre hielt …» – 10 Mitte, Absatzende bei «… ‹ist ein ganz fragloses und volles Glück.›»), Nr. 5, S. 608–627 (Kapitel 10 Mitte, Absatzbeginn bei «Egloff schlief fest und traumlos …» – 13), und Nr. 6, S. 756–781 (Kapitel 14–18). Berlin: S. Fischer, 1914; wieder in: *Rigasche Zeitung,* 9./22. August und 4./17. September 1914; Auszug aus dem 7. Kapitel u. d. T. *Quadrille* in: *Fischers Mitteilungen über neuere Literatur, Das erste Heft.* Berlin, S. Fischer Frühjahr 1914, S. 16 f. (von «Man rief nach den Schlitten…» bis «wie etwas Flüssiges und Eiliges», versehen mit folgender Einleitung: «Es ist etwas von Chopin in Keyserlings Melodie; dieselbe Mischung aus Melancholie und Lebensrausch, eine Leidenschaft, die mit aristokratischem Trotz Schicksale herausfordert und ihre morbide Süße daran steigert; der eine, bestrickende, durch alles Wissen nicht gebrochene Klang von Frauenverehrung durchgängig durch alle Variationen. In seinem neuen Buch ist die Süße noch tiefer und hoffnungsloser. Seine Häuser sind ‹abendlich›; nicht nur, dass alte Leute darin wohnen, sondern altes Blut, alte Gesinnung herrscht darin und siegt über die ungebärdige Jugend, verdirbt sie oder lähmt sie. An den Männern und Frauen im rüstigen Alter geht Keyserling, wie immer, so auch in diesem Roman gleichgültig vorüber; aber die greisen und die jungen Leute zeichnet er mit seiner ganzen künstlerischen Liebe; und Park und Schloss, Dorfkrug und Landstraße, Schneenacht und Dämmerungen aller Art nimmt seine Lyrik in einem Akkord von einzigartiger Stimmung zusammen.»); Einzelausgabe (im «Börsenblatt für den deutschen Buchhandel» vom 18.11.1915, Nr. 268, S. 7057, unter dem Titel «Das Sirowsche» annonciert): Berlin, S. Fischer 1914; 2. u. 3. Aufl., Berlin 1916; 4. u. 5. Aufl., ebd. 1917; 6.–8. Aufl., ebd. 1918; 9.–12. Aufl., ebd. 1919; 13. u. 14. Aufl., ebd. 1923; wieder in GE, RD, AH, WE, DR,

HM; edited with notes, exercises and vocabulary by Theodore B. Hewitt. F.S. Crofts, New York 1931.

Die Textgestalt der vorliegenden Ausgabe orientiert sich an der Buchausgabe bei S. Fischer; gegenüber dem Erstdruck in *Die neue Rundschau* sind dort kleinere Korrekturen formaler Natur ausgeführt – neben der Tilgung von Druckfehlern besonders Vereinheitlichungen der Namensschreibung und der Groß- und Kleinschreibung von Wörtern.

Übersetzungen:

- ins Lettische u. d. T. *Vakarīgās mājas* (Ü: unbekannt), [o.O.] 1914.
- ins Englische u. d. T. *Twilight* (Ü: James Ashton, Amy Wesselhoeft von Erdberg, E. Drew Arundel) Macaulay, New York 1927.
- ins Italienische u. d. T. *Case crepuscolari* (Ü: Mario Benzi), Editrice Bietti, Milano 1932.
- ins Rumänische u. d. T. *Case în amurg* (Ü: Marianei Lăzărescu). In: EvK, *Case în amurg*, Editura Univers, Bucureşti 1985.
- ins Französische u. d. T. *Maisons du soir* (Ü: Jacqueline Chambon), Éditions Jacqueline Chambon, Arles 1999; wieder in: EvK, *Œuvres Choisies. Histoires de château*, Les Édition Actes Sud (Thesaurus), Arles 2012.
- ins Spanische u. d. T. *Casas en el crepúscolo* (Ü: Constanza Pelechá Vela), Erasmus (Clásicos en el presente), Barcelona 2011.
- ins Estnische u. d. T. *Õhtused majad* (Ü: Tiju Relve), Eesti Raamat (Klassikalised lood), Talinn 1989.
- ins Litauische u. d. T. [Kaizerlingas, Eduardas fon] *Vakarėjantys namai* (Ü: Adomas Pranas Druktenis), in: EvK, *Vakarėjantys namai*, Vaga, Vilnius 1989.

Hörspielbearbeitung:

- *Abendliche Häuser*, Bearbeitung: Hellmut von Cube, Regie: Fritz Schröder-Jahn, mit Herbert Mensching (Erzähler), Klausjürgen Wussow (Baron Egloff), Agnes Windeck (Baronin Egloff), Kurt Ehrhardt (Baron von der Warthe), Marianne Mosa (Fastrade von der Warthe), Annemarie Schradiek (Baronesse Arabella), Fritz Rasp (Baron Port), Lina Carstens (Baronin Port), Lis Verhoeven (Gertrud), Harry Kalenberg (Baron Dachhausen), Ina Peters (Lydia). Länge: 87 min. 40 sek. Produktion: Bayerischer Rundfunk 1967 (Erstsendung: 21.02.1967).

Sekundärliteratur (s. auch Literaturverzeichnis ab S. 685):

Helmut Bachmaier, Die Grazie des Plauderns. Ein Nachwort. In: Eduard von Keyserling, «Abendliche Häuser», München 1992, S. 156–182.

Dieter Bähtz, Das Labyrinth der Wirklichkeit in Eduard von Keyserlings abendlichen Häusern. In: Colloquia Baltica, Bd. 1: Mare Balticum, hg. v. Dietmar Albrecht und Martin Thoemmes, München 2005, S. 45–66.

Hans Baumann, Eduard von Keyserlings Erzählungen. Eine Interpretation von «Abendliche Häuser», Zürich 1967.

Hans Bethge, Abendliche Häuser. In: Wiener Zeitung, 14.5.1915, S. 2.

Carl Busse, Neues vom Büchertisch. In: Velhagen & Klasings Monatshefte, Jg. 29, Heft 1, September 1914, S. 151–152.

Stephanie Catani, «… jetzt musste ein Erlebnis beginnen …» Dekadenter Alltag zwischen Erlebnishunger und Lebensmüdigkeit im Spätwerk Keyserlings, Eduard von Keyserling und die Klassische Moderne. Tagung zum 100. Todestag, Bergische Universität Wuppertal, Vortrag vom 28.9.2018; Druckfassung in Vorbereitung: Eduard von Keyserling und die Klassische Moderne, hg. v. Christoph Jürgensen, Stuttgart 2019.

Richard Dohse, Moderne Romane. In: Die schöne Literatur, 16. Jg., Nr. 6, Leipzig, 13.3.1915, S. 82.

Waldemar Eger, Mensch und Gesellschaft in der Prosa Eduard von Keyserlings, Indiana 1970.

Thomas Homscheid, «Das Leben ist diese Bestie» – Der Leviathanismus des Lebens und die dekadente Vornehmheit des Aussterbens in «Abendliche Häuser». In: ders., Eduard von Keyserling – Leben und Werk, Norderstedt 2009, S. 354–399.

Ji Ho Hong, Das naturalistisch-szientische Literaturkonzept und die Schlossgeschichten Eduard von Keyserlings, Würzburg 2006, S. 199–207.

Helmut Koopmann, Weltuntergang ostelbisch. Eduard Graf Keyserling: «Abendliche Häuser». In: Frankfurter Allgemeine Zeitung, 28.12.1986.

Karl Heinz Kramberg, «Aussterben ist vornehm». Die abendlichen Häuser des Grafen Keyserling. In: Süddeutsche Zeitung (Feuilleton-Beilage), 5./6.5.1973.
Hermann Menkes, Abendliche Häuser. Die Tragödie einer Gesellschaftsklasse. In: Neues Wiener Journal, 23. Jg., Nr. 7672, 4.3.1915, S. 7.
Hermann Menkes, Bücher in der Kriegszeit. In: Neues Wiener Journal Nr. 6772, Donnerstag, 4.3.1915, S. 7.
Fried Nielsen, Eduard von Keyserlings «Abendliche Häuser». Ein Roman adliger Lebenskunst?, Privatdruck, Kiel 2015.
Kurt Pinthus [gez. «K. P.»], E. v. Keyserling «Abendliche Häuser». In: Zeitschrift für Bücherfreunde 1914/15, hg. v. Carl Schüddekopf u. Georg Witkowski, Heft 11, neue Folge, 6. Jg., Leipzig 1914, S. 193–194.
Felix Poppenberg, Melancholia. In: Das literarische Echo. Halbmonatsschrift für Literaturfreunde, hg. v. Ernst Heilborn , 17. Jg., Oktober 1914–Oktober 1915, Spalte 85–89, Berlin.
Caroline Pross, Dekadenz. Studien zu einer großen Erzählung der frühen Moderne, Göttingen 2013, Kapitel 8.4 (Schloßgeschichten: Keyserlings Stil der Dekadenz), S. 354–366.
Walter Reitz, Abendliche Häuser. In: Der Bund, Nr. 57 (Abendblatt), Bern, 4.2.1915, S. 2–3.
Gabriele Reuter, «Abendliche Häuser». In: Der Tag, Mittwoch, 1.7.1914, S. 3 – 4.
Paul Rossi, Eduard von Keyserling «Abendliche Häuser». In: Tages-Post, Linz, 28.7.1914, S. 11–12.
Paul Schlenther, E. v. Keyserling «Abendliche Häuser». In: Literarische Rundschau. Beilage zum Berliner Tageblatt, Nr. 314, 24.6.1914, 4. Beiblatt.
Jens Ole Schneider, «[D]as eigentliche Leben war dieses große Flimmern». Lebenspathos und medienbewusste Ironie in Keyserlings Novellistik nach 1900 («Harmonie», «Am Südhang», «Abendliche Häuser»), Eduard von Keyserling und die Klassische Moderne. Tagung zum 100. Todestag, Bergische Univer-

sität Wuppertal, Vortrag vom 29.9.2018; Druckfassung in Vorbereitung: Eduard von Keyserling und die Klassische Moderne, hg. v. Christoph Jürgensen, Stuttgart 2019.
Hermann Sintenis, Abendliche Häuser. Ein Rückblick auf Eduard von Keyserling. In: Baltische Monatsschrift, No. 4, Riga 1937, S. 199–205.
Norbert Wichard, Erzähltes Wohnen. Literarische Fortschreibungen eines Diskurskomplexes im bürgerlichen Zeitalter, Bielefeld 2012, darin: Wohnen im Zeichen von Isolation und Zerstörung (u. a. zu Eduard von Keyserlings «Abendliche Häuser»), S. 268–284.
Wayne Wonderley, Dynamic Symbols in Eduard von Keyserling's «Abendliche Häuser». In: German Quarterly, 25, 1952, S. 80–87.
Hans Dieter Zimmermann, Abendliche Häuser. Eduard von Keyserlings Darstellung der adligen Welt und die von Marie von Ebner-Eschenbach. Vortrag in Brno/Brünn bei der Konferenz zum 100. Todestag der Dichterin am 22. April 2016. In: brücken – Germanistisches Jahrbuch 24, [Nakladatelství Lidové noviny], Prag/Praha 2016, S. 197–209.

«The scene of *Abendliche Häuser* is laid in Courland», schreibt Theodore B. Hewitt von der University of Buffalo in seiner Einführung zur 1931 erschienenen New Yorker Studienausgabe (S. VII). Dieser Irrtum hat sich über Jahrzehnte hinweg in der Sekundärliteratur festgesetzt, ungeachtet der Tatsache, dass die Bediensteten im Roman überwiegend deutsche statt lettische oder litauische Vornamen tragen, die geschilderte Adelswelt einen deutsch-preußischen Zuschnitt aufweist (durch die «Instleute», die «Palastdame», die «Kreiswahlen», den «Kronprinzen», die «Rüben» und den «Roggen», das «‹Junkergetreide› par excellence» – Dominic Lieven, S. 134) und schließlich, dass die Rede von einer «polnischen Grenze» ist (S. 269). Kurland berührte mit seinem äußersten südwestlichen Zipfel Ostpreußen, grenzte im Nordosten an die russische Ostseeprovinz Livland, im Osten an die Gouvernements Witebsk und Wilna und im Süden an das Gouvernement Kowno, hatte somit im Unterschied zu Ostpreußen keine gemeinsame Grenze mit den polnischen Provinzen des Zarenreiches, sprich: keine «polnische Grenze». All diese Indizien verweisen zweifelsfrei auf einen (ost)preußischen Handlungsschauplatz des (laut Caroline Pross) exemplarischen «decadent novel». Urbane Bezugspunkte der Keyserlingschen Adelswelt, auf die en passant angespielt wird, sind Hamburg, wo Fastrade die Krankenpflege erlernt, und Dresden, wo die zweite Tochter des Hauses eine Gesangsausbildung macht. Armin von Ungern-Sternberg: «In einer oft bemerkten ‹Westorientierung› wenden sich Keyserlings Geschichten sogar eher vom Baltikum ab, als dass sie sich ihm erzählerisch nähern – worin mancher den eigentlichen Wert und ‹europäischen Charakter› (Otto Flake) von Keyserlings Œuvre erblickte» (S. 200; s. auch Editorische Notiz). Besonders aufschlussreich ist der topografische Befund des ortskundigen Rezensenten Paul Schlenther aus dem Jahr 1914: «Das Milieu dieses Romans ist ein ‹Adelswinkel›. Da ich Ostpreuße bin, denke ich mir ihn zwischen dem Kurischen Haff und dem Memelstrom. Dafür spricht auch der Ortsname Paduren. Andere Ortsnamen wie, Barnewitz, Witzow oder Sirow, sprechen für ein westlicheres Ostelbien. Dann ist wieder von der polnischen Grenze die Rede; das erinnert an die großen Rittergüter der Weichselgegend, und daran erinnert auch der Name der freiherrlichen Hauptfamilie von der Warthe. Die weiblichen Vornamen deuten freilich wieder auf Ostpreußen. Denn ostpreußische Rittergutsbesitzer lieben es, ihren Töchtern sonderbare Namen ins Taufbuch zu schreiben: Jolanthe, Thusnelde, Elvira, Leonide, Adine, Arabella, Fastrade. Vielleicht blickt bei dieser Gewohnheit aus den starken, ganz dem praktischen Werkeltagsleben zugekehrten, meist rauen, musenlosen Männern ein Stückchen Romantik hervor, ererbt aus mittelalterlichen Ritterszeiten. Denn ein Rittergutsbesitzer sieht gern im Ritter seinen Ahnherrn; darum tauft er seine Mädchen nach irgendeiner eingebildeten Ahnfrau, die womöglich als weiße oder schwarze Dame durch das Schloss seiner Väter spukt.» Zwei kleine heimatliche Reminiszenzen bzw. topografische Cameos erlaubt sich der Autor aber doch, einmal am Schluss des Romans mit Grobin (S. 231) und einmal am Beginn mit Paduren (S. 141). In diesem von Paul Schlenther als ostpreußisch identifizierten Namen sieht Theodore B. Hewitt einen autobiografischen Wink des Autors: «There is significance in the choice of this name since Keyserling's ancestral home was Schloß Paddern in Courland» (S. 151). Freilich ändert diese Beobachtung nichts am generellen Befund, dass «Abendliche Häuser» auf dem Boden des Deutschen Reichs und nicht in Kurland spielt.

Rainer Maria Rilke schreibt am 2. April 1914 aus seiner Pariser Wohnung in der Rue Champagne-Première an Sidonie Nádherny von Borutin über Keyserling: «lesen Sie seinen jetzigen Roman in der Rundschau, ich finde ihn besonders schön und bezeichnend für seine vornehme definitive Art zu sehen und zuzusehen».

Rezensionen (in Auswahl):
Zwischen dem Entstehen bzw. Erscheinen von «Abendliche Häuser» und dem der meisten Rezensionen liegen die Julikrise, die patriotische Mobilisierung und der Kriegsausbruch im August 1914. Der Charlottenburger Dandy und Dichter Felix Poppenberg (1869–1915), der sich ein Jahr später, am 27. August 1915, dem Vorabend von Goethes Geburtstag, erschießen wird, konstatiert in seiner in Anspielung auf das Dürer-Blatt mit «Melancholia» überschriebenen Kritik die aus der welthistorischen Zäsur resultierende schlagartige Unzeitgemäßheit des Keyserlingschen Sujets:

Seltsam liest sich in diesen Tagen der klirrenden Tat eine Novelle vom stockenden absterbenden Leben, die zudem noch in der Zone der heut stürmenden Begebenheiten sich abspielt, an der polnischen Grenze. Es ist das jüngste Buch des Grafen Keyserling «Abendliche Häuser», und vielleicht spricht hier von allen den stillen Seelen- und Landschaftsdichtungen dieses Künstlers die tiefste Trostlosigkeit.

«Wahn, nichts als Wahn», so klingt es, und als riesengroßer Schatten steigt die Melancholie auf, wie sie Dürer gebildet. Auch möchte man an die bangsche Aufschrift «Hoffnungslose Geschlechter» denken, wenn man durch die Fenster dieser abendlichen Herrenhäuser sieht, wo alte, verschollene Menschenkinder sitzen und warten, bis eins nach dem andern abbröckelt. Die beklemmende Luft der Dumpfheit und Leere wird hier bis zur Qual fühlbar und das Grau gleichmäßig sinnloser Tage. In allen Nerven spürt man durch die Suggestion des Dichters, wie über einer welkenden Welt der Tod lastend schwebt und doch immer noch nicht kommen will, die Morschen zu holen: Nicht leben, nicht sterben können, schemenhaftes Vergleiten, tonloses Verhallen …

Situationen sprechen das aus. Man fühlt es in der fröstelnden Stimmung trüber Wintermorgen, wenn in den langen Zimmerfluchten Finsternis herrscht, ab und zu eine Magd geht, ein Lichtstümpfchen in einem Leuchter in der Hand, und von der kleinen Flamme große Schatten die Wände entlang irren; wenn vor den mächtigen Kachelöfen graue Gestalten hocken und Holz in das Ofenloch schichten; oder dies Sitzen bei Tisch am Abend mit Gespenstern auf Schloss Sirow und auf Schloss Paduren: «Gott, dieses Sirowsche, wie ich es sehe, ich muss wirklich einmal als Kind gesehen haben, wie es durch die Zimmer geht und alles Leben, das sich regen wollte, zum Schweigen bringt. Es trägt ein fußfreies braunes Kleid, eine lila Haube, hat sein kleines braunes Gesicht und legt seine kleine graue Hand vor den Mund und gähnt …»

Dietz Egloff sagt dies, der junge Erbe von Sirow, der Frondeur in dieser Welt.

Stammte er nicht von Keyserling, so hätte er eine fatale Romanfigur werden können als Verführer, Jeu-Ratte und Draufgänger.

Keyserling gibt seiner Vollblutrasse, was ihr zusteht. Aber nicht das Explosive, die Champagnerstimmung tollen Blutes wird ihm zur Hauptsache. Er stellt nicht sich und den Leserinnen zur angenehmen Aufregung das Exemplar des «wilden Junkers» bengalisch beleuchtet dar. Im Gegenteil, aus melancholischem Willen heraus gestaltet er, wie das edle Blut, schon mit dem Tropfen des niedergehenden Stammes durchsetzt, sich im Widerstand gegen den Rost und die

Unfruchtbarkeit der Umgebung sinnlos verschwendet, wie die irregehenden Kräfte – mehr Trotz als Stärke –, im Rausch verbraucht, zum wahren Aufschwung doch nicht mehr taugen, wie die Atmosphäre des Moderns und Welkens den aufbegehrenden Herzschlag erstickt und sein Lebenswille in einem grenzenlosen Ekel und Überdruss wie in einem tiefen, dunklen, unentrinnbar umklammernden Moor versinkt.

Noch ein anderer junger Mensch steht allein in dieser Luft, Fastrade von der Warthe von Schloss Paduren. Keyserling konnte ihr gut den romantischen Namen geben, gesehen hat er aber auch sie mit unfärberischen menschendeutenden Erkenntnisaugen. Auch sie voller Auflehnung und Wirklichkeitsdrang und auch sie mit einer Brüchigkeit. Ein Ausflug in das tätige Leben, als sie einer selbstgewählten Samariterpflicht folgte und ihr unklares Jungesmädchengefühl an das Spitalbett eines Sterbenden trug, bewährte sich nicht für sie. Es wuchsen ihr dabei keine neuen tragfähigen Kräfte. Und als der kranke Vater sie heimruft, kommt sie wieder. Das «da draußen» hielt sie nicht mit erfüllendem Inhalt; das, wohin sie nun den Rückzug antritt, ist ihr darum noch keine beschwichtigende Zuflucht. So steht auch sie im Schwankenden. «Ja, zurück kommen sie alle, aber wie? Die Nerven kaputt, zerzaust wie die Hühner nach dem Regen», sagte der struppierte, grämliche Baron Port auf seinem Schmollplatz am Kamin mit knarrender Stimme …

Zwischen Fastrade und Dietz, den beiden Außenseitern, begeben sich Kristallisierungen. Ihn reizt das Neue («die Augen der kleinen Warthe machen mich durstig, auf der ganzen Welt habe ich nach einem Getränk gesucht, so stark, blau und ganz durchsichtig, aber das gibt es nicht»), bei ihr regt sich, vielleicht unbewusst, der Trieb seelischer Samaritermission, mit linden Händen Verstörung zu ordnen und dabei in der Einöde Frau zu werden durch den einzigen Mann auf dieser Scholle, von dem ein Wesensleuchten und ein Daseinsatem ausgeht.

Es kommt zu einer korrekten Verlobung, mit dem heimlichen Hintergedanken bei Dietz: «sie wollen ein Brautpaar werden, über das sie hier in der Gegend auf allen Schlössern die Hände über dem Kopf zusammenschlagen».

Keyserling sieht weiter als sie beide. Er spinnt wohl die bunten Sommerfäden der Waldeinsamkeit um ihr Zusammensein und lässt tief das Schweigen klingen, aber eine Idylle wird das dennoch nicht. Die beiden kommen trotz Sehnsucht nicht zueinander und bleiben verbannt in ihrer eigenen Einsamkeit. In Fastraden zieht sich immer etwas scheu und abwehrend vor dem Begehren Egloffs zusammen, und er wird bitter und gereizt, er stößt sich an ihren, wie er meint, moralischen Ecken und Kanten. Das Grübeln über diese ihm fremdartige Natur macht ihn, der bis dahin seinen Genuss im unbeschränkten Augenblicksergreifen, im Herrentum des Eroberns und Fortwerfens gefunden, nervös und unsicher. Ein unausgesprochenes Hadern hängt zwischen den beiden, sie leiden aneinander mehr, als dass sie sich helfen. Und dieses Aufreibende macht ihre ohnehin angemürbte Jugend noch mehr empfindlich gegen das Fressende, Verstockende ihres Familienbodens, gegen das sirowsche und padurensche Elend. Ermattet trennen sie sich oft. Fastrade im Tiefsten verwundet, und Dietz böse und gehässig. Schlimme Worte fallen: «Du willst also bessern und erziehen, die Liebe ist bei dir ein pädagogischer Trieb, ein – wie soll ich sagen – ein Gouvernantentrieb.» Fastrade sagt müde und hilflos: «Nichts will ich, nur dass wir zusammengehören.» Und dann umfassen sie sich und sind doch schmerzlich weit voneinander.

In Dietz grollt Auflehnung, seine Sinne rebellieren, in allen Fingerspitzen zuckt es ihm, ein Hunger geht in ihm um. Er verjeut wieder die Nächte, und als ihm die hübsche kleine Puppe, die Frau des guten, dicken, dummen Jugendfreundes, sein letztes auf dem Wege liegengelassenes Abenteuer, wieder lockende Augen macht, da prickelt's ihm im Blut von langentbehrter «süßer Sünde», und er geht nachts den von früher gewohnten Weg in den Garten. Beide werden ertappt. Der gute, dicke, dumme Jugendfreund war doch – spät, aber nicht zu spät – misstrauisch geworden. Und einen Tag weiter stehen sich zwei Männer im flachen, mit Erlengebüsch bestandenen

Land an der polnischen Grenze im Licht des bewölkten Morgens in einem Birkenwäldchen, «grell weiß und grün wie ein neues Kinderspielzeug», gegenüber, die Pistole in der Hand. Und der gute, dicke, dumme Jugendfreund wirft mit einem Mal beide Arme empor, dreht sich und fällt um ...

Und wieder einen Tag weiter stehen sich Dietz und Fastrade gegenüber. Ein Ring flirrt von ihrem Finger auf den Tisch ...

Auf Dietz aber fällt schwere, abgründige Einsamkeit. Nichts von Reue oder Gewissensbiss, nichts auch von einem weichlichen Verlustgefühl, aber eine ungeheure schreckensvolle Leere und ein Widerwillen an allem bis zum Hasse hinauf. Und danach eine ganz unbezwingliche Ruhesehnsucht, der müde Wunsch: ich wollt, es wäre Schlafenszeit. Und da lässt er sein Lieblingspferd satteln, reitet zu der Auerhahnhütte. Dort auf der kleinen Waldwiese, wo die Rehe knietief im rotgoldenen Grase äsen, zieht er den Revolver und schießt dem Tier ins Ohr. Vielleicht eine sentimentale Handlung, aber doch ganz und echt aus seiner adligen Rasse heraus, aus einem dunklen Urgefühl, das aus altgermanischen Hainen, von Walhall und Wotan her zu dem Nervenmenschen hinüberschwingt in der Schicksalsstunde.

Gar nicht sentimental aber sind die Worte, die er dann leise vor sich hinsagt, die Worte vom Tode: «So mein Alter, mehr ist nicht daran, man streckt sich ein wenig und dann ist's aus, mehr ist nicht daran.» Geleitworte zu seinem eigenen letzten Weg sind's. «Er richtete sich auf und ging langsam zur Hütte hinüber. Vor der Tür blieb er einen Augenblick stehen und schaute in die Nacht hinein. Durch die schwarzen Tannenwipfel blitzten Sterne, auf der kleinen Waldwiese lag Nebel, und ein Nachtvogel flog lautlos nah der Erde durch die weißen Schleier hin. Egloff öffnete die Tür zur Hütte und zog sie hinter sich zu ...»

So weiche Hüllen breitet Keyserling über dieses Ende. Das Sirowsche und das Padurensche, das nicht leben und nicht sterben kann, geht aber weiter, und die alten Herren sitzen fröstelnd am Kamin und warten auf den Tod ...

Es ist nicht möglich, in dieser Zeit die Erscheinungen der Kunst nur künstlerisch zu nehmen. Das Andrängen der ungeheuren Gegenwart zwingt alles Begegnende in den Gesichtswinkel des tatsächlichen Geschehens. So sehen wir, naiver und primitiver denn sonst, die Figuren der Bücher stofflicher an. Und bei Dietz Egloff, der uns gerade jetzt begegnete mit seinem nutzlosen, verfahrenen und verpfuschten Leben, haben wir das Gefühl, Reinigung und Auferstehung hätte ihm der Krieg geben können. Und gegen sein Grau wäre ein Gegengift gewesen: das Feldgrau …

In solchem Sinne hängen wir nun neben die Melancholia das Blatt von Ritter, Tod und Teufel …

Einen anderen Ton schlägt die Rezension von Kurt Pinthus (1886–1975) an:

Man liest diesen in schöner Linie sich dahinschwingenden Roman, empfindet plötzlich in sich eine milde Distanziertheit zur Welt, fühlt sich beruhigt und doch im Innersten bewegt, und legt das Buch fort mit dem Wunsche, darüber zu jemandem zu sprechen: mehr über die Dinge, welche dieses Buch weckt, ans Licht hebt, als über das Buch selbst. Denn hier fühlen wir auf einmal so klar und deutlich umrissen den Schmerz, an dem so viele leiden, die meisten nur dumpf im untersten Unterbewusstsein, manche mit zerquälender Bewusstheit, durch die ihr Dasein trotz anscheinender Sorglosigkeit und glücklicher Lebenslage langsam vernichtet wird. Zwar schildert Keyserling nur das Leiden der Kaste, der er entstammt, deren Behandlung für ihn beinahe obligatorisch geworden ist; und grade weil diese Kaste noch am zähesten zusammenhält, am engsten und sichersten den Kreis ihres Horizontes zieht, am unerschütterlichsten nach uralten, selbstgeschaffenen Gesetzen lebt – darum fühlen wir alle die Leiden umso schmerzender, darum lässt sich in ihrem Milieu am besten und eindringlichsten der akute Fall traktieren, der nun einmal die Erzählung bedarf, um sich von der allgemeinen Betrachtung zu unterscheiden. In «abendliche Häuser» also sehen wir hinein, in jene grauen Adelssitze im Osten, in denen Geschlechter altern, starr und aufrecht warten, bis sie abgerufen werden, ihre Umgangsformen, Bräuche, Lebensweise hüten, Eindringlinge zurückstoßend, sicher über der Mitmenschheit thronend, fremd aller anderen Welt, weil sie wollen, dass diese Welt ihnen fremd bliebe. So sitzen diese Landbarone, diese alten Jungfern, diese pflichtgetreuen altmodischen Ehefrauen in ihren Schlössern, einsam, abgeschlossen immergleiche Tage hinlebend – und sie wissen nicht mehr, was alles in den jungen Menschen ihres Standes sterben muss, bis sie so selbstverständlich ruhig, so weltverzichtend werden wie die Alten. – Was aber geschieht, wenn in den Jungen dennoch unbesiegbar die Sehnsucht nach der Welt, die Neugier nach dem Leben aufsteht, wenn ihre gepflegten Körper durchgerüttelt werden von einer leidenschaftlichen Seele, die jene grauen Gesetze sprengen, jenen abendlichen Häusern entfliehen will?! … Beispiele als Antwort auf diese Frage bilden den Inhalt des Romans.

Was soeben mit wenigen Sätzen abstrakt angedeutet wurde, schält Keyserlings Roman episch an mehreren Exemplis auseinander, lässt das Problem leicht und klar aus der Handlung geboren werden, schildert jenes altersstarre Milieu, zeichnet schöne Landschaften, deckt die Seelen auf, lässt Menschen wandern. Und bewundernd erkennen wir: Keyserling formt dies alles mit den geringsten Mitteln; zart und anmutig, in gepflegter Sprache erzählt er, ohne Schwere, ohne Pathos, ohne Leidenschaft, ohne Parteilichkeit. Wir achten die Alten und leiden mit den Jungen. Denn die Jungen müssen alle leiden, weil in der Adelskaste immer die Alten siegen, mit selbstverständlicher Sicherheit siegen, während die Jungen zerbrechen oder sich beugen. Keine bedeutenden Menschen sinds, aber anständige, ehrliche Männer und Frauen. Ihre Problematik beruht nicht in der Kompliziertheit ihrer eigenen Seelen, sondern in dem Widerstand, zu dem sie ihre Umwelt herausfordert. Und wir erleben melancholisch, wie alle sich diesem Milieu assimilieren müssen, wie sie auf ihren Schlössern langsam und bewusst altern, fern der Welt und dem Erleben. Am schwersten natürlich leiden die Frauen, denn sie haben nicht einmal die Landwirtschaft, das Spiel, den Trunk. Und auch wenn zwei

Junge ganz klar empfinden und sich helfen wollen, wie diese liebeschwere, energische Fastrade und der leidenschaftliche, leichtsinnige Egloff, so wirft die Luft dieser Atmosphäre Fremdheit zwischen sie, so werden sie durch das alte Blut, die alten Gesetze hilflos gemacht, und sie sterben in ihren abendlichen Häusern oder in den Wäldern und Feldern.

141 *Paduren*: lautlicher Anklang an Tels-Paddern, im Lettischen Tašu Padure, das Stammgut der Familie Keyserling im Kreis Hasenpoth (s. oben). – *Baron*: ein dem deutschen Freiherrn gleichgestellter französischer Adelstitel, über dem eines Ritters und unterhalb dem des Grafen rangierend.

142 *Baronesse*: unverheiratete Tochter eines Barons. – *Backenbart*: hatte im Vormärz das Tragen eines Backen-, Oberlippen- oder Kinnbarts noch als Erkennungszeichen freiheitlich-demokratischer Gesinnung gegolten, der Vollbart gar als klassenkämpferisches Accessoire (die Reaktion gipfelt 1846 in einem Bartverbot für preußische Referendare und Postbeamte), vollzog sich ab der Jahrhundertmitte ein grundlegender Wandel, die Okkupation des Revoluzzer-Emblems durch das konservative Lager; Barttrachten wurden zum legitimistischen Hoheitszeichen, etwa in der Nachahmung des Schnauzbarts samt wild wuchernden Koteletten von Kaiser Wilhelm I. (1797–1888). – *Tribünenläufer*: Laufburschen eines Parlaments, subalterne Sendboten, die Botschaften zwischen den verschiedenen Fraktionen oder Parteiflügeln übermitteln.

143 *Witzow*: heute «Wietzow» geschrieben, in Vorpommern gelegenes ehemaliges Vorwerk, das zum Rittergut mit weitläufigem englischem Landschaftspark ausgebaut wurde, zwischen 1865 und 1911 im Besitz der Grafen von Blücher.

144 *Unsere Vornehmheit ist schlicht*: althergebrachte Adelslosung, in der sich die christlich-lateinische «moderatio» mit ritterlicher Anspruchslosigkeit verband. Zum Selbstverständnis des Edelmanns gehörte seit jeher, sich von materiellen Dingen weder knechten noch verweichlichen zu lassen, die Annehmlichkeiten des Wohllebens also ungeniert genießen und einen Moment später anstandslos entbehren zu können: «Der Luxus kann den Herrn nicht überwältigen, der Herr kennt ihn, schätzt ihn, braucht ihn und kann ohne ein Wort des Bedauerns auf ihn verzichten. Große Verschwendung und große Bedürfnislosigkeit bis hin zu schroffer Askese sind für den Herrn sehr typisch» (Asfa-Wossen Asserate, S. 67). Die Adelsforschung hat überzeugend dargelegt, wie aus der «adelsspezifischen Mischung ländlicher, ritterlicher, christlicher und militärischer

Leitmotive» in der zweiten Hälfte des 19. Jahrhunderts die Leitidee «elitärer Askese» wurde; Stephan Malinowski spricht von «Kultur und Kult der Kargheit», dank derer Schlossbewohner nicht selten «hinter imposanten Fassaden ein nachgerade spartanisch anmutendes Leben in kühlen, bescheiden eingerichteten Räumen fristen und – anders als auf den opulenten Festen der Bourgeoisie – selbst bei festlichen Anlässen ‹Maß und Ziel› nie aus den Augen verlieren» (S. 90–103). Der «Kult der Kargheit» wurde besonders für den von akuten Identitätskrisen und Existenzängsten geplagten preußischen Kleinadel zum mentalen Krisenkonzept. Je schwelgerischer im Kaiserreich das Gepränge und Geprasse der Hocharistokratie einerseits, der neureichen Plutokratie andererseits, desto vernehmbarer wurde die Schlichtheit zur zentralen Standestugend verklärt und mit Entbehrungs- und Verzichtsstolz aufgeladen. Hinter dieser Verklärung lässt sich unschwer der Notwehrreflex von Modernisierungsverlierern erkennen, die, politisch und wirtschaftlich immer weiter ins Hintertreffen geratend, ihren Bedeutungsverlust in symbolische Triumphe über die neuen hedonistischen Eliten ummünzten. Was auf die Landjunker zutraf, galt ebenso für den originären Hort soldatischer Härte und Zucht, das preußische Offiziers-Korps: «Das Eindringen vermögender bürgerlicher Schichten beantwortete die Mehrzahl des Militäradels nach kurzen frustrierenden Phasen der Luxuskonkurrenz in den 1870er und 1890er Jahren mit dem Ideal der spartanisch kargen zölibatären Offiziersexistenz» (Heinz Reif, S. 82). – *Fastrade*: von althochdt. «Fastrad», zusammengesetzt aus «fasti» für «fest» und «rat» für «Ratgeber», verweist auf die adelige Namenspatin Fastrada (um 765–794) aus dem Grafengeschlecht der Mattonen, die vierte Ehefrau Karls des Großen. «Ein Rittergutsbesitzer sieht gern im Ritter seinen Ahnherrn; darum tauft er seine Mädchen nach irgendeiner eingebildeten Ahnfrau, die womöglich als weiße oder schwarze Dame durch das Schloss seiner Väter spukt» (Paul Schlenther). – *Bolko*: Kurzform des altdt. Vornamens «Boldeko» oder des poln. Vornamens «Bolesław» mit der Bedeutung «der Ruhmreiche», «der Kühne». – *Schillersche Dramen*: «Schiller gehört, wie die Religion, schon früh in unsere Jugend hinein. Auch bei ihm soll in die Zeit, da wir ihn verstehn, etwas von dem Glanze jener Zeit noch fallen, da wir ihm ganz glaubten, ohne ihn zu verstehn.» (Eduard von Keyserling, Schiller-Almanach).

145 *hasenreiner*: waidmännischer Terminus für den folgsamen Vorstehhund, «der fest vor Hasen steht, ihnen aber nicht nachprellt und sie auch sonst ohne Aufforderung nicht jagt» (Meyers Konversationslexikon, Bd. 8, S. 861).

146 *die Krankenpflege zu erlernen*: Krankenpflege war eine spezifische Domäne der Edeldamen, «da die Caritas als eine aristokratische Tugend galt», dies allerdings meist nicht in berufsmäßiger Ausübung, sondern als frauliche Obsorge unter Schutzbefohlenen einer Herrschaft. «Die gesamte weibliche, adlige Erziehung war bis ins 20. Jahrhundert hinein auf ein Dasein als Gutsherrin, Ehefrau und Mutter ausgelegt» (Chelion Begass/Johanna Singer, S. 217 u. 75). Für unverheiratete Töchter, denen eine Berufstätigkeit jenseits von Hofämtern auch ausgangs des 19. Jahrhunderts untersagt blieb, gehörte das Engagement in Diakonissenanstalten oder im Verein für Armen- und Krankenpflege (Hamburg) zu den wenigen gesellschaftlich akzeptierten Betätigungen außer Haus, entsprach sie doch idealtypisch der «Verbindung von tradiertem Standesdenken und christlicher Nächstenliebe» (Christa Diemel, S. 195). Keyserlings jüngere Schwester Magda (1856–1934) war zwischen 1899 und 1914 Oberin der Diakonissenanstalt in Mitau, seine Nichte Helene (1879–1919) Krankenschwester und Oberin des Mellinschen Stifts in Dorpat.

148 *Blondenhaube*: aus roher blonder Seide gefertigte Spitzenhaube mit netzartigem, broschiertem Grund, ursprünglich in Chantilly und Bayeux hergestellt.

151 *Mennoniten*: Mitglieder einer evangelischen Freikirche, die sich von den Täuferbewegungen aus der Reformationszeit herleitet; in den meisten Territorien Europas wurden sie bis ins 19. Jahrhundert hinein als religiöse Sektierer stigmatisiert, unterdrückt oder verfolgt. – *ein portugiesischer Marquis*: ursprünglich französischen Adelstitel, im Rang dem deutschen «Markgraf» entsprechend; im Süden Europas büßte er durch inflationären Gebrauch jedoch im Laufe des 19. Jahrhunderts nach und nach sein ehemals hohes Renommee ein, sodass der italienische «Marchese», der spanische «Marqués» und der portugiesische «Marquês» zuletzt als dubiose Allerweltstitel galten und ihre Träger im Verdacht der Adelsanmaßung standen. – *ein polnischer Graf*: von den Teilungsmächten Preußen, Österreich und Russland eingeführter Adelstitel, der im Gefolge der Dritten Polnischen Teilung 1795 dem Szlachta polska – also dem verhältnismäßig zahlreichen Klein- und Mitteladel Polens – zugebilligt wurde, dessen Familienbezeichnungen von alters her besitzbezogen und dessen Adelstitel ursprünglich nicht erblich gewesen waren; durch das Scheitern der großen vaterländischen Erhebungen von 1830 und 1863 spitzte sich das fragwürdige Renommee polnischer Grafen, Barone und Kawaler noch zu.

153 *Estafette*: frz. «Kurier» zur Eilzustellung dringender Nachrichten.

154 *Sammethaube*: altertümlich für «Samt». – *Patience*: frz. «Geduld», Sammel-

begriff für dem Zeitvertreib dienende Kartenlegespiele, bei denen von einem Talon gezogene Karten beim Auslegen in eine vorgegebene Reihenfolge gebracht werden müssen, je nach Variante aufsteigend, absteigend, nach Farbsequenzen oder anderen Ordnungsprinzipien. Ungeachtet dessen, dass die Patience bereits in der 1783 erschienenen Kartenspielanthologie «Das neue Königliche L'Hombre-Spiel» erwähnt wird, erfreute sich im 19. Jahrhundert ein Gerücht großer Beliebtheit, wonach sie während der Französischen Revolution durch einen in der Bastille inhaftierten Pariser Adligen erfunden worden sei, der sich die Zeit bis zum Besteigen des Schafotts totschlagen wollte. – *Te voilà, ma fillette, à la bonne heure.*: frz. «Da bist du ja, meine Kleine, so ist es recht.». – *Transtiefeln*: mit Fischöl imprägnierte Stiefel; Schuhleder wurde mit Tran (meist vermischt mit Terpentin- oder Rizinusöl, Talg, Harz, Burgunderpech, Paraffin, Kolophon u. a.) getränkt und auf diese Weise wasserabweisend gemacht.

155 *Ölkuchen*: der feste Rückstand bei der Kaltpressung von Pflanzenöl, der als Futtermittel oder organischer Dünger Verwendung finden kann. – *Samowar*: russischer Teekocher aus Kupfer oder Messing.

156 *die Memoiren des Herzogs de Saint Simon*: Louis de Rouvroy, duc de Saint-Simon (1675–1755), Pair von Frankreich, verfasste seine bei der Nachwelt überaus populären «Mémoires» zwischen 1740 und 1750, erstmals gedruckt wurden sie allerdings erst 1829/1830. – *Pflichtenkreis*: eine Kantsche Erbaulichkeitsvokabel, die im deutschen Sprichwort zu sich selbst kommt: «Ein Mensch mit bewältigtem Pflichtenkreis und gutem Gewissen gleicht einem geordneten Hause mit aufgeräumtem Keller.» – *die langwierige Geschichte von dem Streit der französischen Herzöge um den Vortritt*: mit dem forcierten Standesdünkel eines Hochadeligen schildert Saint-Simon in seinen «Memoiren» das unwürdige Gerangel um die Gunst des Sonnenkönigs Ludwig XIV. und – vor allem – die eigene als kränkend empfundene Zurückstufung gegenüber Rangniederen im Hofzeremoniell von Versailles.

159 *Instleute*: die Gutstagelöhner mit festem Arbeitsvertrag genossen mit ihrer Familie mietfreies Wohnrecht in Insthäusern und erhielten darüber hinaus Geld- und Naturallohn. – *Kamisol*: kurzes Schoßjäckchen.

161 *des Herrn Auge mästet das Vieh*: altdt. Sprichwort. – *Mendelssohn*: Felix Mendelssohn Bartholdy (1809–1847), deutscher Komponist und Pianist und einer der bedeutendsten Musiker der Romantik.

162 *Palastdame*: von frz. «Dame du palais»; ein 1825 in die deutsche Nomenklatur eingeführter Ehrentitel, der nur an adlige Frauen verliehen wurde und gemäß Hofrangordnung der ersten Rangstufe angehörte. «Im Gegensatz

zu den ‹wirkliche Dienste› versehenden Hofdamen waren die Palastdamen in der Regel verheiratete Frauen. Ihre Aufgabe bestand lediglich darin, bei offiziellen Festlichkeiten im Gefolge der Königin in Erscheinung zu treten. Die Hofwürde der Palastdame existierte auch am Wiener Hof. In Preußen wurde sie erst Anfang des 20. Jahrhunderts von Kaiser Wilhelm II. eingeführt» (Christa Diemel, S. 112). Ein repräsentatives Hofamt blieb für den weiblichen Teil des Adels im Übrigen die einzige Möglichkeit, einer besoldeten Tätigkeit nachzugehen und so eine selbstverantwortliche, ökonomisch unabhängige Existenz zu führen. «Schränkte der Adelsstatus schon die Berufswahl der Männer auf wenige als standesgemäß betrachtete Karrieren ein, so führte die Verschränkung der Faktoren ‹Stand› und ‹Geschlecht› bei adligen Frauen zu einer doppelten Reglementierung der Erwerbsmöglichkeiten», wobei sich bis ins 20. Jahrhundert hinein «die rechtlichen Berufsbeschränkungen für den Adel habituell» verfestigten (Chelion Begass/Johanna Singer, S. 74). – *Damen, die nicht von Familie sind*: d.h. nicht von (hoch)adliger Abstammung.

163 *Un bel homme tout de même!*: frz. «Immerhin ein schöner Mann!». – *Tannen*: die immergrünen Bäume stehen für Fruchtbarkeit und Unsterblichkeit, Stärke und Treue.

164 *Föhre*: Symbol für Selbstzucht, Beständigkeit und Langlebigkeit. – *revierte*: waidmännisch für «Gelände absuchte».

168 *Quadrillen*: ein aus der Epoche Napoleons I. stammender Kontratanz, bei dem vier Paare im Quadrat Aufstellung nehmen. – *Paris … schön und furchtsam*: Figur der griechischen Mythologie; der Sohn des trojanischen Königspaares Priamos und Hekabe wird in Homers «Ilias» zwar als patenter Bogenschütze eingeführt, unterliegt aber im Zweikampf gegen Menelaos unrühmlich; sein zweifelhaftes Ansehen als kampfesunwilliger Schönling rührt hauptsächlich von den Schmähworten Hektors her: «Unbegreiflicher! Nicht könnte wohl ein Mann, der gerecht denkt, / deine Leistung im Kampf verachten, bist du doch wehrhaft. / Doch ohne Not lässt du dich gehen und sträubst dich! Darüber / ist mein Herz tief im Innern betrübt, wenn ich über dich höre / Schmähworte von den Troern, die deinetwegen viel leiden» (6. Gesang, Vers 521 ff., in der Übersetzung von Kurt Steinmann).

170 *Barnewitz*: ein Vetter bzw. die Herrn von Barnewitz finden sich in Friedrich Spielhagens (1829–1911) Roman «Problematische Naturen» von 1861.

171 *Schabbes*: jidd. «Sabbat».

174 *heute muss man froh sein, ob man will oder nicht*: in der Überlieferung ist den Juden der Sabbat von Gott nicht bloß als Ruhe- und Gottesdiensttag gegeben, sondern vor allem als Tag der Freude an Gottes Schöpfungswerk

und am Bundesschluss; laut Zohar (um 1280) sei der Sabbat ein Gottesname und bedeute vollkommene universale Freude.

175 *Bocher*: umgangssprachlich: «jüdischer Jüngling», im Jiddischen «der Talmudbeflissene», «Schüler des Rabbi», gelangte der Begriff über das Rotwelsche nach 1860 in den deutschen Wortschatz.

177 *Smyrnateppich*: Sammelname für die aus Uschak, Kula und Giordes stammenden Wollteppiche, mit türkischem oder persischem Knoten geknüpft, die in der griechischen Stadt Smyrna gehandelt wurden. Charakteristisch ist die «grobe Wolle, die lockere Knüpfung, die hohe Schur und die milde Farbenwirkung, wodurch sie sich von allen älteren Teppichen des Orients unterscheiden» (Wilhelm Bode, S. 111). Ab 1850 wurden Smyrnateppiche wegen ihrer großen Beliebtheit von der deutschen Knüpfteppichindustrie nachgeahmt. – *Mantille nach der Mode der sechziger Jahre*: ursprünglich ein dünnes Schleiertuch aus Spanien, das Kopf und Schultern einer Dame einhüllt, waren während des Zweiten Empire unter dieser Bezeichnung leichte Seidenmäntel à la mode. – *Großherzogin*: Gattin eines unterhalb der Königswürde rangierenden Großherzogs, somit eine Angehörige der Hocharistokratie; deutsche Großherzöge führten das traditionelle toskanische Prädikat «Königliche Hoheit».

179 *Holzjuden*: Juden, denen Landpacht gesetzlich untersagt war, betätigten sich traditionellerweise im Holzhandel. – *Besig*: dt. für «bésigue», ein aus Frankreich stammendes Kartenspiel für zwei Personen.

180 *«Rauschender Strom, / Brausender Wald»*: Zeilen aus dem Lied «Aufenthalt» von Franz Schubert (1797–1828) aus dem postumen Zyklus «13 Lieder nach Gedichten von Rellstab und Heine (Schwanengesang)» (D 957/5).

181 *Goethe und Schubert*: Schubert vertonte auch Goethe-Gedichte, der Text von «Aufenthalt» stammt allerdings von Heinrich Friedrich Ludwig Rellstab (1799–1860).

182 *ein Lied von Mendelssohn*: Schlusszeile der zweiten Strophe von «Da lieg ich unter den Bäumen» (op. 84/1), einem Lied von Felix Mendelssohn Bartholdy (1809–1847), Textdichter unbekannt.

186 *Pelzpaletot*: frz. «Obergewand», ursprünglich ein modischer Herrenmantel, ab 1860 wurden die leicht taillierten Modelle mit Pelz- oder Samtkragen auch für Damen geschneidert. – *Wie böses Ungeziefer frisst sein Geld den Wald auf*: zeit- und standestypische Dämonisierung des Geldes, das als gefräßiger, alle Besitzstände verschlingender Schädling gefürchtet wurde; war es um die Mitte des 19. Jahrhunderts die Hochkonjunktur für Eisenbahnschwellen, Bau- und Grubenhölzer gewesen, die die Forstbestände vieler Gutsbesitzer schrumpfen ließ, war es fünfzig Jahre später die steigende Nachfrage nach Faserholz für die Papierindustrie. Aller-

dings «waren die Harthölzer aus den Wäldern Sachsens, Württembergs und Badens sehr viel mehr wert als die Kiefern- und Fichtenwälder der preußischen Ostprovinzen» (Dominic Lieven, S. 137).

190 *chinesische Laterne*: Lampion aus Reis- oder Seidenpapier, der sich mittels einer in ihm angebrachten Feuerquelle wie ein kleiner Heißluftballon in die Lüfte erhebt, um im Nachthimmel zu verglühen.

191 *Chaîne, s'il vous plaît*: frz. «Die Kette, bitte» – Tanzfigur der Quadrille, bei der sich alle an den Händen fassen. – *Grand galop*: frz. «Große Galoppade» – seitliches Galoppieren im 2/4-Takt als Abschluss der Quadrille, dessen Tempo bis zur Raserei gesteigert werden kann. – *schmälen*: waidmännisch für den kurzen bellenden Laut von Rehwild.

194 *Polacken*: verächtlich für «Polen». – *Philistermoral*: engherzige, kleingeistige, oft auch bigotte Moralvorstellung, die mit der eigenen behaupteten Rechtschaffenheit renommiert, abgeleitet vom historischen Nachbarvolk der Israeliten.

195 *«Auf Flügeln des Gesanges / …»*: das von Felix Mendelssohn Bartholdy (1809–1847) vertonte Gedicht «Auf den Flügeln des Gesanges» von Heinrich Heine (1797–1856), enthalten im Zyklus «Lyrisches Intermezzo» (op. 34) von 1822/1823; dort lautet die letzte Strophe: «Dort wollen wir niedersinken / Unter dem Palmenbaum, / Und Liebe und Ruhe trinken / Und träumen seligen Traum».

197 *Gilka*: leicht gesüßter Kümmelbranntwein der Berliner Liquör-Fabrik J. A. Gilka, auch «Kaiser-Kümmel» genannt, da er am Wiener Hof genossen wurde und den Erzeugern einen k. u. k. Hoflieferantentitel einbrachte. – *Juden, warum schlaft ihr nicht? Lässt euch das Geld nicht schlafen?*: Variation des zeit- und standestypischen Klischees vom «jüdischen Mammonismus», in dem sich soziokulturelle Ressentiments mit pauschalen Adelsvorbehalten gegenüber kapitalistischen Geschäftspraktiken und der zunehmenden Kommerzialisierung sämtlicher Erwerbszweige mischten. «Je weiter sich die Schere zwischen jüdischem Erfolg in den modernen und kleinadeligem Misserfolg in den traditionellen Berufsfeldern öffnete, desto mehr verwandelte sich im Kleinadel die traditionelle Ignoranz bzw. Verachtung der ‹jüdischen› Berufsfelder in offene Aggression» (Stephan Malinowski, S. 161).

203 *Emotion*: im Sinne von lat. «Gemütsbewegung».

207 *Château Pape Clément*: Wein aus dem im Mittelalter begründeten Château nahe Bordeaux, unter dem Winzer Jean-Baptiste Clerc, der das Gut von 1858 bis zu seinem Tod 1880 führte, erzielten dessen Weine Premier-Cru-Qualität. – *Roederer*: Champagner aus dem 1776 im Reims gegründeten und seit 1833 unter dem Namen «Champagne Louis Roe-

derer» firmierenden Nobelweingut, dessen beste Cuvée sich Zar Alexander II. Jahr um Jahr reservieren ließ. – *Charlotte*: Süßspeise aus Biskuit. – *Monatsrose*: den ganzen Sommer über blühende Damaszenerrose, Sinnbild für Schönheit.

208 *Vabanque*: frz. «Es gilt die Bank» – allgemeine Losung für ein riskantes Unterfangen, übernommen aus dem Pharo, einem Karten-Glücksspiel, wenn ein Spieler einen Einsatz in Höhe der momentanen Bankeinlage wagt. – *Gewinste*: veraltet für «Gewinn», «Gelderlös» aus Handel, Spiel oder Wette.

209 *Kreisversammlung*: Regierungsgremium einer preußischen Provinz, bestehend aus den Kreisständen einer Landschaft, also von der Ritterschaft delegierten Landedelleuten (im Baltikum hießen die obersten ständischen Regierungsorgane «Landtage», in Kurland als Deputiertenkammer, in den restlichen Ostseeprovinzen als Virillandtage einberufen und ergänzt durch einen «deliberierenden Adelskonvent»; s. Georg Hermann Schlingensiepen, S. 6–12).

212 *Joli garçon.*: frz. «hübscher Junge». – *Fürstin*: Adelsdame der Hocharistokratie.

213 *die korrekte Pflege der Jagd*: zu den wenigen adeligen Vorrechten, die sich die Rittergutsbesitzer im Deutschen Reich bis ins 20. Jahrhundert herüberretten konnten, zählte das Jagdrecht; der damit verbundene Point d'Honneur des Hegens und Pflegens wurde deshalb besonders hervorgehoben. – *adeligen Idealismus*: die Haltung, eine Sache stets und ausnahmslos um ihrer selbst willen zu tun, war im Selbstverständnis des Adels tief verankert und diente der Distanzierung von bloß materiellen Interessen, wie er sie dem gewöhnlichen Volk unterstellte; zu diesem exklusiven Standesidealismus gehörte die Bereitschaft zur Selbstaufopferung, die erhabene Idee uneigennützigen Dienens, das Festhalten an Traditionen, ferner die bedingungslose Loyalität unter Standesgenossen sowie – in Absetzung von den Prinzipien des aufstrebenden Bürgertums – eine dezidiert anti-utilitaristische Gesinnung. – *Auerhahnhütte*: die bereits mit der Morgendämmerung einsetzende Auerhahnbalz machte die Präsenz des Jägers im Revier erforderlich, wenn er die begehrte, dem Adel vorbehaltene Jagdtrophäe zur Strecke bringen wollte. Der Auerhahn «gehört zur hohen Jagd. Er hält sich für gewöhnlich viele Weibchen, die er zur Begattungszeit, März und April, durch die ihm eigentümlichen Töne, Balzen genannt, lockt, und diese Zeit ist auch die Zeit seiner Jagd» (Herders Conversations-Lexikon, Bd. 1, S. 323), da das männliche Tier im Taumel der geschlechtlichen Werbung nicht mehr mitbekommt, was um ihn her vorgeht. Im Volksglauben stand der Auerhahn für das Diabolische.

218 *Ellernbüschen*: norddt. für «Erlenbüschen», symbolisieren das Weibliche.

219 *Nerven, die sind auch solch eine moderne Erfindung*: «Fast wörtlich zitiert der Mediziner hier Bahrs Essay ‹Die Décadence›, in dem das Nervöse als Signalwort des Generationenkonflikts ausgemacht wird» (Stephanie Catani, S. 5). Bereits 1780 hatte Samuel Auguste David Tissot (1728–1797), Physiologe an der Universität von Montpellier, seine Abhandlung über die Nerven und ihre Krankheiten, «Traité des nerfs et des leurs maladies», veröffentlicht; anhand klinischer Erfahrungen beschreibt er darin systematisch Krankheitsbilder wie Epilepsie, Katalepsie, Ekstase, Migräne etc. Der US-amerikanische Arzt George Miller Beard (1839–1883) brachte im Jahr 1880 den Begriff der «Neurasthenie» in den Wissenschaftsdiskurs ein, die sogenannten Gemütskrankheiten, epidemisch auftretende «Affektstörungen», Hysterie, Neurasthenie, Hemikranie, traumatische Neurosen sowie Erkrankungen des Sympathicus mit Angio- und Trophoneurosen rückten in den Mittelpunkt des medizinischen Interesses. Neurosen wurden gemeinhin als organische Leiden interpretiert, denen ein verborgenes, morphologisch nicht fassbares mikrochemisches Substrat zugrunde lag. Pathologische Ermüdungs- und Erschöpfungssymptome, der chronischen Überforderung des Individuums im Industriezeitalter zugeschrieben, wurden zur Symptomatik einer durch und durch «nervösen Epoche»: Fatalismus, Pessimismus, Reizbarkeit, übermäßige (sexuelle) Erregbarkeit, Antriebsschwäche, Beklemmung, Entkräftung, Impotenz bei Männern und Frigidität bei Frauen usw. Charakteristisch für die Jahrhundertwendezeit ist schließlich die Übernahme der pathologischen Befunde seitens der Kulturkritik und, damit einhergehend, eine Mystifikation der «Nerven» ; vgl. Keyserlings Aufsätze «Eindrücke von der Frühjahrsausstellung der Münchner Secession» und «Martin Buber».

221 *Punch glacé, Chevreuil à la providence und Timbale à la Marie Antoinette*: frz. «geeister Punsch», «Rehbraten nach Art der (göttlichen) Vorsehung» und kleine Teigpasteten nach Art der letzten Ancien-Régime-Königin Marie Antoinette (1755–1793), von frz. «Kesselpauken», bei denen Blätter- oder Mürbteig mit Pürees oder Ragouts gefüllt und in becherartigen Förmchen gegart wird. – *Hyazinthen, welche in die Fenster gestellt werden sollten*: die Liliengewächse, die rasches Werden und Vergehen symbolisieren, werden zum Blühen ans Licht gestellt. – *Vorwerk*: abseits des einstmals befestigten Herrensitzes liegender Gutshof, auf weitläufigen Domänen landwirtschaftlicher Zweigbetrieb.

222 *Birken*: im Volksglauben gilt die Birke als Sinnbild der Jugend, der Fruchtbarkeit, der Vitalität, als heiliger «Baum des Schutzes» mit magischer

Wirkung auf beseelte Geschöpfe. – *Eichen*: symbolisieren Ewigkeit und Stärke.

223 *kurz geschnittene Nägel*: zeigten als sichtbares Merkmal die Fron der schweren Handarbeit an, von der der Adel befreit war; im 14. Jahrhundert trugen Edeldamen zentimeterlange Fingernägel als Hoheitszeichen.

226 *vernossenen*: abgeleitet vom Verb «genießen», sinngemäß: dass der Genuss sich im Zuge des Genießens verliert.

227 *Fliederbüsche*: Flieder, Sinnbild erster Liebesregungen, steht für Frühlingsgefühle und tiefe Zuneigung.

229 *der Roggen war gut eingegrast*: «eingrasen» bedeutet eigentlich das Verfüttern von Frischgras (im Gegensatz zum Weiden des Viehs auf Grasland); hier wird der landwirtschaftliche Begriff anscheinend als Synonym zu «einwurzeln» verwendet. – *früher im Regiment und jetzt als Gutsbesitzer*: typischer Werdegang des preußischen Landjunkers, der als Offizier Dienst tat, ehe er auf eigenem Grund und Boden privatisierte. – *Graf Bützow*: Herr der Grafschaft von Plessen zu Bützow; eventuell auch eine innerliterarische Anspielung auf Wilhelm Raabes (1831–1910) deutsche Provinzsatire «Die Gänse von Bützow».

231 *Grobin*: lett. «Grobiņa», historische Kleinstadt in Kurland (heute: Lettland) mit wenigen Tausend Einwohnern, südlich der See- und Handelsstadt Libau gelegen; «von Grobin führt n.ö. die grosse Straße nach Hasenpot» [= in Keyserlings engere Heimat] (Baedeker Russland, S. 43). – *Anemonen*: symbolisieren Vergänglichkeit und die Passion Christi.

232 *Marri*: estn. Koseform von «Maria». – *Weißt du, was die Blume spricht?*: Volkslied unbekannter Provenienz. – *Kommis*: Handelsgehilfe.

233 *Goldlackbüsche*: Goldlack ist die Blume der Sehnsucht und «Sinnbild unwandelbarer Zuneigung» (Minna von Strantz, S. 324).

234 *La minestra è pronta!*: ital. «Die Suppe ist fertig!». – *englischen Romans*: erbauliche Unterhaltungsliteratur, die ausgehend von Samuel Richardsons (1689–1761) «Pamela; or, Virtue Rewarded» (1740–1761) europaweit Verbreitung fand und zum kulturellen Exportschlager Großbritanniens wurde. Richardsons Bestseller, von keinem Geringeren als dem Abbé Prévost ins Französische übersetzt und von Carlo Goldoni für die italienische Bühne adaptiert, veranlasste Denis Diderot 1760 zu einer «Éloge de Richardson». In Deutschland war es Friedrich Schiller, der sich in seiner Erzählung «Eine großmütige Handlung» explizit auf «Pamela oder die belohnte Tugend» und «Sir Charles Grandison», einen anderen Bestseller des Autors, bezog. Bis weit ins 19. Jahrhundert hinein verteidigte England sein Quasi-Monopol auf empfindsame Tugendromane, für die sich die synonyme Bezeichnung «englischer Roman» einbürgerte.

236 *Ah, répondit Collette, osez, osez toujours.*: frz. «Ah, antwortete Collette, wage es, wage es immerzu».

237 *Souper*: frz. «Speise», eigentlich «eine Suppe zu sich nehmen». – *Veilchenstrauß*: Symbol für unschuldige Liebe und Zartheit. – *Teschens aus Rollow*: eventuell Referenz auf das Teschen in Friedrich Spielhagens Erzählung «Platt Land» (1878).

238 *griechischen Ärmeln*: weit ausgeschnittener Faltenwurf wie bei einer Tunika, die gepufften Ärmel enden eng anliegend am Handgelenk; Schnittmuster im griechischen Stil wurden etwa von der englischen «dress-reform» um 1895 in der Zeitschrift «Aglaia» propagiert. – *Referendar*: in Ausbildung befindlicher Anwärter auf die Beamtenlaufbahn. – *Gloire de Dijon*: Kletterrose mit intensivem Teerosenduft, wegen ihrer unklaren Herkunft als Indica-, Bourbon- oder Noisetterose klassifiziert; sie wurde 1850 vom Rosenzüchter Henri Jacotot aus einem Zufallssämling gezogen und auf der Gartenbauausstellung von 1852 in Dijon präsentiert; mit ihrem üppigen, zart orangegelben Blütenflor, zum Rand hin rahmweiß, gelegentlich auch orange, apricot oder bernsteinfarben überlaufend und bei kühler Witterung rosafarben erblühend, galt die großblumige Schönheit bald als «Epoche machende Rose» (Graham Thomas). – *grandmonde*: frz. «große Welt». – *sie fand, dass die Hofsitten jetzt an Würde, ja geradezu an Würde verloren hätten*: adelige Hofkritik ist «ein seit der Renaissance bestehender Topos» (Irene Leibbrandt, S. 9); generell wurde an den deutschen Fürstenhöfen des 19. Jahrhunderts auf die penible Einhaltung der Etikette gedrungen, in Wien und München hatte sogar das spanische Hofzeremoniell Gültigkeit; nichtsdestoweniger beklagten Traditionalisten den schleichenden Kulturverfall und die Überhandnahme «verhältnismäßiger Formlosigkeit und Liberalität» (Graf Stadion), etwa was die Hoffähigkeit neu- oder gar nichtadeliger Kreise, die Erfüllung des Hofprotokolls oder die Beachtung von Rangordnungen und Reglements betraf. Häufig war dabei von der «Verbürgerlichung des Hoflebens» die Rede. Tatsächlich kam es bei Verhaltens- und Bekleidungsvorschriften vereinzelt zu Lockerungen. «1909 wurde in Preußen die Courschleppe bei manchen Festen durch bequemere Hüte ersetzt, was einige Angehörige der Hofgesellschaft als bedenklichen Bruch mit der Tradition empfinden» (Christa Diemel, S. 94). – *die hochselige Kaiserin von Russland*: Marie von Hessen und bei Rhein, als Gemahlin Alexanders II. Zarin Marija Alexandrowna (1824–1880).

239 *Tulpen- und Narzissenbeeten*: Tulpen stehen für Leben, Fruchtbarkeit, Liebe und Zuneigung, Narzissen sowohl für «Ritterlichkeit» als auch für «Eigenliebe» (Marianne Beuchert, S. 233).

240 *Preferencechen*: Diminutiv eines im östlichen Mitteleuropa weitverbreiteten Kartenspiels, das von drei Spielern gespielt wird.

241 *Spielhahnpastete*: «Spielhahn» waidmännisch für «Birkhahn». – *geradezu Moralische in Mozarts Musik*: möglicherweise Anspielung auf Rudolf Kassners Buch «Die Moral der Musik» von 1912, in dem ein expliziter Verweis auf Mozart jedoch fehlt.

243 *Gründüngung*: meint den gezielten Pflanzenanbau zur Bodenverbesserung und Unkrautbekämpfung. Der rasant ansteigende Nahrungsmittelbedarf im 19. Jahrhundert machte eine effektivere Bewirtschaftung der Felder unerlässlich; durch Melioration des Saatguts, Fruchtwechselwirtschaft und das Einsäen schnellwachsender Pflanzen, die den Ackerboden mit Stickstoff anreichern, Humus bilden und so dessen Erschöpfung unterbinden, suchten Bauern- und Rittergutsbesitzer, ihre landwirtschaftlichen Erträge zu steigern.

244 *Quinze*: frz. «fünfzehn», ursprünglich aus Spanien stammendes Karten-Glücksspiel, bei dem gewinnt, wessen Karten in Summe genau einen Zählwert von fünfzehn Punkten ergeben oder unter allen Mitspielern diesem Ziel am nächsten kommen.

246 *«Kronprinzen»*: Gaststätte, benannt nach Friedrich Wilhelm (1831–1888), seit 1861 preußischer Thronfolger, ab 1871 dann in der Doppelrolle als «Deutscher Kronprinz und Kronprinz von Preußen». – *Töchterschülerinnen*: Schulbesucherinnen einer «Höheren Töchterschule», des Vorläuferinstituts des Mädchengymnasiums, das der Sekundarstufe 1 entsprach und die allgemeinere «geistige Bildung» (Brockhaus 1896/1897) junger Frauen aus der besseren Gesellschaft befördern sollte.

249 *inkommodiert*: «belästigt», «stört», «zur Last fällt», von lat. «incommodare». – *Charles Fox*: im Erstdruck ohne «Fox». – *Das Beste im Leben ist im Spiel Gewinnen, das Nächstbeste im Spiel Verlieren*: im Original als «Winning is the greatest pleasure in the world, and losing the second greatest» überliefertes Bonmot des legendären Parlamentariers und Whig-Politikers Charles James Fox (1749–1806), der für seine Spielsucht bekannt war.

253 *Heliotrop*: eigentlich Heliotrope, auch Vanilleblume genannt wegen ihres betörenden Vanilledufts. – *Oleanderbüsche*: Sinnbild für Jugendlichkeit und Vitalität.

254 *Kreiswahlen*: im Zuge der Reichsgründung von 1871 wurden staatliche Bezirke zu Selbstverwaltungskörperschaften, repräsentiert durch Kreistag und Kreisausschuss; die Kreistagsabgeordneten wurden auf sechs Jahre gewählt und waren unter anderem für finanzielle Angelegenheiten, die Bestellung von Wahlen zum Provinziallandtag und zum Kreisausschuss zuständig. (Im Baltikum gab es keine Kreiswahlen, die immatrikulierte

Ritterschaft besetzte lokale Verwaltungsämter dort durch korporative Mehrheitsbeschlüsse.)

255 *sprachen jetzt von Rüben*: der Zuckerrübenanbau zählte neben der traditionellen Kartoffel- und Getreidewirtschaft zu den ertragreichsten Einkünften der Gutsbesitzer im ostpreußischen Oberlande; besonders gut gedieh die Rübe auf humosen Lehm- und Lössböden Schlesiens und Böhmens, erhielt durch überseeische Rohrzucker-Importe allerdings massive Konkurrenz; im Deutschen Reich gab es an die vierhundert Raffinerien, die Rübenzucker produzierten. – *Treitschke lesen*: den populären Hofhistoriografen des preußischen Staates Heinrich von Treitschke (1834–1896), der von seinem nationalliberalen Standpunkt nicht nur gegen Franzosen, Juden und Sozialdemokraten polemisierte, sondern auch gegen die deutschbaltische Herrenschicht, «weil sie ihre Nationalität behauptete und – ‹politisch vaterlandslos› – zugleich einem fremden Staatswesen diente» (Heinrich Schaudinn, S. 43); als sein Hauptwerk gilt die fünfbändige «Deutsche Geschichte im 19. Jahrhundert», erschienen zwischen 1879 und 1895.

258 *Buchsbaum*: Symbol der Liebe über den Tod hinaus.

269 *dort an der polnischen Grenze*: zweifelsfreier Hinweis auf den Handlungsort Ostpreußen (s. oben und auch die Erzählung «Bunte Herzen» im Sammelband «Landpartie», S. 323).

272 *Automobil*: Statussymbol aristokratischer Grandseigneurs, die in der Frühphase der Motorisierung zur Avantgarde zählten und im 1899 gegründeten Deutschen Automobilclub unter der Schirmherrschaft von Wilhelm II. noch vor den (nobilitierten) Finanz- und Industriebaronen eine dominante Stellung innehatten. «Die motorisierte Form der Verbindung von ‹nobility and mobility› (David Cannadine) war nur den obersten Segmenten des alten Adels möglich. Für die Lizenz als ‹Herrenfahrer› forderten die Klubstatuten eine ‹unabhängige Lebensstellung› mit einem gesicherten Einkommen [...] Dem Kleinadel blieben diese Institutionen verschlossen» (Stephan Malinowski, Vom König zum Führer, S. 130). Um 1900 gab es im gesamten Deutschen Reich an die 800 Automobile und in München 25 Inhaber einer Fahrlizenz.

274 *«Aus tiefer Not schrei ich zu dir»*: Kirchenlied von Martin Luther (1483–1546), eine Nachdichtung des Bußpsalms 130 (Ps 130), traditionell als Begräbnislied gesungen. – *den zweiten Psalm*: gemäß Lutherbibel: «Die Könige der Erde stehen auf, die Großen haben sich verbündet gegen den Herrn und seinen Gesalbten.»

281 *Erdkrebs*: Maulwurfsgrille.

Fürstinnen

Erstveröffentlichung: *Velhagen & Klasings Monatshefte*, 30. Jahrgang. Heft 5, S. 1–26 (Textanfang – «‹… wird man nicht nur glücklicher, sondern auch besser.›»), Heft 6, S. 145–176 («Nach der Abfahrt des Erbprinzen wurde gleich wieder …» – «… und ließ sich ein Schlafpulver geben.»), und Heft 7, S. 333–358 («Die Fürstin faltete den Brief …» – Textschluss), Berlin, Bielefeld, Leipzig, Wien: Velhagen & Klasing, Januar–März 1916; Einzelausgabe: Berlin, S. Fischer 1917; 7.–10. Tsd., ebd. 1917; 11.–14. Tsd., ebd. 1918; 15.–18. Tsd., ebd. 1919; 19. u. 20. Tsd., ebd. 1924; wieder in GE, RD, WE, HM.

Die Textgestalt der vorliegenden Ausgabe orientiert sich an der Einzelausgabe bei S. Fischer; schon in *Velhagen & Klasings Monatshefte* steht unter dem Werktitel trotz des romanhaften Umfangs die Gattungsbezeichnung: «Erzählung von Eduard Graf Keyserling»; in der Buchausgabe kleinere Korrekturen formaler Natur (Cousine/Kusine), neben der Tilgung von Druckfehlern besonders Vereinheitlichungen der Namensschreibung (Fürwirt/Fürwit) und der Getrennt- und Zusammenschreibung von Wörtern.

Übersetzungen:

- ins Schwedische u. d. T. *Furstinnor* (Ü: Ulla Fogde), Albert Bonniers Förlag, Stockholm 1918.
- ins Italienische u. d. T. *Principesse* (Ü: Anna Rosa Azzone Zweifel), Adelphi, Milano 1988.
- ins Französische u. d. T. *Princesses* (Ü: Jacqueline Chambon), Éditions Jacqueline Chambon, Arles 1990; u. d. T. *Altesses* (Ü: Marie-Hélène Desort, Peter Krauss), Les Édition Actes Sud 1990; wieder in: EvK, *Œuvres Choisies. Histoires de château,* Les Édition Actes Sud (Thesaurus), Arles 2012.
- ins Spanische u. d. T. *Princesas* (Ü: Carlos Fortea), Nocturna Ediciones (Noches Blancas), Madrid 2010.
- ins Englische u. d. T. *Princesses* (Ü: John B. Rutledge), Durham (North Carolina), UNC/Carolina Digital Repository, https://cdr.lib.unc.edu/

Sekundärliteratur (s. auch Literaturverzeichnis ab S. 685)
Anonym [gez. «A. Zr.»], «Fürstinnen». In: Wiener Abendpost Nr. 113, Mittwoch, 16.5.1917, S. 5.
Luisa Banki, Über die Liebe: Zu Formen und Funktionen der Geschlechterverhältnisse in Keyserlings Spätwerk, Eduard von Keyserling und die Klassische Moderne. Tagung zum 100. Todestag, Bergische Universität Wuppertal, Vortrag vom 28.9.2018; Druckfassung in Vorbereitung: Eduard von Keyserling und die Klassische Moderne, hg. v. Christoph Jürgensen, Stuttgart 2019.
Egon Dietrichstein, E. von Keyserlings «Fürstinnen». In: Prager Tagblatt, 42. Jg., Nr. 178 (Morgenausgabe), 1.7.1917, S. 5.
Heide Eilert, Das Kunstzitat in der erzählenden Dichtung: Studien zur Literatur um 1900, Stuttgart 1991, S. 237–241.
Jens Malte Fischer, Nachwort. In: Eduard von Keyserling, Fürstinnen, München 2017, S. 293–315.
Ernst Goth, Neue deutsche Bücher. In: Pester Lloyd. Morgenblatt, Budapest, Donnerstag, 7.2.1918, S. 1.
Carl Helbling, Fürstinnen. In: März – Halbmonatsschrift für deutsche Kultur, 11. Jg., Bd. 2, München 1917, S. 877–878.
Sandra Herrmann, Das Thema des unaufhaltsamen Verfalls in Eduard von Keyserlings erzählerischem Spätwerk, Hamburg 1997.
Franz Herwig, Fürstinnen. In: Hochland, 14. Jg., Bd. 2, Kempten 1917, S. 491–492.
Thomas Homscheid, «Und Kinder sind immer enttäuscht» – Kommunikationskritik und die scheiternde Emanzipation zum Glücklichsein in «Fürstinnen». In: ders., Eduard von Keyserling – Leben und Werk, Norderstedt 2009, S. 416–467.
C. T. Kaempf, Fürstinnen. In: Das literarische Echo. Halbmonatsschrift für Literaturfreunde, hg. v. Ernst Heilborn, 19. Jg. (Oktober 1916–Oktober 1917), Heft 19, 1.7.1917, Sp. 1183–1186.
Manfred Klenner/Christian Chiarcos, Süße Beklommenheit und schmerzvolle Ekstase: Automatische Sentimentanalyse in den Werken von Eduard von Keyserling. In: Christian Chiarcos

u. a., Von der Form der Bedeutung: Texte automatisch bearbeiten, Tübingen 2009, S. 91–97.
Florian Krobb, Der Abschied vom endlosen Sommer. Eduard von Keyserlings «Fürstinnen» als Kriegserzählung. In: Else-Lasker-Schüler-Jahrbuch zur klassischen Moderne, hg. v. Lothar Bluhm/Andreas Meier, Trier 2009, Vol. 4, S. 145–158.
Karoline Lehmann, Die Bedeutung des Todes im Spätwerk Eduard von Keyserlings, Hamburg 1997.
Hermann Menkes, Moderne Erzähler. In: Neues Wiener Journal, Nr. 8475, Dienstag, 5.6.1917, S. 3.
Ulrike Peter, Das Frauenbild im Erzählwerk Eduard von Keyserlings. Darstellung an ausgewählten Erzählungen und Romanen, Essen 1999, S. 151–188.
Ronald Pohl, Neuausgabe von Keyserlings «Fürstinnen». Der betörende Dekadenzroman von Eduard von Keyserling erschien erstmals 1917: ein Werk jenseits aller Moden. In: Der Standard, Wien, 16.8.2017.
Irmtraud Ubbens, Motive der Décadence in Eduard von Keyserlings Roman «Fürstinnen». In: Studia Germanica Gedanensia/Uniwersytet Gdański, Gdańsk 2000, Vol. 8, S. 61–75.
Rolf Vollmann, Die wunderbaren Falschmünzer. Ein Roman-Verführer, Frankfurt am Main 1997, S. 880.

Dieses Werk spielt nicht wie die allermeisten Schlossgeschichten Keyserlings im kleinadeligen Junkermilieu, sondern in der exklusiven aristokratischen «purpurnen Welt» (Arno J. Mayer, S. 88) des dynastischen Hochadels, was «Fürstinnen» atmosphärisch mit den einige Jahre zuvor erschienenen Erzählungen «Prinzessin Gundas Erfahrungen» (1910) und «Das Landhaus» (1913) verbindet (s. «Landpartie. Gesammelte Erzählungen», S. 382–392 u. 485–494). Als Handlungsort ist zweifelsfrei das ostelbische, wahrscheinlich ostpreußische Terrain des Deutschen Reichs identifizierbar. Gleich im allerersten Absatz wird die Herrschaft Gutheiden, wohin sich die Fürstin mit ihren Töchtern zurückgezogen hat, «im Osten des

Reiches» lokalisiert – bei Letzterem kann es sich schlechterdings nur um das Deutsche Kaiserreich handeln. Dass in der Sekundärliteratur oft Keyserlings Heimat als Handlungsort ausgewiesen wird, kann nur auf Unkenntnis der historischen Gegebenheiten basieren. Kurland war ebenso wie Liv- und Estland bis zum Ersten Weltkrieg ein zum russischen Reich gehöriger Landesstaat, von der hier landsässigen Ritterschaft regiert in autonomer Selbstverwaltung, d.h. fern und unbehelligt von deutschen Hochadelsgeschlechtern, folglich residenzloses Territorium (s. Editorische Notiz). Landesfremden, nicht in den Adelsmatrikeln von Kur-, Liv- und Estland sowie Ösel verzeichneten Edelleuten war Grundbesitz im Baltikum per Gesetz untersagt. Kurzum: Es gab in den Ostseeprovinzen des Zarenreichs keine Kammergüter und sonstigen fürstlichen Besitzstände, geschweige denn einen «Hof», sondern bloß Rittergüter der seit Jahrhunderten hier angestammten Grafen, Barone und (nichtadeligen) Landsassen und da und dort russische Staatsdomänen. Die Verortung der diversen Romanschauplätze innerhalb der Grenzen des Deutschen Reichs wird durch eine ganze Reihe reichstypischer Realien («Birkensteiner Hof», «Tirnow», «Schlochtin», «Kreuzzeitung», «siebziger Krieg», «Regierung» usw.) und Hochadelstitulaturen («Fürstin», «Prinzessin», «Großherzog», «Erbprinz», «Hofdamen», «Oberhofmeisterin» usw.) gestützt. Auch wäre es einer Dame aus kurländischem Adel nie in den Sinn gekommen, in Russland eine «unbekannte Ferne» zu sehen, war die Herrschaftsschicht in den russischen Generalgouvernements Kurland, Livland, Estland und Ösel traditionellerweise doch viel besser mit dem St. Petersburger Zarenhof vertraut als mit dem deutschen Kaiserhof im fernen Berlin. Hinsichtlich der Datierung der Romanhandlung ist wie in manch anderen Erzählungen Keyserlings das Automobil aufschlussreich. Jens Malte Fischer hat darauf hingewiesen, dass auch Graf Streith ein solches besitzt, und folgert daraus, «dass ein Zeitraum um 1910 als Handlungsspielraum angenommen werden darf, denn vorher waren Automobile auf Gütern im Osten des Reiches kaum vorstellbar» (S. 305). Die Tatsache, dass man sich über die Gesundheit des Großherzogs von Mecklenburg unterhält, wohinter sich mit an Sicherheit grenzender Wahrscheinlichkeit Friedrich Franz III. verbirgt (s. Stellenkommentar zu S. 348), spricht allerdings dafür, die Handlung auf die Jahre 1895 bis 1897 zu datieren. Die Weltkriegsthematik wird in «Fürstinnen» zwar nicht offen verhandelt wie in etlichen der nach 1914 entstandenen Erzählungen – von «Schützengrabenträume» bis «Im stillen Winkel» (in «Landpartie», S. 504–653) –, ist sehr wohl aber unterschwellig präsent, wie Florian Krobb zeigt. Indem er Keyserlings Schlossgeschichte «als Kriegserzählung» und «als hochbrisante[n] Gegenwartstext» liest, gelangt er zu der Erkenntnis: «Die fiktive Welt in ‹Fürstinnen› ist eine psychologische Schreckenslandschaft, in der ihr Autor über die Schilderung der mentalen Zuständlichkeit seiner Gemeinschaft die Psychologie des Kriegsausbruchs analysiert. Er tut dies in einem ‹Staatsroman›, der repräsentative und politische Aussagekraft für sich beansprucht. Die fiktive Welt der ‹Fürstinnen› ist von absoluter Paralyse gekennzeichnet» (S. 156 f.).

283 *Fürstin*: Adelsdame der (deutschen) Hocharistokratie. – *von Neustatt-Birkenstein*: fiktives, vom Autor frei erfundenes Fürstengeschlecht, gleiches gilt für dessen Residenzort (s. S. 354: *Birkensteiner Hof*). – *Major a. D.*: Major «außer Dienst». – *keinen männlichen Nachkommen*: im deutschen Adel galt mit wenigen regionalen Ausnahmen das Primogenitur-Prinzip, wonach der älteste Sohn als Alleinerbe oder, in herrschenden Fürstenhäusern, in der Regentenfolge zum Zuge kam; Töchter waren nach dem alten fränkischen Recht «Lex Salica» von der Erbfolge ausgeschlossen. – *Witwenapanage*: auch «Wittum», die im Ehekontrakt festgesetzte Dotation einer Fürstin im Witwenstand. – *Mittel für ein standesmäßiges Leben*: der Versorgungsanspruch einer Fürstenwitwe umfasste eine jährliche Rente für den eigenen standesgemäßen Lebensunterhalt sowie den der noch nicht volljährigen Söhne und unverheirateten Töchter, ferner Naturalienbezug aus Gutserträgen sowie Nutznießungs- und Residenzrechte; «reiche Adelsfamilien hatten eines ihrer Güter traditionell als Witwensitz ausgewiesen … Das Wittum war uneingeschränkter Besitz der Frau, konnte allerdings nicht veräußert werden. Verheiratete sie sich wieder, verlor sie das Anrecht darauf. Nach ihrem Tod ging es an die Familie des Mannes zurück» (Christa Diemel, S. 54). Alle außerordentlichen Auslagen wie die Mitgiften für die Töchter mussten zur Gänze aus dem väter-

lichen Erbe bestritten werden, respektive aus dem, was es an Erträgen abwarf. Hinsichtlich der Rangordnung büßten Adelswitwen zwar weder Hoffähigkeit noch Präzedenz ein, sondern «behielten den Rang ihrer verstorbenen Männer, folgten aber innerhalb der Rangkategorie den verheirateten Frauen» (ebd., S. 70).

284 *Debet*: «gleichbedeutend mit Soll, bezeichnet den Schuldner und ist dem Kredit (s. d.) entgegengesetzt» (Kaufmännisches Miniaturlexikon, S. 79). – *Kredit*: «Leistung gegen Versprechen, bzw. Leistung gegen Rückleistung mit zeitlichem Zwischenraum» (ebd., S. 203). – *Saldo*: «die Differenz der Totalsumme vom Soll und Haben» (ebd., S. 332). – *byzantinischer Madonnen*: verweist einerseits auf klassische Muttergottes-Darstellungen in der christlichen Ikonenkunst von Byzanz, etwa die Madonna Hodegetria («die Wegweiserin»), die Madonna Blacherniotissa («die Fürbittende»), die Madonna Glykophilusa («die süß Küssende»), die Madonna Nikopoia («die Siegbringende») oder die Madonna Psychosostria («die Seelenretterin»), andererseits war «Byzantinismus» damals in der reichsdeutschen Gesellschaft eine stehende Redewendung für die kriecherische Unterwürfigkeit der Hofkamarilla Wilhelms II. – *Prinzessinnen*: weibliche, nicht regierende Mitglieder eines Fürstenhauses. – *um die Gesellschaften mitzumachen*: das Absolvieren der Ballsaison in den kleinen und großen Höfen des Deutschen Reichs gehörte zu den alljährlich zur Karnevalszeit anstehenden Lustbarkeiten der Aristokratie und war zugleich eine Art gesellschaftliches Pflichtprogramm. – *Großfürsten*: russischer Hochadelstitel; «früher Titel der Beherrscher von Moskau sowie einiger andern russischen Fürsten, z.B. derjenigen von Kiew und Nowgorod, der Beherrscher von Litauen und daher später auch der Könige von Polen. Gegenwärtig nennt sich der Kaiser von Rußland ‹G. von Smolensk, Litauen, Wolhynien, Podolien und Finnland›, und auch alle Prinzen und Prinzessinnen seines Hauses führten seither G. und Großfürstin in Verbindung mit dem Prädikat ‹Kaiserliche Hoheit›. Nach einer Modifikation der kaiserlichen Hausordnung vom Juli 1886 soll der Titel G., Großfürstin und Kaiserliche Hoheit fortan jedoch nur den Söhnen, Töchtern, Brüdern und Schwestern des Kaisers sowie dessen Enkeln männlicher Nachkommenschaft zustehen» (Meyers Konversationslexikon, S. 843). – *Großherzog*: Lehnübersetzung des ital. «granduca», der unter der Königswürde zweithöchste Adelsrang, erst durch Napoleon Bonaparte (1769–1821) in die deutsche Nomenklatur eingeführt.

285 *diese schreckliche Ziegelfabrik*: Anspielung auf die zunehmend prekäre Wirtschaftslage des (hoch)adeligen Grundbesitzes um 1900 und die Unwägbarkeiten der ökonomischen Diversifikation durch gutseigene

Produktionsstätten, die der Subventionierung der beträchtlichen Unterhalts- und Repräsentationskosten einer Adelsfamilie dienen sollte; im Unterschied zur rasanten Plutokratisierung der Adelskultur Oberschlesiens oder Böhmens, wo begüterte Magnaten ihre landwirtschaftlichen Überschüsse schon früh in industrielle Erwerbszweige reinvestiert hatten und durch renditeorientierte Kapitalakkumulation binnen weniger Jahrzehnte zu den tonangebenden Großindustriellen des Landes geworden waren, wirtschaftete die altpreußische Aristokratie (von wenigen Ausnahmen abgesehen) mit Brennereien, Bergwerken, Kohlengruben, Glashütten oder Dampfziegeleien nach Gutsherrenart, als Güterproduzent im Nebenerwerb oder zur Deckung des Eigenbedarfs. «Von den technischen Neuerungen hatten die Ziegeleien für die Entwicklung der einzelnen Gutsbetriebe die größte Bedeutung. Durch das Vorhandensein einer eigenen Ziegelei war das Gut in der Lage, seine eigenen Drainageröhren zu brennen und die Gebäude nach moderner Art umzubauen, Lehmschlagbauten durch steinerne zu ersetzen, die Strohdächer und Schindeldächer verschwinden zu lassen. Durch gute Arbeiterwohnungen wurde die Möglichkeit geschaffen, leichter menschliche Arbeitskräfte zu gewinnen» (Graf Arndt von der Pahlen, S. 94). – *Don Quichote*: der als «Ritter von der traurigen Gestalt» berühmt gewordene Held der Romansatire von Miguel de Cervantes (1547–1616), über dessen Aussehen es im ersten Kapitel heißt: «Unser Edelmann war an die fünfzig Jahre alt, von zähem Leib, hagerem Wuchs, hohlen Wangen ...» (Miguel de Cervantes Saavedra, Der geistvolle Hidalgo Don Quijote von der Mancha, I, S. 29). – *Hofmarschall*: oberster Verwaltungsbeamter an einem Fürstenhof, stets adeliger Abkunft. – *Automobil*: in der Anfangsphase der Motorisierung exklusives Statussymbol von Grandseigneurs, die im 1899 gegründeten Deutschen Automobilclub unter der Schirmherrschaft des technikbegeisterten Wilhelm II. noch vor den (nobilitierten) Finanz- und Industriebaronen eine Vorrangstellung einnahmen. «Die motorisierte Form der Verbindung von ‹nobility and mobility› (David Cannadine) war nur den obersten Segmenten des alten Adels möglich. Für die Lizenz als ‹Herrenfahrer› forderten die Klubstatuten eine ‹unabhängige Lebensstellung› mit einem gesicherten Einkommen [...] Dem Kleinadel blieben diese Institutionen verschlossen» (Stephan Malinowski, S. 130). – *Falben*: Pferde mit hellem Körper, dunklerer Mähne, Aalstrich (Rückenlinie entlang der Wirbelsäule), Schulterkreuz und Schweif. – *so muss der Wald herhalten*: selbst auf prosperierenden Domänen war für den Gutseigentümer schnelles Geld zur Schuldentilgung nur aus Forstbeständen zu ziehen, wobei Raubbau am Wald durch Kahlschlag ohne Wiederaufforstung nicht selten auf den Verlust der Gesamtprofitabilität eines Landgutes und in weiterer Folge auf eine akute Gefährdung der landadeligen Existenz hinauslief.

286 *sie reichte ihm ihre Hand hinüber, die er küsste*: die dem Subalternen zum Kuss dargereichte Hand galt nach traditioneller Etikette als Gunstbeweis, der (angedeutete) Handkuss als Ausdruck besonderer Ehrerbietung. – *Karlstadt*: fiktive deutsche Residenzstadt (s. S. 331: *nach Karlstadt an den herzoglichen Hof*). – *Eine unverheiratete Prinzessin ist nirgends am Platz*: lag es u. a. im ökonomischen Interesse adeliger (wie auch nichtadeliger) Familien, die weibliche Nachkommenschaft durch Eheschließung möglichst gut versorgt zu sehen, so musste der dynastische Adel seit jeher darauf bedacht sein, durch standesorientierte, endogame Heiratspolitik «symbolisches Kapital» (Pierre Bourdieu) zu akkumulieren und auf dem Wege ebenbürtiger Verbindungen mit anderen aristokratischen Geschlechtern den eigenen machtpolitischen Einfluss zu mehren. Für «adlige Fräulein» bedeutete unvermählt zu bleiben und zur «alten Jungfer» zu werden einen beträchtlichen Ansehensverlust sowie den unwiderruflichen Verzicht auf ein eigenes gesellschaftliches Leben. – *diese unbekannte Ferne … Russland mein Gott! das ist so dunkel und unbekannt*: der Vorbehalt, das Russische Reich als Terra incognita zu sehen, ist ein klares Charakteristikum der reichsdeutschen Aristokratie; die immatrikulierten Geschlechter der russischen Ostseeprovinzen hingegen standen nach eigenem Verständnis in einem Vasallenverhältnis zum Zaren, dienten in dessen Armee und unterhielten traditionell glänzende Beziehungen zu Petersburger Adels- und Regierungskreisen; zudem «sind zahlreiche Ehen zwischen den Angehörigen des baltischen Adels und Russen bzw. Russinnen geschlossen worden. Die Kinder aus diesen Ehen sind in den allermeisten Fällen orthodox getauft worden, und spätestens die zweite Generation war bereits völlig russifiziert» (Georg Hermann Schlingensiepen, S. 5).

288 *Hoheit*: Anrede an eine fürstliche Standesperson. – *Boudoir*: Ankleidezimmer einer Dame. – *Couchette*: kleines liegenartiges Möbelstück, für kurze Ruhepausen gedacht. – *englischen Roman*: erbauliche Unterhaltungsliteratur, die, ausgehend von Samuel Richardsons (1689–1761) «Pamela; or, Virtue Rewarded» (1740–1761), europaweit Verbreitung fand und zum kulturellen Exportschlager Großbritanniens wurde. Richardsons Bestseller, von keinem Geringeren als dem Abbé Prévost ins Französische übersetzt und von Carlo Goldoni für die italienische Bühne adaptiert, veranlasste Denis Diderot 1760 zu einer «Éloge de Richardson». In Deutschland war es Friedrich Schiller, der sich in seiner Erzählung «Eine großmütige Handlung» explizit auf «Pamela oder die belohnte Tugend» und «Sir Charles

Grandison» bezog. Bis weit ins 19. Jahrhundert hinein verteidigte England sein Quasi-Monopol auf empfindsame Tugendromane, für die sich die synonyme Bezeichnung «englischer Roman» einbürgerte.

289 *Sellerie und Porree*: «Mit dem Küchengarten reicht die plebejische Welt der Dienstboten in den aristokratischen Bereich des Parks hinein, die bei Keyserling für die ungehemmte sexuelle Befriedigung steht. Die Mädchen erreichen diesen Bezirk zwar nicht, doch wehen immerhin die Düfte von Sellerie und Porree als unästhetische, aber ‹scharfe› Stimulantien herüber. Der Sellerie zumindest gilt im Volksglauben als Aphrodisiakum» (Horst Thomé, «Autonomes Ich», S. 530). – *Sphinxaugen*: Attribut der Femme fatale; seit dem 18. Jahrhundert galt die Sphinx als Archetyp des Rätselhaften, im Fin de Siècle wurde sie zur Symbolgestalt verhängnisvoll-abgründiger Weiblichkeit.

290 *Peau d'Espagne*: maskuliner, würzig-ledriger Duft aus der florentinischen Officina Profumo Farmaceutica di Santa Maria Novella aus dem Jahr 1901, laut dem britischen Sexualforscher Ellis Havelock «a highly complex and luxurious perfume» (S. 75), benannt nach den betörend duftenden Lederstückchen, die traditionellerweise mit einem Gemisch aus Rosen- und Lavendelöl, Verbenen, Sandelholz, Bergamott, Neroli, Zimt, Nelken sowie Zibet- und Moschusaromen präpariert und dann in Seide oder Satin eingenäht wurden. – *Heliotrop*: eigentlich Heliotrope, ein aus den Essenzen der weißen Vanilleblume gewonnener klassisch-leichter Duft aus der 1830 gegründeten Pariser Parfümerie Ed. Pinaud. – *der Petersburger Hof ist der ausgelassenste Hof in Europa*: die Zarenresidenz galt als exklusivste und verschwenderischste aller europäischen Herrschersitze, weit vor den Hohenzollern und den übrigen deutschen Fürstenhöfen; allenfalls die Habsburger Hofhaltung konnte es mit der der Romanows aufnehmen. – *Tirnow*: möglicherweise Anspielung auf Gut Tornow in Brandenburg.

291 *Kadett*: Zögling einer Erziehungs- und Disziplinierungsanstalt, in der noch vor der Wissensvermittlung die Förderung soldatischer Zucht oberste Priorität hatte. «Obwohl militärische Fächer erst in der Oberstufe begannen, durchdrangen militärische Atmosphäre und Wertvorstellungen das ganze Korps. Die Kadetten wussten, dass ihren Vorgesetzten mehr an ‹Charakter› und anderen militärischen Tugenden lag als an akademischer Brillanz … Der ländliche Hintergrund der meisten Jungen erzog zu Zähigkeit und Selbstvertrauen, und das im Kadettenkorps durchgesetzte Wertesystem war dem Junkerjungen vom Vater und dem Elternhaus vertraut» (Dominic Lieven, S. 227 ff.). – *Professor Wirth vom städtischen Gymnasium*: im Unterschied zu den englischen Pairs, die ihren

Nachwuchs auf exklusive Internatsschulen wie Eton schickten, beschäftigte man im deutschen Hochadel Hauslehrer.

292 *tiefe Knickse*: der Knicks «en passant» durch Zurücksetzen eines Fußes bei gleichzeitiger tiefer Verneigung von Oberkörper und Kopf war die obligatorische Huldigungsgeste für Frauen aus dem Volk bei Ansichtigwerden einer hochadeligen Person. – *Schlochtin*: möglicherweise Namenskopplung von Schlochau (poln. «Człuchów»), eine westlich von Marienwerder in der Provinz Westpreußen gelegene Stadt, und Stettin (poln. «Szczecin»), Hauptstadt der preußischen Provinz Pommern.

293 *Baron*: dem deutschen Freiherrn gleichgestellter französischer Adelstitel, unterhalb dem des Grafen rangierend. – *Linden*: Symbol der romantischen, heimlichen Liebe.

294 *Backenbart*: hatte im Vormärz das Tragen eines Backen-, Oberlippen- oder Kinnbarts noch als Erkennungszeichen freiheitlich-demokratischer Gesinnung gegolten, der Vollbart gar als klassenkämpferisches Accessoire (die Reaktion gipfelt 1846 in einem Bartverbot für preußische Referendare und Postbeamte), vollzog sich ab der Jahrhundertmitte ein grundlegender Wandel, die Okkupation des Revoluzzer-Emblems durch das konservative Lager; Barttrachten wurden zum legitimistischen Hoheitszeichen, etwa in der Nachahmung des Schnauzbarts samt wild wuchernden Koteletten von Kaiser Wilhelm I. (1797–1888). – *schneeweißen Perücke*: Reminiszenz an die Epoche des Sonnenkönigs Ludwig XIV. (1638–1715), in der eine weiße Perücke die Würde des Trägers symbolisieren sollte. – *Ah ma pauvre petite!*: frz. «Ach meine arme Kleine». – *Kranke pflegen*: Krankenpflege war eine spezifische Domäne der Edeldamen, «da die Caritas als eine aristokratische Tugend galt» (Chelion Begass/Johanna Singer, S. 217). Keyserlings jüngere Schwester Magda (1856–1934) war zwischen 1899 und 1914 Oberin der Diakonissenanstalt in Mitau, seine Nichte Helene (1879–1919) Krankenschwester und Oberin des Mellinschen Stifts in Dorpat.

295 *Halma*: griech. «Sprung», Brettspiel, das angeblich schon in der Antike bekannt war und von zweien mit je 19 oder von vieren mit je 13 Steinen verschiedener Farbe auf einem Schachbrett von 256 Feldern gespielt wird; 1883 von einem US-amerikanischen Arzt wiederentdeckt.

296 *Ce n'est rien pour les petites princesses*: frz. «Das ist nichts für kleine Prinzessinnen». – *Vikomte*: eingedeutschte Schreibung von frz. «Vicomte», «Graf». – *Rosen und Levkojen*: symbolisieren Vollkommenheit und Schönheit sowie immerwährende Zuneigung

301 *Lakaien*: livrierte Diener in einem herrschaftlichen Haushalt.

304 *Tannen*: Sinnbild für Fruchtbarkeit und Unsterblichkeit, Stärke und Treue.

305 *on étouffe*: frz. «man erstickt». – *wir müssen nur in die Johannisbeeren gehen*: im Volksglauben galt ein Stelldichein unterm Johannisbeerstrauch als gutes Omen für beständige Liebe.

307 *Subordination*: von lat. «subordinatio», «Unterordnung», «Gehorsam».

308 *Diskant*: hohe Stimme. – *Kürass*: von frz. «cuirasse», «Harnisch», «Brustpanzer» aus Leder.

310 *Protektormiene*: Beschützermiene.

311 *das Hofleben, diese Welt der kleinen Wichtigkeiten*: Anspielung auf die pedantische Etikette und den Dünkel der Höflinge. – *Stakkato prestissimo*: ital. im Sinne von «rasend schnell und abgehackt gespielte Notenfolge». – *Orgelpunkte*: gleichbleibende Tonikagrundtöne im Bass, über denen die Oberstimmen harmonisch frei variieren.

312 *Erbprinz*: Adelstitel für den im Erbgang eines souveränen oder standesherrlichen Fürstenhauses an erster Stelle stehenden Prinzen oder Agnaten (d. h. männlichen Blutsverwandten).

313 *Föhrenschonung*: Föhren symbolisieren Selbstzucht, Beständigkeit und Langlebigkeit.

316 *Landauer*: viersitzige Kutsche mit aufklappbarem Verdeck, herrschaftliches Statussymbol. – *Exzellenz*: traditionell dem Fürstenstand vorbehaltenes Ehrenprädikat, vom lat. «excellentia» für «Vortrefflichkeit».

317 *Assessor*: Beamter im höheren Dienst vor Verleihung des ersten Amtes. – *Referendar*: in Ausbildung befindlicher Anwärter auf die Beamtenlaufbahn. – *mit großen Schnurrbärten*: in der zweiten Hälfte des 19. Jahrhunderts waren Barttrachten zum sichtbaren politisch-weltanschaulichen Bekenntnis preußischer Konservativer geworden (s. oben): bei Militärs der zur «Bürste» gestutzte Schnurrbart als Attribut couragierter Männlichkeit. – *Frau Staatsanwalt*: das Amt des deutschen Staatsanwalts gab es reichseinheitlich seit der Einführung der ersten Reichsstrafprozessordnung im Jahre 1877. (In den russischen Ostseeprovinzen lag die Rechtspflege in der Hand der jeweiligen Ritterschaften, und selbst nach Einführung der russischen Gerichtsverfassung und Prozessordnung 1889 existierte im autokratisch regierten Zarenreich die Institution einer Staatsanwaltschaft nicht.)

318 *Landrat*: preußischer Staatsbeamter zur Vollziehung von Regierungsverfügungen, noch bis 1871 vom König aus dem Dreiervorschlag des jeweiligen Kreistages ernannt, weshalb sich die Landräte Ostelbiens auch im Kaiserreich vorzugsweise aus der Schicht des begüterten Adels rekrutierten. Die politische «Attraktivität für die Junker lag in der Mittlerfunktion zwischen lokaler und staatlicher Verwaltung, die dem Landrat einen verhältnismäßig breiten Spielraum ließ» (Sabine Wehking, S. 398).

Die sich Ende des 19. Jahrhunderts zuspitzenden Differenzen zwischen Berliner Reichsbürokratie und Landadeligen in der Provinz verlangten dem Amtsinhaber allerdings auch hohes diplomatisches Geschick beim Ausgleich zwischen Regierungsverfügungen und Standesinteressen ab. Inzwischen vom demokratischen Kreistag gewählt, «blieb der Landrat eine besondere und in den östlichen Provinzen stets aus dem Junkertum stammende Persönlichkeit, die sich von der übrigen Staatsverwaltung durch ihre Herkunft und das Ethos, das sie in ihr Amt brachte, unterschied» (Dominic Lieven, S. 284). – *regneten weiße Blüten auf die Gesellschaft nieder*: Bildzitat aus dem Gemälde des italienischen Meisters Antonio da Correggio (1489–1534) von 1531/1532, auf dem Danaë die Liebe des in Gestalt einer goldenen Wolke erscheinenden Jupiter als Goldregen empfängt (s. Keyserlings Erzählung «Harmonie»).

319 *dejouriert*: von frz. «jour»: «den Tag zubringt». – *Hans Heiling*: Titelgestalt der gleichnamigen Oper des deutschen Komponisten Heinrich Marschner (1795–1861) und seines Librettisten Eduard Devrient (1801–1877) nach einer Romanvorlage von Christian Heinrich Spieß (1755–1799), ein Erdgeist, der vergeblich versucht, sich im Menschenreich zurechtzufinden. – *Buchenstamm*: die Buche galt im Volksglauben als Baum mit lebenspendenden, magischen Kräften. – *«Vorrei morir nella stagion' dell'anno»*: ital. «Ich möchte sterben vor Ablauf des Jahres»; Lied von Francesco Paolo Tosti (1846–1916), italienischer Gesangslehrer, Geiger und vor allem Komponist von teilweise bis heute populären Gesangsstücken. Der Text des zitierten Lieds drückt den Wunsch aus, in der Jahreszeit zu sterben, in der das Jahr am schönsten ist. – *Bühne*: adeliger Distinktionsreflex gegen eine subalterne, unter Wirkungszwang stehende Chanteuse, die mit ihrem Gesang die bürgerlich-sentimentale Gefühlskultur bedient. Auch dass die «Frau Staatsanwalt» nicht gemäß ihrem gesellschaftlichen Rang, sondern durch ihr bloßes Vortragstalent zum gefeierten Mittelpunkt der Szene wird, mag den Vorbehalt der Gräfin schüren. Darin manifestiert sich ein grundsätzliches Konkurrenzverhältnis zwischen aristokratischer Repräsentation und dem «Virtuosentum der Selbstdarstellung» (s. Klaus Laermann, Die riskante Person in der moralischen Anstalt), der künstlerischen Rollenanmaßung: Standespersonen stellen dar, indem sie sind. Bühnenexistenzen sind (nur), indem sie darstellen. – *«Deutschland, Deutschland über alles»*: August Heinrich Hoffmann von Fallerslebens (1798–1874) «Deutschlandlied», 1841 in der Rheinkrise als Reaktion auf französische Gebietsansprüche auf das Rheinland gedichtet.

320 *Souper*: von frz. «souper», eigentlich «eine Suppe zu sich nehmen»; Mahlzeit.

321 *Enaksgeschlechte*: ein durch das Alte Testament überliefertes Geschlecht von Riesen, benannt nach ihrem Stammvater Enak.

324 *Sanssouci*: frz. «ohne Sorge»: Hohenzollernschloss im Stil des Rokoko, das Friedrich II. (1712–1786) in den Jahren 1745 bis 1747 als Sommerresidenz in Potsdam errichten ließ. – *Hofdamen*: für weibliche Adlige einer der wenigen schicklichen Berufe, bei dem höfische Repräsentation, Konversation, Geselligkeit und andere vornehmere Dienstbarkeiten verlangt wurden, und für die Heiratswilligen unter ihnen zugleich eine verheißungsvolle Anstellung auf Zeit, die ihnen im Idealfall eine standesgemäße Ehe bescherte. – *Dahlien*: symbolisieren Erneuerung und Stärke.

326 *N'est-ce pas, il est beau, mademoiselle?*: frz. «Nicht wahr, er ist schön, Fräulein». – *Oh, Altesse, superbe*: frz. «Oh, Hoheit, prachtvoll».

328 *Fürstenerziehung*: hauptverantwortlich kümmerten sich bestallte Prinzenerzieher, in der Regel selbst fürstlichen Geblüts, um Persönlichkeitsbildung, standesgemäße Erziehung und Vermittlung des aristokratischen Wertekanons.

329 *Wir müssen ja sonst unsere Gefühle verstecken*: auf die Fähigkeit zur Affektkontrolle, zur unbedingten Wahrung des Dekors, eine unabdingbare Kardinaltugend des Herrenstandes, zielte die gesamte adelige Erziehungsarbeit ab. «Die Tragik des Adels, wie Keyserling ihn schildert, liegt im Verbot und/oder Verlust emotionaler Spontaneität» (Peter Sprengel, «Das erzählerische Werk», S. 174). – *«Füllest wieder Busch und Tal / Still mit Nebelglanz, / Lösest endlich auch einmal / Meine Seele ganz»*: erste Strophe von Johann Wolfgang von Goethes (1749–1832) Gedicht «An den Mond» (1778, in Neufassung 1789).

330 *sublime*: frz. «erhaben».

331 *Schillers «Räuber»*: in Friedrich Schillers (1759–1805) 1782 in Mannheim uraufgeführtem Sturm-und-Drang-Drama, einer Familientragödie, intrigiert der Zweitgeborene («Franz heißt die Kanaille») auf schurkenhafte Weise gegen seinen älteren Bruder Karl, Lieblingssohn des leichtgläubigen, weltfremden Grafen Maximilian Moor. Karl, ein idealistischer Heißsporn, der an der Ungerechtigkeit der Welt und an der eigenen Zurücksetzung durch den Vater irr wird, wütet daraufhin als Hauptmann einer Räuberbande im Furor des gesetzlosen Rächers und erkennt erst spät mit schmerzlicher Klarheit, dass er schreckliche Schuld auf sich geladen hat. In der Rezeptionsgeschichte des 19. Jahrhunderts überwiegt die Lesart des Bühnenklassikers als historisches Rührstück über eine verirrte schöne Seele. Zum «Identifikationserlebnis» der Prinzessin Marie schreibt Heide Eilert: «In dem rebellischen Sturm- und Drang-Helden aus Schillers Drama kann sie zum einen in verzerrender Übersteigerung ihren

eigenen Protest, ihre eigenen Ausbruchswünsche, ihre eigene Sehnsucht nach Freiheit und Abenteuer gespiegelt finden. Andererseits schärft gerade dieses Drama, dessen Sujet in einem so scharfen Kontrast zu ihrer eigenen Lebenswelt zu stehen scheint, den Blick für eine überraschende Konvergenz: Auf der obersten Sprosse der sozialen Leiter muss Marie sich als nicht minder isoliert und erbarmungswürdig, als vom normalen Lebensglück ebenso ausgestoßen empfinden wie der Räuberhauptmann Moor auf der Bühne.» Im Außenseiterlos des Karl Mohr spiegle sich das von Felix von Dühnen, wodurch Schillers Drama der Zuseherin zugleich «die Konsequenzen von ‹Insubordination› und Rebellion, dem trotzigen In-Frage-Stellen einer überkommenen Gesellschaftsordnung vor Augen» führe. Dadurch offenbare «die Betroffenheit der fürstlichen Zuschauerinnen die heimliche Affinität zwischen dem Schein der Bühnenwelt und der formalen, repräsentativen Existenzform ihres Standes, die Einsicht in das eigene ‹Rollendasein›» (S. 239 f.). Zudem weist Eilert auf eine interessante Analogie hin: Eine ganz ähnliche Theaterszene finde sich in Herman Bangs Erzählung «Ihre Hoheit» (aus den «Exzentrischen Novellen», 1905 in deutscher Übersetzung erschienen). Dort ist es der Hauptdarsteller von Friedrich Schillers «Don Carlos», der die Titelfigur – bezeichnenderweise ebenfalls eine Prinzessin mit Namen Maria Karolina – identifikatorisch in Bann zieht.

333 *Vis-à-vis*: frz. «gegenüber». – *Studentenszene*: damit könnte der Gründungsakt der Räuberbande im I. Akt, 2. Szene gemeint sein. Moors Kompagnon Spiegelberg sagt an späterer Stelle über ihr «Korps Kerles»: «itzt sind unserer achtundsiebzig, meistens ruinierte Krämer, rejizierte Magister und Schreiber aus den schwäbischen Provinzen» (II/3).

336 *es ist schwer, Kamelien in Spargelbeeten zu ziehen*: botanisches Sinnbild für den Kontrast einer nur auf Repräsentation und Prunkentfaltung ausgerichteten höfischen Aristokratie (Kamelien) und dem rural-erdverbundenen Provinzadel auf seinen Landgütern (Spargelbeeten); die aus Südchina stammende Kamelie, die Lieblingsblume von Kaiserin Joséphine (1763–1814), der Gattin Napoleons, wurde im 19. Jahrhundert zum Hoheitszeichen adliger Gartenkultur. – *Äpfel*: Symbole des Sündenfalls, aber auch der Erlösung. – *Herbstpaletot*: frz. «Obergewand», ursprünglich modischer Herrenmantel, ab 1860 wurden die leicht taillierten Modelle auch für Damen geschneidert.

337 *Kreuzzeitung*: die «Neue Preußische Zeitung», die im Titelblattkopf das Eiserne Kreuz zeigte, Organ des preußischen Ultrakonservatismus. – *Ich glaube, mit den Balkanvölkern werden wir noch manches erleben*: das konfliktreiche Vielvölkergemisch entwickelte sich zum Brandherd Alteuropas, wie

sich an den beiden Balkankriegen 1912 und 1913 zeigte, ehe dann 1914 von hier die Initialzündung für den Ersten Weltkrieg ausging.

338 *Radfahreranzug*: nach englischem Vorbild galt Fahrradfahren als «Liebhaberei und Zeitvertreib des Gentleman» (Ann-Katrin Ebert, S. 154) sowie all jener, die sich ein Rad samt Montur, Hüten und Strümpfen leisten konnten und die über ausreichend Freizeit verfügten; ebenfalls aus England stammte die «Unterscheidung in ‹amateurs› und ‹professionals› beziehungsweise in ‹Herrenfahrer› und ‹Berufsfahrer›» (ebd., S. 155).

339 *Durchlaucht*: Adelsprädikat und zugleich Anrede, wenigen standesherrlichen Familien des deutschen Hochadels vorbehalten.

340 *bon*: frz. «gut».

342 *ägyptischen Zigaretten*: Qualitätszigaretten aus «Orienttabak», die von griechischstämmigen Produzenten, die sich seit den 1860er-Jahren in Kairo, Alexandria oder Port Said angesiedelt hatten, nach Europa exportiert wurden. – *Nachtviolen*: die Duftpflanzen, die ihr schweres Aroma erst in den Abendstunden entfalten, gelten als Blumen der Aphrodite; sie stehen sowohl für sinnliche Begierde als auch für Treue; s. dazu auch Franz Schuberts gleichnamiges Kunstlied (D 752).

343 *San Remo*: vom europäischen Hochadel frequentierter norditalienischer Kurort der Belle Époque.

344 *von der Psyche der Franzosen und der Engländer*: das Opus magnum von Wilhelm Wundt (1832–1920), «Völkerpsychologie. Eine Untersuchung der Entwicklungsgesetze von Sprache, Mythus und Sitte» (erschienen ab 1900), ein zehnbändiges Monument universeller Kulturpsychologie, war damals in aller Munde.

345 *Minsky*: eventuell Anspielung auf den Husarenoffizier Minsky aus Alexander Puschkins (1799–1837) Erzählung «Stanzionny smotritel» von 1831 (nach der deutschen Erstübersetzung durch Tröbst/Sabinin von 1840 unter dem Titel «Der Postmeister» erschienen im Zuge der Puschkin-Renaissance noch zwei weitere: 1882 eine von Wilhelm Lange, 1908 eine von Fred Meyer-Balte); der Verführer Minsky bringt darin eine bildschöne Postmeisterstochter dazu, ihm an den Zarenhof nach St. Petersburg zu folgen, woraufhin sich ihr Vater dem Trunk ergibt und stirbt. – *russisches Heiligenbild*: Ikone, von der russisch-orthodoxen Kirche gemäß byzantinischem Ritus geweiht und verehrt.

347 *die hellen Nächte in Russland*: auch «weiße Nächte» genannt, ein jahreszeitliches Phänomen nördlich des nördlichen Wendekreises: wenn um den 20. Juni herum (Johannisnacht) die Sonne ihren Höchststand erreicht, bleibt es abends lange hell und wird auch nachts nie richtig dunkel.

348 *sprachen von der Gesundheit des Großherzogs von Mecklenburg*: Friedrich Franz

III., Großherzog von Mecklenburg-Schwerin (1851–1897), Regent zwischen 1883 und 1897, galt zeitlebens als kränklich, litt an schwerem Asthma und an einer Herzschwäche und verbrachte deshalb die Wintermonate meist an der Côte d'Azur. Besonders die 1890er-Jahre waren durch wiederkehrende Unpässlichkeiten geprägt, die ihn zwangen, die Ausübung der Regierungsgeschäfte in Schwerin interimistisch General Friedrich von Maltzahn zu übertragen. Dies trug ihm die Kritik der deutschen Öffentlichkeit ein und machte seine Person zu einem bevorzugten Gegenstand des Gesellschaftsklatsches. Sein spektakuläres Ende sorgte für nicht minder großes Aufsehen: Nach dem tödlichen Sturz von der Gartenterrasse seiner Villa in Cannes, der Familie zufolge ein Unfall, verursacht durch einen Asthmaanfall, hielten sich noch jahrelang hartnäckige Gerüchte, die von Suizid sprachen.

350 *Liszts zweite Rhapsodie*: die zweite der neunzehn «Ungarischen Rhapsodien» für Klavier, die Liszt 1847 komponierte. Sie wurde die populärste dieser Rhapsodien-Sammlung.

351 *Eudoxia*: griech. «die in gutem Rufe Stehende»; Gemahlin des oströmischen Kaisers Arcadius (um 377 – 408) und von Chrysostomus «Amme der Einsiedler und Stab der Armen» genannt.

353 *Hechtkoteletts*: in der Einzelausgabe korrigiert zu «Hechtkoteletten».

354 *Falzbein*: Werkzeug des Buchbinderhandwerks aus Rinder- oder Walknochen (-bein), ursprünglich beim Buchbinden für das Flachreiben von Knicken benutzt. Hier ist die Benutzung zum Aufschneiden miteinander verbundener Seiten bei druckfrischen Büchern gemeint. – *Schildkrötfalsbein*: in der Erstveröffentlichung «Schildkrotfalzbein». – *Chippendale-Schreibtisch*: Vater und Sohn Chippendale waren die berühmtesten Kunsttischler des 18. und frühen 19. Jahrhunderts, in England ansässig.

356 *die Bankiersfrau mit dem Roman*: abschätzig-verklausulierte Charakteristik «einer Dame aus den Regionen des Kommerzes und mit bewegter Vergangenheit». – *Hyazinthen und Krokussen*: symbolisieren rasches Werden und Vergehen sowie Weisheit, Hoheit und leidenschaftliche Liebe.

358 *André*: lett. «Andreas».

359 *kollernden*: «rollende, gurgelnde Laute ausstoßenden».

360 *Vorwerke:* abseits des einstmals befestigten Herrensitzes liegender Gutshof, auf weitläufigen Domänen landwirtschaftlicher Zweigbetrieb.

361 *le beau ténébreux:* frz. «der schöne Düstere».

362 *General Bagration*: Reminiszenz an eines der ruhmreichsten Feldherrengeschlechter der russischen Armee aus der königlichen Dynastie der georgischen Bagratiden; General Pjotr Iwanowitsch Bagration (1765–1812) focht bereits im Türkenfeldzug und erwarb sich seine Meriten in den Na-

poleonischen Kriegen bei Preußisch Eylau, Heilsberg und Friedland; sein Neffe, Fürst Pjotr Romanowitsch Bagration (1818–1876), der den militärischen Rang eines Generalleutnants innehatte, wurde 1870 zum (zivilen) Generalgouverneur von Kurland, Livland und Estland ernannt. – *General im Kaukasus ... da hat man manches erlebt*: im Verlauf des 19. Jahrhunderts war der Kaukasus erst zwischen Russland und Persien, später zwischen Russland und dem Osmanischen Reich heiß umkämpft.

363 *ein Lied vom «blauen, blauen Fingerhut»*: Kinderlied für einen Reigentanz mit Wechsel der Tanzpartner, von Region zu Region leicht variiert: «Blauer, blauer Fingerhut / steht dem Mädchen gar zu gut. / Mädchen, willst du tanzen / in dem Jungfernkranze? / Dreimal, dreimal um sich sehn / und sich Eine wählen» (Deutsches Kinderlied und Kinderspiel, Nr. 190).

365 *Fliederbüsche*: Flieder, Sinnbild erster Liebesregungen, steht für Frühlingsgefühle und tiefe Zuneigung.

366 *«In einem kühlen Grunde, / Da rauscht ein Mühlenrad, / Mein Liebchen ist verschwunden, / Das dort gewohnet hat»*: Gedichtzeilen Joseph von Eichendorffs (1788–1857), 1814 von Johann Ludwig Friedrich Glück (1793–1840) zum berühmten «Mühlenlied» vertont (in Verszeile 2 «geht» statt «rauscht»); der Text thematisiert den Bruch der Treue und endet mit «Ich möcht am liebsten sterben, da wär's auf einmal still». – *mit allem unzufrieden, mit dem Reich, mit der Regierung, die nichts für die Landwirtschaft tat, selbst mit Seiner Majestät*: Parteigänger des Adelskonservativismus sahen im Deutschen Kaiserreich eine bloße Gebietserweiterung Altpreußens, dessen Geschicke zu lenken weiterhin Vorrecht des Herrenstands sei, da dessen Interessen deckungsgleich mit denen des Staates seien. Dass die Regierung in Berlin indes zu weitreichen politischen Konzessionen bereit war, nicht nur gegenüber dem katholischen Zentrum, sondern auch gegenüber den Liberalen und der aufstrebenden nichtadeligen Plutokratie, entzog sich dem Verständnis der meisten preußischen Agrarier, die sich zusehends in eine antigouvernementale Fronde gedrängt sahen. Die Gründung des Bundes der Landwirte, des mächtigsten Interessensverbandes der preußischen Grund- und (vor allem) Großgrundbesitzer, im Jahr 1893 verstand sich als Notwehr-Reaktion auf die nicht-protektionistische Freihandels- und Zolltarifpolitik von Reichskanzler Caprivi. «Der Grundadel reagierte jetzt nicht mehr als Stand, sondern als Berufszweig» (Walter Görlitz, S. 279). Aus jenen Tagen rührt auch die Entfremdung zwischen Wilhelm II. und dem preußischen Junker her, der, durch sein Ideal der Vasallentreue und seine monarchistische Gesinnung zur Konfrontation mit dem obersten Lehnsherrn nicht disponiert, die ihm aufgezwungene Dissidentenrolle nur widerstrebend annahm. Wie schwer sich

die Altkonservativen damit taten, wie zwiespältig ihre Haltung im Kaiserreich blieb, kommt in der Selbstcharakterisierung als «Seiner Majestät allergetreueste Opposition» (Joachim von Winterfeldt-Menkin, S. 137) zum Ausdruck. «Ein Teil des Adels, insbesondere des ostelbischen Adels, ging auf Distanz zum Hof, kritisierte den dort herrschenden ‹Byzantinismus› und reduzierte sein Erscheinen am Hofe auf das Nötigste» (Heinz Reif, S. 84). Demütigende Erfahrungen, im zentralistisch-bürokratischen Staatsgefüge längst keine Vorrangstellung mehr einzunehmen, sondern von Parvenüs und Protegés mehr und mehr ins machtpolitische Abseits gedrängt zu werden, setzten sich nach der Jahrhundertwende fort und führten im preußischen Herrenstand dazu, dass Reich, Regierung und Kaiser als ein einziger adelsfeindlich gesinnter Block wahrgenommen wurden. «Wilhelm II. mühte sich bisweilen, dem Beispiel seines verhassten Onkels Edward VII. zu folgen, indem er den Adel und die Führungsschicht der Wirtschaft zu einer neuen gesellschaftlichen Elite zusammenzufügen suchte. Der Berliner Hof war für deutsche Verhältnisse niemals exklusiv, und der letzte Kaiser schätzte den luxuriösen Reichtum schlesischer Magnaten und Finanzoligarchen, begegnete reaktionären Landjunkern aus der Provinz mit Geringschätzung, hatte eine Leidenschaft für moderne Technologie und machte keinen Hehl aus seiner Freundschaft mit Männern wie dem jüdischen Großreeder Albert Ballin» (Dominic Lieven, S. 193). Nicht zuletzt schieden sich die Geister an Stilfragen. So wurde jeglicher aristokratischer Komment durch das oft taktlose Gebaren des Monarchen, seine kujonierenden Willkürakte und sein diplomatisches Ungeschick konterkariert. «Die häufig derben Späße, die sich der Kaiser mit seinen Offizieren und der Hofgesellschaft erlaubte, waren nicht dazu angetan, beim Adel ein Gefühl der Verehrung aufkommen zu lassen, wie er es Wilhelm I. entgegengebracht hatte. Die Sprunghaftigkeit Wilhelms II., die ihn häufig zu unbedachten Äußerungen hinriss, muss den Junkern als eine Disziplinlosigkeit erschienen sein, die sich nach ihrer Ansicht ein preußischer König nicht leisten durfte» (Susanne Wehking, S. 412). Durch die Hardenberg-Eulenburg-Affäre im Jahr 1906, bei der der Kaiser einen alten, dem ostelbischen Junkertum entstammenden Freund fallen ließ, als dieser der Homosexualität bezichtigt wurde, spitzte sich der Ansehensverlust Seiner Majestät in Adelskreisen weiter zu. In der Daily-Telegraph-Affäre von 1908 sah sich der Elfer-Ausschuss der Konservativen Partei dann sogar dazu veranlasst, die Monarchie gegen den Monarchen zu verteidigen – ein in dieser Tragweite unerhörter Vorgang. In der nur notdürftig als Petition getarnten Kampfansage heißt es: «Wir sehen mit Sorge, dass Äußerungen seiner Majestät des Kaisers, gewiss stets von edlen Motiven ausgehend, nicht selten dazu beigetragen haben, teilweise durch missverständliche Auslegungen unsere auswärtige Politik in eine schwierige Lage zu bringen. Wir halten, geleitet von dem Bestreben, das Kaiserliche Ansehen vor einer Kritik und Diskussion zu bewahren, sowie von der Pflicht beseelt, das Deutsche Reich vor Verwicklungen und Nachteilen zu schützen, uns zu dem ehrfurchtsvollen Ausdruck des Wunsches verbunden, dass in solchen Äußerungen zukünftig eine größere Zurückhaltung beobachtet werden möge» (zitiert ebd., S. 422). – *Kürassierleutnant*: das Kürassier-Regiment galt als das vornehmste der preußischen Armee. – *den siebziger Krieg*: der Deutsch-Französische Krieg von 1870 bis 1871 zwischen Frankreich und dem Norddeutschen Bund unter der Führung Preußens.

367 *gejeut*: veraltet für «am Glücksspiel teilnehmen». – *Bon!*: frz. «Gut!». – *Zulage*: familiäre Aufzahlung auf den in der Regel mageren Sold für Soldaten im Leutnantsrang. – *in diesen schweren demokratischen Zeiten*: demokratischer Parlamentarismus wurden vom überwiegend konservativen preußischen Adel, der sich als erbliche Obrigkeit allein zur Herrschaft berufen fühlte, als Bevormundung der Befähigten durch die Masse der Unbefähigten interpretiert; der Berliner Reichstag galt ihm als Jahrmarkt für vulgäre Agitation und permanenten «Kuhhandel von Partei zu Partei und der Parteien mit der Regierung» (Joachim von Winterfeldt-Menkin, S. 137). – *Strengste Auslese ohne Gefühlsduselei*: in preußischer Zackigkeit vorgetragenes Postulat aristokratischen Komments, gerichtet gegen die bürgerliche Empfindsamkeit. – *Vererbung bei den vielen Ahnen*: die These, dass nicht nur angeborene, sondern auch erworbene Eigenschaften vom Menschen auf seine Nachkommen weitervererbt werden können, ging auf den französischen Biologen Jean-Baptiste de Lamarck (1744–1829) zurück, wurde von Charles Darwins (1809–1882) Pangenesistheorie untermauert und prägte über die Jahrhundertwende hinaus die akademische Lehrmeinung; sie harmonierte bestens mit den Paradigmen der Adelsgenealogie, wonach der Nimbus eines Geschlechts sich stets in der Blutslinie vererbt, Urahnen folglich in ihren Abkömmlingen weiterleben und über Jahrhunderte hinweg ausgeübte Herrschaftspraktiken sich der charakterlichen Physiognomie des Familienstamms einprägen.

368 *Margusch!*: ländliche Koseform von «Margarete», vom althochdt. «Margarites», «die Perle»; bei Keyserling häufig wiederkehrender Gesindename.

370 *Tasso*: vermutlich ein Porträt des italienischen Dichters Torquato Tasso (1544–1595).

371 *Botticelli-Frisur*: langes, welliges Haar wie auf den Porträts des italienischen Malers Sandro Botticelli (1445–1510). – *Cake*: engl. «Kuchen». – *five*

o'clocks: Fünfuhrtees, im Salon eingenommen. – *Cannes*: in der zweiten Hälfte des 19. Jahrhunderts stieg das Fischerdorf an der Côte d'Azur zum mondänen Ferienort der internationalen Aristokratie auf. – *Arci*: nicht nachweisbar. – *Mentone*: frz. Menton, bis 1848 Teil des monegassischen Fürstentums; der östlichste französische Ort an der Côte d'Azur wurde wegen seines milden Seeklimas von Ärzten als heilungsfördernd bei Tuberkulose empfohlen und neben dem mondänen Nizza zum beliebten Winterquartier der oberen Zehntausend.

372 *der Roman mit dem amerikanischen Versicherungsbeamten*: aus Adelssicht der Inbegriff einer ebenso vulgären wie windigen Existenz und charakteristisch für die Neue Welt, in der man sich ausschließlich dem Kommerz verschrieben hat; John B. Rutledge missversteht in seiner Übersetzung den Begriff «Roman», hier einfach nur als Synonym für eine fantasievoll ausgeschmückte Erzählung gemeint, wenn er hinter diesem ein konkretes Werk der US-Literatur zu entdecken meint: «Possibly ‹The Job› by Sinclair Lewis, published in 1917, the same year as Keyserling's ‹Fürstinnen›» (footnote 16).

375 *Veilchen*: Symbol für unschuldige Liebe und Zartheit.

376 *revidiert*: hier «auf ordnungsgemäßen Zustand hin geprüft». – *einen Hasen aufgenommen*: d. h. die Fährte aufgenommen.

377 *Miss Vanderbilt*: Rose, die nach einem weiblichen Mitglied der amerikanischen Industriellendynastie benannt ist. – *So demokratisch*: polemischer Gegenbegriff zu «aristokratisch»; trotz ihres Reichtums und ihrer Prachtentfaltung galten die amerikanischen Vanderbilts dem europäischen Hoch- und Altadel als Inbegriff des Plebejertums. – *Diane vaincue:* frz. «besiegte Diana»; Rose, die nach der römischen Göttin der Jagd, des Mondes und der Geburt bezeichnet ist; laut Daniela Strigl Anspielung auf Ovids «Metamorphosen» (s. Nachwort, S. 642).

379 *Podagras*: Gichtbefall im Großzehengrundgelenk, oft mit Wetterfühligkeit einhergehend. – *Tulpen*: Mitte des 16. Jahrhunderts aus der Türkei nach Mittel- und Westeuropa gekommen, entwickelten sie sich zu Lieblingsblumen des Adels und galten als Sinnbild für Leben, Fruchtbarkeit sowie für Liebe und Zuneigung. – *Narzissen*: die stark duftenden Blumen symbolisieren Eitelkeit, Eigenliebe und «die Unfähigkeit, andere zu lieben» (Marianne Beuchert, S. 233).

380 *Ulme*: gilt als Lebensbaum. – *Faulbaumlaube*: beim Faulbaum handelt es sich um ein Kreuzdorngewächs, benannt nach dem fauligen Geruch, den die als abführendes Heilmittel bekannte Rinde bei ihrem Absud verbreitet.

382 *Damals dort unter den Johannisbeeren*: «Mädchen, die unter Johannisbeeren

das Leben erwarten, gehören zum festen Personal Keyserlings» (Horst Thomé, «Autonomes Ich», S. 530 f.) – *Avancement*: frz. «Beförderung».

383 *Heidekraut*: symbolisiert Einsamkeit und Verlassenheit. – *Klettenstaude*: steht für Anhänglichkeit und Treue. – *Löwenzahnblüte*: wegen der Jungfernzeugung ein Symbol Mariens und ihrer unbefleckten Empfängnis. – *chambre à part*: frz. «Extrazimmer».

385 *Vilmars Literaturgeschichte*: national-konservatives Standardwerk des 19. Jahrhunderts: «Geschichte der deutschen Nationalliteratur» von August Vilmar (1800–1868), im Erstdruck 1845. – *Meistersängern in Nürnberg*: bürgerlichen Gelegenheitsdichtern des Spätmittelalters und der Frühen Neuzeit, die in Nürnberg und anderen urbanen Zentren Zünfte bildeten und Sangeswettbewerbe abhielten; die berühmtesten Nürnberger Meistersänger waren Hans Folz (um 1438–1513) und Hans Sachs (1494–1576), bei Vilmar behandelt im Teil «Alte Zeit», Abschnitt «Dritte Periode (1517–1624)», S. 326–378.

386 *Maiblumen*: symbolisieren Unschuld und Reinheit. – *Triton*: Meeresgott aus der griechischen Mythologie. – *Sultan von Sansibar*: in der Einzelausgabe korrigiert, zuvor «Zanzibar»; seit 1840 residierten die Sultane von Oman in Sansibar, 1890 wurde das Sultanat Sansibar britisches Protektorat. – *Baronin Rothschild*: Charlotte de Rothschild (1825–1899), Witwe des französischen Bankiers Nathaniel de Rothschild. – *Madame de Récamier*: Julie Récamier (1777–1849), für ihre Schönheit und ihren Geist gerühmte Salonnière, von Prinz August von Preußen umworben. – *reçu*: frz. «empfangen», hier in der Bedeutung «anerkannt».

387 *vornehm wie die Aristokratinnen, die zur Guillotine geführt wurden*: Anspielung auf den adeligen Blutzoll während der Französischen Revolution im Allgemeinen, im Besonderen auf die französische Königin Marie-Antoinette (1755–1793), deren letzte Worte der Überlieferung zufolge «Pardon, Monsieur» waren – sie war dem Henker versehentlich auf den Fuß getreten. – *Reinetten*: besonders edle Tafelobstsorte, abgeleitet vom Diminutiv des frz. «reine» für «Königin». – *Gravensteiner*: ein wohlschmeckender Sommerapfel, vom dän. «Gråsten æble» abgeleitet, auch «Grafenapfel» genannt. – *Kaneelbirnen, die einen eigentümlichen Rokokogeschmack haben*: von frz. «cannelle» für «Zimt», hier ist wohl die zimtfarbige Schmalzbirne gemeint. – *Spalierbirne*: zu den beliebtesten am Spalier gezogenen Birnensorten zählte die Doyenné du Comice, 1850 in Frankreich gezüchtet und «Königin der Birnen» genannt.

388 *Gurken- und Melonenpflanzen*: sexuell konnotierte Genusspflanzen, stehen für erotische Erfüllung und Liebesglück. – *Oberhofmeisterin*: höchste Position einer Adelsdame an einem deutschen Fürstenhof, laut Reglement

direkt nach den Angehörigen der Herrscherfamilie rangierend, auf einer Ebene mit den männlichen Repräsentanten der ersten beiden Rangklassen – Ministern, Generälen, Geheimen Räten oder Staatssekretären – und wie diese befugt, den Titel «Exzellenz» zu führen. Eine Oberhofmeisterin war die Vorsteherin des weiblichen Hofstaats, zentrale Instanz für die Überwachung der Etikette, «zugleich Gesellschafterin, Sekretärin und Darstellerin höfischen Glanzes» (Christa Diemel, S. 119).

389 *Schumanns «Glückes genug»*: das fünfte Stück aus Robert Schumanns (1810–1856) «Kinderszenen» (op. 15).

392 *alteriert*: «aufgeregt», von frz. «altération», «Verschlimmerung».

393 *Visite*: von lat. «visitare» für «besuchen», galt als Basis des regen sozialen Austauschs zwischen Adelshäusern; für Neuankömmlinge war das Hinterlassen ihrer Visitenkarte bei einflussreichen Angehörigen der Hofgesellschaft, gefolgt von einem persönlichen Antrittsbesuch eine selbstverständliche Pflichtübung und Vorbedingung eines jeden gesellschaftlichen Avancements. «Ein emsiges und ordnungsgemäßes Visitemachen und Visiteerwidern gehört mit zum Punkte der feinsten Höflichkeit» (Elise von Hohenhausen, S. 4).

394 *Sauté*: Fleischgericht, Ragout mit Sauce.

395 *Haartrompeten*: beidseits des Scheitels zu konischen Röhren eingerolltes und mit Schmucknadeln fixiertes Haupthaar.

396 *Großherzogin von Oldenburg*: die letzte regierende Großherzogin von Oldenburg war die von Friedrich August von Oldenburg geehelichte preußische Prinzessin Elisabeth Anna (1857–1895). – *Fürstin von Schwarzburg-Sondershausen*: Marie Gasparine Amalie von Sachsen-Altenburg (1845–1930) aus dem Uradelsgeschlecht der Wettiner war bekannt für ihr karitatives Engagement zugunsten Kriegsversehrter und Kranker. Sie sammelte für in Not geratene Angehörige von Soldaten und gründete ein Lazarett. Nach dem Tod ihres Gatten Karl Günther von Schwarzburg-Sondershausen im Jahr 1909 lebte sie als Fürstinwitwe auf Schloss Sondershausen.

397 *Bei Hof geht die Frau durch die eine Tür herein, und der Mann muss durch eine andere Türe*: Hoffähigkeit hatten nur Angehörige des Adels, nicht ihre Ehefrauen, sofern diese bürgerlicher oder – etwa in Württemberg – kleinadeliger Abstammung waren. Die Hofetikette schrieb für unterschiedliche Ränge in der Hofrangordnung auch unterschiedliche Eingänge vor.

398 *so wie die Kronjuwelen, der Familie zurückzuerstatten*: Kronjuwelen gehören als Insignien königlicher Macht zum unveräußerlichen Besitz eines dynastischen Geschlechts und unterliegen deren alleiniger Verfügungsgewalt.

400 *Da ist die Wohltätigkeit*: gemäß der altaristokratisch-christlichen Tugend

der Caritas galt Wohltätigkeit als Domäne der Adelsfrauen. – *Protektrize:* Eindeutschung von frz. «protectrice» für «Schutzherrin».

401 *jeut:* frz. «spielen», hier: Karten.

406 *Regeneration der konservativen Partei:* als Nachfolgepartei der preußischen Altkonservativen, die von Bismarcks machtpolitischer Allianz aus Nationalliberalen und Freikonservativen ausgebootet wurden und bei den Landtagswahlen von 1873 und den Reichstagswahlen von 1874 herbe Verluste verkraften mussten, wurden die neu gegründeten Deutsch-Konservativen zu einer festen Größe in der Parteienlandschaft des Deutschen Reichs. Das Erstarken des konservativen Lagers ging einher mit dem Umbau zur Agrarfraktion, die die Interessen aller, eben auch kleinerer, nichtadeliger Landwirte zu vertreten versprach. – *Cäsars «Kommentaren»:* die «Commentarii de Bello Gallico», verfasst vom röm. Feldherrn und Staatsmann Gaius Iulius Caesar (100–44 v. Chr.). – *Xenophons «Anabasis»:* griech. «anabasis» = «Hinaufmarsch»; Bericht des Xenophon (um 430–um 355 v. Chr.) über einen Feldzug ins Perserreich, an dem er selbst teilgenommen hatte (s. Keyserlings Erzählung «Nur zwei Tränen» im Sammelband «Landpartie», S. 5–10).

407 *Farnen:* in der Einzelausgabe korrigiert zu «Farren».

408 *Schwalbenaugen:* balt. Bezeichnung für «Mehlprimeln» (lat. Primula farinosa).

410 *Melusine:* mythische Sagengestalt des Mittelalters, halb Mensch, halb Nixe, die, um ihrem Mann Glück bringen zu können, ihr Geheimnis wahren muss.

413 *Franzensbad:* 1793 gegründeter Kurort in Westböhmen, benannt zu Ehren von Kaiser Franz II., gehörte er bald zu den ersten Moorbädern Europas, in dem auch der Hochadel verkehrte, darunter Karl I. von Habsburg (1887–1922).

414 *Roggenfelder:* Roggen galt als das «‹Junkergetreide› par excellence» (Dominic Lieven, S. 134).

416 *er stellte mit Befriedigung fest, dass er nicht gefühlvoll war:* «Gefühl» und «Gefühligkeit» galt als bürgerliche Erfindung, während der Adelige seit jeher entgegengesetzte Tugenden pflog: «tenue», Haltung, ritterliche Gravität und höfische Contenance. – *inkommodiert:* lat. «unbequem sein», «lästig fallen»; reflexiv («sich inkommodieren») «sich bemühen», «sich Umstände machen».

418 *Freiwerber:* einer, der im Auftrag eines anderen um ein Mädchen wirbt.

419 *Gräfin Erdödi:* bei der dem begüterten ungarischen Magnatengeschlecht Erdődy angehörigen Gräfin könnte es sich um Zsofia Karolina Agnes Ernesztine, Gräfin Erdődy de Monyorókerék et Monoszló (1835–1907)

gehandelt haben. – *Kissingen:* jahrzehntelang von der europäischen Hocharistokratie und sogar von gekrönten Häuptern frequentiert (etwa von Zar Alexander II. oder Kaiserin Elisabeth von Österreich), erlebte der 1883 von König Ludwig II. offiziell zum «Bad» erhobene Kurort um die Jahrhundertwende eine Öffnung für bürgerliche Kreise. – *Fayenceteller:* volkstümliches Geschirr aus gesinterter, mit weißer Zinnglasur überzogener Keramik, während man in Adelshäusern auf kostbarem Porzellan speiste; bekannt waren die Habaner Fayencen aus der damals zu Ungarn gehörigen Slowakei.

420 *Die Gräfin erzählte mir auch viel vom Wiener Hof, die strenge Etikette muss doch lästig sein:* eine Reihe ungarischer Adelstöchter wie etwa Caroline Gräfin von Hunyady (1836–1907), Marie Gräfin Festetics de Tolna (1839–1923) oder Johanna (Janka) Gräfin Mikes de Zabola (1866–1930) waren Hofdamen bei Kaiserin Elisabeth von Österreich und hatten sich dort dem strengen Spanischen Hofzeremoniell zu unterwerfen. – *Frappiert:* mit Eis heruntergekühlt. – *sec:* frz. «trocken». – *à la guerre comme à la guerre:* frz. «Es verhält sich im Krieg, wie es sich eben im Krieg verhält», sinngemäß: das Beste aus einer Situation machen.

421 *Tanzen gehörte früher zu meinem Berufe:* zu den Aufgaben des Hofmeisters gehörte auch die Inszenierung höfischer Lustbarkeiten und das Anführen von Française und Quadrillen.

422 *Rasenhümpel:* norddt. für «Buckel».

423 *Froschlöffel:* Sumpf- und Wasserpflanze.

424 *Deborah:* «Keyserling nimmt hier das alte Motiv der schönen Jüdin auf, nur dieses eine Mal in seinem Werk» (Jens Malte Fischer, S. 312); ganz allgemein konstatiert Anna-Dorothea Ludewig zum stereotypen Motiv der schönen Jüdin, dieses habe schon «immer als Projektionsfläche männlicher Phantasie» gedient, um «in der zweiten Hälfte des 19. Jahrhunderts zur femme fatale, zur erotischen Verführerin» zu werden (S. 14).

425 *Astern:* symbolisieren Zweifel.

426 *Lilie:* «Symbol der Jungfräulichkeit und erhabenster Reinheit» (Minna von Strantz, S. 88).

427 *Sonntagsschule:* Einrichtung des ehrenamtlichen (Religions-)Unterrichts durch Angehörige der gebildeten Stände. – *zugunsten der Mission:* von lat. «missio» für «Sendung»; die Innere Mission entstand als christlich-konservative Reaktion auf die durch die industrielle Revolution hervorgerufene Massenarmut. Tätige Nächstenliebe, diakonische Unterweisung, Armen- und Krankenpflege gingen Hand in Hand mit der Evangelisation, da die Wurzel des Elends in der Gottlosigkeit gesehen wurde. Besondere Bedeutung kam der überwiegend durch Spenden finanzierten Missions-

bewegung im Deutschen Kaiserreich zu, als sich mit dem Übergang vom Agrar- zum Industriestaat die soziale Frage in neuer Dringlichkeit stellte. (In Kurland und den anderen russischen Ostseeprovinzen hingegen oblag die institutionalisierte Wohlfahrt den jeweiligen Ritterschaften.)

428 *zu meiner Zeit überlebte ein Offizier nicht leicht eine solche Affäre*: Spielschulden waren Ehrenschulden, wer offene Forderungen nicht begleichen konnte, musste sich mit dem Gläubiger duellieren.

427 *Bir-kir-kra*: eventuell Birkirkara, die größte Gemeinde des Inselstaates Malta. – *Revue des deux Mondes*: zu Dt. etwa: «Zeitschrift der zwei Welten»: hoch angesehenes, mondänes französisches Magazin, gegründet 1829, für das Stendhal, Victor Hugo oder Heinrich Heine schrieben und das dem geistigen, kulturellen und politischen Austausch zwischen Frankreich und den Vereinigten Staaten diente.

435 *Lungenaffektion*: Lungenentzündung.

440 *Marjellen*: lautliche Notation des [mar'jɛllen] ausgesprochenen niederdt. «Margellen» für «Mädchen» (Plural). – *viel Zigeunervolk trieb sich damals hier herum, leicht konnte einer ein Pferd fortführen*: Reproduktion eines in der deutschen Literatur seit jeher fest verankerten Negativklischees über das fahrende Volk, vor dessen Beutezügen angeblich nichts sicher ist. «In sämtlichen Chroniken und in vielen historischen und literarischen Werken werden die fahrenden ‹Zigeuner› als Diebe bezeichnet» (Wilhelm Solms, S. 39).

442 *Spargelköpfe*: Pflanze von eindeutig sexueller Symbolik.

443 *das Märchen von der hochmütigen Rosine, die glaubte, der Kuchen wäre nur deshalb gebacken, damit sie ein weiches und warmes Bett habe*: Fabel nicht eruierbaren Ursprungs.

445 *Pommern*: preußische Provinz, an deren Ostseeküste berühmte Seebäder lagen, so das Fürstenbad Putbus in Vorderpommern oder das hinterpommersche Kolberg, das zweitgrößte deutsche Ostseebad hinter Swinemünde.

446 *Stammgut*: unveräußerlicher Adelsbesitz, der nur an einen männlichen Nachkommen ungeteilt vererbt werden darf.

447 *Lichtnelken*: Sinnbild nicht nur für Tapferkeit, sondern auch für Freundschaft und Sinnlichkeit. – *Sumpforchideen*: Orchideen stehen unter anderem für Bewunderung. – *Skabiosen*: in Mittel- und Südeuropa heimische Wildblumen, im Volksmund auch «Witwenblumen» genannt. – *Palmenzweige*: Symbol des (ewigen) Friedens. – *Kränze aus weißen Rosen*: Symbole der Treue und Entsagung.

Feiertagskinder

Erstveröffentlichung: *Velhagen & Klasings Monatshefte,* 33. Jahrgang. Heft 4, S. 339–352 (1. Teil vom Textbeginn bis «und ging dann schweigend hinter ihnen her.»), und Heft 5, S. 449–464 (1. Teil von «Nun kamen Tage, die Irma leer, ganz leer dünkten.» – Textschluss), Berlin, Bielefeld, Leipzig, Wien: Velhagen & Klasing, Dezember 1918–Januar 1919 (postum); unter der Überschrift «Graf Keyserlings letztes Werk» findet sich folgender redaktioneller Einleitungstext vorgeschaltet: «Kurz vor seinem Tode übergab Graf Eduard Keyserling unseren Heften seine letzte Erzählung: ‹Feiertagskinder›. Ihr Abdruck beginnt in diesem Weihnachtsheft. / Noch einmal hat der baltische Dichter sein reiches Können gesammelt, hat den Roman eines adligen Frauenherzens in die seiner Künstlerhand eigene feingeschliffene Form gefügt, hat aus der Menschenerfahrung eines bunten Lebens und der leichtironischen Selbsterkenntnis eines langen, leidvollen Krankenzimmersterbens Tausende von blitzenden und treffenden Weltweisenworten über das künstlerische Gefüge ausgestreut. Und so ist sein letztes Werk auch sein reifstes und bestes geworden. / Vor wenigen Wintern durften unsere Hefte des Dichters Frauenroman ‹Fürstinnen› bringen. Unter seinen Novellen und Romanen ‹Abendliche Häuser›, ‹Beate und Mareile›, ‹Schwüle Tage›, ‹Dumala›, ‹Rosa Herz›, ‹Die bunte [sic!] Stiege›, ‹Wellen› und ‹Am Südhang› ist dieses Werk das bekannteste des stillen und feinen Mannes geworden. Aber die ‹Feiertagskinder› werden seiner gepflegten, adligen Kunst viel neue Freunde hinzuwerben. Auch in den ‹Feiertagskindern› führt uns Keyserling in ein ostelbisches Schloss. Wie in sämtlichen seiner Erzählungen macht er uns mit Menschen bekannt, deren Leibwäsche vielzackige Kronen aufweist. Einige von diesen Edelleuten sind auch wieder wirkliche Adelsmenschen. Und es ist nicht zuletzt dieses behagliche Gefühl, in der Gesellschaft wohlerzogener Männer und Frauen zu verkehren, was die Beschäftigung mit einem Keyserlingschen Buch stets zu einem festlichen Unternehmen gestaltet. Keyserling hat in seiner vornehmen Ehrlichkeit den Adel dargestellt, wie er ist, ohne zu schmeicheln, ohne zu färben, in allen Spielarten – und doch ohne jedes Programm. In der langen Reihe seiner Gestalten sind wohl alle seine Freunde und Freundinnen, Vettern und Basen, Schlossnachbarn und Reisebekanntschaften bildtreu wiedergegeben. Und es ähnelt bei Keyserling keine seiner Adelsgestalten einer anderen. Das macht: er brauchte sie nicht zu erfinden, auch nicht zu studieren, sondern sie hatten mit ihm gelebt. / Beschränkungen fand Keyserlings Schilderungskunst freilich wieder dadurch, dass er die Lebenskämpfe nur in Schlössern sich abwickeln ließ. / Aber auch in den ‹Feiertagskindern› hat diese Art, das Spiel mit Edelmannsschicksalen durch das Auge eines einsam und besinnlich gewordenen Standesgenossen zu betrachten, wieder ihren starken Reiz. Der Leser sitzt mit dem feinen alten Herrn auf der Bank der Spötter und sieht und hört zu. Er braucht gar nichts zu sagen; das besorgt sein Nachbar auf die köstlichste Art. Ganz kleine Zwischenbemerkungen sind es manchmal. Aber man möchte sie sofort einem guten Kameraden mitteilen, damit der sich auch darüber freuen kann. Und wenn es nur so eine lustige Glosse ist wie die über die Kleinstadthunde, die eine so überlegene Art haben, zu zeigen, wie sie sich langweilen. / Die Geschehnisse in Keyserlings Erzählungen sind niemals laut. Die tiefsten und schwersten Kämpfe spielen sich immer bei geschlossenem Munde ab. ‹Szenen› gibt es in Keyserlings Junkerschlössern selten. Seine Romangestalten haben dafür eine viel zu gute Kinderstube genossen. Aber unter dem wohlerzogenen Schliff tobt und wühlt und brennt es doch auch. Und das gibt dieser eigenen Kunst mit ihren selbstgeschaffenen Begrenzungen den besonderen Reiz: ohne Geschrei, ohne Zuschauer, ohne äußere Steigerungen rollen sich die schweren Schicksale ab. Auch wenn man einander tief ins Herz trifft, auch wenn man dem Lebensgefährten untreu wird, auch wenn man hasst – und sogar wenn man leidenschaftlich liebt –, bei Keyserling bleibt man immer in guter Gesellschaft. Der welterfahrene Lebemann hat eine vornehme Handbewegung, mit der er unseren Schreck beschwichtigt. Und sicher weiß er auch gleich ein in etwas Schwermut getauchtes Scherzwort, das uns das Menschliche und Allzumenschliche blitzartig erhellt. Auch ihm – wie Fontane – mangelt jeder Sinn für das Feierliche. / In manchen Erzählungen Keyserlings erleben wir den Drang adlig geborener Menschen, aus dem ihnen allzu eng erscheinenden Adelskreis in die weitere, freiere Bürgerwelt zu entfliehen. Aber der Luftwechsel bekommt keinem von ihnen; sie kehren alle wieder reumütig ins Schloss zurück. In einer anderen Gruppe wieder sehnen sich Eindringlinge aus dem zweiten oder dritten Stande nach der Aufnahme in den ersten. Auch dieser Schritt gelingt selten. Man bleibt bei Keyserling gern ‹unter sich›. Und je bürgerlicher der Leser, desto bestimmter wird er auf diese reinliche Scheidung bedacht sein. / In den ‹Feiertagskindern› stellt der Dichter zwei Gruppen von Menschen einander gegenüber, die beide dem Adel angehören, aber unter sich noch schärfer getrennt sind als Schlossherr und Krämer: wir sehen den fast bürgerlich anmutenden, ernsten, sonnenlosen Werkeltagsmenschen, verkörpert in Ulrich von Buchow und seinem Töchterchen Isa, und sehen die genießende, von aller Welt gehätschelte – und alle Welt bezaubernde Sonntagsnatur seiner Frau Irma und seines lebenslustigen jüngeren Bruders Achaz, der für die Gattin die große Gefahr wird. Der alte Graf Pax, der diesmal auf der Spötterbank sitzt, gehört mit zu diesen ewig jungen Feiertagskindern. Wir vermuten, dass er im Innersten die eigenen Wesenszüge des Dichters trägt. Und je lieber wir ihn gewinnen, desto schmerzlicher bewegt es uns, dass sein Urbild nun verstummt ist. / H.»; Einzelausgabe: Berlin, S. Fischer 1919; 2. Aufl., ebd. 1920; 3.–4. Aufl., ebd. 1921; wieder in FK, DR, HM.

Die Textgestalt der vorliegenden Ausgabe orientiert sich an der Einzelausgabe bei S. Fischer, in der gegenüber dem Erstdruck in *Velhagen & Klasings Monatsheften* (dort unter dem Titel die Gattungsbezeichnung: «Roman von E. Graf Keyserling») Druckfehler getilgt und marginale Änderungen formaler Natur ausgeführt wurden, überwiegend in der Kommasetzung und der Zusammen- und Getrenntschreibung von Wörtern. Einige wenige Regiefehler, wie sie nur bei diesem letzten, postum erschienen Werk Keyserlings auftauchen, sind Anzeichen des redaktionell Unfertigen. In der Fahnendurchsicht, die der moribunde, Ende September 1918 verstorbene Autor sehr wahrscheinlich nicht mehr selbst bewerkstelligen konnte, sind diese Regiefehler sowohl vom Herausgeber der *Velhagen & Klasings Monatshefte* als auch vom zuständigen Lektor bei S. Fischer wissentlich oder unwissentlich übersehen worden.

Übersetzungen:
- ins Französische u. d. T. *Les Enfants des beaux jours* (Ü: Marie-Hélène Desort, Peter Krauss), Les Édition Actes Sud, Arles 1993; wieder in: EvK, *Œuvres Choisies. Histoires de château*, Les Édition Actes Sud (Thesaurus), Arles 2012.
- ins Spanische u. d. T. *Los niños del los bellas días* (Ü: Carlos Fortea), Nocturno Ediciones, Madrid 2011.
- ins Englische u. d. T. *Holiday Children* (Ü: John B. Rutledge), Durham (North Carolina), UNC/Carolina Digital Repository, https://cdr.lib.unc.edu/

Sekundärliteratur (s. auch Literaturverzeichnis ab S. 685):
Sandra Herrmann, Das Thema des unaufhaltsamen Verfalls in Eduard von Keyserlings erzählerischem Spätwerk, Hamburg 1997.
Karoline Lehmann, Die Bedeutung des Todes im Spätwerk Eduard von Keyserlings, Hamburg 1997.
Hermann Menkes, Neue Erzählungen. In: Neues Wiener Journal, Nr. 9217, Freitag, 1.8. 1919, S. 3.
Fritz Oertel, Moderne Romane. In: Die schöne Literatur. Beilage zum Literarischen Zentralblatt für Deutschland, Nr. 24, 21. Jg., Leipzig, 20.11.1920.
Angela Schulz, Ästhetische Existenz im Erzählwerk Eduards von Keyserling. In: Europäische Hochschulschriften, Reihe 1: Deutsche Sprache und Literatur, Bd. 1231, Frankfurt am Main/Bern/New York/Paris 1991.
Rolf Vollmann, Die wunderbaren Falschmünzer. Ein Roman-Verführer, Frankfurt am Main 1997, S. 884.
Karl Georg Wendriner, Keyserlings letztes Buch. In: Literarische

Rundschau. Beilage zum Berliner Tageblatt, Nr. 457, Sonntag, 28.9.1919, S. 1.

Auch in Keyserlings letztem Werk finden sich spezifische Epochen- und Ortsangaben, die uns eine zeitliche und räumliche Eingrenzung der Handlung gestatten. Stärker konturiert denn je erscheint hier die fernab gelegene, als urbaner Kontrast zum Landgut Lalaiken geschilderte Reichshauptstadt Berlin, mit dem Auswärtigen Amt, dem «Kaiserhof» und dem «Borchardt». Als zweiter ferner Bezugspunkt, vornehmlich in den melancholischen Erinnerungen des Grafen Pax, dient Paris, mit dem Bois de Boulogne, dem Duc de Broglie und dem Vicomte de Chateaubriand, dem «Le Grand Véfour», den «Trois Frères Provençaux» und dem «Café Anglais»; drittens Rom bzw. Italien, mit der Camorra, dem Pincio, der Fürstin Paternò, den Odescalchis und Borgheses. Es ist bezeichnend, dass der Autor in den letzten Lebens- und Schaffensmonaten seine Erzählung so intensiv und dicht mit den Realien des alten, gerade untergehenden Europa durchwirkt wie nie zuvor und zwei Sehnsuchtsorten huldigt, die zwar 1918, zum Zeitpunkt des Diktats, längst diesseits der Frontlinie in Feindesland lagen, nicht jedoch am Vorabend des Weltkriegs, in dem die Romanhandlung spielt. Keyserling taugt auch in «Feiertagskinder» (der Romantitel nimmt ein Leitmotiv seines Schaffens auf) nicht zum Nostalgiker. Idyllisch an der alten Adelswelt, wie er sie schildert, ist nur die sie umgebende Natur, und die Ruhe, die in ihr herrscht, ist jene vor dem Sturm. Im Sommer 1918, nach vier Jahren blutigem Weltgemetzel, lässt sich indes kaum eine sinnreichere Verkörperung der Friedensidee denken als die des gelähmten Greises mit dem sprechenden Namen Pax, in dessen Gestalt und Gedächtnis die einstmals glücklichen Tage fortleben. Keyserling hat den Edelmann von altem Schrot und Korn mutmaßlich als Wiedergänger seines anderen Edelmanns mit sprechendem Namen entworfen, Graf Hamilkar von Wandl-Dux (s. «Bunte Herzen»), sehr wahrscheinlich aber als finales Selbstbildnis. Auch er, der blinde, gelähmte und moribunde Autor, vergegenwärtigt sich ein absehbar letztes Mal die sinnlich erfahrbare Welt, inszeniert ein erzählerisches Fest des Lichts und der Farben, der Düfte und Aromen, legt in das Schwellen und Reifen der Natur die ganze Fülle seines synästhetischen Erinnerns. In der Stunde äußerster Not und Entbehrung, nach Hungerwinter um Hungerwinter, ruft er noch einmal all das Gute und Schöne auf, was die nährende Erde hervorbringt, imaginiert mit bildmächtigen Mitteln nicht nur die graziösen Edelgewächse in den Schlossrabatten, sondern eben auch all die köstlichen Feld- und Gartenfrüchte aus Alkinoos' Reich, Porree, Salat, Spargel, Melonen, Kürbis. Das Vermächtnis Keyserlings, es ist ein leuchtendes Sehnsuchtsbild einer – im doppelten Wortsinn – kultivierten Adelslandschaft, eines Paradieses vor dem Sündenfall der Generalmobilmachung. So erwächst aus der Beschwörung der Friedens- und Feiertagswelt von gestern mitten im Krieg eine rückwärtsgewandte Utopie.

449 *Baronin Marie v. d. Osten-Sacken geb. Baronesse Behr gewidmet*: Maria von der Osten-Sacken (1866–1932), heimatliche Standesgenossin und Freundin Eduard von Keyserlings, in Goldingen (lett. Kuldīga) geboren, Tochter von Ulrich Johann Baron von Behr, dem, aus der kurländischen Linie des Uradelsgeschlechts abstammend, vom Zar 1862 die Erlaubnis zur Führung des Barontitels erteilt wurde, und Wilhelmine (Minna) Baronin von Buchholtz; Marie ehelichte 1884 Baron Friedrich Adam Heinrich Johann von der Osten-Sacken (1854–1923), Majoratsherr auf Wangen sowie Mitglied in der Livländischen und Kurländischen Ritterschaft, zu dessen Besitzungen u. a. Appricken (Apriķi) und Paddern im Kreis Hasenpoth gehörte. Mit den Gütern Paddern-Hasenpoth (lett. Aizputes Padures) und Tels-Paddern (lett. Tāšu Padures) waren die alteingesessenen Familien von der Osten-Sacken und von Keyserling seit Generationen Gutsnachbarn und durch eheliche Verbindungen miteinander verschwägert. Marie von der Osten-Sacken und Eduard von Keyserlings früh verstorbene Cousine zweiten Grades Helene Dorothea von Keyserling, verheiratete von Osten-Sacken (1842–1874), waren Schwägerinnen; Ellie von Keyserling (geb. 1842), Eduards Cousine, ehelichte Baron August von der Osten-Sacken (geb. 1835). Die mit der Widmung bedachte Baronin hat den erblindeten, in den Kriegsjahren vereinsamenden Autor bis zuletzt besucht und ihm schließlich gemeinsam mit Keyserlings Schwester Hedwig seinen letzten Willen erfüllt: die Vernichtung des gesamten schriftlichen Nachlasses (mit Ausnahme des Dramas «Ein Früh-

lingsopfer»). – *Buchowschen Landhause Lalaiken*: lautlicher Anklang an Buchow-Karpzow, ein Rittergut in Osthavelland, und Gut Nikolaiken, nahe Königsberg im Landkreis Preußisch-Holland (Ostpreußen) gelegen.

450 *weiße Perücke*: die Lockenperücke verweist auf die Hochphase des Feudalismus, auf die Zeit des Sonnenkönigs Ludwig XIV. (1638–1715), als sie die Würde ihres adeligen Trägers symbolisierte.

453 *Drixen*: nicht nachweisbarer Marktflecken.

451 *Bois de Boulogne*: Wald und Park im Westen von Paris, mit 8,5 Quadratkilometern eine der größten städtischen Parkanlagen der Welt. – *Equipage*: vornehme Kutsche, von frz. «équipage» für «Ausrüstung».

454 *Injurien*: «Beleidigungen», «üble Nachreden», von lat. «injuria» für «Ungerechtigkeit». – *Wiedertäufer*: um 1525 in Zürich entstandene christliche Reformationsbewegung, die Weltabgeschiedenheit, das Recht auf persönliche Religionsfreiheit, strikte Trennung von Thron und Altar sowie – daher der Name – Taufaufschub von Gläubigen bis zur Mündigkeit proklamierte. Die Bewegung lehnte die Fremdbezeichnung «Wiedertäufer» allerdings ab und nannte sich stattdessen «Gemeinde Gottes» und «Brüder in Christo». – *Provisor*: im Erstdruck «Proviser», «Verwalter».

457 *Camorra*: berüchtigte Familienclans, die spätestens seit der Mitte des 19. Jahrhunderts das gesellschaftliche, politische und wirtschaftliche Leben in Neapel und Kampanien dominierten – durch rohe Gewalt und kriminelle Machenschaften im großen Stil, aber auch durch politische und soziale Patronage. Die Camorristi erkennen laut Statut «außer Gott, den Heiligen und den Oberhäuptern der Gesellschaft [d.i. des Clans] keine weltliche oder geistliche Autorität an».

458 *diente im Auswärtigen Amt*: im Reichsamt, das sich federführend um die Außenpolitik des Deutschen Kaiserreichs kümmerte und von einem Staatssekretär geleitet wurde, rekrutierten sich die Mitarbeiter wie generell im diplomatischen Corps immer noch überwiegend aus Angehörigen des Adels, da diese qua Standeszugehörigkeit die maßgeblichen Eignungsvoraussetzungen mitbrachten. «Sie verfügten in der Regel über ansprechende Umgangsformen, Sprachkenntnisse und vielfach über verwandtschaftliche Beziehungen im Ausland» (Monika Wienfort, S. 105). – *bel homme*: frz. «gut aussehenden Mann».

461 *tempi passati*: ital. «vergangene Zeiten». – *Exzellenz*: von lat. «excellentia» für «Vortrefflichkeit», war als Ehrenprädikat im Deutschen Reich Ministern, Oberpräsidenten, Wirklichen Geheimräten, Gesandten sowie den obersten Militär- und Hofwürden samt Ehegattinen vorbehalten.

463 *Fleischpiroggen*: von poln. «Pierogi», osteuropäische Nudeltaschen, die mit Kartoffeln, Quark und Pilzen gefüllt sind.

466 *Piquet*: gehobenes französisches Kartenspiel, das wohl aus dem frühen 16. Jahrhundert stammt.

467 *Herzog von Urach*: Herzog Wilhelm Karl von Urach, Graf von Württemberg (1864–1928), wurde verschiedentlich als Thronprätendent gehandelt, 1910 für Monaco, 1913 für Albanien, nach Ausbruch des Ersten Weltkriegs für Polen sowie für ein noch zu begründendes Großherzogtum Elsass-Lothringen sowie 1918 für Litauen. – *Duc de Brollie*: korrekt «Broglie»; Achille-Léon-Victor, 3. Duc de Broglie (1785–1870), französischer Staatsrat, Minister und Diplomat, entschieden liberal gesinnt, in der Pairskammer ein Verfechter der konstitutionellen Erbmonarchie, als Mitglied der Nationalversammlung 1849 politischer Anführer der Rechten. Sein Sohn Jacques-Victor-Albert, 4. Duc de Broglie (1821–1901), Abgeordneter in der Assemblée nationale, dem Pariser Unterhaus, stürzte als Anführer der Monarchisten 1873 Adolphe Thiers und setzte sich selbst an die Spitze der neuen Regierung mit reaktionär-klerikaler Ausrichtung. – *Véfour*: das 1784 eröffnete Pariser Nobelrestaurant «Le Grand Véfour», in den Arkaden des Jardin du Palais-Royal gelegen, zu dessen Stammgästen so illustre Persönlichkeiten wie Napoleon Bonaparte, Joséphine de Beauharnais, George Sand, Alphonse de Lamartine und Victor Hugo zählten. – *das regellose Herumstürmen*: Anspielung auf die Quadrille, ein aus der Epoche Napoleons I. stammender Kontratanz, bei dem vier Paare im Quadrat Aufstellung nehmen und dann mit rasanten, zum Teil galoppierenden Schrittfolgen Figuren tanzen; «früher auch ein kampf- oder ritterspiel, wobei mehrere (gewöhnlich vier) trupps turnieren» (Grimm, Bd. 13, Sp. 2298). – *Française*: ein Kontratanz des frühen 19. Jahrhunderts, bei dem die vorgeschriebenen sechs klassischen französischen Figuren nicht paarweise, sondern von allen Tanzenden miteinander ausgeführt werden. – *élégance*: frz. «Eleganz», «Anmut». – *türkischen Zigaretten*: Qualitätszigaretten aus mildem «Orienttabak», der aus Mazedonien, Bulgarien und der Westtürkei kam, wurden häufig als «ägyptisch» oder «türkisch» bezeichnet. «Viele der in Deutschland gerauchten ‹Orientzigaretten› wurden in Ägypten von griechisch-stämmigen Unternehmern hergestellt. Diese hatten sich nach der Einführung des Tabakmonopols im Osmanischen Reich seit den 1860er-Jahren dort angesiedelt, wobei sie ihren Tabak weiterhin aus Mazedonien bezogen. Ihre Produkte wurden zunächst bei europäischen Gesandten populär und eroberten dann die Alltagskulturen ihrer Heimatländer» (Stefan Rahner/Sandra Schürmann, S. 137).

468 *am Fenster bei den Hyazinthen*: die rasches Werden und Vergehen symbolisierenden Liliengewächse werden zum Blühen ans Fenster gestellt.

470 *Plaid*: aus Schurwolle gefertigte, gemusterte Decke. – *Gründüngung*: meint den planmäßigen Pflanzenanbau zur Bodenverbesserung und Unkrautbekämpfung. Der rasant ansteigende Nahrungsmittelbedarf im 19. Jahrhundert machte eine effektivere Bewirtschaftung der Felder unerlässlich; durch Melioration des Saatguts, Fruchtwechselwirtschaft und das Einsäen schnellwachsender Pflanzen, die den Ackerboden mit Stickstoff anreichern, Humus bilden und so dessen Erschöpfung unterbinden, suchten Landwirte ihre Erträge zu steigern.

471 *wohltätige Göttin*: karitative Wohltätigkeit für Arme, Alte und Kranke galt in idealtypischer «Verbindung von tradiertem Standesdenken und christlicher Nächstenliebe» (Christa Diemel, S. 195) als Domäne adeliger Frauen. – *Grand spectacle*: frz. «großes Schauspiel», «große Oper».

473 *Podagra*: Gichtbefall im Großzehengrundgelenk, oft mit Wetterfühligkeit einhergehend.

476 *En été, en été*: frz. «im Sommer, im Sommer». – *Fini*: frz. «fertig».

477 *Helgoländer*: wollene, hochstegige Schirmmütze, die nach dem kaiserlich-deutschen Großadmiral Prinz Heinrich von Preußen (1862–1929) auch «Prinz-Heinrich-Mütze» genannt wurde. – *so grüßte der König von Belgien, wenn er durch Brüssel fuhr*: Leopold I. (1790–1865), gebürtiger Prinz von Sachsen-Coburg-Saalfeld, pflegte die Untertanen seines Königreichs Belgien gestenreich zu grüßen; bereits die erste Kutschfahrt durch Brüssel am 17. Juli 1831 anlässlich seiner Anreise zur Inthronisation ging als Großereignis in die Geschichte ein. – *Tulpen*: Mitte des 16. Jahrhunderts aus der Türkei nach Mittel- und Westeuropa gekommen, entwickelten sie sich zur Lieblingsblume des Adels und gelten als Sinnbild für Leben, Fruchtbarkeit, Liebe und Zuneigung.

479 *Bläshühner*: norddt. für «Blässhühner».

484 *Lilien und Rosen*: Keuschheit, Reinheit und edle Gesinnung sowie Vollkommenheit und Schönheit symbolisierende Blumen. – *Ottomane*: gepolsterte Ruhebank mit halbrunden Armlehnen.

485 *Nachtviolen*: die Duftpflanzen, die ihr schweres Aroma erst in den Abendstunden entfalten, gelten als Blumen der Aphrodite; sie stehen sowohl für sinnliche Begierde als auch für Treue; s. dazu auch Franz Schuberts Kunstlied (D 752): «Nachtviolen, Nachtviolen! / Dunkle Augen, seelenvolle, / Selig ist es, sich versenken / In dem sammtnen Blau ...»

488 *Hümpel*: norddt. für «Haufen». – *Wollblumen*: auch Königskerzen genannt, Symbol für langes Leben.

489 *dann ist es faul mit einem Staat*: Anspielung auf den berühmten Satz in William Shakespeares (1564–1616) Tragödie «Hamlet», wo es im 1. Aufzug, 4. Szene, heißt: «Something is rotten in the state of Denmark».

490 *Schwalbenaugen:* balt. Bezeichnung für «Mehlpriemeln». – *Tannen:* Sinnbild für Fruchtbarkeit und Unsterblichkeit, Stärke und Treue. – *Föhren:* symbolisieren Selbstzucht, Beständigkeit und Langlebigkeit.

492 *ich fühle etwas von den Birken in mir:* im germanischen, slawischen und baltischen Volksglauben gilt die Birke als Sinnbild der Jugend, der Fruchtbarkeit, der Vitalität, als heiliger «Baum des Schutzes» mit magischer Wirkung auf beseelte Geschöpfe.

493 *vieux jeu:* frz. «altbacken». – *Paul et Virginie:* der populäre Roman von Jacques-Henri Bernardin de Saint-Pierre (1737–1814), erschienen 1788 und das Lieblingsbuch Napoleons, handelt von einem Jungen und einem Mädchen, Kindern armer französischer Kolonisten, die auf der Insel Mauritius aufwachsen, sich ineinander verlieben und vom Schicksal tragisch auseinandergerissen werden. – *Chateaubriand:* François-René, Vicomte de Chateaubriand (1768–1848), französischer Diplomat und Schriftsteller, entwickelte sich vom streitbaren Monarchisten zum Freigeist, der den Lauf der Geschichte von einer zusehends neutralen Warte aus betrachtete und beurteilte; schriftstellerischen Ruhm trugen ihm seine «Mémoires d'outre-tombe», Paris 1848, ein.

494 *Yquem:* edelsüßer Wein vom Château d'Yquem, einem Nobelweingut in Sauternes, einer Ortschaft südöstlich von Bordeaux. – *Chrysanthemen:* aus Japan stammend und erst um die Mitte des 19. Jahrhunderts in Europa heimisch geworden, galten sie als repräsentative Edelgewächse und standen für Heiterkeit, ehe sie zu Herbst- und Friedhofsblumen wurden. – *Schwertlilien:* ein jahrhundertealtes königlich-aristokratisches Erkennungszeichen und Sinnbild der französischen Monarchie. – *frères provenceaux:* korrekt «provençaux»; das Pariser Gourmetrestaurant «Les Trois Frères Provençaux» öffnete 1786 in der rue Hélvétius seine Pforten. – *Aquavit:* von lat. «aqua vitae», «Wasser des Lebens», mit Kümmel und wahlweise anderen Gewürzen wie Dillsamen, Fenchel, Koriander oder Zimt aromatisierter Branntwein aus Skandinavien. – *foie gras truffée:* frz. «getrüffelte Stopfleber». – *St. Peray:* Weiß- oder Schaumwein (Saint-Péray Mousseux) aus der traditionsreichen südfranzösischen Weinbaugemeinde. – *de petits fours:* frz. «Feingebäck», wörtlich «kleiner Backofen». – *Hochheimer:* Qualitätswein aus dem Rheingau. – *Fürstin du Chateau Loux:* ein Geschlecht dieses Namens ist nicht nachweisbar; womöglich literarische Reminiszenz an Nataly von Eschstruth (1860–1939), in deren Roman «Hofluft» eine Palastdame Madame de Loux auftritt. – *Gräfin Fiz James:* das englische Adelsgeschlecht Fitz-James, eine illegitime Nebenlinie der britischen Stuart-Dynastie, zählt zum europäischen Hochadel; gemeint sein könnte hier María del Rosario de Silva, 9th Marchioness of

San Vicente del Barco (1900–1934). – *C'est charmant, c'est adorable*: frz. «Das ist bezaubernd, das ist reizend».

495 *causeur*: frz. «Unterhalter», versierter «Plauderer». – *Figaro*: 1826 als Satireblatt gegründete Pariser Tageszeitung, im 19. Jahrhundert Zentralorgan des Konservativismus mit wirtschaftsliberaler Tendenz. – *Café Anglais*: 1802 am Boulevard des Italiens eröffnetes Traditionsrestaurant; Weltgeltung erlangte es durch seinen Chef de cuisine Adolphe Dugléré (1805–1884) und sein «dîner dit des Trois Empereurs» anlässlich des Besuchs von Zar Alexander II., des Zarewitsch Alexander III. und Wilhelm I. auf der Pariser Weltausstellung 1867. – *Zephiren*: Windgottheiten der griechischen Mythologie, Frühlingsboten und Lebensspender. – *frappiert*: von frz. «frappé»: «mit Eis heruntergekühlt».

496 *Schafgarben*: symbolisieren Geduld und dienen im Volksglauben der Abwehr des Bösen. – *Benediktenkrautes*: Heilpflanze gegen seelische Verstimmung.

499 *Marquise*: weibliche Form des französischen Adelstitels Marquis. – *Holundersträuche*: Holunder versinnbildlicht im Volksglauben Sünde. – *Schlehdornhecken*: im Volksglauben Schutzstrauch gegen Hexen.

500 *Orchideen*: symbolisieren mit ihrem durchdringenden Odeur Raffinement und Wollust. – *Würzkraut*: Kerbel. – *Porree und Sellerie*: Sinnbilder für Fruchtbarkeit und Zeugungskraft. «Mit dem Küchengarten reicht die plebejische Welt der Dienstboten in den aristokratischen Bereich des Parks hinein, die bei Keyserling für die ungehemmte sexuelle Befriedigung steht. Die Mädchen erreichen diesen Bezirk zwar nicht, doch wehen immerhin die Düfte von Sellerie und Porree als unästhetische, aber ‹scharfe› Stimulantien herüber. Der Sellerie zumindest gilt im Volksglauben als Aphrodisiakum» (Horst Thomé, «Autonomes Ich», S. 530). – *Nesseln*: Liebessymbol. – *Fliederbusch*: steht für erste Liebesregungen und tiefe Zuneigung. – *Rosenbüschen*: Rosen stehen für Anmut, Schönheit und Geheimnis.

505 *Wir sind eben zum Leiden geboren*: ein Echo der Schopenhauerschen Philosophie, in der dargelegt wird, «wie wesentlich alles Leben Leiden ist» (Arthur Schopenhauer, § 56, Bd. 1, S. 426).

506 *Zwiebelstauden*: Zwiebel symbolisiert Mut und Hoffnung. – *Spargelkraut … Pfeffergurken*: sexuell konnotierte Genusspflanzen. – *Melonen*: gilt als Symbol für erotische Erfüllung und Liebesglück. – *Kürbis*: wegen seiner vielen Kerne und des rapiden Wachstums seit jeher ein Fruchtbarkeitssymbol.

507 *aber heute Abend reiten wir zu unseren Bäumen, lassen uns vom Winde wiegen und zueinander biegen*: Regiefehler, vermutlich aufgrund nachlassender Kon-

zentration: der hier sich von den Liebenden wechselseitig versprochene heutige Abend des gemeinsamen Ausritts wird vom Autor im Handlungsfortgang vergessen, und von den Figuren gleich mit.

508 *Feuerlilien*: die duftlosen Wildlilien symbolisieren mit ihrem lohenden Orange Fruchtbarkeit und Wollust, sollen zugleich aber die verlorene Unschuld der Frau wiederherstellen. – *Malven*: bringen im Volksglauben Segen. – *Ulmenallee*: die Ulme gilt als Lebensbaum.

511 *Gräfin Krothow*: Anklang an das pommersche Uradelsgeschlecht von Krockow. – *jalousie*: frz. «Eifersucht».

517 *«Kaiserhof»*: das erste weltstädtische Grandhotel Berlins am Wilhelmplatz mit 230 Luxuszimmern und romanischem Café. – *«Borchardt»*: Berliner Traditionsrestaurant, 1853 von August F. W. Borchardt als «Delicatessen- und Wein-Großhandlung F. W. Borchardt» gegründet. Hier speiste das gehobene Bürgertum des Deutschen Reichs, der Adel und mitunter der preußische Hof. – *Pincio*: Hügel im Norden Roms, in der Antike bekannt als der «Hügel der Gärten». – *Fürstin Paterno*: italienisches Adelsgeschlecht katalanischen Ursprungs, das sich von dem 1565 gefürsteten Don Francesco Moncada (1518–1568) herleitet und sein Wappen mit dem des Herzogtums Bayern unterlegte, um seine uradelige Abstammung von Herzog Tassilo III. anzuzeigen; mit der Fürstin Paternò könnte gemeint sein Caterina Principessa Moncada di Paternò (1867–1955), geborene Donna Valguarnera Favara di Niscemi, Gattin von Pietro Moncada Starrabba, Principe di Paternò, ab 1895 Grande di Spagna (1862–1920). – *die Odescalchis und die Borgheses*: zwei der bekanntesten Fürstenhäuser des stadtrömischen Hochadels und des päpstlichen Adels; die im Jahr 1714 begründete fürstliche Linie der Odescalchis logiert bis heute im Palazzo Odescalchi in Rom; Principe Baldassare Ladislao Odescalchi (1844–1909), Politiker und Abgeordneter, gründete 1880 den Badeort Ladispoli bei Rom; die Borgheses, seit 1605 fürstlichen Standes, bewohnten mit dem Palazzo Borghese eine der prachtvollsten Residenzen Roms, während die Villa Borghese an der Porta del Popolo dem Fürstengeschlecht als Sommerpalast diente; Paolo Borghese, IX. Principe di Sulmona (1845–1920), war Gastronom und Schriftsteller. – *la morale*: frz. «die Moral». – *ein Wagen fuhr vor ... ein Wagen fuhr vor*: Dopplung mit wortgleicher Wendung, ein Regiefehler, der auf die Eile schließen lässt, mit der die Erzählung vom moribunden Autor wenige Tage vor seinem Tod vollendet worden ist; eine redaktionelle Korrektur wurde weder im Zeitschriftendruck noch in der Buchausgabe vorgenommen (s. oben).

518 *Spiräenhecken*: «Spier, Pflanzengattg. der Rosazeen, Kräuter, Sträucher, seltener Bäume, meist in der nördl. gemäßigten Zone. Viele Arten Zier-

sträucher» (Brockhaus' Kleines Konversations-Lexikon, S. 741). – *Dahlien*: symbolisieren Erneuerung und Stärke. – *Sammetbälle*: altertümlich für «Samt». – *Levkojen*: Sinnbild immerwährender Zuneigung und «dauernde[r] Schönheit» (Minna von Strantz, S. 323).

519 *Eschenallee*: Eschen sind Sinnbilder des Schutzes.

Die Erlebnisse der anderen

Von Daniela Strigl

«Modern sein heißt auf dem Wege sein, unmodern zu werden.»
Marie von Ebner-Eschenbach

«Plötzlich war es mir gleichgültig, ob ich modern war oder nicht.»
Roland Barthes

I

Eduard von Keyserling ist in vielem musterhaft für seine Epoche und doch als Erzähler unverwechselbar. Er gilt als Nostalgiker und *décadent*, Existenzialist und Erotiker, Seelenforscher und Impressionist mit einer schier unerschöpflichen Farbpalette. Mit seinen späten Romanen oder auch «Erzählungen» – die zeitgenössischen Bezeichnungen schwanken – ist der «baltische Fontane» endgültig in der Moderne angekommen. Kein Weichzeichner täuscht über das heraufdämmernde Ende der alten Welt, der Aristokratie, der ständischen Ordnung, des Ehrenkodex, der Moral. Unerbittlich scharf konturiert erscheint in der Krise der Gesellschaft die Krise des Individuums, das entweder resigniert hat oder sich in die Jagd nach dem Glück stürzt, ohne Halt in seinen Wurzeln, seinen Überzeugungen, seinem Glauben. *Wellen* (1911) und *Abendliche Häuser* (1914) entstanden in den letzten Friedensjahren, *Fürstinnen* (1917) und *Feiertagskinder* (1919) während des Großen Krieges, der darin auf auffällige Weise nicht vorkommt. «Man lebt doch hier, als ob man gleich erwachen müsste, um dann erst mit der Wirklichkeit zu beginnen», denkt die junge Fastrade in *Abendliche Häuser*. Doch als sie erwacht und mit der Wirklichkeit beginnt, nimmt es kein gutes Ende, und so ergeht es den meisten Protagonisten.

Keyserling starb am 28. September 1918 in München, Kriegsende und Räterepublik hat er nicht mehr erlebt. Das Spätwerk hat er nicht eigentlich geschrieben – sondern diktiert: Schon 1906 war Keyserling, vermutlich infolge einer jugendlichen Syphilis-Infektion, erblindet. In Harry Graf Kesslers Tagebuch findet sich am 29. November jenes Jahres der Eintrag: «Mit Hofmannsthal zusammen den alten Grafen Keyserling besucht, der ganz erblindet ist. Er geht an einem Stock, nur Haut und Knochen, ein mumifizierter hagerer Kopf, der wie ein Fischkopf spitz in einem wulstigen Mund vorstößt. Er spricht höchst weltmännisch und geistvoll.» Und am selben Tag schreibt Rudolf Kassner an die Fürstin Marie Taxis: «Ich bin voll Bewunderung für Keyserlings Haltung, mit der er das Schreckliche erträgt. Es gibt eben doch immer wieder da u. dort Menschen, wirkliche Menschen, die nicht mit sich pfuschen.» Wie Franz Grillparzer mit den Schwestern Fröhlich lebte Keyserling als Junggeselle mit zweien seiner ledigen Schwestern zusammen, die ihm den Haushalt führten und seine literarische Arbeit tatkräftig unterstützten. 1895 war er mit ihnen nach München gezogen und hatte sich in Schwabing niedergelassen.

Geboren am 2. Mai 1855 auf dem kurischen Gut Tels-Paddern im heutigen Lettland, entstammte Eduard Graf von Keyserling dem baltendeutschen Adel, der im Russischen Kaiserreich eine gewisse Autonomie genoss. Eduard wuchs mit neun Geschwistern in Schloss Paddern auf, absolvierte ein deutsches Gymnasium im Gouvernement Kurland und ging 1875 zum Jurastudium auf die Universität Dorpat (Tartu) im Gouvernement Livland, heute Estland. Dort führte ein rätselumwitterter Skandal nach zwei Jahren zu seinem erzwungenen Austritt aus der Studentenverbindung Curonia und dem Abbruch des Studiums. Einem Hinweis aus seinem Freundeskreis zufolge soll Keyserling sich eine Unkorrektheit bei der Verwaltung der Verbindungsgelder zuschulden kommen haben lassen. Der Student hat also wohl den fatalen Leichtsinn seiner spiel- und vergnügungssüchtigen jugendlichen Helden aus eigener Erfahrung gekannt und den rigiden Ehrbegriff der Zeit am eigenen Leib verspürt. Geächtet von seinen Kommilitonen wie seiner Familie, versuchte er einen Neustart 1300 Kilometer südlich, in Wien, wo er nun Philosophie und Kunstgeschichte studierte, in literarischen Kreisen verkehrte und unter anderem Bekanntschaft mit Peter Altenberg und Ludwig Anzengruber schloss; ein Studienjahr verbrachte er in Graz. Es folgten, laut Keyserling, «allerhand Reisen». Die Rekonstruktion biographischer Daten wird dadurch erschwert, dass der Schriftsteller selbst sich nur kursorisch dazu äußerte und sein Nachlass, seinem testamentarischen Wunsch gemäß, fast vollständig vernichtet wurde.

Eine Art Selbstportrait des Künstlers als junger Mann liefert Keyserling in *Fürstinnen* in Gestalt des ruhelosen Erbprinzen Joachim von Neustadt-Birkenstein: «Die kurzsichtigen, blauen Augen blinzelten nervös mit den blonden Wimpern, und die roten feuchten Lippen waren seltsam beweglich.» Der «lange, schmalschultrige, junge Herr mit dem glattgescheitelten, rotblonden Haar und dem blassen, ein wenig kränklichen Gesicht» ist freilich kein Künstler; seine einzige Kunst ist die des Angelns, und wie er die Damen dazu verdonnert, dieser wenig dramatischen Beschäftigung als einem Schauspiel beizuwohnen, ist ein superbes Beispiel (selbst)ironischer Charakterisierung: «Jetzt bitte achtzugeben, ich werfe die Angel aus, das ist nämlich auch eine Kunst, bitte, (...) natürlich muss die größte Ruhe beobachtet werden.»

Unter dem Eindruck seiner Wiener Jahre und wohl auch der österreichischen Spielart des Naturalismus verfasste Eduard von Keyserling erste Erzählungen, von denen einige in der *Wiener Allgemeinen Zeitung* und in der Münchner *Jugend* erschienen, sowie die Romane *Fräulein Rosa Herz* (1887) und *Die dritte Stiege* (1892). 1890 kehrte Keyserling in seine baltische Heimat zurück, um für seine Mutter – der Vater war 1876 gestorben – die Verwaltung der Güter zu übernehmen. Nach ihrem Tod übergab er 1895 Grundbesitz und Gutsbetrieb an die erbberechtigten Majoratsherren und ließ sich in München nieder. Dort erfand er sich als Autor gleichsam neu und machte sich, seine literarischen Anfänge verleugnend, mit der «Schlossgeschichte» *Beate und Mareile* (1903) als sinnlich-feinsinniger Portraitist der ostpreußischen Adelswelt einen Namen.

II

Gerade das literarhistorische Image eines Spätlings, der mit größtem Raffinement eine versunkene Welt heraufbeschwört, hat in letzter Zeit den Blick auf die Bedeutung von Keyserlings Werk verstellt. Stimmungsopulenz, sinnliche Beschreibungslust, psychologische Delikatesse, wehmütige Lebensabstinenz – die Eigenschaften, denen es seine Berühmtheit verdankte, schienen sich in Argumente dagegen verwandelt zu haben. Man meinte, seine lebenshungrigen Adelsfräulein und schneidigen Leutnants, seine überspannten Hauslehrer und hagestolzen Gutsherren, seine schüchternen Söhne, drallen Mägde und patenten Matronen dem 19. Jahrhundert zuschlagen und somit für altmodisch erklären zu müssen. Dazu kam, dass die Sphäre des baltischen Adels im zaristischen Russland gewissermaßen doppelt abgetan war, vergangener als vergangen und überdies geographisch entlegen, ein exotisches Anhängsel der nationalen Memoria. Und Keyserling, der seine Standesgenossen, wenn auch nicht immer mit Sympathie, so doch mit Empathie darstellt, der die entschwundene Pracht der Salons und Schlossgärten in atemberaubender Plastizität wiedererstehen lässt, wurde nostalgischer Gefühle nicht allein gegenüber einer historisch erledigten vorrevolutionären Epoche verdächtigt, sondern auch gegenüber einem Phänomen des «Auslandsdeutschtums», von dem man nach 1945 nichts mehr wissen wollte.

In der Tat wurzelt der Erzähler Keyserling wie jeder Schriftsteller im Erlebnis seiner Kindheit und Jugend, mithin im 19. Jahrhundert, in dessen Traditionen und Begriffen von Contenance und Etikette, in dessen Wertvorstellungen von Ehre und Familie. Doch er zeigt gerade, wie dieses Erinnerungsbild mit der modernen Zeit kollidiert, wie die Auswirkungen von Liberalismus, politischer Emanzipation und Industrialisierung in die trügerische Gleichförmigkeit der Sommerfrische einsickern, wie sie das scheinbar Festgefügte unterspülen und zum Bröckeln bringen. Und er tut das nicht erst in den späten Romanen, durch die das eine oder andere Automobil rattert, er tut es mit jedem Figurentableau seiner «klassischen» Erzählungen; immer ist eine alte Prinzessin da, eine alte Generalin, ein alter Baron oder Graf, die im Sturm der Neuerungen auf ihrem Posten ausharren, die dem Sittenverfall und der Dekadenz – Orangengefrorenes zum Rehbraten! – trotzig die Stirn bieten und einander und die Jugend darüber belehren, wie es früher war und was sich daher eigentlich ziemte. Die Erzählstimme folgt diesen Ermahnungen meist mit spöttischer Nachsicht, in Keyserlings letzten Texten wird die Unhaltbarkeit der verteidigten Bastionen jedoch immer schonungsloser ausgestellt. In *Fürstinnen* verkündet Graf von Dühnen, an seinem leichtsinnigen Ältesten Felix ein Exempel zu statuieren und ihn zu verstoßen. Nur so könne man «in diesen schweren demokratischen Zeiten den Adel hochhalten». Wie der Leichtsinn in seine Familie kommt, kann er sich nicht erklären, und die Darwin'sche Lehre hält er für eine Modetorheit, ohne zu merken, dass er ihr sein Vokabular – «strengste Auslese ohne Gefühlsduselei» – verdankt: «auf Vererbung berufen sich nur Leute, die schlecht erzogen sind. Ich werde meinen Söhnen die Vererbung schon forterziehen.» Es überrascht nicht, dass diese Methode ihr Ziel verfehlt.

Was das Verhältnis des Autors zu seinen Propagandisten des alten Adels betrifft, so darf man nicht vergessen: Hier spricht einer, der als junger Mann gegen die Ordnung der Väter aufbegehrt hat, der als Student nicht nur ein wildes Leben führte, Raufhändel suchte und Bordelle besuchte, sondern auch gegen den aristokratischen wie akademischen Code of Conduct verstieß und als Ausgeschlossener auf die Verhältnisse gezwungenermaßen von außen blickte. Keyserling war, was Thomas Bernhard einen «Weggeher» genannt hat, einer, der Herkunft und Erbe den Rücken kehrte und sich in die große Welt aufmachte, und er blieb es auch nach seinem neuerlichen Intermezzo auf Gut Tels-Paddern. Erst in der Rückschau auf das Verlorene, vielleicht noch nicht Überwundene, scheint dem kritischen Blick so etwas wie Wehmut beigemischt. Gänzlich verloren war das russische Kurland und damit auch der wirtschaftliche Ertrag des Keyserling'schen Gutes mit dem Beginn des Krieges. Nostalgie im griechischen Wortsinn bedeutet Heimweh. Und was ist individuelle Nostalgie anderes als Heimweh nach der Kindheit als der guten alten Zeit? Zugleich war es eine vorweggenommene Wehmut angesichts drohender historischer Umbrüche: Die Republik stand vor den Toren.

Der lebhaft erinnerte kurische Mikrokosmos, die Landschaft, das Meer, die Schlösser, Kleinstädte und Dörfer, die Charakterköpfe und Typen in Herrschaft und Gesinde vermengen sich in Keyserlings Milieustudien des Landadels mit den Verhältnissen in Ostpreußen, die politische Realität des deutschen Kaiserreichs legt sich über das russische Baltikum von einst. So weist der erste Satz in *Abendliche Häuser* direkt auf Schloss Paddern, lettisch Padures: «Auf Schloss Paduren war es recht still geworden, seit so viel Unglück dort eingekehrt war.» Anderes, etwa die Erwähnung der polnischen Grenze oder die deutschen Namen des Personals, deutet hingegen auf Ostpreußen als Schauplatz.

III

Die geographische Zuschreibung erscheint aber für Keyserlings Nachruhm gar nicht so wichtig wie die Fixierung der Klassenzugehörigkeit. «Indem er Künstler wurde, hörte er nicht auf, ein Edelmann zu sein», betont Thomas Mann als der Fackelträger des bürgerlichen Romans in seinem Nachruf. Nicht allein dass er Keyserlings Werk als «die Verklärung und melancholische Ironisierung, die Kunstwerdung seines feudalen Heimatmilieus» bezeichnete, dürfte die postume Rezeption geprägt haben, sondern vor allem dass er so emphatisch das Aristokratische an Keyserlings Kunst hervorhob und damit die Gewichte zugunsten der «Verklärung» und gegen die «Ironisierung» verschob.

In diesem Punkt ist Widerspruch angebracht: Der Graf von Keyserling ist ganz entschieden kein «Gesellschaftsschilderer» «ohne soziale Attitüde», ist keiner, dessen «Kritik dem Leben, nie der Gesellschaft gilt». Zwar schreibt Keyserling keine Thesenromane, doch er fügt sich mit seiner realistischen Schilderung des «gehobenen» Lebens in eine Reihe adeliger Adelskritik, die von Iwan Turgenjew und Leo Tolstoi bis zu Marie von Ebner-Eschenbach reicht. Von ihr stammt nicht nur die Marke der «Schlossgeschichten», sondern auch der Aphorismus «Der größte Feind des Rechts ist das Vorrecht». Und: «Nicht teilnehmen an dem geistigen Fortschreiten seiner Zeit, heißt moralisch im Rückschritt sein.« Eduard von Keyserling führt das Hohle einer äußerlich festgefügten, längst substanzlos gewordenen Lebensform nicht nur in den Ritualen und Konventionen vor, in denen sie sich erschöpft, er bildet es auch in den Reden ihrer Vertreter ab, die das aristokratische Ethos der Ritterlichkeit hochhalten und damit mehr schlecht als recht ihren Klassenegoismus bemänteln. Als Kritiker dieses in sich selbst kreisenden Diskurses ist Keyserling radikal, weil er die Absage an das Althergebrachte nicht mit einem neuen Ideal zeitgemäßer Adelspflicht verknüpft. Wie der Nihilist Basarow in Turgenjews Roman *Väter und Söhne* (deutsch 1869) liebäugelt der junge Baron Dietz Egloff in *Abendliche Häuser* mit der Tabula rasa anstelle der Generationenreihe: Weil er «keinen historischen Sinn» hat, fehlt ihm auch der Glaube an die Zukunft, er will nicht «die Stücke meines Wesens hundert Jahre fortschleppen, so wie sich hässliche Möbel in alten Häusern forterben». Mit der «Andacht» der Väter können die Jungen «nicht recht mit, nach einer neuen Andacht für uns sah man sich nicht um». Dietz Egloffs «Lust, jenes brave Ideal einmal an die Nase zu fassen», bringt zuletzt seinem Freund und ihm selbst den Tod und den Frauen als den Hinterbliebenen Leid. Das Duell mag hier als «eine dieser Wichtigtuereien» abgetan werden, tödlich ist es allemal. Und nach wie vor gilt Ebner-Eschenbachs Definition: «Die Unschuld des Mannes heißt Ehre. Die Ehre der Frau heißt Unschuld.»

Während Ebner-Eschenbach, etwa in ihrem Ehebruchsroman *Unsühnbar*, für jene Adelige, die guten Willens sind, eine Form des sozial verantwortungsvollen Wirtschaftens und eine paternalistische Caritas vorsieht, dient die Wohltätigkeit Keyserlings Damen eher als Alibi; Prinzessin Marie in *Fürstinnen* bekommt sie als Beschäftigungstherapie verordnet, «nicht so dieses sogenannte Gehen in die Hütten der Armen, dort kriegt man nur Krankheiten und Flöhe, aber eine Kochschule, eine Nähschule, so was».

Der Sarkasmus des Erzählers ist in solchen Bemerkungen ebenso wenig zu überhören wie die Missbilligung des ständischen Modells, auf dem Prinzessin Agnes gegen die Nonchalance der wiederverheiratungswilligen Fürstin Adelheid beharrt. Die fände, ohne es auszusprechen, nichts dabei, wenn Graf Streith als ihr Gatte bei Hofe nicht dieselbe Tür benützen dürfte wie sie selbst. Die ältere Schwägerin hält dagegen: «Gut, vor Gott sind wir alle gleich, aber Gott hat gewollt, dass es Fürsten gibt, und wenn es Fürsten gibt, dann müssen diese sich danach halten, dann ist eben eine Tür nicht wie die andere und ein Mensch nicht wie der andere, sonst glaubt man uns die ganze Geschichte nicht.» Das ist ein Hinweis darauf, dass die Prinzessin selbst «die ganze Geschichte» nicht mehr so felsenfest glaubt, wie sie vorgibt. Aber es wird im Kontext auch klar, dass die Kodifizierung des Dünkels als lebensfeindliches Konzept verantwortlich ist für Adelheids langes Zögern und damit für ihr Lebensunglück.

IV

Der Ruf des Lebens (1906) lautet der Titel eines Stücks von Arthur Schnitzler, in dem eine junge Frau aus dem Drang, fortan ja nichts mehr zu versäumen, einen Mord an ihrem tyrannischen Vater begeht. Man hat Keyserling gerne und zu Recht mit Turgenjew und Fontane verglichen, doch Schnitzler wurde als Referenzfigur bisher nicht gebührend wahrgenommen. Keyserling war nur sieben Jahre älter als der Wiener Shooting Star, dessen angestammtes Milieu jüdisch-großbürgerlich war. Diese «beiden wissenden Durchschauer der menschlichen Natur», so Robert Faesi in einer zeitgenössischen Kritik, sind «in den feinsten Seelen» wohl «am besten zu Haus», Meister «im psychologischen Detail und der Nuance, im Aufdecken erster Regungen und Wallungen», im «Zergliedern verschlungener seelischer Komplexe». Beide konstatieren «flüchtige Vergänglichkeit auch im Tiefsten und Schönsten», erkennen «die Treulosigkeit des Herzens» als einzig zuverlässige Eigenschaft im menschlichen Umgang. Keyserling wie Schnitzler beschreiben eine saturierte Endzeitgesellschaft ohne Halt, den sinnlosen Wettlauf zwischen Begehren und Tod, gefallene Mädchen, frustrierte Frauen und nervöse Männer vom Typus des «Neurasthenikers», Ennui und Betrug, Zyniker und Duelle. Niemand käme allerdings heute auf die Idee, Schnitzlers Status als moderner Klassiker deshalb in Frage zu stellen.

In seiner Einfühlung in weibliche Charaktere ist Keyserling seinem Wiener Kollegen zumindest ebenbürtig. Gerade die in seinem Werk offenbar werdende Haltung zur sogenannten Frauenfrage veranschaulicht die Vehemenz und Radikalität seiner Gesellschaftskritik. Mag sein, dass auch in dieser Hinsicht seine literarische Sozialisation in Österreich fruchtbar wird. In Graz lebte zu jener Zeit Leopold von Sacher-Masoch, der bereits 1870 mit dem gewagten erotischen Rollenspiel *Venus im Pelz* Berühmtheit erlangt hatte, im selben Jahr erschien sein Roman *Die geschiedene Frau*.

In *Wellen* schreibt Keyserling die Geschichte des literarischen Ehebruchs ins 20. Jahrhundert fort: Grämt sich in Ebner-Eschenbachs *Unsühnbar* (1889) die untreue Gattin noch zu Tode, steht vor dem Verlöschen der Titelheldin in Fontanes *Effi Briest* (1894) noch ein Duell und die Verstoßung der Sünderin, so beginnt hier die «fortgelaufene Gräfin» Doralice nach einer undramatischen Szene mit ihrem Mann und einer undramatisch verlaufenen Scheidung ein neues Leben, in dem das Glücksversprechen allerdings nicht eingelöst wird. *Feiertagskinder* endet überhaupt auf einmalige Weise offen: Der Ausbruch der Gutsherrin Irma, die dem Bruder ihres Gatten in die Stadt folgt, um dort den Scheidungsprozess abzuwarten, zieht nicht das sonst stets unweigerliche Scheitern mit sich, das gleichwohl in der Luft liegt – ausgerechnet ihr alter Vater, der den gesellschaftlichen Skandal als Makel der Familienehre zu fürchten hat, ist optimistisch: «Sie schreibt von Einsamkeit, von Melancholie, von Buße; aber das vergeht.»

Es sind starke, selbstbewusste Frauen, die den Weg des Neubeginns wählen, mag die kränkliche Irma auch auf den ersten Blick schwach wirken, geknickt durch den Tod ihres kleinen Sohnes. Stark und selbstbewusst ist auch Fastrade in *Abendliche Häuser*, obwohl sie, in den Augen ihrer Mitwelt, bereits eine Frau mit Vergangenheit ist.

Kaum volljährig ist sie in die Stadt gezogen, um den todkranken ehemaligen Hauslehrer zu pflegen, den ihr Vater, der allseits geachtete Sittenwächter mit dem sprechenden Namen von der Warthe, als Bräutigam nicht akzeptieren wollte. Eine Baronesse als Krankenschwester, das ist eine unerhörte Verirrung ins Bürgerliche oder gar Plebejische (obwohl die Caritas als adelige Standestugend gilt), zugleich aber ein Vorgriff auf die grauenhafte Realität in den Lazaretten des Weltkriegs, die in einer Vision Fastrades aufblitzt. Ihre Rückkehr in eines der «abendlichen Häuser» hätte sie trotz allem dem Leben wiedergeben können, wäre ihr Liebes- und Erziehungsprojekt mit dem schwermütigen Luftikus Egloff geglückt. Die väterliche Erlaubnis dazu hat sie nur noch pro forma eingeholt.

Unter all den adeligen Fräulein stellen die Prinzessinnen sozusagen einen besonders schweren Fall dar, kommt für sie doch nur ein Prinz oder Fürst als ebenbürtiger Ehemann in Frage. Ferdinand von Saar hat in seiner Novelle *Leutnant Burda* (1887) das Gefälle von der anderen Seite her beschrieben, als das Drama eines chancenlosen Verehrers und einer eingebildeten Liebe. In *Fürstinnen* haben Maries Schwestern als Gattinnen des russischen Großfürsten und des nervösen Cousins Joachim nicht gerade das große Los gezogen, aber besser, als zu Hause zu sitzen und «für die Dorfkinder wollene Hauben stricken», erscheint es der Jüngsten allemal. Ihre bewunderte Freundin Hilda, die fort von zu Hause will, weil sie sich dort «nicht entwickeln» kann, und Marie dabei unterstützen möchte, ein «modernes Mädchen» zu sein, taugt nur bedingt als Role model. Allzu kühn wirkt ihr praktisch-erotisches Konzept der Emanzipation: «dann erst werden Mann und Weib gleich sein, wenn die Männer uns küssen können, ohne gleich eine dumme Protektormiene aufzusetzen». Und mit ihrem Befund «Prinzessinnen entwickeln sich nicht» bekommt sie am Ende Recht. Dass just die fortschrittliche Hilda den missratenen Adelsspross von Marie erbt, dass gerade sie es ist, die mit Maries Schwarm Felix gegen den Willen ihrer Eltern nach Amerika geht, ist nur folgerichtig, hat sie doch für das Gesetz des Handelns in der Liebe plädiert.

Von dem, was danach passiert, nach dem Happy End des Miteinander-Durchbrennens, erzählt Keyserling mit unnachahmlicher Genauigkeit in *Wellen.* Nicht dass Doralice vom Regen in die Traufe gekommen wäre in ihrer neuen Existenz, aber eine Zuflucht im Trockenen, ein Heim nach ihrem Wunsch findet sie an der Seite von Hans Grill nicht, und am Ende verliert sie ihn buchstäblich an ihre große Rivalin, die See. Die Ehe als Grille – Doralices neuer Name erlaubt zumindest diese Assoziation. Wenn ihr Mann von «freier Liebe» und «freien Menschen» redet, muss sie lachen, und dass ihrer beider hart erkämpfte Freiheit sich in der Enge und Hässlichkeit einer bäuerlichen Stube materialisiert, bedrückt sie. Gegen den kleinbürgerlichen Zukunftstraum des Künstlers vom Häuschen, von der Ordnung und vom Alltag muckt sie auf, wenn sie wissen möchte, wie denn der Vormittag für sie aussehen soll, den Hans im Atelier verbringt: «Du hast eben deinen Wirkungskreis, (...) du hast dein Hauswesen, dem du dein Gepräge gibst.» Und Doralice: «Ach Gott, ich kann doch nicht den ganzen Vormittag allein dasitzen und dem Hauswesen mein Gepräge geben.»

Die Modernität der Figur wird dadurch nicht geschmälert, dass sie wenig von den hauptberuflich Emanzipierten hält, den Frauen, die «Velveteen-Reformkleider» tragen und «von objektiv und subjektiv» sprechen. *Wellen* ist ein «antiutopisches Manifest» (Florian Illies), und es ist eine Abrechnung mit der Phrase. Sie geistert durch alle Gespräche, ihre gültige Verkörperung hat sie aber in dem geistlos-stattlichen Baron Buttlär gefunden, der für alle Themen die passenden Fertigteil-Bemerkungen zur Hand hat, ob es um die Familie geht, den Mond oder das Meer: «Die Unendlichkeit ist eben die Unendlichkeit, nicht wahr?» Als pater familias ist Buttlär ein Heuchler und Betrüger, ein notorischer Ehebrecher, dessen Gattin sich bemüht, weiterhin an die Heiligkeit der Ehe zu glauben. «Die Ehe (...) ist vielleicht sehr heilig, aber unsere Männer sind es nicht», lautet der Kommentar der Generalin, eines Typus der abgeklärt-klugen, scharfzüngigen alten Dame, der auch im Werk Ebner-Eschenbachs präsent ist und in *Wellen* als Pendant zum Zyniker Knospelius fungiert. Sie durchschaut nicht bloß ihren Schwiegersohn, sondern das System, zu dessen Funktionieren sie als Komplizin des Patriarchats gleichwohl unbeirrt beiträgt. Das tut sie auch, indem sie die einstige Gräfin, die aus ihrer Rolle und allen Sicherheiten gefallen ist, «nicht mehr kennt». Über die persönliche Sympathie triumphiert klassenbewusste Überheblichkeit, eine subtile Ironie in Anbetracht der bombastischen Adelsnamen in Keyserlings Werk: «Grill, wer kann sich das merken, das ist nichts.» Keineswegs werden die «starren Gesellschaftsregeln, mit einer solchen Person keinen Umgang zu pflegen», in *Wellen* durch die Ereignisse «glänzend rehabilitiert» (Martin Mosebach), vielmehr schildert Keyserling auch hier das Begehren und Aufbegehren der Frau, die den Skandal einer Scheidung dem Ersticken in ihrem konventionellen «Pflichtenkreis» vorzieht, mit unverkennbarer Parteinahme für seine Heldin.

V

Sigmund Freud hat Schnitzler bekanntlich als seinen literarischen Doppelgänger angesehen, er hätte das genauso gut auch von Keyserling sagen können. «Jetzt beherrscht das Erotische alle Verhältnisse des menschlichen Daseins, (…) wird zur treibenden Kraft des gesellschaftlichen Lebens. Wollen wir ein Menschenleben verstehen, müssen wir wissen, welche Rolle das Erotische in ihm spielt», verkündet Eduard von Keyserling in seinem Essay *Über die Liebe* (1907). In seiner Literatur hat er sich daran gehalten. Alle, die darin glauben, das Leben zu versäumen, meinen das Geschlechtsleben, zumeist freilich, ohne zu wissen, was sie meinen. Die libidinöse Energie ist das Movens dieser Prosa, unmissverständlich auch dort, wo die Dinge nicht beim Namen genannt werden. In *Wellen* ist es Hans Grills «unbändiger Lebensappetit», der Doralice mitreißt, herausreißt aus den Fesseln ihrer Ehe mit einem viel älteren Mann. In *Abendliche Häuser* bringen die Frühlingsluft und die Umarmungen ihres Verlobten die kühle Fastrade zum Weinen und sogar zum Singen. Seinen Willen lässt sie ihm dennoch nicht, worauf Egloff die Affäre mit der ihm hörigen Lydia wieder aufwärmt. In *Fürstinnen* führt der Triebstau dazu, dass Graf Streith sein Begehren von der ewigen unerfüllten Liebe zur Fürstin auf das wilde Mädchen Britta umlenkt und er und Adelheid sich mit der ausgiebigen Besichtigung seiner «Treibbeete» (!) begnügen. Der beiden zum Greifen nah scheinende erlösende Augenblick geht so ungenützt vorüber. Und in *Feiertagskinder* wartet Irma darauf, dass das Leben – in Gestalt ihres Schwagers Achaz – sie endlich «wie die Welle im Seebad hochhebt», denn «dann ist es des Lebens wert». Keyserlings Kunst, den Gefühlsaufruhr seiner Figuren in den Erscheinungen der Natur, namentlich der Botanik, vielgestaltig abzubilden, ist berühmt. Manchmal wird er dabei auch deutlich: Er habe sie bemerkt zwischen ihren Bäumen, «wie du mit dem Morgentau und Morgenduft eine Orgie feierst», sagt Achaz zu Irma.

Manche Szenen lesen sich wie dem Handbuch der psychoanalytischen Traumdeutung oder Symbolkunde entnommen, zum Beispiel als Marie in *Fürstinnen* endlich ihr heimlicher Wunsch erfüllt wird, auch einmal schaukeln zu dürfen wie die wilde Hilda: «ein Gefühl des Losgelöstseins von aller Wirklichkeit, ganz traumhaft, machte ihr Herz schneller schlagen». Mit sexueller Bedeutung aufgeladen sind auch Keyserlings Erzählungen vom Reiten, das stets ein Versprechen ist, ein Risiko, eine Form des Lebendigseins: «Die Fürstin wurde auf solchen Morgenritten ganz jugendlich erregt.» Das Pferd als Symbol der Vitalität, Libido und Potenz erscheint in *Abendliche Häuser* in Gestalt des schwarzen Hengstes Ali, der, «alter Verführer», seinen triebgetriebenen Herrn wie in vielen Nächten zuvor wieder in die Nähe seiner Geliebten trägt. Einmal auf dem «großen, falben Pferde sitzen zu dürfen», davon träumt Britta in *Fürstinnen*, und Streith erfüllt ihr den Wunsch, ein Verrat an seiner Liebe zu Adelheid, denn die realisierte sich im gemeinsamen Ausreiten; prompt ertappt die Fürstin den Freund und sein Mädchen gleichsam in flagranti beim Reitunterricht. Auch die zahlreichen Hunde in Keyserlings Werk, zunächst schlicht Attribute der Einsamen, ließen sich psychoanalytisch deuten, als Sinnbilder verleugneter Triebnatur.

Der Autor weiß außerdem, dass sexueller Mangel kompensiert wird durch orale Befriedigung, durch Rauchen, Trinken, Essen. Die

Begeisterung des alten Grafen Pax für exquisite Tafelgenüsse wird in *Feiertagskinder* explizit gegen die Freuden jugendlicher Sinnlichkeit ausgespielt. Umgekehrt interessiert der Gourmet Streith sich nicht mehr für den Menüvorschlag seiner Haushälterin, für Hechtkoteletts, Krebsensuppe und Morchelsauce, als sich seine Wünsche bezüglich einer Verbindung mit der Fürstin konkretisieren.

In Keyserlings Liebestheorie ist das Begehren nach dem Körper nicht von dem nach der Seele zu trennen, ist die Frau diejenige, die sich «impulsiv» einlässt, und der Mann derjenige, der die Zerrissenheit der Dinge kraft Verstand und Willen zu überwinden sucht. In seiner künstlerischen Praxis verfährt der Autor indes weit differenzierter und weniger konventionell. Er zeigt die klassischen Rollenbilder, starke, dominante Männer und schwache, ihnen ergebene Frauen, er zeigt ihre Umkehrung – und alle nur denkbaren Mischformen. Er porträtiert den bärenstarken Naturburschen, der malt und grübelt, den mutigen Neurastheniker, das androgyne Mädchen mit seiner Schwäche für den feschen Leutnant, den scheinbar soliden Mann mit dem «wunderschönen blonden Schnurrbart»: «Solch ein Schnurrbart verpflichtet eben und macht auch den christlichen Hausvater und Gatten oft unruhig.»

Auch bricht Keyserling die heterosexuelle Selbstverständlichkeit da und dort auf. Die kleine Lolo, die der Gräfin die Hand küsst und dafür einen Kuss auf den Mund erhält, wird ihrerseits zum Opfer von deren erotischer Strahlkraft. Und Donalt von Streith bekennt nicht nur seinen kindlichen Wunsch, sich in ein von ihm vergöttertes Mädchen zu verwandeln, er bewundert auch, einmal für die Leidenschaft bereit, unverhohlen die jungen Arbeiter beim Bau seines Wintergartens, «wie die Muskeln sich spannten und die jugendliche Kraft die Körper schwellte. Streith wurde es ganz warm bei diesem Anblicke».

Bei aller Skepsis gegen utopisches Denken und Sprechen und trotz allen Bemühungen, die Liebe als Illusion zu enttarnen, bleibt in Keyserlings Kosmos die Utopie einer Erlösung durch den Eros bestehen. Anders als bei Schnitzler ist für seine Protagonisten eine Versöhnung zumindest vorstellbar: Doralice und Hans, die lange nicht miteinander reden, die ihre Anliegen nur jeder für sich ins Meer hinausschreien können, planen die große Aussprache – für den Morgen nach jener Ausfahrt, die er nicht überleben wird.

VI

Die «gestiegene Meisterschaft» eines spätentwickelten Erzählers, die noch weiter getriebene «Ökonomie der Darstellung» (Jens Malte Fischer) lässt sich in Keyserlings späten Romanen mühelos entdecken. Sie steckt in der prägnanten Charakterisierung der Figuren wie in der virtuosen Dialogführung, die zur ersteren nicht wenig beiträgt. Der Autor spart aus, deutet an, legt seinen Geschöpfen verräterische Wendungen in den Mund, bringt sie den Lesern nahe und stellt sie vor ihnen bloß. Manchmal mit «einem lächelnden Humor» (Robert Faesi), manchmal mit einem ins Schwarze treffenden Witz. Keyserlings Sprechern haftet etwas sehr Französisches an, sie erklären sich und werben um Verständnis, sie erörtern Banales und Tiefschürfendes, ein wenig erinnern sie an französische Liebesfilme von heute, nur sind sie weniger geschwätzig. Die «Europäisierung der deutschen Prosa seit 1900» hat Thomas Mann im Werk des Kollegen zu spüren gemeint.

Dazu passt das Label des Impressionisten und Symbolisten, obwohl Keyserling sich nicht auf eine Schule festlegen lässt. «Ach nein, lass es lieber nicht symbolisch sein», bittet Doralice ihren Hans, als der darüber nachdenkt, wie er sie durch die Wellen trug. Ebenso ironisch wirkt es, wenn der konversierende Baron Buttlär den «Realismus in der Literatur» «verurteilt»: «Kunst soll doch erfreuen, nicht wahr. Das Leben war doch gewiss nicht heiter genug, um so einfach abphotographiert zu werden.» Diese Aussage ist allein schon dadurch diskreditiert, dass sie vom Meister der Plattitüde kommt. Man geht wohl nicht zu weit, wenn man sie als des Autors indirektes Bekenntnis zu eben jenem Realismus deutet. Dabei trägt zur weiteren Verwirrung bei, dass die Zeitgenossen, wenn sie den «Realismus» geißelten, eigentlich den Naturalismus meinten. Bedenkt man Keyserlings dichterische Frühzeit, löst sich der Widerspruch freilich auf. Wie Schnitzler, wie in gewisser Hinsicht auch Saar und Ebner-Eschenbach hat er naturalistische Aspekte und Sujets (in *Wellen* etwa den Strandfriedhof, die Fischerfamilien) in sein reifes Werk mitaufgenommen und den Anspruch realistischer, also wahrhaftiger und daher unerfreulicher Darstellung niemals aufgegeben.

Neben Keyserlings Spezialität der suggestiven sommerlichen Stimmungsmalerei beeindruckt im, dem Jahreskreis folgenden, Spätwerk auch die detaillierte Gestaltung einer förmlich Klarheit und Kälte ausstrahlenden Winteratmosphäre. Bewundernswert ist nicht nur der Reichtum an Farben und Nuancen, sondern auch das Raffinement der Komposition. Wie der Autor etwa in *Abendliche Häuser* den Selbstmord Egloffs vorbereitet, indem er Graf Schutow die Geschichte des Spielers erzählen lässt, der sich erschoss, weil er glaubte, sein anderes Ich mache in seinem Namen Schulden. Und wie Egloff selbst dann, ehe er sich erschießt, seinen Hengst tötet, sein zweites Ich, seine Triebnatur, wenn man so will, ein Doppelselbstmord.

Raffiniert auch die gegenläufige Parallelität, mit der Keyserling in *Feiertagskinder* von Großvater und Enkel erzählt: Uli überlebt einen Eislaufunfall, siecht aber dahin und kommt nicht mehr auf die Beine; der alte Graf Pax erleidet einen Schlaganfall, stirbt aber nicht, und beide fahren, nunmehr symbolisch gleich alt, miteinander im Rollstuhl aus; der Großvater verjüngt sich durch die Gesellschaft des Buben, dieser erkrankt und stirbt, während der Alte am Ende immer noch lebt.

Auch an manchem Detail lässt sich Keyserlings Gestaltungslust erkennen; zum Beispiel an der neuen Rosensorte namens «Diane vaincue» («die besiegte Diana»), von der Graf Streith der Fürstin berichtet, anstatt ihr endlich einen Antrag zu machen. Diana victrix, die sieghafte Diana, die römische Göttin der Jagd, verwandelt in Ovids *Metamorphosen* den Jäger Aktaion, der ihre Blöße beim Bad gesehen hat, in einen Hirsch. Aktaion wird daraufhin von seinen eigenen Hunden zerrissen. Als den Jäger Streith in seiner Todeskrankheit Fieberträume heimsuchen, «nahmen die Schmerzen Gestalt an, er sah das graue Hundegesicht mit den bleichen Augen und den gelben Zähnen, das sich wütend in seine Glieder verbiss». Am Ende: Lauter Besiegte.

VII

In seinen *Aphorismen zur Lebensweisheit* erläutert Schopenhauer, wie der Mensch stets zwischen «die beiden Feinde des menschlichen Glückes, den Schmerz und die Langeweile», gespannt bleibe; entfernt er sich von dem einen, nähert er sich unweigerlich dem anderen. Er versäumt nicht hinzuzufügen, dass, äußerlich betrachtet, die «reiche und vornehme Welt» sich in einem beständigen Kampf gegen die Langeweile befindet, während die «niedere Volksklasse» gegen Not und Schmerz zu kämpfen habe.

Eduard von Keyserling widmet sich in seinem Werk dem inneren Antagonismus eines geistig regen, empfindsamen Angehörigen der gehobenen Gesellschaft, seinem individuellen Hin- und Hergerissensein zwischen Langeweile und Schmerz. Auf die Klassengrenze ist nicht immer Verlass. So verwahrt sich Doralice dagegen, ein «Weib» genannt zu werden wie die Frauen der Fischer, reduziert auf Geschlecht und männlichen Besitz, am Ende aber wird sie eines, wird sie eine der Ihren, als sie wie sie vergeblich auf die Rückkehr ihres Mannes wartet.

Ennui, Überdruss, Lebensmüdigkeit beschäftigen die Literatur des Fin de Siècle, die in ihrem Gegenprogramm gegen die alles lähmende Melancholie eines entgötterten Zeitalters so etwas wie einen Existentialismus ante verbum hervorgebracht hat. Keyserling formuliert in *Über die Liebe*: «Der Mensch will leben, nur das, das ist sein Beruf, sein Ziel, sein Pathos.» Zur Intensivierung des Daseins bedarf es der Überwindung der Vereinzelung – in der Liebe, in der Kunst, im Naturerlebnis, sei es das Meer oder der Wald. Den «Feiertagskindern» im Keyserling'schen Kosmos gelingt das eher als den Alltagsmenschen. Sie sind die Ästheten, die Lebendigen, die die anderen mitreißen, die Interessanten, die Feste zu feiern wissen, wie sie fallen, aber sie sind auch die Gefährdeten, außerstande, auf den Schmerz mit «Tenue» zu reagieren wie Doralices gräflicher Gatte.

Unter dem Eindruck einer anderen Jahrhundertwende erscheint Keyserling als Diagnostiker von erstaunlichem Weitblick. Iris Radisch hat ihn einmal als «Houellebecq minus Zynismus» bezeichnet und damit gewiss nicht nur sein wenig einnehmendes Äußeres, seine Vorliebe für Alkohol und Zigaretten und Prostituierte gemeint. Tatsächlich hat der baltische Graf die Frage nach den Folgen der Freiheit und des siegreichen Kapitalismus, nach dem Trost durch die körperliche Liebe und andere Genüsse, nach der möglichen Erlösung des modernen Menschen in der Zweisamkeit auf seine Weise und für seine Klasse schon radikal und dringlich gestellt. Ein Charakter wie der von Grund auf desillusionierte, ja depressive Rechtsanwalt Viervogel in *Feiertagskinder*, der stumpf dem Ende zutreibt und seine Bedürfnisse auf das Handfeste reduziert hat («ein Frühstück, wenn man hungrig ist, ein Stuhl, wenn man müde ist», und die Reize der Witwe Weidemann), würde in einem Roman Houellebecqs allemal gute Figur machen. Auf der Suche nach der Freude, die nach Schopenhauer nie zum Fest erscheint, sondern stets unerwartet kommt, begnügen sich auch Keyserlings Menschen so lange mit den «kleinen Freuden», bis sie sich ins große Unglück stürzen.

Als Chronist dieses allumfassenden Unglücks der Moderne erweist sich der Erzähler Keyserling jedoch als Menschenfreund, als teilnehmender Beobachter, bei dem Ironie und Empathie die Balance halten. Weder gleicht er darin seinem literarischen Nachfahren noch dem Geheimrat Knospelius, der die gräfliche Femme fatale ansieht «wie einen Kupferstich» und als Voyeur und Lebensparasit mithilfe von Doralices Katalysatorwirkung soziale Experimente veranstaltet. Gänzlich fremd kann dem Schriftsteller das Interesse für «die Erlebnisse der anderen» indes nicht sein. Sein Bekenntnis «Was Leben betrifft, bin ich Kommunist, ich leugne das Privateigentum» – das taugt auch als literarische Devise. Am Ende fällt just dem Verwachsenen, dem Chancenlosen im erotischen Verteilungskampf, die Beute in den Schoß. Auch für den alten, kranken, blinden Grafen Keyserling mag das Schreiben ein Akt der Kompensation gewesen sein. Wir verdanken ihm ein Menschenalbum von zeitloser Schönheit.

Keyserling-Porträts in Bild und Wort

Eduard von Keyserling. Radierung von Lovis Corinth (1919 postum)

Bildnachweis: Interfoto | Sammlung Rauch

Lion Feuchtwanger
Eduard von Keyserling zum sechzigsten Geburtstag

> ... Und dennoch sagt der viel, der «Abend» sagt,
> Ein Wort, daraus Tiefsinn und Trauer rinnt
> Wie schwerer Honig aus den hohlen Waben.

Diese Verse Hofmannsthals könnte man fast allen Werken Keyserlings als Motto voranstellen. Er hat ein Buch geschrieben, das heißt *Abendliche Häuser*, und man könnte auch die meisten andern seiner Bücher *Abendliche Häuser* nennen. Denn fast alle erzählen sie von der tiefen, stillen Müdigkeit alter Geschlechter, von feinen, blutlosen, wissenden, traurigen, abendlichen Menschen. Es ist kein Lärm in diesen Büchern, kein helles Licht, kein starkes Leben. Alles verrinnt, verdämmert, ist taktvoll, ist gesänftigt, und wenn ja einmal ein lauter Ton in diese Stille dringen will, dann hebt sich müde eine blasse Hand und heißt ihn schweigen. Abend, Abend ist überall, ein Abend, der milde, süß und bitter alles zusammenfasst, was der Tag an Süchten und Schmerzen und Lüsten gebracht hat, ein Abend, der leis und hohnvoll fragt: Was soll all der Schmerz und Lust? und dennoch zittert vor der Dunkelheit.

Die Welt des Grafen Keyserling ist eine Welt in Watte, eine Welt hinter weißen Vorhängen, eine stille, umfriedete Welt, worin von der Geburt bis zum Tod alles in feste, durch Jahrhunderte erprobte Formen eingeschlossen ist. In dieser Welt gehen tüchtige Junker herum, die jagen, sich um ihre Güter kümmern, landwirtschaftliche Bücher lesen, spielen, zuweilen eine Saison in Berlin mitmachen, ihre Leute mit barscher Güte behandeln und ihre stillen, weißen Frauen sehr lieb haben; dann ältere, sehr soignierte, feinnervige Herren, die sehr vornehm sind, die leise und sehr geschickt pointierte ironische Glossen zu den Vorfällen des Tages machen, und deren Seele immer Handschuhe trägt und peinvoll zusammenzuckt, wenn etwas Taktloses geschieht; und Schlossfrauen, die Annemarie oder Fastrade, Benigne oder Beate heißen und sehr weiß und schlank und still und vornehm und verschlossen sind. Und derbe, treue Inspektoren und neugierige, frühreife, sehr gut erzogene und sehr graziöse junge Mädchen mit erwachenden Trieben und junge polnische Edelleute mit sehr heißem Blut, sehr schönen Augen und sehr theatralischen Seelen. Und alte Tanten, langnäsige, die Gesangbuchverse singen und die Kreuzzeitung lesen. Und alle diese Menschen scheinen uns aus einer andern Zeit, so seitab stehen sie, so unbekannt ist ihnen der Lärm des Tages, Industrie, Markt, die wilde Hetzjagd der Zeit. Es ist charakteristisch für die Welt des Grafen Keyserling, dass in seinen zehn Büchern nirgends ein Telephon klingelt: und seine Menschen könnten sich durch Fernsprechanschluss sehr viele Konflikte ersparen. Ich sage dies beileibe nicht, um zu spotten; ich möchte nur zeigen, wie fern uns seine ostpreußischen Schlösser liegen.

Das Grundmotiv in Keyserlings Erzählungen ist nun fast immer das nämliche. Irgendwie, irgendwo tritt das Leben von draußen, das richtige, lärmvolle, höchst taktlose Leben in das formvoll umfriedete Dasein seiner Menschen. Der Rhythmus dieses starken, wirklichen, unbekümmerten Lebens reißt sie mit sich, ihr Blut rebelliert, ein wildes Sehnen nach Ungebundenheit überkommt sie, und mit ihrer schönen Form zerbrechen sie selber. Die Geschehnisse, die bei Keyserling den Knoten schürzen und lösen, sind, äußerlich betrachtet, fast immer ziemlich konventionell und romanhaft. Man fällt im Duell, ertränkt sich, läuft den Eltern oder dem Gatten davon, lockert Brücken, über die der Nebenbuhler fahren muss, erschießt sich, kommt bei einer unvorsichtigen Segelpartie um und dergleichen. Und es kann nicht geleugnet werden, dass die äußere Handlung seiner Erzählungen, knapp und sachlich wiedergegeben, häufig viel Ähnlichkeit hat mit den Stoffen gewisser zu Recht verulkter Gartenlauben-Schriftstellerinnen.

Da ist es aber nun das Große bei Keyserling, wie er seine Stoffe entmaterialisiert. Es ist, als widerte alles Tatsächliche ihn an; er hat eine Scheu, Geschehnisse mit nackten, unumwundenen Worten auszusprechen. «Wir verstehen nicht mehr zu unterstreichen», sagt bei ihm irgendwer; «Unterstreichen ist geschmacklos, und die da draußen leben vom Unterstreichen». Seine Darstellung saugt das Stoffliche gewissermaßen auf und fängt den Duft, die Atmosphäre der Menschen und der Dinge ein. Macht sie transparent, dass man ihre Seele durchleuchten sieht, mild umflimmert, wie menschliche Glieder in besonntem Meer. Alle harten Konturen verfließen, zart und sänftiglich gleitet alles dahin, dunkle Regungen, nur geahnte, im Labyrinth der Brust verlorene, hebt er mit seiner Hand in zitterndes Licht und lässt sie wieder verdämmern; Wald, Feld, Meer, Licht, Luft und Menschen verweben sich, feinste Tönungen werden sichtbar, Unsagbares, Niegesagtes träumt, klingt ganz, ganz leise, aber licht und rein durch die Zeilen: das Herz der Dinge klopft in seinen Büchern. Wenn Peter Altenberg seine Aphorismen und kleinen Skizzen zu runden, vollendeten Dichtungen auswirken könnte, sie müssten sein wie diese. So pastellfarbenfein, so silbermatt umglänzt – wie mit Handschuhen ist jedes Wort angefasst; ganz, ganz behutsam blättert Keyserling die Seelen seiner Menschen auf, und seine Prosa fällt wie Verse.

Eine sachte Trauer liegt über allem, was dieser Dichter geschrieben hat. Es mag wohl ein Tropfen schwermütigen slawischen Blutes in ihm sein. In seinen frühern Werken atmet ein tiefes, resigniertes Mitleid. Es erfüllt herzbeklemmend die beiden Dramen: *Der dumme Hans* und *Frühlingsopfer. Der dumme Hans*: das ist das traurige Stück von dem Waldhäuslerjungen, dem Siebzehnjährigen, in dem der Wald träumt und dichtet, und der den Wald gegen den Baron verteidigt, wie der ihn fällen will, und der schließlich hingerichtet wird, unschuldig, dieweil das kleine Schlossfräulein … Aber das ist auch eine von jenen Geschichten, die all ihren Duft verlieren und falsch und süßlich klingen, sowie man nur vom «Inhalt» spricht. Noch viel mitleidvoller, süßer und bitterer ist das Stück von der kleinen Orti, der Heldin von *Frühlingsopfer*, einer Zwillingsschwester von Hannele Mattern. Eine gar nicht rebellische, sehr süße und schrecklich traurige Geschichte vom Sterben im Frühling. Ihr Refrain lautet: «Nachtigall ist eingeschlafen auf dem alten Weidenbaum. Frühling bläst die Zauberflöte – Weiß von Blüten steht der Wald. Ligo! Ligo!» Und ich wüsste von den Heutigen keinen, der dies Stück hätte schreiben können, ohne arg sentimental zu werden.

Die späteren Werke Keyserlings sind weniger angefüllt mit Mitleid. Abend, Abend ist in ihnen. Müdes, schmerzliches Erkennen. Zuweilen eine blasse, mit leiser Ironie verbrämte Güte, die jene uns so fernliegenden Menschen aus dem ostpreußischen Hochadel schier sympathisch macht. Des Dichters Herz ist vor allem bei den Frauen, bei jenen weißen, stillen, vornehmen Schlossfrauen, die Beate heißen oder Benigne oder Annemarie; aber es ist ein sehr gesittetes, taktvolles, zurückhaltendes Herz und verbietet dem Munde, des überzulaufen, wessen es voll ist. Auch wird es scharf im Zaume gehalten von einer tiefen, kalten, klaren Skepsis, die leise, aber überaus grimmige Sentenzen fallen lässt über Pathetik und Sentimentalität und alles, was geschminkt ist. Und wie unendlich wirkungsvoll ist jener diskrete Unterton gelassenen Spottes, der überall mitklingt, wo von Plumpheit, Unmanierlichkeit, von kleinbürgerlichen, amusischen Menschen und Regungen die Rede ist. Und der Hjalmar Ekdal, der in uns allen steckt, wird von diesem leisen Hohn ebenso, ja vielleicht noch erbarmungsloser entlarvt als von Ibsen und Tschechow und Heinrich Mann.

Nur wenige schmale Bände sind die Ernte dieses Sechzigjährigen. Aber eine unendliche Fülle von Gesichten ist in ihnen, und die Seele von Meer und Feld und Wald ist in ihnen, und Schmerz und Erkenntnis und Einsamkeit und Abend ist in ihnen. Keyserling ist süß wie Theodor Storm, aber gleichzeitig viel, viel bitterer; denn er ist viel wissender. Und er hat unvergessliche, adlige Gesten müder Resignation.

Unser Tag freilich ist sehr lärmvoll und die erlesene Stimme dieses großen Einsamen sehr leise; unser Tag ist voll von grellem Licht, das die Augen der Meisten blind macht für das abendliche Leuchten seiner Kunst. Unser Tag ist voll von lauten und gewalttätigen Gesten, und die Gebärden dieses Dichters sind mild und sehr müde. Dringe daher umso inniger zu ihm das stille Grüßen aller derer, denen seine süße, bittere, marktfremde, adlige Kunst das Herze bewegt hat.

Porträtzeichnung unbekannter Provenienz

Fotografie unbekannter Provenienz aus den letzten Lebensjahren des erblindeten Dichters

Grete Gulbransson
[Besuch am 29. April 1918]

Er liegt auf einer Chaiselongue ganz in Kissen gebettet, ein geisterhaft weißes Gesicht mit toten, eingefallenen Augen und der schönen, grotesken Nase nach aufwärts gerichtet. Aber seine Haare, seine junge, unbändige Mähne scheinen das einzige Lebendige an ihm zu sein. Er hat einen Harnisch langen, grausamen Leidens an und lässt mich nicht an sich heran. Ich fühl es gleich und tu's auch nicht, sondern sitz schwitzend vor Rührung und Aufregung da und probier' nur Grüße an seine arme Seele in jedes «Ja» und «Nein» meiner bellenden Stimme zu legen, die seiner meisterhaft geführten Konversation standhalten muss. Er spricht über moderne Kunst, Expressionismus, Dauthendey, Bjørnson, Ibsen, Simpl, über Gebäude etc. Oh grausamer Harnisch der Einsamkeit. – Draußen kommt der Regen, und das fahle Licht aus dem Fenster fällt auf sein weißes Gesicht. Auch seine Hände sind schneeweiß, edle, köstliche Krallen, die mit gewohnten Bewegungen die Cigarette manövrieren. Ja, er raucht – er tut, als sei er ein Sehender, junger Cavalier, der mich unterhalten muss, und nicht eine arme, zu Tode gepeinigte Seele, zu der ich auf den Knieen mein warmes, inniges Herz in der Hand, gekommen bin. Schmerzvoll geh' ich, schleich' ich traurig heim.

Hedwig von Keyserling
[In hora mortis]

Die Wochen vor seinem Ende waren oft qualvoll, aber ich dachte nicht, dass es so bald heimgehen würde; trotz aller Leiden hatte er doch eine zähe Natur und hatte doch schon öfters Krankheit überwunden. Ja zurückrufen möchte ich ihn nicht, und doch es ist eine Leere, eine Öde um mich entstanden, die schmerzlich *aufdrückt*. Ich war es in den letzten Jahren zu gewohnt, Eda als die Triebfeder meiner Tage anzusehen; die Sorge um ihn verließ mich doch nie, nur wenn ich bei ihm war und wir lange Spaziergänge durch die Vergangenheit machten und unsere Jugend nach allen Seiten betrachteten, dann fühlten wir uns in einer anderen Welt, wo viel Freude und Sorglosigkeit geherrscht hatten. Dann konnte Eda noch so lebhaft und eingehend sprechen, und mit seinem prächtigen Gedächtnis wusste er sich vieler kleiner Begebnisse zu entsinnen, die mir schon entschwunden waren. Während der letzten Tage litt er viel, hatte keinen Schlaf und groß Unruhe; kurz vor dem Ende lag er ohne Bewusstsein, ganz still da und schien keinen Schmerz zu empfinden. So schlief er, bis am Sonnabend nachts der Atem immer leiser und schwächer wurde und in der Frühe stille stand. Wir haben ihn unter schönen Blumen und Kränzen heimgetragen, er ruht in Frieden, während wir noch wandern müssen, und die Zeiten sind dunkel.

Brief an Helene von Taube
München, den 9. Oktober 1918

Rudolf Kassner
Ein Gesicht

Der Dichter Eduard v. Keyserling (gestorben 1918): Eine freie, ungequälte Stirn. Keine sogenannte Musiker- oder Dichter- oder Gelehrtenstirn, sondern eine, die auf eine bestimmte Weise geistige Kraft, Bestimmung durch den Geist anzeigt, vom Schädel abgegrenzt durch einen Wall von Haar, das noch im Alter nach vielen Jahren Siechtum ganz dicht ist wie das Gefieder an der Brust einer Möwe, jung wie ein junger Birkenwald und weich und trocken und schmiegsam wie Dünengras. Zwischen der Stirn und dem Kinn, das fehlt, nässende Lippen (schadhafte Zähne verbergend), die einen weichen, bohrenden, saugenden Mund bilden. Über dem Abgrund des fehlenden Kinns. Aus oder vor welchem Abgrund es nur eine Rettung oder besser Erhebung gibt: eben zur starken Stirn hin mit dem jungen, nur wenig ergrauten Haar. Zuweilen fliegt und flitzt auch von diesem Mund, der wohl wollüstig, doch keineswegs grausam ist, ein Lächeln, ein unendlich gütiges, fast kindliches über die offenen erblindeten Augen hinweg zur Stirn, die standhält.

Robert Walser
[Ein aussterbender König]

Er kam mir vor wie das Prachtexemplar eines Löwen … Der Löwe ist doch König in seinem Reich. Ein aussterbender König. Ein solcher war auch Eduard von Keyserling.

Franz Blei
Eduard Graf Keyserling

Er war von einer packenden Hässlichkeit. Unter einer schmalen Stirn das verwaschene blasse Blau der Augen, gestützt von schweren Polstern, die alles an sich genommen hatten, was Wange war. Starkrote vorgestülpte Lippen, an der obern ein blondes Bärtchen und an der Stelle des vom Munde verschluckten Kinns eine zitternde Bartfliege. Eine kaum bemerkbare Nase. So der gelbliche Kopf, aus dem von der Kehle her etwas wie eine glucksende, sich aufhaltende und wieder überstürzende Stimme kam, immer sich in einem Lachen zergurgelnd, über eine erzählte Bosheit, ein Witzwort. Der Mund schloss sich nicht ganz, so dass er speichelte und spuckte. Es gab in München damals nur zwei noch hässlichere Menschen, Keyserlings beide Schwestern, die den Tabetiker betreuten.

Es begannen die drei Jahre langsamen Absterbens, als die Erblindung Keyserling an Haus und Stuhl fesselte. Ohne Klage behielt er Haltung bis zuletzt. Dem Gast Zigaretten anbietend und die Tabatiere suchend, als ob er sehend wäre. Sich entschuldigend, ihn nicht bis zur Tür begleiten zu können, da er sich den Fuß verknaxt habe. Der Todkranke spielte mit Laune und Grazie jahrelang den Unpässlichen.

Seinem Freund Halbe zuliebe, der sich dabei wohl wie ein untertäniger Gutsinspektor mit lettischem Blut vorkam, übertrieb Keyserling etwas den Grafen, den deutschen Johanniter. Er protegierte ihn mit einer gutmütigen Ironie, liebte alle die drollig-jungenhaften Züge Halbes und fand ihn als Autor recht gleichgültig, wenn ernsthaft darauf die Rede kam. Schärfer wurde seine Ironie schon Wedekind gegenüber, der Manieren und Formen lieber übertrieb als bequem fallen ließ. Aber Keyserlings schlanke Figur konnte sich Salopperien leichter erlauben als der zu kurze plumpe Frank, dessen Anzüge immer wie ausgeliehen aussahen und der den Frack trug wie der etwas dick gewordene Kellner eines Vorstadtwirtshauses. […]

Max Halbe
Grabrede auf Eduard von Keyserling

In dem Wesen Eduards v. Keyserling haben sich auf eine besondere und merkwürdige Weise Natur und Kunst, Leben und Dichtung zu einem Bunde verschlungen, worin zwar sein Leben ganz seine Kunst deckte, nicht aber ebenso seine Kunst sein Leben gedeckt hat. Es bestand gleichsam eine Ehe zwischen diesen beiden, in der das Leben das stärkere, das männliche Prinzip vertrat, die Dichtung gleichsam die weibliche Seite verkörperte. Wer Keyserling kannte, wer ihm besonders auch in den Jahren seiner Vollkraft nahegestanden hat, der weiß wohl, dass das, was Keyserling als menschliche Gesamtpersönlichkeit zu geben hatte, mit seinen Grenzsteinen doch noch weiter gerückt war, als was von ihm in seinen Bildern und Gestalten zu Ausdruck und Erfüllung gekommen ist. Das Land seines Geistes, das er als Erbteil mitbekommen hatte, war größer als das Land seiner Dichtung, das er jetzt uns als Erbteil hinterlässt.

Keyserlings geistige Erscheinung war von einer so überragenden Höhe, dass ein schöpferisches Ingenium von geradezu Goethischen Maßen dazu gehört hätte, diese beiden, Geist und Fantasie, miteinander in jenen Einklang zu bringen, der wie das Läuten der großen Domglocken nur die erhabensten Festtagsereignisse im Reiche der Kunst ankündigt. Keyserling war viel zu klug, übersah sich selbst viel zu gut, um nicht die Gefahr seines Wesens zu erkennen, den Zwiespalt zwischen seinen geistigen und seinen dichterischen Mitteln sich nicht bewusst zu halten und ihn auf seine Weise zu überwinden. So wurde er wohl nicht die größte geistige Erscheinung unter den Dichtern des heute über diese Erde wandelnden Geschlechts, wozu er vielleicht nach den ursprünglichen Aspekten seiner Natur berufen gewesen wäre, aber er wurde der Größten einer unter den der Erde und ihrer Pracht und Herrlichkeit zugewandten Bildnern und Gestaltern dieses Zeitalters. Er wurde unter den erzählenden Dichtern unserer Generation vielleicht der größte Gelegenheitsdichter, das Wort im höchsten, im reinsten, in Goethischem Sinne genommen.

Das Dichten ist ihm nicht so sehr ein ununterbrochenes, leidenschaftliches Ringen mit sich selbst und mit den inneren Gewalten gewesen als vielleicht ein allerfeinstes, zartestes Rauschmittel, um sich von sich selbst und jenen inneren Gewalten abzulenken, oft und öfter wohl auch, in späteren Jahren, um körperlicher Leiden, schwerer Bedrückungen Herr zu werden. In diesem nun vollendeten Menschen- und Dichterleben hat vielleicht die angeborene Schwäche der körperlichen Konstitution des Sprösslings aus altem Hause von früh an auch die inneren Geschicke mitbestimmen helfen.

Aber nicht nur die philosophische Bildung Keyserlings war eine stupende. Er war überall zu Hause, auf allen Gebieten des Wissens fand er sich zurecht, wusste er mehr als die meisten anderen, deren Fach es vielleicht war. Offenbar hatte schon die Erziehung im Elternhause den Grund für alles dies gelegt. Aber auch noch den Alternden, den wie Faust Erblindeten erfüllt eine Art von Heißhunger selbst nach entlegensten Früchten in dem unendlichen Garten der menschlichen Erkenntnis. Eine solche Natur wird, wenn sie vor den Problemen des dichterischen Schaffens steht, nur allzu leicht durch die Überfülle des Wissens behindert und verfällt der Gefahr, sich im Abstrakten zu verlieren. Ihn rettete davor die Ursprünglichkeit seiner Instinkte, die mitbedingt war durch seine ländliche Abstammung und Erziehung. Ein baltischer Grafensohn, der von frühester Jugend an doch nicht nur mit Plato und Aristoteles, sondern auch mit Pferden, Kühen und Schweinen, mit Wald und Acker, mit Knechten und Mägden Verkehr gepflogen hatte. Eines durchtränkte so das andere. Die Gefahr des Allzuländlichen, des Rustikalen, ward gebannt durch die Kultur eines alten Herrengeschlechtes. Das Bäuerische der äußeren Umgebung sublimierte sich in der Atmosphäre der alten Folianten, der Klassiker und Humanisten, eines Immanuel Kant, von dessen Geist schon die Vorväter des Hauses sich genährt hatten.

So entstand eine ganz besondere Art von vergeistigter Heimatkunst, deren höchster Vertreter vielleicht Eduard v. Keyserling gewesen ist. Sie stellt ihn für uns in die nächste Nähe Liliencrons, seines großen Standes- und Dichtergenossen. Sie macht ihn zum geistigen

Verwandten, zum Nachfahren, wenn auch höchst selbstständiger und souveräner Art, eines Storm und Fontane. Auch Keyserling war, wie Liliencron, ein großer Lyriker, so sonderbar das klingen mag für ihn, der keine Zeile Gedichte hinterlassen hat. Und doch kann er ein Lyriker von hohem Rang genannt werden, ein Lyriker, ohne Verse gemacht zu haben.

Keyserling ist als Dichter kein Frühreifer, kein Überrascher, kein Wunderkind gewesen. Seine Lebenssonne hatte bereits die Mittagshöhe überschritten, als seine dichterische Laufbahn sich erst langsam dem Scheitelpunkt zu nähern begann. Seine Blütezeit als Künstler fällt in seine reife, ja schon in seine absteigende Manneszeit. Achtzehn Jahre sind es her, als unsere Wege sich zum ersten Mal trafen und sich dann nicht mehr verließen. In diese Spanne von wenig mehr als einem halben Menschenalter fällt alles, was dem Dichter Keyserling erst seine typische Bedeutung gegeben hat.

Vorher bereits lag, außer einigen Romanen seiner Frühzeit, sein schönes Drama *Ein Frühlingsopfer*, ein zartes, wenn nicht allzu zartes, rührendes Spätkind des Naturalismus, das vielleicht unter dem harten Griff der Bühne zerbrechen musste. Der Dichter hat noch andere Dramen folgen lassen, aber auch hier erkannte seine tiefe Einsicht in sich selbst, in seine inneren, auch in seine körperlichen Bedingungen, die ihm eine allzu nahe Berührung mit den heftigen Erschütterungen des Theaters untersagen mussten – auch hier erkannte er bald, dass sein tiefster Beruf nicht der des Dramatikers sei. Und nun folgte die Reihe von kleinen schmalen Bändchen, die den Dichter und den Menschen unvergesslich, unsterblich machen werden. Es folgten diese in der Feinheit der Stimmung, in der Köstlichkeit der Bilder, in der Erlesenheit des Vortrags ganz einzigen dichterischen Gebilde, diese Erzählungen, in denen die inbrünstige Erdenliebe des Alternden, des immer mehr Leidenden, des immer tiefer in die Schatten der Nacht Versinkenden stets neue, berückende, ergreifende Ausdrucksformen und Symbole sucht und findet.

Beate und Mareile. Schwüle Tage. Dumala. Bunte Herzen. Wellen. Abendliche Häuser. Fürstinnen. Ebenso viele Stationen auf dem Wege zur Vollendung, manchmal fast zu einer Art von Übervollendung, die die Gestalten nur noch als blumenhafte Arabesken, als silbrige Nebelphantome erscheinen lässt. Aber dies sind Züge, die vielleicht dem Erblindeten gehören, und sie beginnen denn auch erst gegen Ende des Wegs sich zu zeigen. Die leidenschaftliche Liebe für diese wunderliche und wundervolle Erde, für dieses wahngepeitschte, blutig irrende, qualvoll büßende, nur einmal zu lebende Leben steigt wie ein feuriger Springbrunnen aus allen diesen Meisterwerken seiner Spätzeit.

Sie hat auch den Menschen Keyserling bis zu den letzten Minuten seines bewussten Lebens nicht verlassen wollen. Dichter und Mensch sind einander auch hierin bis ans Ende treu geblieben. Und wer den Menschen Keyserling kennenlernen will, den differenzierten Aristokraten in all seiner vornehmen Geistigkeit, und wiederum in seiner verstehenden Güte und Liebe gerade für die Kleinen, für die Niedrigen, für die Enterbten am Leben, für all diese Kätner und Diener und Waldhüter, und nicht zuletzt für die Mädchen aus dem Volk, wer sich berauschen will an einem blühenden Reichtum der Bilder, an einer Buntheit der Landschaft, der Himmelsfärbungen, der Blumen und Äcker und Felder, an einer Buntheit, die doch wieder wie durch einen silbernen Schleier gedämpft scheint, wer sich Auge in Auge finden will, mit den letzten Fragen des Daseins, mit Vernichtung und Tod, die Keyserling, als ein nur allzu tief Wissender, immer von neuem in seinen Büchern beschrieben hat: Wer einen deutschen Dichter aus dem Geschlecht der Mörike, der Storm, der Fontane und doch einen Eigenen wie wenige seiner Zeit kennen lernen will, der gehe an diese Bücher und mache sie zu seinem dauernden Besitz.

Die nachfolgenden Verse, die ich Keyserling zu seinem sechzigsten Geburtstage gewidmet habe, seien seinem Gedächtnis geweiht:

(30. September 1918)

Sechzig Jahr. Septemberreife.
Obstbeladener Zweige Last.
Nach der bunten Lebensstreife,
Eng umzirkte Gartenrast.

Treu bewahrter Sterne Leuchten,
Rückgewandten Schauens Tag.
In den Dämmerungen, den feuchten,
Junger Nachtigallenschlag.

Heiße Sinne, weiße Nächte,
Kaum gelebt – Vergangenheit,
Seher aller Erdenprächte,
Um die Stirn Unsterblichkeit.

Sechzig Jahre. Septembersegen.
Fruchtgebogner Zweige Fracht.
Nach den dunklen Lebenswegen
Geisterreigen, Mondennacht.

Gedenkstein auf dem Schwabinger Friedhof (heute Münchner Nordfriedhof), gesetzt 2011 dank einer Initiative von Jens Malte Fischer, dem es gelang, Keyserlings letzte Ruhestätte zu identifizieren (Grabnummer 25-4-1).

Foto: Horst Lauinger

Thomas Mann
Zum Tode Eduard Keyserlings

Graf Eduard Keyserling ist gestorben, der das Schauspiel *Frühlingsopfer* schrieb, der Dichter so hoher, bescheidener, reiner und unvergänglicher Erzählungen wie *Beate und Mareile, Wellen, Bunte Herzen* und *Abendliche Häuser*. Es fehlt viel, dass die Nachricht seines Hinscheidens uns mit der grotesken Feierlichkeit berührte, die der neulich empfangenen und empfundenen vom Tode Wedekinds innewohnte – Wedekinds, mit dem Keyserling zu Anfang seines Aufenthalts hier in München natürlich in persönliche Berührung kam, von dessen Person er die seine dann aufs bestimmteste und für immer trennte und über den er denken mochte wie Fontane über Strindberg: «Solche Genies sollten gar nicht existieren, und wenn das Genietum so was fordert, so bin ich für Leineweber.» Er wird, wie jener, nach einer kleinen Pause hinzugefügt haben: «Es bleibt andererseits wahr, dass man die wichtigsten Aufschlüsse, Bekenntnisse, Handlungen immer oder doch fast immer den fragwürdigen Personen zu danken hat.» Ein bezeichnendes «Andererseits», das ihn nicht hinderte, die menschliche Scheidung mit jener stillen, aber entschiedenen Handbewegung zu vollziehen, die wir an einigen seiner Schlossherren kennen; denn er war menschlich fest, er fürchtete sich nicht; er war, der er war, und wusste, dass es darauf ankommt, Charakter zu haben und seinen Instinkten Treue zu halten. Mörike hat gesagt, er hätte mit Heine, seiner tiefen Falschheit wegen, nicht eine halbe Stunde lang in demselben Zimmer atmen mögen. Er sprach als Persönlichkeit.

Es ist merkwürdig, wie wenig das Talent verbindet. Künstlertum an sich schafft nicht die mindeste Solidarität, so wenig wie Geist das tut; der Geist ist nicht organisierbar, und die Meister sind einander die Fremdesten. Schopenhauer hat auf Hegel geschimpft wie ein Rohrspatz. Tolstoi hat sich um Dostojewski nie auch nur gekümmert, wenn er sich auch beim Tode des anderen vorlog, er habe ihn geliebt. France und Claudel sind zwei derart verschiedene Ausbrüche des französischen Wesens, dass sie rein nichts miteinander gemein haben als den Namen des Dichters. Künstlertum ist keine irgendwie einheitliche und zusammenfassende Lebensform. Es ist eine Übertragung, Vergeistigung, Sublimierung grundverschiedener Instinkte, Lebenshaltungen, Sittlichkeiten und Blutsüberlieferungen – ich meine es so etwa, wie Schopenhauer an Goethe schrieb, dass Treue und Redlichkeit, Eigenschaften also, worin die Ehre seiner kaufmännischen Vorfahren bestanden habe und die ursprünglich nur das Praktische beträfen, bei ihm ins Theoretische und Intellektuale übergegangen seien. Was Keyserling angeht, so ist ja nicht nur sein Werk die Verklärung und melancholische Ironisierung, die Kunstwerdung seines feudalen Heimatmilieus, sondern sein Künstlertum selbst ist die Sublimierung, Übertragung, Vergeistigung adeliger Lebensstimmung, adeliger Leichtigkeit und Verpflichtung, adeliger Diskretion, Haltung, Reinheit, Anmut und Strenge. Indem er Künstler wurde, hörte er nicht auf, ein Edelmann zu sein; sondern als Künstler war er, auf höherer Ebene, nur noch einmal ein Edelmann. Grinsende Fragwürdigkeit und fallsüchtiges Bekennertum wies er aus seiner Sphäre – wenn auch in Unkenntnis nicht über jenes «Andererseits».

Man wird sagen: «Nun, es gibt eine Rangordnung! Er wird hoffentlich gewusst haben, wer Wedekind war und wer Eduard von Keyserling.» Sicher wusste er es, doch, denke ich, ohne Devotion. Rangordnung ist sehr gut, aber ich glaube, das Reich der Persönlichkeit ist eine Demokratie von Königen. Ist man überhaupt etwas, so ist man, finde ich, außer Vergleich. Meisterschaft ist ein Positiv, der keine Komparation verträgt; Persönlichkeit hat absoluten Rang, und es ist plump, ihr mit Vergleichung zu nahe zu treten. Keyserling aber war ein Meister und eine Persönlichkeit – große Worte das zu jeder Zeit und namentlich heute, wo Schule und Gesinnungsorganisation das Feld behaupten. –

Man wird den Namen Fontanes immer nennen, wenn von Keyserling die Rede ist. Die Aszendenz ist deutlich. Es gibt Stellen bei Keyserling, Dialogstellen zumal, die wörtlich so bei Fontane stehen könnten. Ein Beispiel: Auf Schloss Kadullen hat es Irrungen gegeben, einen Einbruch des Lebens und der Leidenschaft, einen unmöglichen Ausflug der Haustochter ins «Glück», in die «Freiheit». Todesstille. *«La pauvre petite, elle est perdue.»* Auf Schloss Kadullen leben als höhere Dienstboten ein Herr Post und ein Fräulein Demme. Herr Post sagt zu Fräulein Demme: «Man sieht doch, diese sogenannte vornehme Kultur hält nicht stand, es ist doch manches innerlich faul.» Worauf Fräulein Demme, «ihre kurzen Locken schüttelnd», antwortet: «Es fehlt eben an innerer Freiheit.» – Nichts kann fontanischer sein als diese Art, über Gesetz und Sehnsucht ein ordinäres Ressentiment sprechen zu lassen, damit auf seine Kosten, durch die Lächerlichkeit, die es sich dabei zuzieht, ihr Konflikt an Würde und Lebensmelancholie gewinne.

Es ist dieselbe Distanzierung und Durchheiterung einer feudalen Wirklichkeit bei Fontane und Keyserling – der märkischen dort, der baltischen hier. Eine sehr ähnliche geistige Stimmung bei beiden, Skepsis und Resignation. Dieselbe Grazie des Plauderns, diese gehobene Lässigkeit, diese Kunst einer unbeschreiblich wohltuend stilisierten Mundgerechtheit der Wechselrede. Und doch sind die Unterschiede der Generationen deutlich. Es fehlt bei Keyserling die Breite, das Behagen, der lange Atem, die gesunde Furchtlosigkeit vor dem Langweiligen, die der Erzählungskunst von 1860 noch eignete. Sein Werk ist schmaler, graziler, später, wählerischer, es hat nervöseren Puls; der Blick auf das Leben ist kälter geworden, die Ironie geistiger, das Wort präziser, der Gesamthabitus ungemütlicher, künstlerischer und weltläufiger – man spürt die Europäisierung der deutschen Prosa seit 1900.

Ich finde die Namen Fontanes und Iwan Turgenjews in jedem Nekrolog; ich vermisse einen dritten, uns näheren, den teuren, traurigen Namen Herman Bangs. Es ist sicher, dass sie sich einander sehr nahe gefühlt haben, der dänische Patrizier und der ostpreußische Junker. Ein kleiner Artikel oder Brief zum Lobe Keyserlings, geschrieben für eine deutsche Zeitschrift, die *Neue Rundschau,* war beinahe die letzte literarische Äußerung Bangs vor seinem schrecklichen Virtuosen-Ende. Und Keyserling – man fühlt wohl, wenn man bei ihm ist, dass er das schmerzliche Werk des Dänen gut gekannt, dass er es geliebt und daran gelernt hat, wie vielleicht nur ein Deutscher zu lieben und zu lernen versteht. *Wellen,* das ist ein Turgenjew-Titel; aber *Abendliche Häuser,* so hätte auch Bang eines seiner Bücher nennen können; und es gibt einen Tonfall, der ihnen innig gemeinsam ist, einförmig wie Tropfenfall in einer Höhle, kurze Dialogworte, nichtssagend, aber gesättigt mit Stimmung. Frauen warten bei beiden, worauf? «Wenn man nur wüsste, worauf man wartet» – bei welchem von beiden steht das? Ich weiß es im Augenblick selbst nicht mehr. – Freilich ist Keyserling, obgleich äußerst künstlerisch, weniger Artist und Exzentriker, weniger pariserisch-virtuos als Bang, er hat nicht dessen flimmernden Impressionismus, und wie ihn, geistig, eine gewisse Bonhomie näher zu Fontane stellt, so teilt er mit Turgenjew und überhaupt mit der Erzählung der bürgerlichen Epoche noch die Humanität der epischen Linie, die der gequältere und extremere Bang nicht mehr kennt. Was sie zu Brüdern macht, ist die tiefe Sympathie mit dem Leide, mit dem, was hoffnungslos vornehm, dem Glücke fremd, dem Tode verpflichtet ist. Sie haben dieser Sympathie und Verbundenheit die Treue gewahrt, niemals das Kreuz verraten, niemals die Farbe des Lebens auf ihre Wangen geschminkt. So war es anständig. Dass ihnen, obgleich sie sozusagen Gesellschaftsschilderer waren, völlig die soziale Attitüde fehlt, dass sie durchaus auf das Menschliche und Poetische gerichtet sind, ihre Kritik dem Leben, nie der Gesellschaft gilt, hängt damit zusammen.

Ich möchte noch anmerken, dass Keyserling niemals im engeren Sinne des Wortes «geschriftstellert» hat. Ich wüsste nicht, dass irgendeine kritische Äußerung, irgend etwas wie Urteil, Meinung und «Stellungnahme» von ihm existierte. Dies ist der Reinheit seines Bildes sehr zuträglich. Auch begreift sich, dass dem Künstler, der aus der Gebundenheit seiner Kaste zur Kunst gelangte, diese vor allem Freiheit bedeutete. Der Redende, Meinende aber ist nicht frei, nur der Bildende ist es. Die Kunst war ihm Zweifel, Güte, Selbstzucht, Melodie und Traum. Er war kein Führer; aber er wird immer geliebt werden.

Zeittafel

1855 Am 14.5. Geburt von Eduard Heinrich Nikolas auf Tels-Paddern (Tāšu Padures, Liepāja) in der russischen Ostseeprovinz Kurland als siebtes von zehn Kindern des Eduard Ernst Hermann Graf von Keyserling (geb. 1809), Gutsherr auf Telsen und Klein-Drogen, und seiner Ehefrau Theophile Jenny (geb. 1816), Tochter des polnischen Kronförsters Dietrich von Rummel und der Charlotte von Kleist (als Waise adoptiert von der Adelsfamilie von Korff).

1861 bis 1872 Unterricht durch Privatlehrer.

1872 Aufnahme ins Deutsche Ritterschaftsgymnasium in Goldingen (Kuldīga).

1875 Am 14.6. Abitur, am 16.8. Beginn des Studiums der Rechtswissenschaft an der Kaiserlichen Universität Dorpat (Tartu); «Fuchs» im Corps Curonia.

1876 Am 25.3. Absolvierung der Fuchsenzeit und definitive Rezeption in die Curonia; am 29.3. Tod des Vaters; am 30.3. vorübergehende Exmatrikulation, weil stud. jur. Graf Keyserling «Schuldverbindlichkeiten an dem ihm vom Syndikatsgericht anberaumten Termine nicht nachgekommen war»; am 21.9. Wiederzulassung zum Studium; am 15.10. Vorladung am Kaiserlichen Dorpatschen Universitätsgericht wegen des Vorwurfs «thätlicher Beleidigung resp. Bedrohung eines Pedellen und Nichtbefolgung von im Namen des Gesetzes [...] ergangenen Aufforderungen», ferner Handgreiflichkeiten gegen einen Bordell-Gast und «ein Frauenzimmer»; am 26.10. Verurteilung zu achttägigem Karzer; am 26.11. erneute Exmatrikulation.

1877 Wahl zum 1. Chargierten der Curonia; am 12.3. Wiederzulassung zum Studium, am 19.5. Relegation vermutlich aufgrund offener Schuldverbindlichkeiten.

1878 Wegen Entnahme der ihm vom Convent zur Aufbewahrung überlassenen Barschaft wird Keyserling trotz fristgerechter Rückerstattung der unehrenhaften Veruntreuung beschuldigt; freiwilliger Austritt aus der Curonia. Aufnahme des Studiums der Philosophie und Kunstgeschichte an den Universitäten Wien und Graz. Bekanntschaft mit Ludwig Anzengruber und Peter Altenberg, erste literarische Versuche; ausgedehnte Reisen «ins Ausland».

1880 Am 23.4. Einsendung einer Gedichtsammlung an Cotta (abgelehnt und seither verschollen).

1882 Erste Erzählungen *Nur zwei Tränen* und *Mit vierzehn Tagen Kündigung* erscheinen, gefolgt

1885 von *Das Sterben.*

1887 Der Debütroman *Fräulein Rosa Herz. Eine Kleinstadtliebe* erscheint.

1890 Rückkehr nach Kurland als provisorischer Verwalter der Güter Paddern und Telsen.

1891 Kuraufenthalt mit dem älteren Bruder Otto (geb. 1848) in Bad Herrenalb.

1892 Der Roman *Die dritte Stiege* erscheint.

1894 Am 30.11. Tod der Mutter; Reise nach Stuttgart.

1895 Übergabe der mütterlichen Güter an die Majoratsherren, die Brüder Otto und Heinrich (geb. 1849). Übersiedlung mit den Schwestern Henriette (geb. 1849) und Elise (geb. 1842) nach München; sommerlicher Kuraufenthalt in Bad Oeynhausen.

1896 Die Erzählung *Grüß Gott, Sonne!* erscheint.

1897 Die Erzählung *Grüne Chartreuse* erscheint; Erkrankung an einem schweren Rückenmarksleiden.

1899 Ende März Antritt einer eineinhalbjährigen Italienreise mit Aufenthalten in Venedig, Florenz, Siena, Rom, Neapel und bis Paestum; am 12.11. Uraufführung von *Ein Frühlingsopfer. Schauspiel in drei Aufzügen* am Berliner Lessing-Theater.

1900 Im Herbst Rückkehr nach München, dauerhafte Wohngemeinschaft mit Henriette und Elise im Haus Nr. 19, 3. Stock, in der Ainmillerstraße in Schwabing; Keyserling verkehrt in Salons sowie an den Stammtischen der Schwabinger Boheme, dem Café Stephanie, der Torggelstube am Platzl, dem Hoftheaterrestaurant oder dem Simpl; Bekanntschaft u. a. mit den Künstler- und Schriftstellerkollegen Max Halbe, Frank Wedekind, Erich Mühsam, Korfiz Holm, Rudolf Kassner, Alfred Kubin, Oskar Maria Graf und (im September) Thomas Mann.

1901 Am 4.5. Uraufführung von *Der dumme Hans. Trauerspiel in vier Aufzügen* am Berliner Residenztheater; Italienfahrt über Bozen nach Verona und Venedig; mit Max Halbe zur Sommerfrische in Bernried am Starnberger See, wo das Porträt von Lovis Corinth entsteht; die Erzählung *Die Soldaten-Kersta* erscheint.

1902 Premiere von *Die schwarze Flasche. Drama in einem Aufzug* auf der Kabarettbühne der Elf Scharfrichter in München.

1903 *Beate und Mareile. Eine Schlossgeschichte* sowie die Erzählungen *Der Beruf* und *Schwüle Tage* erscheinen; Premiere von *Peter Hawel. Drama in fünf Aufzügen* am Münchner Schauspielhaus. Aufenthalt im Kurort Steinbach-Bad Heilbrunn.

1905 Die Erzählungen *Harmonie* und *Sentimentale Wandlungen* erscheinen; Uraufführung des Zweiakters *Benignens Erlebnis* am Münchner Schauspielhaus. Mehrwöchiger Aufenthalt an einem abgelegenen Badeort im Isartal.

1906 Rapide Verschlechterung des Gesundheitszustands, Lähmungserscheinungen und allmählicher Verlust des Augenlichts, Rückzug aus dem Gesellschaftsleben; der Autor ist von nun an gezwungen, seine Werke den literarisch versierten Schwestern zu diktieren; die Erzählungen *Im Rahmen*, *Seine Liebeserfahrung*, *Gebärden* und *Die sentimentale Forderung* erscheinen.

1907 Die Erzählungen *Osterwetter, Die Verlobung* und *Geschlossene Weihnachtstüren* erscheinen. Mit den beiden Schwestern zur Sommerfrische beim Bauer Reifenstuel in Dorf Kreuth.

1908 *Frühlingsnacht, Landpartie, Bunte Herzen* und der Roman *Dumala* erscheinen; am 14.12. Tod der Schwester Henriette.

1909 Die Erzählung *Föhn* erscheint.

1910 Die Erzählung *Prinzessin Gundas Erfahrungen* erscheint.

1911 Die Erzählungen *Am Südhang* und *Nachbarn, Die Kluft* und der Roman *Wellen* erscheinen.

1913 Die Erzählung *Das Landhaus* erscheint.

1914 Im März trifft Rainer Maria Rilke Keyserling «mit viel Freude und Rührung»; *Vollmond, Nicky* und *Schützengrabenträume* und *Abendliche Häuser* erscheinen.

1915 Anlässlich seines 60. Geburtstags würdigt Otto Flake den Jubilar in der *Neuen deutschen Rundschau* als «europäischen Charakter», und Lion Feuchtwanger rühmt in der *Schaubühne* «seine süße, bittere, marktfremde, adelige Kunst»; am 8.12. Tod der Schwester Elise; Schwester Hedwig (geb. 1844) und der Neffe Otto von Taube (geb. 1879) kümmern sich fortan um ihn.

1916 Die Erzählungen *Der Erbwein, Pfingstrausch im Krieg* und *Das Kindermädchen* erscheinen.

1917 *Fürstinnen* und die Erzählungen *Das Vergessen* und *Die Feuertaufe* erscheinen.

1918 Die Erzählung *Im stillen Winkel* erscheint. Neffe Paul, 28, fällt am 11.8. an der Somme. Am 28.9. stirbt Eduard von Keyserling. Beerdigung am 30.9. auf dem Münchner Nordfriedhof in einem von der Stadt München unterhaltenen «Berühmtengrab», die Totenrede hält Max Halbe; am 15.10. erscheint ein Nachruf von Thomas Mann; Vernichtung des Nachlasses gemäß testamentarischer Verfügung Keyserlings durch seine Schwester Hedwig und die Baronin Marie von Osten-Sacken.

1919 Postume Veröffentlichung von *Feiertagskinder*.

Editorische Notiz

Graf Eduard von Keyserling, so liest man in acht von zehn Artikeln über ihn, sei der Chronist des baltischen Adels und habe als *«insider»* den Untergang seiner heimatlichen Welt beschrieben – der *«noblesse de Courlande»* (Marie-Bénédicte Vincent, S. 195 u. 198). Auf den ersten Blick hat diese Insider-These einiges für sich. War Keyserling nicht adliger Kurländer? Wuchs er nicht auf einem baltischen Landgut auf, das er leicht verfremdet zum Schauplatz melancholischer Schlossgeschichten machen konnte? Und sind seine willensschwachen und tatenarmen Adelsfiguren nicht sehr wahrscheinlich getreue Porträts von kurländischen Gutsnachbarn oder Verwandten? So naheliegend diese Annahme sein mag, bewiesen ist sie nicht, ja es sprechen sogar triftige Gründe gegen sie.

Mit Variationen (und wenigen Ausnahmen) zeichnet Keyserling im Kern einen ganz spezifischen Adelstypus, den «Territorialherr[n] *en miniature*» (Max Weber, S. 474). Nun sollte man konsequenterweise fragen, ob dieser Adelstypus charakteristisch für das baltische Heimatmilieu des Autors gewesen ist oder nicht. Und falls dem wider Erwarten nicht so sein sollte, ob sich irgendwelche Hinweise in seiner Erzählprosa darauf finden lassen, in welcher Adelslandschaft der von ihm entworfene Adelstypus heimisch war.

Jener Territorialherr, der Keyserlings heimatliche Welt am Vollkommensten repräsentierte, war der baltische Baron. Nirgendwo in

Europa genoss er höheres Ansehen. Im Habsburger- und Hohenzollernreich hatte der Kleinadelstitel eine inferiore Reputation unter der Hocharistokratie, Folge eines ausgeprägten inneradeligen Distinktionsbedürfnisses, das immer neue Blüten trieb. In Preußen sah das Hof-Rang-Reglement zuletzt 62 Stufen vor. Hinzu kam, dass unter Wilhelm II. immer mehr bürgerliche Geschäftsleute und Bankiers zu Baronen geadelt wurden. Einen reichsdeutschen Hocharistokraten wie Alois Fürst zu Löwenstein-Wertheim-Rosenberg hätte das nackte Grauen angefallen, «wenn man einen gewöhnlichen Grafen oder – *horribile dictu* – einen Baron einen Standesgenossen genannt hätte. Standesgenosse war der Standesherr, der reichsunmittelbare Fürst oder Graf» (zit. bei Stephan Malinowski, S. 107). Die Aussage ist bezeichnend für den Mandarinenhochmut, mit dem die deutsche Hocharistokratie nicht nur dem Bürgertum, sondern auch dem einfachen Landadel begegnete. Ganz anders im Baltikum, wo ein vom Zar verliehener oder per Senats-Ukas der Regierung in St. Petersburg zuerkannter «Baron» aller Ehren wert war. Einem baltischen Geschlecht, das vom Zaren gar in den Grafen- oder in den erblichen Fürstenstand erhoben wurde (so geschehen 1827 bei der Linie Gruschen derer von Lieven), wäre es nicht im Traum eingefallen, die Barone in seiner unmittelbaren Nachbar- und Verwandtschaft für nicht ebenbürtig oder inferior zu halten.

Auch das Deutsche Reich hatte seinen eigenen Adelstypus – den des Junkers. In den weltanschaulichen Auseinandersetzungen des 19. Jahrhunderts gelangte er zu fragwürdiger Berühmtheit, galt als Inbegriff des herrischen, ungebildeten und reaktionären Provinzpatriarchen, weshalb es nicht weiter verwunderlich ist, dass Keyserling den Begriff prinzipiell meidet. Der baltische Baron und der preußische Landjunker hatten manches gemeinsam. Beide residierten sie als schollenverbundene Gutsbesitzer fernab der höfischen Zentren, lebten von den land- und forstwirtschaftlichen Erträgen ihres Rittergutes und unterhielten ein patriarchales, zuweilen spätfeudales Verhältnis zum gemeinen Volk, zu Gesinde, Hauslehrern und Pastoren. Doch in einem wesentlichen Punkt unterschieden sich die beiden

Kleinadelsrepräsentanten. Der baltische Baron war Herr im eigenen Haus. Der preußische Junker war es nicht.

Zu den Traditionsbeständen baltischer Rittergutsbesitzer gehörte, dass ihre Vorfahren – Kreuzritter des Schwertbrüderordens und des Deutschen Ordens – im 13. Jahrhundert die autochthonen baltischen Völker unterworfen und auf nicht deutschem Gebiet eine spezifisch deutsche Adelskultur etabliert hatten. Ihr Selbstbewusstsein bezogen sie jedoch weniger aus standesmäßiger Prädominanz als vielmehr aus dem Hochgefühl, nach dem Zerfall des Ordensstaates und wechselnden Fremdherrschaften ihre territoriale Hausmacht wiedererlangt zu haben. Die Stände Estlands hatten bereits im 16. Jahrhundert gegenüber der schwedischen Krone mit Erfolg auf ihre Autonomierechte gepocht, im Frieden zu Nystad 1721 dann gegenüber Zar Peter II. Kurland und Semgallen wiederum, polnisch-litauische Lehnsherzogtümer, rangen König Sigismund ein Privilegium ab, das der Herrenschicht deutsche Sprache, deutsches Recht, evangelisch-lutherische Konfession und das Ämterprimat zubilligte. Als die Stände 1795 die Abdankung von Herzog Peter Biron erzwangen und die Gebiete des einstigen Ordensstaates unter der Oberhoheit Katharinas II. vereinigt wurden, galt zwischen Memel- und Narvamündung wieder das Prinzip territorialer Selbstbestimmung.

Im Unterschied zum Adel in Deutschland und Österreich, der seine ständischen Rechte und Funktionen seit dem 17. Jahrhundert peu à peu an Landesherren und Monarchen respektive an den absolutistischen Staat abtreten musste, ertrotzten sich die Stände in den russischen Ostseegouvernements weitreichende separatistische Freiheiten. «Der Vergleich mit dem preußischen, österreichischen und schwedischen Adel zeigt, welche Sonderstellung der baltische Adel im 19. Jahrhundert einnahm», so Georg Hermann Schlingensiepen. Als «Träger eines ständischen ‹Landesstaates›» habe er «ein völlig anderes, gleichsam ein älteres Gepräge als der sonstige europäische Adel» gehabt, was unter anderem damit zusammenhing, «dass er eine Oberschicht war, die sich von der beherrschten Unterschicht auch national abhob» (S. 3 ff.).

Das Selbstbewusstsein baltischer Barone und Grafen war Ausdruck dieses weitreichenden Selbstbestimmungsrechts, das Schul- und Kirchenpolitik, Justiz-, Steuer- und Verwaltungswesen umfasste. Die Macht in den Ostseeprovinzen lag nicht etwa beim russischen Gouverneur, sondern bei einem ehrenamtlichen, sich aus den Adelskorporationen rekrutierenden Land- oder Gouvernementsmarschall bzw. Ritterschaftshauptmann, laut Schlingensiepen «eine Art ungekrönter König von Estland» (S.16). Eine derartige Adelskultur der Ebenbürtigkeit, «die jedes Ritterschaftsmitglied zum Mitregenten machte» (Otto Freiherr von Taube, «Baltischer Adel», S.14), war einzigartig in ganz Europa und erinnerte mit ihrer Gleichsetzung von Standes- und Landesinteressen an die «Adelsrepublik nach polnischem Vorbild» (Reinhard Wittram, S.16). Zusammen mit der Unabhängigkeit von Fürsten- und Staatsabsolutismus bewahrte man sich das «traditionelle Adelsideal der kleinräumigen, personalen Herrschaft» (Stephan Malinowski, S.179). Diese kleinräumige, personale Herrschaft zeigte Reformwillen genug, um die Bauernbefreiung lange vor dem russischen Mutterland in Angriff zu nehmen. Im autokratisch regierten Zarenreich kam es erst 1861 zur Abschaffung der Leibeigenschaft, in den russischen Ostseegouvernements schon ein knappes halbes Jahrhundert davor. Der Aufhebung der Hörigkeit und Schollenpflicht folgten dort 1849 die Einführung einer neuen Bauernordnung und 1860 einer Landgemeindeordnung. Seit Mitte der 1860er-Jahre existierte in den baltischen Provinzen auch kein adeliges Güterprivileg mehr, Bauern oder Bürgerliche konnten nun ebenso Land und Boden erwerben. Doch trotz aller politischen Umbrüche, Reformen und Krisen blieben die deutschbaltischen Stände bis zu ihrer Auflösung beim Zusammenbruch des Zarenreichs echte Herrschaftsstände – mit unverminderter innerer «Freiheit gegen oben»:

> «Man war ‹jemand› kraft Geburt, ohne sich Ämter erstrebert, Reichtum zusammengescharrt zu haben. Man war ‹jemand› kraft Seins. […] Die Stellung der Edelleute in diesen Landen

war, demnach, trotz ständisch verschiedenen Ursprungs der einzelnen Geschlechter, gleich der der englischen Lords oder der deutschen Reichsunmittelbaren, also die Stellung wirklicher ‹Barones› oder ‹Magnaten›, nicht aber die untergeordnete des übrigen reichsdeutschen Adels» (Otto Freiherr von Taube, ebd., S. 15).

Es gehört zur Ironie des historischen Prozesses, dass letztlich die Reichsgründung 1871, der aufkeimende Deutschnationalismus und das machtstrategische Lavieren Bismarcks gegenüber Russland die adelige Sonderexistenz im Baltikum in die Bredouille brachte. Als Reaktion auf die als Bedrohung empfundene Germanisierung im Westen gewannen in St. Petersburg russisch-nationalistische, panslawistische und reichszentralistische Kräfte an Einfluss. All diesen Kräften musste die Sonderexistenz einer deutschen Herrenkaste mit politischen und kulturellen Sonderrechten in den Ostseeprovinzen ein Dorn im Auge sein.

Alexander III. war der erste Zar in der russischen Geschichte des Baltikums, der sich bei seinem Regierungsantritt 1881 weigerte, die Privilegien der Stände zu bestätigen. Nun war der Weg frei für die Verdrängung der deutschen durch die russische Amtssprache. Auf Kosten ritterschaftlicher Befugnisse wurden 1888 das russische Polizeiwesen, 1889 die Reichsjustizreform samt russischer Gerichtssprache eingeführt. Russisch wurde mit wenigen Ausnahmen zur Unterrichtssprache erklärt, und etliche von der Ritterschaft unterhaltene Schulen mussten geschlossen werden. Keyserlings Alma mater, die deutsche Universität Dorpat, hieß ab 1893 (wie die Stadt) Jur'ev. Die Stände im Baltikum hielten dagegen, so gut sie konnten, und retteten selbst in höchster Bedrängnis einen Teil ihrer Privilegien, etwa den Erhalt der «deutschsprachigen Organe der ritterschaftlichen Selbstverwaltung» (wenn auch mit eingeschränkten Kompetenzen); «die führende soziale und wirtschaftliche Stellung der Deutschbalten blieb unangefochten» (Andreas Kappeler, S. 213).

Ob ein entschiedenes Eintreten des Reichskanzlers für deutschbaltische Interessen und Privilegien das Dilemma entschärft oder nicht vielmehr den Unifizierungsprozess in den Ostseeprovinzen noch weiter angeheizt hätte, darüber herrschten schon damals sehr unterschiedliche Ansichten. Hätte Deutschland den baltendeutschen Brüdern nicht beistehen, sie sogar enger ans Reich binden sollen, selbst auf die Gefahr hin, den Konflikt mit Russland eskalieren zu lassen? Diese Frage stellten sich damals viele, hüben wie drüben. Aber die Realpolitik Otto von Bismarcks hatte ihre eigenen Usancen. So rechtfertigte der deutsche Reichskanzler gegenüber der *St. Petersburger Zeitung* seine Zurückhaltung in der baltischen Frage:

> «Was sollte uns auch dieser lange vorgeschobene Streifen zwischen dem Meere und Polen ohne Hinterland – ein Nichts, für das wir die ewige Feindschaft [mit Russland, Anm. d. Hg.] eintauschen würden. Nein, es ist besser so. Die Deutschen in den Ostseeprovinzen müssen auch in Zukunft der Guano sein, der die russische Steppe düngt … Auch wäre den Bewohnern jener Landstriche durchaus nicht damit gedient, wenn sie preußisch würden. Unsere preußische Verfassung mit lettischen und estnischen Urwählern wäre für die kurischen und livländischen Barone, wie ich sie kenne, ein sehr zweifelhaftes Vergnügen» (zit. nach Georg Hermann Schlingensiepen, S. 139).

Es blieb also bis zum Ausbruch des Ersten Weltkriegs bei jenem Sonderweg des deutschbaltischen Adels. Er mochte nach Jahrhunderten des Standhaltens nun doch noch vom Staatsabsolutismus eingeholt und fast zeitgleich vom Nationalismus der allzu lange entrechteten Esten und Letten überrollt werden, Vereinnahmungen und Einmischungen von außen, von welcher Seite auch immer, verbat er sich bis zuletzt. (Erst recht solche von Deutschnationalen wie Treitschke, der ihn der politischen Unsittlichkeit und Vaterlandslosigkeit beschuldigte, da er einem fremden Staatswesen diene.) Dem Sonderweg des baltischen Adels entsprach eine oft gepriesene Sonderart:

neben dem oben bereits erwähnten ausgeprägten Selbstbewusstsein eine im Vergleich zu Deutschland viel tiefere Verwurzelung in Traditionen (wie man sie häufig unter Bewohnern von Exklaven findet), ferner als Bedingung der eigenen ständischen Ordnung eine durch und durch antinationalistische Mentalität, ein jovialer Eigensinn, dazu eine «höhere Nüchternheit» (Otto von Taube) und eine ganz unpreußische Bedächtigkeit, artikuliert in einem eigentümlichen Zungenschlag, einem weichen Deutsch mit sprachlichen Atavismen, dem häufigen Gebrauch von Diminutiven («Pupping», «Tanting») sowie lettischen, estnischen, polnischen, skandinavischen und slawischen Einsprengseln, Sedimenten uralten kulturellen Mittlertums zwischen Ost und West.

Erstaunlich kundig über Sonderweg und Sonderart des Baltischen hat sich Kurt Tucholsky geäußert, und dies unter Verweis auf Eduard von Keyserling als idealtypischer menschlicher Verkörperung desselben. Von August 1916 bis April 1918 als Armierungssoldat in Kurland stationiert, schenkte er seiner damaligen baltischen Freundin und späteren Frau Mary Gerold Keyserlings Novellenband *Schwüle Tage*. Zurück in Berlin, schrieb er am 3. Juli 1919:

> «Was wussten wir von Kurland? Bis zum Kriege nicht eben viel. Dass da, ein paar hundert Meilen von uns fort, Deutsche der edelsten Art lebten und litten, mit hartnäckiger Zähigkeit an einem Deutschland und zu einem Deutschland hielten, das es längst nicht mehr gab – wer wusste das? Sie hätten sich nicht schlecht erschrocken, die deutschen Balten, wenn sie das deutsche Kaiserreich Wilhelminischer Prägung in seinen Bund aufgenommen hätte: die Rohen die Feinen, die Hastigen die Stillen, die Oberflächlichen die Sorgfältigen. Und als der Krieg das Land in den Bereich der Zeitungsleser rückte – Man braucht sich nur vorzustellen, wie der verstorbene Dichter Eduard Graf Keyserling in einem neupreußischen Offizierkasino gewirkt hätte, so kann man sich diesen Zusammenklang von Preußen und Kurland denken.»

Noch Jahre später schwärmt Tucholsky über das Land der Balten und dessen «unglaubliche Tradition, die immer epigonenhaft, aber niemals verkalkt war» (Brief an Eduard Plietzsch). Und fügt hinzu: «Übrigens, die Burschen haben nicht nur das Teutschtum verteidigt, sondern – tragischerweise – ein Deutschland, das es nicht mehr gab oder wohl nie gegeben hat.» Die Sonderart deutschbaltischen Adels bestand demnach in Feinheit, Sorgfalt und «hartnäckiger Zähigkeit», und nicht darin, dass er besonders mürbe und überreif gewesen wäre. Lässt sich dieses Bild mit den Protagonisten in Keyserlings Schlossprosa in Einklang bringen?

Fast zeitgleich zu Tucholskys Baltenhommage erschien 1919 ein längerer Artikel mit der Überschrift: «Eduard v. Keyserling als Baltendichter». Was nach einer Beweisführung klingt, gerät zum Dementi. So heißt es über Keyserlings Adelsfiguren:

> «Diese Männer und Frauen verkörpern etwas, das gewiss auch in der baltischen Gesellschaft lebt, aber sie treffen sie nicht ins Herz, denn sie verdichten nicht ihres Wesens Kern. Wir legen leise lächelnd Keyserlings Bücher aus der Hand. Wir sind wundervoll unterhalten worden und scheiden entzückt, aber wir lieben seine Menschen nicht. Wir sind es nicht. Sie sind uns im Großen und Ganzen fremd. Wären wir solche Menschen, wie er sie schildert, es würde niemand mehr von den baltischen Deutschen reden.»

Die Verfasserin – Theophile von Bodisco – wusste, wovon sie sprach, war sie doch selbst adelige Deutschbaltin und schrieb Romane, die genau das repräsentierten, was sie bei ihrem Landsmann vergeblich suchte – baltische Heimatliteratur.

Von den kurländischen und übrigen baltischen Adeligen, ihrer besonderen historisch geprägten Wesensart, einem, wie Otto Freiherr von Taube es formuliert, «Unabhängigkeitsgefühl, das auch vor gekrönten Häuptern nicht irre wurde» (S. 14), dem hartnäckigen Beharren auf einem anachronistischen Deutschtum, dem «von keinem

Fürsten- und Staatsabsolutismus geknickten Germanismus, den sie ihrer undespotischen Landesverfassung verdankten» (ebd., S. 52), schließlich von den durch die Russifizierungspolitik St. Petersburgs sich verschärfenden Existenzbedingungen – von all dem findet sich bei Eduard von Keyserling keine Spur. Seine Edelleute lesen auf ihren Herrensitzen die preußische «Kreuzzeitung» und nicht das «Rigaer Tagblatt». In *Am Südhang* glänzen die Zentifolien «wie Zwanzigmarkstücke», in *Dumala* ist «immer von Mark und Pfennigen die Rede» (statt von Rubel und Kopeken) und in *Seine Liebeserfahrung* von «Kilometern» (statt von Werst).

Auch sonst weit und breit nichts Baltisches: Keine monatelang von der Außenwelt abgeschnittenen Güter, keine Hafersaat, kein Flachs und Hanf, keine Kühe auf den Weiden (in den 1880ern stiegen die meisten baltischen Gutsherren auf Viehzucht um), keine grundlosen «Chausseen» und «Dämme», keine Moosbrüche und Moorbrandkulturen, keine «Literaten» (wie man im Baltikum nicht adelige studierte Personen nannte), keine Lostreiber, Deputatknechte und Halbkörner (baltische Bezeichnungen für Landarbeiter), keine Rigen und Kleeten, keine von Rohrpfeife (Swilpe) und Zither (Kohkle) begleiteten Gesänge (Dainos), keine lettischen oder litauischen Volksbräuche wie die der Osterschaukel (s. *Die Soldaten-Kersta*), kein Kurländer Speckkuchen, keine Strick- und Pielbeeren, keine Reistorte, kein kurischer Schmandkuchen und keine kurischen Geburtstagskringel, kein Land- oder Gouvernementsmarschall …

Stattdessen immer wieder Deutsch-Preußisches – verstreute Splitter zwar, die zusammengesetzt aber ein stimmiges Ganzes ergeben: Braunschweiger Husaren, Alexanderregiment, Siebzigerkrieg, Kaiserhymne und Deutschlandlied, Treitschke, Bismarckanekdoten, Getreidezölle, Abgeordnete, Tribünenläufer, Opposition und konservative Partei, nationalliberale Patrioten, Kreisversammlungen und Kreiswahlen, Gaststätten namens «Kronprinz», «Kaiserhof» und «Borchardt», Erbprinzen und Prinzessinnen, Fürstinnen und Großherzöge, Kammerherren, Hofmarschalle und Palastdamen, Adelssitze in Warnow, Fernow, Witzow, Rollow, Tirnow, Buchow und

Barnewitz, Instleute und Marjellen, ein Gärtner Kappelmeier, ein Provisor Glaiksner, ein Inspektor Ruhke, Witwe Weidemann und eine Volksschullehrerin Christa Hassel, ferner ein Kammerdiener namens Böttinger, Diener, die Grünfeld gerufen werden, Oskar Pose oder Klaus, Lukas und Christoph, Jürgen der Stallknecht und Stallbursche Hans, Peter, der lange Jakob, Stubenmädchen Trine, Margusch, Andrès Tochter, Liese, die dicke Magd, Walzertakte in der Gesindestube und Harmonika spielende Burschen vor ihren Katen, Rüben und Roggen, polnische Grenzen und russische Arbeiter … Dazu ausnahmslos deutsche Städte im Hintergrund: Berlin in *Dumala, Beate und Mareille* und *Feiertagskinder*, Hamburg und Dresden in *Abendliche Häuser*, Berlin, Dresden und München in *Wellen*. Zwar hat Boris Hoge recht, wenn er darauf hinweist, dass diese deutschen Metropolen nur «benannt, jedoch kaum beschritten» werden, doch übersieht er, dass baltische Metropolen wie Riga oder Reval (das heutige Tallinn) bei Keyserling nicht nur nicht beschritten, sondern nicht ein einziges Mal erwähnt werden. Von einer vorsätzlichen «Desorientierung des Lesers» kann also keine Rede sein (Boris Hoge, «Kreuzzeitung», S. 40 u. 37). Preußen und die Welt des Wilhelminismus sind für den, der Keyserlings Guts- und Schlossgeschichten aufmerksam liest, immer präsent.

Armin von Ungern-Sternberg hat bereits 2007 geurteilt:

> «In einer oft bemerkten ‹Westorientierung› wenden sich Keyserlings Geschichten sogar eher vom Baltikum ab, als dass sie sich ihm erzählerisch nähern – worin mancher den eigentlichen Wert und ‹europäischen Charakter› (Otto Flake) von Keyserlings Œuvre erblickte. Reale Bezugspunkte wie die Provinzhauptstädte Riga, Reval und Mitau oder regionale Zentren wie Dorpat, sogar die Hauptstadt St. Petersburg fehlen ebenso wie andere einprägsame Motive – Ordensburgen, der Glintaabsturz an der nördlichen Küste –, an denen sich in jenen Jahren, während Keyserling in München schreibt, baltische Identität und Literatur festzuhalten beginnen. […]

> Familien, Gutshäuser, Schlittenfahrten, vage fremdländisches Personal – dies erscheint vor allem ‹baltisch›, weil man sich das so vorstellt; es sagt mehr aus über ein baltisches Welterlebnis des Durchschnittslesers als über eines seiner Romane» (S. 200).

Der Schlüssel zum Verständnis der Werke Eduard von Keyserlings liegt weder in der spezifischen Adelskultur seines Heimatmilieus noch im «Geist des Baltentums». Wer ihn als aristokratischen Heimatdichter versteht, geht fehl. Keyserlings Guts- und Schlosswelten sind ausnahmslos preußisch-blau, und sein Insidertum beschränkt sich auf das des Standes. Anders formuliert: Dort, wo er Adelserzählungen schreibt, spielen diese nicht im baltischen «Heimatmilieu», und dort, wo er baltische Heimaterzählungen schreibt (selten genug: *Die Soldaten-Kersta* oder *Der Beruf*), spielen diese nicht im Adelsmilieu.

Um das Faible Keyserlings für den preußischen Adel zu erklären, könnte man darauf verweisen, dass seine Familie zwar in Kurland beheimatet war, aber vielfältige Beziehungen ins Nachbarland unterhielt. Heinrich Graf Keyserling, der Großvater des Autors, war nicht nur Herr auf Kabillen, Oseln und Wischeln, sondern auch Graf von Rautenburg, einer Fideikommissherrschaft im ostpreußischen Kreis Niederung nahe Tilsit. Dessen Sohn Otto, Eduard von Keyserlings Onkel, war erbliches Mitglied des königlich-preußischen Herrenhauses, und Keyserlings Vetter Heinrich, Erbgraf zu Rautenburg, ging als Diplomat im Auftrag des Auswärtigen Amtes nach Konstantinopel. Diese biografischen Einblicke stützen den durchgängigen Lektüreeindruck, dass dem aus Kurland stammenden Autor die Adelswelt des Deutschen Kaiserreichs schon früh vertraut gewesen sein muss. Man könnte freilich, statt von einem Faible Keyserlings für jenes Land zu sprechen, in dem er selbst seit 1895 lebte, auch einen Vorbehalt Keyserlings für denkbar halten, seine einstige Heimat, die spätestens seit der rabiaten Russifizierung und der junglettisch-jungestnischen Revolution der Jahre 1904 bis 1907 zum Unruheherd geworden war, zum Schauplatz intimer Prosadramen zu machen, für die die windstillen (ost)preußischen Adelswinkel fraglos geeigneter waren (s. Kommentar zu *Wellen*, S. 534 f.). An diesem Punkt ist die Grenze zur Spekulation allerdings bereits überschritten.

Am Schluss können wir noch Keyserling selbst zu Wort kommen lassen – Klaus Gräbner sei Dank, der einen Brief aufgespürt hat, aus dem die Intention des Autors hervorgeht. Zwei Monate vor seinem Tod, am 22. Juli 1918, antwortet Keyserling auf eine entsprechende Erkundigung des aus Riga stammenden Zoologen Konrad Guenther:

> «Was die Frage wegen des Schauplatzes meiner Novellen betrifft, so habe ich i[h]n mir in Altpreußen gedacht[,] wobei manches baltische hinein gekommen sein wird.»

Manches Baltische ist hineingekommen (u. a. «Paduren», «Grobin», «Mareiling»), nicht viel, aber genug, um einen erheblichen Teil der Leserschaft inklusive der historisch unzureichend informierten Germanistik zu der Annahme zu verleiten, es ginge Keyserling um den «poetischen Abgesang auf den baltischen Adel» (Wulf Kirsten, S. 438). Wer dergleichen sucht, der muss Otto von Taubes Novellen *Baltischer Adel* lesen, Theophile von Bodiscos *Aus einer verklingenden Welt*, Oskar Grosbergs *Meschwalden* oder Siegfried von Vegesacks *Baltische Tragödie*. Eduard von Keyserling hingegen zeichnet das luzide Epochenbild des preußischen Herrenstandes in seiner lebenssattesten Stunde, wenn die Schatten lang und länger werden und die Farben seiner beinah unwirklich schönen Welt im Abendsonnenschein zu flirren beginnen, ehe sie unwiderruflich verdämmern.

Zur Gattungsbezeichnung

Die Angabe «Späte Romane» im Untertitel dieses Bandes ist streng genommen nicht korrekt. Zwei dieser «Romane» sind ursprünglich nämlich als «Erzählung» erschienen: mit den *Fürstinnen* ausgerechnet Keyserlings umfangreichstes Prosawerk sowie die postumen

Feiertagskinder. Da die Vergabe von Gattungsbezeichnungen in den Erstausgaben keiner erkennbaren Systematik folgt, wurde dieser Neuedition ein pragmatisches Kriterium zugrunde gelegt, das des Werkumfangs.

Zur Textedition

Textvorlagen und allfällige Unterschiede zwischen Zeitschriften- und Buchausgabe sind im Kommentar dokumentiert. In Ermangelung von Originalmanuskripten oder -typoskripten war ein philologischer Textabgleich nicht möglich. Für die vorliegende Ausgabe wurden der leichteren Lesbarkeit halber da und dort Absätze eingefügt, Groß- und Kleinschreibungen korrigiert sowie Namensschreibungen angeglichen. Textänderungen jenseits bloßer Rechtschreibkorrekturen sind erläutert. Die Interpunktion wurde unter strikter Beachtung sprachrhythmischer Eigenheiten nur geringfügig modifiziert. Bei der Berichtigung von Druckfehlern, der Angleichung formaler Standards (Gedankenrede bei *Fürstinnen* ursprünglich in einfachen, sonst in doppelten Anführungszeichen etc.) wie bei der Anpassung der Orthografie an die heute gültigen Gepflogenheiten war Behutsamkeit oberstes Gebot. Im Falle antiquierter Schreibweisen (*Vikomte, Dekolletage, Pikett, Bureau, Lieutnant, scharmant* etc.) folgt unsere Ausgabe zur Wahrung des sprachlichen Kolorits der Textvorlage. Auch Idiosynkrasien des Autors (*dunkelen, geradesweges, Segeler, metalligen, unförmlichen* etc.) werden originalgetreu wiedergegeben.

Horst Lauinger

Zitierte & konsultierte Literatur

(s. auch Sekundärliteratur im Stellenkommentar)

Emil Abt, Missheiraten in den deutschen Fürstenhäusern unter besonderer Berücksichtigung der standesherrlichen Familien, Heidelberg 1911.

Dietmar Albrecht, Von Tels-Paddern bis zur Fischermai – Neun Kapitel Lettland und Estland: Orte, Texte, Zeichen (Colloquia Baltica 16), München 2008.

Allgemeines Landrecht für die Preußischen Staaten von 1794. Mit einer Einführung von Hans Hattenauer, Neuwied 1996.

Norbert Angermann, Von regionaler zu nationaler Identität: Beiträge zur Geschichte der Deutschen, Letten und Esten vom 13. bis zum 19. Jahrhundert, Lüneburg 1998.

Asfa-Wossen Asserate, Manieren, Frankfurt am Main 2002.

Baedeker Russland. Handbuch für Reisende, hg. v. K. Baedeker, 2. Aufl., Leipzig 1888, darin: Ostseeprovinzen (Kurland und Litauen), S. 35–77.

Hermann Bahr, Zur Überwindung des Naturalismus – Theoretische Schriften 1887–1904, hg. v. Gotthart Wunberg, Stuttgart 1968.

Baltisches biografisches Lexikon; digitale Version: https://bbld.de/

Baltisches historisches Ortslexikon. Teil II: Lettland (Südlivland und Kurland). (= Quellen und Studien zur baltischen Ge-

schichte, 8/II.), hg. v. Hans Feldmann/Heinz von zur Mühlen, bearbeitet v. Richard von Kymmel u. a., Köln/Wien 1990.
Wolf Graf Baudissin/Eva Gräfin Baudissin, Das Leben am Hofe. In: Spemanns goldenes Buch der Sitte, Berlin/Stuttgart 1901, S. 1117–1128.
Hans Baumann, Eduard von Keyserlings Erzählungen, Zürich 1967.
Chelion Begass/Johanna Singer, Arme Frauen im Adel. Neue Perspektiven sozialer Ungleichheit im Preußen des 19. Jahrhunderts. In: Archiv für Sozialgeschichte 54, Bonn 2014, S. 55–78.
Arthur Behrsing, Zwei Meister der Heimaterzählung. 1. Theodor Hermann Pantenius, 2. Eduard von Keyserling, Reval 1914.
Klaus Bellin, Taktvoller Chronist. Eduard von Keyserling zeichnet die Welt des baltischen Adels. In: ders., Bankett für Dichter. Feuilletons zur Literatur, Berlin 2015, S. 76–78.
Gerhard J. Bellinger/Brigitte Regler-Bellinger, Schwabings Ainmillerstrasse und ihre bedeutendsten Anwohner. Ein repräsentatives Beispiel der Münchner Stadtgeschichte von 1888 bis heute. Norderstedt 2003, zu EvK S. 193–198.
Hans Bender, Der Außenseiter. Eduard von Keyserling als Gesellschaftskritiker. In: Süddeutsche Zeitung, 5./6.6.1971.
Theodor Bensey, Pantschatantra. Fünf Bücher indischer Fabeln, Märchen und Erzählungen. Aus dem Sanskrit übersetzt mit Einleitung und Anmerkungen, Leipzig 1859.
Robert M. Berdahl, Conservative Politics and Aristocratic Landholders in Bismarckian Germany. In: The Journal of Modern History, Bd. 44, No. 1, Chicago 1972, S. 1–20.
Maximilian Bergengruen/Klaus Müller-Wille/Caroline Pross (Hg.), Neurasthenie. Die Krankheit der Moderne und die moderne Literatur, Freiburg im Breisgau 2010.
Hans Bethge, Eduard Graf Keyserling. In: Wiener Abendpost, 14.5.1915, S. 2.
Marianne Beuchert, Symbolik der Pflanzen, Frankfurt am Main/ Leipzig 1995.
Melanie Binek, Leben im Wilhelminischen Zeitalter. Ausge-

wählte Prosa von Eduard von Keyserling, Frankfurt am Main u. a. 2006.

Arthur Friedrich Binz, Eduard von Keyserling. In: Die schöne Literatur, 30. Jg., Nr. 5, Leipzig 1929, S. 267–300.

Martin Bircher u. a., Deutsche Schriftsteller im Porträt, 5. Bd.: Jahrhundertwende, München 1983, darin zu EvK S. 116–117.

Claudia Bischoff, Frauen in der Krankenpflege: zur Entwicklung von Frauenrolle und Frauenberufstätigkeit im 19. und 20. Jahrhundert, Frankfurt am Main/New York 1984.

Otto von Bismarck, Aus seinen Schriften, Briefen, Reden und Gesprächen. Auswahl und Nachwort von Hanno Helbling, Zürich 1976.

Burkhard Bittrich, Eduard Graf Keyserling – ein baltischer «homme de lettre» von europäischem Rang. In: Europäische Dimensionen deutschbaltischer Literatur, hg. v. Frank-Lothar Kroll, Berlin 2005, S. 73–92.

Dirk Blasius, Ehescheidung in Deutschland, 1794–1945: Scheidung und Scheidungsrecht in historischer Perspektive, Göttingen 1987.

Grasilda Blažienė, Baltische Ortsnamen in Ostpreußen, Sonderband III der Hydronymia Europaea, hg. v. Wolfgang P. Schmid, Mainz/Stuttgart 2005.

Franz Blei, Erzählung eines Lebens, Leipzig 1930; zu EvK S. 331–334.

Hans Bodenstedt, Eduard Graf Keyserling. In: Deutsche Zeitung, Nr. 245 (Beilage), Berlin 15.5.1915, S. 2.

Theophile von Bodisco, Eduard v. Keyserling als Baltendichter. In: Der Tag, Nr. 234, 19. Jg., Berlin 23.10.1919, S. 2–3.

Svetlana Bogojavlenska, Die jüdische Gesellschaft in Kurland und Riga 1795–1915, Paderborn 2012.

Dieter Borchmeyer/Viktor Žmegač, Die Rolle des Romans. In: Geschichte der deutschen Literatur vom 18. Jahrhundert bis zur Gegenwart, hg. v. Viktor Žmegač, Bd. II/2: 1848–1918, Königstein im Taunus 1985, S. 342–396, darin zu EvK S. 342 u. 375–377.

Heinrich Bosse, Die gläserne Wand: Der lettische Mensch in der Deutsch-Baltischen Literatur. In: Journal of Baltic Studies, Vol. 17 (4), London 1986, S. 329–349.

Pierre Bourdieu, Ökonomisches Kapital, kulturelles Kapital, soziales Kapital, aus dem Französischen übersetzt von Reinhard Kreckel. In: Soziale Ungleichheiten, hg, v. Reinhard Kreckel, Göttingen 1983, S. 183–198.

Pierre Bourdieu, Zur Soziologie der symbolischen Formen, Frankfurt am Main 1974.

Dagmar Brands, Die Erzählform bei Eduard von Keyserling, Bonn 1950.

Brockhaus Konversations-Lexikon, 14. Aufl., Leipzig 1898.

Reinhard Bröker, Nachwort. In: Eduard von Keyserling, Harmonie. Romane und Erzählungen. München 1998, S. 921–927.

Karsten Brüggemann, Licht und Luft des Imperiums. Legitimations- und Repräsentationsstrategien russischer Herrschaft in den Ostseeprovinzen im 19. und frühen 20. Jahrhundert, Wiesbaden 2018.

Reinhold Brunner, Landadliger Alltag und primäre Sozialisation in Ostelbien am Ende des 19. Jahrhunderts. In: Zeitschrift für Geschichtswissenschaft 39, Berlin 1991, S. 995–1011.

Sabine Buchlaub/Claudia Wefel, Die Landschaftsdarstellung in Eduard von Keyserlings Erzählwerk. Impressionismus, Romantik, Dekadenz. In: Dekadenz in Deutschland. Beiträge zur Erforschung der Romanliteratur um die Jahrhundertwende, hg. v. Dieter Kafitz, Frankfurt am Main 1987, S. 243–257.

Lila Bujaldón de Esteves, Keyserling in Argentinien. In: Ibero-amerikanisches Jahrbuch für Germanistik, Vol. 2, Berlin 2008, S. 55–71.

Michael Laccohee Bush, The European Nobility, Vol. 1: Noble Privilege, Vol. 2: Rich Noble, Poor Noble, Manchester/New York 1983.

David Cannadine, Aspects of Aristocracy, Grandeur and Decline in Modern Britain, New Haven/London 1994.

Francis L. Carsten, Geschichte der preußischen Junker, Frankfurt am Main 1988.
Lamar Cecil, The Creation of Nobles in Prussia, 1871–1918. In: The American Historical Review, Bd. 75, Nr. 3, Oxford 1970, S. 757–795.
Ivo Cerman/Luboš Velek (Hgg.), Adel und Wirtschaft: Lebensunterhalt der Adeligen in der Moderne, München 2009.
Miguel de Cervantes Saavedra, Der geistvolle Hidalgo Don Quijote von der Mancha, hg. u. übersetzt v. Susanne Lange, München 2008.
Christopher Clark, Von Zeit und Macht. Herrschaft und Geschichtsbild vom Großen Kurfürsten bis zu den Nationalsozialisten, München 2018.
Eckart Conze/Monika Wienford (Hgg.), Adel und Moderne: Deutschland im europäischen Vergleich im 19. und 20. Jahrhundert, Köln/Weimar/Wien 2004.
Eckart Conze/Wencke Meteling/Jörg Schuster/Jochen Strobel (Hgg.), Aristokratismus und Moderne: Adel als politisches und kulturelles Konzept, 1890–1945, Köln/Weimar/Wien 2013.
Edoardo Costadura, Erzählungen vom Ende. Literarische Selbstdarstellungen des Adels im modernen Europa bei Chateaubriand und Lampedusa. In: What Makes the Nobility Noble? Comparative Perspectives from the Sixteenth to the Twentieth Century, hg. v. Jörn Leonhard und Christian Wieland, Göttingen 2011, S. 299–319.
Hedwig David-Schwarz, Der Typus der «weißen» Frau im Werk Eduard von Keyserlings. In: Psychologische Rundschau, 1. Jg., Nr. 9, Basel 1929, S. 285–292, 336–340 u. 367–370.
Hedwig David-Schwarz, Die Frauengestalten in den Werken Eduard von Keyserlings, Zürich 1929.
Rudolf von Delius, Eduard von Keyserling. In: Münchner Neueste Nachrichten, 9.2.1931.
Eduard von Dellinghausen, Die Entstehung, Entwicklung und aufbauende Tätigkeit der Baltischen Ritterschaften. In: Friedrich

Mann’s Pädagogisches Magazin, Langensalza 1928, S. 27–38.
Walter Demel/Sylvia Schraut, Der deutsche Adel. Lebensformen und Geschichte, München 2014.
Karlheinz Deschner, Bewundernswert für immer. Eine Eduard-von-Keyserling-Anthologie. In: Frankfurter Rundschau Nr. 147 (1973).
Karlheinz Deschner, Lebensstil bis zu den Hunden. Anläßlich einer Anthologie des baltischen Schriftstellers Graf Eduard von Keyserling, des größten Impressionisten der deutschen Sprache (1973). In: ders., Poeten und Schaumschläger. Von Jean Paul bis Enzensberger; 24 Aufsätze zur Literaturkritik, Freiburg im Breisgau 2007, S. 71–74.
Florens Deuchler, Stichjahr 1912. Künste und Musik der frühen Moderne im Urteil ihrer Protagonisten, Regensburg 2003, darin: Farben bei Eduard von Keyserling, S. 116.
Deutsches Kinderlied und Kinderspiel. Volksüberlieferungen aus allen Landen deutscher Zunge, hg. v. Franz Magnus Böhme, Leipzig 1897.
Deutsches Wörterbuch von Jacob Grimm und Wilhelm Grimm, Leipzig 1862.
Christa Diemel, Adelige Frauen im bürgerlichen Jahrhundert. Hofdamen, Stiftsdamen, Salondamen 1800–1870, Frankfurt am Main 1998.
Johann von Dissow (d. i. Johann Albrecht von Rantzau), Adel im Übergang. Ein kritischer Standesgenosse berichtet aus Residenzen und Gutshäusern, Stuttgart 1961.
Alice Cecilia Dolan, Decadent society in the works of Eduard von Keyserling, Columbus 1944.
Anne-Katrin Ebert, Radelnde Nationen: Die Geschichte des Fahrrads in Deutschland und den Niederlanden bis 1940, Frankfurt am Main 2010.
Kasimir Edschmid, Keyserling und die Gefühls-Mosaikler oder Der impressionistische Roman. In: ders., Die doppelköpfige Nym-

phe. Aufsätze über die Literatur und die Gegenwart, Berlin 1920, S. 32–46.

Kasimir Edschmid, Profile II: Keyserling oder Der impressionistische Roman. In: Feuer. Monatsschrift für Kunst und künstlerische Kultur, Jg. 1, Heft 5, Weimar/Bochum 1920, S. 343–350.

Waldemar Eger, Mensch und Gesellschaft in der Prosa Eduard von Keyserlings, Modern Language and Literature, Indiana 1970.

Franziska Ehinger, Gesang und Stimme im Erzählwerk von Gottfried Keller, Eduard von Keyserling und Thomas Mann, Würzburg 2004.

Josef Ehmer, Heiratsverhalten, Sozialstruktur, ökonomischer Wandel: England und Mitteleuropa in der Formationsperiode des Kapitalismus, Göttingen 1991.

Sigismund von Elverfeldt-Ulm, Adelsrecht. Entstehung, Struktur, Bedeutung in der Moderne des historischen Adels und seiner Nachkommen, Limburg an der Lahn 2001.

Nataly von Eschstruth, Hofluft, Leipzig 1900.

Paul Th. Falck, Graf Eduard Keyserling. In: Baltische Blätter für Theater und Kunst, Jg. 1, Heft 2/3, Berlin 1918, S. 45–49.

Xandru Fernández, Prológo. In: Eduard von Keyserling, Armonía/Nicky, Barcelona 2011, S. 3–7.

Olaf von Fersen, Ein Jahrhundert Automobiltechnik: Personenwagen, Düsseldorf 1986.

Lion Feuchtwanger, Eduard von Keyserling. Zum sechzigsten Geburtstag. In: Die Schaubühne 11, Berlin 1915, S. 437–440. © Aufbau Verlag GmbH & Co. KG, Berlin 1999, 2008.

Monika Fick, Literatur der Dekadenz in Deutschland. In: Naturalismus, Fin de siècle, Expressionismus 1890–1918, hg. von York-Gothart Mix, München 2000, darin zu EvK S. 219–230, S. 221 u. 230.

Jens Malte Fischer, Eduard Graf Keyserling: Werke, hg. v. Rainer Gruenter. In: Germanistik, 15. Jg. Tübingen 1974, S. 984–985.

Jens Malte Fischer, Jahrhundertdämmerung. Ansichten eines anderen Fin de siècle, Wien 2000.

Otto Flake, Keyserling. Zum 60. Geburtstag des Dichters. In: Die neue Rundschau 26, Berlin 1915, Bd. 1, S. 675–683.
Otto Flake, Über Keyserling. In: Die neue Rundschau 28, Berlin 1917, Bd. 2, S. 1705–1708.
John R. Floyd, Eduard von Keyserling as a Storyteller. In: Eduard von Keyserling: A Symposion, hg. v. A. Wayne Wonderley, Lexington/Kentucky 1974, S. 12–16.
Patrick Fortmann, Impressionismus und Identität bei Eduard von Keyserling. In: Hofmannsthal Jahrbuch zur europäischen Moderne, 16, hg. v. Gerhard Neumann/Ursula Renner/Günter Schnitzler/Gotthart Wunberg, Freiburg im Breisgau 2008, S. 157–195.
Ewald Frie, Preußischer Adel und Deutsche Nation im 19. Jahrhundert. In: Adel und Nation in der Neuzeit. Hierarchie, Egalität und Loyalität, 16.–20. Jahrhundert, hg. v. Martin Wrede/Laurent Bourquin, Ostfildern 2016, S. 241–254.
Joachim Friedenthal, Eduard von Keyserling. Zum sechzigsten Geburtstag. In: Neue Zürcher Zeitung, 15.5.1915, S. 3.
Frank Dieter Fröhlich, A Comparison of the Role and Treatment of Nature and Natural Phenomena in the Prose Works of Eduard von Keyserling and Arthur Schnitzler, Michigan 1980.
Hans Fründt, Das Automobil und die Automobil-Industrie in Deutschland, Erlangen 1911.
Marcus Funck/Stephan Malinowski, «Charakter ist alles!» Erziehungsideale und Erziehungspraktiken in deutschen Adelsfamilien des 19. und 20. Jahrhunderts. In: Jahrbuch für Historische Bildungsforschung, Bd. 6, Bad Heilbrunn 2000, S. 71–92.
Anna-Katharina Ganzenbacher, Mieder und Reformkleid. Zum Wandel der Damenmode von 1900 bis 1918, Graz 2009.
Ernest Gellner, Pflug, Schwert und Buch. Grundlinien der Menschheitsgeschichte, Stuttgart 1990.
Mirko Gemmel/Claudia Löschner (Hgg.), Ökonomie des Glücks. Muße, Müßiggang und Faulheit in der Literatur, Berlin 2014.

Horst-Jürgen Gerigk, Turgenjew. Eine Einführung für den Leser von heute, Heidelberg 2015, darin zu EvK Kap. 19: Baltische Adelsnester: Eduard von Keyserling und Turgenjew, S. 211–216.

Jean-Daniel Girardin, De la déchirure à la rédemption mythique: les avatars du moi chez Eduard von Keyserling et Michel Tournier, Paris 1999.

Alfredo Giuliani, Le vite sbagliate di von Keyserling. In: La Repubblica, Roma 6.6.2000.

Eduard Glock, Eduard von Keyserling. Eine Darstellung. In: Eckart. Ein deutsches Literaturblatt, 6. Jg., Berlin 1911/1912, Nr. 10, S. 623–637.

Albert Goldschmidt, Die Ostseebäder. Praktischer Reiseführer, Berlin 1907/1908.

Wilhelm Konrad Gomoll, Das Werk Eduard von Keyserlings. In: Norddeutsche Allgemeine Zeitung Nr. 157, Berlin, 8.7.1914.

Jack Goody, The Development of the Family and Marriage in Europe, Cambridge 1983.

Walter Görlitz, Die Junker: Adel und Bauer im deutschen Osten. Geschichtliche Bilanz von sieben Jahrhunderten, Glücksburg 1957.

Rüdiger Görner, Adel des Erzählens. Thomas Manns Interesse an Eduard von Keyserling. In: ders., Thomas Manns erzählte Welt. Studien zu einem Verfahren, Stuttgart 2018, S. 107–116.

Māra Grudule, Die Deutschbalten in der Kulturgeschichte Lettlands und der Letten, Lüneburg 2017.

Rainer Gruenter, Park und Garten. Bemerkungen zu den Schlossgeschichten Eduard von Keyserlings, Neue Zürcher Zeitung, 4.3.1973.

Rainer Gruenter, Schlossgeschichten Eduards von Keyserling. Einleitung. In: Eduard von Keyserling, Werke, hg. v. Rainer Gruenter, Frankfurt am Main 1973, S. VII–XX.

Barbara Guilliard, Differierende Formen des Genießens in Eduard von Keyserlings «Schlossgeschichten», Frankfurt am Main/New York 2010.

Grete Gulbransson, Meine fremde Welt. Tagebücher, hg. v. Ulrike Lang, Frankfurt am Main 2001, Bd. 2, S. 353f.
Hannelore Gutmann, Die erzählte Welt Eduard von Keyserlings. Untersuchungen zum ironischen Erzählverfahren, Frankfurt am Main u. a. 1995.
Max Halbe, Grabrede auf Eduard von Keyserling. In: Der Tag, Berlin, 11.10.1918, S. 2–3.
Max Halbe, Jahrhundertwende. Geschichte meines Lebens 1893–1914, Danzig 1935, darin zu EvK S. 303, 316–329, 380 u. 405–406.
Peter Hamecher, Der Künstler Eduard von Keyserling. In: Sozialistische Monatshefte, Heft 11, Berlin, 6.6.1912, S. 675–681.
Peter Hamecher, Eduard v. Keyserling. In: Hamburger Nachrichten, Nr. 224 (2. Beilage), Hamburg 1915.
John Trygve Has-Ellison, Nobles, Modernism and the Culture of fin-de-siècle Munich. In: German History, Vol. 26, Issue 1, Oxford 2008, S. 1–23.
Gerhart Haug, Graf Keyserling, der Erzähler. In: Die schöne Literatur, 23. Jg., Nr. 20, Leipzig 1922, S. 153–172.
Gerhart Haug, Ein Fontane in Moll. Zum Schaffen Eduard von Keyserlings. In: Welt und Wort. Zeitschrift für Literatur, 13, Tübingen 1958, S. 331–332.
Ellis Havelock, Studies in the Psychology of Sex, Philadelphia 1913.
Ernst Heilborn, Eduard Graf Keyserling, sein Wesen und sein Werk. In: Eduard Graf Keyserling, Gesammelte Erzählungen in vier Bänden, Berlin 1922, S. 3–31.
Anders Henriksson, Vassals and Citizens. The Baltic Germans in Constitutional Russia, 1905–1914, Marburg an der Lahn 2009.
Stefan Henzel, «Augen, die ihr Handwerk verstehen». Eduard von Keyserlings Prosa als Paradigma literarischer Phänomenologie. In: Études germaniques. Revue trimestrielle de la Société des Études Germaniques, Vol. 56 (3), Paris 2001, S. 325–343.
Herders Conversations-Lexikon, Freiburg im Breisgau 1854.

Patricia B. Herminghouse, Schloß oder Fabrik? Zur Problematik der Adelsdarstellung im Roman des Nachmärz. In: Legitimationskrisen des deutschen Adels 1200–1900, hg. v. Peter Uwe Hohendahl/Paul Michael Lützeler, Stuttgart 1979, S. 245–262.

Theodore B. Hewitt, The Novels of Eduard von Keyserling. In: The German Quarterly. A journal of the American Association of Teachers of German, Vol. 4, Cherry Hill/New Jersey 1931, S. 51–55.

Carola Hilmes, Konstruktionen des Weiblichen und Männlichen im Prosawerk Eduard von Keyserlings. In: Baltisches Welterlebnis. Die kulturgeschichtliche Bedeutung von Alexander, Eduard und Hermann Graf Keyserling, hg. v. Michael Schwidtal/Jaan Undusk, Heidelberg 2007, S. 269–284.

Rolf Hochhuth, Die zweite Klassik. Deutschsprachige Erzähler von Eduard Graf von Keyserling bis Erich Kästner. In: Und Brecht sah das Tragische nicht. Plädoyers, Polemiken, Profile, hg. v. Walter Homolka, München 1996, S. 117–139.

Boris Hoge, Das zerbrochene Ringlein. Eduard von Keyserling und Joseph von Eichendorff. In: Aurora. Jahrbuch der Eichendorff-Gesellschaft, hg. v. Jürgen Daiber u. a., Bd. 68/69, München 2010, S. 79–88.

Boris Hoge, «Kreuzzeitung» und «russische Grenze» – das historische und geographische Detail bei Theodor Fontane und Eduard von Keyserling. In: Moderna språk, publ. by the Modern Language Teachers' Association of Sweden and Språkcentrum at Växjö University, Växjö 2010, Vol. 104 (2), S. 33–44.

Elise von Hohenhausen, Brevier der Guten Gesellschaft und der guten Erziehung, Leipzig 1876.

Arthur Holitscher, Die Münchner Zeit. In: Die neue Rundschau 35, Berlin 1924, Bd. 1, S. 366–393.

Korfiz Holm, Eduard von Keyserling. In: ders., ich, kleingeschrieben: Heitere Erlebnisse eines Verlegers, München 1932, S. 194–228.

Korfiz Holm, Eduard von Keyserling. In: ders., Farbiger Abglanz, München 1947, S. 143–156.

Homer, Ilias, aus dem Griechischen von Kurt Steinmann, München 2017.
Homer, Odyssee, nach Johann Heinrich Voß, Leipzig/Berlin 1910.
Ji Ho Hong, Das naturalistisch-szientistische Literaturkonzept und die Schlossgeschichten Eduard von Keyserlings, Würzburg 2006.
Galina Hristeva, «Nervenkunst»: Psychoanalyse und Literatur. In: Fin de Siècle, hg. v. Johannes G. Pankau, Darmstadt 2013, S. 19–35.
Gerdi Huber, Das klassische Schwabing. München als Zentrum der intellektuellen Zeit- und Gesellschaftskritik an der Wende vom 19. zum 20. Jahrhundert, München 1973, darin zu EvK S. 75, 119 u. 201 ff.
Rainer Hudemann, Eliten in Deutschland und Frankreich im 19. und 20. Jahrhundert. Strukturen und Beziehungen, München/Oldenburg 1994.
Isabell V. Hull, The Entourage of Kaiser Wilhelm II, 1888–1918, Cambridge 1982.
Pai Hunvalfy, Reise in den Ostseeprovinzen Rußlands, Leipzig 1873.
Ben Hutchinson, Lateness and Modern European Literature, Oxford 2016, darin zu EvK S. 231.
Florian Illies, Die Ironie der schwülen Tage: Der Autor dieses Sommers heißt Eduard von Keyserling. In: Die Zeit, 25.6.2009.
Monty Jacobs, Keyserlings Werk, In: Vossische Zeitung, Nr. 239 (4. Beilage), Berlin, 21.5.1922.
Anu Järs, Die Badekultur in den Ostseebädern Estlands. In: Seebäder an der Ostsee im 19. und 20. Jahrhundert, hg. v. Olga Kurilo (Colloquia Baltica 18), München 2008, S. 179–200.
Peeter Järveleid, Die baltischen Provinzen im russischen Imperium und ein kolonialgeschichtliches Modell. In: Rechtskultur. Zeitschrift für europäische Rechtsgeschichte, Bd. 5: Kolonialrechtsgeschichte, hg. v. Lukas Gschwend/Ignacio Czeguhn u. a., Regensburg 2018, S. 7–13.

Harold James, Deutsche Identität 1770–1990, Frankfurt am Main/ New York 1991.
Valda L. Jirgensons, Der Untergang des baltischen Adels in Eduard von Keyserlings Werken, Lubbock 1972.
Jürgen Joachimsthaler, Polen im (deutsch-)baltischen Diskurs. In: Das Baltikum als Konstrukt (18.–19. Jahrhundert). Von einer Kolonialwahrnehmung zu einem nationalen Diskurs, hg. v. Anne Sommerlat-Michas, Würzburg 2015, S. 211–229.
Hanns Johst, Resultanten. In: Die neue Rundschau 30, Berlin 1919, Bd. 2., S. 1138–1144.
Beate Jürgens, Farbige Augenblicke. Farbe als Element der Darstellung in Eduard von Keyserlings erzählerischem Werk, Freiburg im Breisgau 1952.
Christoph Jürgensen (Hg.), Eduard von Keyserling und die Klassische Moderne, Stuttgart 2019.
Heinrich Kaak, Die Gutsherrschaft: theoriegeschichtliche Untersuchungen zum Agrarwesen im ostelbischen Raum, Berlin u. a. 1991.
Juhan Kaak, Die Bauernunruhen des 18.–19. Jahrhunderts im Baltikum und die Genese der Agrarreformen – einige Grundzüge konfliktiver Konstellationen. In: Gutsherrschaftsgesellschaften im europäischen Vergleich, hg. v. Jan Peters, Berlin 1997, S. 473–499.
Herbert Kalckhoff, Die Dekadenz im Werk Eduard von Keyserlings, Freiburg im Breisgau 1951.
Andreas Kappeler, Russland als Vielvölkerreich. Entstehung, Geschichte, Zerfall, München 2001.
Andres Kasekamp, A History of the Baltic States, Houndmills (Basingstoke) 2010.
Rudolf Kassner, Die Moral der Musik. Aus den Briefen eines Musikers, Leipzig 1912.
Rudolf Kassner, Ein Gesicht. In: Neue Freie Presse, Wien, Sonntag, 3.11.1929, Nr. 23398, S. 36; abgedruckt in: ders., Sämtliche Werke, Bd. 4, Pfullingen 1978, S. 337.

Rudolf Kassner, Brief an Fürstin Marie Taxis, 29. November 1906. In: ders., Sämtliche Werke, Bd. 10, Pfullingen 1978, S. 959.
Hans Kauffmann, Fortsetzung realistischer Erzähltraditionen des 19. Jahrhunderts bei L. Thoma, A. Schnitzler, E. v. Keyserling, G. Hermann und dem frühen H. Hesse. In: Wissenschaftliche Zeitschrift der Friedrich-Schiller-Universität, Heft 3, Jena 1971, S. 499–511.
Kaufmännisches Miniatur-Lexikon. Ein Pult- und Sachenbuch für Handelswirtschaften, Berlin 1901.
John H. Kautsky, Funktionen und Werte des Adels. In: Legitimationskrisen des deutschen Adels 1200–1900, a. a. O., S. 1–16.
Maria-Stephanie Kemmerling, Die Momente des «Zu spät»: Eichendorff und Eduard von Keyserling. In: Eichendorffs Modernität, hg. v. Michael Kessler, Tübingen 1989, S. 53–62.
Harry Graf Kessler, Das Tagebuch 1880–1937, Bd. IV, Stuttgart 2005.
Eduard von Keyserling, Brief an Konrad Guenther, 22. Juli 1918, Universitätsbibliothek Freiburg im Breisgau, Nachlass Günther, NL 5 /154, Kasten 4 [Nro 9. 23.].
Eduard von Keyserling, Eindrücke von der Frühjahrsausstellung der Münchner Secession. In: Die Freistatt, 5. Jg., Heft 47, 21.11.1903, S. 267–269.
Eduard von Keyserling, Martin Buber, Jüdische Künstler. In: Die Freistatt, 5. Jg, Heft 47, 21.11.1903, S. 935 f.
Eduard von Keyserling, [Schiller-Beitrag]. In: Schiller-Almanach anlässlich des Wiener Concordia-Balls 1905 (Damenspende), S. 12.
Eduard von Keyserling, Über die Liebe. In: Die neue Rundschau 18, Berlin 1907, Bd. 1, S. 129–140.
Gräfin Henriette Keyserling, Frühe Vollendung. Das Leben der Gräfin Marie Keyserling in den Erinnerungen ihrer Schwester, hg. v. Otto Freiherr von Taube, Bamberg 1949.
Zigmantas Kiaupa/Ain Mäesalu/Ago Pajur/Gvido Straube (Hgg.), The History of the Baltic Countries. 3. Aufl., Tallinn 2002.
Wulf Kirsten, Nachwort. In: Eduard von Keyserling, Abendliche

Häuser. Ausgewählte Werke, 2 Bd., hg. v. Wulf Kirsten. Berlin 1970, S. 301–326 u. 671–792.
Sonja Klein, Endspiele oder Altern als Lebensform: zu einem literarischen Motiv des Fin de siècle. In: Merkwürdige Alte, hg. v. Henriette Herwig, Bielefeld 2013, S. 311–323.
Johannes Kleinstück, Keine Rettung für die Herren. In: Frankfurter Allgemeine Zeitung, 8.12.1973.
Ewald von Kleist-Schmenzin, Adel und Preußentum. In: Süddeutsche Monatshefte, Bd. 23, München 1926, S. 378–384.
Hanns Rudolf Klimas, Graf Eduard von Keyserling und ein Beitrag zum Dandysme. In: Arkadien, Bd. 1, Heft 2, Nr. 54, Berlin 1919/1920, S. 28–36.
Helene Klingenberg, Eduard Graf Keyserling. In: Deutsche Monatsschrift für Rußland, hg. v. Alexander Eggers, 2. Jg., Nr. 9, Reval 1. (14.) September 1913, S. 771–790 u. 899–911.
Elisabeth Irene Knapp, Bedingungen und Funktion der Ausschnittthematik in den Erzählungen Eduard von Keyserlings, Bonn 1971.
Käte Knoop, Die Erzählungen Eduard von Keyserlings, Marburg an der Lahn 1929.
Richard Anton Koc, The German Gesellschaftsroman at the turn of the century. A comparison of the works of Th. Fontane and E. v. Keyserling. In: European University Studies, Bd. 542, Bern/Frankfurt am Main 1982.
Erika Hildgard Kockert, Das dramatische und erzählerische Werk Eduard von Keyserlings im Spiegel der zeitgenössischen Kritik, Ph.D. Thesis University of Massachusetts, Amherst 1974.
Caren Kollek, Literarische Selbstfindungsprozesse um 1900: Personen-, Erotik- und Moralkonzeption in Erzähltexten von Arthur Schnitzler, Eduard von Keyserling und Hermann Sudermann, Kiel 2011.
Panajotis Kondylis, Konservativismus. Geschichtlicher Gehalt und Untergang, Stuttgart 1986.
Helmut Koopmann, Das Leben tut immer, was es will. Vom Lieben

und Sterben auf Schlössern um die Jahrhundertwende. In: Frankfurter Allgemeine Zeitung, 11.9.1989.
Andreas Kossert, Ostpreußen: Geschichte und Mythos, München 2007.
Robby August Kossmann/Julius Weiß (Hgg.), Mann und Weib – ihre Beziehungen zueinander und zum Kulturleben der Gegenwart, volkstümlich dargestellt, Bd. III: Die beiden Geschlechter innerhalb der Aristokratie, Stuttgart/Berlin/Leipzig 1912.
Tilman Krause, Der Fontane in Moll. Plädoyer für den zu Unrecht vergessenen Erzähler Eduard von Keyserling. In: Die Literarische Welt, 9.1.1999.
Tilman Krause, Nicht lesen, schlürfen! Bei Eduard von Keyserling stirbt das 19. Jahrhundert in Schönheit – eine kleine Hommage aus Anlaß seines 150. Geburtstags. In: Die Literarische Welt, 14.5.2005.
Peter Krauss, Mourir pour le roi de Prusse. Les Baltes dans l'œuvre d'Eduard von Keyserling. In: Cahiers d'Etudes Germaniques 19, Aix-en-Provence 1990, S. 181–186.
Therese Krimmer, Eduard von Keyserling, In: Bücherei und Bildungspflege, 3. Jg., Stettin 1923, S. 104–107.
Monika Kubrova, Vom guten Leben. Adelige Frauen im 19. Jahrhundert, Berlin 2011.
Olga Kurilo, Der Adel der russischen Ostseeprovinzen im Spiegel seiner internationalen Beziehungen (1860–1914), Marburg an der Lahn 2008.
Olga Kurilo, Baltische Ostseebäder als Schauplätze der transnationalen Fluktuation Ende des 19. und Anfang des 20. Jahrhunderts. In: Seebäder an der Ostsee im 19. und 20. Jahrhundert a. a. O., München 2008, S. 33–54.
Olga Kurilo, Deutschbalten und ihr Blick auf Russland und das Baltikum (Ende des 19. und Anfang des 20. Jahrhunderts). In: Russland an der Ostsee. Imperiale Strategien der Macht und kulturelle Wahrnehmungsmuster (16. bis 20. Jahrhundert), hg.

v. Karsten Brüggemann/Bradley D. Woodworth, Köln 2012, S. 365–400.
Olga Kurilo, Zoppot, Cranz, Rigascher Strand im 19. und 20. Jahrhundert, Berlin 2011, darin: Rigascher Strand – Vielfalt in der Einheit, S. 111–145.
Kurländische Güterchroniken. Neue Folge, bearb. und hg. im Auftrage des kurländischen Ritterschaftscomités v. Leonid Arbusow, Mitau 1895.
Klaus Laermann, Die riskante Person in der moralischen Anstalt. Zur Darstellung der Schauspielerin in deutschen Theaterzeitschriften des späten 18. Jahrhunderts. In: Die Schauspielerin. Zur Kulturgeschichte der weiblichen Bühnenkunst, hg. v. Renate Möhrmann, Frankfurt am Main 1989, S. 127–153.
Hans-Peter Laqueur, Zwischen Orient und Okzident. Wandel auf Istanbuler Friedhöfen zwischen 1830 und 1930. In: Der bürgerliche Tod. Hefte des Deutschen Nationalkomitees Nr. 44, Regensburg 2007, S. 88–94.
Michele Leavitt, Eduard von Keyserling. In: Salem Press Biographical Encyclopedia 2013.
Irene Lehmann, Persönlichkeiten im alten Schwabing, zu EvK S. 114–122.
Irene Leibbrandt, Die alten Stammbäume sind nun gefällt. Adel in der Literatur am Ende des alten Reiches, Köln 1997.
Lexikon der deutschsprachigen Literatur des Baltikums und St. Petersburgs, 3 Bde., hg. v. Carola L. Gottzmann/Petra Hörner, Berlin 2011, darin zu EvK Bd. 2, S. 665-673.
Friedrich von der Leyen, Indische Märchen, Halle an der Saale 1898.
Fritz Löffler, Das epische Schaffen Eduard von Keyserlings, München 1928.
Carl von Lorck, Ostpreußische Gutshäuser, Kitzingen 1953.
Anna-Dorothea Ludewig, «Schönste Heidin, süßeste Jüdin!» Die «Schöne Jüdin» in der europäischen Literatur zwischen dem 17. und 19. Jahrhundert – ein Querschnitt. In: Medaon.

Magazin für jüdisches Leben in Forschung und Bildung 2, Dresden 2008, S. 1–15.
Liina Lukas, Das Baltikum literarisch – hier oder woanders? Die Raumgestaltung estnischer und baltischer Literatur am Beispiel von Eduard von Keyserling und Jaan Oks. In: Baltisches Welterlebnis, a.a.O., S. 253–268.
Liina Lukas, Die soziale Frage im deutschbaltischen Roman. In: Das Baltikum als Konstrukt, a.a.O., S. 195–210.
Stephan Malinowski, Vom König zum Führer. Sozialer Niedergang und politische Radikalisierung im deutschen Adel zwischen Kaiserreich und NS-Staat, Berlin 2003.
Thomas Mann, Zum Tode Eduard von Keyserlings. In: ders., Essays II: 1914–1926, S. 223–227. © 2002 S. Fischer Verlag GmbH, Frankfurt am Main.
Sandra Markewitz, Ein letzter Impressionist: Eduard von Keyserling und die Farben, Bielefeld 2010.
Benno Marquardt, Die landwirtschaftlichen Verhältnisse Kurlands, 2 Bde., Berlin 1916/1917.
Fritz Martini, Keyserling, Eduard Graf von. In: Neue Deutsche Biographie, Bd. 11, Berlin 1977.
Peter von Matt, Beiheft zu Eduard von Keyserling, Drei Romane, Stuttgart 1992.
Walter Maurach, Ist auch er wieder im Kommen? Dem Gedächtnis Eduard von Keyserlings anläßlich seines sechzigsten Todestages 1978. In: Jahrbuch des baltischen Deutschtums, Nr. 25, Lüneburg 1978, S. 39–41.
Arno J. Mayer, Adelsmacht und Bürgertum. Die Krise der europäischen Gesellschaft 1848–1914, München 1984.
Paul Mayer, Der Epiker Keyserling. In: Saturn. Eine Monatsschrift, Jg. 3, Heft 9, Heidelberg, September 1913, S. 239–247.
E. Allen McCormic, Eduard von Keyserling and «fin de siècle»: An European Perspective. In: Eduard von Keyserling: A Symposium, hg. v. Wayne Wonderley, Lexington/Kentucky 1974, S. 22–28.

Akiba Mendel, The Debate between Prussian Junkerdom and the Forces of Urban Industry 1897–1902. In: Jahrbuch des Instituts für Deutsche Geschichte, Bd. 4, Tel Aviv 1975, S. 301–338.
Daniel Menning, Standesgemäße Ordnung in der Moderne: Adlige Familienstrategien und Gesellschaftsentwürfe in Deutschland 1840–1945, München 2013.
Marie-Odile Métral, Die Ehe. Analyse einer Institution. Mit einem Vorwort von Philippe Ariès, aus dem Französischen übersetzt von Max Looser, Frankfurt am Main 1981.
Jochen Meyer, Eduard Graf von Keyserling. In: Literaturlexikon. Autoren und Werke in deutscher Sprache, hg. v. Walther Killy, Gütersloh/München 1990, S. 312–314.
Meyers Konversationslexikon, 4. Aufl., Leipzig/Wien 1885–1890.
Peter Mikliss, Deutscher und polnischer Adel im Vergleich, Berlin 1981.
Dietrich Miller, Die Junker und die preußisch-deutsche Geschichte. Auf den Spuren einer untergegangenen Gesellschaftsklasse, Berlin 2016.
Michael Mitterauer/Reinhard Sieder, Vom Patriarchat zur Partnerschaft: Zum Strukturwandel der Familie, München 1977.
Robert G. Moeller (Hg.), Peasants and Lords in Modern Germany: Recent Studies in Agricultural History, London 1986.
Werner Morlang, Licht und Schatten. Eduard von Keyserling. In: ders., So schön beiseit. Sonderlinge und Sonderfälle der Weltliteratur, Zürich 2001, S. 77–80.
Lysbeth Walker Muncy, The Junker in the Prussian Administration under William II, 1888–1914, Providence 1944.
Helmut Muskat, Bismarck und die Balten. Ein geschichtlicher Beitrag zu den deutsch-baltischen Beziehungen, Hamburg 1934.
Wolfgang Nehring, Eduard von Keyserling. In: Deutsche Dichter. Leben und Werk deutschsprachiger Autoren, 6. Realismus, Naturalismus und Jugendstil, hg. v. Gunter E. Grimm, Stuttgart 1989, S. 285–297.

Wolfgang Nehring, Eduard von Keyserlings Impressionismus. In: Baltisches Welterlebnis, a. a. O., S. 285–296.
Wolfgang Nehring, Jagdlust und Erotik: zur Metaphorik der Jagdszenen bei Eduard von Keyserling. In: Zeitschrift für deutsche Philologie, Bd. 115, Heft 4, Berlin/Bielfeld/München 1996, S. 560–575.
Hans-Heinrich Nolte, Kleine Geschichte Rußlands, Stuttgart 2003.
Helmuth Nürnberger, Schlossgeschichten: Eduard v. Keyserling. In: Deutsches Adelsblatt 41, Kirchbrak 2002, 4, S. 97–99, 5, S. 121–123.
Erwin Oberländer/Volker Keller (Hgg.), Kurland. Vom polnisch-litauischen Lehnsherzogtum zur russischen Provinz, Paderborn 2008.
Ernst Offenbach, Eduard von Keyserling. In: Baltische Blätter, 1. Jg., Heft 213, Riga 1918, S. 41–43.
Jan Esper Olsson, Baltische Sommer. Eduard von Keyserling. In: Nordeuropaforum 1, Berlin 1996, S. 41–42.
Jan Esper Olsson, Litauische Augen und polnische Liebe. Über die Fremdwahrnehmung in Eduard von Keyserlings Erzählungen. In: Das Baltikum im Spiegel der deutschen Literatur, hg. v. Michael Schwidtal/Armands Gūtmanis, Heidelberg 2001, S. 343–354.
Ovid, Metamorphosen, übersetzt von Reinhard Suchier, Berlin 1894.
Graf Arndt von der Pahlen, Der landwirtschaftliche Betrieb auf dem Grossgrundbesitz in Kurland bis zum Kriege 1914, seine Entwicklungsmöglichkeiten und das lettländische Agrargesetz, Königsberg 1924.
Sylvia Paletschek, Adelige und bürgerliche Frauen (1770–1870). In: Adel und Bürgertum in Deutschland 1770–1848, hg. v. Elisabeth Fehrenbach, München 1994, S. 159–185.
Vilfredo Pareto, The Rise and Fall of Elites: An Application of Theoretical Sociology, Bedminster 1968.
Rolf Parr, Preußisches Dur und baltisches Moll zwischen 1892 und

1913. Was Theodor Fontane und Eduard von Keyserling in ihrem Schreiben (nicht) gemeinsam haben. In: Fontane-Blätter, Nr. 97 (2014), S. 56–72.
J. A. Perkins, The Agricultural Revolution in Germany 1850–1914. In: Journal of European Economic History, Vol. 10, Rom 1981, S. 71–118.
Ulrike Peter, Das Frauenbild im Erzählwerk Eduard von Keyserlings. Darstellung an ausgewählten Erzählungen und Romanen, Essen 1999.
Otto von Petersen, Eduard Keyserling. In: Ostland, Nr. 6, Riga, 1.12.1943, S. 22–25.
Lothar Pikulik, Ästhetik des Interessanten. Zum Wandel der Kunst- und Lebensanschauung in der Moderne, Hildesheim 2014.
Gert von Pistohlkors, Deutsche, Esten, Letten, Russen: interethnische Beziehungen unter ständischen Vorzeichen 1710 bis 1918. In: Tausend Jahre Nachbarschaft. Die Völker des baltischen Raumes und die Deutschen, hg. v. Wilfried Schlau, München 1995, S. 80–95.
Gert von Pistohlkors, Die Ostseeprovinzen unter russischer Herrschaft (1710/95–1914). In: Die baltischen Länder, hg. v. dems., Berlin 2002, S. 322–451.
Gabriele Planz, Langeweile. Ein Zeitgefühl in der deutschsprachigen Literatur der Jahrhundertwende, Marburg an der Lahn 1996, darin zu EvK S. 73–85.
Hermann Pölking, Ostpreußen: Biographie einer Provinz, Berlin 2017.
Arthur Baron Ponsonby, The Decline of Aristocracy, London 1912 (Reprint 1972).
Caroline Pross, Leben/Form. Eduard von Keyserlings literarische Kultur-Geschichten. In: Die biologische Vorgeschichte des Menschen. Zu einem Schnittpunkt von Erzählordnung und Wissensformation, hg. v. Johannes F. Lehmann, Freiburg im Breisgau u. a. 2012, S. 251–267.
Hans-Jürgen Puhle, Agrarische Interessenpolitik und preußischer

Konservatismus im Wilhelminischen Reich 1893-1914, Bonn 1974.
Alexander Puschkin, Der Postmeister und andere Erzählungen, aus dem Russischen übersetzt von Wilhelm Lange, Stuttgart 1960.
William Web Pusey III, Point of view in the novels and stories of Eduard von Keyserling. In: Germanic Review 32, New York 1957, S. 273–281.
Wilhelm Raabe, Die Gänse von Bützow. Eine Historia, Berlin 1909.
Gabriele Radecke, «… denn wir leiden ja alle an unverdauten Fragezeichen». Eduard von Keyserling: Briefe an seinen Neffen Hermann von Keyserling, hg. u. kommentiert v. Gabriele Radecke. In: Unverdaute Fragezeichen. Literaturtheorie und textanalytische Praxis, hg. v. Holger Dauer u. a., St. Augustin 1998.
Gabriele Radecke, Das Motiv des Duells bei Theodor Fontane und Eduard von Keyserling. In: «Die Decadence ist da». Theodor Fontane und die Literatur der Jahrhundertwende, hg. v. ders., Würzburg 2002, S. [61]–77.
Stefan Rahner/Sandra Schürmann, Die «deutsche Orientzigarette». In: Osmanen in Hamburg – eine Beziehungsgeschichte zur Zeit des Ersten Weltkrieges, hg. v. Yavuz Köse, Hamburg 2016, S. 135–156.
Manfred Rasch/Peter K. Weber, Europäischer Adel als Unternehmer im Industriezeitalter, Essen 2017.
Wolfdietrich Rasch, Décadence-Motive in Eduard von Keyserlings Romanen und Erzählungen. In: Jahrbuch für Internationale Germanistik XV/1, Bern/Frankfurt am Main 1983, S. 8–37.
Andres Rebane, Das Leben als semiotisches System am Beispiel des Werks Eduard von Keyserlings, Tartu 2013.
May Redlich, Lexikon deutschbaltischer Literatur. Eine Bibliographie, Köln 1989, darin zu EvK S. 170–171.
Walter A. Reichart/A. Leslie Willson, Keyserling, Eduard, Graf von. In: Columbia Dictionary of Modern European Literature, ed. by Jean Albert Bédé u. a., New York 1980, S. 431.
Heinz Reif, Adel im 19. und 20. Jahrhundert, München 1999.

James N. Retallack, Notables of the Right: The Conservative Party and Political Mobilization in Germany, 1876–1918, London 1988.
W. H. Rey, Decadence in German Fiction. In: Modern Language Quarterly, Vol. 15 (3), Durham 1954, S. 282–285.
Hans-Georg Richert, Richard Anton Koc's «The German Gesellschaftsroman at the Turn of the Century. A Comparison of the Works of Theodor Fontane and Eduard von Keyserling». In: Colloquia Germanica, Bern 1985, Bd. 18 (1), S. 90–92.
Donald C. Riechel, Monet and Keyserling. Toward a grammar of literary impressionism. In: Colloquia Germania 13 (3), Bern 1980, S. 193–219.
Rainer Maria Rilke, Briefe an Sidonie Nádherný von Borutin, hg. v. Bernhard Blume, Frankfurt am Main 1973, darin zu EvK Brief vom 2.4.1914 (17 Rue Champagne-Première, Paris), S. 218–220.
John C. G. Röhl, Kaiser, Hof und Staat: Wilhelm II. und die deutsche Politik, München 1987.
Hans Rothfels, Reich, Staat und Nation im deutsch-baltischen Denken: Vortrag bei der öffentlichen Sitzung der Gelehrten Gesellschaft zu Königsberg am 12. Januar 1930, Halle an der Saale 1930.
Heinrich Rubner, Forstgeschichte im Zeitalter der industriellen Revolution, Berlin 1967.
Monique de Saint-Martin, Der Adel. Soziologie eines Standes, Konstanz 2003.
Felix Salten, Gestalten und Erscheinungen, Berlin 1913.
Anselm Salzer/Eduard von Tunk, Geschichte der deutschen Literatur, Zürich 1972, darin zu EvK Bd. 2, S. 636 f.
Inga Sarma, The history of swimming and swimming tradition in the Bay of Riga in the Baltic Sea. In: Seebäder an der Ostsee im 19. und 20. Jahrhundert, a. a. O., S. 169–178.
Klaus Saul, Um die konservative Struktur Ostelbiens. Agrarische Interessen, Staatsverwaltung und ländliche «Arbeiternot». Zur

konservativen Landarbeiterpolitik in Preußen-Deutschland 1889–1914. In: Deutscher Konservatismus im 19. und 20. Jahrhundert, hg. v. Dirk Stegmann u. a., Bonn 1983, S. 129–198.

Nicholas Saul, Krise des Sehens und Grenzen des Ich bei Eduard von Keyserling. In: Schwellen: germanistische Erkundungen einer Metapher, hg. v. Frank Möbus u. a., Würzburg 1999, S. 64–89.

Irmengard Sauter, Menschenbild und Natursicht in den Erzählungen Eduard von Keyserlings, Freiburg im Breisgau 1960.

Susanne Scharnowski, Wahrnehmungsschwellen. Krise des Sehens und Grenzen des Ich bei Eduard von Keyserling. In: Schwellen, a. a. O., S. 46–61.

Martina Schattkowski (Hg.), Fürstliche und adlige Witwen zwischen Fremd- und Selbstbestimmung, Leipzig 2003.

Heinrich Schaudinn, Das baltische Deutschtum und Bismarcks Reichsgründung. Königsberger Historische Forschung, hg. v. Friedrich Baethgen/Hans Rothfels, Bd. 1, Leipzig 1932.

Hanna Schissler, The Junkers: Notes on the Social and Historical Significance of the Agrarian Elite in Prussia. In: Robert G. Moeller (Hg.), Peasants and Lords in Modern Germany: Recent Studies in Agricultural History, London 1986, S. 24–51.

Georg Hermann Schlingensiepen, Der Strukturwandel des baltischen Adels in der Zeit vor dem Ersten Weltkrieg, Marburg an der Lahn 1959.

Beatrix Schmausser, Blaustrumpf und Kurtisane. Bilder der Frau im 19. Jahrhundert, Stuttgart 1991.

Alexander Schmidt, Geschichte des Baltikums. Von den alten Göttern bis zur Gegenwart, München 1992.

Oskar A. H. Schmitz, Wedekind, Keyserling, Dauthendey. In: Blätter der Bücherstube am Museum, Jg. 2, Heft 8/9, Wiesbaden 1925, S. 14–18.

Alfred Schönfeldt, Das baltische Deutsch. In: Jahrbuch des baltischen Deutschtums, Bd. XXXIV, Lüneburg 1987, S. 87–97.

Sybil Gräfin Schönfeldt, Ist der Adel anachronistisch? Rezension von Joachim von Dissow: «Adel im Übergang». In: Die Zeit, 5.10.1962.
Sybil Gräfin Schönfeldt, Kulturgeschichte des Herrn, Hamburg 1965.
Arthur Schopenhauer, Die Welt als Wille und Vorstellung, 2 Bde., Stuttgart/Frankfurt am Main 1960.
Erich von Schrenck, Eduard Graf Keyserling. In: Baltische Blätter für Theater und Kunst, 1. Jg., Heft 2/3, Berlin 1918, S. 35–41.
Angela Schulz, Ästhetische Existenz im Erzählwerk Eduards von Keyserling. In: Europäische Hochschulschriften, Bd. 1231, Frankfurt am Main u. a. 1991.
Irmelin Schwalb, Eduard von Keyserling. Konstanten und Varianten in seinem erzählerischen Werk ab 1903, Frankfurt am Main 1991.
Egon Schwarz, Adel und Adelskult im deutschen Roman um 1900. In: ders., Dichtung, Kritik, Geschichte. Essays zur Literatur 1900–1930, Göttingen 1983, S. 69–112, darin zu EvK S. 101–104 u. 110 f.
Hedwig Schwarz, Der Typus der weißen Frau im Werk Eduard von Keyserlings. In: Psychologische Rundschau 1, 1929.
Hedwig Schwarz, Die Frauengestalten in den Werken Eduard von Keyserlings, Zürich 1929.
Michael Schwidtal, Herrschaft ohne Hoffnung. Sterbende Geschlechter bei Herman Bang und Eduard von Keyserling. In: Baltisches Welterlebnis, a. a. O., S. 241–252.
Angela Sendlinger, Lebenspathos und Décadence um 1900. Studien zur Dialektik von Décadence und der Lebensphilosophie am Beispiel Eduard von Keyserlings und Georg Simmels. In: Europäische Hochschulschriften, Bd. 1441, Frankfurt am Main u. a. 1994.
Franz Servaes, Eduard Graf Keyserling. Zum 60. Geburtstag. In: Vossische Zeitung, Berlin, Nr. 244 (Abendausgabe), 14.5.1915, S. 2–3.

William Shakespeare, Hamlet, übersetzt von Frank Günther, Cadolzburg 2008.
William Shakespeare, Hamlet, Prinz von Dänemark, übersetzt von August Wilhelm von Schlegel. In: ders., Sämtliche Werke in vier Bänden, hg. v. Anselm Schlösser, Bd. 4, Berlin 2000, S. 263–387.
Oliver Sill, Sitte – Sex – Skandal. Die Liebe in der Literatur seit Goethe, Bielefeld 2009, darin zu EvK Kap. 2: Versteinerte Verhältnisse, S. 45–71.
Georg Simmel, Die Großstädte und das Geistesleben. In: ders., Gesamtausgabe, hg. v. Ottheim Ramstedt, Bd. 7: Aufsätze und Abhandlungen 1901–1908, hg. v. Rüdiger Kramme u. a., Frankfurt am Main 1995, S. 116–131.
Max von Sivers, Die forstlichen Verhältnisse der baltischen Provinzen, Riga 1903.
Douglas Smith, Der letzte Tanz: Der Untergang der russischen Aristokratie, aus dem Amerikanischen übersetzt von Bernd Rullkötter, Frankfurt am Main 2014.
Albert Soergel/Curt Hohoff, Dichtung und Dichter der Zeit, Düsseldorf 1961, darin zu EvK Bd. 1, S. 781–785.
Wilhelm Solms, «Zwei Zigeuner, schwarz und gräulich». Zigeunerbilder deutscher Dichter, Frankfurt am Main 2018.
Bengt Algot Sørensen, Geschichte der deutschen Literatur, Bd. II: Vom 19. Jahrhundert bis zur Gegenwart, 3. Aufl., München 2010, darin zu EvK S. 138.
Anne Sommerlat, La Courlande et les Lumières, Paris 2010.
Hartwin Spenkuch, Herrenhaus und Rittergut. Die Erste Kammer des Landtags und der preußische Adel von 1854 bis 1918 aus sozialgeschichtlicher Sicht. In: Geschichte und Gesellschaft, 25. Jg., Heft 3, 1999: Deutscher Adel, S. 375–403.
Friedrich Spielhagen, Platt Land. Roman in sechs Büchern, Leipzig 1879.
Friedrich Spielhagen, Problematische Naturen, Leipzig 1887.
Peter Sprengel, Das erzählerische Werk Eduard von Keyserlings

im Kontext der Epoche. In: Baltisches Welterlebnis, a. a. O., S. 173–184.

Peter Sprengel, Geschichte der deutschen Literatur Bd. 9/2: Geschichte der deutschsprachigen Literatur 1900–1918: Von der Jahrhundertwende bis zum Ende des Ersten Weltkriegs, München 2004, darin zu EvK S. 358–366 u. 775.

Edgar Steiger, Graf Eduard Keyserling. Zu des Dichters sechzigstem Geburtstage. In: Bonner Zeitung, 24. Jg., Nr. 133, 15.5.1915, S. 2.

Edgar Steiger, Graf Eduard Keyserling. In: März – Halbmonatsschrift für deutsche Kultur, 9. Jg., Bd. 2 (April–Juni 1915), München 1915, S. 142–144.

Rudolf Steinhilber, Eduard von Keyserling. Sprachskepsis und Zeitkritik in seinem Werk, Darmstadt 1977.

Britta Stender, Fest und Alltag im literarischen Text: Theodor Fontanes und Eduard von Keyserlings erzählende Prosa, Hamburg 2013.

Stendes izloksnes vārdu krājums – Wortschatz der Mundart von Stenden. Kārļa Draviņa vācu valodā rakstīto manuskriptu papildinājuši un rediģējuši Brigita Bušmane un Agris Timuška, Rīgā 2010.

Susanne Stephan, Der Blumenweg des Unbewussten. Zum 100. Todestag von Eduard von Keyserling am 28. September 2018. In: Offenes Feld Nr. 7: Eine Literaturzeitschrift, hg. v. Jürgen Brôcan, Herford 2018, S. 70–78.

Minna von Strantz, Die Blumen in Sage und Geschichte, Berlin 1875.

Ulrich Stülpnagel, Graf Eduard von Keyserling und sein episches Werk, Rostock 1926.

Andreas Sturies, Intimität und Öffentlichkeit. Eine Untersuchung der Erzählungen Eduard von Keyserlings. In: Europäische Hochschulschriften, Reihe 1: Deutsche Sprache und Literatur, Bd. 1176, Frankfurt am Main u. a. 1990.

Ülle Tarkiainen, Estland and Livland as Test Areas for Agricultural Innovation in the Russian Empire in the 19th Century. In: Russland an der Ostsee. Imperiale Strategien der Macht und

kulturelle Wahrnehmungsmuster (16. bis 20. Jahrhundert), hg. v. Karsten Brüggemann/Bradley D. Woodworth, Köln 2012, S. 322–364.
Otto von Taube, Baltischer Adel. Drei Novellen, Oldenburg 1932.
Otto Freiherr von Taube, Baltischer Adel. In: Das Buch der Keyserlinge. An der Grenze zweier Welten. Lebenserinnerungen aus einem Geschlecht, Berlin 1944, S. 7–61, zu EvK S. 50 ff.
Otto von Taube, Erinnerungen an Eduard von Keyserling. In: Die neue Rundschau 49, Heft 9, Berlin 1938, S. 287–305.
Otto von Taube, Daten zur Biographie Eduard von Keyserlings. In: Euphorion 48, Berlin 1954, S. 95–97.
Adriane Thomalla, Die «femme fragile». Ein literarischer Frauentypus der Jahrhundertwende, Düsseldorf 1972, zu EvK S. 33 f.
Horst Thomé, Autonomes Ich und «Inneres Ausland». Studien über Realismus, Tiefenpsychologie und Psychiatrie in deutschen Erzähltexten (1848–1914), Tübingen 1993, darin: Lust und Kultur bei Eduard von Keyserling – Die Veranschaulichung der Triebe in den «Schlossgeschichten», S. 514–541; «Natürliche» und «kulturelle» Pathologien in den «Schlossgeschichten», S. 542–575.
Horst Thomé, Lust und Kultur bei Eduard von Keyserling. In: ders., Realistische Psychopathologie. Studien zur Geschichte des literarischen Psychologisierens in deutschsprachigen Erzähltexten (1848–1914), 2. Bd.: Zur Literatur des Jahrhundertwende, Kiel 1986, S. 494–597.
Erik Thomson, Eduard von Keyserling. In: Baltische Bibliographie 8/9 (82/83), Würzburg 1955, S. 8.
Alexander von Tobien, Die livländische Ritterschaft in ihrem Verhältnis zum Zarismus und russischen Nationalismus, Bd. 1: Riga 1925, Bd. 2: Berlin 1930.
Barbara W. Tuchmann, Der stolze Turm. Ein Porträt der Welt vor dem Ersten Weltkrieg, 1890–1914, aus dem Amerikanischen übersetzt von Hartmut Garding, München/Zürich 1969.
Kurt Tucholsky, Brief an Eduard Plietzsch, Le Vésinet, 21.11.1925. In:

ders., Gesamtausgabe. Texte und Briefe, hg. v. Antje Bonitz u. a., Bd. 18: Briefe 1925–1927, hg. v. Renke Siems/Christa Wetzel/Antje Bonitz, Reinbek 2007, S. 66–70.
Kurt Tucholsky, Ein untergehendes Land [u.d. Pseudonym Peter Panter]. In: Die Weltbühne, Jg. 15, Nr. 28, 3.7.1919, II, S. 11–14; abgedruckt in: ders., Gesamtausgabe. Texte und Briefe, hg. v. Antje Bonitz u. a., Bd. 3: Texte 1919, hg. v. Stefan Ahrens/Antje Bonitz/Ian King, Reinbek 1999, S. 205–207.
Ralph Tuchtenhagen, Adel und Nationalbewegungen im Baltikum um 1900. In: Adel und Nation in der Neuzeit. Hierarchie, Egalität, Loyalität, 16.–20. Jahrhundert, hg. v. Martin Wrede/Laurent Bourquin, Ostfildern 2016, S. 293–318.
Ralph Tuchtenhagen, Geschichte der baltischen Länder, München 2005.
Armin von Ungern-Sternberg, «Kunstwerdung eines feudalen Heimatmilieus»? Anmerkungen und Anregungen zum Verständnis Eduard von Keyserlings. In: Baltisches Welterlebnis, a. a. O., S. 197–230.
Armin Ungern-Sternberg, «Das rätselhafte Leben zu einer fruchtbaren Wirklichkeit zu gestalten»: Eduard von Keyserlings Erzählungen: Scherz, Melancholie und tiefere Bedeutung. In: Hofmannsthal Jahrbuch zur europäischen Moderne, 12, Freiburg im Breisgau 2004, S. 255–286.
Jürgen von Ungern-Sternberg, Die «russische Ära» (1710–1917): eine neue Blütezeit? In: Die baltischen Staaten im Schnittpunkt der Entwicklungen. Vergangenheit und Gegenwart, hg. v. Carsten Goehrke/Jürgen von Ungern-Sternberg, Basel 2002, S. 91–104.
Walther Freiherr von Ungern-Sternberg, Geschichte der Baltischen Ritterschaften, Limburg an der Lahn 1960.
Caroline Urvater, «Über die Liebe»: Love and Sex According to Eduard von Keyserling, New York 2016.
Thorstein Veblen, The Theory of the Leisure Class, New York/London 1899.
Jürgen Viering, Landschaftswahrnehmung und Dekadenzerfah-

rung in den Romanen Eduard von Keyserlings. In: Baltisches Welterlebnis, a. a. O., S. 297–308.

August Vilmar, Geschichte der deutschen Nationalliteratur, Marburg an der Lahn 1856.

Marie-Bénédicte Vincent/Olivier Wieviorka/Julie Champrenault, Le déclin de la noblesse allemande par Eduard von Keyserling. In: Vingtième Siècle. Revue d'histoire, Paris 2013, Issue 118, S. 195–204.

Robert Walser, [Ein aussterbender König]. In: Carl Seelig, Wanderungen mit Robert Walser, Leipzig 1989, S. 83.

Max Weber, Entwicklungstendenzen in der Lage der ostelbischen Landarbeiter. In: ders., Gesammelte Aufsätze zur Sozial- und Wirtschaftsgeschichte, 2. Aufl., Tübingen 1988, S. 470–507.

Richard A. Weber, Color and Light in the Writings of Eduard von Keyserling, New York/Bern/Frankfurt am Main/Paris 1990.

Theodore R. Weeks, Nation and State in Late Imperial Russia. Nationalism and Russification on the Western Frontier, 1863–1914, DeKalb/Illinois 1996.

Sabine Wehking, Vom politischen und sozialen Selbstverständnis preußischer Junker 1871–1914. In: Blätter für deutsche Landesgeschichte, hg. v. Hans Patze, 121. Jg., Göttingen 1985, S. 395–448.

Hans-Ulrich Wehler (Hg.), Europäischer Adel 1750–1950, Göttingen 1990.

Karl Ferdinand Werner (Hg.), Hof, Kultur und Politik im 19. Jahrhundert, Bonn 1985.

Paul Wertheimer, Brüder im Geiste. Ein Kulturbilderbuch, Wien/Leipzig 1923, darin zu EvK S. 25–34.

Heide W. Whelan, Adapting to Modernity. Family, Caste and Capitalism among the Baltic German Nobility, Köln/Weimar/Wien 1999.

Christian Wiebe, Der witzige, tiefe, leidenschaftliche Kierkegaard. Zur Kierkegaard-Rezeption in der deutschsprachigen Lite-

ratur bis 1920, Heidelberg 2012, darin Kap. 4.5: Ironische Brechungen bei Eduard von Keyserling, S. 261–269.
Paul Wiegler, Über heutige Erzählkunst. In: Die neue Rundschau 33, Berlin 1922, Bd. 2, S. 1186–1193.
Monika Wienfort, Gesellschaftsdamen, Gutsfrauen und Rebellinnen. Adelige Frauen in Deutschland 1890–1939. In: Eckart Conze/dies. (Hgg.), Adel und Moderne. Deutschland im europäischen Vergleich im 19. und 20. Jahrhundert, Köln 2004, S. 181–203.
Anja Wilhelmi, Badekulturen für Männer und Frauen. Strandleben in den Ostseeprovinzen des Russischen Reichs im 19. und beginnenden 20. Jahrhundert. In: Seebäder an der Ostsee im 19. und 20. Jahrhundert, a. a. O., S. 151–168.
Anja Wilhelmi, Lebenswelten von Frauen der deutschen Oberschicht im Baltikum (1800–1939), Wiesbaden 2008.
Gero von Wilpert, Deutschbaltische Literaturgeschichte, München 2005, darin zu EvK S. 219 f.
Heinrich August Winkler, Der lange Weg nach Westen. Bd. 1: Deutsche Geschichte vom Ende des Alten Reiches bis zum Untergang der Weimarer Republik, München 2000, Kap. 4: Einheit vor Freiheit, S. 131–212; Kap. 5: Die Wandlung des Nationalismus, S. 213–265.
Simone Winko, Novellistik und Kurzprosa des Fin de siècle. In: Naturalismus, Fin de siècle, Expressionismus 1890–1918, a. a. O., S. 339–349.
Joachim von Winterfeldt-Menkin, Jahreszeiten des Lebens. Das Buch meiner Erinnerungen, Berlin 1942.
Henning von Wistinghausen, Eduard v. Keyserling zum 150. Geburtstag. In: Nachrichtenblatt der Baltischen Ritterschaften, Heft 2, 47. Jg., Nr. 186, Lüdenscheid, Juni 2005, S. 33.
Adolph Wittmaack, Was ist uns Eduard von Keyserling?, o.O. 1931.
Reinhard Wittram, Baltische Geschichte. Die Ostseelande Livland, Estland, Kurland 1180–1918, München 1954.
Wilhelm Wöhlke, Die natürlichen Bedingungen des baltischen

Raumes – von Pommern bis Finnland. In: Tausend Jahre Nachbarschaft. Die Völker des baltischen Raumes und die Deutschen, hg. v. Wilfried Schlau, München 1995, S. 11–26.

Monika Małgorzata Wolting, Eduard von Keyserling – der vergessene Dichter. In: Studia memcoznawcze, hg. v. Lech Kolago, Bd. XVII, Warszawa 1999, S. 261–276.

Wayne Wonderley, Keyserling and Feminism. In: South Atlantic Bulletin. A Quarterly Journal, 39, 2, Atlanta 1974, S. 17–21.

Ralph-Rainer Wuthenow, Eduard von Keyserling. In: Deutsche Literatur. Eine Sozialgeschichte, hg. v. Horst Albert Glaser, Reinbek bei Hamburg 1982, Bd. 8, S. 102–105.

Ralph-Rainer Wuthenow, Eduard von Keyserling und die Literatur der Europäischen Dekadenz. In: Baltisches Welterlebnis, a. a. O., S. 309–318.

Jürgen-Konrad Zabel, Das preussische Kadettenkorps. Militärische Jugenderziehung als Herrschaftsmittel im preußischen Militärsystem, Frankfurt am Main 1978.

Frank Zimmer, Das Leben ist anderswo. Zur Darstellung von Modernität in den Erzähltexten Eduard von Keyserlings und Runar Schildts. In: Skandinavistik. European journal of Scandinavian studies, Berlin/New York 2009, Vol. 37 (2), S. 131–152.

Viktor Žmegač, Deutsche Literatur der Jahrhundertwende, Königstein im Taunus 1981.

Annarosa Zweifel Azzone, Wirklichkeit e Stimmung nell'opera narrativa di Eduard von Keyserling. In: Annali dell'Istituto di lingue e letterature germaniche 2, Parma 1974, S. 191–214.

Inhalt

Verlagsgruppe Random House FSC® N001967
Das verwendete Papier für dieses Buch ist FSC-zertifiziert.

Originalausgabe

Diese Buchausgabe wurde von Andrea Mogwitz, München, aus der
Albertina gesetzt, von der Druckerei GGP Media in Pößneck auf
FSC-zertifiziertem Papier gedruckt und in Fadenheftung gebunden.
Das Einbandleinen Frankonia lieferte Bamberger Kaliko.

Den Umschlag gestaltete Katja von Ruville unter Verwendung
des Motivs von Heinrich Kühn (1866–1944), «Hans und Edeltrude
Kühn» (Autochrome), 1908. © ÖNB/Wien, Pk 3900, 6.
Printed in Germany 2019
ISBN 978-3-7175-2498-4

www.manesse-verlag.de

Dieses Buch ist auch als E-Book erhältlich.

SCHWABINGER AUSGABE

Eduard von Keyserling
SCHWABINGER AUSGABE

Herausgegeben und kommentiert
von Horst Lauinger

Landpartie

Gesammelte Erzählungen
Mit einem Nachwort von Florian Illies
(September 2018)

Nur zwei Tränen (1882) · Mit vierzehn Tagen Kündigung (1882) · Das Sterben (1885) · Grüß Gott, Sonne! (1896) · Grüne Chartreuse (1897) · Die Soldaten-Kersta (1901) · Der Beruf (1903) · Schwüle Tage (1904) · Harmonie (1905) · Sentimentale Wandlungen (1905) · Im Rahmen (1906) · Seine Liebeserfahrung (1906) · Gebärden (1906) · Die sentimentale Forderung (1906) · Osterwetter (1907) · Die Verlobung (1907) · Geschlossene Weihnachtstüren (1907) · Frühlingsnacht (1908) · Landpartie (1908) · Bunte Herzen (1908) · Föhn (1909) · Winterwege (1909) · Prinzessin Gundas Erfahrungen (1910) · Am Südhang (1911) · Nachbarn (1911) · Die Kluft (1911) · Das Landhaus (1913) · Vollmond (1914) · Schützengrabenträume (1914) · Nicky (1915) · Verwundet (1915) · Der Erbwein (1916) · Pfingstrausch im Krieg (1916) · Das Kindermädchen (1916) · Das Vergessen (1917) · Die Feuertaufe (1917) · Im stillen Winkel (1918)

Feiertagskinder

Späte Romane
Mit einem Nachwort von Daniela Strigl
(September 2019)

Wellen (1911) · Abendliche Häuser (1914) · Fürstinnen (1917) · Feiertagskinder (1919)

MANESSE
Wenn lesen, dann erlesen.

Pressestimmen zu «Landpartie»

«Ein sehr guter Weg der Annäherung an Keyserlings Werk sind die gesammelten Erzählungen ... gründlich kommentiert von Horst Lauinger und mit einem Nachwort von Florian Illies.»
Jochen Schimmang, Frankfurter Allgemeine Zeitung

«Eine sehr schöne Gesamtausgabe.»
Antje Weber, Süddeutsche Zeitung

«Opulent.»
Rainer Moritz, Neue Zürcher Zeitung

«Ein Jubiläumsband mit einer kleinen Sensation: Fünf Geschichten erscheinen erstmals in Buchform.»
Kerstin Holzer, Madame

«Eine der schönsten Entdeckungen, die man in seinem Leseleben machen kann.»
Jens Nordalm, Cicero

«Eine spektakuläre Edition.»
Günter Kaindlstorfer, Ö1, Leporello

«Vorbildlich kommentiert.»
Knut Cordsen, Bayern 2, Kulturwelt

«Eines der schönsten Bücher dieses Jahres.»
Dresdner Nachrichten

»Rühmenswert dazu der Anhang ... So fundiert und hilfreich ist Keyserling den Lesern lange nicht ans Herz gelegt worden.»
Klaus Bellin, Neues Deutschland

«Ein Lektüreereignis!»
Florian Weller, Münchner Feuilleton